Reiner Stach

Kafka

Die frühen Jahre

S. Fischer

Erschienen bei S. FISCHER

Bildnachweis: Seite 608
Satz: Pinkuin Satz und Datentechnik, Berlin
Druck und Bindung: CPI books GmbH, Leck
Printed in Germany
ISBN 978-3-10-075130-0

MIX
Papier aus verantwortungsvollen Quellen
FSC® C083411

Für Ursula

Inhalt

Nichts los in Prag

Think you heard this all before,
Now you're gonna hear some more.
Devo, Going Under

3. Juli 1883, ein freundlicher, klarer Sommertag, nur schwach streicht die Luft durch die engen Gassen der Prager Altstadt, die sich schon um die Mittagszeit bis auf 30 Grad Celsius erhitzen. Zum Glück ist es keine schwüle Wärme; die wenigen Wolken, die am Nachmittag heraufziehen, sind harmlos, und so freuen sich Tausende von Pragern auf einen lauen Abend in einem der zahllosen Gartenlokale, bei Pilsener, Wein und Blasmusik. Heute ist Dienstag, da gibt es besonders viele ›Militär-Concerte‹, und im weitläufigen Biergarten auf der Sophieninsel geht der Rummel sogar um 16 Uhr schon los. Das ist die Zeit der Touristen, der Studenten und der kleinbürgerlichen Privatiers, denn gearbeitet wird natürlich noch einige Stunden länger, und für die wenig Beneidenswerten, die ihr Brot in irgendeinem Ladenkontor verdienen, spielt die Musik leider erst nach Sonnenuntergang. Selbst der Besuch einer Theatervorstellung hängt dann bisweilen von der Gutmütigkeit des Prinzipals ab. Für die Tschechen gibt es heute Fedora, das neueste Melodram des französischen Erfolgsautors Victorien Sardou; die Deutschen hingegen dürfen sich im Volkstheater mit Nestroy amüsieren: Einen Jux will er sich machen. Und wem auch das zu anspruchsvoll ist, dem bleibt der Gang in ›Wanda's Singspiel-Halle‹, wo Fräulein Mirzl Lehner, genannt »die fesche Wienerin«, samt weiteren, »neu engagierten Kunstkräften« ihr »amusantes und äußerst anständiges Programm« präsentiert. Ein überschaubares Angebot für fast 160 000 Stadtbewohner.

Prag im Sommer, Prag im Frieden, die Stunden verstreichen, die Börsenkurse pendeln schwach (aber das tun sie seit zehn Jahren schon), das Leben scheint wie ermattet, selbst die üblichen, von den

Lesern des *Prager Tagblatt* und der *Bohemia* begierig aufgesogenen Meldungen über Hochstapler, Selbstmörderinnen und durchgebrannte Kassierer bleiben aus. In der ›Civil-Schwimmschule‹, dem öffentlichen Flussbad, fällt ein Kleinkind in die Moldau und wird von einem 13-jährigen Jungen gerettet. Das ist schon das einzige Unglück an diesem 3. Juli, das berichtenswert ist. Abgesehen von den natürlichen Todesfällen, die in so winziger Schrift vermeldet werden, dass man sie suchen muss. In der Hibernergasse stirbt ein 18 Tage alter, schwächlicher Säugling namens Augustin, und eine zweijährige Amalia stirbt an Tuberkulose. Aber wer will das wissen.

Und dennoch wird dieser Tag in die Annalen der Stadt Prag eingehen, aus zwei Gründen sogar, einem öffentlich sichtbaren und einem vorläufig verborgenen. Ein politischer und mentaler Schock trifft heute die Stadt, noch sind erst wenige informiert, doch in den Kaffeehäusern spricht sich das Unfassbare schnell herum, noch ehe die Presse reagieren kann. Soeben finden nämlich Wahlen zum böhmischen Landtag statt, der Kaiser selbst hat sie angeordnet, und zwar – das ist das Fatale – mit völlig neuen Konditionen. Wahlberechtigt sind, seit es Parlamente gibt, nur Männer, die einen Mindestbetrag an jährlichen Steuern zahlen, und dieses Limit hat die österreichische Regierung unversehens halbiert – mit kaiserlicher Billigung und zum Entsetzen eines kleinen, aber maßgeblichen Teils der Bevölkerung. Denn welche Folgen diese Entscheidung haben würde, das konnten sich auch politisch Ahnungslose an den Fingern abzählen: mehr Wahlberechtigte, also mehr Tschechen. Und das ist heute prompt eingetroffen, die Tschechen haben die Deutschen im Landtag überflügelt, sie besitzen eine solide Mehrheit, zum ersten Mal und sehr wahrscheinlich für immer. Denn wer würde es je wagen, das neue Wahlrecht anzutasten? Auch die Großgrundbesitzer votieren ja nun überwiegend tschechisch, die Handelskammern ebenso, und etliche wohlhabende Juden ziehen mit. Die Deutschen im Geschäftsviertel um den Altstädter Ring greifen sich an den Kopf: Selbst ihre unmittelbaren Nachbarn, die Bewohner der ›Josefstadt‹, des alten Prager Ghettos, haben mehrheitlich tschechisch gewählt, und wie zum Hohn sickert die Pointe durch, dass es wohl die jüdischen Metzger waren, die hier den Ausschlag gaben, Leute also, die zuvor noch niemals an die Wahlurne durften …

Natürlich ist es nur eine Minderheit der Prager Bevölkerung, die sich für die Arbeit des böhmischen Landtags interessiert, und selbst im gebildeten Bürgertum beider Sprachen sind es nur die zähesten Zeitungsleser, die einigermaßen Bescheid darüber wissen, welche Kompetenzen dieser Landtag eigentlich hat und welchen Einfluss auf den deutsch-tschechischen Alltag. Aber es ist ein symbolischer Sieg der Tschechen, der bei weitem wichtigste bisher, das verstehen alle, und darum ist er ›historisch‹. Auch die Verlierer sehen das so. Ihr Ton ist gedämpft, die deutschsprachige Presse hält sich zurück, man will die Tschechen, mit denen man doch in allen Stadtteilen auf Tuchfühlung zusammenlebt, nicht reizen und die eigenen Abonnenten nicht aufwiegeln. Nur die *Neue Freie Presse* aus Wien redet Tacheles, sie kann es sich leisten, die Leib- und Magenpostille der Liberalen, die selbstredend auch in Prag überall ausliegt. Hier erfahren die böhmischen Bürger, dass sie mit ihrem dummen Wahlverhalten das Ende des Abendlandes riskieren: »Sollte es wirklich dahin kommen, dass auch Prag rettungslos untergeht in der slavischen Fluth?« Nein und abermals nein. »Aus der Landstube mögen die deutschen Abgeordneten der Hauptstadt verschwinden, aber das Volk, welches die Straßen und Häuser füllt, wird bleiben, bis endlich der Tag kommt, welcher der slavischen Gegen-Reformation ein Ende macht, und Prag wieder wird, was es war, ein Mittelpunkt menschlicher, deutscher Cultur.«[1]

Das ist starker Tobak, zu stark selbst für die staatliche Zensur in Wien, die das Blatt wenige Tage später konfiszieren wird. Doch der aggressive Tonfall, der chauvinistische Aufruhr verraten, wie gut man die epochale Bedeutung dieses Tages verstanden hat. Es ist immer eine Elite gewesen, welche die Macht in ihren Händen bündelte, doch von nun an wird die Mehrheit herrschen, legitimiert durch die bloße Proportion, die in Prag – daran ist nicht zu rütteln – nun einmal 4:1 zugunsten der Tschechen lautet. Was, wenn sich dieses Mehrheitsprinzip in der gesamten Monarchie durchsetzte? Dann wird man den Böhmen vorhalten, dass sie das schwächste Glied in der Kette waren und dass in ihrer Hauptstadt, exakt am 3. Juli 1883, die Kette gerissen ist.

Nicht alle Prager registrieren den Erdrutsch im böhmischen Landtag, bei weitem nicht. Das wirkliche Leben findet woanders statt, und wem ein kleines Kind namens Augustin oder Amalia stirbt, für den ist alles Politische ausgelöscht für lange Zeit. Ebenso aber auch denen, die ein Neugeborenes begrüßen. Auch sie überschreiten eine Epochenschwelle, erleben den Anbruch einer neuen Zeit, hinter die es kein Zurück mehr gibt, und vor der warmen körperlichen Präsenz versinkt die übrige Welt.

Ebendies ereignet sich heute in einem Haus unmittelbar neben der St.-Niklas-Kirche, Ecke Maiselgasse/Karpfengasse, wo das seit erst zehn Monaten verheiratete jüdische Ehepaar Kafka lebt. Keine besonders gute Adresse, das Haus hat schon bessere Tage gesehen, einst war dies die Prälatur des berühmten Klosters Strachov, aber abgesehen von der Barockfassade ist von der Pracht nicht viel übrig. Seit langem dient das Gebäude als gewöhnliches Wohnhaus, die Nachbarschaft ist alles andere als repräsentativ und zum Anknüpfen neuer Kontakte nur wenig geeignet: auf der einen Seite die Kirche, in der seit einiger Zeit die Russisch-Orthodoxen ihre düsteren Gottesdienste halten, auf der anderen Seite mehrere verdächtige Spelunken und sogar Bordelle, die beinahe schon zur Josefstadt gehören, ein verwahrloster Kiez, dessen Abriss, so hört man, beschlossene Sache ist.

Die Kafkas werden hier nicht lange bleiben, das versteht sich, aber vorläufig müssen sie sparen. Denn ihr ganzes Vermögen – das heißt vor allem: die Mitgift von Frau Julie – haben sie in ein neu gegründetes Geschäft gesteckt, einen Handel mit Zwirn und Baumwolle, der nur wenige Schritte entfernt an der Nordseite des Altstädter Rings auf Kunden wartet. Alleiniger Inhaber ist der dreißigjährige Hermann, doch seine Frau, drei Jahre jünger, muss hier ganztags mitarbeiten, sonst wird das Geschäft nicht überleben. Den beiden bleibt wenig Zeit, selbst die Flitterwochen haben sie sich versagt, um in Prag nichts zu versäumen, und so ist auch eine Schwangerschaft nicht eben förderlich für den kaum etablierten Laden, ganz zu schweigen von Amme und Kindermädchen, die man sich von nun an wird leisten müssen.

Aber es ist ein Junge, und in einer patriarchal organisierten Welt – eine andere kennen Hermann und Julie nicht – bedeutet das männliche Kind den Garanten der Zukunft. Er ist das nächste Glied der Generationenkette, die den Einzelnen hält und führt und die seinem Tun erst überzeitlichen Sinn verleiht. Bisher wussten die Kafkas nur, dass sie sozial nach oben wollen, jetzt fühlen sie auch, dass dieses Ziel ihre eigene irdische Existenz überschreitet und damit unanfechtbar wird. Das Neugeborene ist ›Erbe‹, noch ehe ihm die ersten Schritte gelingen, und dies keineswegs nur in den Augen der Eltern. Auch gegenüber den Verwandten, den Angestellten und Kunden hat sich die soziale Position der Kafkas von einem auf den anderen Tag verändert, es ist wie eine Beförderung, und mehr als das, denn der neue Status ist unkündbar – es sei denn durch den Tod. Doch daran will jetzt niemand denken, der Kleine ist »ein zartes, aber gesundes Kind«, wie die Mutter sehr viel später notieren wird,[2] er wird überleben, er wird der Erbe sein, für den wir uns opfern und um dessentwillen wir jetzt dazugehören zum großen Ganzen. Und darum ist es nur recht und billig, wenn er den Namen unseres Kaisers trägt. Ja, *Franz* soll er heißen.

Dass es ganz und gar anders gekommen ist, als die Kafkas es sich erträumten, weiß hundert Jahre später die Welt. An ihrer ersten gemeinsamen Wohnstätte wird eine Gedenktafel hängen, die nicht auf einen erfolgreichen Kaufmann verweist, sondern auf einen Schriftsteller. Die lineare Aufeinanderfolge der Generationen, welche die Familie immer aufs Neue verjüngt und in der Welt organisch verankert, wird sich als ebenso verletzlich und vergänglich zeigen wie die isolierte Existenz des Einzelnen. Hunderttausende solcher Linien werden abgebrochen, sogar gewaltsam ausgelöscht noch zu Lebzeiten von Franz Kafkas Eltern. Jenes Datum aber, der 3. Juli 1883, der für so viele Prager der Tag einer unwiderruflichen Ernüchterung und für die Kafkas der Tag des Stolzes und der Freude war – jenes Datum wird eine neue, andere Bedeutung gewinnen.

Auch Kafkas Namenspatron, der 52 Jahre alte Kaiser Franz Joseph I., verbringt diesen Tag in aufgeräumter Stimmung. Er weilt in Graz und absolviert das gewohnte Besuchsprogramm: Messe im Dom, Eröffnung einer landeskundlichen Ausstellung, Besichtigung der Feuerwehr und des Militärspitals, Empfang von Deputationen und Nobilitäten, lange Diners. Dazwischen die Lektüre einlaufender Depeschen, darunter auch einige aus Prag, wo die Tschechen – wie vorhergesehen – endlich ihren Willen bekommen haben. Aber dieses Ärgernis wird sogleich überdeckt von den Hochrufen der vollzählig aufmarschierten Grazer Bevölkerung und von erfreulicheren Pflichten, die den Kaiser wieder aufheitern. Zum Beispiel bei den steirischen Schützen, den Treuesten der Treuen, in der flaggen- und blumengeschmückten ›Landesschießstätte‹, die er nicht zum ersten Mal besucht. Sie sind etwas übereifrig, diese Schützen, haben mit ihren ewigen Salutschüssen sogar die Pferde der kaiserlichen Karosse scheu gemacht, so dass Franz Joseph ein Machtwort sprechen muss. Doch der Empfang am Schießstand ist überwältigend, trachtengeschmückte Frauen sind auch dabei, und fesche Madeln überreichen Blumensträuße. Die Schützen aber möchten von ihrem höchsten Herrn keineswegs nur huldvolle Worte hören, nein, er soll und darf heute Hand anlegen, der Kaiser selbst soll sich am Schießstand versuchen und das allgemeine Festschießen eröffnen. Zeremoniell führt man ihn zu den vorbereiteten Büchsen, die Zuschauer warten atemlos. Zweimal visiert er die Laufende Scheibe an, einmal trifft er die Ringe, es ist eine ›Eins‹. Böllerschüsse ertönen, damit die ganze Stadt es erfährt, dann der Jubel einer tausendköpfigen Menge, endloser Jubel.

Beginn der Vorstellung

Gott handelt immer en gros.
Kierkegaard, STADIEN AUF DES LEBENS WEG

Das alte Zentrum der Stadt Prag ist eine Bühne: ein weitläufiger, beinahe einen Hektar beanspruchender, von mehreren Seiten zugänglicher Schauplatz, doch wohlgegliedert und übersichtlich genug, um das Gefühl eines abgegrenzten und symbolisch erhöhten Raums zu vermitteln. Altstädter Ring heißt dieses Areal, ein Brennpunkt, an dem die sozialen Energien einer ganzen Region sich verdichten.

Schon in der frühen Neuzeit galt es als bürgerliches Privileg, am ›Ring‹ in der ersten Reihe zu wohnen. Denn während Prag im Weltgeschehen nicht mehr mitzureden hatte und ganz Böhmen zum Spielball fremder Dynastien wurde, blieb der heimische Ring die große Plattform der sozialen Repräsentation. Dort wurde Markt gehalten, dort wurden unter freiem Himmel Geschäfte abgemacht und politische Händel ausgetragen, dort sah man und wurde gesehen, und da man nicht selten auch den Klang fremder Dialekte und Sprachen zu hören bekam, war für ein Ferment von Weltläufigkeit gesorgt, das den tatsächlichen Bedeutungsverlust der Stadt überdeckte. Die Prager wussten, dass ihr von prächtigen Bauten gesäumter Ring einen Ruf hatte in Europa, und altvertraut war ihnen der Anblick von Reisenden, die von weither kamen, nur um das sinnverwirrende Wunderwerk der riesigen astronomischen Uhr am Altstädter Rathaus zu betrachten. »Die alte Stadt Prag«, so erklärte ein Reiseführer, der mitten im Dreißigjährigen Krieg gedruckt wurde und der seine Leser schon im ersten Satz an den entscheidenden Punkt lenkte, »liegt auf der rechten Seite der Molda, in der Ebene des Thals, darinn viel herrliche Gebäu zu sehen seyn, unter welchen sonderlich das Rathhaus ist, so einen hohen Thurm hat, daran ein sehr künstliches Uhrwerk, desgleichen, so viel die Kunst anbelanget, in der ganzen Welt kaum solle zu finden seyn ...«[1] Als diese Zeilen erschienen, war die Uhr schon mehr als zweihundert Jahre alt, und in jener unvordenklichen Zeit, da ihre meterlangen Zeiger sich in Bewegung setzten, war Prag der Sitz eines Kaisers gewesen.

Nicht selten in der Geschichte Prags diente der Altstädter Ring auch als soziale Bühne im buchstäblichen Sinn. Prozessionen überquerten den Platz, politische Ansprachen wurden gehalten, darunter Huldigungen und Hasstiraden. Denkmäler wurden auf dem Ring errichtet, es wurde demonstriert, proklamiert und akklamiert. Wer die Macht übernahm in Prag, präsentierte sich auf dem Ring – das kam selbst im 20. Jahrhundert noch vor, als die vitale Flaniermeile des Wenzelsplatzes längst das alte Zentrum überstrahlte und zur historischen Sehenswürdigkeit herabgestuft hatte. So wurde der Beginn der kommunistischen Alleinherrschaft im Februar 1948 in den Kulissen des Altstädter Rings zelebriert – ein freilich nicht sehr glücklicher Einfall, wie sich bald herausstellte. Denn damit berührten die Putschisten schmerzhaft den Nerv der kollektiven Erinnerung, in die sich eine weitaus brutalere Inszenierung eingegraben hatte, eine Inszenierung, die mehr als drei Jahrhunderte zurücklag und über die trotzdem jeder tschechische Gymnasiast genau Bescheid wusste. Die Installation eines neuen Regimes, vollzogen auf dem Altstädter Ring, mit öffentlicher Folter, mit Strick und Henkersschwert.

In der Nacht zum 21. Juni 1621 herrschte in der Prager Altstadt eine von Angst erfüllte Spannung. Kaum jemand war imstande, sich dem Schlaf zu überlassen, man flüsterte und betete miteinander, überprüfte die Riegel an den Türen und lauschte angestrengt nach draußen, wo martialische Geräusche die Schrecken des folgenden Tages ankündigten. Die neuen Herren im Dienste der Habsburger Dynastie hatten eine Ausgangssperre verhängt, Hunderte von Bewaffneten mit Fackeln und klirrendem Eisen durchstreiften die Straßen, um jeden Bürger, dessen sie habhaft wurden, auf der Stelle niederzumachen. Auch der Altstädter Ring war von zahlreichen Fackeln erleuchtet, und die Anwohner erzitterten hier stundenlang unter den Hammerschlägen der Zimmerleute, die unmittelbar am Rathaus eine zweieinhalb Meter hohe und etwa 300 Quadratmeter umfassende Bühne errichteten. ›Blutgerüst‹ nannte man diese Art Bühne, und welche Vorstellung hier in wenigen Stunden gegeben werden sollte, war den entsetzten Bewohnern Prags bereits nachdrücklich kundgetan worden.

Sie hatten einen Aufstand riskiert, und sie hatten verloren. Es war eine zugleich religiöse und politische Erhebung gewesen, mit der sie sich der zunehmenden Dominanz der katholischen Habsburger zu entwinden suchten, eine Erhebung der böhmischen Stände gegen den sich formierenden Absolutismus. Wie weit dieser Widerstand gehen durfte, darüber waren sich Adel, protestantische Geistlichkeit und Bürgertum durchaus nicht einig, doch im Mai 1618 entschlossen sich die Prager Anführer, alle Brücken hinter sich abzubrechen und den offenen Krieg zu provozieren: Sie warfen auf der Prager Burg zwei katholische Statthalter und deren Schreiber kurzerhand aus dem Fenster und schickten ihnen noch einige Kugeln nach. Der keineswegs spontane, sondern wohlinszenierte Gewaltakt wurde in ganz Europa als lokale Posse belacht (zumal die drei Opfer mit Verletzungen davonkamen), doch im folgenden Jahr wurde deutlich, dass es den böhmischen Ständen und ihren Verbündeten in Mähren und Schlesien ernst war und dass sie an den Fundamenten des europäischen Machtgefüges rüttelten: Sie setzten den Habsburger Ferdinand II. als König von Böhmen ab (nur wenige Tage bevor er zum Kaiser gewählt wurde) und hoben stattdessen einen pfälzischen Kurfürsten auf den Prager Thron, einen überzeugten Calvinisten und selbsternannten »Kreuzritter des Protestantismus«.

Die ungemein verworrenen diplomatischen und militärischen Aktionen, die nun folgten, wurden populärwissenschaftlich vielfach aufbereitet und gehören heute zum Treibsand historischen Spezialwissens. In öffentlicher Erinnerung blieb jedoch, dass der Fenstersturz von Prag (die Juristen sprachen vornehm von Defenestration) zum Auslöser eines jahrzehntelangen Flächenbrands werden sollte, der weite Teile Mitteleuropas verwüstete und entvölkerte, und in die kollektive Erinnerung förmlich eingraviert blieb das sensationelle Debakel, das die Aufständischen im November 1620 im entscheidenden *showdown* erlitten. Nicht einmal zwei Stunden dauerte die ›Schlacht am Weißen Berg‹, auf einem Plateau nur wenige Kilometer vom Zentrum Prags, und sie endete mit einer vernichtenden Niederlage der schlecht besoldeten Truppen der böhmischen Rebellen, mit der überstürzten Flucht des calvinistischen Ersatz-Königs Friedrich von der Pfalz (der unter dem Spottnamen ›Winterkönig‹ in die Prager

Historie einging) und mit dem totalen Triumph der ›Katholischen Liga‹. Die Schlacht am Weißen Berg war – nach tschechischer Überlieferung – der Beginn einer drei Jahrhunderte währenden Zeit der Finsternis (*temno*), des katholischen Zeitalters der Habsburger also, die sich in Böhmen nicht nur die absolute Herrschaft sicherten, sondern auch sogleich ein blutiges Exempel statuierten.

Tatsächlich war es weniger die militärische Niederlage, die später als nationale Wunde interpretiert wurde und die in Böhmen noch viele weitere Generationen in der Überzeugung aufwachsen ließ, mit ›den Wienern‹ eine Rechnung offen zu haben; es war vielmehr die fatale Strategie der Sieger, durch größtmögliche Demütigung jeden Gedanken an eine neuerliche Rebellion zu ersticken. Es genügte Ferdinand II. nicht, sämtliche protestantischen Adligen zu enteignen und außer Landes zu jagen, die auch nur im Verdacht standen, mitgemacht zu haben – er zwang sie überdies, sich selbst anzuzeigen, um dem Henker zu entrinnen. Ebenso hart traf es die nichtkatholischen Geistlichen, denn das neue Regime hielt sich nicht lange damit auf, irgendwelche Unterscheidungen zu treffen zwischen gemäßigten Lutheranern und radikaleren Calvinisten, Hussiten oder Wiedertäufern. Den erst ein Jahrzehnt zuvor erlassenen ›Majestätsbrief‹ Kaiser Rudolfs II., auf den die Protestanten sich wütend beriefen und der ihnen freie Ausübung der Religion zusicherte, ignorierte Ferdinand nicht nur, er zerstörte ihn eigenhändig samt kaiserlichem Siegel. Und er gab sich nicht damit zufrieden, die Initiatoren des Aufstands, deren er habhaft werden konnte, nach Recht und Gesetz abzustrafen, sondern er installierte in Prag ein Sondergericht, das die böhmische Rechtsordnung mit Füßen trat und das ausschließlich den politischen Weisungen aus Wien unterworfen war. Schließlich inszenierte er den Tod der völlig entrechteten Angeklagten auf derart grausame Weise, dass er selbst den zahlreichen unpolitischen Bürgern, die von Aufständen überhaupt nichts hielten und die sich viel lieber mit den neuen Herren arrangiert hätten, einen über Generationen fortdauernden Hass gegen Habsburg einpflanzte.

Siebenundzwanzig zum Tod verurteilte Männer, fast alle grauhaarig und überwiegend auf der Prager Burg gefangen gehalten, wurden zum Altstädter Rathaus gebracht, um bei Beginn der Vorstellung pünktlich zur Stelle zu sein: drei von ihnen aus dem Herrenstand, sieben Ritter und siebzehn Bürgerliche, unter ihnen als Prominentester Dr. Jan Jessenius (Jesenský), der Rektor der Prager Universität. Als es hell wurde, stand das Blutgerüst in düsterem Gepränge, mit schwarzem Stoff dekoriert, und die ersten Gaffer näherten sich vorsichtig dem Ort des Spektakels. Gegen fünf Uhr ertönte von der Burg ein Kanonenschuss, das Zeichen zum ersten Akt. Die von Wien bestallten Richter des Schauprozesses nahmen ihre Plätze ein, neben ihnen die verdientesten katholischen Heerführer, darunter Albrecht von Waldstein (alias Wallenstein). Ein medizinisch geschulter Henker namens Jan Mydlár – auch sein Name überdauerte – stieg auf die Bühne, gefolgt von einigen vermummten Gehilfen, welche die geschärften Schwerter trugen. Dann wurde als Erster, aufrecht und ohne Fesseln, der sozial höchstrangige Verurteilte hinaufgeführt: der 52-jährige Joachim Andreas Graf Schlick, einer der Verantwortlichen für den Prager Fenstersturz. Ein jesuitischer Geistlicher, über dessen Zudringlichkeit sich Schlick schon am Abend zuvor beklagt hatte, machte einen letzten Versuch der religiösen Bekehrung, wurde jedoch abgewiesen. Den Rest erledigte der Henker, der den knienden Grafen mit zwei Hieben in zerstörtes, totes Fleisch verwandelte: erst der Kopf, dann die rechte Hand. Die Gehilfen schafften die in Tücher geschlagene Leiche beiseite.

Und so einer nach dem anderen, fast vier Stunden lang, mit entsetzlicher Monotonie. Es mutet heute seltsam an, dass kein einziger der Zeitzeugen, die von dieser Szene berichten, den augenfälligen Gegensatz erwähnt zwischen dem archaischen Gemetzel, das sich vor der Ostseite des Altstädter Rathauses abspielte, und jenem subtilen, hochartifiziellen technischen Glanzstück, der astronomischen Uhr, die wenige Schritte entfernt auf der Südseite prangte.[2] Auch ist kaum abzuschätzen, wie viele Zuschauer das blutige Geschehen verfolgten – unter ihnen zahlreiche Angehörige der Opfer –, und noch weniger wissen wir darüber, ob die Menge eher mit Trauer oder mit Wut reagierte. Doch war dafür Sorge getragen, dass niemand daran denken durfte, das Bestrafungsritual zu stören. Denn nicht nur diese Stadt sollte es treffen, auch auf die verbliebenen Gegner in ganz Europa sollte die Inszenierung wie ein Schock wirken. Die Bühne war weiträumig gesichert von einem Kordon bewaffneter Reiter und von Landsknechten, die in martialisch wirkenden Karrees aufgestellt waren. Weder Schmährufe noch die letzten Worte der Verurteilten hatten eine Chance gegen die zahllosen Trommler, die ebenfalls auf dem Ring postiert waren und die nahezu ununterbrochen, Stunde um Stunde, einen betäubenden Lärm erzeugten. Es war, als hätten die neuen Herren den Pragern die Münder verstopft – hier drang nicht einmal ein Schluchzen mehr durch.

Doch damit waren die Demütigungen noch nicht zu Ende, man hatte sich Steigerungen des Horrors ausgedacht, die niemand so schnell vergessen sollte. Besonders schlimm traf es den einflussreichsten aller Angeklagten, den humanistisch gebildeten und politisch agilen Mediziner Jessenius, dem man vor der Enthauptung auch noch die Zunge herausschnitt und dessen Leiche öffentlich gevierteilt wurde. Drei der Angeklagten wurden noch länger gequält, sie endeten nicht auf dem Blutgerüst, sondern baumelten, langsam erstickend, an Henkersseilen. Schließlich wurden zwölf der abgeschlagenen Köpfe auf die Zinnen des alten kaiserlichen Brückenturms gesteckt (eine Maßnahme, die man den Engländern abgeschaut hatte). Dort blieben sie volle zehn Jahre lang vor den Augen der Prager Bürger, die ihren Kindern begreiflich machen mussten, was geschehen war. Ende der Lektion.

Dass auch vernichtende Niederlagen dazu beitragen können, über sehr lange Zeiträume kollektives Selbstbewusstsein zu formen, ist historisch nicht neu und spielte nicht zuletzt in der Geschichte des Judentums und des modernen Zionismus eine gewichtige Rolle. Die Legenden um den Juden Schimon ben Kosiba (genannt Bar-Kochba, ›Sohn des Sterns‹), der im Jahr 132 einen Aufstand gegen die römische Besatzungsmacht in Palästina entfesselte, bieten ein eindrucksvolles Beispiel. Obwohl diese Aktion schließlich in einer Katastrophe endete und einer halben Million Juden (darunter ihn selbst) das Leben kostete, wurde Bar-Kochba noch mehr als 1800 Jahre später zur Identifikationsfigur des jüdischen Widerstands, ja zu einem Garanten nationaljüdischer Identität. Offenbar blieb hier die Frage nach der historischen Ratio weitgehend ausgeblendet: Was zählt, ist die heroische Geste, die aus der Entfernung wie eingefroren erscheint, und das Wir, das durch solche Erzählungen gestiftet wird, ist überzeitlich, eine Substanz jenseits der Geschichte. Darum auch geht die Frage, was denn die Taten solcher heldischer Figuren mit ›uns‹ konkret zu tun haben, am Wesentlichen vorbei: Das Volk ist ewig.

Ebenso wenig bewirken skeptische Fragen, die auf die historische Wahrheit der Überlieferung abzielen. Fast niemals verlaufen ja die historischen Frontlinien so gerade und übersichtlich, wie die späteren (und manchmal sehr späten) Mythen es glauben machen. Über die Motive und Ziele des wirklichen Bar-Kochba ist so gut wie nichts bekannt, und die spärlichen Indizien lassen allenfalls die Vermutung zu, dass hier religiöse (Auto-)Suggestion in ein politisch sinnloses und selbstmörderisches Unternehmen führte. Der Mythos aber will, dass diese Menschen in gewissem Sinn ›für uns‹ gekämpft haben und dass infolgedessen ihre Taten zeitlose Geltung behalten: als moralischer Maßstab, ja als Verpflichtung für unser eigenes Tun. Dieser moralische Druck ist es, den sich die Virtuosen der Identitätspolitik seit dem 19. Jahrhundert zunutze machen, es ist das schlechte Gewissen gegenüber dem eigenen Kollektiv und die Furcht vor der Ausgrenzung, die es so schwer machen, durch all die historischen Vereinfachungen, Stilisierungen und Fälschungen zur Wirklichkeit durchzudringen.

Die Schlacht am Weißen Berg bei Prag und die öffentlich vollzogene Rache der Sieger ist unter all den Niederlagen, auf die sich identitätsstiftende Mythen gründeten, eines der aufschlussreichsten, freilich auch verwickeltsten Beispiele – ein historischer Vorgang von solcher Komplexität, dass er ohne drastische Vereinfachungen gar nicht überlieferbar scheint. Unstrittig ist allein, dass am Weißen Berg über das Schicksal Böhmens und Mährens entschieden wurde und dass es, wie sich zeigen sollte, eine Entscheidung für Jahrhunderte war. An welchem Gegensatz aber hatte sich der Konflikt eigentlich entzündet, für welche Ziele, um welche Prinzipien war gekämpft worden? Um Legitimität, behaupteten die Habsburger. Um Religionsfreiheit, sagten die Aufständischen. Um Befreiung vom deutschen Joch, glaubten die tschechischen Nationalisten späterer Zeit.

Ein Streit der Deutungen, der selbstverständlich seit Anbeginn an Interessen gebunden war. So hatte Kaiser Ferdinand II. Rücksicht zu nehmen auf die Duldung auch einiger protestantischer Fürsten, und daher suchte er fortwährend der öffentlichen Meinung entgegenzuwirken, er führe gegen die Prager einen Religionskrieg – um genau diesem Eindruck zu begegnen, ließ er auf dem Altstädter Ring sogar einen Katholiken hinrichten, und dass der Henker Protestant war, kam auch nicht ungelegen.[3] Die Aufständischen hingegen sprachen mit Vorliebe über Religion, sie pochten darauf, dass ihr protestantisches Glaubensbekenntnis ihnen keine sozialen oder materiellen Nachteile eintragen dürfe, und den Verdacht, sie seien gegen *jeden* starken Kaiser, also letztlich nur am eigenen Machtzuwachs interessiert, wiesen sie weit von sich – auch sie mit Rücksicht auf mächtige Verbündete. Die tschechische Geschichtsschreibung des 19. Jahrhunderts nahm dann die Ereignisse in den Dienst der eigenen nationalen Ideologie: Ihr zufolge war es den Habsburgern vor allem um die Vormachtstellung des ›Deutschtums‹ in Böhmen gegangen. Hatten sie nicht in den Jahren nach ihrem Sieg alle wichtigen administrativen Posten mit ›Deutschen‹ besetzt – gegen die tschechische Mehrheit –, und hatten sie nicht sogar in der neuen Landesverfassung festgeschrieben, dass die deutsche Sprache fortan der tschechischen gleichgestellt sei?

Es zählt zu den vielen ironischen Wendungen in der Geschichte Böhmens, dass sich ausgerechnet diese dritte, bei weitem schwächste und mit den historischen Fakten am wenigsten in Einklang zu bringende Interpretation schließlich durchsetzte und dass die Hingerichteten auf dem Altstädter Ring (von denen tatsächlich mindestens ein Drittel deutschsprachig war) nicht als Vorkämpfer bürgerlicher Freiheiten, auch nicht als Opfer religiöser Unterdrückung, vielmehr als nationale Märtyrer im kollektiven Gedächtnis lebendig blieben. Der Weiße Berg, von dem die ›Finsternis‹ sich einst über das ganze Land verbreitet hatte, wurde zum Wallfahrtsort tschechischer Nationalisten, und nach dem Untergang des Habsburger Regimes, der den Tschechen die nationale Emanzipation brachte, wurde dort ein Denkmal errichtet. Die gewaltig hohe Mariensäule auf dem Altstädter Ring, mit der die Habsburger einst ihre so brutale wie erfolgreiche Rekatholisierung des Landes gefeiert hatten, wurde hingegen nach dem Ersten Weltkrieg zerstört – von einem Zug tschechischer Demonstranten, die sich zuvor auf dem Weißen Berg in entsprechende Stimmung gebracht hatten. Und noch heute markieren ins Pflaster eingelassene Kreuze die Stelle auf dem Ring, an dem das Blut der Opfer von 1621 floss.

Die Vielzahl solcher historischer Markierungen ist für Prag außerordentlich charakteristisch, sie liegen wie ein Netz über der Stadt, und insbesondere im 19. und frühen 20. Jahrhundert, als Prag noch mit seinem alten Kern identifiziert wurde, bestimmte diese allgegenwärtige und demonstrative Geschichtlichkeit, ja Geschichtsversessenheit das Lebensgefühl des gebildeten Bürgertums. »Jedes Haus«, so erinnerte sich Johannes Urzidil, »jede Gasse, jeder Platz in Prag rief unaufhörlich die ganze Geschichte entlang: ›Vergiß nicht das! Vergiß nicht jenes!‹, so daß man vor lauter Erinnerung und Vergeltungssucht das gegenwärtige Leben schier vergaß.«[4] Es war das bedrängende Gefühl, von einem Spinngewebe historischer Konfliktlinien und Verantwortlichkeiten umfangen zu sein und das eigene Leben, solange man an diesem Ort verweilte, einem gleichsam aus der Vergangenheit wirkenden Kraftfeld fortwährend entziehen zu müssen. Und dieses Gefühl wurde noch beträchtlich intensiviert durch das Stadtbild des alten Prag, in dem sich auf engem Raum die herrschenden Stile verschiedener Epochen sichtbar, ja demonstrativ übereinanderlegten und miteinander verschränkten, nicht selten in Gestalt und Fassade ein und desselben Gebäudes. Es war, als lebte man auf den hochgeschichteten Ablagerungen Dutzender untergegangener Generationen, deren Schicksale, Leiden und Leistungen das eigene Denken wie unter einem Bann hielten. Nicht nur der Bildungsfundus, der an Schule und Universität vermittelt wurde, sondern der gesamte öffentliche Diskurs nahm unaufhörlich Bezug auf das, was sich einst hier abgespielt hatte – jedoch nicht im Sinne einer genießenden, nachschmeckenden Teilnahme aus sicherer Entfernung, vielmehr als Mahnung daran, dass die Geschichte noch nicht abgegolten war und dass noch immer Rechnungen offenstanden. Wer in der Prager Altstadt aufwuchs – und in der unmittelbar benachbarten, wohlhabenderen ›Neustadt‹ war es nicht viel anders, denn auch diesen Stadtbezirk gab es schon seit einem halben Jahrtausend –, wer hier aufwuchs, hatte sich daran zu gewöhnen, mit der Vergangenheit zu leben wie in der Wohnung eines Greises: Hier durfte allenfalls abgestaubt, aber nichts verrückt, geschweige denn weggeworfen werden. So dass man durchaus auf den Gedanken verfallen konnte, ob nicht die berühmten Heiligenstatuen auf der Karlsbrücke die eigentlichen Bewohner Prags, die Lebendigen aber nur flüchtige Gäste seien.[5]

Das alles galt freilich für die Deutschen mehr als für die Tschechen, für das Bürgertum mehr als für die Arbeiter. Altstadt und Neustadt, die sich allmählich zu musealen Zonen entwickelten, waren vor allem von Deutschen geprägt, für die der Ort der Erinnerung zugleich der Ort gegenwärtigen und künftigen Lebens war. Anders die Tschechen, die mit den rasch expandierenden Vorstädten und Industrievierteln über Korrektive verfügten, die sie vor einer allzu lähmenden Fixierung aufs Vergangene bewahrten. Schon vor 1900 gab es Zigtausende Prager Tschechen, die sich im Stadtkern tatsächlich eher als Besucher denn als Einwohner fühlten, Besucher eines Museums, dessen Schaustücke zwar von der eigenen Geschichte handelten, mit dem beschleunigten und technisierten Leben in der Moderne jedoch nur wenig zu tun hatten. Daran änderten dann auch die tschechischen Cafés, Kinos und Straßenschilder nichts. Die tschechische Zukunft – und welcher Prager zweifelte daran, dass die Zukunft dieser Stadt, wie fern auch immer, tschechisch sein würde – sollte ihre historischen Wurzeln im alten Zentrum behalten, gewiss. Ihre Bühne jedoch würde sie woanders aufschlagen.

Prag also wurde von zwei Kollektiven bewohnt, die nicht nur in verschiedenen Sprachen, sondern auch in unterschiedlichen symbolischen Ordnungen lebten: Ordnungen, die städtebaulich fixiert waren und deren Gegensatz man sehr sinnlich erfahren konnte, wenn man den Baedeker einmal beiseitelegte und von der Kleinseite mit ihren Barock-Palais – der Stil der Sieger von 1620 – in die Industriezone von Smíchov oder über den Altstädter Ring zu den nicht sonderlich ›sehenswürdigen‹, von Tschechen bevölkerten Mietskasernen von Žižkov wanderte. Dort herrschte gleichsam geschichtslose Gegenwart, unter Strom gesetzt von immer wieder aufflackernden Aufbruchsstimmungen und allmählich sich intensivierenden Zukunftsphantasien. Prag, die einstige Königsstadt, mochte *de facto* herabgesunken sein zu einem regionalen Zentrum – empfunden und erfahren wurde diese Provinzialität jedoch fast ausschließlich von Deutschen, denen die Zeugnisse einer größeren Vergangenheit und die Abhängigkeit von Wien fortwährend vor Augen standen, während die Prager Tschechen weiterhin in ihrem Zentrum lebten, im Zentrum der tschechischen Besiedelung, der tschechischen Kultur. Es war, als hielten die einen die Quellen besetzt, während den anderen das zwar eindrucksvollere, doch leider stehende und allmählich faulende Gewässer blieb.

»Dieses Haus hasst, liebt, straft, schützt, verehrt
Nichtswürdigkeit, Frieden, Verbrechen, Rechte, Redlichkeit.«

Es war eine sonderbare Inschrift, die bis zum Ende des 18. Jahrhunderts am Altstädter Rathaus prangte, grammatisch widerborstig und darum erst auf den zweiten Blick verständlich. Doch es war eine durchaus passende Parole, denn die Engführung von Frieden, Verbrechen und Recht war Prager Wirklichkeit seit unvordenklichen Zeiten. Die Stadt war gezeichnet von schlecht verheilten Wunden, und ganz anders als in Wien hat hier offenbar kein Reisender je die Freuden einer gänzlich ungetrübten ›Gemütlichkeit‹ erfahren, trotz der heimelig-verwinkelten Gassen und Stiegen, der zahllosen Beisln und ihrer kauzigen Insassen. Stattdessen verbreitete sich im 19. Jahrhundert allmählich das Image eines düster-kulissenhaften, ›magischen‹ Prag – ursprünglich eine touristische Erfindung, doch mit einem Kern authentischer Erfahrung, der bis heute überdauert hat. Denn tatsächlich steigert sich in manchen Winkeln dieser Stadt die Präsenz der Geschichte bis ins Unheimliche, so eng benachbart scheinen hier Vergangenheit und Gegenwart, Tod und Leben.

Freilich, diese von Reiseführern, Dichtern und dann auch Filmregisseuren liebevoll gepflegte Stadtfolklore lieferte von Anbeginn an kaum mehr als ein Zerrbild. Denn tatsächlich war auch das alte Prag, das Prag vor den Weltkriegen, weder ein Museum noch ein historischer Themenpark. Was sich dem Touristen als geheimnisvolle Fülle von Zeichen, Inschriften und Stilmustern bot, hatte für die Bewohner der Stadt durchaus nichts Magisches, sondern repräsentierte Konfliktlinien, die fortdauerten, auch unter den Bedingungen einer rasch sich modernisierenden Provinzmetropole. Für den Prager waren das alles Narben, die ihn daran erinnerten, dass er in einer urbanen Kampfzone lebte, und was aus der Vergangenheit der Stadt herüberragte, waren nicht Gespenster oder magische Verheißungen, sondern ungelöste soziale, ethnische, nationale und religiöse Konflikte, wachgehalten und befeuert durch eine Rhetorik der offenen Rechnungen.

Es war vor allem die jüdische Minderheit Prags, die zwischen historischen Erfahrungen und städtischen Mythen genau zu unterscheiden wusste. Juden spielten in der wirtschaftlichen Entwicklung Prags von jeher eine bedeutende Rolle, und innerhalb des Areals, das ihnen zugewiesen war – im Ghetto, unmittelbar neben der christlichen Altstadt gelegen –, verfügten sie jahrhundertelang über eine Autonomie, die weit über religiöse und kultische Belange hinausging. Selbst die Prager Gerichtsbarkeit hatte hier keinen Zugriff. Diesen Privilegien standen aber eine Fülle kollektiver Zwangsmaßnahmen entgegen, deren unberechenbares Auf und Ab die Juden in tausendjähriger Furcht hielt: Sondersteuern, Berufs- und Heiratsverbote, Einschränkungen der Bewegungsfreiheit, erzwungene ›Bekehrungen‹, Ausweisungen, organisierte Plünderungen. Den Außenstehenden erschien das Ghetto als ein großer, leidender Organismus, der aber doch über geheime Kräfte und Verbindungen verfügen musste, denn er schien unausrottbar und erholte sich selbst von tiefen Wunden sehr rasch. Juden wurden verachtet und gefürchtet, aber auch gebraucht, und so konnte man ihre städtische Enklave durchaus nicht nach Belieben attackieren, ohne das übrige Prag, ja die ganze Region ökonomisch in Mitleidenschaft zu ziehen. Das musste schließlich auch Kaiserin Maria Theresia einsehen, die von einem Böhmen ohne Juden träumte und die ihre 1744 erlassene gnadenlose Ausweisungsverfügung bereits nach wenigen Jahren zurücknehmen, ja die wirtschaftlichen Spielräume der Juden sogar noch erweitern musste.

Auch wenn die christlich-antisemitische Propaganda darüber hinwegzutäuschen suchte: Was man den Juden am meisten verübelte, war keineswegs ihr ›Unglaube‹, ihr Geschäftssinn oder irgendwelche magischen Praktiken, vielmehr die Tatsache, dass sie sich der sozialen Pyramide niemals fugenlos eingliederten und selbst auf dem Feld der Politik autonome Entscheidungen trafen. Stets suchten sie die Nähe derjenigen Mächtigen, die das höchste Maß an Rechtssicherheit versprachen – wie anders? Doch allein schon darum lebten sie unter dem niemals erlöschenden Generalverdacht des Verrats. Standen irgendwelche Feinde vor dem Tor, so wurde das Verhalten der Juden besonders scharf beobachtet, und jedes Anzeichen dafür, dass sie sich mit dem Gegner verständigten, konnte flächendeckende Repressalien auslösen – wie etwa die von 1744. Maria Theresia war der Ansicht, dass sich die Prager Juden mit französischen und preußischen Besatzern ein wenig zu gut vertragen hatten: Sie waren Opportunisten, Verräter, die an nichts als den eigenen Vorteil dachten.

Tatsächlich waren die Juden lediglich zwischen die Mühlsteine eines Erbfolgekriegs geraten, der sie nichts anging, und es wurde ihnen Loyalität zu einem Regime abverlangt, das ihnen noch kurz zuvor eine Reihe fundamentaler Rechte aberkannt hatte. Schlimmer noch, die Habsburger betrieben Biopolitik und griffen massiv in die jüdische Familienplanung ein. Denn nach dem 1727 erlassenen ›Familiantengesetz‹ – verantwortlich dafür war Karl VI., der Vater Maria Theresias – konnte nur noch der jeweils älteste Sohn eine eigene Familie begründen, und die Zahl der jüdischen Familien, die in Böhmen geduldet waren, wurde eingefroren. Ein Erlass, der Tausende junger Leute vor die Wahl stellte, entweder das Land, und damit ihren Clan, für immer zu verlassen oder aber ihr Leben als rechtlose Hausierer zu fristen. In einem Böhmen unter preußischem Einfluss – das blieb natürlich ein Wunschtraum – hätte ein derart barbarisches Gesetz gewiss nicht lange Bestand gehabt.

Offenbar hatten die Habsburger vergessen, dass im Jahrhundert zuvor, in jener böhmischen Stunde null, die in der Schlacht am Weißen Berg kulminierte, die Juden einen nicht unbeträchtlichen Anteil am Sieg des österreichischen Kaisers gehabt hatten. Auch damals, im Schicksalsjahr 1620, votierten die Juden ganz pragmatisch, nach den Kriterien von Wohlstand und Rechtssicherheit, und das konnte nur heißen: katholisch. Denn die geschäftlichen Beziehungen mit den katholischen Herrschern waren bestens eingespielt, der Wiener Hof stand daher zumindest als Appellationsinstanz immer offen. Was hatten hingegen die protestantischen Rebellen zu bieten, was hatten sie mit den Juden vor, im Fall ihres Sieges? Das blieb durchaus unklar, und wenn man sich die Predigten ihrer geistlichen Anführer vergegenwärtigte, unter denen sich etliche aggressive Antisemiten Lutherscher Prägung fanden, dann war hier nicht viel Gutes zu erwarten.

Kein Zweifel daher, dass Jacob Bassevi, der reichste Jude Prags, mit seiner konservativen, doch weit über die Landesgrenzen ausgreifenden Geschäftspolitik die große Mehrzahl der Ghettobewohner hinter sich wusste, einschließlich der Rabbiner. Bassevi war der typische ›Hofjude‹, im besten Einvernehmen mit den Habsburger Herrschern Rudolf II., Matthias und Ferdinand II., und als das entscheidende militärische Duell zwischen dem Kaiser und den böhmischen Ständen nahte, flossen Bassevis gewaltige Kredite selbstverständlich nicht an die Nachbarn vom Altstädter Ring, sondern an deren Gegner in Wien, die ihre Truppen damit gut zu motivieren wussten. Auf den Ausgang der Schlacht am Weißen Berg hatte Bassevi somit einen zwar nur indirekten, aber doch beachtlichen Einfluss, und Ferdinand II. wusste es ihm zu danken: Er ordnete an, dass bei der unvermeidlichen wochenlangen Plünderung Prags durch katholische Truppen das Ghetto verschont bleiben solle – ein politisches ›Wunder‹, das die Prager Juden noch über lange Zeit mit einem alljährlichen Festtag würdigten. Bassevi selbst wurde von allen Steuerzahlungen befreit und als erster Jude nördlich der Alpen in den Adelsstand erhoben:

Jacob Bassevi von Treuenberg hieß er von nun an. Dass er seine neuen Spielräume sofort nutzte und sich als Mitglied des ›Böhmischen Münzkonsortiums‹ am größten Währungsbetrug der frühen Neuzeit bereicherte, tat seiner Popularität unter Juden keinerlei Abbruch – schließlich war Bassevi im Ghetto stets äußerst freigebig –, während er für die unterlegenen und durch öffentliche Massenhinrichtung ohnehin schwer gedemütigten Protestanten nun natürlich erst recht zur Hassfigur wurde.

Gewiss, die Rolle der Prager Juden war eine eher marginale Frage angesichts der immer weiter sich verzweigenden Frontlinien eines Religionskrieges, der schließlich den größeren Teil Europas erfasste. Auch wurden die Juden nicht als politische Subjekte, sondern eher als Störfaktor wahrgenommen – sie führten keine Kriege, besaßen kein eigenes Territorium und kamen daher als Verbündete oder Gegner im eigentlichen, politisch-rechtlichen Sinn gar nicht in Betracht. Dennoch: die Art und Weise, wie sie als ›teilnehmende Beobachter‹ eines innerchristlichen Konflikts agierten, die Unverfrorenheit, mit der sie den Prager Unglückstag zu einem Festtag umwidmeten, schließlich der Gewinn, der ihnen am Tisch des Siegers zufiel – all das stand in denkbar krassem Gegensatz zu den vernichtenden Sanktionen, welche die protestantischen Stände zu ertragen hatten. Auf der Liste der offenen Rechnungen konnte dieser Posten daher keineswegs vernachlässigt werden, und wenn noch Jahrhunderte später der antideutsche, der antikatholische und der antijüdische Affekt zu einem einzigen Ressentiment verschmolzen, dann findet sich der wohl wichtigste Schlüssel zu diesem sonderbaren Phänomen unmittelbar vor den Toren Prags, am Weißen Berg, im Jahr 1620.

Es war weit mehr als eine militärische und politische Niederlage – es war tatsächlich eine böhmische Zeitenwende, bei der kein Stein auf dem anderen blieb. Denn kaum waren die letzten protestantischen Widerstandsaktionen erstickt und die Lage einigermaßen stabil, entschlossen sich die Sieger zu einer radikalen wirtschaftlichen Neuordnung Böhmens, einem Revirement fast der gesamten Führungsschicht, wie es Europa seit einem halben Jahrtausend nicht mehr gesehen hatte:[6] Mindestens zwei Drittel des adligen Grundbesitzes in Böhmen und Mähren sowie zahllose städtische Gebäude wurden enteignet oder mit geringer Entschädigung zwangsverkauft, und die

Familien der bisherigen Eigentümer wurden – sofern sie am Protestantismus festhielten – samt Gesinde und Geistlichen aus dem Land gejagt: insgesamt etwa 36000 Familien mit mehr als 150000 Menschen. Nutznießer dieser Strafaktion waren vor allem katholische Adlige, die als Geldgeber und Heerführer den Sieg ermöglicht hatten und die nun teils gratis, teils zu Preisen weit unter Wert in den Besitz ungeheurer Ländereien kamen: Wallenstein, Liechtenstein, Eggenberg, Trauttmannsdorff, Metternich – das waren die Namen der neuen Herren.[7] Auch in den Städten wechselten jetzt wertvolle Immobilien den Besitzer, und einige der leerstehenden Häuser, die von Protestanten überstürzt verlassen worden waren, gingen per Ausnahmedekret auch an jüdische Interessenten.

Ein derartiger Aderlass konnte freilich nicht durch die bloße Vergabe neuer Besitzurkunden kompensiert werden. Ganz Böhmen war jetzt sozial ausgedünnt, manche Landstriche gespenstisch entvölkert, vor allem an Handwerkern und Händlern fehlte es überall, Felder und Forste verwahrlosten, und der fortdauernde europäische Krieg, der immer wieder nach Böhmen übergriff – auch Prag wurde noch mehrmals attackiert –, zog Verwüstungen, Seuchen und weitere Massenwanderungen nach sich. Am Ende des Dreißigjährigen Krieges hatte Böhmen nur noch eine Million Einwohner – ein Drittel weniger als zu Beginn –, und in Prag stand die Hälfte aller Wohnungen leer.

Doch ohne Menschen kein Kapital: Sollten die billig erworbenen ›Herrschaften‹ ihren neuen Besitzern auch etwas abwerfen, dann musste dort endlich wieder gearbeitet werden. Erneut wurden Familien umgesiedelt, und mit großem Aufwand versuchte man, Arbeitskräfte von fern her in das böhmische Vakuum zu locken. Eine gute Zeit für Menschen, die ohnehin nichts zu verlieren hatten, eine gute Zeit also auch für Juden, die immer in genügend großer Zahl unterwegs waren, irgendwo vertrieben oder beraubt und auf der Suche nach Sicherheit. Gerade jetzt, in den ersten Jahren nach dem Krieg, strömten sie wieder einmal von Osten her ins Land, aus der polnischen Ukraine, wo die aufständischen Kosaken unter der begeisterten Mitwirkung der übrigen russisch-orthodoxen Landbevölkerung ungeheuerliche Massaker verübten. Vermutlich mehr als eine Viertelmillion Juden starben gewaltsam. Die Überlebenden waren für jedes Angebot dankbar, und wo man ihnen erlaubte, sich niederzulassen, waren sie bereit, sich auch auf harte Konditionen einzulassen. Für die neuen katholischen Gutsbesitzer in Böhmen eine schöne Gelegenheit, Juden auf ihre herrschaftlichen Dörfer zu ›setzen‹ (wie der geläufige Ausdruck lautete) und die Ökonomie wieder in Schwung zu bringen. Denn nützlich waren diese Leute gleich in mehrfacher Hinsicht: Sie waren fleißig, sie zahlten pünktlich ihre Kontributionen, und man konnte sie dazu zwingen, alles aufzukaufen, was die Güter an Produkten nur hergaben. Es waren etliche Kleinhändler unter ihnen, die würden die Ware schon an den Mann bringen, im eigenen Interesse.

Auch das kleine südböhmische Gut Wosek,[8] sieben Kilometer nördlich von Strakonice, gehörte vor der Katastrophe am Weißen Berg einem tschechischen Adligen. Nach schweren Kämpfen in der nächsten Umgebung – die Kreisstadt Písek wurde 1619/20 von den Habsburgern dreimal erobert und schließlich verwüstet – musste der Protestant Zdenko Čejka das Land verlassen. Sein Schloss und das Dominium wurden beschlagnahmt, und so gelangten die weitgehend entvölkerten Dörfchen, darunter Wosek selbst, in den Besitz ausgerechnet jenes Kriegsgewinners, der die landesweiten Enteignungen persönlich überwachte: in den Besitz des mächtigen Karl von Liechtenstein, des gefürchteten Organisators der Prager Hinrichtungen, dessen katholische Treue mit dem Titel eines Statthalters und Vizekönigs von Böhmen belohnt worden war. Für ihn, den Herrn über Tausende Quadratkilometer Land, war Wosek zweifellos kaum mehr als ein Rechnungsposten, eine von zahllosen Möglichkeiten, neu erworbenes Vermögen urkundlich sicherzustellen – der dreibändigen Familiengeschichte der Liechtensteinischen war Wosek nicht einmal eine Fußnote wert.[9] Auch ist es sehr unwahrscheinlich, dass das Gut während des jahrzehntelangen Krieges irgendwelche nennenswerten Erträge abwarf, denn immer wieder zogen fremde Heere durch oder quartierten sich sogar für Monate ein. Erst in der zweiten Hälfte des 17. Jahrhunderts erholte sich die Region, Arbeitskräfte und Kapital waren hochwillkommen, leerstehende Häuser gab es mehr als genug, und so siedelten sich auch in Strakonice, Písek und den umliegenden Dörfern die Vertreter einer neuen sozialen Spezies an: sogenannte Landjuden, Einwanderer aus Polen und der polnischen Ukraine.[10]

Diese Juden blieben einander eng benachbart – vor allem aus Gründen des religiösen Ritus –, sie sammelten sich an geeigneten Orten und bildeten Ghettos *en miniature*, sogenannte Judengassen, in denen man unter sich blieb, wo es eine kleine Synagoge und häufig auch einen jüdischen Medicus gab und wo man weder mit Gesang und Gebet noch mit den Gerüchen der eigenen Küche den christlichen Teil der Bevölkerung belästigen musste. Eine solche Judengasse entstand auch in Wosek. Wie viele Menschen dort ursprünglich lebten, ist unbekannt, etwa hundert Jahre nach der großen Einwanderung waren es wohl sechzehn Familien, zu denen im 19. Jahrhundert noch einige hinzukamen.

Eine dieser Familien hieß KAFKA. Das war ein nicht eben seltener Name in Böhmen, auch in Prag gab es ihn schon seit langem, abgeleitet offenbar vom Namen eines Vogels.[11] Einige dieser ›Dohlen‹ – tschechisch *kavka*, polnisch *kawka* – fanden sich auch in der weiteren Umgebung Woseks, und in einer Chronik von Písek ist ein gewisser Löbl Kafka sogar schon im 17. Jahrhundert dokumentiert. Vermutlich war der Clan der polnischen Dohlen dort zuerst gestrandet, hatte sich erst später verzweigt und schließlich auch auf dem Gut Wosek angesiedelt – wann genau, wissen wir nicht.

Dieses Dunkel lichtet sich erst am Anfang des 19. Jahrhunderts, als in Wosek die Stelle eines jüdischen ›Familianten‹ frei wurde. Noch immer markierte dieser Begriff eine gezielte soziale Demütigung, die absolute Verfügungsgewalt des christlichen Staates, der seine jüdischen Untertanen biopolitisch verwaltete, als ginge es um die Pflege einer Viehherde. Diesem Staat kam es einzig und allein auf die Zahl an, auf den ›Bestand‹, der möglichst nicht weiter anwachsen sollte: 8541 Familien in Böhmen, 5106 in Mähren und keine mehr. Jeder männliche Jude, der nicht den seltenen Sonderstatus eines ›Schutz-‹ oder ›Hofjuden‹ besaß, jeder, der heiraten, Kinder haben und diesen Kindern auch etwas vererben wollte, musste also zunächst einmal darauf warten, dass ein Familienvorstand starb – irgendein Familienvorstand. Das war in der Regel der eigene Vater, es konnte aber auch ein ganz fremder Jude sein, sofern der nicht eigene Söhne hatte. In beiden Fällen war der Bestand jüdischer Familien um eine Ziffer gemindert, und die Frage, ob es sich um eine unmittelbare Erbfolge handelte oder nicht, blieb biopolitisch ohne jeden Belang. War kein Sohn zur Stelle, dann galt die Position des Familianten als unbesetzt, Punktum!, und wer sie haben und dafür auch bezahlen wollte, der konnte sie erwerben.

Ebendies geschah in Wosek im Jahr 1802. Da starb ein Jude namens Fischel, und wenige Wochen nach ihm sein einziges Kind, ein Säugling noch. Weil Ehefrauen und Witwen nicht Familianten sein konnten, war die Stelle anderweitig zu vergeben. Und so bekam ein gewisser Josef Kafka die Chance, sich das staatlich garantierte Recht zur Fortpflanzung zu erkaufen. Josef Kafka, der Urgroßvater des Schriftstellers Franz Kafka.

Keine intellektuelle Biographie, die sich vor den Kulissen der böhmischen Metropole entfaltet, ist verständlich ohne die Geschichte dieser Stadt und ihrer Region. Das gilt für Deutsche wie für Tschechen, für Juden wie Christen. Es gilt für Politiker wie Tomáš Masaryk, der aus seiner Stadt erst vertrieben und dann von ihr verehrt wurde; für Publizisten wie Egon Erwin Kisch, der von dem sozialgeschichtlichen Anschauungsmaterial Prags ein Leben lang zehrte; es gilt für die Generation der jungen Zionisten um 1900, die inmitten des nationalen Gezänks in Prag aufwuchsen und denen daher der Begriff einer ›jüdischen Nation‹ problematisch wurde; und es gilt selbstverständlich für Schriftsteller wie Rilke und Werfel, deren Imaginationskraft schon früh befeuert wurde von einem Stadtbild, in das die sozialen Verwerfungen eines ganzen Jahrtausends sich wie Runzeln und Narben eingegraben hatten, und die schließlich glaubten, auf diesem Krämermarkt der offenen Rechnungen nicht mehr atmen zu können.

»Prag lässt nicht los«, schrieb Kafka als 19-Jähriger an seinen engsten Freund. »Uns beide nicht. Dieses Mütterchen hat Krallen. Da muß man sich fügen oder –. An zwei Seiten müssten wir es anzünden, am Vyšehrad und am Hradschin, dann wäre es möglich, daß wir loskommen.«[12] Ein schön erdachter existentialistischer Akt, zu dem sich Kafka dann doch nicht entschließen konnte. Er hat nichts angezündet, ist nicht losgekommen, bis kurz vor seinem Ende, und als die Krallen endlich lockerließen, war es zu spät.

Dass ein Werk wie das seine nur in Prag entstehen konnte, dass es die historische und soziale Atmosphäre Prags auf jeder Seite atmet, ist inzwischen Gemeinplatz: wahr gewiss, doch nicht wirklich erhellend. Denn das Gleiche gilt ja für viele der flüchtigen Produkte dritt- und viertrangiger literarischer Amateure, die in erstaunlicher Zahl die Prager Kaffeehäuser und zum wachsenden Verdruss des Publikums auch die Feuilletons bevölkerten. Von allen diesen jedoch setzte sich Kafka radikal ab. Wodurch, in welcher Weise? Zunächst durch sprachliches Können, Gespür für literarische Formen und durch den Verzicht auf jegliche Stadtfolklore. Was er schreibt, ist in ganz anderem Sinne magisch als das angeblich magische Prag. Denn jede Zeile von seiner Hand geht durch den Filter einer erschreckenden, oft eisigen intellektuellen Wachheit und einer bildgesättigten, unnachgiebigen Reflexivität. Kafka war seiner Geburtsstadt nicht bloß ›verhaftet‹ wie Tausende andere, sondern er bezog daraus auch den Impuls, ja gleichsam den Auftrag, dem Rätsel dieser Bindung auf den Grund zu gehen. Daher gehören zu seinen Lebensthemen die Macht der Vergangenheit über die Gegenwart, das gespenstische Rumoren der ›Vorwelt‹ (besonders vernehmbar im August 1914) und die jederzeit zu gewärtigende, jähe Wiederauferstehung dessen, was historisch bereits abgetan schien: all das Ausdruck eines eigentümlichen, in seiner Prager Lebenswelt verankerten Bewusstseins von Zeit und Geschichte. Und dieses Bewusstsein trug Kafka offenbar schon als Jugendlicher in sich. Denn wenn er darüber nachdenkt, wie Prag am sichersten in Schutt und Asche zu legen wäre, dann belässt er es nicht bei Pennälerträumen. Das Nächstliegende kommt ihm gar nicht in den Sinn, die Schulen, Universitäten, Synagogen und Galanteriewarenläden – nein, brennen sollen zuerst die alten Kerne des Prager Siedlungsgebiets, die beiden Burgen, der Hradschin und der Vyšehrad, in deren Schatten einst, vor tausend Jahren, die ersten Prager Gassen entstanden. Es ist nur ein Überschuss an Imagination, spielerisch und harmlos noch, aber selbst im Spiel legt Kafka sogleich die Hand an die Wurzel.

Woher hatte er diese Fähigkeiten? »Bedenken Sie auch Milena«, schrieb er gegen Ende seines Lebens in einem Brief, »wie ich zu Ihnen komme, welche 38jährige Reise hinter mir liegt (und da ich Jude bin, eine noch so viel längere).«[13] Offenbar empfand er diese Verflechtung von individuellem und historischem Schicksal schon außergewöhnlich früh, und seine eigene Existenz bot ihm dafür Anschauungsmaterial genug. Er wurde am Rand des Prager Ghettos geboren, kurz vor dessen endgültigem Untergang. Er war einem antisemitischen Denken und Sprechen ausgesetzt, in dem das Mittelalter scheinbar ungebrochen fortdauerte. Er lernte Menschen kennen, die daran glaubten, dass Juden rituelle Morde begingen, und die im selben Atemzug von der Zukunft der tschechischen Nation schwärmten. Er traf Ältere, die sich noch an die letzten öffentlichen Hinrichtungen in Prag erinnern konnten und die jetzt die ersten Autos und Kinematographen bestaunten. Und er wohnte viele Jahre am Altstädter Ring, an jener sozialen Bühne also, auf der man immer aufs Neue die Ereignisse von 1620/21 beschwor, den Weißen Berg, die Exekutionen und Vertreibungen, ganz so als handle es sich um vitale Erinnerungen derer, die sich hier versammelten. Wie vieles davon Inszenierung war, durchschaute Kafka; wie wenig an Inszenierung es aber bedurfte, um der realen Gewalt des Vergangenen neue Bahn zu brechen, das fühlte und erlebte er.

Zeitschichten, die sich unter äußerem Druck wie Eisschollen über- und ineinanderschieben, waren Kafka auch aus der jüdischen Vorstellungswelt vertraut, wie unzulänglich auch immer sie ihm überliefert wurde. Dass man den Juden als gleichsam überzeitlichem Kollektiv Verbrechen vorwarf, die sie vor zwei Jahrtausenden begangen haben sollten (»ihr habt unseren Herrn ans Kreuz geschlagen«), das erschien ihnen ungerecht, gewiss. Aber doch nur wegen des Inhalts der Anklage, während ihnen diese Form des historischen Kurzschlusses völlig vertraut und durchaus nachvollziehbar schien. Nicht nur die jüdische Identität als ›Volk‹, vielmehr jeder einzelne jüdische Festtag, selbst rituelle Handlungen des Alltags bezogen (und beziehen) ihre Bedeutung ausdrücklich aus Ereignissen aus alttestamentarischer Zeit. Solche Fernbeziehungen hatten ihren höheren Sinn, darin waren sich die Juden mit ihren Gegnern völlig einig, und ob man die historischen Begebenheiten tatsächlich belegen konnte, war demgegenüber durchaus nachrangig – ihr Fortwirken war Beweis genug. Auch dieses eigentümliche Zeitbewusstsein, an dem die Aufklärung scheinbar spurlos vorübergegangen war, gehörte wesentlich zu jenem Resonanzboden, auf dem sich Kafkas geschichtliche Reflexionskraft entfaltete.

Von Prag kam man nicht los, vom Judentum ebenso wenig, und beides aus Gründen, die einander sehr ähnlich sahen. »Das Vergangene ist nicht tot, es ist nicht einmal vergangen« – das berühmte Paradox stammt von William Faulkner, doch entdeckten wir es in einem jener Notizhefte, die Kafka später vollkritzelte, es würde uns nicht verwundern. Unterschrieben hätte er diesen Satz gewiss. Denn wer hatte dazu mehr Anlass, mehr Berechtigung als ein Jude aus Prag?

Riesenmenschen:
Die Kafkas aus Wosek

Nicht jeder ist auf der Welt,
der geboren wurde.
Dezső Szomory, LEHRER HORÉB

»Euch geht's zu gut!« Der dröhnende Refrain war wohlbekannt in der Wohnstube der Kafkas, bekannt bis zum Überdruss. Denn zu hören bekam ihn jeder, der mit irgendwelchen Sorgen kam, mit ›persönlichen‹ Sorgen gar, die der Stoff- und Zwirnhändler Hermann Kafka fast ausnahmslos als Belästigungen abtat. »Euch geht's zu gut«, das war eine durch allzu häufigen Gebrauch schon ein wenig schartige, aber noch immer brauchbare Waffe, mit der sich jede Diskussion beenden, jeder Widerspruch im Keim ersticken ließ. Wer an seinem Esstisch würde denn ernstlich leugnen, dass er gut versorgt war – den dampfenden Fleischteller beinahe täglich vor Augen? Hatte es in diesem Heim jemals an etwas gefehlt? Nur darum, weil hier niemals etwas fehlte, konnten lächerliche Angelegenheiten den Anschein ernstzunehmender Sorgen gewinnen. Was wirkliche Nöte bedeuteten, das wusste der Vorstand der Familie sehr genau, ja, bisweilen schien es ihm, als wisse nur er es allein. Und da er alle anderen vor dieser Erfahrung bewahrte, war es nicht nur legitim, sondern auch erzieherisch notwendig, sie an die vergangene wie gegenwärtige Mühsal so oft wie möglich zu erinnern.

Freilich saß ihm an ebenjenem Tisch ein Beobachter gegenüber, der nicht einfach weghörte oder abstumpfte gegen die immer gleichen Vorhaltungen des Vaters, sondern der auch die halbbewussten Impulse, welche diese Monologe in Gang hielten, bis auf den Grund durchschaute.

»Unangenehm ist es, zuzuhören, wenn der Vater mit unaufhörlichen Seitenhieben auf die glückliche Lage der Zeitgenossen und vor allem seiner Kinder von den Leiden erzählt, die er in seiner Jugend auszustehen hatte. Niemand leugnet es, dass er jahrelang infolge ungenügender Winterkleidung offene Wunden an den Beinen hatte, dass er häufig gehungert hat, dass er schon mit 10 Jahren ein Wägelchen auch im Winter und sehr früh am Morgen durch die Dörfer schieben musste – nur erlauben, was er nicht verstehen will, diese richtigen Tatsachen im Vergleich mit der weiteren richtigen Tatsache, dass ich das alles nicht erlitten habe, nicht den geringsten Schluss darauf, dass ich glücklicher gewesen bin als er, dass er sich wegen dieser Wunden an den Beinen überheben darf, dass er von allem Anfang an annimmt und behauptet, dass ich seine damaligen Leiden nicht würdigen kann und dass ich ihm schliesslich gerade deshalb, weil ich nicht die gleichen Leiden hatte, grenzenlos dankbar sein muss. Wie gern würde ich zuhören, wenn er ununterbrochen von seiner Jugend und seinen Eltern erzählen würde, aber alles dies im Tone der Prahlerei und des Zankens anzuhören, ist quälend.«[1]

Diese mit Widerwillen vernommenen, aber präzise gespeicherten Ansprachen waren es, die Kafka schon früh zu der Überzeugung führten, dass gerade unter bürgerlichen Verhältnissen die Beziehungen zwischen Eltern und Kindern im Wesentlichen Machtbeziehungen seien: Selbst das Gute, das die Eltern tun, dient stets dem Nebenzweck, ihre absolute Verfügungsgewalt über die Kinder abzusichern und auf Dauer zu stellen. Diese Gewalt nämlich – so erfuhr Kafka tagtäglich – lässt sich viel wirksamer im moralischen Konto der Kinder verankern als in deren unbeständiger Liebe. Die Eltern belasten daher absichtsvoll dieses Konto, indem sie den Gegensatz zwischen dem eigenen, von Verantwortung beschwerten Lebenskampf und der scheinbaren Sorglosigkeit der Kinder fortwährend zum Thema machen. Wirkliche Dankbarkeit erzwingen sie mit diesem psycho-strategischen Kalkül in den seltensten Fällen, sehr häufig aber Schuldgefühle – und umso nachhaltigere und tiefere, je steiniger ihr eigener Weg tatsächlich ist (oder war). Daher der offenkundige Genuss, das Auftrumpfen, die befremdliche »Prahlerei«, mit der Kafkas Vater über lange zurückliegende Leiden sprach – geradeso, als seien es Verdienste. »Wer weiß das heute!«, rief er ein ums andere Mal, »was wissen die Kinder! Das hat niemand gelitten! Versteht das heute ein Kind!«[2] Mindestens eines seiner Kinder *hatte* verstanden.

Hermann Kafka wurde am 14. September 1852 in der Judengasse von Wosek geboren, in einem Teil des Dorfs, der ›Klein-Wosek‹ genannt wurde.[3] Dass er als eheliches Kind zur Welt kam, war ein Privileg, das er der erst drei Jahre zuvor erkämpften bürgerlichen Emanzipation der Juden und damit dem Erlöschen des Familiantengesetzes verdankte. Noch seinem Vater, dem Fleischhauer (Fleischer) Jakob Kafka, hatte dieses Gesetz harte Restriktionen auferlegt. Denn Jakob war weder der Älteste unter seinen Geschwistern, noch erhielt er (wie sein eigener Vater) in dem sehr übersichtlichen Klein-Wosek mit seinen etwa 150 Einwohnern[4] je die Chance, eine unbesetzte Familiantenstelle zu ergattern. So war er genötigt, seine Geliebte Franziska (Fanny) Platowski[5], die im Haus gegenüber wohnte, ›in der Dachkammer zu heiraten‹, wie man sagte, und mit ihr in einer von der jüdischen Gemeinde akzeptierten, rechtlich aber völlig ungesicherten Verbindung zu leben. Die ersten beiden Kinder, die daraus hervorgingen, waren daher unehelich und trugen vorläufig den Namen der Mutter.

Die Nachricht von der weitgehenden rechtlichen Gleichstellung, die im Frühjahr 1849 in Kraft trat, versetzte die jüdische Landbevölkerung in einen Freudentaumel. In sämtlichen Synagogen Galiziens, Mährens und Böhmens – und gewiss auch in der kleinen Synagoge von Wosek – wurden Dankgebete und -gesänge gen Himmel geschickt, eine Hochzeit nach der anderen wurde gefeiert, und selbst grauhaarige Paare, die längst Enkel hatten, ließen ihre Verbindung noch legalisieren und feierten diesen Tag im Bewusstsein einer nicht nur privaten, vielmehr historischen Zäsur des gesamten Judentums. Auch Jakob und Fanny, er 35, sie 33 Jahre alt, zögerten nicht lange und ließen sich bereits im Juli trauen, danach erhielten ihre beiden Kinder den Familiennamen Kafka – wie die vier weiteren, die noch folgen sollten, unter ihnen Hermann. Dass mit den bürgerlichen Rechten nicht nur ein bisher unvorstellbares Maß an Freiheit, sondern zugleich die zentrifugalen Kräfte der Individualisierung entfesselt wurden, ahnte im freudig erregten Woseker Judengässchen wohl kaum jemand. Doch die neu verliehenen Rechte auf Ehe sowie freie Wahl von Wohnsitz und Beruf nährten unvermeidlich Träume vom sozialen Aufstieg, Träume, die im Mikrokosmos des Dorfes nicht zu verwirklichen waren. Diese Träume sollten das jüdische Gemeinwesen sehr bald aufsprengen; es war der Schock der Moderne, der seine Ausläufer bis in die erbärmlichste Kate schickte; es war, als sei man von einem Augenblick zum anderen in das Kraftfeld riesiger, entfernter Magneten geraten, und diese Magneten hießen Wien und Prag.

Ob auch Jakob Kafka diese neuen Versuchungen schon zu spüren bekam, ist zweifelhaft, und hätte ihm jemand prophezeit, dass er eines Tages *als letzter Jude* auf dem Waldfriedhof von Wosek begraben würde, so wäre ihm das als ganz unbegreifliches Unheil erschienen. Er war aufgewachsen in der Welt des Landjudentums, von anderen Werteordnungen hatte er keine Vorstellung, und so war auch die Frage, ob es sich woanders vielleicht besser leben ließe, für ihn noch nicht von so bedrängenden Phantasien besetzt wie für die nachfolgende Generation. Er hatte sich – und allein darauf kam es an – einen von der Gemeinschaft akzeptierten Status erworben, den des Schächters und des Fleischlieferanten, und im Gegenzug hatte er den Preis akzeptiert, den Status und Integration ihm abverlangten. Dieser Preis bestand in harter körperlicher Arbeit, die keine eigentliche Pause, geschweige denn Ferien kannte – ein von physischem Verschleiß bestimmtes Leben, für das der große und kraftstrotzende Jakob wie geschaffen schien. Allein der Sabbat, an dem Ausruhen religiöse Pflicht war, sorgte für die dringend notwendige Regeneration, und auch die jüdischen Feiertage wurden natürlich strikt eingehalten, nach altem Brauch und Ritus.

Die Kafkas lebten in recht bescheidenen, aber keineswegs elenden Verhältnissen. Dass die achtköpfige Familie eine niedrige Behausung mit nur zwei Räumen bewohnte, dass die Kinder alle im selben Zimmer schliefen und zwei oder drei Betten miteinander teilten, war unter dörflichen Verhältnissen das Übliche. »Häufiger Hunger« wurde hier wohl kaum gelitten, auch wenn Hermann des Öfteren erzählte, man sei schon froh gewesen, Kartoffeln auf dem Teller zu haben – recht unwahrscheinlich im Haushalt eines Fleischhauers. Freilich, es war eine nicht nur karge, sondern auch kurze Kindheit. Eingebläut wurde schon früh, dass Tagträumen und Faulenzen von Übel sind und dass ›Großwerden‹ vor allem eines bedeutet: das definitive Ende jeglichen Müßiggangs. So entschlossen auch Hermann Kafka sich später vom Milieu der eigenen Kindheit abwandte – diese Lektion hatte er für alle Zeit verinnerlicht, und daher wurde sein lebenslanger Hass gegen niedere, grobe Arbeit stets begleitet von einem subtileren, doch ebenso folgenreichen Unverständnis gegenüber Betätigungen, die sich *überhaupt nicht* als Arbeit ausweisen konnten.

Wie lange Hermann die jüdische Zwergschule besuchte, wissen wir nicht, doch sicher ist, dass er schon Jahre vor der Bar-Mizwa, dem jüdischen Pendant zur Konfirmation, dem Vater zur Hand gehen musste, gewiss auch bei den körperlich anstrengenden Schlachtungen, die in einem kleinen Wirtschaftsgebäude hinter dem Haus erledigt wurden. Meist zu Beginn der Woche gaben die Juden von Wosek und einiger umliegender Weiler ihre Fleischbestellungen für den Sabbat auf, am Donnerstag und Freitag wurde die Ware dann ausgeliefert, zu Fuß und mit einem Handwagen. An anderen Wochentagen ging Fleisch zudem an christliche Kunden. Bereits mit sieben Jahren, klagte Hermann Kafka später, sei er für derartige Lieferdienste herangezogen worden, sogar bei größter Kälte und noch vor Beginn des morgendlichen Schulunterrichts. Selbst wenn er dabei ein wenig übertrieben und die leidvollsten Erfahrungen verallgemeinert haben sollte: Gewiss ist, dass seine Bildung, seine Entwicklung schon sehr früh der Subsistenz der Familie untergeordnet und seine soziale Kindheit lange vor dem Einsetzen der Pubertät beendet wurde. Er hatte damit kein gutes, aber auch kein exorbitant schlechtes Los gezogen. Denn seinen Geschwistern und den meisten anderen Kindern in der Judengasse erging es ja keineswegs besser, und eine der beiden Schwestern klagte noch als ältere Frau darüber, dass sie schon im zehnten Lebensjahr als Köchin verdingt worden war – auch dies nicht ungewöhnlich zu einer Zeit, da Kinderarbeit in Familienbetrieben toleriert wurde, rechtlich wie ethisch.[6] Und erst recht nicht ungewöhnlich in einer Familie, deren Kinder allesamt die solide körperliche Konstitution des Vaters geerbt hatten und sich – wie es Hermanns späterer Ehefrau erschien – zu einer Schar von »Riesenmenschen« entwickelten.[7]

Gelernt hat Hermann in den wenigen Jahren des Unterrichts wohl kaum mehr als das Nötigste: Schreiben, Lesen, Rechnen und die paar Brocken biblisches Hebräisch, die zur Teilnahme am religiösen Leben unabdingbar waren. Das bei weitem wertvollste Bildungsgut jedoch, das er aus Wosek mitnahm, bestand im geläufigen Gebrauch *zweier* Umgangssprachen – eine Kompetenz, welche die Anpassung an unterschiedliche Milieus ermöglichte und für jegliche kaufmännische Betätigung auf böhmischem Gebiet, vom Hausierer bis zum Grossisten, fast unverzichtbar war. Die Sprache des Alltags in Wosek, die Sprache der Mehrheit, war natürlich das Tschechische; die Juden aber verfügten außerdem über das Deutsche als Bildungsidiom, Staats- und Elitesprache, sie konnten sich daher mit dem neuen Gutsherrn im Woseker Schlösschen, dem Prager Großgrundbesitzer und Landtagsabgeordneten Eduard Ritter von Doubek, leichter verständigen als dessen tschechische Glaubensbrüder. Ihr Schulunterricht war ebenfalls deutsch – dazu waren Juden nach 1849 nicht mehr verpflichtet, aber sie behielten es bei –, und wer in Klein-Wosek aufwuchs, hatte sogar das Glück, eine solche deutsch-jüdische Schule unmittelbar vor der Haustür zu finden (die nächste war fast fünfzig Kilometer entfernt). Deutsch wurde in der Synagoge gesprochen und in vielen Familien gewiss auch am Sabbat, wobei sich etliche jiddische Einsprengsel, die noch aus den Zeiten der Einwanderung stammten, als ziemlich zählebig erwiesen. Den Kindern gab man deutsche Vornamen (in Hermann Kafkas weitläufiger Verwandtschaft findet sich ein einziger genuin tschechischer Vorname), und die Inschriften der Grabsteine auf dem kleinen jüdischen Friedhof waren hebräisch und deutsch.

Zu welcher nationalen Gruppe also gehörte der Clan der Kafkas? Waren es deutsche Juden? Tschechische Juden? Das hätte aus der gesamten ›Mischpoche‹, wie man in der Judengasse sagte, wohl niemand beantworten können. Denn das nationale Raster, das schon für die folgende Generation eine so wichtige und verhängnisvolle Rolle spielen sollte, war der sozialen Wirklichkeit des Dorfes gar nicht angemessen. Die Frage beruhte auf Fiktionen, und die Nötigung, sich über die Komplexität der eigenen Lebenswelt hinwegzusetzen und sich zu einer der beiden Nationalitäten willkürlich zu ›bekennen‹, hätte die Kafkas aus Wosek in nicht geringe Verlegenheit versetzt. Sie waren Juden, sie waren Böhmen, sie waren treue Untertanen der Habsburger Monarchie – in dieser Reihenfolge. Was noch wollte man von ihnen?

Über Hermann Kafkas Jugendjahre wissen wir wenig. Spätestens nach der Bar-Mizwa wurde er in die Obhut eines Verwandten gegeben, der in der fünfzehn Kilometer entfernten Kreisstadt Písek ein Textilgeschäft führte.[8] Damit war die erste und wichtigste Weiche für seine berufliche Zukunft gestellt, wenngleich er eine planmäßige Lehre im heutigen Sinn wohl kaum absolviert hat. Wahrscheinlicher ist, dass er mit seiner neuen, ganz anders gearteten Ware auch weiterhin durch die umliegenden Dörfer zog und sich die notwendigen Grundkenntnisse über Stoffe und Zwirne aus dem täglichen Umgang aneignete. Freilich, an irgendein soziales Fortkommen war vorläufig nicht zu denken, denn sofern überhaupt ein Lohn in klingender Münze vereinbart war, so ging dieser an die Eltern, und auf reguläre Arbeitsverträge, im ländlichen Handelsverkehr ohnehin die Ausnahme, wurde innerhalb jüdischer Clans selbstredend verzichtet. Mit Neid und Unruhe muss Hermann den immer stärker anschwellenden Strom von Landflüchtigen beobachtet haben: junge Juden vor allem, die der aussichtslosen Fron zu entrinnen suchten, dann ganze Familien, die ihre Koffer packten, sich auf den Weg in die Städte machten und schon nach kurzer Zeit weitere Verwandte aus den Dörfern lockten.

Erfahrungen mit antisemitischer Ausgrenzung spielten bei diesen Wanderbewegungen vermutlich nur eine untergeordnete Rolle. Denn obwohl man einen latenten und flächendeckenden Judenhass natürlich auch weiterhin zu spüren bekam – die fortschreitende rechtliche Emanzipation der Juden lieferte ja andauernd neue Gründe für Neid und Missgunst –, waren die Folgen für das alltägliche Zusammenleben lokal sehr unterschiedlich. In Dörfern wie Wosek, wo die sozialen Aufgaben klar verteilt und die Unterschiede im Lebensstandard nicht sehr ausgeprägt waren, ließ man die Juden gewähren, und ideologisch aufgeputzter Antisemitismus fand hier wenig Resonanz. Schließlich beobachtete jeder tschechische Bauer mit eigenen Augen, dass seine jüdischen Nachbarn – auch diejenigen, die vom Handel lebten – hart arbeitende Menschen waren und dass die auf anonymen Flugblättern immer wieder verbreitete Behauptung, die Juden seien geborene Blutsauger und ließen am liebsten andere für sich arbeiten, mit der sozialen Erfahrung nicht übereinstimmte.

Ganz anders sah es jedoch in Kleinstädten aus, wo Juden an der ersten großen Welle der Industrialisierung beteiligt waren. Die Wut der Proletarier gegen unmenschliche Arbeitsbedingungen ließ sich gegen jüdische Unternehmer sehr viel leichter mobilisieren als gegen tschechische, und die unterschwellige Verachtung der Juden, gepaart mit Angst vor ihrer Fremdheit, schlug daher regelmäßig um in Hass und Gewalt. Geschichten von verprügelten Juden und eingeschlagenen Scheiben müssen Hermann Kafka schon als Kind in den Ohren geklungen haben, denn auch in der nur zwei Wegstunden entfernten Kleinstadt Strakonice, wo Verwandte lebten, kam es gelegentlich zu judenfeindlichen Tumulten, die tagelang anhielten. Im Frühjahr 1866, auf dem Höhepunkt einer Wirtschaftskrise, nahmen die Verfolgungen im ganzen Land derart zu, dass Franz Joseph über Böhmen das Standrecht verhängte. Und dass die Monarchie nur wenige Monate später in einen Krieg gegen Preußen verwickelt wurde, nahmen viele Juden geradezu mit Erleichterung auf: Es brachte ihre Widersacher auf andere Gedanken, vorläufig.

Den damals 14-jährigen Hermann dürften diese Ereignisse in seinen Flucht- und Aufstiegsphantasien indessen kaum beeinflusst haben – eher noch in seinem allmählich aufkeimenden reziproken Hass gegen den leicht zu lenkenden Mob aus der Fabrik, der den aufstrebenden Juden ihren Erfolg missgönnte. Er wusste bereits, dass er der Konfrontation mit diesem Gegner auch in der Großstadt nicht entgehen würde, ja, selbst das Prager Ghetto war erst kürzlich (zum wievielten Mal in tausend Jahren?) von allgemeiner Plünderung bedroht und nur durch Einsatz des Militärs gerettet worden. Eine Schutzzone für Juden gab es in dem riesigen Habsburger Reich nirgendwo. Wohl aber von Ort zu Ort sehr unterschiedliche Chancen, sich anzupassen und den Makel der Abstammung hinter Wohlstand und bürgerlicher Fassade zu verbergen.

Dass es sich in einem anonymen und mobilen Umfeld viel besser leben ließ als im Gesichtskreis einer statischen Dorfgemeinschaft, war eine Erfahrung, die Hermann Kafka auch beim Militär machte. Er war neunzehn Jahre alt, als er bei einer technischen Einheit ›einrücken‹ musste, und der Dienst dauerte volle drei Jahre – Zeit genug, einige allzu hervorstechende jüdische Eigenheiten abzustreifen und inmitten eines sozial und regional zusammengewürfelten Haufens zu lernen, wie man sich trotz schlechter Ausgangsposition durchsetzt: mit einer geschickten Kombination von Initiative und Anpassung. Eine schöne Zeit war es, mit Kameradschaft, Kartenspiel und Soldatenliedern, eine Zeit, von der er noch oft und gern erzählen wird. Eine Zeit der Befreiung, die ihm, dem armen Judenjungen, zum ersten Mal auch Macht über Menschen gab. Denn Hermann brachte es bis zum ›Zugsführer‹ mit einigen Dutzend Untergebenen, für deren Ausbildung, Montur und Unterkunft er als Unteroffizier mitverantwortlich war. Dass er zwei Sprachen beherrschte, gab ihm auch hier einen Vorsprung, ebenso körperliche Robustheit, Tatkraft und sonore Stimme. Vieles spricht dafür, dass Hermann Kafka die teils leutselige, teils bedrohlich lautstarke Präsenz, mit der er später seine Umgebung in Schach hielt, sich nicht im Dorf, sondern erst beim Militär aneignete und wie eine Rolle bewusst kultivierte. Eine Waffe, die im Geschäftsleben und gegenüber dem Personal sehr nützlich sein konnte, während sie freilich zu Hause, wo sich hinter der massiven Fassade nur allzu oft Selbstmitleid, Opportunismus und kindische Angeberei zeigten, eher verstörend wirkte. Dass ihm sein Trupp längst abhandengekommen war, scheint der Zugsführer Hermann Kafka niemals wirklich akzeptiert zu haben; sein Leben folgte auch weiterhin der Logik des Kampfes, der Eroberung und zähen Verteidigung vorteilhafter Positionen, und alles, was sich dieser Logik verweigerte, war bestenfalls *meschugge*.

Ein Leben als ›Dorfgeher‹ schien ihm nach den Erfahrungen beim Militär ganz undenkbar geworden, und ein Geschäft in einer Gegend zu betreiben, wo aus allen Judengassen (auch aus der von Klein-Wosek) die prospektiven Kunden wegliefen und nur die Alten noch zurückblieben, war offenkundig chancenlos. Auch Hermanns ältere Brüder – weniger verbissen, doch ebenso entschlossen auf der Suche nach sozialem Auftrieb – hatten sich der großen Wanderung schon angeschlossen und von der Plackerei des Landjudentums endgültig verabschiedet: Filip ging ins tschechische Kolin, Heinrich verschlug es ins deutschböhmische Leitmeritz, beide wurden selbständige Kaufleute. Und sogar in Prag gab es bereits einen erfolgreichen Aufsteiger aus der eigenen Mischpoche: den Wein- und Likörgroßhändler Angelus Kafka aus Strakonice, der mit Mitte dreißig schon wohlhabend genug war, um weitere Verwandte bei sich aufzunehmen und ihnen beim *start-up* auf ungewohntem Pflaster ein wenig unter die Arme zu greifen. Angelus war einer von denen, die es geschafft hatten, Angelus war ein Vorbild, er hatte den Weg gebahnt, den nun auch der Zugsführer aus Klein-Wosek gehen wollte.

Hermann Kafkas frühe Jahre in Prag liegen weitgehend im Dunkeln, doch scheint es, dass er seiner Branche treu blieb und mit feinen Stoffen, Zwirnen und sonstigen Galanteriewaren reiste – nicht als Hausierer wohlgemerkt, sondern als fest angestellter Großhandelsvertreter, der von Montag bis Freitag in Böhmen umherreiste, Bestellungen von ländlichen Händlern aufnahm und Artikel einkaufte, die in Heimarbeit oder in kleinen Werkstätten produziert wurden. Einige Jahre lang war er bei seinem Vetter Angelus in der Plattnergasse (Platneřska ulice) polizeilich gemeldet – auch das ein Indiz dafür, dass Hermann in Prag keineswegs Armut litt und darum auch nicht auf die Billigquartiere des mittlerweile zum gewöhnlichen Stadtteil erklärten, jedoch heruntergekommenen Ghettos angewiesen war wie so viele der vom Land hereinströmenden ›Pinkeljuden‹.[9] Wahrscheinlich ist auch, dass Angelus ihm den Weg in die Selbständigkeit mit Bürgschaften ebnete – so war es Usus in den jüdischen Clans, und man bedankte sich dafür, indem man den Wohltäter zum Paten der eigenen Kinder machte. Weshalb der spätere Schriftsteller Franz Kafka einen reichen Weinhändler zum Patenonkel bekam.

Mit knapp dreißig Jahren entschloss sich Hermann Kafka, die nächsten beiden Stufen der sozialen Leiter auf einmal zu nehmen und sich an ein vielerprobtes soziales Manöver zu wagen: an den Versuch, die Gründung eines eigenen Geschäfts an die Gründung einer eigenen Familie unmittelbar zu koppeln. Ein einfacher Gedanke, eine einfache Rechnung: Das zusammengeworfene Vermögen von Mann und Frau, ihre vereinte Arbeitskraft und -lust lieferten einen Schub, mit dem sich ganz anders durchstarten ließ als allein mit dem Treibstoff von Familienkrediten – einen Schub, der sich psychisch, sozial und ökonomisch zugleich bemerkbar machen musste. Um solche Synergien auch im Leben Hermann Kafkas zu entfesseln, bedurfte es freilich einer ›Partie‹, die sehr spezielle Kriterien erfüllte. Eine Christin kam nicht in Betracht – das hätte der Clan nicht akzeptiert –, eine Tschechin ebenso wenig, denn die künftigen Kinder sollten mit der sozial höherrangigen, das heißt der deutschen Sprache aufwachsen. Eine reiche Jüdin wiederum hätte Ansprüche an Herkunft und Bildung gestellt, denen er nicht genügen konnte. Eine Frau also musste es sein, deren Mitgift zumindest groß genug war, um das geplante Geschäft substantiell zu fördern, die aber dennoch bereit war mitzuarbeiten und nicht etwa nur versorgt werden wollte. Eine Frau überdies, die über ein Mindestmaß an Charme und Attraktivität verfügte – nicht nur zu Hermanns persönlicher Befriedigung, sondern auch als soziales Gleitmittel, dessen Bedeutung im Geschäftsleben der kleinen Leute gar nicht überschätzt werden konnte. Ein ›gewinnendes Wesen‹ also in jeder Bedeutung des Wortes.

Gab es eine solche Frau in Prag? Bekanntschaften mit dem anderen Geschlecht zu schließen war umständlich, und hätte die Richtige im Haus gegenüber gewohnt, wie es seinem Vater in der Woseker Judengasse widerfuhr, so hätte das die Sache auf städtischem Terrain kaum erleichtert. Gewiss, der gelegentliche Umgang mit käuflichen Frauen war Hermann Kafka so selbstverständlich wie Biertrinken und Zigarrenrauchen – die späteren Äußerungen gegenüber seinem

Sohn sind eindeutig genug. Doch die sozialen Finessen, die man zu einer Werbung auf Augenhöhe benötigte, erlernte man in den Prager Weinstuben gewiss nicht.

Die Frage war viel zu bedeutsam, um sie zufälligen Begegnungen zu überlassen. Niemals etwa wäre es ihm in den Sinn gekommen, irgendwelche bürgerlichen Damen auszuspähen und sie dann per Brief oder gar, wie es seit kurzem in Mode war, per Zeitungsinserat nach den Chancen einer ›ehrbaren Annäherung‹ zu fragen. So etwas konnten sich nur christliche Großstädter ausdenken, und wenngleich er das zeitgenössische erotische Leitbild des ›stattlichen‹, das heißt großen und breitschultrigen Draufgängers ziemlich gut verkörperte, so fehlte es ihm doch an der nötigen Gewandtheit, um derartige Nachstellungen auf eigene Faust zum Erfolg zu führen. Nein, es war in jeder Hinsicht klüger, der jüdischen Tradition zu folgen und in Standardsituationen wie dieser auf professionellen Beistand zurückzugreifen. Dafür standen ›Schadchen‹ in allen Preisklassen bereit, Heiratsvermittler, welche die gesamte jüdische Gemeinde namentlich auswendig kannten und die auch über verwandtschaftliche, finanzielle und sittliche Hintergründe bestens Bescheid wussten. Das Notizbuch des Schadchens war ein ständig aktualisiertes Abbild des jüdischen Heiratsmarkts, ja, es konstituierte diesen Markt erst eigentlich, und das genaue Wissen um das jeweilige Angebot wie auch die Diplomatie des Vermittlers ermöglichten es dem hoffnungsvollen Kunden, monetäre und erotische Anforderungen völlig unverblümt vorzubringen, ohne die Blamage persönlicher Abweisung fürchten zu müssen. Der Schadchen war verschwiegen, darauf war Verlass, denn er war es im eigenen geschäftlichen Interesse.

Aus einem dieser Notizbücher erfuhr nun Hermann Kafka, dass die Frau, die er suchte, keine fünf Gehminuten entfernt lebte. Sie wohnte mit Vater, Stiefmutter und Bruder unmittelbar am Altstädter Ring, in einem Eckhaus zur Eisengasse (Železná): ein dreistöckiges Bürgerhaus mit repräsentativer Barockfassade und Ladenlokal im Erdgeschoss, das spätere ›Smetana-Haus‹, an dem er gewiss schon tausendmal vorübergegangen war. Löwy hieß die Familie, und Julie ihre schon 26-jährige, demnach längst heiratsfähige Tochter. Diese Leute waren nicht reich, aber doch wohlhabend genug, um der Tochter, die keinerlei Beruf ausübte, ein jahrelanges Moratorium zu ermöglichen, während dessen sie unter den ausgelobten Bewerbern in aller Ruhe wählen konnte. Und das Beste war: Sie kam aus der Branche. Denn ihre Kindheit und Jugend hatte Julie in den Kulissen eines gutgehenden Stoffgeschäfts verbracht, und so besaß sie nicht nur Grundkenntnisse über die Ware, die ihrer Familie den Lebensunterhalt verschaffte, und über die Art und Weise, wie hier Buch geführt wurde, sondern sie hatte auch eine genaue Vorstellung davon, worauf es ankam im Umgang mit Personal und Kundschaft. Ein Glücksfall für Hermann. Und hübsch war sie auch, angenehm, natürlich, ganz ohne damenhafte Umständlichkeiten, eine Frau von ruhiger und freundlicher Zurückhaltung, die ihn sogleich an das milde Wesen der eigenen Mutter erinnerte.

Freilich, da gab es eine Kluft in Bildung und sozialem Rang, die Hermann nervös machte. Es war vermutlich das erste Mal, dass er sich unter derart hohem Einsatz auf das Glatteis sozialer Etikette begab. Wie traf man hier den richtigen Ton? Vor allem wenn man schreiben musste? Denn ohne Briefe ging es ja nicht, Hermann war fortwährend unterwegs, und wenngleich die ersten ein, zwei Zusammenkünfte vielversprechend verlaufen waren und wechselseitige Sympathie geweckt hatten, so durfte er an seine wenigen Jahre Zwergschule nicht allzu peinlich erinnern – insbesondere Julies Verwandte nicht, welche die angebahnte Verbindung kritisch beäugten. Sogar ein Bruder aus Paris reiste an, ein weltläufiger Bankprokurist, um diesen Zwirnvertreter aus Wosek zu besichtigen. Dass sich Hermann hier ohne jeden *Fauxpas* würde durchwinden können, daran glaubte auch er selber nicht – tatsächlich leitete er die schriftliche Verständigung auf protzigem, monogrammverziertem Briefpapier und mit einer Fülle unbeholfener, aus irgendwelchen Briefstellern abgeschriebener Phrasen ein, die weder mit seinem sozialen Status noch mit seinem alltäglichen Gebaren das mindeste zu tun hatten: »Hochgeschätztes Fräulein« ... »Wertschätzung Ihres edlen Wesens« ... »Ihr liebes, holdes Bild« ... »Ihre Engelsstimme« ... das alles hielt Hermann für standesgemäß, und doch muss es für ihn geradezu erlösend gewesen sein, dass Julie diesen Sprachschaum vollständig ignorierte und mit einem schlichten »Lieber Herr Kafka« antwortete. Von da an ging es leichter – es war das erste von unzähligen Malen, dass sie ihn ganz beiläufig vor Entgleisungen bewahrte, und Hermann begriff sofort, dass dieser unaufdringliche, doch zuverlässige Pragmatismus seiner künftigen Ehefrau ein Glück für ihn war: ein soziales *Coaching*, das viel Druck von seinen Schultern nahm. Der Schadchen hatte ganze Arbeit geleistet: Julie Löwy war die Richtige.

Am 3. September 1882, wenige Tage vor Hermann Kafkas dreißigstem Geburtstag, wird die Trauung vollzogen, nach jüdischem Ritus, unter dem Baldachin, mit einem Kelch Wein und vielen Segenssprüchen. Zur privaten Feier, die den Bund zweier Clans besiegeln soll, begibt man sich an den Altstädter Ring, ins Haus Nummer 12. Hier hat Hermann, der es kaum mehr erwarten kann, soeben sein erstes eigenes Geschäft eingerichtet, und wer will, kann die mit Kurzwaren aus Wien frisch gefüllten Regale bewundern. Eine Tür weiter, im Hotel Goldhammer, ist bereits der lange Tisch gedeckt. *Masal tow!* Viel Glück!

Vier Wochen später ist Julie Kafka schwanger.

Frau Löwy

Es ist keine Schande,
das Glück vorzuziehen.
Albert Camus, Die Pest

»Ich heisse hebräisch Anschel wie der Grossvater meiner Mutter von der Mutterseite, der als ein sehr frommer und gelehrter Mann mit langem weissem Bart meiner Mutter erinnerlich ist, die 6 Jahre alt war als er starb. Sie erinnert sich, wie sie die Zehen der Leiche festhalten und dabei Verzeihung möglicher dem Grossvater gegenüber begangener Verfehlungen erbitten musste. Sie erinnert sich auch an die vielen die Wände füllenden Bücher des Grossvaters. Er badete jeden Tag im Fluss, auch im Winter, dann hackte er sich zum Baden ein Loch ins Eis. Die Mutter meiner Mutter starb frühzeitig an Typhus. Von diesem Tode angefangen wurde die Grossmutter trübsinnig, weigerte sich zu essen, sprach mit niemandem, einmal, ein Jahr nach dem Tode ihrer Tochter gieng sie spazieren und kehrte nicht mehr zurück, ihre Leiche zog man aus der Elbe. Ein noch gelehrterer Mann als der Grossvater war der Urgrossvater der Mutter, bei Christen und Juden stand er in gleichem Ansehen, bei einer Feuersbrunst geschah infolge seiner Frömmigkeit das Wunder, dass das Feuer sein Haus übersprang und verschonte, während die Häuser in der Runde verbrannten. Er hatte 4 Söhne, einer trat zum Christentum über und wurde Arzt. Alle ausser dem Grossvater der Mutter starben bald. Dieser hatte einen Sohn, die Mutter kannte ihn als verrückten Onkel Nathan, und eine Tochter, eben die Mutter meiner Mutter.«[1]

Eine Familie von Gelehrten und Sonderlingen, in der auch Depressionen vorkamen: Das musste Kafka interessieren. Warum nur hatte er nie danach gefragt? Erst ein neuer Bekannter, ein ostjüdischer Schauspieler, hatte ihn auf die Idee gebracht, einmal schriftlich zusammenzustellen, was über das Judentum der eigenen Vorfahren im Familiengedächtnis noch erhalten war.[2] Die Riesenmenschen aus Wosek, gesetzestreu, doch ohne Bildung, waren nicht sonderlich ergiebig in dieser Hinsicht, das wusste er längst. Ganz anders die Vorfahren der Mutter, genauer: der Mutter seiner Mutter. Das waren angesehene Juden, die seit vier oder fünf Generationen in Poděbrady (Podiebrad) lebten, einer fast ausschließlich von Tschechen bewohnten Kleinstadt an der Elbe, im Schatten eines wuchtigen Burgschlosses. Boreas hießen sie einstmals, wie der Gott des Nordwindes, später Borges; im 19. Jahrhundert nannten sie sich Porias oder Borias. Es waren erstaunliche Figuren darunter: Einer, der im Eiswasser badende Großvater Adam, vernachlässigte sogar sein Stoffgeschäft in bester Lage am Ringplatz, weil ihn die im ersten Stock angehäuften religiösen Schriften weitaus mehr interessierten, und sein einziger Sohn, Nathan, der »verrückte Onkel«, setzte diese rabbinische Tradition des Eigensinns offenbar fort. Esther, die Tochter Adams, heiratete einen Tuchmacher und -händler aus Humpolec, auch er von religiösen Überzeugungen geprägt und aus wohlhabender jüdischer Familie, die sich nach der josephinischen Namensreform (1787) für den Allerwelts- und Stammnamen Löwy entschieden hatte.[3] Diesem Paar, in dessen Hände das Stoffgeschäft in Poděbrady nun überging, wurden in den fünfziger Jahren vier Kinder geboren: Alfred, Julie (das war Kafkas Mutter), Richard und Joseph. Nach dem frühen Tod von Esther – sie wurde nur 28 Jahre alt – heiratete der Tuchhändler Jakob Löwy ein zweites Mal, schon zum Ende des Trauerjahrs bekam Julie eine Stiefmutter (die kränkenderweise ebenfalls Julie hieß) und sehr bald auch zwei weitere Brüder: den über Jahrzehnte am Elternhaus klebenden, als Sonderling verachteten, als kleiner Buchhalter sein Leben fristenden Rudolf, der Kafka immer wieder als warnendes Beispiel vor Augen gehalten wurde, und schließlich noch Siegfried, den ebenfalls ehe- und kinderlosen Landarzt.

Auffällig in diesem Zweig der Familie waren jedoch nicht nur die »verrückten«, sondern ebenso die erfolgreichen Onkel. Keiner war darunter, der einfach nur verwaltete, was seine Vorfahren aufgebaut hatten, keiner, der Lust auf ein Leben als führender Stoffhändler von Poděbrady verspürt hätte. Nur einer blieb in der Branche: Onkel Richard, den es jedoch schon bald nach Prag zog und der dort ein eigenes bescheidenes Geschäft für Arbeitskleidung führte. Alfred hingegen, der ältere Bruder Julies, war zunächst Buchhalter in Wien, ging dann als Bankprokurist nach Paris, erwarb den französischen Pass und avancierte als Direktor einer spanischen Eisenbahngesellschaft zum allseits bestaunten und mit Orden geschmückten ›Madrider Onkel‹. Joseph schließlich entfernte sich auf noch radikalere Weise von seiner jüdisch-provinziellen Herkunft, er schlug eine abenteuerliche koloniale Karriere ein, die ihn von Kontinent zu Kontinent führte: beteiligt am französischen Desaster des Panamakanal-Projekts, *agent commercial* und Chefbuchhalter in der Hölle von Belgisch-Kongo, Bankprokurist in China, Direktor einer Investitionsfirma in Kanada, Privatier in Versailles.[4] Auch wenn man diese Verwandten nur sehr selten zu sehen bekam – es ist kein einziger Besuch Josephs in Prag dokumentiert –, so ist doch kein Zweifel, dass man in schriftlicher Verbindung blieb und dass die Nachrichten aus Paris, Madrid oder Shanghai bei den Kafkas nicht nur mit Stolz verlesen wurden, sondern dass jene Briefe mit den exotischen Marken auch Träume weckten, Träume, deren Spuren in Kafkas Manuskripten unabweisbar sind.

Die Löwys gaben ihm zu denken, ihre Unruhe spiegelte sich in der seinen. Früh schon, vermutlich während seiner Gymnasialzeit, keimte der Verdacht in ihm auf, ein psychosozialer Sonderfall zu sein, dessen Zugehörigkeit zur menschlichen Gemeinschaft erst noch zu beweisen war, und auf irgendeine geheimnisvolle Weise, so schien ihm, hatte das auch mit den Vorfahren zu tun. Vergleichbare soziale Abweichungen – oder solche, die ihm vergleichbar *erschienen* – gab es in der Familie der Mutter in auffallender Häufigkeit und Vielfalt, Abweichungen, die in existentielle Sackgassen, Eigenbrötelei und religiöse Engstirnigkeit, doch ebenso gut über die Ozeane dieser Welt führen konnten. Die Löwys waren *anders*, sie boten einen offenkundigen Kontrast zu der vitalen Geradlinigkeit, die sämtliche Verwandten aus dem Umfeld von Wosek auszeichnete. War es denkbar – und fast zwangsläufig stieß Kafka hier auf ein Selbstmodell, welches dem eigenen rätselhaften Wesen zumindest in seiner genetischen Herkunft einen gewissen Sinn verlieh –, war es denkbar, dass am Ursprung jener Fremdheit in der Welt nichts anderes stand als eine fatale Mischung unvereinbarer Erbanlagen? »Vergleiche uns beide«, schrieb er mit 36 Jahren an seinen Vater, »ich, um es sehr verkürzt auszudrücken, ein Löwy mit einem gewissen Kafka'schen Fond, der aber eben nicht durch den Kafka'schen Lebens-, Geschäfts-, Eroberungswillen in Bewegung gesetzt wird, sondern durch einen Löwy'schen Stachel, der geheimer, scheuer, in anderer Richtung wirkt und oft überhaupt aussetzt. Du dagegen ein wirklicher Kafka an Stärke, Gesundheit,

Appetit, Stimmkraft, Redebegabung, Selbstzufriedenheit, Weltüberlegenheit, Ausdauer, Geistesgegenwart, Menschenkenntnis, einer gewissen Großzügigkeit ...« Und obwohl er verwundert konstatiert, dass alle diese Eigenschaften sich bei den Geschwistern des Vaters viel weniger aggressiv und dominant zeigten als bei diesem selbst, so hat er doch keinen Zweifel daran, dass es so etwas wie einen Kafkaschen Charakter gibt, aufgebaut aus »Kafka'schem Material«.[5]

Dieser Begriff und vor allem die Selbstverständlichkeit, mit der Kafka ihn zur Selbstdeutung heranzieht, gemahnen deutlich genug an den naturalistischen Diskurs der Jahrhundertwende, der um Milieu, Charakter und Vererbung kreiste: Während seiner Gymnasialzeit war dies eine der Kampfzonen der aufbrechenden Moderne, ein Diskurs, der eine ganze Reihe sozialreformerischer Ideen hervorbrachte, für die er empfänglich war. Dass er von zwei Menschen mit völlig unterschiedlichem Naturell abstammte und dass er von beiden sehr Widersprüchliches ›mitbekommen‹ hatte – dieser naheliegende Gedanke dürfte Kafka jedoch schon als Kind berührt haben, lange ehe das ererbte und damit aufgezwungene »Material« zur festen Größe innerhalb seines ausformulierten Selbstbilds, seines privaten Mythos wurde. Er war als Mischling geboren, damit hatte alles angefangen.

Über Julie Löwys Kindheit und mentale Entwicklung wissen wir noch weniger als über die ihres späteren Ehemannes – die von ihrer Hand erhaltenen Briefe wie auch ihre skizzenhaften Lebenserinnerungen sind zu konventionell, zu sehr an äußeren Anlässen und praktischen Bedürfnissen orientiert, als dass sich aus ihnen anschauliche Zeugnisse einer seelischen Biographie filtern ließen. Mehr als wahrscheinlich ist, dass der frühe Abschied von der Mutter, den Julie im Alter von vier Jahren zu ertragen hatte, und der bald darauf folgende Selbstmord der Großmutter die prägenden Ereignisse ihres Lebens waren: nicht nur wegen der traumatischen Erfahrung als solcher, über deren psychische Auswirkungen sich nur spekulieren ließe, sondern mehr noch wegen der weiblich-fürsorglichen Rolle, in die sie, umgeben von fünf Brüdern, nun mit scheinbarer Naturnotwendigkeit hineinwuchs, eine Rolle, die ihr bei Anwesenheit der leiblichen Mutter zweifellos bedeutend größere Spielräume gelassen hätte. Da diese biographische Weiche jedoch sehr früh gestellt wurde, blieben Irritationen durch irgendwelche Gegenentwürfe oder vergleichende Erfahrungen aus;

Julie identifizierte sich mit ihrer Rolle so vollständig, dass Charakter und Sozialcharakter miteinander verschmolzen.

»Die Mutter arbeitet den ganzen Tag«, notiert Kafka einmal, »ist lustig und traurig, wie es kommt, ohne mit eigenen Zuständen im geringsten in Anspruch zu nehmen.«[6] Man muss vermuten, dass Julie irgendwelche »eigenen Zustände« vom Zustand des familialen Blutkreislaufs, an den sie gekoppelt war, gar nicht scharf zu unterscheiden gewusst hätte. Die Familie – erst die ihrer Herkunft, dann die selbstbegründete – war ihr Leben im buchstäblichen Sinn, auch auf der Ebene des psychischen Erlebens, und sie hat die damit einhergehende Mühsal wohl häufig als leidvoll, aber keineswegs als persönliches Opfer empfunden. Früher als andere Mädchen hatte sie gelernt, sich dem Gesamtinteresse der Familie strikt unterzuordnen, diese selbe Familie aber auch zu *managen* und damit eine praktische, aktive Rolle zu übernehmen, die nicht selten Belohnungen eintrug. Kein Zweifel, dass jenes zugewandte, warmherzige und freundliche Wesen Julies, das mehrere Zeitzeugen bestätigen, zu einem beträchtlichen Anteil aus früh antrainierter und verinnerlichter Fürsorglichkeit bestand. Für allgemeines menschliches Leid hatte sie ein entwickeltes Sensorium, sie wusste, wie man kranke Kinder tröstet, einen zu mageren Sohn aufpäppelt, einer Tochter die Angst vor der ersten Geburt nimmt oder einen von Geschäftssorgen zerfressenen Ehemann beruhigt – sie war zu weitaus mehr fähig als zu jener »eisig« wirkenden, »gepanzerten Zärtlichkeit«, die der Biograph Ernst Pawel ihr später unterstellte.[7]

Freilich, ihr empathisches Vermögen war begrenzt auf das, was Familien *gemeinsam* durchleben, und es versagte vor jeder Art von Leid, das sich an individuellen Reibungsflächen entzündet. Dass ›Blutsnähe‹ und guter Wille allein nicht immer hinreichen und dass es innere Konflikte gibt, auf die man sich emotional bewusst einlassen muss, um sie zu verstehen, war ihr ein fremder Gedanke; vor solchen Sorgen stand sie gänzlich hilflos und ohne eigene Sprache. »Drum prüfe, wer sich ewig bindet«, gab sie ihrem Sohn mit auf den Weg, als dieser alle Kraft zusammennahm, um sich zum ersten Mal den Eltern seiner Briefliebe zu stellen; »es war Dir nicht bestimmt«, fiel ihr als Trost ein, als sein Heiratsantrag ohne Antwort blieb.[8] Ähnlich phrasenhaft die Mitteilungen an ihre Tochter Ottla, die sich 1917/18 als Bäuerin versuchte und damit erstmals eine eigene Lebensentscheidung durchfocht, gegen den Widerstand fast der gesamten Familie. Julie schickte fleißig Hilfspakete, ihre Briefe aber bestanden ausschließlich aus praktischen Ratschlägen und gelegentlichen moralischen Ermahnungen, die für Ottlas Kampf um Selbständigkeit und Selbstachtung nicht das geringste Verständnis verrieten. Dass Julie, Max Brod zufolge, nicht nur eine »stille, gütige«, sondern auch eine »außerordentlich kluge, ja weisheitsvolle Frau« gewesen sein soll, ist eine sentimentale Stilisierung, der die erhaltenen Zeugnisse aus der Familie klar widersprechen.[9] Viel näher an die Realität führen Kafkas eigene Versuche, das mütterliche Ur-Bild auf den Begriff zu bringen und ihm ein generalisiertes Verständnis des Weiblichen abzugewinnen. »Diese Umsicht, Ruhe, Überlegenheit, Weltlichkeit«, schrieb er als 34-Jähriger an Brod, »es ist das grossartig und grässlich Frauenhafte.«[10]

Bildungserlebnisse, die ihren mütterlichen, in gewissem Sinn auch ›pflegerischen‹ Pragmatismus ein wenig hätten lockern können, blieben Julie offenbar versagt. Eine deutschsprachige Schule für die in Poděbrady ansässigen jüdischen Familien gab es noch nicht,[11] der Unterricht durch einen Hauslehrer bot daher die einzige standesgemäße Möglichkeit, den Kindern deutsches Bildungskapital zu verschaffen – um den Preis allerdings, dass die Heranwachsende noch stärker in den Bannkreis der Familie verwiesen war und sich Kontakte zu gleichaltrigen Mädchen wohl nur noch über das soziale Netzwerk der jüdischen Gemeinde eröffneten. Es scheint, dass in Julies frühen Jahren die Erfahrung des sozial Fremden weitgehend ausgespart blieb und dass sie demzufolge auch keine Neugier entwickelte, die über den eigenen Erfahrungshorizont hinauswollte. Das Moderieren von Konflikten im engsten Umfeld war und blieb ihre wichtigste Kompetenz, und daran änderte sich auch nichts, als ihr Vater im Alter von nur 52 Jahren das Stoffgeschäft aufgab und die Entscheidung traf, Poděbrady zu verlassen und nach Prag zu übersiedeln.

Die Gründe dafür liegen völlig im Dunkeln. Julie selbst hat den ungewöhnlichen Schritt damit begründet, dass alle ihre Brüder bereits »in der Fremde« gewesen seien. Selbst wenn das zuträfe, würde es den Entschluss Jakob Löwys, sich so frühzeitig zur Ruhe zu setzen, noch keineswegs plausibel machen. Tatsächlich jedoch lebten die beiden Söhne aus zweiter Ehe – fünfzehn und elf Jahre alt – noch zu Hause. Warum also der Umzug, der Verkauf von Haus und Geschäft? Vielleicht auf Drängen der Mutter dieser Jungen? Aus gesundheitlichen Rücksichten? Oder aufgrund irgendwelcher Anfeindungen vonseiten der tschechischen Nachbarn? Es ist ungewiss, bleibt jedoch auffallend genug, dass die Familie Löwy, die Mitte der siebziger Jahre fast gleichzeitig mit dem aus der Armee entlassenen Hermann Kafka nach Prag kam, in Poděbrady genau diejenige soziale und ökonomische Position vorzeitig räumte, die Hermann mit großem Anlauf zu erringen hoffte und um derentwillen er nun in der Großstadt lebte. Die Löwys waren unabhängiger, gebildeter, wohlhabender. Vom Standpunkt des jüdischen Geschäftsmodells aus – des über Generationen sich immer mehr verbreiternden, von verwandtschaftlichen Beziehungen genährten Geschäfts – waren sie jedoch eindeutig an einem Endpunkt angelangt, an dem das angesammelte Vermögen sich ebenso zerstreute wie die Menschen, denen es als Erbe zufiel. Die Kafkas aus Wosek verkörperten das genaue Gegenteil: den Eroberungswillen von Pionieren und den naiven Glauben daran, dass jenem seit Jahrhunderten erprobten Geschäftsmodell auch die Zukunft gehöre. Mit Hermann Kafka und Julie Löwy kreuzten sich demnach auf- und absteigende Linien, und zweifellos gehörte es zu den attraktiven Eigenschaften Hermanns, dass er die *auf*steigende Bewegung repräsentierte und darum mehr verdiente als die Herablassung derjenigen, die es lange vor ihm geschafft hatten.

Seiner Braut war diese Dynamik wohl kaum völlig bewusst, und Hermanns ganzer Stolz, das eigene Geschäft, war für sie kein soziales Avancement, sondern allenfalls ein kräftezehrender Neustart. Dennoch imponierte ihr die Energie, mit der er den Übergang in die Selbständigkeit meisterte. Auch beendete sein Auftreten ihre schon allzu lang sich hinziehende, untätige Wartezeit in der elterlichen Wohnung am Ring: Von nun an hatte sie wieder eine Aufgabe, die ihre besten Anlagen forderte, sie übernahm Verantwortung als Geschäftsfrau und Mutter, und ohne Zweifel erfuhr sie diese Heirat nicht als das Zuschnappen einer Falle, sondern im Gegenteil als eine beträchtliche Erweiterung ihrer Spielräume und als persönliche Aufwertung. Jüdische Frauen genossen innerhalb der eigenen Familie traditionell größeren Respekt als christliche Frauen, aber dieser Respekt erwuchs ihnen nicht aus einer wie immer definierten Weiblichkeit oder gar aus der bloßen biologischen Potenz, sondern aus ihrem konkreten, das heißt angenommenen und erfüllten Status als Ehefrau, Mutter und

Erzieherin. Dieser Respekt wollte verdient sein, und in den Augen aller, die sie umgaben, verdiente sie ihn. Selbst Hermann scheint in ihrer Gegenwart ein Fluidum natürlicher Autorität und Würde verspürt zu haben, denn entgegen seiner sonstigen Grobschlächtigkeit behandelte er Julie so auffällig zurückhaltend, dass es gelegentlich den Anschein hatte, er trete hinter sie zurück oder schaue gar zu ihr auf. Kein einziges Beispiel ist dafür überliefert, dass seine ätzende Ironie – von Beleidigungen ganz zu schweigen – sich jemals gegen die eigene Frau gerichtet hätte. »Du bist immer liebend und rücksichtsvoll zu ihr gewesen«, bestätigte sogar der Zeuge, der diese Vorgänge am schärfsten beobachtet hatte.[12]

Leicht war es nicht mit diesem Ehemann, alles andere als das. Doch was Hermann von ihr erwartete – Organisation des Alltags, geschicktes Agieren im Geschäft, emotionale Entlastung –, entsprach den trainierten Fähigkeiten Julies so genau, dass sie sich mit der neuen Lebensweise vollständig identifizieren konnte, ohne Wesentliches aufgeben zu müssen. Abhängig von männlicher Macht, von männlichen Launen war sie zuvor schon gewesen, und gegen diese Abhängigkeit zugunsten einer abstrakten ›Selbstbestimmtheit‹ oder gar ›Selbstverwirklichung‹ aufzubegehren, von der sie keinerlei Begriff hatte, wäre ihr *meschugge* erschienen. Stattdessen hatte sie gelernt, »ihre Selbständigkeit in kleinsten Grenzen schön und zart« zu bewahren, ohne damit jemanden zu behelligen oder gar zu kränken,[13] und dass an diesem friedenstiftenden Prinzip irgendetwas zu bemängeln sein könnte, ging ihr auch dann nicht ein, wenn es einmal versagte.

Es gab keine Alternative. Sie fand ihre Rolle, und sie füllte sie aus. Dass an der Schwelle zur Ehe, hinter der so viel Unbekanntes wartete, auch Angst sich regte, gehörte dazu und war überraschend nur für den Augenblick. Es überkomme sie immer wieder ein Schluchzen, schrieb sie an ihren Bräutigam wenige Wochen vor der Hochzeit. Aber das liege wohl daran, dass er so oft an sie denke.

Verlustgeschäfte

Am Neuen ist stets
irgend etwas nicht ganz in Ordnung.
Robert Walser, DIE KLEINE BERLINERIN

Niklasgasse 9, Wenzelsplatz 56, Niklasgasse 14, Zeltnergasse 2, Kleiner Ring 2 – vier Umzüge innerhalb von vier Jahren. Altstädter Ring 12, Stockhausgasse 4, Zeltnergasse 3 – auch das allmählich in Schwung kommende Geschäft verlangte nach größeren und repräsentativeren Räumen; zweimal wechselte es seinen Standort, noch ehe die Inhaber ihren Erstgeborenen zur Schule schickten. Es war ein ruheloses Leben, in Bewegung gehalten durch den Willen zur materiellen und sozialen ›Verbesserung‹, doch gefangen in einem topographischen Horizont, der übersichtlich blieb wie der einer Kleinstadt. Die jeweils nur wenigen Minuten Fußweg von einer Adresse zur nächsten ließen sich bequem mit zweirädrigen Transportkarren bewältigen, die auf jedem öffentlichen Platz zur Verfügung standen. Es waren kurze Distanzen, allesamt. Verzeichnet man sie auf einem Plan der Stadt Prag, so gleichen sie weniger der üblichen, in immer behaglichere Viertel führenden Bewegungsspur des urbanen Mittelstands als vielmehr einem nervösen Oszillieren. Denn mit Ausnahme der Wohnung am Wenzelsplatz – wo die Kafkas nur wenige Monate blieben – lassen sich alle ihre Adressen, auch die späteren, von einem Kreis umschließen, dessen Radius nicht mehr als dreihundert Meter beträgt. Der Mittelpunkt dieser Pendelbewegungen war der Altstädter Ring, jener soziale Logenplatz, an dem die abgekämpfte Familie eines Tages tatsächlich ankommen sollte, privat wie geschäftlich.

Die Druckwellen dieser rastlosen Mobilität pflanzten sich fort in das intime Erleben aller, vor allem aber des Kindes, das den Veränderungen zunächst passiv und ohne Verständnis ausgeliefert war. Einpacken, auspacken, Abschied nehmen, eingewöhnen und neuerlicher Abschied; Menschen verschwinden, neue tauchen auf, andere Stimmen, Geräusche und Gerüche, neue Tapeten, veränderte Räume, ungewohnte Wege. Gewiss, das Neue war immer schöner als das Alte, und schon dem Zweijährigen wird nicht völlig entgangen sein, dass man am Wenzelsplatz komfortabler lebte als in dem heruntergekommenen Haus am Rand des Ghettos, in dem er geboren worden war. Doch Stabilität und Verlässlichkeit der Welt sind in diesem Alter wichtiger als trockene Wände, helle Räume und funktionierende Wasserhähne. Und wenn schon die Welt nicht stillstehen will, wenn sie vor den eben erst aufgeschlagenen Augen wie die Bilder eines Kaleidoskops sich zu drehen und zu spiegeln beginnt, dann erst recht bedarf es der *einen* vertrauten, beruhigenden Stimme, jenes lächelnden und stets zugewandten Gesichts, welches das Kind alle äußeren Gefahren und Irritationen vergessen lässt.

Aber dieses eine Gesicht gab es nicht bei den Kafkas, denn die Mutter war *abwesend*. Auch wenn man Franz gewiss zu verstehen gab, dass er der eigentliche Mittelpunkt der Familie sei, auch wenn diese Botschaft, zumindest in den ersten Jahren, von wahren Gefühlen getragen war und sich wirklich nur Liebe und Hoffnung auf den Erstgeborenen richteten – die tägliche Realität sah anders aus, und zwischen seiner eigenen Erfahrungswelt, die auf den intimen Lebensraum der Familie beschränkt war, und der Welt der Eltern bestand ein offenkundiges Missverhältnis, ja ein schmerzlicher Gegensatz. Denn das *Geschäft*, von dem sie fortwährend sprachen, in das sie fortwährend verschwanden, war räumlich zwar nah, doch psychisch weit entfernt, ein Außenposten, den er früh aus eigener Anschauung kannte, aber doch nur als gelegentlicher Besucher, vom stolzen Vater für einen Augenblick auf den Arm genommen, getätschelt von wiederum neuen, fremden Menschen. Was diejenigen, die ihm am nächsten waren, dort eigentlich festhielt, war unbegreiflich. Und doch musste er es hinnehmen – es war die vermutlich erste schmerzhafte Lektion seines Lebens –, dass jener Außenposten, das ewige Geschäft, sein Leben nicht bloß überschattete, sondern im eigentlichen Sinn beherrschte.

Die Galanteriewarenhandlung Hermann Kafka war geöffnet von acht Uhr am Morgen bis acht Uhr am Abend, an sechs Tagen der Woche, dazu am Sonntagvormittag; bereits um sieben Uhr begann die Arbeitszeit des Personals. Sehr früh also, im Winter lange vor der Dämmerung, hatte der Prinzipal sich auf den Weg zu machen, um ›aufzusperren‹ (wie man in Österreich sagt), an die bereits wartenden Angestellten Aufgaben zu verteilen und gegebenenfalls auch einheizen zu lassen. Die Mutter blieb noch ein wenig länger zu Hause, denn zu ihren Obliegenheiten gehörte es, die Organisation des Haushalts, einschließlich der Pflege des Kindes, in die Hände des Dienstpersonals zu übergeben. Putzaktionen, Wäsche, Einkäufe und Speisezettel wurden besprochen, dann verabschiedete auch sie sich für einige Stunden. Gegen Mittag versammelte sich die Familie am gemeinsamen Tisch, um das von der Köchin pünktlich vorbereitete Mahl einzunehmen, aber auch hier sah Franz die Eltern wohl kaum länger als eine halbe Stunde. Der Gedanke an den ›unbeaufsichtigten‹ Laden ließ keinen Augenblick der Entspannung zu, gegessen wurde immer in größter Hast, und gewiss wurde die Mittagspause auch dazu genutzt, Geschäftliches zu besprechen, das nicht für die Ohren der Angestellten bestimmt war. Nach einem im Lehnstuhl genossenen Minutenschlaf eilte Hermann so bald wie möglich zurück, und auch die Mutter verbrachte den Nachmittag überwiegend an ihrem Stammplatz hinter der Ladenkasse.

Eine solche Lebensform ließ sich nur mit billigem Personal aufrechterhalten, denn auch noch gegen Ende des 19. Jahrhunderts war Hausarbeit keineswegs *en passant* oder in der kargen Freizeit zu erledigen: Sie bedeutete eine Fülle von körperlich anstrengenden, unangenehmen und zeitraubenden Tätigkeiten, die den Tag ausfüllten. Kohle, Asche, Holz und Wasser – alles wurde vielfach hin- und hergeschleppt; die unförmigen Kohlestücke mussten überdies im Keller zerkleinert werden. Die Öfen verbreiteten Ruß, auch im Sommer, denn das Wasser, das man zur Körperpflege, zur Reinigung von Textilien und zum Wohnungsputz benötigte, musste in Kesseln zunächst erhitzt werden (die besonders aufwendige Kochwäsche wurde meist in ein öffentliches Waschhaus getragen). Schwere Teppiche, ein unverzichtbares Statussymbol bürgerlicher Wohnhöhlen, wurden regelmäßig in den Hof transportiert und stundenlang ausgeklopft; danach waren die Matratzen an der Reihe. Und selbst Einkäufe waren um ein Vielfaches langwieriger als heute, denn mangels Kühltechnik mussten Lebensmittel stets frisch, das heißt täglich und von verschiedenen Läden und Marktständen herbeigeschafft werden.

Frauen, die mit solchen Tätigkeiten ihren Lebensunterhalt, manchmal auch bloß Unterkunft und Verpflegung verdienten, gab es genügend in Prag. Der Strom der städtischen Zuwanderung hielt unvermindert an, und während die männlichen Landflüchtigen überwiegend in den rasch expandierenden Industriezonen der Prager Vororte ihr Auskommen fanden, blieben den Frauen meist nur häusliche Dienste – die einzigen Tätigkeiten, zu denen sie qualifiziert waren. Solche billigen Hände konnten sich selbst Handwerker und kleine Geschäftsleute leisten, Familien wie die Kafkas, die noch längst nicht im gehobenen Mittelstand angekommen waren und die genauestens Buch führen mussten. Eine Dienstmagd fürs Grobe, eine Köchin sowie eine Amme oder ein Kindermädchen, das war die Grundausstattung – wobei man durchweg auf Tschechinnen katholischer Konfession angewiesen war, die allenfalls über ein paar Brocken Deutsch verfügten und von denen natürlich auch keinerlei Beiträge zur religiösen Erziehung oder zur rituellen Ausgestaltung des Alltags zu erwarten waren. Rechtlich waren diese Arbeitsbienen so gut wie schutzlos, ihre Dienstzeit richtete sich strikt nach den Bedürfnissen der ›Herrschaft‹, und da sie in den einschlägigen Vermittlungsagenturen zu Tausenden registriert waren, Ersatz also stets leicht zu beschaffen war, hatte man keinerlei Bedenken, sie hinauszuwerfen, sobald Fleiß oder Verlässlichkeit zu wünschen übrigließen. Davon machten auch die Kafkas reichlichen Gebrauch – nicht überraschend angesichts der aggressiven und häufig auch beleidigenden Formen der Abgrenzung, die sich Hermann gegenüber allen leistete, die materiell von ihm abhängig waren. Widerspruch wurde nicht geduldet, und spontane, im Jähzorn ausgestoßene Kündigungen vermochte auch die auf Mäßigung bedachte Julie nicht mehr ungeschehen zu machen.

Diese unaufhörlichen Fluktuationen brachten freilich nicht nur Lärm und Missgelauntheit mit sich, sie bescherten auch dem kleinen Franz eine Serie von Trennungserlebnissen, die ihm tiefstes Misstrauen einpflanzten – Misstrauen gegenüber der Beständigkeit menschlicher Beziehungen, Misstrauen gegen eine Welt, in der jedes Gesicht, an das man sich gewöhnt oder das man gar liebgewonnen hat, plötzlich und für immer verschwinden kann. Eine Welt schwankender Provisorien, in deren Mittelpunkt ein eben erst erwachtes Bewusstsein um sich blickt und feststellt, dass es keinen Halt findet außer an sich selbst. »So habe ich sehr lange allein gelebt«, resümierte er trocken diese frühen Jahre, »und mich mit Ammen, alten Kindermädchen, bissigen Köchinnen, traurigen Gouvernanten herumgeschlagen, denn meine

Eltern waren doch immerfort im Geschäft.«[1] Dass man *allein leben* kann zwischen so vielen Menschen, hätte den Eltern auch in späteren, ruhigeren Zeiten wohl kaum eingeleuchtet – für Kafka war es eine tief prägende Erfahrung.

Unterbrochen wurde die Versorgungsroutine lediglich durch weitere Schwangerschaften Julies, die sie dazu nötigten, für jeweils einen oder zwei Monate dem Geschäft fernzubleiben. Nun sah Franz seine Mutter auch tagsüber – für begrenzte Zeit und, wie sich zeigen sollte, um einen hohen Preis. Denn jedes Mal, wenn die Distanz zur Mutter sich verringerte und anstelle der gewöhnlichen Schein-Anwesenheit eine konkretere und verlässlichere Bindung zu reifen schien, tauchte alsbald ein konkurrierendes Wesen auf, das die ganze Aufmerksamkeit der Familie auf sich zog und Anlass zu schmerzlicher Eifersucht gab. In Kafkas späteren Äußerungen finden sich keine Spuren, die auf *bewusste* Aversionen oder gar Todeswünsche gegen die eigenen Geschwister verweisen, und es ist auch nicht überliefert, ob er als Zweijähriger seinem neugeborenen Bruder Georg – »ein schönes und kräftiges Kind«, wie die Mutter fand – eher mit Abscheu oder mit Neugierde begegnete. Die Situation muss jedoch für Franz, dem die eigene Einsamkeit allmählich aufdämmerte, zutiefst ambivalent gewesen sein. Denn sie eröffnete die Chance, durch Achtsamkeit gegenüber dem Säugling – der auf der Stufenleiter der Hilflosigkeit noch unter ihm rangierte – sich Lob und aufrichtige Zuwendung zu verdienen, während dieses selbe Geschöpf im karg ausgestatteten emotionalen Binnenraum der Familie nun lautstark Franzens Platz beanspruchte. So lange, bis es plötzlich verstummte und wieder verschwand. Der schöne und kräftige Georg Kafka lebte nur fünfzehn Monate, er starb, wie so viele seiner Altersgenossen, an Masern. Seinem Nachfolger Heinrich, gezeugt nur wenige Tage nach Georgs Beerdigung, erging es noch schlechter, ihm blieben nicht einmal sieben Monate, dann brachte eine Hirnhautentzündung Schmerz und Tod. Als Franz, noch keine fünf Jahre alt, am Morgen des 11. April 1888 erwachte, war er wieder das einzige Kind der Kafkas, und in der Wohnung war es still wie seit langem nicht mehr.

Also auch Geschwister konnten auftauchen und wieder verschwinden, nicht anders als Dienstboten, Nachbarn, Verwandte und Ärzte.

Es zählt zu Kafkas grundlegenden und ihm dennoch in ihrer Tiefenwirkung wohl niemals voll bewusst gewordenen existentiellen Erfahrungen, dass sein Misstrauen gegen die Beständigkeit der Welt schon im frühesten Alter *zweimal* auf schlimmstmögliche Weise bestätigt wurde – zu einer Zeit, da er den Tod als singuläre Katastrophe noch gar nicht erfasste, ihn vielmehr einreihte in die Kette aller übrigen schon durchlittenen Trennungserfahrungen, die sich als ebenso endgültig erwiesen hatten. Jemand, auf den sich alle Aufmerksamkeit gerichtet hatte, war plötzlich *weg*, sein Bild verflog wie ein Traum, dann schloss sich die glatte Oberfläche des Alltags und begrub das Vergangene, das vor einem Augenblick noch sinnliche Gegenwart gewesen war. Gewiss, das Verschwinden der beiden Brüder schien ausnahmsweise auch die anderen zu treffen. Für einige Tage war es vorbei mit Schimpfen und Zanken, und es ist wahrscheinlich, dass Franz nicht nur die Mutter, sondern auch den sonst so unangreifbaren Vater weinen sah. Bald aber kehrten die Eltern in ihre alten Rollen zurück, und jene überraschende Sanftheit, etwas Seltenes und Kostbares, das sich unter dem Druck überwältigenden Leids für einen Augenblick gezeigt hatte, verblasste rasch.

Zurück blieb eine spürbare Melancholie Julies, die geplagt war von Schuldgefühlen. Die beiden Kinder, so glaubte sie, hätten mit mütterlicher Fürsorge überleben können. Sie hätte das Lebenswichtige nicht delegieren dürfen, sie hätte zu Hause bleiben und sich selbst um die Kleinen kümmern sollen. Davon abgehalten hatte sie niemand anderer als ihr Ehemann, der sie möglichst viele Stunden des Tages um sich sehen wollte und der ihre Mitarbeit im Geschäft für unverzichtbar hielt.[2] Ein Konflikt der Loyalitäten, ein Riss im Fundament der noch wenig erprobten Ehe. Und ein ebenso gewichtiges wie erstaunliches Indiz für die Rangordnung der Lebensinteressen, von denen diese Ehe geprägt war. Denn ganz unabhängig davon, ob die leibliche Anwesenheit der Mutter (oder auch nur ihre Milch) die Überlebenschancen der beiden Säuglinge tatsächlich erhöht hätte: Selbst der Tod eines Sohnes konnte Hermann Kafka offenbar nicht dazu veranlassen, das nächste Kind *auf Kosten des Geschäfts* nun fürsorglicher zu behandeln. Und jenes erste Unglück bestimmte auch die Mutter nicht dazu, zum Schutz aller weiteren Kinder den absoluten Vorrang des Geschäfts anzufechten und damit eine offene Auseinandersetzung zu riskieren.

Warum nicht? Julie Kafka war durchaus kein bürgerliches ›Hausmütterchen‹ (wie es in manchen Heiratsanzeigen noch ausdrücklich gefordert wurde), ihr Einfluss auf alle sozialen, ja sogar geschäftlichen Entscheidungen war beträchtlich. Diese Entscheidungen selbst wurden jedoch andernorts gefällt, in den unerforschlichen Hirnwindungen des Familienvorstands, und diesen Amtsweg in Frage zu stellen – selbst dann, wenn es sich um eindeutige Fehlentscheidungen handelte – hätte wesentliche Spielregeln außer Kraft gesetzt, welche die Ehe der Kafkas im Innersten zusammenhielten. Julie Kafka entwickelte sich im Lauf der Jahre zu einer Virtuosin im Entschärfen und Verdrängen von Konflikten, im Friedenstiften, Vermitteln und Beschwichtigen – Fähigkeiten, mit denen sie keineswegs nur das Binnenklima der eigenen Familie, sondern auch das Schicksal aller ihrer überlebenden Kinder tief beeinflusste. Dennoch blieb sie, ohne Anteil an wirklicher Entscheidungsgewalt, lebenslang auf eine sozial untergeordnete Position verwiesen. Dass Frauen Einfluss und Verantwortung, Männer darüber hinaus aber Macht besitzen, war keine Frage der Weltanschauung, der Erziehung oder der Moral; es war soziale, kulturelle und juristische Realität, und eine so tiefgreifende, dass sie wie ein unhintergehbares *Apriori* das Denken und Sprechen der Geschlechter vollständig beherrschte. Ganz gleich wie die Lasten tatsächlich verteilt waren: Männer arbeiteten, Frauen arbeiteten *mit*, so war es in der Ordnung. Die Vorstellung, Julie Kafka habe sich mit der Rolle des weiblichen Trabanten lediglich abgefunden und eben daher rühre das »etwas traurige Lächeln«, das Hugo Bergmann an ihr beobachtete, verfehlt darum die Wirklichkeit ihres Lebens.[3] Schließlich waren *Mit*einander, *Mit*gefühl, *Mit*arbeit allesamt positive und sozial hochgeschätzte Begriffe, auch wenn dieser Akkord, wie der Tod der beiden Kinder zeigte, nicht immer ganz rein war. Die Dankbarkeit der anderen war Lohn genug und half über Entbehrungen und Zurücksetzungen hinweg. Ihr Ehemann freilich hatte solche Sorgen nicht; der habe es, schrieb Julie in ihren Erinnerungen ohne jede Ironie, »da wir beide sehr fleißig waren, zu einem geachteten Mann gebracht«.

Es sollte noch eine Weile dauern, ehe diese Achtung tatsächlich erkämpft war, denn allein mit Fleiß war sie nicht zu erlangen. Es gab Neider, deren man sich zu erwehren hatte, Menschen, die Hermann Kafka aus nichtigen Anlässen anzeigten, um ihn zu kompromittieren oder ihm als Juden so viele Scherereien wie möglich zu bereiten. Mehrmals wurde er beschuldigt, Falschgeld ›abgeschoben‹ zu haben, und einmal hieß es gar, er vertreibe gestohlene Ware, was natürlich Unsinn war. Auf die Einhaltung der Sonntagsruhe hatten christliche Denunzianten und gelangweilte Polizeispitzel ein besonders scharfes Auge; ließ sich der Galanteriewarenhändler dabei ertappen, am helllichten Sonntagnachmittag (die einzigen Stunden, da kein Geschäft geöffnet bleiben durfte) Kunden über den Hausflur in seinen Laden zu schleusen, war selbstredend eine Anzeige fällig. Auch die Nutzung eines Handwagens ohne Bremse kostete Strafgeld, ja, selbst hervorstehende Nägel an einer für den Sonntag zusammengezimmerten Straßenauslage boten irgendeinem guten Christen Anlass, per anonymer Postkarte die »löbliche Polizeidirektion« zu mobilisieren – schließlich *konnten* sich die Kirchgänger an diesen Nägeln die Kleider zerreißen, ein *Tatbestand*, der auf eine Störung der öffentlichen Ordnung hinauslief.

Es waren die gewöhnlichen Friktionen des Geschäftslebens, des jüdischen zumal, und nach Hunderten derartiger Geschichten, die ihm aus der weitläufigen Verwandtschaft schon lange vor Gründung des eigenen Geschäfts zu Ohren gekommen sein müssen, hätte er darauf vorbereitet sein können. Doch Hermann Kafka war nicht der Mann, irgendetwas *unpersönlich* zu nehmen. Soziale Interessenkonflikte und menschliche Gegensätze waren ihm ein und dasselbe, und daher betrachtete er jeden, der andere Interessen verfolgte als er selbst, nicht nur als soziale Störquelle, sondern als persönlichen Gegner. Dass er die eigenen Angestellten, die gar nicht anders konnten, als Ausgaben zu verursachen, ausdrücklich als »bezahlte Feinde« qualifizierte und, je nach Laune, auch so behandelte, war daher nur folgerichtig – auch wenn er sich mit der eigenen Ehefrau, die menschlichere Umgangsformen mit dem Personal bevorzugte, durchaus nicht einig wusste. Doch in einer Gesellschaft, die in ihrem unveränderlichen Wesen nichts anderes ist als ein schlecht organisierter und dennoch erbarmungsloser Wettlauf, bei dem jeder Einzelne, aus ungleichen Startpositionen, möglichst rasch ›vorwärtszukommen‹ und möglichst viele Mitbewerber hinter sich zu lassen sucht – ebendies war das Bild, das sich Hermann Kafka von der Welt jenseits des Clans machte –, in einer solchen Gesellschaft stand grundsätzlich *jeder* im Weg, und die Angestellten mit ihrem Anspruch auf faire Entlohnung sogar mit voller Absicht. Selbst dann, wenn jemandem ein unverschuldetes Unglück widerfuhr, konnte er mit seinen moralischen und finanziellen Forderungen lästigfallen, er konnte den Kafkas zum Hemmnis und somit wiederum zum Gegner werden. Als einer seiner Ladengehilfen lungenkrank wurde, nicht mehr voll einsatzfähig war und dennoch für ein paar Wochen Anspruch auf Lohn behielt, reagierte der Prinzipal, als sei er bestohlen worden: »Er soll krepieren, der kranke Hund!«, stieß er hervor, ein ums andere Mal.[4]

Vieles spricht dafür, dass die eisigen sozialen Milieus, die Kafka in seinen drei Romanen schildert und in denen uneigennützige Solidarität nur als Traum gegenwärtig ist, nicht nur reale Erfahrungen und Beobachtungen widerspiegeln, sondern ebenso sehr das antisoziale Bewusstsein des Vaters. Für Hermann Kafka waren Misstrauen, Kampfbereitschaft und kruder Utilitarismus hohe Tugenden, die er seinen Kindern einzuimpfen suchte, um sie fürs Überleben in einer Wolfsgesellschaft fit zu machen. Neue Beziehungen, die ja immer auch Verpflichtungen mit sich brachten, suchte man nur dann, wenn sie nützlich waren; das predigte er ihnen selbst im Alter noch. Dass man ein solches Weltbild, einen solchen Vater nur verstehen konnte, wenn man ihn seinerseits als soziales Phänomen betrachtete, erkannte Kafka wohl erst in seinen letzten Jahren. Als Kind und Jugendlicher hingegen stand er ganz im Bann einer habitualisierten Feindseligkeit, die er selbst noch im Brief an den Vater wie eine Naturerscheinung schildert, als undurchdringlichen Charakterzug. »... nenne mir einen in der Kinderzeit irgendwie für mich bedeutenden Menschen«, schrieb er, »den Du nicht wenigstens einmal bis in den Grund hinunterkritisiert hättest.« »Du konntest zum Beispiel auf die Tschechen schimpfen, dann auf die Deutschen, dann auf die Juden, und zwar nicht nur in Auswahl, sondern in jeder Hinsicht, und schliesslich blieb niemand mehr übrig ausser Dir. Du bekamst für mich das Rätselhafte, das alle Tyrannen haben, deren Recht auf ihrer Person, nicht auf dem Denken begründet ist. Wenigstens schien es mir so.«[5]

Dieses Rätsel der legitimen Willkür war, wie Kafka wusste, eine Generationenerfahrung. Es war die Erfahrung der Kinder erfolgreicher Geschäftemacher, die letztlich keinen anderen moralischen Codex ernst nehmen konnten als den des ökonomischen Kriegsrechts, angepasst an die Bedingungen eines permanenten Ausnahmezustands: ›Jeder für sich und alle gegen mich.‹ Dieser Codex beherrschte und durchdrang ihr Leben weit gründlicher als andere, konkurrierende Wertesysteme – auch dann, wenn diese religiös begründet waren und damit zur jüdischen Identität gehörten. Ethisch-religiöse Gebote wurden selbst von akkulturierten Juden weitgehend akzeptiert, sie wurden, wenn es sich einrichten ließ, auch befolgt, aber den Werktag bestimmten sie nicht, dienten vielmehr dessen symbolischer Überformung. Sie boten einen Rahmen, der den gesamten Lebenshorizont umschloss, und sie stillten damit das gelegentlich auflodernde Bedürfnis nach *Sinn*. Weit nachhaltiger indessen blieb die Alltagsmoral des bürgerlichen Wolfs, die sich in Gesten, Gewohnheiten, Worten, Gedanken und Phantasien festsetzte und die sogar im Körper sich einnisten und gleichsam somatisieren konnte – wie bei Hermann Kafka, der lebenslang unter nervösen Herzstörungen litt. Es war eine sehr anstrengende Moral, die unausgesetzten Stress nach sich zog und die dennoch – in gewissem Sinn: gerade darum – ganz und gar ernst und wörtlich genommen wurde.

So erinnerte sich Kafka daran, dass am Esstisch der Familie fortwährend vom »Letzten« die Rede war: vom letzten Arbeitstag des Monats also, im Geschäftsleben auch »Ultimo« genannt. Das war der Tag, an dem die Mieten für Wohnung, Laden- und Lagerräume fällig wurden, die Löhne für Haus- und Geschäftspersonal, die ›angeschriebenen‹ Beträge für regelmäßige Einkäufe. Der Tag also, an dem die Kasse weit geöffnet werden musste und an dessen Abend man den Saldo des Monats bezifferbar vor Augen hatte. Bereits als Kind, lange ehe er den Kalender verstand, erfasste Kafka intuitiv, dass die Eltern diesem Tag keineswegs nur in Sorge entgegenblickten, sondern in unverkennbarer Angst – nicht anders, als stünde ihnen eine Prüfung bevor. Denn nach ihrem eigenen Verständnis lieferte Ultimo nicht nur eine wirtschaftliche, sondern darüber hinaus eine moralische und soziale Bilanz: Am »Letzten« wurde entschieden, ob sie alles richtig gemacht hatten, ob ihre soziale Position gefestigt oder geschwächt war, ob sie im allgemeinen Wettlauf des Lebens mitgehalten hatten. Ein Tag der Wahrheit, ein Tag der Abrechnung im umfassendsten Sinn, der selbst den etablierten Kafkas noch gelegentlich den Schweiß auf die Stirn trieb.[6]

Gegen diese Angst, so glaubten sie, half ein einziges langfristig wirksames Mittel: Expansion des Geschäfts, ständige Reinvestition des erwirtschafteten Gewinns. Jede sich bietende Gelegenheit wurde genutzt, die Geschäftsräume zu vergrößern und an strategisch günstigere Orte zu verlegen, überdies wurde das Sortiment laufend erweitert: Leinen und Unterwäsche, Spitzen und Schleifen, Strümpfe und Schürzen, Taschentücher, Schnallen, Döschen, Fächer, Knöpfe, Krägen, Muffs, Filzschuhe ... daneben Spielmurmeln, Nadeln, Taschenmesser, Zahnbürsten ... schon nach wenigen Jahren gab es bei den Kafkas beinahe *alles*, und die heftige Abneigung gegen unnütze Dinge und Staubfänger jeder Art, mit der ihr Sohn sich später hervortat, war zweifellos imprägniert von frühen Erfahrungen einer scheinbar chaotischen Überfülle. František Bašik, der im Herbst 1892 als 14-jähriger Lehrling in die Kafkasche Galanteriewarenhandlung eintrat, hat die mit Schachteln, Packpapier, Paketschnüren und beschrifteten Schildchen mühsam gebändigte Warenflut in seinen Memoiren eindrucksvoll geschildert:[7] Nicht nur sämtliche Wände der Geschäftsräume waren vom Boden bis zur Decke mit vollen Regalen belegt, sondern auch einige rückwärtige Räume, ein weitläufiger Keller sowie ein weiterer, in einer anderen Gasse angemieteter Lagerraum. Es war ein geradezu labyrinthisches Reich, das Hermann Kafka beherrschte und in dem er sich zum Erstaunen des kleinen Franz mit untrüglicher Sicherheit zu orientieren vermochte.

Ein Reich überdies, das von zwei Sprachen und von noch mehr Identitäten geprägt war. Zwar blieb das deutsch-jüdische Personal in der Überzahl; Julies Vater, der erfahrene Stoffhändler, arbeitete täglich einige Stunden mit, und es kam auch vor, dass entfernte Verwandte als Verkäuferinnen, Lehrjungen oder Praktikanten aufgenommen wurden. Doch man hatte Rücksicht zu nehmen auf die überwiegend tschechisch-christlichen Kunden, denen in einem ostentativ jüdischen Geschäft gewiss nicht wohl gewesen wäre, und es war notwendig, sich mit diesen Leuten fließend verständigen zu können. Ein jüdischer Handlungsgehilfe, der kein Wort Tschechisch verstand, war für Hermann Kafka nicht zu gebrauchen, wohl aber ein Lehrling wie Bašik, der *ausschließlich* Tschechisch sprach. Ähnlich verhielt es sich mit dem wichtigen und von allen am höchsten dotierten Posten des Buchhalters: Ausschlaggebend waren hier Schönschrift, Fach- und Sprachkompetenz, während die Konfession keine Rolle spielte und ein deutscher Jude namens Gans diesen Posten ebenso gut ausfüllen konnte wie sein Nachfolger, ein tschechischer Christ mit Namen Dlouhý. Sprachliche Anpassung und eine neutrale Fassade waren altbewährte defensive Maßnahmen, mit denen sich die Kafkas im tschechischen Umfeld unauffällig zu geben wussten – auch wenn natürlich jedermann wusste, dass nahezu der gesamte böhmische Handel mit Galanteriewaren unter Juden aufgeteilt war. Dass sein eigener Familienname eine tschechische Bedeutung hatte, kam Hermann Kafka außerordentlich gelegen, und so diente ihm als Geschäftsemblem selbstverständlich die *kavka*, die Dohle.

Unermüdlicher Fleiß, Sparsamkeit und die Tüchtigkeit und Ergebenheit seiner Frau ließen Hermann Kafka schließlich zu einem »geachteten Mann« reifen und ermöglichten ihm weitgehende Integration – urkundlich beglaubigt im Jahr 1901, also auffallend spät, durch das Heimatrecht der Stadt Prag.[8] Soziale Achtung aber war ein Kartenhaus auf unsicherem Grund: Eine einzige ungeschickte Bewegung konnte alles zum Einsturz bringen, und vor allem in den Jahren der Expansion wurden die Kafkas gelegentlich daran erinnert, dass man, bei aller Vorsicht, bei allem Arbeitseifer, für jeden glücklich überstandenen Monat dankbar zu sein hatte.

Geschäftsleute machen Fehler, gelegentlich, und Anfang 1894 traf es Hermann Kafka gleich zweimal. Er hatte einen Tausend-Gulden-Schein akzeptiert – von wem, ist nicht überliefert –, und erst bei späterer Prüfung entdeckte er, dass es sich um eine Fälschung handelte. Natürlich hätte er diesen Schein bei der nächsten Polizeidienststelle abliefern müssen, dort hätte man sich herzlich bedankt und ihn einer langwierigen Befragung unterzogen, ohne ihm jedoch seine Gesetzestreue in irgendeiner Weise vergelten zu können. Was also tun? Der Galanteriewarenhändler beschloss, sich einem Nachbarn anzuvertrauen, dem jüdischen Buchhändler Samuel Pascheles, und zu diesem Zweck – der zweite, größere Fehler, der ihm unterlief – suchte er ihn in seinem Laden auf. So große Scheine, meinte Pascheles, könne man nur bei Banken oder bei der Post loswerden, doch bei der Post sei es gefährlicher, denn dort sehe man sehr genau hin. Nun hatte aber Hermann Kafka sein Geschäftskonto bei der Postsparcassa, er beschloss deshalb, das Risiko einzugehen – dumm stellen konnte man sich im Notfall noch immer. Und tatsächlich wurde die Banknote ohne Beanstandungen angenommen.

Das Glück der Kafkas dauerte indessen nicht lange, denn kurz darauf wurde der Prinzipal zum polizeilichen Verhör geladen. Ein gewisser Friedmann, der in der Buchhandlung des Nachbarn als Gehilfe angestellt war, hatte das Beratungsgespräch mitgehört und den Herrn Kafka angezeigt. Das war nun mehr als fatal, es bedeutete den drohenden sozialen Ruin. Denn die wissentliche Weitergabe von Falschgeld war Betrug – auch wenn dieses Wissen so gut wie niemals nachgewiesen werden konnte –, und Betrug mit derart hoher Schadenssumme zog meist eine Haftstrafe nach sich. Was Hermann Kafka jetzt allein noch zu retten vermochte, war die Verlässlichkeit der sozialen Hierarchien: Die Aussagen zweier Geschäftsleute, die ein ganz allgemeines, harmloses Gespräch geführt hatten, standen gegen die Aussage eines Ladendieners, der alles falsch verstanden hatte. Und wenn selbst dem Schalterbeamten bei der Post, einem Experten, die Fälschung nicht aufgefallen war, wie hätte dann er, der Galanteriewarenhändler, irgendeinen Verdacht schöpfen sollen?

Es ging um alles oder nichts, und tatsächlich gelang es Hermann Kafka schließlich, sich herauszureden und das fällige Strafverfahren zu vermeiden. Nun, so und nicht anders ging es zu in der Welt des Geschäfts, manchmal teilte man aus, manchmal steckte man ein. Jeder für sich, und alle gegen uns.

Gedanken an Freud

Wisse, dass geschehene Dinge
niemals ein Ende haben …
Leo Perutz, DER MEISTER DES JÜNGSTEN TAGES

»Oft überlege ich es und lasse den Gedanken ihren Lauf ohne mich einzumischen, und immer, wie ich es auch wende, komme ich zum Schluss, dass mir in manchem meine Erziehung schrecklich geschadet hat. In dieser Erkenntnis steckt ein Vorwurf, der gegen eine Menge Leute geht. Da sind die Eltern mit den Verwandten, eine ganz bestimmte Köchin, die Lehrer, einige Schriftsteller, befreundete Familien, ein Schwimmmeister, Eingeborene der Sommerfrischen, einige Damen im Stadtpark, denen man es gar nicht ansehn würde, ein Friseur, eine Bettlerin, ein Steuermann, der Hausarzt und noch viele andere, und es wären noch mehr, wenn ich sie alle mit Namen bezeichnen wollte und könnte, kurz es sind so viele, dass man achtgeben muss damit man nicht im Haufen einen zweimal nennt.«

Neben dem BRIEF AN DEN VATER mit seiner bewusst selektiven Erinnerungsarbeit hat Kafka keinen vollendeten Text hinterlassen, den man im strengen Sinn als autobiographisch bezeichnen dürfte. Allerdings gab es Absichtserklärungen und gelegentliche Anläufe. So versuchte er mit 27 Jahren, der eigenen schöpferischen Potenz noch völlig unsicher, die langfristig schädlichen, letztlich irreparablen Folgen seiner Erziehung literarisch zu bearbeiten. Eine Zeitlang blieb er hartnäckig dabei, dann verlor er das Interesse: Siebenmal setzte er an, siebenmal brach er wieder ab, wobei der längste seiner Versuche fünfeinhalb Manuskriptseiten, der letzte und kürzeste jedoch nur die Überschrift umfasste: DER KLEINE RUINENBEWOHNER. Autobiographische Fakten bieten die wenigen Blätter kaum, und nur anhand einiger Kindheitserinnerungen, die Kafka andernorts festhielt, lässt sich belegen, dass seine Liste der Verantwortlichen auf reale Personen abzielt. Beinahe scheint es, als sei die inflationäre Ausdehnung dieser

Liste Kafkas Hauptvergnügen gewesen, denn nach und nach fallen ihm immer weitere Schuldige ein, ohne dass er über die vorzubringenden Anklagepunkte noch das mindeste verriete: ein Schulinspektor, ein Billeteur, ein Papierverkäufer, ein Parkwächter, »die Haufen der Kindermädchen«, »einige Mädchen aus der Tanzstunde«, ja sogar »langsam gehende Passanten«.[1]

Ein unverbindliches Spiel, das Kafka nicht lange befriedigte; bereits ein Jahr später schlug er einen ganz anderen Ton an: »Meinem Verlangen eine Selbstbiographie zu schreiben, würde ich jedenfalls in dem Augenblick, der mich vom Bureau befreite, sofort nachkommen ... Dann aber wäre das Schreiben der Selbstbiographie eine grosse Freude, da es so leicht vor sich gienge, wie die Niederschrift von Träumen und doch ein ganz anderes, grosses, mich für immer beeinflussendes Ergebnis hätte, das auch dem Verständnis und Gefühl eines jeden andern zugänglich wäre.«[2] Nicht Abrechnung also, sondern Verständigung und Selbstverständigung. Auch dieses Projekt blieb jedoch unausgeführt, die Reflexion delegierte Kafka an sein Tagebuch, während ihm der Glaube daran, mittels intimer Geschichtsschreibung bei irgendjemandem »Verständnis und Gefühl« wecken zu können, nach und nach abhandenkam. »Ich kann Dir und niemandem begreiflich machen, wie es in mir ist«, schrieb er 1920 an Milena Jesenská. »Wie könnte ich begreiflich machen, warum es so ist; das kann ich nicht einmal mir selbst begreiflich machen.«[3] Gegen Ende seines Lebens konnte sich Kafka autobiographisches Schreiben nur noch als radikale, am Nullpunkt beginnende Rekonstruktion vorstellen – nicht um Narzissmus und Erkenntnisdrang zu befriedigen und schon gar nicht um der Verständigung willen, sondern als selbsttherapeutische Maßnahme in höchster Not: »Das Schreiben versagt sich mir. Daher Plan der selbstbiographischen Untersuchungen. Nicht Biographie, sondern Untersuchung und Auffindung möglichst kleiner Bestandteile. Daraus will ich mich dann aufbauen so wie einer, dessen Haus unsicher ist, daneben ein sicheres aufbauen will, womöglich aus dem Material des alten.«[4]

Ein bezwingendes Bild, doch eines, das für Kafkas ›ganzheitliches‹ Denken nicht eben typisch ist. Gewiss, es wäre nützlich, über all die Grundelemente Bescheid zu wissen, aus denen das alte Haus errichtet worden ist, vor allem dann, wenn anderes Material nicht zur Verfügung steht. Doch wäre es nicht weitaus nützlicher, die Baupläne zu kennen? Das galt schließlich auch für die Betrachtung anderer, fremder Existenzen. In den zahllosen Biographien und Autobiographien, die Kafka verschlang, war er auf der Suche nicht nach möglichst kleinen, sondern nach charakteristischen Details, in denen sich Struktur und Essenz eines ganzen Lebens enthüllte – nur diese schienen ihm ›wahr‹, alles andere konventionelle Zutat.

Mit dieser Suche nach Perlen der Signifikanz geriet Kafka allerdings, wie ihm sehr wohl bewusst war, in eine keineswegs angenehme Nähe zur Psychoanalyse. Deren Ambitionen, die Persönlichkeit eines Menschen bis in ihre tiefsten Wurzeln verfolgen und Fehlentwicklungen nachträglich korrigieren zu können, betrachtete er nicht nur skeptisch, er empfand sie auch als anmaßend, ja kränkend. Vor allem störte ihn, wie rasch die Psychoanalyse mit dem Begriff ›Krankheit‹ bei der Hand war: Krank konnte beinahe alles sein, ausgeprägter Altruismus ebenso wie soziale Kälte, religiöse Überzeugung ebenso wie die Unfähigkeit, an irgendetwas zu glauben. Nach einer solchen Auffassung von Krankheit, so schien ihm, konnte selbst das Beste, was ein Mensch besaß, zum psychopathologischen Exempel geraten, und der authentischste Ausdruck seines Wesens und seiner persönlichen Nöte konnte zum Ansatzpunkt therapeutischer Angriffe werden. »Ich nenne es nicht Krankheit«, schrieb Kafka, »und sehe in dem Terapeutischen Teil der Psychoanalyse einen hilflosen Irrtum.«[5]

Die Einschränkung ist bemerkenswert. Sie zeigt, dass Kafka, obwohl kein gründlicher Leser Freuds, durchaus zu unterscheiden wusste zwischen dem therapeutischen Ehrgeiz der Psychoanalyse, den er für naiv hielt, und ihrem Anspruch, die Entwicklungsstufen und die Funktionsweise der menschlichen Psyche zutreffend zu beschreiben. Dieser Anspruch einer umfassenden ›Metapsychologie‹ war nicht so leicht abzuweisen, dazu waren die Grundannahmen der Psychoanalyse zu einleuchtend und ihre innere Folgerichtigkeit zu beeindruckend. Sosehr sich Kafka auch zu distanzieren suchte – es sei keine Freude, schrieb er, sich mit der Psychoanalyse abzugeben, und er halte sich von ihr möglichst fern[6] –, so bewusst war ihm doch, dass er sich ihrem Einfluss schwerlich ganz entziehen konnte. »Gedanken an Freud natürlich«, notierte er, als er seine Erzählung Das Urteil unmittelbar nach der Niederschrift analysierte,[7] und obgleich sich solche Gedanken wohl nur selten derart explizit aufdrängten:

Der psychoanalytischen Invasion war er ebenso ausgesetzt wie das gesamte intellektuell aufgeschlossene Bürgertum, auch wenn er der Theorie nicht in alle ihre Verästelungen folgte und im Wesentlichen nur aufnahm, was ohnehin schon bis zur Allgemeinbildung durchgedrungen war.

So war es ihm eine ganz geläufige Vorstellung, dass jeder Mensch unbewusste Phantasien, Bedürfnisse und Konflikte in sich trägt, die sein bewusstes Denken und Erleben beherrschen, ja überwältigen können – bis hin zum völligen Verlust der Autonomie. Es zählt zu den großen innovativen Leistungen des PROCESS-Romans, den Ansturm solcher unbewusster Impulse und die Verwandlung des ›Ichs‹ in eine löchrige Kulisse sehr anschaulich und plausibel zu machen: mittels Gesten, körperlicher Reaktionen, ungewollter Anspielungen, Fehlleistungen, Selbstwidersprüchen und wohldosierter Hinweise des Erzählers. Auch Kafkas aufmerksames Registrieren von Träumen ist ohne die geistige Präsenz der Psychoanalyse nur schwer vorstellbar, ebenso wenig die zahlreichen traumlogischen Passagen in seinem Werk, in denen die Kontinuität von Raum, Zeit und Kausalität mit verblüffender Selbstverständlichkeit außer Kraft gesetzt wird. Freuds TRAUMDEUTUNG kannte er vermutlich nur aus den Berichten Max Brods (der das Buch 1911 studierte), doch notierte und erzählte Kafka die eigenen Träume mit derselben Ernsthaftigkeit, als handele es sich um reale Erlebnisse, und der existentielle Zeichencharakter von Träumen war ihm so vertraut, dass er ihn auch im Verständnis seiner Briefpartner stillschweigend voraussetzte. Bisweilen scheint es, als protokollierte Kafka seine Träume gleichsam auf Vorrat: Er hatte keinen Schlüssel, doch er war von der Existenz dieses Schlüssels überzeugt und hoffte, ihn eines Tages zu finden. So häufte er in Notizheften und Briefen beträchtliches Material an, das in einer einschlägigen Sammlung von erhaltenen Traum-Notaten fast sechzig Druckseiten umfasst.[8]

Eine autobiographische Untersuchung, ernsthaft in Angriff genommen, hätte Kafka in seinen späteren Jahren wohl doch in eine Auseinandersetzung mit der Psychoanalyse geführt. So konsequent er deren Vokabular vermied, so zwingend waren die »Gedanken an Freud«, wenn er sich sein ausdauerndes, unreifes Verstricktsein in die Familie, vor allem seine Hassliebe gegenüber dem Vater vergegenwärtigte, und mit gutem Grund fühlte er sich zeitweilig »besessen« von dem »verdammt psychologischen Teorienkreis«.[9] Selbst wer die Ergebnisse psychoanalytischer Forschung nur als grob gerasterte Version der Tagespresse entnahm, wusste ja, dass sich hier alles um den ›Ödipus-Komplex‹ dreht und dass nach Freud das psychische Schicksal eines Menschen weitgehend davon abhängt, wie und in welchem Maß er diesen unausweichlichen und in jeder sozialen Umgebung prinzipiell gleich ablaufenden Konflikt bewältigt. Es ist kein Zweifel, dass Kafka gedanklich durchspielte, inwieweit diese Kernthese auch auf seinen eigenen Fall zutraf, und dass Ergebnisse solcher Überlegungen im engsten Freundeskreis besprochen wurden. Max Brod, der sich selbst für labil, aber psychisch gesund hielt, diagnostizierte bei Kafka eine ausgeprägte Zwangsneurose.[10] Ein Kommentar des Patienten ist nicht überliefert, doch mit derartigen Etiketten war Kafka allenfalls für die Dauer eines Gesprächs zu beeindrucken. Denn sosehr ihn die Deutungsversuche und Diagnosen der Psychoanalyse erregten, so modern und zeittypisch sie ihm auch schienen – für intellektuell nachhaltig hielt er sie trotz allem nicht. Dass sie im ersten Augenblick erstaunlich »sättigten«, konnte er einräumen; doch schon nach kurzer Zeit, fand er, spüre man »den gleichen alten Hunger«, den Hunger nach Selbsterkenntnis.[11] Das konnte nur bedeuten, dass die Psychoanalyse zum Wesentlichen gar nicht durchdrang – vor allem darum nicht, weil sie den menschlichen Geist wie ein Naturobjekt betrachtete und ihm daher mit ›Techniken‹ beizukommen suchte. »Psychologie ist Lesen einer Spiegelschrift«, fasste Kafka diesen Einwand in ein treffendes Bild, »also mühevoll und was das immer stimmende Resultat betrifft ergebnisreich, aber wirklich geschehen ist nichts.«[12]

Natürlich war es zunächst der Reduktionismus, der ihn störte, das hartnäckige Vertrauen in wissenschaftliche Systematik. Kafka glaubte nicht daran, dass sich die Probleme menschlichen Denkens, Fühlens und Verhaltens durch Rückführung auf theoretische Begriffe erklären, geschweige denn auflösen lassen; er glaubte daran weder im psychologischen noch im sozialen oder politischen Bereich. Darüber hinaus aber traf sein Vorbehalt wohl instinktiv eine Schwachstelle der klassischen Freudschen Analyse, die deren Erkenntnisgewinn in Frage stellte – vor allem, wenn er an seinen eigenen Fall dachte. Gewiss, für den Augenblick war es entlastend zu wissen, dass die extrem ambivalenten Gefühle gegenüber den Eltern nicht einfach verrückt waren; dass man nicht ›gespalten‹ war, wenn man den eigenen Vater hasste und liebte, wenn man dessen Lebensideal des ›Vorwärtskommens‹ zugleich durchschaute und idealisierte. Kafkas bedrängendes Gefühl, ein Sitzengebliebener zu sein, ein alter Knabe, der mit Ende dreißig noch immer nicht die Autonomie und die soziale Verantwortlichkeit des Erwachsenen erreicht hat, speiste sich vor allem aus dieser unaufgelösten, zum Teil unverstandenen familiären Verstrickung – auch das hätte er gegenüber einem Analytiker, ohne zu zögern, eingeräumt. Aber war damit etwas Wesentliches gesagt, waren damit tatsächlich die Fundamente seiner psychischen Welt schon freigelegt? Und gab es nicht auch eine Welt jenseits des Vaters, vor dem Vater?

Der Brief an den Vater, als wichtigste autobiographische Quelle zu Kafkas frühen Jahren vielfach zitiert, erschien manchem Leser als geradezu bestürzender Beleg für die lebenslange Herrschaft des Ödipus-Komplexes: Längst schon hat der Sohn den Zweikampf verloren, und dennoch weigert er sich, den Ring zu verlassen.[13] Doch Intensität und Perspektive täuschen, Kafkas Brief ist keine Selbstanalyse im psychoanalytischen Sinn, er ist die Beschreibung einer bedeutsamen realen Beziehung ebenso wie deren phantasierter Inhalte, und er ist niedergeschrieben in der Hoffnung, diese Beziehung ließe sich durch beiderseitige Aufklärung noch irgendwie erträglicher gestalten.

Hermann Kafka, so lautet die zentrale Botschaft, habe für seinen Sohn nicht das mindeste Verständnis aufgebracht – jedoch nicht aus Gleichgültigkeit oder gar Böswilligkeit, sondern einfach deshalb, weil ihm das Wesen dieses Kindes völlig fremd blieb. Es enttäuschte ihn, er empfand es als widerständig, verschlossen und dabei anspruchsvoll und empfindlich, Charakterzüge, die seine Frau Julie durch allzu große Nachgiebigkeit auch noch zu fördern schien. Aber war es denn zwingend, fragt Kafka, dass aus einem solchen unverstandenen, letztlich abgewiesenen Kind ein Mensch werden musste, der sich selbst nicht versteht? Es gab doch zahllose Väter, die sich von ihren Söhnen enttäuscht fühlten und dies auch ungefiltert zeigten, und selbst ein psychisch robusteres Kind hätte unter der Zurückweisung eines derart dominanten Vaters schwer gelitten. Aber diese Wunde wäre allmählich verheilt, hätte vielleicht sogar die spätere Abnabelung moralisch erleichtert, während bei Kafka alles offen, alles umkämpft blieb, beinahe bis zum Ende. Warum war das so?

»... so wie ich bin, bin ich (von den Grundanlagen und der Einwirkung des Lebens natürlich abgesehn) das Ergebnis Deiner Erziehung und meiner Folgsamkeit. Dass dieses Ergebnis Dir trotzdem peinlich ist, ja dass Du Dich unbewusst weigerst es als Dein Erziehungsergebnis anzuerkennen, liegt eben daran, dass Deine Hand und mein Material einander so fremd gewesen sind. ... Wieder hüte ich mich zu behaupten, dass ich nur durch Dich so wurde; Du verstärktest nur, was war, aber Du verstärktest es sehr, weil Du eben mir gegenüber sehr mächtig warst und alle Macht dazu verwendetest.«[14]

Kafkas Vorwurf lautet nicht: Ich bin, was du aus mir gemacht hast; er lautet vielmehr: Du konntest aus dem, was ich war, nichts machen; es hat dich nicht interessiert, es schien dir mangelhaft, daher kein Zuspruch, keine Anerkennung, nicht die geringste Stärkung des Selbstvertrauens. Das Kind konnte sich ein aufmunterndes Lachen allenfalls dadurch verdienen, dass es den Vater widerspiegelte und in scheinbarer Begeisterung – Kafka selbst gebrauchte das drastische Bild – als dessen dressierter Affe auftrat,[15] der marschieren, salutieren, Soldatenlieder singen, Redensarten nachplappern und beim Essen reinhauen konnte wie sein Herr. Es war gar nicht so schwer, diesen Allmächtigen in gute Laune zu versetzen, wenn man sich selbst vollständig verleugnete. Doch kleine Kinder können das nur augenblicksweise, ansonsten versuchen sie, mit ganz anderen, ihnen sinnvoller erscheinenden, also ›kindischen‹ Leistungen zu imponieren. Damit war bei Hermann Kafka jedoch nichts zu gewinnen: »Ein Ereignis«, sagte er ironisch, klopfte mit den Fingern auf den Tisch und seufzte. »Kauf dir was dafür.«[16]

Trotzdem meinte Kafka, den Vater moralisch entlasten zu müssen, denn der habe doch letztlich »nur verstärkt, was war«. Und das war keineswegs diplomatisch gesprochen, es entsprach völlig Kafkas Überzeugung. Freilich hatte er dabei nicht die Summe all seiner Anlagen im Sinn, der guten wie der schlechten, sondern ausschließlich Defizite, die er wiederum auf »Grundanlagen« und auf die »Einwirkung des Lebens« zurückführte. Die Anlagen, die dem Vater missfielen, kamen von den Löwys: Lebensfremdheit, Introvertiertheit, Versponnenheit. Kafka hatte keinen Zweifel daran – und er wusste sich in diesem Punkt auch einig mit dem Vater –, dass es eine erbliche Belastung vonseiten der Mutter gab, die ihn zum Vollstrecker des Kafkaschen Lebens- und Geschäftswillens von vornherein untauglich machte. Dazu aber kamen »Einwirkungen«, für die der

Vater allenfalls indirekt verantwortlich war und die daher im BRIEF AN DEN VATER auch nicht ausdrücklich benannt wurden, obgleich sie für Kafkas Entwicklung von größter Bedeutung waren: die schwankende Welt seiner frühesten Kindheit, der fortwährende Wechsel von Menschen und Orten, die Abwesenheit der Mutter, das Fehlen eines verlässlichen *feedback*. Nicht gegenüber dem Vater, wohl aber gegenüber Dritten sprach Kafka vor allem von Einsamkeit, wenn er die Atmosphäre seiner Kindheit heraufzubeschwören suchte. Dass die Welt keineswegs behaglich »geheizt« ist,[17] dass sie für den nach Sicherheit und Geborgenheit sich sehnenden Menschen alles andere als heimatlich ist, diese Erfahrung hatte ihn geprägt, lange ehe der väterliche Terror mit voller Wirkung einsetzte. Die Furcht vor dem Vater war etwas Sekundäres, ein Echo; denn dass es in Kafkas Welt überhaupt so viel Furcht gab, hatte Gründe, die viel weiter zurückreichten, zurück in eine Zeit, da Franz noch der mit Stolz herumgezeigte und vielfach fotografierte Erstgeborene war. Erst später gab irgendein Teufel dem Vater die Erkenntnis ein, dass Einschüchterung und Ausschließung die Mittel waren, mit denen er seinen Sohn am sichersten gefügig machen konnte. Diesen Sohn, dessen Blick immer fremder wurde und der allein darum ihn aufbrachte.

»Ich winselte einmal in der Nacht immerfort um Wasser, gewiss nicht aus Durst, sondern wahrscheinlich teils um zu ärgern, teils um mich zu unterhalten. Nachdem einige starke Drohungen nicht geholfen hatten, nahmst Du mich aus dem Bett, trugst mich auf die Pawlatsche und liessest mich dort allein vor der geschlossenen Tür ein Weilchen im Hemd stehn. Ich will nicht sagen, dass das unrichtig war, vielleicht war damals die Nachtruhe auf andere Weise wirklich nicht zu verschaffen, ich will aber damit Deine Erziehungsmittel und ihre Wirkung auf mich charakterisieren. Ich war damals nachher wohl schon folgsam, aber ich hatte einen innern Schaden davon. Das für mich Selbstverständliche des sinnlosen Ums-Wasser-bittens und das ausserordentlich Schreckliche des Hinausgetragen-werdens konnte ich meiner Natur nach niemals in die richtige Verbindung bringen. Noch nach Jahren litt ich unter der quälenden Vorstellung, dass der riesige Mann, mein Vater, die letzte Instanz fast ohne Grund kommen und mich in der Nacht aus dem Bett auf die Pawlatsche tragen konnte und dass ich also ein solches Nichts für ihn war.«[18]

Kafkas Erlebnis auf der ›Pawlatsche‹ (an Prager Wohnhäusern häufig zu findende Laubengänge im Innenhof) zählt zu Recht zu den Schlüsselszenen seiner psychischen Biographie. Allein der bildliche Gehalt

– das kleine Kind, das unter nächtlichem Himmel und beinahe nackt vor der verschlossenen Tür seiner Eltern steht – ist stark genug, um die drei fundamentalen Motive in Kafkas Welt, *Macht*, *Angst*, *Einsamkeit*, in ihren wechselseitigen Abhängigkeiten blitzartig zu erhellen. Die Macht der »letzten Instanz« erscheint hier furchteinflößend nicht nur wegen ihrer absoluten, auch körperlichen Überlegenheit, gegen die jeder Widerstand nutzlos wäre, sondern mehr noch wegen ihrer Unberechenbarkeit. Man weiß nicht, warum, man weiß nicht, wann und wie sie zuschlagen wird. Einigermaßen sicher konnte sich Franz nur sein, dass diese Macht nicht auf physischen Schmerz aus war. Denn sooft der Vater mit Prügel auch drohte – und bisweilen sogar, schreiend und mit hochrotem Kopf, die eigenen Hosenträger losmachte, um sie als Peitsche zu gebrauchen –, so selten kam es doch vor, dass er tatsächlich gewalttätig wurde.[19] Stattdessen nutzte er seine raumfüllende Überlegenheit, um zu isolieren, kleinzumachen, auszuschließen – meistens mit Worten voller Hohn und Tadel, mindestens einmal aber auch durch handgreiflichen Hinauswurf.

Der Vater hatte die Macht, einsam zu machen: Das war die Quintessenz der jahrzehntelangen Konfrontation, das war der Anteil, für den er unmittelbare Verantwortung trug. Doch der BRIEF AN DEN VATER verschweigt auch nicht, dass hier in eine Kerbe geschlagen wurde, die im Alter von zwei oder drei Jahren ohnehin schon tief genug war und die wohl niemand mehr dauerhaft hätte beseitigen können. Gewiss, der Akt der Ausschließung war drastisch genug, und mit Bedacht hatte der Vater, um maximale Wirkung zu erzielen, seinen Sohn nicht nur aus dem elterlichen Schlafzimmer, sondern aus der Wohnung geworfen, hinaus auf die Pawlatsche, die als Zugang zu den benachbarten Wohnungen Teil des öffentlichen Raums war. »... ich hatte einen innern Schaden davon«, schreibt Kafka durchaus glaubhaft. Doch mit Mitte dreißig hat er verstanden, dass sein Vater in jener Nacht einen unheilbaren Schaden nicht eigentlich herbeigeführt, sondern allenfalls ausgenutzt, vergrößert und dadurch im Grunde *bloßgelegt* hatte.

Ein äußeres, völlig unerwartet hereinbrechendes Unglück enthüllt ein unbewusst schon vorhandenes, tieferes Unglück: Diesen eigenartigen, oft erschütternden hermeneutischen Vorgang hat Kafka in seinem literarischen Werk immer wieder durchgespielt – so häufig und so konsequent, dass man ihn wohl zu den innersten und bedrängendsten Motiven seines psychischen Universums zählen muss. So versetzt DIE VERWANDLUNG ihren Helden Gregor Samsa von einem Moment zum anderen in eine erbärmliche Abhängigkeit von der eigenen Familie und zugleich in größtmögliche Distanz zu ihr, und der Leser sieht sich mit einem völlig unbegreiflichen, ja absurden Geschehen konfrontiert. Kaum aber hat sich der Staub gelegt, den die bereits im ersten Satz hereinbrechende Katastrophe aufgewirbelt hat, wird der Blick dafür frei, dass jene Abhängigkeit und Nichtzugehörigkeit eigentlich schon immer bestand und dass der Akt der Verwandlung, indem er die soziale Oberfläche zerstört, den faulen Kern nur umso deutlicher hervortreten lässt.

DER PROCESS lebt ganz und gar von dieser Denkfigur: Auch hier wird der anfängliche Schrecken über eine rätselhafte Intervention sehr bald überlagert durch eine andere, nachhaltigere Beunruhigung. Wie sein Verwandter, der Handelsvertreter Samsa, ist auch der Bankprokurist Josef K. zunächst Opfer. Doch nach und nach erweist sich, dass der Schlag, den er erlitt, weder sinnlos war noch aus völlig heiterem Himmel kam. Dieser schicksalhafte Schlag, die scheinbar grundlose Verhaftung und die damit einhergehende Stigmatisierung, trifft Josef K. genau dort, wo es am meisten schmerzt: Sie zwingt ihn zur Selbstreflexion und damit zur Revision seines Selbstbilds. Es ist das geheimnisvolle Gericht, das sein Leben in Unordnung bringt, aber es ist dieses selbe Gericht, das ihm die Frage aufzwingt, ob die bisherige Ordnung nicht ein wenig zu teuer erkauft war. Dass Josef K. oder Gregor Samsa jemals glücklich waren, dass sie überhaupt einen Begriff von Glück hatten, ist schlechterdings unvorstellbar, und darum bedurfte es einer Katastrophe, um ihr verarmtes Ich zum Sprechen zu bringen.[20]

Psychoanalytische Fernanalysen über eine historische Kluft von mehr als einem Jahrhundert sind prekär: Nicht nur fehlt die dem analytischen Prozess so wesentliche Dimension der spontanen Verständigung, der Rückkopplung zwischen Deutung und Selbstdeutung; weitaus folgenreicher noch sind die hermeneutischen Widerstände, die aus der kulturellen Distanz erwachsen, Widerstände, die selbst dem historisch gesättigten Einfühlungsvermögen bisweilen unüberwindbar sind. Dabei geht es vor allem um die Frage, wie und wie tief sich Mentalitäten, symbolische Formen und Alltagspraktiken ins

Unbewusste einbrennen, wie sie die individuelle Geschichte formen und schließlich auch zum Reden bringen – oder zum Schweigen. Einem Psychoanalytiker, der in einer christlich geprägten Umgebung aufwuchs, werden bei einem jüdischen Patienten womöglich entscheidende Hinweise entgehen – selbst dann, wenn beide, Analytiker wie Patient, die emotionalen Fixierungen und die Denkverbote ihrer jeweiligen religiösen Kultur längst abgestreift haben. Kafka selbst hielt im Tagebuch fest, dass auch fundamentale, scheinbar überzeitliche menschliche Beziehungen wie die zu den eigenen Eltern kulturell nachhaltig geprägt sind und dass infolgedessen nicht einmal die einfachsten Begriffe vor Missverständnissen sicher sind:

»Die jüdische Mutter ist keine ›Mutter‹, die Mutterbezeichnung macht sie ein wenig komisch […] wir geben einer jüdischen Frau den Namen deutsche Mutter, vergessen aber den Widerspruch, der desto schwerer sich ins Gefühl einsenkt, ›Mutter‹ ist für den Juden besonders deutsch, es enthält unbewusst neben dem christlichen Glanz auch christliche Kälte, die mit Mutter benannte jüdische Frau wird daher nicht nur komisch sondern auch fremd. Mama wäre ein besserer Name, wenn man nur hinter ihm nicht ›Mutter‹ sich vorstellte. Ich glaube, dass nur noch Erinnerungen an das Ghetto die jüdische Familie erhalten, denn auch das Wort Vater meint bei weitem den jüdischen Vater nicht.«[21]

Kafka spricht hier über die mangelnde Tiefenschärfe der Sprache: Was die jüdische Mutter, der jüdische Vater eigentlich *sind*, ließe sich nur *auf Jüdisch* sagen, während die entsprechenden deutschen Begriffe falsche Vorstellungen wecken und daher nur als Surrogate zu gebrauchen sind. Nicht anders aber ergeht es dem Analytiker, der sich über Patientenakten, Briefe und Tagebücher aus dem 19. Jahrhundert beugt: Die heutigen Assoziationen und ›Übertragungsphänomene‹, die solche Lektüre auslösen, werden ihn zwangsläufig in die Irre führen, sofern er sich der unaufhebbaren Fremdheit des Materials nicht fortwährend bewusst bleibt. Will er tiefer eindringen in die Zeugnisse vergangenen Lebens, so muss er mit gesteigerter und reflektierter Aufmerksamkeit lesen – ganz so, als bewege er sich in einer soeben erlernten Fremdsprache.

Ist der Analysand besonders sprachbegabt, hat er gar literarische Werke hinterlassen, so wird seine Erscheinung zwar plastischer, intensiver und sinnlicher, die Deutung jedoch nicht zwangsläufig einfacher. Im Gegenteil: Literarische Texte bringen stets eine zusätzliche kulturelle, also überindividuelle Dimension ins Spiel, ästhetische Formen und erzählerische Standards, die der Autor bereits vorgefunden hat und die man kennen muss, um sein Tun zu verstehen. Das gilt auch dann, wenn sehr viel ›freie Assoziation‹ im Spiel ist und der Autor einen höchst individuellen Stil pflegt. Kafka ist hierfür nicht nur das prominenteste, sondern auch das extremste Beispiel, das die Literaturgeschichte kennt. Seine Fähigkeit, in tiefe psychische Schichten vorzudringen und sich Zugang auch zu kollektiven Albträumen zu verschaffen, verbündete sich mit einem unbedingten Willen zur sprachlichen Form. Es ist charakteristisch für ihn – und jeder Brief, jede beliebige Seite seines Tagebuchs ließe sich als Beleg heranziehen –, dass er bereits im Vorhof zur Literatur nicht anders als literarisch denkt, spricht, schreibt, ja gelegentlich sogar handelt. Als psychoanalytischer Fall mag Kafka von außergewöhnlichem Interesse sein; doch der Analytiker muss sich im Klaren darüber bleiben, dass er es hier nicht nur mit den üblicherweise zu überwindenden Mechanismen wie Verdrängung, Verschiebung oder Intellektualisierung zu tun hat, sondern darüber hinaus mit einer vollkommen bewussten, teils kontrollierten, teils habitualisierten Strategie der Versprachlichung und Ästhetisierung. Mit dem Eintritt in Kafkas Welt gerät die Psychoanalyse, ob sie will oder nicht, auf fremdes Territorium, und ohne Respekt vor der Eigengesetzlichkeit der Sprache und ihres ästhetischen Formenkatalogs wird sie hier nichts Wesentliches ›aufdecken‹, sondern hinter der Selbsteinsicht des Analysanden womöglich zurückbleiben.

Auch Kafkas Verdacht, dass die Psychoanalyse zu seinen Lebensproblemen nichts wirklich Erhellendes beizutragen habe, ist durchaus ernst zu nehmen. Wenn es wahr ist, dass die Instabilität seiner Erfahrungswelt innerhalb der ersten beiden Lebensjahre für Kafkas Entwicklung von entscheidender Bedeutung war – und dafür sprechen neben seinen eigenen Äußerungen eine Vielzahl von Indizien –, dann war die klassische Analyse mit ihrem starren Blick auf die ›ödipale Phase‹ (3.–5. Lebensjahr) tatsächlich nicht der beste Ratgeber. Freud war der Auffassung – ohne dies jemals durch direkte Beobachtung überprüft zu haben –, dass die frühesten sozialen Bindungen lediglich der oralen Triebbefriedigung dienen und dass es dem Kleinkind vor allem auf die Zuverlässigkeit dieser Befriedigung ankomme. Die

Möglichkeit, dass es darüber hinaus auch noch einen ›Bindungstrieb‹ geben könnte, also ein primäres, angeborenes Verlangen nach der verlässlichen Anwesenheit und Zugewandtheit anderer Personen, zog Freud gar nicht in Betracht; recht unwahrscheinlich wäre es ihm erschienen, dass wechselnde, instabile Bindungen, selbst traumatische Versagungen in der frühen Kindheit bereits entscheidende Weichen stellen, lange bevor der Ödipus-Konflikt sich Geltung verschafft. So hätte ein Psychoanalytiker der Freudschen Schule an Kafkas ausgeprägtem Vaterproblem und an dessen höchst ambivalenten Gefühlen gegenüber der eigenen Familie gewiss seine Freude gehabt. Doch es hätte schon einer außergewöhnlichen intellektuellen Unabhängigkeit bedurft, um zu erkennen, dass die eigentlichen Probleme dieses Patienten noch eine Treppe tiefer zu suchen waren. Selbst wenn Kafka sich eine psychoanalytische Behandlung hätte leisten können: Es ist nur schwer vorstellbar, dass eine gelungene therapeutische Beziehung ihm mehr hätte bieten können als vergängliche Augenblicke der Entspannung.

Doch die psychoanalytische Theorie entwickelte sich weiter, differenzierte sich aus, und nicht zuletzt aufgrund von empirischen Studien geriet das früheste ›Bindungsverhalten‹ immer mehr in den Fokus. Bereits eine Generation nach Kafka traten Ich-Psychologie (Anna Freud, Heinz Hartmann, Erik H. Erikson) und Objektbeziehungstheorie (Melanie Klein) als hochspezialisierte Disziplinen auf den Plan. Daneben erwuchs der psychoanalytischen Theorie mächtige Konkurrenz: Sowohl Entwicklungs- und Kognitionspsychologie als auch die von John Bowlby begründete Bindungstheorie befassen sich mit der Frage, auf welche Weise sich Selbstbilder und soziale Fähigkeiten in den ersten beiden Lebensjahren herauskristallisieren und durch welche Einflüsse diese Entwicklung gefördert oder gestört wird.

Einige der neueren (inzwischen selbst schon ›klassischen‹) Konzepte rühren offenkundig an Konflikte und Defizite, die für Kafkas psychisches Schicksal entscheidend waren. So etwa der von Erikson eingeführte Begriff des ›Urvertrauens‹ (*basic trust*), eine in den ersten Lebensjahren erworbene positive Einstellung gegenüber der Außenwelt, ohne die kein konsistentes soziales Verhalten denkbar ist. Es ist ein auffallender Widerspruch in Kafkas Äußerungen – der jedoch mit Eriksons Schilderung der Symptome genau übereinstimmt –, dass er in spannungsreichen Momenten alle Anzeichen einer tiefen Störung des Vertrauens in Menschen und Dinge zeigte, im Allgemeinen jedoch bereit war, jedermann (außer sich selbst) nur lautere Motive zu unterstellen. Vor allem in Beziehungen zu Frauen wirkte dieser Widerspruch gelegentlich bizarr und weckte Zweifel an Kafkas Aufrichtigkeit: Während er einerseits damit rechnete, jederzeit und ohne erkennbaren Grund verlassen werden zu können – schon ein einziger ausbleibender Brief, ein abweisender Blick konnte diese Erwartung zur panischen Gewissheit verdichten –, sprach er andererseits viel von Vertrauen und Sicherheit und verhielt sich tatsächlich auch in Situationen, die ihn zum Misstrauen berechtigt hätten, eigentümlich indifferent. Auch gegen die Versuchung, Sicherheit durch persönlichen Besitz, insbesondere durch Gelderwerb erzwingen zu wollen, war Kafka zum Leidwesen seiner Familie weitgehend immun – jedoch nicht weil er das Illusorische dieser Lebensstrategie von Anbeginn durchschaut hätte, sondern weil in seiner Welt das Stoffliche ebenso flüchtig war wie das Psychische. »... ich war so unsicher aller Dinge«, schrieb er über seine Kindheit, »dass ich tatsächlich nur das besass, was ich schon in den Händen oder im Mund hielt oder was wenigstens auf dem Wege dorthin war ...«[22] Er konnte nicht ›besitzen‹, weder Frauen noch Dinge. Keine einzige Episode ist aus seinem Leben überliefert, in der er Freude am Eigentum gezeigt hätte, und auch deren Kehrseite, den Geiz, kannte er nur als gelegentliche Aufwallung. Was er liebte, musste er nicht unbedingt ›haben‹, selbst Bücher, die ihn begeisterten, gab er gleichmütig ihren rechtmäßigen Besitzern zurück, ohne sie selbst zu erwerben, und die Ekstasen des Sammlers waren ihm völlig unzugänglich.

Auch der befremdliche Gegensatz zwischen Kafkas Sicherheitsstreben und seiner Unfähigkeit zu langfristiger Planung geht vermutlich zurück auf einen irreparablen Mangel an Weltvertrauen. In einem von vergänglichen Erscheinungen und flüchtigen Beziehungen erfüllten Universum kann es nur *eine* Art von Sicherheit geben: diejenige, die augenblicklich und immer aufs Neue gewährt wird. Jede Reflexion auf die Zukunft hingegen führt sofort deren Unbeherrschbarkeit vor Augen und flößt Angst ein. Kafka war deshalb nur schwer dazu zu bewegen, einer reifen Konzeption von Sicherheit zu folgen, das heißt, kurzfristige, überschaubare Risiken einzugehen, um langfristig ein Plus an Sicherheit zu ernten. Obwohl er über die eigene psychische und soziale Situation intensiver nachdachte als irgendjemand in seiner Umgebung und obgleich er immer genauere Vorstellungen davon entwickelte, wie es zu dieser Situation hatte kommen können, erlebte er den *Status quo* in einer atavistischen Weise als zeitlos. Es zählt daher zu den großen ironischen Momenten in Kafkas Existenz, dass er als Versicherungsbeamter einen ebenso komplexen wie abstrakten Begriff von Sicherheit durchzusetzen hatte, der eine in ihren Grundfesten stabile Welt notwendig voraussetzte, während er für die gegebenen Möglichkeiten, sich selbst eine Zukunft zu sichern, keinerlei Sensorium entwickelte. Wurde er mit diesem Widerspruch offen konfrontiert – und in seiner Beziehung zu Felice Bauer geschah das regelmäßig –, dann reagierte er voller Selbsteinsicht, doch praktisch hilflos. »Ich habe natürlich gar keine Pläne, gar keine Aussichten«, schrieb er an sie, »in die Zukunft gehen kann ich nicht, in die Zukunft stürzen, in die Zukunft mich wälzen, in die Zukunft stolpern das kann ich und am besten kann ich liegen bleiben. Aber Pläne und Aussichten habe ich wahrhaftig keine, geht es mir gut, bin ich ganz von der Gegenwart erfüllt, geht es mir schlecht, verfluche ich schon die Gegenwart, wie erst die Zukunft!«[23]

Die Erwartung, die Psychoanalyse allein könne *erklären*, wie aus dem einsamen Erstgeborenen Franz der mit neurotischen Symptomen lebenslang kämpfende Doktor Kafka wurde, ist gewiss naiv. Und vollends illusorisch ist die Vorstellung, Kafkas mentale Produktivität, sein Leben mit und in der Sprache, seine Meisterschaft der Selbstdeutung und Selbsterfindung ließen sich mit einem psychoanalytisch geeichten Kompass zurückverfolgen bis zu ihren geheimen, im tiefsten Unbewussten sprudelnden Quellen. Ein solcher Versuch – Sartre hat es an der Kindheit Flauberts eindringlich demonstriert – bedürfte einer viel breiteren Klaviatur humanwissenschaftlicher Methoden, und das Ergebnis wäre keine überschaubare Kausalkette, sondern im besten Fall die überzeugende Schilderung einer psychosozialen Genese, der Individuation eines ebenso begabten wie verletzlichen Menschen in seiner Zeit.

Dennoch besteht die Psychoanalyse ganz zu Recht darauf, dass auch komplexe, außergewöhnliche oder gar ›geniale‹ Personen gewisse typische Konfliktlinien, Symptome und Strategien der Bewältigung zeigen, die sie vergleichbar und damit über die bewundernde Einfühlung hinaus auch greifbarer machen: ein gutes Antidot gegen die Mystifizierungen Kafkas, der gelegentlich einer Art selbstbewusster Verzweiflung anheimfiel und sich als ein Wesen schilderte, wie es die Welt noch nicht gesehen hat. Paradoxerweise blieben eine Reihe psychoanalytischer Fallschilderungen, die sehr nahe an Kafka heranführen – ohne dies zu intendieren – und die jene Vergleichbarkeit bisher wohl am überzeugendsten illustrierten, innerhalb der einschlägigen Literatur weitgehend isoliert: die während des Zweiten Weltkriegs entstandene Studie über VERLASSENHEITSNEUROSE, vorgelegt von der französisch-schweizerischen Analytikerin Germaine Guex, einer Schülerin Piagets. In ihrer Praxis war Guex so häufig auf frühkindliche, eindeutig vorödipale Störungen gestoßen, dass es ihr gerechtfertigt schien, das entsprechende klinische Bild einem zuvor noch nicht beschriebenen Neurosentyp zuzuordnen. Der neue Begriff wurde in das psychoanalytische Wörterbuch von Laplanche und Pontalis aufgenommen und erlangte damit höchste Weihen. Doch Guex unternahm keinen ernsthaften Versuch, die von ihr (mit)entdeckte Neurose metapsychologisch zu untermauern oder zumindest mit den schon gesicherten Ergebnissen der Säuglingsforschung abzugleichen.[24] Auch weitere Fallbeispiele publizierte sie nicht, und so war ihrer Studie unter gebildeten und ›betroffenen‹ Laien ein weit größerer Erfolg beschieden als unter Analytikern. Schließlich trug sie dem theoretischen Defizit Rechnung und gab der späten Neuausgabe ihrer Schrift einen anderen, weniger verpflichtenden Titel: DAS VERLASSENHEITSSYNDROM.[25]

Die Tagebücher und Briefe Kafkas kannte Guex offenbar nicht – sie hätte es sich andernfalls wohl kaum entgehen lassen, diesen Paradefall eines von Bindungsunsicherheit und Verlassenheitsängsten beherrschten Menschen in den Dienst der psychoanalytischen Theorie zu stellen. Tatsächlich sind die Parallelen zwischen dem von ihr entworfenen klinischen Bild des ›Abandonikers‹ und den Auffälligkeiten in Kafkas psychosozialer Erscheinung geradezu verblüffend. Der Abandoniker, schreibt Guex, scheitert vor allem daran, dass er an Beziehungen absolute Ansprüche stellt, die auf Verschmelzung zielen – *Alles oder Nichts* –, während die Erfahrung ihm sagt, dass vollendete, schattenlose Symbiosen allenfalls in Träumen vorkommen. Die Schuld an diesem Dilemma schreibt er vor allem sich selbst zu: Er ist es nicht wert, geliebt zu werden, und *wenn* er geliebt wird, muss es sich um eine verhängnisvolle Täuschung des Partners handeln, was er durch wiederholte, immer raffiniertere ›Tests‹ auch zu beweisen versteht. Der Abandoniker erlebt intensive Gefühle, er ist affektiv unersättlich, erträgt keine Relativität und geht – wenn man ihm die Chance gibt – leicht von Sympathie zur Tyrannei über. Doch er nimmt sich nicht, was er braucht, sondern wartet darauf, dass ihm gegeben wird: eine passive, aus Sicht der Analytikerin ›masochistische‹ Grundhaltung, die natürlich zu Misserfolgen und damit wiederum zur Bestätigung des negativen Selbstbilds führt. Generell bleibt der Abandoniker in einer defensiven Einstellung befangen, er meidet die offene Konfrontation und trägt seelische Konflikte oft auf der Ebene körperlicher Beschwerden aus. Er hat einen geschärften Sinn für Unglück, scheut Autonomie und Verantwortung, beobachtet jedoch seine Umgebung sehr genau und entwickelt ausgeprägte empathische Fähigkeiten sowie einen magischen, überall nach ›Zeichen‹ suchenden Scharfsinn.[26] Er überschätzt die anderen – was bis zur völligen Unfähigkeit reichen kann, Hass zu empfinden – und empfindet sich selbst als ausgeschlossen, nicht-zugehörig, überzählig. Dennoch zieht er die freiwillige Isolation häufig vor, da jeder spontane Anlauf massive Ängste vor Kränkungen und Enttäuschungen weckt. Diese Ängste beherrschen ihn, und sie hindern ihn daran, zu leben.

Wie Kafka selbst ist auch Guex der Auffassung, dass eine solche Störung sich nicht allein durch frühe Traumata erklären lässt. Entscheidend ist, dass Verunsicherungen, Versagungen und Verlassenheiten als traumatisch *erlebt* und gedeutet werden. Ob und wann diese Schmerzschwelle tatsächlich überschritten wird, hängt wiederum von konstitutionellen Faktoren ab: Empfindungsfähigkeit, Irritierbarkeit, Introvertiertheit, Neigung zur Ängstlichkeit – Faktoren, die Kafka zu seinem »Löwyschen Erbe« zählte. Es bedarf also keineswegs irgendwelcher körperlicher Übergriffe der Eltern oder gar der Katastrophe eines wirklichen, definitiven Verlassenseins; vielmehr genügt es, dass Angst, Unsicherheit und Frustration in bestimmten Erlebnissen sich verdichten und Gestalt gewinnen – der Erwachsene wird sich dann an diese Erlebnisse erinnern, als wären es reale Traumatisierungen, und darin womöglich die Ursache seines Zustands suchen. Guex bezeichnet solche Erfahrungen, welche die schlimmsten Befürchtungen zur Gewissheit und dadurch erst eigentlich bewusstmachen, als »Katalysator-Traumata« – ein Begriff, der die von Kafka so intensiv geschilderte Episode auf der Pawlatsche präzise trifft.

Allerdings stößt die Analytikerin hier bereits an die Grenzen ihres heuristischen Konzepts. Im Gegensatz zum realen Trauma – wie es etwa Julie Kafka beim frühen Tod ihrer Mutter erlitt – sind Katalysator-Traumata nur zu verstehen im Hinblick auf Ereignisse und Erwartungen, die ihnen vorausgingen. Sie sind weniger Ursache als vielmehr *Ausdruck* von Leid, und sie dienen daher mit Vorliebe als Knotenpunkte autobiographischer Erzählungen. Auch Kafkas Erlebnis der nächtlichen Aussperrung ist in diesem Sinn ein Konstrukt: Es zieht seine Bedeutung vor allem daraus, dass es eine schon zuvor gewachsene ängstliche Erwartung auf schmerzhafte Weise bestätigt, und es wird damit zu einem charakteristischen Motiv, das der Selbstbeschreibung dienen, ja sogar identitätsstiftend werden kann. Derartige Traumata wiederholt zu erzählen und in ihrer Bedeutung zu begründen mag also durchaus ›symptomatisch‹ sein, und vielleicht verrät die Tonart der Klage auch Selbstmitleid und Vergeltungswünsche. Weit wichtiger aber ist – und Kafkas literarisch organisierter Brief an den Vater zeigt diese Wendung mit überraschender Schärfe –, dass der einstmals Verlassene und in passiver Trauer Befangene an diesem Punkt die Deutungsmacht über sein eigenes Leben zurückgewinnt. Er formt die Geschichte seines Lebens und damit sich selbst; er versteht, dass in der sprachlichen, bildlichen, ästhetischen *Form* seine Chance liegt, den anderen sich ohne Scham wieder zeigen zu dürfen.

Verfügt die Psychoanalyse über das Werkzeug, um derartige Gegenoffensiven zu verstehen? Der Übergang von roher Erfahrung in eine immer feiner ausgearbeitete, mit *Sinn* aufgeladene Erlebenswelt zählt zu den Dynamiken, die erst lange nach Kafkas Tod in ihrer vollen Bedeutung erkannt wurden. So gehört das »innere Arbeitsmodell«, das schon das Kleinkind von seinen überlebenswichtigen Beziehungen entwirft, zu den fundamentalen Konzepten der Bindungstheorie. Und die Psychoanalytikerin Edith Jacobson begann in den fünfziger Jahren, eine (bis heute sehr einflussreiche) Theorie der psychischen »Repräsentanzen« auszuarbeiten.

Derartige Ansätze zielten jedoch stets darauf ab, den Modus des psychischen Erlebens zu beschreiben, die Art und Weise also, wie die äußere in eine innere Wirklichkeit überführt wird. Aber mentale Modelle der Außenwelt sind keine bloßen Spiegelungen. Sie sind, auch schon beim Kleinkind, durchaus aktive, kreative Antworten auf die ungeordnete Fülle der Welt, und die Fähigkeit, solche mentalen Modelle immer weiter auszugestalten und sich in ihnen wie in einer inneren Wohnung zu bewegen, wird umso wichtiger, je unberechenbarer die Außenwelt erscheint. Kafkas Briefe und Tagebücher lassen erkennen – und in dieser Hinsicht ist er tatsächlich ein ›Fall‹, der seinesgleichen sucht –, dass er an einem offenbar sehr früh ausgeprägten mentalen Modell festhielt, dass er es in einem seltenen Maß und weitgehend kontrolliert ausdifferenzierte und ihm schließlich ästhetische Gestalt verlieh. So undurchdringlich der spontane Akt literarischer Schöpfung auch ist: Die Dynamik, die zu ihm drängt, lässt sich in Kafkas überlieferten Aufzeichnungen geradezu in Zeitlupe studieren, und diese überwältigende Dynamik findet ihr Echo im Gefühl des Lesers, sich mit jedem beliebigen seiner Sätze bereits auf dem Boden der Literatur zu befinden. Für eine Biographie Kafkas, die dem psychoanalytischen Paradigma verpflichtet ist, wäre dies wohl die wesentliche Aufgabe: zu zeigen, dass sich zwischen den frühesten Versuchen, der Welt ein inneres Bild zu geben, und den Gipfelpunkten von Kafkas literarischen Werken ein zwar riesiges, aber doch ununterbrochenes Kontinuum schöpferischer Akte erstreckt. Und dass auch der Druck, mit dem die schwankende Welt den kleinen Franz zur Erfindung überlebensdienlicher ›mentaler Modelle‹ nötigte, für den erwachsenen Kafka nicht nachließ. Er münzte diese Dringlichkeit um in einen bewussten Willen zur Form, und bei dieser Strategie blieb er bis zum Ende. Denn entgegen all seinen Klagen – eine magische Praxis, welche die als feindselig erkannte Welt zu beschwichtigen suchte – war er damit erfolgreich, so überaus erfolgreich, dass er nicht anders mehr konnte, als jede denkbare Option des Glücks daran zu messen: Arbeit, Freundschaft, selbst die Liebe zu Frauen. Glaubt man seiner eigenen privaten Mythologie, dann ist er aus dem Leben in die Literatur ausgewandert, ohne Wiederkehr. Was aber, wenn es ganz anders war, wenn die Literatur der für ihn einzig gangbare Weg *zurück* war?

Wie der kleine Franz ausgesehen hat, wissen wir: Auch ihm ist die Pflicht bürgerlicher Kinder nicht erspart geblieben, sich während der ersten Wachstumsphase einmal jährlich dem professionellen Fotografen zu stellen. Dort wurden dann einige der standardisierten Settings sorgfältig aufgebaut und für die große Verwandtschaft festgehalten: mit nackten Beinchen im Sessel (ein Jahr alt), im mädchenhaften, doch zeittypischen Kinderkleidchen auf dem Sessel stehend (zwei Jahre alt), im kratzenden Matrosenanzug mit Stock, Hut und Palme (vier Jahre), mit dicken Strümpfen, glänzenden Stiefeletten und lebensgroßem Spielzeug-Schaf (fünf Jahre). Die Fotos sind anrührend vor allem als Serie, weil sie den fortschreitenden und unwiderruflichen Verlust an Spontaneität festhalten: Die Posen werden immer beherrschter, das Kind wird immer fügsamer.

Vielleicht, wenn man genau hinsieht, auch ängstlicher? Hat es, auf diesem oder jenem Bild, sein Pawlatschen-Erlebnis schon hinter sich? Historische Porträts von Kindern verführen zur Rückprojektion dessen, was wir *heute* wissen, und die Erwartung, auch eine zufällig ausgewählte, noch dazu arrangierte Zehntelsekunde müsse irgendetwas Bedeutsames preisgeben, ist nur schwer zu unterdrücken. Denn wir besitzen ja nichts als diesen Augenblick, während die gesamte übrige Zeitachse in vollständigem Dunkel bleibt: Wir wissen nicht, welchen Blick er auf dem Arm der Mutter zeigte, an der Wiege des Bruders, unter den jovialen Aufmunterungen des Vaters oder gänzlich unbeobachtet im selbstvergessenen Spiel. Nicht einmal der erwachsen gewordene Kafka wusste das, und so war auch er – der ohnehin in Porträts sich minutenlang versenken konnte – nicht gefeit gegen die Versuchung, aus den kostbaren sinnlichen Zeugnissen der eigenen Vergangenheit autobiographische Evidenz zu filtern: »... das böse Gesicht war damals Spass«, schrieb er an Felice Bauer über den feindselig in die Kamera blickenden Zweijährigen, »jetzt halte ich es für geheimen Ernst.«[27]

Solche Projektionen ins Dunkel sind uns vertraut auch dort, wo es überhaupt keine bildliche Überlieferung gibt. Kindliche (am liebsten ›altkluge‹) Aussprüche, Anekdoten, Erinnerungen aus zweiter und dritter Hand können an deren Stelle treten und die Illusion eines sinnlichen Zugangs vermitteln, der mit Bedeutung umso stärker aufgeladen wird, je spärlicher das Material ist. Doch wie zumeist nur ›gelungene‹ Porträts bewahrt und überliefert werden, so bleibt auch den Zeitzeugen nur im Gedächtnis, was ihnen (ob bewusst oder nicht) als bedeutsam erscheint. Verdrängt wird Unpassendes, Unverständliches oder allzu Profanes, während das scheinbar Charakteristische ausgeschmückt, mit dem Weichzeichner bearbeitet und in angenehmes

Dämmerlicht getaucht wird. Erst mit dem Auftauchen schriftlicher Dokumente beginnt die Welt der Fakten, und wenn der Zufall hilft, dann liefern die frühesten schriftlichen Äußerungen eines Menschen einiges von dem, was wir aus dem kleinen Gesicht vergeblich zu entziffern suchen.

Einen solchen glücklichen, in gewissem Sinn aber auch gespenstischen Zufall hat es im Leben Franz Kafkas tatsächlich gegeben. Denn von all den Seiten, die er schon als Kind und als Pubertierender beschrieben haben muss (Schulhefte inklusive), ist nur ein einziger, doch vielsagender Satz überliefert, ein Eintrag des 14-Jährigen in das Poesiealbum eines Freundes. Dass Kafka sich schon derart früh darüber im Klaren hat sein können, welche psychische Hypothek er aus seiner schwankenden, von Abschieden interpunktierten Kindheitswelt mit sich führte, erscheint undenkbar. Und doch wählte er Worte, die dieses Erbe beinahe nüchtern auf den Begriff brachten, Worte, die er nicht besser hätte wählen können, hätte man ihm das Motto seines jungen Lebens abverlangt. Ausgerechnet *dies* also hat überdauert:[28]

Es gibt ein Kommen und ein Gehn
Ein Scheiden und oft kein – Wiedersehn
Prag, den 20. November.
Franz Kafka

Kafka Franz, Vorzugsschüler

Alle Häfen
waren am schönsten beim Lichten
der Anker
Dagmar Nick, SCHATTENGESPRÄCHE

Es war einmal eine Dohle, die Kafka hieß, denn sie stammte aus dem Böhmischen, obgleich sie sich gegen diesen Namen immer wieder verwahrte. »Ich will nicht Kafka heißen«, sagte sie, »denn alle Namen auf ›a‹ sind Mädchennamen, Maria, Anna, Johanna, Amalia … ich aber bin ein Mann, und ein sehr gescheiter Mann noch dazu, und deshalb musst du zu mir Kafkus sagen, wie es sich für einen gelehrten Herrn geziemt. Es ist auch zu dumm, dass sie mich die Dohle heißen, indem sie meinen Vetter Krah der Rabe rufen, ob er nun ein Mann oder ein Mädchen ist. Ich aber lasse mir das nicht gefallen! Ich heiße Kafkus! Basta!« Er sagte aber nicht Basta, sondern Kaf-Kaf oder eigentlich Ka Ka …

Der Erfinder dieses Märchens, der Prager Gynäkologe und Dichter Hugo Salus, wusste, wovon er sprach.[1] Denn er selbst hatte einen Großvater namens Kafka, einen Rabbiner und angesehenen Gelehrten, der vor Beginn seiner Laufbahn gemeinsam mit Franz Kafkas Urgroßvater in ein und demselben Haus in Wosek gelebt hatte und mit diesem gewiss auch verwandt war. Familiennamen sind für Kinder von nur geringer Bedeutung, werden auch erst spät erlernt, doch was ›ka-ka‹ ist, wissen schon die Kleinsten, und so bleibt kaum ein Zweifel daran, dass Salus den hämischen Ruf, mit dem die unwissende Dohle sich selbst beleidigt, nicht erfunden, sondern erinnert hat.

Dass man von völlig Fremden gehänselt oder gar attackiert werden kann, ohne dass irgendeine höhere Instanz schützend dazwischenträte, gehört zu den ersten grundlegenden Überraschungen, die jedes Kind erleidet, sobald es den sozialen Schauplatz des Klassenzimmers betritt. Franz Kafka war ein behütetes Kind, das seine ersten sechs Lebensjahre in einem geräumigen Käfig verbracht hatte. Auch hier gab es Gegner, gewiss, aber irgendeine Appellationsinstanz war stets in Rufweite, und es gab hinreichend Gelegenheit, Klage zu führen und sich die Tränen trocknen zu lassen. An seinem ersten Schultag jedoch, am 15. September 1889, tauchte er ein in eine Schar von Leidensgenossen, von denen die meisten lauter und kräftiger, manche vielleicht klüger und einige auch besser gekleidet waren. Ein Schock, der allenfalls dadurch gemildert wurde, dass Kafka ein paar der Gesichter schon kannte. Fast alle Jungen seines Jahrgangs wohnten ja in der Altstadt, die Mehrzahl waren Juden mit Deutsch als erster Sprache. Man sah ihre Familien auf dem Ring oder sogar im Geschäft des Vaters, und es gab auch persönliche Bekanntschaften, vermittelt über die jüdische Gemeinde oder über den jüdischen Frauenverein. So waren Hugo Bergmann und Hugo Hecht, die ihre Erinnerungen an die gemeinsame Schulzeit mit Kafka Jahrzehnte später zu Papier brachten, vermutlich auch schon vorher mit ihm zusammengetroffen, und einer kannte die Spielsachen des anderen.

In den harten Bänken der ›Deutschen Volks- und Bürgerschule in Prag I‹ zählte das freilich gar nichts, hier wurde keiner gefragt, neben wem er sitzen wollte. Die Kleinen nach vorne, die Größeren nach hinten, so lautete die sture Anweisung. Einschüchternd war auch, dass man von nun an nicht einfach ›Franz‹ hieß, sondern über den vollen Vor- und Zunamen identifiziert wurde, was schon sehr an die Umgangsformen der Erwachsenen erinnerte. So auch am ersten Tag: In alphabetischer Reihenfolge las der Lehrer, ein Herr Markert, die Namen der Debütanten vor, und jeder einzelne hatte seine Anwesenheit lauthals zu melden: »Kafka Franz?« »Hier!« Augenblicke später stellte sich heraus, dass es auch noch einen »Kafka Karl« gab, was in Prag jedoch nicht allzu überraschend war.[2] Dann noch die Bekanntgabe einiger Spielregeln, die üblichen Ermahnungen, und das war schon alles, fürs Erste. Draußen auf dem Flur saß derweil die hochschwangere Mutter, neben ihr Frau Hecht, die auf ihren Hugo wartete. Zu viert machte man sich auf den kurzen Heimweg.

Es war nicht eben imposant, dieses neue nüchterne, vierstöckige Schulgebäude am Fleischmarkt, mit bescheidener Ausstattung und einem viel zu kleinen, für die Unterrichtspausen unbrauchbaren Innenhof. Aber hatte man eine Wahl? Vornehme Leute – oder solche, die es werden wollten – schickten ihre Söhne natürlich nicht auf öffentliche Volksschulen, sondern in ein privates Institut wie etwa dasjenige des Piaristenordens. So hielten es zum Beispiel die Väter von Max Brod und Franz Werfel – der eine aufstrebender Bankbeamter, der andere Fabrikant. Doch die Piaristen ließen sich ihren Ruf als Pädagogen reichlich vergüten, ihre Klassen wurden dominiert von deutschjüdischen Bürgersöhnen aus der Neustadt (die alle brav das katholische Morgengebet sprachen), und zwischen den piekfeinen Matrosenanzügen wäre der Sprössling eines Altstädter Krämers, der seiner Familie noch nicht einmal die obligatorische Sommerreise bieten konnte, gewiss nicht am rechten Platz gewesen. Auch war bekannt, dass die Lehrer der Piaristen ihr Gehalt gern durch Nachhilfeunterricht aufbesserten und dass die solcherart fließenden Honorare, als eine Art informellen Schutzgelds, von beträchtlichem Einfluss auf die Schulnoten waren. Das konnten sich die Kafkas erst recht nicht leisten. Als später Egon Erwin Kisch darüber klagte, wie es ihm als Altstädter *underdog* bei den Piaristen ergangen war – und die Kischs waren immerhin Hausbesitzer –, muss Kafka erleichtert darüber gewesen sein, dass ihm diese Peinlichkeit erspart geblieben war.[3]

Blieb nur noch zu entscheiden, ob der kleine Franz in deutscher oder in tschechischer Sprache unterrichtet werden sollte – eine heikle Frage, deren Für und Wider genauestens abzuwägen war. Laut Verfassung waren die beiden Sprachen im öffentlichen Leben genau gleichberechtigt, also auch in Schulen, und kein Kind durfte dazu gezwungen werden, eine zweite Sprache zu erlernen, nur um dem Unterricht folgen zu können – eine Schutzklausel, die dazu führte, dass in ganz Böhmen zwei komplette Schulsysteme parallel ausgebaut wurden.[4] Doch das Tschechische wurde in Prag begünstigt, und die Stadtverwaltung scheute auch nicht davor zurück, im Sinne einer angestrebten ›Tschechisierung‹ Druck auf die Eltern auszuüben. Ein aufstrebender jüdischer Kaufmann, der im Einvernehmen mit den Prager Behörden seine Integration zu fördern suchte, war gut beraten, sich als loyaler Tscheche zu präsentieren, und so war es selbstverständlich, dass Hermann Kafka bei der Volkszählung von 1890 Tschechisch als seine ›Umgangssprache‹ bezeichnete. Er konnte das besten Gewissens tun, denn tatsächlich waren ja die Mehrzahl seiner Kunden (wie auch seines Personals) Tschechen, und hätte er sich offensiv als ›Deutscher‹ oder gar als ›Deutschjude‹ hervorgetan, so hätte er das ökonomisch sehr bald zu spüren bekommen.

Das Deutsche andererseits galt traditionell als Bildungssprache, und noch in der tiefsten Provinz, auch in rein tschechischen Dörfern, war es seit Jahrhunderten üblich, dass Juden ihre Kinder zu deutschsprachigen Lehrern schickten – wie es ja auch Hermann selbst erfahren hatte. Deutsch war außerdem die Sprache der Macht, die Sprache Wiens, und daher war die Ausbildung auf deutschen Schulen fast unabdingbar für eine spätere Karriere als Akademiker oder für irgendeine andere ›höhere Laufbahn‹. Dachte er über seinen gegenwärtigen sozialen Status hinaus – und sein Sohn würde diesen Status weit hinter sich lassen, dessen war sich Hermann sicher –, dann bot die deutsche Erziehung eindeutig bessere Optionen und außerdem ein Umfeld, in dem die deutschjüdischen Kaufmannskinder in der Überzahl waren und wo man antisemitische Ausfälle daher nicht zu befürchten brauchte. Dass das Tschechische darüber nicht vernachlässigt und Franz auf seine eigene spätere Kundschaft bestens vorbereitet würde, dafür wollte man schon sorgen.

Ob der Sechsjährige bereits eine Ahnung davon hatte, dass die beiden Sprachen, zwischen denen er mehrmals täglich wechselte, zwei immer feindseliger sich gegenüberstehende Kulturen repräsentierten? Man muss es bezweifeln. Gewiss hatte er bemerkt, dass in dem kleinen Lebenskreis, den er überblickte, alle untergeordneten Tätigkeiten von Leuten erledigt wurden, die ausschließlich Tschechisch verstanden. Aber mit diesen Menschen war man ja nicht verfeindet, im Gegenteil, man lebte mit ihnen, als ausführende Organe hatten sie teil an der Macht des Vaters, und einige wurden von der Mutter behandelt, als gehörten sie zur Familie. Jenseits dieser familialen Binnenwelt aber gab es die Straße oder, wie man in Prag sagte, *die Gasse*, und hier herrschten, wie Franz nun sehr bald erfuhr, ganz andere Gesetze. Wenige Schritte entfernt von seiner deutschen Schule gab es ein Gebäude, vor dessen Eingang eine Büste des Pädagogen Jan Komenský (Comenius) stand, darunter die (scheinbar) unmissverständliche Aufforderung: »Ein tschechisches Kind gehört in eine tschechische Schule!« Auch das also war eine Volksschule, es war, wie sich zeigen sollte, die *Konkurrenz*, der man in der verwinkelten Altstadt schlechterdings nicht ausweichen konnte. Nationalistisch motivierte Raufbolde gab es schon unter den Jüngsten, auf beiden Seiten, und so musste man von nun an damit rechnen, in Tätlichkeiten mit ›den Tschechen‹ verwickelt zu werden.

Kafkas Eltern wussten natürlich um die Gefahr, und wenn sie an die alles andere als robuste Physis ihres Sohnes dachten, die von nun an täglich den Unbilden der Gasse ausgesetzt war, so verspürten sie wenig Neigung, die bisherige lückenlose Überwachung zu lockern. Sie entschieden – oder wahrscheinlicher: Kafkas Mutter entschied –, den kleinen Franz von Bediensteten zur Schule bringen und auch wieder abholen zu lassen. Eine für die Kafkas außerordentlich typische, nämlich ebenso wohlmeinende wie erzieherisch blinde Maßnahme. Denn schon nach wenigen Tagen war Franz der Einzige in der Klasse, der den kurzen und verkehrstechnisch ungefährlichen Schulweg nur unter Aufsicht zurücklegen durfte, der Einzige, der sich nicht zumindest für ein paar Minuten auf dem unmittelbar an der Schule gelegenen Fleischmarkt, in Durchhäusern und versteckten Höfen herumtreiben durfte. Was bei den Piaristen üblich war – dort verlangte es der Standesdünkel, den eigenen Kindern Angestellte mitzugeben –, wirkte in der gewöhnlichen Volksschule nur prätentiös und stempelte den allzu Behüteten zum Außenseiter und Muttersöhnchen.

Noch Jahrzehnte später erinnerte sich Kafka an diesen Schulweg mit äußerstem Unbehagen. Denn mittels elterlicher Fürsorge war hier auch noch die letzte Lücke geschlossen worden zwischen der häuslichen Machthierarchie, in der er den letzten Rang einnahm, und der ebenso hierarchischen Ordnung, die ihm in der Schule begegnete. Es war, als gingen häusliche und öffentliche Macht unmittelbar ineinander über, ohne den dazwischen verbleibenden schmalen Spielraum, den die anderen Kinder genossen. Und dass es dabei noch lange blieb, dafür sorgten nicht nur die Eltern, sondern auch die tschechische Dienstmagd Františka, die ihre befristete Befehlsgewalt über den Sohn des Prinzipals mit offenbar quälerischem Behagen ausübte.

»Unsere Köchin, eine kleine trockene magere spitznasige, wangenhohl, gelblich, aber fest, energisch und überlegen führte mich jeden Morgen in die Schule. Wir wohnten in dem Haus, welches den kleinen Ring vom grossen Ring trennt. Da gieng es also zuerst über den Ring, dann in die Teingasse, dann durch eine Art Torwölbung in die Fleischmarktgasse zum Fleischmarkt hinunter. Und nun wiederholte sich jeden Morgen das Gleiche wohl ein Jahr lang. Beim Aus-dem-Haus-treten sagte die Köchin, sie werde dem Lehrer erzählen, wie unartig ich zuhause gewesen bin. Nun war ich ja wahrscheinlich nicht sehr unartig, aber doch trotzig, nichtsnutzig, traurig, böse und es hätte sich daraus wahrscheinlich immer etwas Hübsches für den Lehrer zusammenstellen lassen. Das wusste ich und nahm also die Drohung der Köchin nicht leicht. Doch glaubte ich zunächst, dass der Weg in die Schule ungeheuer lang sei, dass da noch vieles geschehen könne (aus solchem scheinbaren Kinderleichtsinn entwickelt sich allmählich, da ja eben die Wege nicht ungeheuer lang sind, jene Ängstlichkeit und totenaugenhafte Ernsthaftigkeit) auch war ich, wenigstens noch auf dem Altstädter Ring, sehr im Zweifel, ob die Köchin, die zwar Respektsperson aber doch nur eine häusliche war, mit der Welt-Respekts-Person des Lehrers überhaupt zu sprechen wagen würde. Vielleicht sagte ich auch etwas derartiges, dann antwortete die Köchin gewöhnlich kurz mit ihren schmalen unbarmherzigen Lippen, ich müsse es ja nicht glauben, aber sagen werde sie es. Etwa in der Gegend des Einganges zur Fleischmarktgasse [...] bekam die Furcht vor der Drohung das Übergewicht. Nun war ja die Schule schon an und für sich ein Schrecken und jetzt wollte es mir die Köchin noch so erschweren. Ich fieng zu bitten an, sie schüttelte den Kopf, je mehr ich bat, desto wertvoller erschien mir das, um was ich bat, desto grösser die Gefahr, ich blieb stehn und bat um Verzeihung, sie zog mich fort, ich drohte ihr mit der Vergeltung durch die Eltern, sie lachte, hier war sie allmächtig, ich hielt mich an den Geschäftsportalen, an den Ecksteinen fest, ich wollte nicht weiter, ehe sie mir nicht verziehen hatte, ich riss sie am Rock zurück (leicht hatte sie es auch nicht) aber sie schleppte mich weiter unter der Versicherung auch dieses noch dem Lehrer zu erzählen, es wurde spät, es schlug 8 von der Jakobskirche, man hörte die Schulglocken, andere Kinder fiengen zu laufen an, vor dem Zuspätkommen hatte ich immer die grösste Angst, jetzt mussten auch wir laufen und immerfort die Überlegung: ›sie wird es sagen, sie wird es nicht sagen‹ – nun sie sagte es nicht, niemals, aber immer hatte sie die Möglichkeit und sogar eine scheinbar steigende Möglichkeit (gestern habe ich es nicht gesagt, aber heute werde ich es ganz bestimmt sagen) und die liess sie niemals los.«[5]

Darf man solche Anekdoten beim Wort nehmen, sind Kafkas Briefe eine verlässliche Quelle in eigener Sache? Unverkennbar ist die epische Formung, der er seine Erinnerungen unterwirft: Er will erzählen, er macht es spannend. Doch ebendiesem literarischen Impuls ist es zu verdanken, dass er die in der Erinnerung bewahrten Eindrücke nicht einfach aufreiht und visualisiert, sondern sogleich auf ihren biographischen Kern zurückführt. Dieser Kern ist die Erfahrung von Macht und Unterwerfung, wobei er zwei Verfahren der Machtausübung besonders hervorhebt, Techniken des Zugriffs, die er als zentrale Motive seines literarischen Werks noch vielfach variieren wird. Zum einen die Grenzverwischung zwischen Privatem und Öffentlichem: Mit deprimierender Selbstverständlichkeit wird der Lehrer und mit ihm die gesamte Institution Schule als verlängerter Arm der häuslichen (und keineswegs nur väterlichen) Befehlsgewalt in Anspruch genommen, und so erscheint es Franz auch völlig glaubhaft, dass der Herr Markert sich mit dem größten Interesse seinen häuslichen Unarten widmen würde – wenn er denn davon erführe. Dazu tritt, zweitens, die dauernd aufrechterhaltene Drohkulisse, die den Delinquenten lähmt, indem sie ihn einer Orgie von Strafphantasien ausliefert. Welche konkreten Maßnahmen der Lehrer ergreifen wird, wenn sich herausstellt, dass in seiner Klasse ein sechsjähriger Verbrecher sitzt ... Die unerbittliche Františka braucht es gar nicht auszumalen, denn dieses imaginäre Szenario hält den Übeltäter ganz von selbst in seinem Bann. Und da es niemals zur entscheidenden Probe kommt, bleibt ihm sogar die moralische Atempause versagt, welche die vollzogene Strafe immerhin verschaffen würde. Die Drohung wirkt stärker als ihre Ausführung, eine einfache Maxime der ›Schwarzen Pädagogik‹, im Bürgertum des 19. Jahrhunderts beliebt und verbreitet und auch bei den Kafkas, wie das Personal offenbar genau beobachtet hatte, mit Erfolg praktiziert. Noch Jahrzehnte später hegte Kafka gegen diese Machtspiele unter dem Deckmantel der Erziehung einen derartigen Groll, dass er die Begegnung mit einem seiner früheren Kindermädchen rundweg verweigerte. »Warum hat sie mich so schlecht erzogen«, schrieb er, »ich war doch folgsam, sie sagt es jetzt selbst ... ich war von ruhiger Gemütsart und brav. Warum hat sie das nicht für mich ausgenützt und mir eine bessere Zukunft vorbereitet.«[6]

Die lähmende Übermacht des Schuldbewusstseins, die Kafka in seiner Abrechnung mit dem Vater so advokatorisch beredsam schilderte, das fortwährende Anschwellen des moralischen Schuldenbergs erst gegenüber den Eltern und schließlich gegenüber der ganzen Welt – all das gehört wahrscheinlich zu einer späteren Entwicklungsstufe und ist der bereits sublimierte Ausdruck eines viel tiefer reichenden Angstsyndroms. Was der Sechsjährige verspürte, war nicht vorrangig Schuld, sondern reine Angst – Angst vor Schlägen, vor dem Gebrüll und der physischen Überlegenheit des Vaters, Angst vor der Abwendung der Mutter, vor dem Alleinsein. Kafka lernte früh, dass eine Situation, die Angst erzeugt, prinzipiell nicht gut ausgehen kann. Entweder der gefürchtete Hieb erfolgt tatsächlich – aber zu körperlichen Übergriffen kam es ja bei den Kafkas höchst selten –, oder man wird begnadigt, aber nur vorläufig und unter weiteren Drohungen. Was in diesem Kraftfeld der Angst gänzlich fehlte, war die Erfahrung des Gelingens, der glücklichen Bewältigung, des *Freispruchs* – nicht nur deshalb, weil der Vater grundsätzlich kein Lob erteilte, sondern vor allem, weil die immer nur ängstlich erfüllte (oder übererfüllte) Pflicht nicht als eigene Leistung begriffen wurde und daher auch nicht mit Stolz erfüllte.

Diese Angst nun schleppte der Sechsjährige in die Schule ein – darin bestärkt zunächst durch die Köchin, die den Lehrer zum Stellvertreter des Vaters beförderte, dann durch den vierteljährlichen Akt der Notenvergabe, der ja ebenfalls über die Köpfe der Schüler hinweg an die Eltern gerichtet war. Kafka wollte es nicht in den Sinn – und daran änderte sich während seiner gesamten schulischen Laufbahn nur wenig –, dass die Institution Schule gar nicht den Wert eines Menschen erfasst und benotet, sondern gewisse spezialisierte Fähigkeiten und dass daher über Erfolg und Misserfolg hier andere Kriterien entscheiden als im Binnenraum der Familie. Aber was der Vater ihm verkündete, war doch ein ›Nicht genügend‹ in Permanenz, folglich musste ihm das Gleiche auch in der Schule widerfahren, es konnte anders nicht sein. Denn wenn Erziehung wesentlich eine »Verschwörung der Großen« ist – so brachte Kafka später diese grundlegende Erfahrung auf den Begriff –, dann war ein sachlicher Gegensatz zwischen Vater und Lehrer undenkbar.[7] Hoffen konnte man allenfalls darauf, dass all das Schlechte, das dem Gottvater offen vor Augen lag, dem Lehrer noch für einige Zeit verborgen blieb, und ebendiese letzte Hoffnung war es, welche die Köchin zu zerstören suchte – mit dem boshaften Wissen um die empfindlichste Stelle. Was bedeuteten demgegenüber wirkliche Noten, Belobigungen, Versetzungen?

»Niemals würde ich durch die erste Volksschulklasse kommen, dachte ich, aber es gelang, ich bekam sogar eine Prämie; aber die Aufnahmsprüfung ins Gymnasium würde ich gewiss nicht bestehn, aber es gelang; aber nun falle ich in der ersten Gymnasialklasse bestimmt durch, nein, ich fiel nicht durch und es gelang immer weiter und weiter. Daraus ergab sich aber keine Zuversicht, im Gegenteil, immer war ich überzeugt – und in Deiner abweisenden Miene hatte ich förmlich den Beweis dafür – dass, je mehr mir gelingt, desto schlimmer es schliesslich wird ausgehn müssen. Oft sah ich im Geist die schreckliche Versammlung der Professoren (das Gymnasium ist nur das einheitlichste Beispiel, überall um mich war es aber ähnlich), wie sie, wenn ich die Prima überstanden hatte, also in der Sekunda, wenn ich diese überstanden hatte, also in der Tertia u.s.w. zusammenkommen würden, um diesen einzigartigen himmelschreienden Fall zu untersuchen, wie es mir, dem Unfähigsten und jedenfalls Unwissendsten gelungen war, mich bis hinauf in diese Klasse zu schleichen, die mich, da nun die allgemeine Aufmerksamkeit auf mich gelenkt war, natürlich sofort ausspeien würde, zum Jubel aller von diesem Albdruck befreiten Gerechten. Mit solchen Vorstellungen zu leben ist für ein Kind nicht leicht. Was kümmerte mich unter diesen Umständen der Unterricht? Wer war imstande aus mir einen Funken von Anteilnahme herauszuschlagen? Mich interessierte der Unterricht und nicht nur der Unterricht, sondern alles ringsherum in diesem entscheidenden Alter etwa so, wie einen Bankdefraudanten, der noch in Stellung ist und vor der Entdeckung zittert, das kleine laufende Bankgeschäft interessiert, das er noch immer als Beamter zu erledigen hat. So klein, so fern war alles neben der Hauptsache.«[8]

Wäre Hermann Kafka dieses späte, an ihn adressierte Bekenntnis tatsächlich vor Augen gelangt, es hätte seinen eigenen Erinnerungen so eklatant widersprochen, dass er das Kind, von dem hier die Rede ist, wohl gar nicht wiedererkannt hätte. Denn von der ersten Klasse an war Franz ein lernwilliger, angepasster, von den Lehrern wohlgelittener Schüler, ein sogenannter ›Vorzugsschüler‹ mit weit überdurchschnittlichen Noten, dessen Versetzung niemals auch nur im entferntesten in Frage stand.[9] Bestnoten in Lesen, Schreiben, Rechnen, Anschauungsunterricht, Religion, Gesang und Turnen, nicht zu vergessen Fleiß und Sittliches Betragen und eine ›Zwei‹ lediglich in Zeichnen: So sah das abschließende Zeugnis des ersten Schuljahres aus. Auch das Dienstpersonal, das den Jungen unter Aufsicht hielt, bis die Eltern abends aus dem Geschäft kamen, konnte nur bestätigen, dass er eifrig bei der Sache war. Erstaunlich, diese Energie in einem so zarten Körper. Dass er mehr aus Angst als aus Neugier oder Ehrgeiz lernte, hätten Hermann und Julie indessen sehr leicht bemerken können. Ob es sie ernstlich beunruhigt hätte, muss man bezweifeln. Denn nach ihrer Auffassung – der Auffassung des bürgerlichen 19. Jahrhunderts – war Erziehung vor allem ein Akt der Formens und Zähmens, und die Liebe zu den Kindern war eine lobenswerte Zugabe.

Es bedeutete gewiss eine Entlastung für den Sechsjährigen, dass er seinen ersten öffentlichen Auftritt in einem vertrauten und homogenen Milieu zu bewältigen hatte: Knapp zwei Drittel seiner Schicksalsgenossen waren Söhne deutschjüdischer Geschäftsleute, fast alle wohnten in der Altstadt und waren zweisprachig, es gab in der Klasse kein einziges Arbeiterkind, keinen Ghettobewohner, keinen Adligen.[10] Doch die Entscheidung für einen Schulunterricht in deutscher Sprache forderte auch ihre Opfer, wie den Kafkas spätestens beim Anlass des ersten Elternabends bewusst geworden sein muss: Nicht einmal einen Direktor gab es hier, weil dafür die Mittel fehlten. Öffentliche deutsche Schulen wurden von der tschechisch dominierten Stadtverwaltung nur widerwillig instand gehalten, Pläne zum weiteren Ausbau wurden sabotiert, und so herrschten hier Zustände, die nicht nur mit dem Reichsschulgesetz kollidierten, sondern auch unvereinbar waren mit den pädagogischen und hygienischen Standards der Zeit. Gewiss, auch Kinder aus bürgerlichen Verhältnissen waren es (noch) gewohnt, verhältnismäßig kleine Räume mit anderen teilen zu müssen. Doch die Weigerung der Gemeinde, neue Planstellen für deutsche Lehrer zu schaffen, machte den Unterricht phasenweise zur Qual: Zwischen achtzig und neunzig Jungen drängten sich anfangs in Kafkas Klasse, ab dem dritten Jahr stieg diese Zahl auf über hundert, so dass man gezwungen war, die Schüler in parallele Klassen aufzuteilen, ohne sie räumlich immer trennen zu können. Auch an Frosttagen war es unmöglich, in den überfüllten Räumen die Fenster fortwährend geschlossen zu halten, und immer wieder wurden die Kinder mit irgendwelchen Aufgaben sich selbst überlassen, weil sich der Lehrer um eine andere Klasse zu kümmern hatte – im selben Raum. Schon der Erstklässler Franz musste mehrmals wöchentlich auch noch am Nachmittag zur Schule, was gar nicht zulässig, aufgrund der pädagogischen Unterversorgung jedoch unvermeidlich war. Und es kamen ja immer weitere Fächer hinzu: Sprachlehre und Rechtschreibung im 2. Jahr, Naturgeschichte und Geographie im 3. Jahr, schließlich der fakultative Unterricht in Tschechisch, den Franz nach dem Willen der Eltern auf keinen Fall versäumen sollte (er erhielt durchgehend ›sehr gut‹) und der ebenfalls am Nachmittag erteilt wurde. Am Ende saß er wöchentlich volle 27 Stunden in seiner engen Bank (entsprechend heutigen 36 Unterrichtsstunden), und wenn er nach vier Uhr endlich entlassen wurde – manchmal war es schon dunkel –, dann erwarteten ihn nicht Freiheit und Kameradschaft, sondern die am häuslichen Esstisch zu erledigenden Hausaufgaben.

Erinnerungen an den Unterricht am Fleischmarkt hat Kafka nicht hinterlassen, doch wie die Vermittlung von Wissen unter derartigen äußeren Bedingungen vonstattenging, kann man sich unschwer vorstellen: Es war ein Pauk-Unterricht, und die Leistungskontrolle beschränkte sich auf mechanisches Abfragen. Eine trostlose Veranstaltung, gemessen selbst an den damaligen didaktischen Vorgaben. Doch wie und wann sollten die überlasteten Lehrer derart zusammengepferchter Klassen auf die Eigenarten oder Lernschwächen einzelner Schüler eingehen? In jedem Unterrichtsfach blieben ihnen pro Schüler und Jahr genau acht Minuten Zeit, zwischen den schriftlichen Benotungen also jeweils zwei Minuten – diesen absurd anmutenden Wert errechnete im Jahr 1896 eine offenbar von Juristen formulierte deutsche Denkschrift.[11] Das war gelinde übertrieben, traf aber das Wesentliche. Tatsächlich erzeugten die Vielzahl der Fächer, die überquellenden Schulklassen und die allzu häufigen Zeugnisse einen niemals endenden Stress, im Grunde eine permanente Prüfungssituation – und damit genau jene autoritative Druckkammer, die der Sechsjährige schon auf dem morgendlichen Schulweg fürchtete, ja wahrscheinlich noch früher, als er das beunruhigende Gebäude nur von Ferne beäugt hatte. Es war das erste, jedoch keineswegs das letzte Mal in seinem Leben, dass Imagination und gesellschaftliche Wirklichkeit auf unheilvolle Weise zusammenschossen, sich wechselweise bestätigten und intensivierten. Und Kafkas spätere Auffassung, dass das Imaginäre kein bloßes Schattenreich, sondern ein Kosmos ganz aus eigenem Recht sei, hat eben hier seine Wurzeln, im frühesten Anprall der großen Welt, die den imaginären Schrecken immer nur zu bestätigen scheint.

Gelegenheit zu durchgreifender Erholung gab es nur einmal im Jahr, während der langen Sommerferien von Anfang Juli bis Mitte September. Aus späterer Zeit ist dokumentiert, dass sich die Kafkas während der heißesten Wochen mit Vorliebe in einfachen Sommerfrischen nahe Prag einmieteten – das sparte Kosten und ließ außerdem die Möglichkeit, regelmäßig in die Stadt hineinzufahren und das ›Gassengeschäft‹, das natürlich geöffnet blieb, unter Kontrolle zu halten. Sehr wahrscheinlich sah der Lebensrhythmus der Familie auch schon zu Kafkas Volksschulzeit genauso aus: Eine andere, naturnähere Umgebung – nicht sonderlich aufregend, doch mit gewissen Freiheiten – durfte man ausschließlich im Sommer genießen, während die gesamte übrige Zeit des Jahres völlig gleichförmig verlief. Selbst an Sonntagen kam es ja vor, dass sich die Eltern über Stunden im Geschäft aufhielten, und ein Besuch der öffentlichen Badeanstalt, gemeinsam mit dem nichtschwimmenden Vater, der dort eigentlich nur Bier trinken wollte, war dann schon ein Ereignis.

Erziehung als Formung widerstrebenden Materials: Eine Alternative dazu war keinem je in den Blick geraten, nicht dem Vater, nicht seinem Sohn, und die relative Duldsamkeit der Mutter galt ja nicht eigentlich als Erziehung, sondern eher als deren Verhinderung. Dass es auch Spielarten maskuliner Autorität gibt, die mit einem ganz anderen, menschlicheren Antlitz durchaus vereinbar sind, erfuhr Kafka erst in der Schule, zu einem Zeitpunkt freilich, da es für ihn offenkundig zu spät war.

In der dritten und vierten Klasse wurde er von einem schon leicht ergrauten Mann namens Mathias Beck unterrichtet, einem pädagogisch sehr engagierten jüdischen Lehrer, der nebenbei eine kleine Pension für Schüler ›mosaischen Glaubens‹ unterhielt.[12] Natürlich wurde auch in seinen Stunden das übliche Pauk-Programm absolviert, doch Beck war an den Kindern menschlich interessiert, beobachtete ihre Entwicklung, sprach mit ihnen auch außerhalb des Unterrichts – was noch durchaus ungewöhnlich war – und beriet ihre Eltern. Beck verstand es trotz allem Zeitdruck, persönliche Beziehungen aufrechtzuerhalten und die Zuneigung der Schüler in Motivation umzumünzen. So forderte er sie beispielsweise kurz vor Verlassen der Volksschule auf, ihn im folgenden Jahr zu Hause zu besuchen und ihre ersten gymnasialen Zeugnisse zu präsentieren – für ihn gewiss lehrreich, was seine pädagogischen Prognosen betraf, für die Schüler jedoch ein zusätzlicher Ansporn. Tatsächlich nahm dann Kafka gemeinsam mit seinem Freund Hugo Bergmann diese Einladung an – was sie vorzuweisen hatten, war gut genug, um sich selbst bis ins Allerheiligste vorzuwagen, in die private Sphäre einer Autoritätsperson. Um freilich Kafkas hierarchisches Bild der Welt und die davon imprägnierte Angst noch irgend in Frage zu stellen, dazu genügte auch Becks Einfluss nicht mehr. Im Alter von zehn Jahren wusste Kafka bereits, dass Anpassung und Vermeidung durchaus brauchbare Überlebensstrategien waren, er war damit durchgekommen, und jemanden wie den Lehrer Beck gab es auf dem Gymnasium ohnehin nicht.

Dass ›Kafka Franz‹ den Sprung auf die höhere Schule schließlich geschafft hatte, ohne Schaden zu erleiden, nahm Beck vermutlich mit Erleichterung auf. Denn obwohl er mit den Leistungen des Jungen mehr als zufrieden sein konnte, hatte er doch beobachtet, dass Kafka physisch anfällig, wenig durchsetzungsfähig und in seiner körperlichen Entwicklung ein Nachzügler war. Überdurchschnittlich viele Tage war er dem Unterricht ferngeblieben, auch in den ersten Klassen schon, als er die üblichen Kinderkrankheiten durchgemacht hatte, und noch immer war er das »zarte Kind«, als das auch die Mutter ihn später in Erinnerung behielt. Würde er eine weitere Erhöhung des Leistungsdrucks schon verkraften? Vier Jahre Volksschule plus ein Jahr ›Bürgerschule‹ waren die Norm, um ins Gymnasium zu gelangen;[13] wer schon nach vier Jahren wechseln wollte, konnte das nur über den Weg einer Aufnahmeprüfung. »Lassen Sie ihn noch in die fünfte Klasse gehen«, sagte Beck zu Kafkas Eltern, »er ist zu schwach, solche Überhetzung rächt sich später.«[14] Das war natürlich in den Wind gesprochen. Ein Vorzugsschüler, der freiwillig zwischen all den Minderbegabten ein volles Jahr lang hockenblieb und überdies noch unnötige Kosten verursachte – das hätte niemand in der weitläufigen Familie verstanden. Und was hätten die beiden Hugos dazu gesagt, Bergmann und Hecht, deren Eltern es ebenso eilig hatten? Kam nicht in Frage. Religion, Rechnen und Deutsch waren die Gegenstände der nicht übermäßig schwierigen Aufnahmeprüfung, keine wirkliche Hürde für die drei, auch wenn mindestens einer von ihnen entsetzliche Angst hatte.

Jahrzehnte später, als Kafka sich an den Ratschlag des scharfsichtigen Herrn Beck erinnerte, musste er ihm recht geben. Die Übereilung hatte sich gerächt, fand er, und noch in einem ganz anderen, schlimmeren Sinn, als der Lehrer es damals gemeint hatte. Keine bloß körperliche, eine geistige Hetzjagd war es gewesen, welche die äußere und die innere Zeit schließlich immer weiter auseinanderdriften und die Schuljahre wie einen Traum vorüberfliegen ließ. Noch der beste, einfühlsamste Pädagoge hätte Derartiges unmöglich vorhersehen können, und so geschah es auch dem Lehrer Beck, dass er, ohne es zu bemerken, eine fatale Vorhersage äußerte. Einen »prophetischen Spass« nannte es sein ehemaliger Schüler, der mittlerweile noch viele weitere Prüfungen bestanden hatte und den man nun als ›Herrn Doktor‹ grüßte. Doch da war der Lehrer lange schon begraben.

Stadt unter Strom

Die ganze Aufgabe des Lebens
ist ja das Beharren in ihm …
Bettina von Arnim,
Goethes Briefwechsel mit einem Kinde

Die Schutzleute auf der Prager Karlsbrücke bemühten sich vergebens um Ordnung. Aufgeschreckt von nächtlichen Kanonenschüssen, die das Herannahen einer Flutwelle ankündigten, hatten sich schon am frühen Vormittag und trotz strömenden Regens Hunderte von Schaulustigen eingefunden, um das Naturspektakel aus größtmöglicher Nähe zu genießen. Ein Wald von Regenschirmen blockierte die beiden Trottoirs, dazwischen bahnten sich Fuhrwerke, Milchwagen und die von Pferden gezogene ›Tramway‹ mühsam ihren Weg, unterstützt von fluchenden Polizisten, welche die Menge wieder und wieder zum Weitergehen aufforderten. Doch gebannt starrten die Leute in die gelbbraune, aufgepeitschte, unter den Brückenbögen hindurchschießende Flut und auf die Unmengen von Treibgut: losgerissene Kähne, Tierkadaver, zertrümmerte Möbel, Baumstämme, ja sogar ganze Flöße, die mit derartiger Wucht an den Brückenpfeilern zerschellten, dass die Fahrbahn vibrierte. Zweieinhalb Meter über normal stand die Moldau, aber die panischen Meldungen aus flussaufwärts gelegenen Städten ließen befürchten, dass dies erst der Anfang war.

Am Nachmittag waren es dreieinhalb, am Abend viereinhalb Meter. Wer die Zeit und die Nerven hatte, auf der Karlsbrücke auszuharren, konnte beobachten, wie die Moldauinseln allmählich verschwanden, bis nur noch Gaslaternen und umgeknickte Bäume aus dem Wasser ragten, und wie der Fluss schließlich die Uferbefestigungen überkletterte und sich mit gewaltigen Mengen von Schlamm in die Josefstadt ergoss, ins ehemalige Ghetto. Erst am späten Abend, während bereits ganze Straßenzüge eilends evakuiert wurden, zerstreute sich die Menge auf der Brücke. Es war zu dunkel, um den Fortgang der

Katastrophe noch hautnah zu verfolgen. Und das war ein Glück, wie sich sehr bald erweisen sollte.

Am nächsten Morgen im ersten Dämmerlicht – es war gegen 5.30 Uhr – befanden sich etwa ein Dutzend Menschen auf der Brücke, von denen sich einige über die steinerne Brüstung beugten. Es war ein schauerlicher, seit dreißig Jahren nicht mehr dagewesener Anblick: Hunderte von Baumstämmen und Balken, die von nahe gelegenen Flößereien weggespült worden waren, hatten sich vor der Karlsbrücke aufgetürmt und ineinander verkeilt, sie bildeten eine breite Barriere, die den Fluss noch zusätzlich aufstaute. Die Flut war jetzt auf ihrem Höhepunkt, fünfeinhalb Meter über normal, schon spritzte die Gischt hinauf bis zu den großen barocken Heiligenfiguren, die auf der Brücke Spalier stehen. Dann das Ungeheure: ein Stoß, ein Spalt im Fahrdamm, die Schienen der Tramway hoben sich aus dem Pflaster empor, ein Krachen wie von Explosionen, eine riesige braune Wolke erhob sich, und während die wenigen Passanten um ihr Leben rannten und eine Droschke hektisch wendete, stürzten zwei der Brückenbögen samt des tragenden Pfeilers in sich zusammen und verschwanden in einer meterhohen Welle.

An den Einsturz der Karlsbrücke am 4. September 1890 hat sich wohl jeder Prager Zeitgenosse sein Lebtag erinnert, denn es war ein Ereignis außerhalb jeder Erwartung: Ein halbes Jahrtausend lang hatte diese nicht nur unverzichtbare, sondern auch emblematische Verkehrsader jeder Witterung standgehalten, und nun war es, als trage die Stadt eine weithin sichtbare Wunde. Obgleich lediglich zwei Todesopfer zu beklagen waren, ist in den seitenlangen Berichten der Tagespresse die Schockwirkung unverkennbar, ebenso aber auch die eigentümlich lüsterne, wie unter einem hypnotischen Bann stehende Reaktion der Bevölkerung. War schon am Tag vor dem Unglück der Andrang der Neugierigen kaum zu bändigen, so wurde die zerstörte Brücke zu einer Attraktion, die selbst die Arbeiter und Kleinbürger der Vorstädte ins historische Zentrum lockte. Überliefert ist, dass die Polizeikräfte, welche die Zugänge zur Brücke und die anliegenden Kais eilends absperrten, förmlich angebettelt wurden, doch noch einen Blick aus der Nähe zu erlauben, und die beiden Berufsfotografen, die bereits in den ersten Stunden zur Stelle waren, machten mit spektakulären Ansichtskarten das Geschäft ihres Lebens.

Die spontan sich versammelnde, gaffende und staunende Menge ist ein Charakteristikum der Zeit. Da es an medientechnischen Möglichkeiten fehlte, die sinnliche Dimension von Ereignissen zu konservieren – Fotos hatte die Tagespresse noch nicht zu bieten –, musste man, um etwas zu erleben, *dabei* sein. Um jede Rauferei auf der Straße, um jedes gestürzte Pferd, um jede aus den Schienen gesprungene Tram (was häufig vorkam) bildete sich sogleich ein Kreis von Zuschauern, die jedoch keineswegs ungerührt kamen und gingen, vielmehr sich zu einer flüchtigen kommunikativen Gemeinschaft vereinigten: Man diskutierte über das, was man sah, mit wildfremden Menschen, man sprach die am Ereignis Beteiligten unmittelbar an und mischte sich nicht selten auch ein (Kafka hat eine derartige Situation, die er in Paris beobachtete, ausführlich geschildert[1]). Dass es irgendwo etwas zu sehen gab, erfuhr man zumeist auf mündlichem Weg, und Gerüchte spielten eine höchst bedeutende Rolle bei der Übermittlung von Nachrichten und der Lenkung der öffentlichen Aufmerksamkeit. Selbst eine der Prager Sensationen des Jahres 1891 wurde, da sie im Voraus nicht genau zu terminieren war, erst durch Mundpropaganda zu einem *event*: der Flug eines bemannten Ballons über die Innenstadt, buchstäblich verfolgt von Tausenden von Beobachtern, die alle rechtzeitig zur Stelle waren. Und auch die historischen Fotos der ersten Prager *motorový kočár* (Motorkutsche) – einen besseren Begriff hatte man dafür 1898 noch nicht gefunden – zeigen das Gefährt umringt von einer Schar ernst dreinblickender Zuschauer.

Da man nicht überall dabei sein konnte und da nur sehr wenige Menschen ihren Erlebnishunger auf Reisen stillen konnten, wurden mittelbare Befriedigungen jeder Art dankbar angenommen: weitschweifige Presseberichte über private Unglücke, Verbrechen und Sittenskandale, die den gröbsten Voyeurismus bedienten; in Millionenauflagen an Haustüren vertriebene Groschenromane; die Reize des Zirkus, des Varietés und der Jahrmarktsensationen bis hin zu den sublimen Erlebnissen, die das Theater bot und die mit einem Grad an erregter Identifikation besprochen wurden, als sei auf der Bühne Herzblut geflossen – sehr ähnlich den heutigen Inszenierungen in den Arenen des Sports. Sinnliche Erfahrungen waren an Ort und Zeit gebunden, sie waren kostbar und wurden daher nicht nur konsumiert, sondern häufig auch zelebriert. Dieses direktere, medial noch nicht verstärkte, aber auch noch nicht abgenutzte Erleben zeigte sich besonders eindrücklich im Umgang mit Musik: Wen es nach diesem starken, längst schon demokratisierten sinnlichen Reiz verlangte, der musste entweder selbst musizieren oder sich an einen Ort bemühen, wo andere es für ihn taten – daher die Myriaden von Klavier- und Violinstunden, die im bürgerlichen 19. Jahrhundert verabreicht wurden, von daher auch die niemals abreißende Kette von Kur-, Militär-, Hotel- und Hauskonzerten. Wen es danach gelüstete zu singen, der konnte dies, ohne übermäßig aufzufallen, auch öffentlich tun, aus zahlreichen Wirtshäusern drang der abendliche Gesang weinseliger Runden, und niemanden gab es, der nicht zumindest ein halbes Dutzend Gassenhauer oder Volkslieder kannte, die er bei Bedarf vor sich hin summen oder pfeifen konnte.

Erst die Generation Kafkas war es, die Zugang zu einem ganz neuen Modus des Erlebens erhielt, zu einem distanzierten, passiven, nahezu beliebig wiederholbaren und damit völlig entkörperlichten Dabeisein. Ob er bereits als 13-Jähriger die ersten, embryonalen Bilder der Filmgeschichte in sich aufgenommen hat, jene ›Lebenden Fotografien‹, die ambulant in einigen Prager Hotelsälen gezeigt wurden, wissen wir nicht, doch hat sich die Familie Kafka diese billige und überdies völlig jugendfreie Sensation wohl kaum entgehen lassen. Man stelle sich vor: War es dem gewöhnlichen Prager Bürger vergönnt, im Lauf seines Lebens einen Menschen im Rang eines Kaisers zwei- oder dreimal leibhaftig zu sehen, so spazierte nun das russische Zarenpaar ganz lebendig über eine im Hôtel de Saxe aufgespannte, in gespenstisch flackerndes Licht getauchte Leinwand, immer aufs Neue, von 10 Uhr vormittags bis 21 Uhr am Abend.[2] Als Zugaben wurden eine Kavallerieattacke, eine Kirchenprozession sowie einige im Schwimmbad sich tummelnde Menschen offeriert, ein Programm, das selbst die leicht beunruhigten klerikalen Würdenträger zufriedenstellte. Hätten sie die Berliner Tagespresse studiert, die in etlichen Prager Kaffeehäusern auslag, dann wäre ihnen freilich aufgegangen, dass man ihnen eine zensierte k. u. k. Version geboten hatte und dass die Pioniere des technischen Entertainments – Edison, Lumière, Skladanowsky – auch schon ganz anderes im Programm hatten: Jongleure, russische Stepptänzer, Hahnenkämpfe, posierende Muskelmänner, weibliche Kissenschlachten und boxende Kängurus.

»Für fuffzich Fennje kann ick verlang', dass an meine niedersten Instinkte appelliert wird!«: Der notorische Kino-Witz kam nicht zufällig in der medientechnisch fortgeschrittenen Metropole Berlin auf, während in der böhmischen Provinz die Zeit noch längst nicht reif dafür war, Kritik am Massenvergnügen derart nonchalant abzufertigen. Die heute so geläufigen ironischen Brechungen sozialer Rollen und Ideologien mussten ja zunächst einmal eingeübt werden, und Ironie als frei schwebendes intellektuelles Spiel war allenfalls in der Literatur oder auf der Bühne anzutreffen. Auch in den in der Kaiserzeit so beliebten ›Witzblättern‹ – eines hieß sogar *Die Bombe*, obwohl sein Inhalt alles andere als explosiv war – regierte nicht die ironische Raffinesse, sondern der Kalauer, die schülerhafte Rempelei und das nationale Stereotyp, und nicht anders sah es in den Unterhaltungsbeilagen der Tagespresse aus, deren zensurgeprüfter Humor heute eigentümlich fade erscheint: Das sollte zum ›Schmunzeln‹ anregen, nicht aber zu einem befreiten oder gar bösen Lachen. Entsprechend direkt, schlicht und monoton war die gängige Werbung, die stets auf das ›vielfach Bewährte‹, das ›anerkannt Beste‹ und auf ›coulanteste Bedingungen‹ setzte und die jeden doppelbödigen Witz vermied – aus Furcht, die Seriosität des Produkts damit in Frage zu stellen.

Ironie konnte im Alltag gefährlich werden, sie wurde als Aggression aufgefasst und beispielsweise im nationalen Hader zwischen Deutschen und Tschechen als besonders verletzende Waffe häufig eingesetzt. Eine ironische Bemerkung war noch in den neunziger Jahren hinreichender Grund für eine Forderung zum Duell. Und auch die von Kafka überlieferten spitzen Glossen seines Vaters waren Giftpfeile mit intendiert bösartiger Wirkung – undenkbar, dass Hermann Kafka sich an der Ironie anderer oder gar an Selbstironie hätte erheitern können. Dazu hätte es der Einsicht bedurft, dass soziale Verhaltensmuster und Rangordnungen etwas durchaus Relatives und Vergängliches sind – während doch gerade Menschen, die alles daransetzen, weiter nach oben vorzudringen, die Letzten sind, die das wahrhaben wollen.

Die bürgerliche Lebenswelt des ausgehenden 19. Jahrhunderts war geprägt von wohlgeordneten sozialen Abstufungen und von Kommandostrukturen, deren auffälligste – die militärische – daher keineswegs als Fremdkörper oder als historisches Relikt wahrgenommen wurde, sondern als repräsentativ für die gesamte Gesellschaft. Derartige ausgeprägte Hierarchien gab es an Schulen, Universitäten, Behörden, in Fabriken und Büros, aber auch innerhalb der Familie: Überall war klar definiert, wer das Sagen hatte, und der *Befehl* war ein ganz alltäglicher, gewohnter Modus der menschlichen Verständigung. Auch Sanktionen brauchte man nicht zu verschleiern oder rhetorisch zu verpacken, solange sie den allgemein akzeptierten Regeln folgten, und explizite Angriffe gegen die überkommene Ordnung – etwa vonseiten des Feminismus oder der politischen Linken – wurden nicht mit den heute gängigen Integrations- und Umarmungsstrategien beantwortet, sondern durch das Ergreifen von *Maßnahmen*, den unverhohlenen Einsatz von Macht. Abgesichert wurde diese Ordnung durch ein grobmaschiges, jedoch ständig sichtbares und fühlbares System der Überwachung: keine öffentliche Versammlung, keine Theateraufführung ohne einen leicht identifizierbaren Beamten mit Notizblock; keine Tageszeitung, kein Plakat, kein noch so harmloser Handzettel ohne Genehmigungsstempel des Zensors.

Was diese ausdifferenzierte, doch starre Gesellschaftsformation am wenigsten vertrug, war jegliche soziale Unschärfe: ironische Distanz ebenso wenig wie den spielerischen Umgang mit sozialen Markierungen. Betrachtet man historische Fotos aus der Zeit Kafkas, so wird dies augenfällig allein an der strikten Kleiderordnung, die den jeweiligen Status genau widerspiegelte und es damit ermöglichte, fremde Personen in der Großen Hierarchie rasch zu verorten. Auf den Gedanken, bestimmte Merkmale der Bekleidung bloß zu zitieren, verfielen nur Menschen, die mehr scheinen wollten, als sie waren: Das war kein Spaß, sondern Hochstapelei. Und Freizeitkluft gab es überhaupt nicht, da jede soziale Rolle in Kraft blieb, solange der Betreffende öffentlich sichtbar war. Ein höherer Beamter blieb selbstredend auch nach Dienstschluss höherer Beamter, und er hatte keinerlei Anlass, die Kleidung, die ihn sozial kenntlich machte, nur deshalb zu lockern, weil er an seinem Stammtisch saß, mit seiner Gemahlin promenierte oder im Reisezug an die Ostsee fuhr. Der Begriff ›Freizeit‹ war völlig ungebräuchlich, da man ihn nicht brauchte: Alltagspraktisch entscheidend war die Grenze zwischen *innen* (zumeist die Familie, manchmal auch nur das Schlafzimmer) und *außen* (alles Übrige), nicht jedoch die Grenze zwischen Dienstzeit und frei verfügbarer Zeit.

Besonders ernst genommen wurden Merkmale offiziellen Charakters, also *verliehene* Merkmale wie Uniformen, Dienstmützen,

Armbinden, Abzeichen, aber auch Titel jeder Art. Der Respekt vor solchen Erkennungszeichen wurde bereits Kindern im Vorschulalter eingebläut, mit dem durchaus erwünschten Effekt, dass ihnen der Schutzmann mit Federhut, Säbel und Revolver, der Parkwächter, der immerhin mit einem Stock bewaffnet war, der Mauteinnehmer an der Brücke (nur die Karlsbrücke war gratis), ja selbst der einfache Hotelportier zur autoritativen Figur wurde, die man stets mit Scheu beobachtete – allein deshalb, weil alle diese Leute offenkundig *im höheren Auftrag* handelten. In seinem literarischen Werk hat Kafka diese altvertrauten sozialen Marker immer wieder dazu benutzt, um das Vorhandensein von Machtbeziehungen und damit einer latenten Bedrohung zu signalisieren, die *Deutung* dieser Bedrohung aber ganz der Phantasie des Lesers zu überlassen. So trägt in der VERWANDLUNG der Vater Gregor Samsas, ein gescheiterter Geschäftsmann, der seit fünf Jahren nichts gearbeitet hat, urplötzlich die »straffe, blaue Uniform« eines Bankdieners, »mit Goldknöpfen«. Die Wächter im PROCESS tragen uniformartige Kleidung, die sich überhaupt keinem konkreten Zweck zuordnen lässt, und die Zuhörer im Gerichtssaal zeigen an ihren Rockkragen die gleichen unverständlichen Abzeichen wie die Richter – auch sie offenbar Agenten eines verborgen bleibenden Auftraggebers.[3]

Kafka reduziert das verliehene Zeichen auf das, was es in seinem Kern tatsächlich ist: eine Maßnahme, um die bestehende Hierarchie stabil zu halten. Er durchschaut dieses Spiel, er weiß, dass die Macht mit der Eitelkeit derer, die sie auszeichnet oder auch nur einkleidet, immer und überall rechnen kann. Doch bedeutet diese Einsicht nicht, dass Kafka als Bürger einer paternalistisch organisierten Gesellschaft dem dicht gewobenen Netz sozialer Markierungen hätte entrinnen können. Als er jenes Romanfragment verfasste, das posthum seinen Weltruhm begründen sollte, war er längst promoviert, und mit seinem akademischen Titel wurde er keineswegs nur im Amt, sondern auch von Nachbarn, von Bekannten, ja vom eigenen Verleger angesprochen. Eine ironische Distanz zu dieser Würde oder zu deren Wirkung auf andere ist in seinen Aufzeichnungen nirgendwo zu entdecken. Und ganz fern war Kafka der Gedanke, durch irgendeine Nachlässigkeit in Kleidung, Frisur oder Umgangsformen, mit Schmetterlingskrawatten oder breitkrempigen Hüten einen antibürgerlichen Anspruch, gar die Narrenfreiheit des ›Künstlertums‹ zu demonstrieren.

Deutschsprachige Texte, die ein Bild jenes ›alten‹ Prag heraufbeschwören, gibt es in riesiger Zahl: von der reichhaltigen Memoirenliteratur, aus der die Autobiographien Fritz Mauthners und Max Brods am bekanntesten wurden, über die anekdotisch zugespitzten Reportagen Egon Erwin Kischs bis hin zu Romanen und Erzählungen, die sich vor einer akribisch gezeichneten Prager Kulisse entfalten oder sogar diese Kulisse selbst zum Protagonisten machen, wie etwa DER STADTPARK von Hermann Grab, DAS HAUS AN DER MOLDAU von Paul Wiegler oder das PRAGER TRIPTYCHON von Johannes Urzidil. Liest man diese Texte weniger mit literarischem als historischem Interesse, so werden freilich, trotz der Fülle beglaubigter sinnlicher Details, die Grenzen der Authentizität sehr rasch kenntlich. Es war vor allem der *patchwork*-Charakter der Stadt, der aus deutscher Perspektive allzu leicht aus dem Blick geriet; es waren die durch Sprach-, Kultur- und Statusschranken vielfach voneinander geschiedenen Milieus, die sich von keinem Erzählerstandort, geschweige denn aus dem Erinnerungsvermögen eines individuellen Lebens vollständig überblicken ließen: die großen, stuckverzierten Wohnungen am Stadtpark (wo Werfel seine Kindheit verbrachte), die labyrinthischen Gassen und Durchhäuser in der Altstadt, die prächtigen Adelspalais auf der Kleinseite, das deutsche ›Professorenviertel‹ von Smichov, die lärmerfüllten Mietskasernen von Žižkov (von denen Kafkas PROCESS einen Eindruck vermittelt), die Krämerhöhlen und absinthgeschwängerten Kneipen in der Josefstadt. Den *großen* Prag-Roman, der all dies in eine fühlbare Beziehung zueinander brächte, gibt es nicht – einen Roman etwa, den man sich als Pendant zu Doderers Wiener Panorama DIE STRUDLHOFSTIEGE vorzustellen hätte –, und ein Autor, der sich ernsthaft daran versuchte, müsste sich zunächst einmal von den ungezählten Schilderungen deutsch-bürgerlichen Bildungslebens und von den liebevollen Exkursen ins Prager Barock lösen, die tatsächlich nur Ausschnitte einer weit umfassenderen Stadtlandschaft zeigen.

Es gibt noch eine weitere perspektivische Verzerrung, die weniger offensichtlich, aber gerade darum von nachhaltigem Einfluss ist. Jeder Einwohner Prags, der die Verelendung der Stadt während des Ersten Weltkriegs und den Umsturz von 1918 als Erwachsener miterlebte, wird die Jahrzehnte davor als relativ friedlich und homogen erinnern. Das waren sie auch – aber eben nur vergleichsweise und unter dem immer löchriger werdenden Schirm politischer Phrasen und Rituale, die Kontinuität suggerierten, während tatsächlich soziale, technologische und ideologische Umbrüche großen Ausmaßes im Gang waren. Die rasche Industrialisierung, das explosive Wachstum der Vorstädte, der Wandel von einer deutschen in eine mehrheitlich tschechische Stadt ließen zwar die historische Kulisse weitgehend intakt, und wer als Tourist zwischen Altstädter Ring und Wenzelsplatz flanierte, konnte noch immer der Illusion nachhängen, sich in einer deutschen Provinzstadt voller historischer Sehenswürdigkeiten zu befinden. In Wahrheit jedoch erlebten die Prager gegen Ende des Jahrhunderts eine sich beschleunigende Transformation ihres Lebensraums, welche die Abziehbilder eines biedermeierlichen oder gar ›magischen‹ Alt-Prag bald obsolet machten – Bilder, die dennoch nach dem Untergang des Habsburgerreichs in immer idyllischere Farben getaucht wurden.

Am auffälligsten waren die technischen Innovationen. Zwar wurden sie nicht mit dem heute üblichen Tempo durchgesetzt, doch allein aufgrund ihrer Häufung gegen Ende des Jahrhunderts führten sie einen kulturellen und politischen Subtext mit sich, den keine noch so aufmerksame Zensur zu tilgen vermochte: Sie signalisierten den Beginn einer neuen Epoche, die den Staub des österreichischen Beamtenstaats über kurz oder lang abschütteln würde. Besonders eindrucksvoll wurde dieser Aufbruch in die Moderne durch die ›Allgemeine Landesausstellung‹ von 1891 inszeniert, an der Peripherie Prags, auf einem riesigen Areal im königlichen Baumgarten; und modern waren auch schon die heftigen öffentlichen Diskussionen im Vorfeld dieses Projekts. Denn während der jahrelangen Vorbereitungen wurde deutlich, dass man eine solche Ausstellung, die Industrie und Handwerk Böhmens möglichst umfassend und auch möglichst interessant präsentieren sollte, auf sehr verschiedene Weise angehen konnte: Während den Deutschen eine staatstreue, das heißt großösterreichische Verkaufsmesse am liebsten gewesen wäre, orientierten sich die Tschechen an der spektakulären Pariser Weltausstellung von 1889, wobei sie die Ikonographie des Habsburger Staats allenfalls noch als historischen Zierrat gelten ließen. Der Streit zwischen diesen beiden Lesarten eskalierte derart, dass die große Mehrzahl der deutsch-böhmischen Unternehmer sich unter fadenscheinigen Vorwänden zurückzog, und obwohl der Kaiser selbst die Patronage übernommen und einen Besuch der Ausstellung zugesagt hatte, entschlossen sie sich ein halbes Jahr vor Eröffnung zum allgemeinen Boykott. Eine bornierte und politisch kurzsichtige Aktion, die in Wien für größten Unmut sorgte und die sie sehr bald bereuen sollten.[4] Denn damit hatten die Tschechen freie Bahn, um die Ausstellung zu einem großen technologischen *und* politischen Coup, ja zum Ziel einer nationalen Pilgerfahrt zu machen: Sie stellten die böhmische Industrie als fast ausschließlich tschechische Leistung dar, und sie demonstrierten durch den symbolischen Anschluss an Paris die Weltläufigkeit und Zukunftsorientiertheit der tschechischen Nation. Das war ganz nach dem Geschmack der tschechisch dominierten Stadtverwaltung, die von nun an jeden noch so ausgefallenen Wunsch der Ausstellungsmacher erfüllte.[5]

Vor allem duldete sie es, dass die Ausstellung auf das Stadtbild übergriff, und zwar dauerhaft: Prag bekam einen eigenen Eiffelturm, den (noch heute beliebten) sechzig Meter hohen stählernen Aussichtsturm auf dem Laurenziberg (Petřín), nebst eigener Seilbahn – initiiert nicht etwa von Stadt oder Staat, sondern vom parisbegeisterten ›Klub tschechischer Touristen‹. Wer hinauswollte zum Ausstellungsgelände und den Weg über die Belvedere-Anhöhe nahm, erlebte schon dort die erste Sensation: einen Tramwagen ganz ohne Pferde, wie von Geisterhand gezogen; es war die erste, versuchsweise eingerichtete elektrifizierte Straßenbahnlinie Prags, ein Erlebnis, das noch den stumpfesten Geist von den Segnungen des technischen Fortschritts überzeugen musste und das von den ersten Fahrgästen, die den Zusammenhang von Technik und Politik sehr wohl verstanden, mit ›Sláva‹-Rufen gefeiert wurde. Verantwortlich dafür zeichnete die elektrotechnische Anstalt des ›böhmischen Edison‹, des Ingenieurs František Křižík, der die Prager nicht zum ersten Mal überraschte. Bereits 1883 hatte er den Altstädter Ring mit elektrischen Lampen beleuchtet und damit auf sinnlichste Weise und auf historischem Boden vorgeführt, wie ein künftiges modernes Prag einmal aussehen würde.

Die Zukunftsmacht der Elektrizität war auch auf dem Ausstellungsgelände selbst, das über ein eigenes kleines E-Werk verfügte, ein beherrschendes Motiv. Kein Zweifel, dass die Organisatoren vor allem nach Frankfurt schauten, wo genau zur selben Zeit eine ›Internationale Elektrotechnische Ausstellung‹ geradezu märchenhafte Innovationen zeigte: elektrische Kraftübertragung über die unfassbare Entfernung von 175 Kilometern, ein Scheinwerfer, der 60 Kilometer weit zu sehen war, rasante elektrische Aufzüge. Damit konnten die Tschechen noch nicht konkurrieren, doch auch in der riesigen

Maschinenhalle aus Stahl und Glas, die sie im Baumgarten errichtet hatten, spürte man angesichts der Bogenlampen und Dynamos die Verheißungen einer neuen, sterilen Energie, deren geisterhafte Präsenz den Traum einer glücklich technisierten Gesellschaft in greifbare Nähe rückte. Faszinierend waren vor allem die *Unsichtbarkeit* dieser Kraft, ihre *Unvermitteltheit* (es gibt nur ›An‹ und ›Aus‹), die *Geschwindigkeit*, mit der sie jeden Raum überbrückte und damit auch spektakuläre Ferneffekte ermöglichte, schließlich die filigrane *Sinnlichkeit* der Elektrizität, welche die Natur nicht vergewaltigte oder mit Ruß bedeckte, sondern im Gegenteil verschönerte: eindrucksvoll demonstriert von der *Fontaine lumineuse*, einer ausgedehnten Brunneninstallation mit farbig beleuchtetem Wasserspiel, die allein schon Hunderttausende anzog und die vor allem von den ländlichen Besuchern, die noch immer mit Petroleumfunzeln lebten, als Wunder bestaunt wurde. Auch die architektonische Hauptattraktion der Ausstellung, der als Stahlbogenkonstruktion errichtete, am damals ultramodernen Jugendstil orientierte, fünfzig Meter hohe und lichtdurchflutete ›Industriepalast‹, war am Abend von zahllosen elektrischen Lampen illuminiert, und allein schon der Name dieses Gebäudes barg in einer Zeit, in der Paläste tatsächlich noch Machtzentren und keineswegs Museen waren, ein utopisches Erregungspotential (auch wenn in diesem Palast tatsächlich weniger die Industrie als vielmehr das tschechische Kleingewerbe ausstellte). Dass diese schöne neue Welt auch Schatten warf, entging so gut wie allen Beobachtern, und dass die Elektrizität eine Kraft war, der das Potential zur *Automatisierung* und damit zur Verdrängung des Menschen innewohnte, ahnten allenfalls einige Ingenieure, deren Blick über Böhmen hinausreichte. War es denn nicht lustig? Da stand eine Maschine, die auf der einen Seite mit Blech gefüttert wurde und auf der anderen Seite, scheinbar ohne weiteres menschliches Zutun, fertige Blechbüchsen ausstieß, Büchsen mit Deckel, die man sogar mit nach Hause nehmen durfte. Da machten alle, Kinder wie Erwachsene, die gleichen großen Augen.

Auch der achtjährige Franz hat diese Ausstellung besucht, und gewiss mehr als einmal. Obligatorisch war der gemeinsame Schulausflug, zu dem sich die deutschen Pädagogen allerdingst erst spät und unter politischem Druck entschlossen. Während des ganzen Sommers 1891 war ein Sonderzug nach dem anderen in Prag eingetroffen, mit Schulklassen und Fabrikbelegschaften aus ganz Böhmen, aus Wien, ja sogar aus dem Ausland, und es war nun schlechterdings nicht mehr zu vermitteln, warum ausgerechnet die deutschen Schüler *vor Ort* von einer so belehrenden wie populären Veranstaltung fernzuhalten seien. Aber auch die Familie Kafka hat sich dieses soziale Großereignis, das bis dahin bedeutendste ihres Lebens, wohl kaum entgehen lassen, trotz üppiger Eintrittspreise. Allein aus geschäftlichen Gründen muss es für sie von größtem Interesse gewesen sein, zumindest die Produktion der neuen Prager Tuchfabriken und die Stände der Großhändler zu besichtigen, und es wäre auch gewiss nicht opportun gewesen, über diese Jahrhundertshow, an der sich die tschechische Kundschaft völlig zu Recht über Monate begeisterte, nicht mitreden zu können. Schließlich gab es hier mehr zu sehen, als der Verstand fassen konnte: Zuchttiere, chemische Präparate, Schmuck, Teleskope und Mikroskope, Fotoapparate für Amateure, Feuerwehrausrüstungen, Musikinstrumente, natürliche und künstliche Blumen, Lehrmittel, modernste Fischzucht, ein altböhmisches Bauernhaus mit Figurinen und Hausgerät, Pavillons des hohen Adels und der niederen Tagespresse, einen gewaltigen ›Windturm‹, ja sogar eine Kunstausstellung in einem eigens errichteten langgestreckten Gebäude. Nicht zu vergessen die Weine und Liköre des Angelus Kafka, Franzens Patenonkel, der mit einem eigenen Stand vertreten war. Darüber hinaus aber war die Ausstellung so glücklich in die umgebende Parklandschaft integriert und mit den verschiedensten Restaurationen versehen – es gab einfach alles, vom Gartenlokal über den Kakaoausschank bis zur *American bar* –, dass man sich dort entspannte und gesellige Stunden verbringen konnte, von denen auch die Kleinen etwas hatten. Vor allem die Fahrt auf der mehr als hundert Meter langen ›Rutschbahn‹, einem technischen Vorläufer der Achterbahn, war eine Mutprobe, die kein Schüler auslassen durfte.

Industrielle Maschinen in vollem Betrieb erlebte Franz hier wohl zum ersten Mal, und mit ihm die große Mehrzahl der Besucher, zu denen aus der Welt der mechanisierten Produktion bislang keinerlei Bilder gedrungen waren. Er sollte später noch weitaus tiefere Einblicke in diese Welt gewinnen, doch die Erinnerung an den sinnlich überwältigenden Eindruck bewahrte er sich zweifellos. Das gilt auch für die ersten in Böhmen vorgeführten ›Phonographen‹: ein Zaubergerät, das in Kafkas Leben noch eine gewisse Rolle spielen wird und das jeden, der sich vom Pavillon der Firma Edison anlocken ließ, geradezu sprachlos machte. Gewiss, dass Maschinen auch selbsttätig musizieren können, wusste man schon, denn einige Prager Vergnügungslokale hatten sich ›Orchestrien‹ angeschafft, von Notenrollen gesteuerte Musikautomaten. Das war ein pfiffig erdachtes, höchst kompliziertes Gerät, dessen Mechanismus allerdings durchschaubar und nicht *prinzipiell* neu war. Der Phonograph jedoch reproduzierte alles, und er reproduzierte es sofort: Gespräch, Gesang, Violintöne und Vogelgezwitscher – alle diese flüchtigen Erscheinungen wurden im Inneren der Kiste getreulich festgehalten und konnten nach Belieben und noch nach Wochen wieder daraus hervorgeholt werden. Es war ein Angriff auf die Vergänglichkeit, der zweite schon nach dem Aufkommen der Fotografie, und es war ein Blick in eine *ferne* Zukunft, in der es den Menschen möglich sein würde, Raum, Zeit, Naturgesetze, ja selbst den Tod zu überlisten. Die Gespensterstimmen aus dem Phonographen waren es, die diese Zukunft verkündeten, und bei aller Begeisterung über den Fortschritt vermochte es doch kaum jemand, diese Stimmen ohne einen leisen Schauder zu vernehmen.

Und das war noch immer nicht alles. Der später von Flugapparaten faszinierte Kafka hätte sogar, wenn die Eltern es geduldet und finanziert hätten, als Knabe sich in die Lüfte erheben und Prag von oben betrachten können. Denn es gab einen Fesselballon auf der Ausstellung, der einige Male am Tag risikobereite Besucher bis über die Turmspitze des Industriepalasts steigen ließ. Leider wurde dieses Gerät dann fahrlässig als Freiballon eingesetzt, es zerplatzte prompt, stürzte aus mehr als tausend Metern Höhe ab,[6] und der Besitzer machte sich aus dem Staub. Wonach das verwaiste Ballongelände eine Zeitlang mit gezähmten Elefanten, Löwen und Suahelis bevölkert wurde.

Für die politisch bewussten Prager war die böhmische Landesausstellung schon deshalb ein denkwürdiges Ereignis, weil sie dieser von tausend Jahren Geschichte betäubten Stadt ein neues Fenster öffnete: Eine Brise Zukunft drang herein, wie in ein ungelüftetes Zimmer, und mehr als zweieinhalb Millionen Besucher sorgten für einen immensen Prestigegewinn Prags. Kinder und Jugendliche behielten die Ausstellung in Erinnerung, weil sie eine beispiellose Dichte von neuen und ungewohnten Eindrücken bot und weil sie – als dann tatsächlich und wahrhaftig der Kaiser erschien – die ganze mit aberwitzigem

Aufwand geschmückte Stadt in einen tagelangen Ausnahmezustand versetzte. Es waren Festtage, an denen inmitten Zigtausender Menschen ganze Schulen geordnet Spalier standen, und wenngleich der väterliche Monarch keine Zeit fand, die deutsche Altstädter Volksschule zu beehren, so hatte dennoch auch der Schüler Franz die Gelegenheit, seinen Namenspatron zum ersten Mal mit eigenen Augen zu sehen. Denn am Nachmittag des 27. September – war es ein Traum? – fuhr der Allerhöchste, begleitet von Statthalter, Bürgermeister und in großer Equipage, durch die von schwarzgelben Fahnen übersäte und von Hochrufen erfüllte Zeltnergasse. Da erschien er, der Kaiser selbst, im prächtigen Wagen, in Galauniform, nach allen Seiten freundlich den Kopf neigend, und rollte langsam entlang des Spaliers, das an die Hauswände der schmalen Straße gedrückt war, vorbei am herausgeputzten Galanteriewarengeschäft des Juden Kafka. Und als sei diese Epiphanie noch nicht Wunder genug, wiederholte sich die Erscheinung am folgenden Abend, als die Wagenkolonne, diesmal in entgegengesetzter Richtung zum Ring hin, abermals die Zeltnergasse durchfuhr, überstrahlt von Tausenden von Gas- und Glühlampen, überstrahlt von der lückenlosen Illumination einer ganzen Großstadt, die zum ersten Mal in ihrer Geschichte die Nacht zum Tage machte.[7] Es muss für Franz ein höchst zwiespältiger Eindruck gewesen sein, zu erleben, wie sein übermächtiger Vater, kaisertreu bis in die Knochen und geblendet von diesem gleichermaßen utopischen wie sakralen Glanz, vor einem noch weit Mächtigeren sich beugte. Das reizte zum Gedankenspiel: Wie wäre es, auf diesen ganzen Pomp versuchsweise einen radikal distanzierten Blick zu richten, einen Blick, zu dem weder der Vater noch irgendjemand sonst jetzt fähig schien? Würde das nicht die gesamte ungeheure Hierarchie zum Einsturz bringen? Es wäre vielleicht der Beginn der Freiheit, auch wenn diese Blasphemie nur im Kopf eines achtjährigen Knaben stattfände, den niemand beachtete. »Wie kühl war ich … als Kind!«, notierte er zwanzig Jahre später. »Ich wünschte mir oft dem Kaiser entgegengestellt zu werden, um ihm seine Wirkungslosigkeit zu zeigen. Und das war nicht Mut, nur Kühle.«[8]

Dennoch, es war kein Traum, und Derartiges vergaß man nicht in einer Zeit, da die Werktage noch unabsehbar gleichförmig waren und höchst selten die Stunden, in denen das Leben Aufregendes bot. Waren die Schulaufgaben erledigt, wurden die Sprösslinge der deutsch-jüdischen Familien gewöhnlich zu Spaziergängen in die stadtnahen Erholungsareale geführt: Laurenziberg, Chotek-Park, Belvedere, Baumgarten ... auf alle diese späteren Lieblingsorte hatte Kafka seinen ersten Blick schon aus dem Kinderwagen geworfen. Im Hinterhof, im Stadtpark oder auf der ruhigen Gasse beschäftigte man sich mit Bällen, Reifen, Springseilen, Kreiseln, Murmeln und trotz Verbots auch mit Taschenmessern, zu Hause mit Puppen, Briefmarken, Kinderbüchern und Sammelbildchen. Schon das Auftauchen eines Drahtbinders (*drátovat!*), Sandverkäufers (*pisek!*) oder Lumpensammlers (*hadry, kosti!*) war ein Ereignis, und mit Begeisterung wurde der städtische Aschewagen empfangen, der die häuslichen Rückstände einsammelte und dabei ungeheuerliche Staubwolken produzierte. Soziale Lustbarkeiten wie etwa die Johanni-Kirmes auf der Judeninsel oder der Weihnachtsmarkt auf dem Altstädter Ring, genannt Nikolomarkt, wo stets auch Marionettentheater und ›Ringelspiel‹ (Karussell) in Aktion waren, wurden wochenlang ersehnt und prägten dann über Jahrzehnte die Erinnerungen an das Goldene Prag.

Dass Kinder und Jugendliche nicht nur lernen, sondern sich auch ausgiebig bewegen müssen, war seit langem pädagogischer Konsens. Diese Einsicht freilich hatte wenig zu tun mit der Lust der ungezügelten motorischen Abfuhr, umso mehr hingegen mit der vagen Idee einer körperlichen ›Ertüchtigung‹, die dem gesamten ›Volkskörper‹, insbesondere dessen militärischen Organen, zugutekommen sollte. Daraus entsprang nun ein seltsamer, aus der Perspektive der kommenden Entwicklung geradezu komischer Widerspruch: Einerseits wurde der meist öde Turnunterricht an Volksschulen und selbst an humanistischen Gymnasien für hochbedeutsam erklärt und die Leistungen selbstverständlich auch mit Noten bedacht; andererseits wurde die rasche Verbreitung des privat organisierten Sports mit Misstrauen und mit sozialem Dünkel beobachtet. Noch um die Jahrhundertwende konnte es geschehen, dass das öffentliche Herumbolzen mit einer Lederkugel einen Verweis im Klassenbuch oder Schlimmeres einbrachte. Turnen und Sport gehörten während Kafkas Kindheit zu sozial kaum vereinbaren Welten (den Begriff ›Volkssport‹ gab es noch nicht), und die bald schon selbstverständliche Option, gemeinsam mit den Erwachsenen Tennis und Rudern zu üben oder gar einem Sportverein beizutreten, ohne den ganzen bildungsbeflissenen Clan vor den Kopf zu stoßen, kam für ihn um einige Jahre zu spät. Auch der von einigen Schulen zeitweilig erprobte Kompromiss, mit sogenannten Jugendspielen etwas zumindest Wettkampfähnliches einzuführen, fand immer weniger Anklang, je älter die Schüler wurden. Was niemanden verwunderte. Denn mit ›Stehball‹, ›Plumpsack‹, ›Tauziehen‹ und ›Wetthinken‹ – das waren einige der *Sportarten*, die dem zehnjährigen Kafka zur Auswahl standen – konnte man nicht einmal kleine Schwestern beeindrucken. Höchst unwahrscheinlich jedoch, dass Kafka jemals ein reguläres Fußballtor schoss.[9]

Zum Glück gab es auch Lustbarkeiten, die weniger strengen Bedenken unterworfen waren und die man ebenso gut als Spiel wie ›ernsthaft‹ betreiben konnte. Vor allem im Winter war es schwierig, den Kindern irgendeine Betätigung im Freien zu ermöglichen, und daher wurde zum *Schlittschuhlauf* – oder zum *Schleifen*, wie man in Prag sagte – jede Gelegenheit genutzt. Auch die Kafkas ließen ihre Kinder häufig zu einem der Schleifplätze führen:[10] entweder auf die zugefrorene Moldau oder auf eine der wohlpräparierten Anlagen auf der Kleinseite, wo es billige Jahreskarten für Schüler gab und wo sich die Kindermädchen ihre verantwortungsvolle Tätigkeit mit Drehorgelmusik und Tee mit Rum ein wenig versüßen konnten. Dass Kafka hier mit Begeisterung dabei war, ist jedoch zweifelhaft: Es gibt keinerlei Hinweis darauf, dass er, der Kindheit entwachsen, sich jemals wieder Kufen unter die Schuhe geschnallt hätte, in seinen Aufzeichnungen erscheint das Motiv nur selten und in seinem Winterroman DAS SCHLOSS überhaupt nicht.

Ganz anders verhielt es sich mit dem wichtigsten Sommervergnügen, den als ›Schwimmschulen‹ bezeichneten Bädern an den Ufern der Moldau. Sie trugen ihren Namen zu Recht, denn tatsächlich wurde hier von ausgebildeten ›Schwimmmeistern‹, die selbstverständlich uniformiert waren, auch systematischer Schwimmunterricht mit allem erdenklichen Hilfsgerät erteilt, gekrönt von der strengen Prüfung zum ›Freischwimmer‹ – ein Lehrgang, dem sich auch zahlreiche Erwachsene noch unterzogen. Vor allem jedoch zählten die Schwimmschulen zu den (vor der Ära des Sports) sehr seltenen Orten, an denen beinahe ungezügelte Bewegung geduldet wurde, und es gab wohl keinen Schüler in Prag, der – verurteilt zu wöchentlich dreißigstündigem Stillsitzen – über die Öffnungszeiten und Eintrittspreise nicht genau Bescheid wusste.

Es standen auf beiden Seiten des Flusses mehrere solcher Bäder zur Wahl, die alle ähnlich konstruiert waren: ein ausgedehnter, schwimmender Aufbau aus Holz, der, um Zerstörung durch Treibeis zu vermeiden, in jedem Frühjahr neu zusammengezimmert und dann am Ufer mit Ketten befestigt wurde; innen eine bassinartige Aussparung, der sogenannte ›Spiegel‹, der vom Flusswasser durchströmt wurde; auf den Rändern der Plattform Umkleidekabinen, separate Badezellen, Sprungbretter, Turngeräte sowie eine kleine Küche nebst Restaurationstischen, an denen auch Kaffee und Pilsener serviert wurde.

Diese kleinbürgerlichen und an heißen Tagen zumeist überfüllten Vergnügungsstätten hatten jedoch nicht nur Freunde in Prag, denn mit der Hygiene stand es nicht zum Besten. War schon das Prager Leitungswasser von verdächtig gelber Beschaffenheit und die nachweisliche Ursache etlicher Typhusfälle (»wirkt nach wenigen Minuten«, lautete der gängige Scherz), so war das Wasser der Moldau, in das die Abwässer der Stadt nahezu ungefiltert eingeleitet wurden, derart verschmutzt, dass die Betreiber der Schwimmschulen die amtliche Anweisung erhielten, ihre Duschen mit Quellwasser zu speisen. Ertrinken konnte man in dieser Brühe selbstverständlich auch, und tatsächlich kam es in jedem Sommer zu mehreren tödlichen Unglücksfällen. Denn sosehr sich das zahlreiche Aufsichtspersonal auch bemühte, so nachhaltig die umfangreichen Verbotstafeln auch drohten, so waren die Kinder und Jugendlichen natürlich nicht davon abzuhalten, unter das Holzgerüst zu tauchen, weit in den Fluss hinauszuschwimmen, Boote zu unterqueren, sich an vorbeischwimmende Flöße zu klammern oder das nahe gelegene glitschige Wehr zu erklettern. Da mochte der Wachmann auf der nächsten Brücke seine Trillerpfeife betätigen, solange er wollte.

Inwieweit auch Kafka sich an diesen Insubordinationen beteiligte, wissen wir nicht, doch sicher ist, dass ihm die Schwimmschule zu einem der wichtigsten städtischen Erfahrungsräume wurde, dem er lebenslang treu blieb und an den er selbst wenige Stunden vor seinem Tod noch in Wehmut zurückdachte. Das erstaunt zunächst, waren doch die ersten, prägenden Erlebnisse hier alles andere als unbeschwert. Sein Vater hatte es sich zur Gewohnheit gemacht, gemeinsam mit Franz – es muss während dessen Volksschuljahren gewesen sein – an heißen Sonntagen hinüber zur ›Civilschwimmschule‹ am Kleinseitner Ufer zu gehen, dort ein paar Schwimmzüge zu machen und dann (was wahrscheinlich wichtiger war) mit den anwesenden Bekannten ein Bier zu trinken. Außerdem hatte er den Ehrgeiz entwickelt, seinem Sohn das Schwimmen eigenhändig, also gratis beizubringen, wobei er völlig übersah, dass dessen gewohnte und lästige Ängstlichkeit sich keineswegs nur auf das Wasser bezog.

»Ich war ja schon niedergedrückt durch Deine blosse Körperlichkeit. Ich erinnere mich z.B. daran, wie wir uns öfters zusammen in einer Kabine auszogen. Ich mager, schwach, schmal, Du stark, gross, breit. Schon in der Kabine kam ich mir jämmerlich vor und zwar nicht nur vor Dir, sondern vor der ganzen Welt, denn Du warst für mich das Mass aller Dinge. Traten wir dann aber aus der Kabine vor die Leute hinaus, ich an Deiner Hand, ein kleines Gerippe, unsicher blossfüssig auf den Planken, in Angst vor dem Wasser, unfähig Deine Schwimmbewegungen nachzumachen, die Du mir in guter Absicht, aber tatsächlich zu meiner tiefen Beschämung immerfort vormachtest, dann war ich sehr verzweifelt und alle meine schlimmen Erfahrungen auf allen Gebieten stimmten in solchen Augenblicken grossartig zusammen. Am wohlsten war mir noch, wenn Du Dich manchmal zuerst auszogst und ich allein in der Kabine bleiben und die Schande des öffentlichen Auftretens solange hinauszögern konnte, bis Du endlich nachschauen kamst und mich aus der Kabine triebst. Dankbar war ich Dir dafür, dass Du meine Not nicht zu bemerken schienest, auch war ich stolz auf den Körper meines Vaters.«[11]

Dass jenes »kleine Gerippe« die eher mäßigen Schwimmkünste des Vaters – den er gegenüber Dora Diamant sogar als Nichtschwimmer qualifizierte – sehr bald überflügelte, erwähnt Kafka wohlweislich nicht; auch scheinen sich die gemeinsamen Besuche der Schwimmschule trotz aller Ängste über einen längeren Zeitraum fortgesetzt zu haben, denn schließlich durfte sich Franz sogar am Biertrinken beteiligen.[12] Die Scham des unzulänglichen Körpers aber blieb, selbst als längst Erwachsener hatte er gegen sie anzukämpfen, wenn er sich in Schwimmhosen zeigte, und in späteren Jahren kamen noch andere Empfindlichkeiten hinzu, vor allem die gegen Lärm und gegen physische Bedrängnis. Dennoch hat Kafka Tausende Stunden seines Lebens in öffentlichen Bädern verbracht: zunächst in der Civilschwimmschule, wo er zudem den Umgang mit dem Kajak erlernte und über lange Zeit sogar ein eigenes Ruderboot liegen hatte, danach in der Schwimmschule an der Sophieninsel, wo er selbst als Tuberkulosekranker sein Abonnement Jahr für Jahr erneuerte; und auch auf Reisen behielt er diese Gewohnheit bei und erkundigte sich, wo immer er war, sogleich nach Bädern. Es müssen sehr starke Kräfte gewesen sein, die ihn zum Wasser zogen, Kräfte, die imstande waren, Ängste, Hemmungen und soziale Irritabilität zeitweilig vergessen zu machen und stattdessen Glückserfahrungen freizusetzen, die ihm ›an Land‹ unerreichbar blieben.

Schwimmen ist eine archaische Erfahrung, die außerordentlich tiefe und überwiegend unbewusste Erlebnisstrukturen anspricht: ein intensiver, vielschichtiger und dennoch leicht realisierbarer körperlicher und mentaler Ausnahmezustand, darin allein der Sexualität vergleichbar. Schwimmen ist zunächst *Schweben* und damit für Lebewesen, die nicht fliegen können, die einzige Möglichkeit, den eigenen Körper von der Mühsal der irdischen Schwerkraft zeitweilig zu erlösen. Dieses Gefühl einer physischen Losgelöstheit stellt sich im Wasser *sofort* ein (und nicht, wie beim Langstreckenlauf, erst unter der Wirkung körpereigener Morphine), es ist die Erfahrung einer im Somatischen verankerten Freiheit, die sich im psychischen Hochgefühl fortsetzt und sogar zur Metapher wird: Man kann *frei* schwimmen, darüber hinaus aber *sich* freischwimmen. Diese Bewegung vermittelt, sobald sie als Körpertechnik eingeprägt ist, überdies eine nachhaltige narzisstische Befriedigung: Der Körper scheint sich selbst zu regieren, scheint völlig autonom zu werden in einem Medium, das keinerlei Halt bietet – eine magische Leistung, die Kafka so hoch schätzte, dass ihm der kräftige, geübte Schwimmer zum Sinnbild von Vitalität wurde: »Mein Cousin, dieser herrliche Mensch«, erzählte er Max Brod. »Wenn dieser Robert, er war schon etwa vierzig Jahre, gegen Abend ... auf die Sophienschwimmschule kam, die Kleider mit ein paar Griffen abwarf, ins Wasser sprang und sich dort herumwälzte mit der Kraft eines schönen wilden Tieres, glänzend vom Wasser, mit strahlenden Augen und gleich weit fort war gegen das Wehr zu – das war herrlich. Und ein halbes Jahr später war er tot ...«[13] Schwimmen als sportliche Betätigung oder gar als organisierter Wettkampf interessierte Kafka wenig (auch wenn er in einem verblüffenden literarischen Fragment einen Olympiasieger auftreten lässt[14]); doch jener kontrollierte Selbstgenuss des Schwimmers erschien ihm als außerordentlicher Grad von Freiheit, einer konkreten, *leiblichen* Freiheit, die er der bloßen Freiheit der Wahl bei weitem vorzog. Schwer vorstellbar, dass jemand, der *dies* erreicht hatte, dennoch sterben musste.

Selbst wenn es die Grenze zur tiefenpsychologischen Spekulation überschreitet: Der Gedanke liegt nahe, dass auch die Sinnlichkeit des flüssigen Mediums selbst für Kafkas psychische Organisation von lebenslanger Bedeutung gewesen sein muss, weit über die gewöhnliche Freude am Schwimmen hinaus. Die streichelnde, den ganzen Körper gleichmäßig erfassende und umhüllende Bewegung des Wassers kann ja durchaus als erotische Überschreitung erfahren werden, vor allem in einer Gesellschaft, die edle und unedle, sagbare und unsagbare Zonen des Körpers strikt unterscheidet. Dass das erotische Begehren des Mannes in einem einzigen Organ seinen Sitz habe und auch nur dort befriedigt werden könne, war eine Annahme (und implizit eine soziale Forderung), die Kafka weder mit dem eigenen Erleben noch mit seinen Wünschen jemals zur Deckung bringen konnte. Die starken symbiotischen Impulse, von denen seine Sexualität vor allem in den späten Jahren gesteuert war, sind unverkennbar: Der Wunsch, einzudringen, wurde immer stärker überlagert vom Wunsch nach Weiblichkeit als aufnehmendem, Körper wie Seele bergendem und dennoch nach allen Seiten Freiheit gewährendem Medium. Es ist nur folgerichtig – und eröffnet einen Blick in sehr tiefe Erlebnisschichten –, dass Kafka für die Angstlust der Intimität, die ihn quälte und die er weder geliebten Frauen noch engen Freunden verständlich machen konnte, das Schwimmen im *unendlichen* Gewässer als überzeugendste Metapher fand:

»Und doch ist es nichts als gemeinste Angst, Todesangst. So wie wenn einer der Verlockung nicht widerstehen kann in das Meer hinauszuschwimmen, glückselig ist so getragen zu sein, ›jetzt bist Du Mensch, bist ein grosser Schwimmer‹ und plötzlich richtet er sich auf, ohne besonders viel Anlass und sieht nur Himmel und Meer und auf den Wellen ist nur sein kleines Köpfchen und er bekommt eine entsetzliche Angst, alles andere ist ihm gleichgültig, er muss zurück und wenn die Lunge reisst. Es ist nicht anders.«[15]

Lag der soeben zum *Freischwimmer* ernannte Knabe Franz auf den heißen Holzplanken der Civilschwimmschule, so erblickte er auf der anderen Seite der Moldau ein unbefestigtes, sandiges Ufer und dahinter die eintönigen Fassaden einiger Mietskasernen, die zur Josefstadt gehörten. Dieses Panorama sollte sich noch während seiner Jugendzeit grundlegend verändern, und bereits Jahre vor dem Großen Krieg existierte eine bedeutsame Zone seiner Lebenswelt nur noch in der

Erinnerung, auf Fotografien und als Motiv der literarischen Stadtfolklore.

Es war im Jahr 1886, da die tschechische Stadtverwaltung den Entschluss fasste, am Weichbild Alt-Prags eine radikale Operation vorzunehmen. Die Josefstadt (Josefov), das erst zur Jahrhundertmitte eingemeindete ehemalige Ghetto, hatte sich binnen zweier Generationen zu einem Elendsquartier entwickelt, das man allein aus hygienischen Gründen nicht länger sich selbst überlassen konnte. Nur noch jeder zehnte Bewohner war hier Jude, die Besitzer der Häuser wohnten längst in besseren Vierteln und hatten an den heruntergekommenen und unverkäuflichen Immobilien kein anderes Interesse mehr als das der rabiaten ökonomischen Verwertung. Unterschlupf fand hier jeder, niemand fragte nach Beruf, Vorstrafen oder unehelichen Kindern. Dafür wurden Mieten verlangt, die letztlich nur mit Hilfe einer Schar von Untermietern und ›Bettgehern‹ aufgebracht werden konnten und die zu einer maßlosen Übervölkerung des gesamten Quartiers führten: Dreimal höher war die Bevölkerungsdichte der Josefstadt, gemessen an Alt- und Neustadt, und das in einer licht- und luftarmen, von mittelalterlichen, kleinteiligen Strukturen geprägten Bebauungszone, deren labyrinthische Gassen an vielen Stellen kaum zwei Meter breit waren.

»Man kann sich leicht eine Vorstellung machen, wenn man bedenkt, dass die Wohnungen grösstentheils überfüllt sind und jedes Comfortes entbehren, dass ein Abort für fünf bis zehn überfüllte Wohnungen, ja für ein ganzes Haus vorhanden ist, dass keine Höfe, kein Gärtchen da ist, um als Luftreservoir zu dienen, dass die Stiegen, Gänge, Hausfluren düster sind, dass die ganze Josefstadt im September 1890 von Wasser überfluthet war, welches in manchen Gassen 1½ bis 2½ m hoch stand, so dass bis zum heutigen Tage [d. h. neun Jahre später] die ebenerdigen Localitäten sehr feucht sind. Und wenn man noch die kleine Breite der Communicationsflächen und deren ungeraden Verlauf ins Auge fasst, so hat man das Bild eines Stadttheiles, den man nicht leicht in anderen Städten findet. [Diese] Zustände konnte man doch nicht lange dulden, wenn man nicht die ganze Stadt verpesten wollte.«[16]

Es war kein Wunder, dass die Infektions- und Sterblichkeitsraten hier weit höher lagen als im übrigen Prag, so dass sich auch der Prager Stadtarzt Preininger, der Verfasser dieser Impressionen, dem Votum des Stadtrats nur anschließen konnte: Mit privaten Sanierungsmaßnahmen – zu denen man die Hausbesitzer ohnehin hätte zwingen müssen – war es in der Josefstadt längst nicht mehr getan, Abriss und Neugestaltung des gesamten Viertels war die einzige denkbare Lösung. Das Projekt wurde öffentlich ausgeschrieben, und Sieger des Wettbewerbs wurde ein städtebaulicher ›Assanierungsplan‹, dessen Titel das Ziel der Unternehmung auf den kürzestmöglichen Begriff brachte: *Finis Ghetto*.

Der Prager Assanierungsplan war in Europa beispiellos schon wegen seiner Dimension: Er umfasste eine Fläche von ca. 37 Hektar, und er nahm mindestens 18 000 Menschen das Dach über dem Kopf. Sechs Jahre verstrichen, ehe allein die rechtlichen Voraussetzungen für eine derart umfassende Operation geschaffen waren, erst 1893 machte der Wiener Reichsrat den Weg frei für die notwendigen Enteignungen, und auch die Entschädigungsverhandlungen verliefen zäh und mündeten nicht selten in Zivilverfahren. Nirgendwo sonst waren die Eigentumsverhältnisse so verwickelt wie in der Josefstadt, und manch kleine Gasse, in der nicht nur jedes Gebäude, sondern buchstäblich jedes Stockwerk einen anderen Besitzer hatte, brachte die Magistratsbeamten zur Verzweiflung. Schnell und unwiderruflich Tatsachen zu schaffen wäre die politisch bequemste Lösung gewesen, aber daran war nicht zu denken, und vier Jahre nach Beginn der Arbeiten waren von den mehr als 600 Häusern, die zum Abriss bestimmt waren, noch nicht einmal fünfzig verschwunden.

Zeit genug, um auch der Bevölkerung anderer Stadtteile die Gefahren und Konsequenzen des Projekts allmählich zu Bewusstsein zu bringen. Gewiss, seit der Flutkatastrophe von 1890 leuchtete jedem ein, dass man das rechte Flussufer endlich mit einer Kaimauer befestigen und das Niveau bestimmter Areale erhöhen musste. Aber die Neuordnung eines ganzen Viertels ohne Rücksicht auf gewachsene Strukturen? Schnitt sich die Stadt mit derart rigiden Eingriffen nicht von den eigenen historischen Wurzeln ab? Vernünftigerweise hatte der Assanierungsplan festgeschrieben, dass auf Baudenkmäler und religiöse Kultstätten »thunlichst« Rücksicht zu nehmen sei, und tatsächlich blieben die sechs bedeutendsten Synagogen, der alte jüdische Friedhof und das jüdische Rathaus unangetastet. Das Zentrum des Ghettos jedoch, in dem diese (längst auch touristischen) Sehenswürdigkeiten sich befanden, wurde durch eine neue, breite, mit dem Lineal gezogene Trasse durchschnitten: die Niklasstraße (später Pariser

Straße), nun Hauptverbindung zwischen der Altstadt und der Moldau, ein Boulevard mit neuerrichteten, repräsentativen und für die vorigen Anwohner unerschwinglichen Bürgerhäusern. Dieser neue Durchbruch zum Fluss erschien den Prager Planern als derart unverzichtbar, dass sie dafür nicht nur den historischen Kern des Ghettos niederwalzten, sondern sich sogar an der identifikatorisch bedeutsamsten Bausubstanz vergriffen, am Altstädter Ring. Der große zentrale Platz war um 1890 noch ringsum geschlossen, die einmündenden Gassen bildeten nur schmale Lücken im ansonsten kompakten architektonischen Ensemble. Sollte nun auch der neu zu schaffende Boulevard samt Straßenbahn hier einmünden, so blieb nichts anderes übrig, als den Ring an seiner Westseite weit zu öffnen und das neben dem Altstädter Rathaus im Weg stehende barocke ›Krenn-Haus‹ abzureißen.[17]

Nach und nach wurden diese Pläne bekannt, und immer deutlicher wurde, dass allein aus verkehrstechnischen Gründen eine Erneuerung der Josefstadt auf große Areale der Altstadt zwangsläufig übergreifen würde. Widerstand formierte sich, und die Stadtverwaltung sah sich genötigt, den wachsenden Unmut mit propagandistischen Mitteln abzufedern. So wurden etwa Ghettohäuser, die von ihren Bewohnern bereits verlassen waren, zur allgemeinen Besichtigung freigegeben, so dass auch Prager, die sonst keinen Fuß in dieses Viertel setzten, sich mit eigenen Augen davon überzeugen konnten, dass hier *wirklich* nur noch der Abriss blieb. Doch mit der Demolierung irgendwelcher Rattenlöcher, um die es niemandem leidtat, war noch nicht die Frage beantwortet, ob es denn wirklich notwendig und gerechtfertigt sei, so große Bereiche des Stadtplans völlig neu zu zeichnen und den Kern Prags damit auch atmosphärisch irreversibel zu verändern. Dagegen wandten sich bereits 1895 zahlreiche Architekten und Ingenieure mit einer Denkschrift, im folgenden Jahr erschien das Manifest ›Dem tschechischen Volk‹ mit einhundertfünfzig prominenten tschechischen Unterschriften gegen die Assanierungspläne, und mehrfach kam es zu studentischen Kundgebungen. Auch die Attacke des Schriftstellers Vilém Mršik gegen die Ignoranz des Prager Stadtrats (›Bestia triumphans‹) sorgte für erhebliches Aufsehen, hatte er doch den Mut, daran zu erinnern, dass es unter deutscher Verantwortung niemals zu derartigen Übergriffen auf »Mütterchen Prag« gekommen war. Doch das Bewusstsein der tschechischen Intellektuellen, dass es hier um nicht weniger ging als um das Gesicht ihrer künftigen Hauptstadt, kam um einige Jahre zu spät. Außer der Mitsprache in einigen bedeutungslosen Kulturkommissionen erreichten sie nichts, die Assanierung wurde gemächlich, doch ohne Unterbrechungen bis in die Kriegsjahre fortgeführt, und im Wesentlichen nach den ursprünglichen Vorgaben.

Die Konflikte um die Modernisierung des Prager Stadtbilds sind ein weiteres gewichtiges Indiz dafür, dass die erinnerungsselige Rede vom ›alten‹ Prag, wie sie sich in Memoiren und häufiger noch in Zeugnissen der *oral history* findet, ein nicht nur geschöntes, sondern auch viel zu statisches Bild vermittelt.[18] Urbanes Idyll hat es gegeben, die Generation Kafkas konnte es bezeugen, und letzte Spuren davon sind selbst im heutigen Prag noch zu finden. Doch sie erlebte ebenso die Dynamisierung und Zerstörung dieses Idylls, und spätestens um die Jahrhundertwende – bezeichnenderweise war 1900 das Jahr, in dem ein tschechischer Klub zur Rettung des ›Alten Prag‹ gegründet wurde – waren Erinnerungen an die städtische Bühne der Kindheit bereits überschattet vom Bewusstsein des unwiderruflich Vergangenen.

Kafka verlebte seine Jugend nur wenige hundert Meter entfernt von einer Großbaustelle, und im Jahr seiner Matura hatte sich diese Baustelle vorgearbeitet bis ins topographische Zentrum seines Lebens, den Altstädter Ring. Schwere Baumaschinen gab es noch nicht, alles ging erträglich ruhig vonstatten, mit viel Handarbeit, viel Staub und dem selten aussetzenden Geräusch der Hacken und Schaufeln. Kein Zweifel, dass auch er den Fortgang beobachtete und gelegentlich dabeistand, wenn eine der uralten Mauern in sich zusammensank. Er war reif genug, um zu verstehen, dass dies ein Abschied war.

Schließlich musste er auch zusehen, wie sein eigenes Geburtshaus fiel, die barocke Prälatur von St. Niklas. Im Jahr 1898 geschah es, nur das wuchtige Portal und der darüber schwebende Balkon wurden vorsichtig abgetragen und einige Jahre später beim Neubau an gleicher Stelle wiederverwendet. Wozu dieser Abriss? Nun, es hatte gebrannt. Doch weder gehörte das Gebäude zum eigentlichen Ghetto, noch behinderte es die Arbeit am neuen Boulevard, der schon bald die Wände des Rings durchstoßen sollte. Warum also? Ob Kafka den tatsächlichen Grund je erfahren hat, ist ungewiss, doch er hätte ihn zweifellos als ein Zeichen der Epoche empfunden: Auch sein

Geburtshaus wurde einer geometrischen Linie geopfert. Es war die krumme Maiselgasse, welche die Planer störte und in die das Gebäude ein wenig zu weit hineinragte … das war schon alles.

»Diese Menschen arbeiteten für die Ewigkeit, es war auf alles kalkuliert, nur auf den Unsinn der Verwüster nicht, dem alles weichen mußte.«[19] Das hatte Goethe in Rom notiert, nachdem er die zerstörten Grabstätten entlang der Via Appia gesehen hatte. Vilém Mršik stellte es seinem Protest gegen die Prager Assanierung voran, *auf Deutsch*.

Elli, Valli, Ottla

man hat kein Recht auf Hass es gibt kein Recht es ist nur
so leicht so natürlich so widerlich
menschlich
Thomas Lehr, September. Fata Morgana

»Es hat ja natürlich Nachteile, ein spät-geborenes Kind zu sein, aber die Vorteile gegenüber den Erstgeborenen, von denen ich ein trübsinniges Musterbeispiel bin, sind doch sehr gross. Diese Spätgeborenen haben um sich herum gleich eine solche Mannigfaltigkeit zum Teil der schon durchkosteten zum Teil der erst angestrebten Erlebnisse, Erkenntnisse, Erfahrungen, Erfindungen, Eroberungen ihrer übrigen Geschwister und die Vorteile Belehrungen, Aufmunterungen eines so nahen, so beziehungsreichen verwandtschaftlichen Lebens sind ungeheuer. Auch ist für sie die Familie schon viel sorgfältiger ausgebildet, die Eltern sind, soweit es bei ihnen möglich ist, durch Fehler belehrt worden (allerdings auch durch Fehler eigensinniger geworden) und diese später Geborenen sitzen einfach von selbst schon wärmer im Nest, man kümmert sich zwar weniger um sie, da schwankt Vorteil und Nachteil und niemals wird der Nachteil schwerer, aber sie brauchen es gar nicht, denn alles sorgt sich unbewusst und darum besonders eindringlich und unschädlich um sie.«[1]

Selbstverständlich spricht Kafka hier von der eigenen Familie, und der Neid des einsamen Ältesten auf alle, die nach ihm kamen und es darum scheinbar leichter hatten, ist unüberhörbar. Drei »Spätgeborene« trafen bei den Kafkas ein – dreifaches, von Sorge und Angst umranktes Glück, das über den Verlust zweier Söhne indessen nicht ganz hinwegtrösten konnte, denn es waren allesamt Mädchen. Am 22. September 1889 wurde Gabriele geboren (tschechisch Gabriela, genannt Ella oder Elli); ein Jahr später, am 25. September 1890, folgte Valerie (Valli) und am 29. Oktober 1892 als letztes Kind Ottilie, genannt Ottla. Ein kleiner weiblicher Aufmarsch, der Unruhe genug mit sich brachte: ein rascher, vor allem atmosphärischer Wandel des familiären Alltags, der immer »beziehungsreicher« wurde, der immer aufwendigere Dienstleistungen forderte und in dem daher Köchinnen, Mägde, Ammen und Gouvernanten eine immer prominentere Rolle spielten.[2] An seinem ersten Tag in der Deutschen Volks- und Bürgerschule war Franz noch das Einzelkind, auf das sich alle Erwartungen konzentrierten (wie auch die Zärtlichkeiten und Schikanen des Personals), an seinem letzten Schultag war er einer von vieren, ein 10-jähriger Knabe mit drei kleinen, anspruchsvollen Schwestern.

In welcher Weise deren Ankunft ihn *bewusst* berührte und veränderte, hat Kafka niemals schriftlich festgehalten, doch ist die Dialektik des geschwisterlichen Lebens in einer so autoritär organisierten Familie nicht schwer zu entschlüsseln. Er rückte ein wenig aus dem Mittelpunkt, damit aber auch aus dem Fadenkreuz. Er büßte an Aufmerksamkeit und Zuwendung ein, wurde aber – anders als bei der Geburt der beiden Brüder – dadurch entschädigt, dass er von der untersten Sprosse der Hierarchie einen bedeutenden Schritt nach oben tat. Als nunmehr ›Großer‹ hatte er strengeren Maßstäben zu genügen als die unmündigen Kleinen, gelegentlich hatte er wohl auch schon Verantwortung zu übernehmen, doch boten sich nun andererseits Gelegenheiten, einen Teil des wachsenden Drucks zu ventilieren und nach unten weiterzugeben. Soweit wir wissen, nahm Kafka diese Lizenz auch extensiv in Anspruch: War er mit seinen Schwestern allein, dann dirigierte und kommandierte er sie wie eine kleine Herde, und die Grenze zur Tyrannei war dabei schnell überschritten. So nötigte er die Mädchen beispielsweise, in Unterwäsche und flach auf dem Teppich ausgestreckt regelmäßige Atemübungen zu absolvieren, die sie dann auch in seiner Abwesenheit brav weiterführten. Auch schrieb er anlässlich von Familienfeiern kleine Einakter, die von den Schwestern zunächst auswendig gelernt, dann mehrfach geprobt und schließlich unter seiner strengen Regie vor Eltern und Verwandten aufgeführt wurden – eine Übung, die er selbst als Student noch fortführte und bei der einmal sogar die Erzieherin der Mädchen als ›Schauspielerin‹ zum Einsatz kam.[3]

Kafka gelang es offenbar, die natürliche Autorität, die ihm sein Vorsprung an Jahren und Bildung gratis verschaffte, allmählich in eine zunächst pädagogische, dann individuelle, reife Autorität umzuformen und dadurch vor dem ebenso natürlichen Zerfall zu bewahren.[4] Zu Freundinnen wurden die Schwestern dadurch jedoch nicht. Es waren sehr tiefe Gräben, welche die bürgerlichen Erziehungsprinzipien zwischen den Geschlechtern zogen, lange vor der sexuellen Reife, und schon die unterschiedlichen Anforderungen, denen Knaben und Mädchen zu genügen hatten, sorgten für Frustrationen und latente Feindseligkeit. Von den Beschäftigungen, Interessen und Leistungen der Mädchen wurde stets mit unüberhörbarem Vorbehalt gesprochen – gleichsam, als sei all das nicht *völlig* ernst zu nehmen –, und dieser Vorbehalt schien schon Kindern ganz natürlich angesichts der allgegenwärtigen männlichen Dominanz und der ebenso offensichtlichen Unfreiheit und Unselbständigkeit der Mädchen, die keinen Schritt unbeaufsichtigt taten und die noch mit zwölf Jahren an die Hand genommen wurden. Daher das notorische Grinsen der Knaben, wenn sie über ihre Schwestern sprachen, daher die Sorgfalt, mit der sie den Anschein übergroßer Vertrautheit mit diesen subalternen Wesen zu vermeiden suchten. Weibliche Mehrheiten – wie im Haushalt der Kafkas – oder soziale Schlüsselfunktionen, wie sie traditionell besonders jüdischen Müttern zugebilligt wurden, änderten an dieser Fremdheit der Geschlechter und an der habituellen Abwertung (und Selbstabwertung) des ›anderen‹ Geschlechts nicht das mindeste.

Es waren vor allem die Schulen und der auf die Schulgesetzgebung stark einwirkende Klerus, die dafür sorgten, dass an diesen asymmetrischen und zutiefst ungerechten Verhältnissen kaum zu rütteln war. Selbst bei größter Wissbegierde und Disziplin hatten Mädchen nur geringe Aussichten, jemals bis in einen Hörsaal vorzudringen, denn staatliche Institutionen, die das ermöglicht hätten, gab es nicht. Selbst noch im Jahr 1897, als Frauen der Zugang zu den philosophischen Fakultäten endlich eröffnet wurde, stellte das Kultusministerium unmissverständlich fest, dass man dieses durch öffentlichen Druck abgenötigte Zugeständnis nicht auch noch mit Steuergeldern unterfüttern werde:

»Die Unterrichtsverwaltung [verkennt] zwar nicht den Zug der Zeit, der weiblichen Jugend eine der männlichen gleichwertige Bildung und damit eine grössere Erwerbsfähigkeit zu vermitteln und möchte demselben, soweit er in der Natur des Weibes und in thatsächlichen Bedürfnissen begründet ist, nicht hindernd in den Weg treten ... jedoch den Mädchen ohne Beschränkung den Zugang zu den für die Bedürfnisse der männlichen Jugend eingerichteten

Gymnasien und Realschulen und dann weiter in alle Berufszweige, die bereits von Männern zur Genüge besetzt sind, zu eröffnen, ist nicht in ihrer Absicht gelegen.«[5]

Der Zug der Zeit fuhr recht stockend in Österreich-Ungarn, und alle interessanten Stellen, vor allem die besser dotierten, waren »zur Genüge besetzt«. So blieben nach vier oder fünf Jahren auf der Mädchenvolksschule (Koedukation gab es nur auf den Dörfern) im Wesentlichen bloß zwei Optionen, um zu einer umfassenderen Bildung zu gelangen. Der erste und am häufigsten eingeschlagene Weg war der Übertritt in ein ›Lyzeum‹ (bisweilen auch ›Höhere Töchterschule‹ genannt), an dem Französisch und auch ein wenig Latein unterrichtet wurde, danach mit 16 Jahren in ein Seminar für Lehrerinnen: Das war, sofern man sich allein auf den Staat verließ, die bestmögliche weibliche Bildungskarriere, die allerdings noch immer weit hinter den Anforderungen der männlichen Matura zurückblieb. Etwas mehr, vor allem auch erzieherische Einwirkung, hatten Privatschulen zu bieten, die zwar staatliche Aufsicht, jedoch keine staatlichen Subventionen genossen und die daher meist üppige Schulgelder verlangten. Schließlich gab es noch einen Prager Sonderweg: Der tschechische Verein ›Minerva‹ eröffnete 1890 das erste Mädchengymnasium Mitteleuropas, mit tschechischer Unterrichtssprache und nationaltschechisch begeisterten Lehrerinnen, doch vorläufig noch ohne das Recht eigenständiger Abiturprüfungen.

Die Kafkas entschieden sich für die am Wenzelsplatz gelegene Privatschule der deutschjüdischen Lehrerin Adele Schembor – ein deutlicher Hinweis darauf, dass sie sich für ihre Töchter eine gute Allgemeinbildung wünschten, dass sie jedoch keinen Gedanken verschwendeten auf irgendeine berufliche Ausbildung, geschweige denn auf ein Universitätsstudium.[6] Würde eine der Töchter in der Branche bleiben – umso besser, dann brachte sie aus dem elterlichen Geschäft genügend Fachkenntnisse mit, um hinter der Ladentheke zu bestehen, ganz nach dem Vorbild ihrer Mutter, der Tuchhändlertochter Julie Löwy. Wenn aber nicht, so führte sie eben den Haushalt ihres künftigen Ehemannes, und der würde ein tüchtiger Mann sein, dafür wollte man sorgen. Die entscheidende Weiche wurde 1899 gestellt, in dem Jahr, da Elli, die Älteste, ihre vier Pflichtjahre an der Volksschule absolviert hatte. Gerade jetzt hatte das Prager Mädchenlyzeum eine gymnasiale Abteilung eingerichtet, die nach dem Vorbild des Minerva-Gymnasiums, jedoch in deutscher Sprache bis zur Matura führen sollte. Es war eine Sensation, ein soziales Experiment mit völlig ungewissem Ausgang. An der tschechischen Universität, so hatte man gehört, gab es schon eine Handvoll Studentinnen, an der deutschen Universität noch keine einzige, und das sollte sich nun ändern. Ob eine der Kafka-Töchter begabt genug gewesen wäre, um diesen Weg einzuschlagen, können wir nicht wissen. Doch Begabung oder nicht, soziale Avantgarde wollten die Kafkas niemals sein. Sie wollten mitschwimmen. Und so blieb es bei der Privatschule.

Hermann Kafka war weder fähig noch willens, die Enttäuschung über das Ausbleiben eines zweiten Sohnes ganz für sich zu behalten,[7] ja, es scheint, als habe vor allem Elli, die älteste Tochter, diese Enttäuschung recht ungefiltert zu spüren bekommen, mit unübersehbaren Folgen. »Sie war«, schrieb Kafka dem Vater, »ein so schwerfälliges, müdes, furchtsames, verdrossenes, schuldbewusstes, überdemütiges, boshaftes, faules, genäschiges, geiziges Kind, ich konnte sie kaum ansehn, gar nicht ansprechen, so sehr erinnerte sie mich an mich selbst, so sehr ähnlich stand sie unter dem gleichen Bann der Erziehung.« Das einzige Foto, das den jungen Franz mit diesem lästigen Schatten zeigt, scheint die wechselseitige Abneigung zu bestätigen, denn unverkennbar versucht eine unwirsch dreinschauende Klein-Ella sich der angeordneten Berührung durch die Hand des Bruders zu entziehen. Doch zwei Jahrzehnte später hatte sie ihn überflügelt, war dem Einfluss des noch immer grollenden Vaters beinahe entronnen, entwickelte sich in glücklicher Ehe in ganz unverhoffter Richtung, und dem zurückgebliebenen Junggesellen erschien sie nun »fröhlich, unbekümmert, mutig, freigebig, uneigennützig, hoffnungsvoll«.[8]

Valli, die mittlere Schwester, schleppte offenbar geringere Gewichte mit sich, denn aus schwer zu ergründender Ursache erfuhr sie von ihrem Vater weit weniger Ablehnung. Ohne dass Franz diesem ruhigen, anspruchslosen und angepassten Mädchen irgendwie näher gestanden hätte – auch später in Briefen und Tagebüchern erwähnt er sie nur selten –, gab ihm ihre diffuse Sonderstellung doch zu denken, und so vermutete er auch hier wiederum das geheime Wirken erblicher Dispositionen:

»Am glücklichsten in ihrer Stellung zu Dir war Valli. Am nächsten der Mutter stehend, fügte sie sich Dir auch ähnlich, ohne viel Mühe und Schaden. Du nahmst sie aber auch, eben in Erinnerung an die Mutter, freundlicher hin, trotzdem wenig Kafka'sches Material in ihr war. Aber vielleicht war Dir gerade das recht; wo nichts Kafka'sches war, konntest selbst Du nichts derartiges verlangen; Du hattest auch nicht, wie bei uns andern das Gefühl, dass hier etwas verloren gieng, das mit Gewalt gerettet werden müsste. Übrigens magst Du das Kafka'sche, soweit es sich in Frauen geäussert hat, niemals besonders geliebt haben. Das Verhältnis Vallis zu Dir wäre sogar vielleicht noch freundlicher geworden, wenn wir andern es nicht ein wenig gestört hätten.«

Wahr daran ist, dass Hermann durch wirkliche oder scheinbare Fügsamkeit (was für ihn keinen Unterschied machte) noch am ehesten bei Laune zu halten war, und Widerständiges vermochte er bei Valli ebenso wenig zu erspüren wie bei seiner Ehefrau Julie. Freilich bleibt die Frage unbeantwortet – und hier stößt Kafkas Vererbungstheorie an ihre Grenzen –, warum das komplexere, dunklere und weichere »Löwy'sche Material«, das dem Kafkaschen doch überaus fremd war, diesen übellaunigen Bären so weit bezähmen konnte, dass er humane Züge offenbarte. Denkbar ist, dass Julie und in ihrer Nachfolge auch Valli für all das standen, was Hermann sich seit frühester Kindheit hatte versagen müssen, und dass sie daher eine utopische Sehnsucht stillten: die unbewusste, unartikulierte Sehnsucht nach einem Kern von Menschlichkeit, der auch im härtesten Existenzkampf unangetastet blieb und der sich niemals völlig instrumentalisieren ließ.

Diese Menschlichkeit freilich konnte sich Hermann Kafka nicht anders vorstellen denn als vornehmlich weibliche, im Grunde wohl mütterliche Qualität, die sich in milden Worten und Gesten zeigte, die ansonsten aber passiv blieb – etwas *fürs Gemüt*, eine verlässliche seelische Wärmequelle. Die tätige, fordernde und sozial vorurteilslose Menschlichkeit hingegen, die seine jüngste Tochter Ottla schon als Heranwachsende entwickelte, provozierte ihn, erregte ihn bis zur Weißglut, weil sie das Lebensmodell, für das er sich entschieden hatte, und damit auch die Basis seiner Selbstachtung in Frage stellte – ob mit Absicht oder nicht, war dabei gleich, und im Zweifelsfall unterstellte er Absicht.

Zunächst war die Kleine ein temperamentvoller »Wildfang, aber auch Lieblingskind«, dem manches nachgesehen wurde und über dessen freche Einfälle sich nicht nur die trägen Schwestern, sondern auch die Eltern eine Zeitlang amüsierten; daran erinnerte sich eine der privaten Erzieherinnen, welche die Kafkas sich mittlerweile leisten konnten.[9] Otilka machte den gleichförmigen Alltag ein wenig lebendiger, ohne ihn aus dem Gleis zu bringen, und dass die Göre den eigenen Kopf, den sie schon früh zur Schau stellte, nicht nur behalten, sondern eines Tages gegen die Eltern ernstlich durchsetzen würde, war noch keineswegs abzusehen. Kafka hat die 20-Jährige als die ihm »bei weitem liebste« Schwester bezeichnet,[10] und in noch späteren Jahren wurde sie ihm engste Vertraute und Verbündete. Doch ist es unwahrscheinlich, dass er irgendeine besondere Nähe oder gar ›Seelenverwandtschaft‹ auch schon in Ottlas Kinderjahren fühlte, zu einer Zeit, da Franz mit einem Vorsprung von neun Lebensjahren perspektivisch zum Lager der Erwachsenen zählte, während die Mädchen noch als niedliche Schar über den Ring spazierten, herausgeputzt wie Drillinge.[11] Selbst in späterer Zeit ist auffallend, wie häufig Kafka in Briefen und Tagebüchern von »den Schwestern« spricht, ohne sie namentlich zu unterscheiden – auch das ein Ausdruck jener verminderten, beiläufigen Aufmerksamkeit, mit der weibliche Individualität generell bedacht wurde.

In welchem Alter es vorbei war mit den Privilegien der kleinen Ottla und wann der Wildfang sich in ein widerständiges, häufig trotzendes und nur noch mit Drohungen im Zaum zu haltendes Mädchen verwandelte, ist aus den spärlichen Quellen nicht zu erschließen. Es ist jedoch wahrscheinlich, dass Ottlas Pubertät ihre Unangepasstheit noch schärfer hervortreten ließ – Unangepasstheit nach den biederen Maßstäben der Kafkas, wohlgemerkt – und dass Widerworte und andere ›Streiche‹ nun plötzlich ernst genommen wurden und durch den Freibrief kindlicher Unschuld nicht länger gedeckt waren. Während die Mutter, wie stets, den heraufziehenden Konflikt zu entschärfen versuchte, empfand Hermann Kafka seine Jüngste zunehmend als Nervensäge und ihre Launen als ebenso sinnlose wie bösartige, gegen ihn persönlich gerichtete Schikanen. Dieser Umschwung und die folgende Eskalation der Feindseligkeiten zwischen Vater und Tochter kamen mit so verblüffender Vehemenz, dass Kafka noch viele Jahre später keine andere Erklärung dafür hatte als wiederum seine auf Vererbung gegründete Temperamentenlehre. Schicksalhaft schien ihm dieses Unglück, aber doch mit einem gehörigen und keineswegs unvermeidlichen Maß an Verblendung aufseiten des Vaters:

»Unter gewöhnlichen Umständen, also wenn sie [Ottla] nicht etwa in besondere Not oder Gefahr käme, hast Du für sie nur Hass; Du hast mir ja selbst zugestanden, dass sie Deiner Meinung nach mit Absicht Dir immerfort Leid und Ärger macht und während Du ihretwegen leidest, ist sie befriedigt und freut sich. Also eine Art Teufel. Was für eine ungeheuere Entfremdung, noch grösser als zwischen Dir und mir, muss zwischen Dir und ihr eingetreten sein, damit eine so ungeheuere Verkennung möglich wird. Sie ist so weit von Dir, dass Du sie kaum mehr siehst, sondern ein Gespenst an die Stelle setzt, wo Du sie vermutest. Ich gebe zu, dass Du es mit ihr besonders schwer hattest. Ich durchschaue ja den sehr komplicierten Fall nicht ganz, aber jedenfalls war hier etwas wie eine Art Löwy, ausgestattet mit den besten Kafka'schen Waffen. Zwischen uns war es kein eigentlicher Kampf; ich war bald erledigt; was übrig blieb, war Flucht, Verbitterung, Trauer, innerer Kampf. Ihr zwei aber waret immer in Kampfstellung, immer frisch, immer bei Kräften. Ein ebenso grossartiger, wie trostloser Anblick. Zu allererst seid Ihr Euch ja gewiss sehr nahe gewesen, denn noch heute ist von uns vier Ottla vielleicht die reinste Darstellung der Ehe zwischen Dir und der Mutter und der Kräfte, die sich da verbanden. Ich weiss nicht, was Euch um das Glück der Eintracht zwischen Vater und Kind gebracht hat, es liegt mir nur nahe zu glauben, dass die Entwicklung ähnlich war, wie bei mir. Auf Deiner Seite die Tyrannei Deines Wesens, auf ihrer Seite Löwy'scher Trotz, Empfindlichkeit, Gerechtigkeitsgefühl, Unruhe und alles das gestützt durch das Bewusstsein Kafka'scher Kraft. Wohl habe auch ich sie beeinflusst, aber kaum aus eigenem Antrieb, sondern durch die blosse Tatsache meines Daseins. Übrigens kam sie doch als Letzte schon in fertige Machtverhältnisse hinein und konnte sich aus dem vielen bereitliegenden Material ihr Urteil selbst bilden. Ich kann mir sogar denken, dass sie in ihrem Wesen eine Zeit lang geschwankt hat, ob sie sich Dir an die Brust werfen soll oder den Gegnern, offenbar hast Du damals etwas versäumt und sie zurückgestossen, Ihr wäret aber, wenn es eben möglich gewesen wäre, ein prachtvolles Paar an Eintracht geworden. Ich hätte dadurch zwar einen Verbündeten verloren, aber der Anblick von Euch beiden hätte mich reich entschädigt, auch wärest ja Du durch das unabsehbare Glück, wenigstens in einem Kind volle Befriedigung zu finden, sehr zu meinen Gunsten verwandelt worden. Das alles ist heute allerdings nur ein Traum. Ottla hat keine Verbindung mit dem Vater, muss ihren Weg allein suchen, wie ich ...«[12]

Das ist nun freilich aus der Perspektive des Erwachsenen gedacht, dem die Metaphern von Kampf, Bündnis und Gegnerschaft nur deshalb so leicht aus der Feder fließen, weil sie ihm zum Verständnis der eigenen Enttäuschungen (der »Niederlagen«) schon unverzichtbar geworden sind. Überdies war es Kafka zum Zeitpunkt dieses Briefs

(1919) längst bewusst geworden, dass ihm Ottla eine Art Muster bot, wie er es auch bei seiner ausschweifenden biographischen Lektüre immer wieder suchte, das Muster eines auf sich selbst gestellten Menschen, der seinen Weg nicht nur sucht, sondern ihm schließlich auch folgt in aller Konsequenz. Ob Kafka sich an einem »prachtvollen« Einvernehmen zwischen Vater und Tochter schon ebenso hätte erfreuen können, ist dagegen zweifelhaft; denn abgesehen davon, dass er es notwendig als weitere Ausgrenzung erfahren hätte, war er ja auch an der Entwicklung Ottlas noch längst nicht in derselben empathischen Weise beteiligt wie in späteren Jahren. Eher dürfte er die drei Schwestern mit zurückhaltender, spöttischer, sexuell getönter, doch nicht sehr tief reichender Neugier beobachtet haben; ihre Bedürfnisse blieben ihm ebenso fremd wie ihr inneres Leben, und sie hatten ja an dem, was ihn wirklich beschäftigte, gar keinen Anteil: Während Ottla noch ihre ersten Worte plapperte, hatte Franz schon eine große Epoche seines Lebens zu beschließen, die Jahre in der Volksschule, und er war beherrscht von Gefühlen, die er mit den Schwestern nicht teilen konnte, einer Mischung aus Angst, Stolz, Scham, Trauer und kitzelnder Erwartung. Dass ihm aus jener kleinen, unverständigen weiblichen Schar einst der vertrauteste Mensch, ja ein *Lebensmensch* erwachsen würde, konnte er nicht ahnen, und diese Wendung erschien dem großen Bruder gegen Ende seines Lebens wie ein unbegreifliches und unverdientes Wunder. Er hat dieses Wunder verteidigt, mit stiller Beharrlichkeit und, wenn es sein musste, auch mit deutlichen Worten gegen den Vater, dem er im Kampf um Ottla die Grenzen seiner Macht aufzeigte wie wohl niemals zuvor. *Diese* Runde ging an ihn.

Latein, Böhmisch, Mathematik und andere Herzensangelegenheiten

Mir selbst ist es schrecklich genug,
wenn einer zu erklären anfängt,
denn zur Not verstehe ich alles selbst.
G. W. F. Hegel, WER DENKT ABSTRAKT?

»Als sie nunmehr sich versammelt und vollgedrängt die Versammlung,
Und des Schuldieners Glocke das Zeichen gegeben den Lehrern,
Daß sich begebe ein jeder zu den seiner harrenden Schülern,
Nahte auch Meyer, der Greis, mit ängstlichen Schritten der Klasse.
Schon von weitem ertönte das Toben der lärmenden Knaben
Und der Alte des Traums gedenkend, zagte im Innern.
Jetzo war er ganz nahe der Thüre und wollte hineingehn,
Doch er zauderte noch und überlegte im Herzen.
Dieser Rat erschien dem Zweifelnden endlich der beste:
Auf die Klinke zu drücken, ganz leise wie der Direktor,
Und die Thüre zu öffnen, doch nicht sich zu zeigen den Schülern.
Diese vermuten sodann, es wäre Brumm, der Direktor
Und verstummen zumal; er pflegte es oft so zu machen.
Also that er auch jetzt, doch anders wollt's der Kronide.
Denn es hatte vorhin der Chlapetz mit grausamer Arglist
Spähend durchs Schlüsselloch ihn gewahrt, den duldenden Alten.
Und im Herzen erkannt, was jener zu thun im Begriff war.
Deshalb sprach er jetzt Böses ersinnend also zur Versammlung:
›Meyer ist draußen und steht vor der Thür und will uns erschrecken,
Wanke komm her und Tatschner und Jeiteles, Lange und Eidlitz!
Drücken wir alle zusammen die Thür zu, dass er nicht rein kann.‹
Jener sprach's; und allen das Herz im Busen bewegt' er.«[1]

Es waren noch Tausende weiterer Schülerherzen bewegt, als im Jahr 1891 die Schicksale des ebenso unfähigen wie bedauernswerten Geschichts- und Geographielehrers Meyer (der tatsächlich Josef Seidl hieß) in den Druck gelangten und im gesamten deutschen Sprachraum begeistert aufgenommen wurden. Die Meyeriade, verfasst von einem 16-jährigen Prager Gymnasiasten namens Oskar Kraus, wurde zu einem der größten Erfolge, die mit den Heften von ›Reclam's Universalbibliothek‹ je erzielt wurden, und die der Ilias nachempfundenen komischen Hexameter wurden mit weit größerer Lust gelesen als die antike Vorlage. Schon bald war die für ein paar Kreuzer erhältliche Meyeriade Pflichtlektüre unter den Bänken sämtlicher Gymnasien, einige ihrer Verse wurden noch generationenlang zitiert (»Hurtig mit Donnergepolter berührten die Hintern die Bänke ...«), und es ist kein Zweifel, dass auch ein beträchtlicher Teil des ›Lehrkörpers‹ sich insgeheim amüsierte über die trivialen Schülerstreiche, die mit dem erhabenen Vokabular des Heldenepos peinlich kollidierten. Es war ja ein durchaus harmloser, gleichsam systemimmanenter Humor, der hier zelebriert wurde, es war Humor derselben Art, wie ihn auch die zensurierten Witzblätter kultivierten, und zugleich war die Meyeriade das staunenswerte Zeugnis erfolgreichen humanistischen Drills. Denn wenn ein kaum der Pubertät entwachsener Gymnasiast dazu imstande war, ›Gesänge‹ im klassischen Versmaß zu verfassen, dann lieferte er den anschaulichen (und vermutlich auch gewollten) Beweis dafür, dass er seine Zeit nicht *ausschließlich* mit den geschilderten Eseleien vertan hatte und dass seine schulische Laufbahn nicht allein von stumpfen Paukern à la Meyer begleitet war.

Kafka ist dem Verfasser der Meyeriade, der es bis zum ordentlichen Professor der Philosophie brachte, in späteren Jahren leibhaftig begegnet;[2] als Zehnjähriger hingegen wusste er die Leistung des Schülers Kraus, der seinen Homer offenbar in- und auswendig kannte, gewiss noch nicht zu würdigen, und die akribisch ausgemalten Insubordinationen müssen ihm geradezu märchenhaft erschienen sein. Derartiges sollte an einem k.k. Gymnasium möglich sein? Da hatte er von seiner künftigen Anstalt, dem ›Staats-Gymnasium mit deutscher Unterrichtssprache in Prag-Altstadt‹, ganz anderes gehört: das strengste Gymnasium weit und breit, mit einer rigiden Auslese, welche die große Mehrzahl der Schüler gar nicht bis zur Matura gelangen ließ.[3] Als Kafka am Nachmittag des 19. September 1893 das prächtige Rokoko-Palais Kinsky am Altstädter Ring betrat, um zum ersten Mal – vermutlich wiederum in Begleitung der Mutter – die im hinteren Hofflügel gelegenen Unterrichtsräume aufzusuchen, da wusste er bereits, dass die Anforderungen an Fleiß, Aufmerksamkeit und Gefügigkeit, denen er in der Volksschule zur eigenen Überraschung vollauf genügt hatte, nicht viel zu bedeuten hatten gemessen an dem, was ihn *hier* erwartete. Die vornehmen, hohen Räume des Kinsky-Palais hatten mit dem modernen, doch überfüllten Zweckbau am Fleischmarkt nicht viel gemein, und die Tatsache, dass er als Novize lediglich vierzig Schicksalsgefährten vorfand, die der Verlesung der Disziplinargesetze und des Stundenplans lauschten, ließ schon erwarten, dass dem Einzelnen hier eine bedenkliche Aufmerksamkeit zuteilwurde. Tröstlicherweise hatte es etliche Kameraden aus der Volksschule ebenfalls in diese Klasse verschlagen, die beiden Hugos zum Beispiel, Bergmann und Hecht, die nicht minder aufgeregt waren. Von allen aber fühlte zweifellos Kafka am stärksten, dass Unauffälligkeit allein von nun an nicht mehr genügen würde.

Von einer »schrecklichen Versammlung der Professoren« hatte Kafka phantasiert, einer Versammlung, die ihn, den »Unfähigsten oder jedenfalls Unwissendsten«, unweigerlich hinauswerfen, ja »ausspeien« würde: nämlich dann, wenn alles herauskam. Während all der zwölf langen Jahre, in der Volksschule wie am Gymnasium, änderte sich an dieser Erwartung nichts, und jede Versetzung verschlimmerte nur die unvermeidlich bevorstehende Schande. »Was kümmerte mich unter diesen Umständen der Unterricht?«, fragte Kafka lange danach.

War das überhaupt eine Schule? Oder nicht vielmehr ein Gerichtshof? Gewiss, im BRIEF AN DEN VATER bietet Kafka ein sehr bewusst gefiltertes Bild der Vergangenheit, und ganz zu Recht scheint ihm die eigene Entwicklung weniger geprägt durch das, *was* geschah, als vielmehr dadurch, *wie* er es erlebte und verarbeitete. Es ist die Logik seiner Vorstellungswelt, die er dem Vater begreiflich machen will; daher kein Wort über die tatsächlichen Äußerungen der Lehrer und über die eigenen vielfach beglaubigten Leistungen. Natürlich weiß Kafka, dass ein völlig unwissendes Kind nicht die gesamte Lehrerschaft jahrelang täuschen kann und dass ihm in der Schule keine Entlarvung drohte, die er ernsthaft hätte fürchten müssen – abgesehen von den gewöhnlichen kleinen Schummeleien, auf die einige der »Gerechten« in seiner Klasse freilich weit mehr angewiesen waren als er selbst. Aber jene Phantasien der Nichtigkeit, die am Ende das ganze Leben zu einer ungeheuren und niemals zu bewältigenden Prüfung gefrieren ließen – diese Phantasien, so behauptet Kafka, überwältigten ihn schon als Zehnjährigen und erstickten jede Initiative, jede Wissbegier.

Man muss das ernst nehmen. Auch wenn er die vielfach variierte Gerichts- und Strafmetaphorik, die ihn zu Beginn seiner schriftstellerischen Laufbahn zeitweilig beherrschte, vielleicht einige Jahre zu weit zurückdatierte, so sind doch die äußeren Symptome dieser angstbesetzten Ideen, vor allem Kafkas sozial unterkühlte, defensive und wenig engagierte Haltung, mehreren seiner Schulkameraden im Gedächtnis geblieben. »Er nahm an allem teil, wenn man ihn aufforderte«, schreibt Hugo Hecht, »war nie ein Spielverderber, aber – er war nie aktiv. Nie kam ein Vorschlag von ihm, obwohl wir wussten, dass er sehr gescheit war.« Und Emil Utitz, der Kafka vermutlich als 13-Jährigen kennenlernte: »Äußerlich war er der ruhigste, stillste und enthaltsamste Mensch ... Sonst stand er aber ein wenig abseits des schulischen Geschehens. Keineswegs jedoch eingebildet, sondern irgendwie fremd, als handele es sich um eine Angelegenheit, die ihn innerlich überhaupt nicht interessierte, die aber ordentlich erledigt werden musste.«[4] Auch wenn dieses Unbeteiligtsein in den einzelnen Fächern verschieden ausgeprägt war, so ist doch kein Zweifel, dass Furcht vor der jeweils nächsten Benotung jedes inhaltliche Interesse Kafkas überschattete. Schulstoff war Prüfungsstoff, es war der Stoff, den man sorgfältig zu kauen und zu schlucken hatte, ehe man sich, vielleicht, auch an den Geschmack erinnerte.

Doch wie ging es *wirklich* zu an den humanistischen Gymnasien des ›alten‹ Österreich? Wurde ein so zerstörerischer, zumindest aber demotivierender Leistungsdruck hier systematisch erzeugt, lag es an den Vorgaben der Schulpädagogik oder nicht vielmehr an der Unfähigkeit oder Böswilligkeit einzelner Lehrer, die sich zu Richtern aufschwangen? Das ist selbst unter Zeitzeugen umstritten. Schulerfahrungen dringen tief ein, sind emotional oft maßlos besetzt, vor allem in den empfindsamen Jahren der Pubertät, und auch in der Rückschau erscheinen sie meist stark getönt, abhängig vom jeweils eigenen Schicksal. So wird es einem ehemaligen Klassenprimus schwerfallen, sich in die Situation anderer Schüler einzufühlen, deren mindere Leistungen sie vor pädagogischen Schikanen nicht schützen konnten. Das Gleiche gilt für Schüler, deren Bildungserlebnisse in der eigenen Familie Widerhall fanden und die sich daher einen Vater wie Hermann Kafka, für den nur die Zeugnisse zählten, schlechterdings nicht vorstellen können. Auch eine Tendenz zur Verklärung ist in vielen Schulerinnerungen augenfällig: Heitere Anekdoten bleiben im Gedächtnis und werden gerne zum Besten gegeben; Demütigungen, Vernichtungsängste und die Qualen sinnlosen Paukens hingegen werden häufig verdrängt oder um der Selbstachtung willen verschwiegen.

In einer Lebenswelt, in der mehrere nationale, religiöse und sprachliche Identitäten aneinanderstießen, konnte es von erheblicher Bedeutung sein, *welche* Schule man besuchte. So fand Kafka am Altstädter Gymnasium – wie zuvor schon in der Volksschule – ein sehr homogenes Umfeld vor, in dem sich überwiegend Sprösslinge des deutschsprachigen jüdischen Mittelstands tummelten:[5] eine soziale Insel, auf der Antisemitismus und nationale Feindseligkeiten keine nennenswerte Rolle spielten und im Unterricht auch niemals thematisiert wurden. Während fast zur selben Zeit Max Brod, der das nur wenige Minuten entfernte, jedoch in der Neustadt gelegene Stefansgymnasium besuchte, eine sehr viel buntere soziale Mischung mit den entsprechenden Friktionen erlebte. Hier herrschte ein deutlich raueres Klima, und dass sich jüdische Schüler, obgleich in der Überzahl, gegen hämische Angriffe mit den Fäusten zur Wehr setzen mussten, war unter ›Stefanesen‹ an der Tagesordnung. Auch die sprachliche Kartographie der Prager Schulbezirke war von Bedeutung: So saßen in Kafkas erster Gymnasialklasse lediglich fünf Schüler, die zu Hause ›Böhmisch‹ sprachen und die nach dem Willen ihrer Eltern dennoch auf Deutsch unterrichtet werden sollten. Selbstredend wurde auf diese Minderheit keinerlei Rücksicht genommen, und so verwundert es nicht, dass sie sämtlich nur wenige Jahre durchhielten. Der Sprachphilosoph Fritz Mauthner hingegen, schon als Kind von erkennbarer Begabung, hatte sich drei Jahrzehnte zuvor am Gymnasium der Piaristen zu Tode gelangweilt, denn dort konnte die tschechischsprachige Hälfte der Klasse dem Unterricht nur mit Mühe folgen und bremste notgedrungen die Lernfortschritte aller Übrigen.[6]

Es gibt also gute Gründe dafür, autobiographische Äußerungen über Prager Schulerfahrungen nicht vorschnell zu verallgemeinern oder gar auf das gesamte österreichische Schulwesen zu projizieren. Ebendies war jedoch der Vorwurf, den eine ganze Reihe von Zeitzeugen gegen Klaus Wagenbachs Kafka-Biographie erhob: Es sei schlicht unwahr, monierten unter anderem Hugo Bergmann, Hans

Kohn und Guido Kisch, dass an ihrem Altstädter Gymnasium ein »verknöcherter, konservativer k.u.k. Schulgeist« geherrscht habe, der, wie Wagenbach behauptet, »Schüler und Lehrer gleichermaßen mit der maßlosen Pedanterie eines genau vorgeschriebenen Pensums quälte, das durch fortwährende Inspektionen überprüft wurde«; zu einer solchen Auffassung könne man nur gelangen, wenn man von den tatsächlichen Verhältnissen keine anschauliche Vorstellung habe und an diese Verhältnisse die ethischen und pädagogischen Maßstäbe der Gegenwart lege.[7]

Diese Einwände gehen an der historischen Wirklichkeit vorbei und sind überdies naiv. Denn bereits lange vor der Jahrhundertwende gab es öffentliche Beschwerden und sogar parlamentarische Debatten darüber, ob es noch sinnvoll sei, die Köpfe der Gymnasiasten »mit einem möglichst großen Wust von Einzelheiten« und mit »massenhaftem Memorierstoff« zu überschwemmen und selbst in der Maturitätsprüfung nichts als Gedächtnisleistungen abzufragen.[8] Vor allem aber: Welche anderen als die heutigen Maßstäbe und Kenntnisse sollte man denn anlegen, um die damalige pädagogische Praxis und deren psychische Auswirkungen zu beurteilen? Gewiss boten auch die engen ideologischen und didaktischen Vorgaben dem einzelnen Gymnasiallehrer noch genügend Spielraum, um dem einzupaukenden Stoff ein wenig Leben einzuhauchen, auf individuelle Begabungen und Schwächen Rücksicht zu nehmen und Demütigungen zu vermeiden. Es gab Lehrer, die sich solche Fähigkeiten bewahrt hatten, auch Kafka hat sie erlebt. Doch selbst der sozial sensibelste Pädagoge hatte sich solche Spielräume immer wieder zu erkämpfen – gegenüber einem Bildungssystem, das in einer sterilen Leistungs- und Pflichtethik tief verwurzelt war.

Hugo Bergmann selbst hat einen eindrucksvollen, wenngleich unfreiwilligen Beleg dafür geliefert, dass die Forderung, an diese Zustände keine anderen als die damaligen Maßstäbe zu legen, alles andere als hilfreich ist, um ein lebendiges und zutreffendes Bild der Vergangenheit zu gewinnen. Er berichtet von einem Schulerlebnis, das sich in seine Erinnerung »tief eingegraben« habe:

»Unser Klassenvorstand durch all die acht Jahre hindurch war Emil Gschwind, Priester des Piaristenordens, ein Hüter der alten Tradition. In der 3. Gymnasialklasse, ich war noch nicht 13 Jahre alt, heiratete ein Onkel von mir in Brünn, und ich erhielt die Erlaubnis, zwei Tage wegzubleiben, um an der Hochzeit teilzunehmen. Meine Eltern ließen sich von der Familie bereden, aus zwei freien Tagen vier zu machen, und ich versäumte unentschuldigte sieben Schulstunden. Als ich zurückkam, ging die Hölle los. Ich erhielt eine strenge Rüge, und unser Klassenvorstand trug mir diesen Treubruch durch Monate nach. Ich war der Primus der Klasse und wegen der Mittellosigkeit meiner Eltern vom Schulgeld befreit. Diese Befreiung war daran gebunden, dass der Schüler im sittlichen Betragen die Note ›1‹ oder mindestens ›2‹ erhielt; die Note ›3‹ bedeutete Verlust der Befreiung. Es war klar, dass ein Schüler, der eine Rüge erhalten hatte, damit die Note ›1‹ verwirkte. Aber wird Gschwind zustimmen, dass ich ›2‹ erhalte und weiterhin die Befreiung genieße? Der Tag des Gerichts [!], der Verteilung der Zeugnisse über das Wintersemester kam. Gschwind übergab mir das Zeugnis, die Milde hatte gesiegt. Noch heute höre ich seine Stimme: ›Sie haben in sittlichem Betragen ‚befriedigend'. Ich habe dagegen gestimmt, wurde aber überstimmt. Und ich habe mich gern überstimmen lassen.‹

Ich erzähle diese Geschichte, um Ihnen zu zeigen, wie ernst es diesem Klassenvorstand um die Schule ging. Die Schule sollte vor allem eines lehren: Pflichterfüllung.«[9]

Das Verhalten dieses Lehrers mag nach der damals verbindlichen Werteordnung völlig korrekt und sogar von bewunderungswürdiger Konsequenz gewesen sein. Doch seinen besten Schüler, obgleich an der Regelverletzung unschuldig, versetzte er in wochenlange Angst, ja, er bedrohte ihn existentiell, indem er billigend in Kauf nahm, dass seine gymnasiale Ausbildung allein an Geldmangel scheitern konnte – und es nützte Bergmann wenig, dass er die ethischen Prinzipien des Lehrers schon teilweise verinnerlicht hatte und dass Gschwind bei dieser Sache ebenfalls nicht wohl war. Wie leicht eine derartige von jedem sozialen Sinn entleerte und dennoch zum ethischen Meta-Kriterium erhobene ›Pflichterfüllung‹ in Barbarei übergehen kann – eine Erfahrung vor allem des 20. Jahrhunderts –, scheint Bergmann nicht gegenwärtig gewesen zu sein, als er ausgerechnet mit dieser Episode sein Prager Gymnasium in ein günstigeres Licht zu rücken versuchte. Überboten wird diese arglose Parteinahme nur noch von der Polemik des Juristen Guido Kisch (1889–1985), der – wiederum gegen Wagenbach – die Unterrichtsmethoden am Altstädter Gymnasium verteidigte, gleichzeitig aber einräumte, dass er sich in den ersten Jahren vor Prüfungsangst häufig hatte übergeben müssen, ohne dass irgendein Lehrer für dieses Versagen Verständnis gezeigt hätte.[10]

Der große, korpulente Emil Gschwind war die einflussreichste Autorität in Kafkas Gymnasialzeit: Nicht nur weil er all die Jahre bis zur Matura der verantwortliche Klassenlehrer blieb, sondern vor allem weil er als Lehrer der alten Sprachen die weitaus größte Zahl von Unterrichtsstunden hielt. Mit Professor Gschwind (alle Lehrer hießen ›Professoren‹) hatte man es tagtäglich zu tun, acht Stunden Latein waren bei ihm wöchentlich zu absolvieren, ab der 3. Klasse sechs Stunden Latein und fünf Stunden Griechisch. Das waren die beiden Fächer, mit denen nach allgemeiner Überzeugung die Fundamente der Bildung gelegt wurden, die darum die strengsten Anforderungen stellten und in denen auch am meisten auswendig zu lernen war. Am Ende jeder Woche wurde der Stoff schriftlich geprüft, etwa jede zweite Woche war eine Hausarbeit abzuliefern, die ebenfalls benotet wurde. Noch feinmaschiger wurde die Kontrolle durch das allseits gefürchtete mündliche ›Abfragen‹, das die erste Hälfte jeder einzelnen Unterrichtsstunde in Anspruch nahm: eine eherne Gewohnheit in sämtlichen Fächern, weshalb sich die Lehrer auf der Skala der Angst vor allem darin unterschieden, ob sie nach dem Alphabet abfragten oder nach dem Überraschungsprinzip. Doch wer in Latein und Griechisch Bestnoten wollte, hatte noch mehr zu leisten, denn Gschwind verlangte die Lektüre der Klassiker über den Unterrichtsstoff hinaus (›Privatlektüre‹) sowie das Anlegen von Heften mit grammatischen Mustersätzen und Parallelstellen, die er sich in seinen privaten Räumen im Piaristenkloster vorlegen ließ – ein Privileg, das auch Kafka und Bergmann genossen.[11]

Gschwind war ein guter Kenner der antiken Kulturen, und er plädierte dafür, im Unterricht möglichst viele ›Realien‹ einzusetzen, insbesondere Abbildungen und Kopien antiker Kunstwerke.[12] Dennoch blieb sein Unterricht an Curricula gebunden, die der Beherrschung der Grammatik absoluten Vorrang einräumten und die meisten Gymnasiasten im Drahtverhau formaler Finessen scheitern ließen, lange bevor sie zu einem inhaltlichen Interesse durchdrangen oder gar Ansätze eines empathischen Verständnisses entwickelten. Selbst Bergmann, der es als »Geschenk für das ganze Leben« bezeichnete, »eine Sprache bis in die feinsten Details der Grammatik« erlernt zu haben, dürfte zu solcher Dankbarkeit erst spät gelangt sein.[13] Repräsentativer für die pädagogischen Auswirkungen des erstarrten humanistischen Bildungsbegriffs sind die Erinnerungen des Kardiologen

Bruno Kisch (1890–1966), der sieben Jahre nach Kafka ans Altstädter Gymnasium kam und einen noch weitgehend unveränderten Lehrplan vorfand:

»Latein und Griechisch, bei denen es meinen Lehrern ersichtlich nur auf grammatikalische Turnübungen ankam, waren mir in der Schule ein Greuel, und es dauerte lange, bevor mir bewußt wurde, daß Cäsar oder Livius ihre Bücher nicht ausschließlich für den grammatikalischen Unterricht in Gymnasien geschrieben haben. Erst als Dichter wie Horaz und Sophokles in meinen Gesichtskreis gerieten, gewann ich trotz des Schulsystems Freude an ihnen und sogar an der lateinischen und griechischen Sprache. Meine Lehrer bemühten sich, mir diese Freude durch eine mir unausstehliche grammatikalische Pedanterie auszutreiben, es gelang ihnen aber nur teilweise.«[14]

Kafka hinterließ keine so expliziten Urteile über sein Gymnasium, doch auch er erinnerte sich daran, dass ihm bereits als Schüler der Unterschied zwischen inhaltlicher und formaler Bildung klar vor Augen stand und dass es Professor Gschwind persönlich war, der dafür sorgte, dass sich niemand in der Klasse darüber Illusionen machte. An Felice Bauer schrieb Kafka:

»In das ihnen ganz und gar unbegreifliche soll man die Kinder nicht treiben. Zwar soll man nicht vergessen dass selbst das gelegentlich sehr gute Wirkungen erzielen kann, nur sind sie vollständig unberechenbar. Ich denke dabei an einen Professor, der während der Lesung der Ilias oft sagte: ›Sehr schade dass man das mit Euch lesen muss. Ihr könnt es ja nicht verstehn, selbst wenn Ihr glaubt dass Ihr es versteht, versteht Ihr es gar nicht. Man muss viel erfahren haben, ehe man auch nur einen Zipfel davon versteht.‹ – Diese Bemerkungen (der ganze Mann war allerdings auf diesen Ton eingestellt) haben damals auf mich kalten Jungen mehr Eindruck gemacht als Ilias und Odyssee zusammen. Vielleicht einen allzu demütigenden aber doch wesenhaften wenigstens.«[15]

Der für Demütigungen besonders empfängliche Kafka dürfte nicht der Einzige gewesen sein, den die paradoxe Botschaft zutiefst entmutigte: Ihr müsst pauken, um etwas zu verstehen, aber trotz allen Paukens werdet ihr am Ende *nichts* verstehen. Ein pädagogisch verheerendes *double bind*, welches das undurchdringliche Geheimnis des väterlichen autokratischen Gebots – gehorchen, ohne zu verstehen – gleichsam in den öffentlichen Raum expandierte. Auch später blieb

Kafka unter dem Eindruck, diesem menschenfeindlichen Paradox immer aufs Neue zu begegnen, und er hielt es für so »wesenhaft«, dass er es einsenkte in die Fundamente seiner Prosa. So wird der Angeklagte Josef K. unter nebulösen Drohungen dazu aufgefordert, alle Energie auf seinen Prozess zu konzentrieren und die Formalien genau einzuhalten, während man ihm gleichzeitig versichert, dass das Gesetz, das dem Verfahren zugrunde liegt, auch bei lebenslanger Anstrengung unerkennbar bleiben werde. Am gleichen Widerspruch geht schließlich auch der Landvermesser K. zugrunde, der Protagonist des SCHLOSS-Romans: Sooft ihm auch versichert wird, dass er keine Ahnung habe von den wahren Verhältnissen im Dorf, so regelmäßig kreisen die Erklärungen seiner Gesprächspartner um bloße Verfahrensfragen, sobald K. diesen Verhältnissen auf den Grund zu kommen sucht. Am Ende steht die Erkenntnis, dass auch die Dorfbewohner selbst ihre Welt keineswegs verstehen, dass sie inmitten eines Mysteriums leben.

Wirft das Schulsystem selbst einen solchen Schatten des Nicht-Wissens, so ist nur noch schwer zu unterscheiden, ob Teile des immensen Lehrstoffs durch das tägliche Memorieren bloß ›hängenbleiben‹ und auf diesem Weg dem Bildungshorizont einverleibt werden oder ob sich, wie im Fall des Oskar Kisch, *trotz* des pausenlosen Abfragens ein längerfristiges Interesse daran entzündet. Die meisten Schulerinnerungen der Zeitgenossen verwischen diesen Unterschied. Auch Kafka hat sich nach der Matura mit Kultur und Sprache der Antike nicht mehr systematisch beschäftigt, doch hat er sich mit dem antrainierten Zitatenschatz keineswegs begnügt, sondern die Lektüre von Autoren, die ihn interessierten – das war vor allem Plato –, gelegentlich fortgeführt. Figuren aus der Welt der Antike sind auch in seinen literarischen Texten gegenwärtig, freilich nicht als herbeizitierte Bildungsgüter, sondern als Protagonisten, die ihrem historischen Kontext radikal entfremdet sind. DAS SCHWEIGEN DER SIRENEN, POSEIDON, PROMETHEUS, DER NEUE ADVOKAT: In keinem dieser parabelartigen Stücke zeigt Kafka ein ideengeschichtliches Interesse an seinen Figuren, vielmehr nutzt er die Prominenz ihrer Namen, um sie mit größtmöglicher Wirkung dem Neonlicht der Moderne auszusetzen. Dass dabei der antike Mythos respektwidrig zerlegt und neu zusammengesetzt wird – wie im Fall des Poseidon, der bei Kafka als schlechtgelaunter höherer Verwaltungsbeamter auftritt –, gehörte zum literarischen Spiel und hätte den Professor Gschwind, wären ihm diese Hausarbeiten je vor Augen gekommen, gewiss an die Frechheit der MEYERIADE erinnert.

Als Kafka mit 39 Jahren Bilanz zog und darüber klagte, welche Vielzahl von Interessen er in seinem Leben nur halbherzig verfolgt und auf halbem Weg wieder aufgegeben hatte, da firmierten auf seiner bunten Liste auch »Klavier, Violine, Sprachen«.[16] Die beiden Musikinstrumente überraschen, denn nirgendwo sonst in seinen Aufzeichnungen ist je von ihnen die Rede. Es dürften kurze Episoden gewesen sein, mit wenig beneidenswerten Privatlehrern, die von den Kafkas aus dem einzigen Grund ins Haus geholt wurden, um Anschluss zu finden an die Lebensformen eines bürgerlich-saturierten Milieus. Ob die Vorlieben des vielleicht zehnjährigen Franz dabei berücksichtigt wurden, ist zweifelhaft. Denn abgesehen davon, dass er Melodien und Lieder, die er mochte, gelegentlich vor sich hin sang – eine Gewohnheit, die er auch als Erwachsener beibehielt –, zeigte er für Musik nur geringes Interesse und entwickelte auch kein Sensorium für deren ästhetische Formen, trotz der guten Pianisten in seinem engsten Freundeskreis. »Das Wesentliche meiner Unmusikalität ist«, resümierte er, »dass ich Musik nicht zusammenhängend geniessen kann, nur hie und da entsteht eine Wirkung in mir und wie selten ist die eine musikalische.« Gegenüber Brod behauptete er gar kokett, er könne Lehárs LUSTIGE WITWE nicht von Wagners TRISTAN UND ISOLDE unterscheiden.[17] Der freiwillige und entsprechend spärlich besuchte Musikunterricht, der am Gymnasium geboten wurde, hätte dieses früh erkannte Defizit wohl kaum behoben, und so verzichteten die Kafkas zu Recht darauf, ihrem Sohn für zusätzliches Schulgeld ›Treffübungen‹ mit der Stimmgabel zuzumuten oder ihn mehrstimmige Kirchenlieder exerzieren zu lassen. Bedauert hat er das später nicht.

Doch seine Bilanz des Versagens führte auch *Sprachen* an, und damit war eine Wunde berührt, die tiefer reichte. Dass Kafka hier an Griechisch und Latein dachte, ist wenig wahrscheinlich, denn in diesen ›toten‹ Sprachen hatte er sich zeitweilig so sicher bewegt, dass ihm der Übergang zu einem Studium der Klassischen Philologie oder der Altertumswissenschaften nicht schwergefallen wäre. Vom Tschechischen abgesehen gelang es ihm jedoch nicht, in irgendeiner der ›lebenden‹ Sprachen auf ein nur annähernd hohes Niveau zu gelangen. Dass das humanistische Gymnasium dazu nicht motivierte, ja an Sprachen als Mittel der interkulturellen Verständigung generell wenig interessiert war, ließ er als Entschuldigung nicht gelten, denn von diesem kommunikationsfernen Bildungsbegriff hatte er sich auf anderen Gebieten, etwa dem der Literatur, schon frühzeitig zu emanzipieren gewusst. Nein, es schien Willensschwäche zu sein, mangelnder Ernst, mangelnde Ausdauer, etwas von derselben Art, das ihn *überall* hinderte, selbstgesteckte Ziele zu erreichen, und vielleicht, so fürchtete er, war es sogar ein Mangel an Begabung.

Tatsächlich waren Tschechisch und Französisch die einzigen modernen Sprachen, die am Altstädter Gymnasium unterrichtet wurden, und selbst diese waren nur ›relativ obligat‹, das heißt, es waren freiwillige Fächer, derentwegen niemand ›sitzenblieb‹, die vor dem Sitzenbleiben aber sehr wohl retten konnten. Drei Jahre lang nahm Kafka am Französischunterricht teil, mit nur zwei Unterrichtsstunden pro Woche, und obwohl seine Leistungen nur als ›befriedigend‹ bewertet wurden, eignete er sich die Fähigkeit an, französische Romane im Original flüssig zu lesen – unterstützt von der belgischen Gouvernante Céline Bailly, die allerdings zu spät in Erscheinung trat, um Kafkas Schulnoten noch zu beeinflussen. Immerhin bot ihm Bailly, die für die Erziehung der Schwestern verantwortlich war, einige Gelegenheit, das französische Alltagsvokabular aktiv zu nutzen und seine Aussprache zu verbessern, und nur so ist zu verstehen, dass Kafka es wagte, gegenüber seinen künftigen Arbeitgebern zu erklären, er »beherrsche« diese Sprache.[18] Im Englischen, das er vermutlich erst auf der Handelsakademie kennenlernte, und im Italienischen, das er sich im Selbststudium anzueignen suchte, kam er über Grundkenntnisse jedoch nicht hinaus – offenbar fehlte es hier Kafka an Motivation, sich mit den fremden Kulturen und insbesondere deren Literatur zu beschäftigen, und mangels Übung und Gelegenheit blieb er unterhalb jener Schwelle, an welcher der aktive Gebrauch einer Sprache auch neue Grade der Freiheit eröffnet. Dass er beides im selben Atemzug beklagt, ist charakteristisch für ihn: »meine Unfähigkeit zu selbstständigen Handlungen, zu fremden Sprachen, zu glücklichen Zufällen«.[19]

An die tschechische Sprache dachte er dabei gewiss nicht. Denn in dem deutschjüdischen Milieu, in dem er aufwuchs, war ›Böhmisch‹ keine Fremdsprache, es war *Zweitsprache*, und so hatte auch der Tschechischunterricht in den Volksschulen nicht nur den Zweck, den Gebrauch dieser Sprache zu verbessern, sondern auch, sie vom Deutschen klarer abzugrenzen und mit der verbreiteten Gewohnheit aufzuräumen, deutsches und tschechisches Vokabular zu vermischen oder mitten im Satz die Sprache zu wechseln. Dieses *switching* – bei den Kafkas auch in späteren Jahren noch durchaus üblich[20] – galt unter nationalbewussten Lehrern und Professoren als sündhaft, da es angeblich die eigene Sprache zersetzte und damit die kulturelle Identität untergrub. Tatsächlich hat auch Kafka die erwünschte Trennschärfe wohl erst während seiner Schuljahre erreicht; zuvor drangen mindestens ebenso viele, vielleicht sogar mehr tschechische als deutsche Sätze an sein Ohr, und er verinnerlichte das Tschechische als die Sprache derer, die sich den größeren Teil des Tages um ihn kümmerten. »... ich habe niemals unter deutschem Volk gelebt, Deutsch ist meine Muttersprache und deshalb mir natürlich, aber das tschechische ist mir viel herzlicher«, schrieb er an die Tschechin Milena Jesenská,[21] die recht erstaunt darüber gewesen sein muss, dass hier jemandem die eigene Muttersprache *nicht* die herzlichste war. Doch aus Kafkas Erfahrungen der Kindheit ergab sich diese Unterscheidung ganz zwangsläufig: Während sämtliche Mitglieder der weitläufigen Familie Deutsch miteinander sprachen, waren die Augenblicke der Geborgenheit, der Entspannung und Freude von tschechischen Klängen erfüllt, ja selbst seine Mutter verfiel ins Tschechische, wenn sie zärtlich gestimmt war.

Wie perfektioniert man eine solche *Herzenssprache*? Gewiss nicht mit ›Mustersätzen‹ und ›Parallelstellen‹. Kafka winkte nur ab, als die Erzieherin Anna Pouzarová monierte, seine drei Schwestern sprächen das Tschechische zwar recht flüssig, doch mit fehlerhafter Grammatik: »die Hauptsache, sie sprechen«, entgegnete er, »die Grammatik können sie später lernen«.[22] Nicht anders war es ja ihm selbst ergangen, noch auf der Volksschule beherrschte er die beiden Sprachen mündlich auf vergleichbarem Niveau, stets erhielt er in ›Böhmisch‹ die Bestnote und überflügelte damit sogar die wenigen, die diese Sprache als ihre Muttersprache bezeichneten. Auf dem Gymnasium freilich herrschte ein anderes Regiment, hier galt es vor allem, das Tschechische als Schriftsprache grammatisch und orthographisch korrekt zu verwenden, und obwohl die Lehrpläne auch Anfängern den Einstieg ermöglichen sollten, war dem rasch voranschreitenden Unterricht ohne umfangreiche Vorkenntnisse kaum zu folgen. Der Zeitaufwand entsprach dem des Französischunterrichts – zwei Stunden wöchentlich, jeden Monat eine Klassenarbeit –, die Intensität jedoch war deutlich höher. Nachdem sie die unteren Klassen überstanden hatten, wurden den Schülern bereits Übersetzungen ins Tschechische abverlangt, und es kamen Lehrbücher zum Einsatz, deren Übungstexte landeskundliche und historische Informationen vermittelten und lange Auszüge aus literarischen Werken enthielten – so allein dreißig Seiten aus dem Roman Babička [Die Großmutter] von Božena Němcová, der ihn seinen eigenen Worten zufolge die tschechische »Sprachmusik« lehrte.[23] Auf welche Weise Kafka mit tschechischer Literatur und Tradition zum ersten Mal in Berührung kam, lässt sich daher recht genau nachvollziehen. Insbesondere in den beiden letzten Klassen wurde er anhand eines neu eingeführten, eigentlich für tschechische Gymnasien bestimmten dreibändigen Lesebuchs mit dem gesamten Kanon der ›Nationalen Wiedergeburt‹ konfrontiert, von erzählerischen, lyrischen und dramatischen Werken über die national gesinnte Publizistik bis hin zu sprachphilosophischen Erörterungen aus jüngster Zeit.[24]

Ein anspruchsvolles Programm, mit dem auch Kafka zeitweilig zu kämpfen hatte. Zwar konnte er es sich leisten, in der 5. Klasse für ein halbes Jahr dem Tschechischunterricht fernzubleiben, ohne den Anschluss zu verlieren – er nutzte die Zeit, um Stenographie zu erlernen –, doch für Bestnoten reichte es nicht mehr, und einige Male vermochte er den Eltern lediglich ein ›befriedigend‹ zu präsentieren. Eine Zeitlang bezahlten die Kafkas den Lehrling František Bašík dafür, ihrem Sohn Privatstunden zu erteilen, denn abgesehen von seinem vorzüglichen Sprachlehrer Dr. Václav Rosický hatte Franz mit *native speakers* nun immer weniger Kontakt, und die flüssige Verständigung in der tschechischen Sprache des Alltags litt darunter. Gerade darauf aber kam es doch an im Hinblick auf seine berufliche Zukunft – auch für den Fall, dass er, wie sich schon abzeichnete, nun doch nicht Großhändler in Galanteriewaren, sondern bloß Advokat oder Staatsdiener werden würde.[25]

Dieses zusätzliche Training war eine kluge Entscheidung, wie sich spätestens im April 1897 erwies. Denn eine Schockwelle erfasste das ganze deutschsprachige Böhmen, als der österreichische Ministerpräsident Graf Kasimir Badeni verkündete, von nun an seien die beiden

Sprachen nicht nur gleichberechtigt, sondern sämtliche Behörden seien *de facto* zweisprachig zu führen. Das bedeutete vor allem, dass Personen, die nur eine Sprache beherrschten, als Beamte nicht mehr in Betracht kamen. Ein für österreichische Verhältnisse geradezu revolutionärer Schritt. Glaubte Badeni tatsächlich, mit einer derartigen Verordnung, die er nur mit verfassungsrechtlichen Tricks und ohne Beteiligung des Parlaments in Kraft setzen konnte, dem böhmischen Sprachengezänk ein Ende zu setzen?[26] Natürlich bewirkte er, wie unschwer vorherzusehen, das genaue Gegenteil. Denn während die Tschechen mit dem Sprachenerlass keinerlei Probleme hatten – an ihren Gymnasien wurde intensiv Deutsch unterrichtet, ja sogar bei der Matura schriftlich geprüft –, sahen sich die Deutschen mit ihren nach Lust und Laune erworbenen, auf der Straße aufgelesenen oder überhaupt nicht vorhandenen Tschechischkenntnissen unversehens vor hohe Hürden gestellt. Der Sprachenerlass bedeutete nicht weniger als eine Verringerung des deutschen Anteils an öffentlichen Ämtern und damit eine Machtverschiebung zugunsten der Tschechen. Wer deren Sprache nicht beherrschte, hatte sie innerhalb von vier Jahren zu erlernen, oder er verlor seinen Posten, Punktum!

Mit politischem Gegenwind hatten Badeni und der Kaiser, der ihn gewähren ließ, gerechnet, mit dem nationalen Aufstand, der nun folgte, offenbar nicht. Die empörten deutschen Abgeordneten entschlossen sich, den Reichsrat zu sabotieren, sie veranstalteten Lärm- und Redeorgien, es kam zu Raufereien, die durch Polizeieinsatz beendet werden mussten und über die dann ganz Europa sich amüsierte. In Wien und Prag gingen große Demonstrationen in Straßenschlachten über, in vielen kleineren Städten mit deutschen Mehrheiten (Komotau, Teplitz, Reichenberg, Saaz, Budweis …) wurden Kundgebungen und ›Volkstage‹ veranstaltet, chauvinistische Töne wurden immer lauter.[27] Karl Hermann Wolf, Abgeordneter der Deutschnationalen und in den böhmischen Randgebieten (dem späteren ›Sudetenland‹) als Agitator gefeiert, bezeichnete die Tschechen im Reichsrat als »tief minderwertige Nation« und duellierte sich sogar mit dem Ministerpräsidenten. Als sich gegen Ende des Jahres die Lage noch immer nicht beruhigt hatte, wurde das Parlament geschlossen, Badeni musste zurücktreten, seine Sprachenverordnungen wurden entschärft und 1899 schließlich ganz zurückgenommen. Doch das Klima zwischen Deutschen und Tschechen blieb derart vergiftet, dass es bis zum Untergang der Monarchie kein Politiker mehr wagte, einen umfassenden Ausgleich in Angriff zu nehmen. Die ›Badeni-Krise‹ aber blieb den Deutschen und erst recht den notgedrungen vorsichtigeren Juden als Warnschuss in Erinnerung. Die Tschechen waren dabei, ihre Mehrheit in politisches Gewicht umzumünzen, sogar in Wien. Sie würden wiederkommen. Und dann war es gut, Optionen auf beiden Seiten zu haben, zuallererst sprachliche.

Unscharf und schwer nachvollziehbar erscheint uns heute Kafkas sprachliche Sozialisation, doch unter den Prager Verhältnissen seiner Zeit war sie durchaus unauffällig. Bilingualität *per se* wurde hier weder als soziales Problem noch gar als intellektuelles Hemmnis empfunden, und die Befürchtung, dass jemand, der mit mehreren Sprachen aufwachse, schließlich keine von ihnen ›richtig‹ beherrsche, wurde durch die tägliche Erfahrung entkräftet. Damit freilich konnte sich der nationalistisch aufgeheizte politische Diskurs nicht zufriedengeben, der mit der Badeni-Krise ein Maximum an Unversöhnlichkeit und einen Tiefpunkt an Realitätstauglichkeit erreichte. Immer ausschließlicher wurde nationale Identität über sprachliche Zugehörigkeit definiert, und so genügte es nicht mehr, sich bloß pragmatisch zu verständigen, das heißt, sich je nach Situation einer geeigneten Sprache, eines Dialekts, Jargons oder Soziolekts zu bedienen, sondern es waren Willenserklärungen und Bekenntnisse gefordert, die vor allem *eindeutig* zu sein hatten. So war es beispielsweise bei Volkszählungen nicht möglich, mehr als eine Umgangssprache anzugeben – mit der natürlichen Folge, dass die so gewonnenen Daten völlig unrealistisch waren und kein Bild lieferten von der in Prag tatsächlich vorherrschenden Mehrsprachigkeit. Vor allem Juden tendierten immer häufiger dazu, sich aus politischer Vorsicht zur tschechischen Sprache zu ›bekennen‹, ohne dass sich an ihrem Sprachverhalten und an ihrer Vorliebe für deutsche Schulen etwas geändert hätte.[28]

Eine der Familien, die diese nationale Posse *ad absurdum* führten, waren die Kafkas. Denn laut einem ›Anzeigezettel‹ von 1910, den der Familienvorstand Heřman ausgefüllt hatte, sprachen sie alle Tschechisch, mit Ausnahme ihres Sohns, der ihnen auf Deutsch antwortete. Den jüdischen Wohnungsnachbarn, einer Familie Schulhof, erging es mit ihrer Tochter offenbar ebenso, während andere angeblich tschechische Nachbarn ihren eigenen Namen nicht korrekt auf Tschechisch schreiben konnten.[29] Kein Wunder, dass in Prag bereits einschlägige Witze in Umlauf waren, etwa über katholische Priester mit Latein als Umgangssprache ... (ein ›Umgang‹ war eine Prozession).

Hätte sich Kafka unter dem Einfluss anderer Bildungsinstitute auch zu einem tschechischen Schriftsteller entwickeln können? Auch wenn es dazu noch weiterer biographischer Weichenstellungen bedurft hätte, ist die Frage keineswegs von der Hand zu weisen. Denn offenkundig wurde er erst durch den Schulunterricht auf die deutsche Sprache, insbesondere die deutsche *Schrift*sprache definitiv festgelegt – ein Prozess, der dann schon weitgehend abgeschlossen war, als er aufs Gymnasium wechselte. Aber *welches* Deutsch dachte, träumte, sprach und schrieb er? Was er in seiner nächsten Umgebung zu hören bekam, war ja keinesfalls jenes berüchtigte, überkorrekte ›Theaterdeutsch‹, mit dem zu Wohlstand gelangte Juden ihre vollständige Assimilation zu demonstrieren suchten. Es war vielmehr ein unklar umgrenztes Deutsch, durchsetzt von Austriazismen, Anklängen ans Jiddische, grammatischen und phonetischen Anpassungen ans Tschechische, böhmischen Dialekteinflüssen sowie einigen lokalen Besonderheiten: eine Melange, die sich ›Prager Deutsch‹ nannte und die von manchen ihrer Sprecher für eine Hochsprache gehalten wurde, während sie anderen peinlich war. Auch im 20. Jahrhundert geisterte das ›Prager Deutsch‹ noch lange durch Memoiren, Biographien und linguistische Fachartikel, ohne dass irgendjemand eine überzeugende Beschreibung oder gar Definition hätte liefern können, selbst dann nicht, wenn er das Idiom noch im Ohr hatte. Offenbar wies das Prager Deutsch eine beträchtliche Bandbreite auf; es reichte von kleinen Abweichungen in Intonation und Idiomatik – die Kafka bis zum Ende seines Lebens erhalten blieben[30] – über die von Slawismen durchwebte Sprache der Kleinbürger bis hin zu Anleihen am ländlichen ›Kuchelböhmisch‹, einer Art deutscher Kreolsprache, die immer mehr tschechische Muttersprachler nach Prag mitbrachten. Und selbst an Gymnasien, wohin kaum je ein Bauern- oder Arbeiterkind sich verirrte, vernahm man, wie Emil Faktor sich erinnerte, »ungezählte Mundarten des Prager Deutsch«.[31]

Charakteristisch für Prag waren demnach nicht die sprachlichen Abweichungen selbst, sondern deren mehrdimensionale Vielfalt, in der sich die Konfliktlinien dieser Stadt sehr genau widerspiegelten: deutsch – tschechisch, jüdisch – christlich, bürgerlich – kleinbürgerlich – proletarisch … in jedem Bezirk klang es ein wenig anders. Um den Altstädter Ring waren deutschjüdische Einflüsse am vernehmbarsten, wenngleich eindeutiges Jiddisch auch hier bereits unterdrückt wurde. So war bei den Kafkas viel über die *meschuggene Mischpoche* zu hören, sicherlich aber nicht über die *gójim*, die als Kunden das Familiengeschäft frequentierten (und die sich als Abnehmer des Fleischhauers Jakob Kafka an dieser Bezeichnung nicht gestört hatten). Das berühmte *nebbich*, als Ausweis des Ostjudentums Gegenstand zahlloser Witze, war tabu, doch typische Prager Sätze wie »Auf was brauchen Sie das?« oder »Kennen Sie unsern Nachbarn, der was Beamter ist?« oder »Er hat sich das sehr gelobt« oder »Gib den Hut hinunter« hat Kafka als Kind gewiss oft gehört, in einer mundartlichen Färbung, von der unscheinbare Spuren in den Familienbriefen überdauert haben: *Killo*, *Minutte*, *gefrühstickt*, schreibt die Mutter.[32] Hat auch Kafka selbst so gesprochen? Sein Deutsch, behauptet Gustav Janouch, hatte »einen harten Akzent, ähnlich demjenigen, der das Deutsch der Tschechen charakterisiert«. Und wie sprach er Tschechisch? Mit *deutschem* Akzent, versteht sich, auch dafür gibt es Zeugen.[33]

»Innerhalb der Sprache, deren ich mich nun bediene, aufgewachsen, war ich gleichwohl in der Lage, sie zehnmal aufzugeben, da ich sie mir doch außerhalb aller Spracherinnerungen, ja mit Unterdrückung derselben aufzurichten hatte. Die unselige Berührung von Sprachkörpern, die sich gegenseitig unbekömmlich sind, hat ja in unseren Ländern dieses fortwährende Schlechtwerden von Sprachrändern zur Folge, aus dem sich weiter herausstellt, dass, wer etwa in Prag aufgewachsen ist, von frühauf mit so verdorbenen Sprachabfällen unterhalten wurde, dass er später für alles Zeitigste und Zärtlichste, was ihm ist beigebracht worden, eine Art Abneigung, ja eine Art Scham zu entwickeln sich nicht verwehren kann.«[34]

So die Klage Rilkes gegenüber seinem wichtigsten Prager Förderer, dem Germanisten August Sauer. Rilke übertreibt, weil er gelernt hat, die sprachlichen Fluktuationen Prags als provinziell zu verachten. Doch auch auf Kafka trifft zu, dass er sich eine der beiden Sprachen, mit denen er aufgewachsen war, als Hoch- und Schriftsprache erst »aufzurichten« hatte. Zunächst der deutschsprachige Schulunterricht, dann aber vor allem das gedruckte Wort waren entscheidend in diesem Prozess, wenngleich der initiale Funke im Verborgenen bleibt:

Warum Kafka überhaupt zu lesen begann, wissen wir nicht. Nur eine sehr spärliche Auswahl von Büchern bot der Schrank im Wohnzimmer, Ermunterung gab es allenfalls von Kindermädchen und Köchinnen, und die Eltern lasen weder, noch lasen sie vor. Doch noch vor dem Übertritt ins Gymnasium überließen ihm die Unwissenden das bedeutsamste Hilfsmittel ungezügelten Lesens: *ein eigenes Zimmer* in der neuen, kurz vor Ottlas Geburt bezogenen Wohnung im Haus ›Zu den drei Königen‹ (U tří králův), Zeltnergasse Nr. 3, unmittelbar über dem väterlichen Geschäft. Bett, Schreibtisch, Buchregal, eine Fensterbank mit Blick aus dem zweiten Stock hinunter auf die schmale Geschäftsstraße. Und Türen, die man schließen konnte. Es war das vielleicht wichtigste Geschenk, das Kafka in seinem Leben empfing.

Offenbar aus eigenem Antrieb und mit immer größerer Lust entdeckte und erforschte er in dieser neu eingerichteten Schutzzone die Welt der *Narrative*, die ihn die Schrecken der äußeren, realen Welt ebenso vergessen ließ wie das bohrende Gefühl der Einsamkeit. »Wenn man will, dass ein Kind ein Dichter wird«, schreibt Lars Gustafsson in seinen Erinnerungen, »muss man es für einige Jahre in eine Kiste sperren. Das Kind beginnt dann sozusagen nach innen zu wachsen.«[35] Dabei genügt es völlig, wie der Fall Kafka erweist, wenn die Kiste zusammengehalten wird von Drohungen und Ängsten. Hat das Kind aber gelernt, jenen inneren Echoraum willentlich zu betreten und sich frei in ihm zu bewegen, so wird die Versuchung übermächtig, diese Erfahrung zu steigern und Bücher nicht bloß zu lesen, sondern zu ›verschlingen‹. Die schweifende, süchtige Lektüre lindert Schmerz, sie vermag narzisstische Kränkungen zu heilen, indem sie spielerische Identifikationen zulässt, Größenphantasien vor allem, die so intensiv werden können, dass sie auf die Wirklichkeit übergreifen.

Kafka selbst hat sich nicht darüber geäußert, wann und wie er sich an diese Droge gewöhnte, doch gibt es starke Indizien dafür, dass er, wenn er Bücher aufschlug, über etliche Jahre vor allem den heimlich genossenen *trip* suchte. Denn er beschränkte sich keineswegs auf die Lektüre belletristischer Werke; auch Tatsachenberichte konnten jenes innere Feuer in Gang halten, wenn sie von der Prager Realität nur weit genug wegführten. So entwickelte er ein Faible für Reisebeschreibungen und Expeditionsberichte, das er auch in späteren Jahren von sublimeren literarischen Genüssen nicht mehr völlig zu trennen verstand: Unter den deutschsprachigen Autoren vergleichbaren Ranges dürfte Kafka der einzige gewesen sein, der sich auch als Erwachsener noch guten Gewissens mit Indianer-, Eskimo- und Tierabenteuern abgab.[36] Ebenso begierig las er historische Berichte, auch Kriegsschilderungen, die in möglichster Nähe zu den Ereignissen entstanden waren. Auf derartige Lektüren – und nicht etwa auf umfassende historische Werke – griff Kafka regelmäßig zurück, um sich geschichtliche Vorgänge anschaulich zu machen und sie auf seine eigene Erlebenswelt zu beziehen: der Nachhall eines knabenhaften, identifikatorischen Lesens, dessen Freuden er sich bis an sein Ende bewahrte.

Diese Überblendung des Exotischen mit dem Historischen wurde auf dem Gymnasium sogar noch gefördert, denn Geschichte und Geographie waren in einem einzigen Unterrichtsfach vereint, und keineswegs zum Wohl der beiden Disziplinen. Sich selbst bescheinigte Kafka zwar »vorzügliche« Geographiekenntnisse[37] – ein seltenes Selbstlob –, doch der eher dürftige Geschichtsunterricht vermittelte nur Episodisches und war ungenießbar mit seiner Begeisterung für Jahreszahlen und Genealogien, seiner naiven Glorifizierung der Antike und all den patriotischen Gemeinplätzen, die Kafka zu einer systematischen Beschäftigung mit seinen Wissenslücken kaum motivierten. »Wo nicht etwas dasteht, auf das man die Hand auflegen kann, verfliegt meine Aufmerksamkeit zu leicht«, beklagte er seine Mühe mit wissenschaftlichen Texten,[38] und diese ausgeprägte Schwäche hätte ihm auf dem Gymnasium durchaus zum Verhängnis werden können, wäre er nicht auf Lehrer der ›Realwissenschaften‹ getroffen, die dem Hantieren mit unanschaulichen Abstrakta misstrauten. Glück hatte Kafka vor allem mit Adolf Gottwald, einem umfassend gebildeten Naturwissenschaftler, einem überzeugten Darwinisten und Positivisten, der es wagte, seine Schüler zur kritischen Überprüfung jeglichen Buchwissens und zum Vertrauen in die eigenen Sinne zu ermuntern und diese revolutionären Prinzipien in den Jahresberichten des Gymnasiums sogar öffentlich zu machen. Der Mediziner Hugo Hecht schreibt über Gottwald:

»Er unterrichtete Naturgeschichte, Physik, Botanik, Zoologie, Mineralogie und Astronomie in der ihm eigenen Weise: Die Schüler brauchten zuhause nichts zu lernen, wenn sie seinem Vortrage aufmerksam folgten. Auswendiglernen haßte er. Der Schüler sollte in eigenen Worten ausdrücken, was er vom

Vortrage behalten hatte. Mit einfachen Worten verstand er es, den Schülern die Wunder der Natur näher zu bringen. Er erwähnte aber auch Sachen, die nicht im Lehrplan inbegriffen waren; so sprach er gelegentlich über Geologie, Paläontologie, vor allem über moderne Ergebnisse der Physik und Chemie, was durch sie erreicht wurde und was in nächster Zukunft von ihnen zu erwarten sei.«[39]

Vermutlich Gottwald sorgte auch dafür, dass es neben dem jährlichen Klassenausflug aufs Land auch naturwissenschaftlich belehrende Exkursionen gab, so etwa in den Tierpark von Schloss Stern oder in die ›II. Internationale Pharmaceutische Ausstellung‹.[40] Dass Kafka, wie Hecht sich erinnert, für all diese Gegenstände wenig Interesse zeigte, mag für die höheren Klassen zutreffen; dass auch in den ersten Jahren, als Kafka auf die sprachlich-ästhetische Erschließung der Welt noch längst nicht fixiert war, das Gottwaldsche Prinzip der Anschaulichkeit seine Wirkung so völlig verfehlt haben sollte, ist nur schwer vorstellbar.

Im Mathematikunterricht freilich waren diesem Prinzip enge Grenzen gesetzt, und Kafkas Vorliebe für bildhaftes Denken lief hier ins Leere. Mathematik war das einzige Fach, das er ohne Nachhilfe nicht bewältigte; vor allem Hugo Bergmann, dem wie stets alles leicht von der Hand ging, unterstützte ihn nach Kräften und ließ ihn auch Hausaufgaben abschreiben. Doch in den entscheidenden Augenblicken konnte niemand ihm helfen: allein an der Tafel stehend, die Kreide in der Hand, den Lehrer in bedrohlicher Nähe, den Kopf voller Fluchtgedanken. Noch nach etlichen Jahren erinnerte sich Kafka schmerzlich an eine derartige Situation – es ist eine der sehr wenigen überlieferten Reminiszenzen an die Gymnasialzeit –, als er zur Demonstration einer mathematischen Lösung nach vorn gerufen und, da er die Logarithmentafel zu Hause vergessen hatte, mit dem Ausruf »Sie Krokodil!« und einem *Nichtgenügend* in die Bank zurückgeschickt wurde: zu Recht, wie er fand, denn *mit* Logarithmen hätte er ebenso wenig zustande gebracht. Es kam vor, dass er bei mathematischen Prüfungen weinte. Dass die Lehrer ihn nur um dieser Tränen willen nicht durchfallen ließen, zählte zu Kafkas privatem Legendenschatz.[41] Er blieb, trotz erdrückender Ängste, ein Schüler mit überdurchschnittlichen Leistungen, ein Vorzugsschüler noch jahrelang.

Dass große, selbst geniale Begabungen in der Schule häufig unentdeckt bleiben oder gar scheitern, ist der Trost des Pennälerlebens von jeher, und was im 20. Jahrhundert die miserablen Mathematiknoten Einsteins (eine Mär, die nicht auszurotten ist, solange es Schüler gibt), das waren am Ende des 19. Jahrhunderts die mediokren Leistungen des jungen Bismarck: unüberprüfbare Geschichten, beliebt vor allem unter Sitzengebliebenen wie dem jungen Franz Werfel. Später, viel zu spät, mussten Kafka und seine schreibenden Freunde erfahren, dass der bewunderte Thomas Mann, der schon mit 26 Jahren ein *opus magnum* vorlegte, sogar *zwei* Schulklassen wiederholt und sich dann ohne Matura in die Freiheit verabschiedet hatte … ein wahres Vorbild an Autonomie.

Tatsächlich bleibt schriftstellerisches Talent in den frühen Phasen seiner Entfaltung nicht selten unbeachtet, selbst im pädagogisch sensiblen Umfeld. Das liegt zum einen daran, dass es sich um ein ganzes Bündel einander ergänzender Fähigkeiten handelt, die zumeist erst in der Adoleszenz auf produktive Weise zusammengeführt werden: sprachliche Begabung, Assoziationsvermögen, Spontaneität, Formbewusstsein und nicht zuletzt die Fähigkeit zur mentalen Selbststeuerung. Sprachliche Begabung allein genügt selten, um als Ausnahmetalent aufzufallen; zwar fördert sie am Gymnasium das Lernen in nahezu allen Fächern und wird daher von Erziehern als übergreifende Kompetenz hoch geschätzt; doch selbst in ihrer zugespitztesten Form wird sie nicht zwangsläufig auch als schöpferisch wahrgenommen, selbst im Deutschunterricht nicht. Und wären Schulhefte hochbegabter Autoren in größerer Zahl überliefert, so ließe sich vermutlich zeigen, dass die von den Lehrern abgefragten Leistungen meist zu standardisiert und zu wenig selektiv sind, um diese Talente deutlich hervortreten zu lassen.[42]

Schulaufsätze fanden sich in Kafkas Nachlass nicht, von seinem Deutschunterricht lässt sich dennoch ein recht anschauliches Bild gewinnen. Denn zum einen sind in den Jahresberichten des Gymnasiums die verwendeten Lehr- und Lesebücher und selbst die Aufsatzthemen genau dokumentiert; zum anderen hat Ferdinand Deml, einer von Kafkas Deutschlehrern, die Ziele und die didaktischen Verfahren seines Unterrichts in einem Aufsatz detailliert geschildert.[43] Selbstverständlich machten auch hier die Schulbehörden präzise Vorgaben; so war zum Beispiel vorgesehen, etwa ein Drittel des Unterrichts – also eine Stunde pro Woche – grammatischen Übungen vorzubehalten, und auch den Umfang dessen, was auswendig zu lernen war – anfangs zehn Gedichte pro Schuljahr –, hätte selbst der einsichtsvollste Pädagoge nicht reduzieren können, wurde das eingepaukte Pensum doch mittels gelegentlicher Inspektionen überprüft. Doch didaktische Spielräume blieben, und Deml macht sie kenntlich, ohne es selbst recht zu bemerken. So zitiert er eingangs die offiziellen INSTRUCTIONEN FÜR DEN UNTERRICHT AN DEN GYMNASIEN IN ÖSTERREICH: »Der Unterricht in der deutschen Sprache bezweckt ... keineswegs bloß eine sprachliche Ausbildung, sondern er soll eine reiche Fülle geist- und charakterbildenden Stoffes in classischer oder mindestens tadelloser Form darbieten und auf den Unterricht in sämmtlichen anderen Lehrgegenständen belebend, verknüpfend und theilweise ergänzend wirken.« Damit ist unmissverständlich ausgesprochen, dass der Deutschunterricht nicht nur Kompetenzen, sondern auch *Werte* vermitteln soll, wobei – dies belegen die behördlich empfohlenen Aufsatzthemen – vor allem nationaler Stolz und die Maximen einer trivialisierten Pflichtethik gemeint sind.[44] Für diese normativen Ziele scheint sich Deml jedoch nicht zu interessieren, er ignoriert sie, meidet nationale Phrasen, pocht stattdessen wiederholt auf Klarheit, Einfachheit und bildhafte Anschaulichkeit des Sprachgebrauchs; ja, Deml geht so weit, am Ende seines Aufsatzes die artifizielle Anstrengung der Schriftsprache zu leugnen und als Quintessenz einen Ratschlag Lessings anzuführen: »Schreibe, wie Du redest, dann schreibst Du schön.« Dazu erklärt Deml: »Wer weiß, was er sagen will, findet auch die passenden Worte, dazu braucht er keine besonderen Regeln und theoretischen Kunstgriffe, welche nur seine Gedanken einengen und seiner selbstthätigen Gestaltungskraft Fesseln anlegen« ... was den 13-jährigen Dichtern in der Klasse sehr gefallen haben dürfte, womit sich jedoch Professor Deml bis an den Rand der beruflichen Selbstabschaffung wagte.

Unter den zahlreichen sprachdidaktischen Einflüssen, die auf Kafka einwirkten, war Deml nur eine Stimme unter vielen, und die frühesten überlieferten Fragmente lassen von diesem Vorbild nur wenig ahnen. Dennoch dürfte Demls Überzeugung, dass der einfache, selbst der ›natürliche‹ Sprachgebrauch zu sehr differenziertem Ausdruck fähig sei und auch im ästhetischen Sinn den Vorzug verdiene, auf Kafka nicht ohne Wirkung geblieben sein. Die zahlreichen Märchen und Fabeln, auf deren Lektüre Deml besonderen Wert legte, bestärkten diese Haltung, und nicht zuletzt Kafkas Hochachtung vor der schmucklosen Sprache Hebels dürften auf den Lektürekanon des ›Untergymnasiums‹ zurückgehen.

Auch für die Sprecherziehung der 10- bis 14-Jährigen waren die Deutschlehrer zuständig, wobei es – neben der Fähigkeit zum korrekten mündlichen Nacherzählen – vor allem um die Kunst des Vorlesens ging: eine der wenigen Übungen, bei denen der Schüler die psychische Belohnung seiner Anstrengungen *sofort* einstreicht. Auch wenn Vorlesen im 19. Jahrhundert eine weit häufigere und vertrautere Betätigung war als heute: In einem von schweigenden Menschen erfüllten Raum die eigene Stimme laut und klar zu erheben blieb ein sozialer Akt, der ein gewisses Maß an Selbstbewusstsein verlangte, der jedoch auch neue Freiheitsgrade erschloss und narzisstische Befriedigung vermittelte. Kafka überschritt diese Schwelle und fand lebenslanges Gefallen an einer Fertigkeit, die in auffallendem Gegensatz zu seinem sonstigen, defensiven Auftreten stand; Hugo Hecht erinnerte sich daran, dass Kafka auch sehr anspruchsvolle Texte wie Übertragungen Ovids oder Homers eindrucksvoll vortragen konnte.[45] Vermutlich noch vor seinem ersten Theaterbesuch erschloss sich ihm damit auch die *körperliche* Dimension des literarischen Worts, und da beim Vorlesen jedes unterstützende Gestikulieren verpönt war, lernte er, jener Energie, die aus der Sprache selbst floss, zu vertrauen. Das kam ihm vermutlich auch bei den Redeübungen zugute, bei denen die älteren Schüler über ein frei gewähltes Thema, jedoch ohne schriftliche Hilfsmittel vorzutragen hatten. Den frühmittelalterlichen HELIAND verglich der 17-Jährige mit Klopstocks MESSIAS, über den Schluss von Goethes TASSO sprach der 18-jährige Kafka – weitgehend wohl auswendig gelernte Reden, von denen keine Spur der Erinnerung blieb.

Bei der Besprechung literarischer Werke wurde mit größter Selbstverständlichkeit davon ausgegangen, dass jede Nationalliteratur über einen festgefügten und unumstrittenen Kanon verfüge und dass es die Aufgabe des Gymnasiums sei, diesen kulturellen Schatz an die nächsten Generationen möglichst unversehrt weiterzureichen. Die in Kafkas Deutschunterricht verwendeten Lesebücher und die darin versammelten Textauszüge geben eine recht genaue Vorstellung davon, wie dieser Kanon beschaffen war: Lessing, Goethe, Schiller und die deutsche Romantik bildeten die Kernzone, innerhalb deren auch sekundäre Texte wie Eckermanns GESPRÄCHE MIT GOETHE und li-

1 Altstädter Ring, um 1880

2 Wenzelsplatz, 1902

3 Karlsbrücke, 1890

4 Assanierung des ehemaligen Gettos, um 1900

5 Prag, Altstadt und Neustadt, Ende des 19. Jahrhunderts

6 Graben, 1890

7 Graben, 1905

8 Kafkas Geburtshaus, Niklasgasse 9

9/10 Die Eltern: Hermann Kafka und Julie Kafka, geb. Löwy, um 1890

11 Jakob Löwy,
der Vater von Kafkas Mutter

12 Julie Löwy, geb. Heller,
die Stiefmutter von Kafkas Mutter

13 Jakob Kafka und
Franziska Kafka, geb. Platowsky,
die Eltern von Kafkas Vater

14 Franz Kafka, etwa fünf Jahre alt

15 Franz Kafka, etwa zehn Jahre alt,
mit den Schwestern Valli (links) und Elli

teraturkritische Schriften (Herder, Lessing) herangezogen wurden; einen wichtigen Seitentrakt bewohnten österreichische Dichter wie Grillparzer und Stifter; und erst in den letzten Gymnasialklassen wurde die Perspektive geöffnet auf einen umfassenderen Traditionszusammenhang deutschsprachiger Literaturgeschichte, deren Gründungsdokumente (HILDEBRANDSLIED, NIBELUNGENLIED) im Original präsentiert und mit Hilfe philologischer Glossare verdaut wurden. Freilich lässt sich aus diesen mit wenig Sachverstand aufgeblähten Lesebüchern die tatsächlich geleistete gemeinsame Lektüre nur in Umrissen rekonstruieren. Spärliche drei Wochenstunden kamen dem Deutschunterricht zu, und in dieser Zeit waren ja nicht nur Lesebuchauszüge, sondern auch vollständige dramatische Werke zu bewältigen, die jeder Gymnasiast in Gestalt zerfledderter Reclam-Hefte in der Jackentasche hatte und aus denen sich Aufsatzthemen in beliebiger Menge und Variation zapfen ließen: Goethes HERMANN UND DOROTHEA, Schillers BRAUT VON MESSINA und WILHELM TELL, Kleists PRINZ FRIEDRICH VON HOMBURG, Grillparzers KÖNIG OTTOKARS GLÜCK – so die Pflichtlektüre allein für die achte Klasse.

Die literarische Form, genauer: die Form*gebundenheit*, war das wichtigste Kriterium dafür, auf welcher Stufe der ästhetischen und damit auch moralischen Wertschätzung ein literarischer Text angesiedelt wurde. An der Spitze aller Gattungen thronte darum notwendigerweise die lyrische Dichtung mit ihrem strengen Formenkatalog; der ungebundenen Prosa hingegen, vor allem dem Roman, wurde nur ausnahmsweise zugebilligt, dass es sich um Kunst im emphatischen Sinne handele. Kein einziges Mal erlebte es Kafka, dass ein Roman oder eine Erzählung, von wem auch immer, zum Thema eines Schulaufsatzes gewählt worden wäre, und wenn Hugo Bergmann in seiner freien Redeübung unbedingt über den deutschen Roman des 18. Jahrhunderts »bis zu Goethes Werther« sprechen wollte, so war das fast schon Angeberei: Der ewige Primus demonstrierte damit, dass seine Kenntnis der Klassiker sich auch auf literarische Nebenschauplätze erstreckte. Gereimte und rhythmisch wohlgestaltete Banalitäten hingegen gehörten in großer Zahl zur Allgemeinbildung, sie genossen einen erzieherischen Bonus, wurden entsprechend häufig zitiert und gelangten in den Fundus von Festvorträgen und Honoratiorenstammtischen: »Wohl oft fand ich, was Aug' und Herz ergötzte, / Doch nie, was meine Heimat mir ersetzte« – *das* war einen Aufsatz wert.

In den Jahren der Pubertät büßte Kafka seinen Status als Vorzugsschüler ein, seine schulischen Leistungen fielen ab, sein Fleiß, ja sogar sein ›sittliches Betragen‹ wurden nur noch als *befriedigend* bewertet – sicherlich eine Überraschung für die Eltern dieses schüchternen und strebsamen Knaben, die sich nicht vorstellen konnten, womit er das sittliche Empfinden der gestrengen Lehrerschaft verletzt haben könnte. Vielleicht lag es an Franzens frühreifer und exzessiver Lektüre? Gewiss, im Deutschunterricht, in Geographie und Geschichte blieb es bei den gewohnten *lobenswerten* Leistungen, gerade dort also, wo es zwischen schulischer und privater Lektüre gewisse Überschneidungen gab. Aber er hatte begonnen, auch um fragwürdiger Bücher willen seinen Schlaf zu verkürzen und gelegentlich gar Hausarbeiten auf den nächsten Morgen zu verschieben. Immer häufiger war sein Zimmer erleuchtet, während alle anderen längst schliefen, und das war – abgesehen von den »verdorbenen Augen«, die man ihm prophezeite – einfach ungehörig, mochte er auch noch so fest behaupten, seine Klassenkameraden hielten es ebenso. Selbst das ausdrückliche Verbot half nicht zuverlässig, und so blieb am Ende nichts anderes übrig, als Franz zum Schlafen zu *nötigen*, indem man ihm das Gas und damit auch das Licht abdrehte.

Eine schmerzhafte Intervention, die Kafka später zum Gegenstand einer kleinen pädagogischen Betrachtung machte. »Jeder Mensch ist eigentümlich«, begann er, und eine *seiner* Eigentümlichkeiten, die man in der Schule ebenso wie im Elternhaus zu nivellieren suchte, sei eben die gierige Lektüre gewesen.[46] Von welcher Altersstufe Kafka hier spricht, bleibt unklar – er bezeichnet den jungen Leser durchgängig als Kind –, doch folgt man den Erinnerungen Hugo Bergmanns, so hatte Kafkas ausdauerndes Lesen (wozu gab es Kerzen und Streichhölzer?) schon vor seinem Leistungsabfall Konsequenzen, die auch liberale Eltern zweifellos beunruhigt hätten. Denn Kafka las nicht nur, er begann zu schreiben. Er begann, *demonstrativ* zu schreiben, vor aller Augen. Und mit zwölf oder dreizehn Jahren war er entschlossen, Schriftsteller zu werden.[47]

Die Anfänge des schreibenden Kafka liegen fast völlig im Dunkeln, und seine »Kindersachen«, wie er sie schon wenige Jahre später nennen wird, vernichtete er, ehe wohlmeinende Freunde sich dafür hätten interessieren können. Es scheint jedoch, dass es nicht unbedingt *dichterischer* Ehrgeiz war, der seine Feder in Bewegung setzte;

keinerlei Indiz dafür gibt es, dass er sich an jenem ebenso gefühlsseligen wie formbewussten Reimeschmieden je beteiligte, das an den Gymnasien jener Zeit endemisch war;[48] und auch von irgendwelchen Kafkaschen Tragödien ist uns nichts bekannt, obwohl er mit diesem Genre als Leser und Zuschauer sehr bald vertrauter werden sollte. Damit aber verzichtete er nach den Maßstäben der humanistischen Bildung von vornherein auf die Krone der Wortkunst. Stattdessen wandte er sich einer weniger regelgebundenen und daher auch weniger achtbaren Beschäftigung zu, dem Verfassen von Prosa in epischer Breite, einer Beschäftigung mithin, deren Handwerkszeug er sich nur mittels häuslicher Lektüre aneignen konnte. *Dies* allerdings – vorausgesetzt, es sprach sich in der Schule herum – wäre tatsächlich ein hinreichender Grund gewesen, den Schüler Kafka sittlich herabzustufen, denn auf Romane spezialisierte Schriftsteller rangierten in den Augen der Professorenschaft nicht weit vor der Journaille, und ein Gymnasiast, der sich dieser Droge verschrieb, war in ihren Augen gefährdeter als einer, den sie mit dem Fußball erwischten.

Kafka blieb dennoch bei der Prosa, auch späterhin hat er nur selten kleinere lyrische Versuche unternommen, veröffentlicht hat er nichts davon. Es scheint, als habe er von Anbeginn einen ganz anderen Modus literarischer Produktivität gesucht, einen, der ihm weite imaginative Flüge, selbstversunkenes Ausgestalten szenischer Tableaus und das lange Abtauchen in Parallelwelten ermöglichte: eine Form des Eskapismus, wie sie ansonsten nur der Traum gewährte, keinesfalls jedoch die flüchtigen Bilderfolgen und Stimmungsresonanzen der Lyrik, deren kleinteilige formale Anforderungen überdies wie Bleigewichte das Abheben erschwerten. Er brauchte einige Jahre, um zu erkennen, dass ungebundene Imagination und strenge Form sich auch in der Prosa nicht *völlig* ausschließen, und erst nach zahllosen Anläufen – von denen nur ein Bruchteil überliefert ist – gelang es ihm, für diese seltene Synthese eigene Lösungen zu finden.

Kafka selbst hat seine ersten literarischen Versuche unter ein überraschendes Motto gestellt: das der *Kälte*. »Mit welchem Jammer … habe ich angefangen!«, notierte er 1911. »Welche Kälte verfolgte mich aus dem Geschriebenen tagelang!« Das erscheint manieriert nur auf den ersten Blick. Tatsächlich benennt er hier eine Erfahrung, die kaum einem Autor erspart bleibt: Das im Akt des Schreibens eruptiv hervorgestoßene psychische Material erstarrt, erkaltet, sobald es seine sprachliche Form gefunden hat, und so kann es geschehen, dass selbst der Urheber im *Geschriebenen* die Bewegtheit des *Schreibens* nicht mehr wiederfindet. Kafka hat diese enttäuschende Erfahrung offenbar schon früh und intensiv durchlebt – ein sicheres Anzeichen dafür, dass jenes »kalte«, sich selbst als emotional arm empfindende Kind im Schreiben eine Möglichkeit gesucht und gefunden hatte, ein wenig Feuer zu machen, ein wenig von der heißen Vitalität der anderen sich auf eigene Rechnung zu verschaffen. Noch häufig wird er sich in seinen Aufzeichnungen darüber beklagen, wie wenig von diesem Feuer noch der gelungenste Text zu bewahren vermag, und bis zum Ende wird er stets nur vom *Schreiben* als dem eigentlich Kostbaren sprechen, nicht aber von den *Werken*, die daraus hervorgehen und die vom Blitz der Schöpfung ein immer nur getrübtes Bild vermitteln (auch wenn es bisweilen allein der Autor ist, dem diese Trübung ins Auge fällt).

Kafka dichtete nicht, doch gegen die Kinderkrankheiten des Dichters war er darum keineswegs gefeit. Dass ein 13-Jähriger sich sowohl mit den Figuren, die er in Romanen vorfindet, als auch mit denen, die er selbst erfindet, in einer unliterarisch naiven Weise identifiziert, ist die Regel; und wenngleich Kafka auch in diesem Alter bereits genauer, vielleicht sogar ›kälter‹ beobachtete als die meisten, die ihn kannten, so blieb doch die Freude der Identifikation und die dadurch erst möglich gemachte Erlebensfülle ein wesentlicher Antrieb. Auch wusste Kafka bereits als Kind, dass Schreiben nicht nur eine Tätigkeit, sondern ebenso eine *Geste* ist – und schöpferisches Schreiben sogar eine hochbedeutsame Geste in einer Gesellschaft, die der Schrift *per se* Autorität zubilligt. Wer konzentriert schreibt und dies öffentlich tut, kann an dieser Autorität teilhaben: zunächst innerlich, indem er sich selbst als Schreibenden interessant findet, dann auch im sozialen Sinn, sofern andere ihm diese Geste glauben.

Es war für Kafka eine höchst unangenehme Überraschung, dass man ihm *nicht* glaubte. Keiner unter den Erwachsenen, die ihm am nächsten waren, schien sein Schreiben als eine respektable, geschweige denn edle Betätigung zu empfinden; keiner hatte Lust, keiner hatte die Zeit, sich davon überzeugen zu lassen, dass vor seinen Augen, unter der Feder eines Knaben, tatsächlich etwas entstand, das die Fülle der Wirklichkeit und damit auch die eigene Lebenserfahrung überstrahlen könnte. Ohne diese Anerkennung aber war das Schreiben nichts Besonderes mehr; es reihte sich ein in die üblichen Spiele, Hobbys und Freizeitbetätigungen, und man brauchte auf nichts anderes mehr achtzugeben, als dass der Junge ›es nicht übertreibt‹ – so die Lieblingsfloskel der zeitgenössischen Erziehung. Kafka hat diese schockhafte Abwertung des Schreibens inmitten der Familie ausführlich geschildert; es war der Augenblick, da Schreiben und Leben unwiderruflich auseinandertraten und das Schreiben unter den Zwang geriet, sich rechtfertigen zu müssen; es war, so schien ihm, seine Urszene als Autor:

»Einmal hatte ich einen Roman vor, in dem zwei Brüder gegeneinander kämpften, von denen einer nach Amerika fuhr, während der andere in einem europäischen Gefängnis blieb. Ich fieng nur hie und da Zeilen zu schreiben an, denn es ermüdete mich gleich. So schrieb ich einmal auch an einem Sonntagnachmittag, als wir bei den Grosseltern zu Besuch waren und ein dort immer übliches besonders weiches Brot mit Butter bestrichen aufgegessen hatten, etwas über mein Gefängnis auf. Es ist schon möglich, dass ich es zum grössten Teil aus Eitelkeit machte und durch Verschieben des Papiers auf dem Tischtuch, Klopfen mit dem Bleistift, Herumschauen in der Runde unter der Lampe durch jemanden verlocken wollte, das Geschriebene mir wegzunehmen, es anzuschauen und mich zu bewundern. In den paar Zeilen war in der Hauptsache der Korridor des Gefängnisses beschrieben, vor allem seine Stille und Kälte; über den zurückbleibenden Bruder war auch ein mitleidiges Wort gesagt, weil es der gute Bruder war. Vielleicht hatte ich ein augenblicksweises Gefühl für die Wertlosigkeit meiner Schilderung, nur habe ich vor jenem Nachmittag auf solche Gefühle nie viel geachtet, wenn ich unter den Verwandten, an die ich gewöhnt war (meine Ängstlichkeit war so gross, dass sie mich im Gewohnten schon halb glücklich machte) um den runden Tisch im bekannten Zimmer sass und nicht vergessen konnte, dass ich jung und aus dieser gegenwärtigen Ungestörtheit zu grossem berufen war. Ein Onkel der gern auslachte nahm mir endlich das Blatt, das ich nur schwach hielt, sah es kurz an, reichte es mir wieder sogar ohne zu lachen und sagte nur zu den andern, die ihn mit den Augen verfolgten ›Das gewöhnliche Zeug‹, zu mir sagte er nichts. Ich blieb zwar sitzen und beugte mich wie früher über mein also unbrauchbares Blatt, aber aus der Gesellschaft war ich tatsächlich mit einem Stoss vertrieben, das Urteil des Onkels wiederholte sich in mir mit schon fast wirklicher Bedeutung und ich bekam selbst innerhalb des Familiengefühls einen Einblick in den kalten Raum unserer Welt, den ich mit einem Feuer erwärmen musste, das ich erst suchen wollte.«[49]

Jüdische Lektionen

Schade nur, dass sie immer so gemein sind, die Leute, wo sie doch eigentlich Liebe übrig haben.
Louis-Ferdinand Céline, Reise ans Ende der Nacht

»P. T. Ich lade Sie höflichst zur Confirmation meines Sohnes *Franz*, welche am 13. Juni 1896 um ½10 Uhr Vormittag in der Zigeuner-Synagoge stattfindet. *Hermann Kafka*, Zeltnergasse 3.« Eine bedruckte Karte, ein Dokument der Zeit, das kleine Rätsel aufgibt.

Zunächst das geheimnisvolle »P. T.«: Es bedeutet *pleno titulo* (mit vollem Titel) und ist der Joker für all die Titel, die der Eingeladene für sich in Anspruch nimmt, die er auf der Karte aber notwendigerweise vermisst. Eine für die Habsburgermonarchie außerordentlich typische Spezialität, die in sämtliche Landessprachen übernommen wurde.

Sonderbar, im bürgerlichen Milieu der Zeit jedoch ebenso unauffällig ist die Tatsache, dass der Einladende allein ist. Ein Fremder, der die Karte auf der Straße fände, könnte ihr nicht entnehmen, ob es sich um das verheiratete Oberhaupt einer vielköpfigen Familie handelt oder um einen einsamen, alleinerziehenden Witwer. Es ist *sein* Sohn, der gefeiert wird, nur so viel ist gewiss. Offenbar konnte sich Julie Kafka mit ihrem Verschwinden jedoch nicht völlig abfinden, denn auf dem einzigen überlieferten Exemplar der Karte wurde klein und handschriftlich ergänzt: »u. Frau«.

Die erstaunlichste Mitteilung freilich ist, dass in einer Synagoge *Konfirmation* gefeiert wird. Der zuständige Rabbiner hatte gegen diese Sprachregelung offenbar nichts einzuwenden, sie war unter den assimilierten Juden der Prager Kultusgemeinde üblich, und das war die Mehrheit – nur noch an drei der neun großen Synagogen hielt man an den orthodoxen Formen fest, und die Zigeunersynagoge zählte nicht dazu. Salonfähig war die ›jüdische Konfirmation‹

ja längst, deutsche Reformgemeinden hatten sie im 19. Jahrhundert nach protestantischem Vorbild eingeführt, doch nicht daran dachte Kafkas Vater. Selbstverständlich sollte eine wirkliche Bar-Mizwa gefeiert werden, nach jüdischem Brauch, nur machte sich dieser hebräische Begriff (›Sohn der Pflicht‹) auf der Karte eines tschechischen Geschäftsmannes nicht besonders gut, während die deutschjüdischen Stammkunden Verständnis zeigten für solche alltäglichen Kompromisse.[1] Dreizehn Jahre zuvor, anlässlich der Beschneidung des Säuglings Franz, war die Entscheidung leichter gefallen, denn diesen unverzichtbaren Ritus musste man nicht vor den Augen fremder Menschen zelebrieren, das konnte man mit Hilfe eines herbeigerufenen Gynäkologen, eines Dr. Weisl, auch in den eigenen vier Wänden erledigen: Ein routinierter Schnitt, ein wenig Blut, ein Glas Wein, ein Schlussgebet, und alles war vorbei.

Eine Bar-Mizwa hingegen, die diesen Namen verdiente (auch wenn man ihn vor fremden Menschen nur ungern aussprach), war ein notwendig öffentlicher Akt, denn ihr Sinn bestand ja gerade darin, den Knaben zum ersten Mal als religiöses Subjekt zu präsentieren, das heißt, *auftreten* zu lassen. Dafür musste Franz etwas tun, was er nach jahrelangem Schuldrill schon hinreichend gewohnt war: Er musste einen ihm zuvor zugeteilten Abschnitt der Thora auswendig lernen, um ihn dann vor versammelter Gemeinde in singendem Tonfall vorzutragen (ihn von der Pergamentrolle einfach abzulesen war unmöglich, da er in nichtvokalisierter hebräischer Schrift geschrieben war). Außerdem hatte er für die geladenen Gäste eine kleine Rede vorzubereiten, die sich wiederum auf die gelesenen Thoraverse beziehen und einige gelehrte Anmerkungen enthalten sollte. Auf diese Weise demonstrierte der in die religiöse Mündigkeit Entlassene, dass er die aus der Thora abgeleiteten religiösen Vorschriften verstand oder doch zu verstehen fähig war: nicht weniger als sechshundertunddreizehn Vorschriften, für deren Einhaltung er von nun an selbst verantwortlich war. Zur Belohnung gab es viele Geschenke, einen Segensspruch des Vaters und die Küsse des gesamten Clans.[2]

Als Familienritual war die Bar-Mizwa unvermeidlich, als Kulthandlung blieb sie dem Knaben völlig äußerlich: eine Art Sketch, in dem er für einen Tag die Hauptrolle spielte. Einen religiösen Alltag, der solche Feierlichkeiten in einen umfassenden, auch emotionalen Zusammenhang einbettete, gab es ja nicht bei den Kafkas. Weder wurde hier koscher gekocht noch ordentlich gefastet, noch wurde die Sabbatruhe eingehalten, und zur Kenntnis nahm man lediglich die höchsten jüdischen Feiertage, an denen der Vater nicht umhinkonnte, mit seinem Sohn im ›Tempel‹ zu erscheinen: das Neujahrsfest *Rosch ha-Schana*, das Versöhnungsfest *Jom Kippur* und das *Pessach*-Fest, das an den Auszug der Juden aus Ägypten erinnert. Lediglich Pessach als ausgesprochenes Familienfest wurde zu Hause und unter Beteiligung aller gefeiert, wobei die rituelle, aus vielen Gängen bestehende und von einem Lammbraten gekrönte Mahlzeit am Vortag (*Sederabend*), bei der auch die Kinder einen Schluck Wein abbekamen, jedes Mal unter Gelächter und allerlei Schabernack eingenommen wurde. Nur zu diesem Anlass holte man auch besonderes Porzellan vom Dachboden, während im gesamten übrigen Jahr ›milchige‹ und ›fleischige‹ Speisen auf denselben Tellern serviert wurden (weshalb dieser Haushalt in den Augen von Kafkas Großeltern sicherlich *trefe* war). Die üblichen *Mazzes* wurden an Pessach zwar aufgetragen, aber wem sie nicht schmeckten, musste sie nicht essen. Und Franz schmeckten sie *nicht*.[3]

Mit religiösen Inhalten hatte all das nur noch entfernt zu tun, und Hermann Kafka versuchte auch gar nicht, seinen Kindern ein Interesse an jüdischer Hausliturgie, geschweige denn eine innere Anteilnahme vorzuspiegeln, die ihm schon seit langem abhandengekommen war (wie sich seine Frau dazu verhielt, wissen wir nicht[4]). Das machte ihm aber die *öffentlichen* Formen religiöser Praxis nicht weniger wichtig, ganz im Gegenteil. Und so konnte er es auch seinem Sohn nicht ersparen, die zur sozialen Routine gewordene Heuchelei schon früh zu studieren und einzuüben.

»Du giengst an vier Tagen im Jahr in den Tempel, warst dort den Gleichgültigen zumindest näher, als jenen, die es ernst nahmen, erledigtest geduldig die Gebete als Formalität, setztest mich manchmal dadurch in Erstaunen, dass Du mir im Gebetbuch die Stelle aufmischen konntest, die gerade recitiert wurde, im übrigen durfte ich, wenn ich nur (das war die Hauptsache) im Tempel war, mich herumdrücken, wo ich wollte. Ich durchgähnte und durchduselte also dort die vielen Stunden (so gelangweilt habe ich mich später, glaube ich, nur noch in der Tanzstunde) und suchte mich möglichst an den paar kleinen Abwechslungen zu freuen, die es dort gab … Übrigens habe ich dort auch viel Furcht gehabt, nicht nur wie selbstverständlich vor den vielen Leuten, mit denen man in nähere Berührung kam, sondern auch deshalb, weil Du einmal nebenbei erwähntest, dass auch ich zur Thora aufgerufen werden könne.

Davor zitterte ich jahrelang. Sonst aber wurde ich in meiner Langweile nicht wesentlich gestört, höchstens durch die Barmizwe, die aber nur lächerliches Auswendiglernen verlangte, also nur zu einer lächerlichen Prüfungsleistung führte, und dann, was Dich betrifft durch kleine, wenig bedeutende Vorfälle, etwa wenn Du zur Thora gerufen wurdest und dieses für mein Gefühl ausschliesslich gesellschaftliche Ereignis gut überstandest oder wenn Du bei der Seelengedächtnisfeier im Tempel bliebst und ich weggeschickt wurde, was mir durch lange Zeit, offenbar wegen des Weggeschickt-werdens und mangels jeder tieferen Teilnahme, lange das kaum bewusst werdende Gefühl hervorrief, dass es sich hier um etwas Unanständiges handle.«[5]

Dass sein Vater ihn in späteren Jahren dazu aufforderte, an derartigen Zeremonien doch wenigstens »aus Pietät« noch weiterhin teilzunehmen, war Kafka zunächst unbegreiflich. Schließlich aber verstand er, dass dieser Begriff ganz wörtlich und im engsten Sinne zu nehmen war, als Ehrbezeugung vor etwas Totem. Denn Hermann Kafka verband mit den religiösen Restbeständen, die ihm geblieben waren, vor allem Erinnerungen an eine unwiderruflich vergangene Zeit, an ein Milieu, zu dessen Untergang er selbst seinen kleinen Teil beigetragen hatte. Dass die nachfolgende Generation mit diesen Sentimentalitäten nichts mehr anzufangen wusste, kränkte ihn aus genau denselben Gründen wie etwa deren Desinteresse an seinen schon dutzende Male zum Besten gegebenen Militäranekdoten: Er nahm diese Gleichgültigkeit *persönlich*, wie alles, und dass er selbst ein Nichts an jüdischer Tradition zu vererben hatte – »es vertropfte zur Gänze während Du es weitergabst« –, änderte daran nicht das mindeste. Vermutlich durchschaute Kafka diesen Mechanismus erst, nachdem er ein ganz anderes, enthusiasmiertes Judentum kennengelernt hatte und nachdem er unter dem Einfluss des Kulturzionismus begonnen hatte, die Frage nach der eigenen jüdischen Identität ernst zu nehmen. Dass der Vater, der soeben noch den regelmäßigen Tempelbesuch angemahnt hatte, dann plötzlich verkündete, diese jüdischen Schriften, die in der Wohnung umherlagen, »ekelten ihn an«, war nur konsequent.[6] Denn weder berührten sich diese Schriften mit seinen dörflichen Erinnerungen – zumindest schien ihm das so –, noch war aus der Beschäftigung mit ihnen irgendein sozialer Mehrwert zu schöpfen. Sie repräsentierten ein anderes, prekäres Judentum, eines, das weder ›Confirmationen‹ noch ›Cultussteuer‹ kannte und zu dem man allein deshalb auf sichere Distanz ging. Dies war die Haltung *aller* deutschjüdischen Geschäftsleute, die auf soziale Differenzierungen ein scharfes Auge hatten und für die ihr Judentum ohnehin eine eher sozial-mentale als religiöse Zugehörigkeit bedeutete. Judentum war in diesem Milieu nichts anderes als ein Set gemeinsamer Eigenschaften und Gewohnheiten: sprachliche Merkmale, wiedererkennbare Gesten, sozialpsychologische Besonderheiten (wie zum Beispiel ein gesteigertes Bedürfnis nach Sicherheit oder die starke Position der jüdischen Frauen innerhalb der Familie), affine Kindheitserinnerungen und schließlich auch die früh erlernten religiösen Handreichungen. »Unser ganzes Judentum lag darin«, brachte Werfel dieses Paradigma des *Stallgeruchs* auf den Begriff, »daß wir im Verkehr mit geistig und sozial gleichgearteten Juden uns wohler, behaglicher fühlten als im Verkehr mit ebensolchen Ariern, deren Wesensart für uns die Ahnung einer verborgenen Gefahr barg.«[7]

Wenn also Kafkas Vater eine Mitgliederversammlung des ›Centralvereins zur Pflege jüdischer Angelegenheiten‹ aufsuchte – eine der sehr wenigen Gelegenheiten, da er am gesellschaftlichen Leben Prags teilnahm –, so durfte er sicher sein, dort auf genügend Gleichgesinnte zu treffen, die ihn in seiner Auffassung bestärkten.[8] Der 1885 gegründete Centralverein war eine am bürgerlichen Liberalismus orientierte Lobby, in der nicht über religiöse Fragen debattiert wurde, sondern über jüdische Interessenvertretung und die Abwehr von Benachteiligungen. Die finanziellen Ressourcen des Vereins waren beträchtlich, und so konnte man sich breitgestreute Aktivitäten leisten: von der Herausgabe eines Führers durch die jüdischen Gemeinden Böhmens bis hin zur Gründung einer Ausbildungsstätte für »israelitische Krankenpflegerinnen«. Im Hintergrund dieser Betriebsamkeit freilich lauerte die diffuse Angst, von den immer stärker auftrumpfenden national gesinnten Tschechen in Haftung genommen zu werden für alles, was deutsch war. Und diese Drohung betraf nicht mehr nur Einfluss, Besitz und Karrierechancen, sie berührte längst auch grundlegende Rechte und Bedürfnisse, selbst das der persönlichen Sicherheit.

Das antisemitische Syndrom in Österreich-Ungarn, das etwa um die Zeit von Kafkas Geburt eine völlig neue, nicht mehr für möglich gehaltene Dynamik gewann, erscheint selbst im historischen Rückblick, in der Zusammenschau aller heute verfügbaren Dokumente, als nahezu undurchdringliches ideologisches Geflecht, in dem sich religiöse, nationale, pseudowissenschaftliche und selbst klassenkämpferische Frontlinien vielfach kreuzten. Die zeitgenössischen Juden und die wenigen unabhängigen Intellektuellen, die angewiesen waren auf die Berichterstattung einer durchweg parteiischen und überdies zensierten Presse, vermochten sich erst recht keine realistische Einschätzung der Tendenzen und Gefahren zu verschaffen. Erkennbar war immerhin, dass die neue Angriffswelle von mehreren Zentren gleichzeitig ausging: in Böhmen vor allem von der aggressiv nationalistischen jungtschechischen Bewegung, die ihre Legitimität aus enormen Wahlerfolgen bezog, in Wien von deutschsprachigen Rassisten wie dem antikatholischen Gutsherrn Georg Heinrich von Schönerer und von ›christlich-sozialen‹ Politikern wie dem späteren Wiener Bürgermeister Karl Lueger. Doch blieb bei all dem Lärm, den diese Politiker neuen Typs erzeugten, noch lange Zeit unklar, wen sie eigentlich repräsentierten, welchen tatsächlichen Einfluss sie hatten auf Politik und Wirtschaft und welche verborgenen Interessen sie mit ihren antisemitischen Parolen möglicherweise bemäntelten. Der Stimmungsumschwung, der sich in den achtziger Jahren vollzog, war freilich im ganzen Reich spürbar, und was eine Zeitlang als bedauerliches Ressentiment ungebildeter Volksschichten gegolten hatte, wurde nun selbst von der liberalen Presse als politische ›Meinung‹ ernst genommen.

Vor allem aber – und dies war für die politisch Hellsichtigen ein besonders bedrohliches und nie zuvor erlebtes Phänomen –, vor allem begann der antisemitische Diskurs sich energisch zu verselbständigen, er überschritt nationale, religiöse und soziale Grenzen, wurde gar als konflikt*mindernd* begrüßt und ermöglichte die sonderbarsten Koalitionen. So kam es im Herbst 1883 in Prag zu Verhandlungen zwischen Politikern aus Wien, Ungarn und Böhmen, die allen Ernstes über eine »Aussöhnung der Völker auf dem Boden des Antisemitismus« nachdachten. Und während Juden, die sich der jungtschechischen Bewegung anschlossen, in der Regel ziemlich kühl aufgenommen und lediglich als Wähler goutiert wurden – ihren neuentdeckten tschechischen Patriotismus glaubte man ihnen nicht –, hatten jungtschechische Politiker wie Vašatý, Březnovský und Baxa im Jahr 1891 keine Einwände dagegen, einen radikalen Antisemiten aus dem gegnerischen nationalen Lager, den berüchtigten Ernst Schneider, zu versöhnlichen Gesprächen zu empfangen. Selbst der alldeutsche Demagoge Karl Hermann Wolf, der die Slawen für kulturell minderwertig erklärte, rühmte sich seiner angeblichen tschechischen Wählerschaft, die allein wegen seines konsequenten Antisemitismus zu ihm halte.[9]

Dass diese Schatten, die sich allmählich auch über das jüdische Leben in Prag legten, im Familienleben der Kafkas zu konkreten Besorgnissen oder gar Konsequenzen führten, ist aus den überlieferten Dokumenten nicht zu erkennen. Mit distanziertem Verhalten oder latenter Feindseligkeit hatten Juden immer und überall zu rechnen: eine grundlegende Erfahrung, die jedem jüdischen Leben – ob materiell gesichert oder nicht – gewisse psychosoziale Einschränkungen auferlegte und der man von Kindheit an mit der Einübung defensiver Reflexe begegnete. Zu diesen Reflexen zählte auch der ironische Gleichmut, mit dem man über kleinere, alltägliche Verletzungen hinwegging und sie als ›Dummheit‹ von Leuten verbuchte, die es eben nicht besser wussten. Die Häufigkeit solcher Verletzungen suchte man zu mindern durch Anpassung, Unauffällig-Bleiben und vor allem durch Schweigen. Dass Judentum ein soziales Brandzeichen war, wurde in akkulturierten Familien nur sehr ungern zur Sprache gebracht, ihre Kinder erfuhren diese Überraschung meist erst auf der Straße oder in der Schule. Auch in Kafkas Brief an den Vater findet sich keinerlei Indiz dafür, dass die Familie ihren unkündbaren Sonderstatus je reflektiert oder ihre Kinder mit ihm vertraut gemacht hätte, und das politisch naive Schwadronieren des Vaters ebnete die entscheidende Differenz vollends ein: »Du konntest z. B. auf die Tschechen schimpfen, dann auf die Deutschen, dann auf die Juden undzwar nicht nur in Auswahl sondern in jeder Hinsicht und schliesslich blieb niemand mehr übrig ausser Dir.«[10] Auch Kafka selbst hat Erfahrungen antisemitischer Feindseligkeit erst Jahrzehnte später, als sie physisch immer bedrohlicher wurden und seine Lebenswelt zersetzten, mit Bitterkeit notiert; doch er schweigt darüber, ob dies tatsächlich Erfahrungen von völlig neuer Qualität waren.[11] Ist es denn denkbar, dass Kafka als Kind und Jugendlicher den Antisemitismus niemals als soziale Furie erlebte? Die Frage lässt sich beantworten.

Am Vormittag des 29. November 1897 versammelten sich in der Aula des ehrwürdigen Carolinum etwa eintausend deutschnationale Studenten, die meisten von ihnen aufgeputzt mit den farbigen Bändern und Kappen ihrer Burschenschaften. Die Stimmung war ausgelassen bis überschäumend, denn man hatte Grund zu feiern: Ministerpräsident Badeni, eine der verhasstesten politischen Figuren Österreich-Ungarns und Hauptinitiator der umkämpften Gleichstellung der deutschen und tschechischen Sprache, war soeben unter schmählichen Umständen aus seinem Amt entfernt worden. Die konsequente Obstruktion der deutschen Abgeordneten im Reichsrat, Massendemonstrationen und publizistischer Druck hatten zum Erfolg geführt, die Sprachenverordnungen waren gescheitert: ein Sieg des österreichischen ›Deutschtums‹ und eine deprimierende Nachricht für die Tschechen, die sich auf ihrem Weg zur nationalen Selbstbestimmung ein beträchtliches Stück zurückgeworfen sahen.

Auch Professor Ulbrich, Rektor der deutschen Universität und Fachmann für Staatsrecht, war der Ansicht, dass ein solch freudiges Ereignis öffentlich zelebriert werden müsse. Dass seine Studenten die Gelegenheit ergriffen, die ihnen »zukommende führende Stellung über alle minderwertigen Völkerschaften« lautstark zu bekräftigen (wie das *Prager Tagblatt* treuherzig zitierte), konnte er nur begrüßen, und ebenso angemessen fand er den nun einsetzenden massenhaften ›Studentenbummel‹ über Graben und Wenzelsplatz zum ›Frühschoppen‹ im Deutschen Haus. Dort wurde dann zum wiederholten Male, im Beisein des Rektors und selbstverständlich bei offenen Fenstern, das deutschnationale Kampflied ›Die Wacht am Rhein‹ abgesungen. Faktisch war dies eine illegale Demonstration unter Polizeischutz, die von den ohnehin aufgebrachten Tschechen erwartungsgemäß als Provokation empfunden und von Pfeifkonzerten begleitet wurde. Schließlich, am späten Nachmittag, explodierte die Stimmung, als tschechische Studenten den deutschen Umzug nachzuahmen versuchten, jedoch von berittener Polizei auseinandergetrieben wurden. Es war der Auftakt der als ›Dezembersturm‹ in die Prager Annalen eingegangenen sozialen Unruhen, einer hier seit Jahrzehnten nicht mehr gesehenen Eskalation der Gewalt.

Mit Steinen attackiert wurden zunächst einige Symbole deutschen Kulturanspruchs: Universitätsinstitute, Versammlungsorte von Burschenschaften, das Deutsche Haus (in dem noch wenige Tage zuvor Arthur Schnitzler vorgetragen hatte) und das Neue deutsche Theater. Doch sehr bald schon suchte sich dieser Furor eine immer breitere Palette von Zielen: deutsche Banken, Zeitungsredaktionen, Sportvereine, Kaffeehäuser, Hotels (vor allem die besseren), nicht zuletzt Schulen, mit denen man die Reproduktionszentren deutscher Vorherrschaft zu treffen meinte. Trotz des starken Polizeiaufgebots auf dem Altstädter Ring besetzte eine marodierende tschechische Menge das Kinsky-Palais samt dem Altstädter deutschen Gymnasium, während fast gleichzeitig Kafkas frühere Volksschule am Fleischmarkt verwüstet wurde. Schließlich war überhaupt nichts mehr sicher, was sich als deutsch identifizieren ließ, und ein nicht mehr zu mäßigender, chaotisch sich zerstreuender und wiedervereinigender Mob zog durch die Altstadt und über den Wenzelsplatz, warf jedes deutsch dekorierte Schaufenster ein, plünderte Läden, riss deutsche Straßen- und Ladenschilder herunter und verprügelte Passanten, mit Vorliebe Studenten, die es wagten, sich in deutscher Sprache zur Wehr zu setzen. Binnen weniger Stunden sprang der Funke auch auf die tschechisch dominierten Vorstädte über und führte zu einem Flächenbrand, der selbst mit Hilfe der eilends und vollzählig herbeigerufenen Bataillone aus der Prager Garnison nicht mehr einzudämmen war.

Die Prager Juden waren weder der Anlass noch das erste Ziel dieses Aufruhrs, aber sie waren ein *unvermeidliches* Ziel. Die vielfach beglaubigte historische Erfahrung, dass Juden nicht nur verfolgt, sondern mindestens ebenso oft *mit*verfolgt werden, sobald ein kritisches Maß an kollektiver Gewalt überschritten ist – diese Erfahrung war derart tief ins jüdische Gedächtnis eingesenkt, dass sie wie selbstverständlich antizipiert wurde: ›Wir sind als Nächste dran.‹ Und genauso kam es. Obwohl der Präsident der jüdischen Kultusgemeinde beim Polizeidirektor vorstellig wurde und um vorsorglichen Schutz für die Josefstadt bat, obwohl dieser Schutz auch umgehend zugesagt wurde, war die tschechische Menge nicht davon abzuhalten, im ehemaligen Ghetto Geschäfte, Wohnhäuser und Synagogen zu attackieren – manche Straßen, wie etwa die Karpfengasse, wurden gar vollständig geplündert. Es war, als diente der historisch relativ neue, ganz der Gegenwart angehörige nationale Hass lediglich als Resonanzboden, um andere, weitaus ältere Ressentiments zu reaktivieren. Und wer noch naiv genug war zu glauben, dass es sich dabei um eine zufällige Koinzidenz handele und letztlich doch ›die Deutschen‹ gemeint waren, wurde durch Schreckensnachrichten aus den Vorstädten eines Besseren belehrt: Dort wurden selbst die Geschäfte und Synagogen von Juden angegriffen, die zur jungtschechischen Wählerschaft gehörten, die man aber dennoch als Juden und damit als Nicht-Tschechen identifizierte; und im Arbeiterviertel Žižkov waren jüdische Kaufleute die erklärten Hauptgegner, während deutschsprachige Christen verschont blieben. Auch hier erwies sich das antisemitische Ressentiment als das umfassendere und tiefere: Es war schlechthin *trans*national.

Kafka war vierzehn Jahre alt, als er dieses Szenario vor Augen hatte, und obwohl er in den erhaltenen Briefen und Tagebüchern den ›Dezembersturm‹ nirgendwo ausdrücklich erwähnt, müssen ihn die über mehrere Tage und Nächte fortdauernden sozialen Exzesse tief verstört haben. Schon als Jugendlicher war er vor allem durch signifikante Bilder und Szenen zu beeindrucken, und die boten sich ihm in Fülle, wenn er nur aus dem Fenster hinabschaute. Denn auch die Zeltnergasse war Kampfgebiet: Mehrmals kam es hier zu Zusammenstößen zwischen Plünderern und Soldaten, die mit gesenktem Bajonett vorgingen, ertappte Steinewerfer rauften mit Schutzleuten, um der Verhaftung zu entgehen, durch die eingeschlagenen Schaufenster eines völlig ausgeraubten Krawattenladens war Rauch zu erkennen, und vom Altstädter Ring drang der Feuerschein eines riesigen Scheiterhaufens, den die Tschechen aus dem vollzähligen Mobiliar des ›jüdischen‹ Café Prinz errichtet hatten. Untermalt war das alles von hysterischem Geschrei, militärischen Befehlen, dumpfen Schlägen gegen Türen, dem eiligen Hämmern von Ladenbesitzern, die ihre Schaufenster mit Brettern verrammelten, und dem Geräusch von Stiefeln auf Glasscherben.

Nicht minder eindrucksvoll als das Chaos draußen war die Hilflosigkeit drinnen. Die ängstliche, zu Anpassung und Kompromiss stets bereite Besorgtheit der Mutter kannte Kafka bereits, doch nie zuvor hatte er die Entscheidungsgewalt und die soziale Rolle des Vaters so bedroht gesehen wie jetzt. Eine Plünderung der ausgedehnten Lagerräume in der Zeltnergasse hätte den Ruin der Familie bedeutet, hätte sie nach eineinhalb Jahrzehnten harter Arbeit und mit der Verantwortung für vier Kinder völlig abhängig gemacht von der Solidarität des Clans und der Kultusgemeinde. Doch Hermann Kafka mochte schimpfen, so laut er wollte: Um diese Katastrophe abzuwenden, blieb ihm nicht viel mehr als das Wohlwollen seiner tschechischen Angestellten, das Vorzeigen der slawischen Trikolore in den Auslagen (aber das machten ohnehin alle) und sein flüssiges Tschechisch, das ihm gegen passionierte Judenjager freilich auch nicht helfen konnte. Zog ein aggressiv gestimmter Haufen durch die Gasse – vor dem niemand sie warnen konnte, denn Telefon hatte die Familie noch nicht –, so blieb nichts anderes übrig, als sich von den vorderen Fenstern möglichst weit zu entfernen, still hinunterzuhorchen und entweder auf die fliegenden Pflastersteine zu warten (die durchaus auch in Kinderbetten landen konnten, so geschehen in der Familie Max Brods[12]) oder auf den erlösenden Ruf »To jsou Češi!« (Das sind Tschechen!), der einen vorläufigen Freispruch bedeutete. Tatsächlich hatten die Kafkas Glück, sie blieben ungeschoren, bis am fünften Tag der Revolte als allerletztes, doch wirksames Mittel das Standrecht über die Stadt Prag verhängt wurde und endlich Ruhe einkehrte.[13] Doch die Stunden des hilflosen Wartens und Lauschens waren soziale Lehrstunden, die wohl niemand in der Familie – bis hinab zur fünfjährigen Ottla – je vergessen hat. Das Fazit konnte nur lauten, dass weder religiöser noch nationaler Opportunismus eine verlässliche Strategie war: Es konnte dennoch, von einer Stunde zur nächsten, alles zu Ende sein.

Studiert man die Berichte von Augenzeugen, die in den Prager und Wiener Blättern *in extenso* abgedruckt wurden, so fällt auf, dass der ›Dezembersturm‹ zumeist als groß dimensionierte *Sachbeschädigung* geschildert und körperliche Angriffe allenfalls als Begleiterscheinungen oder als untypische Einzelfälle gedeutet werden. Die genaue Zahl der Todesopfer (offenbar weniger als zehn) und die der Verletzten (überwiegend durch Steinwürfe und Säbelhiebe) erfährt man nicht. Obwohl in den Prager Waffengeschäften Hochbetrieb herrschte und Revolver binnen weniger Stunden ausverkauft waren, wurden sie nur in zwei oder drei Fällen wirklich eingesetzt, und für ein entschieden mörderisches Vorgehen des Mobs, dem es ein Leichtes gewesen wäre, die gesamte Josefstadt in Brand zu setzen, sind keine Beispiele überliefert. Über die Skala *drohender* Gewalt sprach man ungern, und auch die Presse mied das Thema: Schließlich war dies nicht Galizien, wo man den Bauern noch einreden konnte, das Totschlagen von Juden sei im Sinne der Regierung.[14]

So kreisten auch die Pressekommentare der folgenden Wochen keineswegs um die Frage, inwieweit man den Antisemitismus in einer sich modernisierenden Großstadt, welche die Ghettoluft doch gerade auszutreiben suchte, wieder oder noch immer ernst nehmen müsse –

sie kreisten vielmehr um das Wechselspiel von deutscher ›Provokation‹ und ›organisierter‹ oder ›von oben geduldeter‹ tschechischer Gewalt und damit um die Frage, wer letztlich die Verantwortung trug für einige Dutzend materiell vernichteter Existenzen und für mehrere tausend eingeschlagener Scheiben.[15] Selbst den Klagen der Ladeninhaber, für die das Weihnachtsgeschäft diesmal trübe verlief, den täglichen Interventionen der Gastwirte, die endlich wieder zu normalen Öffnungszeiten zurückkehren wollten, und den noch lange ausbleibenden Touristen wurde mehr Aufmerksamkeit gewidmet als der nun objektiv auf der Tagesordnung stehenden Frage der sozialen und politischen Prävention.

Auch aus Sicht der Prager Juden, die ja weniger als zehn Prozent der Bevölkerung stellten, im Geschäftsleben aber mit einem weit überproportionalen Anteil vertreten waren, legte das Ausmaß der Plünderungen den Schluss nahe, es sei wieder einmal um nichts anderes als materielle Umverteilung gegangen, mit anderen Worten: um die Beraubung der Erfolgreichen durch Untüchtige, Ungebildete, Zukurzgekommene. Dies dürfte auch die Ansicht Hermann Kafkas gewesen sein, da sie sich in sein Weltbild ebenso nahtlos einfügen ließ wie in den Erfahrungsschatz seiner Jugend: Die Juden wurden vor allem als Konkurrenten angegriffen, von ›kriminellen Elementen‹. Gewiss, es gab Antisemiten ganz anderer Couleur, das wussten die Kafkas ebenso gut wie die Löwys, doch religiös begründeter Hass gegen Juden spielte in ihrer städtischen Lebenswelt keine sichtbare Rolle (andernfalls hätten sie die Erziehung ihrer Kinder wohl kaum christlichem Personal anvertraut), und der Antisemitismus in seiner modernsten, rassentheoretisch begründeten Version war eine noch so ferne, akademische Angelegenheit, dass man die Wiener Parlamentsdebatten schon sehr genau verfolgen musste, um darin ein neues Drohpotential zu erkennen. Es waren Gespenster aus der Vergangenheit, in neuem Gewand. Oder?

»Polna, 4. April *(Mord.)* Seit dem 29. v[origen] M[onats] wurde die 19 Jahre alte Näherin Agnes Hrůza, welche täglich von Klein-Wěžnitz aus in Polna ihrer Beschäftigung nachging, vermißt. Bei einer Streifung fand man, nur eine Viertelstunde von Polna entfernt, etwa acht Schritte vom Wege die Leiche des Mädchens im Dickicht versteckt. Bis auf Schuhe und Strümpfe war der Leichnam entkleidet und die Kleider waren unter nicht weit entfernten Fichtenbäumen versteckt. Am Halse trug die Leiche eine weite klaffende Schnittwunde und am Kopfe zeigte sie tiefe Wunden. Nach dem unbekannten Mörder wird eifrig gefahndet.«

Eine unscheinbare, unter den sonstigen Kuriosa aus der Provinz leicht zu übersehende Meldung, die überdies, als sie am 6. April 1899 im *Prager Tagblatt* erschien, bereits überholt war. Denn den mutmaßlichen Mörder hatte man dank der Wachsamkeit der Bevölkerung schnell gefasst: den 22-jährigen Leopold (›Poldi‹) Hilsner, einen Gelegenheitsarbeiter und Tunichtgut, der bei seiner ebenso mittellosen Mutter lebte und den man zumeist herumlungern sah. Was hatte Hilsner von dem Mädchen gewollt? Anzeichen einer Vergewaltigung gab es nicht. Aber die auffallende Brutalität des Verbrechens und insbesondere die lange Schnittwunde am Hals gaben zu denken. Schon oft hatte man gehört, dass Juden zum Pessach-Fest christliche Opfer förmlich schlachteten, um deren Blut für ihre Mazzes zu verwenden; alle ein, zwei Jahre gab es in Böhmen einen solchen Fall, und obwohl die Verdächtigen immer wieder mit Freispruch davonkamen, blieb die uralte Legende vom jüdischen ›Ritualmord‹ am Leben. Es war ein vor allem in den ländlichen Regionen Mittel- und Osteuropas allgegenwärtiges Phantasma, genährt von katholischen Religionslehrern und abergläubischen Mägden, das im alltäglichen Umgang mit Juden nur selten zur Sprache kam, das jedoch unter ungünstigen Umständen zum sozialen Sprengstoff werden konnte. In Polná, einem Städtchen mit 5000 Einwohnern im Grenzgebiet zwischen Böhmen und Mähren, hätten die Umstände ungünstiger nicht sein können: Die Leiche mit der spektakulären Verletzung wurde ausgerechnet an Pessach entdeckt, und der ohne überzeugendes Alibi einsitzende Leopold Hilsner war Jude.

Die Tageszeitungen der großen Städte weigerten sich zumeist, solchem Geschwätz allzu viel Raum zu geben, und so zirkulierten Ritualmord-Gerüchte gewöhnlich für einige Zeit in der lokalen Presse, ehe sie von selbst wieder einschliefen. Auch die Exzesse, zu denen sich einige hundert Bürger von Polná nach der Verhaftung Hilsners hinreißen ließen – sämtlichen jüdischen Familien wurden die Scheiben eingeschlagen –, waren eine eher lästige als wirklich beunruhigende Nachricht, und selbst die tschechischen Honoratioren vor Ort scheuten sich zunächst, klar Stellung zu beziehen: »An einen Ritualmord glaube ich nicht«, log Bürgermeister Sadil, und der zuständige Gerichtsmediziner Dr. Prokesch, angesprochen auf die angebliche ›Blutleere‹ des Opfers, antwortete treu liberal: »Wir leben ja doch im neunzehnten Jahrhundert.«[16]

Gewiss. Doch wenn der Doktor damit sagen wollte, dass Suggestionen wie die vom jüdischen Ritualmord am Ende dieses aufgeklärten Jahrhunderts nicht mehr ernst zu nehmen seien, so irrte er sehr. Schließlich ging es nicht darum, ein paar schlichten Leuten ins Gewissen zu reden und sie von der Unzeitgemäßheit ihrer Blutmärchen zu überzeugen; vielmehr hatte man es mit einem kollektiven und hochvirulenten Wahn zu tun, den man mit Argumenten nicht beeindrucken konnte, der sich jedoch mittels einprägsamer Parolen, mit Bildern und archetypischen Symbolen leicht instrumentalisieren ließ. Das modernste soziale Kommunikationsmedium, die Massenpresse, hatte die dazu erforderlichen manipulativen Techniken längst eingeübt: Das hatte insbesondere die französische ›Dreyfus-Affäre‹ gezeigt, die nun schon seit Jahren für täglich neuen Diskussionsstoff sorgte und in der die Pro- und Kontra-Parteien mittlerweile europaweit um mediale Aufmerksamkeit genauso erbittert kämpften wie um das Schicksal des zu Unrecht verurteilten Protagonisten. Alles kam darauf an, die Fäden der öffentlichen Kommunikation in die Hände zu bekommen, propagandistisch geschickter und vor allem lauter zu sein als alle anderen.

In der Habsburgermonarchie war das den organisierten Antisemiten bisher noch nicht gelungen, allzu sehr waren sie befangen in ihren nationalen und religiösen Streitigkeiten. Der Fall Hilsner jedoch brachte den Durchbruch. Ein *Tscheche* war es, ein als Ritualmordexperte einschlägig bekannter und vorbestrafter Prager Redakteur namens Jaromir Hušek, der den *deutschen* antisemitischen Reichsratsabgeordneten Ernst Schneider auf den Fall Hilsner aufmerksam machte.[17] Schneider bedankte sich und wurde sofort aktiv. Eine Pressekampagne zu initiieren – angefangen mit dem radikalen *Deutschen Volksblatt* – war ihm ein Leichtes. Doch diesmal wollte man endlich eine Verurteilung sehen, und dazu genügte es nicht, bloß zu kommentieren, was ohnehin geschehen und entschieden war. Es kam darauf an, rechtzeitig einzugreifen und Druck auf die lokalen ›Meinungsführer‹ auszuüben, die ihre Namen mit einer Mischung aus Stolz und Angst in der überregionalen Presse lasen und die sich daher sehr genau überlegten, ob sie sich eine ›judenfreundliche‹ Sicht der Dinge würden leisten können. So kam es, dass sich der *tschechische* Bürgermeister von Polná und zwei seiner Gemeinderäte mit einem ganzen Schwarm *deutscher* Journalisten zusammentaten, um in gemeinsamer Anstrengung der Judikative das Heft aus der Hand zu nehmen und dem Volkswillen Geltung zu verschaffen. Sie gründeten ein ›Rechtskomitee‹, das den Mord an Anežka Hrůzová auf eigene Faust untersuchte, ›Vernehmungen‹ und ›Lokaltermine‹ durchführte, Zeugen ausfindig machte und unter Druck setzte und unliebsame, nicht zur Ritualmordthese passende Aussagen zu korrigieren suchte. Binnen weniger Wochen war die Atmosphäre in Polná derart vergiftet, dass es niemandem mehr möglich war, öffentlich den Ritualmord in Frage zu stellen, und die Autosuggestion war so nachhaltig, dass selbst der zuständige Staatsanwalt in aller Unschuld die mehrheitliche Meinung der Polnáer Bürger als hinreichenden Grund anführte, um das Verfahren gegen Hilsner zu rechtfertigen. »Wie kam der Verdacht gegen Hilsner auf?«, fragte der skeptische Vorsitzende des Geschworenengerichts gleich am ersten Tag den Wachtmeister, der die Verhaftung vorgenommen hatte. »Die Fama entstand, war da und erhielt sich«, lautete die völlig ernst gemeinte Antwort.

Die Juden in Wien, Budapest und Prag rieben sich allmorgendlich die Augen, wenn sie ihre liberalen Blätter aufschlugen: Es gab kein anderes Thema mehr, wochenlang, und der Ritualmord, den doch kein Mensch, der bei Sinnen war, ernsthaft hätte diskutieren wollen, war unversehens zu einem offiziösen Delikt avanciert, das die Gemüter von Hunderttausenden bewegte. Siebenundzwanzig Journalisten hatten sich beim Bezirksgericht in Kuttenberg (Kutná Hora) akkreditieren lassen, außerdem zwei Illustratoren, und fünf Tage lang, vom 12. bis 16. September 1899, füllten die stenographischen Protokolle des Hilsner-Prozesses zahllose Zeitungsspalten (wobei für die deutschen Leser alles Wort für Wort übersetzt wurde).

Es war ein ungleicher Kampf. Während der Angeklagte mit einem Rechtsbeistand aus Kuttenberg vorliebnehmen musste, wurde die Familie des Opfers durch den gewieften jungtschechischen Anwalt Karel Baxa aus Prag vertreten, der soeben eine besonders kompromisslose national-tschechische Partei mitbegründet hatte und der daher die Gelegenheit gerne nutzte, den Gerichtssaal zur politischen Bühne zu machen.[18] Was die Geschworenen von Hilsner hielten, gaben sie schon während des Verfahrens so unzweideutig zu erkennen, dass sie ebenso gut öffentlich hätten abstimmen können: Obwohl der Staatsanwalt das schmutzige Wort wohlweislich vermied, akzeptierten sie noch die fadenscheinigsten Mutmaßungen, die den insinuierten *Ritualmord* bestätigten, ebenso wie die fragwürdigen Einlassungen des wichtigsten Belastungszeugen, der Hilsner aus einer Entfernung von 700 Metern am Tatort angeblich erkannt und beobachtet hatte. Der unbeholfen und impulsiv agierende Hilsner wurde zum Tod durch den Strang verurteilt, während der durch Indizien schwer belastete Bruder des Mädchens – mit hoher Wahrscheinlichkeit der wahre Täter – Gelegenheit hatte, sich nach Amerika abzusetzen.[19]

Hilsner nahm das Urteil zunächst ruhig auf, da es, wie sein Verteidiger ihm erklärte, vor einer höheren Instanz und nach Zulassung unabhängiger Gutachten ohnehin keinen Bestand haben werde. Doch alle Hoffnung, das Revisionsverfahren vor dem Schwurgericht der südböhmischen Kreisstadt Písek, weitab vom Tatort, werde in einer sachlicheren und durch die Medien weniger beeinflussten Atmosphäre verlaufen, wurde enttäuscht: Fast fünfzig Journalisten drängten sich auf den für sie reservierten Plätzen, und in den völlig ausgebuchten Hotels und Gasthöfen lauerten Sensationstouristen, Autogrammjäger und Souvenirverkäufer. Überdies hatte sich der Fall Hilsner von seinen lokalen Bezügen längst gelöst: Es waren Hilsner-Broschüren und -Postkarten in Umlauf, Beleidigungsprozesse zwischen Prozessbeteiligten, Journalisten und Publizisten waren im Gang, und das Verfahren wurde zum Gegenstand heftiger Parteikämpfe, deren Echo man selbst in der internationalen Presse vernahm.

Einer der wenigen tschechischen Publizisten, die inmitten dieses Tumults noch kühlen Kopf zu wahren suchten, war der Philosophieprofessor Tomáš G. Masaryk: auch er ein früher Anhänger der jungtschechischen Bewegung, der sich jedoch mit seiner Gruppe der ›Realisten‹ und der Wochenschrift *Čas* [Die Zeit] aus den Niederungen einer provinziell-nationalistischen Propaganda längst verabschiedet hatte. »Der Mensch am Ende des 19. Jahrhunderts«, schrieb er nach Verkündung des Todesurteils gegen Hilsner, »kann nicht glauben, dass die jüdische Religion, ja nicht einmal irgendeine geistig beschränkte Sekte in solch einem abscheulichen Aberglauben versinken könnte. Es tut uns leid, dass gerade das tschechische Volk und das tschechische Land zu einem Schauplatz geworden ist, auf welchen deswegen die Augen Europas gerichtet sind.«[20]

Masaryk wusste, wovon er sprach: Er war unter bäuerlichen Verhältnissen in Mähren aufgewachsen, und er erinnerte sich noch gut an die Ammenmärchen, die man den Kindern dort über die Juden einflößte. Noch als 11-jähriger Realschüler hatte er ängstlich nach den Fingern seiner jüdischen Kameraden gesehen, ob dort nicht Blutspuren zu entdecken seien, und er musste einräumen, diese Aversion so tief verinnerlicht zu haben, dass er den Antisemitismus nur intellektuell, nicht aber emotional überwinden konnte.[21] Was aber hatten derartige Atavismen mit tschechischem Nationalstolz zu tun? Es war eine Schande, eine Blamage vor allem gegenüber der arroganten deutschen Intelligenzija, der man doch gerade demonstrieren wollte, dass die tschechische Kultur auf der Höhe der Zeit war. Er fühle sich durch diese Gedankenlosigkeit und Unmenschlichkeit »bis ins Herz verwundet«, bekannte Masaryk in einer Broschüre, mit der er die Revision des Urteils forderte, und nachdem er inkognito kriminalistische Recherchen in Polná unternommen hatte, veröffentlichte er eine zweite, fast hundertseitige Schrift, mit der er den Wahn vom Ritualmord aus der Welt zu schaffen hoffte.[22] Masaryk glaubte an die Durchschlagskraft und an die kulturelle Nachhaltigkeit von Argumenten. Und anders als etwa Karl Kraus – der völlig konsterniert war, als etliche Leser seiner *Fackel* monierten, er habe sich von jenen Blutmärchen nicht eindeutig genug distanziert[23] –, anders als die Mehrzahl der aufgeklärt-liberalen Feuilletonschreiber hielt es Masaryk keineswegs für überflüssig, auf jeden einzelnen, noch so absurden Aspekt des judenfeindlichen ›Volksglaubens‹ ausdrücklich einzugehen. Für Kraus war der Hilsner-Prozess vor allem eine Beleidigung des menschlichen Verstandes, für Masaryk darüber hinaus eine Schmach der Tschechen, die ihn nicht zur Ruhe kommen ließ.

Die Situation war ihm bestens vertraut, Masaryk erlebte ein soziales *Déjà-vu*. Denn bereits dreizehn Jahre zuvor war es recht einsam um ihn geworden, als er es wagte, die beiden wichtigsten Reliquien der ›tschechischen Wiedergeburt‹, die angeblich aus dem Mittelalter stammende ›Königinhofer‹ und die ›Grünberger Handschrift‹, als Fälschungen zu bezeichnen. Nationale Identität, glaubte Masaryk, dürfe sich nicht auf Lügen oder gar auf eine fiktive Vergangenheit gründen; es gehe darum, den Schaden zu begrenzen und zu zeigen, dass Tschechen sehr wohl dazu in der Lage seien, begangene Fehler selbsttätig auszuräumen. Der durch alle gesellschaftlichen Schichten fegende Sturm der Entrüstung, den er damit auslöste, kam nicht überraschend: Es war eben nur wenigen vergönnt, den philologischen Argumenten folgen zu können, die der Nachweis der Fälschung erforderte, und noch weniger Menschen mochten glauben, dass die akademischen Haarspaltereien eines jungen, ehrgeizigen Dozenten schon hinreichender Anlass waren, um die gesamte tschechische Frühgeschichte umzuschreiben. Verständlich sogar, dass Masaryk nach diesem Eklat ein paar Jahre länger auf seine Berufung zum ordentlichen Professor warten musste. Doch der Fall Hilsner? Die Ritualmordlegende? Sollte hier nicht der schlichte Menschenverstand ausreichen, um aus der zeitweiligen Betäubung zu erwachen und diesen geistigen Schmutz abzuschütteln?

Leider nein. Als Masaryk am 16. November 1899 am Klementinum vorfuhr, um seine Vorlesung über ›Praktische Philosophie‹ fortzusetzen, empfingen ihn Geschrei und Sprechchöre einer mehr als tausendköpfigen Menge, überwiegend tschechische Studenten, die den nationalen Verräter abzustrafen suchten. Masaryk ging mitten hindurch in den überfüllten Hörsaal, bat in dem fortdauernden Lärm minutenlang vergeblich ums Wort, wandte sich schließlich ohne jedes Anzeichen von Furcht um und begann, seine Argumente an die Tafel zu schreiben. Es war ein legendärer Auftritt, der noch zwei Jahrzehnte später, als Masaryk zum ersten Präsidenten des tschechoslowakischen Staates wurde, sein Charisma mitbegründete. Doch er konnte nicht vergessen, dass es ausgerechnet Studenten waren, Menschen mit humanistischer Bildung, die den finstersten Aberglauben zu ihrer Sache machten und den deutschen Antisemiten mehr Gehör schenkten als ihren tschechischen Lehrern. »Diese Kampagne spürte ich sehr«, gab Masaryk später kühl zu Protokoll, »peinlich aber war mir vor allem dieses Niveau.«[24]

Die Prager Juden, von denen nicht wenige die Ritualmordgeschichte für eine Provinzposse gehalten hatten, verfolgten spätestens mit Beginn des Revisionsverfahrens genau, welchen Eindruck das Geschehen auf die tschechische Öffentlichkeit machte. Auch am Familientisch der Kafkas muss der Hilsner-Prozess für Wochen eine vielbesprochene Sorge gewesen sein, denn dass das Verfahren ausgerechnet in Písek fortgeführt wurde – wo Hermann Kafka als Jugendlicher gearbeitet hatte und wo viele seiner Verwandten lebten –, weckte sofort Erinnerungen an unangenehme Zusammenstöße und an eingeschlagene Scheiben. Überdies wusste man, dass anlässlich des Prager ›Dezembersturms‹ auch in Písek wieder Steine in jüdische Geschäfte und Wohnungen geflogen waren. Nein, alles ruhig hier, versicherte das *Prager Tagblatt* und bot seinen Lesern eine geradezu idyllische, über mehrere Seiten sich erstreckende Schilderung von Písek, seiner Geschichte, seinen Bauwerken und seinen friedliebenden, fleißigen Bürgern. Ein merkwürdiger Widerspruch, der geeignet war, die Juden nur noch nervöser zu machen. Denn wenn der Hilsner-Prozess tatsächlich die Farce war, als welche die liberale Presse ihn ständig geißelte, welchen Sinn hatte es dann, den Ort des Geschehens so breit zu schildern, als stünde dort ein historisches Großereignis bevor?

Groß war das Verfahren allenfalls in juristischer und medialer Hinsicht, denn fast 150 Zeugen wurden aufgeboten, deren Anhörung siebzehn Tage dauerte und Hunderte von Zeitungsspalten füllte – nach damaligen Maßstäben ein Riesenprozess. Unverkennbar war, dass mittlerweile selbst den Juristen die Ritualmordgeschichten peinlich wurden: Der neue Staatsanwalt sprach von einem »Märchen, das so viel Unglück bereits anrichtete«, und der Vorsitzende drohte gar, jedem das Wort zu entziehen, der diesen Unfug nochmals zur Sprache bringe. Dem Beschuldigten freilich half das nicht: Hilsner, dem die Anklage sogar noch einen zweiten Mord zuschrieb, wurde am 14. November 1900 erneut zum Tode verurteilt. Und als der Anwalt Karel Baxa, der bis zuletzt an seiner antisemitischen Rhetorik festgehalten hatte, nach erfochtenem Sieg vor das Gerichtsgebäude trat, wurde er von den friedlichen Bürgern von Písek mit ohrenbetäubendem Freudengeschrei empfangen.

Hilsner war ein Fanal, Hilsner blieb im öffentlichen Gedächtnis, auch nachdem Kaiser Franz Joseph – offenbar unter dem Eindruck des europaweiten Aufsehens, den der Fall machte – das Todesurteil in lebenslange Haft umgewandelt hatte.[25] Auch der im vorletzten Schuljahr stehende Kafka, für den Ritualmorde in irgendwelchen rückständigen Dörfern sicherlich nicht im Zentrum des intellektuellen Interesses standen, speicherte diese Erfahrung so tief, dass er sie Jahre später, mit den Problemen jüdischer Identität neu konfrontiert, als diskursives Muster nur noch abzurufen und den Namen Hilsner lediglich anzutippen brauchte: »hier sieht man ›Hilsner‹ die Tat Schritt für Schritt tun«, schrieb er 1920 anlässlich eines ihm nahegehenden Vorfalls, bei dem ein Jude eine Christin *scheinbar* ins Unglück gestürzt hatte. Dora Diamant schließlich hat überliefert, dass Kafka in seinem letzten Jahr einen Ritualmordprozess sogar zum Gegenstand einer Erzählung machte.[26]

Das deutet darauf hin, dass er das Paradigmatische des Geschehens erfasst hatte. Denn mit ›Sozialneid‹ (das Wort gab es noch nicht) war es schlechterdings nicht zu erklären, dass sich die böhmische Gesellschaft fast *unisono*, einschließlich ihrer gebildetsten Vertreter, auf einen geistig wie materiell mittellosen jüdischen Tagelöhner stürzte. Und wenn *dieser* armselige Vorwand – der Aberglaube vom Ritualmord – schon dazu hinreichte, eine Masse in Pogromstimmung zu versetzen und ein Todesurteil bejubeln zu lassen, dann bedeutete dies, dass jeder beliebige Vorwand dasselbe leistete, wenn er nur genügend starke emotionale Katalysatoren bot: ›Blut‹, ›Vergewaltigung‹, ›beschmutzte Unschuld‹ ... irgendetwas von dieser Art. Der Hass gegen Juden war da, und er richtete sich in letzter Instanz gar nicht gegen eine besondere Eigenschaft, sondern gegen den Juden als die Personifizierung des Anderen, des Fremden, des Nicht-Zugehörigen. Gemeint war das Judentum als geistige und symbolische *Substanz*. Das aber bedeutete, dass jede assimilatorische Anstrengung vonseiten der Juden sinnlos war – es sei denn, es gelänge ihnen, die eigene Herkunft vollständig auszulöschen, einschließlich der Erinnerung. Es gab Tausende von Juden, die das ernstlich versuchten, vor allem in den Metropolen Wien und Berlin, wo die soziale Kontrolle am schwächsten war. In Prag waren ›Mischehen‹ und getaufte Juden noch vergleichsweise selten, und auch den Kafkas war es niemals in den Sinn gekommen, ihre jüdische Identität aufzukündigen. War das denn eine Option? Ihr Sohn überlegte es sich noch.

Er ist vierzehn Jahre alt, als er zum ersten Mal kollektive Gewalt gegen Juden erlebt: den ›Dezembersturm‹ von 1897. Dass Soldaten durch die Flure seines Gymnasiums stürmen, um Plünderer zu vertreiben, muss er gottlob nicht mitansehen, aber fünf Tage dauert es, ehe die Gefahr vorüber ist und der Unterricht fortgesetzt werden kann. Im Jahresbericht der Schule wird der kleine Zwischenfall unerwähnt bleiben. Der Direktor ist vorsichtig und möchte die tschechischen Schulbehörden nicht unnötig aufbringen. Seine Schüler sind ebenfalls vorsichtig und sprechen deutsch auf der Straße nur noch mit gedämpfter Stimme, eine Zeitlang wenigstens.

Wird irgendein Lehrer es wagen, seine Klasse darauf anzusprechen, was hier vorgefallen ist? Ein Fach, in dem die gesellschaftlichen Verhältnisse der Gegenwart besprochen und eingeordnet werden könnten, gibt es nicht. Auch im Geschichtsunterricht bleiben die neuesten Entwicklungen ausgeblendet, die Schüler wissen über die Eroberungskriege Alexanders fast alles, über die Wurzeln des deutsch-tschechischen Gegensatzes fast nichts. Ganz zu schweigen vom katholischen Antisemitismus, über den es kaum möglich ist etwas Wahres zu sagen, ohne sich den Mund zu verbrennen. Am ehesten noch wäre dieses anrüchige Thema die Aufgabe des ›mosaischen‹ bzw. ›israelitischen‹ bzw. jüdischen Religionslehrers Nathan Grün, ›Rebbe Grün‹ genannt, der ja nicht zuletzt damit betraut ist, die Schicksale des jüdischen Volkes zu vermitteln und lebendig zu erhalten. Doch auch hier bleibt Geschichte so fern, dass sie Kafka wie eine Sammlung alter Märchen anmutet, von denen man sich, um erwachsen zu werden, rasch und ohne Trauer verabschiedet.[27] Und die Tagespolitik? Rebbe Grün wird sich hüten.

Studiert wird im Religionsunterricht natürlich die biblische Geschichte, Vers um Vers, zumeist in deutscher Übersetzung, ausgewählte Passagen auch im hebräischen Urtext, zwei Stunden wöchentlich, acht Jahre lang, das Ganze garniert mit einfach gestrickten Morallehren, die den humanistisch fein gebildeten Knaben nur langweilen können. Selbst philologisch wird hier sehr schmale Kost geboten, gemessen an den Standards des Latein-, Griechisch- und Deutschunterrichts, und außer den wenigen Brocken, die bei seiner Bar-Mizwa zum Einsatz kommen, wird Kafka nichts von seinem biblischen Hebräisch bleiben. Warum erzählt Grün nicht wenigstens von den alten Prager jüdischen Sagen oder von der spannenden Geschichte der Josefstadt, mit der er sich so gut auskennt, dass er sogar darüber publiziert?[28] Stattdessen rasselt er in einem Tonfall vor sich hin, der salbungsvoll sein will, tatsächlich jedoch lächerlich ist und von seinen Schülern fortwährend parodiert wird. Dazu diese schlampige Zerstreutheit, die Monologe hervorbringt, die von Nestroy stammen könnten. Entweder man hört weg, oder man schreibt mit, um in der Pause etwas zum Lachen zu haben. Ein jüngerer Schüler Grüns, der mit einem Schauspielergedächtnis begabte Ernst Deutsch, wird diese Monologe besonders genau registrieren, und er wird sie seinem Freund Friedrich Torberg in die Feder diktieren. Und so gelangt Rebbe Grün, von dem sich in Kafkas Schriften keine Spur findet, doch noch in die Literatur:

»›Der Stammvater des Geschlechtes der Hasmodäer, aus welchem die Makkabäer hervorgingen, war Mattatias. Mattatias hatte fünf Söhne: Eleasar ... Juda, später Juda Makkabi genannt ... Jonachan ... nein, Jonachan war der älteste, also Jonachan ... Juda ... Simon ... Jonachan ... aber der war ja schon da, ich mein' den Jonachan ...‹ (er geriet in immer heftigeres Schwimmen und kehrte, um Ordnung in die Reihenfolge zu bringen, an den Anfang zurück:) ›Mattatias hatte fünf Söhne. Sie hießen der ... Jonachan ... Simon ... Juda ... eigentlich der wichtigste, weil er später Juda Makkabi genannt wurde ... Jonatan ... nein, Eleasar ...‹ (erneuter Anlauf, wieder von Anfang an:) ›Mattatias hatte fünf Söhne. Jonachan war der älteste, aber Juda war der wichtigste ... und dazwischen Simon ... fehlt mir noch der fünfte ... Eleasar hab ich schon ...‹

Er verstummte, überschlug in Gedanken ein letztesmal die noch vorhandenen Möglichkeiten und verkündete mit endgültiger, unwidersprechlicher Entschlossenheit:

›Mattatias hatte fünf Söhne: Juda, Simon und Eleasar.‹«[29]

Unschuld und Frechheit

> … er hatte auch das Licht schon gelöscht:
> als der Entschluß ihn erreichte,
> keinerlei Angst mehr zu haben.
> *Max Frisch,* TAGEBÜCHER, 1946

Máry, eine junge Frau Mitte zwanzig und seit einiger Zeit Köchin bei den Kafkas, konnte nicht widerstehen. Einer der anderen Angestellten, der jüdische Handlungsgehilfe Müller, war ihr angenehm ins Auge gefallen: ein ausgesprochener Feschak (wie man in Österreich sagte) mit Schnauzbart und betont forschen Manieren, die er sich beim Militär angeeignet hatte. Sie bekam ihn recht häufig zu sehen, obwohl sie sich fast stets in der weitläufigen Kafkaschen Wohnung aufhielt, während Müller seinen Arbeitstag in den Geschäftsräumen und Magazinen verbrachte. Doch seit sich Wohnung und Geschäft in ein und demselben Haus in der Zeltnergasse befanden, hatten die beiden Bereiche begonnen, einander auf ungute Weise zu durchdringen.

Ungut vor allem für die Familie des Chefs. Gewiss, Haushalt und Erziehung ließen sich nun weitaus effizienter überwachen als zuvor, und wenn die Dienstboten ihren Arbeitsplatz in der Wohnung verließen, mussten sie am Schaufenster des Geschäfts vorbei. Doch eine eigentliche Heimkehr von der Arbeit gab es für die Kafkas nun nicht mehr, und auch ihren Kindern rückte das Kontor samt seinen Sorgen so nahe auf den Leib wie noch nie. Erst recht als das Galanteriewarengeschäft, dessen Sortiment ohnehin schon kaum mehr zu überblicken war (selbst mährische Filzpantoffeln und Schweizer Stickereien waren vorrätig), nun zunehmend Großhandel betrieb und die erforderlichen großen Stückzahlen nach immer weiteren Lagerräumen verlangten. Die Kafkas mieteten einen riesigen Kellerraum, außerdem ein Lager im Hinterhof, und als dies noch immer nicht genügte, begannen sie, sogar private Wohnräume als Zwischenlager zu nutzen. Daher kam es nun häufiger vor, dass einer der Angestellten hinauf in den zweiten

Stock musste, wo ihm von der Gouvernante oder von der beschürzten Máry die Tür geöffnet wurde. Auch der Handlungsgehilfe Müller wusste diese Begegnungen mit der willigen Köchin zu schätzen und machte es sich zur Gewohnheit, den Werktag mit kleinen erotischen Freuden zu versüßen. Doch das Paar wurde immer unvorsichtiger, und die wachsame Prinzipalin ertappte die beiden auch prompt: ein peinliches Vorkommnis, dessen Folgen indessen recht ungleich verteilt waren. Denn die Köchin wurde von Frau Kafka noch am selben Abend aus der Wohnung gewiesen, während der fesche Herr Müller – vermutlich nach einigen *pro forma*-Ermahnungen – auch am folgenden Tag wieder am gewohnten Platz war.

Er profitierte von einer Sexualmoral, die der Generation von Kafkas Eltern noch völlig selbstverständlich war, obwohl sie auf eine ethisch höchst zweifelhafte Buchführung hinauslief. Es liege nun mal in der Natur des Mannes, so hieß es, sich beim Anblick bestimmter Rundungen nicht zurückhalten zu können, und ein nicht zu geringes Maß an libidinöser Energie gehöre zum Wesen *gesunder* Männlichkeit. Das war beileibe kein Freibrief, aber doch eine Ermunterung, ein kollektives Augenzwinkern gleichsam. Angebereien über sexuelle ›Eroberungen‹ (ohne kriegerische Metaphern ging es nicht) waren daher unter Männern nicht nur alltäglich, derartige Gespräche wurden auch völlig offen geführt, häufig bewusst in Gegenwart von Frauen. Und auch des Verständnisses der durchweg männlichen Vorgesetzten durften sogenannte ›Schwerenöter‹ meist sicher sein: Undenkbar, dass etwa ein Angestellter seinen Job verlor, nur weil er mit wechselnden Geliebten gesehen wurde. Sexuelle Beziehungen von weiblichem Personal hingegen wurden mit größtem Misstrauen beäugt, ein moralischer Rabatt kam hier keinesfalls in Frage, und das Bekanntwerden einer unehelichen Schwangerschaft hatte fast stets die sofortige Kündigung zur Folge – eine Quelle unabsehbaren Elends und die Ursache Abertausender von Abtreibungen.

Dass der Tatort ihre eigene Wohnung war, muss für Julie Kafka besonders empörend gewesen sein: Schrecklich der Gedanke, die ganz und gar ahnungslosen Kinder könnten etwas davon mitbekommen haben. Dass auch der mittlerweile 11-jährige Franz noch unwissend, das heißt ›unschuldig‹ war, dafür konnte sie sich verbürgen. Irgendeine Neugier auf geschlechtliche Vorgänge war bei ihm noch nicht zu bemerken, und selbstverständlich wachte sie darüber, mit wem er

Umgang hatte – nach Kriterien, die scharf genug waren, um Franzens Kontakte zur Außenwelt auf ein überschaubares Minimum zu begrenzen. Auch der Lehrling František Bašík – derselbe, der die Geschichte der Köchin Máry überlieferte – sollte die Rigidität dieser Überwachung schmerzlich erfahren.

Der 16-jährige Bašík genoss das hohe und natürlich vielfach beneidete Privileg, während der Geschäftszeiten und für ein geringes Extra-Entgelt dem Sohn des Prinzipals Tschechischunterricht erteilen zu dürfen: täglich eine Stunde am häuslichen Schreibtisch, gefolgt von freier Konversation während eines gemeinsamen Spaziergangs. Dass Franz so intensiver Nachhilfe nicht wirklich bedurfte, muss auch Bašík sehr bald klargeworden sein; in Wahrheit handelte es sich um eine pädagogische Maßnahme, die dem im Anknüpfen von Freundschaften nicht eben geschickten Knaben einen ebenso vertrauenswürdigen wie lenkbaren Gefährten verschaffen sollte. Das wurde besonders deutlich, als die Familie in die Sommerfrische ins südöstlich von Prag gelegene Říčany fuhr und dazu nicht etwa den armen Hugo Bergmann einlud – dem ländliche Ferien am Fluss ein ganz neues Erlebnis gewesen wären und von dem Franz tatsächlich weitaus mehr hätte lernen können –, sondern den vergleichsweise ungebildeten Bašík, der lediglich sieben Klassen Volks- und Bürgerschule vorzuweisen hatte. Vorgezogen wurde er offenbar als dienstfertiger Begleiter, dem gegenüber man keinerlei persönliche Verpflichtung einging, und so kam es, dass der deutsch-jüdische Gymnasiast Franz und der tschechisch-christliche Lehrling František sogar ein gemeinsames Zimmer bewohnten, zwei Wochen lang.

Die überlegt eingefädelte Kameradschaft war jedoch nicht von Dauer. Franz, in der Hoffnung, doch wenigstens auf *einem* Gebiet von dem um fünf Jahre Älteren Aufklärung zu bekommen, fragte während eines ihrer Prager Spaziergänge recht unvermittelt, woher denn eigentlich die Kinder kämen. Vorangegangen war ein philosophisches Gespräch über die verschiedenen Spielarten der Schönheit, und Bašík hatte diesem Gespräch eine dumme Wendung gegeben, indem er mit einem irgendwo aufgeschnappten Satz den Kleinen zu beeindrucken suchte: »Es gibt im Menschenleben nichts Schöneres als das zufriedene Eheleben.« Das wollte Franz nun überhaupt nicht einleuchten, aber es brachte ihn auf Gedanken, und Bašík geriet in größte Verlegenheit. Denn wie Ehepaare es anstellen, Kinder zu bekommen, wusste auch er nicht, und so fiel ihm nichts Besseres ein, als zu erklären, dass Papa und Mama eben fleißig beten, um dann ihr neues Baby plötzlich im Bett vorzufinden. Natürlich war es nicht zu vermeiden, dass auch Julie Kafka von diesen gefährlichen Gesprächen erfuhr, und so dauerte es nur wenige Tage, bis sie den Lehrling freundlich zu sich rief, ihm drei Gulden in die Hand drückte und ihm mitteilte, dass ihr Franz nun besseren Tschechischunterricht im Gymnasium bekomme und daher keinen Privatunterricht mehr brauche.[1]

Was sonst hätte sie präventiv unternehmen können? Selbst wenn sie fähig gewesen wäre, sich über die allgemeine wie auch ihre höchstpersönliche Prüderie hinwegzusetzen, so fehlte es für die entscheidende Mitteilung, mit der sie die unvermutete Wissbegier ihres Sohnes hätte befriedigen können, an den einfachsten sprachlichen Mitteln. Zur Verfügung standen entweder ›schmutzige‹ Wörter (die aber einem Großteil der bürgerlichen Frauen ein Leben lang nie zu Ohren kamen) oder aber wolkige Umschreibungen, die eine offenkundige Leerstelle ließen und daher die Neugier eher noch aufstachelten. So wurde das Problem in nahezu allen bürgerlichen Familien beschwiegen und verdrängt, in der steten Hoffnung, die Sprösslinge würden das nötige Wissen schon irgendwo aufsammeln: entweder mit Hilfe eines geschickten Lehrers – was natürlich illusorisch war, denn mehr als Frühlingsmetaphern konnte auch der fortschrittlichste Pädagoge nicht riskieren – oder eben innerhalb der Schulhorde, wo sich immer einer fand, der etwas mehr wusste, und wo Erwachsene besser nicht so genau hinhörten.

Den Kafkas wurde das Schweigen leichtgemacht, da das sexuelle Interesse ihres Sohnes auch in den gefürchteten Jahren der Pubertät in angenehmen Grenzen blieb. Der Begriff ›Wöchnerin‹ war ihm früh geläufig – den hörte er zu Hause oft genug –, doch ist es wahrscheinlich, dass er auch mit fünfzehn Jahren über seinen eigenen biologischen Ursprung noch nicht Bescheid wusste. »Als Junge«, erinnerte er sich später, »war ich (und wäre es sehr lange geblieben, wenn ich nicht mit Gewalt auf sexuelle Dinge gestossen worden wäre) hinsichtlich sexueller Angelegenheiten so unschuldig und uninteressiert wie heute etwa hinsichtlich der Relativitätsteorie. Nur Kleinigkeiten (aber auch die erst nach genauer Belehrung) fielen mir auf, etwa dass gerade die Frauen, die mir auf der Gasse die schönsten und schönstangezogenen schienen, schlecht sein sollten.«[2] Hugo Hecht hat das in seinen Schulerinnerungen bestätigt, auch er freilich, ohne die Etappen der Aufklärung genauer datieren zu können:

»Wie in jeder Jugendgruppe wurden auch in unserer sexuelle Gespräche geführt. Im Untergymnasium [1.–4. Klasse] waren wohl die meisten mehr oder minder unorientiert. Und wie in jeder Jugendgruppe gab es auch bei uns Frühreife. Im Obergymnasium war das Verhältnis umgekehrt. Kafka beteiligte sich nie, soweit ich mich erinnern kann, an unseren sexuellen Unterhaltungen. Wir scheuten uns, ihn heranzuziehen, zumal da er nie mit einem Mädchen zu sehen war. Wir nahmen an, dass er etwa in der Septima schon [!] orientiert war ...«[3]

Kurios an diesen (nur flüchtig skizzierten und nicht völlig verlässlichen) Erinnerungen ist, dass Hecht zwar Kafkas eigentümliche und gar nicht altersgemäße Zurückhaltung noch deutlich vor Augen steht, dass er sich hingegen auf die Vehemenz, mit der er selbst und andere jene Schranke zu durchbrechen suchten, so ganz und gar nicht besinnen kann. Tatsächlich konnte keine Rede davon sein, dass man sich »gescheut« hätte, Kafka mit sexuellen Erörterungen zu belästigen, im Gegenteil: Niemand anderer als Hecht war es, der Kafka mit der physischen Wahrheit konfrontierte, und in einer Weise, an die sich der Belehrte noch nach Jahrzehnten schaudernd erinnerte:

»Sieh z. B. die 2 Jungen, die mich belehrt haben, sie wissen heute gewiss nicht mehr als damals, allerdings waren es, wie sich gezeigt hat, besonders einheitliche konsequente Charaktere. Sie belehrten mich gleichzeitig, der eine von rechts, der andere von links, der Rechte lustig, väterlich, weltmännisch, mit einem Lachen, das ich später bei Männern aller Lebensalter, auch bei mir, genau so gehört habe (es gibt gewiss auch ein freies, ein anderes Lachen über den Dingen, von einem Lebenden habe ich es aber noch nicht gehört) der Linke sachlich, teoretisch, das war viel abscheulicher. Beide haben längst geheiratet und sind in Prag geblieben, der Rechte ist schon viele Jahre von Syphilis bis zur Unkenntlichkeit zerstört, ich weiss nicht, ob er noch lebt, der Linke ist Professor für Geschlechtskrankheiten und Gründer und Vorsitzender eines Vereines zur Bekämpfung der Geschlechtskrankheiten.«[4]

Konsequente Charaktere, durchaus: Der lachende Weltmann stirbt mit 36 Jahren an Syphilis (tatsächlich lebte er schon nicht mehr, als Kafka diese Zeilen schrieb), während der Liebhaber der Theorie, nämlich Hecht, als Facharzt für Haut- und Geschlechtskrankheiten, als Medizinprofessor und Vereinsvorsitzender zum Profi der sexuellen Aufklärung reift. Wobei Kafka noch die geradezu romanhafte Pointe entging, dass der eine über Jahre der hoffnungslose Patient des anderen war.

Wie aber gelangt Kafka zu der Vermutung, dass beide, der Praktiker wie der Theoretiker, mit ihren Kenntnissen auf dem Stand von Jugendlichen stehengeblieben seien? Man muss sich, um die tiefe Paradoxie dieser Bemerkung zu verstehen, vor Augen halten, dass der überwiegende Teil der sexuellen Aufklärung, die Kafka zuteilwurde, ebenso wie die einschlägige Ratgeberliteratur für Erwachsene nicht etwa von seelischen und körperlichen Genüssen handelte – ganz zu schweigen von irgendeiner Form erotischer Kultur –, sondern von Hygiene und von der Vermeidung sozialer und gesundheitlicher Risiken. ANLEITUNG ZUR VERHÜTUNG GESCHLECHTLICHER ERKRANKUNGEN FÜR DAS MÄNNLICHE GESCHLECHT lautete etwa der Titel einer zeittypischen Broschüre, die im Jahr 1900 von einem ›Dr. M. Bernstein‹ publiziert wurde und die sich später in Kafkas Nachlass fand.[5]

Sexuelle Tatkraft allein genügte daher bei weitem nicht, um »weltmännisch« mitreden zu können, vielmehr war ein spezifisches Erfahrungswissen gefragt, das Eroberungen *ohne* Reue ermöglichte. Sexualität wurde als vermintes Gelände wahrgenommen, in dem buchstäblich jeder Schritt neue Gefahren barg, und kein Mensch, selbst der aufgeklärteste nicht, wäre am Ende des 19. Jahrhunderts dazu imstande gewesen, wirkliche Risiken von bloßen Angstphantasien zuverlässig zu unterscheiden: von den angeblichen Folgen männlicher ›Selbstbefleckung‹ (denen sich schlechten Gewissens auch Kafka aussetzte) über eine Reihe höchst unangenehmer und langwieriger Geschlechtskrankheiten (kein Inseratenteil, in dem nicht Hilfe für ›geheime Leiden‹ versprochen wurde) bis hin zur Katastrophe der ungewollten Schwangerschaft, die vor allem gegenüber neugierigen Mädchen als bequem zu handhabende Drohkulisse genutzt wurde – irgendein abschreckendes Beispiel war ja *immer* in Sichtweite.

Die beiden Knaben, die Kafka »belehrten«, avancierten als Erwachsene zu Spezialisten dieses Risikodiskurses – der eine, indem er ihn verwissenschaftlichte und professionalisierte, der andere, weil das erahnte Unglück ihn tatsächlich getroffen hatte und somit sein eigener Körper zum Anschauungsmaterial geworden war. Beiden blieb der Tunnelblick auf die *Gefahren* der Sexualität, und beiden – so ist Kafkas Bemerkung wohl zu deuten – fehlte völlig das Bewusstsein dessen, dass es um weitaus mehr ging als um die Frage, wie der Appetit auf weibliches Fleisch in sozialverträglicher Weise und ohne gesundheitliche Schäden zu stillen sei. Liebe und Hass, Zärtlichkeit und Aggression, Intimität und Einsamkeit: All das wird ja durch das erwachende Begehren in ein völlig neues, spannungsvolles Verhältnis gerückt, und damit öffnen sich psychische Abgründe, über die kein noch so präzises Faktenwissen hinweghilft. Das spüren auch Pubertierende schon, die sich mit den neuen emotionalen Intensitäten, von denen sie überschwemmt werden, in keiner Weise identifizieren können und die sich schamvoll fragen, ob sie noch ›normal‹ sind und ob man ihnen dieses innere Entgleisen womöglich ansieht. Überdies werden über Sexualität neue soziale Rollen definiert, die dem Heranwachsenden zunächst wie Prüfungen anmuten und in denen es auf Nuancen ankommt. Ein zwölfjähriger Knabe, der seinem besten Freund den Arm um die Schultern legt, gilt als brav, wenige Jahre später kann er sich mit der gleichen Geste bereits verdächtig machen. Mit Fragen nach der *sozialen* Bedeutung von Sexualität hätte Kafka seine beiden Aufklärer zweifellos in Verlegenheit gebracht, mit der Frage etwa, warum er nun plötzlich ›Geschöpfe‹ so wichtig nehmen solle, die doch in nahezu jeder Hinsicht subaltern blieben und mit denen gerade jetzt die Verständigung so schwierig war wie nie zuvor. Für solche Subtilitäten hatte der zudringliche Hecht indessen wenig Sinn, und noch als Student brachte er es fertig, Kafka bei einer zufälligen Begegnung zu fragen, warum er kein Interesse an Mädchen zeige.[6]

Trotz aller Irritation verspürte natürlich auch der Teenager Franz Genugtuung darüber, den Initiationsritus überstanden zu haben und endlich Bescheid zu wissen. Mit den Ammenmärchen, die den Schwestern aufgetischt wurden, konnte ihm jetzt niemand mehr kommen, und gewisse bislang unerklärliche Phänomene – etwa jene geheimnisvollen, besonders schön gekleideten Frauen, die man immer in bestimmten Gassen antraf – konnte er nun, wenn er wollte, mit den Augen eines Erwachsenen betrachten. Gewiss, die Enthüllung körperlicher Vorgänge hat immer etwas Profanes, und sexuelle Aufklärung, die allein vom Körper spricht, produziert unvermeidlich auch Enttäuschung: nicht anders als das Finale eines Striptease, das den Freuden der Imagination höchst selten entspricht. Diese Enttäuschung bleibt jedoch zunächst unausgesprochen oder sogar vorbewusst, weil mit dem Beginn der Pubertät – zur Zeit Kafkas mindestens zwei Jahre später als heute – sich immerzu neue körperliche Sensationen in den Vordergrund drängen.

Und zwar keineswegs nur sexuelle. Auch die rasche Veränderung der Körperumrisse, der Proportionen, der Behaarung, der Stimme etc. führen zu Konflikten mit dem bisherigen Körperschema und zwingen zu einer schmerzlich-intensiven Selbstbeobachtung, die den Kindern bis dahin fremd ist. Im Fall Kafkas dürfte es – ab dem 16. Lebensjahr[7] – vor allem das ungewöhnliche Längenwachstum und die vorübergehende Disproportionalität seiner Gliedmaßen gewesen sein, mit denen er sich höchst unwohl fühlte und die leider auch anderen Anlass gab, seinen Körper zu *besprechen*. Ob er wegen seiner Magerkeit und Körpergröße tatsächlich Spott ertragen musste, wissen wir nicht, doch es genügte, dass die Mutter ihn immer wieder sacht ins Kreuz stieß und unter laienmedizinischen Belehrungen aufforderte, sich doch etwas gerader zu halten. Was natürlich wenig fruchtete. Auch weiterhin ging Kafka »mit gebeugtem Rücken, schiefen Schultern, verlegenen Armen und Händen« umher, verfluchte die von den Eltern aus billiger Quelle bezogene Kleidung, die diese Hässlichkeit noch zu unterstreichen schien, und was er im Spiegel zu sehen bekam, erschien ihm geradezu unglaubwürdig: Wenn das *wirklich* sein Bild war, dachte er, dann müsse er auf der Straße doch ganz anderes Aufsehen erregen.[8]

Kafkas äußeres Verhalten änderte sich während der Pubertät offenbar nachhaltig – der Absturz seiner Note in ›sittlichem Betragen‹ ist nur eines von mehreren Indizien dafür –, und die ausgeprägt defensiven Muster, die sich längst zu Charakterzügen verfestigt hatten, wurden überlagert von überraschenden Vorstößen und Verweigerungen. Seine soziale *performance* wurde komplexer, und die wenigen bekannten Begebenheiten aus jenen Jahren zeigen bereits in Umrissen jenes schwer zu deutende, widerspruchsvolle Lavieren, mit dem dann der erwachsene Kafka sein soziales Umfeld und insbesondere Frauen vor immer neue Rätsel stellen wird: Während er einerseits sich selbst abwertete, die eigenen Leistungen geringschätzte und möglichen äußeren Sanktionen durch Autoaggression zuvorkam, konnte er andererseits an allem, was er für bedeutsam und richtig hielt, mit unvermuteter Energie, ja geradezu mit Sturheit festhalten. Auch um den Preis der sozialen Absonderung, die er als Jugendlicher noch keineswegs als Strafe, vielmehr als die ihm gemäße Form der Selbstbehauptung fühlte. Allmählich fand Kafka Gefallen daran, sich gegen Konventionen zu stellen, indem er *nicht mitmachte*, und dieses Verharren in sich selbst, das den Schulkameraden als harmlos eigenbrötlerisch erschien, sorgte zu Hause für Ärger, Unverständnis, Entfremdung. Später fragte er sich, wie es dazu hatte kommen können, dass er in seinem Leben so viele soziale Einladungen zurückwies, und er räumte ein, dass er diese Fähigkeit des Nicht-Mitmachens anfangs für eine Stärke gehalten habe, »verführt durch die allgemeinen grossen Hoffnungen die ich auf mich setzte«, während es sich doch im Kern um einen Mangel an Vitalität gehandelt habe.[9]

Kafka wusste selbstverständlich, dass dies nicht die volle Wahrheit war und dass soziale Anforderungen an Jugendliche gewöhnlich nicht in Gestalt von Einladungen ergehen. In diesem Alter, in dem sich die Kluft zwischen innerer Emanzipation und äußerer Abhängigkeit immer weiter öffnet, bedarf es einer gewissen Energie, um nach außen nicht nur zu widerstehen, sondern auch die erst noch einzuübende Autonomie zu genießen, vor sich selbst gutzuheißen und dem eigenen Selbstbild einzuverleiben. Kafka ist das offenbar weitgehend gelungen. Denn wenngleich ihm jenes Beharren auf bestimmten Überzeugungen, Aversionen oder auch Launen manchmal kleinlich, ja kindisch erschien, so sind aus seinem Leben nur sehr wenige Episoden überliefert, in denen er – der doch abwertende Urteile anderer insgeheim so bereitwillig hinnahm – nach außen sich je opportunistisch oder gar unterwürfig gezeigt hätte, und auch diesen wenigen Episoden folgte sofortige und heftige Reue.[10] Tatsächlich hatte er dieses lächelnde Beharren, das ihm später auch Bewunderung eintragen wird, bereits in der Form eines pubertär unsicheren Trotzes eingeübt, und eine ausführliche Reminiszenz im Tagebuch belegt, dass er sich dieser Genese völlig bewusst war.

Er war sechzehn, vielleicht siebzehn Jahre alt, als er vor die Frage gestellt wurde, einen Tanzkursus zu besuchen: eine Veranstaltung, die ab einem gewissen gesellschaftlichen Niveau eine unabdingbare, also ernstzunehmende Angelegenheit war. Man benötigte dazu festliche Garderobe, daher wurde zunächst der Kafkasche Hausschneider herbeizitiert und um Rat gebeten. Er nahm Maß und empfahl, wie zu erwarten, das seit Generationen Übliche: einen Frack. Doch Franz zeigte sich missmutig und fragte, ob es denn nicht auch etwas einfacher ginge, mit einem Smoking beispielsweise. Gewiss, das war noch akzeptabel. Aber auch ein ordentlicher Smoking war keineswegs bequem, er bedurfte, wie der Frack, einer brettartig gestärkten weißen Hemdbrust. Dann machen Sie doch den Smoking hoch geschlossen, wandte Franz ein – zum allgemeinen Erstaunen, denn noch bei keiner Anprobe hatte man von ihm je eine eigenständige Meinung gehört. So einen Smoking, sagte der Schneider, gibt es nicht. Doch, beharrte Franz, den gibt es; in einem Schaufenster am Altstädter Ring habe ich neulich einen gesehen. Und da der Junge davon nicht abging und die Mutter auf eine Entscheidung drängte, musste sich der Schneider gemeinsam mit Franz hinüber zum Ring bemühen, wo der angebliche geschlossene Smoking natürlich längst aus dem Schaufenster verschwunden war. So blieben dem Jungen, der noch immer nicht nachgeben konnte, nichts als die nunmehr berechtigten Vorwürfe der Mutter und die scheinbar unvermittelt aufkeimende Phantasie, dass es mit »Mädchen, elegantem Auftreten und Tanzunterhaltungen« nun wohl vorbei war. »Von der Fröhlichkeit, die ich hierüber gleichzeitig fühlte, war mir elend und ausserdem hatte ich Angst, vor dem Schneider mich lächerlich gemacht zu haben wie bisher keine seiner Kundschaften.«[11]

Selbstverständlich wurde der Tanzunterricht dann doch noch absolviert, und über die erwartbare Befangenheit hinaus langweilte sich Kafka dort wie kaum je zuvor in seinem Leben. In der Art und Weise aber, wie Trauer und Freude gleichzeitig aufflammten – Trauer darüber, wieder einmal ausgeschlossen zu bleiben oder sich selbst auszuschließen, und gar von Mädchen, andererseits Freude darüber, von dem angst- und schambesetzten Auftritt in der Tanzstunde vielleicht verschont zu bleiben –, in diesem eigentümlichen, durch Selbstbeobachtung noch schmerzlich zugespitzten Widerspruch klang bereits eines der wesentlichen Themen Kafkas an, dessen Dissonanzen er in Literatur vergeblich aufzulösen suchte: die Antinomie von Lebensgier und Lebensangst.

Auch der defensiv gestimmte Kafka verspürte als Jugendlicher den Impuls, sich hervorzutun, sich von anderen abzuheben, einen Platz zu beanspruchen und sich als eigenständiger Wille in die Welt zu projizieren – eine schwierige Aufgabe, solange man nichts Interessanteres vorzuweisen hat als gute Schulnoten. Mädchen hatten es zunächst ein wenig leichter: Sie konnten sich, wenn sonst nichts half, auch *als Objekte* hervortun, und dazu genügte es, das Dekolleté um einen Zentimeter zu vertiefen (ein hart umkämpftes Thema in allen Bürgerhäusern). Knaben und junge Männer hingegen mussten sich etwas einfallen lassen; sie konnten als Dichter posieren (womit Kafka kläglich scheiterte) oder die Blicke der namenlosen Menge mit irgendwelchen Äußerlichkeiten auf sich ziehen: keck wie Rilke, der mit altväterlichem Gehrock, breitkrempigem Hut und einer langstieligen Iris über den ›Graben‹ spazierte, oder vorsichtiger wie Kafka, der am selben Ort (und etwa zur gleichen Zeit) mit hinter dem Kopf verschränkten Armen umherlief. Solches »kindisch-bewusste Spiel« war Kafka später peinlich, ja, er deutete es als den Beginn eines »geistigen Niedergangs«.[12] Tatsächlich jedoch handelte es sich um Versuche, der eigenen Angst und dem bereits tief verankerten defensiven Habitus jenes Quantum an Achtung und Selbstachtung abzuringen, ohne das der Erwachsene psychisch nicht überleben kann. Es waren Tests, die erweisen sollten, welche Freiheiten und welches damit einhergehende Ausgesetztsein die eigene Seele schon ertragen würde, und wenngleich die Ergebnisse dieser Tests alles andere als befriedigend waren, so blieben sie dennoch eine notwendige Etappe der Selbstdefinition.

Dass die charakteristischen Frechheiten und Provokationen von Jugendlichen nichts anderes sind als derartige Selbsttests, ist ein Gemeinplatz. Sie dienen der Ausdehnung und Neumarkierung psychischer Grenzen, die ohne äußeren Widerstand unscharf bleiben, und die hervorgerufene Aufmerksamkeit samt den unvermeidlichen Sanktionen sind Maßstäbe dafür, welche inneren Freiheitsgrade bereits möglich sind – weshalb selbst erlittene Prügel ein Anlass von Stolz sein können. Auch Franz, den alle nur als zurückhaltenden, distanzierten, ja scheuen Knaben in Erinnerung behielten, hat sich in solchen strategischen Provokationen durchaus versucht. Doch es kommt auch auf die richtige Wahl des Kampfplatzes an, auf das Gespür dafür, wo zumindest symbolische Erfolge zu erringen sind. Ein Mädchen, das die männliche Schaulust ein wenig zu früh herausfordert, weiß im Allgemeinen, dass die Zeit auf ihrer Seite ist, ihre ansonsten machtlose Unreife also auch einen *Vorteil* bedeutet; und ein Knabe, der seine geängstigten Eltern bis in die Nacht hinein auf seine Heimkehr warten lässt, erinnert sie auf diese Weise daran, dass Derartiges schon bald häufiger vorkommen wird und dass sie langfristig nichts dagegen ausrichten können (auch wenn der *sofortige*

Hausarrest noch so schmerzlich ist). Das sind Spiele, bei denen die Erwachsenen nicht viel zu gewinnen haben, während die Teenager unaufhaltsam vorrücken und ihre kleinen Siege in große ummünzen. Der junge Kafka hingegen, so scheint es, ließ sich auch auf Auseinandersetzungen ein, die ihm nichts anderes bescheren konnten als unabweisbare Niederlagen und die sich in seinem Gedächtnis festsetzten wie Geschwüre.

»Ich erinnere mich, ich gieng einmal abend mit Dir und der Mutter spazieren, es war auf dem Josefsplatz in der Nähe der heutigen Länderbank und fing dumm grosstuerisch, überlegen, stolz, kühl (das war unwahr), kalt (das war echt) und stotternd, wie ich eben meistens mit Dir sprach, von den interessanten Sachen zu reden an, machte Euch Vorwürfe, dass ich unbelehrt gelassen worden bin, dass sich erst die Mitschüler meiner hatten annehmen müssen, dass ich in der Nähe grosser Gefahren gewesen bin (hier log ich meiner Art nach unverschämt, um mich mutig zu zeigen, denn infolge meiner Ängstlichkeit hatte ich bis auf die gewöhnlichen Bettsünden der Stadtkinder keine genauere Vorstellung von den ›grossen Gefahren‹) deutete aber zum Schluss an, dass ich jetzt schon glücklicher Weise alles wisse, keinen Rat mehr brauche und alles in Ordnung sei. Hauptsächlich hatte ich davon jedenfalls zu reden angefangen, weil es mir Lust machte, davon wenigstens zu reden, dann auch aus Neugierde und schliesslich auch, um mich irgendwie für irgendetwas an Euch zu rächen. Du nahmst es entsprechend Deinem Wesen sehr einfach, Du sagtest nur etwa, Du könnest mir einen Rat geben, wie ich ohne Gefahr diese Dinge werde betreiben können. Vielleicht hatte ich gerade eine solche Antwort hervorlocken wollen, sie entsprach ja der Lüsternheit des mit Fleisch und allen guten Dingen überfütterten, körperlich untätigen, mit sich ewig beschäftigten Kindes, aber doch war meine äusserliche Scham dadurch so verletzt oder ich glaubte, sie müsse so verletzt sein, dass ich gegen meinen Willen nicht mehr mit Dir darüber sprechen konnte und hochmütig frech das Gespräch abbrach.«[13]

Ein klarer Punktsieg für Hermann, der seinen Sohn ohnehin nicht für ein Vorbild an Männlichkeit hielt und der ihm zwanzig Jahre später noch genau die gleichen Ratschläge erteilen wird. Sexualität – und gar sexuelle Aufklärung – war ein Kampfplatz, den Franz ungeeigneter nicht hätte wählen können: nicht nur, weil er über keinerlei Erfahrung verfügte, sondern vor allem, weil die sexuelle Souveränität des Vaters, der auch die heikelsten Dinge »sehr einfach« nahm, gänzlich außerhalb seiner Reichweite war und auch bleiben sollte. Gewiss, auch er würde sehr bald sexuelle Freiheiten genießen, und Hermann nahm es als ganz selbstverständlich, dass Franz davon Gebrauch machen würde, ja, er lockte ihn sogar mit diesen Möglichkeiten. Doch jene Freiheiten, so lautete die Botschaft, würde der junge Mann nicht anders erlangen als dadurch, dass der Vater ihn an der Hand nahm und hinführte – ins Bordell nämlich, wie er es später konsequenterweise und in allem Ernst auch vorschlug. Ausgerechnet dies, schrieb Kafka, sei »die erste direkte, Leben-umfassende Lehre« gewesen, die er von seinem Vater je bekommen habe.[14]

Eine wahrhaft niederschmetternde Lehre, die, so schien es dem Knaben, doch allenfalls für Verlierer gültig sein konnte. Denn der Vater selbst brauchte solche Behelfe gewiss nicht, er war verheiratet und konnte mit Verachtung auf diejenigen herabblicken, die flüchtige Befriedigungen mit Geld erkaufen mussten. Das war die ›schmutzige‹ Lösung, und Franz war davon überzeugt, dass sein Vater sie für ebenso schmutzig hielt wie er selbst. Wenn Hermann dennoch derartige Lehren erteilte, so bedeutete dies erstens, dass er seinen Sohn für reif genug hielt, auch Unreines zu hören, und zweitens, dass er die schmutzige Lösung für die einzige hielt, die seinem Sohn von Nutzen sein könne. So die fatalistische Deutung Kafkas in seinem Brief an den Vater. War diese Deutung aber zutreffend, dann war zumindest in diesem empfindlichen und vitalen Lebensbereich der Kampf entschieden. Denn wenn er dem Rat des Vaters folgte (wie er es später tatsächlich tat), so führte der Weg geradewegs in den Schmutz; folgte er dem Rat hingegen nicht, dann bestätigte er nur das Vorurteil, dass er ein schwächlicher, unselbständiger und irgendwie *unmännlicher* Sohn sei, der selbst nach Gründung einer eigenen Familie bestenfalls ein Nachahmer blieb.

Nur allzu offensichtlich ist, dass die Rigidität solcher Deutungen durch spätere Erfahrungen mitgeprägt ist. Doch schon dem 16- oder 17-Jährigen, der die Eltern auf so unkluge Weise herausforderte, dürfte bewusst gewesen sein, dass er sich in ein Abseits manövrierte, aus dem ihm der gewöhnliche Reifungsprozess, das bloße Erwachsenwerden nicht mehr heraushelfen würde. Konsequenterweise hat dann auch der ältere Kafka diese Entwicklung nicht als Fortschreiten gedeutet. Schon als Kind, so schien es ihm, hatte er die maximale Vielfalt seiner Lebensoptionen in Reichweite; was danach kam, waren immer weiter gehende Einschränkungen, unglückliche Festlegungen, ein allgemeines Erkalten und jener Verlust an geistiger Beweglichkeit, den

Defensivsysteme unweigerlich mit sich bringen. *In extenso* hat Kafka diesen »Niedergang« niemals zu schildern vermocht, obwohl er Zeiten durchlebte, in denen ihm zusammenhängende autobiographische Reflexionen als durchaus lohnende und sogar dringliche Aufgabe erschienen. Denkbar ist, dass er eine letzte Desillusionierung trotz allem fürchtete. Denn wenn sich schon in der eigenen Jugendzeit nichts mehr zum Guten entwickelte, in jener Epoche also, in der nach allgemeiner Übereinkunft das Potential eines Menschen erst zur vollen Blüte gelangt – dann war es zu spät für *irgendeine* Hoffnung, das Steuer noch herumreißen und dem eigenen Leben eine entscheidende Wendung geben zu können. Den Gedanken eines vitalen und intellektuellen Fortschritts – einen der wichtigsten geistigen Topoi seiner Zeit – hat Kafka auf sein eigenes Leben niemals beziehen können. Der menschliche Kern, so schien ihm, ist durch ›Fortschritte‹ jeder erdenklichen Art nicht zu beeindrucken, und jede ›entwickelte‹ oder ›entfaltete‹ Identität ruht auf einem unveränderlichen, damit freilich auch unzerstörbaren Fundament. Die verzweifelte Konsequenz daraus wagte Kafka erst zwei Jahre vor seinem Tod zu ziehen: »Ich will mich nicht auf eine bestimmte Weise entwickeln, ich will auf einen anderen Platz.«[15]

Der Weg ins Freie

Der Schüler hat die letzte Stufe noch nicht erreicht.
Der Lehrer hat sie vergessen.
Tao-hsin

Angst, nichts als panische Angst verspürte Kafka, wenn er an die bevorstehende Maturaprüfung dachte. Er hatte sich, davon war er überzeugt, seit früher Kindheit frech hinaufgemogelt, von Stufe zu Stufe, immer nur punktuell und zum rechten Zeitpunkt vorbereitet, um die zur Weiterbeförderung noch eben hinreichenden Kenntnisse zu präsentieren. Doch undenkbar erschien es ihm, geradezu als eine Verletzung der moralischen Weltordnung, dass am Ende, wenn die versammelte Professorenschaft sich noch einmal gründlich jeden einzelnen *Fall* vornehmen würde, dieser Riesenbetrug unentdeckt bleiben könne. Vier schriftliche Examina waren zu absolvieren, in den Hauptfächern Deutsch, Latein, Griechisch und Mathematik, außerdem eine Reihe von mündlichen Prüfungen, bei denen vor allem Wortschatz und Grammatik der alten Sprachen abgefragt wurden, eine Flut lexikalischer Details, eingepaukt in mehr als 3000 Unterrichtsstunden. Für jeden Hochstapler der Abschluss seiner Laufbahn.

Kafka war nicht der Einzige, der vor Angst verging. Auch sein ›Kamerad‹ Karl Kraus, ein Fabrikantensohn und Tunichtgut, mit dem Kafka bereits seit der ersten Volksschulklasse in denselben Bänken saß, konnte sich nicht vorstellen, dass er die finalen Prüfungen unbeschadet überstehen würde – schließlich hatte er durch etliche Störungen des Unterrichts die Lehrer schon derart gegen sich aufgebracht, dass er mit Nachsicht nicht rechnen konnte. Kurz entschlossen plünderte Kraus die Brieftasche des Vaters und überredete einen Freund, gemeinsam mit ihm nach Amerika zu fliehen. Doch der große Trip endete bereits in Hamburg, wo die beiden aufgegriffen und für mehrere Tage in eine Zelle gesperrt wurden. Rechtzeitig zu den Prüfungen war Kraus in Prag zurück, und zur allgemeinen Überraschung entging er jedem öffentlichen Eklat: Kraus wurde zur Matura nicht nur zugelassen, er bestand sie auch. Was das Drama seines kurzen Lebens freilich nur um weniges verlängerte. Denn ein Jahr später verschwand Kraus erneut, und diesmal für immer: Er hatte Spielschulden, er hatte einen Wechsel gefälscht, und ein Schuss ins eigene Herz schien ihm der einzig verbliebene Ausweg.

Über derartige Energien verfügte der sozial angepasstere Kafka nicht, seine Amerikareisen fanden in der Phantasie und auf dem Papier statt. Doch auch ihm – der objektiv wenig zu fürchten hatte – erschien die Situation als so bedrohlich, dass er bereit war, sich an einer rettenden Verschwörung zu beteiligen. Zielperson war der Griechischpauker Lindner, der zwar als gutmütig und wenig anspruchsvoll schon weithin geschätzt war, der jedoch laut Prüfungsordnung jedem Kandidaten einen *anderen* Text zur mündlichen Übersetzung vorlegen musste, darunter auch Texte von Autoren, von denen man im Unterricht nie gehört hatte. Damit war selbst den Fleißigsten eine gezielte Vorbereitung unmöglich gemacht, und »es war klar«, so Hugo Hecht in seinen unpublizierten Erinnerungen, »dass es nur einen Weg gab, um zu lernen, was wir brauchten – nämlich ein kleines Notizbuch in die Hände zu bekommen, in dem unser Griechischlehrer die genauen Informationen verwahrte«. Das gelang schließlich auch: nämlich mittels überlegt eingefädelter Rendezvous mit der jungen Haushälterin Lindners, die nach einigen Zuwendungen tatsächlich dazu bereit war, das Notizbuch des Professors für eine Stunde zu stibitzen. Hektisch wurden die Eintragungen in einem Kaffeehaus kopiert, woran auch Kafka sich beteiligte, und nun war in der mündlichen Prüfung vor allem schauspielerisches Können gefragt. Der arglose Lindner war stolz auf die Leistungen seiner Zöglinge, während Kafka, bei aller momentanen Erleichterung, sein riesiges Schuldkonto erneut belastet sah. Seine Maturaprüfung, gestand er später dem Vater, habe er »zum Teil nur durch Schwindel« bestanden.[1]

Die Anekdote wirft ein grelles Licht auf die psychische Verfassung des Jugendlichen. Geblieben war ihm jenes ausgeprägte Angstsyndrom, das ihn schon als Erstklässler gequält hatte, und das damit einhergehende Unvermögen, den diffusen, von Machthierarchien beständig ausgehenden Druck klar zu unterscheiden von aktuellen, konkreten Bedrohungen. Das Machtgefälle selbst, das Ausgesetztsein in der entscheidenden Situation der Prüfung empfand Kafka als derart konkret, dass pragmatische Erwägungen (›Mit den bisherigen Noten kann ich gar nicht durchfallen‹) oder Selbstermunterungen (›Bisher ging doch alles gut‹) völlig wirkungslos blieben. Dieser episodische Realitätsverlust, den meisten Menschen als Prüfungsangst gut vertraut, hatte bei Kafka jedoch tiefere Wurzeln und entsprechend nachhaltigere Folgen. Noch zwölf Jahre später, als promovierter Beamter, graute ihm bei dem Gedanken, es könne einmal eine *wirkliche*, nämlich unbestechliche Prüfung über ihn hereinbrechen, an deren Ergebnis dann gar kein Zweifel bestehen konnte: »Mir ist als hätte ich nichts erlebt«, schrieb er an Felice Bauer, »als hätte ich nichts gelernt, ich weiss tatsächlich von den meisten Dingen weniger als kleine Schulkinder und was ich weiss, weiss ich so oberflächlich, dass ich schon der zweiten Frage nicht mehr entsprechen kann.«[2] Aus dieser Perspektive war dann freilich jede besondere Prüfung nur eine Etappe der viel umfassenderen, permanenten Prüfung durch das Leben selbst, drohte doch die Enthüllung des großen Nicht-Wissens schon beim geringfügigsten Anlass. Das immerzu schwebende Schwert des Richters in der Maske des *Prüfers* hat dann Kafka konsequenterweise seinem privaten Mythos einverleibt, und es scheint sogar, als habe er dieses Bild auch seinen literarischen Texten tiefer eingeprägt als jene juristisch aufgeladene Schuldmetaphorik, die heute als Kafkas Signatur gilt. Durchaus nicht alle seine Helden sind mit bürokratisch-juristischen Systemen konfrontiert, nahezu alle jedoch sind in existentielle Prüfungs- und Bewährungssituationen gestellt, auf die sie nicht vorbereitet sind und an denen sie scheitern müssen – mit oder ohne Gegenwehr.

Dass der 18-Jährige sich tatsächlich zur Wehr setzte und der überwältigenden Prüfungsangst mit überlegter Regelverletzung begegnete, beweist jedoch eine gesteigerte Entschlusskraft und Beweglichkeit, die Kafka offenbar erst mit der Pubertät gewann. Er war nun *äußerlich* bei weitem nicht mehr so isoliert wie zu jener Zeit, da die Eltern ihm einen tschechischen Lehrling als bezahlten Unterhalter beigesellen mussten, und allein die Tatsache, dass eine Clique von Maturanten Kafka für zuverlässig genug hielt, um ihn an einer derart riskanten Aktion zu beteiligen (die leicht mit dem Verweis von der Schule hätte enden können), belegt seine fortgeschrittene soziale Integration. Kafka hatte jetzt Freunde, es war Verlass auf ihn, auch wenn er Mitläufer blieb.

Aus jenen letzten Gymnasialjahren allerdings sind uns nur Erinnerungsfetzen, intellektuelle Mosaiksteinchen und ein Dutzend zum Teil geisterhafter Namen geblieben: zu wenig, um daraus ein anschauliches Szenario, geschweige denn die bezwingende Logik eines Entwicklungsromans abzuleiten. Es gab – zumindest zeitweilig – Menschen in Kafkas Nähe, über die wir beinahe gar nichts wissen. Wer, zum Beispiel, war Otto Steuer? »Ich habe bei der Beschreibung des Freundes in der Fremde viel an Steuer gedacht«, schrieb Kafka über seine Erzählung Das Urteil. »Als ich nun zufällig etwa ein Vierteljahr nach dieser Geschichte mit ihm zusammenkam, erzählte er mir, dass er sich vor etwa einem Vierteljahr verlobt habe.«[3] Ein Schüler, der zwei Jahre vor der Matura als ›Sitzengebliebener‹ in die Klasse gekommen war und über dessen weiteren Werdegang nach dem Abitur Kafka offenbar informiert war – mehr wissen wir nicht.

Oder der sportliche Camill Gibian, der Sohn eines Arztes. Mit ihm verbrachte Kafka seine gesamte Schulzeit, er hatte ihn »sehr gern«, wie er später gestand, und er blieb auch nach der Matura so gut mit ihm befreundet, dass Gibian unangemeldet in der Kafkaschen Wohnung erscheinen durfte. Doch es gibt keine Briefe, keine Notizen über ihn, und Gibians eigene Erinnerungen bleiben Geheimnis, da er sich als 22-jähriger Jurastudent ebenfalls das Leben nahm – aus Prüfungsangst, wie Hugo Hecht behauptet, aus Liebeskummer, wie seine Angehörigen glauben.[4]

Ein kaum kleineres Rätsel ist Kafkas Freundschaft mit Ewald Přibram, der aus einer wohlhabenden und in Prag prominenten Gelehrtenfamilie stammte, in der Deutsch gesprochen wurde. Ausgeprägte literarische oder künstlerische Interessen hatte Přibram nicht, hingegen pflegte er eine Leidenschaft für Blumen, die unter Gleichaltrigen gewiss für einigen Spott sorgte und die auch Kafka eher langweilte. Dennoch war der höfliche, zurückhaltende und stets elegant gekleidete Přibram unter allen Freunden Kafkas derjenige, der ihn am häufigsten besuchte, auch während des gemeinsamen Studiums. Kafka wiederum war Gast in der Villa der Familie Přibram im Vorort Bubentsch, wo er mit Ewald um dessen Blumenbeete spazierte und wo er neben drei älteren Brüdern – allesamt Akademiker – auch dem bereits zweimal verwitweten Vater Otto Přibram begegnete, ohne im mindesten ahnen zu können, dass er vor seinem künftigen höchsten Vorgesetzten stand. Zum ersten Mal gewann hier Kafka

Einblicke in den Alltag jener deutsch-jüdischen großbürgerlichen Kaste, die das öffentliche Leben Prags beherrschte, und dieses liberale Milieu, in dem man auf Schritt und Tritt Professoren, hochspezialisierten Ärzten und führenden Juristen vorgestellt wurde, imponierte wohl nicht nur ihm, sondern auch seinen Eltern: Solche Beziehungen waren kostbar. Freilich, die eigene Herkunft spielte in diesen durch und durch assimilierten Kreisen keine nennenswerte Rolle mehr, und der gleichgültige Pragmatismus, mit dem sich Leute wie die Přibrams vom Judentum verabschiedeten, nur um ihre akademischen Karrieren zu befördern, stieß unter den eher konservativen jüdischen Kaufleuten auf wenig Verständnis.

Auch bei Kafka selbst dürften solche Beobachtungen einen zwiespältigen Eindruck hinterlassen haben. Dass Ewald Přibram im Alter von nur achtzehn Jahren und im offenbaren Einvernehmen mit seinen Angehörigen aus der jüdischen Gemeinde austrat, zeugte von einem Grad an sozialer Beweglichkeit, den er nur bestaunen konnte: Die Kafkas wären außer sich gewesen, hätte sich ihr einziger Sohn zu einem derartigen Schritt entschlossen, und obwohl es in der weitläufigen Verwandtschaft einige wenige solcher Fälle gab, hätte Franz nicht nur Traditionen begraben, sondern auch soziale Wurzeln förmlich ausreißen müssen. Andererseits war ein derartiger Akt unter bürgerlich-arrivierten Juden zumeist kein ›Bekenntnis‹, sondern eine schlichte Anpassungsleistung. Přibram konvertierte zum Katholizismus, mithin zur österreichischen Staatskonfession, zu der ihn vermutlich ebenso wenig zog wie Kafka, und dass es bei dieser letztlich opportunistischen Entscheidung ohne Diskussionen unter den Freunden abging, ist kaum vorstellbar.

Kafka war mittlerweile in einem Alter angelangt, in dem Widersprüche zwischen innerer und äußerer Haltung, zwischen Moral und Lebenspraxis, vernünftiger Einsicht und abverlangten Lippenbekenntnissen nicht mehr ohne Widerstand hingenommen werden – ein Alter, in dem es Freude macht, Autorität durch die bloße Kraft des Arguments, also mittels ›Wahrheiten‹ aus den Angeln zu heben. Das bekam vor allem Hugo Bergmann zu spüren, der zwar gemeinsam mit Kafka angebliche »Erregungen des Nonkonformismus« erlebte, der jedoch, sobald es um Religion ging, eher in die Rolle eines unfreiwilligen Sparringspartners gedrängt wurde. Denn während Bergmann starke jüdisch-religiöse Identifikationen entwickelte und schon als 15-Jähriger Sympathien für den Zionismus hegte, durchlief Kafka eine Phase radikaler Aufklärung, die ihn bis in die eisigen Regionen eines expliziten Atheismus führte. Gottesbeweise zu zerpflücken scheint für ihn zeitweilig eine geradezu lustbetonte Übung gewesen zu sein. Später äußerte Kafka den Verdacht, dass er damit das »talmudische« Argumentieren Bergmanns unbewusst nachgeahmt habe; dieser jedoch erinnerte sich deutlich daran, dass er nur mit Mühe dem dialektischen Ansturm Kafkas begegnen und seinen Glauben sich habe bewahren können.[5]

Auch diese frühe Freundschaft lässt sich nur aufgrund weniger anekdotischer Splitter beurteilen, ein verlässliches Bild ist daraus nicht zu gewinnen. Es scheint jedoch, als habe Kafka auf den ebenso gutmütigen wie streberhaften Bergmann, der die Armut seiner Familie durch unmäßigen Fleiß (und durch honorierte Nachhilfestunden) zu kompensieren suchte, mit einem Anflug von Herablassung geblickt. »Als Junge war er wegzublasen, in allem«, notierte er später, »aber vielleicht doch nicht in allem und es war nur mein Unverstand, der das glaubte«[6] – ein deutliches Indiz dafür, dass Kafka es war, der hier nicht nur den sozialen Vorsprung, sondern auch die entsprechende Dominanz genoss. So verblüffte er Bergmann einmal damit, dass er vor dem Schaufenster einer großen Buchhandlung und mit geschlossenen Augen die Autoren sämtlicher Bücher ›erraten‹ konnte, deren Titel Bergmann ihm zurief. Offenbar wusste dieser nicht, dass Kafka sich stundenlang mit Verlagsverzeichnissen und -almanachen beschäftigte und über alle Neuerscheinungen längst informiert war (eine Vorliebe, die er lebenslang beibehielt). Auch der weltanschauliche Eifer, den die frühen Zionisten und mit ihnen Bergmann an den Tag legten, erschien Kafka eher als belustigend: Zu einem eigenen Staat gelangte man nicht durch die Gründung eines Vereins und schon gar nicht durch Identifikation mit den ungebildeten Dorfjuden, die Bergmann in jedem Sommer auf dem kleinen Hof eines Onkels bewunderte. Dass Kafka darin eine Form intellektueller Beschränktheit sah, gab er gegenüber Bergmann deutlich genug zu erkennen. Der jedoch ließ sich nicht beirren und hielt Kafka gelegentlich sogar die Sammelbüchse des Keren Kajemeth, des zionistischen Nationalfonds, vors Gesicht. Einmal, in einem öffentlichen Park, reagierte Kafka darauf besonders originell. Er drückte Bergmann seinen Spazierstock in die Hand und sagte: »Wenn du dir mit dem Stock auf der Nase einen Weg durch die Spaziergänger bahnen kannst, bekommst du von mir einen Kreuzer für den Keren Kajemeth.« Es gelang, Kafka zahlte und lachte.[7]

Bergmann lachte mit. Er war Späße auf Kosten der kleinen zionistischen Sekte schon gewohnt: ›Wenn in einem bestimmten Kaffeehaus die Decke einstürzt, dann ist es vorbei mit dem Prager Zionismus‹ – Derartiges bekamen er und seine Gesinnungsgenossen des Öfteren zu hören. Dass in Kafkas Einfällen etwas Demütigendes lag, spürte er gleichwohl, und ein langer, für den Freund bestimmter Briefentwurf – vermutlich aus der Zeit der Matura oder bald danach – zeigt deutlich genug, dass sich im Lauf der Jahre auch einige Verbitterung aufgestaut hatte, die sich durch mündliche Verständigung allein nicht mehr aus der Welt schaffen ließ. »Wenn ich einen Irren vor mir sähe«, schrieb Bergmann an Kafka, »und er hätte eine fixe Idee, ich würde nicht lachen über ihn, denn ihm ist seine Idee ein Stück Leben. Mein Zionismus ist für Dich auch nur eine ›fixe Idee‹ von mir. Daß sie vielleicht auch ein Stück meines Lebens ist, das weißt Du gewiß nicht, und doch ist es so.« Und geradezu hellseherisch fuhr er fort:

»Du suchtest unbewußt seit Deiner Kindheit nach einem Inhalt fürs Leben. Und auch ich tat das. Doch Du warst anders gewachsen als ich. Du konntest Dich in Sonnenhöhe schwingen und Deine Träume bis hinauf an den Himmel spannen. Was lähmte Deine Kraft? Und Du warst seit je auf Dich allein angewiesen und bekamst so auch die Kraft, allein zu sein. Und ich? Ich habe nie allzuviel geträumt, und wenn ich es tat, dann konnten meine Träume nicht weit reichen, denn heran drängte sich in sie die rauhe Wirklichkeit und nur allzugut sorgte sie dafür, mich nicht übers Ziel schießen zu lassen. Ich suchte und suchte … und allein wie Du zu stehen, dazu hatte ich die Kraft nicht.«[8]

Tatsächlich blieb Bergmann ein unsicherer Charakter, der sich selbst als »gar nicht schöpferisch« und als ein ewig Suchender empfand und für den daher die aufmerksame Rezeption dessen, was andere ihm vorgaben, stets von großer Bedeutung war. So finden sich in seinem Nachlass nicht nur die üblichen stenographischen Mitschriften von Vorlesungen, sondern auch zahlreiche sauber ausgearbeitete Typoskripte dieser Lehrveranstaltungen. Und bereits in jungen Jahren nahm Bergmann die auffallende Angewohnheit an, Äußerungen von Gesprächspartnern in einem mitgeführten Notizbuch sofort und vor aller Augen zu notieren.[9]

Kafka war ohne Zweifel der beweglichere Geist, der Gehörtes und Gelesenes nicht nur aufnahm, sondern weiterspann und der eigenen Vorstellungswelt scheinbar zwanglos anverwandelte – eine Fähigkeit, die er als Erwachsener noch beträchtlich zu steigern wusste und die dann in seinen literarischen Werken den täuschenden Eindruck einer gleichsam kometenhaften, völlig voraussetzungslosen Originalität erweckte. In Wahrheit unterlag selbstverständlich auch Kafka vielfachen kulturellen und mentalen Einflüssen, die er nur zum Teil durchschaute und denen er als Jugendlicher mit altersgemäßer Arglosigkeit begegnete. So erinnert sich Bergmann an eine kurze Phase deutschpatriotischer Begeisterung, die er gemeinsam mit Kafka durchlebte und die sogar durch die Mitgliedschaft in einer ›Blase‹ gekrönt wurde, einem konspirativen Schülerbund – wo dann freilich Kafkas Karriere als Nationalist bereits ihr Ende fand. Denn die von ›schlagenden‹ Studentenverbindungen übernommenen biergetränkten Rituale, die hier gepflegt wurden, waren durchaus nicht nach seinem Geschmack, und als die beiden Freunde beim Absingen der ›Wacht am Rhein‹, der deutschnationalen Kampfhymne, demonstrativ sitzen blieben, wurden sie ausgeschlossen.[10] In späteren Jahren, vor allem zu Kriegszeiten, finden sich einige Äußerungen Kafkas, die eine Identifikation mit seinem deutsch dominierten Vielvölkerstaat durchaus erkennen lassen – was kaum überrascht, hatte er doch als Jude die besten Gründe, den Untergang der Habsburgermonarchie wie überhaupt jede gewaltsame Veränderung zu fürchten. Spuren eines dezidiert nationalistischen Denkens sind jedoch nirgendwo zu entdecken, gegen diesen Virus blieb er immun.

Etwas reflektierter waren gewiss Kafkas zeitweilige Sympathien für die sozialistische Bewegung, die in Österreich zwar ebenfalls nach reichsdeutschem Vorbild organisiert war, in der jedoch die tschechische Arbeiterschaft beträchtliches Gewicht hatte (weshalb schon bei der Gründung der Sozialdemokratischen Arbeiterpartei an Neujahr 1889 der Begriff ›Österreich‹ vermieden wurde). Dass Kafka sich mit den grundlegenden, insbesondere marxistischen Schriften dieser Bewegung je auseinandergesetzt hat, ist höchst unwahrscheinlich, doch hatte er einen Klassenkameraden namens Rudolf Illový, der sich der tschechischen Linken zugehörig fühlte. Der persönlich bescheidene, theoretisch jedoch beschlagene Illový hielt Kafka nicht nur politisch auf dem Laufenden, er beeinflusste ihn auch weit stärker, als Bergmann dies mit seinen zionistischen Utopien vermochte. Einige Male steckte sich Kafka sogar die sozialistische Nelke ins Knopfloch – eine freche Geste, und überdies riskant, da sie ihm sowohl in der Schule als auch zu Hause beträchtlichen Ärger einbringen konnte. In der Prager Altstadt kannte man die Nelke vor allem als Abzeichen organisierter Handlungsgehilfen und sonstiger Bediensteter, die Hermann Kafka allesamt als seine natürlichen Feinde betrachtete. Die öffentliche Solidarisierung des eigenen Sohnes wäre ihm daher nicht nur peinlich gewesen, sie hätte auch seinen Verdacht bestätigt, dass der renitente Knabe zur »Partei des Personals«, mit dem er ohnehin viel zu vertraulich umging, geradewegs übergelaufen war.[11]

Das Vergnügen des Gymnasiasten an derartigen Mutproben kann man sich ausmalen – sein Vergnügen, über die eigene Ängstlichkeit sich gelegentlich hinwegzusetzen –, doch seine Hinwendung zur ›sozialen Frage‹, welche die Gespräche mit Illový auslösten, war längst vorbereitet. Kafka hegte als Jugendlicher, ja schon als Kind ein tiefes Interesse am Schicksal von Menschen, die ebenso abhängig waren wie er selbst. Nun erfuhr er, dass einige dieser Machtlosen sich zu helfen wussten und dass es unter ihnen sogar konsequente Charaktere gab, die sich zusammentaten, um aus freien Stücken und unter persönlichen Opfern die Fesseln anderer, noch Schwächerer zu lösen. Dass Kafka eine solche Haltung moralisch imponierte, machte ihn noch nicht zum Sozialisten. Doch er behielt lebenslang einen klaren, vorurteilslosen Blick für die humanen Leitmotive der politischen Linken, einen Blick, der höchst ungewöhnlich war in einem Milieu, in dem man Sozialisten noch vielfach auf eine Stufe mit Hochverrätern stellte. Lily Brauns literarisch anspruchslose MEMOIREN EINER SOZIALISTIN zählten später zu seiner Lieblingslektüre; es war das Buch, das er wohl am häufigsten verschenkte. Auch das Treiben der in Prag besonders bunten tschechisch-anarchistischen Szene verfolgte Kafka mit amüsierter Sympathie (ohne indessen an ihren Versammlungen teilzunehmen, wie kolportiert wurde[12]), und als Egon Erwin Kisch ihm nach Krieg und Revolution einen begeisterten Vortrag über die Ziele der kommunistischen Bewegung hielt, hörte Kafka aufmerksam zu und resümierte dann mit betontem Ernst: »Eigentlich trennt mich im tiefsten Wesen nichts von Euch.«[13]

Das Denken in soziologischen, politischen und makroökonomischen Begriffen blieb Kafka zeitlebens fremd, doch schon früh öffnete er sich einer sozial fundierten Moral und schärfte damit sein Bewusstsein real bestehender Ungerechtigkeit. Selbstredend ging das vor allem gegen den Vater. Ihn konnte man allein dadurch schon reizen, dass man den Machtlosen Rechte zubilligte, und das tat nun Kafka eine Zeitlang aus Prinzip ebenso wie aus Trotz. Doch gerade dieser Ursprung seiner antiautoritären Neigungen, die Abgrenzung und Positionierung gegenüber dem eigenen Vater, ermöglichte schließlich Kafka weit differenziertere Einsichten in das Wesen von Herrschaft, als bloße Parteipolitik sie gemeinhin zu bieten hat. Im Gegensatz zu den fröhlich aufräumenden Anarchisten verstand er, dass Macht und Autorität nicht nur Unterdrückung hervorbringen, sondern auch gefährliche Möglichkeiten der Identifikation, geistigen Halt, ja sogar Geborgenheit – Versuchungen also, die weder durch freie Wahlen noch durch materielle Umverteilung aus der Welt zu schaffen sind.

Vielleicht aber durch Aufklärung? Politisch radikale Kritik markierte ja um die Jahrhundertwende lediglich *einen* Abschnitt einer weitaus breiteren kulturellen Front, an der gekämpft wurde gegen Denkverbote, versteinerte Ideologien und interessengeleitete (Doppel-)Moral. Es ist wahrscheinlich – auch wenn die Schrecken des Ersten Weltkriegs später die Perspektive verzerrten und die Zeit davor als vergleichsweise beschaulich erscheinen ließen –, es ist wahrscheinlich, dass gerade jene beiden Jahrzehnte, die für Kafkas Bildungshorizont entscheidend waren, von nahezu allen Zeitgenossen als Epoche einer nachhaltigen Desillusionierung erlebt wurden. Denn anders als hundert Jahre zuvor, als die Schockwelle der Kantischen Aufklärung fast ausschließlich von akademisch Gebildeten registriert wurde, erfassten ideologische Beben im Zeitalter der Massenpresse die gesamte Gesellschaft – auch wenn die unerhörten Thesen eines Darwin, Nietzsche, Freud oder Einstein jenseits der zuständigen Fachwissenschaften lediglich in popularisierter, vielfach entstellter Form ankamen.

Der Siegeszug von Darwins Evolutionstheorie ist dafür das wohl eindrücklichste Beispiel. Auch wenn in Europa sicherlich nur einige hundert Menschen hinreichende naturwissenschaftliche Kenntnisse hatten, um die Konsequenzen von Darwins Hypothesen zu überblicken und das von ihm vorgelegte Beweismaterial zu würdigen, so wusste doch plötzlich jeder Zeitungsleser, dass ›der Mensch vom Affen abstammt‹, dass sich damit die herausragende Position des

Menschen in der Natur (respektive der ›Schöpfung‹) sehr relativiert hatte und dass sich daher der Herr Pfarrer, ebenso wie der verehrte Rabbi, in Erklärungsnot befand. Das konnten selbst die staatlich kontrollierten Gymnasien nicht dauerhaft ignorieren, und so geriet auch Kafka in eine paradoxe Lernsituation: Während in den altertümlichen Lehrbüchern der Biologie, zu deren Studium er verurteilt war, das Thema Evolution mit Stillschweigen übergangen wurde, genoss der Naturkundelehrer Gottwald jede Freiheit, seinen Schülern zu erklären, wie es sich damit tatsächlich verhielt – ohne Rücksicht auf die Kollegen von der theologischen Fakultät, die sich dann in der nächsten Religionsstunde bemühten, das Rad wieder zurückzudrehen. Dass es sich dabei tatsächlich um einen frontalen Angriff auf die religiöse Überlieferung handelte, durfte Gottwald allenfalls andeuten, und selbst im Deutschunterricht war die Furcht vor unliebsamen Diskussionen so groß, dass Darwins Theorie als Gegenstand der obligatorischen Redeübungen untersagt wurde. Doch längst hatte es sich herumgesprochen, dass es in Deutschland einen scharfzüngigen Vermittler Darwins gab, einen Zoologen namens Ernst Haeckel, der sich aus der Deckung des akademischen Diskurses herauswagte und der mit ganz unprofessoraler Klarheit die nötigen Folgerungen zog. Darwin hatte die Lunte gelegt, Haeckel zündete sie an. Sein Bestseller DIE WELTRÄTHSEL erschien für den 16-jährigen Kafka gerade zur rechten Zeit, er besorgte sich das Buch und verfolgte mit Begeisterung, wie der Amateurphilosoph Haeckel *tabula rasa* machte, wie er mit der Schöpfungsgeschichte auch den jüdisch-christlichen Schöpfergott verabschiedete, den er überdies als »gasförmiges Wirbeltier« verspottete. Das war neue, wunderbare Munition gegen weltanschauliche Duckmäuser im Allgemeinen und gegen Bergmann im Besonderen.

Dass der popularisierte Darwinismus gerade bei Haeckel auch ausgesprochen düstere Seiten zeigte, ist dem jugendlichen Kafka wohl kaum bewusst geworden: Die Übertragung des Selektionsprinzips auf soziale Gemeinwesen (›Sozialdarwinismus‹), die Herabstufung menschlicher ›Rassen‹ in die Nähe von Tieren, die naiv-mechanische Erklärung seelischer Vorgänge – alle diese intellektuellen Entgleisungen blieben im Sturm der Aufklärung, den das späte 19. Jahrhundert entfesselte, noch recht unauffällig, und ihre mörderischen Konsequenzen offenbarten sie erst Jahrzehnte später. Überdies interessierten sie Kafka nicht. Denn die Schlacht um den Darwinismus selbst wurde auf einem Feld ausgefochten, von dem er sich schon weitgehend abgewandt hatte, dem Feld der Naturwissenschaften, und eine tiefer reichende, existentielle Orientierung, die auch die drängendsten Sinnfragen der Adoleszenz mit einschloss, war von dort nicht zu erwarten. Nicht um Welträtsel war es Kafka zu tun, sondern um das Rätsel des eigenen Lebens, der eigenen Bestimmung.

Er hatte das Glück, auch in dieser heißen Zone der Identitätssuche, wo mehr auf dem Spiel stand als die richtige Weltanschauung, einen Gesprächspartner zu finden – freilich einen, um den er erst werben musste. Auf einem Klassenfoto des Jahres 1898 ist er abgebildet: Oskar Pollak, Sohn eines wenig erfolgreichen, bereits verstorbenen Kaufmanns, jugendlicher Universalgelehrter mit uferlosen Interessen, überdies Ruderer, Ski-Pionier und Lautenspieler. Während Kafka auf dem Foto noch deutlich kindliche Züge zeigt, blickt der unmittelbar vor ihm stehende, gleichaltrige Pollak schon wie ein Student in die Kamera, selbstbewusst, gelassen und skeptisch zugleich. Diesem überlegenen Kopf schloss sich Kafka nun sehr bald an, es war das erste und auch letzte Mal in seinem Leben, dass er einen anderen Menschen als Lehrer und geistige Energiequelle nahezu vorbehaltlos akzeptierte, ja sogar dessen geistigen Habitus teils spielerisch, teils ernsthaft zu übernehmen suchte. Welche Charakterzüge es waren, die Kafka anzogen, wissen wir nicht – nur dreizehn Briefe und Brieffragmente an Pollak sind überliefert, von dessen Antwortschreiben keine Zeile[14] –, doch offensichtlich ist, dass er ein ganz ungewöhnliches menschliches Vertrauen fasste und in Pollak für Jahre einen ›großen Bruder‹ fand, dem er sich weiter öffnen konnte als jedem anderen Menschen seiner Umgebung. Entsprechend beunruhigte ihn die Frage, wie viel er Pollak eigentlich zurückgeben konnte. Musste sich dieser analytische und wortgewandte Geist, der stets auf dem Sprung war und kritisch bis zur Schroffheit sein konnte, mit seinem treuen, aber unbedarften Anhänger nicht langweilen?

»Aber daß ich an Deinem Glück schuld bin, das glaubst Du nicht. Höchstens so: Ein Weiser, dessen Weisheit sich vor ihm selbst versteckte, kam mit einem Narren zusammen und redete ein Weilchen mit ihm, über scheinbar fernliegende Sachen. Als nun das Gespräch zu Ende war und der Narr nach Hause gehen wollte – er wohnte in einem Taubenschlag –, fällt ihm da der andere um den Hals, küsst ihn und schreit: danke, danke, danke. Warum? Die Narrheit des Narren war so groß gewesen, daß sich dem Weisen seine Weisheit zeigte.«[15]

Kafka übertreibt, wie häufig – sein späteres Virtuosentum der Übertreibung lassen solche frühen Späße schon erahnen –, aber es steckte Wahrheit darin. Während er tatsächlich in einem geistigen »Taubenschlag« saß und die zahllosen Anforderungen und Ablenkungen, innere und äußere Stimmen, Erinnerungen und Projektionen noch längst nicht in einem Kontinuum des Erlebens verschmelzen, geschweige denn einem zentralen Willen zu unterwerfen vermochte, ging der »weise« Oskar Pollak scheinbar unbeirrt seinen Weg, nahm auf, was er fand, ordnete ein oder verwarf. Pollak war es, der Kafka die überragende Bedeutung des Darwinismus klarmachte, Pollak vermittelte ihm eine Fülle kunstgeschichtlichen Wissens (das Fach, das er später zu seinem Beruf wählte), und offenbar waren es auch die Gespräche mit Pollak, in denen sich Kafka erstmals über Probleme der literarischen Ästhetik klarzuwerden suchte.

Eines der einflussreichsten Organe der ästhetischen Bildung war in jenen Jahren eine Zeitschrift, die bereits im Titel einen umfassenden normativen Anspruch anmeldete: *Der Kunstwart. Halbmonatsschau über Dichtung, Theater, Musik, bildende und angewandte Künste.* Der Herausgeber Ferdinand Avenarius, der das Blatt im Jahr 1887 gegründet hatte, verfolgte ausgeprägt volkspädagogische Absichten; daher diente der *Kunstwart* nicht den Bedürfnissen einer hochgerüsteten Bildungselite, sondern der Orientierung eines noch unsicheren, zu differenzierten Kunstgenüssen sich erst aufschwingenden Mittelstandes. Theoretische Aufsätze fehlten fast völlig, stattdessen bemühte sich Avenarius darum, den klassischen Kunstbegriff zu öffnen und die ästhetische Dimension des menschlichen Ausdrucks in *sämtlichen* Lebensgebieten zu fördern: Das betraf die bildende Kunst ebenso wie Kleidung, Hausrat, Kunstgewerbe jeder Art – selbst die zivilisatorische Bedeutung von Ernährung und Hygiene gehörte dazu. Das Wörtchen ›echt‹ war das bedeutsamste und höchstgeschätzte Adjektiv, das der *Kunstwart* zu vergeben hatte: Echt sollte schlechterdings alles sein, vom Nationalcharakter (»echter englischer Humor«, »echte deutsche Treue«) über die Ausdruckssprache eines Kunstwerks (bloßes Spiel der Formen war unecht) bis hin zur echten, nämlich rein zweckmäßigen und *darum* schönen Form eines Möbelstücks. Dieser umfassende lebensreformerische Anspruch, daneben das Versprechen eines neuen, authentischen, kulturell fundierten Nationalismus, aber auch die Bildreproduktionen und Notenblätter, die dem *Kunstwart* als Anschauungsmaterial beigelegt waren, sorgten gegen Ende des Jahrhunderts für eine enorme Zunahme der Leserschaft. Nur konsequent war es, dass Avenarius auf dem Höhepunkt dieser Welle noch einen Schritt weiter ging und seine mittlerweile fast 20000 Abonnenten mit der Gründung des ›Dürerbunds‹ auch institutionell zu binden und kulturpolitisch zu aktivieren suchte. Wer dazugehörte, durfte sich als Mitglied einer neuen geistigen Aristokratie fühlen, der die Zukunft gehörte – für viele Mittelständler, denen im Ständestaat enge Grenzen gesetzt waren, ein unwiderstehliches Angebot.[16]

Es war wiederum Oskar Pollak, durch den Kafka mit dem *Kunstwart* bekannt wurde, und die darin vertretenen Anschauungen sorgten zwischen beiden für eine Fülle an Gesprächsstoff. Schon als Gymnasiast abonnierte Kafka das Blatt, und trotz der zeitweilig penetranten (von Pollak jedoch geschätzten) deutschnationalen Orientierung des *Kunstwarts* las er darin auch noch in späteren Jahren.[17] Der Einfluss der Zeitschrift auf Kafkas Entwicklung ist kaum zu überschätzen; vor allem sein lebenslanges, intensives Interesse an allen Fragen der Lebensreform – vom Vegetarismus bis zur Reformpädagogik – und nicht zuletzt auch seine Vorliebe für die funktionsgebundene Schlichtheit von Wohnungseinrichtungen, Gebrauchsgegenständen und Kleidung wurden vom *Kunstwart* bestärkt, vermutlich sogar initiiert. Auch die in seinen frühen Briefen auffälligen Manierismen verraten ihre Herkunft nur allzu deutlich: »Wenn einer durch die Welt fliegt mit Siebenmeilenstiefeln«, schrieb er an den reisenden Freund, »von böhmischen zu thüringischen Wäldern, da kostets rechte Mühe, ihn zu fassen oder auch nur sein Mantelzipfelchen zu betupfen. Darob mag er nicht böse sein.« Das war der Märchenton, den man im *Kunstwart* häufig zu hören bekam, und allein schon die Beharrlichkeit, mit der Kafka in diese forciert altertümelnde Sprache verfällt, lässt erkennen, dass hier keineswegs nur Ironie am Werk ist.[18]

Weit schwieriger zu beantworten ist die Frage, ob die Zeitschrift auch Einfluss nahm auf Kafkas Beziehung zur Literatur oder gar auf seine literarischen Texte selbst. Seine frühesten, sehr umfänglichen

Versuche – darunter mindestens zwei Romanprojekte sowie eine Prosasammlung mit dem Titel ›Das Kind und die Stadt‹ – hielt Kafka lange unter Verschluss, und selbst an einem kleinen Kreis literarisch ambitionierter Mitschüler, die sich in lyrischen und dramatischen Produktionen ergingen, beteiligte er sich nur als stiller Zuhörer. Erst zwei Jahre nach der Matura entschloss sich Kafka, alles – oder beinahe alles –, was er seit der Pubertät zu Papier gebracht hatte, dem kritischen Blick Oskar Pollaks auszusetzen, obgleich ihm der »größte Teil« bereits »widerlich« war, ja sogar als »Schwulst« erschien. Alle diese Texte – Kafka spricht von »paar tausend Zeilen« – müssen als verloren gelten, und dass wir zumindest eine vage Vorstellung davon haben, wie der Heranwachsende geschrieben hat, ist allein seinem originellen Einfall zu verdanken, einen seiner Briefe an Pollak als kleines Prosawerk zu gestalten. Es ist »die vertrackte Geschichte vom schamhaften Langen und vom Unredlichen in seinem Herzen«, eine groteske Szene, in deren Verlauf der schamhafte Lange, offenbar ein Selbstporträt, von einer Abspaltung des eigenen Ichs aufgesucht wird. Das literarische Motiv ist nicht neu (und Kafka wird noch darauf zurückkommen), die Ansammlung absurder Details und verstiegener Metaphern lag jedoch weitab von allem, was sich die an Mörike geschulten Redakteure des *Kunstwarts* unter ›echtem Ausdruck‹ vorstellten: Da baumeln lange Beine aus dem Fenster, weil sie im Zimmer keinen Platz finden, da marschieren Worte aus dem Mund als »feine Herren mit Lackschuhen und englischen Halsbinden«, und was in direkter Rede zu vernehmen ist, scheint völlig sinnlos.[19]

Kafka spielt, und das Einzige, was dieses hingekleckste und unpublizierbare Stück zusammenhält, ist die noch ungezügelte Lust am bildlichen Einfall. Aber auch mit Blick auf sein späteres, gereiftes Formbewusstsein – in dem *das Unmögliche* jene ungezwungene Präsenz behalten wird – ist der Einfluss des *Kunstwarts* nicht ohne weiteres dingfest zu machen, so groß die ideologischen und ästhetischen Schnittmengen auch sein mögen. Die Hochschätzung schlichter Erzählformen nach klassischen Vorbildern, die Verachtung alles Künstlichen, aller Ausschmückung zugunsten literarischer ›Wahrheit‹, das Desinteresse am *l'art pour l'art*, an einer sich selbst symbolistisch vernebelnden oder allzu lärmend hervortretenden Avantgarde – auf alle diese Vorlieben und Abneigungen verfiel Kafka gewiss nicht nur deshalb, weil sie im Umfeld von *Kunstwart* und Lebensreform zum guten Ton gehörten. Hier spielte noch ein breites Spektrum anderer Einwirkungen eine Rolle: so etwa die Goethe- und Hebel-Verehrung seines jungen Deutschlehrers Josef Wihan (der später zum Prager Literaturprofessor aufrückte); weiterhin eine Vielzahl von Erlebnissen im anspruchsvoll geführten Neuen deutschen Theater und im heftig konkurrierenden Tschechischen Nationaltheater; nicht zuletzt die Lektüre weiterer bedeutender Zeitschriften, die in jedem besseren Kaffeehaus auslagen, wie etwa der *Neuen Deutschen Rundschau* (später *Neue Rundschau*) des S. Fischer Verlags, in der sich Kafka über Neuerscheinungen und literarische Debatten aus einer programmatisch viel offeneren Perspektive informieren konnte, überdies mit Ausblicken in andere Literaturen Europas.[20]

Doch obwohl Kafkas literarischer Horizont rasch expandierte und der bemüht lehrhafte Tonfall mancher *Kunstwart*-Glosse auch ihn schon bald unterforderte, behielt er für den Kanon, der hier gepredigt wurde, eine ausgeprägte Vorliebe. So fanden sich in seinem Nachlass nicht nur Flugschriften des Dürerbunds, sondern auch das von Avenarius herausgegebene HAUSBUCH DEUTSCHER LYRIK, eine den Anbruch der literarischen Moderne konsequent ignorierende Anthologie, die Kafka selbst 1922 noch weiterempfahl. Erwidert wurde diese Treue freilich nicht, denn die bei weitem dümmste Rezension eines eigenen Werks, die Kafka je vor Augen kam, fand sich ausgerechnet in einem der jährlich erscheinenden literarischen Ratgeber des Dürerbunds: DIE VERWANDLUNG, hieß es hier, sei »recht phantasielos und langweilig«.[21]

Das war keineswegs Zufall. Denn so selbstbewusst *Der Kunstwart* seine Echtheitszertifikate verlieh oder verweigerte, so unbestimmt und bisweilen borniert waren seine Urteile, wenn es um ästhetisch oder literarisch neue Erscheinungen ging, für welche die angemessenen Begriffe überhaupt erst zu entwickeln waren. Das Phänomen Nietzsche, beispielsweise, blieb ein fortdauernder Anlass der Verlegenheit. Nietzsches Einfluss vor allem auf die jüngere Generation, ja selbst schon auf die zeitgenössische Literatur war um die Jahrhundertwende derart angewachsen, dass man ihn als bloßes Symptom der ›Modernitis‹ (wie die *Kunstwart*-Leute gerne sagten) keineswegs abtun konnte. Auch war nicht zu übersehen, dass Nietzsches Verherrlichung des ›Lebens‹ und sein Widerwille gegen alles Billige, Laute und Künstliche zahlreiche Berührungspunkte mit der Lebensreform zeigten – weshalb es nur konsequent war, ihn schon bei der Gründung des *Kunstwarts* zur Mitarbeit einzuladen (was auf Ablehnung stieß). Dagegen freilich standen sein intellektueller Aristokratismus, seine frivole Polemik, sein furchtbarer Ruf als Atheist und Nihilist und, am schlimmsten, seine erbarmungslose Moralkritik, die selbst die am höchsten geschätzten sozialen Impulse wie Mitleid und Nächstenliebe auf trübe innerpsychische Quellen zurückführte und die ganz nebenbei auch jede Form von Patriotismus *ad absurdum* führte.[22] Bei Nietzsche war alles im Fluss, auf nichts war Verlass, nichts war unbezweifelbar wahr und gut außer dem gelebten Augenblick – es war kein Wunder, dass er das schwankende Lebensgefühl vieler Heranwachsender, gleichsam ihre psychische Eigenfrequenz so präzise traf und damit Wellen der Begeisterung auslöste. Mit Nietzsche im Gepäck konnte man die geistlichen und weltlichen Autoritäten buchstäblich ›vorführen‹, und das stolze Pathos der Desillusionierung tröstete über deren Kälte hinweg. Eine Versuchung, der auch Kafka nicht lange widerstehen konnte.

Es war in den Schulferien des Jahres 1900, da seine Eltern, wie nun schon regelmäßig, eine Wohnung zur Sommerfrische mieteten: weit genug draußen im Grünen, doch wiederum nahe genug, um das Prager Geschäft überwachen zu können. Die Wahl fiel diesmal auf den zehn Kilometer flussabwärts gelegenen Villenort Rostok, wo es – wie Kafka von einem Klassenausflug schon wusste – auch eine Badeanstalt gab. Es sollte sich aber zeigen, dass dies keineswegs die einzige Annehmlichkeit war, die sich dem 17-Jährigen bot, denn der Vermieter, Postmeister Kohn, hatte eine hübsche, gleichaltrige Tochter Selma, die von Franzens Gescheitheit und Belesenheit sofort angetan war. So angetan, dass die beiden Elternpaare alle Hände voll zu tun hatten, um zwischen den Teenagern ein wenig Distanz zu schaffen und unbeobachtete Zusammentreffen zu verhindern. Der Sommer freilich war lang, und Gelegenheiten boten sich genug. Schließlich verständigten sich Selma und Franz darauf, an den späten Abenden, wenn alle schliefen, hinaus in den weitläufigen Garten zu schleichen, wo es, am Anstieg eines Hügels, eine Bank mit Blick über die im Mondschein glitzernde Moldauschleife gab. Auch ein Wäldchen bot sich an, weit genug von allen Behausungen, und hier am Rand einer Lichtung war es, da Franz, bewaffnet mit einer Kerze, aus seiner Tasche Nietzsches

ZARATHUSTRA zog und laut vorzulesen begann, was er tagsüber still für sich deklamiert hatte.

Kafka hat diesen Flirt – sein frühester, von dem wir wissen – in Briefen und Tagebüchern niemals erwähnt. Dass die Begegnung mit Nietzsche, die er in diesem Sommer hatte, nachhaltiger wirkte als die mit seiner begeisterten Zuhörerin, können wir nur vermuten. Doch es gibt ein starkes Indiz, eine Spur, die er hinterließ. Denn aus dem Rostoker Idyll verabschiedete sich Kafka mit einem Eintrag in Selmas Poesiealbum, einem ebenso zarathustrischen wie empfindsam-sprachskeptischen Eintrag, dem die vorangegangene gemeinsame Lektüre gleichsam eingraviert ist. Es waren seltsam unpersönliche Worte, die in den wachsamen Eltern gewiss keinen Verdacht weckten und deren Tonart dennoch die heimliche Vertrautheit beschwor.

»Wie viele Worte in dem Buche stehn!
Erinnern sollen sie! Als ob Worte erinnern könnten!
Denn Worte sind schlechte Bergsteiger und schlechte Bergmänner. Sie holen nicht die Schätze von den Bergeshöhn und nicht die von den Bergestiefen!
Aber es gibt ein lebendiges Gedenken, das über alles Erinnerungswerte sanft hinfuhr wie mit kosender Hand. Und wenn aus dieser Asche die Lohe aufsteigt, glühend und heiß, gewaltig und stark und Du hineinstarrst, wie vom magischen Zauber gebannt, dann ——
Aber in dieses keusche Gedenken, da kann man sich nicht hineinschreiben mit ungeschickter Hand und grobem Handwerkszeug, das kann man nur in diese weißen, anspruchslosen Blätter. Das that ich am 4. September 1900.

Franz Kafka«[23]

Griechische Sprache: *lobenswert* (das Wunder war geschehen). Ebenso Tschechisch, Geographie und Geschichte, Physik, Philosophische Propädeutik. Alles Übrige durchweg nur *befriedigend.* Darunter auch Deutsch, was für einen angehenden Schriftsteller immerhin bedenklich war. Woran hatte es gelegen? Nun, das Aufsatzthema in der schriftlichen Maturaprüfung war nicht dazu angetan, literarische Brillanz hervorzulocken: ›Welche Vorteile erwachsen Österreich aus seiner Weltlage und seinen Bodenverhältnissen?‹ – damit hatte Kafka zu kämpfen, denn es fiel ihm nichts ein. Die vorzügliche Weltlage Österreichs erschloss und erschließt sich ja keineswegs auf den ersten Blick, und der berühmte Lesebuchsatz aus Schillers WALLENSTEIN, den gewiss *jeder* Prüfling zitierte – »Der Österreicher hat ein Vaterland / Er liebt's und hat auch Ursach', es zu lieben« – war zwar schön, doch argumentativ wenig hilfreich. Bedauerlich, dass man nicht den Kaiser selbst fragen konnte, der im Juni 1901, also vier Wochen *nach* den schriftlichen Prüfungen, wieder einmal in die Stadt einzog und die in Reih' und Glied aufgestellten Gymnasiasten musterte, gleichsam als wolle er bekräftigen, dass der Staat etwas von ihnen erwarte. Eine Koinzidenz, die auch Kafka berührt haben muss.

Letztlich war die Deutschnote jedoch zu verschmerzen. Denn weit wichtiger war es ihm, die über vier Tage sich hinziehenden mündlichen Prüfungen zu überstehen, wahre Kreuzverhöre, die länger als eine Stunde dauern konnten. Allein das Bewusstsein, dieses nun schon seit Jahren angstvoll herbeiphantasierte Strafgericht nicht mehr vor, sondern hinter sich zu haben, veränderte die Farben der Welt. Zweiundzwanzig Kandidaten waren angetreten, achtzehn hatten bestanden. Und er war dabei.

Dass es so kommen würde, hatte außer ihm selbst niemand in der Familie bezweifelt. Franz galt als fleißig, immerzu sah man ihn mit Büchern. Aber selbstverständlich war es auch für die Kafkas ein denkwürdiger Tag, denn nur diesen einen Sohn hatten sie, und der hatte nun etwas vollbracht, was ihnen selbst unerreichbar geblieben war. So war das Maturitätszeugnis nicht nur die Bestätigung einer individuellen Leistung, es war auch das amtliche Siegel darauf, dass es mit dieser Familie aufwärts, nur aufwärts gehen konnte.

Franz hatte ein Geschenk verdient, und der Clan zeigte sich großzügig. Eine Reise an die See sollte es sein, seine erste größere Reise überhaupt, ein Vorgeschmack auf künftige Unabhängigkeit. Freilich, ganz sich selbst überlassen wollte man ihn dabei nicht, und so erklärte sich Julies Stiefbruder Siegfried dazu bereit, seinen Neffen zu begleiten, soweit seine Landarztpraxis in der mährischen Kleinstadt Triesch es zuließ. Kafka hatte dort im Jahr zuvor einen Teil seiner Sommerferien verbracht, und vermutlich bei dieser Gelegenheit war der Reiseplan schon ausgeheckt worden. Mit Onkel Siegfried ließ sich reden: Der erst 34-Jährige gab sich zwar äußerlich ein wenig trocken, doch war er weit gebildeter und aufgeschlossener als die gesamte Verwandtschaft des Vaters. Als Landarzt und als Betriebsarzt dreier Tuchfabriken war Siegfried Löwy ausgesprochen beliebt, und das hatte gewiss auch damit zu tun, dass er über den Rand der

Schulmedizin hinausblickte. Er hegte starke Sympathien für die Naturheilbewegung (kein Zweifel, es war das sommerliche Triesch, wo Kafka seine ersten Gymnastikübungen absolvierte), er besaß eine eigene stattliche Bibliothek, und Löwy war dann auch einer der ersten Ärzte im ganzen Land, der bei seinen Patienten nicht mit dem Einspänner, sondern mit dem Motorrad vorfuhr. Mit einem solchen Mann ein paar Wochen an der Nordsee zu verbringen würde gewiss nicht langweilig, auch wenn der Onkel ein wenig den Aufpasser spielen musste.

Den Aufbruch, die Reise nach Helgoland durfte Franz, mittlerweile 18 Jahre alt, noch allein bewältigen: die erste lange Bahnfahrt, das erste Hotelzimmer, der erste Anblick des Meeres, die erste Schiffsfahrt. Siegfried Löwy folgte eine Woche später, gemeinsam verbrachte man vier Tage auf der Insel (die erst seit elf Jahren zu Deutschland gehörte), dann ging es weiter mit dem Raddampfer nach Norderney. Wer diese Ziele ausgewählt hatte, ist unklar: Nach Helgoland, wo Löwy beim örtlichen Badearzt logierte, gab es möglicherweise einen beruflichen Kontakt; das See- und Heilbad Norderney hingegen war besonders beliebt unter Österreichern, und auch in der Prager deutschen Presse wurde nachhaltig dafür geworben. Hier gab es Unterkünfte und Restaurants in großer Zahl und in allen Preisklassen, und da im Gegensatz zu anderen friesischen Inseln auch jüdische Kurgäste hochwillkommen waren – neuerdings war Norderney als ›Judeninsel‹ verschrien[24] –, fanden sich sogar Ansätze einer jüdischen Infrastruktur, samt Synagoge und koscheren Lokalitäten. Der Kurbetrieb war mondän, auch preußischer Hochadel ließ sich sehen; es gab Bälle, tägliche Konzerte, ein ›königliches Kurtheater‹, einen neuerrichteten Seesteg nach englischem Vorbild, selbst ein Wiener Kaffeehaus fehlte nicht, und zum Geburtstag ihres Kaisers am 18. August erlebten Franz und sein Onkel ein großartiges Feuerwerk. Weit wichtiger freilich war den beiden Lebensreformern die freie Bewegung in Luft und Wasser, und um länger bleiben zu können, wechselten sie vom Hotel ›Zum Reichsadler‹ in den schlichten Gasthof ›Frisia‹, wenige Minuten vom Herrenbadestrand. Das war doch etwas ganz anderes als die glitschigen Holzplanken der Civilschwimmschule: Zum ersten Mal erfuhr hier Kafka das erregende Gefühl, im Meer zu schwimmen, wenngleich dieses Vergnügen überaus streng reglementiert war und Bademeister mit sonorer Stimme und mit Hornsignalen dafür sorgten, dass niemand sich in die Brandung oder gar in die fünfhundert Meter breite Sperrzone um den Frauenstrand wagte.[25] Danach ruhte man in gemieteten Strandkörben, mit Büchern und langen Gesprächen. Störend nur, dass sich selbst bei dem wochenlang anhaltenden Prachtwetter die Probleme, die man zurückgelassen hatte, nicht völlig ausblenden ließen: insbesondere die Frage, was aus dem mit humanistischer Bildung förmlich abgefüllten Jüngling nun eigentlich werden solle. Der welterfahrene Onkel gab Ratschläge, sein Neffe hörte aufmerksam zu, es waren bedeutsame Augenblicke, zweifellos. Dennoch wissen wir nichts darüber.

Ende August schlug das Wetter an der Küste plötzlich um, bei Sturm und Regen wurden die Koffer gepackt, und Franz kehrte nach Prag zurück. Es hatte ihm gefallen, es gab viel zu erzählen, und seine Schilderungen des ›fashionablen‹ Nordseebads (so sagte man) machten selbst der Familie solchen Eindruck, dass einige Zeit später Hermann Kafka und seine Brüder ein sommerliches Familientreffen nach Norderney verlegten. Doch die Hochstimmung sollte nicht lange andauern, denn eine ganz unerwartete, schockierende Nachricht traf ein, die allen noch einmal ins Bewusstsein rief, an welch dünnem Faden das Glück der Familie hing. Oskar Kafka, ein Cousin von Franz, 17 Jahre alt, hatte sich erschossen.[26] Er wollte eine militärische Karriere einschlagen, hatte bereits eine Infanterie-Ausbildung absolviert und war nun auf dem Sprung in die hochangesehene Kavallerie-Kadettenschule von Mährisch Weißkirchen (Hranice na Moravě). Dort war zunächst eine Prüfung zu absolvieren, in die er offenbar mit ähnlichen Gefühlen ging wie sein Verwandter, der Prager Gymnasiast, in die seine. Als Lohn winkte jedoch kein Studium, sondern etwas viel Besseres, eine Husarenuniform, eine flotte Husarka, mit der man *beinahe* schon ausschaute wie ein fertiger Offizier. Doch die Würfel in Weißkirchen fielen anders: *Nicht bestanden.*

Zur Hölle mit der Germanistik

Ich will leben. Lächelt da einer?
Jiří Orten

»Ich sass einmal vor vielen Jahren, gewiss traurig genug, auf der Lehne des Laurenziberges. [Ich prüfte die Wünsche, die ich für das Leben hatte. Als wichtigster oder als reizvollster ergab sich der Wunsch, eine Ansicht des Lebens zu gewinnen (und – das war allerdings notwendig verbunden – schriftlich die andern von ihr überzeugen zu können) in der das Leben zwar sein natürliches schweres Fallen und Steigen bewahre aber gleichzeitig mit nicht minderer Deutlichkeit als ein Nichts, als ein Traum, als ein Schweben erkannt werde. Vielleicht ein schöner Wunsch, wenn ich ihn richtig gewünscht hätte. Etwa als Wunsch einen Tisch mit peinlich ordentlicher Handwerksmässigkeit zusammenzuhämmern und dabei gleichzeitig nichts zu tun undzwar nicht so dass man sagen könnte: ›ihm ist das Hämmern ein Nichts‹ sondern ›ihm ist das Hämmern ein wirkliches Hämmern und gleichzeitig auch ein Nichts‹, wodurch ja das Hämmern noch kühner, noch entschlossener, noch wirklicher und wenn Du willst noch irrsinniger geworden wäre. Aber er konnte gar nicht so wünschen, denn sein Wunsch war kein Wunsch, er war nur eine Verteidigung, eine Verbürgerlichung des Nichts, ein Hauch von Munterkeit, den er dem Nichts geben wollte, in das er zwar damals kaum die ersten bewussten Schritte tat, das er aber schon als sein Element fühlte.] Es war damals eine Art Abschied, den er von der Scheinwelt der Jugend nahm; sie hatte ihn übrigens niemals unmittelbar getäuscht, sondern nur durch die Reden aller Autoritäten rings herum täuschen lassen. So hatte sich die Notwendigkeit des ›Wunsches‹ ergeben.«[1]

Kafka war sich darüber gewiss nicht im Klaren, doch was er hier – an einem der schönsten Orte Prags, zu seinen Füßen die Moldau und das Panorama der Stadt – als den zentralen Wunsch seines Lebens entdeckte und wohl zum ersten Mal in seinen Konsequenzen sich bewusstmachte, war nichts anderes als die Position des *Zen*: absolute Aufmerksamkeit auf die unscheinbarsten Dinge, bei gleichzeitiger

Einsicht in deren Flüchtigkeit und Kontingenz. Freilich konnte er, wie er rückblickend einräumt, eine solche »Ansicht des Lebens« nur unter der Voraussetzung sich wünschen, sie auch literarisch zu formen und andere damit zu beeindrucken – denn als bloße ›Weltanschauung‹, als ›Einstellung‹ oder innere ›Haltung‹ konnte sie ihm schon damals keinesfalls genügen. Nicht Religion und philosophische Theorie, sondern literarische Werke hatten ihm die Einsicht vermittelt, dass das volle Leben, nach dem er sich sehnte, und das Nichts, über dem alles Lebendige und er im Besonderen schwebten, keine einander ausschließenden Vorstellungen sind. Im Gegenteil: Flüchtige Erscheinungen verlangen nach gesteigerter Konzentration, und der Hintergrund schwarzer Leere schärft die Details, wohin auch immer der Blick sich richtet. So war es selbst bei Goethe schon, so war es bei Flaubert, den er jetzt kennenlernte, und jene Präsenz von Sein und Nichts im selben Moment, am selben Objekt, im selben Satz schien Kafka eine Signatur der Vollendung, die ein Menschenleben wohl wert war.

Doch zuvor war eine Entscheidung zu treffen, die so profan wie schwierig war: profan, weil sie mit den Lebenswünschen, die sich Kafka auf dem Laurenziberg vergegenwärtigte, nur sehr äußerlich zu tun hatte; schwierig wiederum, weil sie zu früh kam und daher eigentlich nicht zu verantworten war. Es ging um die Entscheidung für ein Studienfach, damit auch um die Wahl eines Brotberufs. Selbstverständlich galt es als ausgemachte Sache, dass Franz studieren würde – der Traum von einer Übergabe des Geschäfts an den Stammhalter war ja längst ausgeträumt –, doch orientierten sich die Eltern mit ihren Ratschlägen am erwartbaren sozialen und materiellen Ertrag und an einigen leuchtenden Beispielen aus dem eigenen Clan. Für sie ging es also *ausschließlich* um die Wahl einer beruflichen Laufbahn und um die Frage, womit Franz seine künftige Familie ernährte.

Kafkas Eltern wussten genau – so nebelhafte Vorstellungen sie von den Gesetzmäßigkeiten akademischer Karrieren auch hatten –, dass Juden im Staatsdienst stark benachteiligt waren. Es hatte seine guten (oder, wenn man wollte, schlechten) Gründe, dass weit überproportional viele Juden als ›freischaffende‹ Akademiker ihr Auskommen suchten, vor allem als Ärzte und Rechtsanwälte. Darüber hätte sich auch Franz schon im Klaren sein können, als er für das offizielle

16 Kafkas Schwestern, von links: Valli, Elli und Ottla

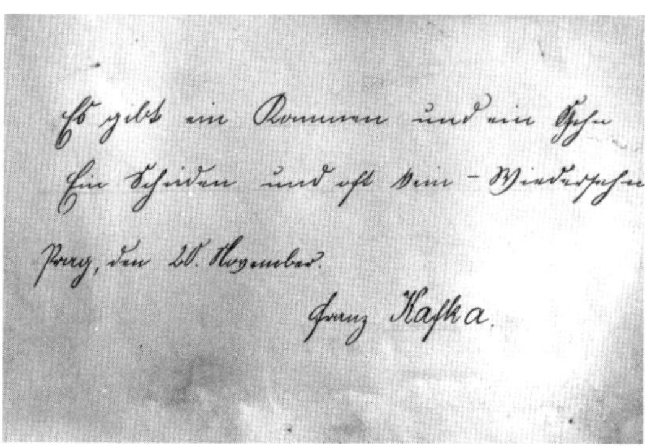

17 Albumeintrag für Hugo Bergmann, 1897

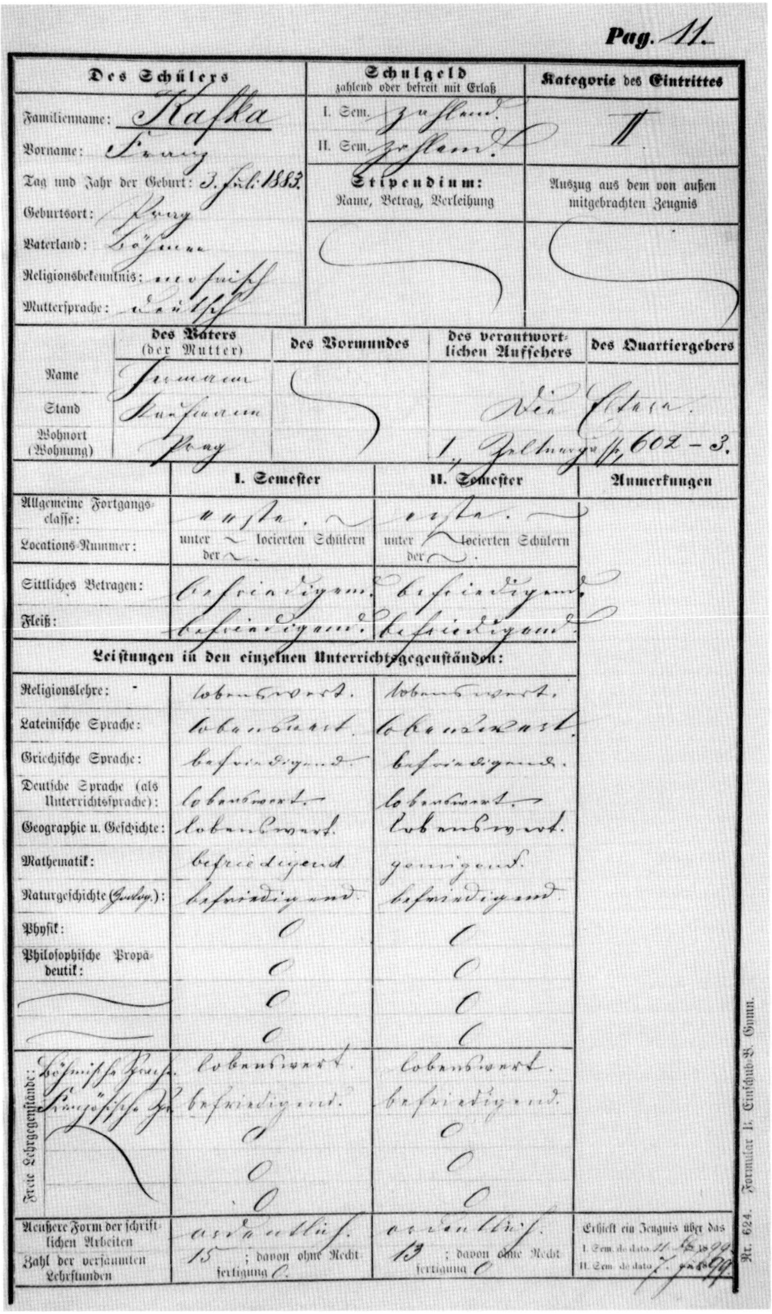
Pag. 11.

Des Schülers

Familienname: Kafka
Vorname: Franz
Tag und Jahr der Geburt: 3. Juli 1883
Geburtsort: Prag
Vaterland: Böhmen
Religionsbekenntnis: mosaisch
Muttersprache: deutsch

Schulgeld zahlend oder befreit mit Erlaß
I. Sem. zahlend
II. Sem. zahlend

Kategorie des Eintrittes: II

Stipendium: Name, Betrag, Verleihung

Auszug aus dem von außen mitgebrachten Zeugnis

	des Vaters (der Mutter)	des Vormundes	des verantwortlichen Aufsehers	des Quartiergebers
Name	Hermann		Die Eltern.	
Stand	Kaufmann			
Wohnort (Wohnung)	Prag		1, Zeltnergasse 602–3.	

	I. Semester	II. Semester	Anmerkungen
Allgemeine Fortgangsclasse:	erste	erste	
Locations-Nummer:	unter — locierten Schülern der —	unter — locierten Schülern der —	
Sittliches Betragen:	befriedigend	befriedigend	
Fleiß:	befriedigend	befriedigend	
Leistungen in den einzelnen Unterrichtsgegenständen:			
Religionslehre:	lobenswert	lobenswert	
Lateinische Sprache:	lobenswert	lobenswert	
Griechische Sprache:	befriedigend	befriedigend	
Deutsche Sprache (als Unterrichtssprache):	lobenswert	lobenswert	
Geographie u. Geschichte:	lobenswert	lobenswert	
Mathematik:	befriedigend	genügend	
Naturgeschichte (Geolog.):	befriedigend	befriedigend	
Physik:	0	0	
Philosophische Propädeutik:	0	0	
	0	0	
	0	0	
Freie Lehrgegenstände: Böhmische Sprache	lobenswert	lobenswert	
[illegible]	befriedigend	befriedigend	
	0	0	
	0	0	
	0	0	
Aeußere Form der schriftlichen Arbeiten	ordentlich	ordentlich	Erhielt ein Zeugnis über das I. Sem. de dato 11. Feb. 1899, II. Sem. de dato 7. Juli 1899
Zahl der versäumten Lehrstunden	15; davon ohne Rechtfertigung 0	13; davon ohne Rechtfertigung 0	

Nr. 624. Formular B. Einschub-B. Gymn.

18 Zeugnis des Altstädter Gymnasiums, 1899

19 Klassenfoto, 1897/98
(Franz Kafka in der hinteren Reihe, zweiter von links)

20 Franz Kafka
als Abiturient, 1901

21 Oskar Pollak

22 Ewald Přibram

23 Hugo Hecht

24 Paul Kisch

25 Von links: Max Fanta, Otto Fanta, Else Bergmann (geb. Fanta), Hugo Bergmann und Berta Fanta

26 Max Brod, ca. 1902

27 Zeltnergasse, Haus ›Zu den drei Königen‹ (Bildmitte), Adresse der Familie Kafka bis Mai 1907

28 Prager ›Civilschwimmschule‹

29 Christian von Ehrenfels

30 Bruno Kafka

31 Hans Gross

32 Hugo Salus

33 Paul Leppin

34 Gustav Meyrink in Prag

Verzeichnis der Maturanten als Berufswunsch »Philosophie« angab, mithin ein Studium an der Fakultät für Geisteswissenschaften. Wohin sollte das führen? Gewiss, es gab auch jüdische Professoren, und ihr Anteil hatte sich, verglichen mit der Generation zuvor, sogar leicht erhöht. Doch es war kein Geheimnis, dass Juden nur mit hoher Protektion in den Staatsdienst gelangten und dass selbst dann, wenn jüdische Bewerber in Betracht gezogen wurden, ihnen regelmäßig und in aller Offenheit empfohlen wurde, ›die Taufe anzunehmen‹. Eine institutionalisierte Studienberatung gab es noch längst nicht, allenfalls konnte man ein paar allgemeine Ratschläge einsammeln bei Vorträgen, die von jüdischen Organisationen angeboten wurden. Da jedoch jedes öffentliche Wort von Zensoren mitgehört wurde, war die ungeschminkte Wahrheit über die Behinderungen, mit denen jüdische Akademiker zu rechnen hatten, auch hier nicht zu erfahren.

Es wäre Hermann Kafka ein Leichtes gewesen, den materiell völlig abhängigen und noch längst nicht volljährigen Franz unter Druck zu setzen. Doch dem einzigen Sohn die Wahl des Studienfachs ausdrücklich vorzuschreiben – das war nicht üblich in der sozialen Schicht, der er sich jetzt zurechnete, und es hätte angesichts der eigenen Unbildung gewiss auch peinlich gewirkt. So blieb ihm nichts anderes übrig, als auf die Akademiker innerhalb der weitläufigen Verwandtschaft zu verweisen, die sich fast sämtlich der Juristerei verschrieben hatten. Dieses Studium hatte ja nicht zuletzt den Vorzug, dass es eine gewisse Bandbreite beruflicher Optionen noch für einige Jahre offenhielt, denn Juristen wurden nicht nur an Gerichten und in Hörsälen gebraucht, sondern auch in großen Unternehmen. Dennoch war Franz zu dieser schmerzlichen und, wie ihm schien, definitiven Anpassungsleistung noch nicht bereit. Er suchte nach Auswegen, und damit war er nicht allein.

Intensive Konsilien zur Frage des künftigen Berufs gab es zwischen Kafka und seinen Mitschülern vermutlich häufiger, doch selbst unter denen, die philosophische und literarische Interessen ernsthaft verfolgten, waren die Ausgangsbedingungen allzu verschieden. Der langjährige Klassenbeste Emil Utitz, den Kafka seiner Affektiertheit wegen nicht sonderlich schätzte, stammte aus wohlhabendem Haus und konnte es sich leisten, Philosophie zu studieren (später ließ er sich taufen und brachte es zum ordentlichen Professor). Gibian entschied sich für Jura, ebenso Přibram, der auf die fachliche Unterstützung seines soeben promovierten ältesten Bruders zählen konnte. Pollak, Bergmann und Kafka hingegen genossen in ihren Familien weder den sachlichen noch den finanziellen Rückhalt, der eine wirklich *freie* Berufswahl hätte ermöglichen können, und keiner von ihnen verspürte Lust, die eigene sprachliche Begabung in den Dienst juristischer, gar advokatorischer Wortklaubereien zu stellen. Da war es schon besser – wenn es denn sein musste, einen ›gleichgültigen‹ Beruf zu ergreifen –, sich irgendeiner aufstrebenden Wissenschaft anzuschließen, in der man etwas Nützliches leisten konnte, ohne auf das Wohlwollen verknöcherter Bürokratien oder halsstarriger Klienten angewiesen zu sein. Wer die Idee ins Spiel brachte, ist nicht überliefert, doch schon kurz nach der Matura fiel eine bemerkenswerte Entscheidung: Die drei entschlossen sich, gemeinsam ein Studium der Chemie aufzunehmen. Am 1. Oktober 1901 – es war derselbe Tag, da den Kafkas endlich das Heimatrecht in Prag gewährt wurde – versammelten sie sich im deutschen chemischen Institut, Krankenhausgasse Nr. 3, wo sie von Professor Guido Goldschmiedt empfangen wurden.

Das war eine durchaus prominente Adresse: Immerhin war dieser konvertierte Jude Träger des renommierten ›Lieben-Preises‹ für österreichische Naturwissenschaftler, und ›unter‹ Goldschmiedt gearbeitet zu haben konnte der künftigen Laufbahn daher nur förderlich sein. Dennoch erwiesen sich die Überlegungen der drei Jünglinge als allzu oberflächlich. Gewiss, wie moderne chemische Labors aussahen, wussten sie längst, denn Derartiges hatten sie schon fünf Jahre zuvor beim Klassenausflug zur großen pharmazeutischen Ausstellung zu sehen bekommen. Und sichergestellt war auch ein Minimum an fachlicher Beratung, denn jeder Anfänger hatte sich beim Institutschef vorzustellen, um formell aufgenommen zu werden. Doch keinem der drei war es hinreichend klar, dass man Chemie nicht nur pauken – daran waren sie gewöhnt –, sondern vor allem praktizieren muss. ›Chemische Übungen‹: das bedeutete fünfzehn Stunden wöchentlich ein nicht eben kurzweiliges Hantieren mit Reagenzgläsern, ein Einschleifen von Handgriffen und technischen Routinen, bei denen sich keiner von ihnen besonders geschickt anstellte; dazu noch zwei Stunden ›gemischte Übungen‹ in experimenteller Physik. Kafka, der sich auf Norderney bereits als »stud. chem.« präsentiert hatte,[2] war der Erste, der kapitulierte: Nach nur drei Wochen wechselte er zur juristischen Fakultät. Pollak lief über zur Kunstgeschichte, seinem Wunschfach, und Bergmann, der volle zwei Semester im Labor durchhielt und auch hier mit der Bestnote abschloss, folgte schließlich diesen Vorbildern und wandte sich der Philosophie zu. Er hatte, wie stets, den geringsten Spielraum, da er wegen Mittellosigkeit von allen Kollegiengebühren befreit war und Rechenschaft ablegen musste.

Für Kafka war es eine gänzlich neue Erfahrung, die über den Anlass hinaus von grundsätzlicher Bedeutung war: das erste nicht bloß imaginierte, sondern wirkliche Scheitern, das er zu verarbeiten und vor den fragenden Blicken einer vielköpfigen Verwandtschaft zu verteidigen hatte. Damit geriet er, kaum in die Verantwortung für sich selbst entlassen, erneut unter starken Anpassungsdruck: Konnte er hinsichtlich seiner beruflichen Pläne jetzt nicht eine glaubwürdige und durchschlagende Idee präsentieren, dann war es kaum mehr möglich, sich den wohlmeinenden Ratschlägen der familieneigenen Juristen länger zu entziehen. Auf eine solche Eingebung aber wartete Kafka vergebens, und so entschied er, die lästigen Diskussionen durch einen zumindest formellen Übertritt zur Rechtswissenschaft vorläufig zu beenden.

Die Freiheit der Berufswahl, schrieb Kafka später an den Vater, sei ihm zwar äußerlich zugestanden worden, doch habe er diese Freiheit aufgrund seiner familiären Verstrickungen und seines schwach ausgeprägten Selbstwertgefühls nicht wirklich nutzen können. Darin liegt Wahrheit: Tatsächlich hatte der 18-Jährige von der *sozialen* Ausformung seines künftigen Lebens keinerlei konkrete Vorstellung, und dass die Gesellschaft für ihn irgendwelche sinnvollen Aufgaben bereithalte – Aufgaben, die über den bloßen Erhalt seines sozialen Status hinausgingen –, war ihm ein so fernliegender Gedanke, dass er über Jahre das Gefühl nicht loswurde, es gebe für ihn eigentlich *gar nichts* zu tun.[3]

Diese Schwäche war jedoch durchaus nicht so grundlegend und irreversibel, wie sie Kafka in seiner späten Bilanz erscheinen musste. Was ihn interessierte und was nicht, wusste der junge Student sehr genau, und er war noch keineswegs dazu bereit, seine Energie und seine Wissbegier allein den pragmatischen Erfordernissen der Karriereplanung zu unterwerfen. Hätten seine Eltern in den folgenden Monaten über die Zeit und die Kenntnisse verfügt, seine Fortschritte genauer zu überwachen, so wäre ihnen aufgefallen, dass er zwar die für Anfänger vorgeschriebenen juristischen Vorlesungen absaß, dass er aber mit weit mehr Interesse seinen Freund Oskar Pollak begleitete, wenn dieser Vorlesungen über ›Deutsche Kunstgeschichte‹ oder die ›Geschichte der Baukunst‹ hörte. Überdies erlebte Kafka zum ersten Mal die originellste Figur der Prager deutschen Universität, den Philosophen und Dichter Christian von Ehrenfels, Mitbegründer der Gestalttheorie, dessen vierstündiges Kolleg über ›Praktische Philosophie‹ er belegt hatte. Ein paar philosophische Lehrveranstaltungen gehörten auch für angehende Juristen zum vorgeschriebenen Programm, und Kafka war gewiss nicht unglücklich darüber.

Die Diskussionen der Familie um Kafkas chaotischen und wenig engagierten Studienbeginn hinterließen keinerlei Erinnerungsspur, doch kräftigen Gegenwind verspürte er zweifellos – spätestens, als er nach nur einem Semester verkündete, die Lust an ›Römischer Rechtsgeschichte‹ bereits verloren zu haben. Es war dies sein erster entschiedener und auch keineswegs aussichtsloser Versuch, sich loszureißen, die längst gebahnten Wege zu verlassen und sein Schicksal in die eigenen Hände zu nehmen. Die Ermutigung und das starke Vorbild Pollaks dürften dabei eine entscheidende Rolle gespielt haben; darauf deuten vor allem die thematische Vielfalt der Lehrveranstaltungen, die Kafka im Sommersemester 1902 besuchte und die allesamt zur philosophischen Fakultät gehörten: darunter Vorlesungen zur Kunstgeschichte, zur Literaturgeschichte, zur Psychologie, aber auch grammatische und stilistische Übungen und sogar eine Vorlesung über die ›Ästhetik des musikalischen Dramas‹, die Kafka wohl weniger aus sachlichem Interesse als wegen des sympathischen und auf dem Katheder höchst unterhaltsamen Ehrenfels belegt hatte. Insgesamt verzeichnet Kafkas ›Absolutorium‹, die Liste der von ihm belegten Lehrveranstaltungen, für dieses Semester neunundzwanzig Wochenstunden – ein Pensum, das mit dem gymnasialen Stress durchaus konkurrieren konnte und mit dem er allen vor Augen führte, dass es ihm ernst war.[4]

Dieser Elan war jedoch bald schon aufgezehrt, und dafür gab es Gründe, sehr überzeugende Gründe, die indessen den Eltern kaum zu vermitteln waren. Sein Interesse war nicht ausschließlich, aber immer stärker auf Literatur gerichtet, und die Vorstellung, dass sein künftiger Beruf mit diesem Interesse in irgendeiner Weise zu tun haben müsse, hatte er noch keineswegs aufgegeben. Sein Traum stieß jedoch innerhalb der Universität an harte Grenzen, denn was hier als *Wissenschaft* der Literatur ausgerufen wurde, schien ihm so trostlos, so wenig inspirierend, dass er schon nach wenigen Monaten erneut an Flucht dachte.

August Sauer hieß der Mann, der für dieses Dilemma die Hauptverantwortung trug: ein mächtiger Ordinarius, der die Germanistik in Prag völlig dominierte und dessen bildungspolitischer Einfluss weit über Böhmen hinausreichte. Der 47-jährige Sauer war bekannt als Initiator großer editorischer Projekte (Grillparzer, Stifter), als Begründer und Herausgeber von Zeitschriften (*Euphorion*, *Deutsche Arbeit*) und nicht zuletzt als Ehemann der jungen Prager Lyrikerin Hedda Sauer (deren Vater wiederum, der Altphilologe Alois Rzach, Kafkas Maturaprüfung überwacht hatte). Die prominente Stellung, die Sauer im deutschen Bürgertum Prags innehatte, verdankte er jedoch vor allem seinem ›Kampf‹ um die Behauptung des ›Deutschtums‹ gegen slawische Übergriffe. Literaturgeschichte betrieb Sauer, als handele es sich um einen Sonderbereich der Volkskunde und als spiegele sich in literarischen Texten die Mentalität deutscher ›Stämme‹ und der Charakter der von ihnen bewohnten Landschaften – was ihm immer wieder Gelegenheit bot, die Eigenständigkeit der österreichischen Literatur hervorzuheben. Nichts anderes war es auch, was Kafka in Sauers Vorlesung zur ›Geschichte der deutschen Literatur‹ zu hören bekam, und schon nach kürzester Frist war er von diesem fortwährenden, teils buchhalterischen, teils anmaßenden Herausstreichen deutscher Kulturleistungen derart angewidert, dass er den Entschluss fasste, entweder an eine andere Universität auszuwandern oder aber die Germanistik ganz aufzugeben. »In der Hölle soll sie braten«, schrieb er an Oskar Pollak, und er begründete diesen Fluch mit einer (leider nicht überlieferten) gepfefferten Polemik gegen Professor Sauer, »den Gott selig habe« und der »von Franz Kafka überwunden wurde«.[5]

Doch so bestimmt er auch wusste, dass sich von solchen Geistesbeamten der deutschnationalen Schule über Literatur nicht viel lernen ließ, so ratlos stand Kafka vor der Frage, welche Konsequenzen er daraus ziehen solle. Ein Einziger aus seiner Maturaklasse hatte es gewagt, die Literatur zu seinem Hauptfach zu wählen: Paul Kisch, einer der vier Brüder des späteren ›rasenden Reporters‹ Egon Erwin Kisch. Mit Paul, der ebenfalls schriftstellerische Ambitionen hatte, war Kafka im

Gespräch geblieben, eine im burschikosen Tonfall gepflegte Freundschaft hatte sich entwickelt, und als Paul Kisch sich entschloss, nach zwei Semestern sein Studium in München fortzusetzen, war Kafka bereit, auf diesen Zug aufzuspringen. Doch in diesem Sommer 1902 gab es viele, allzu viele Ratgeber, die im Namen der Vernunft auf ihn einwirkten: die Eltern während einer kurzen Sommerfrische in Liboch an der Elbe, der Landarzt aus Triesch, bei dem er erneut ein paar Tage verbrachte, und schließlich wandte sich Kafka sogar an seinen zu Verwandtenbesuchen angereisten Onkel Alfred Löwy, den welterfahrenen Eisenbahndirektor aus Madrid, mit dem »wunderlichen, leider sehr wunderlichen Einfall, ihn zu bitten, nein nicht zu bitten, zu fragen, ob er mir nicht zu helfen wüßte aus diesen Dingen, ob er mich nicht irgendwohin führen könnte, wo ich schon endlich frisch Hand anlegen könnte«.[6] Das vermochte Löwy nun leider nicht, *noch* nicht, aber dass der pragmatische Geschäftsmann ihn wohl kaum zu einem Studium der Germanistik und erst recht nicht zum vorzeitigen Verlassen der elterlichen Wohnung ermunterte, ist unschwer zu erraten. Auch von Oskar Pollak, der vorerst in Prag bleiben wollte, kam kein Beistand zu irgendwelchen radikalen Lösungen, und so blieb alles in der Schwebe bis zum letztmöglichen Augenblick. Am 13. Oktober beantragte Kafka einen Reisepass, um nach München zu reisen, vier Tage später war das Dokument ausgefertigt. Doch der Zug fuhr ohne Kafka, denn der war schon wieder zurückgekehrt auf die harten Bänke des Hörsaals. Seine mitgebrachten Notizhefte trugen nun freilich andere Aufschriften: Obligationenrecht, deutsches Privatrecht, Kirchenrecht, Völkerrecht. Er war wieder in der Spur, er hatte, zu aller Überraschung, Platz genommen genau dort, wo man es von ihm erwartete.

Die Prager Universität, die älteste in Mitteleuropa, war ein bildungspolitisches Kuriosum, denn seit zwanzig Jahren schon bestand sie aus zwei rechtlich voneinander unabhängigen Institutionen, die auf engstem Raum und gleichsam Rücken an Rücken arbeiteten: der *k. k. Deutschen Karl-Ferdinands-Universität* und der *k. k. Böhmischen Karl-Ferdinands-Universität*. Das Schisma war unvermeidlich gewesen. Denn während die Tschechen darauf drängten, ihrer Unterrichtssprache endlich die in der Verfassung garantierte Gleichberechtigung zu verschaffen, wuchsen auf deutscher Seite die Befürchtungen, dass der immer größere Anteil tschechischer Studenten am Ende zu einer Übernahme der gesamten Karls-Universität führen würde. Den Tschechen zu einer eigenen Universität und damit zu einer weiteren nationalen Kultstätte zu verhelfen – nach dem Bau des imposanten Nationaltheaters – schien daher das bei weitem kleinere Übel.

Die Presse sprach von ›Teilung‹, indessen zeigte es sich, dass die Deutschen gar nicht daran dachten, irgendwelche Ressourcen freiwillig abzutreten, sondern lediglich bereit waren, eine Neugründung, eine *zweite* Prager Universität zu dulden, die sich ihre Mittel dann eben andernorts beschaffen musste.[7] Die apparativ hochgerüsteten Institute der Naturwissenschaftler ließen sich nicht teilen, wurde argumentiert. Auch die Verwaltungsstruktur wurde selbstverständlich nicht geteilt, sondern eher verdoppelt, zu schweigen von dem neuen großen Bedarf an Sälen und Büroräumen, die in der Altstadt gar nicht zur Verfügung standen. So blieb, zum Unwillen der Deutschen, nichts anderes übrig, als zumindest die wichtigsten Gebäude auch weiterhin gemeinsam zu nutzen – das Karolinum als historischen Kern sowie das Klementinum mit der im Obergeschoss gelegenen Bibliothek –, und noch während Kafkas Studentenjahren kam es vor, dass die deutsch-tschechische Demarkationslinie innerhalb von Treppenhäusern verlief. Die ohnehin gespannten Beziehungen verbesserte das keineswegs, denn je näher die unvermeidliche Berührung mit ›den anderen‹, desto ostentativer die Abgrenzung. Im Karolinum hatte man das Problem auf kuriose Weise dadurch gelöst, dass deutsche und tschechische Studenten das Gebäude von verschiedenen Seiten betraten: von der Eisengasse die einen, vom Obstmarkt die anderen. Die Aula hingegen wurde von beiden Parteien abwechselnd genutzt, an geraden und ungeraden Tagen, und ebenso verfuhr die Universitätsbibliothek.

Am Beginn des 20. Jahrhunderts verzeichnete die tschechische Universität etwa 3100 Studenten, die deutsche nur etwa 1300, und an dieser Proportion sollte sich, solange die Spaltung andauerte, auch nichts mehr ändern. Das wissenschaftliche Niveau war an den deutschen Fakultäten vorläufig höher, denn bei der Besetzung vakanter Stellen konnte man ja auf den gesamten deutschen Sprachraum zurückgreifen – was auch nötig war, da sich viele zugewanderte deutsche Professoren auf der Sprachinsel höchst unwohl fühlten und die Stadt wieder verließen –, während die schmale tschechischsprachige

Bildungselite zwar *ihrer* Hauptstadt treu blieb, im internationalen akademischen Ranking jedoch noch wenig beachtet war. Dazu kam die für junge Nationalismen typische Neigung, das Fremde vor allem im Hinblick auf das Eigene zu rezipieren: eine verengte Perspektive, die leicht in Provinzialismus umschlagen konnte und die bei den Tschechen ausgeprägter war als bei den Deutschen. Wer beispielsweise an der tschechischen Universität Germanistik studierte, erfuhr sehr viel über die Berührungspunkte von tschechischer und deutscher Literatur, während dasselbe Thema bei Professor Sauer nur Teilaspekt einer viel umfassenderen ›landeskundlichen‹ Forschung war.[8] Schließlich bedeutete das in Fülle vorhandene deutsche Lehrmaterial einen Vorsprung, den die tschechischen Fakultäten auch nach Jahrzehnten noch nicht ganz aufgeholt hatten. So erschien erst 1901 eine tschechischsprachige Geschichte des römischen Privatrechts, 1912 ein tschechisches Lehrbuch des Strafrechts. Zu dieser Zeit war es kaum mehr als der symbolträchtige Name, der die beiden Universitäten noch verband; nach Gründung der tschechoslowakischen Republik wurde endlich auch dieses letzte Band zerrissen, und fortan durfte sich allein die tschechische Universität auf den Gründer Karl IV. berufen.[9]

Als Kafka im Oktober 1901 die etwas düsteren und unbehaglich kühlen Vorlesungssäle zum ersten Mal betrat, wusste er längst, dass ihn hier keinesfalls nur ›Lehrangebote‹ erwarteten (ein Begriff, den es tatsächlich noch gar nicht gab). Die Beziehungen zwischen Lehrenden und Lernenden waren vielfältiger und persönlicher als am Gymnasium, und der – nach heutigen Maßstäben – sehr überschaubare akademische Betrieb war sozial engmaschig: In welchen Vorlesungen und Seminaren man sich blicken ließ, zu welchen Vereinen, Gruppen und Stammtischen man gehörte, an welchen Festivitäten man teilnahm – all das wurde registriert, und anonymes Mitschwimmen war weder erwünscht noch dem eigenen Status und Lernerfolg zuträglich.

Das studentische Leben war demzufolge kein bloßes Moratorium am Fuß der Karriereleiter, es war vielmehr selbst eine soziale Form mit weithin anerkannten Spielregeln und tradierten organisatorischen Strukturen, denen sich auch Kafka nur um den Preis völliger Isolation hätte entziehen können. Vor allem die zahlreichen Burschenschaften prägten das Bild des streitbaren Studenten. Denn diese Verbindungen fanden ihr Gruppen-Ich in einer Vielzahl lärmender und teilweise öffentlicher Rituale, unter denen das massenhafte sonntägliche Promenieren in Uniform, der sogenannte ›Bummel‹, besonders wichtig war, und sie setzten alles daran, um national und konfessionell homogen zu bleiben. Wie es in einem solchen Männerbund zuging, davon hatte Kafka in seiner verbotenen ›Schülerblase‹ bereits einen Vorgeschmack erhalten, und diese Erlebnisse waren nicht dazu angetan, ihn in eine studentische Korporation zu locken – auch nicht in eine der jüdischen, in denen, wie überall, Lieder gesungen, Mensuren geschlagen und vor allem exzessiv Bier getrunken wurde, alles nach striktem ›Komment‹.

Weit interessanter fand Kafka eine andere, übergreifende Organisation, die sich auf die Vertretung studentischer Interessen, auf Förderung der Allgemeinbildung sowie auf kulturelle Belange konzentrierte: die ›Lese- und Redehalle der deutschen Studenten in Prag‹, kurz *Halle* genannt. Die Halle war ein Verein, in dem es noch keinen Rangunterschied bedeutete, ob man einer Korporation angehörte oder zur freien ›Finkenschaft‹ zählte, und wo das Engagement des Einzelnen hoch geschätzt war. Auch die Halle war selbstverständlich deutschnational orientiert und verstand sich als kulturelle Bastion gegen den zunehmenden Einfluss der Tschechen. Doch es war dies ein liberal gemeintes, an den Idealen von 1848 orientiertes Deutschtum, das mit antisemitischen oder gar rassistischen Phantasien unvereinbar war: ›deutschfreiheitlich‹ lautete der einschlägige Slogan, den auch gebildete, traditionsbewusste Juden aus dem Altstädter Milieu durchaus mittragen konnten. Deutsch-chauvinistisch gesinnte Studenten hingegen waren nicht in der Halle, sondern vorzugsweise in der ›Germania‹ organisiert, einem Parallelverein, der sich zehn Jahre zuvor von der Halle abgespalten hatte und der auf der Grundlage eines eilends verabschiedeten ›Arierparagraphen‹ Juden ausdrücklich ausschloss. Hier fühlten sich vor allem Studenten aus den deutschsprachigen Gebieten des nördlichen Böhmen und Mähren wohl, dem späteren ›Sudetenland‹.

Vor solchen Leuten war man in der Halle weitgehend sicher, und Kafka zögerte keinen Augenblick, sich anzuschließen. Sogleich nach der Immatrikulation stellte er sich dem in der Ferdinandstraße (Narodní třída) residierenden ›Halle-Ausschuss‹ vor, unterschrieb einen Antrag und zahlte vier Kronen Aufnahmegebühr. Danach wurde sein

Name eine Woche lang am Schwarzen Brett des Vereins ausgehängt, für den Fall, dass an seiner nationalen Zugehörigkeit oder Gesinnung irgendwelche Zweifel bestanden. Da dies nicht der Fall war, wurde Kafka für Mitte November zu einem internen Treffen geladen. Dort hatte er sich, wie die übrigen Neuzugänge, im schwarzen Anzug vor dem Vereinsbanner aufzustellen und mit Ehrenwort und Handschlag seine »treudeutsche Gesinnung« zu bekräftigen – ein Ritual, das in den Statuten der Halle genau geregelt war. Darauf wurde ihm – nach dem Vorbild der Burschenschaften – ein schräg über die Brust laufendes Band übergestreift, das die Farben Schwarz-Rot-Gold und die Jahreszahl 1848 zeigte. Dieses Band hat Kafka bei festlichen Anlässen dann noch öfter getragen, auch auf der Straße, und die Erzieherin Anna Pouzarová erinnerte sich sogar daran, dass er einmal mit angelegter deutschnationaler Schärpe in die Küche kam, um sich »ernst salutierend« von ihr zu verabschieden.[10]

Dass Kafka diese ideologische Grundierung seiner neuen Rolle nicht nur hinnahm, sondern auch ein wenig mit ihr paradierte, ist durchaus glaubwürdig – schließlich war er in einer Welt aufgewachsen, in der Uniformen, Fahnen und Farbsymbole ganz alltägliche Erscheinungen waren, denen noch eine gewisse zivile Unschuld anhaftete und die auch in der erotischen Werbung von nicht unerheblicher Bedeutung waren. Doch Kafka hat dieses Spiel niemals forciert – wie etwa sein Freund Paul Kisch, der bereits *Stunden* nach bestandenem Abitur im vollen Wichs eines Burschenschaftlers umherstolzierte –, und völlig fremd blieb ihm der Gedanke, die Identität der eigenen Gruppe müsse durch Ausgrenzung oder gar Herabwürdigung anderer fortwährend bekräftigt und reanimiert werden. Gegnerschaft langweilte Kafka, schicksalhafte Gegnerschaft empfand er als Unglück, und die *Freude* am Gegner kannte er überhaupt nicht.

Freilich war es auch in der liberalen *Halle* nicht zu vermeiden, auf Menschen ganz anderen Schlags zu treffen. Vor allem der Führungszirkel des Vereins, der *Ausschuss*, war besetzt von gelegentlich elitär auftretenden Studenten, denen es sehr ernst war mit ihrem Deutschtum und denen es höchst unangenehm gewesen wäre, von den Burschenschaftlern, auf deren Wahlstimmen sie angewiesen waren, oder gar von den deutschnationalen Professoren – darunter zahlreiche Ehrenmitglieder der Halle – für kompromisslerisch gehalten zu werden. Kurioserweise war es ein Verwandter Kafkas, ein Großcousin, der sich als Redner und energischer Taktiker hier besonders hervortat: der um zwei Jahre ältere Jurastudent Bruno Kafka, der bis zu seiner Promotion im Jahr 1904 (und dem gleichzeitigen Austritt aus der jüdischen Gemeinde) ständig leitende Funktionen innehatte. Die Vitalität dieses Erfolgsmenschen, der aus dem angesehensten Zweig des Kafka-Clans stammte, bewunderte Franz aus gebührender Distanz, während Bruno über den stillen Neuankömmling hinwegsah.[11]

Das aus etwa 500 Mitgliedern bestehende Fußvolk der Halle hatte freilich mit den Seilschaften an der Spitze nur bei offiziellen Anlässen zu tun. Tatsächlich spielte sich das soziale Leben innerhalb von ›Abteilungen‹ ab, in denen sich einige Dutzend Studenten mit gleichen Interessen zusammentaten und in denen es etwas weniger formell zuging – auch wenn die Anrede per ›Sie‹ obligatorisch blieb. Kafka meldete sich in der ›Abteilung für Literatur und Kunst‹, und obwohl es möglich und durchaus üblich war, in mehreren dieser Gruppen mitzumachen, scheint er die ›Abteilung für Rechts- und Staatswissenschaften‹ (in der natürlich sein Cousin das große Wort führte) kein einziges Mal beehrt zu haben, ebenso wenig wie die Abteilungen für Technik, Medizin, Schachspiel und Fechten.

Studenten verschiedener Abteilungen trafen einander vor allem in der reichhaltigen und wohlorganisierten Bibliothek der Halle, die von Spendern aus dem gesamten deutschsprachigen Raum beschickt wurde. Im Gegensatz zur Universitätsbibliothek standen hier Tausende auch neuester belletristischer Titel zur Verfügung, daneben mehr als 600 Zeitungen und Zeitschriften sowie dick mit Butter bestrichene Brote, die ein fest angestellter Kustos verabreichte. Für Kafka muss dieser ihm plötzlich offenstehende kulturelle Speicher von erheblicher Bedeutung gewesen sein, denn sein häuslicher Bestand an Büchern war kümmerlich, und den Erwerb literarischer Neuerscheinungen konnte er sich – abhängig vom Taschengeld der Eltern – nicht allzu oft leisten.[12] Zola, Schnitzler, Wilbrandt, Tolstoi, Sudermann, Hauptmann und Ibsen: Mit diesen Namen begann die Hitliste der am häufigsten entliehenen »schöngeistigen« Bücher der Halle-Bibliothek, und es ist wahrscheinlich, dass ebendiese Autoren unter den etwa fünfzig Mitgliedern der Literaturabteilung auch für den meisten Diskussionsstoff sorgten. Kafka bot sich hier die Chance, seinen literarischen Horizont beträchtlich zu erweitern und auch viel engeren Anschluss an aktuelle Tendenzen zu gewinnen, jenseits der volkspädagogischen Empfehlungen des *Kunstwarts.* Außerdem lernte er Studenten verschiedener Fachrichtungen kennen, denen er im Hörsaal sonst niemals begegnete – darunter auch einige von der Technischen Universität – und die sich hier zu dem Zweck zusammengetan hatten, etwas für ihre Bildung zu tun.

Die Abteilungen der Halle waren organisiert wie selbständige Vereine: Es gab einen Obmann samt Stellvertreter, einen Kassenwart und einen Schriftführer, der die offiziellen Zusammenkünfte zu protokollieren hatte. Außerdem wurden in jedem Semester Verbindungsleute zur Gesamt-Halle bestimmt, die als ›Literatur- und Kunstberichterstatter‹ firmierten, und es gab sogar einen Verantwortlichen für die Pressearbeit, der dafür sorgte, dass öffentliche Veranstaltungen in den Tageszeitungen rechtzeitig angekündigt wurden.

Solche Vorträge und Lesungen, die *deutschen* Gästen und sogar *Damen* ausdrücklich offenstanden, organisierte die literarisch-künstlerische Abteilung mehrmals in jedem Semester, wobei die Vortragenden zumeist aus den eigenen Reihen kamen (was dem Begriff *Rede*halle erst Sinn verlieh). Die daran sich anschließenden Diskussionen wurden knapp protokolliert; inhaltliche Beiträge Kafkas sind hier jedoch nicht verzeichnet.[13] Es scheint, als habe seine Zurückhaltung auch in diesem Kreis für einige Verwunderung gesorgt, und im Scherz wurde einmal vorgeschlagen, speziell für Kafka eine Unterabteilung für »Innenleben« zu gründen.[14] Dennoch muss er über seine habitualisierte Beobachterrolle allmählich hinausgewachsen sein, denn zu Beginn des fünften Semesters wurde er zum Kunstberichterstatter gewählt – als Nachfolger seines Freundes Oskar Pollak, der zu dieser Zeit Prag verließ – und für das sechste Semester zum Literaturberichterstatter.

Ob und wie er derartige Rollen schließlich ausfüllte, wissen wir nicht, doch die überraschende Kombination dieser Ämter spiegelte seine Interessen recht genau wider. Kafka beschäftigte sich in dieser frühen Phase seiner Studien intensiv auch mit bildender Kunst und empfand die literarische Sprache durchaus noch nicht als das einzige ihm zugängliche Medium der Identifikation. Ja, er glaubte sogar eine gewisse zeichnerische Begabung an sich wahrzunehmen, er bekritzelte ausdauernd die Ränder seiner Vorlesungshefte und schrieb später wehmütig-ironisch, er sei einmal »ein großer Zeichner« gewesen, der sich sein Talent, das ihn zeitweilig mehr befriedigt habe als alles andere, durch schulmäßigen Zeichenunterricht habe verderben lassen.[15]

Nicht überraschend daher, dass der einzige Vortrag, den Kafka während seiner Studentenjahre *beinahe* gehalten hätte, sich nicht auf literarische Gegenstände, sondern auf ein aktuelles künstlerisches Thema bezog. Er hatte sich, wie viele Bildungsbürger seiner Generation, stark beeindrucken lassen von den japanischen Zeichnungen und Farbholzschnitten, die der aus Prag stammende jüdische Graphiker und Kunsthandwerker Emil Orlik teils selbst gefertigt, teils aus Japan mitgebracht und in spektakulären Ausstellungen und Lichtbild-Vorträgen präsentiert hatte.[16] Vor allem Anhänger der Lebensreform waren durch Orliks Demonstrationen geradezu elektrisiert: Hatte man den ›Japonismus‹ in der Kunst bisher nur für eine französische Modeerscheinung gehalten, so schien es jetzt, als sei die ästhetische Durchdringung des Alltagslebens, die ja nicht zuletzt der *Kunstwart* als Programm verkündete, in Japan bereits Wirklichkeit und Vorbild.

Es gibt starke Indizien dafür, dass auch in der ›Abteilung für Literatur und Kunst‹ die Diskussionen über die japanischen Blätter schon bald eine zivilisationskritische Richtung nahmen. Denn nachdem im November 1902 der 20-jährige Zeichner und Jurastudent Max Horb einen begeisterten Vortrag über Orlik gehalten hatte, ging Oskar Pollak nur zwei Wochen später einen Schritt weiter und fasste das Thema im reformerischen Sinn: »Ausgehend von der japanischen Ausstellung Emil Orliks«, heißt es im ungelenken Protokoll dieser Sitzung, »kommt Herr Pollak auf den Mangel unserer Zeit für Ästhetik, die das Schöne immer fern sieht, aber für die Natur in der nächsten Umgebung keinen Sinn hat. Der Vortragende bespricht den Mangel an Kultur – Kultur im Gegensatze zur Civilisation – und zeigt an den Japanern, wie überlegen diese uns sind.« Ob sich Kafka an der anschließenden Debatte beteiligte, geht aus dem Protokoll nicht hervor, wohl aber, dass er am Ende der Sitzung überraschend und vermutlich spontan einen eigenen Vortrag ankündigte, mit dem er das Thema – seinen Freund Pollak nochmals überbietend – ins ganz Grundsätzliche lenkte: ›Japan und wir‹ sollte der Titel lauten, ebenso schlicht wie anspruchsvoll.

Eingelöst hat Kafka dieses Versprechen nicht, doch es zeigt, dass er, sobald etwas ihn nahe berührte, durchaus entzündbar war und dass er seine soziale Defensive dann zeitweilig auch zu lockern vermochte – in diesem Fall sogar in Gegenwart einer Frau, denn die Prager Künstlerin Ida Freund, der Kafka noch häufig begegnen sollte, besuchte Pollaks Vortrag als Gast und meldete sich auch zu Wort. Doch woher diese Erregung? Kafka wusste selbstverständlich, dass japanische Kunstwerke nicht einfach Lebensäußerungen waren, dass vielmehr die künstlerischen Techniken, die Orlik in Japan erlernt hatte, ebenso komplex waren wie das, was an europäischen Akademien unterrichtet wurde. Utamaro, Hiroshige, Hokusai – das waren keine ›Naturmaler‹ in dem Sinne, wie man singende Amateure als ›Natursänger‹ bezeichnete. Was sie schufen, war hart erarbeitet, doch von einer betörenden Schlichtheit, in der das technische Moment der Kunst vollkommen aufgehoben schien: Eine einzige Bewegung schien ihnen zu genügen, um das Wesen einer Figur, einer Landschaft zu treffen, und die eigentümliche ›Flachheit‹ ihrer Bilder zeugte von einer Raffinesse gleichsam zweiten Grades, der Raffinesse äußerster Reduktion. »In der Darstellung des Wesentlichsten liegt ihr Ideal«, so konnte Kafka wenige Tage zuvor in einem Erfahrungsbericht Orliks lesen. »Je einfacher die Mittel, desto größer die Konzentration des Künstlers bei der Arbeit, umso geschätzter ist das Werk … Es wird längere Zeit überlegt und kürzer gemalt. Denn das Bild besteht gar oft – und gerade die berühmtesten sind so! – aus wenigen Pinselstrichen.«[17] Man kann die erhaltenen Zeichnungen Kafkas, insbesondere die berühmten ›Strichmännchen‹, als geglückte Versuche deuten, jenem Minimalismus auf eigenen Wegen zu folgen. Und vielleicht hatte Kafka in der Konfrontation mit japanischer Kunst zum ersten Mal den befreienden Gedanken, dass die Wahl einfacher, selbst primitiver ästhetischer Formen keineswegs in die Niederungen des ›Volkstümlichen‹ führen musste. Ebendies aber war ein bedeutender Schritt über die gemütvoll-pedantischen Lehren des *Kunstwarts* hinaus – auch wenn Kafka vorläufig noch keine rechte Vorstellung davon hatte, wie die neue Einsicht in die Sprache der Literatur zu übertragen sei.

Im Herbst 1902 war dies nicht der einzige folgenreiche Impuls, den die Literaturabteilung Kafka zu bieten hatte. Auf der konstituierenden Sitzung, die wie üblich zu Beginn des Semesters abgehalten wurde, waren neue Gesichter aufgetaucht: der erste Jahrgang *nach* Kafka, Absolventen von Schulen aus Böhmen und Mähren, darunter auch einige vom Altstädter Gymnasium, an die er vielleicht eine vage Erinnerung hatte. Ein scharfsinniger Jurastudent namens Felix Weltsch etwa – gut möglich, dass Kafka ihn im Religionsunterricht (wo stets zwei Jahrgänge gemeinsam unterrichtet wurden) oder sogar in der Synagoge schon bemerkt hatte. Dieser Weltsch wiederum schien recht vertraut mit einem anderen Debütanten, einem bemerkenswert mundfertigen und auch äußerlich auffälligen Jüngling. Max Brod hieß dieser 18-Jährige, der ein wenig gnomenhaft wirkte mit seiner geringen Körpergröße und einer offenkundig deformierten Schulterpartie und der seine Skurrilität noch unterstrich durch einen gelehrtenhaften Zwicker, der zu den jugendlichen, weichen Zügen nicht recht passte.

Brod schien von irgendwelchen Gefühlen der Minderwertigkeit ganz unbelastet, er fühlte sich wohl unter einigen vertrauten Freunden vom Stephansgymnasium, die gemeinsam mit ihm hier aufgetaucht waren. Schon bei der allerersten Sitzung der Literaturabteilung – zu einem Zeitpunkt, da er noch nicht einmal das treudeutsche Ehrenwort geleistet hatte – diskutierte er eifrig mit, stellte sich als Kunstberichterstatter und Schriftführer zur Verfügung und kündigte sogar einen eigenen Vortrag an, den er offenbar fertig in der Schublade hatte, denn bereits vier Tage später wollte er in den Ring steigen. Und wie man hörte, war das noch längst nicht alles. Brod hatte sich fast gleichzeitig auch in der Abteilung für Musik eingefunden, wo er das Amt des ›Säckelwarts‹ übernommen und seine Mitwirkung an einem öffentlichen akademischen Konzert fest zugesagt hatte. Der kleine Brod studierte Rechtswissenschaften. Hatte er womöglich die freie Zeit, die dieses Paukstudium ihm ließ, ein wenig überschätzt?

Es war üblich, dass die Studenten über ein literarisches Werk vortrugen, über eine Theaterinszenierung oder eine Ausstellung; selbst eigene Reiseeindrücke aus Italien waren hinreichender Anlass, um sich ans Rednerpult zu stellen. Umfassendere Themen, wie Pollak und Kafka sie ankündigten, waren seltener, denn sie bedurften eines ausgeprägten Selbstvertrauens und hoher Motivation. Für Brod waren das keine Hindernisse. Er wollte einfach über das sprechen, was ihn in den vergangenen drei Jahren – neben gymnasialem Lernpensum und zahllosen Klavierstunden – am meisten beschäftigt hatte, und das war die Philosophie Schopenhauers. Jedes Wort der sechsbändigen, bei Reclam erschienenen Schopenhauer-Ausgabe hatte er so oft gelesen, als handele es sich um sakrale Texte; vieles kannte er auswendig; er las *über* Schopenhauer, und er las die von Schopenhauer für satisfaktionsfähig erklärten Autoren. Und darüber wollte er nun vortragen: nicht über irgendeinen werkgeschichtlichen oder sonstigen gelehrten Aspekt, sondern über das große Ganze, über »Schicksale und Zukunft von Schopenhauers Philosophie«.

Es zählt zu den unglücklichen Zufällen der Überlieferung, dass gerade zu jenem Abend des 23. Oktober 1902, der für Brod wie für Kafka höchst bedeutsam werden sollte, *kein* Protokoll zur Hand ist – ebenso wenig die originalen Notizen des Referenten oder ein unabhängiger Zeugenbericht. Brod selbst hatte später Mühe, das Ereignis chronologisch einzuordnen, doch erinnerte er sich, dass er besonders polemisch gegen Nietzsches Kritik an Schopenhauer predigte. Wenn man die deterministische Lehre Schopenhauers erst einmal verstanden hatte – so die unbeirrbare Überzeugung des agilen Jünglings –, dann war es schlechterdings nicht mehr möglich, ihr mit sachlichen Gründen den Rücken zu kehren. Nietzsche hatte Schopenhauer *nachweislich* verstanden, infolgedessen musste die Abwertung seines einstigen Lehrmeisters in ganz anderen Motiven wurzeln, in Konkurrenzdenken, in Eitelkeiten ... was auch immer. In jedem Fall war Nietzsche der Unaufrichtigkeit und des Verrats überführt. Nietzsche war ein »Schwindler«.[18]

Das war starker Tobak, den selbst der vorsichtige Kafka nicht schweigend erdulden wollte. Sein Nietzsche-Sommer, das große ZARATHUSTRA-Erlebnis, lag erst zwei Jahre zurück – wollte dieser Bursche ihm nun einreden, jenes Jahrhundertbuch sei das Machwerk eines Hochstaplers? Kafka protestierte und widersprach. Ob andere ihm beipflichteten – auch Pollak war ja vermutlich anwesend –, wissen wir nicht. Aber die Sache ließ ihn nicht ruhen, und nachdem die Versammlung sich aufgelöst hatte, sprach er weiter mit Brod, gemeinsam gingen sie hinaus in die feuchtkalte Nacht, machten sich auf den Heimweg, einer begleitete den anderen, in die Schalengasse, in die Zeltnergasse und wieder zurück, immer aufs Neue. Sie sprachen über Philosophie und Literatur, stritten über das Verhältnis von Kunst und Leben.

Zum zweiten Mal innerhalb weniger Jahre, zum zweiten Mal nach der Annäherung an Oskar Pollak erlebte Kafka ein menschliches Phänomen, das allen Erfahrungen widersprach, die seinen eigenen psychischen Binnenraum verdüsterten. Was ihm hier begegnete, waren vielfache Begabungen, die nicht kontemplativ sich selbst verzehrten und lähmten, sondern aktiv, ja hyperaktiv nach außen strahlten, scheinbar ohne Selbstzweifel, mit rätselhafter Lust und Energie. Es war also möglich, hochbegabt, sensibel und gebildet zu sein, ohne unter dieser Last verstummen zu müssen; es war möglich, in einer Welt aus Büchern, Bildern und Ideen zu leben, ohne sich aus der Wirklichkeit der anderen auszuschließen. Die Energiequelle, die das ermöglichte, lag im Dunkeln, sie blieb das Mysterium, das den 19-jährigen Kafka schon seit langem beunruhigte. ›Vitalität‹ war das Modewort, das präzise darauf passte, Vitalität war gleichsam eine weitere von Pollaks und Brods Begabungen, die alle übrigen überwölbte. Aber sie allein konnte nicht das Entscheidende sein, vital war schließlich auch der Vater, vital war selbst jener Mitschüler gewesen, der aus Angst vor der Matura nach Amerika zu fliehen versucht hatte und der nun tot war. Entscheidend war die Frage, wie Lebenskraft und Reflexionsfähigkeit in ein und demselben Körper nebeneinander bestehen konnten, ohne sich wechselseitig auszulöschen. Erklären konnte das auch Brod nicht, aber mit bezaubernder Naivität demonstrierte er, dass es möglich war. Brod war mitreißend, weil er sich selbst mitriss, immer nach vorn, über alle Widersprüche und Inkonsequenzen hinweg. Soeben hatte er den aktuell einflussreichsten Philosophen als Schwindler bezeichnet, aus dem einzigen Grund, weil er auf falsche Weise Partei ergriffen hatte. Und nun kündigte Brod schon seinen nächsten Vortrag an, der – es war unfassbar – ausgerechnet von der Parteilichkeit und fehlenden Objektivität der gängigen philosophischen Kritik handeln sollte.

Brod hielt sein Versprechen. Am 11. Januar 1903 stand er erneut am Rednerpult. Der Titel seines Vortrags war ausgesprochen lässig formuliert – ›Einiges über Kritik‹ –, und dennoch waren so viele Zuhörer erschienen wie seit langem nicht mehr. Ein frischer Wind wehte in der Abteilung für Literatur und Kunst, und das hatte sich herumgesprochen.

Freund Max

Man ist sich selber ein Geheimnis,
und ich will es auch nicht wissen.
Gerhard Polt

Die erste Biographie über Franz Kafka erschien im Jahr 1937 in Prag. Sie stammte aus der Feder seines Freundes Max Brod und trug den Untertitel ›Erinnerungen und Dokumente‹. Tatsächlich war dies eine Lebensbeschreibung nicht auf der Grundlage eigenständiger historischer, lebens- und literaturgeschichtlicher Forschungen; vielmehr wertete Brod vor allem seine eigenen Erinnerungen, Briefe und Tagebücher aus, gestützt durch (offenbar nicht sehr zielgerichtete) Gespräche mit Angehörigen und durch unveröffentlichte Notate Kafkas. Schon äußerlich erweckte diese Biographie den Anschein herausgehobener Legitimität, denn sie erschien in der gleichen Aufmachung wie die erste Werkausgabe Kafkas, die sechsbändigen ›Gesammelten Schriften‹, die Brod in den Jahren zuvor ediert hatte. Brod war der lebenslange Freund, Brod war der Herausgeber, Brod war der legitime Kommentator, der das Recht hatte, mit einem selbstverfassten siebten Band den vorläufigen Schlussstein zu setzen.[1]

Der monopolistische Anspruch, der sich hier andeutete und der durch die lehrhafte Diktion Brods noch unterstrichen wurde, löste Unbehagen aus selbst unter Lesern, die bereit waren, seinen Deutungsvorgaben zu folgen. So schrieb der Rezitator Ludwig Hardt, der mit Kafka gut bekannt gewesen war, Brod verhalte sich in seiner Biographie wie ein Vormund: als habe er Bedenken, den Leser mit Kafka allein zu lassen.[2] Weit schärfer freilich reagierte Walter Benjamin, der Brods religiöse Interpretationen für abwegig hielt und der auf Anregung von Gershom Scholem eine Rezension der Biographie verfasste. Benjamins vernichtende Kritik zielte vor allem darauf, dass Brod sich völlig distanzlos verhalte, dass er die Texte Kafkas harmonisiere und gleichzeitig alle anderen möglichen Lesarten zu entwerten suche. Die Rezension, die erst nach Jahrzehnten, aber noch zu Lebzeiten Brods veröffentlicht wurde, gipfelte in der denkwürdigen Bemerkung, Kafkas Freundschaft mit *diesem* Mann gehöre nicht zu den kleinsten Rätseln seines Lebens.[3]

Das provozierte selbstverständlich Widerspruch, standen doch die Verdienste Brods um das Werk Kafkas, das er in großen Teilen vor der Vernichtung bewahrt und ins Exil gerettet hatte, außer jedem Zweifel. Vor dem Hintergrund dieser Leistung – die freilich von eher moralischem als sachlich-argumentativem Gewicht war – konnte Benjamins Missbilligung nur als Affront wirken. Hätte Kafka bei der Wahl seiner Freunde ein wenig kritischer sein sollen? Auf einen solchen Gedanken, erwiderte der Kafka-Biograph Ernst Pawel erbost, könne nur ein Intellektueller verfallen, der »im Reich der Ideen zu Hause« sei, von den Gesetzmäßigkeiten menschlichen Zusammenlebens jedoch keine Ahnung habe: »Damit konnte er Brod einfach nicht gerecht werden, dessen Hauptwesenszug ein genuin menschlicher war: Er liebte das Leben. Die Lust am Leben erklärt seinen unverwüstlichen Optimismus – und das war genau der Charakterzug, den Kafka so schmerzlich an sich selbst vermisste.«[4]

Pawels Ressentiment gegen Benjamins Intellektualität wirkt naiv, ebenso wie die Vorstellung, Kafka habe sich den »unverwüstlichen Optimismus« des Freundes gewünscht. Tatsächlich hatte Kafka im Lauf von mehr als zwanzig Jahren Gelegenheiten genug, um zu verstehen, dass Brods ›positives Denken‹ durchaus nicht unverwundbar war, dass es mit Verdrängungen erkauft war und ihn immer wieder in falsche Erwartungen, in Fehlentscheidungen und sogar in öffentliche Blamagen führte. Wahr ist, dass Kafka – und dies gilt für *alle* seine sozialen Beziehungen – kaum dazu imstande und letztlich auch nicht willens war, die nachprüfbaren Leistungen eines Menschen von dessen Absichten und von seinem Charakterbild zu trennen. War das eine gut, konnte das andere nicht ganz schlecht sein – nicht anders als bei der Beurteilung von Kindern, vor allem in der Reformpädagogik, wo das zählbare Ergebnis weniger galt als guter Wille, Lern- und Begeisterungsfähigkeit. Das zynische Bonmot ›Gut gemeint ist das Gegenteil von gut‹ hätte Kafka keinesfalls gelten lassen; tatsächlich hielt er Brod nicht nur sein offenherziges Engagement zugute, er forderte ihn auch dazu auf, nun seinerseits die guten Absichten anderer anzuerkennen, auch dann, wenn diese Leute sich wie Gegner aufführten.

Sich begeistern zu können und diese Emotion auch tatkräftig in die Welt zu projizieren war nun allerdings eine der auffälligsten Eigenschaften Brods. Objekte dieser Begeisterung waren meist die unterschätzten künstlerischen Leistungen anderer, die dann der selbstlosen Unterstützung ihres Prager *fans* sicher sein konnten – und davon sollte in den kommenden Jahrzehnten nicht nur Kafka profitieren. Auch Franz Werfel, Jaroslav Hašek, Leoš Janáček und Carl Nielsen wurden von Brod entschieden und teils auch *entscheidend* gefördert, neben einer Reihe weiterer, heute weniger bekannter Schriftsteller und Komponisten. Hatte Brod seine Wahl getroffen – das heißt, hatte er das Werk eines anderen zur ›Entdeckung‹ erklärt –, so scheute er keinen Aufwand, dieses Werk ›durchzusetzen‹, ohne dafür eine Gegenleistung zu fordern. Freilich auch ohne einen Gedanken daran, ob seine Empfehlungen für Dritte überhaupt nachvollziehbar waren und ob sie den so lauthals Beworbenen nicht eher in eine peinliche Lage brachten. Kafka wusste davon ein Lied zu singen: Schon der junge Brod brachte es fertig, Kafkas Zeichnungen in einem Kreis Prager Maler herumzuzeigen, um seinen Freund als »ganz großen Künstler« auszuweisen.[5]

Mit empfehlenden Briefen und dringlichen Aufforderungen bombardierte Brod jeden ihm erreichbaren Kulturagenten, darunter auch Schriftsteller, Dramaturgen, Verleger und Journalisten, mit denen er nie zuvor eine Zeile gewechselt hatte. Die Folge war eine allmählich immer weiter sich verzweigende, immense Korrespondenz, mit der er seinen Aktionsradius und zeitweilig auch seinen Einfluss über Prag hinaus ausdehnte. Vor allem mit den literarischen Biotopen Wiens und Berlins war er bereits vor 1910 gut vernetzt, und aus der Perspektive dieser kulturellen Zentren wiederum war Brod die Stimme aus der Provinz, die allen erklärte, was in jenem teils verschlafenen, teils fiebrig binationalen Prag eigentlich los war. Nicht erst als Nachlassverwalter Kafkas, sondern bereits vor dem Ersten Weltkrieg wurde daher Brod in einer eigentümlichen Doppelfunktion als Autor und Vermittler wahrgenommen, vergleichbar allenfalls dem Wiener Feuilletonisten und Vielschreiber Hermann Bahr, der freilich weit umfassendere Wirkung erzielte und der in den Literaturbetrieb auch beruflich integriert war.

Dass sein beharrliches Engagement nicht überall gleich gut ankam, erklärte sich Brod mit objektiven Hemmnissen und menschlichen Schwächen: der Risikoscheu von Verlegern, dem Konkurrenzneid etablierter Autoren, dem Phlegma der Kritiker gegenüber allem, was neu ist, schließlich mit der unterschwelligen Wirkung nationaler Vorurteile. Für all diese Widerstände konnte Brod auch handfeste Beispiele und Erfahrungen anführen; es schienen ihm immer mehr zu werden im Lauf seines Lebens, und am Ende waren es so viele, dass er auf ein »streitbares Leben« zurückblickte und den größeren Teil seiner gleichnamigen Autobiographie den Kämpfen widmete, in denen er sich jenem übermächtigen Syndrom der Trägheit mit ehrlichem Herzen entgegengestellt hatte, aus reiner Notwendigkeit, als »Polemiker wider Willen«.[6]

Karl Kraus hat einmal den ihm besonders verhassten Typus des ›Schmocks‹ durch dessen inflationären Gebrauch von Kampfmetaphern charakterisiert: »Schmock ist nämlich ... immer Krieger: er bricht Lanzen, wirft den Fehdehandschuh hin, hält ein Banner hoch und kämpft mit offenem Visier.«[7] Sowohl dieser Typus als auch seine Metaphorik des ›geistigen Kampfs‹ waren in den Vorkriegsjahren außerordentlich verbreitete Erscheinungen in Österreich wie in Deutschland, ja, sie vermitteln geradezu das kulturelle Flair jener Epoche. Damit vor allem hängt es zusammen, dass die Erinnerungen, die Brod Jahrzehnte später niederschrieb, so häufig die kompromittierten Gebärden eines untergegangenen Zeitalters wiederholen und in ihrer intellektuellen Physiognomie rückwärtsgewandt erscheinen. Auch der alte Max Brod will noch *recht gehabt haben*, er rechnet ab mit Kraus, mit Werfel und überhaupt mit allen, die sich ein halbes Jahrhundert zuvor undankbar oder gehässig zeigten, ganz gleich, wie nichtig der Anlass gewesen sein mochte. Es gab auch Irrtümer, gewiss, und Brod ist gelegentlich bereit, sie einzuräumen. Doch stets handelte es sich um Fehltritte auf der Stufenleiter zur Wahrheit, stets folgten ihnen entscheidende Fortschritte der Erkenntnis. »So ist es mir oft in meinem Leben geschehen«, schreibt Brod in entwaffnender Unschuld, »daß ich erst über krasse Fehler, auf die ich mich versteifte, zu einigermaßen [!] richtigen Anschauungen durchgestoßen bin.« Um im selben Atemzug zu versichern, dass sich Schopenhauer natürlich auf einem »Irrweg« befand und dass Nietzsche auch lange nach seinem Tod noch immer »höchst bekämpfenswert« sei.[8]

Für derartiges Weltanschauungsgerede hatte Brod eine Vorliebe von jeher, und selbst ein beträchtlicher Teil seines erzählerischen Werks – angefangen mit dem Roman Das grosse Wagnis (1918) – ist geradezu kontaminiert davon. Aus dem Mund des kaum 20-Jährigen freilich erklang das noch in ganz anderer und durchaus amüsanter Tonart. Die polemischen Frechheiten und Improvisationen des jungen Brod, der mit der eigenen Belesenheit paradierte und der keine Angst vor philosophischen Autoritäten zeigte, wirkten erfrischend selbst dann, wenn man ihnen sachlich nicht zustimmen konnte – erst recht vor dem Hintergrund eines Bildungssystems, das ganz auf Drill und Anpassung setzte. Sterile Rechthaberei erlebte Brod in diesem Alter noch als eine abstoßende Angewohnheit Etablierter, die ihre Pfründe verteidigten; er selbst hingegen bediente sich mit Lust der vielfältigen Begabungen, die er in sich verspürte und deren Grenzen er zunächst einmal ausloten wollte – auch um den Preis, inkonsequent zu sein und den Bogen gelegentlich zu überspannen.

Vor allem aber – und dies war ein adoleszenter Fehlschluss, an dem er ungewöhnlich lange festhielt –, vor allem war Brod nicht bereit anzuerkennen, dass es zwischen rezeptiven und produktiven Talenten einen bedeutsamen Unterschied gibt. Als Pianist beispielsweise konnte er sich durchaus hören lassen, er kannte die klassischen Partituren, hatte Unzähliges schon *live* gehört und erlebt – was also sollte ihn davon abhalten, es mit eigenen Kompositionen zu versuchen? Am Ende reichten seine drei Dutzend musikalischen *opera* von ›Goethe-Liedern‹ bis zu ›Israelischen Bauerntänzen‹. Nicht anders in der Philosophie: Er hatte Platon studiert, Kant, Schopenhauer, Nietzsche – sollte das nicht genügen, um mit philosophischen ›Anschauungen‹ auch im eigenen Namen hervorzutreten? Später, gemeinsam mit Weltsch, wagte sich Brod sogar an ein philosophisches Grundlagenwerk, dessen vorhersehbare Wirkungslosigkeit ihn überraschte und kränkte. Derselben Logik folgte er schließlich auch auf literarischem Terrain. Er wusste, dass er gewandt im Umgang mit der Sprache war. Er spürte, dass er Zugang zu literarischen Texten hatte, dass manche ihn bewegten und veränderten. Das genügte ihm, um den ersten eigenen Gedichtband, das erste Bühnenwerk als etwas ganz Folgerichtiges, ja Notwendiges zu betrachten. Also *machte* Brod sehr frühzeitig, wovon andere nur träumten.

Mit irgendeiner dieser Begabungen, dessen war er gewiss, würde der Erfolg schon kommen, und solange er diese Gewissheit hatte, blieben seine Kämpfe spielerische Übungen, denen auch Kafka gerne zuschaute. Diesem narzisstischen Überschwang indessen fehlten die Gegengewichte, die ihn in der Spur hielten. Brod wusste, dass er »fast eine Art Wunderkind war«, schon früh hatten es die Eltern ihm bestätigt.[9] Doch auch Wunderkinder benötigen eine Zeit der Reifung, der Konzentration und der handwerklichen Vervollkommnung, um ihr Potential ganz auszuschöpfen, und sie brauchen ein Gespür dafür, wann sie zurückbleiben hinter dem, was sie leisten *könnten*. Diesen Selbstzweifel und den mit ihm verschwisterten Perfektionismus – über beides verfügte Kafka im Übermaß – vermochte Brod niemals als produktive Impulse anzuerkennen, er hielt sie für Schwächen, ja für Marotten. Und seine anfänglichen Erfolge schienen ihm recht zu geben. Im Umfeld seiner etwa gleichaltrigen, fleißig schreibenden Freunde war Brod der Erste, der dem literarisch interessierten Prager Publikum bekannt wurde, der Erste, der einen Roman publizierte, der Erste, der auch jenseits von Böhmen Aufmerksamkeit erregte.

Doch die öffentliche Resonanz kam für Brod zu früh. Sie befeuerte ihn noch in einer hektischen Betriebsamkeit, die sich schon wenige Jahre später als fatale Verzettelung seiner Kräfte und Talente erweisen sollte. Brod, der Mittler und Ratgeber, der sich auf seine Dienste als literarischer Geburtshelfer so viel zugutehielt, war im Hinblick auf seine eigene Laufbahn durchaus nicht gut beraten. Es ging ihm nicht schnell genug, die ersehnte Existenz als freier Autor blieb außer Reichweite, und noch ein Jahr vor dem Weltkrieg, als Autor von mittlerweile fünfzehn Büchern, fühlte er sich »in der Lage des Anfängers«.[10] Doch anstatt dem unabweisbaren Gefühl der Stagnation durch Bündelung der Energien und durch konzentrierte Arbeit zu begegnen, griff Brod zum Mittel der Selbstvermarktung. Er überhäufte Redakteure und Verleger mit immer neuen Vorschlägen, und er nutzte jede Gelegenheit, berühmte Autoren anzusprechen und ihnen seine aktuellen Veröffentlichungen wärmstens anzuempfehlen. So etwa dem in Prag gastierenden Arthur Schnitzler, der indessen kühl reagierte und seiner Frau Olga meldete: »Brod ein besonders häßlicher, unechter, ehrgeizverzehrter, sich, da es sich eben so traf, als Enthusiast aufspielender, bei allen Aussichten und Fähigkeiten doch hoffnungsloser Kumpan.«[11]

Zu diesem Zeitpunkt, etwa zehn Jahre nach der ersten Begegnung mit Kafka, war Brods literarischer Enthusiasmus noch durchaus echt, auch wenn sich Schnitzler offenbar nur schwer vorstellen konnte, dass hier mehr am Werk war als schiere Berechnung. Tatsächlich entwickelte Brod, je länger der erhoffte Durchbruch zu wirklichem Ruhm auf sich warten ließ, einen widerspruchsvollen und daher nur schwer durchschaubaren Habitus: Während er einerseits eine schwärmerische Beziehung zu allen großen ästhetischen Leistungen aufrechterhielt – und das tat er bis in seine letzten Jahre –, konnte er andererseits die Ungeduld, ja Bitternis über den begrenzten Erfolg seiner eigenen Werke immer weniger verhehlen. Verglich er seine Leistungen mit großen literarischen Vorbildern, so musste er sich ehrlicherweise sagen, dass in diesen erlauchten Kanon eines Tages vielleicht Kafka aufgenommen würde, er selbst jedoch nimmermehr. »Ja, ich komponiere, ich arbeite leidenschaftlich«, sagt der Ich-Erzähler im GROSSEN WAGNIS, »aber ohne Glück, und das heißt wohl mit anderen Worten, ohne Genie.«[12] Stellte Brod seine Arbeit hingegen in den Kontext des aktuellen literarischen Betriebs, so fand er sich unterschätzt, ungerecht behandelt und missverstanden. Noch Mitte der zwanziger Jahre glaubte er, es sei vor allem die Schuld des Verlags, dass seine Bücher nicht die Verkaufsziffern erreichten, die ihnen gebührten, das heißt die Auflagen erfolgreicher Autoren wie Heinrich Mann oder Stefan Zweig.

Auch das Denken in sozialen Kategorien zählte nicht zu Brods Stärken, und eigentümlich blind stand er vor Konflikten, die nicht in den Charakteren oder Handlungen Einzelner begründet waren, sondern in ideologischen und kulturellen Differenzen großer Kollektive. Derartige Spannungen, so glaubte er, gingen fast immer auf Missverständnisse zurück und ließen sich daher durch beharrliche Aufklärung aus der Welt schaffen – auch dies ein Beispiel für Brods vielbeschworenen ›Optimismus‹, der ihm inmitten all der nationalistischen Erregungen zwischen Deutschen und Tschechen ganz zu Recht Sympathien von beiden Seiten eintrug. Die Kehrseite dieser menschenfreundlichen Didaktik zeigte sich, wenn Brod auch wohlbegründete sachliche Gegensätze – etwa Einwände gegen sein Werk oder später gegen seine zionistische Überzeugung – zu bloßen Missverständnissen erklärte, die sich durch ›Richtigstellungen‹ mit leichter Hand erledigen ließen und die allein darum nicht schweigend hinzunehmen waren. So entwickelte Brod eine eigentümliche Vorliebe dafür, in kritischen Auseinandersetzungen nicht nur das letzte Wort zu behalten, sondern darüber hinaus – im schärfsten Gegensatz zu Kafka – die eigenen Texte zu kommentieren, ja sogar die einzig richtige Lesart gleich mitzuliefern. Einen verblüffenden und im Umfeld der zeitgenössischen Literatur wohl einzigartigen Missgriff dieser Art leistete sich Brod mit seinem Roman ARNOLD BEER (1912): Hier fügte er bereits in der ersten Auflage ein Nachwort bei, in dem er Vorwürfe zu entkräften suchte, die seinen vorigen Roman JÜDINNEN (1911) getroffen hatten und die nun die Rezeption des ARNOLD BEER auf ein falsches Gleis zu lenken drohten. Für das Buch, das der Leser soeben in Händen hielt, lieferte Brod damit implizit und vorsorglich eine Leseanleitung. Er selbst, so glaubte er, müsse doch am besten wissen, was er mit einem literarischen Werk *gewollt* habe.[13]

Dieses Bemühen, Deutungsmonopole zu schaffen und zu verteidigen, wirkte in Brods frühen Jahren noch als eine durchaus erfrischende Geste, welche die gewohnte diskursive Hierarchie zwischen Autor und Kritiker auf den Kopf stellte: Der Autor spielte nicht länger den theoretisch Unbedarften, er ertrug nicht mehr bescheiden den Richterspruch des Rezensenten, sondern mischte sich lauthals ein in dessen kritisches Geschäft. Doch dieses polemische Aufbegehren wurde begleitet von einem immer kräftigeren Odeur der Rechthaberei und Unduldsamkeit, mit denen am Ende Brod, als Stellvertreter Kafkas und als Sachwalter der eigenen Geschichte, einen Teil seiner Reputation wieder verspielte.

Die tragikomische Erfahrung, das eigene literarische Werk tausendfach überstrahlt zu sehen von dem eines Freundes, den er lebenslang zum Schreiben ermuntert hatte, war für Brod zweifellos schmerzlich. Und jener sekundäre Ruhm, den er über einige Jahrzehnte genoss, ist ohne das grundierende Gefühl einer tiefen Frustration kaum vorstellbar. Doch auch in dieser wunderlich doppelbödigen Situation, die ihrerseits Stoff zu einem Roman böte, hatte Brod, der streitbare Optimist, kein anderes Reaktionsmuster zur Hand als eine schon zur Gewohnheit erstarrte defensive Bissigkeit. Die abfälligen Gesten, mit denen er die »überall aufschießenden Kafkologen« und deren »zusammengeschusterte Bibliotheken« bedachte, wirken schal; die Verdrängungen und gelegentlichen Manipulationen, mit denen er seinen eigenen Rang zu schützen versuchte, lassen ein Unglück erahnen, das er niemals zu artikulieren wusste. Er hatte den Ruf, seine eigenen Interessen zugunsten eines Größeren zurückzustellen. Die Gelassenheit, diesen Ruf zu ertragen, hatte er nicht.[14]

Max Brod, geboren am 27. Mai 1884 in Prag, gehörte zum Jahrgang ›nach‹ Kafka, doch schon seine Herkunft verschaffte ihm einen Vorsprung an Bildung und sozialer Beweglichkeit, den der ältere Freund niemals zu egalisieren vermochte. Die Brods, auch sie deutsch sprechende Juden, waren das, was die Kafkas erst werden wollten: Sie waren Bürger in gesicherten Verhältnissen. Der Bankangestellte Adolf Brod, aus einer seit Jahrhunderten in Prag ansässigen Familie stammend, startete seinen Aufstieg auf einer Sprosse der sozialen Stufenleiter, auf der Hermann Kafka erst einmal ankommen musste und wo er dann all seine Lebenskraft ausgab, um nicht zurückzufallen. Gewiss, finanzielle Sorgen gab es anfangs auch im Hause Brod, und die Unabhängigkeit großbürgerlicher Einkünfte erlangte die Familie erst um die Jahrhundertwende, nachdem Adolf Brod ins Management der Böhmischen Union-Bank aufgerückt war. Doch den Abgrund der Armut und die Drohung des freien sozialen Falls, die Franz und seinen Schwestern nahezu täglich und gleichsam rituell vor Augen geführt wurden, kannte Max nur als ferne Eventualitäten, vergleichbar dem allgemeinen Weltuntergang. Sein Vater war Funktionär einer mächtigen Institution, abhängig, doch mit festem Gehalt und berechenbaren Karrierechancen, und er lebte in der Gewissheit, einer sozialen Kaste mit Zukunft anzugehören; der Vater von Franz hingegen balancierte in der eiskalten Zugluft einer angeblich *freien* Konkurrenz, auf eigene Rechnung und unter den Bleigewichten einer Verantwortung, die wirkliche Freiheit nicht einmal als Traum aufkommen ließ. Dass die Freunde sich über diese grundlegend verschiedenen Erfahrungen samt all ihren psychosozialen Folgen zu verständigen suchten, ist verbürgt. Wie tief diese Differenz tatsächlich reichte, wie sehr Kafka nicht nur der erklärte Gegner, sondern auch der Erbe seines Vaters war, ein Erbe, dem alles unsicher blieb und den die Flüchtigkeit alles menschlichen Besitzes nicht weniger quälte als den engstirnigen Geschäftsmann – dies zu verstehen fiel Brod jedoch außerordentlich schwer. Er versuchte, Kafka die Überschätzung des eigenen Vaters und die daraus hervorsprießenden selbstzerstörerischen Phantasien *auszureden*.[15] Mit welchem Ergebnis, wissen wir.

Ob Kafka seinerseits das emotionale Schicksal des Freundes genauer erfasste, ist ungewiss, denn Reflexionen zur Herkunft Brods finden sich in seinen Tagebüchern und Briefen nirgendwo. Als Student beneidete er ihn; staunend muss Kafka im obersten Stockwerk des Hauses Schalengasse (Skořepka) Nr. 1 vor den umherliegenden Partituren und vor der häuslichen Bibliothek gestanden haben, die Max und seinen jüngeren Geschwistern Otto und Sophie schon als Kindern zur freien Verfügung standen, und ebenso staunend erlebte Kafka ein Elternpaar, das die eigenen Kinder zu zahllosen Theater- und Opernaufführungen ganz selbstverständlich mitnahm und das den Ältesten in all seinen vielfältigen und wechselnden Interessen wohlwollend beriet. Freilich, ein Brotberuf musste sein, und obwohl der Vize-Bankdirektor Adolf Brod stolz ein Verzeichnis der frühen Veröffentlichungen seines Sprösslings führte, hätte er sich einer vorzeitigen künstlerischen Professionalisierung gewiss widersetzt. Ehe das Wunderkind zu Ruhm und Ehren gelangte, sollte es zunächst einmal Jura studieren; dafür gab es ein tröstlich üppiges Taschengeld, zur Verwendung nach Belieben.

Es dauerte einige Jahre, ehe Kafka in der Brodschen Wohnung regelmäßigen Einlass fand; dann begriff er sehr rasch, dass dies eine bessere, aber durchaus keine heile Welt war. Verblüffend vor allem die extremen Gegensätze zwischen Brods Eltern, die manifesten Spannungen, die sich auch vor Besuchern nicht lange verbergen ließen. Adolf Brod war ein zurückhaltender, oft nachgiebiger und sogar sanfter, immer aber die Form wahrender Mann, der allzu offene und vor allem laute Aussprachen nicht liebte und der Emotionen nur selten preisgab. Fanny Brod hingegen (geb. Rosenfeld), die sich aus einem nordwestböhmischen Dorf nach Prag geflüchtet hatte, um ihrer aggressiv-zänkischen Mutter zu entkommen, war temperamentvoll und dominant, vielfachen Launen unterworfen, gegenüber den Kindern abwechselnd zärtlich und streng. Sie sang gern – schon als Säugling hatte Max Brod süße Melodien im Ohr –, sie hatte sich als Schauspielerin an einer Liebhaberbühne versucht und in Prag eine Zeitlang ihren Lebensunterhalt als ›Vorführdame‹ in einem Modegeschäft verdient. Offenbar liebte sie es sehr, performative Wirkung zu erzielen, und weder die Ehe noch die Verantwortung für drei Kinder konnten verhindern, dass diese Neigung sich immer weiter verstärkte und allmählich pathologische Züge gewann. Schließlich erging sich Fanny

Brod in hysterischen Inszenierungen, unter denen vor allem die schwächsten Glieder des bürgerlichen Haushalts zu leiden hatten: die Dienstmädchen, die in immer kürzeren Abständen neu eingestellt, überherzlich empfangen und unter ungeheurem Lärm wieder hinausgeworfen wurden. Diese peinlichen Szenen sprachen sich bald herum und führten am Ende dazu, dass seriöse Personalagenturen die Brods auf ihre schwarze Liste setzten, was für den allseits höflichen Vorstand der Familie eine besondere Qual bedeutet haben muss. Die Kinder schauten diesem Treiben verständnislos zu, und je älter sie wurden, desto mehr büßte der bedauernswerte und von seiner Frau buchstäblich an die Wand gespielte Vater an Autorität ein. Schließlich blieb nichts anderes mehr übrig, als Fanny Brod, der als letzte sozialverträgliche Eigenschaft nur noch die Liebe zur Musik geblieben war, psychiatrisch behandeln zu lassen und in wechselnden Pensionen unterzubringen – ein in moralischer Hinsicht höchst ambivalentes Finale, denn trotz allem Unheil, das sie über die Familie gebracht hatte, sah sich Max gegenüber seiner Mutter in einer besonderen Dankesschuld.

Er war ein gegen Krankheiten besonders anfälliges Kind gewesen, das Masern, Scharlach und Diphtherie nur knapp überstand und dem ein offenbar darwinistisch inspirierter Medizinprofessor die Lebensfähigkeit kurzerhand absprach. Dieses vernichtende Urteil schien sich zu bestätigen, als im Alter von vier oder fünf Jahren die unverkennbaren Symptome einer Kyphose auftraten, einer Verkrümmung des Rückgrats, mit der zusätzlichen Komplikation, dass Hals und Kopf des Kindes allmählich zwischen den Schultern einsanken. Da sei wohl nichts zu machen, erklärte der orthopädisch ahnungslose Hausarzt – und unversehens standen die Eltern vor der verzweifelten Perspektive, nicht ein ›Wunderkind‹ ins Leben zu führen, sondern einen ›Krüppel‹ am Leben *erhalten* zu müssen. Offenbar war es tatsächlich Fanny Brod, deren energischer Recherche es der Kleine schließlich verdankte, diesem Schicksal zu entrinnen. Nachdem sie in Erfahrung gebracht hatte, dass es in Süddeutschland einen von der Schulmedizin lange befehdeten, jedoch sensationell erfolgreichen Laien-Orthopäden gab, nahm sie den Sechsjährigen aus der Schule und machte sich auf den Weg zu Friedrich Hessings Heilanstalt in Augsburg-Göggingen.

Hessing war kein Mediziner, sondern ›Bandagist‹, und als Handwerker hatte er sich entscheidende Fortschritte der orthopädischen

Gerätetechnik selbst erarbeitet. Dennoch beschränkte er sich nicht darauf, approbierten Ärzten modernste technische Hilfsmittel zu liefern, sondern er diagnostizierte und versorgte Patienten auf eigene Verantwortung, stationär in komfortablen Heilstätten, deren Ambiente mit dem prominenter Kurkliniken durchaus konkurrieren konnte. Eine Behandlung bei Hessing war entsprechend kostspielig, ebenso die von ihm individuell gefertigten Orthesen, deren Perfektion über Jahrzehnte von keinem Nachahmer erreicht wurde und die – zur Erbitterung konservativer Orthopäden – zahlreiche chirurgische Eingriffe überflüssig machten.

In Göggingen wurde dem kleinen Max eines der schon berühmten ›Hessingcorsets‹ angepasst, das aus lederumwickeltem Stahl gefertigt war und das mit einer starren Halskrause auch den Kopf fixierte; außerdem bestand Hessing darauf, dass das Kind für mindestens ein halbes Jahr in seiner Klinik verblieb, mit Bewegungstherapie und diätetischer Ernährung, ehe er es samt Korsett in seine Heimatstadt entließ.[16] Dort durfte sich Max seinen Schulkameraden wieder anschließen und in die zweite Klasse vorrücken, doch die aus dem Hemd herausragende Kopfstütze zog nun alle Blicke auf sich und erforderte vielfache Erklärungen. So war Brod während seiner gesamten Volksschulzeit und sogar ein, zwei Jahre darüber hinaus eine äußerlich merkwürdige Erscheinung – und wenn er darüber nicht verzweifeln wollte, so blieb ihm gar nichts anderes übrig, als die Behinderung in sein Selbstbild zu integrieren und sich damit als ›interessant‹ in Szene zu setzen. Am Ende war die orthopädische Korrektur erfolgreich, die verbleibende Verkrümmung der Wirbelsäule blieb relativ unauffällig, und als Klassenprimus tat sich Brod nun mit ganz anderen Eigenschaften hervor. Seine Eltern jedoch hatten sich in beträchtliche Schulden gestürzt, die sich nur durch abendliche Nebentätigkeiten des Vaters allmählich wieder abtragen ließen.

Diese Geschichte von Maxens Errettung durch eine überaus energische Mutter und durch einen Vater, der trotz erheblicher Belastungen nicht das geringste Zeichen des Unmuts zeigte, muss für Kafka in mehrfacher Hinsicht denkwürdig gewesen sein. Was, wenn *ihm* dies widerfahren wäre? Dann hätte er wohl nur auf das Eingreifen des Landarzt-Onkels hoffen können, denn die Eltern waren von ihrem Geschäft völlig absorbiert und konnten nicht über Monate ihren Sohn ins Ausland begleiten, von der finanziellen Überforderung ganz zu schweigen. Erstaunlich war, dass Max diese jahrelangen, einem Kind gewiss unendlich lang erschcinenden schmerzhaften Einschränkungen nicht nur seelisch unbeschadet überstanden hatte; er hatte aus dieser Beinahe-Katastrophe sogar noch einen Distinktionsgewinn gezogen und damit ein Maß an Vitalität und psychischer Anpassungsfähigkeit bewiesen, das Kafka unerreichbar schien. Und am verblüffendsten: Selbst Brods Beziehung zum eigenen Körper, der ihm Qualen auferlegt hatte und dessen Missbildung nicht vollständig reversibel war, schien weit weniger problematisch als diejenige Kafkas. Vielfache Liebschaften und sexuelle Genüsse nahmen in Brods Leben und Denken einen beträchtlichen Raum ein, und wenn auch Kafka hin und wieder der Gedanke durchzuckt haben mag, dass hier etwas in der Tiefe nicht stimmte, dass vielleicht dieser ›Behinderte‹ sich fortwährend etwas beweisen müsse, so beneidete er doch Brod um die schlichte, gleichsam unschuldige Positivität seiner Sinnenfreuden, denen er sich hingab ohne Angst oder Reue.

Kafkas Nähe zu Max Brod, so wechselnd intensiv sie auch war, hat gewiss etwas Rätselhaftes, und angesichts der zahlreichen, teils sogar latent komischen Asymmetrien, von denen diese Freundschaft geprägt war, verwunderte sich Walter Benjamin ganz zu Recht. Freilich zeigte hier Kafka ein Lebensmuster, das er noch vielfach variieren sollte und das ihn – denkt man an den jahrelangen Kampf um die Berliner Angestellte Felice Bauer – in noch weit rätselhaftere und widersprüchlichere Beziehungen verstricken sollte. Kafka fühlte sich Menschen am nächsten, an deren überlegener Lebensfülle er teilhaben durfte, ohne bedrängt zu werden: fremde Leben, an deren Energieströme er andocken konnte, ohne die Kontrolle über die *Dosierung* dieser Energien aus der Hand zu geben. Vitalität allein genügte also nicht, er forderte von diesen Stellvertretern des Lebens auch ein hohes Maß an Geduld, vor allem im Ertragen kleiner Distanzierungen, und das Energiebündel Max Brod *hatte* diese Geduld, oder genauer: im Umgang mit Kafka erlernte er sie. (Die Freundschaft Kafkas mit Ernst Weiß, der sich dieser Anforderung verweigerte und prompt den Abschiedsbrief erhielt, wird später eine Art Gegenprobe sein.[17])

Man könnte Benjamins Aperçu umwenden und die Frage stellen, aus welchem Grund Max Brod, der sozial weit Aktivere und Unabhängigere, solche Zumutungen überhaupt hinnahm. Wozu brauchte er Kafka? Die Frage ist heikel und lässt sich mit dem spärlich überlieferten Material kaum abschließend beantworten. Doch allein die Vehemenz, mit der Brod in späteren Jahren diese Freundschaft idealisierte und jeden Schatten einer psychischen Funktionalität zu tilgen suchte, lässt aufhorchen.

Brod hatte am Stephansgymnasium einen langjährigen Freund, der ihn über jedes Maß bewunderte und der alle seine mündlichen Äußerungen so präzise registrierte, dass er Brod wie ein lebendiges Notizbuch zur Verfügung stand. Max Bäuml hieß dieser Freund, ein kleiner, stämmiger und dennoch sehr wendiger Knabe, der sich am pubertären Verseschmieden zwar nicht beteiligte, der sich jedoch schon früh zu einem aufmerksamen und sensiblen Leser entwickelte, mit dem Brod über mehr als ein Jahrzehnt sämtliche Lektüre- und Theatererlebnisse teilte. Diese enge Bindung wurde auch dadurch nicht beeinträchtigt, dass Brod ab Herbst 1902 gezwungenermaßen Jura paukte, während der vorläufig noch privilegierte Bäuml Philosophie, Germanistik und Musiktheorie studierte (später musste er eine Stellung bei einer Bank annehmen, derselben, für die auch Brods Vater tätig war). Auch während der Jahre an der Universität sahen Brod und Bäuml einander täglich, oft mehrmals, und mit Stolz begleitete Bäuml die ersten Publikationen seines Freundes und Namensvetters.[18]

Dass dieser Vertraute schon im Alter von sechsundzwanzig Jahren starb – offenbar an einer Herzinsuffizienz –, war für Brod der erste als traumatisch erfahrene Verlust seines Lebens; Bäuml war sein Spiegel gewesen, sein bester Zuhörer, ein sanfter Korrektor überdies, der jedoch keinerlei Ambitionen zeigte, selbst produktiv zu werden, und der daher niemals zum Konkurrenten werden konnte. Die Gemeinschaft mit Bäuml muss für den ehrgeizigen Polemiker Brod ein Schutz- und Schonraum gewesen seien, ein Raum, der angstfreie und rückhaltlose Aussprache ermöglichte, dem entlastenden Kokon einer Ehe durchaus vergleichbar. Dafür spricht, dass Brod, noch unter dem ersten Schock, sogleich nach einem Stellvertreter suchte und dabei auf Kafka verfiel.

»... die entscheidende Wendung: – Christofs engster Freund, der ihn durch alle acht Gymnasialklassen begleitet hat, ist gestorben. Einige Tage nach dem Begräbnisse geht Christof, zu Tod traurig, mit Richard Garta Abends spazieren. Kleinseite, dunkle Schloßstiege aufwärts. ›Willst Du mir – an seiner Stelle sein?‹ fragt er stockend, in der tiefen Bedrängnis seines Herzens, weiß, daß er Unmögliches fragt, versteht, dass Garta nicht antwortet, daß auch einem weniger zarten Menschen Antwort auf diese Frage unmöglich wäre – und daß dennoch etwas Berechtigtes, Kühnes, Gutes in der Frage lag, was von Garta auch voll anerkannt wird. Nur kann es nicht anders anerkannt werden als durch langes Schweigen. … Von der Frage, der nicht gegebenen Antwort, wird dann auch späterhin nie geredet. Aber der Händedruck der beiden ist von dieser Nacht an kräftiger und länger.«

So schildert es Brod in seinem 1928 erschienenen Roman ZAUBERREICH DER LIEBE, und bereits die ersten Leser wurden von Rezensenten darüber aufgeklärt, dass die als »Heiliger unserer Zeit« eingeführte Kunstfigur Richard Garta niemand anderes war als Franz Kafka und dass Brod hier seinen *zweiten*, ebenfalls schon verstorbenen Lebensmenschen porträtierte (dass manche dies als pietätlos empfanden, beruhte nach Brod wiederum auf Missverständnissen, wie ja überhaupt *alles* missverstanden werde …[19]). Da sämtliche anderen gemeinsamen Erlebnisse von Christof/Richard alias Max/Franz dem Roman wirklichkeitsgetreu implementiert sind, ist es sehr wahrscheinlich, dass jene grenzüberschreitende und verräterische Frage in der ersten Not *tatsächlich* gestellt wurde. Kafkas Freundschaft mit Brod hatte im Winter 1902/03 begonnen, sie vertiefte sich 1904, nachdem Oskar Pollak, der Ratgeber in allen Fragen der Kunst, Prag für längere Zeit verlassen hatte; zum wichtigsten Vertrauten Brods wurde Kafka jedoch erst 1908, nach dem Tod Max Bäumls, er wurde es *bewusst* als dessen Nachfolger, aber noch längst nicht zur vollen Zufriedenheit Brods. Denn der vermerkte noch eineinhalb Jahre nach dem Schock: »Wenn Bäuml noch lebte, müsste ich das alles nicht notieren. Ihm konnte ich alles sagen!!!!!« Mit fünf Ausrufungszeichen.[20]

Brod hat an seiner psychologisch wenig plausiblen und im ZAUBERREICH DER LIEBE überdies verkitschten Freundschaftsvision dennoch lebenslang festgehalten, und er verfing sich dabei in auffälligen Widersprüchen. Diese Freundschaft musste sich entwickeln, keineswegs »flammte« sie »von Beginn an hoch auf«, wie es Brod später erschien, keineswegs sah er Kafka schon während des Studiums *täglich*, wie er behauptete, auch wenn er dessen ausgeprägte Fähigkeit, zu trösten und zu beruhigen, von Anfang an empfunden haben mag.[21] Auch Kafka war, wie Bäuml, ein Mann, der nicht viel Raum um sich forderte, ein Freund, der zuhörte, der fähig war zu rückhaltloser Begeisterung und dem jede Form von ehrgeizgetriebener Konkurrenz sehr fernlag. Kafka bedrohte niemanden, auch Brod nicht in dessen weit ausgreifenden literarischen Ambitionen. Denn er selbst blieb ja unproduktiv, über lange Zeit sprach Kafka nur von seinen Erlebnissen als Leser, niemals von eigenen literarischen Versuchen, und was sich unter den vielen Heften verbarg, die auf Kafkas Schreibtisch verstreut lagen, konnte Brod nicht ahnen. Es gab keinen Grund, Verdacht zu hegen. Und so blieb die Überraschung, die *beider* Leben verändern sollte, noch ein wenig aufgespart.

Verführungen

Wer schwimmen kann,
den reizt die Tiefe nur.
Friedrich Hebbel, TAGEBÜCHER

Ein Bett, ein Nachtkästchen, ein Waschtisch. Ein Regal mit einigen Büchern. Ein Schrank, daran angelehnt ein Fahrrad. Ein kleiner, abgenutzter Schreibtisch, ein Stuhl. Die Wände kahl, mit Ausnahme eines *Kunstwart*-Drucks, der einen pflügenden Bauern zeigt, und eines kleinen antiken Reliefs, einer Mänade im Schleierkleid. Die Tür zum angrenzenden Speisezimmer ist meist offen, ebenso das Fenster, selbst an kühlen Herbstabenden.

In diesem unwirtlichen Gehäuse mit dem Flair eines kleinstädtischen Hotelzimmers wohnt der Jurastudent Franz Kafka. Er trägt eine Hose und bequeme Hausschuhe, sein Oberkörper ist mit einem leichten weißen Hemd bekleidet, das weit offen steht, so dass die hervortretenden Rippen deutlich zu sehen sind. Kälte scheint der hagere junge Mann nicht zu kennen, und wenn sein Kommilitone Max Brod bei ihm sitzt, mit dem gemeinsam er Platons PROTAGORAS studiert – nur zum Vergnügen, um die so mühsam erworbenen Griechischkenntnisse am Leben zu erhalten –, dann macht er sich lustig über den fröstelnden Freund, der seinen Rock erst ablegen will, wenn das Fenster endlich geschlossen wird.

Tagsüber ist dieses Zimmer meist leer, vor allem im Sommer, wenn Kafka, zurück aus den Vorlesungen, in dunklem Anzug und mit Hut, sich sofort umzieht und in die Civilschwimmschule enteilt, um dort den ganzen übrigen Tag zu verbringen. Daher auch sein auffällig dunkler Teint, die Folge ungezählter Sonnenbäder. Er erhole sich in Prag seit nunmehr zwanzig Jahren, schreibt er im Frühjahr 1903 an einen in München studierenden Freund,[1] und das ist keineswegs nur ironisch gemeint, denn sein Vater ist ganz derselben Meinung. Schon wenige Wochen später freilich ist es damit vorläufig vorbei, denn die erste juristische Staatsprüfung droht, und die RÖMISCHE RECHTSGESCHICHTE, ein zweibändiger, nicht transportabler Wälzer von beinahe 2500 Seiten, bleibt jetzt ständig aufgeschlagen auf dem Tisch. Kafka muss memorieren, stundenlang geht er in dem Zimmerchen auf und ab, liest bestimmte Abschnitte immer aufs Neue, schaut nur für Augenblicke aus dem Fenster hinab in die belebte Zeltnergasse, um seinen Gefängnismarsch sofort wiederaufzunehmen.

Es ist ein ungewöhnlich heißer Tag. Unmittelbar gegenüber befindet sich ein Konfektionsgeschäft, in dessen weit geöffneter Tür eine junge Frau steht, ein ›Ladenmädchen‹. Kafka hat sie schon oft gesehen, und auch ihr muss der Student bereits aufgefallen sein, denn immer wieder sieht sie hinauf und beobachtet ihn bei seinen unverständlichen Wanderungen. Schließlich, über eine Entfernung von vielleicht zwanzig Metern, finden sich ihre Blicke. Sie gibt ihm ein Zeichen: Acht Uhr, das ist die Zeit, da der Laden schließen wird; Kafka könnte sie abholen, noch heute, falls er Lust dazu hat.

Am Abend, pünktlich – gegen seine Gewohnheit –, ist er unten auf der Gasse, in ebenso banger wie erwartungsvoller Stimmung. Doch er stößt auf überraschende Schwierigkeiten: Er ist nicht der Einzige, der mit dem Mädchen verabredet ist, noch ein weiterer Mann ist da und wartet bereits. Sie kommt heraus, nimmt unbefangen den Arm des Fremden, signalisiert jedoch Kafka, dass er unauffällig folgen solle. Die kleine Prozession schlendert zur Schützeninsel, das Paar lässt sich an einem Tisch im Freien nieder und bestellt Bier; Kafka, in einer Mischung aus Frechheit, Neugier und Angst, wählt den Tisch unmittelbar daneben, verlangt ebenfalls ein Glas, er beobachtet, wartet und lauscht. Ein Weilchen später zahlen alle gleichzeitig, danach geht es weiter in gemächlichem Schritt zur Wohnung der jungen Frau am Fleischmarkt. Der Fremde verabschiedet sich, die Frau schlüpft hinein und kommt wenig später wieder auf die Straße, wo Kafka sich endlich vorstellen darf. Sehr rasch erkennt er, dass sie genau weiß, was sie will. Nur bitte nicht hier, nicht in der Altstadt, wo allzu viele Bekannte über den Weg laufen könnten. Kafka und die Frau gehen über den Fluss, zur Kleinseite. Dort gibt es ein Hotel, wo man nicht allzu viele Fragen stellt.

»Das alles war, schon vor dem Hotel, reizend, aufregend und abscheulich, im Hotel war es nicht anders. Und als wir dann gegen Morgen, es war noch immer heiss und schön, über die Karlsbrücke nachhause giengen, war ich allerdings glücklich, aber dieses Glück bestand nur darin, dass ich endlich Ruhe hatte vor dem ewig jammernden Körper, vor allem aber bestand das Glück darin, dass das Ganze nicht noch abscheulicher, nicht noch schmutziger gewesen war. Ich war dann noch einmal mit dem Mädchen beisammen, ich glaube, 2 Nächte später, es war alles so gut wie zum erstenmal, aber als ich dann gleich in die Sommerfrische fuhr, draussen ein wenig mit einem Mädchen spielte, konnte ich in Prag das Ladenmädchen nicht mehr ansehn, kein Wort habe ich mehr mit ihr gesprochen, sie war (von mir aus gesehn) meine böse Feindin und war doch ein gutmütiges freundliches Mädchen, immerfort verfolgte sie mich mit ihren nichts verstehenden Augen. Ich will nicht sagen, dass der alleinige Grund meiner Feindschaft (sicher war er es nicht) der gewesen ist, dass das Mädchen im Hotel in aller Unschuld eine winzige Abscheulichkeit gemacht hat (nicht der Rede wert) eine kleine Schmutzigkeit gesagt hat, (nicht der Rede wert) aber die Erinnerung blieb, ich wusste im gleichen Augenblick, dass ich das nie vergessen werde und gleichzeitig wusste ich oder glaubte es zu wissen, dass dieses Abscheuliche und Schmutzige, äusserlich gewiss nicht notwendig, innerlich aber sehr notwendig mit dem Ganzen zusammenhänge und dass mich gerade dieses Abscheuliche und Schmutzige (dessen kleines Zeichen nur ihre kleine Handlung, ihr kleines Wort gewesen war) mit so wahnsinniger Gewalt in dieses Hotel gezogen hatte, dem ich sonst ausgewichen wäre mit meiner letzten Kraft.«[2]

Dies also war Kafkas »erste Nacht« und sehr wahrscheinlich auch seine erste sexuelle Erfahrung; denn an den erotischen Mutproben der Gymnasiasten hatte er sich ja niemals beteiligt, und selbst als es einmal gelungen war, ihn in ein Nachtlokal zu manövrieren, war er in ironischer (in Wahrheit wohl angstvoller) Distanz geblieben.[3] Dass er diese Hotelepisode, einschließlich einiger peinlicher Nebenumstände, eines Tages *einer Frau* erzählen würde, hat sich der 20-Jährige gewiss nicht träumen lassen.

Freilich trägt der siebzehn Jahre später verfasste, an Milena Jesenská adressierte Bericht schon deutliche Spuren einer Selbststilisierung, die wiederum auf eine Reihe von erotischen Fehlschlägen zurückgeht. Im Rückblick erscheint es Kafka, als sei dieses Oszillieren zwischen Gier und Enttäuschung niemals unterbrochen gewesen, als habe es keine Momente erotischen Glücks gegeben und als sei es allein die »schmutzige« Farbe des Sex gewesen, die ihn ebenso angezogen wie abgestoßen habe. Der sexuell spät gereifte Novize wäre jedoch dem Kleinseitner Hotel gewiss nicht mit »letzter Kraft« ausgewichen, auch dann nicht, wenn er jene »wahnsinnige Gewalt« des Sexus hätte unter Kontrolle halten können – dagegen sprechen die Erlebnisse der kommenden Jahre. Dass er die eigene Sexualität in sein Selbstbild nicht integrieren konnte, dass er sie als etwas sowohl physisch wie ethisch Unreines betrachtete und dass er darum mit Frauen, die ihn *aktiv* in diesen Schmutz zogen, keine menschliche Vertrautheit entwickeln konnte – mit diesem sinnenfeindlichen und daher zwangsläufig auch misogynen Syndrom teilte Kafka das psychische Schicksal von Millionen bürgerlicher Männer, in deren Erziehung die Fähigkeit zum erotischen Glück schlechterdings nicht vorgesehen war.

Das definitive Handbuch dieses Syndroms war nur wenige Wochen vor Kafkas erster Nacht im Buchhandel aufgetaucht: das 600-Seiten-Pamphlet GESCHLECHT UND CHARAKTER, dessen Autor Otto Weininger, nur drei Jahre älter als Kafka und konvertierter Jude, sich noch im selben Herbst das Leben nehmen sollte. Weiningers Werk, zugleich seine Dissertation, war ein beispielloser mentalitätsgeschichtlicher Coup, der die männliche angstgesteuerte Abwertung der Sexualität metaphysisch untermauerte und der im selben Atemzug die unübersehbaren emanzipativen Erfolge der Frauen für nichtig erklärte. Der methodologische Trick, den Weininger anwandte, um diesen männlichen Defensivschlag zu ermöglichen, war keineswegs neu, doch niemals zuvor hatte ihn ein zeitkritischer Autor mit derartiger Virtuosität und Konsequenz gehandhabt. Dieser Trick bestand darin, nicht die Frauen und Männer einer bestimmten Generation zum Gegenstand der sexologischen Untersuchung zu machen, sondern das Weibliche und das Männliche schlechthin, das heißt deren ›Idee‹ oder ›idealen Typus‹. Um jedes Missverständnis auszuschließen und um die akademische Dignität seiner Darstellung zu unterstreichen, führte Weininger die Abkürzungen *W* und *M* ein – womit jene ideellen ›Substanzen‹ von ihren beobachtbaren Ausprägungen in Gestalt lebendiger Individuen scheinbar abgehoben waren.

Der Vorzug, den eine derartige ›typologische‹ oder ›substantialistische‹ Sicht der Dinge bietet, ist seit langem bekannt: Sie macht Vorurteile und Ressentiments unangreifbar und erspart damit sehr viel empirischen Argumentationsaufwand. Die rhetorische Rückversicherung ist dabei stets der Singular: über *die* Jugend (statt die

Jugendlichen), *den* Tschechen, *den* Beamten und nicht zu vergessen *den* Juden lässt sich alles nur Denkbare behaupten, ohne die geringste Beweislast, da es sich ja um bloße typologische Zuschreibungen handelt, die nicht in jedem einzelnen Fall zutreffend sein müssen. Das gilt erst recht für die Frau ›als solche‹, das sogenannte *Weib*, wie auch Freud noch formulierte. In vollem Ernst behauptet Weininger, dass die Frau über kein ausgeprägtes Ich, infolgedessen auch über keinerlei Rechtsempfinden, keinen Begriff von Wahrheit, Schönheit, Individualität und Moral verfügt, und die Tatsache, dass es eine gewisse Anzahl leibhaftiger Frauen gibt, die diese intellektuellen Leistungen sehr wohl erbringen, beeindruckt ihn nicht im mindesten. Solche Frauen sind dann eben ›unweiblich‹, weit entfernt vom ›reinen‹ weiblichen Typus, oder, in Weiningers Diktion: sie tragen einen besonders hohen Anteil der *Substanz M* in sich. Daraus folgt, dass man gewisse Frauen durchaus schätzen kann, ohne die Verachtung ihrer Weiblichkeit revidieren zu müssen. ›Ich habe nichts gegen Frauen‹, darf der Weininger-Fan mit voller Überzeugung sagen, ›unter meinen besten Freunden sind auch Frauen.‹

Ein Denkmuster, das geistige Bequemlichkeiten bietet, das indessen auch einen beträchtlichen Preis fordert. Denn es funktioniert nur, wenn man annimmt, dass Weiblichkeit und Männlichkeit flüssige Substanzen sind, die sich in jedem Menschen auf sehr individuelle und veränderliche Weise mischen. Weininger musste daher auf die Idee einer nicht pathologischen, vielmehr *universellen* Bisexualität zurückgreifen, die in verwandter Form auch in der Psychoanalyse eine Rolle spielte[4] und die für den gewöhnlichen Frauenhasser seiner Zeit gewiss nicht schmerzlos zu akzeptieren war. Denn sie bedeutete, dass dem Mann, bei aller angeborenen Überlegenheit, doch eine lebenslange anstrengende Aufgabe blieb – die Aufgabe nämlich, den ständig wirksamen Einfluss von *W* zurückzudrängen – und dass der Feind in seinem eigenen Inneren hauste. Immerhin konnte Weininger auf diese Weise plausibel machen, warum Männer, als Repräsentanten von Geist und Sittlichkeit, überhaupt verführbar sind, warum sie sich auf ›Schmutziges‹ und ›Niederes‹ immer wieder einlassen, und darüber hinaus hatte er eine Antwort parat auf die erkenntniskritische Frage, wie es einem Mann, bei derart fundamentalen und ›substantiellen‹ Unterschieden, überhaupt möglich sei, über das weibliche psychische Erleben irgendwelche Aussagen zu treffen. Die Lösung war einfach: Der Denker braucht, um über *das Weib* zu urteilen, nur das Weibliche *in sich* zu beobachten. Ganz konsequent war es daher, dass Weininger selbst zu der erstaunlichen Einsicht gelangte, »der Haß gegen die Frau« sei »immer nur noch nicht überwundener Haß gegen die eigene Sexualität«.[5]

Weiningers Schrift hatte einen immensen, lange anhaltenden Erfolg – zu Lebzeiten Kafkas erschienen fünfundzwanzig Auflagen –, und sie beherrschte die sexologischen Kaffeehausgespräche weit nachhaltiger als die Theorien Freuds, die nur allmählich und simplifiziert in die Allgemeinbildung einsickerten. Weininger galt sogleich als Genie, das eine unvergleichlich genaue Phänomenologie des Weiblichen geliefert hatte – ungeachtet der offenkundigen Tatsache, dass dieser Jüngling sein Anschauungsmaterial sehr wahrscheinlich nur in Tanzstunden und bei Prostituierten sammelte.[6] Er hatte auszusprechen gewagt, was die Mehrzahl der Männer bloß dachte: dass Frauen im Grunde defizitäre und triebgesteuerte Wesen sind, die über diesen Status allenfalls durch Nachahmung und unter Verleugnung ihrer Weiblichkeit ein Stück weit hinausgelangen.

Fatal für die Rezeption dieser sich philosophisch gebärdenden Kampfschrift war es, dass Weininger bestimmte Ergebnisse der weiblich-bürgerlichen Erziehung tatsächlich recht treffend beschrieb und es dem Leser damit leichtmachte, die absurden Verallgemeinerungen und die hochneurotischen Allüren des Verfassers wohlwollend zu überblättern. War es nicht tatsächlich so, dass die gesamte weibliche Existenz – ihr körperliches Aufgeputzt-Sein, die gewohnheitsmäßige Koketterie, die Eifersucht der Frauen untereinander, das brennende Interesse an der Frage ›wer mit wem‹ – dass all dies auf nichts anderes zentriert war als auf den Akt der Fortpflanzung? Und waren denn die höchstgeschätzten weiblichen Eigenschaften, wie etwa die Fähigkeit zur selbstlosen Mutterliebe, mehr als bloße Instinktleistungen? Allein schon der Mut, gegen die allgemeinen Gebote der Galanterie Derartiges ganz trocken auszusprechen, wurde Weininger hoch angerechnet. Man musste ja nicht allen seinen ästhetischen und moralischen Verdikten uneingeschränkt folgen. »Ein Frauenverehrer stimmt den Argumenten Ihrer Frauenverachtung mit Begeisterung zu«, schrieb Karl Kraus an Weininger und formulierte damit eine von Generationen von Männern beherzigte Leseanleitung.[7] Die Frau als Hegerin des Lebens, der Mann als Repräsentant des Geistes – das konnte doch *jeder* unterschreiben, und er war darum noch lange nicht verpflichtet, dem *schönen*, wenngleich leider unbedarften Geschlecht so ostentativ den Rücken zu kehren wie der neurotisch-geniale Studiosus aus Wien.

Die Wirkung von Weiningers wissenschaftlich aufgeschminkter, tatsächlich jedoch in trivialen Mythen sich ergehender Deutung des Weiblichen überdauerte die Lebenswelt, die sie widerspiegelte, bei weitem, und ihre Spuren sind selbst noch bei den Gegnern der feministischen Initiative der siebziger Jahre zu entdecken. Zitierbar war Weininger nach dem Zweiten Weltkrieg freilich nicht mehr (auch wenn Gottfried Benn ihn 1949 noch immer höher einstufte als Kafka[8]), doch das lag keineswegs an irgendwelchen Fortschritten des Geschlechterdiskurses, sondern an einem besonders finsteren Seitentrakt von Weiningers Ideengebäude, einem selbstmörderisch zugespitzten Antisemitismus, den man nicht länger als Marotte abtun konnte. Dass eine rassentheoretisch untermauerte Kritik *des Juden* in einer Dissertation über GESCHLECHT UND CHARAKTER ein eigenes langes Kapitel beanspruchte, war schon verwunderlich genug; dass jedoch die substantialistischen Schlagworte der Nazis – die immer davon sprachen, *das Judentum* auszurotten, als handele es sich um das bloße Töten einer Idee – dem Gerede Weiningers über »das absolut Jüdische« so fatal ähnelten, diskreditierte sein Jahrhundertbuch nachhaltig.

GESCHLECHT UND CHARAKTER hat sich in Kafkas sparsamer Bibliothek nicht erhalten; unzweifelhaft jedoch ist, dass er das Buch zumindest in seinen Grundzügen rezipiert und den Fall Weininger, auf den nicht zuletzt Kraus' Zeitschrift *Die Fackel* immer wieder zurückkam, aufmerksam verfolgt hat. Noch wenige Jahre vor seinem Tod äußerte er Interesse daran.[9] Die Frage nach einem mehr oder minder direkten Einfluss scheint dennoch müßig: Undenkbar, dass es aufseiten Kafkas zu einer emotionalen oder gar schöpferischen Resonanz hätte kommen können, wenn nicht beide, Weininger wie Kafka, ohnehin schon aus demselben Reservoir angstbesetzter Phantasmagorien des Weiblichen geschöpft hätten. Die Vielzahl störender, bedrohlicher, gelegentlich tierhafter weiblicher Figuren, die in Kafkas Werken und Fragmenten auftauchen und die geradewegs dem Kabinett des Doktor Weininger entsprungen scheinen, ist anders nicht zu erklären: die dicke Sängerin Brunelda im VERSCHOLLENEN, die Frau des Gerichtsdieners, Leni und das bei Staatsanwalt Hasterer hausende ›schamlose Frauenzimmer‹ im PROCESS, die Brückenhof-Mägde im SCHLOSS … immer wieder ging hier Kafka an den Rand dessen, was mit seinem realistischen Erzählduktus noch eben vereinbar war, und die Korrekturvorgänge in seinen Manuskripten belegen, dass die aufblitzenden Bilder des Weiblichen, die ihn im Akt des Schreibens bedrängten, häufig noch radikaler waren und darum sogleich entschärft werden mussten, damit sie das Erzählgefüge nicht aufsprengten. Unter all den kollektiven Phantasmen seiner Zeit ist das nur scheinbar vielfältige, tatsächlich typologisch gerasterte Bildreservoir des Weiblichen (Mutter, Hure, *femme fatale*, *demi-vierge*, süßes Mädel, Schwester, Blaustrumpf, Heilige …) der stärkste nachweisbare Einfluss, dem sich Kafka niemals völlig entziehen konnte, weder durch ironische Distanz noch durch reflexive Anstrengung. Das Modewort ›Typus‹ hasste er[10] – und vermochte dennoch nicht zu vermeiden, Frauen, die ihm begegneten, nach bestimmten typologischen Merkmalen unwillkürlich abzutasten, erregt, angstvoll, oder beides, und ihre beunruhigende Fremdheit damit einzuhegen.

Dennoch gelang es Kafka, sich dem Sog von Weiningers misogynem Wahnsystem weitgehend zu entziehen. Dass Frauen keine vielschichtige Individualität besitzen, dass sie keine ›Persönlichkeiten‹ sind – gewiss, es gab vielfältige soziale Beobachtungen, die das zu bestätigen schienen, und allein ihre biologische Potenz deutete darauf hin, dass die Natur (oder irgendein Schöpfer) etwas anderes mit ihnen bezweckte. Es war nicht von der Hand zu weisen, dass sie etwas Überindividuelles repräsentieren – Leben, Schicksal, Natur, wie immer man es nennen wollte. So jedenfalls lautete die mehrheitliche Meinung aller durchschnittlich gebildeten Männer, und auch die spätere Korrespondenz zwischen Kafka und Brod lässt erkennen, dass *man* sich auf der Grundlage dieses kleinsten gemeinsamen Nenners über Frauen *immer* verständigen konnte, auch bei unterschiedlichster Lebenspraxis. Die entscheidende Frage war jedoch, ob und warum damit auch eine ethische oder gar ontologische Abwertung der Frauen notwendig verbunden sein sollte. Das wollte Kafka nicht einleuchten, der keine einzige Frau seiner Umgebung in derart quälende innere Kämpfe verwickelt sah wie sich selbst. Das Gefühl, außerhalb des Lebens zu stehen und sich einen Zugang zum Leben erst erobern zu müssen, war eine seiner grundlegenden, prägenden, ja sogar identitätsstiftenden Erfahrungen, ein Brennpunkt seiner Selbstdeutung. Es mochte Männer geben, denen es ebenso erging – für solche Fälle, wie etwa Grillparzer oder Kierkegaard, zeigte Kafka immer eine Art staunendes Interesse –, aber doch gewiss keine Frauen, die das Leben repräsentierten und die daher genau dort schon immer beheimatet waren, wo er und andere Unglückliche erst hinwollten. Diese weibliche Lebensnähe konnte von beängstigender Ausstrahlung sein, aber sie war ein grundlegendes Potential des weiblichen Status und bot daher keinerlei Anlass zur Verachtung. Aus der Perspektive Kafkas verfügten die Frauen vielmehr über einen vitalen Vorsprung, der sie in der äußersten Not dazu befähigte, Männer zu erretten, ja zu ›erlösen‹ – Männer, die sich in intellektuellen und emotionalen Aporien verstrickten, von denen Frauen weder wussten noch wissen wollten. Wohl erst gegen Ende seines Lebens begann Kafka darüber nachzudenken, ob dieses geheimnisvolle natürliche Potential nicht einen Preis forderte, den auch manche Frau als zu hoch, ja als lebenszerstörend empfand. Ablesen lässt sich das am bemerkenswerten Wandel seiner weiblichen Figuren, die allmählich zu Subjekten reifen. Noch im PROCESS-Roman erleiden die Frauen ihr geschlechtliches Schicksal ergeben und ohne jede reflexive Distanz; weibliche Angeklagte gibt es daher nicht, kann es nicht geben. Im SCHLOSS hingegen schuf Kafka mit der Schustertochter Amalia erstmals eine weibliche Gestalt, die sich dem gesamten Spiel verweigert, und es scheint sogar, als erhofften sich einige der Dorffrauen, trotz vielfacher Beziehungen zum Schloss, die Lösung ihres Banns geradewegs von dem machtlosen Fremdling K.[11]

Kafka machte Erfahrungen wie beinahe jeder Mann: glückliche und unglückliche, distanzierte und leidenschaftliche. Er sei eine Zeitlang mit Mädchen zusammengekommen, gestand er später Felice Bauer, »in die ich mich leicht verliebte, mit denen ich lustig war und die ich noch leichter verliess oder von denen ich ohne die geringsten Schmerzen mich verlassen sah … Geliebt dass es mich im Innersten geschüttelt hat, habe ich vielleicht nur eine Frau, das ist jetzt sieben oder acht Jahre her.«[12] Diese Episode, die sich auf 1905 datieren lässt und deren Schauplatz ein Sanatorium im böhmisch-schlesischen

Zuckmantel (Zlaté Hory) war, zählt zu den bedeutsamsten weißen Flecken in Kafkas Biographie. Keine Korrespondenzen, keine Notizen geben darüber näheren Aufschluss, auch Name und Herkunft der Frau sind nicht überliefert. Er sei »sehr viel unter Menschen und Frauenzimmern und ziemlich lebendig geworden«, schrieb Kafka noch lässig aus seinen Sommerferien, und erst eine viel spätere Bemerkung gegenüber Brod lässt erahnen, dass es sich um eine grundlegend neue und jedenfalls mehr als flüchtige Erfahrung handelte: Es sei in Zuckmantel überhaupt das erste Mal gewesen, räumte er ein, dass er mit einer Frau »vertraut« gewesen sei, freilich »war sie eine Frau und ich ein Junge«.[13] Dass Kafka nicht von einem ›Mädchen‹ spricht, deutet darauf hin, dass sie die Ältere war; die Gästelisten des Sanatoriums lassen vermuten, dass sie keine Patientin war, doch sicher ist auch das nicht. Was wir wissen, ist, dass nach dreieinhalb Wochen – mehr blieb dem Paar vorläufig nicht – die Geschichte für Kafka noch keinesfalls zu Ende war. Denn im folgenden Sommer reiste er erneut ins Sanatorium nach Zuckmantel, wo er eine Verabredung hatte. Eine Ansichtskarte war bei ihm eingetroffen, in verschlossenem Umschlag: »Das ist ein Wald und in diesem Wald kann man glücklich sein. Deshalb kommen Sie!« Unterschrift unleserlich. Alles Weitere liegt im Dunkeln.[14]

Eine etwas genauere Vorstellung lässt sich von jenen Tändeleien und Flirts gewinnen, die Kafka gegenüber Felice Bauer ebenfalls einräumte und zugleich in die Vergangenheit verwies. Über solche ›Eroberungen‹, die er unter emotionaler Kontrolle behielt, ließ sich mit Freunden viel offener reden, man konnte damit ein wenig aufschneiden, ein wenig teilnehmendes Prickeln erzeugen in den Sinnen der Zuhörer, auch entsprach das ausnahmslos ironische Sprechen über Mädchen jener »sexuellen Etikette«, die Kafka durchaus bereitwillig erlernte und die er erst viel später wieder verwarf. Doch von Anbeginn an entwickelte er eine ganz eigentümliche, physiologisch zergliedernde und betont unerotische Sprechweise, die sich in zahlreichen Tagebucheinträgen fortsetzen wird und in der Erlebnis und Beobachtung gleichsam die Rollen tauschen: als sei nicht die Begegnung mit einem anderen Menschen, sondern dessen Beobachtung das eigentliche Erlebnis. An Max Brod schrieb er aus der Sommerfrische im mährischen Triesch:

»Am meisten Zeit aber – ich bin sechs Tage hier – habe ich mit zwei kleinen Mädchen verbracht, sehr gescheidten Mädchen, Studentinnen, sehr socialdemokratisch, die ihre Zähne aneinanderhalten müssen, um nicht gezwungen zu sein bei jedem Anlaß eine Überzeugung, ein Princip auszusprechen. Die eine heißt Agathe, die andere Hedwig. Agathe ist sehr häßlich und Hedwig auch. H. ist klein und dick, ihre Wangen sind roth ununterbrochen und grenzenlos, ihre obern Vorderzähne sind groß und erlauben dem Mund nicht, sich zu schließen, und dem Unterkiefer nicht, klein zu sein; sie ist sehr kurzsichtig und das nicht nur der hübschen Bewegung halber, mit der sie den Zwicker auf die Nase – deren Spitze ist wirklich schön aus kleinen Flächen zusammengesetzt – niedersetzt; heute Nacht habe ich von ihren verkürzten dicken Beinen geträumt und auf diesen Umwegen erkenne ich die Schönheit eines Mädchens und verliebe mich.«[15]

Spott über den weiblichen Körper war ein wunderbar zuverlässiges Mittel der Angstabwehr; auch konnte man in dieser Tonart beliebig lange beim interessantesten aller Themen verweilen, ohne sich selbst zum Narren zu machen. Dass jedoch ein angeblich frisch Verliebter den Blick auf Hasenzähne, Unterkiefer und dicke Beine richtet, war dem erotisch eher schwelgerischen Brod gewiss noch nicht vorgekommen, und umso überraschender war es, dass sich zwischen Kafka und jenem 19-jährigen sozialdemokratischen Mädchen tatsächlich eine kleine Liaison mit Küssen und Briefen entwickelte. Hedwig Weiler hieß sie, eine Wiener Jüdin war sie, und begegnet war er ihr während eines neuerlichen Sommeraufenthalts bei Onkel Siegfried, dem Landarzt, mit dem auch sie offenbar bekannt war. Triesch wirkte belebend, und die Sommerfrische eröffnete Freiheiten, die auch Hedwig sonst verschlossen blieben, die Freiheit beispielsweise, bis Mitternacht in männlicher Begleitung in einem finsteren Park umherzustreifen.

Ob die wechselseitigen Verliebtheiten jene Ferienstimmung lange überdauerten, ist zweifelhaft; ja, es ist nicht einmal belegt, dass die beiden sich jemals wiedersahen. Auch wenn Kafka sie mit »Liebe« oder »mein liebes Mädchen« anspricht – ihre Antworten sind nicht erhalten –, so sind seine Briefe aus Prag doch eher freundschaftlich als liebevoll, und die unüberbrückbaren Gegensätze der Interessen und Charaktere treten in ihnen schon bald hervor. In späteren Jahren hat Kafka den Kämpfen junger Frauen um Bildung und Ausbildung mit außerordentlicher Einfühlungskraft assistiert; als beinahe Gleichaltriger hingegen, als Bruder dreier Mädchen mit genügsamer Standardbildung, war ihm die existentielle Bedeutung derartiger Sorgen noch weitgehend verschlossen. Der Bildungshunger Hedwig Weilers, die sich aus kleinbürgerlichen Verhältnissen durch *Lernen* herauszuarbeiten suchte, nötigte ihm daher kaum ein Wort der Ermunterung ab. Ihr wiederum blieb unverständlich, wie ein derart gebildeter Mann derart ziellos in den Tag leben konnte, scheinbar unbewegt vom Schicksal des großen Ganzen, ohne das Gefühl sozialer Verantwortung, und das Missverhältnis ist beinahe mit Händen zu greifen, wenn sie ihn, den Menschenbeobachter, dazu auffordert, doch mehr Interesse an Menschen zu zeigen. »Ich lese nicht einmal die Arbeiterzeitung«, antwortete er, »und ich bin kein guter Mensch.«[16]

War das Ironie? Selbstmitleid? Hedwig Weiler konnte nicht ahnen, dass Kafka hier bereits eine Rhetorik der Selbstverkleinerung einübte, die er später, in weit bedeutsameren Korrespondenzen, bis zur Perfektion verfeinern wird. Und auch wenn er ihr gelegentlich ein paar selbstverfasste literarische Zeilen beilegte – gleichsam zur Demonstration eines ganz anderen, aber durchaus vorhandenen Interesses an Menschen –, so mussten doch solche müden Gesten auf sie dekadent und erkältend wirken: auf eine junge Frau, für die Bildung und Engagement beinahe Synonyme waren und die ihren Stolz darin sah, eines Tages zu einer organisierten linken Elite zu gehören, die Fortschritt und Humanität verkörperte.

Mädchenlyzeum, externes Abitur sowie zwei Semester Germanistik und Romanistik hatte Hedwig Weiler bereits hinter sich, und das Zusammensein mit Kafka brachte sie auf den Gedanken, ihre Ausbildung in Prag fortzusetzen. Siegfried Löwy sollte dabei helfen, sie von ihrer Wiener Familie loszueisen, Kafka selbst bereitete ihre Landung in Prag mit Zeitungsinseraten vor, in denen er ein wenig übertrieb und ihre Dienste als hochgebildete Hauslehrerin oder Gesellschafterin anbot. Doch am Ende blieb sie in Wien. Besucht hat Kafka sie dort nicht. Im letzten vertraulichen Brief an sie, der erhalten blieb, schrieb er:

»Deine Lage verstehe ich; es ist ja närrisch, was Du zu lernen hast und Du darfst nervös werden, ohne daß man Dir jemals nur mit einem Wort einen Vorwurf machen dürfte. Aber schau, immerhin Du kommst doch sichtbar vorwärts, Du hast ein Ziel, das Dir nicht entlaufen kann wie ein Mädchen und das Dich doch jedenfalls, auch wenn Du Dich wehren wirst, glücklich machen wird; ich aber werde ein ewiger Brummkreisel bleiben und ein paar

Leuten, die mir vielleicht nahe kommen werden, das Trommelfell ein Weilchen quälen, sonst nichts.«[17]

Zu spät dieser tastende Vorstoß in *ihre* Welt. Der Faden musste reißen, sehr bald schon, und ein Jahr später, während eines Aufenthalts in Prag, bat sie Kafka auf schriftlichem Weg, alle ihre Briefe zurückzugeben. Das tat er, adressiert nunmehr an das »geehrte Fräulein«. Ob sie schließlich doch zu denen gehörte, die er »ohne die geringsten Schmerzen« aus seinem Leben verschwinden sah, wissen wir nicht; dass diese Ferienepisode von Triesch sich weit weniger tief eingrub als das Bild der geliebten Frau in Zuckmantel, ist gewiss. Erwähnt hat er Hedwig niemals mehr. Und so entging ihm wohl auch die letzte, ganz unwahrscheinliche Pointe dieser Geschichte: Sein sozialdemokratisches Mädchen schaffte es 1914 bis zur Promotion – mit einer Arbeit über *Grillparzer*.[18]

Informierte Kreise: Utitz, Weltsch, Fanta, Bergmann

Die Tatsachen gehören alle nur zur Aufgabe,
nicht zur Lösung.
Wittgenstein, TRACTATUS LOGICO-PHILOSOPHICUS

»… eigentliche Freiheit der Berufswahl gab es für mich nicht, ich wusste: alles wird mir gegenüber der Hauptsache genau so gleichgültig sein, wie alle Lehrgegenstände im Gymnasium, es handelt sich also darum, einen Beruf zu finden, der mir, ohne meine Eitelkeit allzusehr zu verletzen, diese Gleichgültigkeit am ehesten erlaubt. Also war Jus das Selbstverständliche. Kleine gegenteilige Versuche der Eitelkeit, der unsinnigen Hoffnung, wie vierzehntägiges Chemiestudium, halbjähriges Deutschstudium, verstärkten nur jene Grundüberzeugung. Ich studierte also Jus. Das bedeutete, dass ich mich in den paar Monaten vor den Prüfungen unter reichlicher Mitnahme der Nerven geistig förmlich von Holzmehl nährte, das mir überdies schon von tausenden Mäulern vorgekaut war. Aber in gewissem Sinn schmeckte mir das gerade, wie in gewissem Sinn früher auch das Gymnasium und später der Beamtenberuf, denn das alles entsprach vollkommen meiner Lage. Jedenfalls zeigte ich hier erstaunliche Voraussicht, schon als kleines Kind hatte ich hinsichtlich der Studien und des Berufes genug klare Vorahnungen. Von hier aus erwartete ich keine Rettung, hier hatte ich schon längst verzichtet.«[1]

Hermann Kafka, für den diese Bilanz ursprünglich bestimmt war, hätte den Kopf geschüttelt: Nein, so glatt war das keineswegs abgelaufen, keine Rede von Vorausschau und Verzicht. Hatte beispielsweise Franz nicht immer wieder damit gedroht, nach München abzuwandern? Und dorthin wollte er doch gewiss nicht, um sein Jurastudium in Schwung zu bringen. Im Herbst 1902 hatte es angefangen, Franz hatte sogar schon den Reisepass nach Deutschland in der Tasche und besann sich erst im letzten Augenblick eines Besseren. Und im folgenden Herbst, als alle schon glaubten, er sei nun endlich in der Spur, begannen diese Diskussionen von neuem. Eine ungewöhnliche, geradezu verdächtige Beharrlichkeit war es, mit der er seinen Plan verfolgte, und der Hintergedanke, dem diese Agilität sich verdankte, war unschwer zu erraten: Allein der Wechsel zu einer anderen Universität würde es ihm ermöglichen, die elterliche Wohnung mit sachlicher Begründung, das heißt ohne Kränkungen, zu verlassen und ein selbständigeres Leben zu beginnen. Musste man das eigens aussprechen?

Die Idee, nach München zu übersiedeln, ging zurück auf Paul Kisch, der dort ein Semester lang Vorlesungen in Germanistik hörte und der dann schon im Sommer 1903 nach Prag zurückkehrte. Auch Emil Utitz, der einstige Klassenprimus, studierte vorläufig in München, und was die beiden über das Leben in der bayrischen Metropole erzählten, muss für Kafka außerordentlich verlockend gewesen sein: eine Stadt der Künste, des Theaters, des literarischen Aufbruchs; eine Stadt mit weitverzweigter Boheme, die nicht, wie in Berlin, verschworene Gemeinschaften bildete, sondern die in Schwabing den öffentlichen Raum eines ganzen Viertels besetzt hielt. Auch die vitalistischen Tendenzen dieser Szene, mit anarchistischen Einsprengseln hie und da, vermittelten die Stimmung eines radikalen Neubeginns, der die gesamte Lebenspraxis erfasste – nicht zufällig war München das bedeutendste Zentrum des Jugendstils, und die namengebende Zeitschrift *Jugend* (begründet 1896) erschien ebenfalls hier. Daneben war München die Hochburg der illustrierten Witzblätter und Satire-Journale – außer dem notorischen *Simplicissimus* erschienen vor dem Krieg noch weitere sechzig derartige Titel –, zugleich die Stadt, die mit dem Kabarett eine ganz neue, aggressive Kunstform aus Paris importiert und in Gestalt der ›Elf Scharfrichter‹ auf hohem Niveau etabliert hatte. Die auf Thomas Mann zurückgehende, später zum touristischen Slogan verkommene Behauptung »München leuchtet« war im Augenblick ihrer Niederschrift, im Jahr 1902, noch buchstäblich wahr: die einzige Stadt im deutschsprachigen Raum, die etwas wie Pariser Flair spüren ließ und die auf dem besten Wege schien, sowohl die Berliner als auch die Wiener Moderne in den Schatten zu stellen.

Das lag keineswegs nur an der schieren Zahl der in München lebenden Maler, Musiker, Schriftsteller und Theaterleute, der Vielfalt der Verlage, Antiquariate und Kunsthandlungen. Es hatte hier auch eine liberale, schillernde Internationalität Einzug gehalten, der gegenüber der nationalistische Hader, der beispielsweise in Prag als allgegenwärtiges Hintergrundgeräusch jedem Zugereisten alsbald auf die Nerven ging, reichlich provinziell anmutete. Unter den beinahe zweitausend Künstlern, die in München lebten, gab es regelrechte Kolonien von Immigranten (unter denen Kandinsky und Jawlensky die berühmtesten werden sollten), und in den einschlägigen Literatencafés konnte man nicht nur Heinrich Mann, Wedekind, Rilke oder George (samt seinen ›Kosmikern‹) begegnen; ebenso schauten hier immer wieder ausländische, vor allem französische Autoren vorbei. Weit über die Landesgrenzen hinaus genoss Schwabing den Ruf, auch höchst unkonventionellen Lebensentwürfen einen urbanen Raum der Entfaltung zu bieten, und so wäre etwa die malende, schreibende und schauspielernde Fanny zu Reventlow, die sarkastische und erotisch selbstbestimmte ›Schwabinger Gräfin‹, als Mitglied des harmlos-bildungsbeflissenen Prager ›Klubs deutscher Künstlerinnen‹ ganz undenkbar gewesen.

Ende November 1903 machte sich Kafka auf den Weg, um die vielgerühmte Kunststadt nun endlich mit eigenen Augen zu sehen. Für elf oder zwölf Tage hatte er ein Pensionszimmer in der Sophienstraße am Botanischen Garten gemietet, unweit des Hauptbahnhofs – vermutlich ausgestattet mit Reisegeld des Landarzt-Onkels.[2] Unklar ist, warum Kafka diesen Ausflug mitten im Semester unternahm, ohne Rücksicht auf die etwa fünfzig Vorlesungsstunden, die er versäumte und jedenfalls nacharbeiten musste. Wollte er den Lehrbetrieb an der Ludwig-Maximilians-Universität besichtigen? Der Gedanke liegt nahe, zumal er mit Emil Utitz einen Berater zur Hand hatte, in dessen Schlepptau es leicht gewesen wäre, erste Einblicke zu gewinnen. Doch von den mehreren Dutzend Postkarten, die Kafka in München schrieb, sind nur wenige erhalten, und auf keiner von ihnen wird die Universität erwähnt. Ja, Kafka hielt den Alleswisser Utitz sogar auf Distanz, um die Eindrücke der Stadt ungestörter in sich aufnehmen zu können. »Das Oberflächlichste von München habe ich in den 2 Tagen gerade betastet und so kleine Blicke in das Innere bekommen«, meldete er an Paul Kisch. »Von Morgen ab schleiche ich mich dann in die Gesellschaft ein. – Ich werde viel Nutzen von München haben.«[3]

Das klingt unverbindlich: ganz so, als sei Kafka in derselben Stadt, in der er noch ein Jahr zuvor hatte studieren wollen, nun als bloßer Bildungsreisender unterwegs. Er besuchte das riesige, bronze- und marmorverzierte Café Luitpold, dessen ausgemalte Säulenhallen an Kirchenschiffe erinnerten; er ließ sich in die ›Dichtelei‹ führen (Türkenstraße 81), ein legendäres, von Weindunst und undurchdringlichem Rauch erfülltes Schwabinger Literatenlokal; und er besuchte eine Vorstellung der ›Elf Scharfrichter‹ (Türkenstraße 28) – leider ohne den Meister der ›angewandten Lyrik‹ persönlich zu erleben, Frank Wedekind, der sich von der Truppe zuvor schon getrennt hatte.[4] Anzunehmen ist, dass Kafka auch die dritte bedeutende Sehenswürdigkeit ganz in der Nähe aufsuchte, die zumeist chaotisch überfüllte ›Wein-, Kaffee- und Flaschenbierwirtschaft Simplicissimus‹ (Türkenstraße 57), genannt Simpl, die als ›Künstlerkneipe‹ plakatierte und die sich mit Joachim Ringelnatz einen eigenen ›Hausdichter‹ leistete, der fast allabendlich vortrug. Um sich auch in die berühmte literarische Kegelgesellschaft ›Unterströmung‹ »einzuschleichen« (Türkenstraße 34), war der Aufenthalt wohl ein wenig zu knapp bemessen. So gut wie gewiss ist jedoch, dass Kafka etliche Stunden in der Neuen Pinakothek verbrachte – denn abgesehen von seinen eigenen, zu dieser Zeit noch recht ausgeprägten künstlerischen Interessen hätten es der kunstbegeisterte Utitz und erst recht die Kommilitonen aus der Lese- und Redehalle als überaus befremdlich empfunden, hätte sich der neugewählte ›Kunstberichterstatter‹ ausgerechnet diese Sehenswürdigkeit entgehen lassen. Dass Kafka all diese Erfahrungen viel später (anlässlich seiner Münchner Lesung von 1916) nur noch als »trostlose Jugenderinnerung« gelten lassen wollte, kann leicht in die Irre führen: Er hat München zweifellos genossen, doch er kehrte ohne weiter reichende Perspektiven zurück und musste sich eingestehen, dass er – mangels äußerer und innerer Verbindungen – über den Status eines Touristen hier kaum je hinausgelangen würde.[5]

Paul Kisch hatte auf Kafkas Zwischenberichte aus München mit keiner Zeile geantwortet, und der erboste Kafka dürfte sehr bald bemerkt haben, dass dies nicht nur Schlamperei war. Für Kisch war München bereits Vergangenheit, und die erstaunliche Liberalität dieser Stadt zog ihn bei weitem nicht so an, wie man es seinen literarischen Neigungen zufolge hätte erwarten können. Der Grund dafür war die zunehmend rigide deutschnationale Haltung Kischs, mit der er im Prager Deutschen Casino natürlich weit besser aufgehoben war als in der Schwabinger Türkenstraße und für die er mit August Sauer auch sofort den geeigneten Mentor fand. Die folgerichtige Entfremdung von Kafka vollzog sich offenbar sehr rasch, zumal die schlagende Studentenverbindung Saxonia, in der Kisch sich wohlfühlte, mit den Gesinnungen, die in der Lese- und Redehalle gepflegt wurden, nicht mehr viel gemein hatte. In späteren Jahren grauste es Kafka schon beim bloßen Anblick Kischs, der von vielfachen Mensuren entstellt war und darum den Spitznamen ›Schmisso‹ trug.[6]

Allmählich lösten sich die alten Freundschaften, die noch in die Schulzeit zurückreichten, und an ihre Stelle traten neue Beziehungen, die den langjährigen Zaungast Kafka nun endlich ein wenig tiefer ins kulturelle Leben Prags zogen. Max Brod vor allem war es, der ihm die entscheidenden Türen öffnete – nicht nur, weil Brod mit seinen vielfältigen Verbindungen in ganz unterschiedliche kulturelle Milieus Kafka um Jahre voraus war, sondern auch, weil es ihm offenkundiges Vergnügen bereitete, seine Freunde *miteinander* bekannt zu machen und auf diese Weise Netzwerke zu knüpfen. Brods soziale Energie schien unerschöpflich, und sie ermöglichte es ihm sogar, bereits bestehende Gruppierungen zu entern und sich binnen kurzem zu deren Zentrum zu machen. So geschah es beispielhaft mit dem Freundeskreis seines früheren Klassenkameraden Felix Weltsch, dem er am juristischen Seminar wiederbegegnet war.

Der schmale, hochaufgeschossene Weltsch war der Sohn eines jüdischen Tuchhändlers von einigem Wohlstand, und wie der gleichaltrige Brod hatte er das Glück, von kunst- und musikbegeisterten Eltern umsorgt zu werden, die es sehr gern sahen, wenn in ihrem Haus musiziert, vorgelesen und debattiert wurde. Ein sonntäglicher *jour fixe* in der Gemsengasse (Kamzíkova) Nr. 4 wurde etabliert, zu dem Felix seine Freunde einladen durfte, und dieser Kreis blieb aktiv auch über die Matura hinaus. Selbstverständlich wurde nun auch Brod hinzugezogen, der wiederum eigene Bekannte mitbrachte, und binnen kurzem etablierte sich eine lebhafte Gruppe, in der Brod das große Wort führte und die eine Zeitlang im Salon der Familie Weltsch gleichsam in Permanenz tagte. Vermutlich schon im Frühjahr 1903 wurde auch Kafka hier eingeführt und mit dem Studienanfänger Felix Weltsch und dessen Angehörigen bekannt gemacht. Freilich, eine engere Verbindung ergab sich daraus vorläufig nicht, denn die verwirrende Betriebsamkeit von Brods Anhängerschaft war Kafka durchaus nicht sympathisch, und wie einer der wenigen Briefe belegt, die aus jener Epoche erhalten sind, gab er ihm das metaphernreich, aber noch deutlich genug zu verstehen.[7] Intensive Gespräche unter wenigen Vertrauten bevorzugte Kafka bei weitem, während er, mit einer Vielzahl von Gesichtern und Stimmen konfrontiert, dazu neigte, entweder in Tagträume zu verfallen – wobei er beinahe apathisch wirken konnte – oder in die Rolle eines konzentrierten, ausdauernd lächelnden, jedoch schweigsamen Beobachters zu schlüpfen. Beides wurde als Distanzierung wahrgenommen; Kafkas stets sehr gepflegte und förmliche Kleidung unterstrich noch diesen Eindruck, und so bedurfte es einiger Geduld und Empathie, um diesen Habitus nicht als arrogante Marotte zu missdeuten. Auch Kafkas weniger intensive Beziehung zur Musik dürfte mit dafür gesorgt haben, dass er vorläufig Zuschauer und Zuhörer blieb: Brod und sein Bruder Otto beherrschten vierhändig das Klavier, Sophie Brod, die Schwester, hatte eine schöne Stimme, Weltsch spielte ausgezeichnet Violine, oft schon am Klavier begleitet von seiner halbwüchsigen Schwester Betta ... zu all diesen Darbietungen, die in den Familien der Freunde hoch geschätzt waren, hatte Kafka nichts Eigenes beizutragen. Und abwesend war er schließlich auch beim gemeinsamen Pauken, denn der Prüfungsstoff, mit dem sich Brod und Weltsch herumschlugen, lag schon zwei Semester hinter ihm – so konnte er nicht viel mehr tun, als den beiden seine Vorlesungsmitschriften zu überlassen, Hefte, die am Rand mit Zeichnungen verziert waren, die später berühmt wurden.

Felix Weltsch war niemals Klassenprimus gewesen (auch sein Maturazeugnis zeigt nur in den Fächern Deutsch und Religion die Bestnote), doch im Kreis seiner neuen Bekannten fiel er durch eine philosophische Belesenheit auf, der selbst das Multitalent Brod Tribut zollen musste. Er war ein Schicksalsgenosse, dazu verurteilt, ein Jurastudium abzusitzen, doch Weltschs ganze Leidenschaft galt der philosophischen Gelehrsamkeit. Und daraus filterte er nicht weltanschauliche Schlagworte und literarisierte Gedankenspiele wie der Polemiker Brod, sondern er liebte die philosophische Forschung und deren akademischen Diskurs um ihrer selbst willen, ganz ohne literarische Ambitionen. Er war von methodischem, gelegentlich das Pedantische streifendem Charakter, zurückhaltend, ohne Eitelkeit und begabt mit einem trockenen Humor, der Kafkas Sympathie weckte. Auch die Tatsache, dass Weltsch, genau wie Kafka, drei jüngere Geschwister hatte, dürfte Anlass zu mancherlei vergleichender Betrachtung gegeben haben. Dennoch dauerte es lange, ehe sich diese Beziehung erwärmte und in eine Freundschaft überging, und volle neun Jahre brauchte es, ehe Kafka schriftlich vorschlug, das förmliche ›Sie‹ doch endlich aufzugeben.[8]

Weltsch blieb eine wichtige Bezugsperson, und in späteren Jahren war die wechselseitige Vertrautheit so weit fortgeschritten, dass auch seine Eheprobleme und Kafkas dramatische Krankheitsgeschichte offen erörtert werden konnten. Dennoch entwickelte sich diese Freundschaft nicht zu solcher Intensität wie die Beziehung zu Brod – auch Weltschs Erinnerungen an Kafka bleiben auffallend blass –, und das lag wohl nicht zuletzt daran, dass das Schreiben als existentielle Entäußerung, mithin auch die Qualen literarischer Produktivität Weltsch weitgehend verschlossen blieben. Beiden ging es um Wahrheit im emphatischen Sinne. Doch während dies für Kafka ein Problem des sprachlichen und bildlichen Ausdrucks blieb, belastet mit vielfältigen subjektiven Vorbehalten und einer tiefen Sprachskepsis, die um die Jahrhundertwende ohnehin besonders virulent war, zielte Weltsch auf die Lösungen philosophischer Probleme, denen man nach seiner Auffassung umso näher kam, je geschulter und präziser das eigene Denken war. Weltsch hegte ein grundsätzliches Vertrauen in die Sprache, das auch den erkenntniskritischen Kälteschock Nietzsches unbeschadet überstanden hatte; Kafka hingegen debattierte schon während seiner allerersten Begegnung mit Brod – und danach gewiss auch mit Weltsch – über den ›Chandos-Brief‹ Hugo von Hofmannsthals, der erst vier Tage zuvor in einer Berliner Zeitung erschienen war und in dem die Fähigkeit der Sprache, über fragwürdige Generalisierungen hinauszugelangen und zu den realen Dingen der Welt vorzudringen, auf radikalste Weise in Frage gestellt wurde.[9]

Die diskursiven Pfade, die Kafka und Weltsch einschlugen, lagen demnach weit auseinander – für die Ziele, die sie ansteuerten, galt das keineswegs. Nach wie vor war auch Kafka an philosophischer Reflexion interessiert, und wie schon zu Zeiten seiner Zarathustra-Begeisterung zog es ihn vor allem zu Autoren, die in den Grenzgebieten von Literatur und Philosophie verkehrten. »Manches Buch«, schrieb er an Oskar Pollak, »wirkt wie ein Schlüssel zu fremden Sälen des eigenen Schlosses.«[10] Und zu solcher Emphase war er nicht etwa durch ein Gedicht oder einen Roman gelangt, sondern durch die Schriften des Dominikaners Eckhart von Hochheim (›Meister Eckhart‹) und des Naturwissenschaftlers und -philosophen Gustav Theodor Fechner, dessen Hauptwerk Zend-Avesta oder über die

Dinge des Himmels und des Jenseits (1851) soeben in einer neuen Edition erschienen war. Dabei waren es keineswegs die ›Thesen‹ dieser Autoren, die Kafka als Bausteine einer möglichst korrekten und widerspruchsfreien Gesamtansicht der Welt interessierten – höchst unwahrscheinlich, dass er etwa Fechners Behauptung, jedes einzelne Objekt im Kosmos sei beseelt, wörtlich genommen oder gar ›geglaubt‹ hat. Derartigen verblüffenden Denkbewegungen folgte Kafka vielmehr mit den Augen des *literarischen* Lesers, das heißt, er beobachtete sehr aufmerksam die Wellen einander verstärkender Assoziationen, die von ihnen ausgingen. War diese Resonanz besonders intensiv, so folgerte er, dass hier eine innere, subjektive Wahrheit berührt sei, die ihm selbst bisher verborgen geblieben war – ein Vorgang, den er seinerseits nur bildlich zu fassen vermochte. Das Schloss als Metapher des labyrinthischen Seelenlebens war eine seiner ersten großen, genuin literarischen Erfindungen.

Solche Grenzgänge zwischen Literatur und Philosophie waren im intellektuellen Umfeld Kafkas keineswegs ungewöhnlich: Er erlebte sie im Umgang mit Brod, in den Diskussionen der Lese- und Redehalle, aber auch in einer stadtbekannten privaten Gesprächsrunde, in die Oskar Pollak ihn schon während des dritten Semesters eingeschleust hatte. Es handelte sich um einen ›Salon‹ nach klassischen Vorbildern, den die bildungshungrigen Schwestern Berta Fanta und Ida Freund begründet hatten und zu dem sie alle vierzehn Tage einluden – zunächst in die Wohnung der Fantas am Wenzelsplatz, später, nach einem Umzug, in das Haus ›Zum Einhorn‹ am Altstädter Ring, das Berta in ihre Ehe eingebracht hatte und in dessen Erdgeschoss sich die familieneigene Apotheke befand. Die sehr belesene, zu diesem Zeitpunkt 38-jährige Berta Fanta kannte man bereits aus der Universität, wo sie als Gasthörerin in philosophischen Vorlesungen und Seminaren erschien und wo sie sich durch die Dominanz bildungssatter Jünglinge, die ihre Söhne hätten sein können, nicht im mindesten einschüchtern ließ. Freilich ließen ihre Einwürfe hier oft erkennen – und ihre fragmentarisch überlieferten Tagebücher bestätigen es[11] –, dass sie eher an Sinnfragen und an einer allgemeinen ›Vergeistigung‹ des Lebens als an philosophischen Fachproblemen interessiert war. Sie gehörte zur letzten Generation von Frauen, denen eine vollgültige gymnasiale und universitäre Ausbildung gesetzlich verwehrt blieb, und dieser Rückstand, den sie bei aller Lernwilligkeit niemals aufzuholen vermochte, manifestierte sich nur allzu oft in naiv-verschwommenen, sentimentalen Äußerungen, an denen ihr Amateurstatus leicht ablesbar war. Vor allem in den ersten Jahren fehlte es daher dem Salon Fanta an intellektueller Weltläufigkeit, und auch Kafka äußerte sich ironisch, fast schon zynisch über diesen provinziell-bemühten Zirkel, in dem man neben schlechtem Likör und harten Stühlen auch noch Gesangsübungen und den Vortrag familieneigener Dichtungen höflich zu ertragen hatte[12] – ganz zu schweigen von dem geistig abwesenden Hausherrn, dem Apotheker Max Fanta, der den von seiner Gattin angezettelten Versammlungen mit Unverständnis und oft schweigend beiwohnte. Es ist unwahrscheinlich, dass Kafka ohne die Begleitung Pollaks und bald auch Hugo Bergmanns sich an diesem gastlichen Tisch noch fernerhin hätte blicken lassen.

Doch bei den Fantas wurde auch über Philosophie referiert, und von durchaus kompetenten Gästen. Nietzsche-Begeisterung war in diesem reformbewegten Haushalt selbstverständlich, und so war es ein großes Ereignis – an dem Kafka teilnahm –, den Augenzeugenberichten des Publizisten Ernst Horneffer zu lauschen, der den kranken und stummen Nietzsche eingehend beobachtet und schließlich dessen Grabrede gehalten hatte.[13] Auch akademisch-philosophische Fragen wurden erörtert, häufig in Zusammenhang mit der psychologischen Phänomenologie Franz Brentanos, des einflussreichsten österreichischen Philosophen seiner Zeit. Brentanos Versuch, die wechselseitige Durchdringung von Denken und Wahrnehmen in einer umfassenden Theorie des Bewusstseins zu klären, galt als avancierteste Neufundierung des philosophischen Denkens, und alles, was dahinter zurückblieb – für die in Prag besonders zahlreichen ›Brentanisten‹ zählte dazu der gesamte Deutsche Idealismus von Kant bis Hegel –, wurde in die Rumpelkammer des Geistes verwiesen. Beide Ordinarien an der deutschen philosophischen Fakultät, Christian von Ehrenfels wie auch Anton Marty, waren Schüler Brentanos, und beide brachten ihrem Meister ein Maß an Verehrung entgegen, das Außenstehenden leicht als Sektierertum erscheinen konnte. Regelrechte Pilgerfahrten nach Florenz wurden veranstaltet, wohin sich der über 60-jährige, allmählich erblindende Brentano zurückgezogen hatte, und die eifrig erstellten Gesprächsnotizen wurden dann in Prag vorgetragen und diskutiert – selbstverständlich nur unter treuen Gefolgsleuten, zu denen schon bald auch Hugo Bergmann sowie der aus München zurückgekehrte Emil Utitz zählten.

Diese Brentano-Gruppe etablierte nun einen eigenen abendlichen Diskussionskreis, eine Art philosophischen Stammtisch, an dem man sehr viel ausdauernder bei Fachproblemen bleiben durfte (und musste) als im Salon Fanta: den später so genannten ›Louvre-Zirkel‹, der während des Semesters, ebenfalls vierzehntägig, ab Herbst 1904 im Hinterzimmer des neueröffneten Café Louvre in der Ferdinandstraße tagte. Dieser Gesprächskreis scheint anfangs eine recht informelle Veranstaltung gewesen zu sein, zu der neue Gäste leichten Zugang hatten: Allein Kafkas einstige Maturaklasse war hier mit fünf mehr oder minder regelmäßigen Teilnehmern vertreten, darunter wiederum der wendige Utitz, der noch in seiner Münchener Zeit von Brentano kaum gehört hatte und der es in seiner neuen intellektuellen Clique gewiss nicht an die große Glocke hängte, dass er – als 19-Jähriger! – bereits zwei Lyrikbände veröffentlicht und über »des Lebens letzte Rätsel« parliert hatte.[14] Denn nicht freihändiges Philosophieren war hier gefragt, sondern Denken entlang von Lehrer-Schüler-Verhältnissen. Wer wessen Vorlesungen hörte, wer bei wem promovierte, wer wen zitierte, rezensierte, förderte oder abqualifizierte: alle diese persönlichen Beziehungen bildeten einen ständigen Subtext des philosophischen Gesprächs, mit der natürlichen Folge, dass die Bedeutung Brentanos immer weiter aufgeladen wurde, zu Lasten anderer, objektiv ebenso wichtiger Neuerer. So fällt etwa auf, dass der positivistische Philosoph Ernst Mach, der viele Jahre an der Prager Universität lehrte und 1879–80 sogar das Amt des Rektors innehatte, in den Memoiren aus Kafkas Umfeld nur selten erwähnt wird. Mach war bis 1895 Direktor des Physikalischen Instituts in Prag, ehe er eine philosophische Professur in Wien erhielt; in Prag zurückgelassen hatte er demzufolge Schüler unter den Naturwissenschaftlern, nicht aber unter Philosophen, und allein dieses Fehlen von ›Statthaltern‹ führte im akademischen Diskurs der Stadt zu ausgeprägten blinden Flecken, obwohl es zahlreiche sachliche Berührungspunkte gab.[15]

Diese Vorherrschaft einer einzigen philosophischen Schule sorgte nun im ›Louvre‹ dafür, dass die Runde nur für Studenten mit sehr spezialisiertem Interesse attraktiv blieb, während Neuzugänge wie etwa Max Brod immer kritischer beäugt wurden. Noch selektiver ging es zu in den Seminaren Anton Martys, die – obwohl universitäre

Lehrveranstaltungen – zumeist in dessen privater Wohnung am Stadtpark abgehalten wurden und allein schon damit den Anspruch der Exklusivität bekundeten. Dass Berta Fanta und ihre Schwester Ida auch im Café Louvre erschienen, war selbstverständlich; bei Marty hingegen, wo die fachwissenschaftlichen Arbeiten der Seminarteilnehmer im Mittelpunkt standen, hatten sie keinen Zutritt; hier führten dessen begabteste Schüler (und spätere Doktoranden) das Wort, und das waren Bergmann und Utitz.

Wie intensiv Kafka an diesen Gruppierungen beteiligt war, ist strittig; bei den Fantas verkehrte er über mehr als ein Jahrzehnt, allerdings unregelmäßig und oft nur auf Drängen der Freunde. Kaum anders war es – Brods Erinnerung zufolge – im Louvre-Zirkel: Obwohl Kafka aus dem gymnasialen Philosophieunterricht und aus Vorlesungen Martys und Ehrenfels' die erforderlichen Basiskenntnisse sicherlich mitbrachte,[16] blieb er eine eher beobachtende Randfigur, die sich selten zu Wort meldete. Auch zählte er nicht zu den anerkannten philosophischen Begabungen, denn er scheiterte an einer fakultativen Prüfung bei Marty (trotz Nachhilfe Bergmanns) und gelangte daher nicht in den inneren Kreis der Seminaristen. Andererseits hat er in einer späteren Bilanz das »philosophische Nachdenken« zu jenen vielfältigen »Freuden« des Lebens gezählt, die er allesamt dem literarischen Schreiben opferte,[17] und tatsächlich lassen sich Kafkas Jahre der Adoleszenz – von der begeisterten Lektüre Nietzsches bis zum Besuch einer einführenden Vorlesung zur ›Geschichte der neueren Philosophie‹ im Winter 1904/05 – als diejenige Zeit charakterisieren, in der philosophische und ästhetische Interessen einander noch vielfach überlagerten, in der er also noch weit entfernt war vom literarischen Purismus seiner späteren Jahre. So ist es gewiss kein bloßer Zufall, dass der einzige erhaltene Text Kafkas, der sich unmittelbar auf die Begrifflichkeit Brentanos bezieht, ausgerechnet das Wesen ästhetischer Erlebnisse zum Thema hat. Dieses Fragment, fünf mit Bleistift beschriebene Seiten, war offenbar der Versuch einer systematischen Kritik an einem Aufsatz Max Brods ›Über Ästhetik‹, und obgleich sich Kafka hier spürbar auf fremdem Terrain bewegt und seine Argumentation alles andere als überzeugend ist, enthält der Text doch einen – vor dem Hintergrund seiner späteren Produktivität – sehr beziehungsvollen Absatz:

»Es wäre also notwendig, die ›ästhetische Apperception‹[,] einen bisher vielleicht nicht eingeführten Ausdruck[,] ausführlicher und eigentlich überhaupt zu erklären. Wie entsteht jenes Lustgefühl und worin besteht seine Eigenart, wodurch unterscheidet es sich von der Freude über eine neue Entdeckung oder über Nachrichten aus einem fremden Land oder Wissensgebiet.«[18]

Hätte sich Kafka tatsächlich dazu entschlossen, sein Studium in München fortzusetzen, so hätte er über dieses Problem sehr viel mehr erfahren können als im Café Louvre. Denn der zeitgenössische Fachmann für ästhetische Lusterfahrungen war der Münchener Philosoph und Psychologe Theodor Lipps, der im selben Jahr, da Kafka seine Frage formulierte, eine zweibändige ÄSTHETIK abgeschlossen hatte. Nicht nur eröffnete Lipps dieses Standardwerk mit einem Kapitel über ›Lustgefühle‹, er hatte auch lange zuvor schon Überlegungen zu genau dem von Kafka vorgeschlagenen Begriff angestellt: »Die ästhetische Apperception«, schrieb Lipps 1883, »ist eine vollkommen sichere, wenn ich das Bewußtsein habe, ein Inhalt sei an einer Stelle ästhetisch absolut notwendig ...« – was auf nichts anderes hinauslief als auf den Begriff der ›Evidenz‹ der inneren Wahrnehmung, den die Brentanisten für unantastbar hielten.[19]

Brods mehrfach geäußerte Skepsis gegenüber allen Versuchen, in Kafkas literarischen Texten Spuren von Brentanos Bewusstseinstheorie nachzuweisen, ist sicherlich berechtigt: So geradlinig wirkten ›Einflüsse‹ auf Kafka gewöhnlich nicht, und entsprechend gering ist die Beweiskraft der Indizien, die in einschlägigen Studien bereits aufgehäuft wurden. Brod schießt jedoch weit über das Ziel hinaus mit dem Argument, aus Kafkas philosophischem Fragment lasse sich gar eine »radikale Opposition« zur Schule Brentanos herauslesen. Ganz zu schweigen von seiner Behauptung, Kafkas Interesse an systematischer Philosophie sei bereits 1903 erloschen gewesen und niemals habe er mit ihm Fachgespräche über Brentano geführt – was ja durch die Existenz der kritischen Notiz, die Kafka doch gewiss nicht schweigend überreichte, geradewegs widerlegt wird.[20]

Unter den Vertretern der Brentano-Schule faszinierten Kafka diejenigen am meisten, bei denen er intellektuelle Beweglichkeit wahrnahm. Marty selbst, dem trotz seiner sprachphilosophischen Arbeiten jedes literarische Interesse fernlag, zählte dazu gewiss nicht; ebenso wenig dessen Adlati, die Privatdozenten Oskar Kraus (allbekannter Verfasser der MEYERIADE) und Alfred Kastil, die zwar die pointengesättigte Konversation unter Männern liebten, die jedoch, sobald es um die heiligen Schriften der ›deskriptiven Psychologie‹ ging, überhaupt keinen Spaß verstanden.

Ein Lehrer ganz anderen Schlags war hingegen Christian von Ehrenfels, eine hochgewachsene Figur mit Zwicker, Vollbart und unförmigem Mantel, die man häufig energischen Schritts und mit rücklings gekreuzten Armen durch die Prager Gassen streifen sah, bisweilen begleitet von einem Kometenschweif diskutierender Studenten, die ihren Meister bis in seine Wohnung verfolgten. Auch Ehrenfels, der 1896 nach Prag gekommen war, sprach von seinem einstigen Mentor Franz Brentano, mit dem er in freundschaftlichem Briefwechsel stand, nur im Ton tiefsten Respekts – was ihn jedoch keineswegs daran hinderte, dessen Lehre zum Ausgangspunkt völlig eigenständiger Forschungen zu machen, vor allem als einer der Begründer der Gestalttheorie. Auch am Louvre-Zirkel beteiligte er sich nicht, sondern versuchte – freilich ohne Erfolg –, in Prag eine eigene philosophische Gesellschaft zu etablieren. Doch Ehrenfels' Interessen gingen weit hinaus über alles, was im akademischen Diskurs noch verhandelbar war: Er war ein begeisterter Anhänger Wagners, beschäftigte sich mit Rassentheorien zur Verbesserung des menschlichen Erbguts, publizierte eine konfuse Sexualethik, die nichts Geringeres verkündete als das Ende der Monogamie, er versuchte sich als Autor von Trauerspielen und Libretti, schrieb während des Weltkriegs eine wagnerianische KOSMOGONIE, dilettierte in Mathematik (obwohl er, einer Anekdote zufolge, den Satz des Pythagoras für eine Errungenschaft des 20. Jahrhunderts hielt[21]) und dachte später allen Ernstes über die Begründung einer neuen, weltumspannenden Religion nach, als deren Führer er den tschechischen Präsidenten Masaryk vorschlug – einen Brentano-Schüler! Das alles hatte, wie Brod zu Recht schrieb, »die Dämonie des Außerordentlichen, Genialen, völlig Eigengesetzlichen«,[22] doch Ehrenfels' Denken hatte auch unverkennbar regressive und eskapistische Züge. Im Privaten offenherzig, zugewandt, selbstreflektiert, verkörperte er nach außen den Typus des intellektuellen Weltverbesserers, der ohne Interesse am moralisch oder politisch Opportunen, aber auch ohne Rücksicht auf ›Machbarkeit‹ allein dem eigenen Denken folgt, gelegentlich bis in die Gefilde aberwitziger Utopien.

Ehrenfels war der erste einer ganzen Reihe von Außenseitern, zu denen Kafka eine besondere Zuneigung fasste: Die Naivität und die Begeisterung, mit der sie ihre Sache verfochten, unabhängig von Lehrmeinungen und sozialen Spielregeln, schufen in seinen Augen eine Aura der Authentizität, die ihn anrührte – selbst dann, wenn der Bewunderte sich gelegentlich zum Narren machte, sich in unhaltbare oder gar wahnhafte Hypothesen verstrickte. Solch exzentrisches Beharrungsvermögen schätzte Kafka jedoch lediglich als individuellen Habitus, als Unangepasstheit, als Ausdruck schwer erkämpfter Unabhängigkeit; die gleiche Intransigenz stieß ihn ab, sobald sie sich organisierte, in sektiererisches Gebaren mündete und nun ihrerseits Druck gegen Abweichler ausübte. Für derartige Machtspiele hatte Kafka ein ausgeprägtes Sensorium, und die akademischen Hahnenkämpfe boten täglich neues Anschauungsmaterial. Selbst im Hinterzimmer des Café Louvre.

Als Max Brod in dieser Gesprächsrunde zum ersten Mal erschien – eingeführt möglicherweise von Kafka, der hier schon ein wenig länger verkehrte –, da präsentierte er sich noch als kompromissloser Anhänger Schopenhauers, der zwar von der Lehre seines verehrten Meisters keinesfalls abweichen werde, der jedoch bereit sei, auch die interessanten Werke Brentanos ernsthaft und ohne Vorbehalte zu studieren. Als Ehrenerklärung genügte das, um Brod weiterhin Zugang zu diesem Tisch zu verschaffen, erst recht nachdem er sich auch zum Seminar Professor Martys meldete. Brod galt als harmloser und formbarer Anfänger, der den richtigen Weg schon noch finden werde, und selbst als er in einem Referat behauptete, eine auf Evidenz gegründete Ethik, wie von Brentano postuliert, könne es gar nicht geben, weil eben nach Schopenhauer alles Ethos auf Mitleid und nicht auf Überlegung beruhe – selbst nach dieser halsstarrigen Verlautbarung beschränkte man sich darauf, mit der gebotenen Herablassung solche vormodernen, weil irrationalen Begriffe vom Tisch zu wischen.

Doch Brod, der den Louvre-Zirkel noch immer für einen philosophischen Übungsraum und die anwesenden Assistenten für Sparringspartner hielt, überschritt die rote Linie, indem er seine kritische Haltung *publik* machte. 1905 veröffentlichte er in der Berliner Wochenschrift *Die Gegenwart* innerhalb weniger Monate zwei literarische Texte, die den Brentanisten bitter aufstoßen mussten: Im ersten, einer Skizze mit dem Titel WARUM SINGT DER VOGEL?, schilderte er (ohne Namen zu nennen) die sterilen Diskussionen in Martys Privatwohnung, wo man an philosophischer Wahrheit tatsächlich weit weniger interessiert schien als daran, sich vor den Augen und Ohren des Professors möglichst eindrücklich hervorzutun. Im zweiten Text Brods, einer kleinen Novelle mit dem Titel ZWILLINGSPAAR VON SEELEN, ist eine der Hauptfiguren ein philosophischer Flachkopf, der sich selbst mit den Worten charakterisiert: »Du weißt, ich bin Antispiritist, überdies Anhänger Brentanos …« Das genügte.

Als Brod das nächste Mal und in Begleitung Kafkas den gewohnten Tisch im Café Louvre aufsuchte, lag dort schon ein Exemplar der *Gegenwart* bereit, um ihm den Prozess zu machen. Hauptankläger waren Utitz und Bergmann, die Brod vorwarfen, sich in einem belletristischen Blatt über Brentano und damit auch über dessen Schüler lustig zu machen, und Brods schwacher Einwurf, seine kritische Haltung sei ihnen doch längst bekannt gewesen, half dagegen gar nichts. Er hatte noch nicht verstanden – und diese Erkenntnis ereilte ihn jetzt schockhaft –, dass es zwei sehr verschiedene Dinge waren, etwas mündlich bloß hinzuwerfen oder es auch drucken zu lassen. Das Gesagte blieb formbar, man konnte es aufbauschen, umdeuten oder vergessen, ganz nach Belieben. Das Gedruckte hingegen ließ sich auf keine Weise mehr relativieren, es war in der Welt, jedem böswilligen Verständnis oder Missverständnis preisgegeben und darum unverzeihlich. Es war die Urszene des Polemikers Brod, das erste Mal, dass der Behütete den unerbittlichen Widerstand der Welt erfuhr; und da als Ankläger vertraute Menschen auftraten, gleichsam Mitspieler, die plötzlich die Seiten wechselten, traf Brod dieser Angriff mit voller Wucht. »… wie erschütterten sie im Tiefsten mein Selbstbewußtsein«, notierte er noch sieben Jahre später, »daß ich mich selbst für einen Verbrecher hielt.«[23]

Stundenlang dauerte die erregte Debatte darüber, wie mit dem Delinquenten zu verfahren sei, ohne dass sich eine einzige Stimme zu seiner Verteidigung erhob – zumal nun sehr wahrscheinlich auch noch ans Licht kam, dass Brod die Schilderung des Marty-Seminars für seine erste Buchveröffentlichung vorgesehen hatte und nicht mehr zurückziehen konnte. Schließlich beugte sich Kafka hinüber zu Brod und flüsterte ihm zu, dass es doch wohl das Beste sei, von hier zu verschwinden, und zwar für immer. So geschah es; auch Weltsch schloss sich an und blieb dem Stammtisch künftig fern. Brod erhielt einen Brief der Brentanisten, in dem ihm sein Ausschluss aus dem »wissenschaftlichen Kreis im Café Louvre« offiziell mitgeteilt wurde;

gleichzeitig versicherte man jedoch, dass er den Salon im Hause Fanta auch weiterhin besuchen könne, da man den »privaten Verkehr« mit ihm ja keineswegs abbrechen wolle. Brod, zwischen Gefühlen der Vernichtung und des gekränkten Stolzes hin- und hergerissen, konnte sich darauf natürlich nicht einlassen; und selbst die Solidarität Kafkas hatte einen bitteren Beigeschmack, beharrte dieser doch darauf, dass der Ankläger Bergmann ein im Grunde integrer Charakter sei.[24] So kam es erst Jahre später zur Versöhnung – zu einer wirklichen mit Bergmann, zu einer nur formelhaften mit Utitz. Und Berta Fanta schrieb erneut freundliche Einladungen.

Für Brod war es gewiss eine Genugtuung, dass sich der Louvre-Kreis innerhalb der folgenden beiden Jahre auflöste, während die Abende bei den Fantas nun ihrerseits philosophischen Seminaren immer ähnlicher wurden. Pfänderspiele, wie zu Anfang, gab es hier schon lange nicht mehr, ebenso wenig Kostümfeste, bei denen einmal gar Kafka und Brod als Diplomaten im Frack erschienen waren. Stattdessen verabredete man sich zu gemeinsamen Lektüren, aus denen in späteren Jahren regelrechte Kurse erwuchsen: Seite für Seite studierte und diskutierte man Kants PROLEGOMENA ZU EINER JEDEN KÜNFTIGEN METAPHYSIK und die KRITIK DER REINEN VERNUNFT, sodann Fichtes WISSENSCHAFTSLEHRE und Hegels PHÄNOMENOLOGIE DES GEISTES – alles Texte, die niemand aus der brentanistischen Sekte auch nur für diskussionswürdig hielt. Leute wie Utitz tauchten hier konsequenterweise nicht mehr auf, stattdessen war es Hugo Bergmann, der nun das Programm bestimmte: Er hatte sich von einem orthodoxen zu einem toleranten Brentano-Verehrer gewandelt, er kannte – neben Felix Weltsch – die kanonischen Schriften des Deutschen Idealismus am besten, und er konnte sie so klar erläutern, dass selbst der Sohn des Hauses, der ein wenig begriffsstutzige Student Otto, noch halbwegs folgen konnte. Während sich Kafka, dem dieses systematische Lernen wohl allzu schulmäßig war, nur noch sporadisch blicken ließ, trotz vielfacher Bitten Brods.

Es gab noch einen weiteren Grund dafür, dass Bergmann so rasch und unbestritten zum Salonchef wurde: Er war jetzt Mitglied der Familie, denn bereits im Mai 1904 hatte er sich ohne großes Aufsehen mit der Tochter der Fantas verlobt, der zu diesem Zeitpunkt erst 17-jährigen Else. Diese Verbindung stand längere Zeit unter beträchtlicher Spannung, denn wie ein wünschenswerter Ehemann Elses beschaffen sein sollte, davon hatten ihre Eltern durchaus divergierende Vorstellungen. Berta Fanta schätzte es sehr, einen so ernsthaften und umfassend gebildeten jungen Mann im Haus zu haben; der Herr Apotheker hingegen erhob Einwände gegen den fast mittellosen Bewerber, dessen Eltern nicht einmal die Studiengebühr aufbrachten und der von allen wissenschaftlichen Fächern das einzige gewählt hatte, das außerhalb der Universität keinen Heller einbrachte.

Nun lag den Fantas (im Gegensatz zu den Kafkas) nichts ferner als der Gedanke, ihre Tochter bloß ›versorgen‹ zu wollen, und längst war sichergestellt, dass Else auch nach einer Heirat eine gewisse Selbständigkeit würde bewahren können. Trotz mittelmäßiger Noten hatte man sie in die (erst 1898 eingerichtete) ›gymnasiale Abteilung‹ des Prager Mädchenlyceums geschickt, mit Unterricht in Latein und Griechisch, und dies wiederum ermöglichte ihr, wenige Monate vor ihrer Verlobung eine ›Außerordentliche Prüfung zum Zwecke des Eintrittes in die pharmazeutische Praxis‹ zu absolvieren und mit knapper Not auch zu bestehen. Ende 1903 trat sie als ›Aspirantin‹ in die Apotheke des Vaters ein und schaffte es tatsächlich bis zum Titel eines Pharmazie-Magisters. Das war die Voraussetzung dafür, sich notfalls nicht nur erhalten, sondern mit Übernahme der Apotheke auch einen gewissen Wohlstand sichern zu können, unabhängig vom beruflichen Schicksal ihres Bräutigams. Aber selbstverständlich war auch Berta der Gedanke nicht eben angenehm, ihre Tochter als künftige Ernährerin eines Gelehrten zu sehen, und Max Fanta (der gern verdrängte, dass er selbst nur per Mitgift zu einer eigenen Apotheke gekommen war) beobachtete die Karriere des prospektiven Schwiegersohns mit äußerster Skepsis.

Er hatte Grund dazu. Nach dem verlorenen Jahr am Chemischen Institut hatte Bergmann ganz auf die Philosophie und damit auf eine akademische Laufbahn gesetzt, und auch die beiden Nebenfächer Physik und Mathematik betrieb er mit eher philosophischem Erkenntnisinteresse, nicht mit dem Ziel einer fachwissenschaftlichen Spezialisierung. Seine Leistungen waren weit überdurchschnittlich, er lernte viel, schnell und diszipliniert, wie schon seit Kindertagen, und bereits im Dezember 1905 – damit hatte er Kafka sogar noch um ein halbes Jahr überholt – wurde er mit der von Professor Marty betreuten Arbeit DIE ATOMTHEORIE IM 19. JAHRHUNDERT, EIN BEITRAG FÜR DIE PROBLEMGESCHICHTE DER PHILOSOPHIE zum Dr. phil.

promoviert. So weit, so gut, dafür gab es Umarmungen und Küsse in gleich *zwei* Familien. Doch vor dem nächsten unumgänglichen Schritt, dem Erwerb der Lehrberechtigung, türmten sich Hindernisse auf, die niemanden überraschten. Denn Hugo Bergmann führte ein Doppelleben.

Dass er einen zionistischen Spleen hatte, war schon den Klassenkameraden wohlbekannt gewesen, Bergmann hatte dafür manchen Spott und auch zahllose Bekehrungsversuche ertragen, darunter diejenigen Kafkas. Irgendwann hatte man das aufgegeben, und nach der Matura, als jeder seinen eigenen Weg suchte, wurde Bergmanns sektiererisches Engagement allenfalls noch kopfschüttelnd zur Kenntnis genommen. Zwar betrieb er keine Propaganda im Kreis der alten Freunde und der neuen Kommilitonen, doch fiel natürlich auf, dass ausgerechnet dieser Hochbegabte der wichtigsten kulturellen Plattform der deutschen Studenten, der Lese- und Redehalle, die Mitgliedschaft verweigerte.

Er gehörte – gemeinsam mit seinem älteren Bruder Arthur – einer konkurrierenden Organisation an, dem vergleichsweise noch sehr überschaubaren ›Verein Jüdischer Hochschüler‹, der sich ab 1899 nationaljüdisch und zionistisch orientierte und der den Namen des jüdischen Rebellen Bar-Kochba zu seinem Markenzeichen machte. Bereits im ersten Semester, als 18-Jähriger, übernahm Bergmann den Vorsitz des Vereins ›Bar-Kochba‹, und auf seine Initiative gelang der Zusammenschluss mit gleichgesinnten Vereinen in anderen österreichischen Städten. Die Leitung dieses frühen zionistischen Dachverbands behielten die Prager Studenten und damit wiederum Bergmann.[25]

Diese Aktivitäten konnten den wissenschaftlichen Zirkeln, in denen er verkehrte, nicht verborgen bleiben, erst recht nicht, nachdem sich Bergmann mit zionistischen Aufsätzen und Vorträgen hervorgetan hatte und damit von der bloß weltanschaulichen in die politische Sphäre gewechselt war. Im Salon der Fantas, im Brentano-Kreis und unter Bergmanns Lehrern wusste bald jedermann Bescheid. Doch der Zionismus war hier kein zulässiges Thema, und solange nicht Bergmann selbst die Diskurse unhöflicherweise vermischte, war es am bequemsten, sein Engagement auch weiterhin so diskret zu behandeln, als seien das alles private Angelegenheiten, ähnlich den weltanschaulichen Eskapaden des Professors Ehrenfels. Lediglich im Jahr 1904 ergab sich eine für alle Beteiligten unbehagliche Situation, als der leitende Ausschuss der Lese- und Redehalle den Antrag stellte, den Verein Bar-Kochba von der Prager Deutschen Universität zu verbannen, weil er dem deutschen Geist dieser Institution abträglich sei. Damit waren Kafka, Weltsch, Brod und andere für einen Augenblick in der peinlichen Lage, einem Verein anzugehören, der einen anderen, von ihrem Freund Hugo Bergmann geleiteten Verein zu verbieten suchte. Der Vorstoß blieb jedoch erfolglos (ebenso wie seine Wiederholung drei Jahre später), und so brauchten sie sich um Bergmanns zionistisches Hobby keine weiteren Gedanken zu machen. Noch ein knappes Jahrzehnt später wird Kafka staunen über die rednerischen Fähigkeiten Bergmanns, die er offenbar niemals zuvor wahrgenommen hatte[26] – ein sicheres Indiz dafür, wie verborgen, aber auch gleichgültig ihm und anderen die Interessen dieses Freundes tatsächlich geblieben waren. Dafür allerdings hatte Bergmann, der auf weitere ironische Kommentare gerne verzichtete, auch selbst gesorgt. Gewisse Themen, gewisse Begriffe vermied er strikt, solange er sich außerhalb seines zionistischen Grüppchens bewegte, und niemand nahm ihm dieses Schweigen übel, niemand fragte ernsthaft nach, um was es diesen Zionisten eigentlich gehe, unter denen man noch nicht einmal die wichtigsten Protagonisten kannte. Verblüfft stand eines Tages Max Brod vor dem Bildnis eines zeitgenössisch gekleideten, doch mit assyrischem Vollbart geschmückten Mannes, das in Bergmanns Zimmer hing, und er fragte ihn, wer das sei. »Theodor Herzl.« »Und wer ist Theodor Herzl?«[27]

Bergmanns Lehrer, die sich über seinen künftigen Weg Gedanken machten, konnten sein Doppelleben auf Dauer freilich nicht ignorieren. Sie wussten ja, dass er als Jude kaum eine Chance hatte, sich an der Prager Universität zu habilitieren, und dass er mit seiner nationaljüdischen Propaganda jede denkbare Ausnahmeregelung im Voraus torpedierte. Vor allem Anton Marty setzte Bergmann unter erheblichen Druck und veranlasste ihn, sich nach der Promotion von allen Ämtern im Verein Bar-Kochba zurückzuziehen und auch keine öffentlichen Vorträge mehr zu halten – als erste Voraussetzung weiterer Förderung. Doch das genügte noch keineswegs. War sich Bergmann denn nicht im Klaren darüber, dass er nicht beides haben konnte, dass ohne den Übertritt zu einer christlichen Konfession seine akademische Laufbahn aller Erfahrung nach schon zu Ende war, ehe sie recht begonnen hatte? Etwas anderes konnte ihm auch sein philosophisches Idol Franz Brentano nicht sagen, dem Bergmann zur Zeit der Promotion zum ersten Mal gegenübertrat und dem er, seinen Briefen zufolge, wie einem Guru huldigte. Auch Brentano selbst, ehemals katholischer Priester, war ja Opfer eines fatalen Kurzschlusses zwischen Religion und Bildungspolitik geworden, auch seiner akademischen Karriere war – wie man in Prag sehr genau wusste – allein aus Gründen religiöser Borniertheit ein vorzeitiges Ende beschert worden.[28] Umso weniger konnte er verstehen, warum dieser junge, hochbegabte Mensch, überdies Anhänger einer auf Rationalität und präzise Introspektion gegründeten Philosophie, nicht das Naheliegende tat und sich durch einfachen »Kleiderwechsel« den Weg zur Professur bahnte. Genauso machte es auch Utitz – was also hinderte ihn? Stundenlang redete Brentano auf den verstockt schweigenden Bergmann ein, brieflich hielt er ihm die moralische Barbarei des Alten Testaments vor Augen, mit der sich doch kein ernstzunehmender Wissenschaftler mehr identifizieren könne – alles vergebens.[29]

Dies also war der Mann, dem Berta Fanta ihre Tochter Else anvertrauen wollte, und unschwer lassen sich die Diskussionen im Hause Fanta ausmalen, angesichts einer Familienplanung, die in eine vollkommen ungewisse Zukunft führte. Else selbst war in Hugo verliebt, sein Auftreten imponierte ihr, auch wenn er im Hinblick auf voreheliche Zärtlichkeiten ziemlich strenge Vorstellungen hatte, und dass alle, selbst ihre Eltern, diesem Studenten wie einem Lehrer zuhörten, schmeichelte ihr. Es gab noch andere Besucher des Salons, die ihr gefielen, auch Kafka war darunter, doch trotz der Liebesgedichte an »F. K.«, die sich später unter ihren Papieren fanden, hatte Hugo Bergmann in jenen frühen Jahren zur Eifersucht gewiss keinen Grund. Der jungen Else dürften die Freunde ihres Verlobten eher wie Leichtgewichte erschienen sein, verglichen mit seinem Ernst und seiner Überzeugungskraft. Wieweit sie Bergmanns zionistische Grundsätze nicht nur äußerlich und unter Anleitung, sondern in freier Entscheidung übernahm, ist allerdings schwer auszumachen. Vor dem Hintergrund der eigenen liberal-assimilatorischen Erziehung kann ihr dieser Grenzübertritt nicht leichtgefallen sein, und Nadelstiche wegen ihres »lieben Talmudisten« (wie sie ihn einige Male ansprach) hatte sie sogar in der eigenen Familie zu ertragen.[30]

Um heiraten zu können, brauchte Bergmann *irgendeinen* Job, und so wurde er im März 1906 Praktikant an der Prager Universitätsbibliothek: eine Stelle, die ein paar Kronen einbrachte und ihm Energie genug ließ, um an weiteren philosophischen Publikationen zu arbeiten. Bereits 1908, im Jahr seiner Hochzeit mit Else Fanta, erschienen seine UNTERSUCHUNGEN ZUM PROBLEM DER EVIDENZ DER INNEREN WAHRNEHMUNG, eine Arbeit, die schon im Titel ihre Herkunft aus der Werkstatt Brentanos anzeigte und die Bergmann als Visitenkarte benötigte, um sich an weiteren Universitäten zu bewerben: insbesondere im Deutschen Reich, wo Juden nicht ganz so konsequent ausgegrenzt wurden. Gerüstet mit Empfehlungsschreiben reiste er nach Halle, Marburg, Frankfurt, Erlangen, Tübingen, und in Göttingen sprach er bei dem Phänomenologen Edmund Husserl vor, Brentanos bedeutendstem Schüler. Überall war die Aufnahme freundlich, nirgendwo öffnete sich die Tür zur ersehnten Habilitation auch nur einen Spaltbreit. Hugo Bergmann blieb der grotesk überqualifizierte Praktikant, fast sieben Jahre lang.

Erst Anfang 1913 rückte er auf zum Bibliotheksassistenten, mit einem Gehalt weit unter demjenigen Kafkas. Freilich, auf Beförderungen angewiesen war er zu diesem Zeitpunkt schon lange nicht mehr, denn seit seiner Heirat hatte er Zugriff auf ein Vermögen, dessen Ertrag dem Salär eines Professors vermutlich nicht nachstand. Fleiß, Bildung, wissenschaftliche Meriten – nichts von alledem hätte ihn, den Zionisten, davor bewahren können, ein karges Dasein am unteren Rand des Bürgertums zu fristen. Allein der Glückstreffer dieser Ehe war es, der die Rettung brachte, ohne dass er seiner Frau den ersehnten sozialen Status bieten konnte.[31] Für Kafkas Eltern, die mit den Bergmanns seit Jahrzehnten bekannt waren, gewiss ein warnendes Beispiel, das ihren Pragmatismus schlagend bestätigte: Wie Hugo, so hätte es auch Franz ergehen können, ganz genauso – hätte man ihm nicht die philosophischen und germanistischen Flausen rechtzeitig ausgeredet, hätte man ihn nicht auf ein Gleis gelenkt, das für Menschen wie ihn ein berufliches Fortkommen versprach, für Menschen ›mosaischen Glaubens‹. Eine eigentliche Freiheit der Berufswahl habe er nicht gehabt, klagte er gern. Gewiss doch, kein Jude hatte die.

Autonomie und Heilung

Ihr nennt mich einen kargen Mann;
Gebt mir was ich verprassen kann.
Goethe, WEST-ÖSTLICHER DIVAN

Die Zeit der improvisierten Sommerfrischen ging ihrem Ende entgegen; bald schon sollte für die Kafkas die Epoche der Kuraufenthalte und der Sanatorien beginnen. Unter vorerst kaum veränderten Umständen freilich. Denn undenkbar war es noch immer, den Galanteriewarenhandel für Wochen oder gar Monate fremder Aufsicht zu überlassen, auch wenn die Kafkas ab Mai 1906 ihr ›Gassengeschäft‹ aufgaben und einige Häuser weiter, im ersten Stock der Zeltnergasse 12, ihre Waren nur noch *en gros* verkauften. Die Öffnungszeiten wurden dadurch flexibler, das Handelsvolumen aber größer und von Krediten abhängiger. Eine drückende Verantwortung.

Die wenigen Erholungsreisen, die man sich leisten konnte, waren immer schon mit Trennungen erkauft, und das bedeutete, sich mehr oder minder freiwillig auch *von* der Familie zu erholen. So etwa im Sommer 1902, als Julie Kafka mit der 12-jährigen Elli nach Marienbad fuhr (von Pragern grundsätzlich auf der ersten Silbe betont: *Márienbad*), um dort – wahrscheinlich zum ersten Mal – die Annehmlichkeiten eines mondänen Kurbetriebs zu genießen. Oder 1905, als Hermann Kafka ohne seine Familie nach Norderney fuhr, um im Kreis von Verwandten auszuspannen und sein nervöses Herz zu beruhigen. Sehr wahrscheinlich gab es solche getrennten Ferien auch in anderen Jahren, denn »in Franzensbad habe ich Dich nie besucht«, schreibt Kafka im BRIEF AN DEN VATER – eine Formulierung, die wiederholte, gesonderte Kuren des Vaters vermuten lässt.

Man brauchte keineswegs krank zu sein, um das berühmte westböhmische ›Bäderdreieck‹ Karlsbad–Marienbad–Franzensbad anzusteuern, ganz im Gegenteil: Wer hier versichern konnte, dass er im Grunde gesund, von seinen anstrengenden beruflichen Pflichten aber erschöpft sei, gewann damit an Prestige, erst recht derjenige, der es sich leisten konnte, wegen bloßer ›Nervosität‹, der Modekrankheit des *Fin de siècle*, von einem Kurhotel zum nächsten zu ziehen. Kurorte waren nicht zuletzt auch Flirtzonen und Heiratsmärkte, auf denen maßvoll leidende, jedoch wohlhabende Menschen aus respektabler Familie die besten Chancen hatten. Die Umgangsformen waren gelockert, und belebend wirkte auch die ungewohnte Internationalität, die von Luxuszügen aus Oostende, Paris und Istanbul gespeist und von Bäderzeitungen und Kurlisten gebührend herausgestrichen wurde. Die zahlreichen Kurkonzerte, Tanzveranstaltungen und Theatergastspiele sowie Tennis- und Golfplätze boten vielerlei Möglichkeiten der Anknüpfung, und auf den wenigen, aber belebten Promenaden begegnete man sich planvoll zu den immer selben Uhrzeiten. Da besprach man dann die gemeinsamen Zipperlein, die egalisierend wirkten und deren Behandlung für unverfänglichen Gesprächsstoff sorgte, oder man machte sich lustig über die wenigen Gäste, die sich der allgemeinen Bewegungspflicht entzogen und in gummibereiften Kutschen leise dahinglitten. Ärztlich verordnet wurden vor allem Spaziergänge mit wechselnden Belastungen (›Marienbader Terrainkur‹), Bewegungs- und Moorbäder sowie Trinkkuren mit lokalem Quellwasser – um Effekte zu erzielen, die häufig durch Stapel von Sahnetorten wieder zunichtegemacht wurden. Zum Ausweis dessen, dass man hier keineswegs zum Vergnügen war, diente der mitgeführte Trinkbecher, und günstigen Eindruck machte auch die fleißige Nutzung öffentlicher Personenwaagen. Das tatsächliche Erleben jedoch war zentriert auf einen durchaus urbanen Luxus in artifiziell überformter Naturkulisse. »… sehr gute Kaffeehäuser, wo man alle Zeitungen kriegt – in ein paar Restaurants kann man ganz anständig essen – das Theater ist gar nicht schlecht … – man trifft Leute – und das bissl frische Luft muß man eben in Kauf nehmen.«[1]

Juden waren in den böhmischen Kurorten deutlich überrepräsentiert – mit einem Anteil von etwa fünfzig Prozent, schätzte ein langjähriger Karlsbader Kurarzt[2] –, und die Gründe dafür lagen auf der Hand. Zum einen war es charakteristisch für bürgerliche Juden, die oft weit verstreuten Clans durch regelmäßige Besuche und Treffen zusammenzuhalten, und dafür eigneten sich gemeinsame Ferienorte sehr gut, insbesondere, wenn sie aus allen Himmelsrichtungen so bequem zu erreichen waren wie die böhmischen. Zum anderen war die Gefahr, mit antisemitischen Belästigungen konfrontiert zu werden, in großen, quasi-städtischen Kurorten weitaus geringer als in dörflichen Feriendomizilen. Selbstverständlich gab es auch im noblen Karlsbad notorische Judenwitze, die von einer touristischen Generation an die nächste weitergereicht wurden (»es gibt hier eine Kirche für die Katholiken, eine russische Kirche für die Russen und eine Synagoge für die Kurgäste«). Doch die allmählich aufblühende Infrastruktur mit zahlreichen jüdischen Ärzten,[3] jüdisch geführten Hotels, koscheren Restaurants und – für den Notfall – ›israelitischen‹ Spitälern bot einen Schutzraum, den auch weitgehend akkulturierte Juden sehr zu schätzen wussten.

Kurärzte verdienten sehr gut, versahen jedoch einen Dienst, der ziemlich frustrierend sein konnte. Auf der einen Seite hatten sie es mit Patienten zu tun, die tatsächlich unter ernsthaften Erkrankungen litten – etwa am besonders gefürchteten, weil lebensbedrohlichen *Diabetes mellitus* –, doch viele dieser Patienten ließen sich in Kur schicken erst dann, wenn ihr Leiden bereits in fortgeschrittenem Stadium war und ihr Hausarzt nicht mehr weiterwusste. Auf der anderen Seite mussten die Kurärzte machtlos zusehen, wie Patienten mit geringerem Leidensdruck alle Ermahnungen in den Wind schlugen und während einer Kur, die diesen Namen keinesfalls verdiente, ihr städtisches Leben einfach fortsetzten, inklusive Tabak, Alkohol und Schweinebraten.

Eine weitaus wirksamere Kontrolle übten Ärzte in Sanatorien aus, denn sie hatten es mit *kasernierten* Patienten zu tun, deren Tagesablauf ebenso überwacht wurde wie ihre Ernährung. Keine Kaffeehäuser, keine Restaurants, stattdessen endlos lange Tische, an denen für alle gemeinsam aufgetragen wurde. Keine Pferderennbahn, keine Glücksspiele, sondern täglich wiederholte ›Anwendungen‹, deren zeitliche Abfolge man bald auswendig konnte. Dieses medizinische Regiment stieß jedoch zunehmend auf Widerstände, seit im letzten Drittel des 19. Jahrhunderts eine Flut populärmedizinischer Schriften den Kranken aus ihrer diskursiven Unmündigkeit heraushalf. Immer mehr Patienten wollten mitreden, wenn es um ihren eigenen Körper ging, sie verlangten nach explizit *begründeten* Maßnahmen und konnten sich mit den standardisierten Abläufen in großen Sanatorien immer schwerer abfinden. Was sich dort abspiele, schrieb Kafka später, sei

»fast ein neues Bureau im Dienst des Körpers«, das heißt eine zweite Arbeitswelt, in der man ebenso wenig zur Besinnung komme wie in der ersten. Kranke sollten daher »Sanatorien lieber ausweichen«. Eine durchaus zeittypische Kritik – bemerkenswert nur insofern, als Kafka zu diesem Zeitpunkt mit konventionellen, eher schulmedizinisch ausgerichteten Sanatorien noch gar keine Erfahrung hatte.[4]

Als junger Mann war er weit eher bereit, sich auf die verordneten körperlichen Interventionen und die sozialen Belästigungen einzulassen, die eine Kur unweigerlich mit sich brachte. Ein wesentlicher Grund dafür war, dass er sich in seinem Körper auf diffuse Weise unwohl fühlte: zu lang, zu mager, nervös, geplagt von Magenschmerzen und Verdauungsbeschwerden ... irgendetwas stimmte nicht in dieser Maschinerie. War es bloße Hypochondrie, wenn ein kaum 20-Jähriger, der doch recht gesund aussah und überdies ein guter Schwimmer war, beständig in seinen Körper hineinhorchte und dieses und jenes auszusetzen fand? Der Verdacht lag nahe, und tatsächlich wird Kafka später auch die Hypochondrie in sein präzise geführtes und reich gefülltes Schuldregister aufnehmen.[5] Doch gar so abwegig kann sein pessimistisches Selbstbild nicht gewesen sein, denn schließlich wurde es sogar von Amts wegen nachdrücklich bestätigt: Als er sich zum ersten Mal einer militärischen Musterungskommission zu stellen hatte – vermutlich im Jahr 1905 –, erhielt er den beschämenden Bescheid, dass er für den Militärdienst nicht zu gebrauchen sei: »wegen Schwäche«.

Es war sehr wahrscheinlich Onkel Siegfried, der Landarzt, der Kafka als Erster darauf hinwies, dass eine schwächliche Körperverfassung nicht naturgegeben ist, dass demzufolge die *fitness* des eigenen Körpers jedermann selbst zu verantworten hat. Die üblichen ärztlichen Ermahnungen, dieses zu tun und jenes zu lassen, griffen dabei zu kurz: Sie bezogen sich ja fast immer auf den manifest erkrankten oder krank gewesenen Körper, der sich mit Warnsignalen schon deutlich vernehmbar gemacht hatte. Wirkliche Prävention jedoch wartete nicht auf eine Erhöhung der Alarmstufe, sie ergriff auch den gesunden Körper, den sie gegen alle künftigen Zumutungen der Zivilisation und des Alterns zu wappnen suchte.

›Naturgemäße Lebensweise‹ lautete das Zauberwort, und ›naturgemäße Heilmethoden‹ waren die Konsequenz einer umfassenderen Neuordnung, bei der es nicht um Patienten, sondern um Menschen ging. Wer den schulmedizinisch geprägten Blick auf den eigenen Körper zugunsten einer (später so genannten) ›ganzheitlichen‹ Auffassung hinter sich ließ, der tauchte ein in ein ideologisches Universum, in dem noch die scheinbar selbstverständlichsten Lebensäußerungen für optimierbar erklärt wurden: Wie man schlief, atmete, die Stimme gebrauchte, kaute, verdaute, wie man saß, stand oder ging – all das konnte und musste verbessert, das heißt mit den Forderungen der Natur in Einklang gebracht werden. Und da die Zivilisation der Moderne diesen Prozess der Selbstoptimierung durch vielfache Zwänge und schädliche Gewohnheiten behinderte, geriet selbstverständlich auch das soziale Leben in den Blick: Nicht nur das Leben des Einzelnen, das Leben überhaupt war einer grundlegenden Kritik und Erneuerung zu unterziehen. *Lebensreform* – eine unendliche Aufgabe.

Dass diese Bewegung auch ziemlich bornierte Züge annehmen konnte, wurde Kafka erst viel später bewusst. Am Anfang stand das Spiel mit ganz neuen, überraschenden Optionen und Lebensentwürfen, die ihm sehr gelegen kamen: Sie eröffneten ihm ungezählte Möglichkeiten, sich vom Alltag der Familie abzugrenzen, sein Anderssein zu demonstrieren und überdies jenes Maß an Aufmerksamkeit auf sich zu ziehen, das seinen schriftstellerischen Ambitionen noch immer versagt blieb. Der erste Segen aber, den die Naturheilkunde für Kafka bereithielt, war die therapeutisch begründete oder besser: getarnte Notwendigkeit, sich für Tage oder Wochen dem Blickfeld der Familie zu entziehen.

Noch niemals hatte Kafka irgendeine Ferienreise allein unternommen, und auch im Sommer 1903 – es war derselbe Sommer, der ihm sein erstes ›Erlebnis‹ mit einem Prager Mädchen bescherte – blieb er fast ununterbrochen unter Beobachtung. Das kleine Elbbad von Salesel (Dolní Zálezly), wenige Kilometer südlich von Aussig, war es, das sich die Familie als eine ihrer letzten langen Sommerfrischen gewählt hatte: von Prag in dreieinhalb Stunden erreichbar und daher für Wochenendbesuche des Vaters noch eben geeignet. Kafka muss hier den Zwiespalt zwischen Körpergefühl und Körper*bild* sehr intensiv erfahren haben: Einerseits fühlte er sich gestärkt durch das Leben im Freien, durch lange Spaziergänge, Fahrradtouren, Schwimmen im Fluss und ausgiebiges Tennisspiel mit einer Schönen namens Stella – all das glich einer Wiedergeburt nach den Strapazen der rechtshistorischen Prüfung, die ihn für Wochen an sein Zimmer gefesselt hatte. Andererseits war er mit einem ziemlich lockeren Strandleben konfrontiert, das sogar Frauen ohne Beinkleider tolerierte, wo er sich Stella und ihren Freundinnen fast nackt präsentieren musste, ganz zu schweigen von der Erzieherin Anna, die nur zwei Jahre älter war als er selbst und die ihn sonst ausschließlich im Hausmantel oder im dunklen Anzug kannte. Das musste Erinnerungen an alte Zeiten wecken, da der magere Junge ein Flussbad – war es dasselbe? – aus der Ferne ängstlich und schamvoll belauert hatte, ob denn die Leute nicht endlich daraus verschwinden und auch ihm etwas Raum geben würden. Dass er mit Frauen nun immerhin *reden* konnte, hielt Kafka für so bemerkenswert, dass er es in einem Brief an Pollak eigens vermerkte.[6]

Dennoch fühlte er sich unwohl und nervös inmitten des Trubels, und die stille Hoffnung, dass die Entspannung nach überstandenem Examen der Lust und der Fähigkeit zum Schreiben wieder aufhelfen würde, erfüllte sich ebenfalls nicht. Vielleicht war es nützlich, sich ein wenig abzusondern. Doch wie kam man hier weg, ohne den Rest des Sommers, der kühl und feucht zu werden schien, im Prager Gefängnis verbringen zu müssen? Indem man den Eltern klarmachte, dass man als erschöpfter Student ein wenig Anspruch auf ärztliche Betreuung hatte.

Ein Sanatorium also sollte es sein, und die Wahl fiel auf das berühmte, 1888 begründete Dresdener Sanatorium ›Weißer Hirsch‹, das von Heinrich Lahmann geleitet wurde, einer Autorität der Naturheilkunde. Berta Fanta war schon dort gewesen, vielleicht hatte Kafka den Hinweis von ihr, vielleicht aber auch vom Landarzt aus Triesch. Sicher ist, dass die Begründung für diesen Ausflug sehr überzeugend gewesen sein muss, denn eine Kur bei Lahmann war kostspielig: Für Unterkunft, Verpflegung, Anwendungen und Beratung gab man hier täglich zwischen 20 und 25 Mark aus, was ein deutscher Facharbeiter oder ein mittlerer Beamter mit seinem gesamten Monatsgehalt nicht einmal eine Woche lang durchgehalten hätte.

Aufgrund des gewaltigen Zulaufs – jährlich über dreitausend Patienten pilgerten zum ›Weißen Hirschen‹, und es sollten noch viel mehr werden – war es schon seit langem nicht mehr möglich, alle Kurgäste auf dem Gelände des Sanatoriums selbst zu beherbergen. Nahe gelegene Villen wurden angemietet, und in der Hochsaison mussten etliche Gäste auf Pensionen ausweichen – so auch Kafka, der über keine langfristige Reservierung verfügte und der stattdessen die etwa zwanzig Gehminuten entfernte Pension Ebert fand (eine Villa in der Bismarckstraße 4, heute Wolfshügelstraße 4). Wie lange er blieb, ist nicht überliefert, doch seine Korrespondenz deutet darauf hin, dass es nicht mehr als zwei Wochen gewesen sein können.

Beeindruckt war Kafka dennoch. Da er Ausländer war, ist es wahrscheinlich, dass er von Lahmann persönlich behandelt wurde (es gab zwei weitere angestellte Ärzte sowie zum größten Erstaunen vieler Gäste auch eine Ärztin), und ganz ungewohnt muss ihm der ungezwungene Verkehr zwischen Patienten und Medizinern gewesen sein, der hier gepflegt wurde: Entspannte sich einer der Ärzte in der dafür vorgesehenen ›Doktorlaube‹, so durfte man sich unangemeldet dazugesellen und ihn ein wenig ausfragen. Freilich musste man dabei Belehrungen in Kauf nehmen, die weit übers Medizinische hinausgingen. Denn im denkbar schärfsten Gegensatz zu den etablierten böhmischen Kurärzten verstanden sich Lahmann und seine Mitarbeiter als Reformer, als Leute also, die eine Mission zu erfüllen hatten und die sich daher mit einer Rolle als medizinische Sonntagsprediger keineswegs zufriedengaben. Nicht Symptome wollten sie kurieren, sondern die zivilisationsbedingte Entfremdung des menschlichen Körpers von seiner natürlichen Umgebung, durch die jene Symptome samt allen ›Volkskrankheiten‹ erst hervorgerufen, ja geradezu eingeladen wurden. »Es gibt nur eine Krankheit, nicht mehr«, wird Kafka viel später sagen, »und diese eine Krankheit wird von der Medicin blindlings gejagt wie ein Tier durch endlose Wälder.«[7] Das war eine Vorstellung, die er in Dresden zum ersten Mal nicht nur kompetent vertreten, sondern in umfassende Lebenspraxis bereits transformiert fand. Und das von ausgebildeten Medizinern, die – im Unterschied zu den fragwürdigen ›Naturheilern‹, die Kafka später kennenlernte – von der menschlichen Anatomie und Physiologie sehr genaue Vorstellungen hatten.

Von Bedeutung waren hier *sämtliche* Berührungsflächen zwischen Mensch und Natur, und dazu zählten das Licht und mehr noch die Luft, in der man ›badete‹ und die, wie Kafka ironisch anmerkt, sogar das Bier ersetzte.[8] Lahmanns Sanatorium verfügte über ›Lichtlufthütten‹, die nach mehreren Seiten offen waren und in denen man sich auch bei ungünstigem Wetter aufhalten konnte. Diese Hütten standen in parkähnlichem Gelände, wo die Patienten – nach Geschlechtern getrennt – eine möglichst große Körperfläche der Luft aussetzten, mit Turnübungen und bei gemeinsamem Spiel, selbst noch bei Temperaturen nahe dem Gefrierpunkt. Im Sommer waren sie damit in ganz ungewohntem Maß auch der Sonne preisgegeben – eine um 1900 durchaus nicht selbstverständliche Erfahrung, deren Zuträglichkeit höchst umstritten war und die Lahmann noch wenige Jahre zuvor sogar eine polizeiliche Anzeige eingebracht hatte: Jemand hatte einen harmlosen Sonnenbrand für meldepflichtigen Scharlach gehalten.

Das konnte Kafka nicht passieren, vorgebräunt, wie er aus der Sommerfrische hier angereist war, und von der Wohltat der Bewegung im Freien brauchte ihn niemand zu überzeugen. Doch die Naturheilreform als umfassendes *System* war ihm neu, und obwohl ihm in diesem Sommer nur kurze Einblicke vergönnt waren, schleppte er einiges von dem, was er in Dresden gelernt hatte, sogleich in die Kafkasche Wohnung ein: ständig geöffnete Fenster, Schlafen auf harter Unterlage (gelegentlich lag Kafkas Matratze am Morgen *neben* dem Bett, worauf sich das Dienstmädchen keinen Reim machen konnte), vor allem aber Ernährungsmarotten, die der Familie und dem Personal noch viel zu schaffen machen sollten.

Auf zwei Gebieten der Naturheilbewegung galt Heinrich Lahmann als führend: in Fragen der Kleidungsreform, über die er in den neunziger Jahren heftige Kontroversen führte, und hinsichtlich einer diätetischen, fleischlosen Ernährung. Ob sich Kafka auch bei der Anschaffung neuer Bekleidung von reformerischen Ideen beeinflussen ließ, ist nicht überliefert: Die empfohlenen weichen und losen Kragen, die das Atmen erleichtern sollten, kamen für ihn ja schon aus beruflichen Gründen nicht in Frage, wie überhaupt alles, was ihn sozial auffällig gemacht hätte. Doch sehr wahrscheinlich ist, dass Kafka die von Lahmann mit Nachdruck propagierte (und bald auch verkaufte) baumwollene Unterwäsche trug, die sowohl die Wärmeabstrahlung als auch die Ausdünstung von ›Selbstgiften‹ fördern sollte. Im Salon der Berta Fanta, die selbstverständlich Reformkleider trug, war auch Baumwolle ein ernstzunehmendes Thema.

Weit besser dokumentiert ist Kafkas Hinwendung zum Vegetarismus, den Lahmann nicht nur für eine gute Entscheidung hielt, sondern den er auch mit einer immens aufwendig geführten Sanatoriumsküche, sogar mittels in eigener Regie angebauter landwirtschaftlicher Produkte praktikabel und attraktiv zu machen suchte. Die Patienten sollten von den gewohnten fetten Bratensoßen nicht nur pausieren, sie sollten ihre Ernährung konsequent und dauerhaft umstellen, unter detaillierter Anleitung: Lahmann ließ ein HYGIEINISCHES KOCHBUCH ZUM GEBRAUCH FÜR EHEMALIGE CURGÄSTE erarbeiten, in dessen Vorbemerkung er klarstellte, dass er das Studium der zugehörigen diätetischen Theorie als notwendig voraussetze. Diese Theorie zielte vor allem auf den Erhalt von Mineralstoffen (Vitamine waren noch nicht bekannt) und demzufolge auf eine schonende Art der Zubereitung, die allein schon geeignet sein sollte, den Körper gegen Krankheiten zu wappnen. Verzicht auf Fleisch wurde zwar nicht ausdrücklich verlangt, doch findet sich auf Lahmanns Speisezetteln für jeden Tag des Jahres kein einziges Fleischgericht. Die Gäste, die dieses Buch bei ihrer Abreise mitnahmen und dann ihren Köchinnen vertrauensvoll in die Hände gaben, waren fortan mit Spinatpudding, Grünkernschnitten, sauren Linsen, vegetarischem Ragout und Reisbrei konfrontiert, abgerundet durch viel Obst, Beeren und Kompott.

Bei den Kafkas fing alles harmlos an: mit einem zum Frühstück gereichten Guglhupf à la Lahmann, der ausschließlich für Franz gebacken wurde. Dass ihm im Lauf der Jahre aus der Küche immer weitere Sonderwünsche erfüllt wurden, deutet darauf hin, dass Julie Kafka dem neuen Hobby ihres Sohnes ein gewisses Verständnis entgegenbrachte – den ›schwachen Magen‹ musste man ihm einfach glauben, und der Musterungsbescheid bestätigte, dass eine durchgreifende Kräftigung tatsächlich vonnöten war. Dass diese Kräftigung nun ausgerechnet mit Salatblättern, Nüssen, Mandeln, Kompott und saurer Milch zu erzielen war, leuchtete freilich dem Hausherrn überhaupt nicht ein: Für Hermann Kafka war Fleisch die Substanz einer Mahlzeit, Fleisch war das Wertvollste, und dort, wo er herkam, war die Anzahl der Fleischtage ein Gradmesser des Wohlstands. Ein Speiseplan, der nichts als Beilagen zu bieten hatte, musste ihm schlechterdings als *meschugge* erscheinen, ebenso wie die Leute, die sich von derartigen Ideen die Freude am Essen freiwillig verderben ließen. Gewiss, für Mäßigung mochte es gute Gründe geben, alle Ärzte verlangten ja fortwährend Mäßigung, doch *Verzicht* war etwas gänzlich anderes, und Hermann Kafka verstand sehr gut, dass die starrsinnige Ablehnung eines Genusses, den er selbst sich einst hatte erkämpfen müssen, im Grunde auch jenen Kampf und damit die Fundamente seiner sozialen Philosophie in Frage stellte.

Kafkas Vegetarismus war ein Affront, und er war widersinnig, denn er bedeutete eine mutwillige Einschränkung, bei der niemand einen Heller sparte, die im Gegenteil zusätzliche Zeit und Arbeit verlangte. Kein Wunder, dass Hermann Jahre brauchte, ehe er sich an die neuen Tischgewohnheiten halbwegs gewöhnte. Auch Kafkas strikte Ablehnung von Arzneien und Impfungen – eine weitere naturheilkundlich begründete Aversion, die er sein ganzes Leben lang beibehielt – muss dem Vater und anderen Mitgliedern des Clans als anmaßend erschienen sein: Franz wollte es besser wissen als der Hausarzt der Familie, besser als sämtliche Apotheker, und dass Onkel Siegfried gelegentlich die Stimme zu seiner Verteidigung erhob, konnte auf Dauer niemanden beschwichtigen.

Woher diese Sturheit? Ob sich Kafka in jenen frühen Jahren mit dem medizinischen *common sense* seiner Zeit, der eine Vorliebe für die ›Bekämpfung‹ von Symptomen zeigte, schon wirklich auseinandergesetzt hatte, ist zweifelhaft. Die Naturheilreform lockte ihn weder als Weltanschauung noch als alternative medizinische Theorie; sie lockte ihn als eine neue Form des Lebens selbst, als *Lebens*reform, die seinen Bedürfnissen in so verblüffendem Maß entgegenkam, dass er sogleich ein Gefühl der Zugehörigkeit entwickelte. Licht und Luft anstelle komplizierter, teurer und unnützer Arzneien: Das konnte man auch als Metapher lesen. Das Leben als etwas Einfaches zu nehmen, oder besser: es dort, wo es zivilisatorisch überbürdet war, bewusst zu vereinfachen; die Aufmerksamkeit auf das Alltägliche, Naheliegende zu lenken und gerade darin die höchste Raffinesse zu finden: waren das nicht dieselben Imperative, denen auch die von Kafka bewunderte japanische Kunst huldigte, und die Kunst des europäischen Romans in ihren Gipfelleistungen ohnehin? Man konnte das Askese nennen. Eine ganz und gar innerweltliche Askese freilich, die mit Moral und Selbstkasteiung nicht das mindeste zu tun hatte, die vielmehr eine habitualisierte Konzentrationsübung war: Konzentration auf das wenige, was wesentlich ist.[9]

Ein weiterer psychischer Gewinn, den Kafka aus der Naturheilreform bezog, war in ihrer sozial paradoxen Verfassung begründet. Auf der einen Seite handelte es sich um eine Bewegung, die (vor allem im Deutschen Reich) schon weit ausdifferenziert, organisatorisch gereift und praktisch erfolgreich war, eine Bewegung also, mit der man sich psychisch wie auch öffentlich identifizieren konnte, ohne den bohrenden Zweifel, ob man nicht vielleicht doch einem Club von Sektierern aufgesessen sei. Andererseits war die Leitidee dieser Bewegung nicht im eigentlichen Sinne sozial, sondern radikal individualistisch: Sie verlangte die permanente Sorge um sich selbst, und sie bekämpfte jegliche Zumutung, diese Sorge delegieren zu sollen – sei es an ›Experten‹ oder an Institutionen. Jeder Mensch, der die Prinzipien der Naturheillehre verinnerlicht hatte, genoss demzufolge eine Autonomie, die tiefer im persönlichsten Erleben verankert war als jede Form politischer oder philosophisch begründeter Freiheit. Dieses Versprechen, aus eigener Kraft und gleichsam noch *innerhalb* des eigenen Schneckenhauses die Kontrolle zurückzuerlangen, muss für den sozial ungelenken und von Hemmungen gequälten Kafka außerordentlich verlockend gewesen sein. Freilich war diese Idee mit einem naiven Eskapismus behaftet, der auch Kafka irgendwann aufgefallen sein muss – spätestens dann, als sich die deutschen Reformbewegten mit derselben Begeisterung in den Weltkrieg schicken ließen wie fast alle anderen: in ein unhygienisches und gesundheitlich außerordentlich unzuträgliches Geschehen also. Auch der inhärente Narzissmus jener Bewegung wurde Kafka immer verdächtiger, und je mehr er später das eigene einzelgängerische, ›junggesellenhafte‹ Wesen problematisierte, desto deutlicher wurden ihm die unsozialen und kleinlichen Züge, welche die beständige Sorge um sich selbst fast zwangsläufig annehmen musste – besonders sichtbar in den sich immer weiter verbreitenden Ratgebern, die keine menschliche Regung mehr dem Zufall überlassen wollten, von der Zahl der Kaubewegungen (das berüchtigte ›Fletchern‹, das Kafka über viele Jahre praktizierte) bis zur korrekten Haltung beim Stuhlgang. Die Naturheilkunde »und was damit zusammenhängt« habe einen neuen Menschentypus hervorgebracht, schreibt Kafka 1911, und nachdem er diesen Typus physiognomisch skizziert hat, ergänzt er: »Behandlung ihrer Gesundheit, als wenn es eine Krankheit wäre oder zumindest ein Verdienst«.[10]

Er durchschaute dieses hypochondrische Treiben und machte dennoch mit. War denn gegen das erste Gesetz jeder Naturheillehre, dass die Bekämpfung von Krankheiten vor allem *prophylaktisch* erfolgen müsse, irgendetwas Sinnvolles einzuwenden? Für Kafka, der die defensive Prophylaxe schon seit Kindertagen zum Kern seiner Überlebensstrategie gemacht hatte, konnte es Überzeugenderes gar nicht geben. Und Kräftigung war ein nicht minder verlockender Gewinn, nur allzu gern hätte er in der Civilschwimmschule ein paar Muskeln spielen lassen, um von den ephebenhaften Konturen seines Körpers abzulenken. Kafka erwarb sogar das Übungsbuch des prominenten Muskelmannes Eugen Sandow, doch scheint er schnell erkannt zu haben, dass hier Anforderungen gestellt wurden, die eher dem Zirkus als dem Sanatorium entstammten.[11] Weit einleuchtender und alltagstauglicher war das verbreitete SYSTEM des dänischen Sportlers und Gymnastiklehrers Johann Peder Müller (1866–1938), der mit seinen Zimmerübungen auf Kraft und Beweglichkeit gleichermaßen zielte und der damit innerhalb weniger Jahre zu weltweitem Erfolg gelangte. Fünfzehn Minuten täglich, so behauptete Müller, sollten genügen, um einen gesunden, kräftigen, widerstandsfähigen Körper zu erlangen, und um diese verblüffende These zu untermauern, präsentierte er auf zahllosen Veranstaltungen nicht nur seine gymnastischen Übungen, sondern auch deren Ergebnis: den eigenen Körper als durchgearbeitete und höchst bewegliche Plastik. So im November 1906 auch in Prag, im überfüllten Spiegelsaal des Deutschen Hauses, in Gegenwart von Professoren und anderen Würdenträgern und vor den Augen zahlreicher Vertreterinnen der ›Damenwelt‹. Es ist unwahrscheinlich, dass Kafka sich diese Sensation hat entgehen lassen: ein Vortragender in Badehosen, bei weitgeöffneten Saalfenstern, undenkbar noch ein Jahrzehnt zuvor und der lebendige Beweis dafür, wie weit die Idee körperlicher Autonomie bereits in die Alltagskultur vorgedrungen war.

Kein Mensch konnte ernsthaft glauben, dass Müllers athletische Figur sich einigen wenigen Minuten täglicher Gymnastik verdankte (tatsächlich betrieb er intensiv etliche Sportarten), doch der Einfall, den eigenen Körper zur Werbefläche zu machen und prospektive Anhänger mit einem für sie unerreichbaren Idealbild zu locken, war so neu und durchschlagend, dass sich der Begriff ›Müllern‹ schon bald als Synonym für ›Turnen‹ einbürgerte. Überzeugender als der pferdestemmende Bodybuilder Sandow war Müller vor allem auch deshalb, weil er es verstand, sich auf den Diskurs der Lebensreform einzulassen und ihn gleichsam als Resonanzboden der eigenen Ideen zu nutzen: Er ergänzte sein Programm mit Atemübungen und wohltemperierten Waschungen, gab HYGIENISCHE WINKE (1907) und schwadronierte vom allgemeinen Lebensglück auf der Grundlage naturgemäßer Lebensweise.

Mit solcher Turnlehrer-Moral konnte Kafka gewiss nicht viel anfangen; Müllers Leibesübungen hingegen fand er so wohltuend, dass er sie sich bald schon zur ehernen Gewohnheit machte und über mehr als ein Jahrzehnt an ihnen festhielt. Seine Magenschmerzen, schrieb er 1910 ironisch an Brod, seien nur deshalb so stark, weil sie damit zu »einem durch Müllern stark gewordenen Menschen« eben passten – ein Indiz dafür, dass er Müllers Fitnessgemeinde schon seit längerer Zeit angehörte. Wobei der »starke« oder gekräftigte Körper hier wiederum in sehr weitem Sinne zu verstehen ist. Kafka wünschte sich eine gelenkige, geschickte und *offensive* Körperlichkeit, wie sie geübten Sportlern zu eigen ist, und diesem Ziel kam er ein beträchtliches Stück näher als die meisten Menschen seiner Umgebung. Er war ein ausdauernder Schwimmer und Ruderer, besaß ein Fahrrad, unternahm mit Freunden stundenlange Wanderungen ohne sichtbare Ermüdung, betrieb das ›Lawn-Tennis‹ zeitweilig auch auf Prager Plätzen – gemeinsam unter anderen mit Brod –, und im Jahr 1910 nahm er sogar Reitstunden, vermutlich angeregt durch den Besuch von Pferderennen. In Triesch aber übertraf er sich selbst mit einer Mutprobe, die wohl keiner seiner Freunde ihm zugetraut hätte: Er bestieg das Motorrad seines Onkels und vergnügte sich unter den Augen der verliebten Hedwig Weiler wochenlang mit diesem neumodischen Gerät, das von der ländlichen Bevölkerung nicht ganz zu Unrecht als »stinkender Teufel« geächtet war.[12]

Wichtiger noch als der *geschickte* war Kafka der *abgehärtete* Körper: auch das ein überaus bedeutsamer Topos der Naturheilreform, der seit Jahrzehnten Stoff zu fachwissenschaftlichen Diskussionen bot und der vor allem gegen das krankmachende Leben in bürgerlichen Wohnhöhlen gerichtet war, wo drei Viertel des Jahres geheizt und Kinder vor jedem Lufthauch bewahrt wurden. Es gab frühe Reformer, die Abhärtung durch regelmäßige starke Reize verlangten, darunter der ›Hydrotherapeut‹ Sebastian Kneipp, der kalte Güsse empfahl, oder, noch rabiater, der legendäre schlesische ›Wasserdoktor‹ Vincenz Prießnitz, der seine Patienten selbst im Winter unter eiskalte Duschen scheuchte. Heinrich Lahmann lehnte solche Methoden ab, da er sie für unphysiologisch hielt; nachhaltige Abhärtung, so glaubte er, lasse sich nur durch eine dauerhaft veränderte Lebensweise erzielen, insbesondere durch ausgiebigen Kontakt mit Luft und Licht. Das leuchtete Kafka ein, und selbst Lahmanns Behauptung, auf diese Weise könne man sich gegen Erkältungskrankheiten vollständig immunisieren, erschien ihm, trotz der alles andere als wissenschaftlichen Begründung, keinesfalls übertrieben.[13] Ein oder zwei Jahre nachdem er das Dresdner Sanatorium kennengelernt hatte, schaute sich Kafka – wie stets in Anzug und Krawatte – ein Fußballspiel an und staunte darüber, dass die Spieler trotz der Kälte in dünnen Sporthemden erschienen. Das war vorbildlich: Wer so lebte, brauchte keine Sanatorien mehr. Und tatsächlich gelang es Kafka – nach vermutlich zahllosen bei offenem Fenster verbrachten Winternächten –, sich diesem menschlichen Ideal ein Stück weit zu nähern. Bereits im Winter 1907/08 brüstete er sich damit, auch mit »erfrorenen Fingerspitzen« auf Handschuhe verzichten zu können. Später trug er selbst bei strengem Frost lediglich einen leichten Überrock, unter seinen Hosen aber nichts als die nackte Haut, wie er einmal stolz einer größeren Gesellschaft demonstrierte. Und noch gegenüber Felice Bauer gab er sich in halbem Ernst als »abgehärteter unverkühlbarer eiserner Narr«.[14]

In *halbem* Ernst? Darüber konnte sich niemand, der Kafka beobachtete, ganz sicher sein. Denn auch in späteren Jahren noch holte er gesundheitliche Ratschläge bei Amateurheilern ein, die seine Freunde beim besten Willen nicht mehr ernst nehmen konnten, und er vertrat medizinische Theorien, die, wie sie fanden, lebensbedrohlich waren. Irgendeine wichtige Saite war in ihm – für alle vernehmbar – durch das Programm der Naturheilreform in Schwingung versetzt worden, und das ließ sich nicht allein dadurch erklären, dass diese medizinische Parallelwelt unter Hypochondern so ausgesprochen beliebt war. Gewiss, wer dazugehörte, der hatte die Lizenz, sich mit dem eigenen Körper ausgiebig zu beschäftigen, ihn als eine Hauptsache zu betrachten, die Aufmerksamkeit beanspruchte. Er war aber ebenso dazu berechtigt – und dies könnte einer der Schlüssel sein für das Verständnis von Kafkas befremdlichen, zeitweilig fast spleenhaften Vorlieben –, er war berechtigt, die Körper *anderer* in seine Betrachtungen einzubeziehen, sie nicht nur in ihrem Ausdruck, sondern in ihren intimen physischen Details zu beobachten und zu bewerten, und zwar auf durchaus asexuelle und damit unbedrohliche Weise. War es denkbar, dass Kafka diesen Blick erst in Sanatorien erlernt haben sollte? War es nicht wahrscheinlicher, dass er ihn hier bloß *legitimiert* fand?

Sehr auffällig ist, dass Kafka, der nachweislich Tausende autobiographischer Splitter in seine literarischen Texte einstreute, ausgerechnet den Naturheilkomplex davon aussparte, der doch frühzeitig und über Jahre eine so bedeutsame Komponente seines Selbstbilds war. Keiner seiner Helden sucht sein Heil im Sanatorium, keiner ist Vegetarier, keiner verflucht (wie ihr Autor) die Unwissenheit der Ärzte. Und auch der soeben verhaftete Josef K. beklagt sich nur über das Ausbleiben des Frühstücks, nicht aber darüber, dass man ihn am Müllern hindert; ganz zu schweigen vom Dorf am Fuße des Schlossbergs, in dem es nicht einmal einen Arzt zu geben scheint. Kein Leser, der die Werke Kafkas studiert, ohne von dessen Biographie eine Vorstellung zu haben, würde auf den Gedanken verfallen, dass dieser Autor von der Gründung eines Naturheilvereins träumte.[15] Die Stelle bleibt leer in Kafkas Gesamtwerk, ebenso wie der Platz des Juden, ebenso wie vieles, was ihm zu nahe ist, um es beim Namen zu nennen. (Es gibt im PROCESS-Roman *keinen* Vater.)

Wiedererkennbar aber ist der distanzierte, ebenso präzise wie fragmentierende Blick, den Kafka auf die physische Erscheinung anderer Menschen richtet, lebendiger wie erfundener. Das Isolieren von Körperzonen und die affektive Neutralität, mit der Kafka seine Beobachtungen auch in den Tagebüchern festhält, lassen oft genug an den Blick des Arztes denken, der die Oberfläche des Patienten scannt, ohne ihn als *Leib* wahrzunehmen. Da gibt es eine »scharf niedergehende Nase, deren Richtung in irgendeiner geometrischen Beziehung zu den hängenden Brüsten und dem steif gehaltenen Bauch steht«, geschildert werden »angeschwollene, gerötete, blasentreibende Backen eines auf blutleere Magerkeit angelegten Gesichtes«, »breite grosse Vorderzähne oben, die das grosse eher flache Gesicht zuspitzen«, und sogar von »schwachen Verbindungsknochen zwischen Ober- und Unterschenkel« ist die Rede; an seinem Vorgesetzten beobachtet er den »kunstlosen Übergang von der gespannten Haut der Glatze … zu den zarten Falten seiner Stirn«, am eigenen Kopf eine Ohrmuschel, die sich »frisch rauh kühl saftig« anfühlt, »wie ein Blatt«.[16] Zu dieser Art der Körpererforschung, die auch das mimische und gestische Spiel einbezieht und die Kafkas Figuren häufig wie Schauspieler erscheinen lässt, hatte er eine tiefe und vielleicht unbewusst bleibende Affinität. Viele Naturheiler, darunter auch Lahmann, arbeiteten in der Überzeugung, man brauche einen Patienten nur sehr genau und unvoreingenommen zu betrachten, um in einer Vielzahl der Fälle bereits eine stichhaltige Diagnose stellen zu können, ganz ohne herkömmliche ärztliche Untersuchung. Falls sie damit recht hatten, dann wäre aus Kafka ein guter, ein erfolgreicher Kurarzt geworden.

Sollte er in das Lahmannsche Sanatorium zurückkehren? Im folgenden Jahr erwiesen sich seine Eltern als weniger spendabel – es galt ja auch keine bestandene Prüfung zu belohnen –, und ein einziger erhaltener Brief deutet an, dass sich Kafka noch einmal für einige Wochen einer Sommerfrische anschloss.[17] 1905 dann hätte er in Dresden Rilke begegnen können, 1906 auch Thomas Mann: Mit diesem literarischen Lehrherrn eine Freiluft-Kegelpartie in Badehosen zu spielen, hätte Kafka wohl als den vorläufigen Höhepunkt seiner Existenz betrachtet. Doch der ›Weiße Hirsch‹ war teuer, und was Kafka sich wünschte, war ein Menü aus Erholung, Kur und unbeaufsichtigtem sozialen Leben, bei dem es auf einen Tag mehr nicht ankommen durfte. Daher kamen auch die zeittypischen »hygienischen Zuchthäuser« keinesfalls in Frage, in denen fundamentalistische Naturheiler – wie etwa Maximilian Bircher-Benner in Zürich – den Alltag ihrer Patienten engmaschigen Termin- und Ernährungsplänen unterwarfen und abends um neun Uhr das Licht löschten.[18]

Welche Prospekte Kafka im Einzelnen studierte, ist nicht überliefert, doch schließlich, im Sommer 1905, konnte er seine Familie von den Segnungen einer ›Wasserheilanstalt‹ im Waldsanatorium Zuckmantel überzeugen, ohne noch ahnen zu können, dass er hier Erholung ganz unverhoffter Art erleben würde. Zuckmantel – auch das vermutlich ein Tipp seines Onkels – schien eine bequeme Kompromisslösung. Denn einerseits waren die hier verfügbaren therapeutischen Maßnahmen eindeutig naturheilerisch orientiert: Der Kurdirektor Dr. Ludwig Schweinburg hatte soeben ein HANDBUCH DER ALLGEMEINEN UND SPEZIELLEN HYDROTHERAPIE veröffentlicht, er galt als Wasser-Spezialist, bot jedoch eine ganze Palette weiterer physikalischer Heilmethoden sowie verschiedene Diäten an. Andererseits herrschte in Zuckmantel das lockere Regiment konventioneller Kurorte, mit verordneten Spaziergängen und zwei, höchstens drei Anwendungen täglich, die genügend Freiraum für gesellschaftliches Leben ließen. Es gab einen großen gemeinsamen Speisesaal, einen bei schlechtem Wetter gut brauchbaren arkadengeschmückten Wandelgang, für den Abend einen Salon und ein Lesezimmer, und wer wollte, konnte sich an den Geräten im Turnzimmer versuchen: ein Ensemble, das wie auf Kafka zugeschnitten war.

Er lernte Menschen kennen, bewegte sich in Gesellschaft und war so absorbiert, dass er Max Brod über Wochen keinerlei Nachricht zukommen ließ. Im folgenden Jahr wiederholte er diesen Ausflug, blieb diesmal länger als einen Monat und erneuerte das Schweigespiel. Er hatte einen Ruf empfangen, von weiblicher Hand. Er hatte etwas kennengelernt, das man wohl Liebe nennen musste, etwas, wovon er bisher nur gelesen hatte – die mächtigste unter allen Naturheilkräften, die dennoch, seltsamerweise, in keinem einzigen der zahllosen Ratgeber auch nur erwähnt wurde.

Die innere Landschaft: Beschreibung eines Kampfes

We see him only in parts
The flash of a tail, his beating heart
He's in pieces, in parts
Laurie Anderson, PIECES AND PARTS

»Es ist ein Zeichen der jetzt erreichten hohen Cultur deutschen Schriftthums, daß wir einige haben, die [...] die verschiedensten Seiten des Daseins mit ihrer Kunst und Grausamkeit schmücken. Heinrich Mann, Wedekind, Meyrink, Franz Kafka und noch einige gehören mit dem Autor dieses Stückes [Franz Blei] zu der heiligen Gruppe ... Ich freue mich so sehr über sie, ich bin dankbar, daß ich Zeitgenosse ihrer liebenswürdigen und erschütternden Werke geworden bin.«[1]

Die Feder Max Brods, unverkennbar. Kafka war seit Jahren mit ihr vertraut; auch in der Berliner Wochenschrift *Die Gegenwart*, in der er Anfang 1907 auf diese Sätze stieß, war er ihr des Öfteren schon gefolgt, denn der 22-jährige Brod zählte dort zu den regelmäßigen Beiträgern. Doch diesmal hatte der Freund sich selbst übertroffen und seinen Lesern eine Überraschung bereitet, an der sie noch einige Zeit zu rätseln hatten. Heinrich Mann, Wedekind, Meyrink ... das waren Leute, die immer für einen Skandal gut waren und von denen jeder einen Begriff hatte, der das Feuilleton las. Aber Franz Kafka ... wer, um Himmels willen, war Kafka?

Für den Hochgelobten selbst war es zunächst ein ganz neuer Gedanke, dass er über »Grausamkeit« verfüge, um damit das Dasein zu »schmücken«, und dass seine Werke ebenso »liebenswürdig« wie »erschütternd« seien. Eine ziemlich abstruse Charakteristik, die vielleicht zu einigen Autoren der französischen *décadence* passte – Dujardin, Huysmans, Laforgue –, doch was hatte *er* damit zu schaffen? Ebenso verblüffend die Erkenntnis, dass man einer literarischen Gruppe zugehören konnte, ohne eine einzige Zeile veröffentlicht zu haben – an der Seite von Autoren, die alljährlich mit einem Roman, einem Drama oder mehreren Erzählungen aufwarteten. Man konnte sich ärgern über diesen Unfug, oder man nahm das Ganze als polemischen Spaß, der ein wenig aus dem Ruder gelaufen war. Kafka blieb gelassen und entschied sich für das Letztere. »Nun, das ist Fasching«, schrieb er an Brod mit Blick auf den Kalender, »durchaus Fasching, aber der liebenswürdigste.« Und er spekulierte ein wenig darüber, wo nun, nach diesem Fanfarenstoß, sein literarischer Name sich am ehesten würde durchsetzen können. In Deutschland doch wohl kaum, denn wer lese denn dort eine literarische Kritik bis zum letzten Absatz? »Das ist nicht Berühmtheit«, konstatierte Kafka harsch. »Anders aber ist es bei den Deutschen im Auslande[,] zum Beispiel in den Ostseeprovinzen, besser noch in Amerika oder gar in den deutschen Kolonien, denn der verlassene Deutsche liest seine Zeitschrift ganz und gar. Mittelpunkte meines Ruhmes sind also Dar-es-Salâm, Udschidschi[,] Windhoel [!].« Da hatte er nicht aufgepasst im Geographieunterricht. Die Hauptstadt von ›Deutsch-Südwestafrika‹ hieß *Windhuk*.[2]

Vielleicht war es ein Fehler gewesen, Brod zu gestehen, dass auch er sich als Schriftsteller versuchte. Lange hatte Kafka gezögert. In den Salons der Familien Weltsch und Fanta war er ein gern gesehener, charmanter und aufmerksamer Zuhörer, doch weder wäre er auf den Gedanken verfallen, dort eigene literarische Übungen zum Besten zu geben, noch vermutete irgendjemand in ihm einen *Poeten*. Nicht Brod, sondern Oskar Pollak war der Freund, dem er einen Stapel von Manuskripten anvertraute und dessen scharfem literarischen Urteil er sich rückhaltlos stellte. Brod erfuhr davon nichts: weder von den Heften noch von den gelegentlichen Lesungen in Pollaks Stube noch von dessen Kritik. Mit Brod zwar *sprach* Kafka über Literatur – er sah ihn ja weit öfter als Pollak, und überdies publizierte Brod bereits –, doch wie ihre philosophischen Debatten verliefen auch diese Gespräche häufig kontrovers. Denn was sollte man von Brods exzentrischen Vorlieben halten, seinem Faible für ästhetizistische Schminke, Exotismen, kolportagehafte Effekte und überhaupt für alles, was dem klassischen Kanon denkbar fernstand? Jene »heilige Gruppe« bestand ausschließlich aus Autoren, die Kafka für alles andere als wegweisend hielt, es war ein Verein, dem er freiwillig gewiss nicht beigetreten wäre, und Brod wusste das sehr genau.

Dieser Meyrink beispielsweise, dessen Name in Brods Eloge unmittelbar an den von Kafka stieß. Brod war ein Meyrink-Anhänger der ersten Stunde, bereits als Maturant hatte er dessen Grotesken in der Zeitschrift *Simplicissimus* geradezu aufgesogen, und schon in den frühen Gesprächen mit Kafka zitierte er aus ihnen, um recht anschaulich zu machen, was er unter literarischer Schönheit verstand: »Schillernde handgroße Falter, seltsam gezeichnet, saßen mit offenen Flügeln wie aufgeschlagene Zauberbücher auf stillen Blumen.« Das stammte aus dem VIOLETTEN TOD, einem schauerlichen Prosastück, in dem ein todbringendes Wort sich aus einem tibetanischen Tal über den ganzen Erdball verbreitet, so dass schließlich nur noch Gehörlose am Leben bleiben. Kafka rümpfte die Nase. »Der Geruch feuchter Steine in einem Hausflur«, zitierte er und schwieg lange, um die wenigen Worte, die er in Hofmannsthals GESPRÄCH ÜBER GEDICHTE aufgelesen hatte, wirken zu lassen. *Das* war Literatur. Es war Literatur, weil es so schlicht und präzise war wie ein japanischer Pinselstrich, weil es Realität in höchster Konzentration bot: die Essenz der Wirklichkeit.[3]

Er überredete Brod dazu, mit ihm gemeinsam Flauberts ÉDUCATION SENTIMENTALE zu lesen, im französischen Original. Offenbar glaubte Kafka, dass jemand, der in Flauberts Prosa einmal vollständig eingetaucht sei, gegen die bunten Falter des Gustav Meyrink künftig immun sein müsse. Schließlich war man sich prinzipiell darin einig, dass es keinen Grund gab, gegenüber einem erzählerischen Werk ermäßigte Ansprüche zu stellen: Die kreative Anstrengung war die gleiche wie bei Lyrik und Drama, ebenso die Möglichkeiten und Forderungen sprachlicher Vervollkommnung, und der Schöpfer der MADAME BOVARY hatte dafür den gültigen Beleg geliefert: den Ur-Roman der Moderne. Ganz unnötig daher, dass Alfred Kerr für die ÉDUCATION SENTIMENTALE Reklame machte mit der Versicherung, Flaubert sei »kein Romanschreiber, sondern ein Stück Shakespeare«. So redeten nur Deutschlehrer – oder Epigonen wie der Prager Lokaldichter Hugo Salus, der den vielschreibenden Max Brod ermahnte, im Gedicht stehe jedes Wort »auf einem Piedestal«. Für welche Sprachkunst galt das denn *nicht*?[4]

Doch offenbar gab es auch literarische Köpfe, die zur Sprache eine intensive und trotzdem ausgesprochen lässige Beziehung unterhielten, und Kafka musste nun die Erfahrung machen, dass sein Freund zu ebendieser Kategorie gehörte: Fleißig las Brod die Meisterwerke Flauberts, dann ging er ins Café Continental, wo Meyrink residierte, inmitten eines Kreises treuer Anhänger. Ein freudiger Schrecken war es Brod gewesen, zu erfahren, dass sein literarisches Idol ausgerechnet in Prag lebte; und überboten wurde das noch von der erregenden Nachricht, dass »Gustav Meyrink« kein anderer war als jener Privatbankier Gustav Meyer, der vor Jahren in einen undurchsichtigen Betrugsprozess verwickelt gewesen war und der sogar für einige Monate in Untersuchungshaft gesessen hatte. Selbstverständlich unschuldig – so jedenfalls die Meinung von Brods Vater, der als Buchhaltungsexperte und stellvertretender Bankdirektor mit der Überprüfung von Meyers Geschäften gerichtlich betraut war und der nun seinem elektrisierten Sohn Max die Einzelheiten berichtete. Tatsächlich war Meyer freigesprochen worden, seine berufliche Existenz war jedoch vernichtet, geschäftlich gelang ihm nichts mehr in Prag, und aus der Larve Meyer entpuppte sich der Schmetterling Meyrink, ein Schriftsteller und Bürgerschreck.

Der junge Kafka war nicht interessiert an Meyrink, weil er ihn für einen drittklassigen Schreiber hielt, einen Effektehascher; der erfahrenere Kafka hingegen hätte ihn gewiss mit der größten Faszination beobachtet. Denn »Meyrink« war eine Kunstfigur, ein *patchwork*-Charakter, der mit dem bürgerlichen Ideal der abgerundeten Persönlichkeit nicht mehr das mindeste gemein hatte, ein Typus, der einer künftigen Epoche zu entstammen schien: ein Mann des Geldes, der Literatur, des Okkultismus und des Sports, und all das zur gleichen Zeit. Niemand wusste recht, wovon der ehemalige Bankier eigentlich lebte, Meyrinks Wohnung lag im billigsten Viertel Prags und war dennoch vollgestellt mit seltenen Büchern und exotischen Objekten wie Buddhabronzen, magischen Spiegeln und einem echten Beichtstuhl.[5] Er verachtete die staatlichen Autoritäten, ebenso aber diejenigen, die sich vor Duellen drückten oder Reformkleidung trugen. Meyrink machte alchimistische Experimente, glaubte an Wiedergeburt und Geistererscheinungen, war Mitglied theosophischer Geheimgesellschaften, zählte zu den besten Schachspielern der Stadt und zu den besten Ruderern des Landes, und er schrieb und veröffentlichte Geschichten ohne Kenntnis der literarischen Klassiker. Er hielt sich wie ein Offizier, war unverkennbar eitel und genierte sich dennoch, die eigenen Werke öffentlich vorzutragen: Als Brod ihn zu einer Lesung in die studentische ›Lese- und Redehalle‹ einlud, antwortete Meyrink, er komme gern, doch der rhetorisch geübte Brod solle die Texte doch besser selbst vortragen. Und so geschah es am 24. Januar 1904: die einzige Gelegenheit vermutlich, da Kafka und Meyrink sich die Hände reichten und ein paar Worte wechselten. Kurze Zeit darauf verließ Meyrink die »Kerkermauern« Prags, in deren »Atmosphäre des Hasses« er zwanzig Jahre verbracht hatte.[6]

In der Erstausgabe von Brods Autobiographie STREITBARES LEBEN (1960) findet sich ein ganzes Kapitel über Meyrink, aus dem Brods lang anhaltende Anhänglichkeit in gewissem Maß verständlich wird: Nachdem Brod mit seinen frühesten literarischen Arbeiten, die er bereits als Gymnasiast einreichte, zahllose Absagen von Redakteuren hatte hinnehmen müssen und nachdem er auch vom einflussreichen Hugo Salus bloß belehrt, aber nicht gefördert worden war, vermittelte ihn Meyrink an Jakob Hegners *Magazin für Litteratur*.[7] Eigentümlicherweise eliminierte jedoch Brod dieses Kapitel noch kurz vor seinem Tod in voller Länge, und alle weiteren Ausgaben erschienen ohne die Würdigung Meyrinks: eine selbst für Brods Verhältnisse recht großzügige Manipulation der eigenen Vergangenheit, die sich wohl nur als Geste entschiedener Distanzierung lesen lässt. Vielleicht wollte der späte Brod dem Verdacht vorbeugen, jener okkulte Satiriker, der nur mit dem Bestseller DER GOLEM (1915) im kulturellen Gedächtnis geblieben war, sei für ihn noch immer eine literarische Größe – was den gleichzeitigen Anspruch, berufener Sachwalter und Deuter Kafkas zu sein, in ein zweifelhaftes Licht gerückt hätte.

Dass auch Kafka sich am literarischen Schreiben versuchte, hatte Brod nach Jahren und ziemlich beiläufig erfahren. Erst 1906 – zur selben Zeit, da Brod bereits seine erste Prosasammlung TOD DEN TOTEN! als Buch veröffentlichte – gestand ihm der Freund, er habe sich an einem literarischen Preisausschreiben der Wiener Tageszeitung *Die Zeit* beteiligt. Doch die eingereichte Erzählung (die wahrscheinlich den pragerischen Titel HIMMEL IN ENGEN GASSEN trug) fand keine Anerkennung und blieb verschollen; auch eine Abschrift kam Brod niemals vor Augen. Dessen Neugier aber war nun selbstverständlich geweckt: dass ausgerechnet Kafka, dieser ebenso höfliche wie kompromisslose Ästhet, der nur das Vollkommene gelten ließ, es tatsächlich wagte … Es war der Beginn eines lebenslangen Spiels, das die

Literaturwissenschaft noch länger als ein Jahrhundert beschäftigen sollte: Brod wollte von nun an Texte sehen, doch Kafka rückte sie entweder gar nicht heraus oder nur zögernd, Blatt für Blatt.[8]

Für Kafka andererseits war die Versuchung, sich zu offenbaren, umso stärker geworden, je weiter sich sein literarischer Beistand aus alten Tagen von ihm entfernte. »Gott will nicht, daß ich schreibe«, hatte er gegenüber Oskar Pollak noch Ende 1903 geklagt, »ich aber, ich muß. So ist es ein ewiges Auf und Ab, schließlich ist doch Gott der Stärkere und es ist mehr Unglück dabei, als Du Dir denken kannst.«[9] Gewiss, über diesen knabenhaften Ton war Kafka inzwischen hinaus, nicht jedoch über das darunter sich verbergende Bedürfnis nach seelischer und intellektueller Intimität. Dennoch überdauerte die Verbindung zu Pollak die räumliche Trennung nicht, und keiner seiner anderen Freunde vermochte diese Lücke zu schließen, für keinen gewannen Probleme des sprachlichen Ausdrucks auch nur entfernt die existentielle Dringlichkeit, die derartige Geständnisse ermöglicht hätte. Kafka begriff, dass er zu *den anderen* einen neuen Weg suchen musste, dass er, um sich verständlich zu machen, etwas *beweisen* musste, und daraus vermutlich keimte die Idee, mit einer Veröffentlichung in der *Zeit* für allgemeine Verblüffung zu sorgen. Dieser mit niemandem abgesprochene Plan – in dem sich bereits die von Brod später beklagte »Geheimniskrämerei« des Freundes andeutete – schlug jedoch fehl, und Kafka musste sich damit abfinden, dass er, nicht anders als Brod, für seine ersten Schritte auf die publizistische Bühne eines Mittlers bedurfte.

Unfertiges preiszugeben, über unausgeformte oder gar ungeborene literarische Projekte auch nur zu sprechen widerstrebte Kafka tief – was also hatte er Brod eigentlich offenbart, um von diesem sogleich in eine »heilige« literarische Gruppierung aufgenommen zu werden? Die spärlich überlieferten Mitteilungen – darunter Rohrpostkarten und beschriftete Visitenkarten – geben darüber nicht den geringsten Aufschluss, Tagebücher aus jenen Jahren existieren weder von Kafka noch von Brod. Andererseits ist auch nichts darüber bekannt, dass Kafka in den Jahren nach 1906 Manuskripte in nennenswertem Umfang vernichtet hätte, und wahrscheinlich ist daher, dass Brods Erinnerung zutreffend ist: Der erste selbstverfasste literarische Text, den Kafka ihm vorgelesen habe, so schrieb er 1936 im Nachwort der Erstveröffentlichung, sei die BESCHREIBUNG EINES KAMPFES gewesen –

jenes Werk also, dem auch postum nur wenig Resonanz beschieden war und das heute im Schatten der drei weitaus bekannteren Großfragmente Kafkas nur mehr eine literaturhistorische Rolle spielt.

Umso erstaunlicher ist, dass Kafka sich mit der BESCHREIBUNG EINES KAMPFES – dem frühesten Werk, das wir von ihm besitzen, und dem letzten, das vollständig publiziert wurde – ausdauernder beschäftigt hat als mit irgendeinem anderen seiner literarischen Pläne: mindestens sieben, vielleicht sogar acht oder neun Jahre lang. Er erstellte in deutscher Kurrentschrift eine mehr als hundertseitige, nur noch wenige Korrekturen zeigende Reinschrift (die heute ›Fassung A‹ genannt wird), und er glaubte im Jahr 1909 noch immer, das Projekt mittels einer durchgreifenden Neukonzeption (›Fassung B‹) retten zu können – ein Versuch, den er erst zwei Jahre später endgültig aufgab.[10] Im Rückblick musste es Kafka erscheinen, als habe er das gesamte Jahrzehnt von der frühen Studentenzeit bis zum kreativen ›Durchbruch‹ des Jahres 1912 im Bann einer einzigen literarischen Vision verbracht, an der er, trotz kleinerer Nebenarbeiten, viel zu lange festgehalten hatte. Und in der späten Erinnerung, vor allem wiederum in der vielzitierten Rückschau von 1920, verschmolz jene Vision mit dem vergangenen Leben selbst: Er sei als junger Mann auf dem Prager Laurenziberg gesessen, er habe seine Lebenswünsche reflektiert, und »als wichtigster oder als reizvollster ergab sich der Wunsch, eine Ansicht des Lebens zu gewinnen [und – das war allerdings notwendig verbunden – schriftlich die andern von ihr überzeugen zu können], in der das Leben zwar sein natürliches schweres Fallen und Steigen bewahre aber gleichzeitig mit nicht minderer Deutlichkeit als ein Nichts, als ein Traum, als ein Schweben erkannt werde«.[11] Er *hatte* solche Wünsche, kein Zweifel. Doch er hätte sie im Jahr 1902 nicht mit solcher Bestimmtheit formulieren können. Erst die BESCHREIBUNG EINES KAMPFES – das heißt der undurchdringliche Drahtverhau der *Beschreibung* wie der langjährige *Kampf* um sie – lieferte Kafka nachträglich die Stichworte, die seinen damaligen Lebensentwurf genau charakterisierten, und im selben Atemzug das literarische Sujet, das ihn einlösen sollte: das fallende und steigende, das schwebende, geträumte, nichtige und dennoch schwere Leben. Hätte Kafka 1920 behauptet, damals, vor beinahe zwei Jahrzehnten, habe er sich auf der Lehne des Laurenzibergs vorgenommen, die BESCHREIBUNG EINES KAMPFES zu verfassen, es wäre ebenso wahr gewesen.

Ein Ich-Erzähler, über den wir so gut wie nichts erfahren – außer dass er dreiundzwanzig Jahre alt ist und »noch keinen Namen« hat –, lotst einen Bekannten aus einer größeren Gesellschaft, um mit ihm einen nächtlichen Spaziergang durch das winterliche Prag zu machen (wobei Straßen, Plätze und Brücken korrekt benannt werden, das einzige Mal in Kafkas Werk). Vier nackte Männer versuchen, einen unförmig beleibten Menschen durch einen Fluss zu tragen, wobei sie sämtlich ertrinken. Ein Mann geht jeden Abend zur Kirche, um dort stundenlang und in möglichst auffälliger Weise zu beten. Das ist beinahe schon alles. Wer hier kämpft und was Gegenstand oder Ziel des Kampfes ist, wird nicht verraten, und ebenso wenig, warum der Spaziergang der beiden Figuren ausgerechnet auf den *Laurenziberg* führen muss – einer jener charakteristischen privaten Späße, die Kafka in beinahe allen seinen Werken unterbringt.

Er selbst hat dieses Prosagebilde als »Novelle« bezeichnet und dabei den Gattungsbegriff, wie ihm sicherlich bewusst war, weit über die Grenzen des Plausiblen hinaus strapaziert.[12] Denn eine solche Novelle, die doch Goethes Definition zufolge von einer »unerhörten Begebenheit« berichten sollte, hatte es in der Geschichte der Literatur bisher noch nicht gegeben. Bei Kafka findet sich kaum eine nennenswerte, geschweige denn unerhörte Handlung – es sei denn, man würde das Unerhörte darin sehen, dass der Erzähler plötzlich und ohne viel Aufhebens die Realität verlässt, eine Zeitlang durch eine Parallelwelt schlendert und später ebenso unvermittelt zurückkehrt. Diese Parallelwelt ist nichts anderes als das *Imaginäre*, jenes innere, von zumeist undichten Türen versperrte, jedoch unendlich ausgedehnte Reservoir von Bildern, Gestalten und Worten, in das der Protagonist der BESCHREIBUNG offenbar nach Belieben eintauchen kann und in dem ihm die göttliche Fähigkeit zuwächst, alles, was ihm begegnet, gemäß den eigenen Launen zu verändern: die Gestirne, die Landschaft, die Beschaffenheit des Wegs, ja sogar den eigenen Körper. Der Übergang in dieses innere Jenseits ist so unscheinbar markiert, dass er bei der ersten Lektüre leicht zu übersehen oder misszuverstehen ist. »Warum gehst du mit diesem Menschen«, fragt sich der Ich-Erzähler, während er mit seinem Bekannten durch die Prager Nacht spaziert; »du liebst ihn nicht und du hassest ihn auch nicht, denn sein Glück besteht nur in einem Mädchen [...], laß ihn reden und vergnüge dich auf deine Weise, dadurch – sage es leise –

schützt du dich auch am besten.« Hier lässt Kafka den ersten von drei Abschnitten enden, versieht den nun folgenden Abschnitt mit der Überschrift »Belustigungen oder Beweis dessen, daß es unmöglich ist zu leben«, eröffnet sogar noch einen Unterabschnitt mit der Überschrift »Ritt« und fährt dann fort:

»Schon sprang ich mit ungewohnter Geschicklichkeit meinem Bekannten auf die Schultern und brachte ihn dadurch, daß ich meine Fäuste in seinen Rücken stieß in einen leichten Trab. Als er aber noch ein wenig widerwillig stampfte und manchmal sogar stehen blieb, hackte ich mehrmals mit meinem Stiefeln in seinen Bauch, um ihn munterer zu machen. Es gelang und wir kamen mit guter Schnelligkeit immer weiter in das Innere einer großen, aber noch unfertigen Gegend, in der es Abend war.«[13]

Der Erzählton ändert sich an dieser Schnittstelle nicht, und vorläufig sind es lediglich zwei schlichte Adjektive, welche die entscheidende Information übermitteln, dass es sich hier um »Belustigungen« ausschließlich im Bewusstsein des Ich-Erzählers handelt. Denn seine plötzliche Geschicklichkeit ist »ungewohnt«, weil sie bloß halluziniert wird, und der Ausdruck »unfertige Gegend« ist sinnvoll eigentlich nur aus der Perspektive eines Träumers oder eines allmächtigen Schöpfers.

Recht unübersichtlich wird diese Binnenwelt nun dadurch, dass sie diskursiv geschichtet und verzweigt ist: Der Erzähler stößt auf den »Dicken«, der samt seinen Trägern an einer Uferböschung auftaucht, dieser wiederum berichtet, während er vom Fluss mitgerissen wird, in aller Ausführlichkeit von seinen Gesprächen mit dem »Beter«, der sich an die Begegnung mit einem Betrunkenen erinnert – eine kaskadenartige Struktur, die Kafka durch dreigliedrige Überschriften (›II.3.a‹) stützt, ohne es dadurch dem Leser leichter zu machen. Denn die Künstlichkeit dieses Konstrukts steht in so offenbarem Widerspruch zur entfesselten Phantastik des gesamten zweiten Abschnitts, dass sie wie ein Baugerüst an einem Märchenschloss wirkt: sie lenkt ab und ernüchtert. Folgerichtig hat Kafka im zweiten Anlauf das Skelett seiner »Novelle« radikal vereinfacht: Die fragmentarisch gebliebene Fassung B, die er wahrscheinlich ab 1909 und nunmehr in lateinischer Schreibschrift zu Papier bringt, kennt nur Hauptabschnitte, und die Geschichte des Dicken samt seinem Untergang wird ausgesondert.

Beschreibung eines Kampfes ist eine Sache der Germanisten geblieben; erörtert wurden vor allem die Unterschiede zwischen den beiden Fassungen sowie die Frage, ob Kafka mit seinem zweiten Entwurf, der längere Dialoge und auch mehr ›betrachtende‹ Passagen enthält, schon erkennbar auf die Poetik seiner späteren Hauptwerke zusteuert. Tatsächlich tauchen bereits hier einige charakteristische Motive seines Erzählens auf, freilich noch isoliert und mit nur angedeutetem literarischen Potential. So etwa die Metapher des Kampfes, die in Kafkas privatem Mythos einmal eine zentrale Rolle spielen wird, die jedoch in der BESCHREIBUNG noch eigentümlich vage bleibt: ein nicht eingelöstes Versprechen. Signifikant hingegen sind einige Stellen, an denen eine fortschreitende Fragmentierung des Ichs lakonisch überzeichnet wird: »Kaum waren wir ins freie getreten, als ich offenbar in große Munterkeit gerieth.« Der Erzähler wird sich »offenbar« selbst zum Objekt; ein Spaltungsvorgang, den Kafka schon hier, wie später noch sehr häufig, ins Körperliche und damit tendenziell auch ins Komische wendet: »Gerade hatte ich ihm einen aufmunternden Schlag über den Rücken gegeben, als mich Scham ergriff, so daß ich meine Hand ungeschickt zurückzog. Da sie mir unnöthig war, steckte ich sie in die Tasche meines Rockes.«[14]

Schließlich fällt auf, dass Kafka darauf verzichtet, die emotionalen Beziehungen zwischen Menschen auch nur in Umrissen plausibel zu machen: Es kommt zu Küssen, plötzlichem Weinen, Anfällen von Angst oder Langeweile, auf die niemand sich einen Reim machen kann. Kafka praktiziert eine gleichsam anti-psychologische Erzählweise, in der Schwankungen lediglich registriert, jedoch weder vorbereitet noch erörtert werden. So wechseln vor allem in der Fassung B die Gefühle des Erzählers gegenüber seinem (gleichfalls namenlosen) Begleiter so rasch und unmotiviert, dass sich dem Leser der Gedanke aufdrängt, es müsse sich wohl um einen Doppelgänger oder um die Projektion eigener psychischer Widerstände handeln. In späteren Werken hat Kafka die Frivolität, die diesem Verfahren in der BESCHREIBUNG EINES KAMPFES noch anhaftet, mittels zusätzlicher Kältegrade konsequent unterdrückt – entsprechend den ästhetischen Erfordernissen ganz anderer erzählerischer Absichten. Die Welt, in der die Figuren der BESCHREIBUNG sich bewegen, schwankt, sie selbst schwanken wie Menschen in unsicheren Booten, und demzufolge ist eine »Seekrankheit auf festem Lande« hier das vorherrschende Gefühl wie auch das literarisch entscheidende Bild.[15] Der Boden hingegen, auf dem die Figuren des PROCESS- und des SCHLOSS-Romans stehen, schwankt nicht, er vibriert vielmehr, wie beim Herannahen einer Katastrophe oder wie in der Nähe eines furchtbaren, wiewohl unsichtbaren Kraftzentrums.

Auch mit der zweiten Version der BESCHREIBUNG blieb Kafka unzufrieden, und vermutlich spürte er spätestens bei der Demontage der Fassung A, dass es diesen Texten an Integration mangelte: eine Abfolge von Einfällen unterschiedlicher Tiefe, die nur lose miteinander verknüpft sind und die man daher verschieben, austauschen oder eliminieren kann, ohne das Erzählmuster wesentlich zu verändern. Welche Vorbilder hier einwirkten, lässt sich nur erahnen, denn selbst vor dem Hintergrund zeitgenössischer Literaturexperimente wirkt die Mosaik-Struktur der BESCHREIBUNG durchaus originär. Lediglich der Einfluss Hofmannsthals fällt ins Auge, denn eine Passage nimmt unmittelbaren Bezug auf den sprachskeptischen Chandos-Brief; und die Erscheinung des Dicken, der sich »in orientalischer Haltung« durch den Fluss tragen lässt, könnte von japanischen Graphiken inspiriert sein. Weit entfernt jedoch ist Kafka von der Erzähltechnik Flauberts und Thomas Manns, gegenüber deren psychologischer Nuanciertheit und realistischem Detailreichtum die BESCHREIBUNG EINES KAMPFES wie ein groteskes Marionettenspiel wirkt. Offenbar empfand Kafka das Vollkommene, das ja stets auch den Endpunkt einer Entwicklung markiert, nicht per se als vorbildlich. So zitierte er, wie Brod berichtet, mehrfach und mit tiefster Bewunderung den ersten Satz von Thomas Manns kleiner Novelle EIN GLÜCK: »Still! Wir wollen in eine Seele schauen.« Das hatte er im Januar 1904 in der *Neuen Rundschau* gelesen, zu einer Zeit, da er an der BESCHREIBUNG vermutlich schon arbeitete. Auch bei Kafka schauen wir in eine Seele – doch was wir hier geboten bekommen, ist keine »Studie« (so der von Mann gewählte Untertitel), vielmehr ein Kaleidoskop, ein Film, der uns so ratlos zurücklässt wie die unkommentierte Dokumentation eines exotischen Landstrichs oder die Bebilderung eines Drogenrauschs. Kafka machte gar nicht erst den Versuch, in die Fußstapfen der Großen zu treten, vielmehr experimentierte er von Anbeginn mit einer ganz eigenen Diktion, deren Literaturfähigkeit noch keineswegs erprobt war und deren ästhetische Möglichkeiten er mangels geeigneter Vorlagen gleichsam ertasten musste. Dennoch wurde bald schon ein Name mit Kafka in Verbindung gebracht, ein Geheimtipp der literarischen Avantgarde, und das schüchterne publizistische Debüt des jungen Pragers gab Anlass dazu.

Prag war österreichisches Verwaltungszentrum und tschechische Industriemetropole – hingegen tiefe Provinz aus der Sicht des deutschen Literaturbetriebs. Weder eine maßgebliche Zeitschrift noch irgendein Verlag von Rang waren in der böhmischen Hauptstadt beheimatet, und selbst literarische Zelebritäten wie Hugo Salus, sein um ein paar Jahre älterer Dauerrivale Friedrich Adler sowie Heinrich Teweles, Theaterautor und Chefredakteur des *Prager Tagblatts*, lebten hier in einer exterritorialen Sonderzone: Sie waren lokal bedeutend als Kritiker, als Feuilletonisten, als Vortragende, als Vorstandsmitglieder kulturtragender Vereine, doch ihre Werke erschienen im Deutschen Reich, und an ihren Stammtischen saßen nicht die Vertreter literarischer Netzwerke, sondern Prager Anwälte, Journalisten, Geschäftsleute und Theatermenschen. Es gab freundliche, punktuell sogar freundschaftliche Beziehungen zu tschechischen Literaten – so etwa zwischen dem deutschnationalen Friedrich Adler und dem nicht weniger patriotischen Jaroslav Vrchlický –, doch auch diese Kontakte blieben halb private Angelegenheiten ohne mediale Ausstrahlung. Deutschen Schriftstellern aus Prag, die Anschluss suchten, ohne die Stadt auf Dauer verlassen zu wollen, blieb nichts anderes übrig, als zu korrespondieren und regelmäßig zu reisen: zu Verlegern und Kollegen aus Wien, München, Leipzig und Berlin.

Das galt für die Honoratioren aus dem bürgerlich-behäbigen Schriftsteller- und Künstlerverein ›Concordia‹ nicht weniger als für die – heute ebenso vergessene – winzige literarische Boheme, die sich ›Jung-Prag‹ nannte und die in den Jahren vor 1900 im ›Verein deutscher bildender Künstler‹ zusammenfand. Für diese Neuromantiker, mit denen bald natürlich auch Meyrink sympathisierte, war es ausgemachte Sache, dass der Gynäkologe Salus und der Rechtsanwalt Adler im Grunde Salondichter waren, die ästhetisch nichts riskierten und ebendarum wohlgelitten waren. Vor allem missfiel es den Jung-Pragern, dass die dunklen Zonen des menschlichen Erfahrungsspektrums – Wahnsinn, Promiskuität, Rausch und Verbrechen – von den dominierenden Epigonen konsequent gemieden wurden, obwohl Autoren wie Baudelaire und Poe längst erwiesen hatten, dass sich auch solche ›Stoffe‹ auf sprachlich differenzierteste Weise formen lassen.

Dieses gemeinsame *Anti* war es fast ausschließlich, das die Gruppe zusammenhielt, während die individuellen Versuche eines radikalen Neubeginns so unterschiedlich ausfielen, dass von einer wiedererkennbaren Physiognomie, als Parallele etwa zur einflussreichen Ästhetik ›Jung-Wiens‹, keine Rede sein konnte. So schuf Victor Hadwiger – schon äußerlich eine der auffälligsten Prager Boheme-Figuren – einen lyrischen Stil, der wegbereitend für den literarischen Expressionismus werden sollte, während der katholische Postbeamte Paul Leppin eine Vorliebe für die Satire entwickelte und sich als Bänkelsänger produzierte. Die finstere Seite Leppins – Weltekel, Melancholie, Okkultismus und eine hochneurotische Sexualität – lernten die Leser dann in seinen Romanen kennen: DANIEL JESUS (1905) mit seiner skandalösen Überlagerung von sadistischen und religiösen Ritualen, vor allem aber SEVERINS GANG IN DIE FINSTERNIS (1914), in dem Leppin, sehr zur Unzeit, die abgenutzte Phantasmagorie eines ›magischen Prags‹ zu letztem Leben erweckte. Auch für diese Gruppe war es noch selbstverständlich, mit gleichgesinnten tschechischen Autoren Freundschaften zu pflegen, und Leppin nahm sogar eine publizistische Mittlerrolle ein, indem er für tschechische Zeitschriften schrieb, tschechische Werke übersetzte und Artikel über tschechische Literatur und Kunst veröffentlichte – ein Vorbild zweifellos auch für Brod.

Zwischen ›Concordia‹ und ›Jung-Prag‹ gab es ein ästhetisches ebenso wie ein soziales Gefälle, doch literarisch randständig blieben beide Milieus. Auch den Jüngeren gelang es nicht, Wirkung zu entfalten über die Grenzen Prags hinaus: Die avantgardistischen Blätter, die sie begründeten, erschienen nur in wenigen Nummern (obwohl hier auch Gedichte Rilkes zu finden waren), und der Sog der deutschen Metropolen wirkte als unwiderstehliche Zentrifugalkraft. Selbst der vorläufig noch isoliert und im Geheimen arbeitende Kafka spürte das, obwohl – oder gerade weil – ihn die Erosion seines unmittelbaren kulturellen Umfelds völlig kaltließ: Der Sexualkitsch Leppins interessierte ihn ebenso wenig wie die Frühlingsgedichte Salus', und mit irgendwelchen Literaten anzubändeln, nur um das eigene Adressbuch zu füllen, widerstrebte ihm. Ganz anders der überall nach fördernden Verbindungen suchende Max Brod, für den die Austrocknung des jung-prager Biotops nun leider um einige Jahre zu früh kam. Während er noch mit Hilfe von Schulkameraden und studentischen Freundschaften die ersten Netze knüpfte, verschwand Hadwiger, seit seinen GEDICHTEN (1900) der *frontman* der literarischen Opposition, bereits nach Berlin, ohne mit dem 19-jährigen aufstrebenden Talent je ein Wort gewechselt zu haben; und auch Meyrink kehrte der Stadt den Rücken, ehe Brod die Chance hatte, zu einer dauerhafteren, das heißt kollegialen Beziehung zu finden.

Brod verstand offenbar frühzeitig, dass die inzestuösen Verhältnisse der kleinen Prager Literaturszene mit den Wirkungsradien, die er sich erhoffte, nicht zusammenstimmten. Fluchtgedanken wie Kafka hegte er nicht, er fühlte sich frei, war gut versorgt, und die vielen Zirkel, in denen er mitredete, stärkten sein Selbstbewusstsein – er hätte sie gegen die Boheme der einschlägigen Berliner Cafés, wo er niemanden kannte und vielleicht für Jahre der Ankömmling aus der Provinz geblieben wäre, nicht eintauschen mögen. Brod musste also, um Türen nach draußen zu öffnen, die altbewährte Strategie der brieflichen Korrespondenzen pflegen, und tatsächlich gelang es ihm gleichsam freihändig, das heißt ohne tragfähige Referenzen, die Kunst der postalischen Anknüpfung binnen kurzem auf ein zumindest quantitativ beispielloses Niveau zu heben. Bereits im 25. Lebensjahr war die Liste seiner ›Kontakte‹ schon kaum mehr überschaubar, und in seinem Schreibtisch verwahrte er die Antworten von Richard Dehmel, Hugo von Hofmannsthal, Hermann Hesse, Ricarda Huch, Detlev von Liliencron, Thomas und Heinrich Mann, Rainer Maria Rilke und Frank Wedekind, daneben von Redakteuren, Kritikern und Verlegern, nicht zu vergessen die zahlreichen Adressaten aus der Musik- und Theaterszene. Fast tausend empfangene Briefe finden sich in Brods Nachlass allein aus dem ersten Jahrzehnt seiner literarischen Arbeit, und zeitweilig zeigte er sich derart ›umtriebig‹ – das Adjektiv, das mit Brod wohl am häufigsten in Verbindung gebracht wurde –, dass er einen Privatsekretär durchaus hätte in Bewegung halten können. Selbstverständlich nutzte Brod dabei auch die Funktionen, die er in der ›Lese- und Redehalle‹ der deutschen Studentenschaft innehatte, denn in dieser Rolle konnte er formelle Anfragen versenden, noch ohne die eigenen literarischen Ambitionen zu verraten. Freilich, die Prager Hauptadresse für Lesungen blieb wie eh und je das Deutsche Haus, in dem sich das zahlungskräftige Bürgertum versammelte, während es nahezu aussichtslos war, bedeutende Autoren zu Lesungen auch in der Universität zu bewegen. Für solchen Luxus hatte die Redehalle keinerlei Budget, und selbst ein Auftritt des bescheidenen Liliencron im April 1904 war nur mit Hilfe eines Spendenaufrufs zu verwirklichen (Brod gab zwanzig, Kafka zehn Kronen).

Auffallend ist, dass es Brod bei all diesen ausufernden Korrespondenzen kaum je gelang, sie in Freundschaften oder zumindest in Arbeitsgemeinschaften zu überführen. Gerade die prominentesten Autoren, denen er Lob, Einladungen oder eigene Werke überreichte, schienen nicht davon überzeugt, dass der Prager Debütant ein anregender Gesprächspartner sei, und so versandeten diese Briefwechsel schnell, bis sie nach Jahren durch irgendeinen äußeren Anlass wieder angestoßen wurden. Die einzige und für Brod darum hochbedeutsame Ausnahme war der um dreizehn Jahre ältere, in München lebende Publizist Franz Blei, einer der sehr wenigen Schriftsteller aus Deutschland, die sich in Prag auch ohne Erstattung der Fahrtkosten gelegentlich sehen ließen. Zustande kam diese Beziehung durch wechselseitige wohlwollende Rezensionen, und schnell zeigte sich, dass die literarischen Interessen in dieselbe Richtung wiesen: französischer Symbolismus, Décadence, Jugendstil und nicht zuletzt erotische Literatur. Den impressionistischen, früh an Tuberkulose verstorbenen Jules Laforgue etwa schätzten Brod wie Blei als so bedeutend ein, dass sie gemeinsam eine schmale Werkauswahl übersetzten (PIERROT, DER SPASSVOGEL, 1909), und dass Brod in vielen seiner frühen Texte die aufgeschminkte Nonchalance Laforgues nachzuahmen suchte, gefiel dem frankophilen Literaten.

Auch an den exquisiten Zeitschriftenprojekten Bleis – wohl kein deutscher Publizist hat jemals mehr Zeitschriften gegründet und beerdigt – nahm Brod lebhaften Anteil, als Leser wie als Beiträger. Gemeinsam mit Kafka leistete sich Brod sogar die edel ausgestatteten Journale *Amethyst* (1905–06) und *Opale* (1907), die wegen ihrer gelegentlichen Grenzüberschreitungen ins Pornographische sowie einiger sexuell ›expliziter‹, wenngleich eher karikaturistischer Jugendstil-Illustrationen nur per Subskription erhältlich waren und die bei den Kafkas im abgeschlossenen Bücherschrank verwahrt wurden. Offenbar schwebte Blei die Wiederbelebung einer erotischen Kultur vor, wie er sie in der Renaissance beispielhaft verwirklicht sah – ein Projekt, das sich im Zeitalter des theoriegesättigten (und mehr noch pseudowissenschaftlichen) Redens über Sex eigentümlich obsolet ausnahm. Das belegen nicht zuletzt die erotischen Gedichte, an denen sich in diesen Blättern nun auch Max Brod versuchte und die er 1907 in dem Bändchen DER WEG DES VERLIEBTEN sammelte (das ursprünglich EROTES heißen und mit einer von Kafka entworfenen, japanisch inspirierten Titelvignette erscheinen sollte[16]). Tatsächlich blieb die Kluft unüberbrückbar zwischen der naiv-saftigen Erotik Boccaccios oder François Villons und der halb ernst, halb ironisch gemeinten ›Frauenkennerschaft‹ von Laforgue, Blei und Brod mit ihren sich psychologisch-abgeklärt gebenden Typologien.

Dem umfassend gebildeten Blei, der über eine außerordentliche literarische Witterung verfügte, dürfte dieser Widerspruch alsbald auch selbst aufgefallen sein. Zwei erotische Edelblätter waren genug, und so konzipierte er schon während des absehbaren Niedergangs der *Opale* ein neues Organ, das sich vorrangig der aktuellsten Literatur widmen sollte: die typographisch und künstlerisch wiederum anspruchsvolle Zweimonatsschrift *Hyperion*. Die Startbedingungen waren diesmal günstiger, denn zum einen forderte der *Hyperion* keine sittenpolizeilichen Interventionen heraus, zum anderen stellte der wohlhabende Schriftsteller und Bankier Carl Sternheim ein Startkapital von 10000 Mark zur Verfügung, mit dem allein schon mehrere Jahrgänge gesichert waren. Überdies bestand die Hoffnung, zwei ähnlich verschwenderische, um die Jahrhundertwende höchst einflussreiche Zeitschriften zu beerben, die von Bibliophilen schmerzlich vermisst wurden: *Pan* und *Die Insel.*

Der Plan war überzeugend, er gefiel auch den Prager Freunden, und bei einem Besuch Bleis im Sommer 1907 wurde nicht nur die weitere Mitarbeit Brods verabredet, sondern auch Kafka ließ sich von dem eloquenten und anregenden Blei[17] nun tatsächlich dazu überreden, ein paar Arbeitsproben herauszurücken: Passagen aus der BESCHREIBUNG EINES KAMPFES und andere kurze Prosatexte, die dann im März 1908 im ersten Heft des *Hyperion* erschienen, auf vier Druckseiten und unter dem Obertitel ›Betrachtung‹. Ein volles Jahr also nachdem Brod die Existenz eines gänzlich unbekannten Genies publik gemacht hatte, konnte man – zwischen Arbeiten von Rilke, Hofmannsthal, Heinrich Mann, Sternheim und Verhaeren – nun endlich überprüfen, was es mit diesem ›Franz Kafka‹ auf sich hatte:

»Wenn man in der Nacht durch eine Gasse spazieren geht und ein Mann von weitem schon sichtbar – denn die Gasse vor uns steigt an und es ist Vollmond – uns entgegenläuft, so werden wir ihn nicht anpacken, selbst wenn er schwach und zerlumpt ist, selbst wenn jemand hinter ihm herläuft und schreit, sondern wir werden ihn weiter laufen lassen.

Denn es ist Nacht und wir können nicht dafür, daß die Gasse im Vollmond vor uns aufsteigt und überdies, vielleicht haben diese zwei die Hetze zu ihrer Unterhaltung veranstaltet, vielleicht verfolgen beide einen dritten, vielleicht wird der erste unschuldig verfolgt, vielleicht will der zweite morden und wir würden Mitschuldige des Mordes, vielleicht wissen die zwei nichts voneinander und es läuft nur jeder auf eigene Verantwortung in sein Bett, vielleicht sind es Nachtwandler, vielleicht hat der erste Waffen.

Und endlich dürfen wir nicht müde sein, haben wir nicht soviel Wein getrunken? Wir sind froh, daß wir auch den zweiten nicht mehr sehn.«[18]

Es war seine erste Veröffentlichung, mit vierundzwanzig Jahren, und zweifellos fühlte sich Kafka ermuntert: Sollte es doch noch möglich sein, den literarischen Flickenteppich der BESCHREIBUNG EINES KAMPFES zu Ende zu knüpfen? Er war jetzt in der Stimmung, Blei für den folgenden Jahrgang auch noch das GESPRÄCH MIT DEM BETER und DAS GESPRÄCH MIT DEM BETRUNKENEN zu überlassen (was er noch sehr bereuen sollte).[19] Doch mehr als diese Kostproben erschienen im *Hyperion* nicht, das Romanprojekt selbst blieb dem Publikum dauerhaft verborgen, und infolgedessen nahmen die wenigen Kritiker, die darauf aufmerksam wurden, Kafka zunächst als Autor von Kurzprosa wahr.

Das forderte zu Vergleichen heraus: Die aktuellen Meister dieser Form hießen Peter Altenberg und Robert Walser, der eine Österreicher, der andere Schweizer, berüchtigte Sonderlinge alle beide, schwierig im literarischen wie im persönlichen Umgang. Dass Kafka mit den impressionistischen Tupfern, mit den oft komischen und dennoch schmerzerfüllten, durch Myriaden von Gedankenstrichen und Ausrufungszeichen akzentuierten Gefühlsaufwallungen Altenbergs nicht viel gemein hatte, fiel auch den frühesten Rezensenten schon ins Auge.[20] Stark empfunden wurde jedoch eine Nähe zu Walser, so stark, dass sogar die Frage aufkam, ob nicht »Franz Kafka« ein Pseudonym Robert Walsers sei – eine keinesfalls abwegige Idee, wenn man wusste, dass der erste Förderer des noch gänzlich unbekannten Walser kein anderer als Franz Blei gewesen war. »Kafka ist nicht Walser«, musste daher Blei einen aufmerksamen Leser beruhigen, »sondern wirklich ein junger Mann in Prag, der so heißt.« Selbst Robert Musil äußerte bei Erscheinen von Kafkas erstem Buch BETRACHTUNG noch sein »Unbehagen« darüber, dass es »wie ein Spezialfall des Typus Walser« wirke, denn ihm scheine, »dass die Sonderart Walsers eine solche bleiben müßte und nicht geeignet ist, einer literarischen Gattung vorzustehn«.[21]

Die Frage, wie weit der Einfluss Walsers auf Kafka tatsächlich reichte, ist kaum stichhaltig zu beantworten – nicht zuletzt da ja im Verlauf der außerordentlich langen Entstehungszeit der BESCHREIBUNG EINES KAMPFES unzählige neue Leseeindrücke einander überlagerten. Walsers erste Buchveröffentlichung FRITZ KOCHERS AUFSÄTZE (1904) mit ihrer simulierten Schulknabenprosa taugte als Vorlage gewiss nicht, und diese Texte waren Kafka in der Konzeptionsphase der BESCHREIBUNG vermutlich noch gar nicht bekannt. Kurzprosa Walsers erschien in der *Neuen Rundschau* ab 1907, als Kafka aus seiner BESCHREIBUNG bereits zusammenhängend vorlesen konnte, und dies erst war auch der Zeitpunkt, da er, einer Erinnerung Max Brods zufolge, Walser entdeckte und unter Anfällen von Heiterkeit immer aufs Neue zitierte.[22] Denkbar wäre demnach allenfalls eine Wirkung auf jene undatierbaren *Hyperion*-Stücke, die *nicht* aus der BESCHREIBUNG EINES KAMPFES stammten; denkbar wäre, dass Kafka hier zum ersten Mal das ästhetische Eigengewicht und die Variationsbreite kürzester Prosaformen erkannte und schätzen lernte. Seine späteren Arbeiten – beginnend schon mit dem Romanprojekt DER VERSCHOLLENE – entfernten sich jedoch sehr weit aus der Sphäre Walsers, das flüchtige Spiel mit ›Eindrücken‹ und Momentaufnahmen ließ er nun vollends hinter sich, und 1917 notierte er sein Missfallen »an der verschwimmenden Anwendung abstrakter Metaphern« in Walsers Romanen.[23]

Kafka – das konnten seine frühesten Leser nicht wissen – hatte sich bereits mit seiner BESCHREIBUNG EINES KAMPFES etwas vorgenommen, das reflexive Anstrengung verlangte und das Walser wohl niemals in den Sinn gekommen wäre: den unmittelbaren Zugriff auf das Imaginäre. Auch der Autor hat es ja mit »unfertigen Gegenden« zu tun, sie sind sein Rohmaterial, das im eigenen Innern gegeben ist und das darauf wartet, ausgeformt, ausgeleuchtet und koloriert zu werden, unter jener angespannten handwerklichen Kontrolle, die den Schriftsteller vom Tagträumer scharf unterscheidet. Friedrich Hebbel hatte ihm das klargemacht, dessen in vier Bänden gedruckte Tagebücher er schon mit zwanzig Jahren verschlang. Unmittelbar danach, in einem vielzitierten Brief an Pollak, hatte er es als die wesentliche Aufgabe der Literatur erklärt, diesen privilegierten Zugang auch dem Leser zu eröffnen:

»Wenn das Buch, das wir lesen, uns nicht mit einem Faustschlag auf den Schädel weckt, wozu lesen wir dann das Buch? Damit es uns glücklich macht, wie Du schreibst? Mein Gott, glücklich wären wir eben auch, wenn wir keine Bücher hätten, und solche Bücher, die uns glücklich machen, könnten wir zur Not selber schreiben. Wir brauchen aber die Bücher, die auf uns wirken wie ein Unglück, das uns sehr schmerzt, wie der Tod eines, den wir lieber hatten als uns, wie wenn wir in Wälder verstoßen würden, von allen Menschen weg, wie ein Selbstmord, ein Buch muß die Axt sein für das gefrorene Meer in uns. Das glaube ich.«[24]

Das war das Programm. Nun, da er an dessen Verwirklichung ernsthaft zu arbeiten begann, verstand er, dass jene Axt zunächst einmal in das gefrorene Meer *des Autors* dringen muss. Die Schale sprengen, hinabtauchen ins Finstere, die Schätze bergen und sie unversehrt ans Licht befördern: das war die Metaphorik, die Kafka sich nach und nach zu eigen machte, um das entscheidende Geschehen, aus dem einzig Literatur hervorgeht, in Gedanken zu fassen. Jenes Geschehen, für das er auch bald schon einen Begriff hatte: *mein Schreiben*.

Promovierter Jurist sucht Beschäftigung

Alles freilich trägt man,
sobald es eintritt.
Sappho

Drei Stimmen für Kafka, eine gegen ihn. Zum ersten Mal in seinem Leben – doch seit Kindheitstagen erwartet – meldete sich eine Autorität zu Wort, die nicht davon überzeugt war, dass er zur weiteren Beförderung die notwendigen Voraussetzungen erfüllte. Nicht im Augenblick jedenfalls. Denn seine Kenntnisse in ›Österreichischem Civilrecht, Handels- und Wechselrecht, Civilprocess- und Strafrecht‹ waren derart lückenhaft, dass es nur mehr eine Frage des Wohlwollens war, ihn entweder zu stoppen oder mit der Note ›genügend‹ durchzuwinken.

Wer war der Jurist, der sich – wenngleich vergeblich – dem Kandidaten Kafka am 7. November 1905 in den Weg zu stellen versuchte? Vier Professoren saßen ihm bei der ersten Promotionsprüfung gegenüber, zwei von ihnen war es zuzutrauen: dem noch nicht 30-jährigen, ehrgeizigen Konkursspezialisten Anton Rintelen (dem man den späteren Nazi-Putschisten und Beinahe-Kanzler noch nicht ansah) und dem stimmgewaltigen, in Prüfungen besonders gefürchteten Horaz Krasnopolski, ein höchst engagierter, den liberalen Rechtsstaat bis aufs letzte Komma verteidigender Zivilrechtler, ein Vertreter des Bösen hingegen aus Sicht der Prager Brentano-Anhänger.[1] Zu beklagen hatte sich Kafka über das knappe Ergebnis keineswegs. Denn nach der mit ›gut‹ bestandenen rechtshistorischen Zwischenprüfung zum Abschluss des vierten Semesters war ihm sehr bald klargeworden, dass der zweite, ›judizielle‹ Teil des Studiums erheblich höhere Anforderungen stellte, die ihn tatsächlich an Grenzen führten: an die Grenzen seiner theoretischen Auffassungsgabe ebenso wie an die der Selbstdisziplinierung.

Das lag zum einen an der schieren Menge des Lernstoffs, der nahezu ausschließlich frontal und monologisch vermittelt wurde. Um die Jahrhundertwende gab es noch keine Trennung zwischen Jus, Staatswissenschaften und Politischer Ökonomie, und so kam es, dass Kafka nicht nur allwöchentlich neun Stunden Österreichisches Privatrecht samt Krasnopolskis akribischen Gesetzesexegesen über sich ergehen ließ, sondern auch Vorlesungen über Volkswirtschaftslehre und -politik, Finanzwissenschaft, ja sogar ›Allgemeine und österreichische Statistik‹. Zum anderen waren diese Vorlesungen überwiegend trostlose Veranstaltungen, die um die Definition und Systematisierung von Begriffen kreisten und bei denen kaum je ein Referent einen Gedanken an Fragen der sozialen oder gesellschaftspolitischen Relevanz verschwendete. Es gab Professoren, die Jahr für Jahr dieselben Notizen verlasen, andere, die auf dem Katheder gähnten, den Blickkontakt zum Auditorium verweigerten oder gar Lehrveranstaltungen ohne Ankündigung ausfallen ließen zugunsten wichtigerer Termine. Pünktlich waren hingegen die Prüfungshonorare zu bezahlen, welche die Professoren von jedem Studenten kassierten. Selbst der um individuelle Würdigung bemühte Rechtshistoriker Guido Kisch, der in Prag einige Jahre nach Kafka studierte, aber das gleiche Szenario vorfand, sprach in seinen Memoiren von »unwürdigen« und »skandalösen« Verhältnissen.[2]

Da auch eigenständige Lektüre in keiner Weise gefördert wurde – einer Dissertation bedurfte es nicht, um den juristischen Titel zu erlangen –, musste sich aufseiten der Studenten der Eindruck verfestigen, dass es überhaupt nicht auf die Vorlesungen, sondern allein auf die Prüfungen ankam, insbesondere auf die drei abschließenden Rigorosa. Das war eine ziemlich riskante Schlussfolgerung, die dazu führte, dass die Professoren nur einen Teil der etwa siebenhundert immatrikulierten deutschen Jurastudenten je zu Gesicht bekamen und schon wenige Wochen nach Semesterbeginn vor ziemlich gelichteten Reihen predigten. Sogenannte ›Bogen‹ waren in Umlauf, stenographisch von irgendwem erfasste und (oft gegen Honorar) ausgearbeitete Vorlesungsskripte, mit denen man sich innerhalb der akademischen Hallen besser nicht erwischen ließ, deren genaue Lektüre sich jedoch bequem bis ins Vorfeld der Prüfungen verschieben ließ. Offenbar war auch Kafka ein Anhänger dieser Methode, denn er besaß »Krasnopolski-Bogen« und wohl noch einiges mehr. Entsprechend auffällig die Spuren verspäteten Paukens, die sich in seinen Mitteilungen gelegentlich finden: so etwa sechs Wochen vor dem beinahe gescheiterten ersten Rigorosum, als Kafka sich am Abend schon nicht mehr ins Kaffeehaus wagt, aus Furcht, dies werde am folgenden Tag das »Lernen« beeinträchtigen; oder ein Zitat aus einem verschollenen Notizbuch, in dem Kafka festhält, dass er bereits seit sechs Uhr morgens »gelernt« habe.[3]

Glanzlichter gab es in diesem öden Betrieb nur wenige, und Hörer aus anderen Fachbereichen oder gar aus dem kulturell interessierten Bürgertum verirrten sich selten in die juristischen Hörsäle. Lediglich die Auftritte des ehemaligen Untersuchungsrichters Hans Gross sorgten für Gesprächsstoff auch in der ›Gesellschaft‹, denn Gross war ebenso prominent wie umstritten als Begründer einer systematischen Kriminalistik, als Kriminalpsychologe und als Autor eines in Dutzende Sprachen übersetzten, immer weiter verbesserten und von konkreten Fallbeispielen überquellenden HANDBUCHS FÜR UNTERSUCHUNGSRICHTER, POLIZEIBEAMTE, GENDARMEN (1893). Kafka belegte bei Gross Vorlesungen über ›Materielles Strafrecht‹, über den ›Österreichischen Strafprozess‹, zur ›Geschichte der Rechtsphilosophie‹ sowie ein strafrechtliches Seminar, insgesamt sechzehn Wochenstunden. Doch bereits 1905 nahm Gross einen Ruf in seine Heimatstadt Graz an – eine schlechte Nachricht für Kafka, denn gerade dieser Prüfer galt als verständnisvoll und mehr an der Logik der Sache interessiert als an Auswendiggelerntem.

Die autobiographischen Zeugnisse Kafkas ebenso wie die Memoiren Max Brods schweigen über Professor Gross. Das ist bedauerlich nicht zuletzt deshalb, weil bereits ein Jahrzehnt später Gross' Bild in der Öffentlichkeit und gewiss auch in Kafkas Bewusstsein ganz und gar überschattet wurde von dem Konflikt, den der etablierte Akademiker mit dem eigenen Sohn Otto austrug, einem Mediziner, Anarchisten und (verstoßenen) Schüler Sigmund Freuds. Dass Otto Gross 1913 auf Verlangen des Vaters und unter Polizeigewalt aus seiner Berliner Wohnung geholt und in eine psychiatrische Klinik in Österreich gebracht wurde, ohne dass man ihm irgendein konkretes Delikt hätte vorhalten können, hat auf die Konzeption von Kafkas PROCESS zweifellos eingewirkt – die interessantere Frage, ob auch das kriminologische Denken von Hans Gross in Kafkas Roman eingedrungen ist, lässt sich indessen nur spekulativ beantworten.

Gross' Forderung lautete, dass sich Richter und Staatsanwälte nicht nur mit der juristischen Ein- und Zuordnung einer kriminellen Tat, sondern ebenso mit der Persönlichkeit des Täters – und von Tätern im Allgemeinen – beschäftigen sollten. Das erinnerte an die umstrittene Tätertypologie des Turiner Gerichtsmediziners Cesare Lombroso, der seine These vom ›geborenen Verbrecher‹ unter anderem mit der Vermessung von Schädeln zu beweisen suchte.[4] Diese anthropologische Perspektive war um die Jahrhundertwende noch recht neu, sie stellte den Sinn von Strafen in Frage, erregte aber auch bei liberalen Strafrechtlern das größte Unbehagen. Nicht zu Unrecht fürchteten sie eine Entgrenzung ihres Fachs und die Verwässerung des juristischen Regelwerks durch Ideen, deren Wissenschaftlichkeit fragwürdig bleiben musste. Gross bestärkte diese Sorge, indem er noch einen bedeutenden Schritt über Lombroso hinausging und in seinen Vorlesungen verkündete, nicht das Gesetz allein müsse Gegenstand der Lehre sein, sondern das Leben selbst. Tatsächlich war es verblüffend zu beobachten, wie konsequent das von Gross herausgegebene *Archiv für Kriminal-Anthropologie und Kriminalistik* die soziale Welt gleichsam juristisch indizierte: Die Beiträge beschäftigten sich mit Haarfarben, Kartenlegen, gefälschten Sparbüchern, gewohnheitsmäßigem Lügen, Tätowierungen, Hysterie, Gedächtnislücken, Körpermaßen, Briefmarken, Glasscherben, Polizeihunden und Röntgenstrahlen, mit den Handlungsspielräumen von Kindern, Betrunkenen und ›Degenerierten‹. Für die moderne ›Kriminalistik‹ des Hans Gross – die sich von der Kriminologie nicht klar abgrenzen ließ – war potentiell *jede* natur- und humanwissenschaftliche Erkenntnis verwertbar, und sie gab sich durchaus nicht mit der Wiederherstellung der gestörten sozialen Ordnung zufrieden, sondern sie verlangte Einblicke ins Täterbewusstsein und damit Instrumentarien der Prävention. Die in Kafkas PROCESS geschilderten Gerichtsbehörden agieren wie die verkörperte Utopie dieses Entwurfs: Ihr vorrangiges Interesse richtet sich scheinbar gar nicht auf konkrete, das heißt ›justitiable‹ Verfehlungen, stattdessen dringen sie mit größter Selbstverständlichkeit in das Leben und die Psyche des Angeklagten ein, um über dessen ›Schuldhaftigkeit‹ und ›Besserungsfähigkeit‹ zu befinden. Die aufgeklärte Kriminologie ermöglichte und legitimierte derartige Übergriffe: zum einen durch ihre rasch fortschreitende Verwissenschaftlichung, die sich neueste soziologische, psychologische und selbst psychoanalytische Erkenntnisse zunutze machte – auch der alte Gross war ein Leser Freuds –, zum anderen, indem sie diese Übergriffe mit guten, nämlich sozialhygienischen Zwecken begründete. Für solche Schattenzonen der Aufklärung hatte Kafka ein feines Sensorium, und dass er sich in späteren Jahren für Otto Gross' Idee begeisterte, gemeinsam mit *Blättern zur Bekämpfung des Machtwillens* hervorzutreten, ist keineswegs allein auf die beiderseitigen Konflikte mit den Vätern zurückzuführen.[5]

»Lernenmüssen«, schrieb Kafka einige Jahre später, »das ist schrecklich, wenn man gar sonst noch zittert das weiß ich. Man glaubt dann, ich kann mich gut erinnern, man stolpere unaufhörlich durch unvollendete Selbstmorde, jeden Augenblick ist man fertig und muß gleich wieder anfangen und hat in diesem Lernen den Mittelpunkt der traurigen Welt.«[6] Diesmal übertrieb er nicht allzu sehr. Doch wenn es so war – warum paukte dann Kafka vor den Prüfungen fast immer allein? Kannte er nicht aus Hörsaal, Lesehalle und Brentanistenzirkel genügend gleichaltrige Studenten, die sein Los hätten erleichtern können? Max Brod, der ein Jahr nach ihm und mit den bestmöglichen Noten promovierte, packte das Problem ganz anders an und bereitete sich gemeinsam mit Felix Weltsch vor, von dessen formallogischer Begabung er nur profitieren konnte. Schämte sich Kafka etwa seiner Unkenntnis, seines Desinteresses oder seiner intellektuellen Begrenzungen?

Dieser Verdacht liegt nahe, wenn man von den sonderbaren Widerständen hört, die ihn selbst von Pflichtveranstaltungen wie denen des Nationalökonomen Alfred Weber fernhielten. Der 36-jährige Weber kam 1904 von Berlin nach Prag, und zu dieser Zeit stand Kafka durchaus noch nicht unter dem Diktat von Promotionsprüfungen. Dennoch ignorierte er die um sich greifende Begeisterung für die lebendigen, völlig frei gehaltenen und alle Fachgrenzen sprengenden Vorträge Webers, und während der enthusiasmierte Brod sich sogar dazu überreden ließ, statistische Recherchen für Weber zu übernehmen, nur um seinem neuen Idol nahe zu sein, ließ sich Kafka weder im überfüllten Hörsaal blicken – dem größten, den das Karolinum zu bieten hatte – noch in Webers soziologischen Seminaren, die im Palais Clam-Gallas stattfanden. Wahrscheinlich ist, dass Kafka sich von dem dort gebotenen theoretischen Feuerwerk überfordert fühlte, denn diskutiert wurden nicht nur soziologische Basistexte wie etwa Ferdinand Tönnies' GEMEINSCHAFT UND GESELLSCHAFT (1887), sondern auch Arbeiten zur Evolutionsbiologie, zum Problem der Vererbbarkeit erworbener Eigenschaften und generell zu der Frage, inwieweit die von Darwin offengelegten Selektionsmechanismen auf Wirtschaft und Gesellschaft übertragbar seien. Nebenbei arbeitete Weber auch noch an einer allgemeinen Theorie industrieller Standorte, ein Thema, von dem Kafka beim besten Willen nicht ahnen konnte, dass es eines Tages von beruflichem Interesse für ihn werden könnte. Alfred Weber war – zumindest in dieser Phase seiner Laufbahn und ganz im Gegensatz zu seinem prominenteren Bruder Max – von der allumfassenden Bedeutung der Naturwissenschaften noch derart überzeugt, dass ihm ein möglicher Konflikt zwischen entfesselter Wissenschaft und liberaler Gesellschaft gar nicht in den Sinn kam. Rückblickend auf Webers Seminare schrieb Brod, dass »weder Lehrer noch Schüler die Aktualität des von uns Besprochenen ganz klar durchschauten. Wir streichelten die Höllenhunde, die bereits an ihren Ketten zerrten.«[7] Dasselbe hätte er über Hans Gross sagen können.

Sonderlich klug war Kafkas Fernbleiben nicht, denn selbstverständlich dienten Webers Veranstaltungen nicht allein dem intellektuellen Entertainment, sondern auch der Vermittlung von nationalökonomischem Grundwissen, das in den Promotionsprüfungen unweigerlich zur Sprache kommen würde. Nachdem sich Kafka für das zweite Rigorosum auf einen ziemlich frühen Termin schon im März 1906 eingelassen hatte, blieb ihm daher nichts anderes mehr übrig, als hektisch die Karteikarten zu lesen, die Brod in den Vorlesungen Webers angefertigt hatte. »Nur die Zettelchen haben mich gerettet«, schrieb er an Brod erleichtert am Tag nach der Prüfung, »denn dadurch erstrahlte ich dem W[eber] als seine eigene Spiegelung mit sogar interessanter österreichischer Färbung und trotzdem er in dieser großen Menge befangen war, die er dieses halbe Jahr gesprochen hatte, ich dagegen nur Deine ganz kleinen Zettelchen in der Erinnerung hatte kamen wir doch zu der schönsten Übereinstimmung. Aber auch bei den anderen war es sehr lustig, wenn auch nicht kenntnisreich«.[8] Der muntere Ton täuscht, denn auch in diesem besonders anspruchsvollen Rigorosum zum Thema ›Allgemeines und Österreichisches Staatsrecht, Völkerrecht, politische Ökonomie‹ kam Kafka dem Scheitern so nahe wie nur möglich: Zwei der beteiligten fünf Prüfer fanden Kafka überhaupt nicht lustig, sondern wollten ihn in einer Wiederholungsprüfung sehen, was frühestens in einem Vierteljahr möglich gewesen wäre; die anderen drei überstimmten sie mit der Note ›genügend‹. Damit hatten sie Kafka über die höchste Hürde hinweggeholfen, denn das dritte und letzte Rigorosum, das im Juni stattfinden sollte, war weitaus berechenbarer: Hier ging es um ›Römisches, Kanonisches und Deutsches Recht‹, was nichts anderes bedeutete, als dass er all das »Holzmehl« aus den ersten vier Semestern ein weiteres Mal durchkauen musste. Das war grausam, jedoch ein lediglich quantitatives Problem und daher – wenngleich sein Magen jetzt tagelang revoltierte – auch ohne fremde Hilfe zu bewältigen. Und tatsächlich schlüpfte Kafka durch: vier Prüfer, viermal die Note ›genügend‹. Am 18. Juni 1906 wurde Kafka in einem feierlichen Festakt in der Aula des Karolinums promoviert, wobei er einen mehr oder minder zufällig ausgewählten ›Promotor‹ zur Seite hatte, einen Professor, der ihn nach altem Ritual dem Rektor der Universität vorzustellen hatte. Dieser Promotor hieß Alfred Weber.

Ehrentitel und akademische Titel hatten in Österreich eine von jeher hypertrophe Bedeutung als soziale Differenzierungsmerkmale, und sie wurden selbst dann respektiert, wenn sie erkennbar keine andere Grundlage hatten als gute Beziehungen. Im Alltag wurden Titel verwendet, als wären sie Bestandteil des Namens (was zu der hartnäckigen Legende führte, sie seien es tatsächlich), und dass selbst langjährige Bekannte sich noch immer mit ›lieber Hofrat‹ ansprachen, war durchaus üblich. Kafka war achtzehn Jahre seines Lebens der ›Herr Doktor‹: So wurde er auf der Straße gegrüßt, im Büro angesprochen und brieflich tituliert, ohne dass ihm das lästig oder auch nur auffallend gewesen wäre. Darauf zu verzichten war undenkbar, es hätte dieselben Verlegenheiten ausgelöst wie ein verfrühtes ›Du‹ und wäre ihm keinesfalls als Bescheidenheit ausgelegt worden, sondern eher als Affektiertheit oder gar Frechheit. Schließlich war der Titel *verliehen* und erst in zweiter Linie erworben, er bedeutete eine Erhöhung des Rangs, eine soziale Neudefinition, und das war durchaus keine Privatsache. Überdies war nicht Kafka allein befördert worden, vielmehr seine Familie mit ihm, inklusive der künftigen Ehefrau: Man hatte jetzt einen Doktor am Tisch, dessen Freundeskreis wiederum aus

Doktoren bestand, und das bedeutete, dass die investierten hohen Bildungskosten sich endlich auszahlten – vorausgesetzt, möglichst viele Menschen erfuhren davon.

»Franz Kafka beehrt sich anzuzeigen, dass
er am Montag den 18. Juni d. J. an der k. k.
deutschen Karl Ferdinands-Universität in
Prag zum Doktor der Rechte promoviert wurde.

Prag, im Juli 1906.«

Eine gedruckte Karte, versendet an die weitläufige Familie, an Freunde, Bekannte und Kunden. Das gehörte zum Spiel.

Kein Zweifel, dass Kafka diese Karte nicht nur mit Erleichterung, sondern auch mit Stolz in den Postkasten warf. Die wohlwollenden Blicke der Schwestern, der Mutter und selbst des Vaters taten ihm gut, und die gehobene Stimmung ermöglichte einen kurzzeitigen Waffenstillstand, wie er selten vorkam in dieser Familie. Andererseits muss sich Kafka völlig darüber im Klaren gewesen sein, dass es sich um einen symbolischen Akt mit nur geringfügigen lebenspraktischen Folgen handelte. Der Doktortitel änderte nicht das mindeste an seiner materiellen Abhängigkeit – auch für den zweiten Aufenthalt in Zuckmantel, wo ihn die Geliebte des Vorjahrs erwartete, kam selbstverständlich die Familie auf –, noch brachte er irgendwelches Licht in seine beruflich ungewisse Zukunft. Pro forma hatte sich Kafka schon vor der letzten Prüfung als ›Advokatursconcipient‹ bei dem Strafverteidiger Richard Löwy am Altstädter Ring gemeldet – das brachte vielleicht ein wenig Taschengeld ein –, und überdies wurde von jedem Juristen, der in den Staatsdienst wollte, ein praktisches Jahr bei Gericht verlangt. Doch das waren Moratorien, mehr nicht, und es waren die letzten, die ihm vergönnt waren. Eine Entscheidung musste fallen, in allernächster Zukunft.

Der Begriff war noch nicht geboren, aber auch das Österreich der Jahrhundertwende war bereits eine ›Leistungsgesellschaft‹, in welcher der akademische Titel zwar zum sozialen *dresscode* gehörte und manchmal auch Bevorzugungen erwirkte, aber so gut wie keinen zählbaren Wert hatte. »Selbst konservative Universitätskreise«, musste Kafka im *Prager Tagblatt* lesen, »können sich heute nicht über die Tatsache hinwegtäuschen, daß in Österreich überhaupt keine besonderen Anforderungen bei Erlangung des juridischen Doktorates gestellt werden oder daß diese Anforderungen in der Hauptsache zu einer leeren Formalität geworden sind«.[9] Das war ernüchternd, aber nicht zu leugnen, und in Bewerbungsgesprächen bekam man es zu spüren. Berufsanfänger mit Doktortitel wurden in der privaten Wirtschaft kaum besser entlohnt als Ladenverkäufer, und auch im Staatsdienst würden Kafka die interessantesten Posten mit einem bloß ›genügenden‹ Abschlusszeugnis verwehrt bleiben; zu schweigen davon, dass wirklich verantwortliche Positionen, etwa das Richteramt, für Juden ohnehin unzugänglich waren. Auch dieses heikle Problem – die Frage also, ob man sich das Leben nicht durch den Wechsel der Religion ein wenig leichter machen könne – war in Kafkas Freundeskreis noch keineswegs abschließend erörtert, und ob sich Weltsch, Brod und Kafka am Ende aus eigener Überzeugung dagegen entschieden, ist den spärlichen Quellen nicht zu entnehmen.

Alle befanden sich in demselben Dilemma, aber offenbar war es Kafka, der zu Kompromissen am wenigsten aufgelegt war. Wenn man es ernst meine mit der Literatur, argumentierte er gegenüber Brod, so dürfe der bürgerliche Beruf eben *nichts* mit schriftstellerischer Arbeit zu tun haben; und auf den Einwand, dass man doch auch mit ehrenvollen Schreibaufträgen sein Brot verdienen könne, etwa als Journalist oder als Kritiker, antwortete Kafka nur, dass *er* jedenfalls nicht dazu imstande sei. Später bedauerte es Brod, dass er sich von der rigiden Haltung des Freundes »auf Jahre hinaus« habe beeinflussen lassen, und er hatte allen Grund dazu.[10] Denn mit seinen zahlreichen Veröffentlichungen schon während des Studiums hatte er einige berufliche Optionen mehr als der literarisch noch namenlose Kafka. Er hätte es wagen können, und vermutlich ist es vor allem seinem Unwillen geschuldet, Prag zu verlassen, dass er das Experiment eines literarischen Brotberufs für viele Jahre scheute.

Wenn es denn aber ein ›gleichgültiger‹ Beruf sein musste, dann einer, der ein Minimum an Energie verzehrte, darin waren sich beide einig. Eine Anstellung also mit festen, erträglichen Arbeitszeiten. Es dürfte Kafka einige Mühe gekostet haben, seiner illiteraten Familie plausibel zu machen, dass aus diesem Grund auch der Beruf des Anwalts – für einen jüdischen ›Dr. jur.‹ eine der wenigen Chancen, zu

Ansehen und Wohlstand zu gelangen – für ihn keinesfalls in Frage kam. Ohnehin war der jüdische Advokat ein so hervorstechender Typus, dass er als intelligenter, aber skrupelloser ›Wortverdreher‹ längst ins Register der antisemitischen Stereotype aufgenommen war. Auch Kafka hatte Vorbehalte, und als er in späteren Jahren einmal einen eigenen Brief als »Advokatenbrief« charakterisierte, meinte er das alles andere als positiv. Sehr wahrscheinlich ist jedoch, dass es für den 23-Jährigen die befürchtete berufliche Belastung, vor allem die soziale Verantwortung, die unregelmäßigen Arbeitsstunden und die Nötigung zu öffentlichen Auftritten waren, die ihn vom Metier des Anwalts fernhielten, obwohl ihm die leuchtenden Beispiele aus dem eigenen Clan gewiss mehr als einmal vorgehalten wurden.

Da noch keine befriedigende Lösung in Sicht war, nahm Kafka am 1. Oktober 1906 seinen Dienst als unbezahlter Rechtspraktikant auf: zunächst am Kreiszivil- und Kreisstrafgericht, dann (ab Mitte März) am Prager Landesgericht. Hohe Anforderungen stellte diese Arbeit nicht, viele Nachmittage waren dienstfrei, und die Spurlosigkeit, mit der jenes Jahr vorüberzog, deutet darauf hin, dass die Gerichtspraxis ihm keine nennenswerten Anregungen zu bieten hatte: Die k. u. k. Amtssprache kannte er längst, ebenso den *sound* polizeilicher Ermittlungsakten und richterlicher Urteilsbegründungen. Kafka begann, sich treiben zu lassen, er genoss die freie Zeit, das Ende der rigiden Stundenpläne, war jetzt häufiger auch in Kaffeehäusern und Weinstuben zu sehen. Doch spürte er bald, dass diese perspektivlose Freiheit – ganz anders, als er es erhofft hatte – dem lange unterbrochenen ›Schreiben‹ keineswegs förderlich war. Er gab die BESCHREIBUNG EINES KAMPFES vorläufig auf und ließ sich mit den HOCHZEITSVORBEREITUNGEN AUF DEM LANDE auf ein völlig neues Romanprojekt ein, ohne damit recht voranzukommen. Max Brod, so seine Überzeugung, würde viel energischer vorgehen, er würde ein unbeschwertes Jahr gewiss dazu nutzen, um sich den Weg zum freien Schriftsteller zu bahnen. Ihm selbst gelang nicht einmal der erste Schritt in diese Richtung, und am Ende des Gerichtsjahres musste er eingestehen, in dieser allerletzten Frist, die ihm vergönnt war, »nichts fertig gebracht« zu haben.[11]

Einen Ausweg gab es vielleicht, auf den niemand in Kafkas Umgebung bisher verfallen war. Wie wäre es, die Wahl des Berufs zu verbinden, oder genauer gesagt: abhängig zu machen von der Wahl eines neuen Lebensorts? Der Besuch eines Cousins aus Paraguay führte Kafka ganz unvermittelt vor Augen, welche märchenhaften Möglichkeiten das Leben bot, wenn man nur die Kraft hatte, sie zu ergreifen. Dieser Cousin nämlich – Otto Kafka aus Kolin, der älteste Sohn von Hermanns Bruder Filip – hatte bereits mit siebzehn oder achtzehn Jahren nicht nur seine Eltern und den Ort seiner Kindheit fluchtartig verlassen, sondern auch das Land, ja sogar den Kontinent; er war über Frankreich nach Südamerika ausgewandert und hatte sich mit verschiedenen Jobs über Wasser gehalten, ehe er Geschäftsmann wurde (1911 gründete er eine Exportfirma in New York). So etwas war also straflos möglich, und Kafka war derart beeindruckt, dass er seinen Cousin wortreich dazu überredete, noch eine weitere Nacht in Prag zu verbringen, nur um ihn mit Brod bekannt zu machen.[12]

Seit seiner Jugendzeit also stand dieser Mensch auf eigenen Beinen, während er selbst auch mit vierundzwanzig Jahren noch ohne jede Vorstellung von der eigenen Zukunft war und nichts anderes vorzuweisen hatte als ein gestempeltes Papier, das ihn zum ›Doktor‹ machte. Der Kontrast der Schicksale konnte schärfer nicht sein und beschäftigte Kafka noch lange. Niemals bisher hatte er eigenes Geld verdient. Die Fremdsprachen, die er am besten beherrschte, waren diejenigen mit dem geringsten praktischen Nutzen. Und war jemand in der Familie erkrankt – was gerade in letzter Zeit häufiger vorkam –, dann ließ er sich ohne Widerstand hinter den Tresen des elterlichen Galanteriewarengeschäfts schicken, wo er für einige Stunden den Sohn des Prinzipals spielen durfte.

Vor allem während eines neuerlichen Wohnungswechsels im Juni 1907 muss Kafka die tiefe Unfreiheit dieser Lebensweise schmerzhaft gegenwärtig gewesen sein, trotz der durchaus anregenden Veränderung. Zum ersten Mal verließ die Familie den Kern der Altstadt und übersiedelte von der Zeltnergasse in den obersten Stock eines Wohnhauses am Ende der Niklasstraße (Mikulášská třída, heute Pařížská), an der neuen, aus der Assanierung des Ghettos hervorgegangenen breiten Verbindungsstraße zwischen Altstädter Ring und Moldau. Eine Vier-Zimmer-Wohnung mit Bad, Dienstmädchenzimmer und Speisekammer, mit zwei kleinen Balkonen, mit Erker und Lift. Das war eine Verbesserung, auch nach Kafkas Vorstellungen, denn der Blick aus dieser Wohnung ging nicht mehr in eine enge und lärmende Geschäftsstraße, sondern weit über den Fluss und die gegenüberliegenden Parkanlagen des Belvedere, die zu seinen liebsten Orten in Prag zählten und die schon im kommenden Jahr über die neuerrichtete Čech-Brücke in wenigen Minuten erreichbar sein würden. Dass Kafka diesen Umzug *nicht* mitmachen und sich stattdessen eine Bleibe irgendwo in der Stadt suchen könnte ... es ist zweifelhaft, ob jemandem in der Familie diese Möglichkeit überhaupt in den Sinn kam, und vielleicht nicht einmal ihm selbst. Auch als kleiner Beamter hätte Kafka eine solche Verschwendung schwerlich begründen können, ganz ohne eigene Mittel jedoch überhaupt nicht. Und hatte er es nicht gut getroffen? Während die drei Schwestern – die älteste immerhin schon siebzehn Jahre alt – sich nach wie vor in einem gemeinsamen Zimmer drängten, hatte der große Bruder ein Zimmer für sich allein. Ein Zimmer freilich, das in der Literaturgeschichte noch eine gewisse Rolle spielen sollte. Denn es hatte drei Türen, durch die das Geklapper der Küche und die Unruhe des Flurs drangen und die es zum »Hauptquartier des Lärms der ganzen Wohnung« machten. Vor allem aber diente dieser Raum als Durchgang zwischen dem Wohnzimmer und dem Schlafzimmer der Eltern, eine Konstellation, die den erwachsenen Sohn auf peinliche Weise der elterlichen Intimität aussetzte. Allem Anschein nach kam ihnen niemals dieser Gedanke. Schließlich hätten sie, um in ihr Schlafzimmer zu gelangen, auch den Umweg über Küche und Bad nehmen können. Doch das taten sie nicht.[13]

Der Cousin aus Paraguay, der Wohnungslärm, die langweiligen Schreibereien im Gericht: Kafka hatte 1907 genügend Anlässe, um über die Frage seines künftigen Berufs gründlicher nachzudenken, und das hieß vor allem, diese Frage endlich produktiv zu machen. Innerhalb des Clans gab es nur einen, mit dem er seine Wünsche und Zweifel offen erörtern konnte, das war der Landarzt aus Triesch, und so ist es kein Zufall, dass Kafka gerade während des dortigen Sommeraufenthalts – unter dem belebenden Einfluss des Motorrads und seiner neuen Freundin Hedwig Weiler – unversehens mit neuen Ideen aufwartete. Von einem bürgerlichen Beruf, so hatte Brod ihn zu beruhigen versucht, müsse man sich doch gar nicht weiter ablenken lassen, sobald man ihm erst einmal gewachsen sei. Kafka widersprach:

»... ich würde mich unaufhörlich während der Arbeitsstunden – es sind doch nur 6 – blamieren und ich sehe, dass Du jetzt alles für möglich hältst, wie Du schreibst, wenn Du glaubst, dass ich zu einem ähnlichen Unternehmen fähig wäre!

Dagegen das Geschäft und der Trost am Abend. Ja, wenn man durch Trost schon glücklich würde und nicht auch ein wenig Glück zum Glücklichsein nöthig wäre.

Nein, wenn sich bis Oktober in meinen Aussichten nichts bessert, mache ich den Abiturientenkurs an der Handelsakademie und lerne zu Französisch und Englisch noch Spanisch. Wenn Du das mit mir machen wolltest, das wäre schön; was Du beim Lernen mir gegenüber vor hast, würde ich durch Ungeduld ersetzen; mein Onkel müsste uns einen Posten in Spanien verschaffen oder wir würden nach Südamerika fahren oder auf die Azoren, nach Madeira.«[14]

Schon wieder lernen? Ein mutiges Vorhaben. Denn der einjährige Kursus, den die Prager Handelsakademie anbot, war nicht für fertige Doktoren gedacht, sondern für Maturanten, die ohne Studium in die ›freie‹ Wirtschaft wollten – die beiden Juristen wären dort interessante Erscheinungen gewesen. Nun, Brod wusste ja, wie diese Südamerika-Idee in Kafkas Kopf geraten war; er ging darauf gar nicht ein, sondern akzeptierte widerstrebend, da nichts anderes in Aussicht war, eine Stellung in der Finanzbezirksdirektion von Komotau (Chomutov), einer kleinen, drei Bahnstunden entfernten Industriestadt am Fuß des Erzgebirges. Auch ihm waren die Gründe ausgegangen, um dem Vater noch länger auf der Tasche zu liegen; da war es moralisch erträglicher, das spärliche Einkommen für allwöchentliche Bahnfahrten ›nach Hause‹ zu verschwenden. Doch Brod fühlte sich wie ein aus dem Wasser gezogener Fisch: Er mochte verschmerzen, dass Komotau das Gegenteil von Madeira war, nicht jedoch die Trennung von den engsten Freunden – vor allem von Max Bäuml – und die provinzielle Abgeschiedenheit fernab sämtlicher Diskussionszirkel, in denen er Ansehen und Sympathien genoss. Dass ein anspruchsloser Beruf die schöpferische Arbeit im Grunde nicht tangieren könne, hätte Brod schon nach wenigen Wochen gewiss nicht mehr behauptet, und noch vor Jahresende musste er einräumen, dass dieser Spagat über seine Kräfte ging. Brod kündigte, kehrte nach Prag zurück und konzentrierte sich auf das Manuskript seines ersten Romans, der im folgenden Jahr unbedingt erscheinen sollte.[15]

Kafka unterdessen war schon wieder auf neue Möglichkeiten gestoßen. Es war doch fraglich, ob man mit einem Prager Schnellkursus in Buchhaltung und ein paar Spanischstunden in der großen Wirtschaftswelt reüssieren würde. In Wien jedoch gab es seit fast einem Jahrzehnt ein viel anspruchsvolleres Institut: eine ›Exportakademie‹, die unter Federführung des Handelsministeriums zu dem ausdrücklichen Zweck gegründet worden war, einen bislang nicht existenten österreichischen Welthandel anzustoßen und die Studienabgänger international zu vermitteln. Auch hier wurden überwiegend Maturanten aufgenommen, für ein Studium von sechs Semestern. Daneben aber – und dies wahrscheinlich war es, was Kafka jetzt in Erfahrung brachte – bot die Exportakademie einjährige Kurse für ausgebildete Juristen an, in denen neben Theorie und Praxis der Buchhaltung auch Warenkunde, Wechsel- und Scheckrecht sowie die Gepflogenheiten der internationalen Geschäftskorrespondenz unterrichtet wurden; daneben gab es Konversationsübungen in Fremdsprachen. Das war passgenau, was Kafka brauchte, um von Prag weg- und über das Erzgebirge hinauszukommen. Anfang September 1907 – er ist erst wenige Tage aus Triesch zurück – schreibt er an Hedwig Weiler, dass er »wahrscheinlich« nach Wien gehe, und bereits am 11. September verweist er auf seinen bevorstehenden Eintritt in die Exportakademie, als sei das beschlossene Sache: »ich werde in einer ungemein anstrengenden Arbeit bis an den Hals stecken, aber ich bin sehr zufrieden damit«.[16]

In soziologischen Kategorien gesprochen: Kafka war auf dem besten Weg, etwas sehr Modernes, sehr Zeittypisches zu unternehmen, nämlich den Übertritt vom Bildungsbürgertum zum Wirtschaftsbürgertum, oder genauer: den Wechsel von der bildungs- zur wirtschaftsbürgerlichen *Warteschlange*. Einen Großteil dessen, was er auf dem Gymnasium, ja selbst an der Universität unter Qualen sich angeeignet hatte, würde sich auf diesem Weg als bloßer Ballast erweisen, und das bedeutete, dass er die eigene Bildungslaufbahn ein Stück weit in umgekehrter Richtung würde gehen müssen, um dann an einem bestimmten Punkt die Weiche anders zu stellen. Eine existentielle Entscheidung von großer Tragweite, die Kafka anscheinend schmerzfrei und ohne langes Zögern traf. Spielte hier insgeheim das kaufmännische väterliche Erbe hinein? Die Eltern, zweifellos, sahen das so; und wenn sich bei Franz nun doch noch so etwas wie Geschäftssinn bemerkbar machen sollte, so hatten sie keinen Grund, ihn zu irgendeiner Beamtenkarriere zu drängen. Freilich, ihn allein seinen schwankenden Entschlüssen zu überlassen wäre unklug gewesen, nach aller Erfahrung, und so hatte Julie längst ihren Bruder Alfred um Hilfe gebeten, jenen ›Madrider Onkel‹, von dem auch Franz sich eine Zeitlang Märchenhaftes erhoffte. Das brachte die Entscheidung.

Im September 1907 – ein wenig glücklicher Zeitpunkt, denn Kafka hatte sich ja soeben zur Übersiedelung nach Wien entschlossen – wartete Alfred Löwy tatsächlich mit einem Vorschlag auf, den man schlechterdings nicht abweisen konnte. Wie wäre es, Franz in der Versicherungsbranche unterzubringen? Das war ein modernes, aufstrebendes, auch für Juden zugängliches Betätigungsfeld, das längst international organisiert war und das daher, genau wie er es sich wünschte, Karrieren auch im Ausland ermöglichte – vorausgesetzt, man würde ein Unternehmen finden, das ihn anlernte und es ihm ermöglichte, das nötige Grundlagenwissen durch berufliche Praxis zu erwerben. Löwy kannte jemanden, der weiterhelfen konnte: Joseph Weißberger, den Madrider Repräsentanten der internationalen Versicherungsgesellschaft Assicurazioni Generali, die eine prächtige Filiale auch am Prager Wenzelsplatz hatte. In Prag wiederum lebte Weißbergers Vater Arnold, er bekleidete dort die geachtete Stellung eines amerikanischen Vizekonsuls, ein Mann also, dessen Empfehlungen Gewicht hatten – und ohne nachdrückliche persönliche Empfehlung, ja eine Art Bürgschaft war es kaum möglich, einen der begehrten Posten bei den Generali zu ergattern, die ja tatsächlich jedem, der ehrgeizig genug war, Laufbahnen erschlossen, von denen man in österreichischen Amtsstuben nur träumen konnte. Dass der Vizekonsul die Familie Kafka gründlich in Augenschein nahm, ist gewiss, und bei diesen Gesprächen scheint Kafka seine Präferenzen deutlich genug angesprochen zu haben. Denn in der Meldung der Prager Versicherungsagentur an die Unternehmenszentrale in Triest heißt es wenig später: »Wir beabsichtigen Herrn Dr. Franz Kafka speziell in der Lebensvers[icherungs]-Branche zu instruieren, um ihn sodann auch im Aussendienste zu verwenden.« *Außendienst* war das ersehnte Stichwort, und Kafka dankte Weißberger überschwänglich. Auch das erste Gespräch mit den künftigen Vorgesetzten – bei dem Kafka wiederum den Vizekonsul zur Seite hatte – eröffnete weite Perspektiven, denn wie sich zeigte, war man hier an langfristigen Bindungen interessiert: Es sei selbstverständlich, wurde Kafka versichert, dass er bei den Assicurazioni Generali auf Lebenszeit bleiben werde, *wenn* er erst einmal eingestellt sei.[17]

Für eine derartige Adoption allerdings war eine letzte Hürde zu überwinden: eine amtsärztliche Untersuchung und Befragung von gnadenloser Gründlichkeit, wie sie Kafka weder vorher noch nachher je über sich ergehen lassen musste. Das sechsseitige Protokoll dieser Untersuchung ist überliefert – datiert auf den 1. Oktober 1907, den Tag von Kafkas Dienstantritt –, und es bietet die Ergebnisse einer quantitativen wie qualitativen, gleichsam kriminalistischen Vermessung seines Körpers. Größe 181 cm. Gewicht 61 kg. Puls 78, nach einigem Auf- und Abgehen 84. Atemfrequenz 16. Halsumfang 37 cm. Bauchumfang in Höhe des Nabels 72 cm. Wirbelsäule ohne Befund. Allgemeiner Ernährungszustand »mäßig schwach«. Stimme rein und stark. Gesichtsfarbe blass, jedoch frisch. Haarfarbe dunkelbraun (schwarz laut Reisepass). Glatte Haut, keine Narben, gute Zähne. Dr. Kafka hatte in den vergangenen zehn Jahren keine Krankheiten oder Gebrechen (wahr) und hielt sich auch nicht an klimatischen Kurorten oder in Heilanstalten auf (unwahr). Appetit und Verdauung angeblich normal, Harnentleerung ebenso – was Kafka vor den Augen des Arztes demonstrieren musste (»gleichmäßig«, »buttergelb«). Gesamteindruck: »erscheint juveniler«.

Dieser Befund und die daraus zu ziehenden Schlussfolgerungen waren selbstverständlich vertraulich und nicht für die Augen des Kandidaten bestimmt – so dürfte es Kafka entgangen sein, dass der künftige Arbeitgeber sich nicht nur für seine ferne biologische Vergangenheit interessierte (verstorbene Geschwister? wenn ja, Todesursache?), sondern auch für seine Lebenserwartung. »Welchen Krankheiten«, wurde gefragt, »dürfte die, wenn auch zur Zeit gesunde Person in der Zukunft am wahrscheinlichsten ausgesetzt sein?« Gewiss, auch Dr. Kafka würde sehr bald eine Lebensversicherung abschließen, das durften die Generali von den eigenen Angestellten erwarten. Aber eine solch spekulative Frage war kaum sinnvoll zu beantworten, und daher wich der untersuchende Arzt mit der Floskel aus, Kafka sei »ein zarter, aber gesunder Mann« – genau dieselben Adjektive, die in ihren Erinnerungen auch Kafkas Mutter gebrauchte.

Er hätte, an diesem Punkt, auch ein strengeres Urteil fällen können. Denn eine leichte Deformation des Brustkorbs deutete darauf hin, dass Kafka in der Kindheit eine rachitische Erkrankung durchgemacht hatte. Bei der Auskultation war an beiden Lungenflügeln eine Dämpfung zu bemerken, und überdies nahm der Umfang des Brustkorbs bei tiefem Einatmen lediglich um vier Zentimeter zu – ein Wert, der selbst bei einem so schlanken Menschen nicht mehr im Normbereich lag. Die Wahrscheinlichkeit einer künftigen Lungenerkrankung war demnach zweifellos erhöht – aber war sie so hoch, dass man einem jungen, gesunden Mann die Chance einer Anstellung rauben sollte?[18]

Einige Zeit noch blieb Kafka guter Dinge. Nicht von Karriere träumte er, vielmehr von Freiheit, von der Luft anderer Weltgegenden, und an dieses Versprechen hielt er sich, solange es mit der profanen Realität des Büros irgendwie vereinbar war. Er habe »immerhin Hoffnung selbst auf den Sesseln sehr entfernter Länder einmal zu sitzen«, meldete er ein wenig großspurig an Hedwig Weiler, »aus den Bureaufenstern Zuckerrohrfelder oder mohamedanische Friedhöfe zu sehn und das Versicherungswesen selbst interessiert mich sehr, aber meine vorläufige Arbeit ist traurig«. Schon wenige Tage später reduzierte er den Radius der Erwartungen: Wahrscheinlich komme er zuerst nach Triest, schrieb er, und darum müsse er nun Italienisch lernen. Sein Blick aber ging vom obersten Stock des Versicherungspalais in einen Hinterhof. Kafka wachte auf und fühlte sich unversehens »deklassiert«.[19]

Eine Ahnung dessen, was ihm bevorstand, beschlich ihn gewiss schon beim Ausfüllen der Bewerbungsunterlagen. Denn er musste nicht nur die üblichen bildungsbiographischen Angaben machen, sondern per Unterschrift auch seine Bereitschaft bekräftigen, unter harten und nicht verhandelbaren Bedingungen zu arbeiten: unbezahlte Überstunden, ein zweiwöchiger Urlaub nur alle zwei Jahre, kurze Kündigungsfristen, kein Mitspracherecht bei Versetzungen, keine Nebentätigkeiten. Dazu das erbärmliche Gehalt einer ›Aushilfskraft‹ von monatlich achtzig Kronen, bei einer regulären Arbeitszeit von 8 bis 12 und von 14 bis 18 Uhr, sechs Tage jede Woche. Selbst das Einschließen persönlicher Habe am Arbeitsplatz war untersagt: ein Zeichen, dass auch ein wenig patriarchalische Demütigung mit zu den Gepflogenheiten gehörte.[20] Und überdies erfuhr Kafka, dass er sich die deutsche Kurrentschrift alsbald abzugewöhnen habe. Das tat er bereitwillig, und so verfasste er ab 1908 auch Briefe, Tagebücher und literarische Texte in der international lesbaren lateinischen Schreibschrift.

Dass Kafka am Versicherungsgewerbe einiges Interesse zeigte, ist durchaus glaubhaft. Natürlich war ihm bekannt, dass es darin nicht um soziale Wohltätigkeit, sondern um Profit ging: Die 1831 gegründeten Assicurazioni Generali waren ein verzweigter, europaweit operierender Konzern, überdies ein Aktienunternehmen seit zwei Jahrzehnten schon. Die wichtigsten ›Produkte‹ waren Lebensversicherungen sowie Versicherungen gegen Brand und Einbruch, doch erschlossen sich die Generali auch neue, gewinnträchtige Felder wie etwa Reiseversicherungen. Diese Unternehmungen, begriff Kafka sehr bald, waren vor allem deshalb erfolgreich, weil sie die Lebensangst der Menschen zu lindern versprachen; im Gespräch mit Brod verglich er das Versicherungswesen sogar mit »der Religion primitiver Völkerschaften, die an die Abwendung von Unheil durch allerlei Manipulationen glauben«[21] – eine treffliche Bemerkung, denkt man an die einschlägigen Reklameslogans mit ihrer ebenso magischen wie lügenhaften Beschwörung eines ›sorgenfreien‹ Lebens. Immerhin zielen Versicherungen darauf ab, zumindest die Folgen individuellen Unglücks auf viele Schultern zu verteilen, sie *sozialisieren* dieses Unglück in gewissem Maß, und sie unterscheiden sich genau in diesem Punkt vom Strafrecht, das ja allein auf individuelle Verantwortlichkeit setzt und strukturelle Risiken allenfalls als ›mildernde Umstände‹ anerkennt. Dieser Kern von Solidarität, der jede faire Versicherung auszeichnet, war im öffentlichen Bewusstsein der Jahrhundertwende noch sehr gegenwärtig; Versicherungen genossen daher einen Ruf als moderne und sozial fortschrittliche Einrichtungen (wenngleich Lebensversicherungen noch weithin als bürgerlicher Luxus galten). Freilich war es hoch umstritten, ob man sozialpolitisch so bedeutsame Aufgaben tatsächlich privaten Gesellschaften überlassen dürfe, deren maßlose Anhäufung von Rücklagen allmählich verdächtig wurde und deren notorisch kleinliches Verhalten im ›Schadensfall‹ sogar schon zur Gründung von Interessenvertretungen aufseiten der Versicherten geführt hatte. Immer häufiger kam es vor, dass Streitigkeiten um Versicherungsverträge oder um die dubiosen Versprechungen klinkenputzender ›Mobil-Agenten‹ vor Gericht ausgetragen wurden, und selbst konservative Richter ließen sich barsch vernehmen, die Versicherungsgesellschaften sollten gefälligst mehr Kulanz zeigen. Noch schärfer wurde die öffentliche Kritik nach den ersten ›allgemeinen‹ Wahlen zum Wiener Parlament im Mai 1907 (an denen Kafka nur deshalb nicht teilnehmen durfte, weil er das nötige Wahlalter um wenige Wochen verfehlte). Die eindeutigen Sieger, die Sozialdemokraten, gehörten zu den entschlossensten Verfechtern einer vollständigen Verstaatlichung des Versicherungsgewerbes und setzten das Thema nun immer wieder auf die Tagesordnung.

Es war also gesellschaftspolitisch heißer Boden, den Kafka betrat. Und wenngleich ihm das in der ersten Freude über die neue Lebensperspektive noch nicht bewusst gewesen sein mag, so war doch der Widerspruch zwischen der Modernität der Branche und ihrem autoritären, antisozialen und punktuell menschenverachtenden Gebaren mit Händen zu greifen. Mit Schrecken gewahrte Kafka, dass der Umgangston in den Büros dieses Konzerns um keinen Deut besser war als im Kontor seines Vaters: Wer Fehler machte, wurde lautstark angefahren oder gar beschimpft – eine Atmosphäre latenter Erniedrigung, die nur schwer zu ertragen war, auch wenn Kafka das Glück hatte, einen gleichermaßen jugendlichen und literarisch gebildeten Vorgesetzten namens Ernst Eisner als wohlwollenden Mentor, ja als Freund zu gewinnen. Auch Eisner war keineswegs davon überzeugt, dass der empfindliche und defensive Kafka in einer so rauen Umgebung am rechten Ort war – später verglich er ihn sogar mit dem von einer Anstellung zur nächsten wandernden Simon in Walsers Roman GESCHWISTER TANNER –, doch auch er verlangte selbstverständlich Disziplin und Arbeitseinsatz. Dass allein die endlosen Bürostunden Kafka schon nach kurzer Zeit als unerträgliche Einschränkung seiner Freiheit erschienen, wäre Eisner kaum verständlich zu machen gewesen, und so blieb Kafka vorsichtig mit seinen Klagen. Doch als er sich Jahre später jene Atmosphäre noch einmal vergegenwärtigte, verdichtete sie sich literarisch zu einer gespenstischen Szene, in welcher der Direktor einer Versicherungsgesellschaft rücksichtslos und zynisch einen hilflosen Bewerber taxiert: »Um aufrichtig zu sein, will ich Ihnen gleich sagen: Sie gefallen mir gar nicht. Wir brauchen ganz andere Diener. Lassen Sie sich aber jedenfalls untersuchen. Gehn Sie nur schon, gehn Sie. Hier hilft kein Bitten. Ich bin nicht berechtigt, Gnaden auszuteilen. Sie wollen jede Arbeit leisten. Gewiss. Das will jeder. Das ist keine besondere Auszeichnung. Es zeigt nur, wie tief Sie sich einschätzen.« *Fortschritt* lautet der Name dieses Unternehmens …[22]

Noch nicht einmal ein Monat war verstrichen, als Kafka schon begann, nach einem erträglicheren Posten zu suchen. Dass er dazu mehrere Anläufe nahm, ist aus seinen Andeutungen nur zu vermuten – zu groß war die Furcht, irgendetwas könne durchsickern zu seinen Vorgesetzen oder, peinlicher noch, zum Vizekonsul Weißberger, dem er doch soeben noch überschwänglich gedankt hatte. Die größten Hoffnungen setzte er offenbar in die Postdirektion, eine der denkbar langweiligsten Behörden, die ihn gewiss nicht nach Madeira, jedoch täglich um 14 Uhr in die Freiheit versetzen würde – ein deutliches Zeichen, wie rasch Kafka desillusioniert worden war. Er bewarb sich, ließ sich wiederum ärztlich untersuchen, wurde jedoch abgewiesen. Und dabei blieb es vorläufig. Der Winter zog ein, und obwohl sich Kafka in seinen wenigen freien Stunden mit allerlei städtischen Vergnügungen abzulenken suchte, wurde er immer wieder von verzweifelten Zuständen heimgesucht, die er nur unter Kontrolle zu bringen vermochte, indem er sich tagelang zurückzog. Sollte er dem unerschrockenen Max Brod nacheifern? Der stand vor genau demselben Problem, hatte es jedoch fertiggebracht, seinem unerträglichen Job zu entlaufen, *bevor* er etwas anderes in Aussicht hatte (tatsächlich gelang es ihm erst im Frühjahr 1909, in der Personalabteilung der Hauptpost unterzukommen). Ein solch riskantes Manöver, das ihn erneut ins moralische Trommelfeuer der Familie geführt hätte, wagte Kafka nun doch nicht. Aber ohne neuerliche fremde Hilfe und ohne irgendeine glückliche Fügung steckte er fest.

Beides erreichte ihn im Jahr 1908, und die helfende Hand war diesmal die seines Klassenkameraden Ewald Přibram. Schon mehrmals seit dem Studium hatte er mit Přibram Gespräche über seine berufliche Zukunft geführt, und der besorgte Freund hatte sich in dieser Frage sogar mit Brod ausgetauscht – immer unter der Prämisse, dass Kafka doch wohl nicht freiwillig in sein Verderben laufen, dass er, wenn es nottat, am Ende konvertieren würde. Aber diese Voraussetzung hatte sich als irrig erwiesen, und so überlegte Přibram, ob es nicht möglich sei, als Retter den eigenen Vater ins Spiel zu bringen.

Der 64-jährige Otto Přibram war studierter Jurist, hatte sich jedoch nach kurzer Anwaltspraxis zu einer Laufbahn in der Industrie entschieden und war dort aufgestiegen bis in den Vorstand der mächtigen Prager Maschinenbau-AG, der bedeutendsten Konkurrentin der Škoda-Werke. Außerdem engagierte sich Přibram auf dem politisch umkämpften Gebiet der Sozialversicherungen, wo er als moderater, paternalistisch gesinnter Mann mit Deutschen und Tschechen, mit Unternehmern wie Arbeitervertretern gleichermaßen ins Gespräch fand. 1893 wurde er von einflussreichen Unternehmern als einer ihrer Interessenvertreter in den Vorstand der Prager Arbeiter-Unfall-Versicherungsanstalt gewählt, und schon vier Jahre später wurde er hier zum ›Obmann‹ berufen, zum Vorsitzenden also, den die Beamten der Versicherung ihren ›Präsidenten‹ nannten.

Jener Vorstand war ein Aufsichtsorgan, das paritätisch von Vertretern der Industrie, der Arbeitnehmer und des Staates besetzt war; unmittelbaren Einfluss auf die täglichen Operationen und auf die Personalpolitik der Unfallversicherung hatte er nicht, und den Präsidenten bekam man in den Fluren des Amtsgebäudes nur bei ganz außerordentlichen Anlässen zu sehen. Dennoch hatte ein präsidiales Wort natürlich Gewicht, und wenn Přibram einen Bewerber ausdrücklich empfahl, so musste das Personalreferat schon sehr gute Gründe haben, um sich darüber hinwegzusetzen. Ohne einen solchen Wink ›von oben‹ hätte Kafka indessen keine Chance gehabt, hier einzudringen. Denn die Arbeiterunfallversicherung war eine Organisation, deren Mitarbeiter versorgt wurden wie reguläre Beamte – und dieses Privileg allein genügte, um Juden auszugrenzen. Vermutlich Anfang Juni kam es zu einer Art Bewerbungsgespräch Kafkas bei Otto Přibram,[23] und obwohl dem katholischen Unternehmer, für den die eigene jüdische Geburt schon seit langem keine Rolle mehr spielte, spätestens bei dieser Gelegenheit klargeworden sein muss, dass es sich bei dem Freund seines Sohnes um einen Kandidaten mit unverrückbar ›mosaischer Religion‹ handelte, entschloss er sich, Kafka zur Einstellung zu empfehlen.

Sehr hilfreich war, dass Kafka auch das Tschechische fließend beherrschte, denn die Unfallversicherung war zu sprachlicher Neutralität verpflichtet: Korrespondenzen und Akten waren nach Bedarf in deutscher oder tschechischer Sprache zu führen (eine Fähigkeit, die ihm etliche Jahre später Arbeitsplatz und Pension retten sollte). Noch bedeutsamer aber war, dass es Kafka mittlerweile gelungen war, seine Qualifikation als Versicherungsfachmann deutlich aufzubessern. Da das soziale Versicherungswesen ein noch ziemlich neues Phänomen war, das sich jedoch rasch zu einer komplexen ›Wissenschaft‹ entwickelte, bot die Prager Unfallversicherung spezialisierte Kurse an, in denen ihr eigenes Personal in die Rolle von Lehrenden schlüpfte und wo nicht nur Grundkenntnisse in Buchhaltung (die hatte Kafka schon), sondern auch Einblicke in die europäischen Arbeiterversicherungen geboten wurden. Sich hier anzumelden dürfte ihn einige Überwindung gekostet haben. Denn diese gutbesuchten Abendkurse, die an der Prager Handelsakademie stattfanden, erstreckten sich über dreieinhalb Monate, und das bedeutete, dass er von Februar bis Mai einer doppelten Belastung ausgesetzt war, kaum noch Erholungspausen hatte und überdies in seinen Lernfortschritten abgefragt und benotet wurde wie in alten Zeiten. Doch offenbar hatte Kafka verstanden, dass sich ihm hier die vielleicht letzte Chance eröffnete, unter Bedingungen sein Brot zu verdienen, die mit schriftstellerischer Arbeit noch vereinbar waren. So hielt er nicht nur durch, sondern schloss alle vier Kurse, an denen er teilnahm, mit der Bestnote ›vorzüglich‹ ab – gewiss auch motiviert durch die Kursleiter, die er sich als seine künftigen Vorgesetzten und Kollegen sehr gut vorstellen konnte. Das waren sozialpolitisch engagierte Beamte, die sich der gesellschaftlichen Verantwortung ihres Tuns bewusst blieben, die ihren Erfolg nicht in Profitraten bemaßen und sich darum auch nicht genötigt sahen, unablässig die Peitsche zu schwingen. Einer dieser Kursleiter hieß Siegmund Fleischmann. Er war unter den etwa 260 Angestellten der Unfallversicherung der einzige Jude.[24]

Wie es Kafka gelang, die Teilnahme an diesen anstrengenden Kursen gegenüber den Assicurazioni Generali plausibel zu machen, wissen wir nicht. Doch spätestens mit der überraschenden Kündigung und seinem abrupten Verschwinden Mitte Juli 1908 – legitimiert durch ein lächerliches Attest, das ihm »Nervosität« und »große Erregbarkeit des Herzens« bescheinigte – war allen klar, dass Kafka strategisch gehandelt und den Absprung seit Monaten vorbereitet hatte. Die Kurse und Přibrams präsidiale Fürsprache hatten ihm neue Türen geöffnet, sein zweisprachiges Bewerbungsschreiben vom 30. Juni und ein Vorstellungsgespräch wenige Tage später waren erfolgreich gewesen: Die Prager Arbeiter-Unfall-Versicherungsanstalt wollte den 25-jährigen Dr. Kafka als »Hilfsbeamten«. Probehalber und mit drei Kronen Tagesentgelt.[25]

Kafkas Weg in ein bürgerliches Berufsleben erscheint aus der Ferne sonderbar stockend und diffus. Augenblicke der Entscheidung sind nur schwer auszumachen, und die Gründe dafür, warum er bestimmte Lebensentwürfe dauernd bevorzugte, andere aber nur kurzfristige Begeisterung auslösten, bleiben im Halbdunkel. Es hat den Anschein, als sei er in seine soziale Rolle ebenso *geschoben* worden wie die große Mehrzahl seiner Altersgenossen und als seien Zufälle hier folgenreicher gewesen als bewusste Entschlüsse. Kafka mangelte es an lebenspraktischen Ideen ebenso wie an Vorbildern, und sein Wille, sich einen Weg zu bahnen, wurde daher häufig nur kenntlich in Widerständen, Aversionen und einer für ihn charakteristischen ›Sturheit‹. Kafka wusste recht genau, was er *nicht* wollte: Anwalt zu werden zog er nicht einmal in Betracht, ebenso wenig die Verlockungen, seine sprachliche Begabung zum Gelderwerb zu nutzen. Der freie Nachmittag war ihm wichtiger als das Versprechen bürgerlichen Wohlstands, wichtiger sogar als die »Sessel sehr entfernter Länder«, und die Freuden des Geschäftemachens blieben ihm lebenslang verschlossen. Er scheint oft passiv, allzu abhängig, doch in seinen Vermeidungen war Kafka durchaus konsequent, selbst dann noch, wenn es ihn – wie mehrfach in späteren Jahren – in psychische Zerreißproben führte. Es war, als trüge er einen Kompass mit sich, der ihm mit Präzision lediglich die *falschen* Richtungen anzeigte.

Im Juni 1905 – Kafka hatte seine Rigorosa noch vor sich – erschien in der *Neuen Rundschau* ein großer Essay der Reformpädagogin Ellen Key: »Die Entfaltung der Seele durch Lebenskunst«. Kafka, der die Zeitschrift begierig las, hat sich gewiss damit beschäftigt, denn wie man langfristige praktische Entscheidungen nach den Vorstellungen der Lebensreform eigentlich zu treffen habe, war eine Frage, die auch ihn umtrieb und die weder Nietzsche noch der beschauliche *Kunstwart* ihm schlüssig beantworten konnten. Keys Empfehlungen schienen auf den ersten Blick nicht eben verheißungsvoll: Ohne Pflichterfüllung, erklärte sie, »wird man ebensowenig Lebenskünstler als man ohne Formensinn bildender Künstler wird«. Nun, von Pflichten redeten eigentlich alle, die Eltern, die Lehrer, die Professoren, die Chefs. Wo blieb das große Aber? »Aber andrerseits«, fuhr Key fort, »wird der niemals Lebenskünstler, [...] wer Pflichterfüllung auf jedem Platz, auf den man gestellt worden ist, und Unterwerfung unter jedes Schicksal, das einem zuteil geworden, als das höchste Ziel der Sittlichkeit betrachtet. [...] Durch den unfruchtbaren Begriff, seine Pflicht dort zu tun, wohin man gestellt worden ist, sind die Menschen dazu gebracht worden, den fruchtbareren Begriff der Pflicht, seinen Platz zu wählen, zu übersehen.« Ein ziemlich sperriger Satz, doch ein Gedanke, wert, ihn auszuschneiden und einzurahmen (weshalb der in seinen Plänen ebenso schwankende Musil die Passage in sein Tagebuch abschrieb).[26] Denn nicht bloß die Freiheit der Wahl wurde hier gefordert – was *in abstracto* wohl jeder Kleinbürger unterschrieben hätte –, vielmehr postulierte Key eine Verantwortung vor und für sich selbst, der gegenüber alle von außen herangetragenen Forderungen zunächst nachrangig seien. Keine leere, sondern eine substantielle, zielgerichtete Freiheit also, die Kafka – in dieser Hinsicht ein Lebensreformer bis an sein Ende – zu einem Grundgesetz seiner inneren Verfassung machte. *Die Pflicht, seinen Platz zu wählen*: Das wird dann auch das Leitmotiv sein, unter dem er in den kommenden Jahren so verblüffend viel Biographisches lesen wird.

Am Morgen des 4. Juli 1908 – soeben hatte er die ersehnte Einladung der Arbeiterunfallversicherung erhalten – stieß Kafka auf ein weiteres Beispiel dafür, welche erstaunlichen Karrieren die Welt bereithielt für jenen, der die Entschlossenheit und innere Freiheit hatte, sie zu ergreifen. »Ein Reichenberger, der Indianer wird«, lautete eine Überschrift im *Prager Tagblatt*. Tatsächlich, so wurde gemeldet, hatte es ein Deutschböhme namens Herman Lehmann geschafft, in Oklahoma als früherer Adoptivsohn eines berühmten Comanchenhäuptlings und damit selbst als Indianer staatlich anerkannt zu werden. Er war als Elfjähriger von Apachen entführt worden, hatte zeitweilig die deutsche Sprache wieder vergessen, und als Erwachsener entschied er sich, samt Frau und Kindern eine als unüberwindlich geltende kulturelle Barriere zu überschreiten und ein Leben unter Comanchen zu führen. Eine für Kafka, den Liebhaber von Abenteuergeschichten, gewiss erregende Nachricht. Man konnte also Indianer *werden*, nicht anders als man Versicherungsbeamter wurde: durch Entschluss, Bewerbung und Dekret. Hier hatte jemand seinen Platz gewählt. Das gab zu denken und zu träumen.[27]

Einige Zeit später – es lässt sich nicht datieren – griff Kafka zur Feder und notierte ein kleines Prosastück, das aus einem einzigen rhythmisierten Satz bestand. Veröffentlicht hat er es in seinem ersten Buch BETRACHTUNG, unter dem Titel WUNSCH, INDIANER ZU WERDEN:

»Wenn man doch ein Indianer wäre, gleich bereit, und auf dem rennenden Pferde, schief in der Luft, immer wieder kurz erzitterte über dem zitternden Boden, bis man die Sporen ließ, denn es gab keine Sporen, bis man die Zügel wegwarf, denn es gab keine Zügel, und kaum das Land vor sich als glatt gemähte Heide sah, schon ohne Pferdehals und Pferdekopf.«

Bei den Dirnen

Liebe ist nichts ohne Geist.
Hier beginnen die Schwierigkeiten.
Paul Valéry, CAHIERS, 1927–28

»… da ich zu viel zu tun habe und hier Sonnenschein ist, habe ich im leeren Bureau eine fast vorzügliche Idee bekommen, deren Ausführung äusserst billig ist. Wir könnten statt unseres geplanten Nachtlebens von Montag zu Dienstag ein hübsches Morgenleben veranstalten, uns um 5 Uhr oder ½6 bei der Marienstatue treffen – bei den Weibern kann es uns dann nicht fehlen – und ins Trokadero oder nach Kuchelbad gehn oder ins Eldorado. Wir können dann, wie es uns passen wird im Garten an der Moldau Kaffee trinken oder auch an die Schulter der Josci gelehnt. Beides wäre zu loben. Denn im Trokadero würden wir uns nicht übel machen; es gibt Millionäre und noch Reichere, die um 6 Uhr früh kein Geld mehr haben und wir kämen so, durch alle übrigen Weinstuben ausgeplündert, jetzt leider in die letzte, um, weil wir es brauchen, einen winzigen Kaffee zu trinken und nur weil wir Millionäre waren – oder sind wir es noch, wer weiss das am Morgen – sind wir imstande, ein zweites Tässchen zu zahlen.

Wie man sieht, braucht man zu dieser Sache nichts als ein leeres Portemonnaie und das kann ich dir borgen, wenn du willst. Solltest du aber zu diesem Unternehmen zu wenig muthig, zu wenig knickerig, zu wenig energisch sein, dann musst du mir nicht schreiben und triffst mich Montag um 9; wenn du es aber bist, dann schreibe mir gleich eine Rohrpostkarte mit deinen Bedingungen.

Ich habe nämlich jene montenegrinische Fürstlichkeit auf dem Wege ins Eldorado entdeckt und da dachte ich – alles ordne sich zur Einfahrt in diesen Hafen – wir könnten die beiden Mädchen als erstes Frühstück nehmen, das du so lieb hast.«[1]

Briefe Kafkas, verfasst in demonstrativ guter Laune, sind selten, und dies ist unter den seltenen der erstaunlichste. Denn geschrieben wurde er nicht in Urlaubs- oder Feierabendstimmung, sondern im Büro der Assicurazioni Generali, wo Kafka an seinem einzigen wöchentlichen Ruhetag zu unbezahlten Überstunden verurteilt war: »Traurige Sonntag-Vormittagsarbeits-Abteilung« gibt er als hausinternen Absender an, unter dem Briefkopf der Versicherung.

Hinweise auf Kafkas nächtliches Leben gibt es auch andernorts, aber sie sind spärlich und lassen allenfalls erahnen, dass er sich in der vielfach verzweigten Welt der Prager Kaffeehäuser, Weinstuben, Bars und Chantants besser auskannte als in Theatern, Konzert- und Vortragssälen. Seine wenigen freien Stunden fresse er »wie ein wildes Thier«, schreibt er einmal sehr unbestimmt an Hedwig Weiler, und nicht viel deutlicher wird er in der Rückschau, wenn er von »jener längst vergangenen, angeblichen Bummelzeit« spricht, »in der ich viele Nächte in Weinstuben versessen habe, ohne zu trinken. Nach den Namen zu schließen, waren es wunderbare Örtlichkeiten: Trokadero, Eldorado in dieser Art.« Ja, er sei früher ein »Bummler« gewesen, gesteht er Felice Bauer, »besonders in dem Jahr, in dem ich in einer privaten Versicherungsgesellschaft war«, aber »gewiss kein begeisterter, eher ein trauriger, der dem zweifellosen Unglück des nächsten Tages durch Verschlafenheit und eindeutige Reue die Schärfe nehmen wollte«.[2] Das klang in der launigen Einladung an Brod ein wenig anders.

Weinstuben waren Vergnügungsstätten, die tatsächlich bis zum frühen Morgen geöffnet blieben, wo kalte Speisen gereicht wurden und wo Branntwein und Champagner die am häufigsten georderten Getränke waren – dafür sorgten die Kellnerinnen und ›Animierdamen‹, die sich an den Tischen der fast ausschließlich männlichen Gäste niederließen, um dort für Umsatz zu sorgen. Die laut Reklame »grösste und eleganteste Weinstube Prags« war das Trocadero am Obstmarkt, mit wechselnder »Künstlerkapelle«, während die Gäste des Eldorado im Untergeschoss eines Palais in der Obstgasse sogar in französischer und englischer Sprache sowie von einem festangestellten Pianisten unterhalten wurden. Die Umgangsformen waren locker, mit Stammgästen wie Kafka sogar familiär, Berührungen waren erlaubt und die Grenzen zur Prostitution fließend. Es gab Spanische Wände und *chambres séparées*, doch kamen die meisten Kunden nicht, um für Sex zu bezahlen – den konnten sie andernorts viel billiger haben –, sondern um eine von Erotik, Alkohol, Tabak und Musik belebte Geselligkeit zu genießen, die von immer neuen, aus den verschiedensten Milieus stammenden Gästen in Gang gehalten wurde. So schrieb Kafka einmal harmlos, er sei »ganz plötzlich unter eine Menge Leute gekommen. Offiziere, Berliner, Franzosen, Maler, Coupletsänger und die haben mir die paar Abendstunden nun ganz lustig weggenommen, freilich nicht nur die Abendstunden« – mithin die für Weinstuben charakteristische soziale Melange, wobei er freilich vergisst, die Frauen zu erwähnen.[3]

Der verblüffende Brief an Brod belegt, dass Kafka sich tatsächlich zu ausufernden nächtlichen Touren verabredete, bei denen man bis zum frühen Morgen von einer Weinstube zur nächsten zog, ohne Rücksicht auf die unmittelbar anschließenden, nicht weniger strapaziösen Bürostunden. Gemessen an seinem bisherigen angepassten Leben waren das soziale Exzesse, zu denen er schon bald auch allein aufbrach. Dass er dabei bloß Zuschauer gewesen sein soll, ist natürlich Legende, denn trocken blieb in diesen Lokalitäten niemand, und den allgemeinen Champagnergelagen konnte auch er sich nicht völlig entziehen. Champagner diente in dieser nächtlichen Parallelwelt gleichsam als Währung, und als Kafka, vielleicht schon ein wenig beschwipst, einmal eine schriftliche Wette darüber abschloss, dass er auch in zehn Jahren noch Junggeselle sein werde, da wurden als Wetteinsatz, was sonst, etliche Flaschen teuersten Champagners vereinbart. (Den er dann auch hätte beanspruchen können.)[4] Die Kommentare der Mutter zu diesem Treiben kann man sich unschwer ausmalen, ebenso den hektischen Kleiderwechsel am frühen Morgen, denn der von Tabak- und Alkoholschwaden imprägnierte Anzug wäre in den sterilen Büros der Assicurazioni Generali mit einer Rüge quittiert worden.

Glücklich wurde er in diesen erschöpfenden Nächten gewiss nicht, denn allzu weit entfernten sie ihn von den nachhaltigeren Freuden des Lesens, Schreibens und Vorlesens, und sie beraubten ihn damit der einzigen Rechtfertigung, welche die Fron des subalternen Angestellten vor dem eigenen Gewissen hätte annehmbar machen können. Doch der traurige Mitläufer und lustlose Mittrinker, als der Kafka sich in späteren Jahren stilisierte, war er ebenso wenig. Im Gegenteil spricht einiges dafür, dass die Prager Weinstuben für zwei oder drei Jahre auch belebend und entlastend auf ihn wirkten, da sie ihm einen bisher ganz ungewohnten, freien Umgang mit Frauen ermöglichten. Und darauf war er weit mehr angewiesen als beispielsweise Brod, der vor erotischen Peinlichkeiten, gar Abweisungen keinerlei Furcht zu kennen schien. Die soziale Pufferzone zwischen den Geschlechtern – all jene Regeln des Flirts, des umgarnenden *small talk*, der Koketterie und der Balz – war dem unerfahrenen und defensiven Kafka ein schier unüberwindlicher Drahtverhau, und dass noch etliche Jahre später ein Dienstmädchen ihn für einen Knaben hielt, lag keineswegs nur an seinem Äußeren, sondern ebenso an seinem auffallend ›unmännlichen‹ Auftreten.[5] Die Weinstube befreite von all diesen unbehaglichen Ritualen, hier war ein zwangloser, ebenso prickelnder wie heiterer Umgang mit Frauen möglich, die sich ohne jede Ziererei verschenkten oder verkauften, je nach Laune und Gefallen. Und wenn ein freundlicher Versicherungsbeamter kam, nur um sich an ihre Schultern zu lehnen, so hatten sie auch dagegen nichts.

Das nährte die Illusion von Liebschaften, aus denen vielleicht mehr werden konnte, und erst an diesem Punkt begannen die Nachtlokale für Kafka gefährlich und dann auch traurig zu werden. »Ich erinnere mich«, schreibt Brod, »an seine Leidenschaft zu einer Weinstubenkellnerin namens Hansi, von der er einmal sagte, ganze Kavallerieregimenter seien über ihren Leib geritten. Franz war in dieser Liaison sehr unglücklich« – was plausibel klingt, denn an Hansis Lachen erinnerte sich Kafka auch vier Jahre später noch. Derartige Fixierungen sind Brod freilich niemals unterlaufen, dessen höchstes Vergnügen, ja zeitweiliger Lebensinhalt vielmehr darin bestand, sich in ›ehrbare‹ Mädchen zu verlieben und sie in eine eigens für Rendezvous gemietete Wohnung zu locken (was er mit der unablässigen Angst vor ungewollten Schwangerschaften bezahlte), der sich jedoch, wie seine unpublizierten frühen Tagebücher belegen, bei ›leichten‹ Mädchen auf nichts Außergeschäftliches einließ und häufig sogar impotent blieb. Kafka hingegen war unfähig, soziale, erotische und sexuelle Bedürfnisse derart routiniert voneinander abzugrenzen, und er verhielt sich daher zu promisken Frauen, von denen er sich angezogen fühlte, nicht anders als zu bürgerlichen Geliebten. Ob es opportun war, mit solchen Frauen gesehen zu werden, blieb ihm gleichgültig. So ließ er sich mit der 21-jährigen Weinstubenkellnerin Juliane »Hansi« Szokoll (die ihn »Franzi« nannte) gemeinsam ablichten, er besuchte sie in ihrer Kammer, wo sie ganze Tage im Bett verbrachte (worauf er dann im PROCESS-Roman nochmals zurückgriff), und eine andere Frau aus diesem Milieu führte er am Pfingstsonntagabend 1908 zu der riesigen ›Landesjubiläumsausstellung‹ im Baumgarten, wo es Konzerte, Kinovorstellungen und festliche Illuminationen gab. Solche aussichtslosen

Annäherungen hatte er auch im Jahr zuvor schon unternommen, zu einer Zeit, als er noch mit seiner Wiener Freundin Hedwig Weiler korrespondierte. Damals war Kafka in eine Kellnerin des Trocadero verliebt, die, nach Brods Zeugnis, aussah wie die stattliche »Germania der Deutschen Reichspostmarken«, mit der er im teuren Séparée verschwand und der er – obwohl noch längst nicht per Du – vor aller Ohren anbot, ihr eine Wohnung zu unterhalten. Und dazu lachte er, »als ob es ironisch wäre«: ein »seltsam zurückweichendes« Verhalten, wie Brod kritisch kommentierte, »nicht ernsthaft genug, obwohl er so liebt«.[6]

Dass Kafka dieses Verhalten selbst gegenüber Frauen noch tieferer sozialer Stufe beibehielt, musste seine Freunde befremden – zum einen, weil er damit ein erhöhtes Risiko einging, sich irgendeine venerische Krankheit zuzuziehen, vor allem aber deshalb, weil man sich in der überschaubaren Prager Altstadt, wo man fortwährend auf Bekannte und Kollegen traf, leicht kompromittieren konnte. Funktional abgetrennte Zonen, die man mit den heutigen ›Rotlichtvierteln‹ vergleichen könnte, gab es nicht. Stattdessen war Prostitution ein allgegenwärtiges, auch in bürgerliche Wohnstraßen eindringendes Gewerbe, und vor allem während der Assanierung der Josefstadt häuften sich die Beschwerden, als von etwa sechzig einschlägigen Salons die Hälfte entweder schließen oder in angrenzende Bezirke umziehen musste und zahlreiche Frauen buchstäblich auf der Straße standen. Die Zahl der polizeilich ›tolerierten‹ Häuser nahm immer weiter ab, neue Lizenzen zur Vermittlung sexueller Dienstleistungen wurden in den ersten Jahren des neuen Jahrhunderts überhaupt nicht mehr erteilt. Dadurch nahmen sowohl die nicht registrierte (das heißt hygienisch nicht überwachte) als auch die öffentlich ausgestellte Prostitution beträchtlich zu; und wenn Kafka sich daran erinnerte, dass man ihm schon als Kind hatte erklären müssen, warum gerade die am schönsten gekleideten Frauen die »schlechtesten« sein sollten, so war eine halbe Generation später zu dieser Frage noch weit mehr Anlass. Denn solche Frauen sah man tagsüber nun immer häufiger, auf der Flaniermeile der Ferdinandstraße und selbst in Seitengässchen nahe der elterlichen Wohnung. Kafka kannte jetzt die Antwort; als Erwachsener machte er absichtsvolle Umwege durch solche Gassen, betrachtete die Frauen und genoss wie viele Männer das Gefühl, jederzeit eine von ihnen *haben* zu können.[7]

Es gab jedoch auch legendäre Etablissements, die ihrer bürgerlichen Nachbarschaft bereits seit Jahrzehnten die Stirn boten: so etwa der Salon Goldschmied, allgemein ›Gogo‹ genannt, der sich in der engen Gemsengasse (Kamzíková ulička) unmittelbar neben dem Wohn- und Geschäftshaus der Familie Weltsch befand. Das Gogo war ein Edelbordell, das sich um die Jahrhundertwende zu einem Treffpunkt der literarischen Boheme entwickelte – auch für Leute, die sich nur mit knapper Not das zwangsweise verabreichte Kaffeegedeck zu vier Kronen leisten konnten (wofür man andernorts recht üppig speisen konnte). Auch hier gab es einen ausgezeichneten Pianisten, Mädchen tanzten, und in den mit dicken Vorhängen gesicherten Hinterzimmern wurden illegale Glücksspiele veranstaltet oder Herrschaften der höheren Kasten empfangen (darunter auch Erzherzog Karl, der spätere Kaiser). Stammkunden waren Paul Leppin, Max Brod, Egon Erwin Kisch und Ernst Polak, und der sehr junge Franz Werfel trat zur Begeisterung der Damen als Caruso auf.[8]

Dass auch Kafka das Gogo als stadtbekannte Sehenswürdigkeit zumindest besichtigte, ist sehr wahrscheinlich, wenngleich es darüber keine Zeugnisse gibt. Sicher hingegen ist, dass er einige Male das Bordell Šuha aufsuchte, einen weniger kostspieligen, allerdings auch weniger glamourösen Ort, dessen Atmosphäre er im Tagebuch schilderte:

»Im B[ordell] Suha vorvorgestern. Die eine Jüdin mit schmalem Gesicht, besser das in ein schmales Kinn verläuft, aber von einer ausgedehnt welligen Frisur ins Breite geschüttelt wird. Die drei kleinen Türen, die aus dem Innern des Gebäudes in den Salon führen. Die Gäste wie in einer Wachstube auf der Bühne, Getränke auf dem Tisch, werden ja kaum angerührt. Die Flachgesichtige im eckigen Kleid, das erst tief unten in einem Saum sich zu bewegen anfängt. Einige hier und früher angezogen wie die Marionetten für Kinderteater, wie man sie auf dem Christmarkt verkauft d.h. mit Rüschen und Gold beklebt und lose benäht, so dass man sie mit einem Zug abtrennen kann und dass sie einem dann in den Fingern zerfallen. Die Wirtin mit dem mattblonden über zweifellos ekelhaften Unterlagen straff gezogenem Haar, mit der scharf niedergehenden Nase, deren Richtung in irgendeiner geometrischen Beziehung zu den hängenden Brüsten und dem steif gehaltenen Bauch steht, klagt über Kopfschmerzen, die dadurch verursacht sind, dass heute Samstag ein so großer Rummel und nichts daran ist.«

Die Beobachtungen datieren aus dem Jahr 1911, doch Kafka erinnert sich an »früher« und beweist damit Vertrautheit – ebenso wie in einer aus derselben Zeit stammenden Notiz über den »amazonenmässigen Charakter der Bordelle«.[9] Zumindest für einige Jahre unterlag demnach Kafka der von ihm später verachteten »sexuellen Etikette«, der zufolge die Dienstleistungen Prostituierter mit derselben Selbstverständlichkeit zu kommandieren und zu konsumieren sind wie die Arbeit von Kellnerinnen und Kindermädchen. Freilich sind seine Beobachtungen durchweg desillusionierend, und während sich Brod sogar noch im Tagebuch an den aufrechten Brüsten einer jungen Dirne berauschen kann, zerfällt unter Kafkas Blick die käufliche Erotik in billigen Flitter, der noch dazu in übler Geschäftslaune präsentiert wird. Selbst im Zustand sexueller Erregung ist Kafka außerstande, hier etwas anderes wahrzunehmen als das, was bei Tageslicht besehen tatsächlich vorhanden ist, und die Illusion einer menschlichen Berührung bleibt ihm nicht einmal für Minuten.

Damit geht er weit hinaus über das damals zeitgemäße, gerade in Brods Aufzeichnungen so penetrante ›kennerische‹ Beobachten, Besprechen und Typisieren der weiblichen Welt. Dieses Gerede war ja keineswegs die Frucht überlegener Distanz, vielmehr diente es dazu – besonders offenkundig in seiner theoretischen Verkleidung bei Weininger –, Distanz und Kontrolle überhaupt erst zu gewinnen und damit die dunkel empfundene Angst vor dem Sexus zu beschwichtigen. Diese Angst war umso mächtiger, je weniger die eigene Sexualität in das Selbsterleben des Ichs integriert war: je fremder also dieses Ich den unberechenbaren und sämtliche bürgerlichen Sicherungen sprengenden Affekten gegenüberstand. Die Lebensreform beklagte diese Selbstentfremdung wegen ihrer verheerenden Auswirkungen auf Moral und Hygiene, die Psychoanalyse grub eine Schicht tiefer und erkannte darin einen Schlüssel zum Verständnis psychischer Erkrankungen.

Auch Kafka kannte jene Angst, und seine Tagebuchnotate belegen, dass der *bewusste* Anteil in seinem Fall außergewöhnlich hoch war. Er erlebte sein Ich als schwankend, seine Ich-Grenzen als gefährlich porös nach außen wie nach innen. Es scheint, als habe er die perversen oder sozial geächteten Anteile der erwachsenen Sexualität – all jene Begierden, die entweder bis zur Unkenntlichkeit eingeschmolzen oder angestrengt unter der Schwelle des Bewusstseins gehalten werden –, als habe er diese verwinkelten Gewölbe des Freudschen *Es* zu Zeiten klar vor Augen gehabt, mit dem privilegierten Zugang des Analytikers. So muss er durchleben, was die anderen sich bloß zu träumen erlauben: homosexuelle Szenarien, Voyeurismus, Exhibitionismus, Fetischismus, den Genuss am sexuellen ›Schmutz‹, die Vermischung von Schmerz, Ekel und Lust. Kafka bannt diese inneren Erfahrungen in der Schrift, es ist dies *seine* Methode, die Kontrolle zurückzuerlangen, da doch Verdrängung und Sublimierung nicht gelingen wollen – von daher die vielen peinlichen Passagen, die Kafka in seinen zur Publikation bestimmten Werken gelegentlich entschärft, ohne ihnen die Kälte der Perversion vollends nehmen zu können. Erotisch animierende ›Stellen‹ hingegen gibt es in seinen Texten nirgendwo, die eigentümlich isolierten körperlichen Details wirken wie überbelichtet, und die sexuelle Motivik weckt eher Mitleid und physisches Unbehagen: seien es »die dicken ältern« Dirnen, von denen er sich in den einschlägigen Prager Winkeln angezogen fühlt, sei es im VERSCHOLLENEN die schnaufende Diva Brunelda mit ihren »kleinen fetten Händchen« oder das hilflose Paar im SCHLOSS-Roman, das sich in Bierpfützen wälzt.[10]

Zu diesen Peinlichkeiten kommt es, nicht weil Kafka zu erotischem Empfinden unfähig wäre, sondern weil ihm im Akt des Schreibens, und nicht nur im dezidiert literarischen, die Tore zur eigenen Unterwelt besonders weit offen stehen. Das erzeugt aufseiten des Lesers, der ja lediglich die Maske des Autors kennt, eine optische Täuschung – eine der Ursachen für die hartnäckig wiederkehrenden Spekulationen über sexuelle Abweichungen, mit denen Kafka nicht nur seine Texte, sondern angeblich auch sein intimes Schuldkonto belastete. Derartige Erklärungsversuche gehen allein deshalb in die Irre, weil sie nicht quellenkritisch sind, weil sie Rhythmus und Funktion seines Schreibens gar nicht in Rechnung stellen: Gelingt es Kafka tatsächlich einmal, sich dem Strom des Erlebens für Tage oder Wochen zu überlassen, so hört er eben auf zu erzählen, er schreibt in Kürzeln oder gar nicht, und darum hinterlassen glückliche Begegnungen mit Frauen – etwa in Zuckmantel, später in Riva – und selbst gelebte Beziehungen wie mit Julie Wohryzek in seinen Notaten nur geringfügige Spuren und auffällige Leerstellen. Ja, es ist nicht einmal klar, ob es im Schatten von Kafkas Aberglauben, man dürfe das eigene Glück durch allzu laute Beschwörung nicht unnötig herausfordern, solche vergleichsweise friedlichen, aber stummen Perioden nicht noch häufiger gegeben hat. Verschiebt sich der Fokus jedoch auf Beobachtung und Selbstbeobachtung – Kafkas gleichsam *natürlicher* Modus –, so setzt unweigerlich das Störfeuer der Perversionen ein, die nur noch ästhetisch, nicht mehr sozial zu vermitteln sind. Dieses Privateste lässt sich bändigen nur noch am nächtlichen Schreibtisch.

Dass es Menschen gibt, die solche Spannungen auf ganz andere, offensivere Weise loswerden, nahm Kafka zur Kenntnis, doch praktikabel erschien ihm nichts davon, und selbst den Freund Max Brod hat er um dessen offenkundige Genussfähigkeit nicht einmal beneidet: Er bemerkte das Süchtige darin ebenso wie eine gewisse Verblendung. Im Jahr 1911 freilich begegnete den beiden eine Karikatur des Erotomanen, die auch Brod weit in den Schatten stellte und die Kafka mit erstauntem und amüsiertem Interesse beobachtete: der aus Linz stammende Privatgelehrte Anton Pachinger, ein Volkskundler und besessener Sammler von buchstäblich *allem*, ein manisch-selbstbezogener Schwadroneur, der die beiden nicht nur mit Geschichten von Briefmarken, Exlibris, Amuletten, Vasen und Keuschheitsgürteln überhäufte, sondern auch mit Nacktfotos seiner zahllosen »Lieblinge«, vorzugsweise »Rubensweiber«, als deren Wohltäter er sich fühlte. »Sein Leben besteht aus Sammeln und Koitieren«, resümiert Kafka nüchtern, doch allein der Umfang und die Detailtreue seiner Notizen beweisen, dass die bedenkenlose Vitalität dieses Menschen ihn beeindruckte, trotz der teils ›schmutzigen‹, teils lächerlichen Fixierungen, von denen Pachinger beherrscht war. Selbst dessen drastisches Vokabular übernimmt Kafka, gleichsam als wolle er einmal (und nur dieses eine Mal) von dem Gefühl kosten, Derartiges in den Mund zu nehmen: »den schwangeren Körper hält er für den schönsten, er ist ihm auch am angenehmsten zu vögeln«. Und auch Pachingers virilen Prahlereien hält Kafka tapfer stand: »Die Erzählungen über seine Potenz machen einem Gedanken darüber, wie er wohl sein großes Glied langsam in die Frauen stopft. Sein Kunststück in frühern Zeiten war, Frauen so zu ermüden, dass sie nicht mehr konnten. Dann waren sie ohne Seele, Tiere. Ja diese Ergebenheit kann ich mir vorstellen.« Offenbar erschrak sich Brod, als ihm später, bei der Transkription von Kafkas Tagebüchern, diese Passagen erstmals vor Augen kamen: unpublizierbar, entschied er.[11]

Was Kafka in der Gestalt des Sammlers Pachinger vor Augen trat, war das Experiment einer ungefiltert ›ausgelebten‹ Sexualität, die weder die Nähe der Perversion scheute noch sich um bürgerliche Sprachkonventionen bekümmerte – ganz zu schweigen von der für Kafka unfassbaren Taktlosigkeit, nahezu fremde Menschen mit *solchen* Geschichten zu traktieren. Noch komischer, aber auch abgründiger wurde dieses Erlebnis dadurch, dass Pachinger durch Vermittlung des Graphikers und Schriftstellers Alfred Kubin auf den Plan getreten war, eines Sensiblen also, der zu Trauminhalten und unbewussten Impulsen einen ebenso leichten Zugang hatte wie Kafka und der daher den Angstanteil der eigenen Sexualität in naiven, aber nicht minder kalten *Höllenscenen* zu bannen vermochte (so der Titel eines seiner frühen Blätter). Pachinger also pflegte Umgang mit Intellektuellen – auch mit Franz Blei war er gut bekannt –, von deren kreativen Spannungen und Hemmungen er keinerlei Vorstellung hatte und für die nun ausgerechnet Sexualität das Problematischste war, was ein Menschenleben zu bieten hat. Während der bedenkenlose Pachinger die Unrast und die niemals sich beruhigende Gier des promisken Sammlers zeigte, der ganz genau zu wissen glaubt, wonach er jagt, und sich ebendarin in einem lebenslangen Irrtum befindet. Glücklich war Pachinger darum ebenso wenig wie Kubin oder Kafka, Glück sah anders aus, auch wenn er sich der Einförmigkeit und Zwanghaftigkeit seines Treibens nicht einmal ahnungsweise bewusst schien.

Kafka staunte, dann wandte er sich ab. Er verstand Pachinger, denn auch ihn selbst lockte ja zu Zeiten, wie er viel später zugab, »der Körper jedes zweiten Mädchens«.[12] Nur konnte er niemals vergessen, dass diese Lockung über einen Abgrund führt, auf dessen anderer Seite weder ein ›ergebenes Tier‹ noch ein ›libidinöses Objekt‹ wartet, sondern ein warmes, fühlendes, sprechendes und denkendes Wesen, das eine eigene Geschichte und vielleicht auch eigene Obsessionen hat. Sexualität allein hilft dort nicht hinüber, denn Begierden – so ein unaufhebbares Gesetz seines inneren Erlebens – sind nicht eigentlich mitteilbar, sie machen einsam, sobald sie ins Bewusstsein dringen. Schon der junge Kafka wusste daher, dass es Einsamkeit war, die ihn zu öffentlichen Frauen, zu Hansi und an die Schulter der Josci drängte, und dass Einsamkeit ihn von dort auch wieder vertreiben würde – selbst dann, wenn er das Angebot, körperliche und menschliche Verständigung auf kurze Frist voneinander zu trennen, hätte annehmen können. Im Sommer 1908, nach einem mehrtägigen Ausflug in den

Böhmerwald und knapp vor seinem Eintritt in die Arbeiterunfallversicherung, sprach er eine Prostituierte auf der Straße an. Dann schrieb er an Brod:

»Niemand kann mich leiden und ich niemand, aber das Zweite ist erst die Folge, nur dein Buch, das ich jetzt endlich geradenwegs lese, tut mir gut. So tief im Unglück ohne Erklärung war ich schon lange nicht. Solange ich es lese, halte ich mich daran fest, wenn es auch gar nicht Unglücklichen helfen will, aber sonst muss ich so dringend jemanden suchen, der mich nur freundlich berührt, dass ich gestern mit einer Dirne im Hotel war. Sie ist zu alt, um noch melancholisch zu sein, nur tut ihr leid, wenn es sie auch nicht wundert, dass man zu Dirnen nicht so lieb wie zu einem Verhältnis ist. Ich habe sie nicht getröstet, da sie auch mich nicht getröstet hat.«[13]

Cafés, Geishas, Kunst und Kino

Kennen Sie eine lustige Musik?
Ich nicht.
Franz Schubert zu Josef Dessauer

»Ein Mann will die Möglichkeit einer Gesellschaft schaffen, die zusammenkommt, ohne eingeladen zu sein. Menschen sehen und sprechen und beobachten einander, ohne einander zu kennen. Es ist ein Gastmahl, das jeder nach seinem Geschmack, für seine Person bestimmen kann, ohne dass er irgendwem beschwerlich fällt. Man kann erscheinen und wieder verschwinden, wenn es einem beliebt, ist keinem Hauswirte verpflichtet und ist doch, ohne Heuchelei, immer gern gesehen. Als es zum Schluss tatsächlich gelingt, die skurrile Idee in Wirklichkeit umzusetzen, erkennt der Leser, dass auch dieser Versuch zur Erlösung des Einsamen nur – den Erfinder des ersten Kaffeehauses hervorgebracht hat.«

Das Skelett einer Erzählung. Kafka verfiel darauf, ohne den *plot* weiter auszuformen, aber der Einfall erschien ihm originell genug, um ihn zumindest mündlich mitzuteilen. Überliefert wurde er von Oskar Baum, dem Kafka – was sonst kaum jemals vorkam – einige literarische Pläne preisgab, von denen schriftlich noch kein einziger Satz festgehalten war.[1]

Er wusste wohl, dass dieses Gedankenspiel zu explizit war, zu deutlich auf der Spitze einer einzigen Pointe balancierend, um wahrhaft literarisch zu sein. Jedem einigermaßen gebildeten Leser käme sofort Schopenhauers schlichte Parabel von den Stachelschweinen in den Sinn, denen zu kalt ist, wenn sie allein sind, und die sich wechselseitig Schmerz zufügen, wenn sie zu nahe zusammenrücken. Das Kaffeehaus – insbesondere in seiner österreichischen Luxusversion – war für das Problem der optimalen sozialen Distanz tatsächlich eine der raffiniertesten Lösungen, welche die bürgerliche Kultur je ersonnen hatte: eine Institution, die verlässliche und dennoch zu nichts verpflichtende Geselligkeit ermöglichte. Das war jedem Stammgast auch mehr oder weniger bewusst, wenngleich wohl die meisten das große Wort ›Erlösung‹ für die Befriedigung ihrer geselligen Bedürfnisse nur im ironischen Sinn geduldet hätten. Dass man im Kaffeehaus saß, weil man es allein mit sich nicht aushielt, war schwer genug einzugestehen. Und Nietzsches Behauptung schließlich, dass wir uns häufig in Gesellschaft begeben, nur um nicht aufwachen zu müssen, hätten wohl sehr wenige Menschen widerstandslos auf sich selbst bezogen.[2]

Die außerordentliche Beliebtheit des Kaffeehauses beruhte vor allem darauf, dass es zahlreiche Möglichkeiten bot, die jeweils gewünschte soziale Nähe ganz nach eigenen Bedürfnissen zu bemessen und sie, je nach Tageslaune, auch immer wieder neu zu justieren. Es gab Gäste, die den ganzen Abend still in einer Ecke saßen, mit niemandem sprachen und am sozialen Leben nur als ausdauernde Beobachter teilnahmen, ohne dass sie darum skurril wirkten. Ein anderer Typus, zu dem vor allem Witwer und ältere Junggesellen zählten, verlagerte einen Teil seines privaten Lebens ins Kaffeehaus, indem er täglich zur selben Stunde auf demselben Platz sich niederließ, dieselben Speisen und Getränke, dieselben Zeitungen und Zigarren konsumierte, angeliefert von einem Kellner, der auf die speziellen Wünsche seit Jahren abgerichtet war und der überdies als Nachrichtensprecher diente. Auch geistige Arbeit wurde im Kaffeehaus geduldet und sogar gefördert: Abgesehen von den Hunderten von Tageszeitungen und sonstigen Periodika, die renommierte Häuser ihren Gästen zur Verfügung hielten – darunter auch die anspruchsvollsten literarischen Zeitschriften –, war es durchaus üblich, sich vom Kellner ab und an das Kursbuch der Österreich-ungarischen Staatseisenbahn-Gesellschaft oder Bände eines Konversationslexikons bringen zu lassen, und Menschen, die ostentativ beschäftigt waren, blieben unbehelligt auch dann, wenn sie ihre Tasse längst geleert hatten.

Geselligkeit im engeren Sinn war möglich, doch unverbindlich: Man konnte innerhalb der eigenen Gruppe bleiben oder sich an einen der halboffenen Stammtische begeben, an denen Geschäftsleute, Beamte, Journalisten oder Literaten beieinanderhockten, man konnte zwischen den Tischen wandern oder in einen der Nebenräume wechseln, die für Billard, Schach und Kartenspiel reserviert waren – um mitzuspielen oder um stundenlang zuzuschauen, wiederum ganz nach Belieben. Soziale Friktionen waren in diesem halböffentlichen Schonraum kaum zu befürchten. So war es zwar möglich, dass Börsianer und literarische Avantgarde in ein und demselben Kaffeehaus ihr Quartier hatten, nicht aber Bürger und Arbeiter (die im Bierausschank unter sich blieben). Selbst nationale Gegensätze auszublenden war in Prager Cafés durchaus möglich; man brauchte nur bestimmte, von Deutschen oder Tschechen frequentierte Lokale aufzusuchen und konnte sich dann für einige Stunden daran erwärmen, ausschließlich die eigene Muttersprache zu hören. Im Sinne der Kaffeehausbesitzer waren solche nationalen Inseln natürlich nicht, da sie einen Teil der potentiellen Kundschaft fernhielten, doch auf politisch so umkämpftem Territorium war das schwerlich zu vermeiden, auch wenn die Namen vieler Prager Cafés – Arco, Continental, Corso, Edison, Savoy, Victoria – mit Bedacht so unverfänglich wie nur möglich gewählt waren. Wer sich der literarischen Moderne zurechnete, ignorierte natürlich die unsichtbaren Demarkationslinien, und das galt erst recht für leidenschaftliche Kulturvermittler wie Max Brod oder den mit ihm befreundeten Bankangestellten und Übersetzer Otto Pick.

Was Zigarrenqualm und lärmende Geselligkeit betraf, so hatte sich Kafka in nächtlichen Weinstuben schon ganz anderen Zumutungen ausgesetzt – dies also war kein Grund für ihn, Kaffeehäuser zu meiden, auch wenn wir nicht wissen, was er dort eigentlich konsumierte (Kaffee jedenfalls nicht). Seiner Vorliebe für den Beobachterposten und für dosierte Nähe kamen diese wohlorganisierten sozialen Spielwiesen zweifellos entgegen, und überdies lockte ihn das Angebot an Zeitschriften, in denen er sich über Stunden verlieren konnte. Ein ausgesprochenes Stammcafé hatte er wohl nicht, wie die überlieferten Verabredungen mit Brod nahelegen, und er bevorzugte das Café am Abend oder in der Nacht, denn seine verfügbaren Tagesstunden verbrachte Kafka weitaus lieber unter freiem Himmel, solange die Witterung es nur irgend zuließ. Mit Kollegen, entfernteren Bekannten sowie Besuchern von außerhalb verabredete man sich gewöhnlich im Kaffeehaus (zumal ja außer Oskar Baum niemand aus dem engeren Freundeskreis eine eigene Wohnung besaß), und hier boten sich Brod auch immer wieder Gelegenheiten, Kafka mit Künstlern, Journalisten oder umtriebigen Publizisten wie Otto Pick zusammenzubringen.

Aber auch generationenübergreifende Kontakte wurden vorzugsweise im Kaffeehaus gepflegt. So beispielsweise ab 1908/09 mit den literarisch vielversprechenden Gymnasiasten Willy Haas, Paul Kornfeld und Franz Werfel, die sich bald schon im Café Arco und insbesondere in dessen ›Lesezimmer‹ festsetzten (Pflastergasse 6, am Staatsbahnhof) und denen sich Brod als Mentor anbot. Brod war in Prag einer der Ersten, der Werfels lyrische Begabung erkannte und dessen unschuldiges, weil völlig aufrichtig gemeintes Pathos als frische ästhetische Brise genoss. Überdies gefielen ihm die Frechheit und Unbefangenheit dieser Jüngeren, und er verzieh es dem unreifen Werfel sogar, dass er sich über Kafkas Prosastücke abfällig äußerte (»Das geht niemals über Bodenbach hinaus!«[3]). Kafka wiederum unterhielt zu dieser Gruppe zumindest eine Zeitlang selbständige Beziehungen und kam gelegentlich allein ins Café Arco, auch noch später während des Krieges. Offenbar bestaunte er hier nicht nur den lyrischen Natursänger Werfel, sondern fasste auch zu Haas ein gewisses Zutrauen, der mit noch nicht einmal zwanzig Jahren und mit Zuschüssen der jüdischen Loge B'nai B'rith die ›Herder-Vereinigung‹ gründete. Diese Gruppierung, überwiegend Studenten, wollte ebenfalls nationale Kulturschranken überwinden und trat damit in hoffnungslose Konkurrenz zur strikt deutschen ›Lese- und Redehalle‹. Publizistisches Aushängeschild waren die *Herderblätter*, die jedoch personell und finanziell auf ebenso schwachen Beinen standen wie der Verein und die es auf lediglich vier Hefte brachten. Dennoch hatte Kafka Sympathien für dieses Unternehmen – andernfalls hätte er Haas wohl kaum zwei Texte zur Publikation überlassen, wenngleich es sich dabei um Nebenarbeiten handelte. Auch die einzige (halb) öffentliche Lesung in Prag, zu der Kafka sich je bereit erklärte, kam Ende 1912 auf Initiative der Herder-Vereinigung zustande.[4]

Liest man *Franz Kafka* als den Namen eines Jahrtausendautors oder eines globalen Klassikers der Moderne, so mutet es sonderbar an, wie wenig wählerisch er mit den kulturellen Leistungen und Angeboten seiner Zeit umging. Gewiss, er studierte die Werke Flauberts und Thomas Manns, weil er sie für literarisch formbildend hielt und weil er an ihnen Maß nehmen wollte. Doch er las auch mittelmäßige Biographien, wenn ihr Objekt irgendein persönliches Interesse in ihm weckte, und noch als Erwachsener erfreute er sich an Indianergeschichten. In Museen war Kafka nicht allzu häufig anzutreffen – obwohl er kunstgeschichtliche Kenntnisse besaß –, in Opernhäusern oder bei symphonischen Konzerten überhaupt nicht. Selbst die Theaterbesuche, von denen wir wissen, wirken eigentümlich wahllos, und von einer Theaterleidenschaft, geschweige denn einem Faible für die dramatische Form ist wenig zu spüren, obwohl die beiden großen Bühnen Prags – das Tschechische Nationaltheater (seit 1883) und das Neue deutsche Theater (seit 1888) – häufig auch Gastspiele der berühmtesten Ensembles boten. Lediglich für die sinnliche Präsenz von Schauspielern, Tänzern und Sängern war Kafka außerordentlich empfänglich, ganz unabhängig vom Kontext der Darbietung, und bei solchen Eindrücken (wie später angesichts der jüdischen Schauspieltruppe im Café Savoy) verweilte er dann im Tagebuch oft über mehrere Seiten. Ein systematisches Interesse an den kulturell höchstrangigen Leistungen seiner Epoche zeigte er hingegen nicht, und was ›man‹ gesehen, gehört oder gelesen haben müsse, kümmerte ihn erst recht nicht. Häufig verfolgte er das Geschehen als Dilettant oder sogar mit kindlichem Blick, und abgesehen von der Romanliteratur gab es kein Gebiet, auf dem er als Kenner wirklich mitreden konnte. Ein erstaunlicher Befund, bedenkt man, dass sein weltweiter Einfluss, vermittelt über vielfache Echos, schließlich bis ins Theater und die bildende Kunst des zwanzigsten Jahrhunderts reichte.

Schaut man auf *Franz Kafka* aus der Perspektive seiner noch ahnungslosen Zeitgenossen, so ergibt sich indessen ein ganz anderer Eindruck. Die soziale Identität, die er repräsentierte, war die eines akademisch ausgebildeten Versicherungsfachmanns mit literarischen Interessen und kleinbürgerlichem Hintergrund, und gemessen an diesem Befund war sein kulturelles Konsumverhalten völlig unauffällig. Gewiss war er sich im Klaren darüber, dass die Fähigkeit, zwischen ›echter‹ und ›populärer‹ Kunst zu unterscheiden, eines der wichtigsten Merkmale des ausdifferenzierten bürgerlichen Charakters war: In diesem Sinn hatte das Gymnasium ihn zu prägen versucht, nicht anders als später der *Kunstwart*. Doch die Verachtung der Populärkultur – eine Haltung, die dem gesamten Familienclan völlig fremd war – hatte Kafka niemals verinnerlicht, und so liebte er neben dem Guten, Wahren und Schönen stets auch das Aufregende, Exotische, Komische, Vitale, Erotische und Rührende. Er *besaß* die Maßstäbe, das unterschied ihn von seinen Eltern. Die Trennung des Kunsterlebens vom sinnlichen Eindruck aber, vom Reiz des Augenblicks und vom persönlichsten Betroffensein, war eine Abstraktionsleistung, zu der er weder Anlage noch Fähigkeit noch Lust verspürte. »Max«, so meldete er von seinem ersten Aufenthalt in Berlin, »ich habe eine Hamletaufführung gesehn oder besser den Bassermann gehört. Ganze Viertelstunden hatte ich bei Gott das Gesicht eines anderen Menschen, von Zeit zu Zeit musste ich von der Bühne weg in eine leere Loge schauen, um in Ordnung zu kommen.« Hätte Brod ihn gefragt, ob denn neben dem Theaterstar Albert Bassermann, der gestisch wie stimmlich exzessiv agierte, auch die Inszenierung gut war, wäre Kafka wohl in Verlegenheit geraten.[5]

Ganz zuunterst auf der Werteskala der bürgerlichen Kunstrezeption findet sich der Kolportage- vulgo Schundroman, daneben all jene Darbietungen, die mehr oder minder eindeutig ins Reich der Sensationen gehören. Ein ›Kunstschütze‹ beispielsweise bringt keine ernstzunehmende Kunst hervor, ebenso wenig der ›Trapezkünstler‹, dessen unschuldigem Streben nach Vollkommenheit Kafka später sogar eine kleine Erzählung widmete (ERSTES LEID), und erst recht nicht der HUNGERKÜNSTLER, in dessen Berufsbezeichnung sich eine Prise bürgerlicher Ironie verewigt. Gerade in solchen – häufig genug dubiosen – Grenzbereichen von Kunst und Show scheint sich Kafka jedoch außerordentlich wohlgefühlt zu haben. Wurde ihm ein Sammelsurium derartiger Unterhaltungen geboten, so griff er zu – wie etwa auf jener Landesjubiläumsausstellung von 1908, die er sowohl mit einer Freundin als auch mit Brod aufsuchte, und offenbar mehrmals. Hier genoss er die ersten Tonfilme aus der Werkzeugkiste: in einem Kino nämlich, hinter dessen Projektionsfläche die jeweils passenden Geräusche manuell erzeugt wurden. Aber er besuchte auch ein eigens errichtetes abessinisches Dorf, in dem einige Dutzend »Ausstellungsneger« ihre heimatlichen Gesänge vorführten, sowie eine Teezeremonie mit importierten japanischen Geishas. Da noch recht wenige Menschen entfernte Erdteile aus eigener Anschauung kannten, war das Exotische eine wesentliche Komponente der frühen Unterhaltungsindustrie; doch über den Reiz der Überraschung und der Fremdheit hinaus war Kafka auf dieser Frequenz besonders empfänglich. Er versenkte sich in den Anblick andersfarbiger Menschen und fremder Kulturen und konnte stundenlang zuhören, wenn jemand von Palästina, Japan oder Amerika erzählte: als sei schon die Vergewisserung, dass auf diesem Planeten ein völlig anderes Leben nicht nur erträumt, sondern auch tatsächlich gelebt werde, eine Quelle des Trostes. Die »Tänze der Neger«, schrieb Kafka später an Felice Bauer, seien ihm verständlicher als beispielsweise das enervierende Singen und Händeklatschen, mit dem sein Vater ein Enkelkind belustigte.[6] Das meinte er durchaus ernst. Das Exotische eröffnete schöne utopische Ausblicke, und unterhaltsam war es außerdem.

»Was die Französin kann. Das kann auch ich. Es ist nicht so viel dran. Ganz sicherlich. Nur weil's Franzosen sind. Drum hamm's mehr Glück. Doch hat die Wienerin denselben Chic.« Mehr Gassenhauer als Chanson, geträllert mit aufgeworfenen, hin und her schaukelnden Röcken und nach oben schnellenden Beinen. »Die Weisheit des Chantants«, resümierte Brod die künstlerische Darbietung, die immerhin jugendfrei blieb und somit auch weiblicher Begleitung zumutbar war.[7]

Chantant, Varieté, Cabaret – für die Vergnügungsorte, an denen derartiges geboten wurde, gab es eine Reihe vorzugsweise französischer Begriffe, und allein die Reklameinserate, die täglich in den Prager Zeitungen erschienen, zeigten ein erstaunliches Kaleidoskop von Unterhaltungsnummern. Es gab Chansonetten mit ausgebildeter Stimme neben Possenreißern, Witzeerzählern und schwadronierenden Conférenciers, es gab satirische und ›pikante‹ Szenen, ›indische‹ Tänzerinnen und farbige Sängerinnen, Striptease-Nummern, die als ›Schleiertänze‹ angekündigt wurden, einaktige Varietéoperetten und japanische Artisten, und gelegentlich konnte man auch Wiener Berühmtheiten bestaunen wie die Chansonette Mela Mars (ein Mitglied des Jugendstil-Cabarets ›Die Hölle‹) oder den Schauspieler und stilbildenden Kabarettisten Egon Friedell, der auf Plakaten nie ohne seinen Doktortitel angekündigt wurde. »Ich habe im allgemeinen sehr viel Sinn für solche Sachen«, schrieb Kafka an Felice Bauer, »glaube sie von Grund aus, von einem unabsehbaren Grund aus zu erfassen und genieße sie mit Herzklopfen.« Freilich gestand er auch, in einem Chantant gewesen zu sein, »in das meine Frau nicht hingehn dürfte« – eine Anspielung auf Brods Ehefrau Elsa Taussig, die häufig mit von der Partie war und die später einmal Kafka die genaue Schilderung eines Varieté-Abends schickte, um ihn mit den Sensationen zu necken, die er allesamt verpasst hatte: Ferdi, der Liliputaner; ein »beinahe gar nicht obszöner« Einakter; ein als Kaiser Franz Joseph verkleideter Schauspieler; ein »Humorist« mit zweideutigem Couplet;

eine Nackttänzerin; sowie Wiener Schrammelmusiker, die einzeln inmitten des Publikums spielten und auf Trinkgeld lauerten.[8]

Dieses Publikum war nicht in Theatersitzen, sondern wie im Restaurant an Tischen platziert, und wenn dem Künstler nicht ausdrücklich Ruhe zugesichert war – was nur ausnahmsweise vorkam –, dann wurde während der Darbietungen unbefangen gegessen, getrunken und geplaudert, während Kellner durch den Saal liefen, Bestellungen aufnahmen und mit abgeräumtem Geschirr klapperten. Je weiter man also von der Bühne entfernt saß, desto intensiver die Nebengeräusche, aus denen man die gebotene Unterhaltung herauszufiltern hatte, und desto dichter der Qualm, durch den man gelegentlich ein paar nackte Beine sah. Allerdings ermöglichte diese Anordnung den Besuchern, sich ersatzweise auch gegenseitig zu beobachten, und wenn jemand vor Langeweile vom Stuhl fiel, so konnte es geschehen, dass ein Mann am Nebentisch den Vorfall in seinem Tagebuch festhielt.[9]

Dem kompositorisch geübten und mit musikalisch differenziertem Gehör ausgestatteten Max Brod müssen in den Prager Varietés die Ohren geklungen haben – sollte man meinen. Seine damaligen ironischen Äußerungen wie auch seine Erinnerungen deuten jedoch darauf hin, dass er außerhalb der seriösen Theater- und Konzertsäle die Rolle des Kritikers abstreifte und in einen anderen Modus der Wahrnehmung wechselte: etwa wie ein Erwachsener in einer Kindervorstellung, wo er sich eher der Atmosphäre hingibt als den aus seiner Sicht gar nicht kritikwürdigen dramaturgischen und musikalischen Leistungen. Auch darin unterschied er sich sehr auffallend von Kafka, der ein und denselben, ebenso aufmerksamen wie ernsten Blick auf alles richtete, was ihm begegnete, und der daher auch mit mittelmäßigen Schauspielern und einfach gestrickten Liedern ›mitgehen‹ konnte, sofern sie ihn nur zur Identifikation einluden: ein Verhalten, das Brod noch häufig befremden sollte. Dabei wusste Kafka zwischen Dilettantismus und Kunstfertigkeit sehr wohl zu unterscheiden. So besuchte er im Mai 1909 ein Gastspiel des kaiserlich-russischen Balletts aus St. Petersburg und träumte danach noch monatelang von der »ganz wilden Tänzerin« Jewgenja Eduardowa, die mit ihrem Czárdás in allen Hauptstädten Westeuropas gefeiert wurde. Und vier Jahre später schrieb er über dieselbe Truppe: »Der Nyinsky und die Kyast sind zwei fehlerlose Menschen, im innersten ihrer Kunst, und es geht von ihnen die Beherrschung aus, wie von allen solchen Menschen.«[10]

Chantant und Varieté galten im öffentlichen Diskurs der Zeit als Sonderzonen bürgerlicher Unterhaltung, denen allein schon wegen ihrer sexuellen Grundierung jede kulturelle Anerkennung versagt blieb – auch wenn ihre Protagonisten das Passwort ›künstlerisch‹ noch so häufig im Mund führten. Doch es kam jetzt eine neue und ganz anders geartete Attraktion auf, die den Kulturbetrieb aggressiv herausforderte und erschütterte: der Kinematograph (oder »der Kino«, wie man bald sagte). Anfangs galten die Minutenfilme, die auf Jahrmärkten oder in Wanderkinos geboten wurden, nur als technische Kuriosa mit fadenscheinigem und rasch vergänglichem Unterhaltungswert, und allein die Beliebtheit des neuen Mediums bei Kindern und Jugendlichen ließ es als selbstverständlich erscheinen, diese Darbietungen der Schaustellerei zuzurechnen. Das änderte sich jedoch, als ab 1905 in sämtlichen Großstädten feste Spielorte installiert wurden, die mit den schon vorhandenen lokalen Unterhaltungsstätten und dann auch untereinander heftig konkurrierten. Bereits ein Jahr später erfuhr das Kino seine erste kulturpolitische Anerkennung: vom Staat nämlich, der den Film der *Theater*zensur unterwarf.

Wie im Theater sitzt der Kinobesucher in einem abgedunkelten Raum, inmitten fixierter Stuhlreihen, und mangels Bewirtung (nur in billigen Häusern wurde bei laufendem Film noch Bier ausgeschenkt) ist er darauf verwiesen, sich auf die Show zu konzentrieren, die er weder durch Beifall noch durch erboste Zurufe beeinflussen kann. Wie im Theater ist der Zuschauer mit sich allein – was umso bedeutsamer wird, je länger und erzählerischer die Filme werden, je mehr sie also dazu verlocken, sich einer technisch erzeugten Illusion hinzugeben. Vor allem unter Arbeitern, denen diese Form des Kulturgenusses zumeist noch fremd war und die nach schnell wechselnden Sensationen verlangten, regte sich anfangs Widerstand gegen den langen Spielfilm, während paradoxerweise auch die konservative bürgerliche Kritik umso heftiger ausfiel, je kunstvoller die Filme wurden, je reflektierter und vielschichtiger ihre Dramaturgie. Einen Höhepunkt erreichte die Diskussion um den Begriff ›Filmkunst‹ im Jahr 1913, als die ersten Literaturverfilmungen auftauchten. Zu dieser Zeit rivalisierte das Kino längst offensiv mit dem Theater. Schon 1909 hatte sich Max Brod in einer Glosse darüber amüsiert, wie »pedantisch« sich der Kinematograph an die Usancen des Theaters halte, mit Kassenhäuschen, Garderobe, gedrucktem Programm und Saaldiener.[11] Doch bald darauf luden die luxuriösesten Kinos in Berlin und Paris zu Premieren ein, und Marketingleute bauten die ersten Filmstars auf, die dem Begriff Ruhm eine neue Dimension verliehen: Sie waren hundertmal häufiger, zehnmal billiger und aus viel intimerer Nähe zu sehen als die prominentesten Theatermimen, und dass man ihre Stimmen nicht vernahm, wirkte inmitten dieser überwältigenden sinnlichen Präsenz nicht als Mangel, sondern im Gegenteil auratisch. Wer Asta Nielsen war, wusste innerhalb von Monaten jeder Schuljunge, obgleich ihr bis heute berüchtigter ›Apachentanz‹ in ABGRÜNDE (AFGRUNDEN, 1910) gewiss nicht für die Augen von Kindern bestimmt war. (Weshalb er dann im Prager ›Gogo‹ mit Begeisterung nachgeahmt wurde.)

Die kulturpolitischen Debatten um das neue Medium können Kafka keineswegs entgangen sein, das Thema wurde ja von der Tagespresse immer wieder aufgenommen, und auch die Berliner *Schaubühne*, die er regelmäßig las, widmete dem Film eine ganze Reihe polemischer Artikel. Doch die grundsätzliche Frage, ob aus jenem augenstrapazierenden Flimmern, das von Klaviermusik oder gar von Orchestern begleitet wurde, tatsächlich eine neue Kunst hervorgehe, ließ ihn offenkundig kalt: Wie schon im Varieté und später im jüdischen Theater zeigte er auch im Kinosaal keinerlei bildungsbürgerliche Vorbehalte, sondern ließ alles, was ihm geboten wurde, auf sehr unmittelbare, gleichsam körperliche Weise in sich eindringen. Er beobachtete mit reflektierter Präzision und ließ sich *gleichzeitig* mitreißen, gelegentlich sogar bis zu Tränen, obwohl selbst die avanciertesten Filmdramen mit ihren kolportagehaften Figuren und Wendungen geradezu primitiv anmuteten, gemessen am semantischen Reichtum der Literatur. Erstaunlicher noch: Kafka war ein leidenschaftlicher Kinogänger auch schon zu einer Zeit, da von erzählendem Kino noch gar keine Rede sein konnte, und selbst vor Kinoplakaten, die er immer sehr genau betrachtete und die er in den Sommerferien regelrecht vermisste, geriet er ins Tagträumen.[12]

Dabei blieben ihm die wahrnehmungstechnischen Schwächen des noch unreifen Mediums keineswegs verborgen: Die hektischen Sprünge zwischen Orten und Zeiten, die widernatürliche Beschleunigung aller Vorgänge, die im schlechten Sinn zerstreuende, sogar abstumpfende Wirkung häufiger Schnitte und Perspektivenwechsel – all das nahm Kafka nicht einfach als Preis des Fortschritts hin, schon gar nicht als adäquaten Ausdruck eines modernen, beschleunigten, mechanisierten, mit einem Wort: ›nervösen‹ Lebensstils. Vielmehr verglich er das Wahrnehmungspotential des Kinos nüchtern mit dem älterer Illusionsmaschinen. So besuchte er Anfang 1911 in Friedland ein technisch bereits veraltetes ›Kaiserpanorama‹, eine Art kommerzieller Dia-Show, bei der stereoskopische, kolorierte Aufnahmen aus aller Welt gezeigt wurden, gelegentlich mit musikalischer Untermalung, die ebenfalls aus dem Automaten kam. Bis zu fünfundzwanzig Besucher konnten in derartigen Panoramen auf einem Kreis von Stühlen Platz nehmen und durch Guckkästen die Fotos betrachten, die in einem vorgegebenen, doch beschaulichen Rhythmus wechselten (etwa eine Dreiviertelminute pro Bild).

Kafka hatte ein solches Bildertheater seit vielen Jahren nicht mehr aufgesucht, so dass er den Eindruck als neu und überraschend empfand. »Die Bilder lebendiger als im Kinematographen«, resümierte er, »weil sie dem Blick die Ruhe der Wirklichkeit lassen. Der Kinematograph gibt dem Angeschauten die Unruhe der Bewegung, die Ruhe des Blickes scheint wichtiger.« Auch stellte er fest, dass ihn das Betrachten der Stereo-Dias an die erlebte Realität weit näher heranführte als etwa das Anhören eines Vortrags über denselben Gegenstand – eine bemerkenswerte Konzession an die Macht des Bildes und eine Herabstufung des sprachlichen ›Abbilds‹. Es ist vermutlich kein Zufall und geht auf Gespräche zwischen den Freunden zurück, dass Max Brod im folgenden Jahr einen kleinen Essay veröffentlichte, in dem er das Kaiserpanorama als liebenswertes, mit Kindheitserinnerungen behaftetes, doch unter dem Konkurrenzdruck des Kinos zum Untergang verurteiltes Unternehmen schilderte: eine »Vergnügung unserer Großeltern«. Diese nostalgische Perspektive kehrte Kafka jedoch um: Er fragte sich, warum es nicht möglich sei, zumindest den räumlichen Eindruck als wichtigen Vorzug des Kaiserpanoramas in die Zukunft des Kinos hinüberzuretten, in Gestalt einer »Vereinigung von Kinema und Stereoskop«. Das war nichts anderes als der Traum vom 3-D-Kino – ohne eine Ahnung davon, dass schon Thomas Edison, der Begründer der Filmindustrie, genau dieselbe technische Idee hatte, zwei Jahrzehnte zuvor.[13]

In Prag begann die neue Epoche im September 1907, als im Haus ›Zum blauen Hecht‹ in der Karlsgasse das erste fest installierte Kino eröffnet wurde, annonciert als ›Theater lebender Photographien‹. Hier gab es anfangs noch, wie in den Tagen des ambulanten Kinos, einen Kommentator, der Zwischentitel verlas und mit dem Zeigestock auf die handelnden Personen deutete. Im folgenden Winter etablierte sich ›Oeser's elektrisches Theater‹ im Gebäude des Café Orient in der Hibernergasse, ebenfalls mit täglich mehreren Vorstellungen von je etwa einer Stunde Dauer – daraus ging dann der ›Grand-Kinematograph Orient‹ hervor. Geboten wurde eine wilde Mischung aus dokumentarischem und szenischem Material: VIKTORIAFÄLLE IN AFRIKA, WETTRENNEN IN LIVERPOOL, VON EINEM BEDUINEN ENTFÜHRT, DER HUND ALS DIEB, MEISTER PETZ ALS RINGKÄMPFER, DURCHGEGANGENES PFERD und eine Fülle humoristischer Kurzszenen. Kafka kannte diese Programme, war immer auf dem Laufenden, demonstrierte zu Hause pantomimisch, was er gesehen hatte, und animierte die Schwestern (und sehr wahrscheinlich auch die Eltern) zum Kinobesuch. Als er Ende 1908 – zu einer Zeit also, da das Angebot in Prag noch sehr beschränkt ist – eine Nachricht an Elsa Taussig schreibt, um sie an einen geplanten Kinoabend zu erinnern, da ist deutlich zu vernehmen, dass er die annoncierten Filmchen bereits gesehen hat: unter anderem DER DURSTIGE GENDARM, der am Ende betrunkener ist als der Delinquent, den er auf die Wache führen soll, und DER GALANTE GARDIST, der ungerechterweise zum Tod verurteilt und von einer jungen Zigeunerin im letzten Augenblick gerettet wird.[14]

Kafka goutierte solche schlichten Genüsse, ohne sich von ihnen dumm machen zu lassen, und darin war er sich mit seinen Freunden durchaus einig, die zum jungen Kino allesamt ein ironisches, doch enges Verhältnis pflegten. Max Brod, Otto Pick und Franz Blei beteiligten sich sogar an dem von Kurt Pinthus herausgegebenen KINOBUCH, der ersten Sammlung von ›Kinostücken‹, mit denen Autoren sich in einem für sie völlig neuen Genre versuchten. Ende 1913, als der Band bei Kurt Wolff erschien, war das noch eine durchaus heikle Entscheidung, die der literarischen Reputation nicht unbedingt förderlich war. Denn gerade zu diesem Zeitpunkt war die öffentliche Polemik um den Kunstanspruch des Kinos heftiger als je zuvor: angeheizt vor allem durch den ›Verrat‹ einiger prominenter Autoren, die – verlockt nicht zuletzt durch hohe Honorare – literarische Werke zur Verfilmung freigegeben hatten, ohne auf die Gestaltung Einfluss nehmen zu können: Sowohl Gerhart Hauptmanns ATLANTIS (der bis dahin kostspieligste Film und mit fast zwei Stunden einer der längsten) als auch Arthur Schnitzlers LIEBELEI gelangten 1913 in die

Kinos. Im Sommer dieses Jahres hätten die Prager Literaten sogar die Entstehung eines Films aus nächster Nähe verfolgen können, denn die Außenaufnahmen des Kunstfilms DER STUDENT VON PRAG (mit Paul Wegener in der Hauptrolle) wurden überwiegend in Prag gedreht, unter anderem am Hradschin.

Die bildungselitäre Verachtung des Kinos bekamen nicht nur Autoren zu spüren, sondern viel mehr noch Theaterschauspieler, die sich in den Dienst der neuen Technik stellten. Wie ein Schock wirkte die Nachricht, dass ausgerechnet der 46-jährige Albert Bassermann – ein Schauspieler, der so bekannt war, dass er Imitatoren fand – sich für die Hauptrolle eines Kinofilms verpflichtet habe: DER ANDERE, ursprünglich ein Bühnenwerk mit Jekyll-Hyde-Thematik, dessen Autor Paul Lindau das Drehbuch sogar selbst verfasst hatte. Bassermann verteidigte seine Entscheidung in der Presse, wobei er es allerdings vermied, sich in die Diskussion um das ästhetische Qualitätsgefälle einzumischen. Stattdessen argumentierte er mit den schauspielerischen Anforderungen, die beim Film nur unwesentlich modifiziert seien – was wenig überzeugend war, denn selbst Laien bemerkten, dass Schauspieler, die ihr Handwerk vor der Kamera erlernt hatten, sich völlig anders bewegten als solche, die von der Bühne kamen. Auch Kafka las diesen kurzen Text, der im Januar 1913 in der *Bohemia* nachgedruckt wurde, und die Ankündigung, dass der große Bassermann nun bald auch auf der Leinwand zu sehen war, elektrisierte ihn. Schon Anfang März war es so weit; an Felice Bauer schrieb er:

»Im Vorraum des Kinematografenteaters, in dem ich heute abend mit Max und seiner Frau und Weltsch gewesen bin [...] hängt eine Anzahl von Photographien aus dem Film ›Der Andere‹. Du hast gewiss von ihm gelesen, Bassermann spielt darin, er wird nächste Woche auch hier gezeigt werden. Auf einem Plakat, wo B. allein im Lehnstuhl abgebildet war, hat er mich wieder ergriffen, wie damals in Berlin und wen ich nur gerade fassen konnte Max oder seine Frau oder Weltsch, den zog ich zum allgemeinen Überdruss immer wieder vor dieses Plakat. Vor den Photographien schwächte sich schon meine Freude ab, es war doch zu sehn, dass es ein elendes Stück war, in dem er spielte, die aufgenommenen Situationen waren doch alte Filmerfindungen und schliesslich sind Augenblicksaufnahmen eines springenden Pferdes fast immer schön, während Augenblicksaufnahmen einer verbrecherischen menschlichen Grimasse, selbst wenn es die Grimasse Bassermanns ist, leicht nichtssagend sein können. B. hat sich also, sagte ich mir, wenigstens in diesem Stück zu etwas hergegeben, was seiner nicht würdig ist. Aber er hat das Stück doch durchlebt, die Erregung der Handlung vom Anfang bis zum Ende in seinem Herzen getragen und was ein solcher Mensch erlebt hat ist bedingungslos liebenswert. Darin also urteilte ich noch richtig, wenn auch schon eigentlich ein Stück über mich hinaus. Als ich aber vor einer Weile unten auf das Öffnen des Haustores wartete und in der Nacht herumsah, bemitleidete ich in der Erinnerung an jene Photographien den B. als wäre er der unglücklichste Mensch. Der Selbstgenuss des Spieles ist vorüber, stellte ich mir vor, der Film ist fertig, B. selbst ist von jedem Einfluss auf ihn ausgeschlossen, er muss nicht einmal einsehn, dass er sich hat missbrauchen lassen und doch kann ihm in der Betrachtung des Films die äusserste Nutzlosigkeit des Aufwandes aller seiner grossen Kräfte bewusst werden und – ich übertreibe mein Mitleidgefühl nicht – er wird älter, schwach, in seinem Lehnstuhl zur Seite geschoben und versinkt irgendwo in der grauen Zeit. Wie falsch! Hier steckt eben der Fehler meiner Beurteilung. Auch nach Fertigstellung des Films geht Bassermann als Bassermann und als keiner sonst nachhause. Wenn er sich einmal aufheben wird wird er sich eben ganz aufheben und nicht mehr dasein, aber nicht wie ich es tue und jedem es andichten möchte, mich immerfort umfliegen wie ein Vogel, der durch irgendeinen Fluch von seinem Neste abgehalten, dieses gänzlich leere Nest immerfort umfliegt und niemals aus den Augen lässt.«[15]

Die längste zusammenhängende Äußerung Kafkas, die um das Kino kreist – ausgelöst nicht durch einen Film, sondern durch Film*bilder*. Kafka zeigt sich als Fachmann: Er kennt »alte« Erfindungen in einem Medium, das noch nicht einmal eine Generation besteht, und er weiß um den Vorwurf, Bassermann habe sich »zu etwas hergegeben«, ja sogar »missbrauchen lassen« – ein Urteil, dem er selbst sich anschließen muss, nachdem er den Film wenige Tage später gesehen hat.[16] Aber nicht anders als bei der Hamlet-Aufführung in Berlin hat er für Werk und Inszenierung nur einen Seitenblick. Der Schauspieler ist es, der ihn wiederum fesselt und den er in einer geradezu identifikatorischen Weise mit dem eigenen Erleben verknüpft. Für Kafka ist das Kino ein sinnlich überwältigendes Medium, das fremdes Leben und fremde Verhältnisse in eine ganz andere Nähe rückt, als die Bühne dies je leisten kann – vom Betrachten raffinierter Werbeplakate bis zum Nacherzählen und Ausphantasieren dessen, was man gesehen hat.

Eine Momentaufnahme dieser Phantasiearbeit, zu der Kafka sich vom Kino animieren ließ, hat sich zufälligerweise erhalten (eine Entdeckung des Schauspielers und Cineasten Hanns Zischler). Ab dem 17. Februar 1911 lief in mehreren Kinos in Prag der berüchtigte ›Schundfilm‹ Die weisse Sklavin, in dem eine junge Frau unter falschen Versprechungen in ein Bordell verschleppt, jedoch noch eben rechtzeitig vor der erzwungenen Prostitution gerettet wird. Wenige Tage später hatte Kafka den Film bereits gesehen und fühlte sich durch eine Mitreisende im Zugabteil an die böse »Sklavenhändlerin« erinnert. Ein halbes Jahr später befindet sich Kafka mit Max Brod auf einer Ferienreise. Bei einem kurzen Zwischenaufenthalt in München überredet Brod eine junge Dame, eine Bekanntschaft aus dem Zug, zu einer Stadtrundfahrt mit dem Taxi, zu dritt. »Wir steigen ein«, notiert Kafka, »mir ist das Ganze peinlich, es erinnert mich auch genau an das Kinematographenstück ›Die weiße Sklavin‹, in dem die unschuldige Heldin gleich am Bahnhofsausgang im Dunkel von fremden Männern in ein Automobil gedrängt und weggeführt wird.« Eine erstaunliche Reminiszenz allein deshalb, weil im Film diese Szene lediglich drei Sekunden dauert. Doch sie zeigt tatsächlich etwas ganz anderes und Unspektakuläres: nämlich die hinterlistige Kupplerin und ihr Opfer, deren Weg von der Bahnhofstreppe zum Taxi *zufällig* von zwei männlichen Passanten gekreuzt wird und die dann gemeinsam und (noch) einvernehmlich einsteigen. Auch hier also erinnert sich Kafka an das *Bild* (zwei Frauen und zwei Männer) viel präziser als an dessen *Bedeutung*, die er gemäß den augenblicklichen Assoziationen willkürlich verändert. Offenkundig ist er ein Sammler von *screenshots*, und diese Leidenschaft vor allem ist es, die in seinen Augen Kinoplakate, Standbilder und den Film selbst nahe aneinanderrücken lässt: so nahe, dass er den flüchtigen Film in Bilder auflösen, die Bilder aber wiederum erleben kann. »Die Pneumatics rauschen auf dem nassen Asphalt«, fährt er fort, »wie der Apparat im Kinematographen. Wieder diese ›weiße Sklavin‹.«[17]

Den Freuden des Chantants, des Varietés und der Weinstuben war Kafka während der finsteren Jahre des Ersten Weltkriegs entfremdet, auch seine Besuche im Kaffeehaus wurden seltener, und während seiner monatelangen Kuraufenthalte fernab des städtischen Nachtlebens scheint er weder die kleinbürgerlichen Zerstreuungen noch die großen Prager Bühnen vermisst zu haben. Sein Interesse am Kino jedoch dauerte fort. So muss er, Brods Erinnerungen zufolge, allein Mary Pickfords Film Daddy-Long-Legs von 1919 mehrere Male gesehen haben: die Emanzipationsgeschichte eines Mädchens, die er nicht nur den Freunden, sondern auch seinen bereits verheirateten Schwestern dringlich ans Herz legte.[18]

Seinen letzten Film indessen erträumte er nur. Während die Tschechen in Prag sich bereits an dem Kassenschlager ergötzten, fand die allzu lang erwartete deutsche Premiere erst Anfang November 1923 statt: in Berlin, für Kafka mit der Straßenbahn erreichbar. Doch er wagte sich nicht in die Zuschauermenge, allzu bedrohlich waren Fieber und Hustenanfälle. »... ich bin ein völliges Haustier«, meldete er an die Familie. »Nicht einmal vom Kino weiß ich was.« Das war ein wenig übertrieben, er verfolgte ja die Programme in den Tageszeitungen genau und staunte Mitte Januar darüber, dass der musikuntermalte Hollywood-Film nach Monaten noch immer lief.[19] Dieses Vergnügen hätte ihm gutgetan, ihm und auch seiner letzten Gefährtin, Dora Diamant, ein Film zum Lachen und Weinen. Doch sie haben ihn, vor Kafkas endgültiger Abreise, wohl nicht mehr erlebt: Charlie Chaplin, The Kid.

Der formidable Hilfsbeamte

Industrie ist die härteste Strafe Gottes.
Joseph Roth, HOTEL SAVOY

Etwas Derartiges war Otto Přibram, dem 65-jährigen Präsidenten der Prager Arbeiter-Unfall-Versicherungs-Anstalt, in seiner gesamten Laufbahn noch nicht begegnet. Drei Angestellte der Versicherung waren in seinem Büro erschienen, um sich, wie es der Sitte entsprach, persönlich dafür zu bedanken, dass man sie zu ›Concipisten‹ ernannt hatte. Mit diesem Status waren sie künftig dazu berechtigt, selbständig Geschäftsbriefe und andere Schriftstücke zu ›concipieren‹, die dann zur weiteren Verwendung und Unterzeichnung an Direktion und Vorstand gingen, amtliche Dokumente, die im Regelfall nicht mehr Satz für Satz überprüft wurden, für deren finanzielle und juristische Folgen die Versicherung jedoch einzustehen hatte. Eine solche Beförderung bedeutete demnach nicht das bloße Vorrücken auf der Besoldungsskala und den Beginn des Pensionsanspruchs – Wohltaten, die man sich in der österreichischen Beamtenhierarchie gewöhnlich durch das Absitzen von Dienstjahren erwarb –, sie war vor allem ein Vertrauensbeweis. Daher war es nur angemessen, dass sich die Geehrten als kleine Abordnung vor den Schreibtisch des Präsidenten stellten und mit einer rituellen Dankesrede aufwarteten, die mit ein paar aufmunternden Floskeln und gnädigem Kopfneigen beantwortet wurde – nach dem bekannten Muster kaiserlicher Audienzen. Und es war ein geradezu *unmöglicher* Vorgang, dass einer der drei, der Jüngste, dieses Zeremoniell durch unablässiges, kindisch grundloses Gelächter störte.

Deplatzierte Lachanfälle in angespannten Situationen sind nichts Ungewöhnliches: Man versucht, so wenig Aufsehen wie möglich zu machen und sich durch irgendeine Ablenkung wieder unter Kontrolle zu bekommen. Dem unglücklichen Dr. Kafka jedoch wollte das, trotz wachsender Panik, über quälend lange Minuten auf keine Weise gelingen. Der Anblick des sanft schaukelnden Bauchs des Präsidenten genügte schon, um Feuer zu legen, und dessen seit Jahren einstudierte, völlig unpersönliche Banalitäten gaben Kafka den Rest: Er lachte seinem obersten Vorgesetzten offen ins Gesicht. Und es half ihm gar nichts, sich – während er dieses Lachen verzweifelt zu bändigen suchte – auf das Mienenspiel der Kollegen zu konzentrieren, denn dort fand er nur sich selbst gespiegelt.

»Als er also jetzt mit schwingenden Handbewegungen etwas (schon im Allgemeinen und hier insbesondere) Läppisches daherredete, wurde es mir zu viel, die Welt, die ich bisher immerhin im Schein vor den Augen gehabt hatte, vergieng mir völlig und ich stimmte ein so lautes rücksichtsloses Lachen an, wie es vielleicht in dieser Herzlichkeit nur Volksschülern in ihren Schulbänken gegeben ist. Alles verstummte und nun war ich endlich mit meinem Lachen anerkannter Mittelpunkt. Dabei schlotterten mir natürlich vor Angst die Knie, während ich lachte, und meine Collegen konnten nun ihrerseits nach Belieben mitlachen, die Grässlichkeit meines solange vorbereiteten und geübten Lachens erreichten sie ja doch nicht und blieben vergleichsweise unbemerkt. Mit der rechten Hand meine Brust schlagend, zum Teil im Bewusstsein meiner Sünde (in Erinnerung an den Versöhnungstag) zum Teil um das viele verhaltene Lachen aus der Brust herauszutreiben, brachte ich vielerlei Entschuldigungen für mein Lachen vor, die vielleicht alle sehr überzeugend waren, aber infolge neuen immer dazwischenfahrenden Lachens gänzlich unverstanden blieben. Nun war natürlich selbst der Präsident beirrt und nur in dem solchen Leuten schon mit allen seinen Hilfsmitteln eingeborenen Gefühl alles möglichst abzurunden, fand er irgend eine Phrase, die meinem Heulen irgend eine menschliche Erklärung gab, ich glaube eine Beziehung zu einem Spass, den er vor langer Zeit gemacht hatte. Dann entliess er uns eilig. Unbesiegt, mit grossem Lachen, aber totunglücklich stolperte ich als erster aus dem Saal.«

Er lief zu Max Brod, um loszuwerden, was ihm widerfahren war. Er lief zu Ewald Přibram, der jetzt, um Himmels willen, ein gutes Wort bei seinem Vater einlegen musste. Und er schrieb auch selbst an den indignierten Präsidenten. Vergessen konnte er das Unverzeihliche jedoch nicht, und darum machte er in einem späteren Brief einen komödiantischen, fast slapstickhaften Einakter daraus.[1]

Datieren lässt sich die Anekdote auf den 28. April 1910, noch jahrelang erheiterten sich die Kollegen daran, und dennoch muss sie für

Kafka, der die direkte Konfrontation mit Autoritäten scheute, beinahe traumatisch gewesen sein. Ausgerechnet einer der beiden Juden in dieser Anstalt musste sich so aufführen. Und ausgerechnet derjenige, der ihn trotz seines Makels hier eingeführt hatte, war das Opfer. Geschehen ist Kafka trotzdem nichts – weder erhielt er eine schriftliche Rüge, noch lässt seine Personalakte auf irgendwelche behördlichen Schikanen schließen. Das hatte er ausschließlich seinen Leistungen zu verdanken, und er wusste es.

Die 1889 eingeführte gesetzliche Arbeiter-Unfall-Versicherung samt Krankenversicherung (die hauptsächlich den Verdienstausfall abdeckte) war eine der dringlichsten Modernisierungsmaßnahmen der Donaumonarchie, mit der sie auf die beschleunigte Industrialisierung und die damit einhergehenden sozialen Spannungen reagierte. Zuvor konnten Unternehmer sich gegen Betriebsunfälle freiwillig versichern, doch der Staat lehnte es ab, hierfür Reklame zu machen: Zu profitgierig, zu prozessfreudig erschien das private Versicherungsgewerbe, und für die gefährlichsten Arbeitsplätze wurden horrende Beiträge verlangt oder eine Versicherung sogar abgelehnt. Ohnehin waren sich zahlreiche Konservative mit den Sozialisten darin einig, dass es etwas Anrüchiges hatte, mit Katastrophen Geld zu verdienen, und sie konnten sich dabei auf eine ausländische Autorität von Rang berufen: den deutschen Kanzler. »Ich will hier das Prinzip aussprechen«, verkündete Bismarck während einer Debatte um die neuen Sozialgesetze, die im Deutschen Reich schon sechs Jahre früher in Kraft traten, »dass wir Unfälle und Unglücksfälle überhaupt nicht für eine geeignete Operationsbasis zur Gewinnung hoher Zinsen und Dividenden halten, dass wir dem Arbeiter die Versicherung gegen diese und andere Übel so wohlfeil verschaffen wollen, wie es irgend möglich ist …« Und er fuhr fort mit dem erstaunlichen Argument, dass ein Staat, der das nicht anerkenne, dann ebenso gut die Armenpflege und die Schulpflicht der Aufsicht von Aktiengesellschaften überlassen könne.[2]

So klare Worte auf höchster Ebene liebte man in der österreichischen Politik im Allgemeinen nicht, doch gab es auch hier eine überaus starke Fraktion christlicher Sozialreformer, die ein ständisches Gesellschaftsmodell mit patriarchaler Fürsorge predigten und große Kapitalgesellschaften daher als Krebsgeschwüre betrachteten.

Dennoch zogen sich die Beratungen in Wien in die Länge, ehe auch die letzten bürokratischen Zuständigkeiten geklärt waren und die unvermeidlichen Reformen endlich in Kraft traten. Regional wurden nun sieben Versicherungsanstalten gegründet – die bedeutendste in Prag –, die mit Befugnissen wie Behörden ausgestattet waren, die sich jedoch selbst verwalteten und daher oft als ›halbstaatlich‹ bezeichnet wurden: Ihre Vorstände waren mit Vertretern von Arbeitnehmern, Unternehmern und des Staates besetzt. Formell hatte Kafka daher recht, wenn er seine spätere Verlobte warnte, er sei »nicht einmal ein vollwertiger Beamter«,[3] denn tatsächlich wurde er nach Beamtenrecht nur entlohnt und versorgt, ohne im rechtlichen Sinne ›Staatsdiener‹ zu sein. *De facto* jedoch war er es. Schlecht informierte Beobachter – zu denen zweifellos seine Eltern gehörten – mochten annehmen, dass er beim Übergang von den Assicurazioni Generali zur Unfallversicherung lediglich den Arbeitgeber gewechselt hatte, seiner Branche aber treu geblieben war. In Wahrheit hatte Kafka sozialpolitisch die Seiten gewechselt, denn fortan arbeitete er nicht mehr für eine abstrakt bleibende Gewinnmarge, sondern für die Interessen der Versicherten, und das sollte auf seinen beruflichen Alltag noch beträchtliche Auswirkungen haben.

Kafka war sich völlig im Klaren darüber, dass er – nach den Maßstäben seiner bisherigen Chefs – nun Angestellter eines chronischen Pleiteunternehmens war, das ohne die beständige Zufuhr von Steuergeldern kein Vierteljahr überlebt hätte. Die staatliche Unfallversicherung arbeitete defizitär, dreieinhalb Millionen Kronen betrug das Minus in Kafkas erstem Jahr und allein in Prag, so dass nicht nur Industrielle, sondern auch liberale Politiker bereits von einer gescheiterten Reform sprachen. Aber gescheitert woran? Selbstverständlich wurde es von den Unternehmern als ungerecht empfunden, dass die Arbeiter nur ein Zehntel der Beiträge aufzubringen hatten, sie hingegen den gesamten Rest. Rechnete man die Belastungen genauer nach, so ergab sich jedoch, dass die neue Versicherung einer durchschnittlichen Lohnerhöhung um lediglich 1,5 Prozent entsprach. Diese durchaus überschaubaren Verbindlichkeiten suchten die Unternehmer dennoch mit allen, auch politischen Mitteln zu mindern oder zu umgehen, wobei jede Branche darauf beharrte, ihre Unfallrisiken würden böswillig überschätzt (während meist das genaue Gegenteil zutraf). Präzise Unfallstatistiken wären das stärkste

Argument gewesen, um dieser Obstruktion zu begegnen, doch solche Statistiken gab es noch nicht. Hier musste sich grundlegend etwas ändern. Also suchten die Versicherungsanstalten Mitarbeiter, die nicht nur technisches Verständnis hatten und Engagement zeigten, sondern die auch imstande waren, mit einer ausgesprochen widerspenstigen Klientel zu erträglichen Einigungen zu kommen. Mitarbeiter, denen etwas einfiel.

Furcht vor Verantwortung, Stress und Überstunden war dagegen eine schlechte Voraussetzung, um in den Dienst einer Sozialversicherung zu treten, und jener Typus des quietistischen, an Bestimmungen sich klammernden und jede selbständige Bewegung meidenden Staatsdieners, den ungezählte ›Beamtenwitze‹ bis heute karikieren, war hier fehl am Platz. Das galt für Institutionen in Böhmen in ganz besonderem Maß. Denn nicht nur erlebte dieses ›Kronland‹ seit Jahrzehnten eine rasante Industrialisierung, die längst auf ländliche Bezirke übergriff; auch die Konkurrenz zwischen den beiden Nationalitäten schuf hier eine Fülle zusätzlicher administrativer Verwicklungen, die ohne Fingerspitzengefühl und geduldige Gesprächsbereitschaft unlösbar waren. Es gab deutsche und tschechische Unternehmerverbände, einen deutschen Statthalter und tschechisch dominierte Handelskammern, und auch in der organisierten Arbeiterschaft war oft nicht klar, ob sie im Konfliktfall eher für ihre Partei (vor allem die Sozialdemokraten), für ihre Klasse oder ihre Nation einstanden.

Wie weit diese Frontlinien bis ins Innere der Prager Versicherungsanstalt reichten, ist ungewiss. Laut ihren Statuten war sie transnational und daher zu strikter Neutralität verpflichtet. Doch Behörden sind keine ideologiefreien Zonen, und auch wenn ausgewiesene Nationalisten hier sicherlich nicht eingestellt wurden, so waren doch spezielle Spielregeln zu beachten, die sich von denen in anderen Prager Büros nicht allzu sehr unterschieden: Deutsche und Tschechen arbeiteten Seite an Seite, beobachteten jedoch einander und blieben bei gewissen Themen, die ihren Patriotismus berührten, lieber unter sich. ›Politisieren‹ war generell unerwünscht, besonders dann, wenn die Versuchung am größten war, wenn also ›draußen‹ Deutsche und Tschechen wieder einmal handgreiflich aufeinander losgingen. Solche Situationen hatte Kafka schon mehrmals erlebt, doch eine Eskalation wie 1897, als die Familie sich hatte verbarrikadieren müssen, war der Stadt nun schon über ein volles Jahrzehnt erspart geblieben. Erst Anfang Dezember 1908 wiederholte sich das Muster, als sei es historisch eingeübt: ›Provokation‹ durch farbentragende deutsche Studenten, eine steinewerfende tschechische Menge, Herunterreißen von deutschen Ladenschildern, tagelange Tumulte auf Graben und Wenzelsplatz, dann gesenkte Bajonette, das Eingreifen berittenen Militärs, schließlich das Verhängen des Standrechts durch den Kaiser – und plötzliche Ruhe.

Unmittelbar betroffen war das Versicherungsgebäude nicht, alle Scheiben blieben heil. Doch der wie selbstverständlich aufrechterhaltene Bürobetrieb, das ruhige Unterhandeln zwischen Deutschen und Tschechen hatte etwas Unwirkliches, wenn man sich vergegenwärtigte, dass wenige hundert Meter entfernt bereits Blut floss und dass die mittlerweile 415 000 in Prag lebenden Tschechen die verbliebenen 35 000 Deutschen leicht hätten aus der Stadt jagen können – wäre ihr Aufbegehren tatsächlich so organisiert gewesen, wie die deutsche Presse es ihnen unterstellte. Aus der Zeitung erfuhr Kafka, dass sein stramm deutscher Großcousin Bruno Kafka, mittlerweile Universitätsdozent, auf offener Straße schwer verprügelt worden war. Und dass es wieder einmal gegen die Juden ging. Das alles war kein Thema im Büro, doch gab es natürlich auch hier Beamte, die *privatim* keineswegs so neutral waren, wie ihr sorgenvolles Kopfschütteln vermuten ließ. Dass in dieser wie überhaupt in jeder Prager Behörde das nationale Denken bloß aufgestaut, doch keineswegs überwunden war, sollte sich nach dem Weltkrieg auf drastische Weise zeigen, als die leitenden Angestellten deutscher Sprache plötzlich zu Betrügern erklärt wurden, die deutsche Unternehmen grundsätzlich bevorzugt hätten.[4]

Das war politisch konsequent, doch sachlich naiv. Denn die deutsch-tschechische Zuordnung von Betrieben, mit denen die Nationalisten beider Seiten gern argumentierten, um ihre jeweiligen Leistungen hervorzukehren, war häufig ganz illusorisch. Es gab Branchen, in denen eine der Seiten die Vorherrschaft hatte: so etwa die Tschechen im Maschinenbau und in der Produktion von Nahrungsmitteln, die Deutschen hingegen in der Textilindustrie und in der Herstellung von Glas- und Keramikwaren. Auch regional waren Schwerpunkte auszumachen: Die nordböhmischen Randgebiete waren klar deutsch dominiert, die tschechische Industrie war in Zentralböhmen heimisch, einschließlich Prag. Doch was genau war ein *tschechisches Unternehmen*? War es bedeutend, dann operierte es zu-

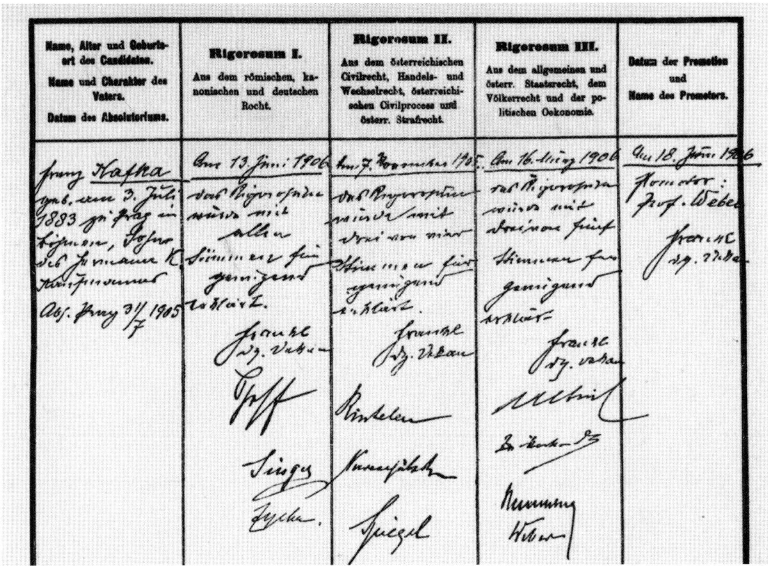

Name, Alter und Geburtsort des Candidaten. Name und Charakter des Vaters. Datum des Absolutoriums.	Rigorosum I. Aus dem römischen, kanonischen und deutschen Recht.	Rigorosum II. Aus dem österreichischen Civilrecht, Handels- und Wechselrecht, österreichischen Civilprocess und österr. Strafrecht.	Rigorosum III. Aus dem allgemeinen und österr. Staatsrecht, dem Völkerrecht und der politischen Oekonomie.	Datum der Promotion und Name des Promotors.
Franz Kafka geb. am 3. Juli 1883 in Prag ... Abs. Prag 31/7 1905	Am 13. Juni 1906 ...	Am 7. November 1905 ...	Am 16. März 1906 ...	Am 18. Juni 1906 Promotor: Prof. Weber

35 Kafkas Promotionsprotokoll

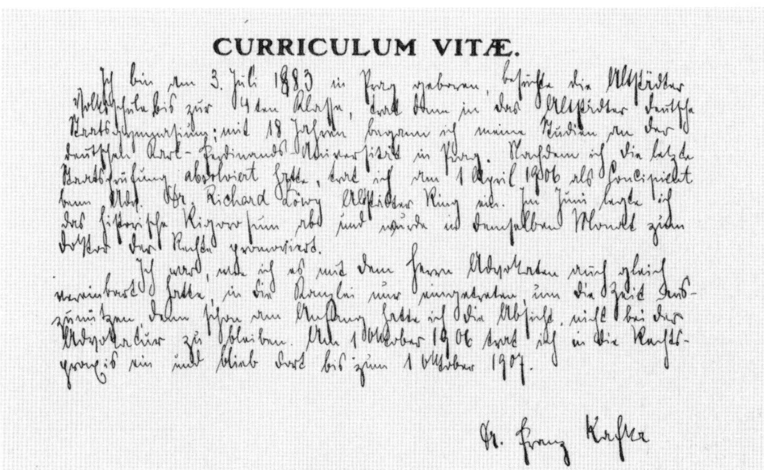

CURRICULUM VITÆ.

Ich bin am 3. Juli 1883 in Prag geboren, besuchte die Altstädter Volksschule bis zur 4ten Klasse, trat dann in das Altstädter deutsche Staatsgymnasium; mit 18 Jahren begann ich meine Studien an der deutschen Karl-Ferdinands-Universität in Prag. Nachdem ich die letzte Staatsprüfung absolviert hatte, trat ich am 1 April 1906 als Concipient beim Adv. Dr. Richard Löwy Altstädter Ring ein. Im Juni legte ich das historische Rigorosum ab und wurde im demselben Monat zum Doktor der Rechte promoviert.

Ich war, wie ich es mit dem Herrn Advokaten auch gleich vereinbart hatte, in die Kanzlei nur eingetreten, um die Zeit auszunützen, denn schon am Anfang hatte ich die Absicht, nicht bei der Advokatur zu bleiben. Am 1 Oktober 1906 trat ich in die Rechtspraxis ein und blieb dort bis zum 1 Oktober 1907.

Dr. Franz Kafka

36 Curriculum Vitae für die Bewerbung bei den Assicurazioni Generali, 1907

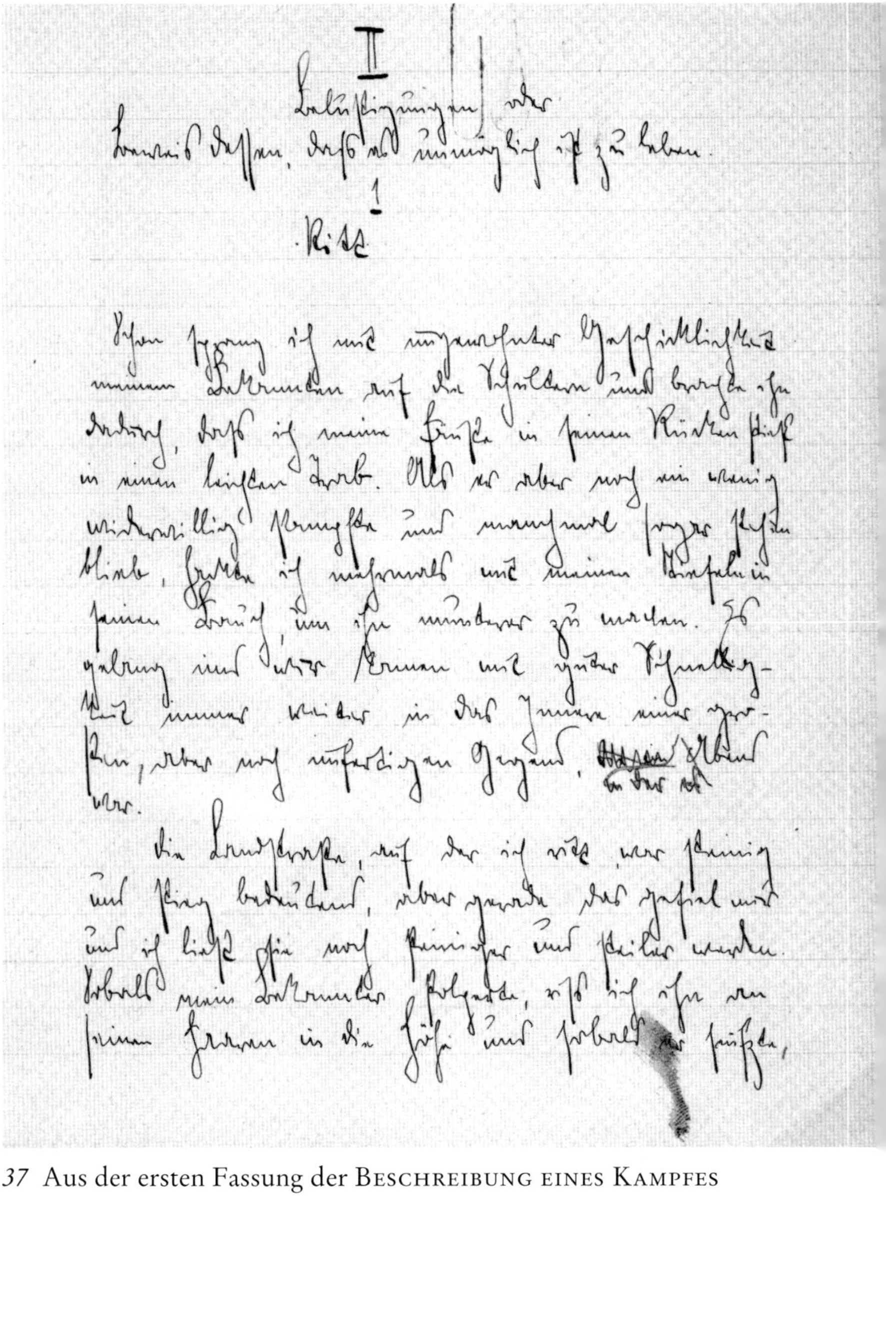

II

Belustigungen oder
Beweis dessen, daß es unmöglich ist zu leben.

1

Ritt

Schon sprang ich mit ungewohnter Geschicklichkeit meinem Bekannten auf die Schultern und brachte ihn dadurch, daß ich meine Fäuste in seinen Rücken stieß, in einen leichten Trab. Als er aber noch ein wenig widerwillig stampfte und manchmal sogar stehen blieb, hieb ich mehrmals mit meinen Stiefeln in seinen Bauch, um ihn munterer zu machen. Es gelang und in guter Schnelligkeit kamen wir immer weiter in das Innere einer großen, aber noch unfertigen Gegend, in der es Abend war.

Die Landstraße, auf der ich ritt, war steinig und stieg bedeutend, aber gerade das gefiel mir und ich ließ sie noch steiniger und steiler werden. Sobald mein Bekannter stolperte, riß ich ihn an seinen Haaren in die Höhe und sobald er seufzte,

37 Aus der ersten Fassung der Beschreibung eines Kampfes

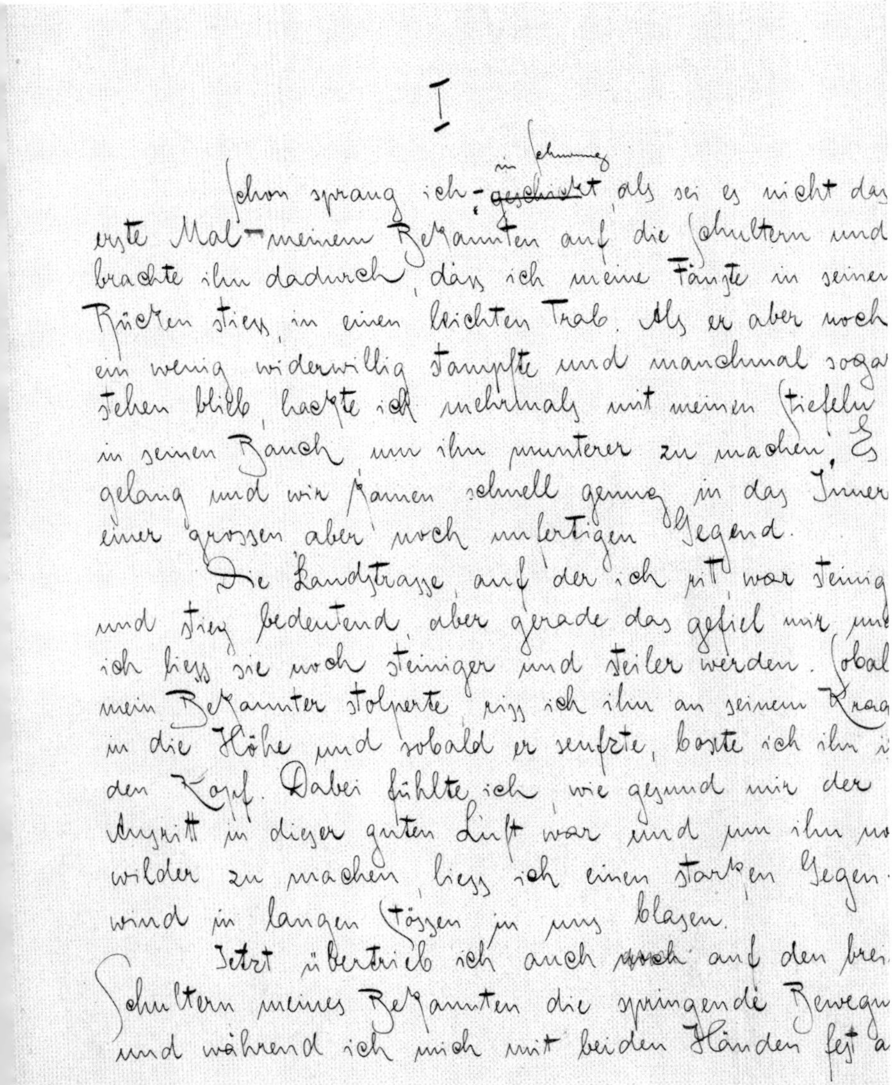

I

Schon sprang ich – in Schwung ~~geschickt~~, als sei es nicht das erste Mal – meinem Bekannten auf die Schultern und brachte ihn dadurch, dass ich meine Fäuste in seinen Rücken stiess, in einen leichten Trab. Als er aber noch ein wenig widerwillig stampfte und manchmal sogar stehen blieb, hackte ich mehrmals mit meinen Stiefeln in seinen Bauch, um ihn munterer zu machen. Es gelang und wir kamen schnell genug in das Innere einer grossen aber noch unfertigen Gegend.

Die Landstrasse, auf der ich ritt, war steinig und stieg bedeutend, aber gerade das gefiel mir und ich liess sie noch steiniger und steiler werden. Sobald mein Bekannter stolperte, riss ich ihn an seinem Kragen in die Höhe und sobald er seufzte, boxte ich ihn in den Kopf. Dabei fühlte ich, wie gesund mir der Ausritt in dieser guten Luft war und um ihn noch wilder zu machen, liess ich einen starken Gegenwind in langen Stössen in uns blasen.

Jetzt übertrieb ich auch ~~noch~~ auf den brei-Schultern meines Bekannten die springende Bewegu-und während ich mich mit beiden Händen fest a-

8 Aus der zweiten Fassung der BESCHREIBUNG EINES KAMPFES

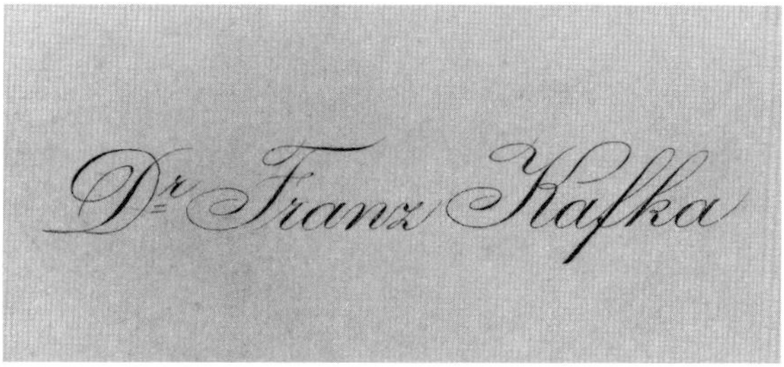

39 Visitenkarte

40 Kafkas Schreibtisch

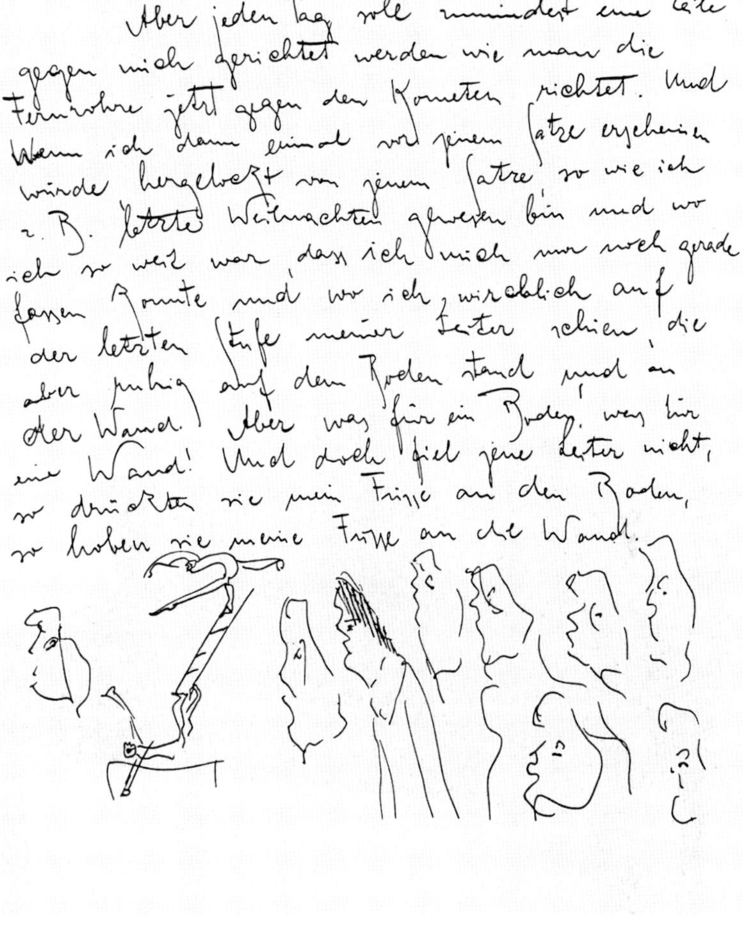
Aber jeden Tag soll zumindest eine Zeile gegen mich gerichtet werden wie man die Fernrohre jetzt gegen den Kometen richtet. Und wenn ich dann einmal vor jenem Satze erscheinen würde hergelockt von jenem Satze, so wie ich z. B. letzte Weihnachten gewesen bin und wo ich so weit war, dass ich mich nur noch gerade fassen konnte und wo ich wirklich auf der letzten Stufe meiner Leiter schien, die aber ruhig auf dem Boden stand und an der Wand. Aber was für ein Boden, was für eine Wand! Und doch fiel jene Leiter nicht, so drückten sie meine Füsse an den Boden, so hoben sie meine Füsse an die Wand.

41 Aus dem Tagebuch (die links unten gezeichneten Artisten sah Kafka im November 1909)

42 Kafka und die Weinstuben-Kellnerin Hansi Julie Szokoll, um 1907

43 Kafkas Onkel Siegfried Löwy

44 Kafka und sein Onkel Alfred Löwy

45 Robert Marschner
und seine Tochter

46 Otto Přibram

47 Hedwig Weiler

48 Ansichtskarte aus dem Sanatorium ›Weißer Hirsch‹, August 1903

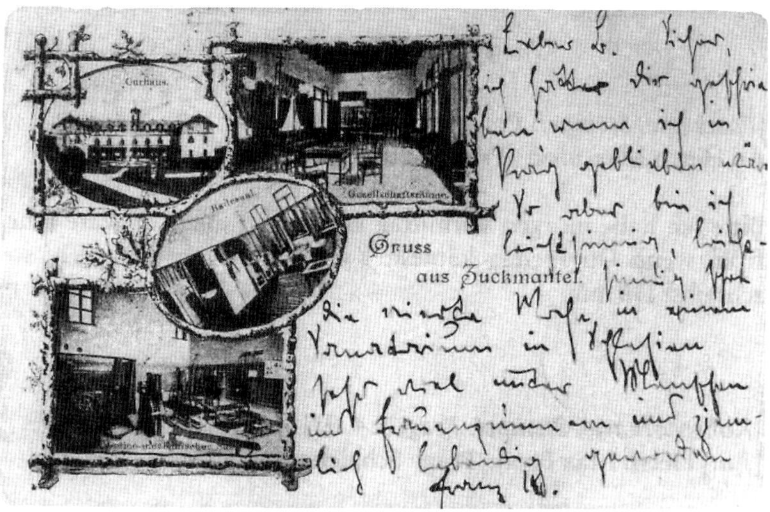

49 Ansichtskarte aus dem Sanatorium in Zuckmantel, August 1905

meist mit anonymem Aktienkapital, das keineswegs in Böhmen, sondern in der Reichshauptstadt Wien konzentriert war – auch wenn die gesamte Belegschaft tschechisch sprach. Ein deutscher Unternehmer aus der Region Reichenberg wiederum – eine kleinstädtische, doch hochindustrialisierte Zone, die Kafka noch sehr genau kennenlernen sollte – bevorzugte nicht unbedingt deutsche Arbeiter, sondern stellte zugezogene Tschechen ein, die sich mit geringeren Löhnen zufriedengaben, während sich die deutschen ›Volksgenossen‹ dann mehr oder minder freiwillig jenseits der Grenze in Sachsen verdingten.

Die böhmische Wirtschaft war ein Minenfeld, auf dem Auseinandersetzungen nicht nur zwischen Deutschen und Tschechen, sondern auch zwischen Unternehmern und Arbeitern, Großbetrieben und mittelständischem Handwerk, zwischen Regionen, Branchen und bisweilen sogar Konfessionen derart unübersichtlich ineinandergriffen, dass es schon sehr guter Nerven bedurfte, um flächendeckende staatliche Maßnahmen wie etwa die Unfall- und Krankenversicherung mit ruhiger Hand durchzusetzen. Kafka war sich gewiss darüber im Klaren, was ihn erwartete, denn diese Malaise war längst öffentlich. Und kaum ein Zeitungsleser glaubte mehr an das liberale Ammenmärchen, dass der allgemeine ›Wettstreit‹ dem Aufschwung Böhmens in materieller und daher auch sozialer Hinsicht förderlich sei. Selbst das neue Österreichische Staatswörterbuch wusste es besser:

»Es ist eine bemerkenswerte Erscheinung, daß es dem U.V.G. [Unfallversicherungsgesetz] während seiner nunmehr 15jährigen Wirksamkeit nicht gelungen ist, sich einzuleben, vermochte es doch von den in Betracht kommenden Kreisen *auch nicht eine einzige Gruppe zufriedenzustellen.* Die durch das U.V.G. allerdings ziemlich schwer belasteten Betriebsunternehmer, die gesetzlich zu minimalen Beiträgen herangezogenen – faktisch aber in zahlreichen Betrieben von Beiträgen völlig freien – Versicherten, die A.[rbeiter-Unfall-Versicherungs]-Anstalten, wie nicht minder die mit der Gesetzesdurchführung betrauten Behörden – alle stimmen in lauten Klagen überein. Anstatt soziale Gegensätze auszugleichen, hat das G.[esetz] in den interessierten Kreisen förmlich einen Krieg aller gegen alle entfesselt. [...] Die Versicherungsanstalten stehen ohne Verschulden im Mittelpunkt dieser Angriffe und werden öffentlich als die ›bestgehaßten‹ Institute bezeichnet.«[5]

Am Morgen des 30. Juli 1908, gegen 7.45 Uhr, machte sich Kafka zum ersten Mal auf den Weg zu seinem neuen Arbeitsplatz. Warm war es, aber trüb und feucht, sogar ein wenig neblig. Er ging die Niklasstraße entlang, überquerte den Altstädter Ring, dann durchschritt er die Zeltnergasse in ganzer Länge, vorbei an einigen Häusern, in denen er schon gewohnt hatte, und vorbei am Pulverturm. Über den Josefsplatz ging es weiter in die Pořitscherstraße (Na Poříčí) zu einem fünfstöckigen, mit zwei Portalen, riesiger Kuppel und klassizistischer Prunkfassade versehenen Gebäude. Das war die Residenz der *Arbeiter-Unfall-Versicherungs-Anstalt für das Königreich Böhmen in Prag*, ein Schriftzug in riesigen Lettern, zweisprachig und quer über die ganze Front, machte es kenntlich. Drinnen gab es einen geräumigen, jedoch behäbigen Lift mit eigenem Portier. Später bevorzugte Kafka, der stets einige Minuten zu spät war, den Sprint im Treppenhaus, obwohl sein Büro im obersten Stock lag.

Er war seit einigen Tagen in recht melancholischer Stimmung, die er der Familie und den Freunden nur schwer begreiflich machen konnte. War nicht soeben sein drängendster Wunsch in Erfüllung gegangen? Er hatte, und das als Jude, einen der begehrten Jobs mit ›einfacher Frequenz‹ ergattert, zu dem er täglich nur einmal erscheinen musste und der ihn schon nach sechs Stunden wieder entließ. Einen Job überdies, bei dem er nicht einfach Akten zu verdauen hatte – wie Max Brod es dann über etliche Jahre in der Prager Postverwaltung ertrug –, sondern wo er sich ein breitgefächertes Feld von Tätigkeiten buchstäblich erarbeiten konnte, sozial sinnvolle Tätigkeiten, die persönliche Erfolge und damit auch Identifikation ermöglichten. In den versicherungstechnischen Abendkursen, in denen er seine künftigen Vorgesetzten kennenlernte, hatte er ja schon ein recht genaues Bild davon gewonnen, was ihn an seinem neuen Arbeitsplatz erwartete: Es war eine Institution, die sich in einer sozial heißen Zone befand und in der man dennoch gut versorgt war.

Glück empfand er darüber nicht. Die wenigen Tage Erholung im Böhmerwald hatten ihn noch einmal sinnlich-schmerzlich daran erinnert, wie wirkliche Freiheit aussah: »die Schmetterlinge fliegen dort so hoch wie die Schwalben bei uns«. Die exotischen Länder, von denen er geträumt hatte, verschwanden hinter dem Horizont, voraussichtlich für immer. Und ein Leben in einer anderen Stadt? Unwahrscheinlich auf lange Frist, undenkbar für die kommenden Jahre. Er saß fest in Prag, in jener Stadt, die er einst hatte anzünden wollen. Selbst die Reisen, die er sich aus eigenen Mitteln leisten konnte, würden nun einem schmalen Zeitkontingent unterworfen sein, jahrzehntelang.

Ebenso seine literarischen Versuche, die unter den Bedingungen eines einförmigen Alltags und mit einem von Bürosorgen blockierten Kopf ohnehin versanden würden. Alle Weichen waren gestellt, zu entscheiden war nichts mehr. Der imaginative Raum, jener Spielplatz der Entwürfe, Träume und Fluchten, verdunkelte sich. Der 30. Juli 1908 war der Tag, an dem Kafka in eine bürgerliche Existenz eintrat, aus der ihn nur noch ein Gewaltakt würde befreien können. *Na Poříčí* Nr. 8 war die Adresse, wo er seine Haft anzutreten hatte. Und bald schon würde er zu einer Sorte von Menschen gehören, vor der ihm graute: »Das Sprungbrett ihrer Lustigkeit ist die letzte Arbeitsminute.«[6]

Auch bei der Unfallversicherung hatte Kafka eine Probezeit zu bestehen, in der er als ›Hilfsbeamter‹ und bei monatlich bescheidenen 120 Kronen – noch immer ein Arbeiterlohn – durch mehrere Abteilungen geschleust und dann intern bewertet wurde. In der Personalakte erhalten blieb zunächst die Begutachtung aus der ›Versicherungstechnischen Abteilung‹, die zuständig war für das Berechnen der Beiträge und in der Kafka die ersten zehn Monate verbrachte. Daraus geht hervor, dass er anfänglich mit statistischen Arbeiten befasst war – diese besondere Probe auf seine Arbeitsdisziplin kannte er schon aus den Assicurazioni –, dann aber auch mit Korrespondenzen, die sich aus den massenhaften Einsprüchen der Unternehmer entwickelten. Sogar Briefe an das Innenministerium in Wien, bei dem sich die Unternehmer in zweiter Instanz über die Höhe ihrer Beiträge beschweren konnten, scheint Kafka in dieser frühen Zeit schon vorformuliert zu haben. Er durfte das auf Deutsch tun, denn der behördeninterne Schriftverkehr wurde in Österreich seit 1899 – dem Jahr, als Badenis Sprachverordnungen rückgängig gemacht wurden – wieder generell in deutscher Sprache geführt. Doch war es natürlich eine wesentliche Qualifikation, dass Kafka auch die Schriftwechsel mit tschechischen Fabrikanten, Anwälten, Inspektoren und Unfallopfern zumindest lesen, in späteren Jahren sogar *führen* konnte.[7]

Sein unmittelbarer Vorgesetzter, der 41-jährige Abteilungsvorstand Eugen Pfohl, erkannte offenbar sehr schnell, dass der neue Mann nicht nur sprachlich begabt war, sondern bei völliger Klarheit der Darstellung auch noch juristisch präzise argumentieren konnte, dass er also über Fähigkeiten verfügte, die man in dieser Kombination nur bei den besten Anwälten fand. Es lag daher nahe, Dr. Kafka so bald wie möglich auch mit dem Verfassen von Texten zu betrauen, die für die Öffentlichkeit und für die politischen Entscheidungsträger bestimmt waren, die also verständlich und dennoch inhaltlich unanfechtbar sein mussten.

Seine Feuerprobe als amtlicher Schriftsteller bestand Kafka daher schon wenige Monate nach Dienstantritt. Anlass bot der Rechenschaftsbericht, den die Anstalt einmal jährlich und in beiden Landessprachen vorzulegen hatte. Dieser Bericht, zumeist kaum mehr als eine karg kommentierte Bilanz, sollte diesmal als Plattform dienen, um in einer besonders heftig umstrittenen Frage den Standpunkt der Behörde klar zu umreißen. Es ging dabei um die Versicherungspflicht im Baugewerbe, die von den Anwälten der Unternehmer so eng wie irgend möglich ausgelegt wurde: Ihrer Ansicht nach wollte der Gesetzgeber lediglich die Arbeit auf Baustellen versichern. Wie aber stand es um die Zigtausende von Zulieferern? Der Steinmetz beispielsweise, der mit zahlreichen Gehilfen in eigener Werkstatt arbeitete; die Handwerker, die Gerüste, Metallteile und Verschalungen herstellten; die Leute schließlich, die sie zur Baustelle schleppten? Dies alles waren ›bauliche Nebengewerbe‹, die nicht minder unfallträchtig waren und deren Versicherungspflicht man gegen den Widerstand von Unternehmern erst hatte erstreiten müssen: mit einer Entscheidung des Verwaltungsgerichtshofs (›einem Erkenntnis‹, wie man in Österreich sagte) aus dem Jahr 1906. Nun plötzlich, im Frühjahr 1908, urteilte dieses selbe Gericht im entgegengesetzten Sinn, klammerte die Nebengewerbe wieder aus und zwang damit die Unfallversicherungen zu einem bürokratischen Salto rückwärts. Kafkas fachwissenschaftlicher Aufsatz UMFANG DER VERSICHERUNGSPFLICHT DER BAUGEWERBE UND DER BAULICHEN NEBENGEWERBE war demnach ein dringend nötiger Vernunftappell, der nicht nur diese letzte befremdliche Entscheidung des Verwaltungsgerichts kühl auseinandernahm, sondern auch allen Beteiligten vor Augen hielt, dass unter so schwankenden Rechtsverhältnissen eine Versicherung schlechterdings nicht funktionieren kann. Ganz zu schweigen vom Vertrauensschwund unter den Arbeitern, denen man nicht begreiflich machen konnte, wieso es vom genauen Zeitpunkt eines Unfalls abhing, ob sie nun entschädigt wurden oder nicht.[8]

Kafka verfasste diesen Aufsatz gegen Ende 1908, also nicht einmal ein halbes Jahr nach seiner Einstellung. Eugen Pfohl redigierte ihn, ein hausinterner Übersetzer erstellte die tschechische Fassung. Bedeutsam war die Veröffentlichung vor allem deshalb, weil sie der neuen Strategie der Prager Anstalt entsprach, so etwas wie *public relations* aufzubauen und dem Image der Misswirtschaft, das ihr anhaftete, aktiv entgegenzuwirken. Behörden hatten das ansonsten nicht nötig, sie kommunizierten über Erlasse und Bekanntmachungen, die in der Tagespresse dann leicht übersehen wurden. Die Unfallversicherung jedoch war auf die Mitwirkung sozialer Gruppen und Verbände angewiesen, die ihr, wenn sie wollten, das Leben ziemlich sauer machen konnten. Daher hatte man nach dem verheerenden Urteil zum Baugewerbe sofort beschlossen, die betroffenen Unternehmer auch direkt anzusprechen: Man forderte sie auf, ja *bat* sie eigentlich, die bisherige Versicherung doch freiwillig weiterlaufen zu lassen: zum einen, um Ungerechtigkeiten und bürokratisches Chaos zu vermeiden, zum anderen, weil die Versicherung auch ihrem eigenen Schutz diente. Schließlich würden Arbeiter, denen ohne jede Versicherung und ohne Verschulden etwas zustieß, Entschädigung oder Rente dann eben gerichtlich einklagen, wie in alten Zeiten. Tatsächlich wurde dieses in mehr als 4000 Kopien verschickte ›Zirkular‹ nur in etwa einem Viertel der Fälle ablehnend beantwortet – ein Erfolg der neuen Diplomatie.

Auch Kafkas zweite amtliche Veröffentlichung diente dem Protest gegen eine realitätsfremde Entscheidung, die ohne jede Rücksprache im fernen Wien getroffen worden war. Es ging dabei um ein drängendes technisches Problem, dessen Bewältigung man bisher der Privatwirtschaft überlassen hatte, nämlich um die Versicherung von Automobilen, einschließlich der Fahrer, die ja meist angestellte Chauffeure oder Mechaniker waren. Obwohl Autos noch Luxusgüter waren – ein gewöhnlicher Tourenwagen hätte selbst Kafkas Direktor mehrere Jahresgehälter gekostet –, gab es in Österreich bereits Tausende. Sie schienen sich wie Lebewesen zu vermehren, und sie wurden immer stärker. Demzufolge stieg die Häufigkeit von Unfällen, und zwar keineswegs nur auf den Straßen, sondern auch in den Garagen bei der aufwendigen Wartung der Maschinen. Besitzer von Kraftwagen konnten sich bislang privat versichern, oder sie zogen noch am Ort des Geschehens die Brieftasche, was häufig vorkam. Diese neuen, schwer überschaubaren Risiken, bei denen es bisweilen um enorm hohe Haftpflichtleistungen ging, sollten nun endlich unter staatliche Kontrolle gebracht werden.

Doch welcher Behörde konnte man diese neuen Geschäfte aufbürden? Eine staatliche Unfallversicherung gab es zwar längst, doch unglücklicherweise war sie laut Statut allein für Betriebe zuständig. Das rief die Verwaltungsjuristen auf den Plan, unter denen sich irgendein Anonymus durch eine besonders pfiffige Idee hervortat: Wie wäre es, sämtliche Automobile zu Ein-Mann-Betrieben und die Besitzer zu Unternehmern zu erklären? Damit war das Problem auf elegante Weise vom Tisch. Während man sich in der Prager Versicherungsanstalt ab dem 9. August 1908 – dem Tag, als dieser bürokratische Irrsinn verkündet wurde – die Haare raufte. Wie viele Autos gab es überhaupt in Böhmen, und wem gehörten sie? Waren sie bereits versichert, konnte man die alten Verträge auflösen oder übernehmen? Das alles musste man mittels umfänglicher Korrespondenzen erst einmal herausfinden. Als einziger Trost blieb, dass man die Beamten nicht auch noch zu Autorennen schicken musste, denn die waren weiterhin privat versichert.

Die genaue Darstellung dessen, was der Versicherung da eingebrockt worden war, blieb wiederum dem findigen Dr. Kafka überlassen; publiziert wurde seine Stellungnahme im Rechenschaftsbericht für 1908. Sie kommt, wie schon seine erste Arbeit, ohne jede Polemik aus, belegt jedoch mit zielgenauen Argumenten, dass die Verantwortlichen im Ministerium von den technischen und juristischen Gegebenheiten keine Ahnung hatten und dass daher die Prager Behörde mit den plötzlich aufgetauchten achthundert rollenden Betrieben ziemlich alleingelassen war. Noch nicht einmal an eine Unterscheidung zwischen stark und schwach motorisierten Autos hatte man gedacht. Daher habe man die konkreteren Bestimmungen, die aus Wien erbeten worden waren, nur »soweit sie durchführbar und für die Anstalten annehmbar waren« und »nach mehrfachen Abänderungen« übernehmen können – womit Kafka das Äußerste an politischer Kritik schon ausgereizt hatte, das in einer solchen offiziösen Publikation möglich war.[9] (Und falls er einmal in feucht-fröhlicher Gesellschaft mit dem Auto-Taxi durch die Stadt fuhr – das gab es in Prag schon seit 1907 –, dann hatte er nun etwas Lustiges zu erzählen.)

Die Idee, mit solchen Problemen offensiv umzugehen und sie durch direkte Ansprache der Betroffenen zu lösen, ging vor allem auf Dr. jur. Robert Marschner zurück, Advokat, Sekretär der Versicherungsanstalt, zugleich Privatdozent an der deutschen Technischen

Hochschule und Kursleiter an der Handelsakademie. Es ist durchaus wahrscheinlich, dass der 43-jährige Marschner – der für Kafka noch eine schicksalhafte Rolle spielen sollte – auch schon dessen Einstellung unterstützt hatte, denn Bewerber meldeten sich so viele, dass der persönliche Eindruck aus den Abendkursen hilfreich war bei der Auswahl. Eine beiderseitige Sympathie gab es gewiss; Kafka vor allem war beeindruckt von diesem Inbegriff des engagierten Fachmanns, der sich mit seiner Arbeit völlig identifizierte, der über Detailkenntnisse und organisatorisches Talent verfügte und der den sozialpolitischen Kontext seiner Tätigkeit niemals aus den Augen verlor. Marschner verkörperte die seltene Kombination aus Technokrat, Bürokrat und ehrgeizigem Sozialreformer, ein Mann, der politisch keineswegs ›links‹ stand – dann hätte er diese Behörde nicht repräsentieren können –, der jedoch überzeugt davon war, dass sich allein schon mit administrativen Mitteln das Los der Arbeiter erheblich verbessern ließ und dass deren soziale Absicherung in staatliche Hände gehörte und nicht in die der privaten Wirtschaft.[10] Diese Haltung ließ auch der kleine Stapel einschlägiger Publikationen erkennen, die Marschner bereits vorgelegt hatte, und sie bewährte sich später in Zeiten des Krieges, als Marschner eine Arbeitsbelastung freiwillig auf sich nahm, die Kafka beinahe demütig machte. Dass Marschner überdies literarische Interessen hatte, war eine glückliche Zugabe, die – wie bereits bei den Assicurazioni – den Umgang mit dem Vorgesetzten ein wenig erleichterte. Doch entscheidend war das keineswegs. Es war charakteristisch für Kafka – und beobachten lässt es sich gerade in seiner Beurteilung von Kollegen –, dass seine spontanen Sympathien weder von gemeinsamen Interessen abhängig waren noch davon, ob jemand ästhetische Erfahrungen teilte oder nicht. So lobte er etwa Siegmund Fleischmann, den einzigen ›Mit-Juden‹, ohne die geringste Ironie oder Herablassung dafür, »wie er sich seiner Sache hingibt«, und erwähnte nur beiläufig dessen »ursprüngliches Nichtinteresse« für Literatur.[11]

Eine spezielle Beziehung zu Marschner muss sich recht früh schon entwickelt haben. Anders ist es nicht zu erklären, dass im März 1909, als Marschner zum Leitenden Direktor der Anstalt ernannt wurde, die Lobrede der Kollegenschaft ausgerechnet von Kafka verfasst wurde, von einem Neuling also, der noch nicht einmal seine Probezeit absolviert hatte. Was ihn an volltönendem Lob aber keinesfalls hinderte:

»Diese Wahl ist sehr begrüßenswert. Ein Mann tritt hiemit tatsächlich in eine ihm auch ideell gebührende Stellung, und diese Stellung erhält den für sie notwendigen Mann.« Dass Kafka diese Rede selbst verlesen haben sollte, ist nur schwer vorstellbar (auch wenn man noch nicht wusste, dass er zu Lachanfällen neigte). Auffallend ist jedoch, dass jenseits der üblichen Floskeln, die Marschners Sachkompetenz in den schönsten Farben malen, auch seine soziale Haltung betont wird, mit Formulierungen, die eine innere Beteiligung des Redners durchaus spüren lassen: »Kenner seiner Schriften, seiner beruflichen Arbeit, seiner Persönlichkeit werden ergriffen von seinem starken und lebhaften Gefühl für die Lage der Arbeiterschaft, die einen eifervollen Freund in ihm hat« ... hier merkte wohl Kafka, dass es gefährlich wurde ... »der aber immer die Grenzen achten wird, die das Gesetz und die wirtschaftlichen Verhältnisse der Gegenwart seinen Bestrebungen in dieser Richtung setzen ... darum hat er wohl auch, abgesehn vielleicht vom wissenschaftlichen Gebiete, keine Gegner; hätte er welche, es wäre eine traurige Gegnerschaft.«[12]

Kafka hat sich später wiederholt darüber beklagt, dass seine Bürotätigkeit gespenstische Züge trage, allein schon wegen ihres Abstraktionsgrads. Das Hantieren mit Gefahrenklassen und Risikoprozenten, das Festlegen von Versicherungsbeiträgen und die mit juristischen und rhetorischen Mitteln geführten Auseinandersetzungen mit zahlungsunwilligen Unternehmern – das blieben bis zum Ende seiner Laufbahn die Aufgaben, die den überwiegenden Teil seiner Dienststunden ausfüllten. Zumeist geistlose Routine, hatte dieser statistische, über Formblätter vermittelte Verkehr mit der Wirklichkeit aber auch eine komische Kehrseite, die Kafka keineswegs entging und die ihn später auch literarisch inspirierte. So gehen die grotesken Szenen der Aktenverteilung im SCHLOSS-Roman (»er wollte nicht Trost, er wollte Akten«) auf die Erfahrung einer Behördenmaschinerie zurück, die mit mehr als tausend Schriftstücken *täglich* gefüttert wurde. Und selbst einem antiken Gott, so stellte sich Kafka vor, könne es geschehen, von der aktenmäßigen Verwaltung seines Reiches derart beansprucht zu werden, dass er niemals dazu kommt, es auch zu besichtigen: »Poseidon saß an seinem Arbeitstisch und rechnete ...«[13]

Vielleicht nahm Kafka hier einen Seufzer seines Direktors auf, der ein zeitweilig schier übermenschliches Pensum bewältigte und der daher von den böhmischen Industriegebieten, für deren Humanisierung er zuständig war, tatsächlich weniger zu sehen bekam, als seiner Arbeit zuträglich war. Doch selbstverständlich gehörte es zur hausinternen Ausbildung, dass die Beamten sich von den Zuständen selbst ein Bild machten, das heißt technische Innovationen und Schutzmaßnahmen vor Ort kennenlernten. Zwei Dienstreisen Kafkas lassen sich bereits für das Jahr 1908 nachweisen, eine mehrtägige nach Nordböhmen, eine kürzere in das südlich von Prag gelegene Czernoschitz, und in späteren Jahren hatte Kafka eine ganze Reihe verantwortungsvoller Besichtigungen und Unterredungen zu absolvieren. Solche Besuche waren immer heikel, denn Betriebsführer und Meister betrachteten die Versicherungsjuristen aus Prag als weltfremde Bürokraten, die von technischen Abläufen nicht viel wussten und viel weniger noch von den angeblichen Gefahren, die sie grundsätzlich übertrieben. Gewiss, es gab hochspezialisierte Gewerbeinspektoren, die das *Recht* zu Besichtigungen hatten und die dann ihre Erkenntnisse an die Anstalt in Prag meldeten. Doch es war offenkundig, dass viele dieser Inspektoren sich mit den Unternehmern allzu gut verstanden und der Versicherung nur widerwillig zuarbeiteten. Solcher Intransigenz begegnete man am besten, indem man sich mit eigenem Fachwissen und punktgenauer Vorbereitung Respekt verschaffte.

Arbeitsunfälle waren in den Büros der Versicherung freilich nicht nur als statistische Ziffern oder als Wahrscheinlichkeiten präsent. Waren Menschen verletzt oder gar getötet worden, dann saßen die Opfer oder deren Angehörige ganz leibhaftig auf den Besucherstühlen der zuständigen Beamten, und es war über medizinische Maßnahmen, Entschädigungen und Renten zu entscheiden, wobei sogar hausinterne Ärzte mitwirkten. Auch diese ganz und gar nicht abstrakte Seite des Büroalltags sollte Kafka natürlich kennenlernen, daher versetzte man ihn im April 1909 für einige Monate in die Unfallabteilung. Hier wurde das Geld ausgegeben, das seine vorige Abteilung eingetrieben hatte, und hier zeigte sich noch ein wenig anschaulicher, woher eigentlich die riesigen Defizite rührten: Durchschnittlich sechzig Unfälle *täglich* wurden gemeldet, ein pausenloses Stakkato, jeder Fall dringend, so dass an pünktlichen Büroschluss oft nicht zu denken war und auch Kafka – wie vermutlich die meisten seiner Kollegen – sich in Galgenhumor flüchtete. So schrieb er an einem Nachmittag um 16.30 Uhr aus dem Büro:

»Denn was ich zu tun habe! In meinen vier Bezirkshauptmannschaften fallen – von meinen übrigen Arbeitern abgesehn – wie betrunken die Leute von den Gerüsten herunter, in die Maschinen hinein, alle Balken kippen um, alle Böschungen lockern sich, alle Leitern rutschen aus, was man hinauf gibt, das stürzt hinunter, was man herunter gibt, darüber stürzt man selbst. Und man bekommt Kopfschmerzen von diesen jungen Mädchen in den Porzellanfabriken, die unaufhörlich mit Türmen von Geschirr sich auf die Treppen werfen.«[14]

Das klang frivol, doch war Kafka natürlich bewusst, dass der slapstickartige Effekt sich nur aus sicherer Entfernung einstellte. Aus der Nähe betrachtet, Akte für Akte, ergab sich ein viel deprimierenderes Bild allein schon wegen der Häufigkeit schwerer Verletzungen mit lebenslangen Folgen, die selbst im schlimmsten Fall – also dann, wenn das Opfer pflegebedürftig wurde – mit höchstens sechzig Prozent des letzten Verdienstes abgegolten wurden. Ganz zu schweigen von den jährlich 250 bis 300 tödlichen Unfällen allein in Böhmen. Laut Personalakte wurde Kafka im ›Renten-Referat‹ beschäftigt, mithin im papiernen Fokus dieses Elends. Wie oft er hier mit invaliden Unfallopfern sprechen oder Hinterbliebene trösten musste, welche Spielräume er hatte und wie er sie nutzte, um diesen Menschen ›unbürokratisch‹ zu helfen – all das bleibt im Dunkeln. Gewiss ist jedoch, dass er sich die Erlebnisse in dieser Abteilung auf Dauer keineswegs vom Leib halten konnte. So nahm er in seinen ersten Roman DER VERSCHOLLENE die bewegende Binnenerzählung eines tödlichen Arbeitsunfalls auf – eine Hilfsarbeiterin stürzt von einem ungesicherten Gerüst und wird von einem schweren Brett erschlagen –, dessen realistische Details offenbar aus Schriftsätzen stammen, die sich ihm eingeprägt hatten.[15]

Solche Unfälle immer nur abzuwickeln, ohne zu ihrer Verhinderung etwas beizutragen, wäre für Direktor Marschner, den »Freund der Arbeiterschaft«, schwer erträglich gewesen. Bereits zehn Jahre zuvor hatte er mit seinem Amtsvorgänger eine ausgedehnte Dienstreise durch Deutschland unternommen, um Material vor allem zur Unfallprävention zu sammeln. Da dies aber nicht zu den Kernaufgaben der Versicherungsanstalt gehörte, war auch kein Budget vorhanden, um entsprechend ausgebildete Spezialisten in Dienst zu nehmen. Selbst die Drohung, dass diejenigen Fabrikanten, die nicht für ausreichenden Unfallschutz sorgten, dann eben mit höheren Beiträgen zu rechnen hätten, blieb weitgehend wirkungslos. So war es im Wesentlichen dem Einfallsreichtum der leitenden Beamten überlassen, mit den vorhandenen Kräften zumindest propagandistisch etwas zu bewirken – was man ja in Wien immer damit rechtfertigen konnte, dass sich im Erfolgsfall die Ausgaben der Anstalt verringern würden.

Erneut zog man den bewährten Amtsschreiber Dr. Kafka heran. Der war zwar alles andere als eine Autorität im Unfallschutz, doch man traute ihm zu, das einschlägige Handbuchwissen in überzeugende und selbst für den lesefaulsten Unternehmer noch einigermaßen interessante Texte zu verdichten. So entstanden mehrere Aufsätze über Maßnahmen zur Unfallverhütung, veröffentlicht wiederum in den Jahresberichten der Anstalt und teilweise sogar – ein Novum, das vermutlich auf eine Idee Kafkas zurückging – mit suggestiven Illustrationen versehen: etwa Skizzen der verstümmelten Hände von Holzarbeitern, die in die Messer einer ›Vierkantwelle‹ geraten waren, und der vergleichsweise geringfügigen Wunden, welche die verdeckten Messer einer runden ›Sicherheitswelle‹ zufügen. Ein späterer Text Kafkas über DIE UNFALLVERHÜTUNG IN DEN STEINBRUCHBETRIEBEN war sogar mit fünfzehn kommentierten fotografischen Abbildungen versehen, auf denen zwar keine Menschen zu erkennen waren, die aber abschreckend genug wirkten: eine didaktisch sinnvolle Maßnahme, da die Arbeit in Schiefersteinbrüchen statistisch gefährlicher war als die Herstellung von Sprengstoffen. Hier stellte er überdies die Forderung auf (die gewiss mit Marschner abgesprochen war), große Unfälle in Steinbrüchen generell mit Fotos zu dokumentieren, die Beweissicherung also auf eigene Faust zu erledigen.[16] (Was freilich bei dem ganz anders gearteten Steinbruch-Unglück, das Kafka wenige Monate später auf der letzten Seite seines PROCESS-Romans schildern wird, nicht viel geholfen hätte.)

Auch weiterhin wurde Kafka als ›Referent für Unfallschutz und Erste Hilfe‹ geführt, und in dieser Eigenschaft nahm er 1913 sogar an einem Kongress in Wien teil.[17] Doch die vereinzelten Aktionen auf diesem Gebiet füllten kein Berufsleben aus. Viel dringender, das heißt täglich, wurde die ihn auszeichnende Kombination von juristischer und sprachlicher Kompetenz in der versicherungstechnischen Abteilung gebraucht, in der ›Einreihungsagenda‹, wo es um die Einstufung der Betriebe in mehr oder minder kostspielige Gefahrenklassen und den Kampf um die Beiträge ging. Als Kafka im September 1909 dorthin zurückkehrte, fand er allerdings eine grundlegend veränderte

Situation vor. Denn seit einem halben Jahr waren die Unternehmer gesetzlich dazu verpflichtet, ihre Belegschafts- und Lohnlisten offenzulegen, wodurch für sie die einfachste Möglichkeit, Versicherungsbeiträge zu hinterziehen, endgültig entfiel – eine Maßnahme, die sofort Wirkung zeigte und der Prager Anstalt im folgenden Jahr sogar erstmalig ein finanzielles Plus bescherte. Umso mehr verlegten sich die Fabrikbesitzer nun darauf, ihre Risikoeinstufung juristisch anzufechten, und der Schriftverkehr um diese Einsprüche (›Rekurse‹) nahm drastisch zu.

Mit juristischem Fachwissen allein war dem nicht mehr standzuhalten, selbst die Rechtsabteilung war völlig überfordert, und mehr als je zuvor bedurfte es jetzt einer intelligenten Kombination juristischer *und* technologischer Spezialkenntnisse auf neuestem Stand. Einer Empfehlung Marschners folgend stellte Kafka daher den förmlichen Antrag, ab Oktober während seiner Dienstzeit Vorlesungen über mechanische Technologie hören zu dürfen, speziell zur Verarbeitung von Fasern, und dem wurde rechtzeitig zu Semesterbeginn auch stattgegeben.[18] Eine bedeutende Entlastung für ihn. Denn bei den zahlreichen Dienstreisen, die ihm nun bevorstanden, war er nicht nur auf sich allein gestellt, er bekam es auch mit Unternehmern zu tun, die wegen der verschärften Kontrollen ohnehin missgelaunt und auf die Unfallversicherung alles andere als gut zu sprechen waren. Kafkas verbindliches Lächeln half wenig, um diese Gespräche zu entspannen, wenn er gleichzeitig Einblick in die Lohnlisten verlangte, Schutzvorrichtungen anmahnte und darauf schaute, dass die Arbeiter sie auch verwendeten. »… ich habe wieder ein paar Tage hinter mir!«, schrieb er im Herbst. »Heute ½7 bin ich nach Gablonz gefahren, von Gablonz nach Johannesberg, dann nach Grenzendorf, jetzt fahre ich nach Maffersdorf, dann nach Reichenberg, dann nach Röchlitz und gegen Abend nach Ruppersdorf und zurück.« Und kurz vor Weihnachten aus der westböhmischen Industriestadt Pilsen: »Ich habe es mir anders gedacht. Die ganze Zeit über ist mir schlecht gewesen und Einreihung von der Morgenmilch bis zum Abendmundausspülen ist keine Kur.«[19]

»Kafka jammert«, notierte Max Brod lakonisch am 18. Oktober 1909. Vermutlich über das Büro, die Dienstreisen, die Pflicht, ›amtliche Schriften‹ zu verfassen anstelle von Literatur. Hatte er es wirklich so schlecht getroffen? Er hätte, eindringlich befragt, doch gewiss nicht leugnen können, dass sein Selbstbewusstsein sich auf dem Resonanzboden der großen Behörde gefestigt hatte. Ab morgens acht Uhr, sobald er das Portal der Versicherungsanstalt durchschritt und den Gruß des Portiers erwiderte, befand er sich in einer Welt, in der er geschätzt und gebraucht wurde und in der man von seinem gegenwärtigen und künftigen Status eine ziemlich genaue und durchaus positive Vorstellung hatte – das Gegenteil also von dem eigentümlichen Schwebezustand, in dem er sich nach seiner Promotion befand und in dem alle Pläne und Träumereien in Ernüchterung mündeten. Seine neue Position und die nun viel konkreteren Aussichten mussten schließlich auch seine Eltern beeindrucken, und an *dieser* Front ein wenig Ruhe zu haben gehörte nicht zu den geringsten Vorzügen seines Jobs. Ein kleiner Schritt noch, und er würde finanziell von ihnen unabhängig sein.

Diese nächste Etappe ging Kafka nicht nur pünktlich, sondern auch energisch an. Am 17. August 1909 beantragte er beim Vorstand »ergebenst« die Verleihung einer festen Stelle, da er nun bereits ein volles Jahr als Hilfsbeamter abgeleistet habe. Und noch ohne die ersehnte Beförderung abzuwarten – die sein Gehalt nahezu verdoppeln sollte –, bat er beinahe gleichzeitig um einen achttägigen Urlaub, da er, wie sein Hausarzt bestätigte, »infolge unausgesetzter fast zweijähriger, ohne Urlaub fortgesetzter Arbeit sich gerade in letzter Zeit abgespannt und recht nervös fühlt, an häufigem Kopfschmerz leidet«. Da hatte man die zweiwöchige Auszeit vom Juli 1908 kurzerhand unter den Tisch fallenlassen, aber ohnehin wusste Kafka, dass er auf eine Pause noch gar keinen Anspruch hatte (tatsächlich wurde sie ihm nur »ausnahmsweise« gewährt), und ebenso hatte er davon gehört, dass Abteilungsleiter Pfohl seine ersten *acht Jahre* in der Unfallversicherung ohne einen einzigen Tag Urlaub abgeleistet hatte. Doch er hatte jetzt Lust auf einen Ausflug, eine gemeinsame Fahrt zum Gardasee hatte er mit Brod schon vereinbart, und da er sich seiner Beförderung sicher war (vermutlich nach einer mündlichen Zusage Marschners), glaubte er, sich sowohl den kleinen Schwindel um seine »Nervosität« als auch den Luxus einer Auslandsreise leisten zu können.[20]

Alles lief wie am Schnürchen. Bereits bei seiner Rückkehr ins Büro am 16. September fand Kafka die Mitteilung vor, dass seine Probezeit beendet sei und er nunmehr in den Rang eines ›Anstaltspraktikanten‹

aufrücke. Am folgenden Tag räumte er seinen Schreibtisch in der Unfallabteilung und kehrte in seine alte Abteilung zurück, unter die Fittiche Eugen Pfohls, und in der nächsten Woche schon war eine neuerliche Dienstreise fällig, die ihn in die nordböhmische Grenzstadt Tetschen-Bodenbach führte. Er hatte es seinem Direktor leichtgemacht, sich für ihn einzusetzen. Denn auch wenn Marschner bald erkannt hatte, dass der neue Mann weder zum leidenschaftlichen Sozialpolitiker noch zum Organisator geboren war, so schätzte er doch außerordentlich Kafkas Verlässlichkeit, seine sprachliche Intelligenz und seine Fähigkeit, sachliche Konflikte diplomatisch und gelegentlich auch unkonventionell anzugehen. Das war überlebenswichtig in einer Behörde, die Sinn und Zweck ihrer Tätigkeit unablässig rechtfertigen musste und die sich aus ihrer gesellschaftlich defensiven Position noch längst nicht herausgearbeitet hatte. Marschner konnte es noch nicht wissen, aber vielleicht fühlte er es: Er hatte sich einen Meister der *Defensive* und der *Rechtfertigung* ins Haus geholt.

Formelle Grundlage der Beförderung war die Bewertung durch die Vorgesetzten. Es waren dies die ersten Zeugnisse in Kafkas Leben, vor denen er sich *nicht* zu ängstigen brauchte, auch wenn sie ihm wohl niemals vor Augen kamen. »*Fleiss u. Ambition*: Verbindet mit sehr großem Fleiße andauerndes Interesse für alle Agenden. War auch öfters außerhalb von Amtsstunden im Interesse der Anstalt tätig. *Verwendbarkeit*: Vorzüglich. *Allgemeine Bemerkungen*: Ich habe den Genannten während seiner Verwendung in T. [Versicherungstechnische Abteilung] als eine vorzügliche Konzeptskraft kennen gelernt.« Das war die ehrliche Meinung Pfohls. Und die Unfallabteilung stimmte in den Lobgesang ein: »*Fleiss u. Ambition:* Unermüdlich, fleissig und ambitiös. *Verwendbarkeit:* Ausgezeichnet. *Allgemeine Bemerkungen:* Dr. Kafka ist ein eminent fleissiger Arbeiter von hervorragender Begabung und hervorragender Pflichttreue.«[21] Es war schade, dass er das den Eltern nicht zeigen konnte, die ihn als Verkörperung unermüdlichen Fleisses noch gar nicht erlebt hatten. Und die »vorzügliche Konzeptskraft«, das war ja schon eine deutliche Empfehlung für die nächste Stufe, die Ernennung zum Konzipisten. Nur sieben Monate sollte es noch dauern, dann war auch das geschafft. Es freute ihn, auch wenn er lieber ganz andere Dinge ›konzipiert‹ hätte. Doch er konnte jetzt – wenn er eine Frau kennenlernte, einen früheren Lehrer oder Schulkameraden traf oder von Verwandten behelligt wurde – auf die Frage nach seiner Identität ganz treuherzig und beinahe wahrheitsgemäß antworten. Und nicht minder erleichtert würden die Eltern das Echo weitertragen: »Unser Franz ist jetzt Beamter.«

Nur den formellen Dankesbesuch im Büro des Präsidenten hatte er noch zu bestehen, im schwarzen Anzug und gemeinsam mit zwei voraussichtlich ebenso aufgeregten Kollegen. Solche Zeremonien hatten ihm von jeher das größte Unbehagen bereitet, mit Bar-Mizwa und Tanzstunde hatte es angefangen, immer fühlte er sich wie ein Schauspieler am Rande der Lächerlichkeit. Nun, fürchten musste er sich vor diesem Patriarchen im Grunde nicht, schließlich war es Otto Přibram persönlich gewesen, der ihn empfohlen hatte, und ganz anders als in den Assicurazioni Generali hatte er diesmal seinem Mentor nicht den geringsten Grund geliefert, eine Wohltat zu bereuen. Ein paar Minuten also noch, dann war es überstanden. Was sollte schon passieren.

Die geheime Dichterschule

Beredsamkeit und Wahrheit sind Nachbarn,
aber keine Freunde.
Jean Paul

Als nahezu einziger Autor verfügt Kafka über ein weltweit bekanntes Logo. Erfunden hat er es früh, vermutlich in den ersten Monaten des Jahres 1907, als er – der BESCHREIBUNG EINES KAMPFES müde – sich an einem ganz neuen und andersartigen Projekt versuchte: HOCHZEITSVORBEREITUNGEN AUF DEM LANDE, ein Werk, bei dem schon der Titel einen für ihn ganz untypischen Anklang von Skurrilität und Unernst vermittelt. Romane, in denen ländliche Hochzeiten vorkommen, gibt es ja ungezählte; ein Roman jedoch, der die *Vorbereitungen* eines solchen Festes zu seinem wesentlichen Thema erklärt, ist vorstellbar eigentlich nur als die Schilderung einer abgesagten Hochzeit, einer Nicht-Hochzeit, eines Debakels also. Und dass es eben darauf hinausläuft, wird dem Leser schon nach wenigen Absätzen deutlich. Denn der Protagonist, der 30-jährige Stadtmensch Eduard Raban, macht sich zu der kleinen Reise, die ihn zu seiner Verlobten ›auf dem Lande‹ führen soll, eigentlich nur deshalb auf, weil er sein Erscheinen versprochen hat, während er sich jedem noch so unbedeutenden Hemmnis willig beugen würde, um die Fahrt noch ein wenig verzögern zu dürfen. Das spürt auch der Bekannte, mit dem Raban auf dem Weg zum Bahnhof ein ziemlich zerstreutes Gespräch führt. Zu seinem Trost fällt ihm ein, dass die vierzehn Tage, die er mit Betty (»einem ältlichen hübschen Mädchen«) und ihren Verwandten verbringen muss, unweigerlich vergehen werden – niemand kann das verhindern, auch die Verwandtschaft nicht, die ihn dort »quälen« wird. Und eine imaginative Technik kommt ihm in den Sinn, in die er sich schon als Kind flüchtete, wenn er zu irgendwelchen »gefährlichen Geschäften« aufgerufen war:

> »Ich brauche nicht einmal selbst aufs Land zu fahren, das ist nicht nöthig. Ich schicke meinen angekleideten Körper nur. Also ich schicke diesen angekleideten Körper. Wankt er zur Thür meines Zimmers hinaus, so zeigt das Wanken nicht Furcht sondern seine Nichtigkeit. Es ist auch nicht Aufregung, wenn er über die Treppen stolpert, wenn er schluchzend aufs Land fährt und weinend dort sein Nachtmahl ißt. Denn ich, ich liege inzwischen in meinem Bett, glatt zugedeckt mit gelbbrauner Decke, ausgesetzt der Luft, die durch das wenig geöffnete Fenster weht.
>
> Ich habe wie ich im Bett liege die Gestalt eines großen Käfers, eines Hirschkäfers oder eines Maikäfers glaube ich. [...]
>
> Eines Käfers große Gestalt, ja. Ich stellte es dann so an als handle es sich um einen Winterschlaf und ich preßte meine Beinchen an meinen gebauchten Leib. Und ich lisple eine kleine Zahl Worte, das sind Anordnungen an meinen traurigen Körper, der knapp bei mir steht und gebeugt ist. Bald bin ich fertig, er verbeugt sich, er geht flüchtig und alles wird er aufs beste vollführen, während ich ruhe.«[1]

Dies also war die Geburt des berühmten Logos, des manngroßen Käfers. Doch Kafka bemerkte bald, dass er in den HOCHZEITSVORBEREITUNGEN keine Verwendung für ihn hatte: Er war nur ein Gedankenspiel, das den Autor und seinen Helden für einen Augenblick unterhielt, darüber hinaus jedoch ohne Nutzen war. Denn schließlich musste sich Raban ja doch in Bewegung setzen, und so gab ihm Kafka den Koffer in die Hand, ließ ihn bei trostlos regnerischem Wetter den Zug besteigen und bei fortdauerndem Regen in einer ländlichen Kleinstadt wieder verlassen. Wie weit er ihn führte, wissen wir nicht, denn das überlieferte Manuskript endet bereits, als Raban, von niemandem am Bahnhof erwartet, sich mit einem Pferdefuhrwerk zu einem Gasthof begeben hat. Die übrigen Blätter sind verloren, und so bleibt auch im Dunkeln, ob Kafka zumindest bis zur Schilderung der prospektiven Braut gelangte. Zwei weitere Anläufe (›Fassung B‹ und ›C‹) sind noch wesentlich kürzer, doch sie zeigen, dass Kafka die Käfer-Idee schon aufgegeben hat. Er wird sie Jahre später wieder hervorholen und sich dabei an die beiden beziehungsvollen Vokale des Namens *Raban* erinnern. Erst Gregor *Samsa* wird mit seiner erstaunlichen VERWANDLUNG den Ruhm ernten, den der schwächliche Raban noch keineswegs verdient hatte.

Die Geschichte des Käfers ist von mehr als nur anekdotischem Interesse, weil sie die Entwicklung von Kafkas Erzähltechnik exemplarisch abbildet. Mit einem ersten Schritt, der ihn von der BE-

SCHREIBUNG EINES KAMPFES zu den HOCHZEITSVORBEREITUNGEN führt, entledigt sich Kafka zunächst der Willkür des Phantastischen: Die psychische Binnenwelt erscheint nun nicht mehr als Raum unbegrenzter Freiheit, sondern im Gegenteil als bloße Projektionsfläche äußerer Reize. Entsprechend verschattet bleibt alles, was wir über Rabans Gefühle und Beweggründe erfahren, und nachdem Kafka den imaginären Käfer verbannt hat, bleibt von der kreativen Allmacht, die der Erzähler der BESCHREIBUNG genoss, keine Spur mehr. Auch psychische Überformungen der Wirklichkeit, ihre ›Beseelung‹, hat Kafka aus den HOCHZEITSVORBEREITUNGEN konsequent eliminiert. So heißt es an einer Stelle in der ersten Fassung: »Wie wenn er unentschlossen wäre fuhr der Zug langsam an.« Damit ist Kafka unzufrieden, er ersetzt »unentschlossen« zunächst durch »müde«, entscheidet sich aber letztlich für eine ganz andere Lösung, die den Blickwinkel umkehrt und den psychischen Ausdruck in einen *Eindruck* verwandelt: »Der Zug fuhr so langsam an, daß man sich die Umdrehung der Räder vorstellen konnte ...«[2] Mit solch sensualistischer Genauigkeit sind unzählige Sekundeneindrücke wiedergegeben, die sich in Rabans Gesichtsfeld drängen: menschliche Gesten, Gesichter, Kleidungsstücke, Schirme, Lampen, rinnendes Wasser ... kein Raum bleibt hier für die Orgien der Imagination. Erst nach seinem literarischen ›Durchbruch‹ des Jahres 1912, in einem weiteren Schritt, der DIE VERWANDLUNG hervorbringt, gelingt es dann Kafka, das Phantastische in dieses forciert wirklichkeitsnahe Erzählen wieder hineinzunehmen: zum einen durch die strenge Dosierung des Wunders, das dadurch an Bedeutsamkeit gewinnt – ab Seite zwei geschieht in der VERWANDLUNG *nichts* Wunderbares mehr –, zum anderen mit dem damals verblüffenden, heute klassisch wirkenden Trick, den Riesenkäfer, das denkbar Unvertrauteste, mit derselben Ruhe und Anschaulichkeit zu beschreiben wie das übrige gewöhnliche Interieur. Damit schlug er eine völlig andere Richtung ein als etwa Alfred Kubin mit seinem im Wortsinn ›expressionistischen‹ Traum-Roman DIE ANDERE SEITE (1909), und dass die Kunst nur ein Sicherheitsventil des Imaginären sein solle, wie es in diesem Buch einmal heißt, konnte ihm keinesfalls genügen. Er hatte, auch als Träumer, ganz andere Leitsterne.

Mit seiner Vorliebe für eine Prosa, die wie ein überindividuelles Auge funktioniert, also differenzierte Sinneseindrücke genau wiedergibt und nichts darüber hinaus ›will‹, hatte Kafka unter seinen Freunden schon früh für Erstaunen gesorgt. Dass er selbst nun Ernst damit machte, war jedoch zweifellos der intensiven Lektüre Flauberts zu verdanken, dessen Präzision er in den HOCHZEITSVORBEREITUNGEN nachzuahmen versucht – bis hin zu dem kaleidoskopartig abgebildeten Großstadtverkehr, der sich auch in der EDUCATION SENTIMENTALE findet.[3] Dies sei ein Buch, bekennt Kafka später, »das mir durch viele Jahre nahegestanden ist, wie kaum zwei oder drei Menschen; wann und wo ich es aufgeschlagen habe, hat es mich aufgeschreckt und völlig hingenommen und ich habe mich dann immer als ein geistiges Kind dieses Schriftstellers gefühlt, wenn auch als ein armes und unbeholfenes.«[4] Dass Kafka dann auch wissen wollte, wer dieser geistige Ziehvater im wirklichen Leben gewesen sei, belegen mehrere Bücher über Flaubert, die er selbst besaß oder nach der Lektüre Max Brod schenkte – der wiederum von dieser Bewunderung so infiziert war, dass er sich Flauberts Porträt über den Schreibtisch hängte und schon Anfang 1908 die EDUCATION als sein »liebstes Buch« öffentlich annoncierte. Das belanglose Gespräch, das Brod ein Jahr später mit Flauberts Nichte Caroline Franklin-Grout führte, schilderte er in der Prager *Bohemia*, als sei ihm ein Wesen aus höheren Sphären erschienen. Das schien Kafka denn doch »etwas zu heiss gekocht«.[5]

Zu solcherart Kult hielt er zeitlebens ironische Distanz. Er wollte lernen, er wollte verstehen, auf welche Weise Kunstwerke höchsten Ranges aus äußerlich unscheinbaren Lebensumständen hervorgehen, und dies war auch eine der Quellen seiner schon früh bemerkbaren, lebenslangen Passion für Biographien. Darüber hinaus wollte er sehen, wie weit er selbst auf diesem Weg kommen würde. Doch hinter der kompositionellen Strenge von Flauberts Prosa blieb er vorläufig zurück: In Kafkas frühem Werk streunt der Blick des Erzählers noch ungesteuert über die Außenwelt, sein Fokus ergreift einmal dieses, dann jenes Detail, stets mit Eindringlichkeit und sinnlicher Präsenz, doch ohne irgendetwas festhalten zu können. Manche Passagen der HOCHZEITSVORBEREITUNGEN muten an wie bloße Aufzählungen interessanter Mosaiksteine und Bewegungsfragmente, die sich weder zu einem Bild noch zu einer Szene fügen wollen, und der Leser wird zu der Frage provoziert – was bei Flaubert niemals vorkommt –, wozu ihm die Handbewegung dieses Passanten oder die Hutfarbe an jener Frau nun eigentlich mitgeteilt wird und was das mit der *story* zu tun haben könnte. Dinge und Gesten stehen ganz für sich; seine spätere Kunst, sie zu einem unfassbar dichten Teppich von Verweisen zu knüpfen, beherrscht Kafka hier offenkundig noch nicht.

Das kommt auch in seiner Nähe zum kinematographischen Erzählen zum Ausdruck, die er in dieser frühen Phase wohl sehr bewusst pflegte. Auch die Kinoästhetik stand ja vor dem Problem, dass sie zwar über neue attraktive Möglichkeiten verfügte, dynamische Vorgänge zu zeigen, dass jedoch eine Abfolge von Einstellungen beim Zuschauer lediglich den Eindruck eines Fotoalbums hinterlässt, wenn sie nicht in irgendeiner überzeugenden Form verknüpft und auch wahrnehmungstechnisch aufeinander abgestimmt sind. Elegante Lösungen waren noch nicht gefunden, die Schnitte des frühen Stummfilms wirken daher – aus heutiger Sicht – häufig grob, sprunghaft, ungeschickt oder sogar unfreiwillig komisch. Indem Kafka versuchte, diese für das Kino charakteristische, notwendig portionierte Erzählweise in das Medium der Sprache zu übertragen, schleppte er deren technische Probleme unweigerlich mit ein: Auch ein literarischer Autor, der mit ›Einstellungen‹ arbeitet, bedarf spezifischer Finessen, damit sein Text ihm nicht unter den Händen zerfällt oder sich in eine Collage verwandelt. Dass dieses Problem, ebenso wie im Film, mit handwerklicher Virtuosität durchaus zu bewältigen ist, bewies Kafka erst in späteren Werken. So ist etwa die Verfolgungsjagd im VERSCHOLLENEN, bei der Karl Rossmann auf einer großstädtischen Straße einem Polizisten zu entkommen sucht, in auffälliger Weise filmisch erzählt, und dennoch bleiben die ›Schnitte‹ fast unsichtbar.[6]

»Die Kunst«, so hatte Kafka in Hebbels Tagebüchern gelesen, »ist das einzige Medium, wodurch Welt, Leben und Natur Eingang zu mir finden; ich habe in dieser ernsten Stunde nichts zu bitten und zu beten, als, daß es mir durch ein zu hartes Schicksal nicht unmöglich gemacht werden möge, die Kräfte, die ich für sie in meiner Brust vermute, hervorzukehren!«[7] Das konnte Kafka unterschreiben, Wort für Wort, und auch in ihm wuchs das Gefühl einer »ernsten Stunde«: Wenn er nicht jetzt oder sehr bald, unter den besten für ihn erreichbaren äußeren Bedingungen, zu einer höheren Stufe literarischer Produktivität gelangen würde – wann denn sonst? Gewiss ermutigte es ihn, dass er gerade zu der Zeit, als er die HOCHZEITSVORBEREITUNGEN vornahm, von Franz Blei zum ersten Mal gedruckt wurde. Doch der kleine Erfolg verstellte ihm keineswegs den Blick auf die Schwächen seiner Experimente. Und obwohl er sich 1909 bereits zu einer dritten Fassung entschlossen hatte, schien ihm ein milderes Urteil noch immer nicht angebracht – ganz im Gegensatz zu Brod, der wieder einmal begeistert war, sich das Manuskript erbat und daraus einer ebenso erfreuten Geliebten vorlas, vermutlich seiner späteren Ehefrau Elsa Taussig. Kafka blieb völlig unbeeindruckt: »Sei doch vernünftig. Dieses Fräulein ist doch kein Beweis. Solange sie deinen Arm um Hüften Rücken oder Genick hat wird ihr in der Hitze je nachdem alles mit dem einheitlichsten Ruck sehr gefallen oder gar nicht.« Das war, trotz der virilen Schmeichelei, schon beinahe unfreundlich. Allerdings räumte Kafka auch ein, dass der Text einen intimen autobiographischen Ursprung hatte, ein Leid, das noch keineswegs abgetan war, und er sprach offen von dem »mir sehr gut bekannten Centrum des Romans, das ich in sehr unglücklichen Stunden noch irgendwo in mir spüre«.[8] Dieses Zentrum, daran ist kein Zweifel, war das an Kafkas Lebenshorizont sich immer deutlicher abzeichnende Problem des ›Junggesellentums‹, das erst wenige Monate zuvor im erotischen Glück von Zuckmantel eine schmerzliche Präsenz gewonnen hatte. »Auf dem Lande«: das war der Kurort Zuckmantel. Eine Vergangenheit, die keine Zukunft hatte und die schon jetzt begann, in die Erinnerung abzusinken. Dagegen half auch jene Selbstkarikatur namens Raban nicht.

Max Brod erging es mit den Manuskriptblättern, die er Kafka aus den Händen wand, wie später noch sehr häufig: Er konnte nicht begreifen, warum der Freund mit *dieser* Begabung nicht regelmäßiger, nicht ernsthafter arbeitete. Hatte man denn je von einem Autor gehört, der den Akt des Schreibens so hoch und das greifbare Resultat so gering schätzte? Brod war sich unschlüssig darüber (und er blieb es), ob eine derart strenge Selbstkritik ein Zeichen von Genialität oder nicht vielmehr unkünstlerisch, destruktiv und im Grunde neurotisch war. Dabei war ihm völlig bewusst, dass er selbst sich in dieser Hinsicht widersprüchlicher verhielt als Kafka. Denn *in abstracto* wollte er Wahrheit, *de facto* ließ er sich als Autor viel mehr durchgehen, als seinen Ansprüchen und erst recht dem erhofften Ruhm dienlich sein konnte, und kritiklose Verehrung, etwa von seinem langjährigen Intimus Max Bäuml, hatte er sich stets gern gefallen lassen. Das war im Gespräch mit Kafka ganz anders, der großzügig in Lob und Ermutigung, jedoch unbestechlich im Detail war: der ideale

Lektor also, dessen literarisches Ethos ebenso lästig wie förderlich sein konnte.

Brods Memoiren wie auch seine privaten Notizen zeigen, dass er Kafkas Funktion als literarisches Gewissen zwar mehr und mehr akzeptierte, dass er jedoch die Konsequenzen, die er für sein Selbstbild daraus hätte ziehen müssen, unter dem Schutz erstaunlicher Verdrängungsleistungen zu meiden wusste. So etwa im Sommer 1910, als er Kafka eine Sammlung eigener Gedichte vorlegte, die er noch im selben Jahr unter dem Titel TAGEBUCH IN VERSEN veröffentlichen wollte. Er wusste durchaus, dass Kafka zur Lyrik keinen privilegierten Zugang fand, die eigenen spärlichen Versuche längst *ad acta* gelegt hatte und seine Vorbilder ausschließlich unter Prosaschriftstellern suchte. Dennoch entschloss sich Brod, unter dem Eindruck von Kafkas deutlicher Kritik, sein poetisches TAGEBUCH um mehr als die Hälfte zu kürzen. Noch am selben Tag notierte er: »Kafka, der gute Freund, rettet mein Gedichtbuch, indem er etwa 60 mindere Gedichte hinauswirft.« Das wäre für manchen Autor ein mehr als hinreichender Anlass gewesen, in Depression zu verfallen: Zu wissen, dass man »mindere« Lyrik in so großem Umfang nicht nur produziert, sondern sie in einer Art von Verblendung abgetippt und *bis gestern* für publikationsfähig gehalten hat – das verlangt nach einer umfassenden Inventur, die für die künftige literarische Arbeit nicht ohne Konsequenzen bleiben kann. Bei Brod ist davon keine Spur zu bemerken. Selbstkritik, gewiss, aber von höchster Warte: »Ich finde, dass ich früher genialer war als jetzt.«[9]

Man muss Brod freilich konzedieren, dass Kafkas Haltung gegenüber den Werken, die er ihm vorlegte, nicht leicht zu durchschauen war. Die Vertrautheit späterer Jahre war noch nicht herangereift, und häufig äußerte sich Kafka bloß diplomatisch – wohl wissend, dass die genaue Begründung eines Gesamteindrucks, mithin literarische Kritik im umfassenderen Sinne, nicht eben zu seinen Stärken zählte. Oft ließ er sich mitreißen, wenn Brod vorlas, urteilte jedoch distanzierter, wenn er mit dessen Werken allein war. So kommentierte er das Erscheinen von Brods Roman SCHLOSS NORNEPYGGE (1908) in einer Weise, die Deutungen nach allen Richtungen erlaubte: »Was für ein Lärm; ein wie beherrschter Lärm.«[10]

SCHLOSS NORNEPYGGE, mit dem Untertitel DER ROMAN DES INDIFFERENTEN, war Brods erstes Hauptwerk: ein Thesenroman von nahezu 500 Seiten, in dem eine ›Weltanschauung‹ gelebt und erlitten, jedoch auch wortreich problematisiert wird – ein Verfahren, das bereits für seine frühen Erzählungen charakteristisch ist und zu dem er immer wieder zurückkehrt. So sind die Monologe des Protagonisten und Schlossbesitzers Walder Nornepygge eigentlich Etüden über die Philosophie Schopenhauers und deren lebenspraktische Konsequenzen, während die passagenweise schrille und kolportagehafte Handlung eine Versuchsanordnung bleibt, welche die vorhersehbaren Konsequenzen einer ethisch »indifferenten« Lebensphilosophie nur noch experimentell bestätigt. Nornepygge hat keine Mitte; er will Freiheit, weiß aber nicht, wozu. In einer Welt, die ihm determiniert erscheint, findet er keine hinreichenden Gründe dafür, sich für bestimmte Interessen, Aufgaben und Menschen *von Herzen* zu entscheiden. So ist er nacheinander genügsamer Ehemann, rücksichtsloser Bonvivant, Asket und revolutionärer Politiker, wobei er sich für den abrupten Wechsel zwischen diesen Lebensweisen in dem Bewusstsein entscheidet, bloß in einen neuen *Stil* zu verfallen – den er ebenso gut dem Zufall hätte überlassen können. Seine einzige sachlich konsequente und darum auch freie Entscheidung ist die zum Selbstmord.

Noch ehe er das Manuskript vollendet hatte, war Brod überzeugt davon, dass dieser Roman »für alle Zeiten stehn bleiben wird«.[11] Tatsächlich war SCHLOSS NORNEPYGGE sein erstes Werk, das auch außerhalb von Prag für einiges Aufsehen sorgte, am nachhaltigsten in der literarischen Avantgarde Berlins. Kurt Hiller insbesondere wurde zu einem begeisterten Fürsprecher Brods, in dessen NORNEPYGGE er bereits die entscheidenden Motive des literarischen Expressionismus versammelt sah: existentielle Entwurzelung, Hass gegen bürgerliche Lebens- und Kunstformen, Leiden an der eigenen Intellektualität, Sehnsucht nach Unmittelbarkeit, und dies alles ›expressiv‹ in Szene gesetzt in einem Tanz reliefartig geschnitzter Figuren, die agieren, als hingen sie an den Drähten einer Schicksalsmacht. Als Hiller im März 1909 den ›Neuen Club‹ gründete, in dem sich die frühexpressionistische Szene Berlins zum ersten Mal sammelte, hatte er nicht zuletzt den ›Club der Differenzierten‹ vor Augen, der in Brods Roman eine Gruppe moralisch schrankenloser Menschen vereint; und noch ein Jahr später organisierte er einen ›Max Brod-Abend‹, an dem er einen hymnischen Vortrag über SCHLOSS NORNEPYGGE hielt.

Zu diesem Zeitpunkt freilich hätte ihm schon klar sein können, dass Brod als Leitfigur einer revolutionären literarischen Bewegung denkbar ungeeignet war. Denn mittlerweile war der »kleine Roman« EIN TSCHECHISCHES DIENSTMÄDCHEN erschienen, in dem Brod nicht nur ein recht konventionelles Erzählen pflegte, sondern sich auch in eine schlichte Liebesgeschichte versenkte, die von viel konkreteren Grenzüberschreitungen handelte: zwischen Mann und Frau, Student und Dienstmädchen, Deutschem und Tschechin. Die Berliner *fans* wären erstaunt gewesen zu erfahren, dass SCHLOSS NORNEPYGGE und EIN TSCHECHISCHES DIENSTMÄDCHEN nahezu gleichzeitig entstanden waren, denn was im großen Roman zu einem unlösbaren Dilemma metaphysischer Dimension stilisiert wird, führt der kleine wieder zurück auf das Maß menschlicher Gegensätze, Ambivalenzen und Missverständnisse, aus denen zeitweilige Erlösung durchaus möglich ist. Die erotische Liebe erscheint hier als das Medium, das Zugang zum Leben eröffnet – wobei die ironische Volte darin besteht, dass der junge, noch ganz in sich versponnene Protagonist, der von seinem Vater nach Prag geschickt wird, um im rauen sozialen Klima dieser Stadt endlich Realitätssinn zu gewinnen, seine Lektion ausgerechnet in den Armen einer schönen, aber bildungsfernen Tschechin lernt.

Brod war erst 23 Jahre alt, als er die Novelle zu Papier brachte, doch muss ihm bewusst gewesen sein, dass er damit erstmals Position bezog auf der öffentlichen Nationalismus-Skala. Bereits der Titel ließ einige empfindsame Deutsche aufhorchen, denn korrekterweise hätte er von einem ›böhmischen‹ Dienstmädchen sprechen müssen. Brod aber sprach konsequent von ›Tschechen‹, lobte die Talente dieses Volkes und die Schönheiten ihrer Sprache und lieferte sogar sozialpsychologische und wirtschaftliche Gründe dafür, warum die Tschechen in ihrem Stammland mehr Raum und mehr Rechte beanspruchten. Damit gewann er die Mehrzahl der tschechischen Kritiker, die befriedigt zur Kenntnis nahmen, dass hier allenfalls Spuren deutschnationaler Herablassung zu finden waren, während die deutschen Rezensenten kühl bis abweisend reagierten. Seine Versicherung im *Prager Tagblatt*, er habe doch keineswegs einen politischen Roman schreiben wollen, half Brod wenig: Es war in Prag einfach nicht möglich, Worte wie ›deutsch‹, ›böhmisch‹ oder ›tschechisch‹ öffentlich in den Mund zu nehmen – auch nicht als Autor eines erotischen Romans –, ohne mit den grundsätzlichsten Fragen der nationalen Identität sofort konfrontiert und ideologisch entsprechend eingeordnet zu werden. Wobei Brod auch noch das Pech hatte, dass sich Anfang 1909, kurz vor Erscheinen des TSCHECHISCHEN DIENSTMÄDCHENS, die Stimmung in Prag erneut nationalistisch aufheizte und das Deutsche Haus wieder einmal unter den Schutz von Bajonetten gestellt werden musste. Am meisten aber erbitterte ihn, dass er ironisch abgefertigt und für politisch naiv erklärt wurde. »Der junge Autor scheint zu glauben, daß nationale Fragen im Bett entschieden werden können«, schrieb Leo Herrmann in der jüdischen *Selbstwehr*.[12]

Dass dieses Blättchen außerhalb der überschaubaren zionistischen Szene kein Mensch zur Kenntnis nahm, wusste Brod, doch Derartiges schweigend hinzunehmen war ihm schlechterdings nicht gegeben. Er forderte Herrmann zu einem Streitgespräch, das einen recht überraschenden Verlauf nahm. Denn zum einen sah sich Brod einem Kritiker gegenüber, der noch um zwei Jahre jünger war als er selbst; zum anderen erklärte ihm Herrmann, dass der Held des TSCHECHISCHEN DIENSTMÄDCHENS im Grunde gar kein Deutscher sei, sondern der typische wurzellose ›Westjude‹ und damit ein ziemlich unangenehmes Spiegelbild in den Augen jüdischer Leser. Das war eine halsbrecherische These, die er ebenso gut auf Walder Nornepygge hätte beziehen können. Doch folgt man der stilisierten Darstellung in Brods Erinnerungen, so wurde ihm in diesem Gespräch zum ersten Mal bewusst, dass er es in Prag mit einem *Drei*-Nationen-Problem zu tun hatte – eine Komplikation, an die er bei der Niederschrift der Novelle keinen Gedanken verschwendet hatte – und dass dieses Problem auch dann in literarische Texte einsickerte, wenn der Autor gar nichts davon wusste. Wie aber sollte man unter solchen Umständen der Forderung Flauberts genügen, dass sich literarische Werke ausschließlich ästhetischen Maßstäben zu unterwerfen hätten? Ebendieses Prinzip der sozialen und politischen ›Tendenzlosigkeit‹ versuchte er nun dem Zionisten Leo Herrmann eindringlich zu erklären. Doch er bekehrte ihn damit nicht. Er *wurde* bekehrt. Und damit war die kurze Phase von Brods ›Indifferentismus‹, der ihm soeben noch die Lösung aller Lebensprobleme bedeutet hatte, auch schon vorüber. Zwei Jahre nach Erscheinen von SCHLOSS NORNEPYGGE konnte er sich die geistige Verfassung, aus der heraus es entstanden war, nur noch unscharf und mit Widerwillen vergegenwärtigen, und dem Prager Publikum hat er niemals daraus vorgetragen. Später distanzierte er sich entschieden, wohl vor allem unter dem Eindruck des expressionistischen Sprachgestus, mit dem er nichts zu schaffen haben wollte. »Je talentloser, desto expressionistischer.«[13]

Die raschen Wandlungen seines Freundes verfolgte Kafka aus nächster Nähe, und zumindest über dessen literarische Entwicklung war er bestens informiert, seit ihnen die gemeinsame Lektüre von Vorbildern und das wechselseitige Vorlesen und Ausleihen von Manuskripten zur Gewohnheit geworden war. Auf dem Weg zum professionellen Schriftsteller gewann Brod einen ständig wachsenden Vorsprung: Nicht nur verfügte er über eine erstaunliche Liste von Publikationen – Ein tschechisches Dienstmädchen war bereits sein viertes Buch, der Erzählband Die Erziehung zur Hetäre folgte nur ein halbes Jahr später –, er pflegte auch ein dichtes Netz medialer Verbindungen, mit dem in seinem Umfeld niemand mehr mithalten konnte, weder die etablierten noch die ›Jung-Prager‹ Autoren. Allein im Jahr 1909 veröffentlichte Brod zwei Dutzend Essays, Glossen und Rezensionen, und sämtliche kulturell bedeutsamen Zeitschriften standen ihm offen: *Die Gegenwart*, *März*, *Der Merker*, *Neue Revue*, *Die neue Rundschau*, *Die Schaubühne*, dazu die Luxusblätter Franz Bleis und noch einiges andere. Überdies hatte er mit dem in Berlin ansässigen Axel Juncker einen zuverlässigen Verleger und Buchhändler im Rücken, der gegenüber moderner Literatur aufgeschlossen war und der auch schon mit Rilke gearbeitet hatte. Freilich ließ Brod häufig Petitessen drucken, die im literarischen Tagesgeschäft untergingen und die das Bild eines umtriebigen journalistischen Autors entstehen ließen, eines Alleskönners ohne scharfes Profil. Und seine sprunghafte Entwicklung als Prosaschriftsteller bestätigte dieses *Image*.

Brods auf Dauer fruchtlosen Ehrgeiz, in die Riege der erstrangigen deutschen Schriftsteller aufgenommen zu werden, teilte Kafka nicht im mindesten. Jedoch bewunderte er die Energie des Freundes, und er hatte volles Verständnis für dessen Ziel, der öden Routine des Bürojobs, mit dem er keinerlei Ambitionen verband, zu entrinnen und vom Schreiben eines Tages auch leben zu können. In dieser Hinsicht agierte Brod weitaus unabhängiger und zielgerichteter. So hatte er auch keinerlei Bedenken, seine Dienststunden für private Korrespondenzen, ja sogar für literarische Arbeit zu nutzen, und dass er dafür von der Postdirektion eine Abmahnung kassierte, empörte ihn:

»also auch das will man mir nehmen!«[14] Wäre Kafka auf seinem viel anspruchsvolleren Posten Ähnliches geschehen, er hätte seinen Vorgesetzten wohl recht geben müssen. Und doch ließ er sich, sobald es um literarische Pläne oder um grundsätzliche ästhetische Entscheidungen ging, weder von Brods *multi-tasking* noch von dessen stilistischen Vorlieben in irgendeiner nachweisbaren Form beeinflussen. Er folgte seinem eigenen Weg, und diese gleichsam verborgene, sich stets bescheiden gebende Autonomie behielt er bei, auch als der Kreis seiner ersten Leser und Zuhörer sich allmählich erweiterte.

Den nur um wenige Monate älteren Schriftsteller Oskar Baum lernte Kafka bereits während seiner Studentenjahre kennen. Baum war ein Cousin und Freund Max Bäumls, der ihn wiederum mit Brod zusammenbrachte, wobei anfangs vermutlich die gemeinsamen musikalischen Interessen im Vordergrund standen. Bald schätzte Brod den stattlichen, breitschultrigen, trotz seiner Jugend bereits mit einem Vollbart dekorierten Baum aber auch wegen der fast stoischen Geduld, mit der er sein außergewöhnliches Schicksal trug. Der aus Pilsen stammende Oskar Baum, Sohn eines jüdischen Kaufmanns, hatte von Geburt an nur ein funktionstüchtiges Auge, und mit elf Jahren, bei einer Rauferei zwischen deutschen und tschechischen Schülern, verlor er auch das zweite. Der vollständig erblindete Junge musste Familie, Gymnasium und Stadt verlassen und seine Ausbildung an der jüdischen Blindenschule ›Hohe Warte‹ in Wien fortsetzen. Hier erhielt Baum intensiven Musikunterricht – unter anderem von dem ebenfalls blinden Komponisten Joseph Labor, einem Lehrer Schönbergs –, er reifte zu einem auch kompositorisch beschlagenen Pianisten und bestand mit neunzehn Jahren das staatliche Examen als Lehrer für Klavier und Orgel. Danach kehrte Baum zu seinen Eltern zurück, die mittlerweile nach Prag übergesiedelt waren, konnte für seinen Lebensunterhalt jedoch schon selbst sorgen: zunächst als Organist an einer Synagoge, dann durch Privatunterricht.

Das war nicht besonders einträglich, denn die Konkurrenz war zahlreich, und mehr als zwei Kronen konnte man daher für eine Klavierstunde nicht verlangen. Doch fand Baum hinreichend viele Schüler, und dass er sie auf ein hohes Niveau zu führen vermochte – einige von ihnen ließ er sogar öffentlich vorspielen –, sprach sich bald herum. So konnte sich Baum bereits Ende 1907 von der Familie lösen und mit der um neun Jahre älteren Margarete (Grete) Schnabel eine eigene Wohnung in der Heinrichsgasse (Jindřišská) beziehen. Um diese Zeit begann er auch zu schreiben, und obwohl Brod von Baums frühen lyrischen Versuchen nicht viel hielt, ermutigte er ihn, sein Leben ohne Augenlicht zum literarischen Gegenstand zu machen – Erfahrungen also, die dem über alle Sinne verfügenden Leser nur schwer zu vermitteln sind und die ja zuvor in der Literatur kaum jemals aus der Innenperspektive geschildert wurden. Es entstanden drei Erzählungen, die mit einem Vorwort Brods in dem Band UFERDASEIN. ABENTEUER UND TÄGLICHES AUS DEM BLINDENLEBEN VON HEUTE (1908) versammelt wurden, danach der autobiographische Roman LEBEN IM DUNKELN (1911), beides verlegt von Axel Juncker in Berlin. Baum revanchierte sich mit Rezensionen zu Brods Werken und hielt einmal auch in der ›Lese- und Redehalle‹ einen Vortrag über das Werk des Freundes. Von der Erfüllung seines Traums jedoch, die eigene schriftstellerische Arbeit zum Beruf zu machen, blieb er weiter entfernt als Brod und selbst Kafka. Erst 1923, nach zwei Jahrzehnten in den Diensten einer vorbeidefilierenden Schülerschar, gelang es ihm, eine seinen Talenten des *Hörens* und *Schreibens* genau entsprechende Anstellung zu finden: als Musikkritiker der *Prager Presse*.[15]

Unter Freunden ging Baum mit seiner Blindheit offensiv um, er sprach darüber ohne jede Sentimentalität, und Mitleid, selbst forcierte Herzlichkeit waren ihm ein Gräuel. Den Alltag bewältigte er mit Hilfe seiner Frau, die ihm vorlas und der er auch diktieren konnte; für Entwürfe nutzte er dicke Papierbögen und eine Braille-Schreibmaschine, für Mitteilungen an andere gelegentlich auch Buchstabenschablonen. Dass er dennoch empfindlich blieb, wenn sein Gebrechen ins Spiel kam, lag vor allem an seinen schriftstellerischen Ambitionen: Er hatte starke visuelle Erinnerungen aus der Kindheit, konnte sich jedoch nie sicher sein, ob die Leser den Mangel an frischen Sinneseindrücken nicht dennoch herausspüren würden. So war es ihm auch nicht sonderlich angenehm, wenn Brod in seinen Besprechungen allzu oft den »blinden Dichter« pries, und noch in den zwanziger Jahren war er glücklich, als den Juroren eines Literaturpreises, die ohne Kenntnis des Verfassers eines seiner Manuskripte prüften, nichts Ungewöhnliches auffiel.[16] Am liebsten wäre es ihm gewesen – auch wenn sich das praktisch nicht durchhalten ließ –, seine Blindheit als private Angelegenheit zu behandeln. Schließlich gab es doch auch schwerhörige Komponisten, die man mit der Erörterung ihres Leidens höflich verschonte ...

Besonders deutlich wird diese Haltung in Baums Erinnerung an seine erste Begegnung mit Kafka, die natürlich von Brod vermittelt wurde. Wie Kafka eigentlich aussah, hat Baum niemals erleben können (gewiss ließ er ihn sich genau beschreiben); stattdessen identifizierte er ihn mit einer Stimme und mit einer initialen Geste, die Kafka ganz allein auszeichnete, deren Wahrnehmung jedoch für Baums Verletzlichkeit ebenso charakteristisch war:

»Den tiefsten Eindruck hatte mir die erste Bewegung, mit der Kafka in mein Zimmer getreten war, hinterlassen. Er machte mir, während der vorstellenden Worte Brods, eine *stumme* Verbeugung. Das war, sollte man glauben, eine sinnlose Förmlichkeit mir gegenüber, der ich sie ja nicht sehen konnte. Sein glattgestrichener Haarscheitel berührte indes, wohl infolge meiner etwas zu heftigen gleichzeitigen Verbeugung, flüchtig meine Stirn. Ich fühlte eine Ergriffenheit, deren Grund mir im Augenblick nicht in vollem Umfang klar war. Hier hatte einer als *Erster* unter allen Menschen, die mir begegnet waren, meinen Mangel als etwas, das nur mich allein anging, nicht durch Anpassung oder Rücksicht, nicht durch die geringste Veränderung seines Verhaltens, festgestellt. So war er.«[17]

Oskar Baum zufolge kam es zu dieser Begegnung bereits im Herbst 1904. Es sollte jedoch noch Jahre dauern – und über Etappen, die heute im Einzelnen nicht mehr nachzuvollziehen sind –, ehe sich Brod, Baum, Kafka und dann auch Felix Weltsch zu einer freundschaftlich verbundenen Gruppe formierten, die sich regelmäßig traf, um von Lektüren und literarischen Projekten zu berichten, eigene Manuskripte vorzulesen und zu kommentieren und gelegentlich auch zu musizieren. Diese Treffen fanden ab 1908 zumeist bei Oskar Baum statt, der ja als Einziger in seinen eigenen Räumen empfangen konnte, und Baum war auch die Einführung eines *jour fixe* zu verdanken, da man Rücksicht auf seinen vollgepackten Stundenplan nehmen musste. Exklusiv war dieser Zirkel nicht, Freundinnen und andere Gäste waren willkommen. So brachte Brod gelegentlich seine Geliebte Elsa Taussig mit (die Baum auch als Vorleserin diente), Paul Leppin und später der von Kafka bestaunte und von Brod geförderte Franz Werfel tauchten hier ebenfalls auf.[18] Diese private Runde abseits der Kaffeehäuser machte Brod sehr früh schon zum Nukleus einer widerspruchsvollen Mystifikation, die das Bild der Prager deutschen Literatur nachhaltig prägen sollte. *Prager Kreis* lautet das eingängige Schlagwort, und populär wurde es vor allem durch Brods Erinnerungsbuch, das zwei Jahre vor seinem Tod erschien.

In DER PRAGER KREIS zeichnet Brod eine literarische Topographie, die in konzentrischen Kreisen angelegt ist. Ganz innen, im »engeren Kreis« (so eine Kapitelüberschrift), versammeln sich Brod, Kafka, Baum und Weltsch bei Tee und Kuchen, wobei nach Kafkas Tod der Schriftsteller Ludwig Winder an dessen Stelle tritt; zum »weiteren Kreis« zählen die in wechselnden Cafés, vor allem aber im ›Arco‹ anzutreffenden Autoren und Literaten Franz Werfel, Willy Haas, Paul Kornfeld, die Brüder Franz und Hans Janowitz, Otto Pick, Rudolf Fuchs und andere, während die »Ausstrahlungen« des weiteren Kreises im Grunde die gesamte Prager Kulturszene erfassen. Im Mittelpunkt dieser Konstruktion steht natürlich Max Brod selbst, der ja tatsächlich viele dieser Menschen miteinander in Kontakt bringt und der daher – seinem Bericht zufolge – eine Zeitlang den lebendigen Zusammenhalt garantiert.

Das provoziert zwangsläufig die Frage, ob denn jene Kreise, insbesondere der innere, über die persönliche Vertrautheit hinaus irgendetwas repräsentierten: eine lokal wirksame programmatische Erneuerung oder auch nur ein gemeinsames ästhetisches Interesse, wie es etwa bei den Jung-Pragern noch kenntlich gewesen war. Dazu äußerte sich Brod höchst widersprüchlich, seine Stellungnahmen wechselten je nach Distanz zum Geschehen. So hielt er am 28. Januar 1910 – zu einer Zeit also, in welcher der »engere Prager Kreis« schon in voller Blüte gestanden haben soll – einen Vortrag zu dem Thema ›Gibt es Grenzen des Darstellbaren in der Kunst?‹. Darin behauptete er zunächst, es lasse sich literarisch überhaupt nichts adäquat darstellen, da die Sprache hinter der »unendlich nuancierten Wirklichkeit« notwendig zurückbleibe – ein sehr zeittypischer Gedanke, den ja bereits Hofmannsthal in seinem Chandos-Brief zugespitzt hatte und der seit einigen Jahren auch in akademisch auskristallisierter Form vorlag, in Fritz Mauthners dreibändigen BEITRÄGEN ZU EINER KRITIK DER SPRACHE. Dann wartete Brod jedoch mit der überraschenden Mitteilung auf, dass dieser ästhetische Pessimismus in Prag bereits überwunden sei:

»Ich habe Ihnen etwas zu verraten. Es gibt in Prag im Geheimen wirklich so etwas wie eine Dichterschule, zu der auch ich mich bekenne. Achtung auf jedes Wort, jede Silbe, Sorgfalt in allem, nach Vorbild des Meisters Flaubert. Doch nicht seine düstere Weltanschauung, sondern das Minutiöse seiner Ausführung ist unser Muster, seine Achtung auf jedes Detail. Kein Unterschied zwischen Form und Inhalt.«[19]

Die Mitglieder dieser ominösen Dichterschule namentlich zu nennen, vermied Brod wohlweislich, denn er hätte sonst einräumen müssen, dass sie im Saal anwesend waren und dass sie (wie sich in der folgenden lebhaften Diskussion herausstellte) mit seinen Thesen keineswegs *d'accord* waren. Selbst Kafka meldete sich zu Wort, was ungewöhnlich genug war, und ließ seine Ironie funkeln: »Um was hat sich das Publikum mehr zu bekümmern«, fragte er, »um Literatur oder um seine Ruhe?« Die Zeugen dieses Abends im Verein ›Frauenfortschritt‹ (darunter vermutlich Berta Fanta, die hier engagiert war) dürften sich allerdings die Augen gerieben haben, als sie acht Jahre später ausgerechnet von Brod darüber belehrt wurden, dass es eine Prager Dichterschule nie gegeben habe. In der Wiener Wochenschrift *Der Friede* schrieb er:

»In diesen Wochen sind rasch hintereinander in mehreren Blättern Artikel erschienen, die von einer Gemeinschaft oder Gruppe Prager Dichter so reden, als handle es sich nicht um eine bloße Plaudererfindung, sondern um ein richtiges dreidimensionales Baedekerfaktum. Ich würde dieser literarischen Legendenbildung nicht entgegentreten [...] würde nicht gerade ich von diesen Spaßvögeln als eine Art Oberhaupt oder gar Organisator der angeblichen ›Schule‹ in Anspruch genommen. Da sich das Gerücht mit Hartnäckigkeit fortpflanzt, erkläre ich hiermit: daß mir von einer solchen Führerschaft und Organisation nicht das mindeste bekannt ist. [...] Ich lehne es durchaus ab, mich für das, was in Prag oder von Pragern publiziert wird, verantwortlich zu fühlen.«[20]

Es sollte nicht das einzige Mal bleiben, dass Brod Gerüchte, die er selbst in die Welt gesetzt hatte, wortreich dementierte. Was ihn freilich nicht daran hinderte, ein halbes Jahrhundert später *den* Prager Kreis als literarisches Kraftzentrum und sich selbst als dessen Mittelpunkt erneut zu inthronisieren und sogar noch um die Fiktion konzentrischer Ringe zu erweitern. Dass dieser Mythos nicht nur in den Feuilletons, sondern auch in der literaturgeschichtlichen Forschung trotz gelegentlicher Zweifel Jahrzehnte überdauerte, bleibt erstaunlich – bedenkt man, wie weit die literarischen Schöpfungen Kafkas und Brods ästhetisch, sprachlich und thematisch voneinander entfernt sind, ganz zu schweigen davon, dass ein ausgewiesenes Mitglied des »engeren Kreises«, Felix Weltsch nämlich, gar kein ›Dichter‹ war, sondern ausschließlich wissenschaftliche Texte verfasste.

Dass Brod eine Zeitlang nichts mehr davon hören wollte, der Manager der Prager deutschen Literatur zu sein, hatte Gründe, die auch schon von den zeitgenössischen Beobachtern leicht zu erraten waren. Sein Aufstieg zu einem stadtbekannten Literaten hatte sich sehr rasch vollzogen, und nachdem er noch kurz zuvor auf der Suche nach Förderern gewesen war, galt er ab 1908/09 selbst schon als Instanz, deren Vermittlung den jüngsten Autoren hilfreich sein konnte. Bald musste Brod jedoch erfahren, dass auch selbstloser Einsatz und ehrliche Begeisterung nicht hinreichten, um solche Talente langfristig zu binden. Sie wurden flügge, suchten andere Kontakte, bildeten eigene Kreise. So trafen sich etwa die jugendlichen Freunde von Franz Werfel und Willy Haas im legendären Café Arco, und zwar keineswegs als Ableger oder als Peripherie des bei Oskar Baum tagenden Stammtischs, sondern als Gruppe mit eigenen Interessen, eigenen Vorbildern und mit Träumen, die weit über Prag hinausreichten. Auch wenn die persönlichen Beziehungen zu der postpubertären Arco-Gruppe lange Zeit freundschaftlich blieben, so musste sich hier Brod – als 25-jähriger Doktor unter lauter Abiturienten – doch eher als Gast fühlen. Prompt stellten sich auch Anlässe ein, welche die Distanz fühlbar machten.

Den Anlass, der den Puls am höchsten steigen ließ, lieferte ein Streit um Karl Kraus, den Begründer und Herausgeber der Wiener Zeitschrift *Die Fackel.* Es ist wahrscheinlich, dass sowohl Brod als auch Kafka die Wiener *Fackel*, deren erstes Heft unter gewaltigem Aufsehen im April 1899 erschienen war, zunächst nicht als ein grundsätzlich neues Phänomen wahrnahmen, als sprachkritischen Frontalangriff auf Journalismus, Justiz und öffentliche Doppelmoral, sondern allenfalls als satirische Zeitschrift auf hohem Niveau. In ihrer frühen Korrespondenz kommt *Die Fackel* nicht vor, in Kafkas Nachlass hat sich kein Exemplar erhalten, und ohnehin war beider Blick viel schärfer auf die Berliner Literaturszene gerichtet, während man aus Wien nichts wirklich Aufregendes erwartete und das dortige Treiben nur mit Seitenblicken verfolgte. Dennoch suchte Brod die persönliche Verbindung zur *Fackel* mittels derselben eingespielten Routine wie bei vielen anderen Presseorganen: Er schrieb freundliche Briefe an den Herausgeber (mindestens drei) und legte eigene Werke als Opfergaben bei. Karl Kraus jedoch ging auf diese Rituale des *networking* nicht ein, er blieb abweisend, nahm weder Arbeiten Brods an, noch druckte er je dessen Namen. Dass Kraus sich dennoch »günstig« über Brod geäußert haben soll, ist dessen Erfindung; hingegen war das Kraussche Bonmot, Brod sei lediglich »der erotische Wurmfortsatz« von Franz Blei, gewiss auch im Café Arco zu hören. Das würde zumindest plausibel machen, warum Brod im Jahr 1911 Karl Kraus plötzlich als »mittelmäßigen Kopf« beschimpfte – aus ganz abseitigem Anlass. Was nur wenige Tage später eine vorhersehbare Breitseite aus Wien zur Folge hatte: »Geist auf Brod geschmiert ist Schmalz.« Dass Werfel, Haas und der übrige Arco-Kreis sich um diese Feindseligkeiten gar nicht kümmerten, sondern Kraus in Prag begeistert zu Füßen saßen – zumindest eine von dessen Lesungen besuchte auch Kafka –, stellte Brod deutlich genug vor Augen, dass er seinen Einfluss auf die Jüngeren schon wieder verloren hatte. Er war nur mehr Mittelpunkt *eines* Prager Kreises: Grund genug für ihn, jede »Verantwortung« von nun an zurückzuweisen. Der Hass auf Karl Kraus blieb jedoch; und während sich Kafka in späteren Jahren zu einem begierigen, wenngleich kritischen Leser der *Fackel* entwickelte, rieb sich Brod bis ins hohe Alter an diesem, wie er meinte, typischen Vertreter eines wurzellosen und zynischen Westjudentums.[21]

Es war nicht leicht, Kafka in eine Gruppe zu ziehen – auch Berta Fanta hatte ja diese Erfahrung gemacht, in deren Salon er sich kaum noch blicken ließ. Den regelmäßigen Treffen bei Oskar Baum scheint Kafka anfangs ebenso wenig entgegengefiebert zu haben; in mehreren der frühen Mitteilungen an Brod sind Absagen überliefert, und wenn man sich zum Musizieren verabredet hatte, blieb Kafka ohnehin Zaungast. Vertrautheit stellte sich nur allmählich ein, und das allgemeine ›Du‹ wurde erst Jahre später eingeführt. Doch nach einiger Zeit fühlte sich Kafka in diesem privaten Zirkel geborgener als auf der kleinen gesellschaftlichen Bühne der Fantas, und schließlich ließ er sich sogar dazu überreden, aus eigenen literarischen Versuchen vorzulesen. Felix Weltsch erinnerte sich daran, dass Kafka dazu seltener bereit war als die anderen, während der Ohrenmensch Oskar Baum sich noch über viele Jahre vergegenwärtigen konnte, mit welcher Leidenschaft Kafka vorlas: »in zuweilen schwindelerregendem Zungentempo, ganz einer musikalischen Breite der Phrasierung von endlos langem Atem und gewaltig sich steigernden Crescendi der dynamischen Terrassen«.[22] Ein nur scheinbarer Widerspruch zu Kafkas Diskretion, denn natürlich las er viel lieber aus den Werken anderer, auch klassischer Autoren vor, wie er es viel früher schon im Zimmer der Schwestern geübt hatte. Das bestätigt auch Brod, der Kafkas *Lesen* und *Vorlesen* mehrfach im selben Atemzug erwähnt:

»... er las Hamsun, Hesse, Flaubert, Kassner mit Begeisterung; von Lieblingsautoren seiner späteren Zeit nenne ich: Emil Strauß, Wilhelm Schäfer, Carossa, ferner Hebels ›Schatzkästlein‹, Fontane, Stifter, Wilhelm Speyers ›Schwermut der Jahreszeiten‹, Gogol, Dostojewski (unter den Werken Dostojewskis schätzte er besonders den Roman ›Ein Halbwüchsling‹ [DER JÜNGLING], damals im Verlag Langen auf Deutsch erschienen, und las mir einmal enthusiasmiert eine Stelle über Betteln und Reichwerden vor), Tolstoi, die Romane von Strindberg – vor allem aber: Kleist (besonders großartig las er, unter Lachen und Tränen, die ›Anekdote aus dem letzten preußischen Kriege‹ vor), und dann immer wieder: Goethe und die Bibel.«[23]

Diese Autoren waren gewiss auch Gegenstand langer Gespräche bei Baum; einige von ihnen, beispielsweise Hamsun, tauchten überdies in Kafkas frühen Briefen auf, ebenso wie in seiner schmalen Bibliothek. Hingegen keine französische Dekadenz-Literatur, kein Wiener *fin de siècle*, keine Lyrik, auch nicht die neueste aus Berlin – dem kleinen Zirkel dürfte bald klargeworden sein, dass Kafka ein überaus spezialisiertes literarisches Interesse verfolgte und dass ihm nahezu allein an klassisch reiner Prosa gelegen war. Wäre da nicht das wunderliche Experiment der BESCHREIBUNG EINES KAMPFES gewesen, das er noch immer nicht aufgeben wollte, man hätte ihn für einen ausgesprochen konservativen Puristen halten können, dessen Suche nach Vorbildern sich ausschließlich auf die großen Leistungen der Vergangenheit richtete oder allenfalls noch auf Autoren wie Thomas Mann, der sich selbst schon als Klassiker gebärdete.

Einen ganz anderen Eindruck freilich hätten Kafkas Freunde gewonnen, hätte er ihnen einen Blick in seine frühen Tagebücher erlaubt, die, soweit sie erhalten sind, mit dem Jahr 1909 einsetzen. Dabei handelt es sich nicht um Diarien im strengen Sinn – Datierungen der Einträge gibt es überhaupt erst ab Ende 1910 –, vielmehr benutzte Kafka von nun an Schreibhefte, um *alles* festzuhalten und zu formen, was ihn beschäftigte, mit unterschiedlichsten Graden von Fiktionalität: sinnlich-mikroskopische Eindrücke, Beobachtungen in der Familie, auf der Straße, im Varieté und im Kino, spontane, meist bildhafte Einfälle, Erinnerungen, Träume und Tagträume, Wahrnehmungen am eigenen und am fremden Körper, mimische und gestische Auffälligkeiten; des weiteren Selbstgespräche, Briefentwürfe, Leseeindrücke und Exzerpte, Anläufe zu ausgreifenden Reflexionen, aber auch zu erzählenden Texten. Dabei arbeitet Kafka mit der Feder, als handle es sich *durchgängig* um literarische Entwürfe: Er verbessert, ergänzt und streicht, korrigiert gelegentlich sogar die Interpunktion oder macht Sätze durch Schraffur unsichtbar, und das mit Sorgfalt auch dann, wenn es sich um ganz unspektakuläre Wahrnehmungen handelt, die in ihrer vorläufigen Form mit publizierbarer Literatur noch gar nichts zu tun haben. Das sind keineswegs bloße Lockerungsübungen – auch wenn Kafka das Tagebuch gelegentlich dazu nutzt, um sich in Schreibstimmung zu bringen –, vielmehr praktiziert er hier zum ersten Mal das Schreiben als existentielle Ausdrucksform, die ihm ebenso geläufig ist wie anderen Menschen die gesprochene Sprache. Nimmt er das Schreibzeug zur Hand, so ist sofort auch der Wille da, differenziert, präzise, anschaulich und *wahr* zu schreiben, und dieser Impuls muss ihm nicht einmal bewusst werden, denn er hat ihn schon so vollständig verinnerlicht, dass er zwischen dem ursprünglichen Einfall und dessen literarischer Gestalt gar nicht mehr unterscheidet. Dabei wird aus der Fülle des inneren und äußeren Erlebens nicht ausgewählt, was brauchbar sein könnte für irgendeinen vorgefassten literarischen Plan, und erst recht nicht das, was von ›objektiv‹ größter Bedeutung ist – weshalb in Kafkas Heften selbst soziale Katastrophen meist schweigend übergangen werden. Ausgewählt wird vielmehr der Augenblick, der bewegt, der zu denken gibt oder der besonders ambivalente Gefühle hinterlässt: vergleichbar der Arbeit eines Fotografen, der am Abend die optische Ausbeute des Tages sichtet.

»Die besondere Art meiner Inspiration«, so stellt Kafka fest, »ist die, dass ich alles kann, nur nicht auf eine besondere Arbeit hin. Wenn ich wahllos einen Satz hinschreibe z. B. Er schaute aus dem Fenster so ist er schon vollkommen.« Das heißt, jeder Satz, der auf diese Weise zustande kommt, ist Literatur. Denn mag ihm auch technisch Unvollkommenes unterlaufen, so ist er doch nicht fähig, außerliterarisch zu schreiben, so wenig wie man außersprachlich sprechen kann. Und das ist eine durchaus neue Erfahrung, wie Kafka ausdrücklich festhält, eine Art von Inspiration, die erst mit knapp dreißig Jahren zur vollen Blüte gelangen wird und die »höher als alle früheren« ist. Nur ein kleiner Schritt noch, und er wird dieses Vermögen zum Kern seiner Identität machen. Kafkas ebenso berühmtes wie scheinbar anmaßendes Diktum, er bestehe aus Literatur und könne nichts anderes sein, wird verständlich nur auf der Folie dieser Entwicklung, die sich in seinen Werkstattheften nachvollziehen und bestaunen lässt.[24]

Ob Kafka solche Hefte auch schon in den Jahren zuvor besaß, wissen wir nicht; es ist freilich nur schwer vorstellbar in der Phase des angestrengten Tag- und Nachtlebens unter der Kuratel der Assicurazioni Generali, und auch die Tatsache, dass die HOCHZEITSVORBEREITUNGEN auf einzelnen Blättern verschiedenster Herkunft überliefert sind, spricht gegen die Existenz früherer Hefte. Auffällig hingegen ist, dass auch Tagebücher Max Brods ab 1909 existieren – wobei die erste Eintragung zumindest eine längere Pause voraussetzt –, dass also die *erhaltenen* Hefte Kafkas und Brods etwa zum selben Zeitpunkt einsetzen. Brod, der in solchen Dingen niemals diskret war, hat die Eröffnung seines Tagebuchs den Freunden sicherlich mitgeteilt, und Kafka hat sich davon anregen lassen – oder es war umgekehrt, und der Impulsgeber war Kafka selbst. Zum Vorlesen waren die beiderseitigen Notate jedoch keinesfalls geeignet, und hätte man den Versuch gewagt, so wäre die Verwunderung groß gewesen. Denn weiter konnte der rhetorische Abstand nicht sein.

Was Brod produzierte, war kaum mehr als eine Abfolge von Erinnerungskürzeln, verfasst in einer Ansichtskarten-Sprache, die weder Formwillen noch literarische Autorschaft vermuten lässt. »Nach Riva mit Kafka, Otto kam nach«, so beginnt es. »Schöne Ferien! Das Bad!! / Nur A. schreibt nicht, kam auch nicht zum Rendezvous am letzten Tag. / Schloß Toblino – S. Giacomo, Varone, Arco / Zwei Tage Brescia Flüge, Desenzano. / Viel, viel erlebt. Ich werde es nicht vergessen!« Und in diesem Tonfall wird es weitergehen, noch jahrelang, soweit wir es überblicken können. Er bleibt unpersönlich gerade im Persönlichsten, und kein Lichtstrahl aus dem Laboratorium seines Werks hellt diese Ödnis auf.

Kafka hingegen ist originell vom ersten Satz an, und das im strengen Sinne des Wortes. Kein ›klassisches‹ Vorbild ist auszumachen, dem seine Notizen formal sich anschmiegen (allenfalls Anklänge an Stendhals JOURNAL gibt es, das er zwei Jahre zuvor auf Französisch las); verwischt bleiben die Grenzen zwischen privater Aufzeichnung und Literatur; im höchsten Maß befremdend ist das Gewebe aus sinnlichen Details und den daran sich heftenden Emotionen. Es scheint, als erfinde Kafka eine neue Spielart des Tagebuchs, die es ihm ermöglicht, neben und nach der literarischen Arbeit einfach weiterzuschreiben, literarisch noch immer, doch ohne Arbeit, ohne Ausrichtung auf ein erzählerisches Ziel. Wird eine Erzählung daraus, umso besser – auch das wird vorkommen. Wenn nicht, dann hat er zumindest ›geschrieben‹. Kafkas Tagebuch – er selbst nennt es so – ist ein Vorhof der Literatur, dessen Tore weit offen stehen: sowohl in Richtung der erlebten Realität, die oft mit Namen und Datum beglaubigt wird, als auch in Richtung der künstlerisch kontrollierten Fiktion, die sich in Werken verdichtet. Zahllose Stunden seines Lebens wird Kafka in diesem Vorhof verbringen, und ungezählte Briefe wird er verfassen, die ebenfalls genau *dort* entstanden sind, in einer Zone, in der das Biographische in Literatur transformiert wird, in der daher weder die Psychologie noch die Ästhetik das alleinige Zugriffsrecht genießt. Nicht Kafkas frühe Werke, sondern die Tagebuchnotate jener Jahre waren es, die seinen exterritorialen Status zum ersten Mal bezeugten und die ihn, Zeile um Zeile, sämtlichen ›Prager Kreisen‹ ein für alle Mal entrückten. Vorläufig im Verborgenen allerdings, in einer geheimen Dichterschule ganz anderer Provenienz, einer Schule mit einem einzigen Schüler nur, dessen Fortschritte nicht überprüfbar waren. Denn wie hätte er das, was sich in seinen Heften abspielte, den Freunden erklären sollen?

»Die Zuschauer erstarren, wenn der Zug vorbeifährt.

›Wenn er mich immer frägt‹ das ä losgelöst vom Satz flog dahin wie ein Ball auf der Wiese.

Sein Ernst bringt mich um. Den Kopf im Kragen, die Haare unbeweglich um den Schädel geordnet, die Muskeln unten an den Wangen an ihrem Platz gespannt

---

Ist der Wald noch immer da? Der Wald war noch so ziemlich da. Kaum aber war mein Blick zehn Schritte weit, liess ich ab wieder eingefangen vom langweiligen Gespräch.

Im dunklen Wald im durchweichten Boden fand ich mich nur durch das Weiss seines Kragens zurecht.

Ich bat im Traum die Tänzerin Eduardowa, sie möchte doch den Czardas noch einmal tanzen. Sie hatte einen breiten Streifen Schatten oder Licht mitten im Gesicht zwischen dem untern Stirnrand und der Mitte des Kinns …«[25]

Landung in Brescia

Viele der Berge sähen besser aus,
wenn man ihre Gipfel abnähme.
H. E. Housman, Brief an seine Mutter, 1900

Riva liegt am Genfer See, mit Blick auf die Borromäischen Inseln. Jedenfalls solange man auf die »im allgemeinen vorzüglichen« Geographiekenntnisse des Dr. Kafka vertraut, der es fertigbrachte, drei Seen und drei Staaten in einem einzigen Satz miteinander zu vermengen.

Die Heiterkeit, die diese im Spätsommer 1908 verschickte Mitteilung bei ihren Empfängern auslöste, muss nachhaltig gewesen sein. Denn Max Brod und sein jüngerer Bruder Otto saßen, als sie Kafkas Brief öffneten, am nördlichen Ufer des Gardasees, auf österreichischem Territorium, und konnten von ihrem Ferienort Riva aus in dem gut zwei Kilometer breiten, zwischen steilen Hängen sich erstreckenden Gewässer weit und breit keine Insel entdecken. Der in Prag zurückgelassene Freund behalf sich also mit Späßen. Vielleicht sollte man ihn im kommenden Jahr einmal mitnehmen auf die Reise, um seine Vorstellungen von der weiten Welt ein wenig zu konkretisieren.[1]

Die Idee, gemeinsam mit Kafka einen Trip in den Süden zu unternehmen, wurde gewiss über Monate erörtert. Das bedurfte genauer Planung allein schon wegen der allseits restriktiven Urlaubsregelungen. Auch waren die Kosten einer Auslandsreise selbst für den sparsamen Kafka wohl kaum zu verkraften, so dass ein Zuschuss aus der Familie (Genaueres wissen wir nicht) wieder einmal unabdingbar war. Und schließlich war er, wie seine Freunde längst wussten, kein Mann der spontanen Entschlüsse. Selbst den Termin der Abreise – die schließlich für den 4. September 1909 verabredet wurde – stellte er fast noch im letzten Moment in Frage. Doch dieser Tag war eindeutig der geeignetste, um den gemeinsamen Urlaub auf die maximal mögliche Dauer auszudehnen. Denn da es sich um einen Samstag handelte, durfte Kafka schon um 12 Uhr sein Büro verlassen, und nur eine Stunde später saß er mit Brod in einem Waggon 3. Klasse in Richtung München, von wo aus es dann mit einem Nachtzug über den Brennerpass weiterging. Eine Bahnreise von einundzwanzig Stunden, alles in allem. Doch kein Quäntchen der spärlich zugeteilten Freiheit sollte verlorengehen.[2]

Orangen-, Zitronen- und Feigenbäume, Olivenhaine, Zypressen, Palmen, Lorbeer, Myrte und Aloen – nichts von alledem hatte Kafka je in freier Natur gesehen. Nur zwei Jahre zuvor hatte er noch gehofft, solche exotischen Erscheinungen schon bald aus dem Fenster seines Büros zu erblicken, doch die Träume von Triest oder gar Südamerika waren inzwischen unter Bergen von Versicherungsakten begraben. Nun reiste er nicht anders als die Mehrzahl seiner europäischen Zeitgenossen: als Tourist und der Sonne entgegen.

Kafka war weder ein Liebhaber noch ein Kenner der Pflanzenwelt, doch ein Klima, das einen fast ganzjährigen Aufenthalt im Freien ermöglichte, gehörte für ihn zweifellos zu den Ingredienzen jeder denkbaren Lebensutopie. Die alljährlichen langen Sommerfrischen hatten einmal das Muster geliefert – die körperliche Freiheit, die wohltätige Ermüdung, die alle Spannungen löste –, aber mittlerweile genossen nur noch die drei Schwestern solch unbeschwertes Glück, während er selbst die *Stunden* des zugeteilten Urlaubs zählte.

Im Sommer behalf sich daher Kafka immer häufiger mit Ausflügen an den Rand oder in die Umgebung der Stadt, und während Brod ihn in die Parallelwelt des nächtlichen Amüsements einführte, belehrte ihn wiederum Kafka über die Freuden von Luft- und Wasserbädern, rustikalen tschechischen Gasthäusern und achtstündigen Fußmärschen. Manchmal reichte die Zeit nur, um ein wenig den Baumgarten zu durchstreifen oder mit dem Raddampfer flussaufwärts zur Pferderennbahn von Kuchelbad (Chuchle) und weiter nach Königssaal (Zbraslav) zu fahren, doch mit planerischem Geschick gelang es Kafka gelegentlich, einen Urlaub *en miniature* in einen einzigen Tag zu packen:

»Mein lieber Max, stürze Dich nicht in Kosten wegen einer Rohrpostkarte, in der Du mir schreiben wirst, dass Du um 6 05 nicht auf der F. Josefs Bahn sein kannst, denn das musst Du, da der Zug, mit dem wir nach Wran fahren, um 6 Uhr 05 fährt. Um ¼8 machen wir den ersten Schritt gegen Davle, wo wir um 10 h bei Lederer eine Paprika essen werden, um 12 h in Stechowitz mittagmahlen, von 2–½4 gehn wir durch den Wald zu den Stromschnellen auf denen wir herumfahren werden. Um 7 Uhr fahren wir mit dem Dampfer nach Prag. Überlege es Dir nicht weiter und sei um ¾6 auf der Bahn.«[3]

Falls Brod diesen Instruktionen Folge leistete, so hatte er einen aufregenden Ritt durch die Stromschnellen von St. Johannes vor sich (die heute mittels einer Staumauer eliminiert sind), allerdings auch einen Fußweg von mindestens zwanzig Kilometern, die von Kafka, wie stets, genau verbucht wurden. Vor allem ab 1909 gab es solche Unternehmungen häufiger, meist nahm auch Felix Weltsch daran teil, und im Sommer kam es vor, dass die Freunde ein ganzes Wochenende lang unterwegs waren. Die schönsten Gelegenheiten dazu boten sich südlich von Prag, entweder unmittelbar an der Moldau oder aber in einem der Seitentäler mit ihren zahlreichen Badegelegenheiten. So etwa im Tal der Beraun (Berounka) mit den Sommerfrischen Czernoschitz, Wschenor und Dobřichowitz, eine per Bahn innerhalb einer Stunde erreichbare Gegend, die Kafka noch über etliche Jahre regelmäßig aufsuchte. An Pfingsten 1909 badete er mit Brod und Weltsch in Dobřichowitz, besuchte einen Dorfzirkus, marschierte dann zehn Kilometer durch den Wald nach Mníšek, und alle dösten ein wenig unter freiem Himmel: ein Ausflug, den der begeisterte Brod sogar in der Berliner *Schaubühne* verewigte. Und auch ein Sonntagsausflug in das Städtchen Beraun ist aus diesem Sommer überliefert.[4]

Ähnliche Idyllen bot das Tal der Sasau (Sázava), ein stark mäanderndes, flaches, aber strömungsstarkes Flüsschen, das gegenüber von Davle von Osten her in die Moldau mündet. Man fuhr mit der Bahn am Sonntagmorgen nach Senohraby, war bereits zum ›Gabelfrühstück‹ vor Ort und konnte mit etwas Glück zehn Stunden lang die Sonne genießen, um am Montag gebräunt wie ein Bauer ins Büro zurückzukehren. Freilich, nicht jeder vertrug das. Vor allem Brods Idee, den 18-jährigen dunkelblonden und weißhäutigen Franz Werfel auf eine solche Tour mitzunehmen, um das gemeinsame Naturerlebnis mit dessen lyrischen Deklamationen noch zu versüßen, erwies sich als unglücklich.

»Wir fuhren eines schönen Sommer-Sonntags an die reinen silbernen Strömungen der Sazawa, entkleideten uns mitten im Wald, in einem ›Freibad‹, das wir jedesmal den zivilisierten Badeanstalten weit vorzogen, hörten als nackte Fluß- und Baumgötter die klingenden neuen Verse des ›Weltfreundes‹ an, schwammen dann viele Stunden lang in den Fluten. In meiner Erinnerung nimmt dieser erhabene hellenische Sommertag überhaupt kein Ende. – Am nächsten Morgen stürmte Mama Werfel meine Wohnung. Sie war eine elegante, hochgewachsene, schöne, schwarzhaarige Dame, immer sehr überlegen, sehr formell; nur dieses eine Mal habe ich sie aufgeregt gesehen. Was mir denn eingefallen sei, rief sie. Ich sei doch der Ältere und müsse eigentlich Verstand haben! Ihr Junge sei puterrot vor Sonnenbrand heimgekehrt und liege jetzt an hohem Fieber darnieder! Er werde die Maturitätsprüfung nicht machen können ...«[5]

Für das Examen Ihres Sprösslings, so hätte Brod antworten können, sind die im ›Gogo‹ verbrachten Nächte weit bedrohlicher als ein harmloser Sonnenbrand – aber das verkniff er sich. Ein großer Schwimmer und Naturanbeter würde aus dem Kaffeehausmenschen Werfel ohnehin nicht werden, und auf die Idee, ihn mit in die Ferien zu nehmen, verfiel im ›Prager Kreis‹ niemand.

»Kafka und ich«, erinnerte sich Brod weiter, »lebten damals des seltsamen Glaubens, daß man von einer Landschaft nicht Besitz ergriffen habe, solange nicht durch Baden in ihren lebendig strömenden Gewässern die Verbindung geradezu physisch vollzogen worden sei.« So war es auch in Riva, jeden der fünf hier verbrachten Tage feierten Franz, Max und der mit Verspätung eingetroffene Otto durch ein ausgiebiges Bad im Gardasee. Sie gingen schon nach dem Frühstück über die Piazza Benacence vorbei am Hafenkai (wo einige Jahre später der geheimnisvolle JÄGER GRACCHUS anlegen wird), dann weiter über die staubige Ponalestraße (heute Via Gargano) bis zu einem schattigen Pfad, der steil hinab zum Ufer und zur schlichten Badeanstalt Bagni alla Madonnina führte. Die Stunden, die er dort auf den moosüberzogenen Planken des Badestegs verbrachte, so schrieb später Brod in einem ›Nachruf‹ auf diese Anlage, seien die friedlichsten seines Lebens gewesen; und auch Kafka, der ausdauerndste der drei Schwimmer, lebte hier offenbar auf, denn an seine Schwester Elli schrieb er mit seltener Zuversicht: »Wenn Dir mein Glück am Herzen liegt, kannst Du zufrieden sein.«[6]

Am Nachmittag, wenn die ruppigen Böen der *Ora* den Badegenuss trübten – eine Warnung vor diesem thermischen Wind fehlte in keinem Reiseführer –, unternahmen die Freunde kleinere Ausflüge in die Umgebung: in das Fischerdorf Torbole, wo zur Bewachung der nahen Grenze auch tschechische Soldaten stationiert waren; zum nahen Kurort Arco mit seinem besonders milden, windarmen Lokalklima; schließlich zu der Seefestung Castel Toblino, wo sich Kafka mit dem ernst dreinblickenden Otto Brod fotografieren ließ, im Lodenmantel, mit hohem, schmalrandigem Filzhut und mit Schuhen von beachtlicher Größe. Otto war gleichsam der Entdecker dieser paradiesischen Gegend, die unter österreichischen Touristen eigentümlicherweise viel weniger populär war als unter Preußen, Franzosen und selbst Russen.

Schon zwei Jahre zuvor nämlich war Otto Brod allein hierhergereist, er konnte daher zielsicher zunächst seinen Bruder und nun auch Kafka zu den schönsten Orten führen. Möglicherweise hatte er bei seinem ersten Besuch auch literarische Interessen verfolgt, denn es war bekannt, dass der von den Brüdern Brod verehrte Heinrich Mann regelmäßig nach Riva fuhr, um sich im dortigen ›Sanatorium Dr. von Hartungen‹ einzuquartieren. Tatsächlich gelang es dem damals 19-jährigen Otto Brod, sich mit Heinrich Mann bekannt zu machen, er lud ihn im Namen des schon recht bekannten großen Bruders erfolgreich nach Prag ein, um in der Lese- und Redehalle vorzutragen, und er ließ sich mit dem populären Schriftsteller auf einem Segelboot fotografieren – ein Bild, das er dann stolz als Postkarte verschickte, einmal sogar mit einem eigenhändigen Gruß seines Idols.[7]

Auch wenn Max Brod von der Romantrilogie DIE GÖTTINNEN noch so ausdauernd schwärmte und deren dick aufgeschminkte Effekte dann in SCHLOSS NORNEPYGGE nachahmte: Für die Prosa und die ästhetizistischen Ausschweifungen Heinrich Manns konnte sich Kafka nicht erwärmen. Doch er interessierte sich für Sanatorien, und es ist daher gewiss, dass die drei Prager Touristen das prominente, auf einem weitläufigen Seegrundstück gelegene ›Erholungsheim für Nervenkranke und Diabetiker‹ ausgiebig besichtigten. Große Teile der GÖTTINNEN waren hier entstanden, unter fachlicher Beratung der Medizinerfamilie von Hartungen, und auch Heinrich Manns Bruder Thomas hatte hier schon gearbeitet und das Ambiente auf den ersten Seiten seiner Erzählung TRISTAN sogar verewigt. Kafka wusste das alles, und auch ihm gefiel es hier. Es gefiel ihm so ausnehmend gut, dass er einige Jahre später, während seiner ersten allein unternommenen

Urlaubsreise, bei Hartungen nicht nur Erholung, sondern eine Art von Rettung suchte.[8]

Im Sommer dieses Jahres 1909 war etwas ganz Unglaubliches geschehen, ein Ereignis, das sogar die politischen Krisenherde von den Titelseiten der europäischen Presse kurzzeitig verdrängte. Der französische Ingenieur und Aviatiker Louis Blériot hatte es als erster Mensch gewagt, über das offene Meer zu fliegen, er hatte den Ärmelkanal überquert, und der kaum mehr als eine halbe Stunde währende Flug von der Küste bei Calais nach Dover wurde sofort als zivilisatorische Großtat gefeiert. Dass schon zuvor ein Pilot sich länger als zwei Stunden in der Luft gehalten hatte, dass sogar Blériot selbst schon weitere Strecken geflogen war – all das verblasste neben einem symbolischen Akt, der, so wusste man sofort, die politische und militärische Geographie verändern würde. Wozu noch waffenstarrende Flotten, wozu befestigte Grenzen, wenn sie so leicht von kleinen, in Garagen zusammengeschraubten Maschinen überwunden werden konnten? War England noch eine Insel? Hatte der komplex gegliederte europäische Lebensraum, und damit auch die Frage seiner Sicherheit, unversehens eine dritte Dimension hinzugewonnen? All diese Fragen hatte die Tat eines Einzelnen aufgeworfen, des ersten Helden des 20. Jahrhunderts, dessen Namen binnen weniger Tage die ganze Welt kannte.

Kafka und seine nahen Freunde waren alles andere als Technikfetischisten. In Zeitschriften betrachteten sie ausgiebig Abbildungen der allerneuesten aviatischen Errungenschaften, doch nur eine vage Vorstellung hatten sie davon, wie und warum das alles funktionierte. Vielleicht war Kafka, der Spezialist für Arbeitsunfälle, noch am ehesten dazu in der Lage, den anderen zu erklären, was der Begriff *horsepower* bedeutet und wie wichtig gutes Motoröl ist. Doch was sie tatsächlich interessierte, war die moderne Technik als völlig neuer Erfahrungsraum. Da gab es also Menschen, die es sich zum Beruf gemacht hatten, gewisse Naturgesetze außer Kraft zu setzen und dabei Kopf und Kragen zu riskieren. Wie bewegten sich solche Leute, was dachten sie, wie sprachen sie? So wurde etwa die Frage erörtert – vermutlich bei einem der vielen Sommerausflüge –, was für Louis Blériot wohl der glücklichste Moment seines Abenteuers gewesen sei. Der einsame Start mit der blutrot aufgehenden Sonne im Rücken? Die überaus harte Landung vor einigen naiv winkenden Engländern? Oder etwa jene unvorstellbaren zehn Minuten, in denen er, achtzig Meter über dem Meer, völlig ohne Orientierung dahinraste und nichts um sich sah als Dunst und Wasser?

Brod konnte es nicht lassen: Ohne je einen Flugapparat mit eigenen Augen gesehen zu haben – nicht einmal als Punkt am Himmel –, brachte er seine Phantasien zu Papier und veröffentlichte sie in einer Glosse.[9] Das war erst wenige Tage her. Und nun, am Ufer des Gardasees, erblickte er die Titelschlagzeile der italienischen Tageszeitung *La Sentinella Bresciana* und erfuhr, dass der »edle« Blériot ganz in der Nähe weilte, in Brescia nämlich, und dass er dort bei einem großen Flugmeeting seine Künste zeigen werde. War das möglich? Hieß es denn nicht, Blériot sei verletzt? Ende August war es gewesen, als er bei den Flugtagen von Reims sein Monoplan nach einem Brand der Benzinleitung mit knapper Not auf den Boden brachte, jedoch Verletzungen an den Händen sowie Prellungen davontrug. Nun, zwei Wochen später, schien er in Italien weiterzumachen, als sei nichts geschehen. Die Nervenstärke dieses Mannes war unheimlich, und es war gewiss eine Reise wert, ihn einmal aus der Nähe zu erleben.

Allerdings: die Zeit drängte. Wollte man noch etwas zu sehen bekommen, so musste man die Hotelzimmer *sofort* kündigen, sich vom Badeglück verabschieden und losfahren. Offenbar waren es Kafka und Otto Brod, die darauf drängten, während Max den Frieden von Riva gerne noch ein wenig länger genossen hätte.[10] Dieser Ausflug, so viel war klar, würde Strapazen mit sich bringen; man würde improvisieren müssen, ohne Reserven in der Brieftasche, ohne Auslandserfahrung und auf der schmalen Basis halb vergessener Italienischlektionen – und das alles, um einige wenige Stunden zwischen schwitzenden Menschenmassen und knatternden Motoren zu verbringen. Dass Kafka dies nicht im mindesten schreckte, muss die Brods erstaunt haben: So kannten sie ihn noch nicht, so kannte ihn eigentlich noch niemand.

Am 10. September, morgens um Viertel vor acht, bestiegen die Freunde den Dampfer, der sie zunächst auf die italienische Seite des Sees bringen sollte. Von dieser Fahrt findet sich in den Lebenszeugnissen Kafkas nahezu keine Spur – dennoch müssen die etwa viereinhalb Stunden auf dem Gardasee eines der eindrücklichsten Reiseerlebnisse gewesen sein, die ihm je vergönnt waren. Denn die Fahrt von der Nord- zur Südspitze eröffnete ihm nicht nur wechselnde Perspektiven auf die umgebende alpine Landschaft; auch die mehr als ein Dutzend Haltepunkte am rechten und linken Ufer boten immerzu neue, idyllische Aussichten. Kafka sah Fischerdörfer und Strandpromenaden, Klippen und Felswände, Zitronen- und Olivenhaine, an steilen Hängen klebende Häuser, außerdem Burgen, Luxusvillen und den sagenhaften Palazzo Borghese auf der Isola di Garda.[11] In Desenzano war Endstation, nur noch eine kurze Bahnfahrt nach Brescia, und bereits am Nachmittag, während der italienischen Siesta, standen die drei im Büro des Organisationskomitees, wo sie Eintrittskarten für die Flugschau sowie eine Hotelbuchung erhielten.

Max Brod hatte einen originellen Einfall während dieses Trips. Dass er über das bevorstehende Ereignis etwas schreiben würde, war selbstverständlich. Wie aber wäre es, wenn *beide*, Kafka und er, eine Art von Wettstreit um den besten Reisebericht austrügen? Kontakte zu Zeitungen und Zeitschriften hatte er genug, damit sie sich nicht in die Quere kamen, und nach den unvorhergesehenen Ausgaben, mit denen man hier kämpfte, musste doch auch Kafka ein kleiner zusätzlicher Verdienst hochwillkommen sein. Und tatsächlich, er ließ sich auf das Spiel ein. Beide begannen, eifrig Notizen zu machen, die sie vor dem jeweils anderen mit spaßhafter Sorgfalt verbargen.

> »Die Herberge, in die wir gewiesen werden, scheint uns auf den ersten Blick die schmutzigste zu sein, die wir je gesehen haben, aber es ist bald gar nicht mehr übertrieben arg. Ein Schmutz, der nun schon einmal da ist, von dem nicht mehr gesprochen wird, ein Schmutz, der sich nicht mehr verändert, der einheimisch geworden ist, der das menschliche Leben gewissermaßen solider und irdischer macht, ein Schmutz, aus dem unser Wirt hervoreilt, stolz für sich, demütig für uns […]; wer hätte, muß man fragen, gegen diesen Schmutz noch etwas auf dem Herzen.«

Damit hatte sich Kafka einen schönen Vorsprung erarbeitet, denn er allein war auf die Idee verfallen, die Schilderung des Flugmeetings schon im Hotelzimmer beginnen zu lassen. Nur von ihm erfahren wir auch von der imposanten Schmutzwolke, von der umgeben die Freunde am folgenden Tag durch eine völlig ebene Heidelandschaft zum Flugfeld von Montichiari fuhren, in einer überfüllten und (nach heutigen Begriffen) im Schritttempo dahinkriechenden Lokalbahn, »in einer Dusche aus Ruß und Staub«, unmittelbar neben einer schmalen, unbefestigten Landstraße, auf der sich eine ungeheure Menge von Fahrrädern, Motorrädern und Automobilen demselben Ziel entgegenwälzte: der erste motorisierte Verkehrsstau, den Kafka in seinem Leben zu sehen bekam. (Dem Übersetzer und Feuilletonredakteur Paul Wiegler, der kurz darauf diesen Artikel zum Abdruck in der Prager Tageszeitung *Bohemia* akzeptierte, war dies doch ein wenig zu viel des Schmutzes; und so gelangte er zu dem Ruhm, als einziger Mensch einen autorisierten Text Kafkas *gekürzt* zu haben.[12])

Die Flugschau von Brescia-Montichiari war bereits seit Anfang des Jahres in Planung – gleichsam als Steigerung der weltweit bekannten Autorennen, die hier alljährlich veranstaltet wurden –, doch der mediale Erfolg des Pilotentreffens von Reims hatte den Ehrgeiz der italienischen Organisatoren weiter angestachelt. Das wollte man überbieten, indem man aus einem bloßen Massenvergnügen ein national bedeutsames Ereignis machte. Selbstverständlich sollte es auch in Brescia um Wettkämpfe und hohe Preisgelder gehen: für die höchste erreichte Geschwindigkeit, die maximale Flughöhe, für den schnellsten Flug mit Passagier oder über eine fünfzig Kilometer lange Rundstrecke. Dafür hatte man die international bekanntesten Piloten unter Vertrag genommen, mit Ausnahme lediglich der geschäftstüchtigen Gebrüder Wright, die ihre Doppeldecker lieber in Berlin vorführten (und die den Kanalflug Blériots sehr übellaunig aufgenommen hatten). Zugleich aber wollte man der Presse ein Stelldichein von Politik, Hochadel, kultureller und technischer Intelligenz bieten, wie es der europäische Kontinent noch niemals gesehen hatte. Und dieser Plan ging auf. Reporter aus aller Herren Länder reisten an (nur aus Österreich eigentümlicherweise keiner, außer Kafka und Brod), um nicht nur die weltbesten Piloten und Mechaniker, sondern auch bedeutende Unternehmer und Finanziers, Schriftsteller wie Gabriele D'Annunzio, den italienischen Monarchen Vittorio Emanuele III. und nicht zuletzt die üppigen Roben der versammelten *Contessas* und *Principessas* zu sehen. Das Glück der Veranstalter war vollkommen, als unversehens auch Giacomo Puccini erschien – Meister der italienischen Oper und Liebhaber schneller Autos –, um in dem neben dem Flugfeld eigens errichteten Restaurant Hof zu halten. So gab es immerzu etwas zu sehen, und die Ferngläser der zahlenden Zuschauer wanderten zwischen den fliegenden Apparaten und der von Sonnensegeln geschützten Haupttribüne hin und her. Ganz zu Recht fühlte sich Max Brod an das Treiben bei vornehmen Pferderennen erinnert.

Da man für die geplanten Reportagen alles aus der Nähe sehen musste, kamen die billigen Stehplätze am Rand des Flugfelds, wo sich Tag für Tag Tausende von Menschen versammelten, für die Besucher aus Prag natürlich nicht in Frage – ganz zu schweigen vom Staub des benachbarten großen Parkplatzes, auf dem mehr Automobile herumkurvten als in ganz Böhmen. Zehn Lire pro Tag kostete es – etwa ein Zehntel von Kafkas Monatsgehalt –, sich stattdessen vor den Tribünen und unmittelbar vor den Hangars aufhalten zu dürfen: ein teures Vergnügen, zumal man Geduld aufbringen musste bis zum Nachmittag, ehe das erste Fluggerät sich endlich in die Luft erhob. So vertrieben sich Kafka und Brod die Zeit mit dem Studium der vornehmen Besucherinnen sowie natürlich der Piloten und ihrer Helfer in ihrem Kampf mit fragilen Holzkonstruktionen und unberechenbaren Motoren. Dass sie an den Tagen zuvor nicht viel verpasst hatten, konnten sie der Presse entnehmen: widrige Wetterbedingungen, immer wieder neu zu justierende Drahtbespannungen, heißgelaufene Motoren und zerbrochene Propeller waren von der erregten Menge jenseits des Flugfelds mit Pfeifkonzerten quittiert worden (und von der *Gazzetta dello Sport* mit der bissigen Bemerkung, einen ernstzunehmenden Flugsport gebe es eigentlich noch gar nicht). Selbst Blériot war bereits unglücklich in einem kleinen Graben gelandet. Nun wollte man endlich etwas sehen, was die beschwerliche Anreise lohnte. Immer wieder richtete sich der Blick auf einen Mast, an dem verschiedenfarbige Signalflaggen für Mitteilungen der Organisatoren hingen. Rot bedeutete: »demnächst wird geflogen«, während die weiße Flagge nur signalisierte, dass die rote *vielleicht* bald zu sehen sei …

Über solche Feinheiten sowie über die zu erwartenden Wettbewerbe, Piloten und Maschinen konnte man sich anhand einer offiziellen Broschüre informieren, deren Material Kafka und Brod geschickt in ihre Reportagen einarbeiteten. Vor allem Kafka wunderte und amüsierte sich über den Gegensatz zwischen den übermenschlichen Leistungen, welche die hier versammelten Flieger angeblich schon irgendwo gezeigt hatten, und ihrer alltäglichen körperlichen Erscheinung. So karikierte er den amerikanischen Piloten Glenn Curtiss als einen hageren Mann, der allein und seelenruhig vor seinem Hangar sitzt und eine volle Stunde mit der Lektüre einer einzigen Zeitungsseite verbringt. Aber auch die angereiste Prominenz im Publikum wurde von Kafkas Röntgenblick erfasst. So zeigt der Musikstar Puccini ein »starkes Gesicht« samt »Trinkernase«, und »Gabriele d'Annunzio, klein und schwach, tanzt scheinbar schüchtern vor dem Conte Oldofredi, einem der bedeutendsten Herren des Komitees« – eine außerordentlich präzise Beobachtung, denn tatsächlich bettelte der ebenso eitle wie technikbesessene Schriftsteller darum, bei irgendeinem der Piloten mitfliegen zu dürfen. Dass dann der scheinbar so stoische Curtiss sich mit dem zudringlichen D'Annunzio einen kleinen Spaß erlaubte – gänzlich abweisen konnte er den Berühmten nicht – und ihm als ersten Flug seines Lebens bloß einen Hüpfer von wenigen Metern verschaffte, entging Kafka leider, hätte ihn aber gewiss erheitert. Wohingegen D'Annunzio von Kafkas Bericht wenig erbaut war: »Er kommt nach Italien«, äußerte er später gegenüber Curzio Malaparte, »und hat nichts Besseres zu tun als mich zu beschimpfen.«[13]

Während die erhaltenen Filmaufnahmen der Flugtage von Brescia oft nur die riesige Einöde des Flugfelds mit vergleichsweise winzigen, kaum identifizierbaren Personen und Objekten zeigen, vermitteln Kafkas und Brods Schilderungen einen viel lebendigeren Eindruck der Atmosphäre. Auch das Verhalten des Publikums beziehen sie ständig mit ein: die Erwartungen, die Frustrationen und das patriotische Mitgefühl mit besonderen Pechvögeln wie dem italienischen Leutnant Mario Calderara, der mit dem Zusammenflicken seiner zertrümmerten Apparate weitaus mehr Zeit verbrachte als mit Flugversuchen (auch wenn er am Ende den hartnäckigen D'Annunzio doch noch auf eine Höhe von zehn Metern brachte und sogar zwei Preise gewann).

Besonders lebhaft und detailgenau berichteten die Prager Reporter natürlich über die Hauptsache, um derentwillen so viele Menschen hier überhaupt angereist waren: den Auftritt des Kanalfliegers. »Und *Blériot*? fragen wir«, fragt Kafka. »Blériot, an den wir die ganze Zeit über dachten, wo ist Blériot?« Der war schon von weitem zu erkennen an seiner Habichtsnase und seinem weit herabhängenden Schnauzbart; eine kleinbürgerliche, wenig elegante Gestalt in blauen Mechanikerhosen, die auf der Gasse vollkommen unauffällig gewesen wäre und die ihre Aura einzig und allein aus Zeitungsmeldungen bezog:

Dieser Mann war es, der über das Meer geflogen war; der dafür das immense Preisgeld von 1000 Pfund eingeheimst hatte; in dessen Flugzeugwerkstatt innerhalb weniger Wochen mehr als hundert Bestellungen eingegangen waren. Und der jetzt vor Tausenden von Augenpaaren seine berühmte Maschine aus dem Hangar zog, eine ›Blériot XI‹, wie die Fachwelt wusste, das unscheinbarste Flugzeug auf dem Feld, das geradezu filigran wirkte neben den Voisin-Doppeldeckern, die hier ebenfalls vertreten waren. Alle, die keinen Platz auf den Tribünen hatten – und dazu zählten auch Kafka und seine Begleiter –, stürmten jetzt nach vorn an den Begrenzungszaun und kletterten auf die dort umherstehenden Strohstühle, um schon während des Anlaufs eine bessere Sicht zu haben. Er habe gezittert, schreibt Brod, als man die Steine vor den Rädern des Apparats weggeräumt habe, doch am Ende sei er begeistert gewesen wie alle. Ganz anders, beinahe ehrfürchtig, die Stimme Kafkas:

»Nun aber kommt der Apparat, mit dem Blériot den Kanal überflogen hat; keiner hat es gesagt, alle wissen es. Eine lange Pause und Blériot ist in der Luft, man sieht seinen geraden Oberkörper über den Flügeln, seine Beine stecken tief als Teil der Maschinerie. Die Sonne hat sich geneigt und unter dem Baldachin der Tribünen durch beleuchtet sie die schwebenden Flügel. Hingegeben sehn alle zu ihm auf, in keinem Herzen ist für einen andern Platz. Er fliegt eine kleine Runde und zeigt sich dann fast senkrecht über uns. Und alles sieht mit gerecktem Hals, wie der Monoplan schwankt, von Blériot gepackt wird und sogar steigt. Was geschieht denn? Hier oben ist 20 M[eter] über der Erde ein Mensch in einem Holzgestell verfangen und wehrt sich gegen eine freiwillig übernommene unsichtbare Gefahr. Wir aber stehn unten ganz zurückgedrängt und wesenlos und sehen diesem Menschen zu.«

Während es Brod erscheint, als werde der Pilot »emporgetragen von dem wachsenden Murmeln der Tausende, das sich verstärkt, von unsrer plötzlich ausbrechenden Begeisterung«, dreht Kafka im letzten Satz die Perspektive um und blickt mit den Augen Blériots hinab in eine passive Menge, die auf das Ereignis nicht den geringsten Einfluss hat und die darum »wesenlos« bleibt. Kafka ist realistischer, er berichtet filmisch, wie mit bewegter Kamera, und zum ersten Mal deutet sich an – gewiss ohne dass er das beabsichtigt oder an große Literatur auch nur gedacht hat –, dass er auf dem Weg zu einer neuen Art des Erzählens ist. Gegen Ende seines Lebens wird er von einer »höheren Art der Beobachtung« sprechen, die er als das Ideal seines

Schreibens definiert. Nicht in der BESCHREIBUNG EINES KAMPFES, sondern in Brescia tat er die ersten Schritte.[14]

Es zählt zu den kleinen Wundern der historischen Überlieferung, dass sich von genau jenem Augenblick, in dem Blériot gleichsam in Rufweite an Kafka vorüberfliegt, eine fotografische Aufnahme erhalten hat. Der Pilot ist identifizierbar durch sein Fluggerät, während Kafka, der auf einem der Stühle steht wie alle Menschen um ihn, seitlich von hinten zu sehen ist, doch ebenfalls klar erkennbar. Jahrzehntelang schlummerte diese Aufnahme in der Sammlung eines italienischen Flugenthusiasten. Weder Kafka noch Brod haben je davon erfahren.[15]

Für einen weiteren Tag in Riva, für ein letztes Bad im See reichte die zugeteilte Zeit noch. Dann aber war Eile geboten; Abreise im Morgengrauen, ein Tag und eine Nacht in Zügen und Bahnhöfen. Am 15. September morgens gegen sieben Uhr stiegen die drei aus dem Nachtzug, der aus München in Prag eintraf. Kafka verblieb noch eine Stunde, um sich zu waschen und den Anzug zu wechseln. Dann eilte er ins Büro, auffällig gebräunt wie schon öfters, um als Erstes zu erfahren, dass man ihn zum ›Anstaltspraktikanten‹ ernannt hatte. Vermutlich drängte man ihn, ein wenig zu erzählen. Doch wo er gewesen war und was er an Sensationellem gesehen hatte, würden seine Kollegen und Vorgesetzten ohnehin bald erfahren: aus der Zeitung.

In seiner Studie über die Flugschau von Brescia resümiert der Literaturwissenschaftler Peter Demetz, dieses Ereignis sei hinsichtlich der menschlichen Flugkünste wohl »der letzte leuchtende Moment einer sonderbaren Unschuld« gewesen.[16] Das ist allzu wahr, und keineswegs nur wegen der rasanten Militarisierung des Luftraums. In Brescia bot sich eine der letzten Gelegenheiten, das Fliegen als eine ›ganzheitliche‹ Erfahrung aus großer Nähe zu beobachten: Man sah, wie Flugmaschinen ausgeladen, zusammengesetzt und gewartet wurden. Man sah die Menschen, die sie bedienten und beherrschten – drei oder vier Mann reichten, um das Gerät beim Start festzuhalten –, und eine Differenzierung zwischen ›Bodenpersonal‹ und Piloten gab es noch nicht: Jeder machte und konnte alles, Motorkonstrukteure flogen und Piloten reparierten Motoren. Familienangehörige liefen umher, als handele es sich um einen Wanderzirkus, und auch Augenblicke der Ratlosigkeit konnte man beobachten. Gleichzeitig war das

Fliegen noch nah genug an den technischen Alltagserfahrungen, um von den Zuschauern im buchstäblichen Sinn begriffen zu werden. Die Flugzeuge klangen wie Automobile, und sie landeten auf Fahrradreifen. Spezielle Pilotenkluft war noch unbekannt, wer mitfliegen durfte, tat dies in Anzug und Krawatte, und wenn er Pech hatte, bekam er ein paar Spritzer heißen Öls auf die Gamaschen.

Vor allem aber waren die Leistungen überschaubar: Die Maschinen waren noch langsam genug, um die Piloten aufmerksam verfolgen zu können, und sie flogen noch nicht so weit, so hoch oder so ausdauernd, dass man sie völlig aus den Augen verlor. Selbst der (zunächst erfolglose) Versuch eines Höhenrekords, den Kafka, über die Schulter blickend, am Abend noch eben mitbekam, führte mit 116 Metern in eine vertikale Distanz, die den sinnlichen Kontakt nicht abreißen ließ, die es sogar noch ermöglichte, dem Piloten von unten zu winken und zu applaudieren – während schon im folgenden Jahr Fluggeräte in über tausend Metern Höhe und mit weit über hundert Stundenkilometern sich allen Blicken entzogen. Diese rasante Entwicklung war auch der Grund dafür, dass Flugmeetings wie in Reims und Brescia nur in einem Zeitfenster von zwei, drei Jahren sinnvoll waren. Sehr bald schon konnte man den Zuschauern nur noch die Zielankünfte von Langstreckenflügen bieten – im Rahmen sogenannter *Raids* –, oder aber auf Nervenkitzel spezialisierte Piloten, die Loopings flogen und kopfunter vorbeirasten, also Zirkusnummern lieferten, die mit dem Ur-Traum vom Fliegen nicht mehr viel gemein hatten. Erst durch diese Eskalation wurde das Fliegen auch wirklich gefährlich. Blériot und andere Piloten hatten Dutzende von Bruchlandungen fast unbeschadet überstanden, weil sie im technischen Sinn geerdet blieben; das völlig entfesselte Fliegen ab 1910 jedoch forderte zahlreiche Todesopfer.

Max Brod hat sich in Brescia gewiss nicht träumen lassen, dass er ein halbes Jahrhundert später selbst übers Meer fliegen würde, teuer, doch bequem in einer geräumigen, geheizten Kabine und umsorgt von uniformierten Damen. Das war eine Vorstellung, die man im Jahr 1909 allenfalls in einem utopischen Roman hätte gelten lassen. Vorläufig, für einige Monate noch, genoss man die unschuldigen Pioniertaten. Ein Wiener Konsortium hatte einen Flugapparat desselben Typs gekauft, mit dem Blériot der Sprung über den Kanal gelungen war, und transportierte das große Spielzeug von Stadt zu Stadt. Im November auch nach Prag, wo es im Palace Hotel, nahe dem Altstädter Ring, für eine Woche ausgestellt und vor zahllosen Neugierigen und selbst Schulklassen erläutert wurde. Eine Flugmaschine in Aktion sah man schon einige Wochen später, am 2. Januar 1910, auf dem schlammigen Pferderennplatz von Kuchelbad, wo ein Doppeldecker von einem Katapult startete und nach weniger als einer Minute am Boden zerschellte. Für dieses interessante Erlebnis waren etwa 50 000 Menschen angereist, die meisten in Sonderzügen. Das *Prager Tagblatt* blieb sachlich: »Der Unfall zerstörte leider den vorteilhaften Eindruck, den das Aeroplan beim Fluge bot.«

Die Karawane zog weiter. Für die Literatur war der menschliche Flug und alles, was damit zu tun hatte, noch für einige Jahre ein symbolischer *hot spot* der Moderne: D'Annunzio beschwor in seinem Roman FORSE CHE SÍ FORSE CHE NO (VIELLEICHT, VIELLEICHT AUCH NICHT, 1910) den Piloten als Abenteurer und Übermenschen und koppelte das anbrechende 20. Jahrhundert an den Mythos von Ikarus – was auf eine ziemlich törichte Fehldeutung jenes neuen Typus fliegender Ingenieure hinauslief, mit denen er in Brescia zusammengetroffen war. Max Brod, als Nietzsche-Skeptiker derartigen Heroisierungen abhold, ließ seinen Protagonisten ARNOLD BEER im gleichnamigen Roman (ebenfalls 1910) an der Organisation einer Flugschau kläglich scheitern. Die wirklichen Piloten indessen hoben ab in ganz andere Dimensionen, sie demokratisierten und militarisierten den Flug, nahmen Kameras, Postsäcke und schließlich auch Waffen an Bord. Blériot wurde Unternehmer, kaufte eine Flugzeugfabrik und produzierte während des Weltkriegs Jagdflugzeuge und Bomber. Calderara leitete eine Schule für Piloten, Curtiss baute Flugzeugmotoren im großen Stil. Von den Heldentaten seines einstigen ›Passagiers‹ dürfte der Amerikaner mit Erstaunen vernommen haben. Denn D'Annunzio brachte es zwar nicht zur ersehnten Pilotenlizenz, doch warf er eigenhändig einige kleine Bomben über östereichischen Stellungen ab und krönte seine Mitflieger-Laufbahn im August 1918 mit einem hochriskanten, fast achtstündigen Flug, bei dem er über dem Zentrum des Feindes, der Wiener Innenstadt, aus 3000 Metern Höhe selbstverfasste Flugblätter abwarf.

Mit derartigen Inszenierungen wie auch mit Rekorden, die ins Maßlose gesteigert waren und deren man nur noch mit Stoppuhren habhaft wurde, konnte Kafka nicht viel anfangen. Ebenso wenig mit technischen Leistungen und Utopien, die sich von jeder sinnlichen Erfahrung ablösten. Die Einsamkeit einer Südpolexpedition konnte er sich vorstellen, die erreichten Breitengrade sagten ihm gar nichts. Pferderennen interessierten ihn, Auto-Rallyes nicht. Und so ist auch nicht überliefert, ob er jemals wieder einen Piloten bei der Arbeit beobachtete. Gelegenheiten dazu hatte er genug, aber offenkundig ließ er sie verstreichen. Im Jahr seines Todes gab es Flugzeuge, die mehr als hundert Meter pro Sekunde zurücklegten. Da gab es nicht mehr viel zu sehen.

Der menschliche Flug repräsentierte für Kafka eine Bewegung ins Freie, sehr ähnlich dem Schwimmen. Eine solche Bewegung muss man körperlich erfahren, um sie auch geistig wirksam zu machen. Dem steht jedoch die technische Apparatur entgegen, sie trennt den menschlichen Leib von den Elementen, von der Natur und damit auch von der Erfahrung seiner selbst. Ist die Maschine primitiv genug, um mit ihr verschmelzen zu können – wie es Kafka über Blériot notierte –, so mag sie gänzlich neue Erfahrungen eröffnen. Die Reise in einem Passagierflugzeug hingegen wäre ihm von der Idee des Fliegens allzu weit entfernt erschienen, so weit wie ein U-Boot vom Erlebnis des Schwimmens.

Acht Jahre nach Brescia, im März 1917, brachte Kafka den Anfang einer Erzählung zu Papier, die von einer Flugreise handelt. Von systematischen Flugübungen ist die Rede, die viele Male wiederholt werden, um die große Fahrt vorzubereiten. Schließlich soll es »in die südlichen Länder« gehen, vielleicht nach Italien, vielleicht noch weiter. Doch der Protagonist träumt weder von Doppeldeckern noch von der Pilotenprüfung. Er hat etwas ganz anderes im Sinn. Er richtet einen großen Vogel ab. Kommt der Frühling, so wird er sich auf dessen Rücken schwingen und losfliegen, »in leichten Lüften dem strahlenden Süden zu«, ohne Propeller, ohne Lärm, ohne Zuschauer und auf Nimmerwiedersehn.[17]

Im Herzen des Westens

Get around town
No need to stand proud
Add your voice to the sound of the crowd
The Human League, SOUND OF THE CROWD

Diesmal war es Max Brod, der die Nerven verlor. Seine Urlaubstage als Beamter der Postdirektion hatte er aufgezehrt, ein paar Tage Riva und Brescia, das war alles, was ihm für 1909 vergönnt gewesen war. Und nun die Mitteilung, dass er in ein gewöhnliches Postamt versetzt werde und künftig auch die Nachmittage im Büro verbringen müsse. Doch die Leidensfähigkeit auch des überzeugtesten Optimisten hat Grenzen. Schließlich verfolgte er ganz andere Pläne, seit langem schon, und dafür brauchte er Bewegungsfreiheit. War es nicht hohe Zeit, endlich einmal nach Paris zu fahren? Noch immer befasste er sich intensiv mit dem Werk und den Lebenszeugnissen Flauberts, hatte aber dessen Nichte kürzlich gestehen müssen, die originalen Schauplätze noch niemals gesehen zu haben. Wann endlich kam die Gelegenheit? Anfang November beschloss Brod, sich einfach zu nehmen, wonach ihn verlangte, und die Versetzung zu ignorieren. Statt ins Büro ging er zum Bahnhof und bestieg einen Fernzug, gemeinsam mit einem Prager Bekannten, dem auf dem Montmartre lebenden Maler und Lithographen Georg Kars. Einige wenige Tage verbrachte er in Paris, ließ sich von Kars in Kunstgalerien, Cafés und Nachtlokale führen. Dann traf schon die Nachricht vom Vater ein, dass alles aufgeflogen sei. Brod kehrte zurück, musste sich einer dienstlichen Vernehmung stellen, dachte an Selbstmord. Eine Zeitlang blieb offen, ob er den ebenso verzweifelten wie überstürzten Ausflug nicht mit der Kündigung würde bezahlen müssen. Am Ende blieb es bei einer schriftlichen Rüge. Vermutlich war es ein literarisch interessierter Oberpostrat, der das Schlimmste verhindert hatte.[1]

Es war gewiss auch seiner prekären Situation geschuldet, dass er Paris keinesfalls mit der naiven Begeisterung des Kunst- und Literaturtouristen besichtigte, sondern sehr aufmerksam alltägliche Gepflogenheiten, Gesten, Gerüche, Geräusche und Redewendungen registrierte – wie jemand, der an eine Übersiedelung denkt. Es entging ihm nicht, dass neben der Intensität der Wahrnehmung auch die Bandbreite dessen, was als angenehm und anregend empfunden wird, in der fremden Umgebung sich erweiterte. So verglich er, verwundert über sich selbst, das distinguierte Café im Prager Hotel ›Blauer Stern‹ mit dem einfachen, lärmerfüllten und kaum geheizten Pariser Bistro, in dem er sich dennoch wohlfühlte: »so verschieben sich die Begriffe«. Und am Ende seines Ausflugs resümierte er: »Man sieht keine neuen Häuser, nirgends besondere Pracht. [...] Warum gerade hier Mittelpunkt der Welt? – die Menschen sinds [...]. Gefühl: ›Also es ist was Wahres daran‹ – angenehm, daß ich das allgemeine Urteil über Paris bestätigen darf.«[2]

Die Menschen sind's: Vermutlich hatten Brod und Kafka nur eine vage Vorstellung davon, wie viele Menschen um ihrer Freiheit willen in jüngster Zeit nach Paris geströmt waren (allein aus Russland etwa 25 000). Jenes »allgemeine Urteil« war durchaus auch ein politisches, und in Prag hörte man es daher vor allem aus dem Mund kulturbewusster Tschechen, die nach Orientierung jenseits der deutschen Machtsphäre suchten. Sozial und wirtschaftlich waren ihre Bindungen an die österreichische Hauptstadt noch immer am stärksten: So lebten um die Jahrhundertwende in Wien etwa eine Viertelmillion Menschen, die zu Hause tschechisch sprachen. Doch die Chancen auf ein gutes Auskommen in der Habsburger Metropole wurden allzu häufig mit Demütigungen erkauft, und wer in Wien bleiben und dort Heimatrecht genießen wollte, musste einen Eid darauf leisten, dass er sich für »den deutschen Charakter der Stadt« einsetzen werde (was sich mit tschechischem Akzent sonderbar genug ausnahm). So war es für das fortschrittliche tschechische Bürgertum in Prag weitaus attraktiver, auf das kosmopolitische ›Herz des Westens‹ zu blicken, auf Paris also, und mit der Miniaturversion des Eiffelturms auf dem Laurenziberg gewann dieses Vorbild sogar eine weithin sichtbare materielle Gestalt. Die Weltstadt Paris wurde erst zu einer kulturellen und dann, während des Ersten Weltkriegs, auch zu einer nationalen und politischen Zuflucht, deren Tore für die tschechischen Exilanten weit offen standen.

Sie partizipierten damit an einer europäischen Leitkultur, die ganz offensichtlich nicht nur Vergangenheit, sondern auch Zukunft hatte: Walter Benjamins Resümee, Paris sei die Hauptstadt des 19. Jahrhunderts *gewesen*, wäre den meisten Intellektuellen als voreilig, wenn nicht gar abwegig erschienen. Pariser Modejournale lagen in österreichischen Kaffeehäusern stapelweise aus, und technikbegeisterte Männer blickten nach Paris, wenn sie über die Zukunft der Fliegerei sprachen. Auch der europäische Film – und damit das Medium der kommenden Massenkultur – wurde von Pariser Unternehmen dominiert, insbesondere von der Pathé-Gruppe, die eine Tochtergesellschaft in Wien hatte und gegen die über viele Jahre selbst die mächtigen amerikanischen Studios nicht ankamen. Und wie jeder Inseratenleser wusste, gab es noch weitere Zentralen weltumspannender Konzerne, die ihren Sitz in Paris hatten: Parfums von Roger & Gallet, Pneus von Michelin, Automobile von Clement-Bayard …

Die französische Varieté-Kultur wiederum, die bei ausverkauften Gastspielen häufig auch in Prag zu bestaunen war, nährte die Legende von Paris als Hauptstadt der Liebe, als der einzigen Metropole, die eine massentaugliche erotische Kultur hervorgebracht habe, und kaum einen Paris-Reisenden gab es, dem nicht die entsprechenden Erwartungen den Blick trübten. Erst beim Anblick der »lustigen« Pariserinnen, notierte Max Brod, habe er den Begriff *libertinage* wirklich verstanden (womit er allerdings die Prostituierten im Tanzsaal des Moulin de la Galette meinte). Und dieses Fluidum wurde noch dadurch verstärkt, dass in einigen Pariser Winkeln, wie an keinem anderen Ort der Welt, Erotik und Kreativität sich wechselseitig zu bedingen und zu durchdringen schienen. So genoss etwa das Quartier Montparnasse einen Ruf als Impulsgeber der modernen Malerei, in jedem Café und zu jeder Tages- und Nachtzeit traf man irgendwelche malenden Genies, und als sicher kann gelten, dass Brod bei den Kunsthändlern, mit denen er dort bekannt gemacht wurde, auch Werke von Picasso, Braque, Léger, Matisse und Bonnard zu sehen bekam, die allesamt den Impressionismus weit hinter sich gelassen hatten.[3] Erst seit einigen Monaten machte der Begriff *Kubismus* die Runde, und früheste Kostproben dieser revolutionären Formensprache (die von der Künstlergruppe *Tvrdošíjní* schon im folgenden Jahr nach Prag importiert wurde) sah Brod im Original.

Freilich, er war nahezu unvorbereitet nach Paris gekommen, und die Zeit war viel zu knapp bemessen, um die ersten Eindrücke sinnvoll zu ordnen, geschweige denn auch noch musikalischen und literarischen Interessen nachzugehen, wie er es sich zweifellos vorgenommen hatte. Es dürfte Brod daher nicht schwergefallen sein, seinen Bruder Otto wie auch Kafka davon zu überzeugen, dass man eine solche Bildungsexpedition gemeinsam wiederholen müsse, diesmal jedoch auf selbstbestimmten Wegen und nach sorgfältiger Planung. Hatte Kafka nicht sogar davon gesprochen, für ein ganzes Jahr nach Paris zu gehen? Das war zur Zeit seiner Arbeitssuche gewesen, ein paar Franzosen in einer Weinstube hatten ihn darauf gebracht, doch die Idee war noch gegenwärtig. Im Januar 1910, zwei Monate nach Brods Rückkehr, hörten die Freunde einen auf Französisch gehaltenen, bebilderten Vortrag über Paris, in dem neben Politik und Kultur auch die unvermeidlichen ›Pariser Frauen‹ »eine sachkundige und galante Behandlung« erfuhren.[4]

Das wesentlichste Hemmnis blieben die mangelnden Sprachkenntnisse, denn die *semi*lateinischen Improvisationen, mit denen man sich in Brescia zur Not behelfen konnte, waren in Paris nutzlos. Zwar hatten Brod und Kafka mit der TENTATION DE SAINT ANTOINE inzwischen ein weiteres Werk Flauberts in der Originalsprache studiert, ja, Brod *übersetzte* sogar aus dem Französischen, doch Aussprache und Fähigkeit zur Konversation waren unzureichend und forderten peinliche Situationen geradezu heraus. Spätestens ab Anfang Juli – also lange ehe man einen konkreten Reisetermin ins Auge fassen konnte – trafen sie sich daher bei dem Maler Willy Nowak, um Französisch zu üben, und von Mitte August bis Anfang Oktober nahmen sie Stunden bei einer Sprachlehrerin.

Dass Kafka die gemeinsamen Pläne so ernst nahm, dürfte Brod mit Erleichterung aufgenommen haben, denn der Freund erschien ihm jetzt als besonders schwierig, ja geradezu unleidlich. Ständig klagte Kafka über gesundheitliche Malaisen und über ebenso unklar bleibende seelische Leiden, die er, anstatt sie zu erklären, mit widerspruchsvollen Metaphern bloß umkreiste. An Brod schrieb er:

»Alles, was ich besitze, ist gegen mich gerichtet, was gegen mich gerichtet ist, ist nicht mehr mein Besitz. Wenn mich z. B. – es ist nur ein reines Beispiel – wenn mich mein Magen schmerzt, so ist es eigentlich nicht mehr mein Magen, sondern etwas, was sich von einem fremden Menschen, der Lust bekommt, mich zu prügeln, wesentlich nicht unterscheidet. So aber ist es mit allem, ich bestehe nur aus Spitzen, die in mich hinein gehn, will ich mich da wehren und Kraft aufwenden, heisst das nur die Spitzen besser hineindrücken. Manchmal möchte ich sagen, Gott weiss, wie ich überhaupt noch Schmerzen spüren kann, da ich vor lauter Dringlichkeit, sie mir zu verursachen, gar nicht dazu komme, sie aufzunehmen. Öfters aber muss ich sagen, ich weiss es auch, ich spüre ja wirklich keine Schmerzen, ich bin ja wirklich der schmerzfreieste Mensch, den man sich denken kann. […] Aber lieber Max, das musst Du mir glauben wenn Du es auch nicht willst, alles war an diesem Nachmittag so eingerichtet, dass ich, wenn ich ich wäre, alle jene Schmerzen in der genauen Reihenfolge hätte spüren müssen. Von heute ab lasse ich es mir mit keiner Unterbrechung mehr ausreden: Ein Schuss wäre das Beste. Ich schiesse mich einfach von dem Platz weg, auf dem ich nicht bin. Gut es wäre feig; feig bleibt freilich feig, selbst wenn es in einem Fall nur Feigheit gäbe. Dieser eine Fall ist hier, hier ist eine Situation, die um jeden Preis beseitigt werden muss, aber niemand als Feigheit beseitigt sie, Muth macht aus ihr nur Krampf. Und beim Krampf bleibt es, mach Dir keine Sorgen.«[5]

Daraus konnte kein Mensch klug werden, und Kafkas Spiel mit gewaltsamen Lösungen – es sollte nicht das letzte Mal bleiben – muss Brod geradezu frivol erschienen sein. Ein inneres Drama schien es zu sein, das Kafka in derart labyrinthische Assoziationen und Ideen sich verrennen ließ, aber welchen Titel trug dieses Drama? Affektiertheit war das nicht, niemals war Kafka affektiert, er hatte diese Leiden wahrhaftig und zweifellos durchlebt. Doch zu den trübseligen Konsequenzen, die sein Verstand daraus zog, fand Brod keinen Zugang, und so vermerkte er mehrfach im Tagebuch Kafkas »Unglück«, ohne es konkretisieren zu können. Auch er hatte einen Augenblick lang daran gedacht, sein Leben vorzeitig zu beenden. Aber die Ursache war ein scharf umgrenztes Ereignis gewesen, er hatte auf dieses Ereignis produktiv reagiert und die scheinbar ausweglose Situation durch eine *andere* Hintertür verlassen. Er hatte den Koffer gepackt, und jener Moment der Verzweiflung verblasste bald hinter einer Fülle neuer Erfahrungen. Kafka jedoch leugnete, dass solche energischen Maßnahmen auch für ihn in Betracht kämen, und das machte die Gespräche mit ihm anstrengend. Wofür interessierte er sich eigentlich noch? Das konnte Brod selbst im sommerlichen Flussbad oder beim Rudern auf der Moldau nicht herausfinden. Die Beschreibung eines Kampfes, an der Kafka so viele Jahre sich abgemüht hatte und die seine erste große Publikation werden sollte, war ihm endgültig entglitten, er überließ dem Freund das Manuskript und versicherte ihm, an diesen Blättern freue ihn am meisten, dass er sie aus dem Haus habe. Eine niederschmetternde Geste in den Augen Brods, der stets fürchtete, von solchen Stimmungen angesteckt zu werden. Wie anders, wie erfrischend waren etwa die Gespräche mit Felix Weltsch, die zeitweilig an den unschuldigen Eifer und die Wissbegierde der Gymnasialzeit erinnerten und die schließlich in den Plan eines gemeinsamen philosophischen Werks mündeten. Brod genoss die Arbeitstreffen in vollen Zügen: »frei von Kafkas Hoffnungslosigkeit«, wie er notierte.

Die spärlich erhaltenen Lebenszeugnisse deuten darauf hin, dass Kafka in jenen Monaten tatsächlich einen psychischen Umbruch erlebte, der sich als Krise, ebenso gut aber auch als Reifungsschub deuten lässt. Noch kann er es selbst nicht benennen, aber er erleidet einen Verlust an innerer Kohärenz, eine Fragmentierung des Denkens und Wahrnehmens, die selbst den eigenen Körper als »fremden Menschen« erscheinen lässt. Wirklich neu können ihm derartige Zustände nicht gewesen sein – seine frühesten Texte lassen das schon deutlich genug spüren –, doch »wenn ich ich wäre«: eine solch alarmierende Formel war ihm bisher noch nicht unterlaufen, ein Aufblitzen des vertrauten metaphorischen Spieltriebs, und doch gesprochen in tiefem Ernst. Allein die Tatsache, dass Kafka ihm Derartiges *per Brief* mitteilte, über eine Entfernung von wenigen hundert Metern, muss Brod einen Schauder verursacht haben – von dem »Schuss«, der am Ende ertönte, ganz zu schweigen. Galt diese Mitteilung überhaupt ihm? Waren das nicht Dinge, die sich Kafka zunächst einmal selbst erklären müsste?

»Endlich nach fünf Monaten meines Lebens, in denen ich nichts schreiben konnte womit ich zufrieden gewesen wäre und die mir keine Macht ersetzen wird, trotzdem alle dazu verpflichtet wären, komme ich auf den Einfall wieder einmal mich anzusprechen. Darauf antwortete ich noch immer, wenn ich mich wirklich fragte, hier war noch immer etwas aus mir herauszuschlagen, aus diesem Strohhaufen, der ich seit fünf Monaten bin und dessen Schicksal es zu sein scheint, im Sommer angezündet zu werden und zu verbrennen, rascher als der Zuschauer mit den Augen blinzelt. Wollte das doch nur mit mir geschehn! Und zehnfach sollte mir das geschehn, denn ich bereue nicht einmal die unglückselige Zeit. Mein Zustand ist nicht Unglück, aber er ist auch nicht Glück, nicht Gleichgültigkeit nicht Schwäche, nicht Ermüdung, nicht anderes Interesse, also was ist er denn? Dass ich das nicht weiss hängt wohl mit meiner Unfähigkeit zu schreiben zusammen. […] Es ist das natürlich nicht alles, und eine solche Anfrage bringt mich noch nicht zum Reden. Aber jeden Tag soll zumindest eine Zeile gegen mich gerichtet werden wie man die Fernrohre jetzt gegen den Kometen richtet.

[…] Du kannst nichts erreichen, wenn Du Dich verlässt, aber was versäumst Du überdies in Deinem Kreis. Auf diese Ansprache antworte ich nur: auch ich liesse mich lieber im Kreis prügeln, als ausserhalb selbst zu prügeln, aber wo zum Teufel ist dieser Kreis? Eine Zeitlang sah ich ihn ja auf der Erde liegen, wie mit Kalk ausgespritzt, jetzt aber schwebt er mir nur so herum, ja schwebt nicht einmal.«[6]

Das Sprachbild drängt sich auf: Kafka ist nicht mehr *bei sich*, er lebt so weit außerhalb des eigenen »Kreises«, dass er ihn aus den Augen zu verlieren droht. Doch schon ist er dabei, die rettende Strategie zu entwickeln, und es wird sich zeigen, dass es die richtige ist: sich selbst ansprechen, befragen, die Bruchstücke wieder in Kontakt miteinander bringen, *Defragmentierung*. Er wird dies zu einer wesentlichen Funktion seines Tagebuchs, aber auch einiger wunderlicher Briefe machen, und wenn es ihm auch nicht gelingt, jeden Tag eine Zeile an oder »gegen« sich zu richten – auch das ein Metaphern-Keim, der sich noch ins Ungeheure entwickeln wird –, so hat er jetzt doch zum ersten Mal die klare Vorstellung einer Aufgabe. Er wird auch weiterhin der Logik von Bildern folgen, er liebt dieses Spiel, doch nicht mehr die Verspieltheit: Seine Bilder und Metaphern gewinnen an Strenge, Konsequenz und analytischer Kraft. Er war an einem Scheideweg seiner Entwicklung angelangt, auch wenn er in diesem Frühjahr 1910 noch nicht ahnen konnte – und es auch nicht für möglich gehalten hätte –, dass er nur noch zwei Jahre vom entscheidenden Durchbruch entfernt war.

Dies war die Stimmung, in der er endlich Paris sehen sollte. Reiselust verspürte er genug, ein ganzes Jahr schon lag die Fahrt nach Brescia zurück, ein Jahr überdies, in dem ihm die Arbeiterunfallversicherung einiges abverlangt hatte. Es war die Zeit der allseits gefürchteten ›Neueinreihung‹ gewesen, der aktualisierten Risikoschätzung für sämtliche Betriebe in Böhmen, und die neu festgelegten ›Gefahrenklassen‹ mussten, wie üblich, gegen eine nicht endende Flut von Beschwerden verteidigt werden. Diese Aktion, die Kafka zum ersten

Mal mitmachte, zog sich hin bis September, und als neuernannter ›Concipist‹ hatte er sich den erbosten Unternehmern auch persönlich zu stellen. Das gab seinen Fluchtgedanken reichliche Nahrung, und so kam es, dass er sich trotz neuer körperlicher Probleme am Samstag, dem 8. Oktober, auf die Reise machte. Kafka litt an einer verstauchten Zehe, die den ganzen Fuß anschwellen ließ, außerdem an schmerzhaften Furunkeln auf dem Rücken. In Nürnberg, der ersten Zwischenstation, versorgte er sich mit frischen Pflastern. Am Sonntag wurde die Bahnreise fortgesetzt, über die Grenze bei Straßburg, und am Abend trafen Kafka, Max und Otto Brod gegen 22 Uhr am Pariser Gare de l'Est ein. Sie fuhren zu einem kleinen, preiswerten Hotel in der Nähe des Montmartre, das Brod auch im vergangenen Jahr schon beherbergt hatte.[7]

Sein Tagebuchheft, das er mit sich führte, nutzte Kafka kaum, doch die Stichworte, die Brod während der Pariser Tage festhielt, geben einen zumindest groben Aufschluss über Orte, Wege und Zeiten. Da man fast drei Wochen bleiben wollte, fühlte man sich keinesfalls verpflichtet, jeden Schritt in der Stadt gemeinsam zu gehen; und so streifte Kafka auch stundenlang allein umher, über den Montmartre, die großen Boulevards, zum Arc de Triomphe und sehr wahrscheinlich auch zum Dôme des Invalides, wo er durch eine Öffnung der Krypta hinunter auf den Sarkophag Napoleons I. schauen konnte. Im unmittelbar benachbarten Historischen Museum waren überdies Dokumente und Devotionalien aus dem Umfeld des Diktators zu sehen. Es waren also wohl sinnliche Eindrücke am originalen Schauplatz und nicht bloßer historischer Schulstoff, der Kafkas immer wieder aufflackerndes Interesse an der Figur Napoleons entzündete. Später studierte er dessen gesammelte Aussprüche und stilisierte Napoleon sogar zu einer Gegen-Ikone der eigenen Existenz: ein Mensch, der die Welt allein dadurch auf den Kopf gestellt hatte, dass er bedenkenlos seinem persönlichen »Dämon« gefolgt war.[8]

Auch den Schock der ersten Fahrt mit der Metro erlebte Kafka ohne Begleiter; er war entsetzt über den Lärm der Waggons, die durch die finsteren unterirdischen Röhren rumpelten, vollbepackt mit gleichmütigen Stadtbewohnern, die an die neue Technologie schon seit einem Jahrzehnt gewöhnt waren. Gemeinsam besichtigte man die Tuilerien, den Jardin du Luxembourg, die Gemäldesammlungen des Louvre und das Musée Carnavalet, wo sich Kafka an einem Porträt

Voltaires begeisterte: Von diesem Bildnis, das den Philosophen in der Blüte seiner Produktivität zeigt – nämlich beim morgendlichen Diktieren mit Schlafmütze und halb heraufgezogenen Hosen –, habe sich Kafka gar nicht losreißen können, erinnerte sich Brod.[9] Schließlich war es unumgänglich – schon um der Reiseberichte willen, die man zu Hause erwartete –, einen der weltweit stärksten touristischen Magneten aufzusuchen: den erst vor zwei Jahrzehnten errichteten Eiffelturm. Zu Fuß schafften sie es bis zur ersten Plattform in fast sechzig Metern Höhe (das war genau die Höhe des Prager ›Eiffelturms‹), wo man inmitten eines internationalen Stimmengewirrs Rundgänge auf den Besuchergalerien absolvierte. Kafka scheint sich vor allem der Blick auf das nahe gelegene Palais du Trocadéro eingeprägt zu haben, ursprünglich ein Ausstellungspalast, in dem sich jetzt Museen, ein riesiger Festsaal und eine Sternwarte befanden. Von hier also bezog jene Prager Weinstube, mit der er glückliche und schmerzliche Erfahrungen verband, ihren Namen, und an dieses weitläufige Bauwerk erinnerte sich Kafka erneut, als er mehr als sechs Jahre später die Geschichte des Dr. Bucephalos zu Papier brachte: eines Advokaten, der einen »ungeheuern Process« in einem ebenso ungeheuren Gebäude zu führen hat, dem »Trokadero in Paris«.[10]

Zum Essen trafen sich die Freunde zumeist in einem Lokal der Speisehaus-Kette Duval, wo sie erstaunt die einheitlich mit weißen Schürzchen und Häubchen bekleideten, bieder aussehenden Kellnerinnen betrachteten – eine Erscheinung, die in Prag, wo das Bedienen in seriösen Lokalen Männersache war, undenkbar gewesen wäre. Hier gab es auch leichte Gerichte in kleinen Portionen, die sehr rasch auf den Tisch kamen und die man dann an der Kasse zahlte – ein auf den ersten Blick unpersönliches Ambiente, das den unsicheren Touristen jedoch gefiel, da die Abläufe in allen Restaurants dieser Art genau gleich waren. Auch am unvermeidlichen *shopping* beteiligte sich Kafka und stieß dabei erneut auf die Namen legendärer Unternehmen, die wie ferne Lockrufe sogar im Inseratenteil der Prager Zeitungen gelegentlich auftauchten. Überall in Europa war es möglich, Waren aus den ›Grands Magasins du Louvre‹ zu beziehen, dem nach eigener Einschätzung größten und schönsten Kaufhaus der Welt, und der Eintritt in diese riesigen, lichtdurchfluteten Hallen an der Place du Palais-Royal muss für Kafka, der nichts entfernt Ähnliches je gesehen hatte, ein erregender Moment gewesen sein. Vermutlich hier fand er jene elegante Halsbinde, mit der er sich später in Prag fotografieren ließ, oder er kaufte sie in einem der zahlreichen Geschäfte an der Avenue de l'Opéra, wo die Reisenden ihren Spaziergang fortsetzten.

Die Metropole Paris war für Kafka, ebenso wie für jeden anderen gebildeten Ausländer, ein gleichsam überdeterminierter Erfahrungsraum, in dem geschichtliche, kulturelle und lebensweltliche Koordinatensysteme einander durchdrangen. Man konnte die vom Baedeker mit Sternchen empfohlenen Sehenswürdigkeiten auf dem Stadtplan markieren und sie auf einer wohlüberlegten, möglichst bequemen Route nacheinander abschreiten – das war die touristische Art der Aneignung, der sich auch die Prager Besucher keineswegs verweigerten. Auf diesen Wegen aber stießen sie immer wieder auf Straßen, Plätze und Gebäude, deren Namen ihnen aus der französischen Literatur schon vertraut waren, oder sie steuerten solche Orte sogar bewusst an, um die Aura zu spüren, welche die intensiv durchlebte Fiktion der Realität verleiht, selbst dort, wo es buchstäblich *nichts* zu sehen gibt. Das betraf vor allem die Topographie Flauberts, seines Lebens wie seiner Werke. Unmittelbar nach seiner Rückkehr behauptete Brod sogar, an manchen Tagen habe er in Paris überhaupt nichts anderes wahrgenommen als Orte, die ihn an Flaubert erinnerten[11] – eine verzeihliche Übertreibung, die für solche auratischen Erlebnisse charakteristisch ist. Man vergisst, wann und wie oft man Notre-Dame gesehen hat, aber man erinnert sich *heftig* daran, dass gewisse Straßenecken Erinnerungen weckten. Der Boulevard Montmartre – war dort nicht die Kunsthandlung des Monsieur Arnoux, wo Frédéric vergeblich hoffte, dessen Ehefrau ein wenig näherzukommen? Und das nur Minuten entfernte noble, weitläufige Café Anglais – zog er dort nicht in einem Chambre séparée die käufliche Rosanette auf seinen Schoß? Freilich, alles nur Erfindung, Literatur, aber schließlich verkehrte doch auch der Schöpfer dieser Szenen aus der EDUCATION SENTIMENTALE ganz leibhaftig in jenem Café, und wenn man sich das vorstellte … (drei Jahre später wurde das Gebäude abgerissen).

Dieses zweite Netz herausragender *locations* war in keinem Reiseführer erwähnt und wurde allein von Bildungs- und Lektüreerlebnissen generiert. Es ging um Imaginationen, die weit ins 19. Jahrhundert zurückgriffen und die überaus fragil waren. Denn beständig und geräuschvoll überlagert wurden sie von der überwältigenden Urbanität

50 Zeltnergasse 12, mit dem Galanteriewarengeschäft der Familie Kafka im 1. Stock (ab Mai 1906)

51 Eingang zum Kino auf der Prager Jubiläumsausstellung von 1908

52 Café Louvre, 1910

53 Kabarett ›Chat noir‹, 1913

54 Café Arco, 1907

55 Weinstube Orient, 1912

56 Die Moldau bei Davle

57 Czernoschitz am Ufer der Beraun

58 Louis Blériot

59 Blériot fliegt an Kafka vorüber, Flugfeld von Montichiari bei Brescia, 11. September 1909 (Kafka steht auf einem Stuhl, oberhalb des Besuchers, der im Vordergrund im Profil zu sehen ist)

60 Riva am Gardasee; links im Hintergrund
die von Kafka und Max Brod besuchte Badeanstalt

61 Otto Brod und Kafka
im Castel Toblino bei Riva, 1909

62 Verkehrsgewühl an der Place de l'Opéra, Paris, um 1910

63 Hauptgebäude des Sanatorium Erlenbach am Zürichsee

64 Bleistiftzeichnungen Kafkas:
Porträt der Mutter und Selbstporträt, ca. 1911

der Gegenwart: von der Dichte und dem Lärm des Verkehrs, der Kafka selbst in seinen Prager Träumen noch verfolgte (und in dem alles rechts fuhr, anders als in Böhmen); von den unüberschaubar breiten Boulevards, die zu einer neuen, in Prag fast nirgendwo möglichen Art des ziellosen Flanierens und Beobachtens einluden; von den modernen Unterhaltungsmaschinen wie etwa dem Grammophonsalon von Pathé, den Kafka aufsuchte; schließlich von den Städtern mit ihren fremden Gesten, Gewohnheiten und Einrichtungen.[12] Dieses war von allen das feinmaschigste Koordinatennetz, innerhalb dessen buchstäblich jeder Quadratmeter von Paris ›sehenswürdig‹ werden konnte und in dem man sich nicht anhand von Empfehlungen oder Routen orientierte, sondern allein durch intensive und reflektierte Aufmerksamkeit.

Und dann gab es auch noch das nächtliche Paris, ein Reservoir der Vergnügungen und der Versprechungen. In dieser von Reklamebeleuchtung und Gaslaternen belebten Parallelwelt bewegte sich der Stadtbewohner gemäß seinem sozialen Status und seinen materiellen Mitteln; der oft ahnungslose Tourist hingegen suchte das Authentische, also dasjenige, was am meisten ›pariserisch‹ und am wenigsten auf Leute wie ihn berechnet war. An Warnungen fehlte es nicht, schon sieben Jahre zuvor hatte man aus dem *Prager Tagblatt* erfahren, dass das legendäre Moulin Rouge, über das sich jeder Paris-Führer ausführlich verbreitete, überhaupt nichts Pariserisches mehr habe und dass die dort gezeigten Tanzkünste im Verfall begriffen seien.[13] Tatsächlich mieden auch Kafka und Brod diesen international beworbenen Tempel der Schaulust, auch sie wollten lieber sehen, wo sich denn ›der Pariser‹ vergnüge.

Das konnte teuer werden. So erschraken sie bereits am ersten Abend über die Preise in den Folies-Bergère, wo sie allein für das Platznehmen an einem der kleinen Tische mindestens sechs Francs hätten zahlen müssen, von den obligatorischen Getränken zu schweigen. Darum begnügten sie sich ausnahmsweise mit Stehplätzen und verfolgten ein buntes Programm mit Orchesterbegleitung, das – anders als es der Baedeker versprach – durchaus nicht nur für männliche Augen bestimmt war: Da gab es Athleten, Kunstradfahrer, zwei berühmte Tänzerinnen, ein Feenballett in vier Bildern, zwei Dutzend ›Flying Girls‹, einen Schauspieler aus England, der verblüffend getreu einen Hund verkörperte, sowie den Clown-Akrobaten ›Humpsti

Bumsti‹, laut Ankundigung »der komischste Mann der Welt«. Solche Varietéprogramme waren Kafka seit Jahren vertraut, freilich war dieses hier aufwendiger inszeniert als die in Prag gebotenen Kopien, und es wirkten sogar Künstler von der Komischen Oper mit, Grenzgänger zwischen Hoch- und Populärkultur und somit ein in Österreich bislang unbekannter Typus. Diese Orientierung an den Standards bürgerlicher Kunstausübung war es, die für das Pariser Amüsement noch immer charakteristisch blieb, und nicht etwa, wie manch irregeleiteter Besucher erwartete, irgendeine Form besonderer ›Freizügigkeit‹. Die Demarkationslinie zwischen Erotik und Sex war eindeutig und verbindlich, Nacktheit wurde nur in strenger Dosierung geboten, und ›sexuelle Handlungen‹ waren tabu. So hatte man erst drei Jahre zuvor im Moulin Rouge die Pantomime ›Rêve d'Égypte‹ allein deshalb aus dem Programm genommen, weil die legendäre Colette und ihre Kollegin und Geliebte Missy de Morny sich auf der Bühne küssten – was zu Unmut nicht nur bei der Polizei, sondern auch im Publikum führte.

Gutes Französisch war hier kaum vonnöten, und dass Brod und Kafka viele der Anzüglichkeiten entgingen, konnten sie verschmerzen. Das galt erst recht für die Couplets und Sketche, die sie im populären, doch etwas derberen La Cigale auf dem Montmartre zu sehen und hören bekamen: unter anderem eine auf dem Eiffelturm tafelnde Gesellschaft, die den Weltuntergang durch den Halleyschen Kometen erwartete, eine Gruppe übers Ohr gehauener englischer Touristinnen, daneben aber auch Sozialsatire mit tagespolitischen Anspielungen, die in Prag wohl kaum die Zensur passiert hätten. Eine weitere Revue sahen sie im Théâtre de Vaudeville, wohin es sie vor allem wegen der international gefeierten Tänzerin und Schauspielerin Polaire zog. Und schließlich gönnten sie sich einen Abend im Théâtre de l'Odéon, wo sie MANETTE SALOMON sahen, ein Stück nach dem gleichnamigen Roman der Brüder Goncourt. Brod wie auch Kafka trauten ihren Augen kaum, als sie eine große Gruppe von Claqueuren bemerkten, die von einem Anführer lauthals und vor aller Augen kommandiert wurden – ein absurdes Schauspiel, das beide in einer Notiz festhielten.

Es war ein anstrengendes Programm, und Kafka hielt mit, auch bei einer gemeinsamen Tour durch diverse Nachtcafés, die sich bis in den frühen Morgen hinzog. Doch verdarb ihm seine Hauterkrankung zunehmend die Laune. Ein- oder zweimal ließ er sich in einer Arztpraxis notdürftig versorgen, aber die Furunkulose wurde immer beschwerlicher, und wenn die Pflaster sich ablösten, musste er ins Hotel zurück. So konnte es nicht weitergehen. Für den 16. Oktober – es war der siebte Tag in Paris, ein Sonntag – hatte man einen Besuch von Berlioz' Grab und eine nachmittägliche Aufführung von dessen Damnation de Faust ins Auge gefasst, doch das lange Stillsitzen bei einer Darbietung, auf die er sich gar nicht hätte konzentrieren können, war für Kafka alles andere als verlockend. So beschloss er, den Tag allein zu verbringen, wanderte über die Champs-Elysées, sah beim Théâtre Guignol zu, einem berühmten Puppentheater, das auf einer kleinen Freifläche am Boulevard aufgebaut war, und nahm dann die Metro, um zum Bois de Boulogne zu gelangen.

Die Pferderennen im Hippodrom von Longchamp zogen ihn an, an der Westseite des Parks nahe der Seine, und so verbrachte er einige aufregende Stunden mit edlem Sport und ethnologischen Beobachtungen. Pferderennbahnen kannte er auch aus Prag und Kuchelbad, gerade im Frühjahr war er – neben seinen eigenen Reitstunden – des Öfteren dort gewesen und hatte sich sogar zu einem kleinen ironischen Prosastück anregen lassen: »Nichts, wenn man es überlegt, kann dazu verlocken, in einem Wettrennen der erste sein zu wollen ...« Longchamp aber war eine gänzlich neue Erfahrung. Hier fanden mehr als 100 000 Zuschauer Platz, es gab endlose Reihen von Wettschaltern (von denen Kafka sich fernhielt), automatische Anzeigetafeln, riesige gemauerte und überdachte Tribünen und sogar eine Präsidentenloge in einem separaten mehrstöckigen Pavillon. All dieser Luxus, den nur eine Weltstadt bieten konnte, prägte sich Kafka ein, sein eidetisches Gedächtnis hielt ihn über Jahre fest, und als er sich an seinem ersten Roman versuchte, griff er auf jene Bilder zurück. Das ›Teater von Oklahama‹ [!], das »grösste Teater der Welt«, in dem der Held des Verschollenen eine rettende Wendung seines Schicksals erfahren soll, rekrutiert sein Personal auf einem »Rennplatz«, und der ist bemerkenswerterweise per U-Bahn erreichbar.[14]

Nach diesen Erlebnissen besprach sich Kafka mit den Freunden und beschloss, am folgenden Tag abzureisen. Es hatte keinen Sinn mehr, Schmerzen und Juckreiz nahmen überhand, und es war ja auch noch ein Ausflug nach Rouen geplant, dem Geburtsort Flauberts, zu dessen Wohnhaus in Croisset und sogar weiter nach Le Havre, da wollte er niemandem zur Last fallen. Brod begleitete ihn zum Bahnhof. Es war ein ärgerlicher Abgang, aber keine Katastrophe, denn in *dieser* Stadt war man doch gewiss nicht zum letzten Mal.[15]

In Prag, wo Kafkas vorzeitiges Erscheinen Verblüffung auslöste, sollte sich zeigen, dass die Entscheidung richtig war. Denn der Hausarzt, der beim Anblick von Kafkas Rücken nur noch den Kopf schüttelte, stellte fest, dass es angesichts der zahlreichen Geschwüre und eines großflächigen Ausschlags mit Pflastern nicht mehr getan war. Statt einer kausalen Behandlung konnte er freilich nur Linderung versprechen – Antibiotika gab es noch nicht –, und so verordnete er einen straffen Salbenverband um den Oberkörper. Obwohl damit das Umhergehen fast unmöglich und das Sitzen eine Qual war, entschloss sich Kafka, ins Büro zurückzukehren, um zumindest einige seiner kostbaren Urlaubstage zu retten. Einige Wochen später nutzte er sie, um sich zum ersten Mal Berlin anzusehen.

Mit Max und Otto Brod, die mittlerweile ohne ihren sparsamen Freund ins ›Grand Hôtel La Bryère‹ übergesiedelt waren, erlaubte sich Kafka noch einen besonderen Spaß. Er schickte ihnen drei Ansichtskarten *in* die Fremde, von Prag nach Paris also, alle am selben Tag und fortlaufend beschriftet.[16] Eine tschechische Kunstpostkarte. Eine Japanerin in traditionellem Gewand. Und das Gebäude der Arbeiter-Unfall-Versicherungs-Anstalt. Ansichtskarten von Brods Postfiliale waren gerade ausverkauft.

Ideen und Gespenster: Buber, Steiner, Einstein

Good judgment comes from experience.
Experience comes from bad judgment.
Doyle Brunson

»Sehr geehrter Herr Doktor! Um den Spiritismus nicht ganz einschlafen zu lassen, haben wir für heute Abend den Keller im Kaffeé Arko besorgt und wären Ihnen sehr dankbar, wenn Sie kämen und auch die anderen Herren benachrichtigten. Hoffentlich wird es möglich sein ... Ihr Franz Werfel.« Nein, so kurzfristig konnte Doktor Brod sich nicht verabreden, denn gerade in dieser Woche – es war im Frühling 1910 – hatte er erneut zwei Liebesverhältnisse auszubalancieren, was ihm wenig freie Zeit ließ, und wie sollte er so schnell all die »anderen Herren« auftreiben? Er bat also Werfel, das Treffen um vier Tage zu verschieben. Der nutzte die Zeit, um weiter Reklame zu machen. Am Samstagabend dann fand eine ungewöhnlich große Gruppe von Menschen im Café Arco zusammen. Man begab sich gemeinsam ins Untergeschoss, versammelte sich um einen runden Tisch und legte die Hände auf die Platte, so dass sich die Finger berührten und einen geschlossenen Kreis bildeten. Jemand übernahm die Aufgabe des ›Mediums‹, Geister herbeizurufen und den Kontakt herzustellen. Und dann hieß es warten. »Dummer Spiritismus im Keller«, notierte Brod in der Nacht.[1]

Er hatte Erfahrung mit solchen Sitzungen, denn schon vor Jahren, als Werfel und seine Freunde noch Schulknaben waren, hatte er an den ausdauernden magischen Experimenten Gustav Meyrinks teilgenommen, und auch bei den Fantas gab es gelegentlich okkulte Abende, die von der Lektüre einschlägiger Literatur begleitet wurden. Das war nichts, was man hätte geheim halten müssen, denn Tischrücken, Hellsehen und Unterhaltungen mit ›Klopfgeistern‹, deren Botschaften durch ›medial begabte‹ Personen übermittelt wurden, waren eine Zeitlang in Prag so *en vogue*, dass selbst die maßgeblichen Kreise der Stadt sich daran beteiligten. Ob man diese Rituale ganz ernst nahm oder nicht, blieb dabei nebensächlich: In jedem Fall war es unterhaltsam, man spürte ein Prickeln, da ja in jedem Augenblick etwas Unerwartetes geschehen konnte, und gab sich ansonsten mit der Versicherung zufrieden, dass schon irgendetwas daran sein werde. Das führte zu den erstaunlichsten Suggestionen, selbst unter Menschen mit weit überdurchschnittlicher Bildung. So behauptete Else Bergmann – die immerhin ein pharmazeutisches Studium absolviert hatte –, sie habe erlebt, dass ein schwerer Tisch quer durchs Zimmer flog, »wo er sich merkwürdig lautlos niedersetzte«; und als ihre Mutter Berta Fanta einmal mit Meyrink zusammentraf, »flog eine Kleiderbürste durch das eine Fenster hinaus, durch das andere hinein«. Max Brod zog es vor, sich hinter Ironie zu verschanzen, wenn er von solchen Erlebnissen sprach, etwa in einem Artikel über ›Höhere Welten‹, in dem er von einer spiritistischen Sitzung in der großbürgerlichen Wohnung der Werfels berichtete. Das war eine besonders dramatische und lange Nacht gewesen, in der sich mittels Klopfzeichen und Bewegungen des Tisches eine unbekannte Frau aus Serbien meldete, die für ihr sterbendes Kind um Hilfe flehte. Obwohl Brod einräumte, dass es sich wohl um ein autosuggestives Gesellschaftsspiel handelte, musste er seinen Zeitungslesern gestehen, dass man in der ersten Aufregung an die Belgrader Polizei telegraphiert hatte, um drei Uhr morgens.[2]

Die Mode des Okkultismus, die gegen Ende des 19. Jahrhunderts die gesamte westliche Hemisphäre ergriff, war zweifellos ein kompensatorisches Phänomen: eine Antwort auf die zunehmende Unübersichtlichkeit der Welt, die Vermitteltheit und Geschäftsmäßigkeit sozialer Beziehungen, die Dominanz hochspezialisierter, sich verselbständigender Natur- und Ingenieurwissenschaften und die Auflösung sozialer und religiöser Werte. Zwar dehnte sich der äußere Erfahrungsraum der meisten Menschen allmählich aus – durch Bildung, Reisen und vor allem durch Massenvergnügungen –, doch dieser gesteigerte *input* ging häufig einher mit dem Gefühl mangelnder vitaler Erfahrung, einer allgemeinen ›Verflachung‹ des Lebens. Auf dieses Vakuum reagierte der Okkultismus ebenso wie die Lebensreform, und es ist alles andere als Zufall, dass die beiden Bewegungen etwa gleichzeitig gesellschaftsfähig wurden, einander vielfach überlagerten und in ihren extremen Ausprägungen auch ähnliche sektiererische Züge entwickelten.

Der Spiritismus, der einen ganz unmittelbaren menschlichen Verkehr über jede räumliche und zeitliche Dimension, ja selbst über die Schranke des Todes hinaus für möglich erklärte, war ein besonders bizarrer Auswuchs jenes Trends, und noch Adorno machte sich lustig über die »dummen Kerle«, die sich von derartiger Schaustellerei beeindrucken ließen: »Seit den frühen Tagen des Spiritismus hat das Jenseits nichts Erheblicheres kundgetan als Grüße der verstorbenen Großmutter nebst der Prophezeiung, eine Reise stünde bevor.«[3] Doch anders als beispielsweise die Alchemie (an der sich Meyrink ebenfalls versuchte) war der Spiritismus um 1900 nicht einfach eine regressive, jeden wissenschaftlichen Erkenntnisfortschritt ignorierende Bewegung. Vielmehr lag seine erneuerte Überzeugungskraft gerade darin begründet, dass er Unmögliches für möglich erklärte inmitten einer Epoche, in der sich die Bewohner der westlichen Welt ohnehin an die ›unmöglichsten‹ Ereignisse zu gewöhnen hatten. Noch zwei Generationen zuvor wäre es völlig unvorstellbar gewesen, mittels technischer Verfahren die Stimme eines Toten erklingen zu lassen – mittlerweile hatte das Grammophon dieses Wunder zu etwas Alltäglichem gemacht. Auch die mündliche Verständigung mit einem Menschen, der sich auf der anderen Seite der Erdkugel befand, war für die Großeltern außerhalb alles Denkbaren – so lange, bis das erste transatlantische Kabel verlegt war. Und das Kino schließlich zeigte scheinbar lebendige Körper, die aus nichts als Licht bestanden – Gespenster also.

Da es nun alle diese widernatürlichen Grenzüberschreitungen bereits gab, war einem naturwissenschaftlich halbgebildeten Publikum nicht ohne weiteres klarzumachen, warum spontan umherfliegende Gegenstände, Telepathie, Hellseherei und Stimmen aus dem Jenseits prinzipiell unmöglich sein sollten. Auch die wie ein Lauffeuer sich verbreitende Meldung, dass nach neuesten physikalischen Erkenntnissen ohnehin »alles relativ« sei und es überdies eine vierte Dimension gebe, konnte von den Anhängern magischer Praktiken und ›paranormaler‹ Phänomene als Bestätigung verbucht werden (was wegen der Unanschaulichkeit der Relativitätstheorie auch Jahrzehnte später noch funktionierte). Selbst Hugo Bergmann, der den esoterischen Hobbys der Familie Fanta höchst skeptisch gegenüberstand, nahm solche Erscheinungen ernst und glaubte, sie seien der experimentellen Erforschung prinzipiell zugänglich.[4] Für borniert unwissenschaftlich oder gar abergläubisch wollte niemand gelten, doch es hatte einen gewissen Schick, den Naturwissenschaftlern ihrerseits Borniertheit vorzuhalten.

Indessen war die Frage, ob man spiritistische Erlebnisse für ganz real halten sollte oder nicht, für deren Inszenierung und Verbreitung gar nicht entscheidend, weshalb auch das öffentliche ›Entlarven‹ magischer Tricks und künstlichen Spuks keinerlei Wirkung zeigte.[5] Die Versuchung, sich dem neuen kulturellen Wärmestrom anzuschließen und zumindest probehalber mitzumachen, war weitaus stärker. Das lässt sich auch in der Prager Szene beobachten, wo Gläubige und neugierige Skeptiker nicht selten an ein und demselben Tisch saßen, sich die Hände reichten und einträchtig auf Wunder warteten. So waren etwa Werfel, Willy Haas und vor allem Paul Kornfeld, der sich häufig als Medium zur Verfügung stellte, davon überzeugt, dass es sich um reale Erlebnisse handelte, während Brod stets Hintertüren offen ließ und augenzwinkernd einräumte, dass selbst prominente Geister aus der Vergangenheit auf Fachfragen grundsätzlich keine Antwort gaben (die man dann mit Hilfe eines Lexikons hätte überprüfen können). Noch weitaus skeptischer hingegen war Kafka. Er war einer jener »Herren«, deren Mitwirkung Werfel so angelegentlich wünschte, er hatte bereits an mehreren spiritistischen Sitzungen teilgenommen und sehr wahrscheinlich auch den geisterhaften Hilferuf aus Belgrad vernommen. Doch vermochte er hier nichts zu entdecken, was ihn über die Freude am Gesellschaftsspiel hinaus hätte beeindrucken können. »Dass die Sonne am Morgen aufgeht, ist ein Wunder«, sagte er einmal zu Haas. »Aber dass ein Tisch sich bewegt, wenn Sie ihn so lange malträtieren, ist kein Wunder.«[6]

Charakteristisch für die intellektuelle Landschaft, in der sich Kafka und seine Freunde um 1910 bewegten, war jedoch nicht allein die zeitweilige Vorliebe für okkulte Spiele – diese Passion war etwa in den künstlerischen und literarischen Biotopen Münchens noch weit ausgeprägter, und selbst im weltläufigen Paris fanden ein Dutzend spiritistische Zeitschriften ihre Leserschaft. Singulär und typisch in Prag war hingegen ein geistiges Flickenmuster, in dem scheinbar Unvereinbares friedlich koexistierte und nicht selten sogar von denselben Personen vertreten wurde. Berta Fanta vertiefte sich in die begrifflich strenge Bewusstseinstheorie Franz Brentanos und *gleichzeitig* in die teils synkretistischen, teils wahnhaften ›Weisheitslehren‹ Helena Blavatskys, der 1891 verstorbenen Mitbegründerin der ersten Theosophischen Gesellschaft. Max Brod und Felix Weltsch arbeiteten an einer gemeinsamen erkenntnistheoretischen Studie über ANSCHAUUNG UND BEGRIFF, waren aber keineswegs der Auffassung, dass dies im Widerspruch zu Gesprächen mit dem Jenseits stehe – die sie schließlich nur darum einstellten, weil sie ihnen langweilig wurden. Hugo Bergmann schließlich war gleichzeitig Zionist, Anhänger Brentanos sowie – nach anfänglichem Widerstreben – auch ein Verfechter der Theosophie in der Version Rudolf Steiners.

Dieser höchst widerspruchsvolle ideologische Cocktail war weit mehr von persönlichen Beziehungen zu den *Meistern* bestimmt als von einem sorgfältigen Abgleich der Ideen. So wurde etwa Brods Hinwendung zum Zionismus nicht durch einschlägige Lektüren veranlasst, sondern durch das persönliche Erscheinen Martin Bubers in Prag, des einflussreichsten Vertreters des Kulturzionismus. Buber hielt hier in den Jahren 1909 und 1910 drei grundlegende Vorträge, die über den noch immer sehr begrenzten Kreis seiner Gastgeber, der Bar-Kochba-Studenten, weit hinaus wirkten und die dann auch mehrfach im Druck erschienen: ›Der Sinn des Judentums‹, ›Der Jude und sein Werk‹ und ›Die Erneuerung des Judentums‹. Hier gelang es Buber mit einem ideologischen Handstreich, die Frage der jüdischen Identität für die Generation seiner jüngeren Zuhörer wieder attraktiv zu machen, indem er an die Diskurse der Jugendbewegung und der Lebensreform andockte: Es komme zunächst nicht darauf an, erklärte er, das Judentum zu studieren, sondern vielmehr darauf, es zu erleben. Und erlebt werden könne es unmittelbar, weil das gesamte zweitausendjährige Leiden und Kämpfen des jüdischen Kollektivs nicht bloße Historie sei, sondern die innere Vorgeschichte jedes einzelnen Juden von heute: Es sei das, was ihm *im Blut* liegt.

»Nicht um ein Bekenntnis handelt es sich, nicht um die Erklärung der Zugehörigkeit zu einer Idee oder zu einer Bewegung, sondern darum, daß der, der dieses Ideal in sich aufgenommen hat, nicht bloß anders denke als bisher, sondern auch in Wahrheit anders lebe [...] und daß er in seinem Leben ein ganzer Mensch und ein ganzer Jude werde, denn das bedeutet für den, der diese Dinge gefühlt hat, ein und dasselbe. Es ist mit dieser Reinigung, mit dieser Freimachung vom Fremden, mit diesem Sich-Ergreifen und Sich-Stellen auf den ganz eigenen Boden der jüdischen Seele, damit ist […] eine Selbsterlösung gemeint, damit ist gemeint, dass jeder von uns sich selbst befreie und erlöse.«[7]

Der Predigerton und die Ermächtigung zur Selbsterlösung stammten unverkennbar aus Nietzsches ZARATHUSTRA, und diese Droge wirkte noch immer – vor allem deshalb, weil sie buchstäblich *nichts* voraussetzte, weder eine religiöse oder politische Überzeugung noch Kenntnisse der Tradition noch die begriffliche Anstrengung irgendeiner ›Theorie‹ des Judentums. Es genügte das innere Erleben, oder noch einfacher: *Leben*.

Es ist wahrscheinlich, dass Kafka diese Vorträge erst in schriftlicher Form zur Kenntnis nahm, und anders als Brod war er wenig beeindruckt. Sein Denken, aber auch sein Selbstgefühl waren nicht zu beeinflussen durch Begriffe ohne jeden anschaulichen Gehalt. »Jüdische Seele«, »jüdisches Blut«, das hatte einen starken Klang, aber dieser Klang war hohl. Erst die Begegnung mit kulturell unangepassten ›Ostjuden‹ und mit konkreten Beispielen jüdisch-literarischer Überlieferung berührte ihn so, dass er auch den kulturzionistischen Begriffen und Bekenntnissen sich mit einigem Interesse zuwandte. Dabei stand er dem existentiellen Pathos Bubers keineswegs fern. Auch nach Kafkas Auffassung kam es vor allem darauf an, wie man sich selbst und die Außenwelt erlebte, und Überzeugungen, die nicht in diesen Erfahrungen verankert waren, schienen ihm künstlich, nichtssagend und austauschbar. *Wahr ist nur, was erlebt werden kann, und was ich erlebe, gewinnt allein dadurch an Wahrheit*: Dies war der gemeinsame Kern sämtlicher einflussreicher Ideologien, mit denen er als junger Erwachsener in Berührung kam, vom Okkultismus über die Lebensreform bis zu Bubers ›jüdischer Erneuerung‹, und diese basale Gemeinsamkeit macht schließlich plausibel, warum Diskurse und Ideen, die scheinbar Welten voneinander entfernt waren, in Kafkas Denken und darüber hinaus in der intellektuellen Szene Prags so lange nebeneinander bestehen konnten. Das galt für Geisterbeschwörungen ebenso wie für die Theosophie. Dass Kafka eines Tages in die Sprechstunde Rudolf Steiners geriet, wäre undenkbar gewesen ohne jenes emphatische Credo des Erlebens.

»Die Theosophische Gesellschaft in Prag veranstaltet im laufenden Monate einen öffentlichen Vortragszyklus, gehalten von dem hervorragenden Phylosophen [!] und Okkultisten Dr. Rudolf Steiner über ›okkulte Physiologie‹ und zwar vom 19. bis 28. März [1911] (präzise 8 Uhr abends) im Saale des kaufmännischen Vereines ›Merkur‹, Niklasstraße. Anmeldungen an das Sekretariat der Sektion Prag, Weinberge, Bocelgasse 2, 2. St.«[8]

Die Ankündigung im *Prager Tagblatt* – kurioserweise unmittelbar neben der Anzeige einer Lesung mit Karl Kraus – war nicht völlig korrekt. Denn Steiner hielt lediglich zwei allgemeine einführende Vorträge, die im Wortsinn »öffentlich« waren, während man für seine mehrteiligen okkulten Belehrungen zur menschlichen Physiologie eine persönliche Empfehlung aus theosophischen Kreisen benötigte. Für Kafka und seine Freunde war es jedoch nicht schwer, hier Zugang zu bekommen. Sie waren zwar keine Mitglieder der ›Böhmischen Sektion Prag der Theosophischen Gesellschaft (Adyar)‹, die Steiners Prager Auftritte organisierte, doch sie konnten sich auf Berta Fanta berufen, die schon seit längerem mit Steiner korrespondierte (und die im folgenden Jahr eine theosophische Arbeitsgruppe gründete). Von ihr wussten sie auch, dass der von Stadt zu Stadt ziehende Star der Theosophie, der auf Vortragstourneen und in Ortsgruppen mehr Zeit verbrachte als zu Hause in Berlin, zu kompakten monothematischen Zyklen nur selten bereit war und dass die Anhängerschaft, die Derartiges erleben wollte, ihm nachpilgerte. Diesen Mann für beinahe zwei Wochen in Prag zu beherbergen war daher ein herausragendes und ehrenvolles Ereignis, zu dem tatsächlich auch zahlreiche Zuhörer aus Wien, aus dem Deutschen Reich, ja sogar aus England, Polen und Skandinavien anreisten. Bis zu fünfhundert Menschen versammelten sich in einem der größten Prager Vortragssäle, darunter nicht wenige, deren Muttersprache Tschechisch war.

Der 50-jährige Steiner war erst seit etwa einem Jahrzehnt aktives Mitglied der theosophischen Bewegung und zeigte dennoch bereits alle Insignien des Gurus. Eine schmale Gestalt in Schwarz, mit auffällig gebauschter Halsbinde, zerfurchten Gesichtszügen, durchdringendem Blick und langer schwarzer Haarsträhne, die er mit einer charakteristischen Bewegung immer wieder nach hinten warf. Die predigerhafte Gestik und die Modulation der überlauten Stimme wirkten einstudiert, ebenso eine Reihe von Dominanzgesten; so kam es beispielsweise vor, dass Steiner minutenpünktlich im Hintergrund der Bühne auftauchte, dort aber bewegungslos verharrte und erst ans Pult trat, sobald im Publikum vollkommene Ruhe eingekehrt war. Seine Vorträge – die fast ausschließlich in Form stenographischer Mitschriften überliefert sind – bewältigte Steiner ohne Manuskript, ohne überprüfbare Zitate und oft sogar ohne Gedächtnisstützen, was den betont unakademischen Gestus noch verstärkte und den Eindruck momentaner ›Eingebung‹ hervorrief. Auch gegen pseudosakrale Ausschmückungen seiner Auftritte hatte Steiner nichts einzuwenden, und so waren die Säle gelegentlich mit esoterischen Symbolen drapiert, während das Publikum im Dämmerlicht oder gar im Kerzenschein saß. Selbstverständlich war sich Steiner darüber im Klaren, dass diese überschminkte *performance* Außenstehende irritieren musste, und vor allem Journalisten lieferten häufig sarkastische Schilderungen. »Man war versucht zu rufen: Danke – ich kaufe nichts«, resümierte Tucholsky in der *Weltbühne*, und selbst Buber empfand die Atmosphäre als unerträglich.[9] Doch die Zahl ausgesprochener Gegner, die sich in diese Vorträge verirrten, blieb gering, und die Anhänger Steiners – unter denen sich auffallend viele ältere, gutsituierte Damen in Reformkleidung befanden – waren sich einig über dessen beispielloses Charisma.

Dass dieser Seher von Personenkult überhaupt nichts halte, dass er im privaten Umgang ein sich völlig natürlich, ja bescheiden gebender, charmanter und bisweilen sogar selbstironischer Mensch sei – auch solche typischen Guru-Erzählungen fehlten im Umfeld Steiners nicht und steigerten noch die Verehrung. Die soziale Praxis der Theosophie hingegen war die einer religiösen Sekte mit der üblichen humorlosen Hierarchie von Eingeweihten, mit eifersüchtigem Gerangel innerhalb der Entourage (wer darf mit dem Meister im Zugabteil sitzen?) und mit hochmütigen Gesten des überlegenen Wissens nach außen. Steiner selbst hob bei jeder sich bietenden Gelegenheit den wissenschaftlichen Charakter seiner Forschungen hervor, während er gleichzeitig die Autorität beanspruchte, fremde Menschen bei ihren persönlichsten Problemen zu beraten und zu führen. Niemand konnte sich Steiner als gleichberechtigten Teilnehmer einer offenen wissenschaftlichen Diskussion vorstellen; hatte man nach einem Vortrag noch Fragen an ihn, so waren diese auf Zetteln zu notieren, die aufs Podium hinaufgereicht wurden, und Steiner entschied dann souverän, was eine Antwort verdiente und was nicht. Die Anhänger fühlten sich geschmeichelt, wenn der Meister diesem Spiel sehr viel Zeit einräumte, während er selbst vor sachlich unangenehmen Einwürfen geschützt blieb.

»Theosophie will eine Weltanschauung sein, die hinaufführt in die geistige Welt, sie will eine wissenschaftliche Begründung jener Anschauung geben, die da sagt: Hinter alledem, was unsere Sinne uns über die Außenwelt sagen, was unser an das Gehirn gebundener Verstand über die Außenwelt erkennen kann, hinter alledem liegt eine höhere, eine geistige Welt, und in dieser geistigen Welt liegen erst die Gründe für alles, was in der Sinneswelt, was in der Verstandeswelt vor sich geht.

Damit allerdings würden wir uns als Theosophen nicht sehr unterscheiden von manchen Bekennern dieser oder jener anderen Weltanschauung der Gegenwart. [...] Wesentlich für die Theosophie oder Geisteswissenschaft ist nun nicht nur die Anerkennung, dass hinter einem Sinnlichen ein Übersinnliches, hinter allem Physischen ein Geistiges steht, sondern das Wesentliche ist, dass dem Menschen bis zu einem gewissen Grade erkennbar ist und in immer höherem und höherem Grade erkennbar wird – wenn er seine eigene Seele dazu geeignet macht –, was es hinter der physischen Welt gibt. Und nicht mit denjenigen kann Theosophie oder Geisteswissenschaft übereinstimmen, welche da sagen: Es gibt Grenzen der menschlichen Erkenntnis.«[10]

Das war starker Tobak für das Prager Publikum, und vor allem in den Ohren religiös gestimmter Menschen hatte es einen geradezu blasphemischen Unterton: wurde doch hier einer grenzenlosen Selbstermächtigung des menschlichen Bewusstseins das Wort geredet, die Christentum und Judentum allenfalls an ihren mystischen Rändern kannten. Aber auch schon die Titel von Steiners öffentlichen Prager Vorträgen waren verblüffend und machten den *fans* gewiss einiges Herzklopfen: ›Wie widerlegt man Theosophie?‹ und ›Wie verteidigt man Theosophie?‹. Es war ein gewagtes rhetorisches Manöver, das starkes Selbstbewusstsein signalisierte und das geeignet war, auch einige Skeptiker anzulocken, die sehen wollten, wie sich der Referent aus dieser Schlinge ziehen würde. Tatsächlich begann Steiner seinen Vortrag mit der Ermahnung, die Geisteswissenschaft (womit er stets seine Wissenschaft *vom* Geist meinte) dürfe sich keinesfalls intolerant oder gar fanatisch zeigen. Sie müsse vielmehr die Einwände ihrer Gegner ernst nehmen und ruhig bedenken, zumal ja einige dieser Einwände, die auf die Nachprüfbarkeit theosophischer Erkenntnisse zielten, durchaus ihre Berechtigung hätten. Das beeindruckte selbst

Kafka, und so hielt er die emotionalen Reflexe, die er bei sich selbst wahrnahm, im Tagebuch fest:

»Teosophische Vorträge des Dr. Rudolf Steiner Berlin. Retorische Wirkung: Behagliche Besprechung der Einwände der Gegner, der Zuhörer staunt über diese starke Gegnerschaft, weitere Ausführung und Belobung dieser Einwände, der Zuhörer geräth in Sorge, völlige Versenkung in diese Einwände als gebe es sonst nichts, der Zuhörer hält jetzt eine Widerlegung überhaupt für unmöglich und ist mit einer flüchtigen Beschreibung der Verteidigungsmöglichkeit mehr als zufriedengestellt.

Dieser rhetorische Effekt entspricht übrigens der Vorschrift der devotionellen Stimmung. – Dauerndes Anschauen der Fläche der vorgehaltenen Hand.«[11]

Selbstverständlich begnügte sich Steiner mit ausgewählten Beispielen, umging auch elegant die gefährlichsten argumentativen Geschütze der Naturwissenschaften, aber zumindest an einem wunden Punkt verharrte er – wie die Mitschriften belegen – tatsächlich so lange und in der von Kafka geschilderten Weise, dass der unaufmerksame Zuhörer sich fragen konnte, ob er noch in der richtigen Veranstaltung sei. Es ging dabei um die hinduistische Lehre von Karma und Wiedergeburt, für die Theosophie wie auch für Steiner selbst unumstößliche Tatsachen, deren Wahrheit sich zwar nicht mit den fünf Sinnen, wohl aber durch ein höheres, geistiges Schauen ergründen lasse, durch eingeübte Hellsichtigkeit (die er vom spiritistischen Hellsehen abgrenzte). Allein die Detailliertheit, mit der er mögliche Einwände besprach, und die Tatsache, dass er die Begründung seiner Thesen um eine ganze Woche vertagte – also den gegnerischen Argumenten auch noch Zeit zu wirken gab –, vermittelte eine gelassene Stärke, die auf die ständige Verteidigung eines geistigen Reviers nicht mehr angewiesen war und die man an Gelehrten am Rednerpult kaum jemals beobachtete. Der zweite, affirmative Vortrag dürfte die aufgeregte Gemeinde dann beruhigt haben: Es gab also doch innere Evidenzen des höheren, ewigen Lebens, die genauso unverhandelbar waren wie diejenigen der Mathematik. Nur musste sich eben die Seele durch meditative Übungen auf solche Erkenntnisse vorbereiten, und dies war der wesentliche Grund dafür, warum die etablierte Wissenschaft hier keinen Zugang fand. Nicht die Logik also war Steiners stärkster Trumpf – die billigte er ohne weiteres auch seinen Gegnern zu –, sondern die Kenntnis von Psycho-Techniken, welche die gesamte menschliche Existenz, und keineswegs nur den Verstand, auf einen höheren *level* des großen kosmischen Spiels führten.

Kafkas Notizen über Steiner konzentrieren sich völlig auf den Menschen und seine Anhängerschaft, deuten dessen Botschaft nur an und enthalten sich strikt jeglichen Werturteils. Besäßen wir nichts als diese Beobachtungen, so wäre noch nicht einmal klar, ob ihr Verfasser einen engagierten Redner schildert oder nicht vielmehr einen Hochstapler. »Ich interessiere mich auch für ›höhere Welten‹ nur literarisch«, schrieb Max Brod in seinem Feuilleton ›Höhere Welten‹, das drei Monate später erschien.[12] Das war präzise Kafkas Programm und gewiss auch vielfach mit ihm besprochen, und am Ende hielt er sich strenger daran als Brod.

Dabei gab es durchaus Anknüpfungspunkte, die Kafka eine Zeitlang beschäftigt haben müssen, lange vor Steiners Auftritten. Denn in seinem Nachlass fanden sich mehrere von dessen frühen Publikationen: DIE ERZIEHUNG DES KINDES VOM GESICHTSPUNKTE DER GEISTESWISSENSCHAFT (1907), HAECKEL, DIE WELTRÄTSEL UND DIE THEOSOPHIE (2. Aufl. 1909) und UNSERE ATLANTISCHEN VORFAHREN (1909), außerdem Eduard Herrmanns knappe Einführung POPULÄRE THEOSOPHIE von 1897. Das ging gewiss auf den Einfluss des Fanta-Kreises zurück, doch was könnte Kafka daran interessiert haben? Die märchenhaften Berichte über die Bewohner des versunkenen Kontinents Atlantis, über deren Seelenleben Steiner so erstaunlich gut unterrichtet war? Es ist aus Kafkas Aufzeichnungen und Briefen nicht zu erkennen, dass ihn derartige außer Kontrolle geratene Mythen je beschäftigt hätten. Ebenso wenig ›Äther-‹, ›Astral-‹ und ›Ichleib‹ – allesamt Phänomene, die zum theosophischen Alphabet gehörten und die Steiner auch in seinem Aufsatz zur Erziehung wiederum zugrunde legte. Dabei zog er allerdings praktische Folgerungen, die sich – auch wenn er dies ausdrücklich bestritt – genauso gut aus den Prinzipien der Reformpädagogik hätten ableiten lassen: beispielsweise die Bedeutung des persönlichen Vorbilds, der Aufrichtigkeit und ungezwungenen Autorität der Eltern. Auch der Gedanke, dass die menschliche Physis nicht für sich steht und insofern auch nicht isoliert ›behandelt‹ werden kann, dass sie vielmehr etwas ausdrückt, das durchaus geistigen Charakter trägt – all das war Kafka längst vertraut von den Lehren der Naturheilkunde. Steiner versprach nun, mit seiner ›Okkulten Physiologie‹ dieser Anschauung ein theoretisches Fundament zu liefern und sie zugleich in hohem Maß auszudifferenzieren, bis hinab auf die Ebene einzelner Organe. Es ist daher kaum überraschend, dass Kafka nicht nur die beiden öffentlichen Vorträge Steiners hören wollte, sondern sich auch zu dem physiologischen Zyklus persönlich anmeldete. Freilich finden sich von diesen acht Vorträgen nur verwischte Spuren in seinem Tagebuch, so dass unklar ist, ob er bis zum Ende dabeiblieb. Dass er mit Steiners magischen Ausschweifungen sehr viel anfangen konnte, ist zweifelhaft: »das Blut als ein Werkzeug des menschlichen Ich«, »die Kräfte, die in der Zeit zwischen dem Tode und der nächsten Geburt die Schädelform bestimmen«, »die Glieder des inneren Weltsystems, jene sieben Organe, die gewissermaßen das äußere Planetensystem in unserem Innern spiegeln« ... das war wohl kaum, was er sich erhofft hatte.[13]

Als Gast einer theosophischen Geselligkeit, welche die Vortragsreihe auflockerte, war Kafka wieder auf seine Rolle als teilnehmender Beobachter verwiesen. Hier erfuhr er aus erster Hand, dass der Meister täglich zwei Liter Mandelmilch trinke, auf seine Schüler per Telepathie einwirke, die eigenen Werke ins Französische übersetze, dichten, komponieren und heilen könne und auch sonst schlechterdings alles wisse. So dass zu seinen Vorlesungen sogar die Geister Verstorbener erschienen, um noch etwas Neues zu erfahren. Kafka notierte das alles getreulich und kommentarlos – so hielt er es stets, wenn er Menschen mit versagender Realitätsprüfung begegnete –, und doch hatte er noch keineswegs das Gefühl, mit Steiner fertig zu sein. Denn die von der Theosophie immer wieder beschworene ›höhere Einsicht‹ gab es tatsächlich, daran zweifelte er nicht, und sie ließ sich nicht als bloße Intuition abtun; vielmehr waren das Zustände, in denen man unter die Oberfläche der Dinge sah, in denen sich Bilder und Metaphern einstellten, die den Kern trafen. Steiner sprach immer wieder davon, dass in jedem Menschen verborgene Kräfte bereitstünden, die im Alltagsleben ungenutzt blieben, die sich jedoch meditativ entfesseln ließen. Auch das deckte sich mit Kafkas Erfahrung. Es waren ebenjene Kräfte und Zustände, aus denen Literatur hervorging und ohne die ein ästhetischer Zugriff auf die Welt vielleicht gar nicht denkbar war. Aber bahnte die Theosophie tatsächlich einen verlässlichen Weg zu jenen Quellen? Zwei Tage lang würde Steiner in seinem Prager Hotel Ratsuchende empfangen, das war vielleicht eine Chance, darüber Klarheit zu gewinnen. Brod hatte sich zur Audienz bereits angemeldet, und Kafka tat es nun auch. Eine der anwesenden Theosophinnen lobte ihn dafür. Daraus ersehe man, sagte sie, dass er sich an seine früheren Existenzen zu erinnern beginne.[14]

»Ich fühle wie ein grosser Teil meines Wesens zur Teosophie hinstrebt, gleichzeitig aber habe ich vor ihr die höchste Angst. Ich befürchte nämlich von ihr eine neue Verwirrung, die für mich sehr arg wäre, da eben schon mein gegenwärtiges Unglück nur aus Verwirrung besteht. Diese Verwirrung liegt in Folgendem: Mein Glück, meine Fähigkeiten und jede Möglichkeit irgendwie zu nützen liegen seit jeher im Litterarischen. Und hier habe ich allerdings Zustände erlebt (nicht viele) die meiner Meinung nach den von Ihnen Herr Doktor beschriebenen hellseherischen Zuständen sehr nahestehen, in welchen ich ganz und gar in jedem Einfall wohnte, aber jeden Einfall auch erfüllte und in welchen ich mich nicht nur an meinen Grenzen fühlte, sondern an den Grenzen des Menschlichen überhaupt. Nur die Ruhe der Begeisterung, wie sie dem Hellseher wahrscheinlich eigen ist, fehlte doch jenen Zuständen, wenn auch nicht ganz. Ich schliesse dies daraus, dass ich das Beste meiner Arbeiten nicht in jenen Zuständen geschrieben habe. – Diesem Litterarischen kann ich mich nun nicht vollständig hingeben, wie es sein müsste, undzwar aus verschiedenen Gründen nicht. Abgesehen von meinen Familienverhältnissen könnte ich von der Litteratur schon infolge des langsamen Entstehens meiner Arbeiten und ihres besonderen Charakters nicht leben; überdies hindert mich auch meine Gesundheit und mein Charakter daran, mich einem im günstigsten Falle ungewissen Leben hinzugeben. Ich bin daher Beamter in einer socialen Versicherungsanstalt geworden. Nun können diese zwei Berufe einander niemals ertragen und ein gemeinsames Glück zulassen. Das kleinste Glück in einem wird ein grosses Unglück im zweiten. Habe ich an einem Abend gutes geschrieben, brenne ich am nächsten Tag im Bureau und kann nichts fertig bringen. Dieses Hinundher wird immer ärger. Im Bureau genüge ich äusserlich meinen Pflichten, meinen innern Pflichten aber nicht und jede nichterfüllte innere Pflicht wird zu einem Unglück, das sich aus mir nicht mehr rührt. Und zu diesen zwei nie auszugleichenden Bestrebungen soll ich jetzt die Teosophie als dritte führen? Wird sie nicht nach beiden Seiten hin stören und selbst von beiden gestört werden? Werde ich, ein gegenwärtig schon so unglücklicher Mensch die 3 zu einem Ende führen können? Ich bin gekommen Herr Doktor Sie das zu fragen, denn ich ahne, dass, wenn Sie mich dessen für fähig halten, ich es auch wirklich auf mich nehmen kann.«[15]

Ein so systematisches Bekenntnis hatte der theosophische Generalsekretär vermutlich noch von keinem Klienten gehört, und niemand hatte es jemals von Kafka gehört oder gelesen. Steiner folgte dieser Ansprache sehr aufmerksam, schaute seinem Gegenüber dabei unentwegt ins Gesicht, nickte hin und wieder. Ohne freilich zu bemerken, dass er selbst genauestens beobachtet wurde. Denn obwohl sich Kafka auf seine kleine Rede zu konzentrieren versuchte, die er sich zuvor schon Punkt für Punkt zurechtgelegt hatte, entgingen ihm weder die Flecken auf Steiners tiefschwarzem »Kaiserrock« noch der »stille Schnupfen«, gegen den jener fortwährend mit einem Taschentuch ankämpfte. Kafka wusste, dass es als Privileg galt, hier angehört zu werden, und er war bereit, sich verbal und auch gestisch unterzuordnen. Doch fühlen konnte er diese Demut nicht, und auch das notierte er.

Offenbar plante Kafka, die Begegnung in seinem Tagebuch genau zu dokumentieren, denn er begann mit einer Überschrift: »Mein Besuch bei Dr. Steiner«. Doch über die Zusammenfassung seines eigenen Vortrags kam er nicht wesentlich hinaus, und zu einer späteren Fortsetzung verspürte er keine Lust. Natürlich war aber Max Brod begierig darauf, zu erfahren, wie denn dieses Gespräch weiter verlaufen sei, und ihm berichtete nun Kafka »mit dem ihm eigenen schmerzlich-nervösen Lachen«, dass Steiner ihn offenbar überhaupt nicht verstanden habe. Denn er hatte versucht, Kafka zu beruhigen, und er erklärte ihm, dass es zwischen der spirituellen Weisheit und dem Ästhetischen durchaus keinen notwendigen Gegensatz gebe und dass auch bei den Zusammenkünften und Riten der Theosophen »die Belange der Schönheit gut gewahrt werden«. Von einem »Hellsichtigen«, der einst selbst in literarischen Kreisen verkehrt hatte, eine recht blamable Auskunft. Kafka sicherte Steiner noch höflich zu, ihm eine literarische Arbeitsprobe zuzusenden, und empfahl sich.

Der Erinnerung Brods zufolge beschäftigte sich Kafka nach dem verunglückten Beratungsgespräch niemals mehr mit Theosophie, und er besuchte auch keinen der künftigen Vorträge, zu denen Steiner nach Prag immer wieder eingeladen wurde. »Dieses innere bewusste Leben«, hatte Steiner verkündet, »ist ein Sichorientieren der Seele, ein Heraufholen von Fähigkeiten und Kräften aus den Tiefen der Seele, wovon das normale Bewusstsein keine Ahnung hat.« Das klang ein wenig verschwommen, hatte aber unleugbar einen wahren

Kern. Nur zwei Jahre später schrieb Kafka: »Das einzige was ich habe, sind irgendwelche Kräfte, die sich in einer im normalen Zustand gar nicht erkennbaren Tiefe zur Litteratur koncentrieren.« War *dieses* nun ein Spezialfall von *jenem*, waren es überhaupt vergleichbare Erfahrungen? Kafka entschied sich, die Hierarchie zurechtzurücken: »Theosophie ist nur ein Surrogat für Literatur«, lautete sein Schlusswort.[16]

Es war ein sonderbares Zusammentreffen, dass nahezu im selben Augenblick, da sich Rudolf Steiner von seiner zahlreichen Anhängerschaft in der ›magischen Stadt‹ verabschiedete, ein nicht minder berühmter intellektueller Antipode die Bühne betrat – auch er für mehr als einen Vortrag. Albert Einstein, Dozent in Zürich, hatte ab dem 1. April 1911 eine ordentliche Professur für Theoretische Physik übernommen, die erste in seiner Karriere. Die Verdoppelung seines bisherigen Gehalts war eine starke Versuchung gewesen, an die Deutsche Universität in Prag zu wechseln, doch er kannte die Stadt nicht und war auf die wissenschaftliche Isolation, die ihn hier erwarten sollte, nicht vorbereitet. Ebenso wenig auf das von nationalistischen Streitereien vergiftete soziale Klima. »Meine Stellung und mein Institut hier machen mir sehr Freude«, meldete er einem Freund sechs Wochen nach der Ankunft. »Nur die Menschen sind mir so fremd. Das sind gar keine Menschen mit natürlichem Empfinden; gemütslos und ein eigentümliches Gemisch von standesdünkelhaft und servil, ohne irgend welches Wohlwollen gegen die Mitmenschen. Protzenhafter Luxus und daneben schleichendes Elend auf der Straße.« Dieser Eindruck hatte sich auch im folgenden Jahr noch nicht wesentlich gemildert: »So etwas wie Persönlichkeit ist hier nicht üblich.« Daneben machte ihm die legendäre k. u. k. Bürokratie zu schaffen, und er war höchst erstaunt zu erfahren, dass er die Reinigungskosten für sein Institut bei der höchsten politischen Autorität zu beantragen habe, dem böhmischen Statthalter. Wo es doch in Prag ohnehin, wie er fand, um so vieles schmutziger war als in Zürich …[17]

Dem 32-jährigen Einstein eilte der Ruf voraus, schon vor seiner Promotion wissenschaftliche Leistungen erbracht zu haben, die sich in ihren Konsequenzen allenfalls mit der kopernikanischen Wende vergleichen ließen. Aber selbst unter Naturwissenschaftlern gab es nur sehr wenige Menschen, die eine konkrete Vorstellung davon hatten, worin diese Leistungen eigentlich bestanden, und das war unter den Prager Kollegen nicht anders. So fand seine Arbeit an der Weiterentwicklung der Relativitätstheorie (die zu diesem Zeitpunkt noch nicht die ›Spezielle‹ hieß) überwiegend am häuslichen Schreibtisch statt, während er an der Universität elementare Vorlesungen hielt, die andere und größere Bereiche der Theoretischen Physik abdeckten. Doch die Neugier auf den genialischen Mann war groß, und so wurden seine Vorlesungen – die äußerst lebendig, aber nur schwer mitzuschreiben waren – gelegentlich auch von fachfremdem Publikum besucht.

Aus dem Umfeld Kafkas war es vermutlich Hugo Bergmann, der als Erster Einstein erlebte und bald auch fachliche Gespräche mit ihm führte. Die anderen, mathematisch weniger beschlagenen Köpfe waren darauf angewiesen, dass Einstein ihnen seine Theorie in einem populärwissenschaftlichen Vortrag vermittelte – eine Gelegenheit, die sich am 24. Mai im Hörsaal des Physikalischen Instituts bot und die Kafka, Brod und Weltsch auch bereitwillig nutzten. Danach saß die Gruppe mit dem leutseligen ›Privatassistenten‹ Ludwig Hopf beisammen, den Einstein für ein Semester aus Zürich mitgebracht hatte und der unter den Prager Literaten Anschluss suchte. An diesem Abend beantwortete Hopf seinen staunenden Zuhörern jedoch nicht nur die offengebliebenen Fragen zur Relativitätstheorie (und das waren zweifellos sehr viele), sondern erklärte im selben Atemzug auch das Radium, die Lichtquanten, den Aufbau von Differentialgleichungen, die Synthetisierung von Proteinen sowie die Unterschiede zwischen der Psychoanalyse Freuds und C. G. Jungs, die er aus Gesprächen mit Jung und somit aus erster Quelle kannte. Brod schwirrte derart der Kopf, dass er in der Nacht kaum zur Ruhe fand. Doch natürlich wusste Hopf auch einiges über die privaten Eigenheiten Einsteins zu berichten, der sich, versunken in seine Gleichungen, durch absolut nichts aus der Ruhe bringen ließ und den die Anforderungen professoraler Würde völlig gleichgültig ließen. Er brachte es fertig, Vorlesungen im Pullover zu halten, und zu einem festlichen Empfang, der in einem Prager Hotel ihm zu Ehren gegeben wurde, erschien er in einem *blauen* Hemd, so dass der Portier ihn für den längst erwarteten Elektriker hielt.[18]

Einen so unkonventionellen Mann wollte man selbstverständlich auch im Salon Fanta sehen. Bergmann vermittelte, und tatsächlich erschien Einstein einige Male im Haus ›Zum Einhorn‹, brachte seine Violine mit, musizierte gemeinsam mit Brod oder einer professionellen Pianistin und erklärte sich auch bereit, vor etwa zwanzig Zuhörern seine Theorie ein weiteres Mal zu erläutern – sofern das ohne Mathematik möglich war. Ob und wie häufig Kafka an diesen Abenden teilnahm, ist nicht überliefert, doch ist es sehr wahrscheinlich, dass er Einstein zumindest vorgestellt wurde.[19] Dem Physiker wiederum kann die Gesellschaft, in die er da geraten war, nicht vorbehaltlos sympathisch gewesen sein, denn von den philosophischen und theosophischen Schriften, die dort studiert wurden, hielt er überhaupt nichts, und mit dem Zionismus, der seit den Auftritten Bubers ständiges Gesprächsthema blieb, konnte er ebenso wenig anfangen. Einige Jahre später erinnerte er sich an einen »philosophisch und zionistisch verseuchten kleinen Kreis« und an eine »mittelalterlich anmutende kleine Schar weltferner Menschen«. Selbst die Tatsache, dass Brod einige Charakterzüge Einsteins auf die höchst zwiespältige Figur Keplers in seinem Roman TYCHO BRAHES WEG ZU GOTT übertrug, ließ den Physiker kalt, obwohl er das Buch angeblich »mit großem Interesse« gelesen hatte.[20]

Bergmann indessen ließ sich von Einsteins Skepsis nicht entmutigen und ging sogar gemeinsam mit ihm zu einem Auftritt Rudolf Steiners: vermutlich ›Die verborgenen Tiefen des Seelenlebens‹, ein Vortrag vom 28. April 1912, zu dem keine Mitschrift erhalten blieb. Dass der freundliche, aber undiplomatische Einstein dankend darauf verzichtete, Steiner vorgestellt zu werden, und stattdessen lachend hinausging, kann Bergmann wohl kaum überrascht haben. »Sagen Sie mal, was hat der Mann da neulich für einen Kohl geredet«, sagte Einstein einige Tage später zu einem Bekannten. »Bedenken Sie doch diesen Unsinn: übersinnliche Erfahrung. Wenn schon nicht Augen und Ohren, aber irgend einen Sinn muss ich doch gebrauchen, um irgend etwas zu erfahren!«[21]

Kafka hat sich an die übersinnlichen Abenteuer vor dem Großen Krieg auch später noch gelegentlich erinnert. Im Sommer 1916 notierte er das fragmentarische Protokoll einer spiritistischen Sitzung, deren Beginn nicht eben vielversprechend ist:[22]

> Der Geist: Verzeihung.
> Der Wortführer: Wer bist Du?
> G. Verzeihung.
> W. Was willst Du?
> G. Fort.
> W. Du bist doch erst gekommen.
> G. Es ist ein Irrtum.
> W. Nein es ist kein Irrtum. Du bist gekommen und bleibst.
> G. Mir ist eben schlecht geworden.

Das hätte Einstein gefallen.

Literatur und Fremdenverkehr

Die Höhe eines Lebens wird nicht erreicht,
damit man sich hinaufsetzt,
sondern damit man in besserer Luft weitergeht.
Heimito von Doderer, Repertorium

»Bernhard Kellermann hat vorgelesen: einiges ungedruckte aus meiner Feder, so fieng er an. Scheinbar ein lieber Mensch, fast graues stehendes Haar, mit Mühe glatt rasiert, spitze Nase, über die Backenknochen geht das Wangenfleisch oft wie eine Welle auf und ab. Er ist ein mittelmässiger Schriftsteller mit guten Stellen (ein Mann geht auf den Korridor hinaus, hustet und sieht herum, ob niemand da ist) auch ein ehrlicher Mensch, der lesen will, was er versprochen hat, aber das Publikum liess ihn nicht, aus Schrecken über die erste Nervenheilanstaltgeschichte, aus Langweile über die Art des Vorlesens giengen die Leute trotz schlechter Spannungen der Geschichte immerfort einzeln weg mit einem Eifer, als ob nebenan vorgelesen werde. Als er nach dem ⅓ der Geschichte ein wenig Mineralwasser trank, gieng eine ganze Menge Leute weg. Er erschrak. Es ist gleich fertig, log er einfach. Als er fertig war, stand alles auf, es gab etwas Beifall, der so klang als wäre mitten unter allen den stehenden Menschen einer sitzen geblieben und klatschte für sich. Nun wollte aber Kellermann noch weiterlesen eine andere Geschichte, vielleicht noch mehrere. Gegen den Aufbruch öffnete er nur den Mund. Endlich nachdem er beraten worden war sagte er: Ich möchte noch gerne ein kleines Märchen vorlesen, das nur 15 Minuten dauert. Ich mache 5 Minuten Pause. Einige blieben noch, worauf er ein Märchen vorlas, das Stellen hatte, die jeden berechtigt hätten, von der äussersten Stelle des Saales mitten durch und über alle Zuhörer hinauszurennen.«[1]

Eines der frühesten und zugleich heitersten Beispiele für Kafkas neuen Modus der Beschreibung: kein spielerisches Gleiten mehr über die Oberflächen der Dinge, aber auch kein naturalistisches Mosaik ungezählter Details. Kafka porträtiert einen Menschen, und diese Kunst erlernt er im Tagebuch im vollen Bewusstsein einer Schreibübung. Unabdingbare Voraussetzung dafür ist das warme menschliche Interesse, das noch keineswegs Zustimmung bedeutet, das jedoch der Literatur vorausgeht und durchaus auch ohne sie wertvoll bliebe; während Literatur, die ohne solche Anteilnahme um ihrer selbst willen brilliert, von Kafka als ›künstlich‹, als ›Konstruktion‹ erfahren und beiseitegelegt wird. Auch dies war ein wesentlicher Grund für ihn, das Tagebuch nicht wie ein Notizbuch oder gar eine Chronik zu führen. Kafka begann zu verstehen, dass jene Hefte keinesfalls nur eine Bühne der Selbstreflexion und Selbstvergewisserung boten, sondern dass sein Tagebuch ihn etwas lehren würde, was unmittelbar in die Literatur führte: einen Blick, eine Haltung, einen sprachlichen und erzählerischen Gestus. Nur etwa zwei Wochen nach der Lesung Kellermanns – an einem seiner letzten Urlaubstage des Jahres 1910, den er für literarische Arbeit ganz vergeblich reserviert hatte – versprach Kafka sich selbst, er werde »das Tagebuch nicht mehr verlassen«.[2]

Und das war auch nötig. Denn während die zentralen Metaphern der späteren großen Werke sich nach und nach um ihn versammelten, gelang es ihm vorläufig nicht, daraus literarische Funken zu schlagen. »Ich habe immerzu eine Anrufung im Ohr«, notierte er: »Kämest Du unsichtbares Gericht!« Das lässt jedem Leser den Atem stocken, der die Erfahrung des PROCESS-Romans schon hinter sich hat. Doch nichtsahnend geht Kafka an diesem Bild vorüber, und der scheinbar naheliegende Gedanke, die Metapher wörtlich zu nehmen und ihr dadurch ein weites literarisches Assoziationsfeld zu eröffnen, bleibt noch außer Reichweite. So sinkt sie zurück ins Halbdunkel, für beinahe vier Jahre. Nicht anders ergeht es Kafka mit der Vater-Sohn-Konstellation. Der vielversprechende Einfall, eine windige Figur, die im Leben noch keinerlei Halt gefunden hat, an einem vitalen, übermächtigen Vater scheitern zu lassen, ist bereits bildhaft gegenwärtig. Doch da die Idee noch Vorrang vor dem Bild hat, bleiben beim erstem Versuch der literarischen Gestaltung die Figuren blass, und die ungeschickt eingefädelte Handlung verliert sich in Andeutungen: DIE STÄDTISCHE WELT heißt das Fragment, das zu den sehr wenigen schwachen Texten Kafkas gehört.[3]

An diesem eigentümlichen Schwebezustand wird sich auch im Frühjahr und Sommer 1911 nichts ändern. Nach der gänzlich fehlgeschlagenen Beratung durch Steiner versucht es Kafka erstmals mit Disziplin, mit einem planvoll strukturierten Alltag; er schränkt seine nächtlichen Vergnügungen ein, reserviert die Abendstunden für den häuslichen Schreibtisch und bleibt dennoch fast unproduktiv. Auch Klagen über das Büro lässt er jetzt wieder vernehmen, über die gestohlene Zeit vor allem, ohne vorläufig demonstrieren zu können, zu welchen Leistungen er als Privatier denn fähig wäre. Gleichzeitig wächst in Kafka jedoch ein Gefühl literarischer Verpflichtung oder Verantwortung heran, das über die Lust am eigenen sprachlichen Vermögen weit hinausgeht und das sein Leben sehr bald unter Strom setzen wird. Er ist jetzt Ende zwanzig und begreift, dass ihm eine Existenz als Zaungast droht. Die Freunde beginnen, vom Heiraten zu sprechen; seine Schwestern, die er nie recht ernst genommen hat, tun es bereits und treten ihm unversehens als werdende Mütter entgegen. So erfährt Kafka am Schicksal anderer, dass Optionen dahinschmelzen, verdrängt von Tatsachen und Entscheidungen, er erfährt, dass er jetzt erwachsen ist und mit weiteren Moratorien nicht rechnen kann. Ihm wird klar, er muss und wird versuchen, die Literatur, das in seinen Augen denkbar Lebensfernste, zum Kern seines Lebens zu machen. Was noch fehlt, ist die Legitimation dieser paradoxen Entscheidung, der augenfällige Beweis dafür, dass es nicht ein Wahn ist, in den er sich begibt.

Im Sommer löst sich der Krampf, die Stimmung wird heller. Kafka genießt Licht, Luft, Wärme und Wasser, und die motorische Entspannung beim Schwimmen und Rudern schafft so spürbare Erleichterung, dass er sogar von einer »zum kleinen Teil auch glücklichen Zeit« sprechen kann. Das körperliche Erleben drängt in den Vordergrund des Bewusstseins und relativiert für kurze Zeit das existentielle Entweder-Oder. »Die Zeit, die jetzt verlaufen ist«, notiert er Mitte August, »und in der ich kein Wort geschrieben habe, ist für mich deshalb wichtig gewesen, weil ich auf den Schwimmschulen in Prag, Königssaal und Czernoschitz aufgehört habe, für meinen Körper mich zu schämen. Wie spät hole ich jetzt mit 28 Jahren meine Erziehung nach, einen verspäteten Start würde man das bei einem Wettlaufen nennen.« Mit Brod spricht er ausgiebig über eine weitere, ausgedehntere Urlaubsreise in den Süden, bei der sich vielleicht noch einmal ein Badeglück einfangen ließe, wie sie es in Riva erfuhren. Sie werden diesmal zu zweit reisen, sie werden ihren gesamten Jahresurlaub darauf verwenden, und entsprechend großzügig sind ihre Pläne. Die Schweiz, die Städte und Seen Oberitaliens … die Adria, die italienische Riviera … all das möchten sie sehen, aber es ist weit mehr, als sich in drei Wochen unterbringen lässt, und so werden sie wählen und improvisieren müssen.[4]

Sie nehmen sich vor, diesmal ausführlicher ihre Beobachtungen zu notieren, ja, Kafka schlägt sogar vor, regelrechte Paralleltagebücher zu führen, an denen sich das Erlebte wechselseitig überprüfen und ergänzen lässt. An Literatur denkt er dabei vorläufig nicht, er will das Schreiben in den Dienst des Reisens stellen, und er glaubt, »dass meine Reise besser ausfallen wird, dass ich besser auffassen werde, wenn ich durch ein wenig Schreiben gelockert bin«. Unterwegs, unter dem Ansturm von Myriaden neuer Sinneseindrücke, findet er den Gewinn solcher Übungen nicht nur bestätigt, er hält sie jetzt für die einzige Möglichkeit, der Sinnentleerung des touristischen Reisens zuvorzukommen. »Unverantwortlich ohne Notizen zu reisen, selbst zu leben. Das tötliche [!] Gefühl des gleichförmigen Vergehens der Tage ist unmöglich.«[5] Das Sammeln von Erinnerungsfotos, wie es von fast allen anderen Urlaubern betrieben wird, könne das niemals leisten, setzt Kafka dem Freund mit immer neuen Argumenten auseinander, und er macht sich über die ewigen »Knipser« sogar lustig. Doch Brod ist skeptisch und findet sogleich den wunden Punkt: Besteht denn nicht die Gefahr, so fragt er, dass man durch allzu ausgiebige Notizen eine Fülle von Eindrücken versäumt und dadurch vielleicht auch wiederum Anlässe zu noch interessanteren Notizen? Und ist das Schreiben unterwegs nicht wie ein Augenschließen, nach dem man den aufmerksamen Blick immer wieder neu justieren muss? Das kann auch Kafka nicht völlig von der Hand weisen. Man müsse sich dessen eben ständig bewusst bleiben, entgegnet er, dann hielten sich die schädlichen Nebenwirkungen in Grenzen.[6] Glaubt er das tatsächlich? Er spricht vom reflektierten Reisen, das vom Schreiben *begleitet* wird, doch er denkt bereits darüber nach, warum es sich eigentlich im übrigen Leben anders verhalten sollte. Ist es aber »unverantwortlich«, ohne Notizen zu *leben*, dann ist der Einwand Brods ein existentieller: In dem Augenblick, da ich schreibe, bin ich blind für alle Erfahrungen, die von außen herandrängen; mein Leben pausiert gleichsam, und die Lücken, die dadurch in meinen Text gerissen werden, sind allenfalls für andere sichtbar, niemals für mich selbst. Für den Reisenden ein lästiges wahrnehmungstechnisches Problem, für den Schriftsteller aber ein Paradoxon, das den Sinn seiner Tätigkeit in Zweifel zieht. Kafka wird diese Frage nach der Vereinbarkeit von Literatur und vitaler Erfahrung sehr bald zu einer ethischen machen, und sie wird ihn quälen bis ans Ende seiner Tage. Das aber kann er noch nicht ahnen, als er sich am 26. August 1911 auf die weiteste Reise seines Lebens macht.

Fräulein Angela Rehberger sah aus ihrem Coupé auf den Bahnsteig hinaus. Hauptbahnhof Pilsen, sie hatte soeben den Zug nach München bestiegen, der jedoch noch einige Zeit hier Aufenthalt hatte und den Reisenden Gelegenheit gab, Kaffee zu trinken und sich die Beine zu vertreten. Das taten offenbar auch die beiden Herren, deren Mäntel und Koffer sie im Abteil vorgefunden hatte.

Wie sich herausstellte, handelte es sich um zwei gutgekleidete, miteinander befreundete junge Männer, die als Paar ein wenig seltsam wirkten: der eine ziemlich klein, lebhaft, mit einer runden Brille auf der Nase, der andere hingegen groß und mager, mit leicht abstehenden Ohren und zurückhaltendem Lächeln, eine fast knabenhafte Erscheinung. Da beim Anfahren des Zuges das Fenster noch offen blieb, ließ der Fahrtwind den leichten, in Papier eingewickelten Hut des Fräulein Rehberger auf den Kopf des kleinen Herrn niederschweben, was dieser sogleich nutzte, um ein Gespräch anzuknüpfen. Zwei Beamte aus Prag waren es, Doktoren sogar, die eine gemeinsame Urlaubsreise nach Italien unternahmen, Leute also, die froh waren, ihren Amtsstuben für eine Weile entronnen zu sein. Nun, da hatte auch sie einiges zu erzählen. Sie arbeite in einem »tadellosen« technischen Büro in Pilsen, sei dort die einzige Frau und auch bei weitem die Jüngste, so dass man sie ständig »Nesthäkchen« oder »kleine Schwalbe« nenne. Lustig gehe es dort zu, und alle seien zu Streichen aufgelegt: Da würden Hüte vertauscht, Federstiele festgeklebt und Kipferln auf den Tisch genagelt. Wie gesagt, tadellos. Und wenn die Reisebekanntschaften ihr behilflich wären, könne man sogleich den nächsten Spaß in Angriff nehmen. Sie sei nämlich auf dem Weg nach Trient, wohin ihr Vater, ein Offizier, versetzt worden sei, und sie wolle Eltern und Schwester nach langer Zeit einmal wiedersehen. Wenn sie nun eine Postkarte an ihre Kollegen schriebe, dass sie ab München im falschen Zug gesessen und daher in der Schweiz gelandet sei, und wenn die beiden Herren so freundlich wären, diese Karte in Zürich in den Postkasten zu werfen ... Gewiss, das ließ sich einrichten. Es fanden sich aber noch weitere schöne Themen zum Plaudern. Der kleine Mann schien ein Musikkenner zu sein, denn was sie ihm von Wagner-Aufführungen erzählte – leise sang sie sogar eine Melodie vor –, das kannte er schon alles. Der Magere wiederum schien sich für einen medizinischen Experten zu halten, denn er erklärte, dass sie das Fläschchen mit dem Eisenpräparat, das in ihrer Handtasche steckte, doch besser aus dem Fenster werfen solle. Eine naturgemäße Behandlung des menschlichen Organismus verlange vielmehr ... Fräulein Rehberger lachte. Zu dritt begab man sich in den Speisewagen.

In München lief der Zug pünktlich ein, Viertel vor zehn am Abend, er würde hier vor der Weiterfahrt in Richtung Schweiz eine Dreiviertelstunde stehen bleiben, und Fräulein Rehbergers Zug nach Trient ging erst in einer knappen Stunde. Der Kleine, Galante wartete mit einer verrückten Idee auf: Man sollte doch diese Zeit nutzen, um eine rasche Rundfahrt durch die Stadt zu machen. Und das Gepäck? Könne so lange im Coupé bleiben. Und der Regen, die Dunkelheit? Der Kleine ließ keinen Einwand gelten, zog die beiden anderen hinaus unter die Bahnhofsarkaden, eilte schon davon, um ein Taxi zu holen. Widerstrebend stieg Fräulein Rehberger ein, auch dem Langen schien das Ganze peinlich. Und los ging es, die Reifen rauschten auf dem nassen Asphalt, der Fahrer rief die Sehenswürdigkeiten aus, die man, wenn es Tag wäre, jetzt bewundern könnte: Hotel ›Vier Jahreszeiten‹, das Friedensdenkmal mit seiner Wasserfontäne, dann Universität, Theatinerkirche, Feldherrnhalle, Neues Rathaus, Pschorrbräu-Bierhallen, Sendlingertor. Nur zwanzig Minuten dauerte die flotte Fahrt, nun also, es blieb sogar noch Zeit genug, sich ein wenig frischzumachen und das Fräulein samt Gepäck zu ihrem Zug zu bringen, wo sie unter die Obhut einer älteren Dame geriet.

Sechs Wochen später wunderten sich die beiden jungen Männer sehr, als sie in ihrer Heimatstadt Prag Fräulein Rehberger auf der Straße erblickten. Sie konnten nicht wissen, dass das tadellose Pilsener Büro eine Erfindung war und dass sie tatsächlich in Prag lebte und arbeitete. In Pilsen hatte sie nur ihre Mutter, ihren Bruder und eine neugeborene Nichte besucht. Wen also traf sie *in Trient*? Ihren Vater, den angeblichen Offizier, jedenfalls nicht, der war eine Phantasiefigur, denn in Wahrheit war Fräulein Rehberger unehelich geboren. Und ein Nesthäkchen war sie schon gar nicht, denn sie war bereits vierundzwanzig Jahre alt. Doch noch fast ein Jahrhundert sollte es dauern, ehe das alles herauskam.[7]

Anders als bei allen vorigen Reisen Kafkas lässt sich von seiner großen Sommertour von 1911 eine recht genaue Vorstellung gewinnen, einschließlich einiger Anekdoten und gelegentlich sogar – seit auch Brods Aufzeichnungen publiziert sind – mit Wechseln zwischen Innen- und Außenperspektive. Sehr häufig blitzen dabei komische Effekte auf, die von der nicht immer bewussten Doppelrolle der beiden Reisenden herrühren: Sie bewegen sich als aufmerksame, gebildete und wortgewandte Schriftsteller, andererseits aber als Touristen, deren kulturelles Halbwissen, gepaart mit geringer Reiseerfahrung und unsystematisch aufgeschnappten Einzelheiten, unweigerlich zu Missverständnissen und Überraschungen führt. Sie wissen viel, aber häufig nicht das, was sie benötigen. So war beispielsweise Kafka genau darüber unterrichtet, dass es in Zürich, ihrer ersten Station in der Schweiz, ein vorbildliches alkoholfreies Reform-Restaurant ›Zu Karl dem Großen‹ gab, doch um dieses Lokal zu finden, bedurfte es eines Polizisten (am Ende gefiel es den Freunden so gut, dass sie binnen weniger Stunden zweimal dort einkehrten). Vom Großmünster hatten beide als bedeutender Sehenswürdigkeit gehört, es war das bei weitem eindrucksvollste romanische Gebäude, das Kafka bis dahin betreten hatte – und doch war er im Zweifel darüber, ob es sich nicht um ein neuzeitliches architektonisches Imitat handelte, und er kam auch nicht auf den Gedanken, dass man ihn am Sonntagvormittag für einen Besucher des Gottesdienstes halten könnte (weshalb sie vor dem Küster, der ihnen Plätze anweisen wollte, ins Freie flüchteten). Als sie feststellen mussten, dass die Stadtbibliothek, und damit auch das darin befindliche Gottfried-Keller-Zimmer, am Sonntag geschlossen war, glaubten sie ernstlich, durch Vorsprache beim Züricher Verkehrsbüro doch noch dort eindringen zu können. Und auch beim Besuch einer Badeanstalt am Zürichsee – unverzichtbar, da sie sich nach der Tag- und Nachtreise schmutzig fühlten – kam es zu unbehaglichen Situationen. Das Herrenbad war überfüllt vor allem von Jugendlichen, und das Auskleiden war, wie Kafka ironisch anmerkte, »republikanisch« organisiert, denn neben den Einzelkabinen, die alle belegt waren, gab es einen großen gemeinschaftlichen Umkleideraum. Dann schwamm Kafka in den See hinaus, während Brod verzagt zurückblieb und alsbald vom Bademeister samt einigen in der Nähe raufenden Jungen mit der Wasserspritze attackiert wurde. »Ich brauche diese Stadt nicht«, lautete sein Resümee. Am Nachmittag reisten die Freunde weiter zum Vierwaldstätter See, nach Luzern, wo sie ihr touristisches Meisterstück lieferten.[8]

Zu Geld hatte Kafka lebenslang ein zwiespältiges Verhältnis, in dem die Erziehung durch einen Geschäftsmann ebenso kenntlich war wie die Distanz zur eigenen sozialen Klasse. Genuss am bloßen Besitz blieb ihm fremd, darum auch die Geldvermehrung, das Sparen um seiner selbst willen. Andererseits verursachten ihm sinnlose oder unfreiwillige Ausgaben – auch von kleinen Beträgen – einen Verdruss, der bisweilen übermäßig lange anhielt und der daher nicht selten in Selbstvorwürfe mündete: Kafka hielt sich für geizig. Diese kleinbürgerliche Aversion gegen Verschwendung jeder Art, ja selbst gegen das Erkaufen von Bequemlichkeiten bewahrte ihn jedoch davor, von den Zuwendungen der eigenen Familie abhängiger zu werden als unbedingt nötig, und ein Verhalten wie das von Otto Gross – der in Luxushotels nächtigte und dem verhassten Vater die Rechnungen schickte – wäre ihm nicht nur als moralisch fragwürdig, sondern auch zutiefst inkonsequent erschienen. Kafka forderte Gehaltserhöhung, wenn er den Status quo als ungerecht erkannte, doch gegenüber dem abstrakten, bloß in Ziffern zu benennenden Tauschwert des Geldes verharrte er in Desinteresse.

So war es eher Neugier auf ein soziales Schauspiel, das ihn aufhorchen ließ, als er beim gemeinsamen frühabendlichen Spaziergang entlang der Luzerner Seepromenade plötzlich das Klappern von Jetons vernahm. Es kam aus den Fenstern des riesigen Kursaals (dem heutigen ›Grand Casino Luzern‹), in dem – wie den beiden erst jetzt einfiel – tatsächlich um Geld gespielt wurde. Vom Luzerner Nachtleben erwarteten sie ohnehin nicht viel, der Eintritt kostete nur einen Franken, nichts sprach dagegen, dieses vermutlich harmlose Vergnügen einmal aus der Nähe zu verfolgen. Weder Kafka noch Brod hatten je zuvor ein Casino betreten, das ja von der Erfahrungswelt der Väter weiter entfernt war als die verrufenste Weinstube. Es war daher ein Reiseerlebnis, das man zu Hause besser verschweigen würde, insbesondere gegenüber Kafkas Vater, der sich noch vor wenigen Tagen mit Herzschmerzen, die von Geldsorgen herrührten, hatte niederlegen müssen. Sich Franz an einem Roulettetisch denken zu müssen hätte ihn vermutlich in die Nähe eines Infarkts gebracht.

In Luzern wurde ›Boule‹ gespielt, eine stark vereinfachte Variante des Roulettes, bei der man lediglich auf Zahlen von 1 bis 9 setzen konnte. Der Spielkessel war starr, die hineingeworfene Kugel aus Hartgummi, doch hörte man unablässig die vom originalen Roulette übernommenen Ansagen, die sowohl Brod als auch Kafka gewissenhaft notierten: »Messieurs, faites votre jeu – marquez le jeu – les jeux sont faits – sont marqués – rien ne va plus.« Auch waren beide fasziniert von der Geschicklichkeit und Geschwindigkeit, mit der die Croupiers ihr einziges Werkzeug, einen Metallrechen, für die verschiedensten Aufgaben benutzten: »Sie ziehn das Geld an sich«, notierte Brod, »oder sie werfen es auf die gewinnenden Felder, wobei sie es mit dem Rechen auffangen. Sie teilen es, sie zeigen auch damit.« So steht es fast wörtlich auch bei Kafka, und beide skizzierten sogar aus dem Gedächtnis den Spieltisch. Freilich bemerkten sie auch die Monotonie des Spiels, bei dem man Spannung und Überraschung ja nur dann erleben konnte, wenn man selbst etwas wagte. Aber sollte man sich darauf wirklich einlassen? Der Saal war groß, zwei Spieltische gab es, an jedem stand eine Traube von Menschen; andere warteten in Sesseln oder liefen umher; man fiel also keineswegs auf, wenn man bloß zuschaute. Sie traten an eines der offenen Fenster, von denen es kühl hereinwehte, und beratschlagten, was zu tun sei. Wir können risikolos mitmachen, meinte Brod. Setzt der eine immer auf Gerade, der andere auf Ungerade, so wandert das Geld ein wenig hin und her, ohne dass wir in der Summe etwas verlieren. Eine blendende Idee, die Kafka sofort einleuchtete. An der Kasse wechselten sie jeweils fünf Franken in Spielmarken, etwa den Betrag, den sie täglich für Hotel und Restaurant benötigten.

Die geradezu kindliche Naivität dieser ›List‹ ist verblüffend, und Kafka war sie später so peinlich, dass er den Vorgang mit Schweigen überging. Tatsächlich hatten sich die beiden auf ein Spiel eingelassen, bei dem man sein Geld – ganz gleich wie man es anstellte – noch weit schneller loswurde als beim Roulette. Die ›Fünf‹ war die Gewinnzahl der Bank, das war ihnen, während sie sich auf die eleganten Bewegungen des Croupiers konzentrierten, völlig entgangen; kam die Fünf, waren sämtliche Einsätze der Spieler verloren, und das bedeutete, dass hier langfristig mehr als zehn Prozent dessen, was die Gäste auf das grüne Tuch legten, an die Bank fiel. Angesichts des vorhersehbaren Debakels blieb den beiden Reisenden nichts anderes übrig, als in die Rolle des Schriftstellers zurückzuschlüpfen: »Das Geld verliert sich wie auf einer sanft geneigten Ebene«, notierte Brod, »oder wie das Wasser, das man in der Badewanne losläßt und das so langsam abrinnt, daß es immer noch dazusein scheint. Auch verstopft sich der Stöpsel noch manchen Augenblick. Zum Schluß ist doch alles dahin.« Erregt verließen sie den Kursaal, wütend vor allem auf sich selbst. Vielleicht würde der Direktor die zehn Franken wieder herausrücken, wenn sie beide mit Selbstmord drohten? Nein, auch Galgenhumor brachte da keine Linderung. Jetzt rasch ins Hotel, ins erste Bett seit achtundvierzig Stunden, und alles vergessen.[9]

Anders als die Mehrzahl der Touristen, die ihnen begegneten, reisten Kafka und Brod entlang einer Route, die nicht von alpinen Gipfeln, sondern ausschließlich von Gewässern vorgegeben war: Zürichsee, Vierwaldstätter See, Lago di Lugano, Lago di Como, Lago Maggiore. Es sind Dampferfahrten, Uferlandschaften und die Gelegenheiten zum Bad im See, die in beider Notizen mit der stärksten inneren Beteiligung vermerkt sind, während ihnen der Gedanke an Wanderungen, geschweige denn an die Strapazen mehrtägiger Bergtouren völlig fremd blieb. Kafka zeigte zur Bergwelt ein eher ironisches Verhältnis, als er schon bei der Einreise auf die Idee verfiel, es müsse doch für jeden patriotischen Schweizer eine Freude sein, sich die vielen Erhebungen seines Landes als glattgestrichene Flächen vorzustellen, denn dann wäre die Schweiz vermutlich größer als das Deutsche Reich.[10]

Ein einziges Mal, nach der Abreise aus Luzern, begaben sie sich zu einem hochgelegenen Aussichtspunkt, der allerdings bequem mit einer Bergbahn zu erreichen war: die Rigi-Kulm mit 1800 Metern, mit Andenkenläden, internationalem Publikum und einem imposanten Hotel nahe dem Gipfel. Für den Augenblick waren die Prager von der panoramahaften Fernsicht auf die hochalpine Landschaft und über mehrere Seen gewiss beeindruckt, doch ihre Notizen blieben eigentümlich steril, und nicht einmal an die Tatsache erinnerten sie sich, dass auch Goethe und Flaubert schon hier oben standen. Vermutlich fühlten sie sich gestört durch die Unzahl von Touristen – darunter viele Engländer, deren Konversation sie nicht verstanden –, sie waren übermüdet und ärgerten sich darüber, dass sie wegen einer schlechten Table d'hôte im Hotelrestaurant schon wieder acht Franken einbüßten, also eher für die Aussicht als für das Essen zahlten. Bei der Rückfahrt hinab an den See, die länger als eine Stunde dauerte, schlief Brod ein. Der Hut fiel ihm vom Kopf, die Engländerinnen kicherten. Erst in Flüelen, der nächsten Station, die sie mit dem Dampfer erreichten, besserte sich die Stimmung. Dort erhielten sie reinliche und ruhige Zimmer mit Balkon und frühstückten nach ausreichendem Schlaf auf einer prächtigen, gedeckten Terrasse am See. Dennoch, die vielen schroffen Erhebungen ringsum blieben Kafka unheimlich, sie schienen ihm die Gegend förmlich zu verdunkeln und weckten erneut die Sehnsucht nach Italien, das sie nun bald erreichen sollten. »Von Bergen eingesperrt in Flüelen«, schrieb er an Ottla. »Man sitzt gebückt, die Nase fast im Honig.«[11]

»Nie im Leben«, erklärte Max Brod rückblickend, »bin ich je wieder so ausgeglichen heiter gewesen wie in den mit Kafka verbrachten Reisewochen. Alle Sorgen, alle Verdrießlichkeiten blieben in Prag zurück. Wir wurden zu fröhlichen Kindern, wir kamen auf die absonderlichsten hübschesten Witze, – es war ein großes Glück, in Kafkas Nähe zu leben und seine lebhaft hervorsprudelnden Gedanken (selbst seine Hypochondrie noch war einfallsreich und unterhaltend) aus erster Hand zu genießen.«[12] Ganz so schattenlos waren diese Idyllen keineswegs, doch offenkundig ist, dass sich Kafka während der im Süden verbrachten Wochen nachhaltig entspannte und dass er seinem Talent zu Witz und Albernheit so freien Lauf ließ, wie er es zu Hause allenfalls den Schwestern gegenüber wagte. Er amüsierte sich damit, scheinlogischen Assoziationen zu folgen und absurde Einfälle so konsequent zu entfalten, dass Brod kaum noch mithalten konnte und sich bisweilen im Unklaren darüber war, ob der Freund nicht schon im halben Ernst redete.

Während eines Spaziergangs in Flüelen – vermutlich rekapitulierten sie die Erlebnisse ihrer ersten Urlaubstage – kamen sie darauf zu sprechen, dass sich gewiss auch andere Reisende viel Geld aus der Tasche ziehen ließen allein aus Unkenntnis. Die herkömmlichen Reiseführer boten dagegen wenig Schutz, weil sie weder praktische Hindernisse noch lokale Besonderheiten noch die Erfahrungen früherer Gäste hinreichend berücksichtigten. So wird der Benutzer des ›Baedeker‹ mit einer Liste von Hotels und Restaurants versorgt, über die er außer der Preiskategorie und der Adresse kaum etwas erfährt: Er wählt also mehr oder minder blind und wird vorhersehbar in einer gewissen Zahl von Fällen enttäuscht oder gar übervorteilt. Wer es sich leisten kann, in

Hotelpalästen zu wohnen, bedarf solcher Tipps nicht: Er fragt einfach nach dem ›ersten Haus am Platz‹. Der reisende Mittelstand hingegen hat und will nicht die Freiheit der Wahl, ihn verlangt nach dem *einen* brauchbaren Hinweis, der ihm Zufriedenheit garantiert. Und dies in jeder Einzelheit, bei jedem Schritt: Er will die fertig ausgearbeitete *Route*, ganz so, als sei er mit einer Gruppe unterwegs. Gibt es Museumstage mit ermäßigtem Eintritt, und welche Bilder *muss* ich dort gesehen haben? Gibt es Freikarten für Konzerte? Muss ich die Autodroschke nehmen, wenn es auch eine Tram gibt? Kann man es wagen, in Italien 3. Klasse zu reisen? Was kann ich bei Regen unternehmen? Wie verhalte ich mich im Spielsaal? Woran erkenne ich Schlepper und Bauernfänger? Wie viel Trinkgeld gibt man, und wem? (Besser auch dem Bademeister, notierte Brod.) Und nicht zu vergessen: Wo gibt es erotische und sexuelle Vergnügungen zu fairen Preisen? Ein Reiseführer, der all diese Fragen freimütig beantwortet und der nur wenige, jedoch begründete und verlässliche Empfehlungen gibt, würde alsbald den ›Baedeker‹ aus dem Feld schlagen, darin waren sich Kafka und Brod einig. Mit einer solchen Serie könnte man Millionen verdienen, erst recht wenn man sie in mehreren Sprachen auflegte.

Die beiden redeten sich in Hitze. Ohne Kenntnisse über verlagsinterne Prozeduren, geschweige denn über die Geschäftsgrundlage der bereits etablierten Reiseführer lieferte vor allem Kafka ein Feuerwerk praktischer Ideen, von der Organisation des Lektorats über das Marketing (Plakate in der Pariser Metro!) bis zu den regelmäßig erforderlichen Aktualisierungen, die man gegen Coupons herausgeben würde. Auch ein einprägsamer Name für die Reihe war bald gefunden: ›Billig‹ sollte sie heißen, ›Billig durch Italien‹, ›Billig nach Paris‹ … ein Begriff, dem um 1900 noch keineswegs die heutigen ausgeprägt negativen Konnotationen anhingen, der vielmehr an das angenehme ›recht und billig‹ denken ließ, die ethische Variante des ›günstigen Preis-Leistungs-Verhältnisses‹. Über Stunden muss dieses Projekt die Freunde beschäftigt haben, selbst während der nächsten Reiseetappe, der landschaftlich ebenso wie technisch spektakulären Fahrt mit der Gotthardbahn. Bereits am nächsten Tag notierte Brod die gesammelten Einfälle auf Briefpapier des Hotels Belvedere au Lac in Lugano, ein fünfseitiges Konzept des »Millionenunternehmens« mit handschriftlichen Ergänzungen Kafkas, der allerdings schon wieder einen Schritt weiter war und über die radikal neue Konzeption eines mitgelieferten Sprachführers nachdachte. Es sei ohnehin unmöglich, erklärte er, eine fremde Sprache vollständig zu erlernen, und schlechtes Sprechen einer gründlich studierten Sprache genüge unterwegs ebenfalls nicht. Daher die Alternative: »Nebeneinanderstellung der Infinitive. 200 Vokabeln. Eine Art Esperanto. Zeichensprache in Italien. Aussprache gründlich. Weiterlernen nicht behindert.« Unversehens war aus einem kreativen Ping-Pong der ernst gemeinte Plan geworden, sich mit einem einzigen kommerziellen Kraftakt – gegen den auch die Eltern unmöglich etwas einwenden konnten – von der Fron des Büros zu befreien und finanzielle Unabhängigkeit zu gewinnen. Brod musste Kafka versprechen, seine Verlagskontakte zu nutzen und zumindest den Versuch zu machen, dieser Phantasie zur Wirklichkeit zu verhelfen. Tatsächlich präsentierte er das gemeinsame Projekt im folgenden Jahr dem jungen Verleger Ernst Rowohlt. Da jedoch die misstrauischen Erfinder befürchteten, man werde sie bestehlen, wollten sie die entscheidenden Details erst nach dem Eintreffen von Zuschüssen preisgeben. Damit war das Schicksal des ehrgeizigen Plans besiegelt, und die Millionengewinne kehrten zurück ins Reich des Imaginären.[13]

In Lugano verbrachten Brod und Kafka viele Stunden an gemeinsamem Tisch – nicht nur, um über ihr touristisches Großprojekt zu beraten, sondern auch, um die aktuellen Reisenotizen zu vervollständigen und auszuarbeiten. Sie hatten sich entschlossen, die Koffer endlich einmal auszupacken und sich ein paar Tage lang zu entspannen.

Noch immer maßen sie jeden neuen Ort, der sie aufnahm, an den gemeinsamen Erinnerungen, die sie mit dem Idyll von Riva verbanden. »Es ist hier schön, aber kein Vergleich mit Riva«, schrieb Brod gleich am ersten Tag an seinen Bruder. »Dort war es romantisch. Hier gibt es lauter Hotels.«[14] Auch Kafka unterschrieb diese Karte. Doch das Bad im See, die italienisch anmutenden Gassen und Läden der Altstadt und die unmittelbar am Wasser gelegene Terrasse ihres Hotels versöhnten sie bald. Zudem war es möglich, von hier aus in nur zweieinhalb Stunden den Comer See zu erreichen, über die Grenze per Schiff und Eisenbahn, um dort, wie vom Baedeker dringend empfohlen, die bei Tremezzo gelegene Villa Carlotta mit Kunstsammlung und prächtiger Gartenanlage zu besichtigen. Mehrmals verließen sie das bebaute Stadtgebiet von Lugano auch zu Fuß, trotz Temperaturen von nahe dreißig Grad, und als sie am nördlichen Seeufer über einen von Lorbeer- und Ölbäumen gesäumten Weg bis zum verwinkelten, steil am Hang sich türmenden Gandria vorstießen, mit beständigem Blick über den See nach Lugano hinüber, da wurde dieser Landstrich in ihr utopisches Kaleidoskop des Südens endgültig aufgenommen. An einem einsamen Strandabschnitt bauten sie sich Sitze aus Steinen und ließen unter wolkenlosem Himmel stundenlang die Beine im Wasser baumeln. Brod verewigte den Augenblick in einem Sonett, das er Kafka widmete (ohne darin seinen beträchtlichen Sonnenbrand zu erwähnen), und dieser wiederum wünschte sich wenige Monate vor seinem Tod, es möge ihnen »noch einmal die Luganosonne scheinen«.[15]

»Jede Regierung ist verpflichtet, von dem ersten Auftreten sichergestellter Pest- oder Cholerafälle in ihrem Gebiete sofort den anderen Regierungen Mitteilung zu machen. Dieser Mitteilung ist beizufügen oder haben sehr rasch zu folgen genaue Angaben über den Ort, wo die Krankheit aufgetreten ist, über den Zeitpunkt ihres Auftretens, ihren Ursprung und ihre Form, über die Zahl der sichergestellten Fälle und der Todesfälle …« Es gab gute Gründe dafür, dass deutsche und österreichische Zeitungen das Internationale Sanitätsübereinkommen von 1903 jetzt ausgiebig zitierten. Denn die *Cholera asiatica* war auf dem Vormarsch, und keineswegs alle Länder, die das Abkommen unterzeichnet hatten, waren auch gewillt, sich daran zu halten. Vor allem gegen Italien richtete sich die Empörung: Dass in Neapel kein Tag ohne Cholera-Tote verging, wurde mit Hilfe statistischer Tricks verschleiert, und über die weitere Ausbreitung in nördliche Regionen, nach Venetien und in die Lombardei, erfuhr man überhaupt nichts Gewisses. Vor allem nicht als Ausländer. Als sich Thomas Mann Ende Mai 1911 für einige Tage am Lido einquartierte, bemerkte er zwar die in Venedig umlaufenden Gerüchte und die Desinformationstaktik der städtischen Behörden – der er dann im Tod in Venedig ein würdiges Denkmal setzte –, doch es blieb ihm verborgen, dass während seines kurzen Aufenthalts sechs Menschen der Cholera zum Opfer fielen: auf der Quarantäne-Insel Sacca Sessola und damit in Sichtweite.[16]

Die in ganz Europa geführten Debatten über die Cholera hatten auch auf die Reiseroute Kafkas und Brods nachhaltigen Einfluss. Es waren die norditalienischen Hafenstädte, die sie von ihrer *Sightsee-*

ing-Liste schließlich strichen: Triest, Venedig, Genua … alles viel zu gefährlich. Kafka wunderte sich, als er im Zug auf eine alte Dame aufmerksam wurde, die sich nicht davon abhalten ließ, nach Genua zu reisen. War man vielleicht doch ein wenig zu ängstlich? Andererseits gab es Touristen, die sich, um sicherzugehen, von zu Hause mit aktuellen Zeitungsausschnitten versorgen ließen. Es war eben schwer, die Situation zu überblicken, wenn die verantwortlichen Behörden schwiegen und sogar logen, um nur den Fremdenverkehr nicht zu stören.

Am Morgen des 4. September, als Brod und Kafka ihre Reise in Richtung Mailand fortsetzen wollten, wurden sie von einem Zimmermädchen darüber unterrichtet, dass auch dort jetzt die Cholera aufgetreten sei. Ein Arzt aus Berlin habe ihr das verraten. Sofort eilten sie zum Verkehrsbüro – wo man jedoch ahnungslos tat – und fanden dann im *Berliner Tageblatt* die Nachricht bestätigt: Sechzehn Fälle seien aus Mailand im vergangenen Monat gemeldet worden. Sofort geriet Brod in Panik und fing an, alle Pläne über den Haufen zu werfen: Wie wäre es, die Italienfahrt jetzt einfach aufzugeben und die restlichen Urlaubstage im sicheren Paris zu verbringen? Auch Kafka schlug der Puls höher bei diesem Einfall, doch nach einer Weile behielten Verstand und Beharrungsvermögen die Oberhand, und er entgegnete, »man dürfe eine Route nicht so übers Knie zerbrechen«.[17]

Das sollte sich als Fehlentscheidung erweisen, doch konnte Kafka wohl nicht ahnen, dass er den Freund jetzt von einer neuen und sehr schwachen Seite kennenlernen würde. Brod entwickelte eine Infektionsphobie, die nicht nur sein Urteilsvermögen trübte, sondern die auch anderen Gesprächsthemen wenig Raum mehr ließ. Kaum in Mailand angekommen, besorgte er sich am Kiosk eine Broschüre, die das Grauen der Cholera in den grellsten Farben malte, und auf dem Fußweg in die Innenstadt musste Kafka ihm erklären, dass die unbewohnten Villen und der geringe Verkehr natürlich mit der Hitze zu tun hatten und keineswegs damit, dass die Bewohner vor der Seuche schon geflüchtet seien. Mit Entsetzen beobachtete Brod, dass hier Obst und eisgekühlte Limonaden auf staubigen Trottoirs verkauft wurden, und als sie an einem Hospital vorüberkamen, halluzinierte er sich bereits als Patienten. Schließlich ließen sie sich an einem Kaffeehaustisch in der weltberühmten Galleria am Domplatz nieder – eine von riesigen gläsernen Kuppeln überwölbte Einkaufspassage, die

Kafka stark beeindruckte –, doch kaum hatte sich Brod ein wenig erholt, begann er wieder zu lamentieren. Er war in der Broschüre auf die fatale Bemerkung gestoßen, dass es unter Cholerakranken auch schon zu Fällen von ›Scheintod‹ gekommen war, und die Aussicht, womöglich lebendig begraben zu werden, versetzte ihn in neuerliche Erregung. Kafka müsse dafür sorgen, verlangte er, dass ihm dies auf keinen Fall passiere – am besten durch einen postmortalen Stich ins Herz, so habe es ja auch der kürzlich verstorbene Gustav Mahler verfügt. Bei diesen Worten sei der Freund »fast zu Tränen gerührt« gewesen, erinnerte sich Brod später, während Kafka selbst seine Unzufriedenheit darüber festhielt, dass der geplante Aufenthalt in Mailand sich im Lauf dieser Aussprache immer weiter verkürzte, »trotz eines kleinen Widerstands von meiner Seite«. Doch für solche Subtilitäten hatte Brod jetzt keinen Sinn, und dass er über Kafkas Wünsche hinwegging, bemerkte er kaum.[18]

In dieser gereizten Stimmung blieben alle weiteren Unternehmungen glücklos, und darüber konnte auch das unmittelbar am Dom gelegene ›Grandhotel Metropole‹ – das teuerste, in dem Kafka je logiert hatte – nicht hinwegtrösten. Am Abend besuchten sie eine Aufführung im Teatro Fossati, doch sie hatten sich drei Volksstücke ausgesucht, von deren mundartlichen Späßen sie kaum etwas verstanden, und so verließen sie die Vorstellung schon nach der Hälfte des Programms. Auch die Hoffnung, nach den überaus bürgerlichen Nächten in der Schweiz werde ein wenig Sex für Abwechslung und Entspannung sorgen, wurde nachhaltig enttäuscht. Denn das Bordell ›Al vero Eden‹, dessen Ruf bis nach Prag gedrungen war, erwies sich als ziemlich ernüchternde Einrichtung, die weder Musik noch Tanz, ja nicht einmal Getränke zu bieten hatte, ein schmuckloser Salon, der bloß als Präsentiersteg diente, mit ständigem Kommen und Gehen und mit dem Flair eines Wartesaals. Kafkas Notizen verraten, dass er die zahlreichen Prostituierten, die sich hier anboten, sehr genau betrachtete, ohne doch irgendeine Verlockung zu spüren. Auch Brod, der das soziale Vorspiel vermisste und den überdies das Verlangen nach seiner Geliebten quälte, ließ sich auf keinerlei Verhandlungen mit den Frauen ein, »keine schien uns nur halbwegs annehmbar«, und so wanderten sie nach Mitternacht erneut durch die noch immer erhitzten, großstädtisch belebten Straßen.[19]

Am nächsten Morgen, in aller Frühe, war Brod schon wieder bei seinem bevorzugten Thema: Eine Mücke habe ihn gestochen und vermutlich mit Cholera infiziert, die typischen Bauchschmerzen seien auch schon da, er wolle abreisen, und am liebsten sofort. Kafka, noch immer geduldig, half Brod zunächst, sich gegen weitere Stiche mit Vaseline einzucremen, er lieh ihm das antiseptische ›Odol‹ und überredete ihn schließlich, doch wenigstens bis zum Nachmittag noch in der Stadt zu bleiben. Er wollte vor allem den monumentalen, unfassbar filigranen Mailänder Dom besichtigen, der ihn schon beim Anblick aus der Ferne stark bewegte und zu dem er offenbar auch Vorwissen mitbrachte, während Brod sein Augenmerk jetzt auf die bürokratischen Hindernisse der Devisenbeschaffung richtete und sich nur unter »Widerwillen« dazu bewegen ließ, bei erneut fast 35 Grad Celsius hinauf aufs Dach der Kathedrale zu klettern. Missmutig blickte er sich um und machte Kafka darauf aufmerksam, dass man sich doch zumindest den Weg zum Castello Sforzesco ersparen könne – eine weitere Sehenswürdigkeit, die der Baedeker vorschrieb –, denn das habe man aus der Höhe ja nun schon gesehen. Später unterhielten sich die Freunde darüber, was von den kaum vierundzwanzig Stunden in Mailand wohl als stärkster Eindruck bleiben werde. Das sei für ihn, sagte Brod bissig, die Modelleisenbahn, die er im Schaufenster einer Spielzeughandlung gesehen habe, mit ihren Schienen, die immer im Kreis herum und daher nirgendwohin führten.[20]

Mit Kafka zu reisen war nicht nur amüsant, sondern auch intellektuell außerordentlich anregend. Er hatte einen offenen Blick für unscheinbare Dinge, rückte häufig gemeinsame Beobachtungen und Erfahrungen in ein überraschendes Licht, oder er fand spontan die einprägsamsten Bilder, ohne je forciert nach Pointen zu suchen: »Die Schweiz während der ersten Morgenstunden sich selbst überlassen«, notierte er beim Blick aus dem Coupéfenster, und »Die Beine gehn einem auseinander auf den großen Pariser Strassen«. Überdies war Kafka völlig frei von sozialen und nationalen Vorbehalten – womit er unter seinen Zeitgenossen zu einer verschwindend kleinen Minderheit zählte – und war auch imstande, die Subjektivität des Beobachters bei allem, was er sah, mitzubedenken. Dafür hatte man freilich einige Eigenheiten zu ertragen, für die auch Brods Geduld nicht immer hinreichte und die ihm gelegentlich die Urlaubsstimmung verdarben. Beschwerte sich Kafka beispielsweise über körperliche Malaisen und ließ man sich darauf ein, gemeinsam über Abhilfe zu sinnieren, so fand man sich sogleich in ein medizinisches Grundsatzgespräch verstrickt, das die Lösung des akuten Problems in weite Ferne rückte. Warum Kafka gegen seine chronische Obstipation nicht einfach Abführmittel nahm, statt fortwährend darüber zu klagen, war nur schwer zu verstehen. Er bestritt vehement, dass die vegetarische Ernährung, die bei ihm augenscheinlich besonders arm an Ballaststoffen war, irgendetwas damit zu tun haben könnte, und die naturheilkundlichen Heftchen, die er abonniert hatte, gaben ihm darin recht. Glücklicherweise fand er unmittelbar nach der Rückkehr in dem Zeichner Alfred Kubin einen anderen an Verstopfungsproblemen interessierteren Gesprächspartner.[21]

Im seltsamsten Gegensatz zu dieser lebensreformerisch untermauerten Sturheit stand die Nonchalance, mit der Kafka auf *wirkliche* Gefahren reagierte. Eine Bedrohung durch Bakterien schien ihm zu abstrakt, um ihr wesentlichen Einfluss auf sein Leben zuzubilligen, und so versuchte er, Brod nicht nur im angeblich choleraverseuchten Mailand festzuhalten, sondern nahm gleichsam provokativ vor dessen Augen Orangenlimonaden, Sorbets und Apfelstrudel zu sich. Er fühlte heftige Abwehr gegen Schmutz jeder Art – weshalb er ungewaschenes Obst nicht anrührte, auch wenn es ihn noch so sehr danach gelüstete –, doch eine Gefahr, die bloß wissenschaftlich erwiesen und ansonsten unsichtbar war, affizierte allenfalls seinen Verstand. Kafka brauchte Gewohnheiten und vertraute Routinen, er reagierte zwanghaft, aber nicht phobisch wie Brod: ein Gegensatz, der sechs Jahre später, nach Kafkas Tuberkuloseerkrankung, erneut und wortreich ausgetragen wurde.

Weitere Missverständnisse, die gerade auf Reisen außerordentlich lästigfallen konnten, rührten von Kafkas notorischer Unpünktlichkeit, die angesichts seiner sozialen Empathie bisweilen Rätsel aufgab. Es war ihm peinlich, andere warten zu lassen, und er tat es dennoch – jedoch nicht aus einem Mangel an Zeitgefühl oder aus bloßer Zerstreutheit, sondern weil er unfähig dazu war, alltägliche Handlungen durch Vereinfachung zu beschleunigen oder sie vorzeitig abzubrechen. Auch wenn sich längst abzeichnete, dass er nicht rechtzeitig ›fertig‹ würde, war es ihm nicht möglich, Nebensächliches auszulassen oder zu vertagen, und was nicht ›erledigt‹ war, beschäftigte ihn immer weiter. Das hatte in früheren Jahren gelegentlich dazu geführt, dass Brod förmlich kochte und nach stundenlangem Warten den Freund recht lautstark attackierte. Solche Szenen kamen inzwischen nicht mehr vor, Brod hatte sich arrangiert, ohne jedoch sein Missvergnügen ganz unterdrücken zu können.

»Jetzt schnell«, sagte Kafka bei der Ankunft im Hotel. »Wir sind nur fünf Tage in Paris. Nur das Gesicht bissel waschen«. Brod eilte in sein Zimmer, stellte das Gepäck ab, erledigte das Allernötigste und war nach wenigen Minuten zurück. Der Freund jedoch »hat allen möglichen Luxus aus dem Koffer gepackt und geht nicht, ehe er wieder alles in Ordnung gebracht hat«. Was es denn daran zu bemängeln gebe, fragte Kafka; er fühlte sich diesmal unschuldig und argumentierte von Jurist zu Jurist: »Da ich mit Wenigwaschen nur das Waschen des ganzen Körpers ausgeschlossen, dagegen damit gerade das Waschen des Gesichtes gemeint habe und damit eben noch nicht fertig bin, verstehe ich seine Vorwürfe nicht und wasche das Gesicht weiter wenn auch nicht so genau wie früher, während sich Max mit dem ganzen Schmutz der Nachtfahrt in seinen Kleidern auf mein Bett setzt, um zu warten.« Immerhin ersparte er es ihm, vor seinen Augen nun auch noch die *zweifellos* rußbestäubte Bettdecke auf dem Balkon und über den Passanten auszuschütteln. Das konnte man später erledigen, im Dunkeln.[22]

Tatsächlich waren die verfügbaren Urlaubstage schon so weit zusammengeschmolzen, dass Kafka kaum noch Hoffnung haben konnte, Paris diesmal weniger ›touristisch‹ zu erleben als bei der Reise im Jahr zuvor. Das hatte auch damit zu tun, dass sie sich wieder einmal treiben ließen. Denn eigentlich hatte sie der Simplon-Express ohne weiteren Aufenthalt ins rettende Frankreich bringen sollen, doch dann waren sie ein Weilchen am Lago Maggiore entlanggefahren, und nach den übellaunigen Stunden im hitzeflirrenden Mailand konnten sie dem Anblick dieses erfrischenden Idylls nicht widerstehen: Sie stiegen in Stresa aus, nahmen sich ein Zimmer und genossen zwei Tage lang das Bad im See, der sie nun wahrhaftig an Riva erinnerte. Die Erleichterung war so groß, dass sie sich im Wasser stehend umarmten – ein Anblick, der allein schon wegen des Größenunterschieds recht befremdlich gewesen sein muss.

In Stresa erinnerten sie sich endlich auch wieder ihrer parallelen Reisenotizen, um die sie sich seit Zürich nicht mehr so konsequent gekümmert hatten, wie es eigentlich verabredet war. Es fehlte ein Ziel, eine konkrete gemeinsame Aufgabe. Wie wäre es also – es ist nicht überliefert, wem zuerst dieser Gedanke kam –, wie wäre es, diese Notizen in Literatur zu überführen, das heißt, sie so detailliert auszuarbeiten und so feinmaschig miteinander zu verweben, dass sie als Stoff einer fiktionalen Reiseerzählung dienen konnten, eines kleinen Romans mit zwei Protagonisten? Kafka, dem die Umgebung eine erneuerte Lust am Schreiben einflößte, war bereit, sich darauf einzulassen: Ab sofort würde man genauer Buch führen und das Ganze dann bei regelmäßigen Treffen in Prag gemeinsam ausformulieren. Gewiss, die doppelte Autorschaft war ein Experiment, denn sie öffnete den intimen Raum des literarischen Schöpfungsakts, und was dann aus jenem »hellseherischen« Zustand würde, der sich zu festen Tageszeiten ohnehin nicht herbeizwingen ließ, konnte er sich schlechterdings nicht vorstellen. Doch zwischen Brod und Felix Weltsch funktionierte das schließlich auch, und was Brod über diese glückliche Zusammenarbeit berichtete, war für Kafka vermutlich entscheidend, um es auch einmal zu wagen. Dazu war es aber jetzt nötig, zumindest die wichtigsten Beobachtungen aus Mailand nachzutragen und dann unter dem Ansturm von Paris die neue Idee nicht aus dem Sinn zu verlieren.[23]

So werden die Aufzeichnungen nun wieder ausführlicher, und sie belegen, dass Kafka und Brod auch die letzten, die Pariser Ferientage gemeinsam verbrachten. Man war auf die wechselseitigen Vorlieben und Aversionen inzwischen besser eingestellt und daher kompromissfähiger. So verzichtete Brod diesmal auf ausgedehnte Einkäufe, und bei der Wahl des abendlichen Musikprogramms wurde darauf geachtet, dass dem akustisch nicht sonderlich genussfähigen Kafka auch etwas fürs Auge geboten wurde. Die Wahl fiel auf Bizets Oper CARMEN in der Opéra-Comique: für Kafka ein noch unbekanntes Werk, bei dem sich ihm vor allem Gestik und Tanz der Hauptdarstellerin einprägten, während Brod die Partitur bis in Einzelheiten kannte und daher die Aufführung im Stil eines professionellen Musikkritikers kommentierte. Die übrigen Unterhaltungsgenüsse planten die Freunde offenbar nach dem Kriterium größtmöglicher Abwechslung: Sie besuchten eine Vorstellung von Racines PHÈDRE in der ehrwürdigen Comédie-Française, sie ärgerten sich – gottlob auf den billigsten Plätzen – über die trostlosen Varieté-Nummern im Café-Concert ›Aux

Ambassadeurs‹, und sie amüsierten sich in einem kleinen Kino mit dem magischen Schriftzug *Cinéma Pathé*, in dem unter anderem eine Groteske über den Raub der Mona Lisa gezeigt wurde (die in Frankreich *La Joconde* heißt). Damit reagierte der Kino-Konzern nahezu in Echtzeit auf die aktuellsten Ereignisse, denn das Verschwinden des Gemäldes (das berühmt, aber noch nicht emblematisch war) lag nicht einmal drei Wochen zurück, und erst am Tag zuvor war Pablo Picasso als Verdächtiger aufs Kommissariat zitiert worden. Im Louvre, den sie diesmal an zwei Vormittagen aufsuchten, konnten sich Kafka und Brod davon überzeugen, dass es an der Wand tatsächlich eine *leere* Stelle gab, die von den Touristen intensiver angestarrt wurde als jedes Kunstwerk.

Sie waren nun schon ein wenig besser orientiert in der verwirrenden Metropole, und sie wussten auch genauer zu unterscheiden zwischen der Stadt als Bühne des Lebens und der Literatur. Doch der Paris-Mythos wirkte noch immer, und ständig sahen sie sich veranlasst, darüber nachzudenken, ob nicht ihre unmittelbaren Eindrücke durch vorgängige Lektüren und Erwartungen unzulässig verfälscht würden, zum Guten wie zum Schlechten. War das künstlerische Personal der Ambassadeurs tatsächlich so unfähig, oder rührte die Enttäuschung bloß daher, dass hier nichts *Besonderes* geboten wurde, nichts, was die durchschnittlichen Prager Belustigungen übertroffen hätte? Und war ihre Begeisterung für die einheitlich ausgestatteten Bistrots aus der Sicht des Großstädters nicht naiv? Solche Bedenken meldeten sich überall, im Flussbad an der Seine, im Kaufhaus, in einem Bordell in der Rue de Hanovre, in der zweistöckigen Tramway, ja selbst im Kino, wie Brod dann aus wiedergewonnener Distanz in einem seiner Reise-Feuilletons festhielt:

»Einem verdunkelten Saal kann es nur schwer gelingen, sich von anderen verdunkelten Sälen zu unterscheiden. Uns aber, die wir immer fest entschlossen sind, in allem Pariserischem etwas Besonderes und Besseres als anderswo zu finden, fällt schnell die Geräumigkeit auf – nein, das ist noch nichts – dann, daß die Leute durch eine dunkle Türe im Hintergrunde verschwinden und daß ein kühler Luftzug diese stete Bewegung des Publikums zu regulieren scheint – nein, so ist es ja auch bei uns, ununterbrochene Vorstellungen, eine Eingangs- und eine Ausgangstüre – jetzt aber fassen wir schon festeren Fuß: Diese Freiheit der Leute, sich überallhin stellen zu dürfen, wo eben Platz ist, auch in den Gang zwischen den Bankreihen, auch auf die Stiege, die im Hintergrund zum Apparat hinaufführt, ja auch neben den Apparat, ist entschieden etwas Republikanisches, das würde eine andere als die Pariser Polizei nicht billigen. Ebenso republikanisch ist freilich die Freiheit der zahlreichen Säulen im Saal, den Zuschauern beliebig die Aussicht verstellen zu dürfen ...«[24]

Das dürfte recht genau den Wahrnehmungsmodus charakterisieren, in dem Brod und Kafka sich hier befanden und der sich auch in ihren Notizen spiegelt: Sie belauerten, ja saugten förmlich auf, was *anders* war – eingeschlossen die trivialsten Äußerungen alltäglichen Lebens –, und sie fühlten sich ständig versucht, Bewertungen darüber abzugeben, inwieweit es *besser* war als das aus Prag Vertraute. Eine viel zu enge Perspektive, wie sie nach einiger Überlegung bemerkten. Bereits wenige Wochen nach der Rückkehr – und offenkundig nach bilanzierenden Gesprächen mit Brod – versuchte auch Kafka eine Richtigstellung: »Fremde Städte nimmt man als Tatsache hin«, notierte er im Tagebuch, »die Bewohner dort leben, ohne unsere Lebensweise zu durchdringen, so wie wir ihre nicht durchdringen können, vergleichen muss man, man kann sich nicht wehren, aber man weiss gut, dass das keinen moralischen und nicht einmal psychologischen Wert hat ...«[25]

Freilich fühlten sie diesmal auch in Paris schon unterschwellig abstoßende Kräfte, die sie am unbeschwerten Flanieren und allzu naiven Schauen hinderten. Zwischen Frankreich und dem Deutschen Reich schwelte seit dem Sommer ein Konflikt um die wechselseitige Abgrenzung kolonialer Ansprüche – die ›Zweite Marokkokrise‹, wie man sie später nannte –, und mittlerweile hatte das nervöse Gerangel die nahe Gefahr eines Krieges heraufbeschworen (dessen Beginn von einer Nachrichtenagentur versehentlich sogar schon gemeldet wurde). In Paris waren daher Kafka und Brod mit ziemlich kriegerischen Schlagzeilen konfrontiert, und obwohl sie an den Pariser Zeitungslesern keine entsprechenden Gelüste bemerkten – allenfalls eine gewisse Verachtung alles Deutschen –, schien es ihnen nicht ratsam, für Reichsdeutsche gehalten zu werden. Hätte man denn irgendeinem erzürnten Patrioten vermitteln können, dass die ›Deutschböhmen‹ keineswegs ›Deutsche‹ waren? Sie entschieden also, in der Öffentlichkeit lieber Tschechisch zu sprechen. Doch wie sich zeigte, fielen sie in dieser sprachlichen Maskierung erst recht auf, etwa bei einer kleinen Rundfahrt auf dem Lac inférieur im Bois de Boulogne: »Unser Tschechisch klingt allen chinesisch«, notierte Brod, und sein Begleiter fügte noch eine Prise Übertreibung hinzu: »Beim Anhören unseres Tschechisch Erstaunen der Passagiere, sich mit derartig Fremden in ein Boot gesetzt zu haben.«[26]

Dass die vorsichtigen und mit der Dynamik nationaler Streitigkeiten bestens vertrauten Touristen dennoch bei dieser Maßnahme blieben, ist gewiss – insbesondere während ihres letzten Ausflugs, der sie mit einer dampfgetriebenen Straßenbahn zum Schloss von Versailles führte. Auch ohne Reiseführer war ihnen selbstverständlich bekannt, dass dies für die Franzosen der Ort einer historisch beispiellosen Demütigung war, denn ausgerechnet hier – und nicht etwa auf eigenem Boden – hatten sich die siegreichen Kriegsgegner von 1870/71 zum Deutschen *Reich* und damit zu einer konkurrierenden europäischen Großmacht vereint. Es war, als sei mit der Proklamation Wilhelms I. von Preußen zum deutschen Kaiser dem ›Herz des Westens‹ ein Brandzeichen aufgedrückt worden, und diese Wunde schmerzte auch nach vier Jahrzehnten noch. In ganz Europa gab es seither keinen bedeutsameren, in Schulbüchern häufiger erwähnten geschlossenen Raum als den Spiegelsaal von Versailles, und es bedurfte guter Nerven und einer gewissen Freude am nationalen Auftrumpfen, um im September 1911, unter der Drohung eines neuerlichen Krieges, ausgerechnet in diesem Saal sich als Deutscher zu bekennen. Kafka und Brod mangelte es an beidem. Wie sie den Augenblick erlebten, wissen wir nicht, doch gleich darauf kaufte Kafka die historische Schilderung eines Augenzeugen, der die Belagerung von Paris aus *französischer* Sicht erlebt hatte. Zu diesem Buch machte er sich in den folgenden Tagen ausführliche Notizen, und spätestens jetzt wurde ihm völlig bewusst, dass er einen Ort betreten hatte, an dem eine kollektive Rechnung offen war, eine überaus umfangreiche, die niemals verjähren würde. Die kommenden Geschehnisse sollten ihm Anlässe genug geben, sich an diese Forderung zu erinnern. Denn die politischen und militärischen Katastrophen, die sich daraus sehr bald entwickeln sollten, drangen tiefer in sein Leben ein, als er oder irgendjemand hätte ahnen können. Und sie sorgten dafür, dass er Paris niemals mehr wiedersah.[27]

Was blieb als sinnlichster und daher stärkster Eindruck? Das noch immer ungewohnte Donnern der Metro? Die tanzende und singende Carmen? Die scheinbar unendliche Ausdehnung der Grande Galerie im Louvre? Die Aeroplane und Ballone, die gelegentlich über der

Stadt auftauchten? Die erstaunlich vielen Kinder auf den nächtlichen Boulevards? Die zwanzig nackten Frauen, die sich im Bordell mit provozierenden Gesten vor ihnen aufbauten?

Wählt man als Maßstab die Ausführlichkeit und Kunstfertigkeit der Schilderung, dann war es ein überaus banaler Unfall an der Ecke Place des Deux-Ecus / Rue du Louvre, der Kafka am intensivsten beschäftigte. Ein Auto hatte das Transport-Dreirad einer Bäckerei gerammt und dessen Vorderrad so verbogen, dass es zur Weiterfahrt nicht mehr tauglich war. Ehe der herbeigeholte Polizist eintraf – was unbegreiflich lange dauerte –, entfaltete sich am Trottoir ein vielschichtiges soziales Schauspiel mit zwei Hauptdarstellern und Chor. Denn während der Autofahrer und der Bäckerjunge zunächst über die Frage der Schuld stritten, sich dann aber allmählich beruhigten und schulterklopfend versöhnten, bildeten sich unter den gaffenden Passanten Parteien, denen der Vorgang unter ausführlichen Demonstrationen an den beiden Objekten immer wieder aufs Neue erklärt wurde, wobei verspätet eintreffende Zuschauer gesondert zu berücksichtigen waren. Die Fallhöhe zwischen dieser komplexen Choreographie und der völligen Nichtigkeit des Anlasses machte Kafka und Brod derart staunen, dass sie ebenfalls für eine halbe Stunde stehen blieben und sogar noch die überaus umständliche Ausfertigung des polizeilichen Protokolls miterlebten. Danach endlich zerstreute sich die Menge. Wer jedoch noch Lust und Zeit hatte, auf den wartete ein paar Schritte weiter schon das nächste diskussionswürdige Ereignis. Denn mitten auf dem Platz stand seit einigen Minuten ein großer Bus, ein wenig zur Seite geneigt, allem Anschein nach mit gebrochenem Rad. Die Passagiere waren bereits ausgestiegen und hatten sich um den Schaden versammelt, »im richtigen Gefühl ihrer nähern Beziehung«. Doch Kafka und Brod hatten jetzt genug gesehen. Sie mussten weiter, zum Rasieren und ins Reisebüro.[28]

Mitte September 1911 sitzt Franz Kafka im Lesezimmer des Sanatoriums Erlenbach am Zürichsee. Er ist allein; von seinem Freund Max Brod hat er sich auf einem Bahnsteig des Pariser Gare de l'Est verabschiedet, nach dreiwöchiger ereignisreicher Ferienreise. Brod hatte keine Wahl, er musste zurück nach Prag, denn sein Beamtenurlaub war abgelaufen, wohingegen sich Kafka hat beizeiten bescheinigen lassen, dass er von seinen beruflichen Pflichten völlig erschöpft sei und daher eine zusätzliche Woche Urlaub durchaus verdient habe. Schon vor Monaten hat er einen illustrierten Prospekt des Sanatoriums studiert und darin bestätigt gefunden, dass es nach strikt naturheilkundlichen Prinzipien geführt wird: die einzigen, so glaubt er, die gegen Nervosität und chronische Verstopfung wirklich helfen können. Die Kost ist vegetarisch und beruht auf den wohlbekannten Rezepten des Dr. Lahmann aus Dresden. Licht- und Luftbäder, Wassergüsse, Massagen, Turnübungen und viel Ruhe sind die Heilmittel, die den Tagesablauf bestimmen, ab sieben Uhr morgens.[29]

Kafka ist das alles vertraut, denn er hat Erfahrung mit solchen Sanatorien. Daher verwundert es ihn nicht, dass hier ein besonderer Gemeinschaftsgeist herrscht und dass man nicht nur von Mitpatienten, sondern auch von den Ärzten als Gleichgesinnter angesprochen wird. Sonderlinge gibt es in derartigen Schonräumen genug, selbst unter dem Personal, doch wer ganz für sich allein bliebe, verstieße gegen die Etikette der Lebensreform. Kafka hat nichts dagegen, mit den wenigen Leidensgenossen, die sich um diese Jahreszeit in Erlenbach eingefunden haben, ein paar Abendstunden zu verbringen. Ein junger Musiklehrer aus Berlin hat seine Trompete mitgebracht und spielt etwas vor; einer ist Amateurdichter und liest aus einem selbstverfassten humoristischen Roman; danach versammelt man sich um das hauseigene Grammophon. Auch die Mahlzeiten werden selbstverständlich gemeinsam eingenommen, und ein riesiger Fundus von Themen, die allesamt mit körperlichen Leiden und deren Therapie zu tun haben, lässt soziale Verlegenheiten gar nicht erst aufkommen. Obwohl das Schweizerdeutsch ihm Mühe macht, beteiligt sich Kafka an den üblichen ernährungswissenschaftlichen Fachgesprächen und notiert sich die Titel vegetarischer Kochbücher. Nur von Gesellschaftsspielen hält er sich fern, schlechten Gewissens.

Dass Max Brod dieses Treiben mit Ironie und Unverständnis betrachtet, weiß er. Die Verabredung, mit ihm gemeinsam einen Reiseroman zu verfassen, gilt noch immer, und sie sind sich auch einig darin, dass die Schilderung eines kleinen Autounfalls in all seinen komischen Einzelheiten eine schöne Geschichte ergäbe, die man dem *Prager Tagblatt* oder der *Bohemia* anbieten könnte. Der Freund erwartet natürlich, dass Kafka die freie Woche nutzen wird, um diese Projekte voranzutreiben. Schriftstellerische Arbeit jedoch bedeutet soziale Absonderung und ist daher in Erlenbach nicht vorgesehen.

In Kafkas Zimmer hängt eine schwache Glühbirne hoch oben an der Decke, wer mehr Licht will, bezahlt einen Aufpreis. Im Lesezimmer hingegen gibt es ausreichende Beleuchtung, dorthin begibt er sich, um doch wenigstens einige Pariser Erinnerungen und Eindrücke festzuhalten, die literarisch vielleicht zu gebrauchen sind. Trotz Schwüle und Regen wird dieser Raum wenig genutzt, einmal schaut Kafka auf den Rücken eines zeitunglesenden Mannes, mehrere Male ist eine ältere Dame anwesend, die eine dicke Schreibmappe und einen Stapel Patiencekarten bei sich hat, mit denen sie sich stundenlang beschäftigt. Er beobachtet sie, irgendwann nennt er ihr seinen Namen, macht Bemerkungen über das Wetter, doch da sie schwerhörig ist, kommt ein Gespräch nicht in Gang. Dann ist es wieder still, er ist allein mit der in ihre Karten vertieften Dame und mit einer tickenden Uhr. Er denkt an Paris und an die nächtliche Zugfahrt nach Zürich, die aufregend war, weil er einen Streit zwischen zwei Frauen schlichten musste und weil ihm ein jüdischer Goldgräber, der von Amerika zurückkehrte, aus seinem Leben erzählte. »Die Hauptsache ist doch«, sagte dieser junge Mann, »dass man nach dem Aufstehn in fließendes Wasser kommt.« Das gefällt Kafka.

Die schwerhörige alte Dame legt ihre Karten beiseite, geht langsam hinaus, kommt bald zurück mit einem Zinnbecher, der mit Milch gefüllt ist. Sie setzt sich und wendet sich unvermittelt an Kafka: »Was schreiben Sie eigentlich?«

Dank

Ursula Köhler hat dieses Projekt einer dreibändigen Kafka-Biographie vom ersten Entwurf bis zur Vollendung begleitet. Sowohl bei der Konzeption der einzelnen Bände als auch bei der genauen sachlichen wie sprachlichen Prüfung des Textes war sie über nahezu zwei Jahrzehnte nicht nur verlässliche Lektorin, sondern auch meine geduldige, einfühlsame und unverzichtbare Gesprächspartnerin. Ich danke ihr von Herzen und widme ihr diesen abschließenden Band.

Jochen Köhler danke ich für die langjährige, treue Prüfung der sprachlichen Gestalt meiner Arbeit. Seine Akribie und die zahllosen daraus resultierenden Hinweise und Vorschläge ermöglichten nicht nur eine merkliche Verbesserung des Textes; sie boten auch Sicherheit und wirkten daher ständig und fühlbar entlastend.

Für Gespräche, Hinweise und sachliche Hilfe danke ich Hartmut Binder, Niels Bokhove, Klas Daublebsky, Arthur Fischer, Shelley Frisch, Ulrike Greb, Dieter Hauck, Hans-Gerd Koch, Leo A. Lensing, Stefan Litt, Sigrid Löffler, Marek Nekula, Itta Shedletzky und Roland Templin.

Dieser abschließende Band der Kafka-Biographie wurde wiederum gefördert durch die S. Fischer Stiftung, außerdem durch die Hamburger Stiftung zur Förderung von Wissenschaft und Kultur. Mein besonderer Dank gilt Jan Philipp Reemtsma, der in einer kritischen Phase rasch und unbürokratisch geholfen hat.

Siglen und Zitierweise

Zitate aus Werken, Briefen und Tagebüchern Franz Kafkas folgen der von Gerhard Neumann, Malcolm Pasley und Jost Schillemeit herausgegebenen Kritischen Ausgabe, erschienen im S. Fischer Verlag, Frankfurt am Main. Briefe werden, soweit möglich, nach der Handschrift zitiert, jedoch stets mit Verweis auf die bereits vorliegenden Briefbände im Rahmen der Kritischen Ausgabe.

Eine Ausnahme ist Kafkas Gebrauch des »ss« anstelle von »ß« (durchgängig seit 1907): Hier folgten die Herausgeber der Kritischen Ausgabe den Rechtschreibregeln, die bei Beginn der Edition (1982) gültig waren. Da jedoch diese Regeln inzwischen revidiert wurden, wird in der vorliegenden Biographie in sämtlichen Zitaten das von Kafka verwendete »ss« unverändert wiedergegeben. Das betrifft auch die Romantitel DER PROCESS und DAS SCHLOSS, die Kafka nach den heutigen Regeln ›richtig‹ geschrieben hat.

Verweise auf die Kritische Ausgabe (und nur diese) erfolgen generell mittels Sigle und Seitenangabe (Beispiel: »*B2* 416« bezieht sich auf den Band BRIEFE 1913–1914, Seite 416). Das an die Sigle angehängte Kürzel »*App*« meint den jeweils zugehörigen Apparatband (Beispiel: »*V App* 153« verweist auf Seite 153 des Apparatbands zum Roman DER VERSCHOLLENE).

Briefe aus den Jahren 1921 bis 1924, deren kritische Edition noch aussteht, werden nach dem Original bzw. nach dem Manuskript des abschließenden Briefbandes zitiert (*B5*). Briefe aus diesem Zeitraum, die bereits andernorts vollständig veröffentlicht wurden, sind in den Anmerkungen mit einem Verweis auf die entsprechende Publikation versehen. Das betrifft insbesondere Kafkas Briefwechsel mit Max

Brod, Robert Klopstock, mit der Schwester Ottla sowie mit den Eltern.

Verwendet werden die folgenden Siglen:

AS	Amtliche Schriften, hrsg. von Klaus Hermsdorf und Benno Wagner, Frankfurt am Main 2004
AS Mat	Materialien auf CD-ROM, die der Kritischen Ausgabe der Amtlichen Schriften beigelegt ist.
B1	Briefe 1900–1912, hrsg. von Hans-Gerd Koch, Frankfurt am Main 1999
B2	Briefe 1913–1914, hrsg. von Hans-Gerd Koch, Frankfurt am Main 2001
B3	Briefe 1914–1917, hrsg. von Hans-Gerd Koch, Frankfurt am Main 2005
B4	Briefe 1918–1920, hrsg. von Hans-Gerd Koch, Frankfurt am Main 2013
B5	Briefe 1921–1924 (in Vorbereitung)
D	Drucke zu Lebzeiten, hrsg. von Wolf Kittler, Hans-Gerd Koch und Gerhard Neumann, Frankfurt am Main 1994
NSF1	Nachgelassene Schriften und Fragmente I, hrsg. von Malcolm Pasley, Frankfurt am Main 1993
NSF2	Nachgelassene Schriften und Fragmente II, hrsg. von Jost Schillemeit, Frankfurt am Main 1992
P	Der Process, hrsg. von Malcolm Pasley, Frankfurt am Main 1990
S	Das Schloss, hrsg. von Malcolm Pasley, Frankfurt am Main 1982
T	Tagebücher, hrsg. von Hans-Gerd Koch, Michael Müller und Malcolm Pasley, Frankfurt am Main 1990
V	Der Verschollene, hrsg. von Jost Schillemeit, Frankfurt am Main 1983

Anmerkungen

Nichts los in Prag

1 *Neue Freie Presse*, Wien, 3. Juli 1883, S. 1. – Die »Landstube« ist der Versammlungssaal der böhmischen Stände auf dem Prager Hradschin.

2 Wörtlich wiedergegebene Auskünfte Julie Kafkas über ihre Familie entstammen einem kurzen autobiographischen Bericht, den sie zwei oder drei Jahre vor ihrem Tod verfasste. Der unvollständig überlieferte Bericht ist abgedruckt bei Alena Wagnerová, »Im Hauptquartier des Lärms«. Die Familie Kafka aus Prag, S. 44–47. Das handschriftliche Original befindet sich im Nachlass Hélène Zylberberg im Deutschen Literaturarchiv, Marbach am Neckar.

Beginn der Vorstellung

1 Martin Zeiller, Itinerarium Germaniae Nov-Antiquae. Teutsches Reysbuch durch Hoch und NiderTeutschland auch angräntzende / unnd benachbarte Königreich / Fürstenthumb und Lande / als Ungarn / Siebenbürgen / Polen / Schweden / Dennemarck / c. So vor alters zu Teutschland gerechnet worden seyn …, Straßburg 1632, S. 168. Zitiert nach: Julius Max Schottky, Prag, wie es war und wie es ist, nach Aktenstücken und den besten Quellenschriften geschildert, Erster Band, Prag 1831, S. 187.

2 Zeitgenössische Flugblätter und Stiche zu den Prager Hinrichtungen sind in Band V der Pragensia versammelt (hrsg. von Friedel Pick, Prag 1922). Eigentümlicherweise ist auf keiner der hier publizierten Abbildungen die astronomische Uhr zu sehen.

3 Das Bauernopfer hieß Diviš Czernin von Chudenitz: ein Hauptmann, der am 23. Mai 1618, am Tag des Fenstersturzes, die Repräsentanten der

Stände in den Hradschin eingelassen hatte, obgleich sie sich weigerten, ihre Waffen abzulegen. Diesem Angeklagten kam die eigene Hinrichtung derart unwahrscheinlich vor, dass er noch auf dem Blutgerüst fest mit einer Begnadigung rechnete.

4 Johannes Urzidil, PRAGER TRIPTICHON. Erzählungen, München 1960, S. 15.

5 George Eliot, die 1858 für nur wenige Stunden Prag besuchte und daher ganz auf den ›atmosphärischen‹ Eindruck fixiert war, formulierte diesen Gedanken in ihrer Erzählung THE LIFTED VEIL.

6 Der Vorgang ist allenfalls vergleichbar mit der Enteignung des gesamten angelsächsischen Adels durch den Normannen Wilhelm I., der sich 1066 zum König von England krönen ließ. Wilhelm wandelte die konfiszierten Ländereien in Lehnsgüter um und besetzte sie vorzugsweise mit Normannen.

7 Zu den bedeutendsten Verlierern zählte das böhmische Adelsgeschlecht der Smiřický: Ihr immenser Grundbesitz wurde vollständig enteignet, da der letzte Erbe, Albrecht Jan Smiřický von Smiřice, mitverantwortlich für den Prager Fenstersturz war. Hauptgewinner und neuer Besitzer der Smiřický-Güter wurde Albrecht von Wallenstein (dessen Mutter eine geborene Smiřický war). Wallenstein erwarb unter anderem die gesamte Herrschaft Friedland zu einem Preis, der heute einer Kaufkraft von lediglich 6 bis 7 Millionen Euro entspräche (Stand: 2010), und er bezahlte diesen Preis teilweise mit Silbermünzen, an deren Fälschung er selbst beteiligt war.

8 Neben ›Wosek‹ (so buchstabierte es Julie Kafka) gibt es in deutschsprachigen Dokumenten auch die Schreibweisen ›Wossek‹ (zum Beispiel auf dem Meldezettel, mit dem der jüdischen Kultusgemeinde von Prag die Geburt Franz Kafkas angezeigt wurde) sowie ›Wohsek‹. Der tschechische und daher heute gebräuchliche Name des Dorfs ist Osek.

9 Vgl. Jacob von Falke, GESCHICHTE DES FÜRSTLICHEN HAUSES LIECHTENSTEIN, Zweiter Band, Wien 1877, S. 238.

10 Zu einer weiteren Wanderungsbewegung kam es, als im Jahr 1670 sämtliche Juden aus Wien und aus Niederösterreich ausgewiesen wurden (natürlich mit Ausnahme der ›Hoffaktoren‹). Diese Juden suchten sich jedoch dem Habsburger Einfluss vorläufig zu entziehen und flüchteten überwiegend auf protestantisches Territorium sowie nach Mähren. Es ist daher wenig wahrscheinlich, dass sich unter den Juden, die sich in Wosek und Umgebung ansiedelten, auch Flüchtlinge aus Österreich befanden.

11 Am Rand des Prager Ghettos stand ein Haus, das seit dem Ende des 16. Jahrhunderts ›u Kavků‹ (bei Kafka) hieß, benannt nach dem damaligen Besitzer Johann Kavka. – Diskutiert wurde auch die These, ›Kafka‹ gehe auf eine Koseform des hebräischen Namens Ja'akob zurück. Dagegen spricht jedoch, dass keine jiddische Ableitung aus ›Jakob‹ bekannt ist, die

›Kafka‹ irgendwie ähnlich klänge. Siehe Hartmut Binder (Hrsg.), KAFKA-HANDBUCH, Bd. 1, Stuttgart 1979, S. 110 f.; sowie Pavel Trost, ›Der Name Kafka‹, in: *Beiträge zur Namenforschung*, 18 (1983), H. 1, S. 52 f.
12 Brief an Oskar Pollak, 20. Dezember 1902 (*B1* 17).
13 Brief an Milena Jesenská, 10. Juni 1920 (*B4* 170).

Riesenmenschen: Die Kafkas aus Wosek

1 Tagebuch, 26. November 1911 (*T* 323 f.).
2 Ebd. (*T* 324). – Diese Floskeln des Vaters schrieb Kafka acht Jahre später aus dem eigenen Tagebuch ab und zitierte sie wörtlich in seinem BRIEF AN DEN VATER (*NSF2* 169).
3 Die meisten der im Folgenden verwendeten Informationen über Hermann und Julie Kafkas Herkunft, Kindheit und Jugend beruhen auf den Recherchen von Klaus Wagenbach (FRANZ KAFKA. BIOGRAPHIE SEINER JUGEND, Bern 1958, verbesserte Neuausgabe Berlin 2006) sowie Alena Wagnerová (»IM HAUPTQUARTIER DES LÄRMS«. DIE FAMILIE KAFKA AUS PRAG, Köln 1997).
4 Die jüdische Bevölkerung der böhmischen Gemeinden war zwar statistisch erfasst, doch wiederum nur auf Grundlage des obsoleten Familiantengesetzes. Danach lebten in Wosek im Jahr von Hermann Kafkas Geburt 95 Juden, verteilt auf 20 ehemals ›legale‹ Familien (siehe den tabellarischen Anhang in: DIE NOTABLENVERSAMMLUNG DER ISRAELITEN BÖHMENS IN PRAG, IHRE BERATHUNGEN UND BESCHLÜSSE, hrsg. von Albert Kohn, Wien 1852, S. 411). Die tatsächlichen Zahlen waren jedoch sicherlich höher; Marek Nekula errechnet 130 Bewohner allein für die Judengasse (FRANZ KAFKAS SPRACHEN, Tübingen 2003, S. 47), die Chronik der Woseker Feuerwehr spricht sogar von 36 jüdischen Familien (Wagnerová, »IM HAUPTQUARTIER DES LÄRMS«. DIE FAMILIE KAFKA AUS PRAG, S. 43). Wosek insgesamt hatte zu dieser Zeit etwa 400 Einwohner.
5 Der Familienname von Hermanns Mutter (die von ihm benutzte Schreibweise: Platofsky) deutet darauf hin, dass auch diese Familie, wie die Kafkas, einst von polnischem Gebiet nach Südböhmen einwanderte.
6 Tagebuch, 26. November 1911 (*T* 324). – In Österreich-Ungarn waren seit 1842 lediglich Fabrikarbeit sowie Arbeit im Bergbau für unter 12-Jährige verboten. Noch am Ende des 19. Jahrhunderts vertraten viele Sozialpolitiker in Europa die Ansicht, ein generalisiertes Verbot der Kinderarbeit sei überflüssig, da ja schon die Schulpflicht eine entsprechende Schutzfunktion ausübe.
7 Julie Kafka, zitiert nach Max Brod, ÜBER FRANZ KAFKA, Frankfurt am Main 1974, S. 13.
8 »Als kleiner Junge musste ich schon nach Písek ins Geschäft«, behauptete

Hermann später (Kafka, Brief an den Vater, *NSF2* 169). Realistischer erscheint die Bemerkung Julies, ihr Mann sei im Alter von 14 Jahren »in die Fremde« geschickt worden.

9 Als ›Pinkeljuden‹ bezeichnete man im 19. Jahrhundert hausierende jüdische Kleinhändler. – Die Plattnergasse befand sich am südlichen Rand des Ghettos, jedoch außerhalb von dessen Grenzen. 1908 wurde die Straße dennoch in das städtische Assanierungsprogramm einbezogen, und das Geschäft des Weinhändlers Angelus Kafka musste weichen.

Frau Löwy

1 Tagebuch, 25. Dezember 1911 (*T* 318 f.).

2 Zu Kafkas Freundschaft mit Jizchak Löwy siehe Reiner Stach, Kafka. Die Jahre der Entscheidungen, Frankfurt am Main 2002, S. 51 ff.

3 Das am 23. Juli 1787 erlassene Patent zur Reform jüdischer Namen gehörte zu einer ganzen Serie von Gesetzen, mit denen Joseph II. die Integration und die Germanisierung der österreichischen, böhmischen und mährischen Juden zu forcieren versuchte. Bis dahin hatten sich viele Juden lediglich durch einen Vornamen identifiziert, oft ergänzt durch eine inoffizielle Berufs- oder Ortsbezeichnung, während reguläre Familiennamen nur in einigen Städten üblich waren, zum Beispiel in Prag. Das Patent verlangte nun, dass jeder Jude künftig zwei unveränderliche Namen tragen müsse, einen Vor- und einen Familiennamen, wobei die Vornamen aus einer vorgegebenen Liste auszuwählen waren, die ausschließlich deutsche Namen enthielt (Hofdekret vom 17. November 1787). Die Frage, ob persönliche Wünsche bei der Festlegung des Familiennamens zu berücksichtigen seien oder nicht, wurde lokal sehr unterschiedlich und häufig schikanös gehandhabt. – Nach dem Vorbild dieser Reform wurden ähnliche Verordnungen Anfang des 19. Jahrhunderts nahezu im gesamten deutschen Sprachraum erlassen.

4 Genauere Daten zu den Karrieren von Julie Löwys Brüdern recherchierte Anthony Northey: Kafkas Mischpoche, Berlin 1988.

5 Brief an den Vater (*NSF2* 146, 177).

6 Tagebuch, 24. Oktober 1911 (*T* 101).

7 Ernst Pawel, Das Leben Franz Kafkas. Eine Biographie, Reinbek 1990, S. 16.

8 Tagebuch, 2. Mai 1913, 23. Januar 1914 (*T* 558, 625). – »Schlechter Trost der Mutter«, kommentiert Kafka.

9 Brod, Über Franz Kafka, S. 13. – Zum familieninternen Konflikt um Ottla Kafkas landwirtschaftliche Tätigkeit siehe das Kapitel ›Die Arche Zürau‹ in: Reiner Stach, Kafka. Die Jahre der Erkenntnis, Frankfurt am Main 2008, S. 223 ff.

10 Brief an Max Brod, 20. September 1917 (*B3* 352). Offenbar war es der für denselben Tag angekündigte, mit höchst ambivalenten Gefühlen erwartete Besuch Felice Bauers, der Kafka zu dieser für ihn untypisch allgemeinen Äußerung anregte. Die Forderungen nach sozialer Anpassung und vernünftiger Lebensweise, die Julie und Felice bisweilen unisono gegenüber Kafka erhoben, sorgten jahrelang für Konfliktstoff und rückten die Verlobte in eine für ihn schwer erträgliche Nähe zur Mutter.

11 Zur Zeit von Julie Löwys Geburt lebten in Poděbrady acht legalisierte jüdische Familien mit etwa 50 Mitgliedern. Weitere 49 jüdische Familien lebten verstreut über die umliegenden Dörfer, die zur ›Bezirkshauptmannschaft Podiebrad‹ gehörten. – Eine deutsch-jüdische Schule wurde in Poděbrady erst gegründet, als Julie bereits 16 Jahre alt war: zu spät für sie.

12 Brief an den Vater (*NSF2* 176).

13 Ebd. (*NSF2* 175 f.).

Verlustgeschäfte

1 Brief an Felice Bauer, 19./20. Dezember 1912 (*B1* 345).

2 Julie Kafkas Vermutung, ihre Söhne Georg und Heinrich wären zu retten gewesen, wenn ihr Ehemann sie von der Arbeit im Geschäft entbunden hätte, wurde überliefert durch ihre Enkelin Věra Saudková (Mitteilung an Hartmut Binder, siehe ders., Kafka-Handbuch, Bd. 1, S. 146). Kafka selbst behauptete, seine beiden Brüder seien »durch Schuld der Ärzte« gestorben, ohne dies jedoch zu begründen (Brief an Felice Bauer, 19./20. Dezember 1912, *B1* 345). – Masern und Meningitis waren zu jener Zeit häufige Todesursachen bei Kleinkindern. Eine Vorstellung von den quantitativen Verhältnissen geben die von der Stadt Wien veröffentlichten Statistischen Jahrbücher. So starben zum Beispiel im Jahr 1884 in Wien insgesamt 2194 Kinder im Alter zwischen einem und fünf Jahren, davon 307 (= 14 %) an Hirnhautentzündung und 206 (= 9,4 %) an Masern. Die Mortalität bei Masern betrug in den achtziger Jahren 7–8 %, das heißt, je eines von vierzehn infizierten Kleinkindern überlebte diese Krankheit nicht.

3 Hugo Bergmann, ›Schulzeit und Studium‹, in: Hans-Gerd Koch (Hrsg.), »Als Kafka mir entgegenkam …« Erinnerungen an Franz Kafka, Erweiterte Neuausgabe, Berlin 2005, S. 25.

4 Brief an den Vater (*NSF2* 173). – Angestellten und Lehrlingen konnte nur zum Quartalsende gekündigt werden, die Kündigungsfrist betrug sechs Wochen. Während dieser Zeit durfte der Lohn nicht gekürzt werden, auch dann nicht, wenn der Untergebene Leistungen seiner Krankenversicherung in Anspruch nahm.

5 Brief an den Vater (*NSF2* 184, 152).

6 Noch im Jahr 1911, als die Kafkas längst Großhändler waren, kam es vor, dass »die arme Mutter« (wer sonst?) kurz vor Ultimo den Hausbesitzer aufsuchen und um Stundung der Miete bitten musste, während es ihrem Ehemann vor Angst übel wurde. Siehe Kafkas Tagebuch, 26. August 1911 (*T* 39), sowie 24. Dezember 1911 (*T* 309 f.).

7 František X. Bašik, ›Als Lehrjunge in der Galanteriewarenhandlung Hermann Kafka‹, in: Franz Kafka, Brief an den Vater, hrsg. von Hans-Gerd Koch, Berlin 2004, S. 69–130. – Bašiks Bericht ist Teil eines umfangreichen autobiographischen Manuskripts, das Anfang der vierziger Jahre entstand, also erst ein halbes Jahrhundert nach den geschilderten Ereignissen. Er ist atmosphärisch dicht, enthält jedoch – unvermeidlich bei der großen zeitlichen Distanz – Ungereimtheiten und unaufgelöste Widersprüche. So bezeichnet Bašik seinen Lehrherrn entgegen sämtlichen Zeugnissen, die wir besitzen, als einen »ruhigen, fast sanften Menschen« (vielleicht in Relation zu anderen Ladeninhabern, die ihre Lehrjungen gewohnheitsmäßig ohrfeigten) und zugleich als ausbeuterischen Geschäftsmann, der jede Gelegenheit nutzte, um am Personal ein paar Gulden zu sparen (S. 127, 110; zu Hermann Kafkas cholerischen Auftritten im Geschäft u. a. Stach, Kafka. Die Jahre der Erkenntnis, S. 238). Da Bašik gelegentlich auch Einblicke in das private Leben der Kafkas gewann – worauf noch zurückzukommen ist – und da ihm bei der Niederschrift nicht bekannt war, dass der Sohn seines Lehrherrn zum hochgeschätzten Schriftsteller geworden war, ist sein Manuskript für die Forschung trotzdem von besonderer Bedeutung. Denn es sind die einzigen Erinnerungen an Kafkas unmittelbare Umgebung, die nicht beeinflusst sind von dessen späterem Ruhm.

8 Warum Hermann Kafka (und damit auch Ehefrau und Kinder) erst im Oktober 1901 – also nach mehr als zwei Jahrzehnten ununterbrochenen Aufenthalts in Prag – das Heimatrecht erhielt, ist ungeklärt. Laut einer österreichischen Verordnung von 1896 konnte einem unbescholtenen und für sich selbst aufkommenden Bürger das Heimatrecht bereits nach zehn Jahren nicht mehr verweigert werden. Allerdings ließen sich manche Gemeinden die Urkunde teuer bezahlen – denkbar also, dass die Kafkas die Kosten des formellen Akts lange scheuten. Die Verzögerung hatte zur Folge, dass ihr Sohn Franz erst in dem Augenblick, da er sich an der Universität immatrikulierte, auch Prager Bürger wurde; zuvor war er noch immer ›nach Wosek zuständig‹ gewesen.

Gedanken an Freud

1 Tagebuch, Sommer/Herbst 1910 (*T* 17–28); die zitierte Passage ist der Beginn der dritten Version (*T* 20). (Zur besseren Verständlichkeit wurden hier sechs Kommata ergänzt und eines getilgt, R. S.) Den wahrscheinlich beabsichtigten Titel DER KLEINE RUINENBEWOHNER notierte Kafka in einem andern Tagebuchheft isoliert und mittig, also vermutlich als Überschrift einer geplanten Reinschrift oder einer weiteren Version (*T* 112). Der Bezug zu den autobiographischen Fragmenten ergibt sich aus dem »kleinen Ruinenbewohner«, der bereits in der ersten Version erwähnt wird (*T* 17). – Entgegen dem eindeutig autobiographischen Charakter der Texte finden sich darin auch distanzierende Signale. So bezeichnet sich der Ich-Erzähler als »ziemlich klein und etwas dick«, überdies sei er bereits in seinen »vierziger Jahren« (*T* 23 f.). Das könnte darauf hindeuten, dass Kafka diesen Prosatext im Hinblick auf eine Veröffentlichung schrieb.

2 Tagebuch, 17. Dezember 1911 (*T* 298).

3 Brief an Milena Jesenská, 2. Dezember 1920 (*B4* 374).

4 Vermutlich Frühjahr 1921 (*NSF2* 373).

5 Brief an Milena Jesenská, 7. Oktober 1920 (*B4* 355). – Noch empfindlicher reagierte Kafka, wenn unvermeidliche, weil zeitbedingte Leiden ausschließlich aus der individuellen Pathogenese erklärt und damit zu letztlich sinnlosen Opfern gemacht wurden. Seiner Ansicht nach war eben dies Franz Werfel mit seinem Bühnenstück SCHWEIGER unterlaufen; siehe Stach, KAFKA. DIE JAHRE DER ERKENNTNIS, S. 517 ff.

6 Briefentwurf an Franz Werfel, November/Dezember 1922 (*NSF2* 529).

7 Tagebuch, 23. September 1912 (*T* 461).

8 Franz Kafka, TRÄUME. »RINGKÄMPFE JEDE NACHT«, hrsg. von Gaspare Giudice und Michael Müller, Frankfurt am Main 1993.

9 Brief an Felix Weltsch, 19.–21. Oktober 1917 (*B3* 353 f.). – Der Kontext legt nahe, dass Kafka hier vorrangig an die Psychoanalyse denkt.

10 Am 18. Juni 1911 notierte Brod in seinem Tagebuch: »Es ist mir ziemlich klar, daß [...] Kafka an Zwangsneurose leidet.« Aus einem Eintrag vom 24. Mai geht hervor, dass in Gegenwart von Felix Weltsch und vermutlich auch von Kafka über Traumdeutung sowie über Zwangshandlungen von Weltsch gesprochen wurde.

11 Brief an Max Brod, 14. November 1917 (*B3* 364). Anlass dieser Bemerkung war der erste Band von Hans Blühers Schrift DIE ROLLE DER EROTIK IN DER MÄNNLICHEN GESELLSCHAFT, mit dem sich Kafka intensiv beschäftigte und den er sogar rezensieren wollte. An Brod schrieb er: »Es hat mich aufgeregt, zwei Tage lang musste ich deshalb das Lesen unterbrechen. Im übrigen hat es das mit allem Psycho-analytischem [!] gemein, dass es im ersten Augenblick erstaunlich sättigt, man aber kurz nachher

den gleichen alten Hunger wieder hat. Psycho-analytisch ›natürlich‹ sehr leicht zu erklären: Eil-Verdrängung. Der Hofzug wird am schnellsten befördert.« (Die letzten beiden Sätze fügte Kafka am Rand seines Briefes nachträglich ein.)

12 Die aphoristische Notiz findet sich in einem der Zürauer Oktavhefte unter dem Datum des 25. Februar 1918 (*NSF2* 100). In seine noch im selben Frühjahr zusammengetragene nummerierte Aphorismensammlung nahm Kafka das Stück jedoch nicht auf; stattdessen erscheint hier als Nummer 93 der Ausruf: »Zum letztenmal Psychologie!« (*NSF2* 134).

13 »Letzthin die Vorstellung, dass ich als kleines Kind vom V[ater] besiegt worden bin und nun aus Ehrgeiz den Kampfplatz nicht verlassen kann alle die Jahre hindurch, trotzdem ich immer wieder besiegt werde.« (Tagebuch, 2. Dezember 1921, *T* 875)

14 Brief an den Vater (*NSF2* 160, 162).

15 Über ein Foto, das ihn als etwa Vierjährigen zeigt, schrieb er: »Gleich im nächsten Bild trete ich als Affe meiner Eltern auf.« (Brief an Felice Bauer, 28. November 1912, *B1* 280)

16 Brief an den Vater (*NSF2* 150, 153).

17 »... die Welt ist nicht geheizt.« Brief an Ottla David, 9. März 1921, in: Briefe an Ottla und die Familie, hrsg. von Hartmut Binder und Klaus Wagenbach, Frankfurt am Main 1974, S. 111.

18 Brief an den Vater (*NSF2* 149).

19 Siehe den Brief an den Vater (*NSF2* 168). Kafka schreibt hier: »Es ist auch wahr, dass Du mich kaum einmal wirklich geschlagen hast.« Das ist zu unbestimmt, um körperliche ›Züchtigungen‹ völlig auszuschließen, doch ist es vermutlich den Interventionen der Mutter zu verdanken, dass unbeherrschte Übergriffe des Vaters seltene Ausnahmen blieben.

20 Die Germanistik hat sich darum bemüht, in Kafkas literarischen Texten auch direktere, bildliche Anklänge an das Pawlatschen-Erlebnis aufzufinden, doch die Ergebnisse sind uneindeutig. Dass Söhne von ihren Vätern aus dem Wohnzimmer (Die Verwandlung) oder sogar aus der Wohnung verwiesen werden (Das Urteil), sind nur die auffälligsten einer ganzen Reihe von Ausschließungs-Szenen. Diese Szenen sind für Kafkas Selbstbild jedoch derart signifikant, dass sie schwerlich auf ein einzelnes traumatisches Ereignis zurückgehen. Bildlich noch näher rückt eine Szene im Verschollenen, die den jugendlichen Protagonisten ausgesperrt auf dem Balkon zeigt (*V* 295 ff.), aber weder ist Karl Rossmann dort allein, noch zeigt er besonderes Verlangen danach, in die verwahrloste Wohnung zurückzukehren.

21 Tagebuch, 24. Oktober 1911 (*T* 102).

22 Brief an den Vater (*NSF2* 178). – Nur wenige Monate nach dieser Äußerung verwendete Kafka das gleiche Bild, um die psychosoziale Situation der Juden zu charakterisieren: »Die unsichere Stellung der Juden,

unsicher in sich, unsicher unter den Menschen, würde es über alles begreiflich machen, dass sie nur das zu besitzen glauben dürfen, was sie in der Hand oder zwischen den Zähnen halten …« (Brief an Milena Jesenská, 30. Mai 1920, *B4* 150).

23 Brief an Felice Bauer, 28. Februar/1. März 1913 (*B2* 115).

24 Ein wichtiger Bezugspunkt wären beispielsweise die empirischen Untersuchungen von René A. Spitz zur anaklitischen Depression und zum Hospitalismus gewesen. Auch John Bowlby publizierte in den fünfziger Jahren mehrere bedeutende Arbeiten über Trennungsangst und mütterliche Zuwendung. Diese Autoren konzentrierten sich allerdings auf die frühesten psychischen Entwicklungsphasen, während Guex den Bogen bis zur Psychopathologie des Erwachsenen zu spannen versuchte.

25 Germaine Guex, DAS VERLASSENHEITSSYNDROM, Berlin/Stuttgart/Wien 1983. – Die Originalausgabe erschien 1950 unter dem Titel NÉVROSE D'ABANDON [Verlassenheitsneurose], die überarbeitete Neuausgabe von 1973 trug den Titel SYNDROME D'ABANDON [Verlassenheitssyndrom]. Siehe den Artikel ›Verlassenheitsneurose‹, in: J. Laplanche/J.-B. Pontalis, DAS VOKABULAR DER PSYCHOANALYSE, Frankfurt am Main 1972. Der Begriff zuerst bei Charles Odier, L'ANGOISSE ET LA PENSÉE MAGIQUE, 3. Teil: ›La névrose d'abandon‹, Lausanne 1948.

26 Guex (a. a. O., S. 42 ff.) unterscheidet noch einen weniger empathischen, »negativ-aggressiven« Typ des Abandonikers. Er ist charakterisiert durch das Bestreben, Vergeltung zu üben für die erlittenen Versagungen, durch zwanghafte Beschäftigung mit der Vergangenheit und durch die Tendenz, alles auf sich zu beziehen. Auch bei diesem Typ machen sich Aggressionen jedoch weitgehend innerpsychisch bemerkbar; im sozialen Leben bleibt er passiv und entscheidungsschwach.

27 Brief an Felice Bauer, 21. November 1912 (*B1* 253).

28 Es handelt sich um einen auf 1897 datierbaren Eintrag in das Poesiealbum von Hugo Bergmann (*NSF1* 7). Das nächste überlieferte Dokument stammt bereits vom 17-jährigen Kafka: eine Postkarte an seine Schwester Elli (*B1* 9).

Kafka Franz, Vorzugsschüler

1 Hugo Salus, ›Freund Kafkus. Eine Kindergeschichte‹, in: *Neue Freie Presse*, 19. April 1908, S. 101–104.

2 Die Melderegister der Prager Polizei weisen mehr als fünfzig Personen aus, die im 19. Jahrhundert geboren wurden, zumindest zeitweilig in Prag lebten und ›Franz Kafka‹ hießen.

3 Egon Erwin Kisch, AUS PRAGER GASSEN UND NÄCHTEN, Berlin/Weimar 1980, S. 362 ff.

4 Zisleithanisches Staatsgrundgesetz vom 21. Dezember 1867, Artikel 19, Absatz 3.
5 Brief an Milena Jesenská, 21. Juni 1920 (*B4* 191 f.).
6 Tagebuch, 21. November 1911 (*T* 261).
7 Tagebuch, 8. Oktober 1916 (*T* 804).
8 Brief an den Vater, *NSF2* 196 f. – Zur Entstehungsgeschichte des Briefs siehe das Kapitel ›Hermann Kafka, postlagernd‹, in: Stach, Kafka. Die Jahre der Erkenntnis, S. 314 ff.
9 Detaillierte Angaben zu Kafkas schulischen Leistungen und zu den Lehrern seiner Volksschulzeit bei Hartmut Binder, ›Kindheit in Prag. Kafkas Volksschuljahre‹, in: Humanismen som salt & styrka. Bilder & betraktelser, tillägnade Harry Järv (= Acta Bibliothecae Regiae Stockholmiensis, Bd. 45), Stockholm 1987, S. 63–115.
10 Umfangreiches statistisches Material zu den von Kafka besuchten Schulen, insbesondere zu Sprachkompetenz und Glaubensbekenntnis, bei Ingrid Stöhr, Zweisprachigkeit in Böhmen. Deutsche Volksschulen und Gymnasien im Prag der Kafka-Zeit, Köln usw. 2010. Dieser Studie zufolge (S. 335 ff.) sprachen fast 90 Prozent von Kafkas Schulkameraden der 1. Klasse sowohl Deutsch als auch Tschechisch, während es zur selben Zeit in der privaten Volksschule der Piaristen nur 60 Prozent waren – ein klares Indiz dafür, dass man sich unter wohlhabenden deutschjüdischen Familien eine nationale Abgrenzung weit eher leisten konnte als im sozialen Milieu Kafkas. Diese Schere öffnete sich immer weiter: Während die fast durchgängige Bilingualität an der Altstädter Volksschule auch während des folgenden Jahrzehnts erhalten blieb, sank bei den Piaristen der Anteil der zweisprachigen Schüler auf 12 Prozent.
11 Die Verhältnisse an den öffentlichen Prager deutschen Volks- und Bürgerschulen und Vorschläge zu deren Verbesserung. Denkschrift des deutschen Vereins für städtische Angelegenheiten in Prag [1896]. Die Prager Gemeindevertretung, heißt es bereits zu Beginn dieses Pamphlets (S. 3), führe gegen das deutsche Schulwesen geradezu einen »Vernichtungskrieg«. Selbst wenn man hier die nationalistisch aufgeheizte Rhetorik in Rechnung stellt: Die angeführten Klassenstärken von bis zu 140 Schülern erfüllten den Tatbestand der Körperverletzung, und diese Zustände waren drei Jahre zuvor, als Kafka die 4. Klasse besuchte, nur unwesentlich günstiger. – Eine etwas objektivere, jedoch dieselben Missstände kritisierende Darstellung bietet die grundlegende Monographie des liberalen Historikers und Gymnasiallehrers Gustav Strakosch-Graßmann: Geschichte des österreichischen Unterrichtswesens, Wien 1905, S. 334–337. Auch Strakosch-Graßmann lässt freilich unerwähnt, dass in den deutsch dominierten Gebieten Böhmens mit den Schülern der tschechischsprachigen Schulen genauso rücksichtslos verfahren wurde; siehe Hannelore Burger, Sprachenrecht und Sprachgerechtig-

KEIT IM ÖSTERREICHISCHEN UNTERRICHTSWESEN 1867–1918, Wien 1995, S. 104 f.

12 Da Volksschulen in ländlichen Gebieten Böhmens zumeist nur vier Klassen umfassten, mussten häufig schon Elfjährige in städtischen Gastfamilien oder Pensionaten unterkommen, um ihrer Schulpflicht zu genügen.

13 Wer nicht aufs Gymnasium wechselte (was für Franz natürlich ganz außer Diskussion stand), musste lediglich zwei Jahre ›Bürgerschule‹ absolvieren, das heißt die 5. und 6. Klasse. Denn die Schulpflicht in Österreich-Ungarn war in Kafkas Geburtsjahr 1883 auf Druck der Arbeitgeber von acht auf sechs Jahre herabgesetzt worden. Der Besuch der 7. und 8. Klasse blieb demnach bis zum Ende der Monarchie freiwillig, erst unter tschechischer Regierung wurde er wieder obligatorisch.

14 Tagebuch, 11. Dezember 1919 (*T* 846).

Stadt unter Strom

1 Ein völlig unbedeutender Verkehrsunfall, der dennoch ganze Gruppen gespannt ausharrender Zuschauer anzieht (Reisetagebuch, 11. September 1911; *T* 1012 ff.); siehe im Folgenden das Kapitel ›Literatur und Fremdenverkehr‹.

2 Filme über die Krönung des Zaren Nikolaus II. (Mai 1896), über sein Treffen mit Wilhelm II. in Breslau und den Besuch in Paris (September 1896) zählten zu den spektakulärsten unter den ersten Aktualitätenprogrammen. Die Kurzfilme (von denen viele heute im Internet frei verfügbar sind) waren allerdings kaum länger als eine Minute.

3 *D* 169; *P* 7, 71.

4 Am 13. Juli 1891 schrieb der k. u. k. Außenminister Graf Gustav Kálnoky an den Ministerpräsidenten Graf Taaffe: »Daß die deutsche Seite, indem sie sich von der Ausstellung abwandte, eine kolossale und in ihren Folgen gefährliche Dummheit begangen hat, darüber hatte ich nie Zweifel.« (Arthur Skedl, DER POLITISCHE NACHLASS DES GRAFEN EDUARD TAAFFE, Wien/Berlin/Leipzig 1922, S. 600)

5 Auch die Tatsache, dass der deutsche Boykott nicht konsequent durchgehalten wurde und sich einige ›utraquistisch‹ orientierte deutsche Unternehmer trotz allem an der Ausstellung beteiligten, kam propagandistisch eher den Tschechen zugute, die so dem Vorwurf leichter begegnen konnten, die Ausstellung sei gar nicht repräsentativ für Böhmen (die ›Sudetendeutschen‹ fehlten vollzählig). Wichtig war vor allem die Beteiligung Franz Ringhoffers, des bedeutendsten Maschinenfabrikanten Böhmens, der später auch den gesamten Wagenpark der Prager elektrischen Straßenbahn lieferte, sowie des deutschen Textilmagnaten Emil Kubinzky.

6 Siehe den Bericht im *Prager Tagblatt*, 17. Juni 1891, S. 7f. Die drei Insassen des Ballons überlebten das Unglück.

7 Die Bevölkerung Prags, einschließlich der Vorstädte, war angewiesen worden, am Abend des 28. September sämtliche zur Straße hin gelegenen Räume mehrere Stunden lang möglichst hell zu erleuchten. Die Inhaber so gut wie aller Geschäfte – und mit Sicherheit auch die Kafkas, da ihr Geschäft an der schon vorher bekanntgegebenen Fahrstrecke des Kaisers lag – nutzten diese Gelegenheit, um ihre Räumlichkeiten und Auslagen noch mit besonderen Lichteffekten zu versehen. Da die nächtliche Gasbeleuchtung im Jahr 1891 noch spärlich und die elektrische Straßenbeleuchtung erst in ihren Anfängen war, bewirkte diese Maßnahme einen starken sinnlichen Eindruck. – Überdeckt wurde durch solche Spektakel, dass der Besuch des Kaisers in Prag in Wahrheit ein mühseliger diplomatischer Eiertanz war, verursacht durch den deutschen Boykott der Landesausstellung. Bei den zahlreichen öffentlichen Empfängen äußerte Franz Joseph nichts als leere Phrasen und Dankesformeln, um keiner nationalen Seite irgendeinen Anlass zu geben, sich zurückgesetzt zu fühlen. Vor einigen Audienzen, an denen Deutsche und Tschechen gemeinsam teilnahmen, wurde sogar vereinbart, die Landesausstellung mit keinem Wort zu erwähnen – und das, obwohl Franz Joseph die Ausstellung während seines fünftägigen Aufenthalts dreimal besuchte.

8 Tagebuch, 12. November 1911 (*T* 246).

9 Die Verhältnisse änderten sich dann außerordentlich schnell: Mitte der neunziger Jahre wurde der erste Prager Fußballclub gegründet, bereits im Jahr 1900 hatte die ›Deutsche Lese- und Redehalle‹, eine studentische kulturelle Vereinigung, eine eigene Fußballmannschaft, die sogar in anderen Städten antrat. – Die Wettkampfformen der ›Jugendspiele‹, an denen Kafka teilnahm, sind zitiert nach dem Jahresbericht des deutschen Altstädter Gymnasiums für das Schuljahr 1893/94. Der dort wiedergegebenen Tabelle (S. 71) ist zu entnehmen, dass die Älteren immerhin auch Cricket spielen durften.

10 Anna Pouzarová, ›Als Erzieherin in der Familie Kafka‹, in: Koch, »ALS KAFKA MIR ENTGEGENKAM«, S. 62.

11 BRIEF AN DEN VATER (*NSF2* 151).

12 »Übrigens sind wir, wie ich mich jetzt während der Hitzen öfters erinnere, schon einmal regelmässig gemeinsame Biertrinker gewesen, vor vielen Jahren, wenn der Vater auf die Civilschwimmschule mich mitnahm.« (Brief an Hermann und Julie Kafka, 2. Juni 1924, in: BRIEFE AN DIE ELTERN AUS DEN JAHREN 1922–1924, hrsg. von Josef Čermak und Martin Svatoš, Frankfurt am Main 1990, S. 80f.) – Die von Dora Diamant überlieferte Version in: Brod, ÜBER FRANZ KAFKA, S. 180.

13 Ebd. – Zu Kafkas Cousin Robert, der 1922 im Alter von 41 Jahren an einer Milzerkrankung starb, siehe Northey, KAFKAS MISCHPOCHE, S. 66f.

14 Siehe Stach, KAFKA. DIE JAHRE DER ERKENNTNIS, S. 402 ff.
15 Brief an Max Brod, 13. Januar 1921, in: MAX BROD. FRANZ KAFKA. EINE FREUNDSCHAFT, hrsg. von Malcolm Pasley, Bd. II: BRIEFWECHSEL, Frankfurt am Main 1989, S. 299.
16 V. Preininger, ›Die Prager Assanation‹, in: *Deutsche Vierteljahresschrift für öffentliche Gesundheitspflege*, 31 (1899), S. 724. – Preininger nennt auch die Rekordhalterin unter den Ghettogassen: U hřbitova, an ihrer schmalsten Stelle lediglich 1,20 Meter breit.
17 Der österreichische Stadtplaner Rudolf Wurzer hat darauf hingewiesen, dass zumindest das Durchschneiden des zentralen Ghettos zu vermeiden gewesen wäre, hätten die Planer der Assanierung der neugeschaffenen Niklasstraße eine nur leichte Krümmung gestattet. Siehe den Aufsatz ›Die »Assanirung« der Josefsstadt in Prag‹, in: *Die alte Stadt* 22 (1995), H. 2, S. 149–174, insbesondere die Skizzen S. 172.
18 Das gilt auch für eine der wichtigsten Quellen zum deutschen Prag der Jahrhundertwende, die in der Zeitschrift *Prager Nachrichten* (München) ab 1950 abgedruckten Erinnerungen von Zeitgenossen. Sie bieten kostbare sinnliche Details, jedoch kaum Aufschlüsse über soziale Tendenzen und Konflikte, die häufig wie Naturereignisse zitiert, auf Anekdoten zurückgestuft oder sogar geleugnet werden. Was natürlich wiederum Einblicke vermittelt in die Mentalitätsgeschichte der Deutschprager.
19 Johann Wolfgang Goethe, ITALIENISCHE REISE, in: SÄMTLICHE WERKE, Bd. 11, München 1977, S. 147.

Elli, Valli, Ottla

1 Brief an Felice Bauer, 19./20. Dezember 1912 (*B1* 345).
2 Eine Momentaufnahme bietet der ›Anzeigezettel‹, den Hermann Kafka anlässlich der Volkszählung von 1890 auszufüllen hatte. Hier sind drei (allesamt katholische) Hausangestellte namentlich angeführt: die 35-jährige Köchin Františka Nedvědová, die 20-jährige Dienstmagd Marie Zemanová und die 22-jährige Amme Anna Čuchalová. – Vgl. Kurt Krolop, ›Zu den Erinnerungen Anna Lichtensterns an Franz Kafka‹, in: *Acta Universitatis Carolinae – Philologica. Germanistica Pragensia* V (1968), S. 56.
3 Anna Pouzarová erinnerte sich auch an einige der Titel von Kafkas Stücken: ›Der Gaukler‹, ›Photographien reden‹ und ›Georg von Podiebrad‹ (Letzteres offenbar zu Ehren der in Poděbrady geborenen Mutter). Auch Einakter von Hans Sachs seien aufgeführt worden. »Das Publikum saß im Salon, das ganze Speisezimmer war die Bühne, der Vorhang die breite Verbindungstür. Zur Aufführung kam der Vater von Frau Kafka und ihr Bruder mit Familie. Unser Auftritt war angeblich sehr schön und gut gespielt. Mir setzten die Mädchen eine große Brille ohne Gläser auf, da-

mit ich auf der ›Szene‹ gelehrt aussähe.« (›Als Erzieherin in der Familie Kafka‹, in: Koch, »ALS KAFKA MIR ENTGEGENKAM …«, S. 68) – Kafkas Schwestern selbst berichteten später, Franz habe sie gerne auch dadurch erschreckt, dass er plötzlich in absonderlichen Verkleidungen auftauchte (Wagenbach, FRANZ KAFKA. BIOGRAPHIE SEINER JUGEND, S. 51).

4 Siehe Gerti Kaufmann, ›Erinnerungen an meinen Onkel‹, in: Koch, »ALS KAFKA MIR ENTGEGENKAM …«, S. 223–226.

5 Zitiert nach: Auguste Fickert, ›Der Stand der Frauenbildung in Österreich‹, in: Helene Lange / Gertrud Bäumer (Hrsg.), HANDBUCH DER FRAUENBEWEGUNG, III. Teil: DER STAND DER FRAUENBILDUNG IN DEN KULTURLÄNDERN, Berlin 1902, S. 161–190, hier S. 175. Siehe auch die ›Verordnung des Ministers für Cultus und Unterricht vom 23. März 1897, betreffend die Zulassung von Frauen als ordentliche und außerordentliche Hörerinnen an den philosophischen Fakultäten der k. k. Universitäten‹, in: *Reichsgesetzblatt*, Wien 1897, S. 427. – Die implizite Drohung des Kultusministers war keineswegs schon ein Rückzugsgefecht, sondern durchaus ernst zu nehmen. Österreichische Frauenvereine beklagten sich etwa darüber, dass Lehrer-Anwärterinnen durchweg schärfer geprüft wurden als ihre männlichen Kollegen. Das führte zu schlechteren Benotungen und in der Folge zu geringeren Chancen, gutdotierte Posten zu bekommen. So gab es an den Volks- und Bürgerschulen Wiens gegen Ende des Jahrhunderts 1 Direktorin und 90 Direktoren, 8 Oberlehrerinnen und 222 Oberlehrer, während fast gleich viele Männer und Frauen als ›Unterlehrer‹ eingestuft waren.

6 Auffallend ist allerdings, dass die Kafkas für ihre Töchter eine Privatlehrerin wählten, die sich für Frauenbildung auch publizistisch einsetzte. Adele Schembor war die erste in Österreich für den Gymnasialunterricht zugelassene Lehrerin, außerdem war sie Gründungsmitglied des Prager Vereins ›Frauenfortschritt‹ (gegründet unter dem Namen ›Deutscher Verein zur Förderung des Wohles und der Bildung der Frauen in Prag‹). Dieser Verein meldete im März 1898 als neu eingetretenes Mitglied eine »Fr. H. Kafka«, was nach den damaligen Gepflogenheiten »Frau Hermann Kafka« bedeuten könnte (vgl. *Frauenleben*, Wien, 9. Jg., H. 12, S. 85, sowie 10. Jg., H. 2, S. 4).

7 Dass Hermann Kafka männlichen Nachwuchs deutlich bevorzugte, selbst in späteren Jahren im Hinblick auf seine Enkel, hat Věra Saudková, die Tochter Ottlas, im Interview bestätigt: »Der Grossvater wollte aber nicht nur Kinder, sondern Knaben haben, und die drei Töchter hatten alle Mädchen, nur Elli hatte einen Sohn, der Felix – und der hat auch nicht überlebt …« (Alena Wagnerová, ›»Franz gibt es uns«. Eine Begegnung in Prag mit Věra Saudková, der letzten lebenden Nichte Kafkas‹, in: *Neue Zürcher Zeitung*, 30. Januar 2012)

8 BRIEF AN DEN VATER (*NSF2* 177 f.). – Ähnlich bereits in einem Brief an

Felice Bauer: »Und ausserdem bin ich doch ein schlechter Prophet und Menschenkenner, wie sich an der Ehe meiner verheirateten Schwester [Elli] zeigt, bei deren Verlobung ich die gleiche Trostlosigkeit fühlte, während die Schwester, ein früher schwerfälliges, nie zu befriedigendes, verdriesslich sich forthaspelndes Wesen, jetzt in der Ehe über ihren zwei Kindern in lauter Glück ihre Existenz förmlich verbreitert hat.« (10./11. Januar 1913, *B2* 33)

9 Pouzarová, ›Als Erzieherin in der Familie Kafka‹, S. 59.

10 Brief an Felice Bauer, 1. November 1912 (*B1* 204).

11 Die erhaltenen Studioaufnahmen, auf denen Kafkas Schwestern gemeinsam zu sehen sind, zeigen sie in einer von Kopf bis Fuß stets völlig identischen Aufmachung. Offenbar wurde sogar auf gleiche Haarlänge geachtet.

12 Brief an den Vater (*NSF2* 178–180).

Latein, Böhmisch, Mathematik und andere Herzensangelegenheiten

1 Oskar Kraus, Die Meyeriade, Leipzig 1891 (Reclam's Universalbibliothek, Heft 2980), Beginn des Dritten Gesangs, zitiert nach dem vollständigen Wiederabdruck in: Piaristen und Gymnasiasten. Schülerleben im alten Prag, hrsg. von Heinrich Pleticha, Prag 2001, hier S. 38 f.

2 Siehe das Kapitel ›Informierte Kreise‹.

3 Kafkas Jahrgang am Altstädter Gymnasium bestand aus anfangs 87 Knaben, die nach dem Alphabet in zwei Klassen aufgeteilt wurden (weshalb alle seine Klassenkameraden Namen von A bis K trugen). In der 4. Klasse (Quarta) saßen nur noch 50 Schüler, die von nun an gemeinsam unterrichtet wurden. 22 Schüler bestanden schließlich die Matura. – Die wichtigsten Quellen zu Kafkas Ausbildung am Altstädter Gymnasium sind die publizierten Jahresberichte dieser Institution sowie die im Prager Stadtarchiv (Archiv hlavního města Prahy) aufbewahrten Schulkataloge und Prüfungsprotokolle. Hier finden sich nicht nur die Namen sämtlicher Schüler und der für sie zuständigen Lehrer, sondern auch genaue Angaben zum Lehr- und Prüfungsstoff, zu den verwendeten Lehrbüchern, zu sportlichen Aktivitäten, Ausflügen, Schulfeiern etc.

4 Hugo Hecht, ›Zwölf Jahre in der Schule mit Franz Kafka‹; Emil Utitz, ›Acht Jahre auf dem Altstädter Gymnasium‹; in: Koch, »Als Kafka mir entgegenkam ...«, S. 36 und 49 f. – Die bemerkenswerte Übereinstimmung von Utitz' Beobachtung mit Kafkas eigener Erinnerung kann nicht von dieser selbst beeinflusst gewesen sein, denn Utitz' autobiographischer Text erschien 1947 und damit fünf Jahre vor dem Erstdruck von Kafkas Brief an den Vater.

5 Der Anteil jüdischer Schüler lag bei ca. 80%, eine Zugehörigkeit zum traditionellen Kleinbürgertum ist bei ca. 70% erkennbar. Diese Homogenität hatte auch administrative Ursachen, denn die Prager Gymnasien waren Schulbezirken fest zugeordnet. So wurden am Altstädter Gymnasium ausschließlich Schüler unterrichtet, die in der Altstadt oder in der Josefstadt wohnten. Die freie Wahl des Gymnasiums war eingeschränkt; die Eltern konnten lediglich entscheiden, ob ihr Sohn ein humanistisches oder ein Realgymnasium besuchen und in welcher Sprache er unterrichtet werden sollte.

6 Fritz Mauthner, PRAGER JUGENDJAHRE, Frankfurt am Main 1969, S. 44. – Das Gymnasium der Piaristen – zumeist ›Grabengymnasium‹ genannt, da es an der Ecke Graben/Herrengasse stand – wurde 1874 staatlicher Aufsicht unterstellt, wonach sich die von Mauthner geschilderten trostlosen Zustände besserten. Während Kafkas Schulzeit war das Grabengymnasium, neben Altstädter und Stefansgymnasium, das dritte deutschsprachige Gymnasium auf der rechten Seite der Moldau. Auch Oskar Kraus, der Verfasser der MEYERIADE, wurde hier unterrichtet.

7 Wagenbach, FRANZ KAFKA. BIOGRAPHIE SEINER JUGEND, S. 34. Hugo Bergmann, ›Schulzeit und Studium‹, in: Koch, »ALS KAFKA MIR ENTGEGENKAM ...«, S. 20ff. Guido Kisch, DER LEBENSWEG EINES RECHTSHISTORIKERS. ERINNERUNGEN, Sigmaringen 1975, S. 24ff. Ders., ›Kafka-Forschung auf Irrwegen‹, in: *Zeitschrift für Religions- und Geistesgeschichte* 23 (1971), S. 339–350. Hans Kohn, ›Rückblick auf eine gemeinsame Jugend‹, in: FESTGABE ROBERT WELTSCH ZUM 70. GEBURTSTAG, Tel Aviv 1961, S. 113f.

8 So 1891 der frühere Staatsminister Richard Graf Belcredi vor dem österreichischen Herrenhaus. Belcredi bezog sich in seiner Rede auf eine Reihe von Gutachten, die von den juristischen Fakultäten Österreichs eingeholt worden waren und die den gymnasialen Paukunterricht durchweg als kontraproduktiv beurteilten. – Siehe STENOGRAPHISCHE PROTOKOLLE ÜBER DIE SITZUNGEN DES HERRENHAUSES DES ÖSTERREICHISCHEN REICHSRATHES IN DEN JAHREN 1891 BIS 1897, Wien 1897, Protokoll der 6. Sitzung der XI. Session am 29. Mai 1891, S. 32, sowie Strakosch-Graßmann, GESCHICHTE DES ÖSTERREICHISCHEN UNTERRICHTSWESENS, S. 325.

9 Bergmann, ›Schulzeit und Studium‹, S. 23. – Die Erinnerung Bergmanns an die Bezeichnung der Noten ist hier ungenau. Die Rangfolge der Noten in ›sittlichem Betragen‹ lautete: *lobenswert*, *entsprechend*, *minder entsprechend*, *nicht entsprechend*. Nur die beste oder zweitbeste Noten sicherte die Befreiung vom Schulgeld, und tatsächlich bekam Bergmann schließlich ein *entsprechend*.

10 Kisch, DER LEBENSWEG EINES RECHTSHISTORIKERS, S. 26.

11 Bergmann, ›Schulzeit und Studium‹, S. 23. Noch 1915 erinnerte sich Kafka an die »zwei Zimmer meines Klassenvorstandes im Kloster« (*T* 727). –

Pflichtlektüre wie Privatlektüre der einzelnen Schüler wurden in den Jahresberichten des Gymnasiums verzeichnet, so dass sich auch Kafkas enormes Pensum genau rekonstruieren lässt. Als Beispiel die 4. Klasse, in der im Lateinunterricht behandelt wurden: Livius, RÖMISCHE GESCHICHTE (I, XXI); Ovid, METAMORPHOSEN (II 1–242, 251–332/V 358–437, 462–571/VI 146–312/VIII 133–235, 618–720/X 1–63, 72–77/XI 87–193); Ovid, FASTI (I 465–586/II 193–242, 475–512, 639–684, 687–710/III 713–714, 725–790, 809–834/IV 393–620); Ovid, TRISTIA (I 3/IV 10); Ovid, EPISTULAE EX PONTO (III 2). Dazu Kafkas Privatlektüre: Livius, RÖMISCHE GESCHICHTE (XXII); Ovid, METAMORPHOSEN (XII 1–38/XIV 246–307, 581–608); Ovid, EPISTULAE EX PONTO (IV 3).

12 Emil Gschwind, ›Anschauungsunterricht auf dem Gymnasium und Vertheilung der Realerklärung aus der römischen Alterthumswissenschaft auf die einzelnen Classen des Obergymnasiums‹, in: 28. JAHRESBERICHT ÜBER DAS STAATS-GYMNASIUM MIT DEUTSCHER UNTERRICHTSSPRACHE IN PRAG-ALTSTADT FÜR DAS SCHULJAHR 1899–1900, Prag 1900, S. 4.

13 Bergmann, ›Schulzeit und Studium‹, S. 24.

14 Bruno Kisch, WANDERUNGEN UND WANDLUNGEN. DIE GESCHICHTE EINES ARZTES IM 20. JAHRHUNDERT, Köln 1966, S. 63. – In seiner bereits zitierten Rede vor dem Herrenhaus (1891) sprach Richard Graf Belcredi von »acht Jahren linguistischer Gymnastik«. Auch Strakosch-Graßmann, dessen GESCHICHTE DES ÖSTERREICHISCHEN UNTERRICHTSWESENS noch während Bruno Kischs Gymnasialzeit erschien, beklagte, »daß bei den Lehrern der neueren Sprachen mehr Interesse für den Inhalt der Sprache, für die Literatur zu finden ist als im Durchschnitte bei den Philologen, unter denen es tatsächlich viele gibt, denen nur die Formenlehre und die philologische Interpretation des Textes vor Augen schwebt« (S. 325).

15 Postkarte an Felice Bauer, 9. Oktober 1916 (*B3* 251).

16 Tagebuch, 23. Januar 1922 (*T* 887).

17 Tagebuch, 13. Dezember 1911 (*T* 291). Brod, ÜBER FRANZ KAFKA, S. 103.

18 »Der Petent ist der deutschen und böhmischen Sprache in Wort und Schrift mächtig, beherrscht ferner die französische, teilweise die englische Sprache« (Brief an die Arbeiter-Unfall-Versicherungs-Anstalt in Prag, 30. Juni 1908; *B1* 85). Am 2. Oktober 1907 füllte Kafka einen Fragebogen der Assicurazioni Generali aus; die Frage nach seiner Sprachkompetenz beantwortete er so: »böhmisch, außerdem französisch und englisch, doch bin ich in den beiden letztern Sprachen außer Übung.« (*B1* 69)

19 Brief an Felice Bauer, 13. September 1913 (*B2* 279).

20 »Nun weint mein Neffe nebenan, meine Mutter nennt ihn unaufhörlich auf tschechisch ›braver Junge‹ und dann ›kleiner Junge‹ …« (Brief an Felice Bauer, 3. November 1912; *B1* 207) Dieser Neffe war der erst 11 Monate alte Felix Hermann, Sohn von Kafkas Schwester Elli, der zu diesem Zeitpunkt die beiden Sprachen sicherlich noch nicht auseinander-

halten konnte. Ein Beispiel dafür, wie das *switching* sogar noch an die übernächste Generation weitergegeben wurde. – In den familieninternen Briefen spricht Julie Kafka ihre Töchter mehrfach mit den tschechischen Koseformen *Ottilka* und *Ellynka* an.

21 Um den 12. Mai 1920 (*B4* 134).

22 Pouzarová, ›Als Erzieherin in der Familie Kafka‹, S. 66.

23 »Ich kenne (bei meiner geringen Kenntnis) im Tschechischen nur eine Sprachmusik, die der Božena Němcová …« (Brief an Milena Jesenská, 25.–29. Mai 1920; *B4* 148). Pouzarová berichtet, dass der etwa 19-jährige Kafka ihr eine illustrierte Ausgabe von BABIČKA gab, aus der sie den Schwestern dann vorlas (a. a. O.).

24 Antonín Truhlář, VÝBOR Z LITERATURY ČESKÉ. DOBA NOVÁ [Auswahl aus der tschechischen Literatur. Neuzeit], 3 Bde., Prag 1886. Zum Inhalt dieses und weiterer am Altstädter Gymnasium verwendeter tschechischer Lehrbücher siehe ausführlich Nekula, FRANZ KAFKAS SPRACHEN, S. 143–151.

25 Bašík, ›Als Lehrjunge in der Galanteriewarenhandlung Hermann Kafka‹, S. 88. Dass Kafka schon mit elf Jahren ernsthafte »Schwierigkeiten mit dem Tschechischen« hatte, wie Bašík behauptet, ist allerdings wenig wahrscheinlich; diese Schwierigkeiten traten erst später unter höheren Anforderungen und mit dem allgemeinen Leistungsabfall während der Pubertät auf.

26 Badeni hatte die geplanten Sprachenverordnungen mit tschechischen Abgeordneten informell erörtert und aufgrund dieser Gespräche noch etliche tschechische Sonderwünsche berücksichtigt. Wie umfassend er auch deutsche Abgeordnete vorab informierte, ist umstritten. Das Parlament umging er, indem er sich auf das kaiserliche Notverordnungsrecht berief, den berüchtigten und im Fortgang der Krise immer häufiger missbrauchten Paragraphen 14 des Staatsgrundgesetzes. – Zu Badenis unglücklicher Taktik siehe die knappe Zusammenfassung bei Hans Mommsen, ›1897: Die Badeni-Krise als Wendepunkt in den deutsch-tschechischen Beziehungen‹, in: WENDEPUNKTE IN DEN BEZIEHUNGEN ZWISCHEN DEUTSCHEN, TSCHECHEN UND SLOWAKEN 1848–1989, hrsg. von Detlef Brandes, Dušan Kováč und Jiří Pešek, Essen 2007, S. 111–117.

27 Berüchtigt der offene Brief des Historikers Theodor Mommsen ›An die Deutschen in Österreich‹, veröffentlicht am 31. Oktober 1897 auf der Titelseite der *Neuen Freien Presse*. Mommsen erklärte den Sprachenstreit zu einem »Kampf auf Tod und Leben« und riet den Deutschösterreichern: »Seid hart! Vernunft nimmt der Schädel der Czechen nicht an, aber für Schläge ist auch er zugänglich.«

28 »1880 bekannte sich ein Drittel der böhmischen Juden zur tschechischen Umgangssprache, 1900 waren es bereits über fünfzig Prozent. Zwischen 1890 und 1900 wechselten über viertausend Juden in der Prager Innenstadt ihr nationales Bekenntnis; während in Prag 1890 noch 74 % der Ju-

den sich zur deutschen Umgangssprache bekannt hatten, waren es 1900 nur noch 45 %.« (Christoph Stölzl, KAFKAS BÖSES BÖHMEN. ZUR SOZIALGESCHICHTE EINES PRAGER JUDEN, München 1975, S. 50)

29 Auszüge aus den Anzeigezetteln sämtlicher Bewohner des Hauses Niklasstraße 36 bei Krolop, ›Zu den Erinnerungen Anna Lichtensterns an Franz Kafka‹, S. 51 ff.

30 1920 traf Kafka einen österreichischen General, dem er sich als Prager vorstellte. Dennoch erschien dem General Kafkas deutsche Aussprache verdächtig, so dass dieser sich schließlich genötigt sah, auch seine jüdische Abstammung zu erklären (Brief an Max Brod und Felix Weltsch, 6.–8. April 1920; *B4* 117).

31 Emil Faktor, ›Von acht bis neun. Aus einem ungeschriebenen Gymnasialroman‹, in: *Bohemia*, 25. Dezember 1910, S. 36. – Das längst erloschene Kuchelböhmisch war eine Sprache mit deutschen Wortstämmen und tschechischen Deklinations- und Konjugationsformen. Friedrich Torberg zitiert den folgenden Mustersatz in phonetischer Schreibweise: »Hausmajstr vypucuje fotruv ibacia na klandru« = »Der Hausmeister putzt des Vaters Überzieher am Geländer« (DIE ERBEN DER TANTE JOLESCH, München 1981, S. 221).

32 Nekula, KAFKAS SPRACHEN, S. 76. – Die Beispielsätze stammen aus Egon Erwin Kischs Aufsatz ›Vom Kleinseitner Deutsch und vom Prager Schmock‹ (AUS PRAGER GASSEN UND NÄCHTEN, S. 469–477). Kisch weist zahlreiche Übernahmen aus dem Tschechischen nach, er bringt jedoch keine Beispiele jüdischen Einflusses, so dass auch er keineswegs das gesamte Spektrum des Prager Deutschs abbildet. Weitere Beispiele siehe Fritz Bondy, ›Prager Deutsch‹, in: *Prager Tagblatt*, 15. August 1917, S. 3.

33 Gustav Janouch, GESPRÄCHE MIT KAFKA. AUFZEICHNUNGEN UND ERINNERUNGEN, erweiterte Neuausgabe, Frankfurt am Main 1981, S. 32. Mitteilung von Marie Veselá; siehe Josef Čermák, ›Pobyt Franze Kafky v Plané nad Lužnicí (Léto 1922)‹, in: *světová literatura* 34 (1989), H. 1, S. 224.

34 Rainer Maria Rilke an August Sauer, 11. Januar 1914, in: Rilke, BRIEFE, Erster Band: 1897–1914, Wiesbaden 1950, S. 472 f.

35 Lars Gustafsson, PALAST DER ERINNERUNG, München 1996, S. 20.

36 Kafka erwarb und las eine ganze Reihe von ›Schaffstein's Grünen Bändchen‹, die derartige Schilderungen enthielten (meist Auszüge aus umfangreicheren Werken) und die er gegenüber Felice Bauer als seine »Lieblingsbücher« bezeichnete (31. Oktober 1916, *B3* 271; vgl. Jürgen Born, KAFKAS BIBLIOTHEK. EIN BESCHREIBENDES VERZEICHNIS, Frankfurt am Main 1990, S. 144–148). Die Zionistin Klara Thein erinnerte sich, dass Kafka ein solches Heft, einen Expeditionsbericht aus dem Amazonasgebiet, bei einem Spaziergang mit sich führte und ihr schenkte (siehe Hartmut Binder, ›Frauen in Kafkas Lebenskreis‹, 2. Teil, in: *Sudetenland* 40 (1998),

H. 1, S. 25 und Anm. 206). Auch andere Buchserien dieser Art schätzte Kafka; so fanden sich in seinem Nachlass zwei Bände der Serie ›Der Schatzgräber‹ (München, Callwey Verlag), darunter DIE GAZELLENJAGD DER ARABER von Max Maria von Weber (siehe das von Elsa Brod getippte Nachlassverzeichnis, abgebildet bei Wagenbach, FRANZ KAFKA. BIOGRAPHIE SEINER JUGEND, S. 263).

37 Brief an Max Brod, Anfang September 1908 (*B1* 88).

38 Brief an Felice Bauer, 27./28. Februar 1913 (*B2* 112).

39 Hecht, ›Zwölf Jahre in der Schule mit Franz Kafka‹, S. 42.

40 Kurioserweise war Kafkas umtriebiger Patenonkel Angelus mit seiner Likörherstellung auch auf der ›II. Internationalen Pharmaceutischen Ausstellung‹ (15. 8.–15. 9. 1896) vertreten, wo er den Prozess der Destillation demonstrierte. Im Ausstellungskatalog wird seine Firma der Abteilung ›Persönliche Hygiene‹ zugeordnet.

41 Brief an Milena Jesenská, 26. Juli 1920 (*B4* 252). Brod, FRANZ KAFKA, S. 21.

42 Originelles Anschauungsmaterial aus den Jahren 1909–10 bieten Schulaufsätze Hans Henny Jahnns, der ebenfalls eine Klasse wiederholen musste, als 15-Jähriger jedoch schon insgeheim schriftstellerisch tätig war. Charakteristisch eine Bewertung seines Deutschlehrers: »Die *Phantasie* von H. J. ist hier zu *wild* geworden. Wegen des ziemlich sicheren Ausdruckes *noch* gut.« (Hans Henny Jahnn, FRÜHE SCHRIFTEN, hrsg. von Ulrich Bitz, Hamburg 1993, S. 1336 f.)

43 Ferdinand Deml, ›Betrachtung der Mittel zur Erreichung klarer und gewandter Ausdrucksweise in der deutschen Sprache‹, in: 24. JAHRESBERICHT ÜBER DAS STAATS-GYMNASIUM MIT DEUTSCHER UNTERRICHTSSPRACHE IN PRAG-ALTSTADT FÜR DAS SCHULJAHR 1895–96, Prag 1896.

44 Einige Aufsatzthemen, mit denen Kafka konfrontiert war: »Inwiefern ist der Mensch Herr über die Natur?«, »Das Lob der Muttersprache – nach Schenkendorf«, »Hochmuth kommt vor dem Fall«, »›Mein Vaterland, mein Österreich, Du Land an Sieg und Ehren reich‹« (5. Klasse); »Germanische Treue nach der nordischen Überlieferung der Nibelungensage«, »Worin besteht das wahre Heldenthum?« (6. Klasse); »Warum ist unsere Muttersprache ein kostbares Gut?«, »Das 16. Jahrhundert, ein Heldenzeitalter Österreichs«, »Warum sind wir dem Alter Ehrfurcht schuldig?« (7. Klasse); »Die Entwicklung der Cultur nach Schiller«, »Macht, Gewalt, Kraft, Stärke. Eine Distinction der Begriffe«, »Wie führt die Jungfrau von Orleans den in ihrer Brust entstandenen Streit zwischen Pflicht und Neigung wieder zur Einheit?« (8. Klasse).

45 Hugo Hecht, unpublizierte Erinnerungen; vgl. Binder, KAFKA-HANDBUCH, Bd. 1, S. 199.

46 Siehe *NSF2* 7 ff. – Die Herausgeber der Kritischen Ausgabe datieren diese Reflexion auf Sommer 1916.

47 Bergmann, ›Schulzeit und Studium‹, S. 25.

48 Emil Utitz erinnerte sich an einen literarischen Zirkel der schon etwas älteren Gymnasiasten, in dem auch selbstverfasste Gedichte vorgelesen und diskutiert wurden. Kafka habe an diesem Zirkel teilgenommen, jedoch nie etwas Eigenes vorgetragen (Mitteilung an Klaus Wagenbach; siehe ders., Franz Kafka. Biographie seiner Jugend, S. 51).

49 Tagebuch, 19. Januar 1911 (*T* 146 f.).

Jüdische Lektionen

1 Noch ein Vierteljahrhundert später glaubte Kafka, die Kenntnis der Bar-Mizwa bei seiner tschechisch-christlichen Freundin Milena Jesenská *nicht* voraussetzen zu können. Er schrieb ihr: »Weisst Du übrigens, dass Du mir zur Konfirmation, es gibt auch eine Art jüdischer Konfirmation, geschenkt worden bist?« (10. August 1920, *B4* 301) – Die Eltern von Hugo Bergmann luden ebenfalls zur »Confirmation«, fügten jedoch in Klammern den Begriff »Bar-Mizwa« in hebräischer Schrift hinzu (ein Exemplar der Einladungskarte befindet sich in Bergmanns Nachlass in der Jüdischen Nationalbibliothek, Jerusalem).

2 Von Kafkas Bar-Mizwa-Geschenken lassen sich nur noch zwei mit einiger Gewissheit identifizieren: Camille Flammarions utopischer Roman Das Ende der Welt (deutsch 1895), sowie Karl Faulmann, Im Reiche des Geistes. Illustrirte Geschichte der Wissenschaften, anschaulich dargestellt (Wien 1894), ein Standardgeschenk für Jugendliche von Kafkas Generation. Die beiden Bände, die heute verschollen sind, fand Hélène Zylberberg in den dreißiger Jahren unter Kafkas ehemaligen Besitztümern. (Siehe die von Zylberberg erstellte Bücherliste, die sich in ihrem Nachlass im Deutschen Literaturarchiv befindet.)

3 Pouzarová, ›Als Erzieherin in der Familie Kafka‹, S. 68. – An eine alles andere als würdige Gestaltung des Sederabends in seiner eigenen Kindheit erinnert sich auch Max Brod in Streitbares Leben. Autobiographie 1884–1968, Frankfurt am Main 1979, S. 223 f.

4 Aus späterer Zeit gibt es eine Bemerkung von Julie Kafka, die darauf hindeuten könnte, dass sie einen Restbestand jüdischer Religiosität in der Familie aufrechtzuerhalten suchte. An Felice Bauer schrieb sie am 8. Oktober 1916: »Wir hielten die jüdischen Feiertage wie rechte Juden. Neujahr hatten wir beide Tage das Geschäft gesperrt, und gestern am Versöhnungstage haben wir gefastet und fleißig gebetet.« (Franz Kafka, Briefe an Felice und andere Korrespondenz aus der Verlobungszeit, hrsg. von Erich Heller und Jürgen Born, Frankfurt am Main 1967, S. 721) Diese Zeilen sind jedoch mit Vorsicht zu bewerten, da sie implizit auch an die religiös konservative Mutter Felice Bauers adressiert waren.

Von Kafka selbst ist keine Äußerung überliefert, die darauf schließen lässt, dass in seiner Familie jemals »fleißig gebetet« wurde.

5 BRIEF AN DEN VATER (*NSF2* 186f.). – Dass Kafka hier von alljährlich *vier* Tagen spricht, an denen der Vater den Tempel aufsuchte, deutet darauf hin, dass das Neujahrsfest, wie im konservativen Judentum üblich, noch an zwei Tagen begangen wurde.

6 Ebd. (*NSF2* 188f., 191).

7 Franz Werfel, ›Erguß und Beichte‹, in: ZWISCHEN OBEN UND UNTEN. PROSA, TAGEBÜCHER, APHORISMEN, LITERARISCHE NACHTRÄGE, München/Wien 1975, S. 695.

8 Hermann Kafkas Mitgliedschaft in dieser Vereinigung ist in den erhaltenen Mitgliederverzeichnissen belegt. Die Väter von Max Brod, Franz Werfel und Felix Weltsch hatten hier zeitweilig führende Positionen inne – ob Hermann Kafka jemals ein Wort mit ihnen wechselte, ist nicht überliefert.

9 Siehe Stölzl, KAFKAS BÖSES BÖHMEN, S. 50–54. – Ernst Schneider, als christlichsozialer Abgeordneter ein enger Vertrauter Luegers, war einer der ersten österreichischen Politiker, der physische Angriffe gegen Juden öffentlich guthieß.

10 *NSF2* 152.

11 Siehe Stach, KAFKA. DIE JAHRE DER ERKENNTNIS, S. 370ff.

12 »Auch in meinem Elternhaus splitterten nachts die Scheiben, bebend flüchteten wir aus dem gassenwärts gelegenen Kinderzimmer ins Schlafzimmer der Eltern. Ich sehe noch, wie mein Vater die kleine Schwester aus dem Bett hebt – und am Morgen lag wirklich im Bett ein großer Pflasterstein.« (Max Brod, ADOLF SCHREIBER. EIN MUSIKERSCHICKSAL, Berlin 1921, S. 29)

13 Das Standrecht wurde in Prag eher als soziales Druckmittel denn als militärische Praxis eingeführt; es bedeutete vor allem, dass Plünderern die Todesstrafe drohte. Die mehreren hundert in den folgenden Wochen verhafteten Personen wurden jedoch nach gewöhnlichem Strafrecht verurteilt. Um Todesurteile zu vermeiden, wurde meist unterstellt, dass die Straftaten vor Bekanntgabe des Standrechts verübt worden waren. Zahlreiche Prozesse zogen sich noch bis ins Frühjahr hin.

14 So geschehen einige Monate später, im Juni 1898, als der Priester, Journalist und Politiker Stanisław Stojałowski das Gerücht ausstreuen ließ, die Juden seien für einige Zeit politisches Freiwild. Die blutigen Pogrome, die daraufhin in etwa dreißig galizischen Dörfern einsetzten, konnten nur durch Einsatz von Militär beendet werden. Siehe Benjamin Seff [= Theodor Herzl], ›Feuer in Galizien‹, in: *Die Welt*, Wien, 24. Juni 1898; wiederabgedruckt in: Herzl, ZIONISTISCHE SCHRIFTEN, Berlin 1920.

15 Die hartnäckigsten Legenden, die sich an den ›Dezembersturm‹ knüpften, handelten von den tschechischen Dirigenten des Aufstands, nach deren

Anweisungen der plündernde Mob angeblich vorging. Kolportiert wurde zum Beispiel, dass diese Anführer (deren man natürlich niemals habhaft werden konnte) bereits in den frühen Morgenstunden durch die Stadt schlichen und diejenigen Häuser, die später attackiert werden sollten, mit Kreidezeichen markierten. – Ein weiterer, von deutscher Seite oft wiederholter Vorwurf lautete, die tschechische Verwaltung sei gar nicht wirklich interessiert gewesen an der Befriedung der Stadt. »Deren Herren«, behauptet selbst noch Christoph Stölzl, »die jungtschechischen Politiker, hatten tatenlos und schadenfroh dem Wüten zugesehen« (KAFKAS BÖSES BÖHMEN, S. 63). Tatenlos gewiss nicht, denn dann wären sie vom böhmischen Statthalter abgesetzt worden. In Wahrheit waren die administrativen Maßnahmen zur Eindämmung des Aufstands ziemlich umfassend; sie wurden jedoch dadurch behindert, dass auch die Exekutive längst national infiziert war: Ein *deutscher* Polizeidirektor konnte einen *tschechischen* Polizisten nur per Befehlsgewalt dazu bewegen, zum Schutz eines *deutschen Juden* gegen einen *tschechischen* Plünderer vorzugehen (selbst wenn alle vier Beteiligten *de facto* zweisprachige Böhmen waren). Daran änderte auch der Einsatz des Militärs nichts, der genau die gleichen Probleme aufwarf. – Ein präzises Bild der Vorgänge zu gewinnen ist nicht leicht, da sämtliche Presseorgane der Zeit über den Prager ›Dezembersturm‹ sehr parteiisch berichteten (eine rare Ausnahme war das tschechisch-sozialdemokratische Organ *Pravo Lidu*) und überdies der Zensur unterlagen. Auch die literarischen Bearbeitungen zeigen sich von der Komplexität der Situation überfordert: So reflektiert Viktor Dyks Roman PROSINEC (1906) zwar die tschechischen Ansprüche und distanziert sich von der Zerstörungswut der Menge, doch er unterdrückt völlig deren antisemitische Motive; Karl Hans Strobls Studentenroman DIE VACLAVBUDE (1902) wiederum ist von deutschem Chauvinismus derart kontaminiert, dass glaubwürdiges Anschauungsmaterial von ihm kaum zu erwarten ist. – Eine auf der Grundlage von Polizeiakten erarbeitete Analyse der Prager Dezemberunruhen sowie einen Überblick über die parallelen Vorgänge in anderen böhmischen Städten bietet Michal Frankl, »PRAG IST NUNMEHR ANTISEMITISCH«. TSCHECHISCHER ANTISEMITISMUS AM ENDE DES 19. JAHRHUNDERTS, Berlin 2011, S. 233–250.

16 *Prager Tagblatt*, 15. April 1899, S. 10. – Unter dem öffentlichen Druck des Hilsner-Prozesses reagierte der Gerichtsmediziner nicht mehr so lässig aufgeklärt. Als der Vertreter der Nebenklage ihn fragte: »Glauben Sie, dass man das Mädchen entblößte, um alles Blut aus dem Körper zu bekommen?«, antwortete Dr. Prokesch: »Ich glaube ja.« Vom Verteidiger aufgefordert, dies zu begründen, schwieg er (*Prager Tagblatt*, 16. September 1899, S. 7). Später wurde die ›Blutleere‹ von neutralen medizinischen Gutachtern bestritten. – Auch auf diesem medizinischen Nebenschauplatz folgte damit der Prozess von Polná altbekannten Mustern. So wurde

etwa in einem der spektakulärsten Ritualmordprozesse im Deutschen Reich (es ging um einen fünfjährigen Knaben, der 1891 in Xanten mit durchschnittener Kehle aufgefunden wurde) die Stimmung durch einen Arzt beträchtlich aufgeheizt, der an der Leiche des Kindes eine auffallend geringe Blutmenge konstatierte: ohne genaue Untersuchung des Fundorts und entgegen den Tatsachen. Das Verfahren endete mit einem Freispruch.

17 Hušek war bereits 1893 zu 14 Tagen ›verschärftem Kerker‹ verurteilt worden, da er einen jüdischen Schächter beschuldigt hatte, christliches Blut ›abzuzapfen‹. Sein Brief an Schneider, in dem er wahrheitswidrig behauptete, der für Polná zuständige Richter sei Jude und versuche daher, Hilsner zu schützen, wurde im *Deutschen Volksblatt* abgedruckt. Bei den Hilsner-Prozessen selbst tat sich Hušek durch häufige Zwischenrufe hervor.

18 Die Radikal-Staatsrechtliche Partei (Státoprávní radikální strana), die eine völlige Autonomie Böhmens forderte, wurde am 19. Februar 1899 als Abspaltung der Freisinnigen Nationalpartei (Národní strana svobodomyslná, ›Jungtschechen‹) gegründet. Einer ihrer Initiatoren war der Antisemit Karel Baxa (1863–1938), der spätere Oberbürgermeister Prags. Siehe Otto Urban, DIE TSCHECHISCHE GESELLSCHAFT 1848–1918, Wien/Köln/Weimar 1994, S. 711 ff.

19 Ende der sechziger Jahren kursierte in der tschechischen Presse die Nachricht, Jan Hrůza habe den Mord an seiner Schwester kurz vor seinem Tod eingestanden. Verlässlich bestätigt wurde dieses Gerücht bis heute nicht.

20 ›Polenská vražda‹ [Das Polnaer Verbrechen], in: *Čas*, 29. September 1899.

21 Jan Herben, ›T. G. Masaryk über Juden und Antisemitismus‹, in: Ernst Rychnowsky (Hrsg.), MASARYK UND DAS JUDENTUM, Prag 1931, S. 274–299, hier S. 274 f. Siehe auch Karel Čapek, GESPRÄCHE MIT MASARYK, Stuttgart/München 2001, S. 42 f.

22 Masaryks erste Schrift trug den Titel NUTNOST REVIDOVATI PROCESS POLENSKÝ [Die Notwendigkeit der Revision des Polnaer Prozesses]. Diese Broschüre wurde sofort beschlagnahmt und mit einer Geldstrafe geahndet, ihr Inhalt konnte aber durch einen Verfahrenstrick dennoch bekanntgemacht werden: Eine sozialdemokratische Interpellation im Wiener Reichsrat, die sich gegen die Beschlagnahme richtete, zitierte die Broschüre im vollen Wortlaut (in deutscher Übersetzung, siehe das Stenographische Protokoll der XVI. Session, 10. Sitzung, 9. November 1899). Im Jahr 1900 erschien dann VÝZNAM PROCESU POLENSKÉHO PRO POVĚRU RITUÁLNÍ [Die Bedeutung des Polnaer Verbrechens für den Ritualaberglauben] gleichzeitig in tschechischer (Prag) und deutscher Sprache (Berlin).

23 Siehe Kraus' Artikel über den Hilsner-Prozess in Heft 59 der *Fackel* (Mitte November 1900), S. 1–4, sowie seine Replik auf einige Leserbriefe

in Heft 61 (Anfang Dezember 1900), S. 23 f.: Das ihm abverlangte ausdrückliche Bekenntnis, an den Ritualmord *nicht* zu glauben, halte er für überflüssig und lächerlich, schreibt Kraus. Bereits in Heft 58 hatte er sich über die mediale Dominanz des Themas beklagt: »Welche Aussicht: die nationalen Kämpfe schweigen, die socialen Gegensätze verblassen, und es wird nur mehr *einen* großen Gegensatz geben, den zwischen den politischen Bekennern und den Gegnern des Ritualmordglaubens.« (S. 5)

24 Čapek, GESPRÄCHE MIT MASARYK, S. 177. – Die tschechische Universität verteidigte Masaryk nur halbherzig. Nachdem auch seine nächste Vorlesung nicht ohne Störungen verlief – erneut hatten sich Hunderte von Demonstranten versammelt, einige zogen sogar zu seiner privaten Wohnung –, gab Masaryk seine Lehrtätigkeit für dieses Semester auf.

25 Leopold Hilsner blieb insgesamt 19 Jahre in Haft und wurde erst 1918 anlässlich einer Generalamnestie von Kaiser Karl I. begnadigt. Nach seiner Entlassung lebte er mittellos und unter anderem Namen in Wien, zeitweilig auch in Prag, wo er Unterstützung von der Jüdischen Kultusgemeinde erhielt (*Neue Freie Presse*, Wien, 12. Januar 1928, S. 10). An einem Film, der sein Schicksal darstellte, wirkte er als Schauspieler mit (*Neue Freie Presse*, 27. Mai 1921, S. 6). Staatspräsident Masaryk lehnte es ab, ihn zu empfangen. Hilsner starb 1928 im Alter von 52 Jahren.

26 Zu der Affäre um Willy Haas und Jarmila Ambrožová, deren Ehemann sich das Leben nahm, siehe Stach, KAFKA. DIE JAHRE DER ERKENNTNIS, S. 366 ff. – Dora Diamants Äußerung wurde überliefert von Brod, ÜBER FRANZ KAFKA, S. 177. Es ging bei Kafkas (angeblich vernichteter) Erzählung um die ›Beilis-Affäre‹, einen weiteren, ebenso spektakulären und auf ebenso absurden Indizien gründenden Ritualmordprozess in Kiew, der 1913 mit Freispruch endete. – Über eine Tragödie von Arnold Zweig um den Ritualmordprozess von Tiszlaeszlár (Ungarn, 1883) schrieb Kafka: »Die irdischen Szenen … haben bezwingendes Leben, es stammt wohl zum grossen Teil aus den grossartigen Akten des Processes«; eine Äußerung, die nahelegt, dass Kafka sich mit den Einzelheiten auch dieses Verfahrens, des spektakulärsten *vor* Polná, beschäftigt haben muss (Brief an Felice Bauer, 28. Oktober 1916; *B3* 268 f.). – Zu weiteren, allerdings vielfach spekulativen Spuren des Ritualmordglaubens in Kafkas Aufzeichnungen siehe Benno Wagner, ›Kafkas Polná. Schreiben jenseits der Nation‹, in: Marek Nekula/Walter Koschmal (Hrsg.), JUDEN ZWISCHEN DEUTSCHEN UND TSCHECHEN. SPRACHLICHE UND KULTURELLE IDENTITÄTEN IN BÖHMEN 1800–1945, München 2006, S. 151–172.

27 Gegenüber Janouch soll Kafka in Erinnerung an seinen Religionsunterricht geäußert haben: »Die Geschichte der Juden bekommt so das Gesicht des Märchens, das der Mensch später mit seiner Kindheit in den Schlund des Vergessens wirft.« (GESPRÄCHE MIT KAFKA, S. 131 f.) – Max Brod schreibt in seinem autobiographischen Roman BEINAHE EIN VORZUGS-

SCHÜLER, es habe im jüdischen Religionsunterricht am Stefansgymnasium keinerlei theologische oder historische Kommentierung der gelesenen Passagen des Alten Testaments gegeben, »so daß uns das meiste, was wir als Lektüre zu schlucken hatten, nur absurd vorkam« (München/Berlin 1973, S. 312).

28 Nathan Grün, DER HOHE RABBI LÖW, Prag 1885. Ders., SAGE UND GESCHICHTE. AUS DER VERGANGENHEIT DER ISRAELITISCHEN GEMEINDE IN PRAG, Prag 1888. Grün verfasste außerdem ein LEHRBUCH DER MOSAISCHEN RELIGION UND DER BIBLISCHEN GESCHICHTE (Prag 1889), das 1902 auch in tschechischer Sprache erschien.

29 Friedrich Torberg, DIE TANTE JOLESCH ODER DER UNTERGANG DES ABENDLANDES IN ANEKDOTEN, München 2004, S. 37. – Anders als Torberg behauptet, hatte Grün tatsächlich die Würde eines Rabbiners. Er war promoviert, leitete die Prager Jüdische Gemeindebibliothek und unterrichtete auch an der Prager Talmud-Thora-Schule. Es ist daher zu vermuten, dass seine Unfähigkeit eher didaktisch als fachlich begründet war. Hugo Bergmann übergeht ihn mit Schweigen, Bruno Kisch hingegen berichtet positiv über ihn (WANDERUNGEN UND WANDLUNGEN, S. 72 f.).

Unschuld und Frechheit

1 Bašík, ›Als Lehrjunge in der Galanteriewarenhandlung Hermann Kafka‹, S. 114–116.

2 Tagebuch, 10. April 1922 (*T* 916). – Dass Kafka ihm den Begriff ›Wöchnerin‹ erklärte, berichtet Bergmann in seinen Erinnerungen über ›Schulzeit und Studium‹, S. 21.

3 Hugo Hecht, ›Zwölf Jahre in der Schule mit Franz Kafka‹, S. 37 f.

4 Brief an Elli Hermann, Anfang August 1921 (BRIEFE 1902–1924, S. 341). – Der Name des zweiten Jungen, des späteren Syphilitikers, war Oskar Flammerschein.

5 Siehe das Nachlassverzeichnis bei Wagenbach, FRANZ KAFKA. BIOGRAPHIE SEINER JUGEND, S. 261.

6 Hugo Hecht hielt am 7. Februar 1905 in der ›Lese- und Redehalle der deutschen Studenten in Prag‹ einen Vortrag über Homosexualität, den auch Kafka besuchte. Einige Tage später begegneten sie einander im Leseraum des Studentenvereins, wobei Kafka die indiskrete Frage Hechts abwehrte, indem er das Thema wechselte (nach einem unveröffentlichten Manuskript von Hugo Hecht; siehe Hartmut Binder, KAFKAS WELT. EINE LEBENSCHRONIK IN BILDERN, Reinbek 2008, S. 56).

7 Auf einem Klassenfoto aus dem Schuljahr 1897/98 ist deutlich zu erkennen, dass Kafkas überdurchschnittliches Wachstum (als Erwachsener war er mehr als 1,80 Meter groß) zu diesem Zeitpunkt noch nicht einge-

setzt hatte: Von fünf Schülern, die mit ihm in einer Reihe stehen, sind vier größer als er.

8 Tagebuch, 31. Dezember 1911/2. Januar 1912 (*T* 334f).

9 Tagebuch, 25. Oktober 1921 (*T* 871).

10 Zu der am besten dokumentierten Szene dieser Art siehe Stach, KAFKA. DIE JAHRE DER ENTSCHEIDUNGEN, S. 453 ff. Kafka verspricht hier seiner Verlobten Felice Bauer, bestimmte Eigenschaften abzulegen, um ihr angenehmer zu sein.

11 Tagebuch, 2. Januar 1912 (*T* 339).

12 Tagebuch, 24. Januar 1922 (*T* 889). – Zu Rilke siehe Peter Demetz, RENÉ RILKES PRAGER JAHRE, Düsseldorf 1953, S. 193.

13 BRIEF AN DEN VATER (*NSF2* 202f.).

14 BRIEF AN DEN VATER (*NSF2* 203).

15 Tagebuch, 24. Januar 1922 (*T* 889).

Der Weg ins Freie

1 BRIEF AN DEN VATER (*NSF2* 197). Hecht, ›Franz Kafkas Tragödie‹, zitiert nach: Binder, KAFKAS WELT, S. 68. – Siehe auch Hecht, ›Zwölf Jahre in der Schule mit Franz Kafka‹, S. 32–43.

2 Brief an Felice Bauer, 10.–16. Juni 1913 (*B2* 209).

3 Tagebuch, 12. Februar 1913 (*T* 492f.).

4 Brief an Felix Weltsch, ca. 22.–25. Oktober 1917 (*B3* 357). Anthony Northey, ›Franz Kafkas Selbstmörder‹, in: *Sudetenland* 49 (2007), S. 280f. Pouzarová, ›Als Erzieherin in der Familie Kafka‹, S. 65.

5 Tagebuch, 31. Dezember 1911 (*T* 333). Bergmann, ›Schulzeit und Studium‹, in: Koch, »ALS KAFKA MIR ENTGEGENKAM«, S. 24 u. 27.

6 Tagebuch, 17. Dezember 1913 (*T* 616).

7 Hugo Bergman [!], ›Erinnerungen an Franz Kafka‹, in: *Universitas* 21 (1972), S. 739–750, hier S. 745.

8 *B1* 605f.

9 Brief an Else Bergmann, 9. Februar 1916 (Original in der Jüdischen Nationalbibliothek, Jerusalem). Gershom Scholem, VON BERLIN NACH JERUSALEM, Frankfurt am Main 1997, S. 129.

10 Bergmann, ›Schulzeit und Studium‹, S. 24. – Jede politische Betätigung war den Gymnasiasten per Disziplinarordnung verboten. Den studentischen Verbindungen wiederum war es untersagt, durch Gründung von organisatorischen Ablegern an Schulen künftige Mitglieder zu rekrutieren (in Kafkas Fall war es der farbentragende ›Altstädter Collegientag‹, der sich darüber hinwegsetzte). Es muss daher offenbleiben, ob Bergmanns und Kafkas Protest ausdrücklich gegen den Nationalismus ihrer ›Blase‹ gerichtet war oder schlicht gegen deren (politische) Instrumentalisierung.

11 Bergmann, ›Schulzeit und Studium‹, S. 24. Brief an den Vater (*NSF2* 174).

12 Diese Legende geht auf den tschechischen Journalisten Michal Mareš (1893–1971) zurück, einen flüchtigen Bekannten Kafkas (siehe ders., ›Kafka und die Anarchisten‹, in: Koch, »Als Kafka mir entgegenkam«, S. 86–91). Mareš behauptete unter anderem, er habe Kafka in den anarchistischen ›Klub mladých‹ (Klub der Jugend) eingeführt und bei einer von der Polizei auseinandergetriebenen Protestkundgebung sei Kafka sogar kurzzeitig festgenommen worden. Eine unabhängige Bestätigung für diese Geschichten gibt es nicht, viele der von Mareš angeführten Einzelheiten sind jedoch nachweislich falsch oder widersprechen einander (vgl. Binder, Kafkas Welt, S. 602, sowie Josef Čermák, Franz Kafka – Výmysly a mystifikace, Prag 2005, S. 51–55). Andererseits ist nicht zu übersehen, dass Kafkas antiautoritäre Sympathien bei vielen seiner Kommentatoren auf Unverständnis stießen und daher weniger gründlich erforscht und reflektiert wurden als andere Interessenfelder. – Ein vorläufiges Resümee des Streits um den politischen Kafka zog Klaus Wagenbach anlässlich der Neuausgabe seiner Kafka-Biographie (Berlin 2006, S. 237–241).

13 Zitiert und rückübersetzt aus den Erinnerungen des niederländischen Journalisten Nico Rost, der 1923 Zeuge der Begegnung wurde (›Persoonlijke ontmoetingen met Franz Kafka en mijn Tsjechische vrienden‹, in: *De Vlaamse Gids* 48 (1964), Feb., S. 75–97).

14 Im Anhang seiner zweiten Briefedition von 1958 schreibt Max Brod: »Die hier veröffentlichten Briefe Kafkas [an Pollak] fanden sich im Nachlaß Oskar Pollaks, wo ich sie im Einvernehmen mit der Witwe Pollaks studieren konnte. Einiges Unwesentliche, dem Umfang nach sehr wenig, habe ich bei der ersten Publikation der Briefe Kafkas 1937 weggelassen und kann es jetzt leider nicht mehr ergänzen, da die Originalbriefe während der Besetzung Prags wahrscheinlich verlorengegangen sind.« (Franz Kafka, Briefe 1902–1924, Frankfurt am Main 1958, S. 496) Mark M. Anderson weist zu Recht darauf hin, dass man Eingriffen Brods in Briefe und Tagebücher Kafkas mit grundsätzlichem Misstrauen begegnen sollte, da diese Eingriffe häufig tendenziös waren – etwa mit dem Ziel, missliebige Äußerungen Kafkas zum Judentum zu unterdrücken (Kafka's Clothes. Ornament and Aestheticism in the Habsburg Fin de Siècle, Oxford 1992, S. 55, Anm. 5). Saul Friedländers noch weiter gehende Vermutung, Brod habe »einen Teil der Korrespondenz« zwischen Kafka und Pollak »versteckt« oder »beseitigt«, entbehrt jedoch jeder Grundlage (Franz Kafka, München 2012, S. 22). Im Nachlass Brods befindet sich keiner der zwischen Kafka und Pollak gewechselten Briefe.

15 Brief an Oskar Pollak, 27. Januar 1904 (*B1* 36). – Max Brod schreibt, Pollak habe eine gewisse »Schroffheit und Unzugänglichkeit« gezeigt

(ÜBER FRANZ KAFKA, S. 56), Kafka selbst warf dem Freund gar vor, er trage einen »bösen verfluchten Kritikus im Leib« (Brief an Oskar Pollak, ca. 24. August 1902; *B1* 13).

16 Gegründet wurde der Dürerbund im Oktober 1902 in Dresden, ab 1904 gab es eine Ortsgruppe auch in Prag. Aus dem Jahr 1905 ist eine Liste erhalten, die ca. 3100 Einzelmitglieder verzeichnet, darunter mehr als ein Drittel Lehrer und Geistliche, also ›Erzieher‹ im weiteren Sinn. Daraus lässt sich rückschließen auf die enorme Breitenwirkung des *Kunstwarts*, die dessen numerischen Erfolg (bis zu 22 000 Abonnenten) noch weit übertroffen haben muss. Die immer bewusstere (und selbstbewusstere) lebensreformerische Orientierung des *Kunstwarts* manifestierte sich dann auch in einem neuen Untertitel: ›Halbmonatsschau für Ausdruckskultur auf allen Lebensgebieten‹. (Vgl. Birgit Kulhoff, BÜRGERLICHE SELBSTBEHAUPTUNG IM SPIEGEL DER KUNST. UNTERSUCHUNGEN ZUR KULTURPUBLIZISTIK DER RUNDSCHAUZEITSCHRIFTEN IM KAISERREICH (1871–1914), Bochum 1990, Kap. 5.2.)

17 Vgl. den Brief an Oskar Pollak vom 4. Februar 1902, in dem Kafka zweimal den ›Kunstwart‹ als beiderseits vertrautes Kürzel verwendet: »Wenn wir zu Dingen kommen, die nicht gerade Straßensteine oder ›Kunstwart‹ sind ...« (*B1* 10). – An Leo Baum, den in der Odenwaldschule in Heppenheim lebenden knapp 13-jährigen Sohn von Oskar Baum, schrieb Kafka im Herbst 1922: »Bonus unterrichtet auch Dich schon? Vor Jahren habe ich im ›Kunstwart‹ manches von ihm mit grossem Respekt gelesen.« (Kafka, BRIEFE 1902–1924, S. 286 f.; die Datierung auf 1920 ist unrichtig) Der protestantische Pfarrer, Autor und Erzieher Arthur Bonus (1864–1941) war von 1917 bis 1921 Redakteur des *Kunstwarts*. Den »grossen Respekt« Kafkas muss man in diesem Kontext nicht wörtlich nehmen – er konnte sich ja gegenüber dem Jungen keinesfalls kritisch über dessen Lehrer äußern –, doch dass Bonus neben reformpädagogischen Ideen auch ein »germanisiertes Christentum« vertrat, störte ihn offenbar nicht. In seinen Sympathien für den *Kunstwart* wurde Kafka sicherlich auch darin bestärkt, dass antisemitische Ausfälle hier unterblieben.

18 Brief an Oskar Pollak, ca. 12. August 1902 (*B1* 12). – »Als ich Kafka kennenlernte«, schrieb Max Brod, »war er gerade dabei, seine spitzpinselig manierierte, gleichsam gotische Periode zu überwinden – in der er, unter dem Einfluß des ›Kunstwart‹, der sehr kritischen, nur bestimmte, allerdings große Autoren wertschätzenden Zeitschrift, gelegentlich auch in Deutschtümelei verfallen war.« (STREITBARES LEBEN, S. 188)

19 Das Prosastück findet sich im Brief an Oskar Pollak vom 20. Dezember 1902 (*B1* 17–19); von der Übergabe von Manuskripten an Pollak ist in den beiden Briefen vom September 1903 die Rede (*B1* 24–27).

20 Auch die *Neue Rundschau* hat Kafka später abonniert. In einer Ende der dreißiger Jahre von Elsa Brod erstellten Liste von Zeitschriften und

Broschüren, die sich in Kafkas Nachlass erhalten hatten, finden sich zahlreiche Einzelhefte (ab 1906) und selbst ein kompletter Jahrgang (1922). (Siehe das Faksimile in: Wagenbach, FRANZ KAFKA. BIOGRAPHIE SEINER JUGEND, S. 262 ff.) Vermutlich kannte Kafka die leicht zugängliche Zeitschrift schon als Gymnasiast. – Dass Kafka Schauspiele (jedoch keine Opern) auch am tschechischen Theater sah, ist den Erinnerungen Hugo Hechts zu entnehmen (›Zwölf Jahre in der Schule mit Franz Kafka‹, S. 37). Dem Wagner-Enthusiasmus einiger seiner Mitschüler stand Kafka (wiederum nach Hecht) beziehungslos gegenüber. Auch gibt es keinen Beleg dafür, dass Kafka jemals die weit über Prag hinaus berühmten ›Mai-Festspiele‹ besucht hätte, bei denen die weltweit prominentesten Sänger auftraten.

21 Die Sammelbesprechung eines anonymen Rezensenten, die Kafkas VERWANDLUNG lediglich zwei Sätze widmet, erschien im LITERARISCHEN JAHRESBERICHT DES DÜRERBUNDES. ZWEITER KRIEGSRATGEBER 1916–17, München 1917; wiederabgedruckt bei Jürgen Born (Hrsg.), FRANZ KAFKA. KRITIK UND REZEPTION ZU SEINEN LEBZEITEN 1912–1924, Frankfurt am Main 1979, S. 75 f. – Das in sechsstelliger Auflage verbreitete HAUSBUCH DEUTSCHER LYRIK besaß Kafka in der Ausgabe von 1913; seiner Schwester Elli empfahl er den Kauf in einem Brief vom Juli 1922 (*B5*). Sicherlich nicht zufällig schenkte ihm Oskar Baum 1918 das ebenfalls von Ferdinand Avenarius zusammengestellte BALLADENBUCH. Auch das von Avenarius ausdrücklich für Frontsoldaten gedruckte VERGNÜGTE BÜCHEL besaß Kafka (obwohl er die vernichtende Kritik von Karl Kraus gewiss kannte; siehe *Die Fackel*, H. 423–425, 5. Mai 1916, S. 20 f.).

22 Gegenüber Franz Overbeck bezeichnete Nietzsche den *Kunstwart* als »Schund- und Schandblatt« (Postkarte vom 18. April 1888). Als sich dessen Herausgeber kurz darauf enttäuscht darüber zeigte, dass Nietzsche die Zeitschrift abbestellt hatte, begründete Nietzsche dies mit dem im *Kunstwart* wehenden »verfluchten Wind von Deutschthümelei«; besonders empörte ihn eine Polemik gegen Heinrich Heine (Briefentwurf an Ferdinand Avenarius, 20. Juli 1888). Vgl. Friedrich Nietzsche: SÄMTLICHE BRIEFE. KRITISCHE STUDIENAUSGABE IN 8 BÄNDEN, Bd. 8, München 1986, S. 297, 359. – Leser der Generation Kafkas wurden über diesen Konflikt im Unklaren gelassen; in seinem Nachruf auf Nietzsche behauptete Avenarius sogar, dieser habe an der Gründung des *Kunstwarts* »mit freundlicher Beihülfe« teilgenommen. Der sachlichen Auseinandersetzung mit Nietzsche entzog sich Avenarius mit der These, dieser habe gar keine stichhaltige Weltanschauung, sondern »Gedanken-*Dichtungen*« hinterlassen (Ferdinand Avenarius, ›Zu Nietzsches Tod‹, in: *Kunstwart*, 13. Jg., H. 24 (September 1900), S. 429–431).

23 *NSF1* 8. – Das Albumblatt ist überliefert, weil Selma Kohn (verheiratete Robitschek) es später heraustrennte und Max Brod übergab. Ihre zu-

gehörigen Mitteilungen zitierte Brod in den Kommentaren seiner Kafka-Briefauswahl (S. 495 f.).

24 Orte wurden generell schon dann als ›jüdisch dominiert‹ empfunden, wenn der Prozentsatz an Juden, den man dort antraf, erkennbar über dem gewohnten Durchschnitt lag (in Deutschland ca. 1 %, in Berlin ca. 5 %). Auf Norderney hatte sich Theodor Fontane bereits 1882 über die »frechen, unschönen Gaunergesichter« der Juden beklagt, die sich einem »überall aufdrängen«, obwohl selbstverständlich nichtjüdische Gäste auch hier weit in der Überzahl waren (Brief an Emilie Fontane, 17. August 1882, in: Werke, Schriften und Briefe, hrsg. Von Walter Keitel und Helmuth Nürnberger, Teil 4, Band 3, München 1980, S. 200). Gegen Ende des Jahrhunderts begannen dann andere Nordseebäder damit, antisemitisch gesinnte Kurgäste von Norderney abzuwerben, indem sie sich ausdrücklich als ›judenfrei‹ bezeichneten. Auf Borkum etwa spielte die Kurkapelle nach jedem Konzert – über Jahrzehnte! – das berüchtigte ›Borkumlied‹, bei dem das Kurpublikum stets vielstimmig mitwirkte: »Borkum, der Nordsee schönste Zier, / bleib du von Juden rein, / laß Rosenthal und Levinsohn / in Norderney allein.« Versuche, dieses Ritual auf gerichtlichem Weg zu unterbinden, scheiterten. Gleichsam als Rückkoppelungseffekt erhöhte sich dann auf Norderney der Prozentsatz der jüdischen Kurgäste bis Ende der zwanziger Jahre beträchtlich, da sie hier vor derartigen Pöbeleien weitgehend sicher waren. – Zur Geschichte ›jüdischer‹ Kurorte siehe Mirjam Triendl-Zadoff, Nächstes Jahr in Marienbad. Gegenwelten jüdischer Kulturen der Moderne, Göttingen 2007.

25 Siehe die Schilderung des prüden und absurd überreglementierten Badebetriebs auf Norderney bei Jules Huret, Berlin um Neunzehnhundert, München 1909 (Reprint: Berlin 1979), S. 121 ff. Selbst das gemeinsame Baden von Ehepaaren war untersagt.

26 Oskar Kafka war der Sohn von Hermann Kafkas ältestem Bruder Filip und dessen Frau Klara, die in Kolin lebten, ca. 60 km östlich von Prag. Begegnungen zwischen Franz und Oskar sind nicht nachweisbar, jedoch sehr wahrscheinlich. Vgl. Northey, ›Franz Kafkas Selbstmörder‹, S. 273.

Zur Hölle mit der Germanistik

1 Tagebuch, 15. Februar 1920 (*T* 854 f.) – Die bei Kafka seltenen eckigen Klammern wurden von ihm nachträglich eingefügt.

2 So der Eintrag ins Gästebuch des Gasthofs Frisia, in der Handschrift Siegfried Löwys: ein Hinweis darauf, dass diese Entscheidung vor Antritt der Reise bereits gefallen war und nicht erst aus Gesprächen mit dem naturwissenschaftlich interessierten Onkel hervorging (vgl. Brigitte und

Helmut Heintel, ›Franz Kafka: 1901 allein auf Norderney und Helgoland?‹, in: *Freibeuter*, H. 17(1983), S. 21).

3 *NSF2* 195.

4 Dieses Absolutorium ist abgedruckt bei Wagenbach, Franz Kafka. Biographie seiner Jugend, S. 253 f.

5 Brief an Oskar Pollak, ca. 24. August 1902 (*B1* 13 f.). – Das Original dieses Briefs, den Kafka aus der Sommerfrische schrieb und den Max Brod bei der Witwe Pollaks fand, ist verschollen. Als Brod ihn in seine erste Kafka-Briefauswahl von 1937 aufnahm, ließ er eine lange Passage weg, die nach seiner Erinnerung »eine heftige Polemik« gegen Sauer enthielt (Kafka, Briefe 1902–1924, S. 496). Offensichtlich ist jedoch, dass auch die letzten Sätze vor der Textlücke, in denen Kafka die Phantasie einer germanistisch ›behandlungsbedürftigen‹ Landschaft entwickelt, auf August Sauer zielen, denn ›Landschaft‹ war eine von dessen zentralen literarhistorischen Kategorien. Ergänzt man den von Brod wiederum weggelassenen Namen, so lauten diese Sätze im Zusammenhang: »Und so will ich Dir zu Nutz und Frommen die absonderliche Geschichte erzählen, wie weyland [Professor Sauer], den Gott selig habe, von Franz Kafka überwunden wurde. [Absatz] Lief mir der immer nach, wo ich lag und stand. Wenn ich auf der Weinbergsmauer lag und übers Land sah und vielleicht etwas Liebes schaute oder hörte dort weit hinter den Bergen, so kannst Du sicher sein, daß sich plötzlich jemand mit ziemlichem Geräusch hinter der Mauer erhob, feierlich mäh mäh sagte und gravitätisch seine treffende Ansicht zum Ausdruck brachte, daß die schöne Landschaft entschieden einer Behandlung bedürftig sei. Er explizierte den Plan einer gründlichen Monographie oder einer lieblichen Idylle ausführlich und bewies ihn wirklich schlagend. Ich konnte ihm nichts entgegensetzen als mich und das war wenig genug.« (*B1* 14) – Ein anderer (späterer) Schüler Sauers, nur ein Jahr jünger als Kafka, war Josef Nadler, der mit seiner mehrbändigen Literaturgeschichte des deutschen Volkes. Dichtung und Schrifttum der deutschen Stämme und Landschaften (1912 ff.) Sauers Programm popularisierte (und in der 4. Auflage ab 1938 um antisemitische Züge bereicherte). Auch Franz Jesser, Erfinder des ›Sudetendeutschtums‹, war ein Schüler Sauers und übernahm von diesem die Herausgeberschaft von *Deutsche Arbeit. Monatszeitschrift für das geistige Leben der Deutschen in Böhmen*.

6 Brief an Oskar Pollak, ca. 24. August 1902 (*B1* 14).

7 Dies war politisch so gewollt, denn um tschechischen Ansprüchen vorzubeugen, wurde auch in den Verlautbarungen aus Wien der Begriff ›Teilung‹ strikt vermieden. So heißt es in der recht gewunden formulierten ›Allerhöchsten Entschließung‹ des Kaisers vom 11. April 1881: »Ich genehmige, daß die Karl-Ferdinands-Universität in Prag derart eingerichtet werde, daß je eine Universität mit deutscher und böhmischer Unter-

richtssprache bestehe, welche beiden Universitäten den Namen Carlo-Ferdinandea fortzuführen haben.«

8 Auffallend ist diese Tendenz bei dem Germanisten Arnošt Vilém Kraus, der 1883 an der deutschen Karlsuniversität promovierte, 1898 an der tschechischen Karlsuniversität eine Professur erhielt und somit gleichsam der tschechische Widerpart August Sauers war. In der Mehrzahl seiner Publikationen beschäftigte sich Kraus mit böhmischen Motiven in der deutschen und mit deutschen Motiven in der böhmischen Literatur; auch forschte er über deutsche Schriftsteller, die in Böhmen lebten, was Sauer mit höflichem Interesse quittierte. Vgl. Lenka Pokorná, ›Die Anfänge der tschechischen Germanistik‹, in: Hans Lemberg (Hrsg.), Universitäten in nationaler Konkurrenz. Zur Geschichte der Prager Universitäten im 19. und 20. Jahrhundert, München 2003, S. 115–133.

9 Nach einem Beschluss der tschechoslowakischen Provisorischen Nationalversammlung vom 19. Februar 1920 gingen das Karolinum sowie sämtliche Archive in tschechischen Besitz über. Die deutsche Universität bestand fort, ihre offizielle Bezeichnung lautete aber nur mehr ›Deutsche Universität Prag‹.

10 Pouzarová, ›Als Erzieherin in der Familie Kafka‹, S. 66. – Auch Max Brod berichtet in seinen Erinnerungen, er habe dieses Band »mit Stolz« getragen (Streitbares Leben, S. 123).

11 Bruno Kafka (1881–1931) war ein Enkel Samuel Kafkas; dieser wiederum ein Bruder von Franz Kafkas Großvater Jakob. Kafkas Pate, der wohlhabende Likörfabrikant Angelus Kafka, war ein Onkel Brunos. Der Jurist Moritz Kafka, einer der bekanntesten Anwälte Prags, der zeitweilig auch Hermann Kafka vertrat, war der Vater Brunos und seit seiner Studentenzeit ebenfalls Mitglied der Halle. – Dass Franz und Bruno während der Universitätsjahre keinerlei Verbindung zueinander hatten, geht auf eine Beobachtung Max Brods zurück (Streitbares Leben, S. 157). Ein späterer beruflicher Kontakt ist jedoch wahrscheinlich, denn während des Ersten Weltkriegs leitete Bruno Kafka das Kriegsfürsorgeamt in Prag. Er brachte es außerdem zum Professor der Rechtswissenschaft, später zum Dekan und zum Rektor der deutschen Prager Universität. Politisch betätigte sich Bruno Kafka nach 1918 als einer der wichtigsten Repräsentanten der deutschsprachigen Minderheit. Sein früher Tod war die Folge einer Krebserkrankung.

12 Hugo Hecht bestätigt, dass Kafka die Bibliothek der Halle »eifrig benützte« (›Zwölf Jahre in der Schule mit Franz Kafka‹, S. 43), während Max Brod in seiner Autobiographie überraschenderweise behauptet, Kafka habe sich für diese Bibliothek kaum interessiert (Streitbares Leben, S. 159). In der bisher genauesten Rekonstruktion von Kafkas Mitgliedschaft in der ›Lese- und Redehalle‹ hat Hartmut Binder jedoch nachgewiesen, dass Brods Erinnerungen an diese Jahre höchst unzuverlässig

sind; vgl. ders., ›»Nachdem der Handschlag auf deutsche Gesinnung geleistet worden …«. Kafka in der »Lese- und Redehalle«‹, in: *Else-Lasker-Schüler-Jahrbuch zur Klassischen Moderne*, 2 (2003), S. 160–207. Im Anhang dieses Aufsatzes findet sich auch eine Liste von 47 Sitzungen und Veranstaltungen der ›Abteilung für Literatur und Kunst‹ während Kafkas Studentenjahren. – Die wichtigsten primären Quellen sind die alljährlich erschienenen BERICHTE DER LESE- UND REDEHALLE DER DEUTSCHEN STUDENTEN IN PRAG sowie die Protokollbücher der literarischen Abteilung, die im Prager Universitätsarchiv überdauert haben.

13 Am 19. Januar 1902 hielt der Jurastudent Georg Pick in der Literaturabteilung einen Vortrag über ›Hauptmanns Märchendramen‹, nach dem es offenbar zu einer heftigen Debatte kam. Im Protokoll heißt es: »Kafka geht zu persönlichen Ausfällen über …«, ein Satz, der zunächst gestrichen und dann wieder gültig gemacht wurde. Dass Kafka schon wenige Monate nach seinem Beitritt zur Halle derart offensiv aufgetreten sein soll, ist kaum glaubhaft. Tatsächlich gibt es Indizien dafür, dass hier *Bruno* Kafka gemeint sein könnte: Zum einen ist überliefert, dass auch bei anderen Vorträgen Georg Picks stets befreundete Vertreter des Halle-Ausschusses anwesend waren; zum anderen hat Kafka selbst bezeugt, dass er Hauptmanns VERSUNKENE GLOCKE, einen der Gegenstände des Vortrags, überhaupt nicht kannte (Brief an Max Brod, 20. Januar 1918, *B4* 23).

14 Postkarte an Paul Kisch, 11. März 1903 (*B1* 24).

15 Brief an Felice Bauer, 11./12. Februar 1913 (*B2* 87). Den Zeichenunterricht bei einer nicht identifizierten »schlechten Malerin« nahm Kafka vermutlich erst nach seinem Studium. – Gustav Janouch berichtet, Kafka habe noch wenige Jahre vor seinem Tod mehrfach den Wunsch geäußert, besser zeichnen zu können. Das erscheint plausibel, trotz der grundsätzlichen Unglaubwürdigkeit Janouchs.

16 Ende Dezember 1901 hielt Emil Orlik im ausverkauften Spiegelsaal des Deutschen Hauses zwei Vorträge über Leben und Kunst in Japan, von wo er nach mehr als einjährigem Aufenthalt soeben zurückgekehrt war. Im November 1902 war im Rudolfinum eine Orlik-Ausstellung mit Tuschezeichnungen und Farbholzschnitten zu sehen. Sämtliche Exponate dieser Ausstellung wurden vom Prager Kupferstichkabinett aufgekauft.

17 Emil Orlik, ›Aus einem Briefe [Tokio, Juni 1900]‹, in: *Deutsche Arbeit*, 2. Jg., H. 1 (Oktober 1902), S. 62.

18 Brod, STREITBARES LEBEN, S. 159.

Freund Max

1 Die ersten vier Bände der ›Gesammelten Schriften‹, an denen der junge Philologe Heinz Politzer beträchtlichen Anteil hatte, erschienen 1935

im Berliner Schocken-Verlag. Die deutsche Reichsschrifttumskammer reagierte auf diese Ausgabe, indem sie im Oktober desselben Jahres das Gesamtwerk Kafkas auf die ›Liste 1 des schädlichen und unerwünschten Schrifttums‹ setzte. Daher erschienen die übrigen beiden Bände 1937 formell bei Heinrich Mercy in Prag (dem Verlag des *Prager Tagblatts*), fast gleichzeitig mit Max Brods FRANZ KAFKA. EINE BIOGRAPHIE (ERINNERUNGEN UND DOKUMENTE).

2 Ludwig Hardt, ›Verkümmerndes und erwachendes Judentum. Zu Max Brods Kafka-Biographie‹, in: *Jüdische Rundschau*, 4. März 1938, S. 5. – Zur Bedeutung Ludwig Hardts für Kafka siehe Stach, KAFKA. DIE JAHRE DER ERKENNTNIS, S. 438 ff.

3 Erstveröffentlichung in: Walter Benjamin, BRIEFE, hrsg. von Gershom Scholem und Theodor W. Adorno, Bd. 2, Frankfurt am Main 1966, S. 756–760. – Benjamins Sprache, so urteilte Scholem über die Rezension, treffe »die Schweinerei ... ins Herz« (Brief an Walter Benjamin, 6.–8. November 1938, in: Walter Benjamin/Gershom Scholem, BRIEFWECHSEL 1933–1940, hrsg. von Gershom Scholem, Frankfurt am Main 1980, S. 286).

4 Pawel, DAS LEBEN FRANZ KAFKAS, S. 132.

5 Bei den Malern handelte es sich um die junge deutsch-tschechische Gruppe ›Die Acht‹ (siehe Friedrich Feigl, ›Kafka und die Kunst‹, in: Koch, »ALS KAFKA MIR ENTGEGENKAM ...«, S. 147). Brod würdigte diese Gruppe, zu der auch Max Horb gehörte, in dem Aufsatz ›Frühling in Prag‹, der am 18. Mai 1907 in der Berliner Zeitschrift *Die Gegenwart* erschien; lange Auszüge daraus zitiert Brod in seinem Erinnerungsbuch DER PRAGER KREIS, Frankfurt am Main 1979, S. 60–65.

6 Brod, STREITBARES LEBEN, S. 9.

7 *Die Fackel*, H. 98 (27. März 1902), S. 13.

8 Brod, STREITBARES LEBEN, S. 160.

9 Brod, STREITBARES LEBEN, S. 119.

10 Max Brod an Richard Dehmel, 2. Juni 1913.

11 Arthur Schnitzler an Olga Schnitzler, 1. November 1911, in: ders., BRIEFE 1875–1912, hrsg. von Therese Nickl und Heinrich Schnitzler, Frankfurt am Main 1981, S. 682. – Im gleichen Sinn äußerte sich Schnitzler zu einem noch nicht aufgeführten Bühnenwerk, das Brod ihm bald darauf nach Wien schickte: »Las Brods ›Abschied von der Jugend‹ (vom Autor übersandt) nicht ohne Begabung; im wesentlichen flüchtig, leer und prätentiös.« (Arthur Schnitzler, Tagebucheintrag vom 28. Dezember 1911, in: ders., TAGEBUCH 1909–1912, hrsg. von Werner Welzig, Wien 1981, S. 292)

12 Max Brod, DAS GROSSE WAGNIS, Wien/Leipzig 1918, S. 30.

13 Charakteristisch dafür auch der Schlagabtausch zwischen Brod und dem Kraus-Verehrer Leopold Liegler (siehe Stach, KAFKA. DIE JAHRE DER ENTSCHEIDUNGEN, S. 400 ff.).

14 Brod, Der Prager Kreis, S. 109; vgl. ebd., S. 85: »Wie man sieht, bin ich gar nicht so bescheiden, wie man mir immer wieder bis zum Ekel nachrühmt.« – In Brods autobiographischen Zeugnissen finden sich auffallend oft faktische Ungenauigkeiten und Erinnerungslücken, die in ihrer Summe Brods Rolle als bedeutsamer hervortreten lassen und die konkurrierenden Leistungen anderer schmälern; ein Beispiel hierfür ist die (literaturgeschichtlich unhaltbare) Selbststilisierung als Vorbild und einziger Entdecker Werfels. Nachweisbar sind jedoch auch bewusste Manipulationen im eigenen Interesse, bis hin zu Eingriffen in Kafkas Tagebücher; siehe dazu Stach, Kafka. Die Jahre der Entscheidungen, S. 612, Anm. 7.

Auch in seinem Verhältnis zu Palästina bzw. Israel, wo er die letzten drei Jahrzehnte seines Lebens verbrachte, bemühte sich Brod um nachträgliche Korrekturen. So schrieb er 1922 in einer Theaterkritik, er habe »Herzensvorbehalte gegen Palästina, d.h. gegen die *Ausschließlichkeit* der Palästinarettung des Juden«. In dem Band Sternenhimmel. Musik- und Theatererlebnisse von 1923 ist diese Passage ungekürzt abgedruckt (S. 218), für die Neuausgabe von 1966 tilgte Brod jedoch die Bemerkung. Noch gröberer Mittel bediente sich Brod bei dem Versuch, den Plan einer Emigration in die USA zu verschleiern. So schrieb er in Streitbares Leben: »Als später die Gefahr des Hitlerismus anstieg und ein Verbleiben in Prag Qualen und den Tod bedeutete, hat sich Thomas Mann meiner angenommen, ohne daß ich ihn darum hätte ersuchen müssen. Durch Manns Intervention war alles so geschickt gefügt, daß eine Professorenstelle für mich an einem amerikanischen College wartete. Ich zog es vor, dem Genius meines Lebens zu folgen und nach Palästina zu gehen.« (S. 254 f.) In Wahrheit hatte Brod am 30. November 1938 Thomas Mann dringlich gebeten, ihm die Einladung einer amerikanischen Universität zu verschaffen, denn: »Ich bin entschlossen, nach Amerika auszuwandern, so lange es noch Zeit ist.« (Der vollständige Brief ist abgedruckt im Ausstellungskatalog Prager Deutsche Literatur vom Expressionismus bis zu Exil und Verfolgung, hrsg. von Ernest Wichner und Herbert Wiesner, Berlin 1995, S. 187 ff.) Tatsächlich hatte die Intervention Thomas Manns Erfolg, Brod erhielt einen Ruf an die Hebrew University of Cincinnati, der ihn jedoch vor seiner Abreise aus Prag am 14. März 1939 nicht mehr erreichte. Der Vorgang lässt vermuten, dass Brods USA-Pläne (und keineswegs nur die in der Autobiographie geschilderten bürokratischen Hindernisse) ein wesentlicher Grund dafür waren, dass er bis zum letztmöglichen Augenblick in Prag ausharrte.

15 Vgl. Brod, Über Franz Kafka, S. 29.

16 Die lange stationäre Behandlung war offenbar auch eine Vorsichtsmaßnahme, um möglichen Problemen mit der Atmung, die das Korsett verursachen konnte, sofort begegnen zu können. – Die Erfindung des or-

thopädischen Korsetts brachte Hessing endlich auch Anerkennung in Kreisen der Schulmedizin; ausdrücklich empfohlen wurde es etwa in Albert Hoffas Lehrbuch der orthopädischen Chirurgie, das 1891 erschien, also kurz nach Brods Erstbehandlung, und das dann in zahlreiche Sprachen übersetzt wurde.

17 Vgl. Stach, Kafka. Die Jahre der Erkenntnis, S. 101 ff.

18 Zu Max Bäuml siehe Brod, Der Prager Kreis, S. 28 u. 147 ff.

19 Brod, Über Franz Kafka, S. 62.

20 Max Brod, Zauberreich der Liebe, Berlin/Wien/Leipzig 1928, S. 75 f. u. 68. Max Brod, Tagebuch, 3. Oktober 1909. Vgl. Günther Birkenfeld, ›Max Brods neuer Roman‹, in: *Jüdische Rundschau*, 18. Dezember 1928, S. 705. – In einem Tagebuchexzerpt notierte Max Brod: »3./4. April 1908 starb Bäuml. / Dann wohl Gespräch mit Kafka über Freundschaft.« – Oskar Pollak übernahm im Herbst 1903 eine Stellung als Hauslehrer auf Schloss Oberstudenetz bei Zdiretz (Ždírec nad Doubravou), etwa 100 km südöstlich von Prag; auch Kafkas letzter erhaltener Brief an Pollak, vermutlich vom Frühjahr 1904, ist noch an diese Adresse gerichtet (*B1* 37). Wann Pollak nach Prag zurückkehrte – er promovierte dort 1907 in Kunstgeschichte – und ob er auch später noch mit Kafka zusammentraf, ist nicht bekannt.

21 In seiner Biographie über Kafka schrieb Brod: »1908 starb mein Jugendfreund Max Bäuml. Von da an vertiefte sich meine Beziehung zu Franz.« (S. 61) Als dann Klaus Wagenbach in seiner eigenen Kafka-Biographie sinngemäß die gleiche Aussage machte (»Etwa ab 1908 schloß sich Kafka dann enger an seinen treuen Freund und Berater Max Brod an …«, S. 63), protestierte jedoch Brod (wobei er Wagenbach auch noch falsch zitierte, siehe Streitbares Leben, S. 162 f.). – Oskar Baum zufolge war Kafka an den täglichen Treffen Brods mit Bäuml nicht beteiligt (vgl. Brod, Der Prager Kreis, S. 148 f.). Von Kafka wiederum ist überliefert, dass er viele freie Tage mit Přibram verbrachte (vgl. Brief an Max Brod, vermutlich 1904; *B1* 42), und auch weitere briefliche Äußerungen aus den Jahren vor 1908 sind mit Brods Behauptung, er habe Kafka schon damals täglich gesehen, nicht vereinbar.

Verführungen

1 Brief an Paul Kisch, 11. März 1903 (*B1* 23).

2 Brief an Milena Jesenská, 8./9. August 1920 (*B4* 294). – Kafka schreibt, dem damaligen Sprachgebrauch folgend, von einem »Mädchen«, was jedoch keineswegs bedeuten muss, dass sie jünger war als er.

3 Siehe Emil Utiz: ›Acht Jahre auf dem Altstädter Gymnasium‹, in: Koch, »Als Kafka mir entgegenkam …«, S. 50.

4 Freud übernahm das Konzept einer allgemeinen bisexuellen Konstitution von seinem langjährigen Freund Wilhelm Fließ. Allerdings gelang es ihm nicht, diese Idee, die ihm in der Fließschen Fassung zu biologistisch erschien, in die psychoanalytische Theorie überzeugend zu integrieren, was er selbst ausdrücklich bedauerte (Sigmund Freud, DAS UNBEHAGEN IN DER KULTUR, in: ders., STUDIENAUSGABE, Bd. IX, Frankfurt am Main 1997, S. 235, Anm. 2). – Nach dem Erscheinen von Weiningers Werk kam es zu einem Disput zwischen Fließ und Freud. Denn Fließ hatte davon erfahren, dass Weininger vor der Publikation seines Werks Freud aufgesucht hatte, und er hegte nun den Verdacht, dass Freud die Idee der allgemeinen Bisexualität Weininger zur weiteren Verwendung preisgegeben habe. Vergeblich versuchte Freud Fließ damit zu beruhigen, dass Weiningers »Machwerk« ohnehin niemand ernst nehmen werde (Sigmund Freud, BRIEFE AN WILHELM FLIESS. 1887–1904, hrsg. von Jeffrey Moussaieff Masson, Frankfurt am Main 1986, S. 504 ff., insb. S. 513).

5 Otto Weininger, TASCHENBUCH UND BRIEFE AN EINEN FREUND, Leipzig/Wien 1921, S. 66.

6 Leopold Weininger, der Vater Ottos, berichtete in einem Artikel in der *Fackel* davon, dass dieser mehrmals Mutter und Schwester zu »Tanzkränzchen« ausgeführt habe, was ihm mit der Zeit ein wenig peinlich geworden sei (November 1904, H. 169, S. 12 f.). Ebenfalls in der *Fackel* erschien 1923 ein Gedicht des 19-jährigen Weininger, in dem es um den wiederholten, stets von Gewissenqualen begleiteten Besuch bei einer Prostituierten geht (H. 613–621, S. 158).

7 Siehe *Die Fackel*, H. 229 (2. Juli 1907), S. 14.

8 »Betrachte ich das Judenproblem statistisch, würde ich sagen, während meiner Lebensperiode sah oder las ich drei Juden, die ich als genial bezeichnen würde: Weininger, Else Lasker-Schüler, Mombert. Als Talente allerersten Ranges würde ich nennen: Sternheim, Liebermann, Kerr, Hofmannsthal, Kafka, Döblin, Carl Einstein, dazu Schönberg ...« (Gottfried Benn, DOPPELLEBEN, in: PROSA UND AUTOBIOGRAPHIE IN DER FASSUNG DER ERSTDRUCKE, hrsg. von Bruno Hillebrand, Frankfurt am Main 1984, S. 397 f.) – Der letzte bedeutende Autor, der Weininger als *Philosophen* ernst nahm, war Heimito von Doderer, dessen ›Rede auf Otto Weininger‹ (1963) allerdings erst posthum erschien; vgl. Jacques Le Rider, DER FALL OTTO WEININGER. WURZELN DES ANTIFEMINISMUS UND ANTISEMITISMUS. Mit der Erstveröffentlichung der *Rede auf Otto Weininger* von Heimito von Doderer, überarb. u. erw. dt. Ausgabe, Wien/München 1985.

9 Im Frühjahr 1921 schrieb Kafka an Oskar Baum: »Von Dir habe ich fast gar nichts gehört, nur von Deinem Weininger-Vortrag gelesen (gibt es noch immer kein freies Manuskript, keine Korrektur dieses Aufsatzes?)«

(Briefe 1902–1924, S. 320) Die Formulierung deutet darauf hin, dass Kafka nach diesem (nicht überlieferten) Vortrag auch zuvor schon gefragt hatte.

10 Reisetagebuch, September 1911 (*T* 982).

11 Eine detaillierte philologische Analyse von Kafkas Arbeit an seinen Frauenfiguren, insbesondere vor dem Hintergrund der Typologien Weiningers, bei Reiner Stach, Kafkas erotischer Mythos. Eine ästhetische Konstruktion des Weiblichen, Frankfurt am Main 1987.

12 Brief an Felice Bauer, 18. Mai 1913 (*B2* 191).

13 Karte an Max Brod, 23. August 1905 (*B1* 43); Brief an Max Brod, 12.–14. Juli 1916 (*B3* 173). Vgl. den Tagebucheintrag vom 24. Januar 1915: »Das Süsse des Verhältnisses zu einer geliebten Frau wie in Zuckmantel und Riva hatte ich F. gegenüber ausser in Briefen nie« (*T* 723).

14 Vgl. *B1* 47, 415 sowie Binder, Kafkas Welt, S. 112–114.

15 Brief an Max Brod, Mitte August 1907 (*B1* 53). – Der Begriff »sexuelle Etikette«, von Kafka als »Teufelswort« bezeichnet, findet sich in einem Tagebucheintrag vom 10. April 1922 (*T* 915).

16 Brief an Hedwig Weiler, 29. August 1907 (*B1* 57).

17 Brief an Hedwig Weiler, Ende Oktober 1907 (*B1* 78).

18 Weitere Einzelheiten über Hedwig Therese Weiler (1888–1953) bei Hannelore Rodlauer, ›Hedwig Weiler. Franz Kafkas Ferienfreundin‹, in: *Freibeuter*, H. 71 (1997), S. 3–11. Angaben zu den von Hedwig Weiler besuchten germanistischen Vorlesungen bei Hartmut Binder, Kafkas Wien. Porträt einer schwierigen Beziehung, Furth im Wald 2013. – Im Oktober 1917 heiratete Hedwig Weiler den Ingenieur und linken Zionisten Leopold Herzka. Der Name »Hertzka«, der sich auf der letzten Seite von Kafkas ›Oktavheft C‹ findet (*NSF1 App* 82), dürfte sich jedoch auf den Wiener Musikverleger Emil Hertzka beziehen, bei dem der von Brod geförderte Leoš Janáček unter Vertrag stand.

Informierte Kreise: Utitz, Weltsch, Fanta, Bergmann

1 Brief an den Vater (*NSF2* 197 f.)

2 Gustav Janouch berichtet ohne weiteren Beleg, Kafka habe sich über seine Münchner Pläne ausschließlich mit der Mutter beraten. Sie habe dann ihren Bruder Siegfried angeschrieben, den Landarzt in Triesch. Nach einem Gespräch zwischen Kafka und seinem Onkel habe sich dieser schließlich bereit erklärt, eine Erkundungsfahrt nach München zu finanzieren. (Franz Kafka und seine Welt, Wien 1965, S. 64)

3 Karte an Paul Kisch, 26. November 1903 (*B1* 31). An denselben Adressaten schrieb er vier Tage später: »beiläufig 50 Karten habe ich ja doch zu schreiben« (*B1* 32). Auch an Oskar Pollak schickte er offenbar lediglich

eine Karte, keinen Brief, trotz gegenteiligen Versprechens (siehe den Brief an Oskar Pollak, 20. Dezember 1903, *B1* 33).

4 Sowohl von der ›Dichtelei‹ als auch von den ›Elf Scharfrichtern‹ schickte Kafka Bildpostkarten an Kisch (Faksimiles siehe *B1* 403 f.).

5 Brief an Gottfried Kölwel, 3. Januar 1917 (*B3* 283). Ende 1919 plante Kafka sogar, gemeinsam mit Julie Wohryzek drei Monate in München zu verbringen – auch dies ein sicheres Indiz dafür, dass er keineswegs die Stadt, sondern lediglich die Umstände seines ersten Besuchs als »trostlos« empfand (Brief an Käthe Nettel, 24. November 1919, *B4* 93).

6 »Sein fürchterliches Aussehn«, schreibt Kafka im Tagebuch (2. Juni 1912, *T* 424). Paul Kisch wurde Journalist und arbeitete unter anderem – wie sein Bruder Egon Erwin – bei der Prager Tageszeitung *Bohemia*. 1912 promovierte er bei Sauer mit der Arbeit HEBBEL UND DIE TSCHECHEN. DAS GEDICHT »AN SEINE MAJESTÄT, KÖNIG WILHELM I. VON PREUSSEN«: SEINE ENTSTEHUNG UND GESCHICHTE, Prag 1913, Reprint Hildesheim 1973. Dieses Gedicht war berüchtigt, da Hebbel hier Tschechen und Polen als »Bedientenvölker« bezeichnete. In Kischs Dissertation, die Hebbels Ausfälle selbstverständlich gutheißt, ist die Reaktion der tschechischen Öffentlichkeit ausführlich dokumentiert. – Paul Kisch wurde im Herbst 1944 in Auschwitz ermordet.

7 Brief an Max Brod, vor dem 28. August 1904 (*B1* 37 ff.).

8 Der zugehörige Brief ist nicht erhalten, jedoch in Kafkas Tagebuch erwähnt (23. Mai 1912, *T* 422).

9 Hugo von Hofmannsthal, ›Ein Brief‹, in: *Der Tag*, Berlin, 18. und 19. Oktober 1902.

10 Brief an Oskar Pollak, 8. November 1903 (*B1* 29).

11 Berta Fantas Tagebücher wurden lediglich in einer von ihrem Ehemann stark gekürzten und zensurierten Version publiziert, gemeinsam mit der ebenfalls als Quelle bedeutsamen ›Familiengeschichte‹ ihrer Tochter Else; siehe Georg Gimpl (Hrsg.), WEIL DER BODEN SELBST HIER BRENNT ... AUS DEM PRAGER SALON DER BERTA FANTA (1865–1918), Furth im Wald 2001, S. 45–175, 199–266.

12 Vgl. die Briefe an Paul Kisch, 4. und 7. Februar 1903 (*B1* 21 f.).

13 Ernst Horneffer (1871–1954) zählte eine Zeitlang zu den Mitarbeitern des Nietzsche-Archivs; sein Vorschlag, nach Nietzsches Tod zunächst ein philologisch genaues Verzeichnis des gesamten Nachlasses zu erstellen, scheiterte an Elisabeth Förster-Nietzsche, die publizistische Aufmerksamkeit um jeden Preis wollte. – Die Teilnahme Horneffers an mindestens einem Treffen bei Berta Fanta ist verbürgt durch deren Tagebucheintrag vom 26. Januar 1903; vgl. Gimpl, WEIL DER BODEN SELBST HIER BRENNT ..., S. 155 f.

14 Den Band MEINE HOCHBURG publizierte Emil Utitz unter dem Pseudonym Ernst Limé, den Band VON DES LEBENS LETZTEN RÄTSELN. EINE

Lyrische Symphonie in drei Sätzen unter seinem tatsächlichen Namen, beide im Jahr 1902.

15 Die gleiche Überlegung könnte man hinsichtlich der Psychoanalyse anstellen, die in Prag keinen prominenten Repräsentanten hatte. Eine der grundlegenden Behauptungen von Brentanos Psychologie lautete ja, dass es seelische Vorgänge ohne Bewusstsein nicht geben könne: im denkbar schärfsten Gegensatz zu Freuds Metapsychologie des Unbewussten. Dennoch scheinen sich weder die Prager Brentanisten noch die Gäste des Salons Fanta mit der Psychoanalyse gründlich auseinandergesetzt zu haben – was auch für den Kenntnisstand Kafkas sicherlich Folgen hatte.

16 In den letzten beiden Gymnasialjahren wurde ›Philosophische Propädeutik‹ unterrichtet; Emil Gschwind war hier Kafkas Lehrer, in der Matura erreichte er in diesem Fach die Note ›lobenswert‹. Im ersten Semester hörte Kafka ›Praktische Philosophie‹ bei Ehrenfels, im zweiten ›Grundfragen der deskriptiven Psychologie‹ bei Marty.

17 Tagebuch, 3. Januar 1912 (*T* 341).

18 *NSF1* 9–11. Kafka bezieht sich hier auf den ersten Teil von Brods Aufsatz ›Über Ästhetik‹, in: *Die Gegenwart*, Berlin, 17. Februar 1906 (der 2. Teil erschien in der folgenden Nummer eine Woche später). – Vgl. Manfred Engel / Bernd Auerochs (Hrsg.), Kafka-Handbuch. Leben – Werk – Wirkung, Stuttgart 2010, S. 137 f.

19 Theodor Lipps, Grundtatsachen des Seelenlebens, Bonn 1883, S. 409. – Emil Utitz habilitierte sich später mit einer thematisch eng benachbarten Arbeit: Die Funktionsfreuden im ästhetischen Verhalten (Halle 1911).

20 Max Brod, ›Ungedrucktes von Franz Kafka‹ (zugleich der Erstdruck von Kafkas philosophischem Fragment), in: *Die Zeit*, 22. Oktober 1965. Brod, Streitbares Leben, S. 168 f. – Zum angeblichen Einfluss Brentanos auf Kafka vgl. Arnold Heidsieck, The Intellectual Contexts of Kafka's Fiction: Philosophy, Law, Religion, Columbia, SC (Camden House) 1994, insb. S. 32–64; sowie Peter Neesen, Vom Louvrezirkel zum Prozess. Franz Kafka und die Psychologie Franz Brentanos, Göppingen 1972, insb. S. 157–194.

21 Gerhard Kowalewski, Bestand und Wandel. Meine Lebenserinnerungen, zugleich ein Beitrag zur neueren Geschichte der Mathematik, München 1950, S. 243 f. – Zu Ehrenfels' vielfältigen Interessen siehe Reinhard Fabian (Hrsg.), Christian von Ehrenfels. Leben und Werk, Amsterdam 1986.

22 Brod, Streitbares Leben, S. 209.

23 Max Brod, Tagebuch, 30. Januar 1911. – Bemerkenswert ist, dass Brod in seiner Kafka-Biographie den Louvre-Zirkel mit keinem Wort erwähnt, während er dann in seiner Autobiographie Streitbares Leben den Kon-

flikt mit den Brentanisten in aller Ausführlichkeit schildert (S. 167–177), wobei er freilich die Rolle seines Freundes Bergmann verschweigt und stattdessen Utitz' Opportunismus in den Vordergrund rückt. Dass der ›Gerichtshof‹ im Café Louvre ein Knotenpunkt in Brods innerer Biographie war, ist offensichtlich.

24 »Wie galt dieser Bergmann selbst dem Kafka moralisch, wohlüberlegt, tiefsinnig – und jetzt sehn sie alle selbst ein, daß sie mir Unrecht getan haben!« (Brod, Tagebuch, 30. Januar 1911). – Kafka kannte Bergmann seit der Kindheit, Brod jedoch erst seit drei Jahren; mit Bergmann jede persönliche Beziehung abzubrechen, nur weil dieser Brod angegriffen hatte, kam für Kafka begreiflicherweise nicht in Frage. Es bedeutet daher auch keinen Widerspruch zu Brods Darstellung, dass Kafka noch kurz *nach* dem Eklat im Café Louvre die kollektive Widmung einiger Brentanisten zur Promotion Bergmanns mit unterzeichnete (in einem Buch von Ludwig Busse, GEIST UND KÖRPER, SEELE UND LEIB, überreicht am 18. Dezember 1905; vgl. Bergmann, ›Schulzeit und Studium‹, S. 28, wo Bergmann zwar die »allein und seitwärts« stehende Unterschrift Kafkas erwähnt, den Anlass dieser distanzierenden Geste aber verschweigt).

25 Weitere Einzelheiten zur Geschichte dieses Vereins bei Hannelore Rodlauer, ›Ein anderer »Prager Frühling«. Der Verein »Bar Kochba« in Prag‹, in: *Das jüdische Echo* 49 (2000), S. 181–188.

26 Tagebuch, 31. Dezember 1911 (*T* 333).

27 Brod, STREITBARES LEBEN, S. 49.

28 Franz Brentano (1838–1917) studierte Philosophie und Theologie in Würzburg und München. 1864 erhielt er die Priesterweihe, zwei Jahre später habilitierte er sich an der philosophischen Fakultät in Würzburg. 1874 übernahm er eine philosophische Professur in Wien, 1879 trat er aus der katholischen Kirche aus. Als Brentano im folgenden Jahr heiraten wollte, wurde ihm dies mit der Begründung verwehrt, dass sein Priestergelübde ihn nach österreichischem Recht lebenslang binde. Brentano musste daher, um heiraten zu können, die österreichische Staatsbürgerschaft aufgeben, wonach ihm jedoch die Professur entzogen wurde. – Dieser Skandal war in Prag vor allem deshalb gegenwärtig, weil der Jurist Horaz Krasnopolski, der das entscheidende Rechtsgutachten verfasst und damit Brentano um sein Lehramt gebracht hatte, ausgerechnet in Prag lehrte, in der Hochburg der Brentanisten. Kafka hörte bei ihm zwei Semester lang ›Österreichisches Privatrecht‹.

29 Siehe die Briefe Bergmanns und Brentanos, abgedruckt im Anhang zu Miriam Samburskys Aufsatz ›Zionist und Philosoph. Das Habilitierungsproblem des jungen Hugo Bergmann‹, in: *Bulletin des Leo-Baeck-Instituts* 58 (1981), S. 17–40. – Der zur evangelischen Kirche übergetretene Emil Utitz habilitierte sich 1910 an der Universität Rostock, musste dort jedoch elf Jahre lang als Privatdozent ausharren, ehe er eine Professur

erhielt. Seine Konversion bewahrte ihn nicht davor, 1942 ins Ghetto Theresienstadt deportiert zu werden. Er starb 1956 in Jena.

30 Dass voreheliche Keuschheit eine sittliche Pflicht auch für Männer sei, notierte Bergmann ca. 1905; siehe Schmuel Hugo Bergman [!], TAGEBÜCHER UND BRIEFE, hrsg. von Miriam Sambursky, Bd. 1: 1901–1948, Königstein/Ts. 1985, S. 15 f. Das expliziteste unter Else Bergmanns undatierten Gedichten an Kafka trägt den Titel »Erinnerung für F. K.« und lautet: »Ich habe vielerlei Männer genossen / Neugier des Leibes und heißer Drang / Doch einmal nur himmlischen Grund getroffen / In dieses Lebens jagender Zeit / Es war ein Hauch, kaum war's ein Kuss / Es traf ein leichter, goldner Strahl mein Herz / Ein einzig, winzig-kleiner Augenblick, / Hat meinem ganzen Leben Licht gebracht, / Und Deine Worte: Freundschaft, Güte tragend / vielleicht – Unsterblichkeit.« (Zitiert nach: Gimpl, WEIL DER BODEN SELBST HIER BRENNT ..., S. 309) Das Gedicht entstand vermutlich erst in den zwanziger Jahren, als die Ehe der Bergmanns (die 1933 geschieden wurde) sich bereits in Auflösung befand. – Der Nachlass Else Bergmanns wird im Leo Baeck Institute in New York aufbewahrt, der Nachlass Hugo Bergmanns, einschließlich zahlreicher, erst zum Teil erschlossener Briefe von seiner Frau, im Jüdischen Nationalarchiv in Jerusalem.

31 Aus einem Brief Elses an Hugo Bergmann vom 30. Juni 1909 geht hervor, dass sie sozial durchaus ehrgeizig war und die repräsentative Rolle einer Professorengattin sehr gern übernommen hätte: »ich bin ganz außer mir, daß Du jetzt nicht hier bist, um mit Marty zu reden, jetzt ist die Gelegenheit da, daß Du die Dozentur erhältst ... Es wäre jetzt nur an Dir, daß Du diesem elenden Fallot [Gauner, gemeint ist Utitz] energisch entgegentrittst.« (Vgl. Gimpel, WEIL DER BODEN SELBST HIER BRENNT ..., S. 332). – Die Schätzung von Bergmanns Einkommen geht auf eine (mit Vorsicht zu bewertende) Bemerkung von Utitz zurück, wiedergegeben in einem Brief Martys an Brentano, 25. September 1911 (ebd., S. 364, Anm. 74).

Autonomie und Heilung

1 Torberg, DIE TANTE JOLESCH, S. 97.

2 Arnold Pollatschek, ›Zur Aetiologie des Diabetes mellitus‹, in: *Zeitschrift für klinische Medizin* 42 (1901), S. 478–482.

3 Mehr als die Hälfte der Kur- und Badeärzte in Böhmen war jüdischer Abstammung. Das lag vor allem daran, dass jüdischen Dozenten der Medizin – auch ›getauften‹ – der Weg zur Professur häufig so erschwert wurde, dass sie nach anderen Einkommensquellen Ausschau hielten und sich weniger angesehenen Forschungsgebieten zuwandten wie etwa der physikalischen Medizin, insbesondere der Balneologie. Im Gegenzug

wurde natürlich in der Presse vor den ›kommerziellen Interessen‹ jüdischer Kurärzte gewarnt. Vgl. Triendl-Zadoff, NÄCHSTES JAHR IN MARIENBAD, S. 41–48.

4 Briefe an Felice Bauer, 31. Mai 1916 (*B3* 165 f.). – Ein großes Sanatorium mit ausgesprochen schulmedizinischem Regiment erlebte Kafka erst zwei Monate vor seinem Tod: das Lungensanatorium Wienerwald südlich von Wien, das seine schlimmsten Befürchtungen bestätigte. Vgl. Stach, KAFKA. DIE JAHRE DER ERKENNTNIS, S. 595 ff.

5 »In den Sanatorien war ich nur wegen des Magens und der allgemeinen Schwäche und nicht zu vergessen der in sich selbst verliebten Hypochondrie.« (Brief an Felice Bauer, 5. November 1912, *B1* 212) Vgl. den BRIEF AN DEN VATER, *NSF2* 194 f.

6 Diese Erinnerung an die Scham des »kleinen Jungen« war Kafka selbst noch als 29-Jährigem sehr gegenwärtig, vgl. seinen Brief an Felice Bauer, 10./11. Januar 1913 (*B2* 34 f.). Da die geschilderten topographischen Gegebenheiten auf Salesel passen, ist es denkbar, dass die Familie Kafka auch früher schon zur Sommerfrische hierher kam. – Vgl. den Brief an Oskar Pollak vom 6. September 1903 (*B1* 25) sowie die Erinnerungen von Anna Pouzarová, ›Als Erzieherin in der Familie Kafka‹, S. 66 f.

7 Brief an Max Brod, Ende April 1921, in: Brod/Kafka, BRIEFWECHSEL, S. 341.

8 Postkarte an Paul Kisch, 23. August 1903 (*B1* 24). Diese Ansichtskarte aus Lahmanns Sanatorium zeigt eine Gruppe mit Badehosen bekleideter Männer, die sich an einer Kegelbahn im Freien tummeln (siehe *B1* 399).

9 Es ist bezeichnend, dass Kafka den Begriff der Askese erst dort ausdrücklich verwendet, wo er sich vom Leben wiederum zu entfernen meint, also in Bezug auf Sinnlichkeit, Sexualität und Eheleben. Zur Askese als einer Strategie der autonomen Selbst-Formung siehe das Kapitel ›Eheprogramm und Askese‹ in: Stach, KAFKA. DIE JAHRE DER ENTSCHEIDUNGEN, S. 470 ff.

10 Reisetagebuch, September 1911 (*T* 982 f.). – Die von Horace Fletcher (1849–1919) eingeführte Methode, kleine Bissen ausdauernd zu kauen, um eine bessere Verwertung aller Nahrungsbestandteile zu erreichen und damit auch Übergewicht zu vermeiden, war bis in die dreißiger Jahre in der westlichen Welt bekannt und verbreitet. Noch in der Meraner Pension, in der Kafka 1920 lebte, war sein ›Fletchern‹ ein Grund dafür, warum er lieber separat speisen wollte (vgl. *B4* 117).

11 Eugen Sandow, KRAFT UND WIE MAN SIE ERLANGT. Mit einer Übungstafel und zahlreichen Original-Photographien, Berlin 1904 (= deutsche Erstauflage). Der Titel befindet sich auf der von Hélène Zylberberg in den dreißiger Jahren zusammengestellten Liste mit Büchern aus Kafkas Besitz (Sammlung Hélène Zylberberg, Deutsches Literaturarchiv, Marbach am Neckar).

12 Vgl. den Brief an Max Brod, Mitte August 1907: »Ich fahre viel auf dem Motorrad« (*B1* 53). Zu diesem Zeitpunkt gab es in Österreich lediglich ca. 5400 Motorräder und 2300 Automobile. Mündlicher Überlieferung zufolge soll es sogar Kafka selbst gewesen sein, der Siegfried Löwy dazu überredete, seine Pferdekutsche durch ein Motorrad zu ersetzen; vgl. Binder, Kafkas Welt, S. 123.

13 Vgl. Heinrich Lahmann, Das Luftbad als Heil- und Abhärtungsmittel, Stuttgart 1898: »Dass weiterhin eine Haut, die an die Berührung mit Luft gewöhnt wird, auch gegen Witterungseinflüsse abgehärtet wird, daß es für den Träger einer solchen Haut keine Erkältung mehr gibt, dazu sollte uns doch die Betrachtung unserer Gesichtshaut das Verständnis anbahnen. Die Gesichtshaut ist die zarteste Haut unseres Körpers und dennoch kann sie Hitze und Kälte, Wind und Wetter vertragen, ohne an ihrer Güte Einbuße zu erleiden. Und warum dies? Weil sie die Luftberührung gewohnt ist.« (S. 18)

14 Brief an Hedwig Weiler, 22. November 1907 (*B1* 80); Brief an Felice Bauer, 2. Februar 1913 (*B2* 73). – Zu Kafkas nackter Wade siehe Rudolf Fuchs, ›Kafka und die Prager literarischen Kreise‹, in: Koch, »Als Kafka mir entgegenkam …«, S. 108. – Kafkas Begleiter zu einem Fußballspiel (1904/05) war Willy Weltsch, der Bruder von Felix; vgl. Binder, Kafkas Welt, S. 114. – Zu Kafkas Bewunderung ›abgehärteter‹ Menschen vgl. seinen Tagebucheintrag vom 23. Januar 1914, der darauf hindeutet, dass er dieses Thema auch unter Bürokollegen erörterte: »Oberkontrollor Bartl erzählt von einem ihm befreundeten pensionierten Oberst, der bei ganz offenem Fenster schläft: ›Während der Nacht ist es sehr angenehm; dagegen wird es unangenehm, wenn ich früh von der Ottomane, die beim Fenster steht, den Schnee wegschaufeln muss und dann anfange mich zu rasieren.‹« (*T* 625)

15 »Diese empörenden Ärzte! Geschäftlich entschlossen und in der Heilung so unwissend, dass sie, wenn jene geschäftliche Entschlossenheit sie verliesse, wie Schuljungen vor den Krankenbetten stünden. Hätte ich doch die Kraft, einen Naturheilverein zu gründen.« (Tagebuch, 5. März 1912, *T* 395)

16 Tagebuchnotate vom 1. Oktober 1911, 15. Oktober 1913, 28. März 1911, 20. u. 13. Oktober 1911 sowie (vermutlich) 1909 (*T* 48, 583, 30, 89, 75, 12).

17 Brief an Max Brod, 28. August 1904 (*B1* 39 ff.).

18 Der Begriff »hygienisches Zuchthaus« stammt von Thomas Mann, der damit Bircher-Benners Zürcher Sanatorium ›Lebendige Kraft‹ charakterisierte. Wegen neurasthenischer und gastrischer Beschwerden (wie Kafka also) verbrachte er dort im Jahr 1909 etwa vier Wochen bei strenger Rohkost und mit gutem Kurerfolg, während ein kurzzeitiger Aufenthalt im ›Weißen Hirsch‹ drei Jahre zuvor ganz wirkungslos geblieben war.

Vgl. die Briefe Thomas Manns an Samuel Fischer (15. Juli 1906), Heinrich Mann (10. Mai 1909) und Walter Opitz (11. Juni 1909), in: Thomas Mann, BRIEFE I. 1889–1913, hrsg. von Thomas Sprecher u. a., Frankfurt am Main 2002, S. 368, 417, 420.

Die innere Landschaft: Beschreibung eines Kampfes

1 Max Brod, Rezension zu Franz Blei, DER DUNKLE WEG. EINE TRAGISCHE FARCE IN DREI ACTEN, in: *Die Gegenwart*, Bd. 71, H. 6 (9. Februar 1907), S. 93. Nur drei Wochen zuvor hatte Brod in derselben Zeitschrift Heinrich Manns Novelle MNAIS UND GINEVRA besprochen (H. 3, 19. Januar 1907, S. 46).

2 Brief an Max Brod, 12. Februar 1907 (*B1* 50). – ›Windhuk‹ war die in deutschsprachigen Atlanten gängige Schreibweise, anstelle des originalen ›Windhoek‹. Ujiji in ›Deutsch-Ostafrika‹ (heute Tansania) schrieb man wie Kafka ›Udschidschi‹.

3 Brod, ÜBER FRANZ KAFKA, S. 46. – Meyrinks Erzählung DER VIOLETTE TOD erschien 1903 in dem Sammelband DER HEISSE SOLDAT, Hofmannsthals GESPRÄCH ÜBER GEDICHTE erschien im Februar 1904 in der *Neuen Rundschau*. Der Wortwechsel zwischen Kafka und Brod ist demzufolge wohl auf 1904 zu datieren.

4 Brod, STREITBARES LEBEN, S. 139 f. – Vgl. Alfred Kerr, ›Frank Wedekind‹, in: ders., WERKE IN EINZELBÄNDEN, Bd. II: ESSAYS. THEATER, FILM, hrsg. von Hermann Haarmann und Klaus Siebenhaar, Frankfurt am Main 1998, S. 87–98, hier S. 97. Kerrs Wedekind-Essay mit ausführlichem »Nachtrag« zu Flaubert erschien 1904, wenige Monate vor der ersten deutschen Übersetzung der EDUCATION SENTIMENTALE. – Wie stark die (auch in den gymnasialen Lehrplänen verankerte) Abwertung des Romans noch immer die bürgerlichen Bildungsideale färbte, lässt sich der entschiedenen Polemik Thomas Manns entnehmen, der in seinem VERSUCH ÜBER DAS THEATER (1908) einen ganzen Abschnitt der Verteidigung des Romans widmete. Der Vorrang des Dramas sei eine »Anmaßung«, schrieb Mann. »Wo ist der Dramenauftritt, der eine moderne Romanszene an Präzision des Gesichtes, an intensiver Gegenwart, an *Wirklichkeit* überträfe? Sie ist *tiefer*, behaupte ich, diese Wirklichkeit, im Roman, als im Drama.« (ESSAYS I. 1893–1914, hrsg. von Heinrich Detering, Frankfurt am Main 2002, S. 123–168, hier S. 127 ff.) Da Kafka die Publikationen Thomas Manns genau verfolgte, ist es wahrscheinlich, dass er auch diese ihm aus dem Herzen gesprochenen Sätze zur Kenntnis nahm.

5 Meyrinks Wohnung in Prag-Žižkov ist geschildert in Paul Leppins ›Gespensterroman‹ SEVERINS GANG IN DIE FINSTERNIS (1914; Neuausgabe Prag 1998, siehe hier S. 43 f.). Auch Brod kannte diese Wohnung.

6 Vgl. Meyrinks Äußerungen im *Prager Tagblatt*, 2. Juni 1922, S. 6 (›Prag als Literaturstadt‹). – Eine faktengestützte Kritik der zahlreichen Mystifikationen und Selbstmystifikationen Meyrinks gibt es erst seit Hartmut Binders umfangreichem Quellenwerk GUSTAV MEYRINK. EIN LEBEN IM BANN DER MAGIE, Prag 2009.

7 Siehe Max Brod, ›Meine Anfänge‹, in: *Deutsche Zeitung Bohemia*, Prag, 23. März 1913, Osterbeilage. Brods erste Veröffentlichung, eine an Meyrink orientierte satirische Skizze mit dem Titel SPARGEL, erschien im Oktober 1903.

8 Brods erste Buchveröffentlichung TOD DEN TOTEN!, die überwiegend erörternde Dialoge enthält, erschien bei Axel Juncker in Stuttgart und war ausgerechnet »dem Dichter Hugo Salus zugeeignet«. – Zum Preisausschreiben der *Zeit* siehe Brod, ÜBER FRANZ KAFKA, S. 59. – In seiner 1904 entstandenen Erzählung DIE INSEL CARINA, die 1907 in dem Band EXPERIMENTE erschien, porträtierte Brod den Freund als »Ästheten«; vgl. Brod, STREITBARES LEBEN, S. 184.

9 Brief an Oskar Pollak, 8. November 1903 (*B1* 30).

10 Im Rahmen der von ihm verantworteten ›Gesammelten Werke‹ löste Max Brod das editorische Problem, indem er die beiden Fassungen der BESCHREIBUNG willkürlich zu einer einzigen montierte. Der originale Wortlaut der beiden Fassungen erschien erst 1969 in einer von Ludwig Dietz erarbeiteten ›Parallelausgabe nach den Handschriften‹. – Die Diskussion darüber, ob man angesichts der weitreichenden Unterschiede sowie der Tatsache, dass das zweite Manuskript keinen Titel trägt, überhaupt von »Fassungen« sprechen dürfe, ist weder von praktischem noch von theoretischem Nutzen. Denn es handelt sich ganz eindeutig um ein und dasselbe literarische *Projekt*, wie vor allem der erste Abschnitt beweist: Die ersten sieben Manuskriptseiten der Fassung B sind mit den entsprechenden Passagen der Fassung A bis auf geringfügige Änderungen identisch.

11 Tagebuch, 15. Februar 1920 (*T* 854 f.).

12 Postkarte an Max Brod, 18. März 1910: »An der Novelle lieber Max freut mich am meisten, dass ich sie aus dem Haus habe.« (*B1* 120) Kafka hatte das Manuskript einer der beiden Fassungen Brod überlassen.

13 *NSF1* 72 (Orthographie hier und im Folgenden nach dem Manuskript).

14 *NSF1* 57 f. – Aus der »großen« wird in Fassung B »bedeutende« Munterkeit.

15 Kafka hat das Bild in beiden Fassungen verwendet (*NSF1* 89, 157).

16 Zu diesem einzigen Versuch Kafkas, eine Zeichnung zu veröffentlichen, siehe Niels Bokhove / Marijke van Dorst (Hrsg.), ›EINMAL EIN GROSSER ZEICHNER‹. FRANZ KAFKA ALS BILDENDER KÜNSTLER, Prag 2006. S. 93. – Kafkas Entwurf wurde nicht verwendet, da Brods Verleger Axel Juncker ihn für nicht reproduzierbar erklärte. Das Blatt gilt heute als verschollen.

17 Dass Kafka Sympathien für Blei hegte, ist lediglich durch Janouchs GE-

SPRÄCHE MIT KAFKA überliefert, die in dieser Passage allerdings authentisch wirken: »›Das ist eine alte, langjährige gute Bekanntschaft von Max Brod‹, sagte er lächelnd. ›Blei ist riesig gescheit und witzig. Es ist immer lustig, wenn wir mit ihm zusammenkommen. Die Weltliteratur defiliert in Unterhosen an unserem Tisch vorbei. Franz Blei ist viel gescheiter und größer als das, was er schreibt ... ein nach Deutschland verirrter orientalischer Anekdotenerzähler.« (S. 109) Auch Berichte Bleis über seinen zweijährigen Aufenthalt in den USA (1898–1900) dürften für Kafka von großem Interesse gewesen sein.

18 Die acht Prosastücke Kafkas erschienen im ersten Heft des *Hyperion* (Verlag Hans von Webern, München) mit römischer Nummerierung, jedoch ohne Titel (S. 91–94). In der Buchausgabe von BETRACHTUNG (1912) trugen die Stücke die folgenden Titel: DER KAUFMANN, ZERSTREUTES HINAUSSCHAUN, DER NACHHAUSEWEG, DIE VORÜBERLAUFENDEN (das hier vollständig wiedergegebene Stück), KLEIDER, DER FAHRGAST, DIE ABWEISUNG, DIE BÄUME.

19 *Hyperion*, 2. Jg., Heft 8 (erschienen frühestens im Mai 1909), S. 126–133. Diesmal war es Brod, der die Stücke brieflich übermittelte. In seinem Antwortschreiben vom 10. Januar 1909 schlug Blei einen gemeinsamen Obertitel vor (›Gespräche im Zwielicht‹), was von Kafka offenbar abgelehnt wurde (Unseld, FRANZ KAFKA. EIN SCHRIFTSTELLERLEBEN, S. 254, Anm. 30). – Drei Jahre später schrieb Kafka an Brod, er habe keine Lust mehr, »bei hellem Bewusstsein etwas Schlechtes drucken zu lassen, das mich dann anwidern würde, wie die zwei Gespräche im Hyperion« (7. August 1912, *B1* 165).

20 Siehe die 1913 erschienenen Besprechungen von BETRACHTUNG, verfasst von Albert Ehrenstein (der Kafka für »witzferner« hält) und Paul Friedrich, der auf die Differenz zu Altenberg sehr genau eingeht (in: Born, FRANZ KAFKA. KRITIK UND REZEPTION ZU SEINEN LEBZEITEN, S. 28 f., 32 f.). – Wenig überzeugend und durch nichts zu belegen ist Max Brods Behauptung, Kafkas Kurzprosa sei auch durch die von ihm übersetzte Laforgue-Auswahl beeinflusst worden (Brod, ÜBER FRANZ KAFKA, S. 206).

21 Robert Musil, ›Literarische Chronik‹, in: *Die Neue Rundschau*, Berlin, August 1914, S. 1169 (Musil bezieht sich auf Walsers Band GESCHICHTEN, der ebenfalls von Kurt Wolff verlegt wurde, weist allerdings auch darauf hin, dass Kafkas BETRACHTUNG früher erschien). Vgl. Kurt Tucholsky, ›Drei neue Bücher‹, in: *Prager Tagblatt*, 27. Januar 1913: »Es gibt nur noch einen, der diese singende Prosa schreiben kann: Robert Walser.« Bereits die erste Verlagswerbung, die am 18. November 1912 im *Börsenblatt des Deutschen Buchhandels* erschien, hatte das Stichwort gegeben: »Die Art der formal feingeschliffenen, inhaltlich tief empfundenen und durchdachten Betrachtungen, die dieser Band vereinigt, stellt Kafka vielleicht

neben Robert Walser ...« – Bemerkenswert ist insofern, dass der Lyriker und Mäzen Alfred Walter Heymel (bei dem Walser sich vergeblich um eine Stellung als Diener bewarb) seinen Verdacht schon viel früher äußerte, wie aus dem zitierten Antwortschreiben Franz Bleis vom Frühjahr 1908 hervorgeht (Original im Deutschen Literaturarchiv, Marbach am Neckar). – Auffällige Unterschiede zwischen Kafka und Walser zeigen sich vor allem in Haltung und Perspektive des Erzählers; vgl. dazu Bernhard Böschenstein: ›Nah und fern zugleich: Franz Kafkas ‚Betrachtung' und Robert Walsers Berliner Skizzen‹, in: Gerhard Kurz (Hrsg.), DER JUNGE KAFKA, Frankfurt am Main 1984, S. 200–212. – Zur ›Entdeckung‹ Walsers siehe Bleis Autobiographie ERZÄHLUNG EINES LEBENS, Wien 2004, S. 249 ff.

22 Brod, STREITBARES LEBEN, S. 252 f.

23 Tagebuch, 8. Oktober 1917 (*T* 841). – Brod beschäftigte sich mit Robert Walser länger und intensiver als Kafka. Er publizierte 1911 eine Charakteristik von Walsers Prosa (›Kommentar zu Robert Walser‹, in: *Pan*, 2 (1911–12), S. 53–58), und er korrespondierte mit Walser noch in den zwanziger Jahren. Zu einer persönlichen Begegnung kam es jedoch nicht.

24 Brief an Oskar Pollak, 27. Januar 1904 (*B1* 35). – Die historisch-kritische Ausgabe von Hebbels TAGEBÜCHERN (hrsg. von Richard Maria Werner, 1903) hat sich in Kafkas Nachlass erhalten, mit Bleistiftanstreichungen in den ersten drei Bänden.

Promovierter Jurist sucht Beschäftigung

1 Der christlich-soziale Anton Rintelen (1876–1946) war in den zwanziger Jahren Landeshauptmann der Steiermark und österreichischer Bundesminister für Unterricht. Während des von Hitler initiierten Putsches vom 25. Juli 1934 wurde Rintelen voreilig als Nachfolger des ermordeten Kanzlers Engelbert Dollfuß ausgerufen. Nach dem Scheitern des Putsches erhielt Rintelen eine lebenslängliche Haftstrafe, von der er weniger als drei Jahre verbüßen musste. – Zu der folgenreichen juristischen Attacke Krasnopolskis gegen Brentano siehe das Kapitel ›Informierte Kreise‹, Anm. 28. Krasnopolski starb bereits 1908, sein wissenschaftlicher Nachlass wurde von Bruno Kafka herausgegeben, Franz Kafkas Großcousin.

2 Kisch, DER LEBENSWEG EINES RECHTSHISTORIKERS, S. 39 ff.

3 Briefe an Max Brod, vor dem 17. Oktober 1906 (*B1* 48) und 21. September 1905 (*B1* 43 f.). Tagebuch, 16. November 1911 (*T* 252).

4 Das Grundlagenwerk Lombrosos war 1887 in deutscher Sprache erschienen (DER VERBRECHER IN ANTHROPOLOGISCHER, ÄRZTLICHER UND JURISTISCHER BEZIEHUNG), nur sechs Jahre vor Gross' HANDBUCH.

5 Zur Begegnung Kafkas mit Otto Gross im Jahr 1917 vgl. Stach, KAFKA.

Die Jahre der Erkenntnis, S. 193 ff. – Durchaus zu Recht hat man Hans Gross' Befürwortung von Deportationen als den Punkt beklagt, wo sein verwissenschaftlichtes Strafrecht am augenfälligsten in Barbarei umschlägt. Gross selbst führte bezeichnenderweise humanitäre Gründe ins Feld: Einerseits müsse sich die Gesellschaft vor Intensivtätern, die mit vertretbarem Aufwand nicht mehr zu ›bessern‹ seien, dauerhaft schützen. Andererseits sei lebenslanges Zuchthaus grausamer als die Todesstrafe. Als Lösung schlug Gross vor, das Deutsche Reich möge Teile seiner Kolonien für Deportierte aus Österreich zur Verfügung stellen – wobei er freilich Strafkolonien nach dem Muster Australiens im Sinn hatte und nicht etwa Todeslager (siehe Hans Gross, ›Zur Deportationsfrage‹, in: Gesammelte Kriminalistische Aufsätze, Leipzig 1902, S. 64–70).

6 Brief an Hedwig Weiler, 10. April 1909 (*B1* 99).

7 Zu Alfred Weber in Prag siehe Brod, Streitbares Leben, S. 203 ff.; das Zitat hier S. 208.

8 Brief an Max Brod, 17. März 1906 (*B1* 44 f.).

9 Anonym, ›Die Reform des juridischen Doktorats‹, in: *Prager Tagblatt*, 12. März 1907, S. 3.

10 Brod, Über Franz Kafka, S. 73.

11 Brief an Max Brod, Mitte August 1907 (*B1* 52).

12 Zu Otto Kafka (1887–1938) siehe Northey, Kafkas Mischpoche, S. 48 ff.

13 Ein Grundriss der Wohnung Niklasstraße 36 bei Hartmut Binder, Kafkas »Verwandlung«. Entstehung, Deutung, Wirkung, Frankfurt am Main 2004, S. 118. Zu den akustischen Verhältnissen in dieser Wohnung siehe Kafkas Prosastück Grosser Lärm (*D* 441 f.), in dem er sein Leiden 1912 sogar öffentlich machte.

14 Brief an Max Brod, Mitte August 1907 (*B1* 52 f.).

15 Brods erste berufliche Erfahrungen sind chronologisch nur schwer einzuordnen. Die Stelle in Komotau (die er in seiner Autobiographie unerwähnt lässt) trat er in der zweiten Augusthälfte 1907 an. Bereits ab Mitte Oktober aber gibt es mehrere Briefe Kafkas an Brod, in denen von Verabredungen an Werktagen die Rede ist; wahrscheinlich ist daher, dass Brod schon nach zwei Monaten nach Prag zurückkehrte. Da er seine nächste Stellung erst Anfang 1909 antrat, ist denkbar, dass er, wie Kafka, dann doch ein Praktikum am Gericht absolvierte. Ein Indiz dafür findet sich in einem unveröffentlichten Exzerpt früher Tagebücher Brods, in dem es heißt: »7. Nov. 1907 – (Gerichtsjahr) – ›Dann mit Kafka im Café Louvre, lesen wir Laforgue. Schöne sanfte Stunden, in denen ich mich wirklich ganz gesichert fühle.‹« Hier muss freilich offenbleiben, ob Brod sein eigenes oder Kafkas schon beendetes Gerichtsjahr meint.

16 Briefe an Hedwig Weiler, Anfang September und 11. September 1907 (*B1* 59, 60). Am 1. September war ein Inserat der Exportakademie im *Prager Tagblatt* erschienen, mit einem ausdrücklichen Hinweis auf »Spezial-

kurse für Juristen«. – Zu Gründungsauftrag und Lehrangebot der Exportakademie (aus der 1919 die ›Hochschule für Welthandel‹ hervorging, heute ›Wirtschaftsuniversität Wien‹) siehe Jürgen Busch, ›Hans Kelsen an der Exportakademie in Wien (1908–1918)‹, in: Thomas Olechowsi u. a. (Hrsg.), GRUNDLAGEN DER ÖSTERREICHISCHEN RECHTSKULTUR. Festschrift für Werner Ogris zum 75. Geburtstag, Wien 2010, S. 69–108, insb. S. 84 ff.

17 Vgl. Kafkas Brief an Max Brod, Ende Oktober/Anfang November 1907 (*B1* 79).

18 Die Details des Untersuchungsprotokolls zitiert nach: Binder, KAFKAS WELT, S. 156 f. Es befindet sich im Archiv der Assicurazioni Generali, Triest, ebenso wie das zitierte Schreiben der Prager Filiale vom 2. Oktober 1907.

19 Briefe an Hedwig Weiler, Anfang Oktober und nach dem 9. Oktober 1907 (*B1* 72, 73).

20 Der vollständige, von Kafka am 2. Oktober 1907 ausgefüllte Vordruck der Assicurazioni Generali sowie sein beigefügtes ›Curriculum vitae‹ in *B1* 66–70.

21 Brod, ÜBER FRANZ KAFKA, S. 70.

22 Tagebuch, 30. Juli 1914 (*T* 669–671). – Mit dem ebenfalls aus jüdischer Familie stammenden Ernst Eisner (1882–1929), der später zum Direktor aufrückte, blieb Kafka noch bis in die Zeit des Ersten Weltkriegs befreundet, was sich allerdings nur in wenigen biographischen Spuren niedergeschlagen hat. 1913 schenkte er ihm ein Exemplar von DER HEIZER mit der Widmung »Meinem lieben Ernst Eisner«. Der einzige bekannte Brief Kafkas an Eisner, vermutlich aus dem Jahr 1909, ist nur fragmentarisch überliefert (*B1* 115 f.). In diesem Brief reagiert Kafka offenbar auf einen Scherz Eisners: Robert Walser müsse Kafka gekannt haben, da er ihn doch als den Protagonisten Simon in GESCHWISTER TANNER porträtierte. – Eisners Bruder war der sowohl deutsch als auch tschechisch schreibende Publizist Paul (Pavel) Eisner (1887–1958), dessen These von der Stadt Prag als »dreifachem Ghetto« in der Kafka-Forschung langanhaltende Diskussionen auslöste. Paul Eisner trat auch als tschechischer Kafka-Übersetzer hervor.

23 Am 6. Juni 1908 teilt Kafka Brod mit, dass er »Sonntag Vormittag und Nachmittaganfangs mich ganz nutzlos, schrecklich nutzlos, allerdings bloss durch meine Körperhaltung nur, um einen Posten bewarb« (*B1* 84). Eine solche Bewerbung war sicherlich nur im Haus der Přibrams möglich, denn eine andere Person dieses Einflusses, die er am Sonntag, mithin privat hätte aufsuchen können, kannte er nicht. Dabei ist durchaus denkbar, dass – wie Kafkas Mitteilung suggeriert – seine mögliche Einstellung gar nicht ausdrücklich besprochen wurde, dass also Otto Přibram sich auf Bitten seines Sohnes lediglich ein Bild des Bewerbers machen wollte.

24 Siehe Kafkas Brief an Oskar Baum, Ende März / Anfang April 1918: »... Sekretär Dr. S. Fleischmann (er der erste, ich der zweite und letzte und abbröckelnde Jude der Anstalt) ein ausgezeichneter Mann, mit Liebe bei der Sache, jeder halbwegs erfüllbaren Bitte zugänglich« (*B4* 36). Vgl. Kafka an Max Brod, 13. November 1917: »Die Anstalt ist für Juden unzugänglich ... Es ist unverständlich wie die 2 Juden, die dort sind (durch Hilfe des dritten Juden) hineinkamen« (*B3* 362).

25 Kafkas Bewerbungsschreiben und die positive Antwort der Arbeiter-Unfallversicherung vom 10. Juli 1908 sind abgedruckt in *B1* 85 f., 608; ein Faksimile des Abschlusszeugnisses an der Handelsakademie in *B1* 438. – Der Inhalt von Kafkas ärztlichem Attest, das von einem Dr. Hahn ausgestellt wurde, ist wiedergegeben in einem Schreiben der Prager Niederlassung der Assicurazioni Generali an die Firmenzentrale in Triest (14. Juli 1908).

26 Ellen Key, ›Die Entfaltung der Seele durch Lebenskunst‹, in: *Die neue Rundschau*, 16 (1905), H. 6, S. 641–686, hier S. 675. – Vgl. Robert Musil, TAGEBÜCHER, hrsg. von Adolf Frisé, Reinbek 1976, S. 165. Musil verwendete die Kernsätze Keys dann wörtlich auch in DER MANN OHNE EIGENSCHAFTEN (in einem inneren Monolog Diotimas); siehe ebd., hrsg. von Adolf Frisé, Reinbek 1994, S. 426.

27 Vermutlich hat Kafka irgendwann erfahren, dass die Wirklichkeit hinter dieser Meldung nicht ganz so romantisch war. Herman Lehmann (1859–1932) war zwar deutscher Abstammung, aber in Texas geboren. Seine Zeit als kriegerischer Indianer beschränkte sich auf seine Jugendzeit bei den Apachen, die ihn entführt und dann integriert hatten. Auch der Comanchenhäuptling Quanah Parker, Sohn einer weißen Mutter, hatte seine Kampfjahre bereits hinter sich, denn als er Lehmann bei sich aufnahm, war er Reservatshäuptling, Farmer und Rancher. Der Antrag, den schon fast 50-jährigen Lehmann als Indianer anzuerkennen, wurde von einem lokalen Politiker gestellt, mit dem Ziel, Lehmann Land zur Bewirtschaftung zuteilen zu können. – Lehmanns Autobiographie NINE YEARS AMONG THE INDIANS erschien 1927. – Für den Hinweis auf Herman Lehmann und dessen Auftauchen im *Prager Tagblatt* danke ich Niels Bokhove, Utrecht.

Bei den Dirnen

1 Brief an Max Brod, 29. März 1908 (*B1* 82 f.).

2 Brief an Hedwig Weiler, Anfang Oktober 1907 (*B1* 72); Briefe an Felice Bauer, 3./4. Januar 1913 (*B2* 17) und 12./13. Dezember 1912 (*B1* 329).

3 Brief an Hedwig Weiler, November 1907.

4 Vgl. den Brief an Felice Bauer, 3./4. Januar 1913 (*B2* 16 f.) sowie den Brief

an Hedwig Weiler, 24. September 1907: »... Champagner, den ich gestern nacht auf Dein Wohl getrunken habe ...« (*B1* 65). – Eine Konzession zum Bierausschank hatten die Weinstuben gewöhnlich nicht.

5 Tagebuch, 16.–20. Oktober 1911 (*T* 85–92).

6 Brod, ÜBER FRANZ KAFKA, S. 104. – Vgl. den Brief an Max Brod, 9. Juni 1908, in dem Kafka von der »lieben H.« und ihrem »Bubenkörper« spricht, um dann fortzufahren: »Abends in der Ausstellung mit der andern, in der Nacht in Weinstuben um ½6 zuhause« (*B1* 84). Am 16. März 1912 schließlich notiert Kafka anlässlich eines Varieté-Besuchs: »Fatinizza. Wiener Sängerin. Süsses inhaltsvolles Lachen. Erinnerung an Hansi.« (*T* 408) – Vgl. die Passage im PROCESS: »Ausserdem gieng K. einmal in der Woche zu einem Mädchen namens Elsa, die während der Nacht bis in den späten Morgen als Kellnerin in einer Weinstube bediente und während des Tages nur vom Bett aus Besuche empfing.« (*P* 30) Hier hatte Kafka zunächst den beziehungsvollen Namen »Betta« gewählt (eine Kurzform von Elisabeth), ehe er sich entschied, ausdrücklich das »Bett« zu erwähnen.

7 Vgl. Tagebuch, 19. November 1913: »Ich gehe absichtlich durch die Gassen, wo Dirnen sind ...« (*T* 594). – In einem anonymen Artikel im *Prager Tagblatt* vom 18. November 1908 ist von 35 »tolerierten Häusern« die Rede, eine Halbierung gegenüber dem Jahr 1899. Nur ca. 200 Straßenprostituierte waren demzufolge registriert, die Dunkelziffer dürfte jedoch um ein Vielfaches höher gelegen haben. Eine »Sittenstatistik« aus dem *Prager Tagblatt* vom 6. Januar 1917 nennt die realistischere Zahl von 6000 »Geheimprostituierten«.

8 Siehe Hartmut Binder, WO KAFKA UND SEINE FREUNDE ZU GAST WAREN. PRAGER KAFFEEHÄUSER UND VERGNÜGUNGSSTÄTTEN IN HISTORISCHEN BILDDOKUMENTEN, Furth im Wald 2000, S. 88 ff.

9 Tagebuch, 1. Oktober 1911 (*T* 48); Reisetagebuch, September 1911 (*T* 1006).

10 *T* 594; *V* 325.

11 Tagebuch, 26.–29. November 1911 und 12. Juni 1914 (*T* 271–276, 535 f.). Diese Notate wurden erst 1990 in der Kritischen Ausgabe der TAGEBÜCHER ungekürzt veröffentlicht. – Einige der Fotos, die Kafka zu sehen bekam, befinden sich noch heute im Linzer Stadtmuseum. Unter den Überresten von Pachingers Erotika-Sammlung gibt es auch päderastische Studioaufnahmen. Vgl. Wolfgang Till, ›Zwei galante Sammler aus Wien: Anton Pachinger und Peter Altenberg‹, in: Michael Köhler/Gisela Barche (Hrsg.), DAS AKTFOTO. ANSICHTEN VOM KÖRPER IM FOTOGRAFISCHEN ZEITALTER, München 1986, S. 285–287. – Anton Maximilian Pachinger (1864–1938) war befreundet mit Fritz von Herzmanovsky-Orlando, der ihn in mehreren seiner Romane als skurrile Figur auftreten lässt.

12 Brief an Max Brod, 13./14. April 1921, in: Brod/Kafka, BRIEFWECHSEL, S. 336.

13 Brief an Max Brod, 29./30. Juli 1908 (*B1* 86 f.). Bei Kafkas Lektüre handelte es sich um Brods soeben erschienenen Roman SCHLOSS NORNEPYGGE. Nach seinem plötzlichen Austritt aus den Assicurazioni Generali war Kafka allein für eine Woche nach Spitzberg (Špičák) im Böhmerwald gereist, wo er im Hotel Prokop wohnte. – Vgl. Kafkas Tagebuch: »Ich gieng an dem Bordell vorüber, wie an dem Haus einer Geliebten.« (Eintrag von frühestens Sommer 1909, *T* 13)

Cafés, Geishas, Kunst und Kino

1 Oskar Baum, ›Rückblick auf eine Freundschaft‹, in: Koch, »ALS KAFKA MIR ENTGEGENKAM ...«, S. 75. Baum spricht hier von »vielen Entwürfen und Plänen«, die Kafka ihm in nächtlichen Gesprächen in Zürau offenbart habe.

2 »Wir fürchten uns, wenn wir allein und stille sind, daß uns etwas in das Ohr geraunt werde, und so hassen wir die Stille und betäuben uns durch Geselligkeit. Dies alles begreifen wir, wie gesagt, dann und wann einmal und wundern uns sehr über alle die schwindelnde Angst und Hast und über den ganzen traumartigen Zustand unseres Lebens, dem vor dem Erwachen zu grauen scheint und das um so lebhafter und unruhiger träumt, je näher es diesem Erwachen ist.« (Friedrich Nietzsche, SCHOPENHAUER ALS ERZIEHER, in: WERKE, hrsg. von Karl Schlechta, München 1969, Bd. 1, S. 324) – Schopenhauers Parabel findet sich in § 96 seiner PARERGA UND PARALIPOMENA.

3 Willy Haas, DIE LITERARISCHE WELT. ERINNERUNGEN, München 1957, S. 30.

4 Vgl. Stach, KAFKA. DIE JAHRE DER ENTSCHEIDUNGEN, S. 241 f. – In den *Herderblättern* publizierte Kafka das gemeinsam mit Brod verfasste erste Kapitel des geplanten Buches RICHARD UND SAMUEL (H. 3, Mai 1912, S. 15–25) sowie das Prosastück GROSSER LÄRM (H. 4–5, Oktober 1912, S. 44).

5 Postkarte an Max Brod, 9. Dezember 1910 (*B1* 129). Es handelte sich um eine Aufführung am Deutschen Theater drei Tage zuvor unter der Leitung von Max Reinhardt. – In der *Schaubühne* schrieb Harry Kahn wenige Tage früher über Bassermanns Hamlet: »Bassermann rast, überschlägt und überschreit sich; seine Füße tragen ihn nicht mehr, seine Stimmbänder zerreißen schier, sein Mund, seine Augen werden maskenstarr, wenn er zum ersten Mal das ganze Gewebe durchschaut und erkennt, was ihm das Schicksal angetan hat. [...] Die ganze Art Bassermanns: Worte und Gebärden unförmig und ungeformt, glühend und roh gleich Lava aus

dem Krater, zu speien, auszuwürgen, dieser Naturalismus nicht so sehr des Gefühls wie des Intellekts – hier hat er einmal innerlichste Berechtigung und Bedeutung.« (6.Jg., H.48, 1.Dezember 1910, S.1235)

6 Postkarte an Max Brod, 22.August 1908 (*B1* 87). Tagebuch, 15.Dezember 1910 (*T* 130). Brief an Felice Bauer, 23.Februar 1913 (*B2* 105).

7 Max Brod, ›Im Chantant‹, in: ÜBER DIE SCHÖNHEIT HÄSSLICHER BILDER. EIN VADEMECUM FÜR ROMANTIKER UNSERER ZEIT, Leipzig 1913, S.135–138, hier S.137f.

8 Brief an Felice Bauer, 6.Juli 1913 (*B2* 231). Elsa Taussig an Kafka, 29.September 1917 (*B3* 751f.).

9 Tagebuch, 23.Mai 1912 (*T* 422).

10 Briefe an Felice Bauer, 17./18. und 19.Januar 1913 (*B2* 45, 48). Vgl. die Tagebuchnotate von 1909, in denen Kafka die Tänzerin Jewgenja Eduardowa zweimal zum Gegenstand eines erzählerischen Anlaufs macht (*T* 10f.). – Vaslav Nijinsky und Lydia Kyast sah Kafka im Neuen deutschen Theater. Von Nijinskys Perfektion geben selbst die wenigen Sekunden Filmmaterials eine Vorstellung, die aus jener Zeit erhalten sind.

11 Max Brod, ›Kinematographentheater‹, in: *Die neue Rundschau* 20 (1909), H.2, S.319f. Wiederabgedruckt in: ders., ÜBER DIE SCHÖNHEIT HÄSSLICHER BILDER, S.68–71.

12 Brief an Felice Bauer, 13./14.März 1913 (*B2* 132f.). – Die Front zwischen den Befürwortern von ›Kinokunst‹ und deren Kritikern verlief keineswegs geradlinig. So sind zum Beispiel die frühen Glossen Kurt Tucholskys – eines Autors also, der gewiss nicht im Ruch des Kulturkonservatismus steht – durchweg kinokritisch. Auch Alfred Döblin und der Pazifist Franz Pfemfert, Herausgeber der expressionistischen Zeitschrift *Der Sturm*, beklagten die Abstumpfung der Sinne durch eine massengerechte Bilderflut, und der einflussreiche Moritz Heimann, Lektor des S. Fischer Verlags, bezeichnete den Kinematographen gar als »Pest«; während einige konservative Pädagogen auf das noch kaum genutzte didaktische Potential des Films verwiesen. Vgl. Anton Kaes (Hrsg.), KINO-DEBATTE. TEXTE ZUM VERHÄLTNIS VON LITERATUR UND FILM 1909–1929, München 1978, insb. S.37ff. (Döblin), 59ff. (Pfemfert) und 77 (Heimann).

13 Reisetagebuch, Februar 1911 (*T* 937; die Dienstreise nach Friedland dauerte vom 30.Januar bis ca. 6.Februar). Max Brod, ›Panorama‹, in: *Die neue Rundschau* 23 (1912), S.1342ff. Wiederabgedruckt in: ders., ÜBER DIE SCHÖNHEIT HÄSSLICHER BILDER, S.59–67. Mit der »Vergnügung unserer Großeltern« (S.59) übertrieb Brod ein wenig, denn die meisten Kaiserpanoramen wurden erst nach der Jahrhundertwende eröffnet, und noch immer pendelten zwischen den Städten Zigtausende stereoskopischer Dias. – Zu den frühesten Überlegungen und Experimenten zum 3-D-Film vgl. Ray Zone, STEREOSCOPIC CINEMA & THE ORIGINS OF 3-D FILM. 1838–1952, Lexington, KY 2007. Kafkas Idee war vor allem des-

halb nicht realisierbar, weil sie die Zuschauer wieder vor die Guckkästen genötigt hätte, und bei maximal nur 25 Zuschauern pro Vorstellung hätte man exorbitante Eintrittsgelder verlangen müssen, um die Leihgebühren für jeweils *zwei* Filmkopien aufbringen zu können. Die Geschichte des massentauglichen 3-D-Kinos begann erst, nachdem es gelungen war, ›linkes‹ und ›rechtes‹ Bild auf demselben Filmstreifen unterzubringen.

14 Brief an Elsa Taussig, 28. Dezember 1908 (*B1* 29 ff.). Vgl. Tagebuch, 2. Juli 1913 (*T* 564): »Das Feuer, mit dem ich im Badezimmer meiner Schwester ein komisches kinematographisches Bild darstellte.« – Die Vertriebswerbung mit Inhaltsangaben zu DER DURSTIGE GENDARM und DER GALANTE GARDIST ist abgebildet bei Hanns Zischler, KAFKA GEHT INS KINO, Reinbek 1996, S. 18 f.

15 Brief an Felice Bauer, 4./5. März 1913 (*B1* 121 f.). Vgl. Albert Bassermann, ›Kinodarsteller und Bühnenkünstler‹, in: *Bohemia*, 30. Januar 1913, S. 12. – Dass Kafka diesen Artikel bemerkt haben muss, lässt sich daraus folgern, dass unmittelbar daneben Otto Picks Rezension seines ersten Buchs BETRACHTUNG abgedruckt war.

16 Brief an Felice Bauer, 14./15. März 1913 (*B1* 135).

17 Postkarte an Max Brod, 25. Februar 1911 (*B2* 134). ERSTES KAPITEL DES BUCHES »RICHARD UND SAMUEL«, von Max Brod und Franz Kafka (*D* 428 f.). Siehe Zischler, KAFKA GEHT INS KINO, S. 47 ff.

18 Vgl. Brod, STREITBARES LEBEN, S. 185; hier wird der tschechische Verleih-Titel genannt: ›Táta Dlouhán‹. – In DADDY-LONG-LEGS (nach dem gleichnamigen Roman von Jean Webster) spielte Mary Pickford nicht nur die Hauptrolle, es war auch der erste Film, bei dem sie als Produzentin die volle Kontrolle hatte.

19 Brief an Elli Hermann, Mitte Januar 1924 (unpubliziert). Auf der Rückseite dieses Briefs findet sich die an Marie Wernerová, die langjährige Haushälterin der Kafkas, gerichtete Kino-Mitteilung in tschechischer Sprache.

Der formidable Hilfsbeamte

1 Brief an Felice Bauer, 8./9. Januar 1913 (*B2* 26–29). In Brods unpubliziertem Tagebuch vom 28. April 1910 heißt es zu diesem Vorfall: »Kafka zu mir, trostlos, hat dem Präsidenten ins Gesicht gelacht, als er sich für die Ernennung bedankte – Wir trösten einander.« (Brod hatte soeben einen wütenden Abschiedsbrief an einc Geliebte verfasst.) – Zu den Aufgaben des ›Concipisten‹ bzw. ›Konzeptsbeamten‹ sowie zu den Unterschriftsberechtigungen innerhalb der Unfallversicherung siehe die Einführung zur Kritischen Ausgabe von Kafkas AMTLICHEN SCHRIFTEN (*AS* 16 ff., 22). In späteren Jahren hat auch Kafka selbst Schriftstücke unterschrie-

ben, die er weder verfasst noch durchgelesen hatte; vgl. den Brief an Felice Bauer, 20.–21. Dezember 1912 (*B1* 348 f.). – Kafkas Entschuldigungsschreiben an Otto Přibram ist nicht überliefert.

2 Protokoll der 6. Sitzung des Deutschen Reichstags vom 15. März 1884, S. 74.

3 Brief an Felice Bauer, 1.–2. Januar 1914 (*B2* 313).

4 Siehe dazu Stach, KAFKA. DIE JAHRE DER ERKENNTNIS, S. 292 f., und die zugehörigen Anmerkungen, S. 655. – Eine Schilderung des ›Überfalls auf den Dozenten Dr. Kafka‹ in: *Prager Tagblatt*, 2. Dezember 1908, S. 7 f. An diesem Tag wurde das Standrecht über die Stadt Prag verhängt, was auch insofern politisch peinlich war, als es sich um das Jubiläum der 60-jährigen Regentschaft des Kaisers handelte.

5 ÖSTERREICHISCHES STAATSWÖRTERBUCH, Erster Band: A–G, Wien 1905, Artikel ›Arbeiterunfallversicherung‹; zit. nach *AS Mat* 138. – Naive Beschwichtigungen gab es auch vonseiten tschechischer Liberaler; ein instruktives Beispiel bietet der Aufsatz über ›Die Jubiläumsausstellung des Prager Handels- und Gewerbekammerbezirkes in Prag 1908‹ von Rudolf Hotowetz, in: *Čechische Revue*, Prag, 1 (1907), S. 885–899.

6 Brief an Max Brod, 29./30. Juli 1908 (*B1* 86). Brief an Hedwig Weiler, nach dem 9. Oktober 1907 (*B1* 73).

7 Briefe regelmäßig in tschechischer Sprache diktieren musste Kafka erst nach Gründung der Tschechoslowakischen Republik. Doch sein mündliches Tschechisch war schon zuvor so gut, dass seine Vorgesetzten ihn sogar als Redner und Vertreter der Anstalt zu tschechischen Versammlungen schicken wollten; siehe den Brief an Felice Bauer, 20. März 1913 (*B2* 141). – Kafkas Personalakte befindet sich heute im Tschechischen Literaturarchiv im Kloster Strahov in Prag. Sie blieb nur durch Zufall erhalten, denn die Aktenbestände der Prager Arbeiterunfallversicherung wurden in den sechziger Jahren fast vollständig vernichtet.

8 ›Umfang der Versicherungspflicht der Baugewerbe und der baulichen Nebengewerbe‹ (deutsche Fassung), in: BERICHT DER ARBEITER-UNFALL-VERSICHERUNGS-ANSTALT FÜR DAS KÖNIGREICH BÖHMEN IN PRAG ÜBER IHRE TÄTIGKEIT WÄHREND DER ZEIT VOM 1. JÄNNER BIS 31. DEZEMBER 1907, Prag 1908, S. 4–21 (*AS* 107–138). Die Aufsätze in den Jahresberichten sind namentlich nicht gezeichnet. Welche von Kafka verfasst wurden, lässt sich jedoch teils aus seiner Personalakte, teils aus seinen eigenen Äußerungen erschließen.

9 ›Einbeziehung der privaten Automobilbetriebe in die Versicherungspflicht‹ (deutsche Fassung), in: BERICHT DER ARBEITER-UNFALL-VERSICHERUNGS-ANSTALT FÜR DAS KÖNIGREICH BÖHMEN IN PRAG ÜBER IHRE TÄTIGKEIT WÄHREND DER ZEIT VOM 1. JÄNNER BIS 31. DEZEMBER 1908, Prag 1909, S. 10–14 (*AS* 177–184, siehe insb. 181). – Im selben BERICHT findet sich ein Aufsatz über ›Die Pauschalierung der Versiche-

rungsbeiträge bei den kleinen landwirtschaftlichen Maschinenbetrieben‹, der ebenfalls zum Teil von Kafka stammt (*AS* 169–176) und wiederum ein sozialpolitisch umkämpftes Gebiet berührt (vgl. den Kommentar *AS* 824 ff.).

10 Kafka kritisierte einmal diese Haltung als zu wenig pragmatisch – ein weiterer Beleg dafür, dass seine Beziehung zu Marschner von Anbeginn recht vertrauensvoll gewesen sein muss. In der Zeitschrift *Deutsche Arbeit. Monatsschrift für das geistige Leben der Deutschen in Böhmen* (Juni 1910) rezensierte er Marschners Aufsatz ›Die Mutterschaftsversicherung vom Standpunkte der Versicherungswissenschaft‹. Kafka schreibt hier: »nur die private Versicherung scheint, aus herzlichem sozialem Gefühl allerdings, zu eilig aus dem Gebiet der Mutterschaftsversicherung gewiesen« (*AS* 207).

11 Brief an Oskar Baum, Ende März/Anfang April 1918 (*B4* 37). – Fleischmann forderte Kafka des Öfteren dazu auf, fachwissenschaftlich zu publizieren (vgl. Kafka, Briefe 1902–1924, S. 500).

12 *AS* 167 f.

13 *NSF2* 300–302, entstanden 1920. Der offenbar abgeschlossene, jedoch titellose und von Kafka nicht veröffentlichte Text endet mit den Sätzen: »So hatte er die Meere kaum gesehn, nur flüchtig beim eiligen Aufstieg zum Olymp, und niemals wirklich durchfahren. Er pflegte zu sagen, er warte damit bis zum Weltuntergang, dann werde sich wohl noch ein stiller Augenblick ergeben, wo er knapp vor dem Ende nach Durchsicht der letzten Rechnung noch schnell eine kleine Rundfahrt werde machen können.« – Zum Schloss-Roman siehe *S* 430 ff., das Zitat *S* 433. – Eine quantitative Vorstellung des Papierkriegs, von dem Kafka tagtäglich umgeben war, geben die Rechenschaftsberichte der Versicherungsanstalt. So wurden z. B. im Jahr 1912 ca. 400 000 eingehende Schriftstücke gezählt (vgl. *AS Mat* 474).

14 Brief an Max Brod, Sommer 1909 (*B1* 108). – ›Bezirkshauptmannschaften‹ waren Distrikte (heute wird der Begriff in Österreich nur noch für die zugehörigen Verwaltungsbehörden verwendet). Kafka war zuständig für die Distrikte Friedland, Reichenberg, Rumburg und Gablonz.

15 *V* 201 f. – Vgl. die ›Österreichische Unfallstatistik 1910‹, in der die Vergleichsdaten seit 1890 aufgelistet sind (*AS Mat* 662 ff.). Eine Statistik der tödlichen Unfälle 1910–1913 in *AS Mat* 294.

16 ›Unfallverhütungsmaßregel bei Holzhobelmaschinen‹, in: Bericht der Arbeiter-Unfall-Versicherungs-Anstalt [für das Jahr] 1909, Prag 1910, S. 7–12 (*AS* 194–201). ›Die Unfallverhütung in den Steinbruchbetrieben‹, in: Bericht der Arbeiter-Unfall-Versicherungs-Anstalt [für das jahr] 1914, Prag 1915, S. 59–78 (*AS* 378–414). Von diesem Text gibt es auch Querbezüge zu dem Erzählfragment Beim Bau der chinesischen Mauer; vgl. *AS* 876 ff. – Kafka verfasste für die

Rechenschaftsberichte der Anstalt noch eine Reihe weiterer Texte zur Unfallverhütung (siehe *AS* 212–229, 242, 269–271, 272–274, 457–470, 479–493).

17 Siehe das Kapitel ›Drei Kongresse in Wien‹, in: Stach, KAFKA. DIE JAHRE DER ENTSCHEIDUNGEN, S. 395 ff. – In dem Antrag der Arbeiterunfallversicherung vom 23. Juni 1915, Kafka vom Kriegsdienst zurückzustellen, wird er als »Referent für die Einreihungsagenda, für Unfallverhütung und Erste Hilfe« bezeichnet (*AS Mat* 863).

18 Kafkas Antrag vom 7. Oktober 1909 und die Antwort der Direktion siehe *B1* 111 f., 611. – Die Vorlesungen an der deutschen Technischen Hochschule wurden von Prof. Karl Mikolaschek (1850–1920) gehalten, viermal wöchentlich ab 8 Uhr morgens. Der Titel lautete: ›Verarbeitung der Faserstoffe. Pflanzen- und Tierfasern. Spinnerei, Weberei, Appretur, Papierfabrikation‹. – Zu den internen Konflikten um die Überforderung des »Rechtsbureaus« siehe den verbitterten Brief Fleischmanns an Marschner vom 8. Juli 1911 mit der Bitte, ihn als Abteilungsleiter abzuberufen (*AS Mat* 361 ff.).

19 Postkarten an Max Brod, Herbst 1909 (Poststempel nicht entzifferbar) und 22. Dezember 1909 (*B1* 114, 115). – Die von Kafka genannten Orte in der Industrieregion Nordböhmen (darunter das falsch geschriebene Gränzendorf, heute Hraničná) befinden sich im Umkreis von etwa zehn Kilometern und waren mit Straßenbahnlinien verbunden. – In Pilsen hielt er sich mindestens vier Tage und offenbar in Begleitung von Kollegen auf, denn er schreibt an Brod: »es ist gut, dass es schon fast zuende ist und wir morgen Abend nach Prag kommen«. Bereits zwei Tage zuvor hatte er Ansichtskarten aus Pilsen auch an Ottla und Elli geschickt (*B1* 114 f.). – Da Anfang 1910, wie alle fünf Jahre, eine neue Festlegung der Gefahrenklassen für sämtliche Betriebe Böhmens fällig war (›Neueinreihung‹), dienten Kafkas Reisen Ende 1909 vermutlich dem Kontrollbesuch von Betrieben, bei denen noch Zweifel bestanden oder von denen Einsprüche drohten. Einzelheiten bei Hartmut Binder, ›Wollweberei oder Baumwollweberei. Neues vom Büroalltag des Versicherungsangestellten Franz Kafka‹, in: *Sudetenland* 39 (1997), H. 2, S. 106–160, hier S. 118 ff.

20 Siehe Kafkas Brief an den »hochlöblichen Vorstand« der Arbeiter-Unfall-Versicherungs-Anstalt vom 17. August 1909 sowie sein Urlaubsgesuch mit dem »ärztlichen Zeugnis« Dr. Siegmund Kohns vom 19. August 1909 (*B1* 108 f., 109, 454 f.). Die Antwortbriefe der Anstalt vom 20. August und 11. September 1909 siehe *B1* 609 f.

21 Siehe die Faksimiles von Kafkas ›Qualifikationslisten‹ (*AS Mat* 856 ff.). Einen genauen Überblick über Kafkas Beförderungen und seine Einkommensverhältnisse bieten die beiden ebenfalls erhaltenen ›Diensttabellen‹ (*AS Mat* 866 ff.).

Die geheime Dichterschule

1 *NSF1* 17f., 40. – Der Titel HOCHZEITSVORBEREITUNGEN AUF DEM LANDE wurde von Kafka zwar nirgendwo schriftlich festgehalten; Max Brod war sich jedoch völlig sicher, dass Kafka ihn mündlich mitgeteilt hatte (*NSF App* 37).

2 *NSF1 App* 142.

3 Einer Erinnerung Max Brods zufolge gefiel Kafka die folgende Passage aus der EDUCATION SENTIMENTALE besonders gut: »Frauen, in Kaleschen hingelehnt, die Schleier im Wind flatternd, zogen beim kräftigen Schritt der Pferde in einem unmerklichen Schwanken, das die glänzenden Riemen knarren ließ, dicht an ihm vorüber. Die Kutschen wurden immer zahlreicher, verlangsamten vom Rond-Point an ihre Fahrt und füllten die ganze Fahrbahn. Mähne war an Mähne, Laterne an Laterne, stählerne Steigbügel, silberne Kandaren, Messingschnallen blitzten hier und da zwischen Kniehosen, weißen Handschuhen und Pelzen auf, die über das Wappen auf dem Wagenschlag fielen. […] Die Kutscher schoben das Kinn ins Halstuch, die Räder drehten sich schneller, der Schotter knirschte; und sich streifend, sich überholend und ausweichend fuhren alle Equipagen in scharfem Trab die lange Avenue hinunter und zerstreuten sich dann auf der Place de la Concorde.« (Mitteilung an Hartmut Binder, in: ders., KAFKA-KOMMENTAR ZU SÄMTLICHEN ERZÄHLUNGEN, München 1975, S. 65f. Der Text Flauberts zitiert nach: DIE ERZIEHUNG DER GEFÜHLE, aus dem Französischen von Cornelia Hasting, Frankfurt am Main 2010, S. 34f.) – Vgl. in den HOCHZEITSVORBEREITUNGEN u.a. diese Sätze: »Da fuhr ein offener Wagen nicht schnell vorüber, hinter seinen zwei brennenden Laternen waren zwei Damen auf dunklem Lederbänkchen. Die eine war zurückgelehnt und hatte das Gesicht durch einen Schleier und den Schatten ihres Hutes verdeckt. Doch der Oberkörper der anderen Dame war aufrecht; ihr Hut war klein, ihn begrenzten dünne Federn. Jeder konnte sie sehen. […] Wagen eilten von Gasse zu Gasse über den Platz, die Leiber der Pferde flogen wagrecht wie geschleudert, aber das Nicken des Kopfes und des Halses zeigte Schwung und Mühe der Bewegung an.« (*NSF1* 19f.)

4 Brief an Felice Bauer, 15. November 1912 (*B1* 237).

5 In Kafkas Nachlass fand sich der (offenbar kaum gelesene) Band von Ernst Wilhelm Fischer: ETUDES SUR FLAUBERT INÉDIT. A la Nièce de Gustave Flaubert, Madame Caroline Franklin-Grout, Leipzig 1908; sowie Gustave Flaubert, BRIEFE ÜBER SEINE WERKE, hrsg. von F. P. Greve, Minden/Westfalen 1909, ein Buch, mit dem er sich auch 1915 noch beschäftigte (*B3* 123). Geschenke Kafkas an Brod waren: René Dumesnil, FLAUBERT. SON HÉRÉDITÉ, SON MILIEU, SA METHODE (Paris 1905) und François Coppée, SOUVENIRS D'UN PARISIEN (Paris 1910) mit zwei Ka-

piteln über Flaubert (siehe Brod, ÜBER FRANZ KAFKA, S. 232). – Vgl. Max Brod, ›Gustave Flaubert, »Erinnerungen eines Narren«‹, in: *Neue Freie Presse*, Wien, 16. Februar 1908, S. 36; und ders., ›Ein Besuch in Prag‹, in: *Bohemia*, 8. Oktober 1909. Kafkas Kommentar hierzu in seinem Brief an Max Brod, 11. Oktober 1909 (*B1* 112). – Seinem Tagebuch zufolge traf Brod mit Caroline Franklin-Grout (geb. Commanville) und deren Ehemann im Prager Hotel ›Blauer Stern‹ zusammen, am 6. Oktober 1909 gegen elf Uhr vormittags. Kafka war bei diesem Gespräch nicht anwesend.

6 *V* 283 ff. – Eine Analyse dieser Szene bei Peter-André Alt, KAFKA UND DER FILM. ÜBER KINEMATOGRAPHISCHES ERZÄHLEN, München 2009, S. 80. Die Studie untersucht auch die Prosastücke von BETRACHTUNG auf ihren filmästhetischen Gehalt.

7 Friedrich Hebbel, TAGEBÜCHER 1835–1848, München 1984, S. 98 f., Eintrag vom 31. Dezember 1836.

8 Brief an Max Brod, Anfang Juli 1909 (*B1* 104). – Aus diesem Schreiben geht auch hervor, dass bereits 1909 einzelne Blätter der HOCHZEITSVORBEREITUNGEN verschwunden waren.

9 Max Brod, Tagebuch, 6. Juli und 30. Dezember 1910. – Brods TAGEBUCH IN VERSEN enthält in der Druckfassung 51 Gedichte; es erschien Anfang Oktober 1910 bei Axel Juncker in Berlin-Charlottenburg.

10 Brief an Max Brod, 9. Juni 1908 (*B1* 84).

11 Max Brod an Olga Salus, 19. Januar 1907, in: MAX BROD [-Bibliographie], hrsg. von Werner Kayser und Horst Gronemeyer, Hamburg 1972, S. 24.

12 Leo Herrmann, ›Jüdische Volksstimme‹, in: *Selbstwehr*, 20. April 1909. Vgl. die Leserzuschrift Max Brods, in: *Prager Tagblatt*, 1. April 1909, S. 7: »Ich habe nicht *meine* politische Meinung, sondern die *meines von mir sehr verschiedenen Helden* zeigen wollen. [...] Er ist jung (ich glaube nicht über zwanzig), sehr aufgeregt und überhaupt nicht so gescheit wie ich.« Einen Überblick über die deutschen und tschechischen Reaktionen auf das TSCHECHISCHE DIENSTMÄDCHEN gibt Gaëlle Vassogne, MAX BROD IN PRAG: IDENTITÄT UND VERMITTLUNG, Tübingen 2009, S. 42 ff. – Die zwischen Januar und März 1909 immer wieder aufflackernden nationalistischen Unruhen, die nur mit starkem Polizeieinsatz unter Kontrolle gehalten werden konnten, entzündeten sich erneut an der sonntäglichen Promenade deutscher uniformierter Korpsstudenten. – Dass die tschechische Novelle fast gleichzeitig mit SCHLOSS NORNEPYGGE entstanden sein muss, beweist der (von Prager Nationalisten offenbar unbeachtet gebliebene) Vorabdruck in Bleis Zeitschrift *Die Opale*, 2. Halbband (1907), S. 39–82, unter der Überschrift: »Das tschechische Dienstmädchen. Eine Geschichte von Max Brod. Geschrieben für Franz Blei. Weil es ihm in Prag so gut gefallen hat.«

13 Brod, DER PRAGER KREIS, S. 207. – Vgl. den Brief Brods an seinen Verleger Axel Juncker, mit dem er das Manuskript zu seinem ersten Buch,

Tod den Toten!, anpries: »Von geringfügigen Ereignissen des Alltags steige ich zu den größten Problemen, die ich durch eine neue Philosophie des Indifferentismus für alle Zeiten gelöst zu haben glaube!« (21. Juni 1905; zitiert nach Hartmut Binder, ›Die Entdeckung Frankreichs. Zur Vorgeschichte von Kafkas und Brods Paris-Reisen‹, in: *Euphorion* 95 (2001), S. 441–482, hier S. 460.)

14 Brod, Tagebuch, 21. Dezember 1910. – Vgl. Kafkas Brief an Brod vom 13. März 1909: »Die Post ein Amt ohne Ehrgeiz ist das einzige, was Dir passt.« (*B1* 98).

15 Diese Stellung behielt Baum bis zum Jahr 1938. Dann beendete die *Prager Presse* die Zusammenarbeit mit ihm, wohl vor allem unter dem Druck der sudetendeutschen Nationalsozialisten. Seine Ausreise nach Palästina scheiterte an bürokratischen Hindernissen. Im Alter von 58 Jahren starb Oskar Baum am 1. März 1941 an den Folgen einer Operation im Jüdischen Krankenhaus in Prag. Da er sich in den dreißiger Jahren politisch engagiert hatte – unter anderem nahm er 1935 an dem Prager Kongress ›Gegen die Vernichtung von Kultur und Menschenrechten in Deutschland‹ teil –, wäre er der antisemitischen Vernichtungswelle zweifellos zum Opfer gefallen. Seine Ehefrau Margarethe wurde am 9. September 1942 deportiert und in einem Konzentrationslager ermordet. Ihr einziger Sohn Leo (geboren am 17. Dezember 1910) konnte nach Palästina entkommen, wo er jedoch 1946 bei einem jüdischen Bombenanschlag in Jerusalem ums Leben kam. – Baums Vortrag über Brod in der Lese- und Redehalle fand am 20. Dezember 1908 statt, wenige Wochen nach Erscheinen seiner Erzählungen Uferdasein.

16 Vgl. den Brief Baums an Max Brod aus dem Jahr 1916, in dem sich Baum unter anderem darüber beklagt, »dass das Wort *blind* zu oft vorkam« (offenbar bei einer Lesung aus seinen Werken). Abgedruckt in: Sabine Dominik, Oskar Baum (1883–1941). Ein Schriftsteller des »Prager Kreises«, Würzburg (Diss.) 1988, S. 283. Zu Baums Freude über die ›Unauffälligkeit‹ der eigenen literarischen Arbeit siehe ders., ›Selbstbegegnung‹, in: Alt-Prager Almanach 1927, hrsg. von Paul Nettl, Prag 1927, S. 98–103, hier S. 103.

17 Oskar Baum, ›Rückblick auf eine Freundschaft‹ (1929), in: Koch, »Als Kafka mir entgegenkam …«, S. 72.

18 Zu Kafkas früher, neidvoller Bewunderung Werfels und zu der konfliktreichen Beziehung zwischen Brod und Werfel siehe Stach, Kafka. Die Jahre der Entscheidungen, S. 41 ff.

19 Brod, Der Prager Kreis, S. 106 f. Brod zitiert hier das Konzept seines Vortrags und die folgende Äußerung Kafkas. Auch Oskar Baum meldete sich zu Wort.

20 Max Brod, ›Prager Dichterschule?‹, in: *Der Friede*, 6. September 1918, S. 168. Weitere Einzelheiten zu dieser vor allem gegen den Literaturwis-

senschaftler und Kritiker Josef Körner gerichteten Polemik siehe Körner, PHILOLOGISCHE SCHRIFTEN UND BRIEFE, hrsg. von Ralf Klausnitzer, Göttingen 2001, S. 401 f.

21 Max Brod, ›Ein mittelmäßiger Kopf. Studie. Betrachtungen über Essayismus und Polemik gegen Karl Kraus‹, in: *Die Aktion*, 3. Juli 1911, Sp. 622 ff. Karl Kraus, ›Selbstanzeige‹, in: *Die Fackel*, H. 326–328, 8. Juli 1911, S. 34–36. – Dass Kafka zumindest bei der zweiten Prager Lesung von Karl Kraus am 15. März 1911 anwesend war, geht aus einem unveröffentlichten Brief Brods an Haas vom 16. August 1911 hervor (siehe Binder, KAFKAS WELT, S. 292). Brod behauptet hier, Kafka habe die Veranstaltung vorzeitig verlassen, da er Kraus' Vortrag als unausstehlich empfunden habe – eine Information, die vor dem Hintergrund der heftigen Polemik zwischen Brod und Kraus natürlich mit Vorbehalt aufzunehmen ist. – Zur Fortsetzung dieser Polemik siehe Stach, KAFKA. DIE JAHRE DER ENTSCHEIDUNGEN, S. 398 ff.

22 Baum, ›Rückblick auf eine Freundschaft‹, S. 73; Weltsch, ›Kafka als Freund‹, S. 76.

23 Brod, ÜBER FRANZ KAFKA, S. 46.

24 Tagebuch, 19. Februar 1911 (*T* 30). Vgl. Brief an Felice Bauer, 14. August 1913: »Ich habe kein litterarisches Interesse sondern bestehe aus Litteratur, ich bin nichts anderes und kann nichts anderes sein.« (*B2* 261) – Ein Beispiel für Kafkas gelegentliches Bestreben, auch scheinbar unverfängliche Sätze nicht bloß zu streichen, sondern ›ungeschehen‹ zu machen, findet sich in der Beschreibung einer Frau, die er am benachbarten Kaffeehaustisch beobachtete: »Ein Augenblick bringt ihr ihre Körperfülle zum Bewussten und sie rückt ein wenig vom Tisch weg. Dann aber vergisst sie daran und trinkt Bier.« Den zweiten Satz machte Kafka durch dichte Schraffur unkenntlich. (Tagebuch, 24. August 1911, *T* 39, *T App* 172)

25 Dies sind die ersten, in einem Quartheft überlieferten Notate, die jedenfalls aus dem Jahr 1909 stammen, vermutlich vom Sommer oder Herbst (*T* 9; zur schwierigen Frage der Datierung vgl. *T App* 85 ff.), während Brods bislang unveröffentlichte Tagebücher mit dem 4. September 1909 einsetzen. – Kafkas erster Satz bezieht sich anscheinend auf einen Kinoeindruck, denn frontal heranrollende oder dicht vorbeirasende Züge, welche die Zuschauer »erstarren« machen, waren ein beliebtes Schreck-Motiv des frühen Stummfilms; vgl. Alt, KAFKA UND DER FILM, S. 13 ff.

Landung in Brescia

1 Siehe den Brief an Max Brod, Anfang September 1908 (*B1* 88). Dieser Brief sowie eine ebenfalls nach Riva adressierte Postkarte vom 9. September erweisen Brods Schilderung, er habe Riva erst gemeinsam mit Kafka

kennengelernt, als unrichtig. (Vgl. Brod, ÜBER FRANZ KAFKA, S. 92, sowie ders., STREITBARES LEBEN, S. 243.) – Die Borromäischen Inseln befinden sich im (auch damals) italienischen Teil des Lago Maggiore.

2 Siehe die auf Indizien beruhende, jedoch überzeugende Rekonstruktion der Reisedaten bei Hartmut Binder, MIT KAFKA IN DEN SÜDEN. EINE HISTORISCHE BILDERREISE IN DIE SCHWEIZ UND ZU DEN OBERITALIENISCHEN SEEN, Prag 2007, S. 14. – Das vorliegende Kapitel stützt sich im Folgenden noch mehrfach auf Binders akribische Recherchen.

3 Brief an Max Brod, vermutlich Sommer 1909 (*B1* 102 f.). Die von Kafka vorgeschlagene Tour ist beschrieben und mit zeitgenössischen Fotos illustriert bei Binder, KAFKAS WELT, S. 205 ff.

4 Siehe Max Brod, ›Zirkus auf dem Lande‹, in: *Die Schaubühne*, 16. Dezember 1909, S. 33. Dass auch Weltsch und Kafka am Ausflug nach Dobřichowitz teilnahmen, ist aus einem Tagebucheintrag Brods vom 20./31. Mai 1909 ersichtlich. – Vom Ausflug nach Beraun ist auf einer unveröffentlichten Postkarte von Max Brod an Felix Weltsch die Rede, datierbar auf den 13. August 1909. Der Wortlaut der Karte lässt erkennen, dass es durchaus möglich war, zu diesen Ausflügen auch neue Bekannte mitzunehmen, in diesem Fall den Berliner Sinologen Franz Hübotter. (Sammlung von Roland Templin, Berlin, der einen Scan dieser Karte sowie zugehörige Informationen freundlicherweise zur Verfügung stellte.)

5 Brod, STREITBARES LEBEN, S. 23. Werfels Maturaprüfung fiel auf das Jahr 1909.

6 Max Brod, ›Nachruf auf eine Badeanstalt‹, in: *Prager Tagblatt*, 1. August 1926, S. 3 (die ›Bagni alla Madonnina‹ waren abgerissen und durch die moderneren ›Bagni Excelsior‹ ersetzt worden). Postkarte an Elli Kafka, 7. September 1909 (*B1* 110). – In welchem Hotel Kafka und die Brüder Brod unterkamen, ist nicht bekannt. Eine vorbestellte Unterkunft war es jedenfalls nicht.

7 Heinrich Manns Gruß lautete: »Nichts kann einem Schriftsteller so wichtig sein wie die Liebe der Jungen, die sich noch nicht oft hingegeben haben.« Mann war zu diesem Zeitpunkt 36 Jahre alt, der angesprochene Max Brod 23 Jahre. Vgl. Brod, STREITBARES LEBEN, S. 242 f. – Heinrich Mann las am 4. Dezember 1907 in der Prager ›Lese- und Redehalle‹ aus seinem Roman DIE JAGD NACH LIEBE.

8 Über das Sanatorium Hartungen und Kafkas Aufenthalt im Herbst 1913 siehe Stach, KAFKA. DIE JAHRE DER ENTSCHEIDUNGEN, S. 420 ff.

9 Max Brod, ›Blériot‹, in: *Die Gegenwart* 38 (1909), H. 37, S. 676. – Eine genaue Schilderung von Blériots Flug nebst einigen Fotografien findet sich in der *Allgemeinen Automobil-Zeitung*, Wien, 1. August 1909. Instruktive Beispiele zur zeitgenössischen Heroisierung Blériots bietet Felix Philipp Ingold, LITERATUR UND AVIATIK. EUROPÄISCHE FLUGDICHTUNG 1909–1927, Frankfurt am Main 1908, S. 86 ff.

10 In seiner Kafka-Biographie schrieb Brod: »Kafka vor allem trieb zu diesem Ausflug« (ÜBER FRANZ KAFKA, S. 92); laut seiner späteren Schilderung in DER PRAGER KREIS war jedoch sein Bruder Otto »der eigentlich initiative Faktor des Abenteuers« (S. 192).

11 Eine genaue, mit historischen Ansichten ausführlich illustrierte Beschreibung der Dampferfahrt bietet Binder, MIT KAFKA IN DEN SÜDEN, S. 42 ff.

12 Die Zitate in *D App* 516 f. – Die gekürzte Version von Kafkas Reportage DIE AEROPLANE IN BRESCIA erschien in der *Bohemia*, 29. September 1909, Morgen-Ausgabe, S. 1–3. Brods Beitrag FLUGWOCHE IN BRESCIA wurde von der Redaktion der *Neuen Rundschau* abgelehnt und erschien dann Ende Oktober in der Münchner Zeitschrift *März* (S. 219–226). Später versuchte Brod, beide Artikel in seinem Essayband ÜBER DIE SCHÖNHEIT HÄSSLICHER BILDER (Leipzig 1913) unterzubringen (wozu Kafka nur widerstrebend seine Zustimmung gab, vgl. *T* 242), doch obwohl die Texte bereits gesetzt waren, wurden sie wieder entfernt, um den Band nicht zu umfangreich werden zu lassen. Der vollständige Text Kafkas wurde schließlich aus dem Nachlass veröffentlicht, als Anhang in Brods Kafka-Biographie. Der Band Max Brod / Franz Kafka, EINE FREUNDSCHAFT. REISEAUFZEICHNUNGEN (Frankfurt am Main 1987) bietet beide Reportagen unmittelbar nebeneinander (S. 9–26). – Der heutige kleine Aeroporto di Brescia-Montichiari (der nach Gabriele D'Annunzio benannt ist) liegt unmittelbar neben dem damaligen Flugfeld von Montichiari.

13 Curzio Malaparte, DUE ANNI DI BATTIBECCO 1953–1955, Florenz 1967, S. 101 f., zitiert nach Binder, KAFKA-HANDBUCH, Bd. 2, S. 724. Das vollständige Zitat lautet: »›Schau‹, sagte er zu mir, ›auch er! Hättest du dir so etwas vorstellen können? Er kommt nach Italien und hat nichts Besseres zu tun als mich zu beschimpfen. Er war ein kleiner Angestellter in einer Prager Versicherungsgesellschaft: aber ein großer Künstler, ein edler Geist. Und schau, wer meldet sich zu Wort, um von mir zu sprechen: der kleine Angestellte.‹«

14 Tagebuch, 27. Januar 1922 (*T* 892).

15 Ein Abzug der Fotografie befindet sich heute in der Sammlung von Roland Templin, Berlin, der ihn freundlicherweise dem S. Fischer Verlag zum Druck zur Verfügung stellte. Siehe Bildteil.

16 Peter Demetz, DIE FLUGSCHAU VON BRESCIA. KAFKA, D'ANNUNZIO UND DIE MÄNNER, DIE VOM HIMMEL FIELEN, Wien 2002, S. 235. – Die Monographie bietet Informationen auch über die Herkunft und die weiteren Schicksale der in Brescia anwesenden Piloten.

17 Das titellose Fragment siehe *NSF1* 365–367.

Im Herzen des Westens

1 Brods berufliche Probleme sowie die Tatsache, dass es sich bei seiner Reise nach Paris um eine Flucht handelte, sind lediglich durch einige kurze Einträge in seinem unpublizierten Tagebuch dokumentiert. – Georg Kars war unter dem Namen Karpeles 1882 in Kralupy bei Prag geboren und seit 1908 in Paris ansässig. Im Jahr 1909 war er mehrfach zu Besuch in Prag.

2 Die während der ersten Paris-Reise von Brod verfassten Notizen sind veröffentlicht in: Brod/Kafka, EINE FREUNDSCHAFT. REISEAUFZEICHNUNGEN, S. 27ff.; die Zitate hier S. 29 und 34.

3 Ebd., S. 28, sowie der Kommentar S. 269f.

4 Brief an Hedwig Weiler, 15. September 1907 (*B1* 61). *Prager Tagblatt*, 18. Januar 1910, Morgen-Ausgabe, S. 5. Dass Brod und Kafka bei dem Vortrag anwesend waren, ist in Brods Tagebuch vermerkt.

5 Brief an Max Brod, 12. März 1910 (*B1* 118f.).

6 Tagebuch, Frühjahr 1910 (*T* 13–16). Eine genauere Datierung ist nicht möglich. Der unmittelbar folgende, mit einem Querstrich abgetrennte Eintrag stammt vom 17./18. Mai, der »Kometennacht«.

7 Sehr detaillierte und illustrierte Rekonstruktionen von Kafkas Aufenthalten in Paris finden sich bei Hartmut Binder, KAFKA IN PARIS, München 1999; siehe auch ders., ›Die Entdeckung Frankreichs‹, S. 441–482. Die Notizen Max Brods zu den Reisen der Jahre 1910 und 1911 sind abgedruckt in: Brod/Kafka, EINE FREUNDSCHAFT. REISEAUFZEICHNUNGEN. – Dass Kafka bereits bei Beginn der Reise erkrankt war, lässt sich aus den Postkarten an Max und Otto Brod vom 20. Oktober 1910 erschließen, wo er über die »internationalen Prager, Nürnberger u. besonders Pariser Pflaster« klagt (*B1* 127).

8 »Sie [Milena Jesenská] ist mir unerreichbar, damit muss ich mich abfinden und meine Kräfte sind in einem solchen Zustand, dass sie es jubelnd tun. So kommt zu dem Leid noch die Schande, es ist etwa so wie wenn Napoleon zu dem Dämon der ihn nach Russland rief, gesagt hätte: ›Ich kann jetzt nicht, ich muss noch die Abendmilch trinken‹ und wenn er dann, als der Dämon noch fragte: ›Wird denn das lange dauern?‹ gesagt hätte: ›Ja, ich muss sie fletchern.‹« (Brief an Max Brod, ca. 13./14. April 1921, in: Brod/Kafka, EINE FREUNDSCHAFT. BRIEFWECHSEL, S. 337) Zu einigen von Kafka bewunderten mündlichen Äußerungen Napoleons vgl. den Brief an Felice Bauer, 30./31. Dezember 1912 (*B1* 375).

9 Brod, ÜBER FRANZ KAFKA, S. 231. Brod, STREITBARES LEBEN, S. 188. – Das Gemälde, das in mehreren Versionen existiert, stammt von Jean Huber (1721–1786), der zu Voltaires Genfer Freundeskreis gehörte.

10 *NSF1* 324ff. und *NSF1 App* 281f. Es handelt sich um eine Vorstufe zu dem Prosastück DER NEUE ADVOKAT (*NSF1* 326f.), entstanden um den

10. Februar 1917 und publiziert als erstes Stück in dem Band EIN LANDARZT. KLEINE ERZÄHLUNGEN (1920).

11 Max Brod, ›Bei Flaubert‹, in: Brod/Kafka, EINE FREUNDSCHAFT. REISEAUFZEICHNUNGEN, S. 56–66, hier S. 59. Zuerst veröffentlicht in der Zeitschrift *Pan* am 1. Dezember 1910. – Kafka erwarb in Paris eine bei Conard erschienene Neuausgabe der EDUCATION SENTIMENTALE.

12 »In der ersten Prager Nacht träumte mir ich glaube, die ganze Nacht durch [...] ich sei zum Schlaf in einem grossen Hause einquartiert, das aus nichts anderem bestand als aus Pariser Droschken, Automobilen, Omnibussen u.s.w. die nichts anderes zu tun hatten, als hart aneinander vorüber, übereinander, untereinander zu fahren und von nichts anderem war Rede und Gedanke, als von Tarifen, correspondancen, Anschlüssen, Trinkgeldern, direction Pereire, falschem Geld u.s.w.« (Postkarte an Max und Otto Brod, 20. Oktober 1910, *B1* 127) – Der Besuch Kafkas in einem Salon mit Münz-Grammophonen ist dokumentiert in einem Brief an Felice Bauer, 27. November 1912: »Ich, ich muss gar kein Grammophon hören, schon, dass sie in der Welt sind, empfinde ich als Drohung. Nur in Paris haben sie mir gefallen, dort hat die Firma Pathé auf irgendeinem Boulevard einen Salon mit Pathephons, wo man für kleine Münze ein unendliches Programm (nach Wahl an der Hand eines dicken Programmbuches) sich vorspielen lassen kann. Das solltet Ihr auch in Berlin machen, wenn es das nicht schon gibt.« (*B1* 275)

13 ›Das Ende des »Moulin Rouge«‹, in: *Prager Tagblatt*, 3. Januar 1903, S. 7.

14 *V* 387, 389, 394. Ein detaillierter Vergleich zwischen dem »Rennplatz in Clayton« und dem Hippodrom von Longchamp bei Binder, KAFKA IN PARIS, S. 108 ff. Die Präsidentenloge kehrt im Roman auf einem Foto wieder, das Karl Rossmann noch auf dem Rennplatz betrachtet (*V* 412 f.). – Das Prosastück ZUM NACHDENKEN FÜR HERRENREITER (*D* 30 f.) erschien am 27. März 1910 in der Osterbeilage der *Bohemia* (neben vier weiteren Stücken). Kafka nahm es später in sein erstes Buch BETRACHTUNG auf.

15 Max und Otto Brod blieben weitere zwölf Tage in Paris, wo sie noch mehrmals den Louvre aufsuchten. Max besuchte die Nichte Flauberts, die er bereits in Prag gesehen hatte, und fuhr dann, offenbar allein, nach Rouen, Croisset und Le Havre. In Paris versuchte er auch, Verbindung zu Rilke aufzunehmen, traf ihn in seiner Wohnung jedoch nicht an. Siehe Brod/Kafka, EINE FREUNDSCHAFT. REISEAUFZEICHNUNGEN, S. 38–49. – Im Gegensatz zu Kafka hat Brod diese Paris-Reise auch publizistisch verwertet; es erschienen die Artikel ›Verworrene Nebengedanken‹, ›Bei Flaubert‹ und ›Die Große Revue‹ (ebd., S. 52–70).

16 *B1* 127 f., 791 f. Hier auch die Informationen zu Kafkas Hauterkrankung.

Ideen und Gespenster: Buber, Steiner, Einstein

1 Die Postkarte Franz Werfels an Max Brod vom 11. Mai 1910 befindet sich im Deutschen Literaturarchiv, Marbach am Neckar. Das Treffen am 15. Mai in »großer Gesellschaft«, zu der auch Otto Brod sowie Max Brods spätere Ehefrau Elsa Taussig zählten, ist dokumentiert in dessen unpublizierten Tagebüchern.

2 Else Bergmann, ›Familiengeschichte‹, in: Gimpl, WEIL DER BODEN SELBST HIER BRENNT, S. 199–266, hier S. 257; Max Brod, ›Höhere Welten‹, in: ÜBER DIE SCHÖNHEIT HÄSSLICHER BILDER, S. 144–157 (zuerst in: *Pan*, 16. Juni 1911, S. 538–545). Noch 1928 schildert Werfel die spiritistische Sitzung in der Wohnung seiner Eltern, die Brods Tagebuch zufolge am 7. April 1910 stattfand, ausführlich in seinem Roman DER ABITURIENTENTAG (Frankfurt am Main 1991, S. 88 ff.). – Die Praxis des Tischrückens verbreitete sich als Mode, ausgehend von den USA, erstmals Anfang der 1850er Jahre, zielte jedoch zunächst auf das Sichtbarmachen innerpsychischer, unbewusster Energien und nicht auf die Kommunikation mit Geistern.

3 Theodor W. Adorno, MINIMA MORALIA. REFLEXIONEN AUS DEM BESCHÄDIGTEN LEBEN, in: GESAMMELTE SCHRIFTEN, hrsg. von Rolf Tiedemann, Bd. 4, Frankfurt am Main 1980, S. 276.

4 Siehe Hugo Bergmann, ›Experimente über Telepathie‹, in: *März* 3 (1909), S. 118–124.

5 Bereits 1899 gab es in Prag gutbesuchte »antispiritistische Vorstellungen«, bei denen unter anderem telepathische und mnemotechnische Kunststücke gezeigt und erklärt wurden (*Prager Tagblatt*, 23. April 1899, S. 5). Drei Jahre später erschien im *Prager Tagblatt* eine anonyme ganzseitige Anzeige, die den Spiritismus als »Experimental-Wissenschaft« verteidigte; angesichts der überwältigenden Beweise seien die Gegner dieser Bewegung entweder uninformiert oder boshaft (27. April 1902, S. 29).

6 Brod, ›Höhere Welten‹, S. 151; Willy Haas, ›Um 1900 in Prag. Aus Jugendtagen mit Werfel, Kafka, Brod und Hofmannsthal‹, in: *Forum* 4 (1957), S. 223–226, hier S. 225. – Vgl. Brod, STREITBARES LEBEN, S. 18: »Kafka und Weltsch nahmen gleichfalls an den Séancen teil. Kornfeld war unter uns am stärksten medial veranlagt.«

7 Die drei Prager Vorträge hielt Buber am 16. Januar 1909, 2. April 1910 und 18. Dezember 1910. Sie sind abgedruckt in: Martin Buber, WERKAUSGABE, Bd. 3: FRÜHE JÜDISCHE SCHRIFTEN 1900–1922, hrsg. von Barbara Schäfer, Gütersloh 2007, S. 219–256; die ursprüngliche, in Prag dargebotene Version des ersten Vortrags siehe hier S. 416–424, das Zitat hier S. 423. Die zeittypische Metapher des »Bluts« benutzte Buber bei diesem Vortrag an argumentativ entscheidender Stelle, siehe S. 419.– Zu Bubers

›jüdischer Erneuerung‹ und zu seiner Wirkung in Prag siehe Stach, KAFKA. DIE JAHRE DER ENTSCHEIDUNGEN, S. 53 ff.

8 *Prager Tagblatt*, 15. März 1911, S. 5.

9 Ignaz Wrobel [d. i. Kurt Tucholsky], ›Rudolf Steiner in Paris‹, in: *Die Weltbühne*, 3. Juli 1924, S. 26–28. Tucholsky hörte am 26. Mai 1924 Steiners Vortrag ›Wie erlangt man Erkenntnis der übersinnlichen Welt?‹. – Bubers Mitteilung in einem Gespräch mit Hugo Bergmann in dessen TAGEBÜCHER UND BRIEFE, Bd. 2, S. 263. Vgl. ebd., S. 622: »Man konnte mit Steiner nicht diskutieren.«

10 Rudolf Steiner, ›Wie widerlegt man Theosophie?‹, in: GESAMTAUSGABE, Bd. 69a, Dornach 2007, S. 36–71, hier S. 38. Auch die Druckfassung der beiden Prager Vorträge Steiners beruht auf mehreren einander ergänzenden Mitschriften (siehe ebd., S. 314).

11 Tagebuch, 26. März 1911 (*T* 159).

12 Brod, ›Höhere Welten‹, S. 144.

13 Steiner, GESAMTAUSGABE, Bd. 128, S. 126, 129 f. – Dass sich Kafka zu Steiners Vorträgen über ›Okkulte Physiologie‹ anmeldete, lässt sich aus dem Vermerk eines Polizeispitzels erschließen (siehe das Faksimilie bei Binder, KAFKAS WELT, S. 201). Ein weiterer (promovierter) Agent hatte Kurzprotokolle der Vorträge selbst zu liefern, da die Theosophie als ›freidenkerisch‹ und damit als potentiell staatsgefährdend galt. Diesen Berichten an die Statthalterei sind auch Einzelheiten über Zahl und Herkunft der Besucher zu entnehmen; vgl. Hartmut Binder, ›Rudolf Steiners Prager Vortragsreise im Jahr 1911. Berichtigungen und Ergänzungen zu der Kritischen Ausgabe der Tagebücher Kafkas‹, in: *editio. Internationales Jahrbuch für Editionswissenschaft* 9 (1995), S. 214–233, hier S. 228 ff. – Kafkas Bemerkung, die Zeichnungen auf Steiners Schreibtisch erinnerten ihn »an jene der Vorträge über okkulte Physiologie«, deutet darauf hin, dass er mehrere dieser Vorträge gehört hat. Max Brod besuchte seinem Tagebuch zufolge wenigstens einen der physiologischen Vorträge. Außerdem fertigte Brod über die theosophischen Abende separate Aufzeichnungen an, die jedoch nicht erhalten sind. – Kurzfristig fand sich Steiner am 28. März noch zu einem weiteren, insgesamt elften Vortrag bereit: ›Aphorismen über die Beziehung von Theosophie und Philosophie‹.

14 Kafkas Notizen über Verhalten und Äußerungen der Prager Steiner-Gemeinde siehe *T* 30–32. – Steiner wohnte im Hotel Victoria in der Jungmannstraße.

15 Tagebuch, vermutlich 29. oder 30. März 1911 (*T* 33–35). – Kafkas Besuch bei Steiner fand am 29. März gegen 15 Uhr statt. Über Brods Gespräch mit Steiner am folgenden Tag ist nichts bekannt.

16 Brod, ÜBER FRANZ KAFKA, S. 70; Brod, STREITBARES LEBEN, S. 183 f. (Brod spricht hier fälschlich von »Anthroposophie«, die von Steiner jedoch erst 1912 begründet wurde); Steiner, GESAMTAUSGABE, Bd. 69a, S. 41.

Brief an Felice Bauer, 8./16. Juni 1913 (*B2* 209). – Wie aus einem kurzen Brief Kafkas an Steiner vom 31. März 1911 (*B1* 137) hervorgeht, schickte er diesem tatsächlich »ein kleines Stück«, möglicherweise das Prosastück UNGLÜCKLICHSEIN, das von einem »Gespenst im Zimmer« handelt: »Diese Gespenster scheinen über ihre Existenz mehr im Zweifel zu sein als wir ...« (*D* 39; vgl. Hartmut Binder, ›Der Prager Fanta-Kreis. Kafkas Interesse an Rudolf Steiner‹, in: *Sudetenland* 38 (1996), S. 106–140, hier S. 110 f.). Eine Antwort Steiners ist nicht überliefert. – Gegenüber Gustav Janouch soll Kafka später geäußert haben: »Ich bin mir über ihn nicht im Klaren. Er ist ein ungemein wortgewandter Mann. Diese Eigenschaft gehört aber auch zu dem Rüstzeug der Bauernfänger. Damit will ich nicht sagen, dass Steiner ein Bauernfänger sei. Doch möglich wäre auch das. Betrüger versuchen es immer, auf billige Art schwierige Probleme zu lösen.« (Janouch, GESPRÄCHE MIT KAFKA, S. 159)

17 Albert Einstein, Briefe an Michele Besso, 13. Mai 1911, und an Alfred und Clara Stern, 17. März 1912, in: THE COLLECTED PAPERS OF ALBERT EINSTEIN, vol. 5: THE SWISS YEARS: CORRESPONDENCE 1902–1914, hrsg. von Martin J. Klein u. a., Princeton, NJ 1993, S. 295 und 432. Vgl. Einsteins Brief an Marcel Grossmann, 27. April 1911, ebd., S. 294.

18 Einzelheiten zu Begegnungen mit Ludwig Hopf (1884–1939) und zu Kafkas Anwesenheit bei Einsteins Vortrag sowie anschließend im Restaurant finden sich in Brods unpubliziertem Tagebuch von 1911. Aus diesen Notizen geht auch hervor, dass Hopf an gemeinsamen Ausflügen teilnahm. – Zu Hugo Bergmann siehe hier und im Folgenden dessen ›Persönliche Erinnerungen an Albert Einstein‹, in: *Mitteilungsblatt des Irgun Olej Merkas Europa*, Tel Aviv, 11. Mai 1975, S. 4 f. (mit teilweise unrichtigen Datierungen). – Die Anekdote über Einstein als Elektriker wurde von Felix Weltsch überliefert, vgl. Carl Seelig, ALBERT EINSTEIN. LEBEN UND WERK EINES GENIES UNSERER ZEIT, erweiterte Neuauflage, Zürich 1960, S. 144.

19 Einstein konnte sich später an Brod, offenbar aber nicht an Kafka erinnern. Andernfalls hätte er diesen Namen seinem Biographen Philipp Frank gewiss genannt, den er in Prag als seinen Nachfolger erfolgreich empfohlen hatte und mit dem er um 1940 Gespräche über die Prager Erfahrungen von 1911/12 führte (die deutsche Erstausgabe von Franks Einstein-Biographie erschien 1949).

20 Albert Einstein an Hedwig Born, 8. September 1916, in: THE COLLECTED PAPERS OF ALBERT EINSTEIN, vol. 8: THE BERLIN YEARS: CORRESPONDENCE 1914–1918, hrsg. von Robert Schulmann u. a., Princeton, NJ 1998, S. 336. In Einsteins Bibliothek befand sich ein signiertes Exemplar des Romans, jedoch in einer Ausgabe von 1931. Brod bestritt später, dass er Einstein habe porträtieren wollen, vgl. STREITBARES LEBEN, S. 202: »In Wahrheit hat ... zur Figur des Keplers mein Freund Werfel viel Wesent-

licheres und Schmerzlicheres beigetragen als Einstein.« – Zum Zionismus gewann Einstein ab den zwanziger Jahren ein wesentlich positiveres Verhältnis, er blieb jedoch ein entschiedener Gegner jeglichen Nationalismus, auch des jüdischen.

21 Wolfgang G. Vögle (Hrsg.), Der andere Rudolf Steiner. Augenzeugenberichte, Interviews, Karikaturen, Dornach 2005, S. 200. – Die abwegigen und von völligem Unverständnis zeugenden Bemerkungen über die Relativitätstheorie, die Steiner zwei Jahre später veröffentlichte, hat Einstein wohl kaum zur Kenntnis genommen; vgl. Rudolf Steiner, ›Der moderne Mensch und seine Weltanschauung‹ (1914), in: Gesamtausgabe, Bd. 18, Dornach 1985, S. 445–492, hier S. 490 ff.

22 *NSF2* 19 f.

Literatur und Fremdenverkehr

1 Tagebuch, 27. November 1910 (*T* 127). – Die Lesung Bernhard Kellermanns (1879–1951) fand am selben Tag um 17 Uhr im Spiegelsaal des Deutschen Casinos statt; Kafka war dort vermutlich ohne Begleitung. Bei der »Prosa-Arbeit« handelte es sich um die Erzählung Die Heiligen, die im Juni 1911 in der *Neuen Rundschau* publiziert wurde. Das von Kellermann als Zugabe gelesene Märchen Die Geschichte von der verlorenen Wimper der Prinzessin wurde erst 1979 aus seinem Nachlass veröffentlicht. Die Besprechung Ludwig Steiners im *Prager Tagblatt* des folgenden Tages bestätigt im Wesentlichen Kafkas Schilderung: »Leider hatte der Dichter den sonderbaren Ehrgeiz, ihre [der Zuhörer] Geduld auf eine ziemlich harte Probe zu stellen.« Ob und wie Kafka später Kellermanns überaus erfolgreichen Science-Fiction-Roman Der Tunnel (1913) zur Kenntnis genommen hat, ist nicht überliefert.

2 Tagebuch, 16. Dezember 1910 (*T* 131).

3 Tagebuch, 20. Dezember 1910 (*T* 135). – Das undatierte Fragment Die städtische Welt stammt vom Februar oder März 1911 und beginnt ungewöhnlicherweise mit der Niederschrift eines Titels (*T* 151–158). Einer der augenfälligen erzähltechnischen Missgriffe ist hier, dass die ›Explosion‹ des Vaters nicht, wie im Urteil, als schockierende Wende eintritt, sondern bereits nach wenigen Sätzen stattfindet, zu einem Zeitpunkt also, da der Leser noch gar keine konturierte Vorstellung von den Figuren hat.

4 Tagebuch, 15. August 1911 (*T* 37). – Eine etwas kryptische Zusammenstellung der sich auch unterwegs noch ändernden Reisepläne notierte Kafka später im Reisetagebuch (*T* 967). Daraus geht hervor, dass das »Ostende« Italiens, also wohl die Küste nahe dem österreichischen Triest, außerdem Rimini und Genua die ersten konkret ins Auge gefassten Ziele waren.

5 Tagebuch, 20. August 1911 (*T* 37). Reisetagebuch, 5. September 1911 (*T* 970).

6 Siehe die zugehörige Aufzeichnung Brods in: Brod/Kafka, EINE FREUNDSCHAFT. REISEAUFZEICHNUNGEN, S. 87; sowie Max Brod, ›Ausland‹, in: *Prager Tagblatt*, 18. August 1929, S. 3.

7 Siehe die Reisetagebücher Brods und Kafkas, in: Brod/Kafka, EINE FREUNDSCHAFT. REISEAUFZEICHNUNGEN, S. 73 f. und 143 f. (= *T* 943 f.), sowie die Tagebucheinträge vom 12./13. Oktober 1911 (*T* 74–76). Die Lebensumstände Angela Rehbergers nach den Recherchen von Hartmut Binder, in: MIT KAFKA IN DEN SÜDEN, S. 119 f. – Mit veränderten Namen und Orten wird die Episode auch ausführlich im ersten und einzigen Kapitel des gemeinsamen Reiseromans geschildert, siehe DIE ERSTE LANGE EISENBAHNFAHRT (PRAG–ZÜRICH), *D* 422–431. Hier finden sich zahlreiche Einzelheiten, die über die Reisenotizen hinausgehen und vermutlich fiktive Zutat sind. – Eine Notiz Kafkas vom 5. Mai 1915 deutet darauf hin, dass er Rehberger noch ein weiteres Mal in Prag begegnete (*T* 744).

8 Brod/Kafka, EINE FREUNDSCHAFT. REISEAUFZEICHNUNGEN, S. 79 und 147 (= *T* 950).

9 Die Zitate und Skizzen siehe Brod/Kafka, EINE FREUNDSCHAFT. REISEAUFZEICHNUNGEN, S. 81 f. und 149 (= *T* 952 f.). Eine Beschreibung des Boule-Spiels (nicht zu verwechseln mit dem gleichnamigen Kugelsport) bei Binder, MIT KAFKA IN DEN SÜDEN, S. 202 f. – Eineinhalb Jahre später besuchte Brod mit seiner Frau das Casino von Monte Carlo und hob in einem Feuilleton wiederum die Monotonie des Spiels hervor, die ihn sogar an »Fabrikarbeit« erinnerte; siehe ›Die Moral von Monte Carlo‹, in: *Berliner Tageblatt*, 13. März 1913, S. 2.

10 Brod/Kafka, EINE FREUNDSCHAFT. REISEAUFZEICHNUNGEN, S. 76 und 145 (= *T* 947).

11 Ansichtskarte an Ottla Kafka, 29. August 1911 (*B1* 139).

12 Brod, ÜBER FRANZ KAFKA, S. 90.

13 Das Konzept ist abgedruckt unter dem Titel ›Unser Millionenplan ‚Billig'‹ in: Brod/Kafka, EINE FREUNDSCHAFT. REISEAUFZEICHNUNGEN, S. 189 ff.; zum Sprachführer ebd., S. 191 f. Vgl. Brod, ÜBER FRANZ KAFKA, S. 107. – Dass Brod die Idee Ernst Rowohlt vorlegte, ist aus einem Brief Kafkas an Brod vom 10. Juli 1912 (*B1* 158) zu ersehen, in dem er sich nach dem Schicksal ihres gemeinsamen Exposés erkundigt.

14 Postkarte an Otto Brod, 30. August 1911 (*B1* 140).

15 Max Brod, ›Lugano-See‹, in: Brod/Kafka, EINE FREUNDSCHAFT. REISEAUFZEICHNUNGEN, S. 219. Brief an Max Brod, 2. November 1923, in: Brod/Kafka, EINE FREUNDSCHAFT. BRIEFWECHSEL, S. 442. – Die beiderseitigen Notizen über den Tagesausflug an den Comer See sind ungeordnet, Ziel und Interesse sind unklar. Sowohl Brod als auch Kafka zählen die vielen subtropischen Pflanzenarten auf, die sie im Garten der Villa

Carlotta vorfanden, erwähnen jedoch nur beiläufig die ebenfalls besichtigten Plastiken, unter anderem Antonio Canovas ›Amor und Psyche‹. Eine Rekonstruktion dieses Tages bei Binder, MIT KAFKA IN DEN SÜDEN, S. 283 ff.

16 Thomas Mann wohnte mit seiner Frau Katia vom 26. Mai bis 2. Juni 1911 im ›Hotel des Bains‹ auf dem Lido. Während dieser Zeit erfuhr er lediglich aus der deutschsprachigen Presse, dass ein Tourist aus Graz sich in Venedig infiziert hatte – eine Meldung, die über die Prager Tageszeitungen gewiss auch zu Kafka und Brod gelangte. Zur Vorbereitung seiner Novelle DER TOD IN VENEDIG sammelte Thomas Mann umfangreiche Informationen auch zum Thema *Cholera asiatica* (diese Arbeitsnotizen sind publiziert in: FRÜHE ERZÄHLUNGEN. 1893–1912, hrsg. von Terence J. Reed, Kommentarband, Frankfurt am Main 2004, S. 486 ff.). – Verschwiegen wurde in der Tagespresse Deutschlands und Österreichs, dass auch diese Staaten an der katastrophalen Entwicklung in Italien nicht ganz unschuldig waren. Denn sie hatten zwar die Pariser Sanitätskonvention von 1903 unterzeichnet, doch sie verweigerten die Mitarbeit an dem dort beschlossenen internationalen Sanitätsamt, das zum Sammeln und Auswerten von epidemiologischen Daten unabdingbar war. – Insgesamt starben 1911 in der Region Venetien 136 Personen an Cholera, in der Lombardei waren es 22 Todesfälle, in der Umgebung Neapels und in Sizilien zusammen mehr als 4000 (laut Angaben des italienischen Ministerio di Agricoltura Industria i Commercio, Direzione generale della statistica: STATISTICA DELLE CAUSE DI MORTE. ANNI 1908–1911, Roma), wobei allerdings nur die ›bakteriologisch gesicherten‹ Fälle in die Statistiken aufgenommen wurden. – Zur Cholera in Venedig, zu den amtlichen hygienischen Maßnahmen und zur Informationspolitik siehe Thomas Rütten, ›Cholera in Thomas Mann's *Death in Venice*‹, in: *Gesnerus. Swiss Journal of the History of Medicine and Sciences*, 66/2 (2009), S. 256–287.

17 Brod/Kafka, EINE FREUNDSCHAFT. REISEAUFZEICHNUNGEN, S. 93, vgl. S. 156 (= *T* 963). Ob der falsche Gebrauch der Redewendung »etwas übers Knie brechen« wörtlich von Kafka stammt, ist zweifelhaft.

18 Ebd., S. 97, 157 f. Max Brod, ›Das kranke Italien‹, in: *Magdeburgische Zeitung*, 7. Oktober 1911, S. 9. Brod, ÜBER FRANZ KAFKA, S. 111. – Das unterschiedliche Erleben wird recht deutlich aus Brods Bemerkungen über den später konzipierten autobiographischen Reiseroman, welche die tatsächliche Stimmungskurve geradezu umkehren: »die beiden Freunde sollten während der Reise recht böse miteinander werden, ihre Gegensätzlichkeit sollte hervortreten und erst die gemeinsame Choleragefahr in dem dumpfen überheißen Mailand [...] sollte ihre alte Zuneigung zu allem Glanz entfachen« (ebd.).

19 Brod/Kafka, EINE FREUNDSCHAFT. REISEAUFZEICHNUNGEN, S. 94–96 und 160 (= *T* 968 f.).

20 Ebd., S. 100 und 161 (= *T* 970 f.). Kafka hatte Odol in seinem Koffer, Brod jedoch nicht, siehe ebd., S. 130.

21 Brod/Kafka, Eine Freundschaft. Reiseaufzeichnungen, S. 144, 162 (= *T* 945, 972). Tagebuch, 26. September 1911 (*T* 40). Vgl. Brod, Über Franz Kafka, S. 108.

22 Brod/Kafka, Eine Freundschaft. Reiseaufzeichnungen, S. 107 und 173 (= *T* 991). Vgl. Brod, Streitbares Leben, S. 185.

23 Zu dem in Stresa verabredeten Romanprojekt Richard und Samuel, das über das erste Kapitel (*D* 419–440) nicht hinauskam, siehe Stach, Kafka. Die Jahre der Entscheidungen, S. 74 f.

24 Max Brod, ›Kinematograph in Paris‹, in: Brod/Kafka, Eine Freundschaft. Reiseaufzeichnungen, S. 209–214, hier S. 209 f.

25 Tagebuch, 18. November 1911 (*T* 253).

26 Brod/Kafka, Eine Freundschaft. Reiseaufzeichnungen, S. 135 und 184 (= *T* 1011). Vgl. ebd., S. 119: »Haß und Verachtung gegen Deutsche. Wir reisen als Tschechen oder Polen.« Vgl. auch Max Brods Feuilleton-Artikel ›Das kriegerische Paris‹ (ebd., S. 215 ff.), der die Situation ironisch verharmlost.

27 Kafka und Brod besuchten Versailles am 12. September 1911. An ebendiesem Tag gab die französische Regierung den deutschen Forderungen nach: Teile von Französisch-Äquatorialafrika als »Kompensation« für die Nichteinmischung in Marokko. Am folgenden Tag kaufte Kafka bei einem Antiquar Francisque Sarceys Le Siège de Paris. Impressions et Souvenirs (1871); seine Exzerpte siehe *T* 986–988. Dem Tagebuch zufolge beschäftigte ihn die Belagerung von Paris auch noch zwei Wochen nach seiner Rückkehr (2. Oktober 1911, *T* 51 f.). – Den Vertrag, der die Niederlage der Mittelmächte im Ersten Weltkrieg besiegelte, mussten die Vertreter der deutschen Regierung am 28. Juni 1919 ebenfalls im Spiegelsaal von Versailles unterzeichnen. Bis zur letzten Stunde hatten sie versucht, dieser Revanche zu entgehen.

28 Brods Notizen sowie Kafkas erzählerisch ausformuliertes Fragment zum Pariser Autounfall siehe Brod/Kafka, Eine Freundschaft. Reisenotizen, S. 136 f. und 185 ff. (= *T* 1012 ff.), das Zitat hier S. 187 (= *T* 1015). Kafka war später mit diesem Text so unzufrieden, dass er ihn bei Oskar Baum nicht einmal vorlesen wollte; Brod übernahm das für ihn. Vgl. die Selbstkritik im Tagebuch, 5. November 1911 (*T* 226 f.).

29 Weitere Einzelheiten zu dem von Friedrich Fellenberg (1867–1952) geführten Sanatorium Erlenbach in: Binder, Kafkas Welt, S. 242–246. Fellenberg war zuvor Mitarbeiter Lahmanns in Dresden gewesen. Er publizierte zahlreiche lebensreformerische Schriften und war Vorsitzender der ›Vegetarischen Gesellschaft Zürich‹. – Zum Folgenden siehe Kafkas Erlenbacher Notizen (*T* 978–985), den in Erlenbach verfassten Brief an Max Brod vom 17. September 1911 (*B1* 142 ff.) sowie *T App* 60 f.

Literaturverzeichnis

a. Kafka

Alt, Peter-André: *Franz Kafka. Der ewige Sohn.* München 2005.

Alt, Peter-André: *Kafka und der Film. Über kinematographisches Erzählen.* München 2009.

Anderson, Mark M.: *Kafka's Clothes. Ornament and Aestheticism in the Habsburg Fin de Siècle.* Oxford 1992.

Baioni, Giuliano: *Kafka. Literatur und Judentum.* Stuttgart/Weimar 1994.

Bašik, František X.: ›Als Lehrjunge in der Galanteriewarenhandlung Hermann Kafka‹, in: Franz Kafka, *Brief an den Vater.* Hrsg. von Hans-Gerd Koch. Berlin 2004. S. 69–130.

Bergman [!], Hugo: ›Erinnerungen an Franz Kafka‹. In: *Universitas* 21 (1972), S. 739–750.

Bernheimer, Charles: Psychopoetik. Flaubert und Kafkas *Hochzeitsvorbereitungen auf dem Lande*, in: Gerhard Kurz (Hrsg.): *Der junge Kafka.* Frankfurt am Main 1984. S. 154–183.

Binder, Hartmut: ›Die Entdeckung Frankreichs. Zur Vorgeschichte von Kafkas und Brods Paris-Reisen‹, in: *Euphorion* 95 (2001), S. 441–482.

Binder, Hartmut: ›Franz Kafka und die Wochenschrift »Selbstwehr«‹, in: *Deutsche Vierteljahrsschrift für Literaturwissenschaft und Geistesgeschichte* 41 (1967), S. 283–304.

Binder, Hartmut: ›Frauen in Kafkas Lebenskreis‹, 2. Teil, in: *Sudetenland* 40 (1998), H. 1, S. 14–58.

Binder, Hartmut: *Kafka. Der Schaffensprozeß.* Frankfurt am Main 1983.

Binder, Hartmut (Hrsg.): *Kafka-Handbuch.* Bd. 1: *Der Mensch und seine Zeit.* Bd. 2: *Das Werk und seine Wirkung.* Stuttgart 1979.

Binder, Hartmut: *Kafka-Kommentar zu sämtlichen Erzählungen.* München 1975.

Binder, Hartmut: *Kafka in Paris.* München 1999.

Binder, Hartmut: ›Kafka und seine Schwester Ottla‹, in: *Jahrbuch der deutschen Schillergesellschaft* 12 (1968), S. 403–456.
Binder, Hartmut: *Kafkas »Verwandlung«. Entstehung, Deutung, Wirkung.* Frankfurt am Main 2004.
Binder, Hartmut: *Kafkas Welt. Eine Lebenschronik in Bildern.* Reinbek 2008.
Binder, Hartmut: *Kafkas Wien. Porträt einer schwierigen Beziehung.* Furth im Wald 2013.
Binder, Hartmut: ›Kindheit in Prag. Kafkas Volksschuljahre‹, in: *Humanismen som salt & styrka. Bilder & betraktelser, tillägnade Harry Järv* (= Acta Bibliothecae Regiae Stockholmiensis, Bd. 45). Stockholm 1987. S. 63–115.
Binder, Hartmut: *Mit Kafka in den Süden. Eine historische Bilderreise in die Schweiz und zu den oberitalienischen Seen.* Prag 2007.
Binder, Hartmut: ›Der Prager Fanta-Kreis. Kafkas Interesse an Rudolf Steiner‹, in: *Sudetenland* 38 (1996), S. 106–140.
Binder, Hartmut: ›Rudolf Steiners Prager Vortragsreise im Jahr 1911. Berichtigungen und Ergänzungen zu der Kritischen Ausgabe der Tagebücher Kafkas‹, in: *editio. Internationales Jahrbuch für Editionswissenschaft* 9 (1995), S. 214–233.
Binder, Hartmut: ›»Nachdem der Handschlag auf deutsche Gesinnung geleistet worden …« Kafka in der »Lese- und Redehalle«‹, in: *Else-Lasker-Schüler-Jahrbuch zur Klassischen Moderne*, 2 (2003), S. 160–207.
Binder, Hartmut: *Wo Kafka und seine Freunde zu Gast waren. Prager Kaffeehäuser und Vergnügungsstätten in historischen Bilddokumenten.* Furth im Wald 2000.
Binder, Hartmut: ›Wollweberei oder Baumwollweberei. Neues vom Büroalltag des Versicherungsangestellten Franz Kafka‹, in: *Sudetenland* 39 (1997), H. 2, S. 106–160.
Böschenstein, Bernhard: ›Nah und fern zugleich: Franz Kafkas »Betrachtung« und Robert Walsers Berliner Skizzen‹, in: Gerhard Kurz (Hrsg.), *Der junge Kafka.* Frankfurt am Main 1984. S. 200–212.
Bokhove, Niels / van Dorst, Marijke (Hrsg.): *›Einmal ein grosser Zeichner‹. Franz Kafka als bildender Künstler.* Prag 2006.
Born, Jürgen (Hrsg.): *Franz Kafka. Kritik und Rezeption zu seinen Lebzeiten 1912–1924.* Frankfurt am Main 1979.
Born, Jürgen (Hrsg.): *Franz Kafka. Kritik und Rezeption 1924–1938.* Frankfurt am Main 1983.
Born, Jürgen: *Kafkas Bibliothek. Ein beschreibendes Verzeichnis.* Frankfurt am Main 1990.
Bridgewater, Patrick: *Kafka and Nietzsche*, Bonn 1974.
Brod, Max: *Über Franz Kafka.* Frankfurt am Main 1974. Darin: *Franz Kafka. Eine Biographie / Franz Kafkas Glauben und Lehre / Verzweiflung und Erlösung im Werk Franz Kafkas.*

Max Brod. Franz Kafka. Eine Freundschaft. Hrsg. von Malcolm Pasley. Bd. I: *Reiseaufzeichnungen.* Bd. II: *Briefwechsel.* Frankfurt am Main 1987, 1989.

Čermák, Josef: *Franz Kafka – Výmysly a mystifikace.* Prag 2005.

Čermák, Josef: ›Pobyt Franze Kafky v Plané nad Lužnicí (Léto 1922)‹, in: *světová literatura* 34 (1989), H. 1, S. 219–237.

Caputo-Mayr, Maria Luise / Herz, Julius Michael (Hrsg.): *Franz Kafka: Internationale Bibliographie der Primär- und Sekundärliteratur. Eine Einführung.* 2 Bde. 2., erweiterte und überarbeitete Aufl. München 2000.

Demetz, Peter: *Die Flugschau von Brescia. Kafka, D'Annunzio und die Männer, die vom Himmel fielen.* Wien 2002.

Demetz, Peter: ›Diese Frauen wollen tiefer umarmt sein. Franz Kafkas und Max Brods »Reiseaufzeichnungen«‹, in: *Frankfurter Allgemeine Zeitung*, 25. Juni 1988.

Dietz, Ludwig: *Franz Kafka. Die Veröffentlichungen zu seinen Lebzeiten (1908–1924). Eine textkritische und kommentierte Bibliographie.* Heidelberg 1982.

Engel, Manfred / Auerochs, Bernd (Hrsg.): *Kafka-Handbuch. Leben – Werk – Wirkung.* Stuttgart 2010.

Friedländer, Saul: *Franz Kafka.* München 2012.

Gelber, Mark H. (Hrsg.): *Kafka, Zionism, and Beyond.* Tübingen 2004.

Hardt, Ludwig: ›Verkümmerndes und erwachendes Judentum. Zu Max Brods Kafka-Biographie‹, in: *Jüdische Rundschau*, 4. März 1938, S. 5.

Heidsieck, Arnold: *The Intellectual Contexts of Kafka's Fiction: Philosophy, Law, Religion.* Columbia, SC (Camden House) 1994.

Heintel, Brigitte / Heintel, Helmut: ›Franz Kafka: 1901 allein auf Norderney und Helgoland?‹, in: *Freibeuter* 17, Berlin 1983, S. 20–25.

Holzkamp, Hans: ›Brod und Kafka in Paris‹, in: Gerhard R. Kaiser / Erika Tunner (Hrsg.): *Paris? Paris! Bilder der französischen Metropole.* Heidelberg 2002. S. 171–197.

Jagow, Bettina von / Jahraus, Oliver (Hrsg.): *Kafka-Handbuch. Leben – Werk – Wirkung.* Göttingen 2008.

Janouch, Gustav: *Franz Kafka und seine Welt.* Wien 1965.

Janouch, Gustav: *Gespräche mit Kafka. Aufzeichnungen und Erinnerungen.* Erweiterte Neuausgabe. Frankfurt am Main 1968.

Franz Kafka. Eine Chronik. Zusammengestellt von Roger Hermes, Waltraud John, Hans-Gerd Koch und Anita Widera. Berlin 1999.

Kafka, Franz: *Amtliche Schriften.* Hrsg. von Klaus Hermsdorf. Berlin 1984. [Zur Kritischen Ausgabe der *Amtlichen Schriften* siehe Verzeichnis der Siglen.]

Kafka, Franz: *Beschreibung eines Kampfes. Novellen, Skizzen, Aphorismen aus dem Nachlaß.* Prag 1936.

Kafka, Franz: *Beschreibung eines Kampfes. Die zwei Fassungen. Parallelausgabe nach den Handschriften.* Hrsg. und mit einem Nachwort ver-

sehen von Max Brod, Textedition von Ludwig Dietz. Frankfurt am Main 1969.
Kafka, Franz: *Beschreibung eines Kampfes. Gegen zwölf Uhr [...].* Hrsg. von Roland Reuß in Zusammenarbeit mit Peter Staengle und Joachim Unseld. Frankfurt am Main 1999.
Kafka, Franz: *Brief an den Vater. Mit einem unbekannten Bericht über Kafkas Vater als Lehrherr und anderen Materialien.* Hrsg. von Hans-Gerd Koch. Berlin 2004.
Kafka, Franz: *Briefe 1902–1924.* Frankfurt am Main 1958.
Kafka, Franz: *Briefe an die Eltern aus den Jahren 1922–1924.* Hrsg. von Josef Čermak und Martin Svatoš. Frankfurt am Main 1990.
Kafka, Franz: *Briefe an Felice und andere Korrespondenz aus der Verlobungszeit.* Hrsg. von Erich Heller und Jürgen Born. Frankfurt am Main 1967.
Kafka, Franz: *Briefe an Ottla und die Familie.* Hrsg. von Hartmut Binder und Klaus Wagenbach. Frankfurt am Main 1974.
Kafka, Franz: *Träume. »Ringkämpfe jede Nacht«.* Hrsg. von Gaspare Giudice und Michael Müller. Frankfurt am Main 1993.
Kilcher, Andreas B.: ›Geisterschrift. Kafkas Spiritismus‹, in: Caspar Battegay u. a. (Hrsg.): *Schrift und Zeit in Franz Kafkas Oktavheften*, Göttingen 2010. S. 223–244.
Kisch, Guido: ›Kafka-Forschung auf Irrwegen‹, in: *Zeitschrift für Religions- und Geistesgeschichte* 23 (1971), S. 339–350.
Krolop, Kurt: ›Zu den Erinnerungen Anna Lichtensterns an Franz Kafka‹, in: *Acta Universitatis Carolinae – Philologica. Germanistica Pragensia*, V (1968), S. 21–60.
Koch, Hans-Gerd (Hrsg.): *»Als Kafka mir entgegenkam ...« Erinnerungen an Franz Kafka.* Erweiterte Neuausgabe. Berlin 2005.
Koch, Hans-Gerd: ›Kafkas Max und Brods Franz: Vexierbild einer Freundschaft‹, in: Bodo Plachta (Hrsg.): *Literarische Zusammenarbeit.* Tübingen 2001. S. 245–256.
Koch, Hans-Gerd / Wagenbach, Klaus (Hrsg.): *Kafkas Fabriken.* Marbach am Neckar 2002.
Kurz, Gerhard: ›Schnörkel und Schleier und Warzen. Die Briefe Kafkas an Oskar Pollak und seine literarischen Anfänge‹, in: ders. (Hrsg.): *Der junge Kafka.* Frankfurt am Main 1984. S. 68–101.
Leavitt, June O.: *The Mystical Life of Franz Kafka. Theosophy, Cabala, and the Modern Spiritual Revival.* New York 2012.
Mitscherlich-Nielsen, Margarete: ›Psychoanalytische Bemerkungen zu Franz Kafka‹, in: *Psyche* 31 (1977), H. 1., S. 60–83.
Murray, Nicholas: *Kafka.* London 2004.
Neesen, Peter: *Vom Louvrezirkel zum Prozess. Franz Kafka und die Psychologie Franz Brentanos.* Göppingen 1972.
Nekula, Marek: *Franz Kafkas Sprachen.* Tübingen 2003.

Northey, Anthony: ›Franz Kafkas Selbstmörder‹, in: *Sudetenland* 49 (2007), H. 3, S. 267–294.
Northey, Anthony: ›Die Kafkas: Juden? Christen? Tschechen? Deutsche?‹, in: Kurt Krolop / Hans Dieter Zimmermann (Hrsg.): *Kafka und Prag.* Colloquium im Goethe-Institut Prag, 24.–27. November 1992. Berlin / New York 1994. S. 11–32.
Northey, Anthony: *Kafkas Mischpoche.* Berlin 1988.
Pawel, Ernst: *Das Leben Franz Kafkas. Eine Biographie.* Reinbek 1990.
Rodlauer, Hannelore: ›Die Paralleltagebücher Kafka–Brod und das Modell Flauberts‹, in: *Arcadia. Zeitschrift für allgemeine und vergleichende Literaturwissenschaft* 20 (1985), S. 47–60.
Robert, Marthe: *Einsam wie Franz Kafka.* Frankfurt am Main 1985.
Ries, Wiebrecht: *Nietzsche / Kafka. Zur ästhetischen Wahrnehmung der Moderne.* München 2007.
Rost, Nico: ›Persoonlijke ontmoetingen met Franz Kafka en mijn Tsjechische vrienden‹, in: *De Vlaamse Gids* 48 (1964), Feb., S. 75–97.
Schillemeit, Jost: ›Kafkas *Beschreibung eines Kampfes.* Ein Beitrag zum Textverständnis und zur Geschichte von Kafkas Schreiben‹, in: Gerhard Kurz (Hrsg.): *Der junge Kafka.* Frankfurt am Main 1984. S. 102–132.
Siebenschein, Hugo u. a.: *Franz Kafka a Praha. Vzpomínky / Úvahy / Dokumenty.* Prag 1947.
Stach, Reiner: *Kafka. Die Jahre der Entscheidungen.* Frankfurt am Main 2002.
Stach, Reiner: *Kafka. Die Jahre der Erkenntnis.* Frankfurt am Main 2008.
Stach, Reiner: *Kafkas erotischer Mythos. Eine ästhetische Konstruktion des Weiblichen.* Frankfurt am Main 1987.
Stoelzl, Christoph: *Kafkas böses Böhmen. Zur Sozialgeschichte eines Prager Juden.* Frankfurt am Main 1989.
Trost, Pavel: ›Der Name Kafka‹, in: *Beiträge zur Namenforschung*, 18 (1983), H. 1, S. 52 f.
Unseld, Joachim: *Franz Kafka. Ein Schriftstellerleben. Die Geschichte seiner Veröffentlichungen.* München / Wien 1982.
Urzidil, Johannes: *Da geht Kafka.* München 1966.
Wagenbach, Klaus: *Franz Kafka. Bilder aus seinem Leben.* 3., überarb. und erw. Aufl. Berlin 2008.
Wagenbach, Klaus: *Franz Kafka. Eine Biographie seiner Jugend 1883–1912.* Bern 1958. Neuausgabe Berlin 2006.
Wagenbach, Klaus: *Kafkas Prag. Ein Reiselesebuch*. Berlin 1993.
Wagnerová, Alena: ›»Franz gibt es uns«. Eine Begegnung in Prag mit Věra Saudková, der letzten lebenden Nichte Kafkas‹, in: *Neue Zürcher Zeitung*, 30. Januar 2012.
Wagnerová, Alena: *»Im Hauptquartier des Lärms«. Die Familie Kafka aus Prag.* Köln 1997.
Zischler, Hanns: *Kafka geht ins Kino.* Reinbek 1996.

b. Literatur und Literaturwissenschaft

Amann, Klaus / Wallas, Armin A. (Hrsg.): *Expressionismus in Österreich.* Wien / Köln / Weimar 1994.

Baum, Oskar: *Das Leben im Dunkeln.* Berlin / Stuttgart / Leipzig 1909.

Baum, Oskar: *Uferdasein.* Berlin 1908.

Benn, Gottfried: *Doppelleben*, in: *Prosa und Autobiographie in der Fassung der Erstdrucke.* Hrsg. von Bruno Hillebrand. Frankfurt am Main 1984.

Binder, Hartmut (Hrsg.): *Brennpunkt Berlin. Prager Schriftsteller in der deutschen Metropole.* Bonn 1995.

Binder, Hartmut: *Gustav Meyrink. Ein Leben im Bann der Magie.* Prag 2009.

Binder, Hartmut (Hrsg.): *Prager Profile. Vergessene Autoren im Schatten Kafkas.* Berlin 1991.

Blei, Franz: *Erzählung eines Lebens.* Wien 2004.

Brod, Max: *Abschied von der Jugend. Ein romantisches Lustspiel in drei Akten.* Berlin o.J. [1912].

Brod, Max: *Adolf Schreiber. Ein Musikerschicksal.* Berlin 1921.

Brod, Max: *Arnold Beer. Das Schicksal eines Juden.* Berlin 1912.

Brod, Max: *Experimente. Vier Geschichten.* Berlin / Stuttgart / Leipzig o.J. [1907].

Brod, Max: *Das große Wagnis.* Wien / Leipzig 1918.

Brod, Max: ›Kommentar zu Robert Walser‹, in: *Pan*, 2 (1911–12), S. 53–58.

Brod, Max: *Jüdinnen.* Berlin 1911.

Brod, Max: *Jugend im Nebel.* Berlin 1959.

Brod, Max: ›Meine Anfänge‹, in: *Deutsche Zeitung Bohemia*, Prag, 23. März 1913, Osterbeilage.

Brod, Max: *Mira. Ein Roman um Hofmannsthal.* München 1958.

Brod, Max: ›Die neue Zeitschrift‹, in: *Die weißen Blätter* 1 (1913/14), S. 1227–1230.

Brod, Max: *Der Prager Kreis.* Frankfurt am Main 1979.

Brod, Max: Rezension zu Franz Blei, *Der dunkle Weg. Eine tragische Farce in drei Acten*, in: *Die Gegenwart*, Bd. 71, H. 6 (9. Februar 1907), S. 93.

Brod, Max: *Schloß Nornepygge. Der Roman des Indifferenten.* Berlin / Stuttgart / Leipzig 1908.

Brod, Max: *Ein Sommer, den man sich zurückwünscht / Beinahe ein Vorzugsschüler.* München / Berlin 1973.

Brod, Max: *Sternenhimmel. Musik- und Theatererlebnisse.* Prag 1923.

Brod, Max: *Streitbares Leben. Autobiographie 1884–1968.* Frankfurt am Main 1979.

Brod, Max: *Tagebuch in Versen.* Berlin o.J. [1910].

Brod, Max: *Tod den Toten!* Stuttgart o.J. [1906].

Brod, Max: *Über die Schönheit häßlicher Bilder. Ein Vademecum für Romantiker unserer Zeit.* Leipzig 1913.

Brod, Max: ›Ungedrucktes von Franz Kafka‹, in: *Die Zeit*, 22. Oktober 1965.
Brod, Max: *Der Weg des Verliebten. Gedichte.* Leipzig 1907.
Brod, Max: *Weiberwirtschaft. Drei Erzählungen.* Berlin 1913.
Brod, Max: *Zauberreich der Liebe.* Berlin / Wien / Leipzig 1928.
Daviau, Donald G.: ›Max Brod and Karl Kraus‹, in: *Max Brod 1884–1984*, hrsg. von Margarete Pazi, New York etc. 1987, S. 207–231.
Demetz, Peter: *René Rilkes Prager Jahre.* Düsseldorf 1953.
Dominik, Sabine: *Oskar Baum (1883–1941), ein Schriftsteller des »Prager Kreises«.* Würzburg (Diss.) 1988.
Donath, Oskar: ›Siegfried Kapper‹, in: *Jahrbuch der Gesellschaft für Geschichte der Juden in der Čechoslovakischen Republik*, 6 (1934), S. 323 –442.
Fiala-Fürst, Ingeborg: *Der Beitrag der Prager deutschen Literatur zum deutschen Expressionismus. Relevante Topoi ausgewählter Werke.* St. Ingbert 1996.
Fiedler, Leonhard M.: »Um Hofmannsthal«. Max Brod und Hugo von Hofmannsthal. Briefe, Notizen‹, in: *Hofmannsthal-Blätter*, H. 30 (August 1985), S. 23–45.
Flaubert, Gustave: *Die Erziehung der Gefühle.* Frankfurt am Main 2010.
Fritz, Susanne: *Die Entstehung des »Prager Textes«. Prager deutschsprachige Literatur von 1895 bis 1934.* Dresden 2005.
Goethe, Johann Wolfgang: *Italienische Reise*, in: *Sämtliche Werke*, Bd. 11, München 1977.
Gold, Hugo (Hrsg.): *Max Brod. Ein Gedenkbuch. 1884–1969.* Tel Aviv 1969.
Gustafsson, Lars: *Palast der Erinnerung.* München 1996.
Haas, Willy: *Die literarische Welt. Erinnerungen.* München 1957.
Haas, Willy: ›Um 1900 in Prag. Aus Jugendtagen mit Werfel, Kafka, Brod und Hofmannsthal‹, in: *Forum* 4 (1957), S. 23–226.
Hebbel, Friedrich: *Tagebücher 1835–1848.* München 1984.
Höhne, Steffen (Hrsg.): *August Sauer (1855–1926). Ein Intellektueller in Prag zwischen Kultur- und Wissenschaftspolitik.* Wien / Köln 2011.
Ingold, Felix Philipp: *Literatur und Aviatik. Europäische Flugdichtung 1909–1927.* Frankfurt am Main 1980.
Jahnn, Hans Henny: *Frühe Schriften.* Hrsg. von Ulrich Bitz. Hamburg 1993.
Kayser, Werner / Gronemeyer, Horst: *Max Brod.* Hamburger Bibliographien Band 12. Hamburg 1972.
Kerr, Alfred: ›Frank Wedekind‹, in: *Werke in Einzelbänden*, Bd. III: *Essays. Theater, Film.* Hrsg. von Hermann Haarmann und Klaus Siebenhaar. Frankfurt am Main 1998, S. 87–98.
Kisch, Paul: *Hebbel und die Tschechen. Das Gedicht »An Seine Majestät, König Wilhelm I. von Preussen«: seine Entstehung und Geschichte.* Prag 1913. Reprint: Hildesheim 1973.

Körner, Josef: *Philologische Schriften und Briefe*. Hrsg. von Ralf Klausnitzer. Göttingen 2001.

Kraus, Oskar: *Die Meyeriade*. Leipzig 1891.

Krolop, Kurt: *Reflexionen der Fackel. Neue Studien über Karl Kraus.* Wien 1994.

Kulhoff, Birgit: *Bürgerliche Selbstbehauptung im Spiegel der Kunst. Untersuchungen zur Kulturpublizistik der Rundschauzeitschriften im Kaiserreich (1871–1914).* Bochum 1990.

Laforgue, Jules: *Pierrot, der Spaßvogel. Eine Auswahl von Franz Blei und Max Brod.* Berlin / Stuttgart / Leipzig 1909.

Leppin, Paul: *Severins Gang in die Finsternis. Ein Prager Gespensterroman.* München 1914. Neuausgabe: Prag 1998.

Mann, Thomas: *Briefe I. 1889–1913*. Hrsg. von Thomas Sprecher u. a. Frankfurt am Main 2002.

Mann, Thomas: *Frühe Erzählungen. 1893–1912*. Hrsg. von Terence J. Reed. Frankfurt am Main 2004.

Mann, Thomas: ›Versuch über das Theater‹, in: *Essays I. 1893–1914*. Hrsg. von Heinrich Detering. Frankfurt am Main 2002. S. 123–168.

Merlio, Gilbert / Pelletier, Nicole (Hrsg.): *Munich 1900 site de la modernité / München 1900 als Ort der Moderne.* Jahrbuch für Internationale Germanistik, Reihe A, Bd. 47. Bern etc. 1998.

Müller, Lothar: *Die zweite Stimme. Vortragskunst von Goethe bis Kafka.* Berlin 2007.

Musil, Robert: ›Literarische Chronik‹, in: *Die Neue Rundschau,* August 1914, S. 1169.

Musil, Robert: *Der Mann ohne Eigenschaften*. Hrsg. von Adolf Frisé. Reinbek 1994.

Musil, Robert: *Tagebücher*. Hrsg. von Adolf Frisé. Reinbek 1976.

Němcová, Božena: *Großmutter. Bilder aus dem ländlichen Leben.* München 1995.

Pazi, Margarita: *Fünf Autoren des Prager Kreises.* Frankfurt am Main etc. 1978.

Pazi, Margarita (Hrsg.): *Max Brod 1884–1984. Untersuchungen zu Max Brods literarischen und philosophischen Schriften.* New York etc. 1987.

Pazi, Margarita: *Staub und Sterne. Aufsätze zur deutsch-jüdischen Literatur.* Göttingen 2001.

Pazi, Margarita / Zimmermann, Hans Dieter (Hrsg.): *Berlin und der Prager Kreis.* Würzburg 1991.

Prager Deutsche Literatur vom Expressionismus bis zu Exil und Verfolgung [Ausstellungskatalog]. Hrsg. von Ernest Wichner und Herbert Wiesner. Berlin 1995.

Raabe, Paul (Hrsg.): *Expressionismus. Aufzeichnungen und Erinnerungen.* Olten / Freiburg 1965.

Rütten, Thomas: ›Cholera in Thomas Mann's *Death in Venice*‹, in: *Gesnerus. Swiss Journal of the History of Medicine and Sciences,* 66/2 (2009), S. 256–287.

Šrámková, Barbora: *Max Brod und die tschechische Kultur.* Diss. Berlin 2007.

Schamschula, Walter: ›Max Brod und die tschechische Literatur‹, in: Pazi, Margarita (Hrsg.): *Max Brod 1884–1984. Untersuchungen zu Max Brods literarischen und philosophischen Schriften.* New York etc. 1987. S. 233–249.

Schmitz, Walter (Hrsg.): *Die Münchner Moderne. Die literarische Szene in der ›Kunststadt‹ um die Jahrhundertwende.* Stuttgart 1990.

Schneider, Vera: *Wachposten und Grenzgänger. Deutschsprachige Autoren in Prag und die öffentliche Herstellung nationaler Identität.* Würzburg 2009.

Schnitzler, Arthur: *Briefe 1875–1912.* Hrsg. von Therese Nickl und Heinrich Schnitzler. Frankfurt am Main 1981.

Schnitzler, Arthur: *Tagebuch 1909–1912.* Hrsg. von Werner Welzig. Wien 1981.

Torberg, Friedrich: *Die Erben der Tante Jolesch.* München 1981.

Torberg, Friedrich: *Die Tante Jolesch oder Der Untergang des Abendlandes in Anekdoten.* München 2004.

Truhlář, Antonín: *Výbor z literatury české. Doba nová* [Auswahl aus der tschechischen Literatur. Neuzeit]. 3 Bde. Prag 1886.

Ungern-Sternberg, Christoph von: *Willy Haas 1891–1973. »Ein großer Regisseur der Literatur«.* München 2007.

Urzidil, Johannes: *Prager Triptichon. Erzählungen.* München 1960.

Vassogne, Gaëlle: *Max Brod in Prag: Identität und Vermittlung.* Tübingen 2009.

Wagenknecht, Christian: ›Die Vorlesungen von Karl Kraus. Ein chronologisches Verzeichnis‹, in: *Kraus-Hefte,* H. 35/36 (1985), S. 1–30.

Werfel, Franz: *Der Abituriententag.* Frankfurt am Main 1991.

Werfel, Franz: *Zwischen Oben und Unten. Prosa, Tagebücher, Aphorismen, Literarische Nachträge.* München / Wien 1975.

c. Philosophie. Soziologie. Psychologie. Pädagogik. Naturwissenschaften

Adorno, Theodor W.: *Minima Moralia. Reflexionen aus dem beschädigten Leben*, in: *Gesammelte Schriften*, hrsg. von Rolf Tiedemann. Bd. 4, Frankfurt am Main 1980.

Benjamin, Walter: *Briefe.* Hrsg. von Gershom Scholem und Theodor W. Adorno. Bd. 2. Frankfurt am Main 1966.

Benjamin, Walter / Scholem, Gershom: *Briefwechsel 1933–1940.* Hrsg. von Gershom Scholem. Frankfurt am Main 1980.

Bergmann, Hugo: ›Persönliche Erinnerungen an Albert Einstein‹, in: *Mitteilungsblatt des Irgun Olej Merkas Europa,* Tel Aviv, 11. Mai 1975, S. 4f.

Bokhove, Niels: ›Christian von Ehrenfels, Kafkas Professor. Ihre Beziehungen in sieben Stationen‹, in: *Kafka a Čechy. Kafka und Böhmen.* Sammelband der Vorträge der internationalen literaturwissenschaftlichen Konferenz der Franz-Kafka-Gesellschaft, 2. Oktober 2006 in Prag, Prag 2007, S. 121–153.

Burger, Hannelore: *Sprachenrecht und Sprachgerechtigkeit im österreichischen Unterrichtswesen 1867–1918.* Wien 1995.

[Einstein, Albert]: *The Collected Papers of Albert Einstein.* Vol. 5: *The Swiss Years: Correspondence 1902–1914.* Hrsg. von Martin J. Klein u. a. Princeton, NJ 1993. Vol. 8: *The Berlin Years. Correspondence 1914–1918.* Hrsg. von Robert Schulmann u. a., Princeton, NJ 1998.

Fabian, Reinhard (Hrsg.): *Christian von Ehrenfels. Leben und Werk.* Amsterdam 1986.

Freud, Sigmund: *Briefe an Wilhelm Fließ.* 1887–1904. Hrsg. von Jeffrey Moussaieff Masson. Frankfurt am Main 1986.

Freud, Sigmund: *Das Unbehagen in der Kultur*, in: *Studienausgabe*, Bd. IX. Frankfurt am Main 1997.

Gross, Hans: *Handbuch für Untersuchungsrichter, Polizeibeamte, Gendarmen.* Graz 1893.

Gross, Hans: ›Zur Deportationsfrage‹, in: *Gesammelte Kriminalistische Aufsätze,* Leipzig 1902, S. 64–70.

Guex, Germaine: *Das Verlassenheitssyndrom.* Bern etc. 1982.

Key, Ellen: ›Die Entfaltung der Seele durch Lebenskunst‹, in: *Die neue Rundschau,* 16 (1905), H. 6, S. 641–686.

Laplanche, J. / Pontalis, J. B.: *Das Vokabular der Psychoanalyse.* Frankfurt am Main 1972.

Le Rider, Jacques: *Der Fall Otto Weininger. Wurzeln des Antifeminismus und Antisemitismus.* Mit der Erstveröffentlichung der *Rede auf Otto Weininger* von Heimito von Doderer. Überarb. u. erw. dt. Ausgabe. Wien / München 1985.

Lipps, Theodor: *Grundtatsachen des Seelenlebens.* Bonn 1883.

Luft, Robert: ›Sprache und Nationalität an Prager Gymnasien um 1900‹, in: Klaas-Hinrich Ehlers u. a. (Hrsg.): *Brücken nach Prag. Deutschsprachige Literatur im kulturellen Kontext der Donaumonarchie und der Tschechoslowakei.* Festschrift für Kurt Krolop zum 70. Geburtstag. Frankfurt am Main 2000.

Mentzos, Stavros: *Angstneurose. Psychodynamische und psychotherapeutische Aspekte.* Frankfurt am Main 1984.

Mentzos, Stavros: *Neurotische Konfliktverarbeitung. Einführung in die psy-*

choanalytische Neurosenlehre unter Berücksichtigung neuer Perspektiven. Frankfurt am Main 1984.
Neesen, Peter: *Vom Louvrezirkel zum Prozeß. Franz Kafka und die Psychologie Franz Brentanos.* Göppingen 1972.
Nietzsche, Friedrich: *Schopenhauer als Erzieher.* In: *Werke*, hrsg. von Karl Schlechta, München 1969, Bd. 1, S. 287–265.
Pleticha, Heinrich (Hrsg.): *Piaristen und Gymnasiasten. Schülerleben im alten Prag.* Prag 2001.
Quinodoz, Jean-Michel: *Die gezähmte Einsamkeit. Trennungsangst in der Psychoanalyse.* Tübingen 2004.
Seelig, Carl: *Albert Einstein. Leben und Werk eines Genies unserer Zeit.* Erweiterte Neuauflage, Zürich 1960.
Steiner, Rudolf: *Eine okkulte Physiologie.* Ein Zyklus von acht Vorträgen, gehalten in Prag vom 20. bis 28. März 1911, und ein Sondervortrag vom 28. März 1911. In: *Gesamtausgabe*, Bd. 128, Dornach 1991.
Steiner, Rudolf: ›Wie widerlegt man Theosophie?‹, ›Wie verteidigt man Philosophie?‹ (1911). In: *Gesamtausgabe*, Bd. 69a, Dornach 2007, S. 36–71, 72–99.
Steiner, Rudolf: ›Der moderne Mensch und seine Weltanschauung‹ (1914), in: *Gesamtausgabe*, Bd. 18, Dornach 1985, S. 445–492.
Stöhr, Ingrid: *Zweisprachigkeit in Böhmen. Deutsche Volksschulen und Gymnasien im Prag der Kafka-Zeit.* Köln usw. 2010.
Strakosch-Graßmann, Gustav: *Geschichte des österreichischen Unterrichtswesens.* Wien 1905.
Tucholsky, Kurt: ›Rudolf Steiner in Paris‹, in: *Die Weltbühne*, 3. Juli 1924, S. 26–28.
Vögele, Wolfgang G.: *Der andere Rudolf Steiner. Augenzeugenberichte, Interviews, Karikaturen.* Dornach 2005.
Weber, Alfred: ›Der Beamte‹, in: *Die neue Rundschau*, 21 (1910), S. 1321–1339.
Weininger, Otto: *Geschlecht und Charakter.* Wien / Leipzig 1903.
Weininger, Otto: *Taschenbuch und Briefe an einen Freund.* Leipzig / Wien 1921.
Weltsch, Felix / Brod, Max: *Anschauung und Begriff. Grundzüge eines Systems der Begriffsbildung.* Leipzig 1913.
Zander, Helmut: *Rudolf Steiner. Die Biografie.* München 2011.

d. Judentum

Adler, Simon: ›Das Judenpatent von 1797‹, in: *Jahrbuch der Gesellschaft für Geschichte der Juden in der Čechoslovakischen Republik,* 5 (1933), S. 199–230.

Bajohr, Frank: *»Unser Hotel ist judenfrei«. Bäder-Antisemitismus im 19. und 20. Jahrhundert.* Frankfurt am Main 2003.
Beider, Alexander: *Jewish Surnames in Prag (15th–18th Centuries).* Teaneck, NJ 1995.
Bergman [!], Hugo Schmuel: *Tagebücher und Briefe.* Hrsg. von Miriam Sambursky. Band 1: 1901–1948. Königstein 1985.
Bergmann, Hugo: *Jawne und Jerusalem. Gesammelte Aufsätze.* Berlin 1919. Reprint: Königstein / Taunus 1981.
Birnbaum, Nathan: *Die jüdische Moderne. Frühe zionistische Schriften.* Augsburg 1989.
Buber, Martin: *Briefwechsel aus sieben Jahrzehnten.* Hrsg. von Grete Schaeder. Band 1: 1897–1918. Heidelberg 1972.
Buber, Martin: ›Drei Reden über das Judentum‹, in: *Werkausgabe,* Bd. 3: *Frühe jüdische Schriften 1900–1922.* Gütersloh 2007. S. 219–256.
Cohen, Gary B.: ›Jews in German Society: Prague, 1860–1914‹, in: David Bronsen (Hrsg.): *Jews and Germans from 1860 to 1933: The Problematic Symbiosis.* Heidelberg 1979.
Eliav, Mordechai: *Jüdische Erziehung in Deutschland im Zeitalter der Aufklärung und der Emanzipation.* Münster etc. 2001.
Ferrari Zumbini, Massimo: *Die Wurzeln des Bösen. Gründerjahre des Antisemitismus: Von der Bismarckzeit zu Hitler.* Frankfurt am Main 2003.
Frankl, Michal: *»Prag ist nunmehr antisemitisch«. Tschechischer Antisemitismus am Ende des 19. Jahrhunderts.* Berlin 2011.
Gaisbauer, Adolf: *Davidstern und Doppeladler. Zionismus und Nationalismus in Österreich 1882–1918.* Wien etc. 1988.
Gimpl, Georg (Hrsg.): *Weil der Boden selbst hier brennt … Aus dem Prager Salon der Berta Fanta (1865–1918).* Furth im Wald 2001.
Grünberg, Abraham: *Ein jüdisch-polnisch-russisches Jubiläum. (Der große Pogrom von Sedlice im Jahre 1906).* Prag 1916.
Guggenheimer, Eva H. / Guggenheimer, Heinrich W.: *Etymologisches Lexikon der jüdischen Familiennamen.* München etc. 1996.
Hackeschmidt, Jörg: ›Jüdische Orthodoxie und zionistische Jugendkultur im frühen 20. Jahrhundert‹, in: Andrea Schatz / Christian Wies (Hrsg.): *Janusfiguren. »Jüdische Heimstätte«, Exil und Nation im deutschen Zionismus.* Berlin 2006. S. 81–101.
Haring, Ekkehard W.: ›Zwischen den Nationen. Anmerkungen zum »Jüdischen Prag« Franz Kafkas‹, in: *Das Jüdische Echo.* Bd. 49. Wien, Oktober 2000. S. 271–280.
Hecht, Alexander: *Der Bund B'nai B'rith und seine Bedeutung für das österreichische Judentum.* Wien 1914.
Hellwing, Isak A.: *Der konfessionelle Antisemitismus im 19. Jahrhundert in Österreich.* Wien 1972.
Herzl, Theodor: *Zionistische Schriften.* Berlin 1920.

Herzog, Andreas (Hrsg.): *Ost und West. Jüdische Publizistik 1901–1928.* Leipzig 1996.

Jakobovits, Tobias: ›Die Judenabzeichen in Böhmen‹, in: *Jahrbuch der Gesellschaft für Geschichte der Juden in der Čechoslovakischen Republik,* 3 (1931), S. 145–181.

Kaplan, Marion A.: *Jüdisches Bürgertum. Frau, Familie und Identität im Kaiserreich.* Hamburg 1997.

Kieval, Hillel J.: *The Making of the Czech Jewry. National Conflict and Jewish Society in Bohemia, 1870–1918.* Oxford University Press 1988.

Kohn, Albert (Hrsg.): *Die Notablenversammlung der Israeliten Böhmens in Prag, ihre Berathungen und Beschlüsse.* Mit statistischen Tabellen über die israelitischen Gemeinden, Synagogen, Schulen und Rabbinate in Böhmen. Wien 1852.

Kohn, Hans: ›Rückblick auf eine gemeinsame Jugend‹, in: *Festgabe Robert Weltsch zum 70. Geburtstag.* Tel Aviv 1961.

Lipscher, Vladimir: ›Jüdische Gemeinden in Böhmen und Mähren im 17. und 18. Jahrhundert‹, in: Ferdinand Seibt (Hrsg.): *Die Juden in den böhmischen Ländern.* Vorträge der Tagung des Collegium Carolinum in Bad Wiessee vom 27.–29. November 1981. München / Wien 1983. S. 73–86.

Meyer, Michael A. (Hrsg.): *Deutsch-jüdische Geschichte in der Neuzeit,* Bd. III: *Umstrittene Integration 1871–1918.* München 1997.

Mĭšková, Alena: ›Die Lage der Juden an der Prager Deutschen Universität‹, in: Jörg K. Hoensch u. a. (Hrsg.): *Judenemanzipation – Antisemitismus – Verfolgung in Deutschland, Österreich-Ungarn, den Böhmischen Ländern und in der Slowakei.* Essen 1999. S. 117–129.

Naor, Mordecai: *Eretz Israel. Das 20. Jahrhundert.* Köln 1998.

Nekula, Marek / Koschmal, Walter: *Juden zwischen Deutschen und Tschechen. Sprachliche und kulturelle Identitäten in Böhmen 1800–1945.* München 2006.

Nussbaum, Arthur: *Der Polnaer Ritualmordprozess. Eine kriminalpsychologische Untersuchung auf aktenmäßiger Grundlage.* Berlin 1906.

Prokeš, Jaroslav: ›Der Antisemitismus der Behörden und das Prager Ghetto in nachweißenbergischer Zeit‹, in: *Jahrbuch der Gesellschaft für Geschichte der Juden in der Čechoslovakischen Republik,* 1 (1929), S. 41–262.

Rachmuth, Michael: ›Zur Wirtschaftsgeschichte der Prager Juden‹, in: *Jahrbuch der Gesellschaft für Geschichte der Juden in der Čechoslovakischen Republik,* 5 (1933), S. 9–78.

Rodlauer, Hannelore: ›Ein anderer »Prager Frühling«. Der Verein »Bar Kochba« in Prag‹, in: *Das Jüdische Echo.* Bd. 49. Wien, Oktober 2000. S. 181–188.

Roubík, František: ›Zur Geschichte der Juden in Böhmen im neunzehnten Jahrhundert‹, in: *Jahrbuch der Gesellschaft für Geschichte der Juden in der Čechoslovakischen Republik,* 7 (1935), S. 305–386.

Rychnovsky, Ernst (Hrsg.): *Masaryk und das Judentum*. Prag 1930.
Sambursky, Miriam: ›Zionist und Philosoph. Das Habilitierungsproblem des jungen Hugo Bergmann‹, in: *Bulletin des Leo-Baeck-Instituts* 58 (1981), S. 17–40.
Schmidt, Carsten: *Kafkas fast unbekannter Freund. Das Leben und Werk von Felix Weltsch (1884–1964)*. Würzburg 2010.
Schoeps, Julius H. / Schlör, Joachim (Hrsg.): *Antisemitismus. Vorurteile und Mythen*. München / Zürich 1995.
Scholem, Gershom: *Von Berlin nach Jerusalem*. Frankfurt am Main 1997.
Schroubek, Georg R.: ›Der »Ritualmord« von Polná. Traditioneller und moderner Wahnglaube‹, in: Rainer Erb / Michael Schmidt (Hrsg.): *Antisemitismus und jüdische Geschichte. Studien zu Ehren von Herbert A. Strauss*, Berlin 1987, S. 149–171.
Teufel, Helmut: ›Händler, Hoffaktoren, Pinkeljuden. 1000 Jahre jüdisches Leben im Grenzraum‹, in: Andrea Komlosky / Václav Bůžek / František Svátek (Hrsg.): *Kulturen an der Grenze. Waldviertel – Weinviertel – Südböhmen – Südmähren*, Wien 1995, S. 121–126.
Triendl-Zadoff, Mirjam: *Nächstes Jahr in Marienbad. Gegenwelten jüdischer Kulturen der Moderne*. Göttingen 2007.
Vom Judentum. Ein Sammelbuch. Hrsg. vom Verein jüdischer Hochschüler Bar-Kochba in Prag. Leipzig 1913.
Wagner, Benno: ›Kafkas Polná. Schreiben jenseits der Nation‹, in: Marek Nekula / Walter Koschmal (Hrsg.): *Juden zwischen Deutschen und Tschechen. Sprachliche und kulturelle Identitäten in Böhmen 1800–1945*, München 2006, S. 151–172.
Wagner-Kern, Michael: *Staat und Namensänderung. Die öffentlich-rechtliche Namensänderung in Deutschland im 19. und 20. Jahrhundert*. Tübingen 2002.
Weltsch, Felix (Hrsg.): *Dichter, Denker, Helfer: Max Brod zum fünfzigsten Geburtstag*. Mährisch-Ostrau 1934.
Žaček, Wenzel: ›Eine Studie zur Entwicklung der jüdischen Personennamen in neuerer Zeit‹, in: *Jahrbuch der Gesellschaft für Geschichte der Juden in der Čechoslovakischen Republik*, 8 (1936), S. 309–398.

e. Politische Geschichte. Sozialgeschichte. Kulturgeschichte

Bachmann, Adolf: *Die Einführung und Geltung der innern deutschen Amtssprache in Böhmen* [Vortrag]. Prag 1908.
Bergmann, Hugo: ›Experimente über Telepathie‹, in: *März* 3 (1909), S. 118–124.
Binder, Hartmut: ›Entlarvung einer Chimäre: Die deutsche Sprachinsel Prag‹,

in: Maurice Godé / Jacques Le Rider / Françoise Mayer (Hrsg.): *Allemands, Juifs et Tchèques á Prague de 1890 à 1924,* Montpellier 1994, S. 183–209.
Binder, Hartmut: ›Paul Eisners dreifaches Ghetto. Deutsche, Juden und Tschechen in Prag‹, in: Michel Reffet (Hrsg.): *Le monde de Franz Werfel et la morale des nations. Actes du Colloque Franz Werfel à l'Université de Dijon. 18–20 mai 1995,* Bern 2000, S. 17–137.
Binder, Hartmut: *Wo Kafka und seine Freunde zu Gast waren. Prager Kaffeehäuser und Vergnügungsstätten in historischen Bilddokumenten.* Prag / Furth im Wald 2000.
Birke, Ernst: ›Frankreich und Böhmen von 1848–1938‹, in: *Probleme der böhmischen Geschichte.* Vorträge der wissenschaftlichen Tagung des Collegium Carolinum in Stuttgart vom 29. bis 31. Mai 1963. S. 110–127.
Blom, Philipp: *Der taumelnde Kontinent. Europa 1900–1914.* München 2009.
Blüher, Hans: *Die Rolle der Erotik in der männlichen Gesellschaft.* Jena 1917.
Bosl, Karl (Hg.): *Handbuch der Geschichte der böhmischen Länder.* Band II: *Die böhmischen Länder von der Hochblüte der Ständeherrschaft bis zum Erwachen eines modernen Nationalbewußtseins.* Stuttgart 1974. Band III: *Die böhmischen Länder im Habsburgerreich 1848–1919. Bürgerlicher Nationalismus und Ausbildung einer Industriegesellschaft.* Stuttgart 1968.
Bráf, Albin (Hrsg.): *Hundert Jahre Arbeit. Bericht über die Allgemeine Landesausstellung in Prag 1891, zur Jubiläumsfeier der ersten Gewerbeausstellung des Jahres 1791 in Prag.* Prag 1892.
Buchholz, Kai u. a. (Hrsg.): *Die Lebensreform. Entwürfe zur Neugestaltung von Leben und Kunst um 1900.* 2 Bde. Darmstadt 2001.
Butschek, Felix: *Statistische Reihen zur österreichischen Wirtschaftsgeschichte. Die österreichische Wirtschaft seit der industriellen Revolution.* Wien 1993.
Čapek, Karel: *Gespräche mit Masaryk.* Stuttgart / München 2001.
Cohen, Gary B.: *The Politics of Ethnic Survival: Germans in Prague, 1861–1914.* Princeton, N. J. 1981.
Dahlke, Günther / Karl, Günther (Hrsg.): *Deutsche Spielfilme von den Anfängen bis 1933. Ein Filmführer.* 2. Aufl., Berlin 1993.
Der Weiße Hirsch. Ein Lesebuch. Hrsg. vom Verschönerungsverein Weißer Hirsch / Oberloschwitz e. V. Dresden 2001.
Die k. k. Deutsche Technische Hochschule in Prag 1806–1906. Festschrift zur Hundertjahrfeier. Prag 1906.
Falke, Jacob von: *Geschichte des fürstlichen Hauses Liechtenstein.* Band 2. Wien 1877.
Fickert, Auguste: ›Der Stand der Frauenbildung in Österreich‹, in: Lange, Helene / Bäumer, Gertrud (Hrsg.): *Handbuch der Frauenbewegung,* III. Teil, Berlin 1902, S. 161–190.
François, Etienne / Schulze, Hagen: ›Das emotionale Fundament der Nationen‹, in: Flacke, Monika (Hrsg.): *Mythen der Nationen. Ein europäisches Panorama,* Berlin 1998, S. 17–32.

Friedlaender, Hugo: *Interessante Kriminal-Prozesse von kulturhistorischer Bedeutung. Darstellung merkwürdiger Strafrechtsfälle aus Gegenwart und jüngster Vergangenheit.* Band 1. Berlin 1910.
Gay, Peter: *Kult der Gewalt. Aggression im bürgerlichen Zeitalter.* München 1996.
Gindely, Anton: *Geschichte des dreißigjährigen Krieges.* Bd. 4: *Die Strafdekrete Ferdinands II. und der pfälzische Krieg.* Prag 1880.
Gloc, Ingrid: *Architektur der Jahrhundertwende in Prag. Zur Geschichte der Architektur zwischen Eklektizismus und Moderne im Spiegel der Sanierung der Prager Altstadt.* Weimar 1994.
Hamann, Brigitte: *Die Habsburger. Ein biographisches Lexikon.* 4. Aufl. München 1990.
Hanisch, Ernst: *Der lange Schatten des Staates. Österreichische Gesellschaftsgeschichte im 20. Jahrhundert.* Wien 1994.
Heißerer, Dirk: *Wo die Geister wandern. Eine Topographie der Schwabinger Bohème um 1900.* München 1993.
Heyll, Uwe: *Wasser, Fasten, Luft und Licht. Die Geschichte der Naturheilkunde in Deutschland.* Frankfurt am Main 2006.
Hlavačka, Milan / Kolář, František: ›Tschechen, Deutsche und die Jubiläumsausstellung 1891‹, in: *Bohemia. Zeitschrift für Geschichte und Kultur der böhmischen Länder* 32 (1991), H. 2, S. 380–411.
Höbelt, Lothar: ›The Austrian Empire‹, in: Robert Justin Goldstein (Hrsg.): *The War for the Public Mind. Political Censorship in Nineteenth-Century Europe,* Westport, CT, 2000, S. 212–238.
Hoensch, Jörg K.: *Geschichte Böhmens. Von der slavischen Landnahme bis zur Gegenwart.* 3. Aufl. München 1997.
Hoffmann, Roland J.: *T. G. Masaryk und die tschechische Frage. Nationale Ideologie und politische Tätigkeit bis zum Scheitern des deutsch-tschechischen Ausgleichsversuchs vom Februar 1909.* München 1988.
Hösch, Edgar: *Geschichte der Balkanländer. Von der Frühzeit bis zur Gegenwart.* München 1999.
Hozák, Jan: *Technika v životě Pražanů před sto lety (1890–1900)* [Die Technik im Leben der Prager vor hundert Jahren]. Národní technické muzeum, Prag 2000.
Huret, Jules: *Berlin um Neunzehnhundert.* München 1909. Berlin 1979.
Janatková, Alena: *Modernisierung und Metropole. Architektur und Repräsentation auf den Landesausstellungen in Prag 1891 und Brünn 1928.* Stuttgart 2008.
Kaes, Anton (Hrsg.): *Kino-Debatte. Texte zum Verhältnis von Literatur und Film 1909–1929.* München 1978.
Karger, Adolf: ›Prag und die nationale Identität‹, in: *Der Bürger im Staat,* Heft 2/1997.
Kerbs, Diethart / Reulecke, Jürgen (Hrsg.): *Handbuch der deutschen Reformbewegungen 1880–1933.* Wuppertal 1998.

Kisch, Egon Erwin: *Aus Prager Gassen und Nächten.* Berlin / Weimar 1980.
Kisch, Guido: *Der Lebensweg eines Rechtshistorikers. Erinnerungen.* Sigmaringen 1975.
Kleindel, Walter: *Österreich. Daten zur Geschichte und Kultur.* Wien 1995.
Kohout, Jiří / Vančura, Jiří: *Praha. 19. a 20. století.* Prag 1986.
Kořalka, Jiří: ›Die Herausbildung des Wirtschaftsbürgertums in den böhmischen Ländern im 19. Jahrhundert‹, in: Heumos, Peter (Hrsg.): *Polen und die böhmischen Länder im 19. und 20. Jahrhundert. Politik und Gesellschaft im Vergleich.* München 1997. S. 57–80.
Kowalewski, Gerhard: *Bestand und Wandel. Meine Lebenserinnerungen, zugleich ein Beitrag zur neueren Geschichte der Mathematik.* München 1950.
Křen, Jan: *Die Konfliktgemeinschaft. Tschechen und Deutsche 1780–1918.* München 1996.
Lemberg, Hans (Hg.): *Universitäten in nationaler Konkurrenz. Zur Geschichte der Prager Universitäten im 19. und 20. Jahrhundert.* München 2003.
Lienert, Marina: *Naturheilkundiges Dresden.* Dresden 2002.
Maase, Kaspar / Kaschuba, Wolfgang (Hrsg.): *Schund und Schönheit. Populäre Kultur um 1900.* Köln / Weimar / Wien 2001.
Mauthner, Fritz: *Prager Jugendjahre.* Frankfurt am Main 1969.
Mommsen, Hans: ›1897: Die Badeni-Krise als Wendepunkt in den deutschtschechischen Beziehungen‹, in: *Wendepunkte in den Beziehungen zwischen Deutschen, Tschechen und Slowaken 1848–1989.* Hrsg. von Detlef Brandes, Dušan Kováč und Jiří Pešek. Essen 2007. S. 111–117.
Morper, Johann Joseph: ›Die aufgesteckten Köpfe. Zur Prager Exekution vom 21. Juni 1621‹, in: *Stifter-Jahrbuch* VI (1959), S. 117–130.
Petráň, Josef: *Staroměstská exekuce* [Die Altstädter Exekutionen]. Ergänzte und überarbeitete Neuausgabe. Prag 2004.
Pfeiffer, Ingrid / Hollein, Max (Hrsg.): *Esprit Montmartre. Die Bohème in Paris um 1900.* Ausstellungskatalog der Schirn-Kunsthalle, Frankfurt am Main 2014.
Pick, Friedel (Hrsg.): *Pragensia.* Bd. V: *Die Prager Exekution i. J. 1621. Flugblätter und Abbildungen.* Prag 1922.
Prag als deutsche Hochschulstadt. Hrsg. vom Ortsrat Prag des deutschen Volksrates für Böhmen. Prag 1911.
Richter, Karl: ›Über den Strukturwandel der grundbesitzenden Oberschicht Böhmens in der neueren Zeit‹, in: *Probleme der böhmischen Geschichte.* Vorträge der wissenschaftlichen Tagung des Collegium Carolinum in Stuttgart vom 29. bis 31. Mai 1963. München 1964. S. 49–67.
Rohrbach, Wolfgang (Hrsg.): *Versicherungsgeschichte Österreichs.* Band 2: *Die Ära des klassischen Versicherungswesens.* Wien 1988.
Rumpler, Helmut: *Eine Chance für Mitteleuropa. Bürgerliche Emanzipation und Staatsverfall in der Habsburgermonarchie.* Wien 1997.

Sandgruber, Roman: *Ökonomie und Politik. Österreichische Wirtschaftsgeschichte vom Mittelalter bis zur Gegenwart.* Wien 1995.
Sawicki, Diethard: *Leben mit den Toten. Geisterglauben und die Entstehung des Spiritismus in Deutschland 1770–1900.* Paderborn etc. 2002.
Sawicki, Diethard: ›Spiritismus und das Okkulte in Deutschland, 1880–1930‹, in: *Österreichische Zeitschrift für Geschichtswissenschaften* 13 (2003), H. 4, S. 53–71.
Schmitz, Walter / Udolph, Ludger: *»Tripolis Praga«. Die Prager ›Moderne‹ um 1900. Katalogbuch.* Dresden 2001.
Schottky, Julius Max: *Prag, wie es war und wie es ist, nach Aktenstücken und den besten Quellenschriften geschildert.* Erster Band. Prag 1831.
Seibt, Ferdinand (Hrsg.): *Die Chance der Verständigung. Absichten und Ansätze zu übernationaler Zusammenarbeit in den böhmischen Ländern 1848–1918.* Vorträge zur Tagung des Collegium Carolinum in Bad Wiessee vom 22. bis 24. November 1985. München 1987.
Skedl, Arthur: *Der politische Nachlaß des Grafen Eduard Taaffe*, Wien / Berlin / Leipzig 1922.
Spector, Scott: *Prague Territories. National Conflict and Cultural Innovation in Franz Kafka's Fin de Siècle.* Berkeley / Los Angeles / London 2000.
Statistisches Handbuch des Königreiches Böhmen. Prag 1909–1913.
Stenographische Protokolle über die Sitzungen des Herrenhauses des österreichischen Reichsrathes in den Jahren 1891 bis 1897. Wien 1897.
Sturmberger, Hans: *Aufstand in Böhmen. Der Beginn des Dreißigjährigen Krieges.* München 1959.
Till, Wolfgang: ›Zwei galante Sammler aus Wien: Anton Pachinger und Peter Altenberg‹, in: Michael Köhler / Gisela Barche (Hrsg.): *Das Aktfoto. Ansichten vom Körper im fotografischen Zeitalter*, München 1986, S. 285–287.
Tramer, Hans: ›Die Dreivölkerstadt Prag‹, in: Hans Tramer / Kurt Wolfenstein (Hrsg.): *Robert Weltsch zum 70. Geburtstag von seinen Freunden. 20. Juni 1961.* Tel Aviv 1961. S. 138–203.
Treitel, Corinna: *A Science for the Soul: Occultism and the Genesis of the German Modern.* Baltimore 2004.
Trost, Pavel: ›Die Mythen vom Prager Deutsch‹, in: *Zeitschrift für deutsche Philologie* 100 (1981), S. 381–390.
Urban, Otto: *Die tschechische Gesellschaft 1848–1918.* 2 Bde. Wien / Köln / Weimar 1994.
Wandruszka, Adam / Urbanitsch, Peter (Hrsg.): *Die Habsburgermonarchie 1848–1918.* Band III: *Die Völker des Reiches,* Wien 1980. Band VII: *Verfassung und Parlamentarismus.* 1. Teilband: *Verfassungsrecht, Verfassungswirklichkeit, zentrale Repräsentativkörperschaften.* 2. Teilband: *Die regionalen Repräsentativkörperschaften.* Wien 2000.
Webb, James: *Das Zeitalter des Irrationalen. Politik, Kultur und Okkultismus im 20. Jahrhundert.* Wiesbaden 2008.

Wladika, Michael: *Hitlers Vätergeneration. Die Ursprünge des Nationalsozialismus in der k. u. k. Monarchie.* Wien / Köln / Weimar 2005.

Wörner, Martin: *Vergnügen und Belehrung. Volkskultur auf den Weltausstellungen 1851–1900.* Münster etc. 1999.

Wurzer, Rudolf: ›Die Assanierung der Josefsstadt in Prag. Das Gesetz vom 11. Februar 1893 und seine Bedeutung für die Stadterneuerung‹, in: *Die alte Stadt. Vierteljahreszeitschrift für Stadtgeschichte, Stadtsoziologie, Denkmalpflege und Stadtentwicklung* 22 (1995), S. 149–174.

Zone, Ray: *Stereoscopic Cinema & the Origins of 3-D Film. 1838–1952.* Lexington, KY 2007.

f. Medizingeschichte

Brod, Max: ›Die Krankheit in meinem Leben und in meiner Dichtung‹, in: *CIBA-Symposium*, 16 (1968), H. 3, S. 125–132.

Dinges, Martin (Hrsg.): *Medizinkritische Bewegungen im Deutschen Reich (ca. 1870–ca. 1933).* Stuttgart 1996.

Grosch, Gerhard: *Der Orthopäde Friedrich von Hessing (1838–1918).* München 1970.

Hessen, Robert: ›Nervenschwäche‹, in: *Die neue Rundschau* 21 (1910), S. 1531–1543.

Jütte, Robert: *Geschichte der alternativen Medizin. Von der Volksmedizin zu den unkonventionellen Therapien von heute.* München 1996.

Kisch, Bruno: *Wanderungen und Wandlungen. Die Geschichte eines Arztes im 20. Jahrhundert.* Köln 1966.

Lahmann, Heinrich: *Das Luftbad als Heil- und Abhärtungsmittel.* Stuttgart 1898.

Lahmann, Heinrich: *Die Reform der Kleidung.* Stuttgart 1887. 3. Auflage [erweitert durch das Kapitel ›Reform der Frauenkleidung‹]: Stuttgart 1898.

Pollatschek, Arnold: ›Zur Aetiologie des Diabetes mellitus‹, in: *Zeitschrift für klinische Medizin* 42 (1901), S. 478–482.

Radkau, Joachim: *Das Zeitalter der Nervosität. Deutschland zwischen Bismarck und Hitler.* München / Wien 1998.

Sandow, Eugen: *Kraft und wie man sie erlangt.* Mit einer Übungstafel und zahlreichen Original-Photographien. Berlin 1904.

Schwarzmann-Schafhauser, Doris: *Orthopädie im Wandel. Die Herausbildung von Disziplin und Berufsstand in Bund und Kaiserreich (1815–1914).* Stuttgart 2004.

Wagenbach, Klaus: ›Drei Sanatorien Kafkas. Ihre Bauten und Gebräuche‹, in: *Kursbuch*, H. 16 (1983), S. 77–90.

Namenverzeichnis

Ortsverzeichnis

Werkverzeichnis

Bildnachweis

1, 2, 4, 5, 31, 44, 46, 48, 49, 64: S. Fischer Verlag, Frankfurt am Main
3, 26, 27, 32, 34, 40, 45, 47, 50–57, 62, 63: Archiv Hartmut Binder, Ditzingen
6, 7, 9–17, 19, 20, 28, 35, 41–43: Archiv Klaus Wagenbach, Berlin
8: *Das Prager Ghetto,* unter Mitwirkung von Ignát Herrmann, Dr. Josef Teige und Dr. Zigmund Winter, Prag 1903, S. 115
18: Archiv hlavního města, Prahy
21, 23: The Jewish National and University Library, Jerusalem
22, 24, 29, 30: Národní Archiv, Prag
25: Miranda Short, Princeton
33: Státní ústředni archiv, Prag
35: *Kafka a Praha. Vzpomínky. Úvahy. Dokumenty* [Kafka und Prag. Erinnerungen, Betrachtungen, Dokumente], hrsg. von Hugo Siebenschein, Edwin Muir, Emil Utitz, Petr Demetz, Praha 1947
36: *Assicurazioni Generali. Bolletino* V Serie, 3, Nr. 12 (Dicembre 1952), S. 33
37, 38: Joachim Unseld, Frankfurt am Main
39: Leo Baeck Institute, New York, Nachlass Johannes Urzidil
58: Roland Templin, Berlin
60: Library of Congress, Washington, D. C.
61: Max Brod: *Franz Kafka. Eine Biographie.* (Erinnerungen und Dokumente), Prag 1937, S. 129